ANGÉLIQUE
À QUÉBEC

ANNE ET SERGE GOLON

ANGÉLIQUE À QUÉBEC

ROMAN

FRANCE LOISIRS
123, boulevard de Grenelle, Paris

Édition du Club France Loisirs, Paris,
avec l'autorisation des Éditions de Trévise.

ISBN 2-7242-1019-0

QUEBEC
TROIS RIVIERES
MONTREAL
Iroquois
Lac George
Lac Ontario ou Lac Frontenac
Iroquois

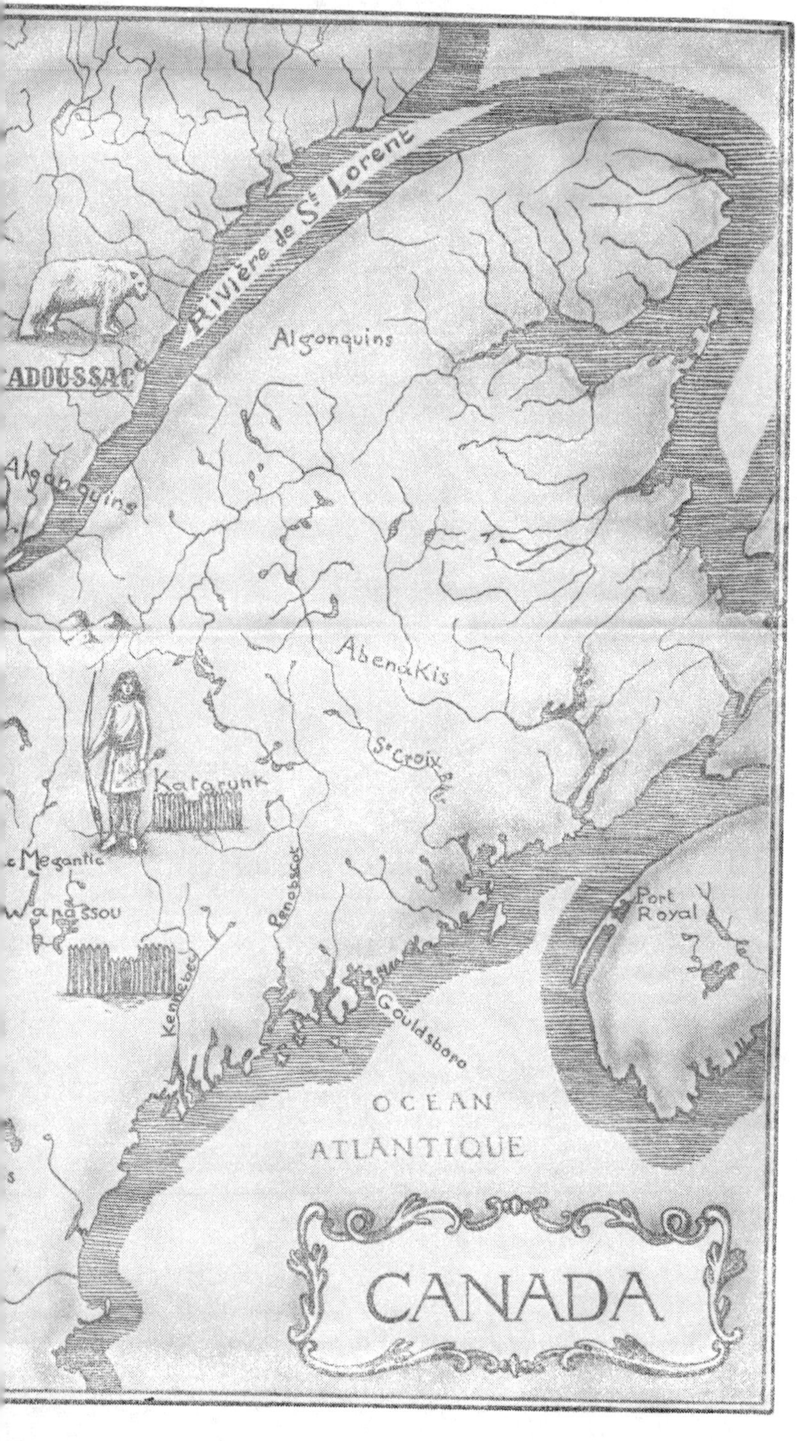
Rivière de St Lorent
Algonquins
ADOUSSAC
Algonquins
Abenakis
St Croix
Katarunk
Megantic
Wanassou
Penobscot
Kennebec
Port Royal
Gouldsboro
OCEAN
ATLANTIQUE
CANADA

I

L'ARRIVÉE

1

CE FUT LA ROBE D'AZUR QU'ELLE CHOISIT C'ÉTAIT UNE ROBE D UN lourd satin presque blanc, mais lorsque les plis se cassaient ou bien s'ordonnaient en retombées brillantes, des reflets d'un bleu pur y jouaient, accompagnant chaque mouvement de leur éclat somptueux et l'on y voyait aussi frémir un rose imperceptible comme celui d'une aurore.

Regardant vers la fenêtre du château-arrière du navire *Gouldsboro* ancré dans la rade de Québec, Angélique se disait que cette robe était à l'image de ce matin glacé immobile qui les attendait dehors, plongeant ces mêmes nuances de nacre dans les eaux calmes du Saint-Laurent, épandues comme celles d'un lac tranquille aux pieds des remparts de Québec.

La ville aussi était rosée. Aucun son n'en montait. Impassible et rêveuse, la petite cité coloniale, perdue au sein des contrées sauvages du Canada, paraissait retenir son souffle et attendre

Angélique sentait la ville, comme dans son dos, la guettant, l'observant, tandis que dans le grand salon du *Gouldsboro* debout devant son miroir, elle, Angélique de Sancé de Monteloup, comtesse de Peyrac; elle, proscrite du Royaume de France, achevait de se parer afin d'être reçue par Monsieur de Frontenac, gouverneur de la Nouvelle-France et représentant sur la terre d'Amérique de ce même roi Louis XIV qu'elle avait jadis bravé dans sa révolte.

Voici pourquoi une légère appréhension lui serrait la gorge, bien qu'elle s'en défendît et qu'elle parût apporter au soin de sa toilette toute l'attention nécessaire. Son visage restait serein ses grands yeux verts n'exprimaient que la vigilance critique qu'elle portait à son reflet dans la glace.

Pour rien au monde, la jeune femme n'eût voulu laisser transparaître la moindre alarme devant ceux qui l'entouraient et qui l'aidaient à se vêtir : ses suivantes, le tailleur, Kouassi-Bâ, le grand nègre porteur du coffret aux bijoux.

Mais l'heure approchant de se rendre à terre, tous les obstacles, qui faisaient de cette démarche une folie, lui apparaissaient. Le roi de France les avait bannis jadis, elle et son mari, le comte de Peyrac. De longues années ils avaient été en lutte contre ce souverain qui, par jalousie, crainte d'un rival puissant, les avait injustement condamnés.

Au Nouveau-Monde même, beaucoup de Français du Canada les considéraient comme des alliés de la Nouvelle-Angleterre dont ils étaient voisins et, à ce titre, les considéraient comme ennemis.

Or, faisant fi de ces écueils politiques, Joffrey de Peyrac, avec cinq navires de sa flotte, venait d'arriver sous Québec afin d'y rencontrer M. de Frontenac et y contracter une alliance de bon voisinage. Premier pas pour retrouver sa place au royaume de France et, qui sait, un jour, noms et titres dont il avait été indûment privé. Les heures qui allaient suivre décideraient de leur sort.

Angélique méditait sur la différence des réactions distinctes d'un homme et d'une femme au sein d'une situation extrême.

Pour elle, subir une hostilité injustifiée l'affectait beaucoup plus que cet homme qui, à braver les pires persécutions, avait trouvé une sorte d'amusement.

Il était entré tout à l'heure, escortant les robes et les joyaux qu'on apportait pour elle et il s'était écrié : « Que la fête commence ! »

Et il se tenait derrière elle, dans un costume de satin ivoire très riche. Le plissé, en losanges, était retenu par de petites perles et incrusté de satin cramoisi. Pour lors, le regard de Joffrey de Peyrac attaché sur le reflet d'Angélique dans le miroir brillait d'une admiration contenue. Son attention requise par les derniers détails à ajouter aux atours de sa femme pour son entrée dans Québec. Mais elle ne doutait pas que, dans le secret de lui-même, il était très impatient de voir « la fête » commencer. Elle se sentait en ce moment différente et même un peu éloignée de lui.

Ce retour vers la France, ne fût-ce qu'en mettant pied dans la petite capitale du Canada, réveillait en elle le souvenir de sa lutte personnelle contre le roi de France, ce souverain intransigeant ne lui pardonnerait jamais de s'être refusée à lui.

Joffrey avec sa flotte, sa richesse, la force que lui conféraient ses établissements du Maine, était dans une position plus sûre.

Les hasards de l'été avaient amené à son bord deux grands personnages de la Nouvelle-France : Monsieur de Ville d'Avray, gouverneur de l'Acadie, et l'intendant Carlon auxquels il avait eu l'occasion de rendre service. Avec l'appui de M. de Frontenac, le gouverneur, et l'assurance que M. de Castel-Morgeat, gouverneur militaire, n'interviendrait pas, la certitude que l'Évêque resterait neutre, on pouvait bien augurer de l'accueil de Québec.

Cependant il fallait tenir compte du jésuite d'Orgeval qui les avait combattus en Acadie et qui avait une grande influence sur les Indiens alliés des Français, Abénakis et Algonquins, et sur infiniment de personnes pieuses, désireuses de lui manifester leur dévouement. Le jésuite avait créé un mouvement malveillant à l'égard du nouveau-venu Joffrey de Peyrac, qui, ne relevant d'aucune bannière, s'était installé aux confins de l'Acadie, considérée comme domaine du roi de France, et qui commerçait avec les Anglais. Pour aggraver la situation, une religieuse de Québec, l'an dernier, avait eu une vision où lui était apparue une femme très belle qui apportait beaucoup de malheurs à la Nouvelle-France. La rumeur publique s'était empressée de voir en la femme du comte de Peyrac, dont la beauté était reconnue, la démone annoncée.

On eût pu en rire. Mais ces courants fanatiques entraînaient à la guerre. C'était aujourd'hui qu'il fallait assainir la situation ou la voir déboucher vers une solution belliqueuse.

En cette colonie turbulente, il y avait tant de partis que les engagements des uns risquaient de ne pas être tenus toujours par les autres. On leur avait nommé, parmi les partisans du jésuite, ce Castel-Morgeat qui avait l'armée en main, et surtout sa femme, Sabine de Castel-Morgeat, qu'on décrivait comme autoritaire et redoutable, et à l'autre bout de l'échelle une certaine Janine Gonfarel qui régnait sur les établissements mal famés de la Basse-Ville et qui, pour obtenir une certaine tolérance des ecclésiastiques, soutenait leur politique. Il fallait s'attendre à des réticences. L'apparition d'Angélique dans cette merveilleuse robe, à la dernière mode, n'allait-elle pas susciter la jalousie de ces dames ?

— Ne devrais-je pas, plutôt, arriver simplement mise, passer inaperçue, comme à Tadoussac ? avait-elle demandé.

— Non, répondait Peyrac. Vous devez les séduire, les subjuguer... ne pas les décevoir aussi. Le peuple attend une apparition... Il faut la lui donner. La Dame du Lac d'Argent... Un personnage de légende...

Ainsi donc Angélique ne se dissimulait pas l'importance des premiers moments et de l'impression qu'elle ferait sur cette foule, assemblée pour la voir et au sein de laquelle se disputaient des sentiments contraires

Ce soir, Joffrey de Peyrac et les siens coucheraient dans les murs de Québec ou bien ils seraient obligés de se retirer, leur petite flotte vaincue et, de plus, piégée par le grand fleuve septentrional que, bientôt, envahiraient les glaces.

Joffrey de Peyrac le sentait également. C'était Angélique qui supporterait le rôle le plus décisif. Et conscient de la charge qui lui incombait, il avait élaboré un plan audacieux, insolite et, pour Angélique, inattendu.

— Vous débarquerez la première, seule et point de mire de tous les regards. Monsieur de Ville d'Avray vous escortera. Je l'en ai prévenu. Il est ravi. Deux chaloupes vous accompagneront avec des hommes en armes : votre garde d'honneur. Ainsi, venant des navires, vous serez seule à leur apparaître et la vue de votre splendeur leur causera de la stupeur. Vous en profiterez pour poser votre pied charmant sur la rive de Québec comme une déesse revenant de Cythère. M. de Frontenac, le gouverneur, ce galant homme qui nous est acquis vous tendra la main et ainsi la foule verra bien que vous n'êtes qu'une femme des plus gracieuses, un être sans danger l'incarnation même de la féminité et de ses charmes. Vous serez donc reçue pour vous-même et non parce que vous êtes mon épouse et sous la protection de mes armes.

Il avait ajouté :

— ... S'il vous agrée ?...

Mais il n'avait pas besoin d'attendre la réponse. Les yeux brillants d'Angélique lui disaient combien ce plan lui paraissait heureux et convenait mieux à sa nature impétueuse et entreprenante.

— Car nous connaissons les gens de France, n'est-ce pas ? Chez nous, on peut se montrer ombrageux devant les forces armées. En revanche, on ne peut repousser une femme qui s'avance seule...

— Et vous, pendant ce temps-là, que ferez-vous ?

— Moi ! pendant ce temps-là... *j'encerclerai la ville.*

2

LA ROBE ÉTAIT TRÈS BELLE ANGÉLIQUE, MALGRÉ LES SOUCIS, NE pouvait que se féliciter de son image dans le miroir Dans cette toilette venue de Paris elle avait remarqué certains détails nouveaux. Ainsi, l'on ne portait plus, semblait-il, ou l'on portait moins, de manteau-de-robe, retroussé en « paniers » sur une ou deux autres jupes, mais ce manteau maintenant retombait tout à fait, de la même couleur que la jupe sur laquelle il s'entrouvrait.

On donnait toute la magnificence au tissu dont les nuances irisées étaient dignes d'enchanter l'œil le plus raffiné. Le corselet aux courtes basques également rebrodées de roses et le plastron raidi par le busc étaient du même ton moiré. Il y avait un nœud de satin et une sorte de col de dentelle un peu raide qui suivait la ligne du décolleté et remontait par derrière sur la nuque, encadrant le cou dont la blancheur se dégageait avec grâce de cet écrin précieux.

Angélique dans cette vêture de rêve avait l'air irréelle. Sa peau ambrée qu'elle avait poudrée captait la lumière. On aurait dit qu'elle était éclairée par l'intérieur. Elle avait apporté un soin particulier au maquillage de ses yeux, avait tracé la ligne exacte des sourcils. Un peu de rose — jus d'orcanette mêlé d'un ocre pâle — soulignait d'une onde imperceptible le méplat des pommettes. Elle avait passé plus d'une heure, dès l'aube, à ces entreprises, et malgré le froid vif qui régnait dans la cabine, elle avait eu très chaud à force de s'appliquer. Sa vie d'aventurière lui avait fait perdre quelques tours de main qui étaient, pour elle, routine, lorsque, à Versailles, elle devait se farder avant de paraître sous les lumières de la Cour.

Elle en était venue à bout et il fallait croire que le résultat était réussi, d'après le regard que Joffrey de Peyrac posait sur elle. Les yeux sombres du comte brillaient de satisfaction mais il y avait aussi un peu d'attendrissement dans son demi-sourire.

C'était encore une nouvelle Angélique qu'il découvrait, celle qui avait été une grande dame de Versailles, désirée par le Roi. Mais il n'en prenait pas ombrage, car depuis qu'il l'avait retrouvée il avait appris à la connaître et à aimer tous les aspects de son caractère. Elle le surprenait souvent, l'inquiétait parfois, mais le ravissait plus encore, par sa nature changeante et pourtant logique avec elle-même.

Il avança la main et posa ses doigts à la naissance du cou, l'effleurant d'une caresse.

— Des diamants s'imposent sur ce décolleté admirable.

Puis il reprit :

— Non ! des perles. Elles sont plus douces.

Il se tourna vers le coffret que lui présentait le serviteur noir Kouassi-Bâ. Il choisit un collier de trois rangs de perles.

Dans la psyché le couple qu'ils formaient leur ramenait en mémoire le souvenir d'une scène semblable qu'ils avaient vécue l'un et l'autre jadis, dans leur palais de Toulouse, il y avait bien des années de cela.

Ils surent qu'ils évoquaient la même image : Toulouse.

— Vous ne m'aimiez pas alors, dit Peyrac. Que cela semble loin ! Vous m'avez fait souffrir mille morts. Mais, mordious, je vous aurais attendue jusqu'à la fin des temps. Je ne voulais vous tenir que de vous-même et non de mes droits d'époux, ma petite merveille ! Il en est toujours ainsi.

Ils regardèrent vers la ville avec le pressentiment que ce retour dans le cadre de la France allait leur offrir l'occasion de recommencer tout ce qui avait été détruit, saccagé. Enfin ils ne seraient plus des errants sur la mer ou au fond des bois. Ils se retrouveraient parmi leurs pairs, jouant leurs jeux, ou tenant leurs rôles au cœur d'une société calquée sur l'Ancien-Monde.

Les mains la tenant aux épaules il s'informa tout bas.

— Avez-vous peur ?

— Un peu.

Et comme elle avait eu un léger frisson, il dit :

— Vous avez froid. On va faire chercher votre manteau.

Delphine, la jeune chambrière, appela Henriette et Yolande et requit même l'aide du tailleur et de Kouassi-Bâ, car ce manteau n'était pas une mince affaire à porter. Il était fait de fourrure blanche, doublé de laine fine et de satin blanc avec un capuchon ample et brodé d'or et d'argent au revers. Il fallait veiller à ne pas le laisser traîner à terre, les planchers d'un navire n'étant pas toujours ce que l'on pouvait trouver de plus net. Ils sortirent en cortège pour aller le chercher dans un cabinet voisin, où il était entreposé, étalé sur des coffres, depuis la veille.

Joffrey de Peyrac regardait Angélique dans le miroir.

— Que pouvez-vous craindre, mon amour ? De ne pas réussir, c'est-à-dire de ne pas émouvoir Ignorez-vous à quel point vous fascinez ceux qui vous rencontrent ? Êtes-vous tellement ignorante de ce pouvoir de séduction qui émane de vous ? Qui a pu détruire cette confiance invincible qui devrait être la vôtre ?

» Cependant, même si vous doutez, sachez-le, ce charme n'en demeure pas moins d'une puissance extrême. Et plus redoutable que jamais... Plus irrésistible que jadis... Il me plairait d'analyser dans mes cornues les éléments qui le composent. On y trouverait les mille secrets d'une alchimie qui n'est pas loin de confiner à la magie. Oh ! ma très chère et ma très belle, vous qui êtes si habile à me torturer, au moins que ce qui vous assure un tel empire sur ceux qui vous entourent vous confirme dans la certitude de votre victoire...

Cette tirade où passait dans la voix chaude et un peu voilée du comte le souffle inspiré de l' « Amour courtois » des Troubadours du Languedoc dont il avait été l'un des plus renommés, cette tirade énoncée sur le ton de la tendresse et de la gaieté mais où l'on sentait vibrer une si totale passion, arracha un sourire à Angélique. Derechef, elle se tournait vers le miroir. Et le reflet lui apportait l'image. Don de séduction dont elle avait joué avec tant d'hommes, qu'elle avait maudit parfois, béni à d'autres heures, mais qu'elle ne pouvait regretter de sentir toujours en elle.

Joffrey avait raison de le lui rappeler. Le jour était venu de retrouver cette Angélique qui, au cours de l'année, s'était relevée de ses défaites.

Elle irait à cette foule avec toute la confiance dont elle était capable et elle ne la décevrait pas. Si on la trouvait belle et heureuse, ainsi se calmeraient les peurs, et momentanément s'engourdiraient les haines.

Elle toucha un de ses pendants d'oreilles pour voir jouer le reflet du diamant sur sa joue. Tout cela était très beau. Ses doigts rangèrent encore quelques mèches de cheveux ici et là. C'était le geste ultime qu'ont toutes les femmes à l'instant de se livrer aux regards du monde. Rite magique. Signes d'exorcisme afin de se recréer, s'incarner et surgir à ses propres yeux telle qu'on s'aime, telle qu'on se plaît, telle qu'on existe.

Alors la réussite est certaine et l'on sourit dans le miroir.

Leurs gens revenaient avec le manteau blanc, le portant aux quatre coins comme un étendard. Le comte de Peyrac s'en empara et le drapa lui-même sur les épaules d'Angélique en arrangeant les plis, disposant la moelleuse capuche autour de ses cheveux brillants. On aurait dit qu'il la revêtait pour un adoubement de chevalerie. Comme si ce manteau ainsi qu'une armure pouvait lui donner protection, mais aussi la désignait pour le combat.

C'était l'armure de sa séduction féminine qui aujourd'hui lui livrerait Québec.

Delphine s'approcha et proposa un peigne, une épingle.

— Madame, vous suivrai-je ? interrogea la jeune fille. J'ai là le coffret avec vos accessoires.

— Non, c'est inutile, je ne veux pas vous exposer. Il y aura peut-être du danger.

Joffrey de Peyrac intervint.

— Damoiselle, votre souci me paraît louable. Mais je ne

veux point aujourd'hui pour vous et vos compagnes de position... en première ligne. Vous allez rejoindre *le Rochelais* où se trouvent également les enfants avec Yolande. On vous donnera là-bas les instructions afin que vous puissiez toutes débarquer au bon moment et prendre part à la fête.

Docilement, les jeunes filles déposèrent les objets et colifichets dont elles étaient chargées et, après une petite révérence, se retirèrent sous l'égide d'un des hommes du *Gouldsboro* qui avaient été plus spécialement chargés de leur protection au cours de l'opération de débarquement envisagée.

Angélique entendit le comte intimer à Kouassi-Bâ :

— Fais venir ici Monsieur de Castel-Morgeat...

Elle sursauta.

M. de Castel-Morgeat, colonel, gouverneur militaire de la Nouvelle-France, et qui, bien que gascon, était réputé comme un de leurs plus féroces adversaires, se trouvait-il à bord ? Que signifiait ?

Elle comprit en voyant surgir sur le seuil, en lieu et place de l'irascible colonel-gouverneur que l'on disait fort peu maniable, moustachu, noir de poil et d'humeur, son fils, le jeune Anne-François, lui, par contre, telle une apparition charmante. Le sang gascon ne coulait encore dans ses veines que pour y apporter la gaieté languedocienne, le goût de l'amour courtois et des poésies, la joie de vivre. Fin et long, il avait de sa race les yeux noirs, le teint de pruneau mûri par le soleil et l'aventure, le sourire éclatant. Il ressemblait à Florimond comme un frère, et rien d'étonnant qu'ils se fussent entendus au mieux lorsque le hasard les avait fait se rencontrer du côté des Mers Douces, ainsi qu'on appelait les Grands Lacs.

Avec ses cheveux retenus par un bandeau à l'indienne brodé de perles, sa vêture de peaux de chamois, mais accompagnée d'un jabot de dentelle noué à la diable qui suffisait à lui donner un air d'élégance, il était tout à fait à l'image de ces jeunes gens, fous de liberté, que la colonie produisait comme fruits nouveaux, d'une espèce pas tout à fait connue, quoique rappelant la saveur du Vieux Monde et des castes ou des provinces dont ils étaient issus.

Il salua avec une grâce de jeune seigneur et renouvela son salut plus profondément devant Angélique. Les yeux ardents ne cachaient pas l'admiration que sa vue lui inspirait. Il demeurait ébahi et eut de la peine à se tourner vers Peyrac devant lequel il se tint courtoisement, attendant que celui-ci l'informât des raisons de sa convocation. Le comte l examinait avec sympathie et indulgence

Quand on les regardait ainsi face à face, le jouvenceau et le gentilhomme d'aventures aux tempes grisonnantes, à la face couturée, il était étonnant et presque émouvant de sentir combien l'Aquitaine avait forgé des fils aux racines semblables.

— Beau sire, lui dit Peyrac, on m'a laissé entendre que vous aviez servi comme page à la cour de France pendant quelques années...

— Cela est vrai. J'ai été au service de Madame de Valenciennes, une amie de ma mère, je lui portais la traîne. Et ensuite, lorsque mes parents sont partis pour la Nouvelle-France, je suis entré au service de Madame de Tounnay-Charente à la Cour de Monsieur. Mais quand il y a trois ans Monsieur de Ville d'Avray vint à Saint-Cloud m'apportant des nouvelles des miens, il vit combien je m'ennuyais de ma mère et il obtint de m'amener avec lui à son retour à Québec. Je ne le regrette pas, ajouta le jeune homme avec fougue. La vie est plus plaisante à courir les bois qu'à porter l'aiguière et le linge, passer la bonbonnière, éventer les dames, serait-ce une princesse.

— Ah ! bien, voici pourtant le moment de vous rappeler vos apprentissages. Madame de Peyrac a besoin d'un page pour l'accompagner en cette journée, lui porter son nécessaire à parures et l'assister autant que faire se peut au cours de la cérémonie qui exige de sa part beaucoup d'apparat et qui ne sera pas exempte pour elle de fatigues. J'ajoute que je vous ai choisi pour votre réputation de courage, d'habileté et d'amabilité. Vous connaissez le peuple de Québec. Vous saurez, s'il le faut, vous en faire reconnaître, et apporter ainsi toute votre aide à celle que vous escortez. Vous sentez-vous apte à remplir cette mission auprès de la comtesse de Peyrac ?

L'expression et l'attitude d'Anne-François de Castel-Morgeat disaient combien il en était ravi. C'était une chance inespérée pour lui que ce rôle à tenir près d'Angélique pour laquelle il nourrissait une admiration de plus en plus ardente depuis qu'il avait abordé à Tadoussac, venant du Grand Nord.

Sans particulièrement se soucier de sa tenue de coureur des bois, Anne-François s'informa du cortège, puis, avec beaucoup de diligence, alla examiner le coffret qui était d'écaille serti d'or et dont le couvercle relevé présentait un miroir où jeter à l'occasion un regard rapide et discret. Il s'informa de son contenu, vérifia la présence des peignes et brosses, des boîtes de fards. Y avait-il assez d'épingles ? un flacon de senteur en cas d'évanouissement ? des pastilles à la girofle à croquer pour dissiper la nausée ? des mouchoirs de dentelles parfumées pour s'éventer, toujours en cas de malaises ? Les dames qu'il avait servies jadis devaient être des femmes particulièrement sujettes aux vapeurs. Il avait été dressé et tout son savoir lui revenait sans coup férir, car la vie est dure pour les petits pages dans les cours princières. Avec ses beaux yeux, sa grâce, sa défroque d'Indien et le sérieux dont il se revêtait tout à coup, il était plein de séduction. Il dit qu'il allait se renseigner sur Neals et Timothy qui devaient tenir le bord du manteau et que si M. et Mme de Peyrac n'avaient plus besoin de lui, il les attendait sur le pont. Il sortit, emportant le nécessaire d'écaille.

Angélique voulait regarder le collier de Wampum que le chef Iroquois Outtaké lui avait remis, au printemps, en signe d'alliance. Elle avait l'impression que cela lui porterait chance.

Pour ouvrir le coffre où il était rangé, elle dérangea le chat qui s'y était installé. Ce chat, qui l'avait accompagnée depuis Gouldsboro, n'approuvait pas le branle-bas de combat qui depuis le matin troublait le cours heureux de ses jours. Il affectait de se plonger dans un sommeil profond. Réveillé, il s'étira d'un air choqué. Il regarda avec ennui Angélique soulever la ceinture de coquillages, composée de petits grains blancs et bleus, objet auquel la tradition indienne accordait une vertu de talisman.

Le Wampum était considéré comme l'or et l'argent monnayés. Celui que le chef Iroquois avait remis à Angélique était d'une valeur inestimable. Il représentait un véritable traité de paix.

Outtaké, le chef des Cinq-Nations iroquoises, était le plus farouche ennemi de la Nouvelle-France. Mais son entente avec Joffrey de Peyrac et Angélique, eux aussi, Français, avait atténué sa virulence vis-à-vis des Blancs du Canada.

Animée d'une confiance et d'une certitude nouvelles, Angélique remit le Wampum en place. Elle dit au chat :

— Réjouis-toi mon petit, ce soir tu seras à Québec et tu pourras aller marauder dans les rues d'une vraie ville.

L'aventure commençait.

Elle regarda encore vers Joffrey de Peyrac, son époux, son amour, qui, une fois de plus ayant décidé de répondre à une gageure, abordait, sans en paraître impressionné, l'ultime phase dont dépend réussite ou défaite.

— Comme il est grand ! se dit-elle, et presque étrange, tellement différent des autres !

Et, en même temps :

— ... Il ne peut que triompher... En tout et toujours... Aujourd'hui était le jour de la résurrection.

Angélique posa la main sur le poing qu'il lui présentait.

— Allons maintenant, dit-il, allons, Madame ! Québec vous attend.

3

LE FROID LA PRIT À LA GORGE DÈS QU'ELLE DÉBOUCHA SUR LE balcon du premier pont. Un brouhaha énorme s'élevait. Celui du navire en effervescence dans les derniers préparatifs du débarquement, mais aussi un tumulte venu de la ville, porté par l'écho des falaises et l'air trop limpide.

Où avait-elle pris l'idée dans le salon du *Gouldsboro* que le silence régnait au-dehors ?

Un bruit de cloches carillonnantes et d'appels s'élevait formant une rumeur immense qui grondait comme un souffle dans la conque d'un coquillage.

Le brouillard continuait à rôder en aval du fleuve et à cacher une partie de la côte, mais l'on pouvait voir que la rade alentour s'était couverte d'embarcations de toutes sortes, barques de pêche, canots de bois ou d'écorce, et même des sortes de radeaux faits de rondins encordés avec un gouvernail de fortune sur lesquels les audacieux de ces rivages, qui n'avaient d'autres moyens de transport que le fleuve, n'hésitaient pas à se pousser d'une rive à l'autre.

Joffrey de Peyrac conduisit Angélique sur le premier pont. Il retenait sa main et elle devina tout à coup qu'il devait se faire violence pour la laisser remplir une mission où elle risquait d'être en danger loin de lui.

Un grand plateau d'argent s'interposa entre eux. Le maître d'hôtel et ses aides y présentaient des gobelets d'argent ou de cristal contenant soit du rhum, soit un alcool translucide et parfumé, que le Seigneur de Wapassou et de Gouldsboro se procurait à la Nouvelle-Orange, aux sources du fleuve Hudson où les Hollandais le fabriquaient avec des baies de genièvre.

— Le coup de l'étrier, expliqua Joffrey de Peyrac. Pour chacun de mes combattants depuis le mousse jusqu'à vous-même, ma chère, la plus belle ambassadrice des terres d'Amérique.

Les gobelets contenant l'alcool étaient posés sur un lit de glace pilée car il devait se boire très frais.

— Je préférerais un grand verre d'eau, dit Angélique s'avisant qu'elle avait la gorge sèche au point qu'elle n'aurait pu prononcer deux mots.

On le lui amena presque aussitôt. Elle but avidement et poussa un soupir.

— Je me sens mieux. Que voulez-vous, je suis devenue comme les Indiens. Seule, l'eau des sources me communique la force de la terre.

Elle vit dans le regard de Joffrey de Peyrac qu'il avait une envie folle de la prendre dans ses bras et de la couvrir de baisers.

— Vous êtes belle ! Cela va être un triomphe. On ne tire pas sur une femme qui s'avance comme une reine dans ses plus beaux atours. On prend au moins la peine, auparavant, de détailler tous les agréments de sa toilette, ses bijoux, la façon dont elle est coiffée et... la partie est gagnée. Le spectacle se déroule, continue. Nul n'est tenté de l'interrompre. La vie n'est pas si fournie de distractions de choix dans cette petite capitale de la Nouvelle-France.

— Moi aussi, je me réjouis. La partie sera difficile, mais je ne sens plus aucune peur.

— Oui-da ! La peur sera pour moi, dit le comte avec une grimace. Et il avala d'un seul coup un gobelet de rhum.

Elle comprit qu'il ne la laissait pas aller au feu sans appréhension. Cependant, il ne doutait pas de sa réussite.

Ensuite, il coiffa son abondante chevelure que le vent tourmentait de son feutre noir entouré d'une plume blanche retenue par une boucle de diamants. Il enfila soigneusement ses gants de cuir à crispin soulignés de dentelle.

— Je vais vous quitter, Madame, et commencer la manœuvre tournante de débarquement que je vous ai annoncée. A la faveur du brouillard qui cache l'embouchure de la rivière Saint-Charles, je prends pied sur la rive et, longeant la côte, j'atteins les faubourgs de la Basse-Ville et vous rejoins bientôt sur le port avec fifres, tambours et trompettes. Rassurez-vous pour les enfants, ils sont sur *le Rochelais*. Celui-ci croise un peu au large et ne se rapprochera que lorsque le plus gros de nos troupes aura pris pied sur la rive. Un signal avertira le *Gouldsboro* de la réussite de la manœuvre et, à ce moment-là, vous descendrez dans la chaloupe d'honneur et vous dirigerez droit vers Québec.

Tandis qu'ils parlaient, leurs yeux continuaient à s'interroger et à se répondre. Leurs cœurs suivaient un autre dialogue.

— Je t'aime... tu existes... tu es merveilleuse...

— Je t'aime... tu existes et je me sens belle, je me sens plus forte...

— Et l'enjeu, murmura-t-elle. L'enjeu de tout ceci, de tous ces risques. Quel est-il ? Amener le roi de France à nous rendre justice ? Ou bien amener ces peuples qui lui sont soumis à se prononcer contre lui ?... C'est fou, irréalisable. Nous nous battons et nous nous débattons, mais dites-moi, mon seigneur, l'enjeu, quel est-il ?

— Le même que pour tous, répondit-il avec gaieté : vivre, survivre sur cette damnée terre où l'on goûte tant de merveilles. Vivre au mieux. Se battre pour vivre. En épargnant, non pas nos efforts, mais autant que possible le sang et la violence... Certes, nous accueillir, pour la Nouvelle-France, est absolument illégal. Mais l'hiver commence. Il n'y aura pas de liaison avec la France pendant des mois. Nous sommes en force, animés d'intentions pacifiques. Ma correspondance avec Frontenac porte ses fruits.

— Et vous avez aussi un autre allié dans la place, m'avez-vous dit ?

— Chut ! fit Peyrac, mon allié est d'autant plus efficace qu'il demeure secret. Mais peu à peu tout se révélera. C'est déjà beaucoup que le gouverneur soit ouvertement pour nous. Il a pris le risque d'être un jour désavoué par le Roi. Et quel est le sentiment du Roi à notre égard ? Nous l'ignorons encore.

— En attendant, notre enjeu, s'il est plus modeste, ne nous en comblera pas moins. Pour nous qui sommes des bannis et des errants, qu'y a-t-il de plus miraculeux que de réussir à passer *un hiver à Québec*, sur le sol de France, parmi des amis ?

4

IL S'ÉTAIT ÉLOIGNÉ APRÈS LUI AVOIR BAISÉ LA MAIN.

— Ne vous préoccupez pas de moi, lui avait-il dit encore. Il ne s'agit que de VOUS de VOTRE triomphe, à vous, Marquise des Anges.

Elle avait ri, en recevant, au vol, ce titre ancien qu'il lui lançait : Marquise des Anges. C'était le nom secret de la « matterie », qu'elle avait porté parmi les truands, à la cour des miracles de Paris. Il l'avait appris l'autre soir par sa lettre à Desgrez. A l'entendre de sa bouche, elle en éprouva plaisir et surprise

Marquise des Anges !

En regardant la ville qui ressemblait de loin à quelque petite ville française de Normandie ou de Bretagne, elle sentait son passé se mêler au présent.

La partie commençait. Chacun peu à peu gagnait son poste. En retrait, à l'abri de la coursive, Angélique attendait le marquis de Ville d'Avray.

Leur flotte seule mouillait sous Québec. Cinq navires, aux rambardes de chaque pont et même celles des hunes garnies de frise écarlate soutachée d'or et dont les sabords, paupières bien closes, cachaient l'œil noir des canons.

La ville était fragile devant eux. L'hiver venant enfermait les antagonistes dans une solitude sans recours. Aucune intervention à espérer de quiconque. Le continent américain sans limite les tenait prisonniers, face à face, réduits à leurs seules forces : Les Français de Québec en face des Français que commandait Peyrac.

Québec, dressée devant eux comme une pièce d'orfèvrerie ciselée et scintillante de la rive, toute festonnée de hautes maisons blanches serrées les unes contre les autres, jusqu'au sommet du Roc.

C'était un amoncellement de toits pointus, et encornés de cheminées carrées, un échafaudage peu commun de constructions de pierre, de bois ou de torchis, qui paraissaient posées les unes sur les autres comme dans un château de cartes.

De grands espaces plantés d'arbres, jardins ou vergers, des terrasses, des remparts, des rampes et, par endroits, un pan dressé, écorché, de la falaise abrupte, marquaient les différents étages de la cité, que reliaient des bouts d'escaliers, des sentiers de chèvres et un chemin sans contours, tracé comme une échelle.

Au sommet, de grands bâtiments et résidences, la Cathédrale, l'Évêché, le Séminaire, le Collège des Jésuites, le couvent des Ursulines, l'Hôtel-Dieu, le Château Saint-Louis, s'étalaient, formant comme une couronne dont les fleurons auraient été leurs multiples clochers et clochetons tous très ouvragés, décorés, ajourés et flanqués de leurs croix aiguës.

Il y avait quelque chose de singulier en cette cité du bout du monde. On aurait dit un ex-voto géant.

Trois ou quatre petits moulins à vent plantés çà et là, qui au bord du plateau, qui à la pointe d'un cap ou d'un ressaut, donnaient à l'ensemble une touche naïve et familière.

Au-dessus du cap Diamant, la silhouette d'une grande croix de bois se détachait, isolée.

Le marquis de Ville d'Avray sauta soudain près d'Angélique comme un farfadet en atours de prince.

— Voulez-vous ma longue-vue ?

Il ajouta en se présentant de dos et de face :

— ... Comment me trouvez-vous ? Ne suis-je pas superbe ?

— Vous êtes magnifique. Mais j'attends aussi vos compliments sur ma robe... Vous ne me dites rien.

— Si fait ! Vous êtes admirable... Il n'y a pas de mots. Je suis impardonnable, mais vous me voyez tellement excité, tellement joyeux à l'idée de vous escorter. Vous allez être accueillie par des ovations. Regardez cette foule. Elle ne se tient plus d'excitation à l'idée de vous voir.

C'était un fait qu'à l'œil nu on pouvait voir la ville grouiller de haut en bas telle une fourmilière en effervescence.

Angélique emprunta la lorgnette du marquis de Ville d'Avray, régla la distance et dans le cercle ainsi précisé lui apparurent les quais noirs de monde et au premier plan les silhouettes chamarrées des officiers en uniforme de cérémonie, des dames en robes d'apparat, l'éventail à la main.

On les attendait et, apparemment, avec tous les honneurs dus à des hôtes de marque et non à des ennemis, ni même à des étrangers inspirant méfiance et mépris.

Angélique était impressionnée. Il y avait très longtemps qu'elle n'avait pas vu tant de monde rassemblé et rien que des Français.

— Ils ont l'air contents.

— Ils sont ravis. Vous pouvez m'en croire.

— Et comment se comporte le gouverneur militaire, Monsieur de Castel-Morgeat ? s'informa-t-elle.

— Il s'est incliné. Le gouverneur a exigé qu'il donne sa parole de ne rien tenter contre vous. Tenez, je l'aperçois dans ma longue-vue aux côtés de Monsieur de Frontenac. Il ronge son frein, mais se tient coi.

— Et... le Père d'Orgeval, le voyez-vous ?

On distinguait de nombreuses soutanes noires. Ville d'Avray se livra à un examen attentif puis secoua la tête.

— Je ne le vois pas. Il semblerait que lui aussi se tient sur la réserve.

Ville d'Avray continuait à examiner la foule du bout de sa lorgnette.

Tout à coup il trépigna :

— Ah ! Le voilà ! le voilà ! ça, je le savais, je vous l'avais dit ! je vous l'avais dit ! Regardez là-bas, à droite près du groupe des officiels. Je le vois. Cet ecclésiastique en noir... Je vous l'avais bien dit qu'il arriverait le premier avant moi et qu'il m'attendrait sur le môle.

— Qui donc ? Le Père d'Orgeval ?

— Mais non ! voyons ! Mon aumônier ! triompha le marquis. Vous vous souvenez, Monsieur Dagenet qui m'avait rejoint à Gouldsboro et avait refusé ensuite de me suivre au fond de la Baie française et prétendait revenir à Québec par voie de terre. Ah ! bien, je vous l'avais dit qu'il était capable d'y arriver avant moi. Ha ! Ha ! voilà ce que l'Acadie fait d'un Sulpicien quadragénaire, ranci dans les livres et la prière. Un coureur de bois, son canot sur le dos. Je vous l'avais dit : ce pays rend fou.

Angélique prit la longue-vue et finit par localiser la silhouette du solennel ecclésiastique, au long nez, qu'elle avait entraperçu à Gouldsboro. Et — nul doute — c'était bien lui. L'air confit au bord du quai, il attendait son protecteur et il était difficile d'imaginer qu'il avait traversé à pied, de part en part, et toujours solennel — près de trois cents lieues — des contrées forestières et dangereuses.

Maintenant Québec avait l'air d'un arbre chargé de fruits. Pas une fenêtre qui ne fût garnie de têtes. Pas une place, un jardin, un verger qui ne fût noir de monde. Les murs de clôture et les remparts supportaient des brochettes d'individus perchés. De partout, à Québec, on était aux premières loges. Au-delà des fortins de la Haute-Ville s'étendait une vaste plaine verdâtre. Elle parut se recouvrir d'une marée rousse et agitée. C'était les sauvages, alliés et amis des Français.

Ville d'Avray s'éloigna en criant à la cantonade vers Angélique :

— Naturellement, je mets ma chaise à votre disposition pour monter la côte lorsqu'il s'agira de se rendre jusqu'à la cathédrale pour le Te Deum. Ma chaise à porteurs est presque la seule de Québec ; en tout cas la plus confortable.

Il revint sur ses pas pour ajouter :

— ... Ne craignez rien. Sous ma protection, vous êtes sacrée... Vous verrez.

Il ne pensait pas aux boulets, celui-là ! Il s'éloigna derechef vers l'avant, se frayant un passage parmi l'agitation qui régnait sur le *Gouldsboro.* Le pont du navire était envahi de gens qui couraient çà et là, d'hommes d'équipage aujourd'hui vêtus de toile blanche avec une ceinture pékinée bleu et or, un bonnet bleu à glands d'or. Ils avaient superbe mine. Beaucoup étaient en faction dans les haubans ou alignés au long des vergues comme des oiseaux prêts, non à s'envoler, mais à libérer les voiles en cas d'alerte. La parade ne faisait pas oublier une alerte possible.

Ville d'Avray, penché par-dessus la rembarde vers les baraques et les canots qui patrouillaient alentour, lançait des salutations, des appels.

Neals Abbal, le blond Suédois, et Timothy, le négrillon, vinrent se ranger près d'Angélique. Elle vit qu'on leur avait fait revêtir de petites redingotes de drap rouge à revers brodés. Ils étaient chaussés de bas blancs et de souliers à nœuds de satin retenus par une boucle d'argent. Ils étaient très fiers d'être chargés de soutenir les pans du manteau d'Angélique.

Ville d'Avray revenait vers eux. Il était blême, décomposé.

— On a cassé une pièce, dit-il à Angélique. C'est désastreux.

S'agissait-il d'une pièce de canon ? de quoi ?

— Mon poêle de faïence ! L'un des plus beaux motifs, naturellement.

Sa contrariété s'accentua en découvrant Timothy dans sa livrée cramoisie.

— Quoi ! Vous me refusez ce négrillon pour page et vous le prenez pour vous.

Angélique commença de lui expliquer que ce n'était que provisoire, pour faire plaisir au petit esclave, mais déjà Ville d'Avray pensait à autre chose. Sa conversation par-dessus bord avec des gens de Québec lui avait apporté une nouvelle plus heureuse.

— J'ai appris que ma servante était revenue de son hameau de Saint-Joseph. Il paraît qu'un songe l'a avertie de mon retour imminent. Elle a briqué à fond ma demeure et je parie qu'elle nous aura préparé une de ces tourtières de gibier dont elle a le secret. Ah ! Angélique ! Ce soir-même, vous serez assise là-haut chez moi et vous vous régalerez en regardant la nuit tomber sur le Saint-Laurent. J'espère que vous m'inviterez souvent chez moi.

— Votre servante ne va-t-elle pas être déçue de vous voir nous céder votre maison tandis que vous irez vous loger dans la Basse-Ville ?

— Elle fera ce que je lui dirai.

Il cherchait avec sa longue-vue.

— Je voudrais pouvoir vous désigner ma demeure mais les arbres du jardin de ma voisine Mademoiselle d'Hourredanne nous la cachent.

— En tout cas, je distingue un pan du toit et la fumée qui s'élève de la cheminée. La vie est belle !

5

De temps en temps, le marquis de Ville d'Avray et Angélique ne pouvaient s'empêcher de regarder du côté de l'estuaire de la rivière Saint-Charles, dans la direction qu'avaient prise les chaloupes commandées par le comte de Peyrac. Un brouillard léger continuait à masquer les mouvements qui se tramaient par là.

— Qu'attendons-nous ? demanda-t-elle.

— Le signal qu'il doit nous envoyer. Mais, pour l'instant, il estime peut-être que le brouillard est trop dense.

Presque au même instant, les brumes qui voilaient les contours de la côte de Beaupré commencèrent à se dissiper et, dans l'embouchure de la rivière, on distingua un navire échoué.

— Quel est ce bâtiment qui semble en mauvaise posture ?

— Le *Saint-Jean-Baptiste,* ce vieux sabot attardé et que nous avons déjà tiré de plus d'un mauvais pas au cours de la remontée du Saint-Laurent. On lui avait donné ses chances, mais il était en trop piteux état et, presque arrivé au but hier soir, il est allé se vomir à l'entrée de l'estuaire qu'il obstrue pour l'instant. Mais cet incident arrange nos affaires. Nos yachts *Mont-Désert* et *Rochelais* se sont portés au secours des passagers. Ils ont pris à leurs bords ceux qui avaient un peu trop les pieds dans l'eau, dont Monsieur de Bardagne, l'envoyé du Roi, et les officiers de sa maison. Avec l'intendant Carlon et le baron d'Arreboust, Monsieur de Peyrac dispose d'un bon nombre d'otages. Mais il n'en usera pas. J'admire sa prudence politique. L'échouage du *Saint-Jean-Baptiste* lui a donné prétexte de s'affairer dans l'endroit pour se porter au secours des naufragés. Et il va arriver par derrière, amenant dans ses bagages ses hôtes d'honneur sauvés des eaux, l'envoyé du Roi y compris...

Sur ces entrefaites un jeune homme, aux longs cheveux retenus par son bandeau de perles indiennes, les franges de peau de sa casaque flottant au vent, arriva à grands pas et vint se planter de l'autre côté d'Angélique, la dépassant de plus d'une tête. Il tenait sur son cœur un coffret d'écaille serti d'or avec autant de gravité qu'un Roi Mage à la crèche.

— Anne-François, s'exclama Ville d'Avray, que faites-vous là, mon ami ?

— Monsieur de Peyrac m'a chargé d'escorter Madame de Peyrac, fit l'adolescent en se redressant de toute sa taille qui était mince et n'en finissait pas.

— Comment ! L'ESCORTER ! Mais c'est MOI qui dois l'escorter, protesta le marquis, la main étalée sur son cœur.

— Peut-être n'aura-t-elle pas trop de deux défenseurs ?

— Billevesées ! Je suis bien capable de la défendre seul. De toute façon, vous mentez. On ne vous a chargé de rien. Et vous détonnez avec votre défroque de coureur de bois. C'est scandaleux !

— Je suis chargé de porter le nécessaire à parures de Madame de Peyrac.

— Dans cet accoutrement ! Mascarade ! Comment ! Vous n'avez pas été capable de vous vêtir selon votre rang et vous prétendez servir de chambellan à la plus belle femme du monde... Pas de ça, mon petit !

— Le signal ! s'écria Angélique qui venait de voir briller le sillage d'une lumière d'étoile filante qui, après s'être élevée assez haut, retombait et s'éteignait.

— Le signal ! répéta Ville d'Avray. C'est à nous.

Immédiatement mobilisé par la gravité de l'instant, il oublia sa querelle.

— Nous allons descendre dans la chaloupe. Venez, Angélique ! Et vous, petits pages, êtes-vous prêts ? Tenez le manteau comme ceci. Voilà... Quant à toi, Anne-François, recule-toi un peu et ne viens pas faire l'avantageux à ma place sinon je te tordrai le cou.

Le torse bombé, le talon cambré, le marquis de Ville d'Avray prit la main d'Angélique, la levant haut et, comme s'il avait eu à la mener à la pavane sous le feu des regards de la Cour, il lui fit traverser le premier pont jusqu'à la coupée.

Au pied du *Gouldsboro*, la chaloupe dansait sur les flots. En prévision de l'ampleur de la robe et du manteau de fourrure d'Angélique, on avait ajusté au flanc du navire une sorte d'escalier de bois avec une « main » de corde qui permettait d'embarquer plus facilement dans la chaloupe.

On fit descendre les deux petits pages. Puis le chevalier de Vauvenart qui pria Angélique de l'excuser de passer devant elle, mais c'était pour l'aider à prendre place. Le balancement du navire ne facilitait pas le transbordement. La robe et le manteau s'accrochaient et Angélique fut contente de profiter de la solide poigne du seigneur acadien. Cela lui réchauffait le cœur de se voir entourée d'amis canadiens et acadiens qui ne craignaient pas d'affirmer à la vue de tous l'estime et l'affection en lesquelles ils la tenaient.

Dans la chaloupe, elle préféra se tenir debout car ses robes de cour étaient décidément très encombrantes, mais l'embarcation était large et stable et le fleuve peu agité.

Elle remercia le ciel de la clémence du temps. Par des bourrasques de pluie ou de neige, des flots noirs et furieux, on aurait couru à l'échec. Sous ce firmament translucide, tout se déroulait avec calme comme pour intensifier la perfection du moment de l'arrivée et de l'image qu'elle devait imposer à Québec. Levant les yeux, elle vit passer un vol d'oies sauvages. Les dernières... Dessinées en noir, le cou tendu, traçant un V gigantesque à travers le ciel, elles lançaient quelques cris aigus, comme un appel ou un salut et Angélique vit en elles un signe bénéfique. Mais sitôt lui revint le souvenir de la voix feutrée qui chuchotait :

« J'ai appris à haïr la mer parce que vous l'aimiez... et aussi les oiseaux qui passaient... parce que vous les trouviez beaux... »

Les paroles haineuses et folles d'Ambroisine-la-Démone l'ébranlèrent d'une crainte furtive comme pour lui rappeler qu'il y avait, on ne sait où, contre elle des ennemis qui ne désarmaient pas (1).

Même morte, cette femme, envoyée pour la détruire, pouvait-elle encore la poursuivre et lui porter malheur ?

M. de Ville d'Avray descendait à son tour l'escalier mobile et réclama une place sur l'un des bancs de nage. Il s'assit en relevant les pans de sa redingote brodée, galonnée, soutachée, un vrai chef-d'œuvre.

Les rameurs saisirent leurs lourdes pales. A l'instar de tout l'équipage ils étaient vêtus de blanc, de bleu et d'or, un pistolet passé à la ceinture. Dans une barque voisine qui devait les suivre, six matelots armés de mousquets complétaient l'équipage.

Angélique, à l'avant, regardait vers Québec. Elle était maintenant impatiente d'entamer l'action, de partir à la conquête de nouvelles amitiés, de mesurer son pouvoir de séduction sur des êtres prévenus contre elle. Ce fut ainsi qu'elle fut la première à voir s'épanouir au sommet du Roc, derrière la palissade d'un fortin, une grosse fleur de fumée blanche.

— Alerte ! cria-t-elle.

Puis leur parvint la détonation sourde. Et, simultanément, tout proche, inconcevable, ronflant, terrifiant, ce vent du boulet. Il y eut un bruit de bois fracassé, une énorme secousse. Une grande colonne d'eau, surgie comme par miracle à l'avant

(1) Cf. *Angélique et la Démone.*

du *Gouldsboro,* grimpa à une hauteur prodigieuse et retomba en gerbe avec un crépitement d'averse. Arraché par le choc, à la coupée, au moment où il s'apprêtait à descendre, le jeune Anne-François passa par-dessus leurs têtes et alla faire le plongeon un peu plus loin dans le Saint-Laurent serrant toujours sur son cœur le nécessaire à parures en écaille serti d'or.

6

LE BEAUPRÉ AVAIT ÉTÉ EMPORTÉ. PEU S'EN FALLAIT QUE CE BOULET, tiré des hauteurs de Québec, n'eût atteint le *Gouldsboro* dans ses œuvres vives, écrasant au passage la barque et ses occupants.

Le *Gouldsboro* manœuvrait avec une rapidité exemplaire pour se mettre hors de la ligne de tir.

La chaloupe avait été soulevée par une énorme vague. Les rameurs faisaient des prodiges pour s'éloigner du bâtiment et ne pas être projetés contre la coque.

Dans un bruit de chaînes et de claquements, les volets de bois des sabords du *Gouldsboro* se relevaient découvrant la gueule noire des canons.

« Ça y est, c'est la guerre ! pensa Angélique hors d'elle de rage et de déception. Oh ! c'est trop bête. »

Elle avait été projetée en arrière, puis en avant, et, maintenant, à demi-assise, se cramponnait comme elle pouvait.

Par contre, Ville d'Avray, dressé, s'égosillait à l'adresse de M. d'Urville, commandant le feu de la dunette du *Gouldsboro*.

— Ne tirez pas par là ! Vous allez démolir ma maison. Tirez plutôt sur la gauche, sur celle de Monsieur de Castel-Morgeat, le gouverneur militaire, ce traître, ce ruffian. Voyez, là ! Là ! Là ! celle qui est à l'angle, au-dessus de la chapelle du Séminaire. La maison avec le toit d'ardoise... Tirez ! Abattez-la !

Dominant le tumulte des cris et des ordres la voix du comte d'Urville s'éleva :

— Feu !

Une salve étourdissante fit retentir les falaises et l'air s'emplit de fumée âcre, tandis que les embarcations à l'entour du navire semblaient prises de folie. Le *Gouldsboro* manœuvrait voiles déployées. Les autres navires de la flotte se rapprochaient pour se ranger à ses côtés. Un brouillard jaunâtre rempli d'échos grondants et d'appels avait remplacé le calme du beau matin et, par là-dessus, les oies sauvages trouvèrent le moyen de repasser en sens inverse, affolées, en lançant des cris de sorcières.

Inquiète pour le jeune Anne-François de Castel-Morgeat, Angélique le cherchait à la surface des eaux. Savait-il nager ? Elle l'aperçut qui se débattait et elle appela pour que l'on portât secours. Il savait nager, mais ses gros vêtements de peaux de chamois le gênaient. Enfin un canoé indien où se trouvaient deux sauvages le repéra. Il se cramponna à leur pagaie. Une barque de pêcheur ensuite le prit à son bord.

On attendait d'autres coups, d'autres salves mais les échos roulaient encore en décroissant et rien ne suivait. Cela avait été comme une brève et folle convulsion. Lentement, la fumée se dissipa, le soleil reparut, la rade se révéla à nouveau vaste et miroitante, avec la ville plus que jamais agitée et en effervescence.

Alors ils s'aperçurent que leur chaloupe avait dérivé et que les remous l'avaient entraînée loin de la barque d'escorte où se trouvaient les matelots armés. Un fort courant les avait saisis qui les rapprochait irrésistiblement des quais de la Basse-Ville un peu en amont de la Place Royale où attendaient les officiels.

Tout à coup, ils découvrirent à quelques toises des personnes rangées le long de la rive qui les regardaient approcher bouche bée. On put entendre quelqu'un crier :

— La v'là...

Les rameurs s'efforçaient en vain de faire demi-tour. La marée, encore sensible sous Québec, venait de se renverser et le courant puissant les entraînait.

— Tant pis, abordons, décida Angélique.

— Mais c'est le quartier des entrepôts et des halles, dit Ville d'Avray.

— C'est Québec ! et je suis venue pour y aborder.

Elle se dressa à l'avant dans sa robe royale. Le soleil faisait miroiter ses bijoux.

La chaloupe s'avançait très vite vers la grève. Angélique pouvait distinguer les visages. L'expression qui les marquait le plus était l'ébahissement. Angélique comprit que ces petites gens des bas quartiers qui n'espéraient pas avoir, aujourd'hui, beaucoup plus que des miettes du spectacle officiel, ne pouvaient réaliser qu'ils se trouvaient, subitement, aux premières loges.

De plus, pour avoir été ainsi refoulés dans ce coin écarté de la

Basse-Ville, il devait y avoir parmi eux des éléments hostiles, désapprouvant la politique du gouvernement et prêts à conspuer les « étrangers » qu'on leur avait annoncés comme suppôts de Satan et alliés de leurs pires ennemis, les Anglais.

C'est pourquoi Ville d'Avray était furieux. Non seulement un abordage dans ce point négligé de la rive manquait par trop de décorum mais on allait être obligé de prendre pied parmi la canaille. Tout était manqué du beau spectacle où il devait jouer un rôle en vue et qu'il s'était promis...

— La plèbe ! La plèbe ! grommelait-il. Nous voilà bien !

Mais Angélique, ravie de voir se rapprocher à vive allure la grève de Québec, contemplait avec plaisir la foule compacte, qui, les prunelles écarquillées, regardait venir à elle cette barque où se tenait debout une apparition digne des grandeurs de Versailles.

En vain, Vauvenart, à l'avant, beuglait-il :

— Attrapez le filin ! tas d'empotés ! Attrapez le filin !

Personne ne bougeait.

Enfin, quelqu'un saisit le cordage que lançait l'Acadien et l'amarra.

Il y eut un léger choc contre les pilotis d'un petit môle un peu pourri et enfoncé dans la vase.

Ville d'Avray y sauta lestement, retrouvant son enthousiasme dès que la pointe de son soulier de satin toucha le bois humide du débarcadère de sa ville préférée.

Il tendit la main à Angélique et, aidée des occupants de la barque et de ses pages qui soutenaient son manteau et ses belles jupes scintillantes, elle prit pied à son tour sur la plate-forme de bois.

La joie et son sentiment de victoire l'illuminèrent alors Elle touchait à Québec. Elle y était enfin.

A Tadoussac, ils avaient repris pied sur le sol de France. Mais à Québec, capitale de la colonie Nouvelle-France, c'était le Royaume qu'elle retrouvait, et presque Versailles, et derrière les maisons de pierres édifiées sur la terre d'Amérique, la face omniprésente du Roi, ce roi qui l'avait aimée, qu'elle avait défié, qui l'avait bannie, Louis XIV, le Roi-Soleil, et qui était aujourd'hui le plus grand roi incontesté de l'univers, le roi des Français

Car, quels qu'ils fussent, canailles ou braves gens, plébéiens ou seigneurs, ceux qui l'attendaient là étaient des Français comme elle, de sa race, qui parlaient sa langue, et, mieux encore, la plupart originaires de l'Ouest de la France, dont faisait partie sa province natale : le Poitou.

Toutes ses réflexions et la sensation qui en découlait d'être chez elle, en pays de connaissance, lui causèrent un plaisir immense.

Cela devait se lire sur son visage souriant.

Ville d'Avray, faisant face à la situation, se campait auprès d'elle et, tirant son épée, la brandissant en un geste théâtral, s'écriait :

— Mes amis, de retour en notre bonne ville, moi, le marquis de Ville d'Avray, je vous salue. Et j'ai l'honneur de vous présenter la comtesse de Peyrac. Les hasards du courant ont fait qu'elle vous visite avant le Gouverneur. Marquez-lui votre bon plaisir d'être ainsi favorisés du sort et faites-lui une haie d'honneur tandis que je la mène à nos officiels malchanceux qui l'attendent le nez en l'air...

Des rires et des vivats fleurirent spontanément à ce discours.

— En avant et haut les cœurs ! s'écria Ville d'Avray.

Il rabaissa son épée la tenant écartée de lui sur le côté, pointe vers la terre, puis, de l'autre main, prenant celle d'Angélique, il commença de monter à travers le quai qui s'élevait et s'élargissait en une vaste place.

— Il nous faudrait de la musique, décida Ville d'Avray. Nous n'avions pas prévu ce cortège.

Le petit Neals Abbal qui l'entendit lui montra sa flûte de Pan. Il délaissa le manteau qu'il soutenait avec Timothy et, venant se placer en avant, il porta l'instrument à ses lèvres. La musique gracieuse et légère s'éleva et ils s'avancèrent à pas comptés.

Ils tenaient à s'avancer lentement afin de ne pas donner à la foule, par une hâte impatiente, l'impression de craindre son humeur. Des gens continuaient d'applaudir tandis que les rangs s'ouvraient devant eux. La musique de la petite flûte de roseau maintenait le charme.

Angélique se rappelait ces villes du Poitou, de Vendée, où elle avait fait parfois des entrées triomphales. On criait alors vers elle avec espoir et, comme jadis, ceux-ci, elle aurait voulu aussi les embrasser, les serrer dans ses bras. Et ils devaient sentir son élan vers eux car peu à peu les visages s'éclairèrent, des sourires s'ébauchèrent. Tout à coup, il y eut de francs éclats de rire. On regardait quelque chose derrière elle. En se retournant, Angélique aperçut le chat, son chat qui la suivait.

Sa queue touffue, dressée bien droite, il semblait régler sa marche à leurs pas lents et solennels, comme s'il avait voulu dire :

— Eh bien ! Moi aussi, ne vous en déplaise, j'entre à Québec !

Angélique fut si étonnée de le découvrir là qu'elle s'arrêta net Comment avait-il fait pour la suivre ? Il avait dû sortir derrière elle du salon du *Gouldsboro* et ensuite se faufiler dans la chaloupe sans qu'on y prenne garde. Elle vit dans sa présence un signe de bon augure. Il lui avait toujours porté bonheur.

Jugeant que d'avoir été découvert l'autorisait à prendre le rang qui lui convenait, le chat les dépassa en quelques bonds et vint se placer près de Neals Abbal pour marcher devant eux.

Cet incident avait achevé de briser la glace.

Les applaudissements reprirent, mais plus fournis et plus chaleureux.

La foule était de plus en plus dense. L'annonce que la comtesse de Peyrac, la Dame du Lac d'Argent, personnage mythique auquel jusqu'alors on ne croyait qu'à demi, avait réellement abordé à l'anse du Cul-de-Sac, et s'avançait par le quartier « Sous-le-Fort », s'était répandue et vidait les ruelles et les maisons avoisinantes.

La partie semblait gagnée. Mais, alors qu'ils parvenaient à l'extrémité de la place et allaient s'engager dans une rue parallèle du fleuve afin de rejoindre la place du Marché, dite Royale, un groupe d'hommes déboucha avec l'intention visible d'obstruer le passage, poussant des cris séditieux :

— Vendus à l'Anglais... Traîtres !

— Traîtres vous-mêmes ! Laissez avancer ! Ne vous mêlez pas de ce qui se passe dans notre quartier. Vendus vous-mêmes ! On vous a payés ! Qui vous a payés ?... Le jésuite ?

— Tais-toi, blasphémateur !

Dans le hourvari subit qui venait d'éclater et où les habitants du quartier qui avaient accueilli Angélique à son débarquement prenaient violemment sa défense, des pierres commencèrent à voler. L'un des projectiles ricocha et vint frapper le chat.

Un miaulement éperdu s'éleva.

— Mon chat ! s'écria Angélique, bouleversée.

L'animal avait poussé un miaulement éperdu, avait fait un bond puis était retombé, immobile.

Sans souci de sa robe princière, Angélique se jeta à genoux près de lui. Tout se désorganisait. Les gens criaient et se molestaient. Les matelots de la chaloupe avaient immédiatement formé cercle autour d'Angélique. Celle-ci avait ramassé son pauvre chat, essayant de voir s'il était blessé ou seulement étourdi. Heureusement la pierre avait ricoché et l'avait frappé moins brutalement. Ville d'Avray, son épée tendue, réussissait à maintenir les gens à distance. Il n'aurait voulu blesser personne et les adjurait de se calmer. Mais on ne l'écoutait pas.

Une voix de poissarde éraillée et tonitruante domina soudain le tumulte.

— Arrêtez donc, malappris ! Sagouins ! Mal torchés ! Vous n'avez donc pas honte ! Vous en prendre à une bête ! Je vais vous réduire en chair à pâté, moi !

En quelques instants la situation fut de nouveau claire et nette. Comme les quilles ébranlées par la soudaine arrivée d'une boule bien lancée, quelques antagonistes allèrent mordre la poussière et dans l'espace ainsi découvert on aperçut une grosse femme, très violente, tous ses cheveux hors de sa coiffe qui distribuait généreusement de grandes claques et coups de pied, faisant le vide autour d'elle. Demeurée maîtresse du terrain, elle vint se planter devant Angélique.

— T'en fais pas pour ton chat, ma petite, lui lança-t-elle d'une voix radoucie. Et tout bas, d'un ton de confidence : il n'a rien. J'ai vu comment la pierre l'a frappé. Tiens, tu vois, il bouge. J' m'en vais te le soigner. Passe-le-moi. C'est pas le moment pour toi de soigner ton chat. Continue tout droit. Vaut mieux pas s'attarder par ici. J'ai envoyé mon larbin prévenir ces beaux messieurs et d'ici pas longtemps la garde va s'amener et t'encadrer pour te conduire au Gouverneur. Crains rien et fais-moi confiance. J' vais te le soigner moi, ton chat

Prenant délicatement dans ses bras l'animal qui commençait à gigoter, elle adressa à Angélique un clin d'œil énergique et complice et se perdit dans la foule qui lui livra le passage volontiers. Elle paraissait être connue ici et avoir une grande influence sur les gens de son quartier.

Ville d'Avray époussetait ses manchettes et rectifiait sa perruque. Timothy lui tendit son chapeau qui était tombé.

— Mais qu'est-ce que c'est que ces mœurs-là, ronchonna le marquis. Je ne reconnais plus ma bonne ville. Ce que c'est que de peindre le diable sur la muraille et d'effrayer les braves gens ! J'en ai reconnu quelques-uns parmi eux qui ne perdent rien pour attendre. Je vais leur faire payer cher leur insolence. Le lieutenant de police civile et criminelle est mon meilleur ami.

Angélique regarda autour d'elle. Elle n'était entourée maintenant que de personnes empressées à lui plaire. Mais l'incident du chat l'avait troublée. Quelque chose lui échappait dans l'intervention de la grosse femme. Pourtant cette femme malgré sa familiarité, lui avait inspiré confiance.

Elle regarda vers Ville d'Avray et lui dit :

— Il faut que nous parvenions à joindre Monsieur de Frontenac.

A ce moment, la foule s'écarta avec empressement pour laisser s'avancer un homme qui venait au-devant d'elle d'un pas rapide.

Lui aussi tenait son épée hors du fourreau, comme prêt, s'il le fallait, à pourfendre quiconque s'opposerait à lui.

Botté et chapeauté de noir, il portait par-dessus son pourpoint une courte chasuble également noire, au centre de laquelle était brodée une grande croix pattée d'argent.

Elle reconnut, vêtu de son grand uniforme de l'Ordre de Malte, le chevalier Claude de Loménie-Chambord.

7

L'INQUIÉTUDE MARQUAIT SES TRAITS.

— On nous a alertés,s'exclama-t-il. Dieu merci, vous êtes saine et sauve ! Quelle aventure incroyable ! Nous étions tournés vers le fleuve, à essayer de deviner ce qui allait arriver. Et voici que vous nous prenez à revers...

Il sourit. Angélique était émue de le revoir et fort soulagée de sa présence. Le chevalier de Malte possédait un grand ascendant sur la population.

— Qui a tiré ? demanda Ville d'Avray.

— On ne sait encore... Heureusement Monsieur de Frontenac a agi promptement et avec énergie. Il était furieux qu'on ait contrevenu à ses ordres. Il est remonté en hâte vers la Haute-Ville, afin d'intervenir en personne si cela se révélait nécessaire... Mais il semble que tout est rentré dans l'ordre... Venez ! Je vais vous conduire jusqu'à la Place Royale où l'on vous attend... Je vous prends sous ma protection.

Soudain, ses yeux s'agrandirent, émerveillés. Il venait de s'aviser de ses atours.

— Seigneur ! Madame ! Que vous êtes belle !

Elle rit gaiement. Il ne l'avait connue au fort Wapassou qu'emmitouflée dans des fourrures ou de gros lainages, chaussée de bottes. Elle n'était pas mécontente de se montrer à lui sous un jour plus seyant et même éclatant.

— J'ai voulu faire honneur à Québec, dit-elle. C'est un si beau jour pour moi.

On lui avait tellement rapporté que le chaste chevalier était tombé amoureux fou d'elle qu'elle ne pouvait s'empêcher de manifester un peu de coquetterie dans leurs rapports.

Une chose était certaine, c'est qu'il avait pris parti pour eux avec fougue, jusqu'à se faire accuser « d'avoir perdu la raison et de s'être laissé envoûter. » En ami loyal il avait tenu bon. Et l'entrevue d'aujourd'hui devait beaucoup à son courage.

— Et moi ? intervint Ville d'Avray.

Il avait froncé les sourcils en entendant le comte de Loménie déclarer : « je vous prends sous ma protection. »

— Quoi ! On nous bombarde. On nous sépare de notre escorte. Nous débarquons dans la vase des bas-quartiers sans que personne ne s'en avise et ne vole à notre secours... Nous nous colletons avec la canaille pour nous rendre à grand-peine jusqu'à vous. Je défends Madame de Peyrac au péril de ma vie. J'évite à Monsieur de Frontenac une rupture diplomatique grave. Qui sait ? La guerre, peut-être ! Et ce n'est pas moi qui aurai l'honneur de présenter Madame de Peyrac au Gouverneur et aux notables, mais vous ? Croyez-vous, Monsieur de Loménie, que vous n'avez qu'à surgir pour vous adjuger le beau rôle ?

— Calmez-vous, marquis, fit le chevalier surpris. Et recevez toutes mes excuses. Je ne m'attendais pas à votre présence.

— C'est complet !

— Je ne vous avais pas vu.

— Je vous avais pourtant adressé la parole et vous m'avez répondu... Mais vous étiez absent, transporté, ébloui ! Par ELLE, évidemment. Notez que je conçois votre saisissement et je peux même l'excuser, mais... je ne m'en effacerai pas pour autant...

— Eh bien ! c'est moi qui m'effacerai, consentit en riant le comte de Loménie-Chambord.

Cependant, il ne lâcha pas la main d'Angélique. Il se plaça seulement à sa gauche, tandis que le marquis se mettait à sa droite.

Encadrée par eux, Angélique fit son entrée sur la Place Royale qui était aussi la place du marché de la Basse-Ville, noire de monde.

Son apparition suscita des remous, un silence, puis des cris des acclamations et des ovations éclatèrent.

L'absence de M. de Frontenac entraînait du désordre dans le protocole.

Angélique distingua les officiels dans le fond de la place autour d'une estrade. Tous vêtus d'atours aux vives couleurs et d'uniformes chamarrés. En l'apercevant, ils oscillèrent dans sa direction et Angélique eut l'impression de les voir s'abattre autour d'elle comme un vol de gros oiseaux des îles.

Elle fut entourée aussitôt de souhaits et de compliments chaleureux, de protestations d amitié de propositions à se désaltérer, à s'asseoir, d'être menée au gouverneur qui n était pas là, en attendant d'être présentée aux uns et aux autres tous importants.

On les guida vers l'estrade qui était dressée au centre de la Place Royale et sur laquelle étaient disposées des tables nappées de blanc et surchargées de gobelets et de pichets d'étain, de verres et de hanaps dont le cristal miroitait au soleil d'hiver et d'aiguières de vermeil.

S'il n'avait fallu que ce détail à Angélique pour lui rappeler qu'elle se trouvait en Nouvelle-France et non en Nouvelle-Angleterre, il eût suffi Car la Place Royale étant également la place du marché de la Basse-Ville, l'estrade en son centre devait servir plus communément aux punitions et aux exécutions capitales, rares il est vrai. On s'était contenté de retirer le banc et les chaînes du pilori assis et de draper l'échafaud de beaux tapis.

Quatre barriques de vin des îles étaient posées sur des tréteaux bas et mises en perce, ainsi qu'une impressionnante rangée de fiasques de rhum des Antilles alignées sur les tables

— Monsieur de Peyrac nous a fait présent de ces vins excellents, expliqua à Angélique une dame avenante et qui paraissait très active. Il nous les a fait porter de grand matin avec sa chaloupe ainsi que ce rhum chaleureux et des liqueurs pour les dames.

Ainsi s'expliquait la joviale exubérance qui régnait. Angélique se demanda si ce n'était pas avec intention que Joffrey, dès la prime aube avait entrepris de régaler la population de Québec.

Sa générosité entraînait à la belle humeur et c'était pourquoi on avait traité à la légère ces quelques coups de canon intempestifs. Aussi bien tout semblait s'arranger

8

UN GRAND ESCOGRIFFE ARRIVAIT EN COURANT, DÉVALANT LE chemin de la Montagne, claudiquant et comme essoufflé, si noir de poil qu'avec sa barbe naissante sur son teint enflammé par le froid on l'aurait dit violet, une sorte d'Espagnol aux yeux de braise. Il s'arrêta brusquement devant Angélique comme un cheval qui vient de découvrir l'obstacle.

— Êtes-vous Madame de Peyrac ? demanda-t-il d'une voix haletante. Il ne vous a été causé aucun dommage ? Vous ne vous estimez ni blessée, ni mal traitée ?

Et comme Angélique protestait du bon accueil reçu.

— ... Il faut prévenir les sauvages, cria-t-il tourné vers le groupe des traitants et coureurs de bois, qui dans leurs vêtements à l'indienne se mêlaient aux assistants. Le grand Narrangasett est en train de les ameuter sur les plaines d'Abraham en disant que l'on a tiré sur ses amis... Allez vite le prévenir...

L'un des « voyageurs » en qui Angélique reconnut Romain de L'Aubignière, se précipita au pas de course.

— Le grand Narrangasett ? !... Piksarett, s'écria Angélique. Il m'a précédé à Québec. Il m'avait dit qu'il m'y attendrait.

L'officier noir de poil continuait à se tenir devant Angélique avec un air désemparé. Il ramassait son manteau sur le bras avec nervosité et, voulant exécuter devant elle un courtois salut de Cour, ne semblait plus se rappeler de quel côté se trouvait la garde de son épée. Il avait tant couru que son souffle, dans l'air froid, sortait de sa bouche entrouverte comme des bouffées de vapeur d'une marmite.

— Monsieur de Castel-Morgeat, lieutenant du Roi de France en Amérique, présenta le comte de Loménie.

— Monsieur de Castel-Morgeat, s'écria Angélique Est-ce vous qui avez fait tirer sur notre flotte ?

— Non, mordious ! J'avais donné ma parole ! Je sais la tenir

Il s'appuya contre l'estrade.

— Aïe ! Aïe ! ma jambe !

— Êtes-vous blessé ?

— Non, ce sont mes douleurs que j'ai contractées dans la campagne d'hiver en Iroquoisie...

Il la quitta d'un air encore plus hagard pour se précipiter sur un gentilhomme qui survenait entouré de douze soldats en justaucorps gris-blanc de l'infanterie, mousquet à l'épaule. Il se prit à lui chuchoter à mi-voix des explications volubiles.

Angélique devina que le nouveau venu était le gouverneur Frontenac. Il lui plut aussitôt. Il y avait en ce quinquagénaire robuste quelque chose de goguenard et de simple qui donnait l'impression de le connaître depuis longtemps. Lorsqu'il fronçait ses sourcils touffus, son regard étincelait comme de l'acier frappé par un brusque éclair. Mais, au repos, sa bouche aux lèvres charnues sous la moustache hérissée avait un pli de bonté, ses yeux riaient volontiers. On voyait qu'il était avant tout un militaire et que l'habit élégant enfilé le matin, le jabot noué au mieux, tous les rubans des décorations à leur place, les bas à baguettes d'or bien tirés, avaient certainement requis beaucoup d'héroïsme et de savoir-faire de la part de ses valets. Sa perruque, qu'il portait de cheveux blancs bien qu'il ne fût pas un vieillard, était un peu de travers. Il écouta Castel-Morgeat avec attention mais impatience et expédia d'un revers de main les explications que l'autre recommençait.

— Tout est votre faute ! l'entendit-elle jeter au gouverneur militaire. Vous vous laissez mener par le bout du nez. Et, à cause de votre faiblesse insigne, me voici avec un grave incident diplomatique sur les bras. Je connais Monsieur de Peyrac de réputation depuis de longue date et nous correspondons depuis plus d'un an pour mettre au point notre alliance ! Et voyez, ses vaisseaux se sont retirés. Que mijote-t-il ? Il ne va pas laisser passer cette insulte qui a failli lui coûter son navire-amiral... Je veux lui faire porter tout de suite un message. Vous allez vous en charger pour votre peine. Allez, embarquez, tant pis si l'on vous tire dessus...

Sur ces entrefaites, on vint dire à M. de Frontenac que Mme de Peyrac se trouvait là. Il se retourna et l'apercevant poussa une exclamation stupéfaite et ravie et vint à elle les deux mains tendues.

— Madame de Peyrac ! Quel miracle ! Saine et sauve ! Et votre époux où se trouve-t-il ? J'espère qu'il ne nous en veut pas trop ?

Sans attendre les réponses à ses questions, il lui baisait les mains et la regardait avec enthousiasme comme s'il ne pouvait en croire ses yeux. Puis il s'inquiéta de nouveau.

— Où est Monsieur votre époux ? Que fait-il ?

— Je l'ignore...

Rapidement, elle lui conta son odyssée, comment elle se trouvait déjà dans la chaloupe au moment de la canonnade, et que l'esquif ayant été entraîné par les remous et les courants elle avait dû aborder en un point de la Basse-Ville.

— Monsieur de Peyrac doit être fou d'inquiétude à votre sujet et de rage envers moi. Il faut absolument le prévenir et le rassurer.

Il dicta à son secrétaire, sur un écritoire volant, une missive remplie d'excuses et d'explications et la remit à un officiel de son escorte.

— Pas vous, dit-il en refoulant Castel-Morgeat du geste, vous ne feriez qu'aggraver les choses.

L'officier prit place dans une barque. On perdit un peu de temps à trouver un drapeau blanc. On en fabriqua un avec l'écharpe blanche en sautoir d'un de ces messieurs. Sous l'impulsion de deux solides rameurs, le plénipotentiaire s'éloigna vers les lointains où se profilaient, estompés par une brume légère, les vaisseaux de la flotte de Peyrac. M. de Frontenac le suivit d'un œil anxieux et impatient.

— Et maintenant, il nous faut attendre.

Angélique pensait que l'attente promettait d'être longue. Elle ne pouvait guère extrapoler sur le tour que prendraient les décisions de Joffrey de Peyrac après cet échange de boulets. Lorsqu'elle s'était embarquée, il était, lui, à terre avec ses hommes en aval de Québec. Avait-il regagné son bord ? Ou bien, progressait-il avec des intentions guerrières vers la ville traîtresse ? Savait-il seulement ce qui lui était arrivé à elle ?

Il fallait attendre les effets de la lettre de M. de Frontenac, si celle-ci lui parvenait.

Angélique aurait aimé lui demander quel était le parti hostile qui avait osé désavouer et contrecarrer les plans généreux du gouverneur. Il était évident que celui-ci avait été pris de court et dominait mal sa colère qui lui revenait par bouffées. Il revint à elle.

— Désolant ! Une si belle réception ! J'avais tout organisé avec l'étiquette voulue. Vous auriez été reçue somptueusement, comme une reine, on vous aurait présenté les tambours et les trompettes faisant retentir les échos. Tandis que regardez-moi ce désordre de foire ! Les gens boivent et rient et se congratulent comme si rien ne s'était passé.

— Peut-être ma venue les a-t-elle rassurés ? Me voyant là ils savent que les pourparlers ne sont pas rompus.

— Et si Monsieur de Peyrac refusait de parlementer ?

— Eh bien ! N'avez-vous pas en moi un otage de marque ? Vous pourrez m'échanger contre le pardon de votre offense.

— Et Monsieur de Peyrac, de son côté, peut vous menacer de pendre haut et court Messieurs Carlon et de Bardagne qu'il détient en son pouvoir, s'écria Ville d'Avray d'un air réjoui.

— Fi ! Fi ! de ces odieux chantages, de ces lâches menaces ! se plaignit Frontenac. Ah ! j'avais rêvé autre chose.

Angélique voulut le réconforter.

— Monsieur, nous plaisantions...

— Madame, vous riez !

— Mais oui ! Jusqu'ici nous n'avons à déplorer rien de grave. Pour ma part, je m'estime en bonne compagnie. Et vos vins sont très encourageants.

— Eh bien ! je vais suivre votre exemple, décida Frontenac en saisissant un verre sur un plateau qu'on lui présentait, j'en ai besoin.

Il tint son verre levé devant le sien.

— A notre alliance ! dit-il.

Il paraissait ému. Elle se remémora qu'il était d'Aquitaine et peut-être savait-il sur elle et sur Joffrey bien des choses que les autres ignoraient ou avaient oubliées. Le regard de Monsieur de Frontenac, plongé dans le sien, parut évoquer toutes sortes d'images.

— Aussi belle que la légende, murmura-t-il. Madame, tout ceci n'est pas très protocolaire, mais pardonnez une légitime émotion, après une si longue attente et de si difficiles tractations. Voir triompher d'obstacles infranchissables la volonté d'amitié qui m'unit à vous et à votre époux me bouleverse au-delà de ce que je puis exprimer. Il y a encore un instant j'ai cru que nous n'en viendrions pas à bout et que cette heure verrait la fin de nos espoirs. Et puis l'on m'annonce que vous êtes là et j'entends les vivats de la multitude. Et je vous vois...

Il vida son verre d'un coup et se fit servir une seconde fois.

De temps à autre, Frontenac regardait avec impatience vers le large.

— Que se passe-t-il ? Que fait-il ?

Mais Angélique qui savait que Joffrey avait déjà débarqué en aval de Québec ne s'attendait pas à le voir de sitôt, surtout si sa progression en avant avait été interrompue par l'incident du coup de canon. Dans l'expectative, il lui fallait au moins s'aviser de la situation de sa flotte et des intentions de la ville Alors le message de Frontenac finirait par l'atteindre.

Parmi la foule, des valets circulaient portant de grandes corbeilles de brioches et des pâtisseries.

Des petits garçons vêtus de noir, une collerette blanche au cou, y faisaient grand honneur. Un groupe de prêtres les patronnait. Les enfants, qui avaient été amenés sur la place de bonne heure, avaient les joues rouges et les yeux brillants. Ils avaient bu de la bière d'épinette et on avait du mal à les faire tenir tranquilles. C'était les pupilles du séminaire de Québec.

Non loin, un autre groupe de soutanes noires attira son attention et elle comprit qu'il s'agissait de l'assemblée des jésuites, dont le gouverneur avait plus ou moins exigé la présence afin d'honorer les nouveaux venus et de ne souligner aucune réticence.

Les battements de son cœur s'accélérèrent et elle se pencha vers le chevalier de Malte, Loménie-Chambord, l'attirant un peu a l'écart.

— Monsieur de Loménie lui dit-elle tout bas voulez-vous avoir l'obligeance de me désigner, parmi ces messieurs de la Compagnie de Jésus le Père Sébastien d'Orgeval ? Je sais qu'il est votre ami et que vous êtes le nôtre, mais il n'en est pas moins vrai qu'il s'est comporté en ennemi à notre égard et qu'il nous demeure certainement hostile. Je suis impressionnée à l'idée de me trouver devant lui et je veux m'y préparer.

Le front du comte de Loménie-Chambord se rembrunit. Puis il eut un sourire un peu triste. Il regardait avec indulgence le beau visage de femme levé vers lui. La timidité rendait la déesse émouvante.

— Vous ne le verrez pas, dit-il. Depuis trois jours il a disparu.

9

— DISPARU ?

Angélique ne savait encore si la nouvelle l'allégeait d'un poids, ou la décevait.

Elle répéta :

— Disparu ? Que voulez-vous dire ?

— Qu'il y a trois jours encore Sébastien d'Orgeval était à Québec. A plusieurs reprises, je l'avais rencontré essayant de le convaincre de se rallier à la décision de Monsieur le Gouverneur de vous faire bon accueil. J'allais le voir un soir au couvent des jésuites où il m'avait donné rendez-vous. On me dit qu'il était chez Monsieur le Gouverneur qui l'avait convoqué. Je m'y rendis. Monsieur de Frontenac ne l'avait pas vu. Nous l'attendîmes en vain. Depuis, on ne l'a plus revu à Québec.

Angélique demeurait interdite, ne parvenant pas à se faire une opinion sur cette nouvelle dérobade de l'insaisissable jésuite. Après un moment de réflexion son sentiment pencha vers l'inquiétude. Qu'est-ce que cela cachait ? Le jésuite s'était-il retiré dans l'ombre afin de mieux préparer ses chausse-trappes ?

— Dès son arrivée à Québec, il avait rassemblé les sauvages Abénakis et Hurons dans les plaines d'Abraham et les encourageait à s'opposer par les armes à votre débarquement. Les phénomènes étranges que l'on appelle ici « les canots de la chasse-galerie » soutenaient l'annonce qu'il leur faisait des calamités qui allaient s'abattre sur nous. Un illuminé avait vu passer dans le ciel ces lumières qui parfois sous nos latitudes le traversent.

— ... Je les ai vues aussi murmura Angélique, mais comme pour elle-même.

— Les âmes faibles et effrayées y voient la vision de canots enflammés à bord desquels ont pris place les missionnaires et coureurs de bois morts martyrs des Iroquois pour la survie de la Nouvelle-France... Annonce de malheurs, appels à la vigilance... Il était facile d'exploiter cette atmosphère de frayeur et je parlais en vain. Sur ces entrefaites arriva le chef des Patsuikett qui convoquait le ban et l'arrière-ban des Abénakis pour vous recevoir. Peu s'en est fallu qu'une bataille rangée n'opposât les partisans du Narrangasett à ceux de Sébastien d'Orgeval.

UNE rumeur lointaine qui s'éleva des hauteurs de la ville, et roula vers eux son écho, tel un coup de tonnerre prolongé, interrompit leur conversation

Était-ce Joffrey qui arrivait ? se demanda Angélique en alerte.

Le grondement s'amplifia tel celui d'un mascaret roulant d'étage en étage, au flanc de la falaise.

Puis un soldat surgit d'une ruelle en pente, le doigt levé en direction du sommet en criant :

— Monsieur le Gouverneur, les sauvages ! Ils arrivent !

Des centaines de sauvages, poussant par instants une clameur géante, dévalaient par les rues, les jardins, sautant les enclos les murets. Le bruit de leurs colliers de coquillages, secoués par la course, ajoutait au tumulte un curieux tintamarre syncopé.

Frontenac les poings sur les hanches leva le nez en direction de la rumeur torrentielle.

— Qu'est-ce qui leur prend ?

Et tourné vers Castel-Morgeat .

— ... Vous ne pouviez pas rester en haut, ventre saint-gris, a tenir tout votre monde ?

— Mais c'est vous, Monsieur le Gouverneur qui avez exige que je sois, en bas, au débarcadère

— Qui gouverne les sauvages ?

— Piksarett !

— Alors, il faut esperer qu'il ne s agit que d une manifestation de bienvenue à leur façon

Il était quand même un peu sur le qui-vive. Ces Indiens étaient imprévisibles.

— Le grand sagamore Piksarett a pris farouchement votre parti, dit-il tourné vers Angélique. Il s'affirme de vos amis, ce qui est pour le moins surprenant.

— Nous nous sommes rendu des services mutuels, répondit-elle, et je l'ai en grande estime.

La dernière fois qu'elle avait rencontré le grand chef indien, c'était trois mois plus tôt sur le golfe Laurentin, après les tragiques incidents d'Acadie.

Avant de s'enfoncer dans la forêt, portant à sa ceinture les scalps sanglants des partisans d'Ambroisine de Maudribourg, il lui avait crié :

— Va ! Je te retrouverai à Québec. Tu auras encore besoin de mon aide, là-bas...

Il tenait parole.

Il apparut au sommet de la rue des Éparges que terminaient quelques marches.

Seul !

D'un geste impérieux, il retenait la ruée de ses guerriers qu'il avait entraînés derrière lui, dans cette folle dégringolade.

Le silence tomba. Dans le même temps, le bord des remparts et des parapets se garnit de têtes emplumées.

Piksarett pouvait se reconnaître à sa haute taille dégingandée. Mais lui qu'on avait coutume de voir demi-nu ou vêtu de son informe peau d'ours noir, il était ce jour-là superbement harnaché. Des serpentins de peinture rouges et blancs le « matachiaient » (1) de la tête aux pieds, selon un rituel compliqué auquel il donnait sa préférence et qui soulignait de volutes chacun de ses muscles, les pectoraux, le nombril, les rotules de ses genoux, garnis de jarretières de plumes.

Il avait la tête coiffée d'une immense tiare brodée de coquillages qui supportait un non moins impressionnant panache de plumes de toutes couleurs.

Il resta un long moment immobile afin que chacun pût l'admirer dans sa magnificence, puis il marcha très solennellement en direction d'Angélique qu'encadraient les notabilités françaises.

Une intense satisfaction faisait luire ses prunelles noires et malicieuses.

Il lui adressa un regard de connivence. Entre eux, il y avait

(1) Matachier : terme indien désignant l'acte de se décorer de peintures de guerre

déjà une assez riche histoire d'adversaires, adversaires alliés, d'adversaires d'égale force.

Soucieux de rappeler ses droits, il posa une main péremptoire sur l'épaule d'Angélique.

— Ma captive, dit-il.

Et, tourné vers Frontenac :

— ... C'est ainsi, tu dois le savoir Cette femme est ma captive et non la tienne. J'ai posé ma main sur elle au village de Newehevanik mais elle m'a dit qu'elle était déjà baptisée et Française. Alors, que pouvais-je faire ? Cependant comme tu le vois, je te l'ai amenée à Québec et son époux s'y rend de même afin de me payer sa rançon. Je connais bien ces étrangers du Haut-Kennébec. Et je peux t'assurer qu'il n'y a point en eux de fourberie. Aussi, je t'en prierai, reçois mes hôtes avec honneur et confiance.

— Tu peux constater par tes yeux l'honneur que je leur fais et sois en paix. L'accueil qu'ils recevront en nos murs contentera ton cœur. Nos alliances se confondent et ceux que tu honores de ta confiance, je ne peux les juger indignes de s'asseoir à mes côtés, sous l'égide de la bannière du Roi de France et de partager le festin après avoir fumé le calumet de la paix. Je partage ta conviction que c'est un grand jour pour le repos des Nations que celui que nous vivons.

Piksarett satisfait se tourna vers la population et commença à la haranguer. Angélique comprit qu'il présentait une nomenclature de ses hauts faits à elle, Angélique, parmi lesquels il révélait comme le plus important à ses yeux celui qu'elle pouvait commander aux esprits et ressusciter des êtres quasi morts en les touchant de ses mains.

Heureusement, son homélie fut brève et elle espéra qu'on ne l'avait pas écoutée de façon trop attentive.

D'un geste impérieux, Piksarett conclut en présentant sa captive et en priant la foule de l'acclamer.

Les vivats reprirent de bon cœur et le tumulte, avec cette fois la participation des sauvages, prit une telle ampleur qu'elle couvrit l'approche d'une musique de fifres et de tambours arrivant par les rues du bord du fleuve

On vit soudain, à l'entrée de la place, une rangée de musiciens frappant leurs caisses enrubannées puis des hommes en armes portant des piques, et dont les cuirasses et les casques d'acier noir étincelaient au soleil

C'était Joffrey de Peyrac et sa troupe

10

ANGÉLIQUE LE CŒUR BATTANT DUT S'AVOUER QUE LE DOUBLE rang des tambours, puis des fifres s'avançant hardiment dans leurs costumes blancs étincelants, la ceinture rayée à franges d'or, le bonnet bleu à glands d'or et s'écartant pour former la haie en un mouvement d'ensemble précis sans interrompre pour cela leur musique dont les roulements et les notes aiguës s'intensifiaient, produisait un effet de beauté et de puissance surprenant.

Plus impressionnants encore étaient les Espagnols de Peyrac en cuirasse et casques noirs, la pique en main qui formaient la garde du comte de Peyrac. Don Alvarez, leur capitaine, affectait le visage hautain et sévère d'un hidalgo pénétrant dans une ville flamande.

Flottaient au vent des oriflammes et des bannières portant les écussons des armes de chacun des capitaines des cinq navires qui étaient dans la rade et en tête celui qu'affichait le comte de Peyrac à Gouldsboro et sur ses forts du Maine : un écu d'argent sur fond d'azur (1).

— Tiens, s'exclama quelqu'un, quand il était en Méditerranée, il portait son signe d'argent sur fond de gueules (2)...

Angélique se retourna vivement cherchant à repérer, au milieu de toutes ces faces pressées, tournées vers le cortège des arrivants, l'homme qui avait jeté ces mots d'un ton léger et sarcastique.

Il y avait donc quelqu'un, dans cette foule française, qui savait d'avance que derrière le comte de Peyrac se cachait l'ancien Rescator de la Méditerranée ?

Elle ne put reconnaître aucun visage. Et qu'importe ! Était-ce un danger ? Il fallait s'attendre à ce genre de rencontre.

En voulant pénétrer dans cette petite société dirigeante de la Nouvelle-France, directement reliée à la Cour et à ses intrigues, il faudrait s'attendre à voir surgir des fantômes du passé.

Le redoutait-elle ?

Elle n'eut pas le temps de s'apesantir, d'éprouver un frisson. Les Espagnols se séparaient, se rangeaient, eux aussi, sur le

(1) En termes de blason : fond d'azur = fond bleu ; fond de gueules = fond rouge.

côté, se faisant vis-à-vis et tendant leurs piques élevées et entrecroisées formant une voûte d'honneur. Et l'on vit s'avancer le comte Joffrey de Peyrac de Morens d'Irristru.

Une rumeur courut dans la foule. Rumeur trahissant une émotion non dénuée de crainte et d'une certaine hostilité mais aussi d'étonnement.

Car il s'avançait donnant la main à Honorine.

Le charme ambigu qui émanait de sa grande silhouette conquérante, au visage couturé de cicatrices et portant la marque d'une existence fertile en combats et violence, était comme atténué par la présence de l'enfant.

Il avait certes l'œil sombre et sarrazin, des cheveux noirs et touffus qui ne devaient rien à l'art de la perruque et il affichait une élégance guerrière qui, avec ses hautes bottes à l'anglaise, ses gants à crispin et les deux baudriers en cuir de Cordoue supportant des pistolets à crosse d'argent, l'approchait de l'image que se faisaient les bonnes gens d'un redoutable pirate des Caraïbes.

Mais ce qui déconcertait, c'était la cordialité de son sourire, et surtout le geste simple et naturel avec lequel il menait la petite fille vers le gouverneur et les dignitaires.

On eût dit que c'était beaucoup plus elle qu'il voulait présenter que lui-même.

Honorine, sa main dans la main de Joffrey de Peyrac, était adorable de prestance et de dignité. Sa robe bleue, traversée de reflets verts soutenus, faisait ressortir l'éclat de ses beaux cheveux cuivrés, coiffés en nappe sur ses épaules. Elle, qui aimait tant être libre de ses mouvements, supportait avec patience le haut col de dentelle noué de galons à glands d'argent qui l'obligeait à tenir le cou bien droit. Elle supportait le corselet en pointe souligné de franges aurore qui tranchaient sur le vert du tissu damassé et les nœuds aurore qui nouaient aux poignets les manches bouffantes de lingerie fine sortant de celles plus courtes, à revers brodés, du casaquin. Sous son bras gauche, elle tenait son chapeau à plumes vertes et roses Ç'aurait été trop lui demander que de le coiffer, mais cela pouvait s'admettre car beaucoup de dames avaient pris l'habitude, avec l'échafaudage de plus en plus compliqué de leurs coiffures, de porter leurs chapeaux sous le bras, à l'instar des hommes.

Elle avait l'air d'une enfant royale C'est avec beaucoup de sérieux qu'elle s'approchait aux côtés de son père

Alors que tous les yeux étaient fixés sur eux, des matelots du *Gouldsboro* s'égaillèrent vivement autour de la place Des hommes armés de mousquets se portèrent à divers endroits, la main posée sur le briquet de leur ceinture.

Ces mouvements passèrent inaperçus. On se montrait, marchant derrière Joffrey de Peyrac et Honorine, les deux fils du comte, Florimond et Cantor, beaux adolescents de seize et dix-huit ans, et un groupe de personnages des plus dignes, en lesquels — au moins pour deux d'entre eux — Québec pouvait reconnaître des figures familières et estimées, soit le propre Intendant de la Nouvelle-France, M. Carlon, de retour de sa tournée en Acadie, et M. d'Arreboust, que l'on croyait parti pour l'Europe. Un troisième personnage, bel homme avec de la prestance et du sérieux, était inconnu, mais le bruit courait déjà qu'il s'agissait d'un envoyé extraordinaire du Roi, arrivé sur un navire démâté, et que la flotte de M. de Peyrac avait sauvé de la noyade.

Leur présence et celle des rescapés du *Saint-Jean-Baptiste* qui suivaient achevaient de transformer cette entrée dans la ville d'un corsaire redouté en une entrevue de puissances alliées désireuses de s'obliger et de se porter secours mutuellement afin d'établir des relations de bon voisinage.

Lâchant la main qui la tenait, Honorine fit une profonde révérence à M. de Frontenac, puis après un instant de réflexion elle en fit une seconde à Piksarett qu'elle avait vu s'avancer en premier, puis, sa tâche accomplie, elle s'élança.

Angélique crut qu'elle venait vers elle, mais c'était vers M. de Loménie-Chambord que son œil d'aigle avait repéré dès son entrée sur la place. Le chevalier de Malte touché par cet élan innocent l'enleva dans ses bras et la serra sur sa croix d'argent.

— M'avez-vous préparé mon couteau à scalper ? lui demanda Honorine, dès qu'elle l'eut embrassé sur les deux joues. Vous me l'aviez promis ainsi que Monsieur d'Arreboust quand vous êtes venus à Wapassou...

Le chevalier fut surpris car cet engagement lui était tout à fait sorti de mémoire. Fort heureusement pour lui, Honorine fut accaparée par nombre de dames et de messieurs qui la trouvaient charmante et voulaient l'embrasser et la féliciter.

A Québec, malgré les efforts du gouverneur qui y tenait, le protocole ne se maintenait jamais très longtemps. L'intervention de l'enfant avait « brisé la glace », et l'on commençait à s'interpeller, se présenter les uns aux autres, se reconnaître. M. d'Arreboust fut entouré d'amis, enchantés de le revoir, car on le croyait voguant vers la Bastille et sa disgrâce avait bouleversé les éléments conciliateurs de la colonie.

Malgré tout Frontenac s'évertuait de procéder à quelques

présentations officielles. Au moins les membres de son administration civile et militaire.

Après le gouverneur militaire et ses officiers, les membres du Conseil souverain, les sieurs Gaubert de La Melloise, Magry de Saint-Chamond, Haubourg de Longchamp, Basile, Gollin, le procureur Noël Tardieu de La Vaudière, le greffier Nicolas Carbonnel.

Joffrey de Peyrac saluait et disait un mot à chacun. Angélique s'efforçait, cette fois encore, de retenir au moins quelques-uns de tous ces noms.

A son tour le comte présentait ses fils, ses lieutenants, officiers, écuyers, et surtout M. de Bardagne, envoyé du Roi, qui attendait fort patiemment.

Angélique, que le gouverneur Frontenac gardait à sa droite, se trouva tout près de M. de Bardagne lorsqu'il présenta ses titres et ses lettres de créance, tandis que le comte de Peyrac, en quelques mots, expliquait comment il avait eu l'agrément de pouvoir obliger le représentant de Sa Majesté, en difficulté dans le Saint-Laurent.

Enfin, Angélique put se glisser près de Joffrey. Elle le fixait les yeux brillants. Il prit sa main et baisa furtivement le bout de ses doigts.

— Que vous avais-je dit ! glissa-t-il à mi-voix. Ils ont gagné !

— Qui cela ?

— Vos yeux verts !

— Oh ! Joffrey ! J'ai bien cru que tout était perdu. Qu'était-ce, ce coup de canon ?

— Je l'ignore encore... Un excité. Peut-être une suprême attaque de votre cher ami, le Père d'Orgeval.

— Il n'est pas présent à Québec. Il a disparu. Monsieur de Loménie vient de m'en informer...

— Ah ! vraiment !

Il réfléchit et sourit. Angélique aurait juré qu'il n'était pas tellement surpris de la nouvelle.

— Eh bien ! voilà qui est parfait. Un adversaire de moins à circonvenir...

Il était très à l'aise, amusé.

Qu'a-t-il tramé encore ? se demanda-t-elle, qui a entraîné cette... fuite du Père d'Orgeval ? Joffrey n'avait-il pas fait allusion à un espion secret qu'il aurait à sa solde au cœur même de Québec ?

Elle regarda autour d'elle, interrogeant ces visages nouveaux, tous différents, mais joviaux et animés. On devenait follement gai.

— J'ai tremblé pour vous, reprit Peyrac, profitant du chassé-croisé des conversations pour la retenir, un peu, près de lui. Ce coup de canon pouvait avoir des conséquences désastreuses... Heureusement, dans le message qu'il m'a fait parvenir, Monsieur de Frontenac m'assurait qu'il s'agissait d'une lamentable erreur, que tout allait bien maintenant, malgré la réponse violente du *Gouldsboro.*

— Oui, votre riposte a été rude, interjeta Frontenac qui avait saisi au vol les derniers mots... Grâce à Dieu, pas de morts... une seule maison démolie, celle de... Après tout, c'est bien fait... Je vous expliquerai...

La ville paraissait délivrée d'un sortilège. Les enfants s'étaient enhardis et couraient partout, buvant, mangeant, provoquant les Indiens à la course ou au tir, venant admirer sous le nez les toilettes somptueuses des belles dames et des beaux seigneurs de la Haute-Ville, aujourd'hui descendus vers la Basse-Ville.

Les hommes de Peyrac et les gens de sa maison faisaient connaissance avec la population et acceptaient des mains d'accortes jeunes filles une chopine de bière, une pinte de vin.

Angélique fut surprise de voir Honorine aller embrasser un petit garçon parmi les pupilles du Séminaire. Puis tous deux restèrent là se tenant la main et se considérant gravement.

Angélique s'approcha.

— Pourquoi as-tu embrassé ce petit garçon ? D'où le connais-tu ?

Honorine hocha la tête.

— Tu sais bien que je lui ai donné un morceau de sucre candi l'an dernier quand il est venu chez nous avant que tout brûle.

Honorine avait une mémoire étonnante des visages et de toutes choses en général. Ce n'était pas la première fois qu'Angélique s'en avisait.

A son tour, elle reconnaissait en effet le petit Marcellin, neveu de M. de L'Aubignière, qu'un parti d'Iroquois qui le détenait prisonnier depuis trois ans avait rendu aux Canadiens, qui les encerclaient sur les rives du Kennébec, en échange de leur liberté.

Il ne disait mot.

— As-tu gardé les billes que t'avait données Thomas ? Réponds-moi. Tu parles français maintenant ?

Mais l'enfant demeurait coi. Elle devina pourtant qu'il la reconnaissait à un rapide éclair de malice et de méfiance qui passa dans son regard bleu

Étonnés de la voir agenouillée devant l'un des pensionnaires du Séminaire et sensibles au tableau qu'elle offrait avec son grand manteau de fourrure blanche, la corolle de sa robe bleu brillant gonflant autour d'elle, les gens s'étaient attroupés.

L'arrivée en force des Acadiens qui, eux aussi, avaient été des passagers du *Gouldsboro,* relança un nouvel échange de saluts.

— Décidément, Comte, vous avez battu le rappel des attardés, disait le gouverneur à Peyrac. Sans vous, je commence à comprendre que bien des nôtres se seraient trouvés en difficulté pour rallier Québec à l'automne. La navigation se fait de plus en plus difficile dans la Baie Française avec les Anglais. D'autre part, je me serais réjoui que vous m'apportiez des nouvelles d'un contingent de Filles du Roy que m'annonçait dans les premiers courriers de l'été, avec grandes recommandations, la Compagnie du Saint-Sacrement. Leur bienfaitrice, la duchesse de Maudribourg, avait frété un navire sur sa cassette et les accompagnait.

Il s'interrompit, fixant avec étonnement quelqu'un qui se trouvait derrière Angélique et le comte de Peyrac.

— Pourquoi te signes-tu, soldat ?

— C'est que vous avez prononcé le nom de cette bougresse-là, mon gouverneur, balbutia la voix troublée d'Adhémar, qui caché derrière Angélique se couvrait de larges signes de croix. La Maudribourg ! Oh ! Pitié pour nous ! Tout le monde sait qu'elle était fille du diable !

L'ensemble de cette déclaration embrouillée se perdit dans un bruit de paroles véhémentes que certains des arrivants qui se trouvaient là lancèrent avec beaucoup de vigueur, afin de la couvrir.

Joffrey put enfin saisir l'opportunité de renseigner M. de Frontenac sur le sort de la duchesse de Maudribourg.

— En effet, Monsieur le gouverneur, vos pressentiments sont justes. *La Licorne,* le navire de cette dame bienfaitrice, s'est perdu corps et biens sur les côtes de l'Acadie. Me trouvant là, j'ai pu secourir quelques-unes de ces malheureuses jeunes filles, mais, hélas ! la duchesse a trouvé la mort dans ce naufrage.

— Vingt Dieux ! s'exclama Frontenac, la Compagnie du Saint-Sacrement va me chanter pouilles !

— Nous avons amené avec nous quelques-unes de ces rescapées...

— Que vais-je en faire maintenant que leur bienfaitrice n'est plus là pour les soutenir ?

Le gouverneur chercha des yeux autour de lui.

— Je vais demander son avis à Madame de Mercouville... C'est une personne de bon jugement, très active. Elle est présidente de la Confrérie de la Sainte-Famille Elle aura certainement une idée. De toute façon, je dois réunir le Grand Conseil demain, non, après-demain, car je veux vous laisser, ainsi qu'à Madame de Peyrac, le temps de prendre vos quartiers... Après ce long voyage... J'ai été bien inspiré. Voyant que je n'avais plus à l'attendre pour cette saison, j'ai mis à votre disposition le manoir que j'avais prévu pour la duchesse de Maudribourg, c'est l'une de nos plus belles bâtisses...

Chaque fois qu'Adhémar entendait prononcer le nom de la duchesse de Maudribourg, il se signait abondamment. Le quartier-maître Vanneau finit par l'écarter et par le dissimuler derrière le rempart des hommes du *Gouldsboro.* Il valait mieux qu'il n'attirât pas trop l'attention dans son uniforme flambant neuf, tant qu'on n'aurait pas éliminé pour le pauvre soldat l'accusation de désertion qui risquait de peser sur lui en Nouvelle-France.

Comme par une réaction de conjuration envers la duchesse, l'instant parut choisi pour présenter les jésuites. Étant avertie que le Père d'Orgeval ne se trouvait pas parmi eux, Angélique les aborda sans appréhension. Elle ne pouvait s'empêcher d'éprouver aussi de la déception. Ce jésuite, leur ennemi, qu'ils n'avaient jamais vu et qui se dérobait toujours au moment de la confrontation demeurait ainsi un adversaire inquiétant. Il aurait été bon de pouvoir croiser le fer avec lui une fois pour toutes, d'affronter « ce regard bleu à la dureté de saphir » dont parlait Ambroisine.

Privé de cette présence, le groupe des jésuites, nonobstant leur expression de courtoisie distante, n'inspirait pas la crainte.

Ils étaient une dizaine environ.

Le supérieur de la communauté, le Révérend Père de Maubeuge, apparut à Angélique comme un énigmatique personnage. On disait qu'il avait passé de longues années en Chine, parmi les savants qui avaient fondé l'observatoire de Pékin. Était-ce l'effet de sa réputation ? On ne pouvait s'empêcher de trouver à ce religieux, d'origine picarde, on ne sait quelle ressemblance avec les asiatiques dont il avait si longtemps partagé l'existence et les coutumes.

Agé d'une soixantaine d'années, peut-être plus, de taille moyenne, presque chauve, il avait la peau lisse, ivoirine, les gestes rares, les traits impassibles, mais qu'une lueur d'humour pouvait éclairer parfois. Sa barbe grisonnante était courte et pointue. Il échangea des paroles de bienvenue avec le comte de Peyrac. Sa forme de politesse et quelques petits saluts dont il ponctuait son discours complétaient cette impression d'avoir affaire à un mandarin, à un homme d'une race différente, étrangère à celle de ces Français bruyants et turbulents qui s'ébattaient alentour.

Du bref regard oblique qu'il lui jeta de sous ses paupières bridées, Angélique garda le sentiment d'avoir été examinée par le représentant d'un monde mystérieux et inaccessible. Cependant, elle n'en éprouva pas d'effroi.

— Nous n'oublions pas que nous vous devons la vie d'un de nos frères, Madame, lui dit-il d'une voix tranquille et monocorde.

Et comme elle s'étonnait, il se tourna vers un autre jésuite à ses côtés, trapu et solide, à la forte barbe noire, dans lequel elle reconnut le Père Massérat, souriant et bonhomme.

— Vous, mon Père ? Quelle bonne surprise de vous trouver ici ! Pardonnez-moi de ne pas vous avoir reconnu plus tôt...

— C'est à moi de vous prier de m'excuser. J'écarquillais les yeux ne reconnaissant pas, dans une si fastueuse apparition, notre bonne hôtesse de Wapassou, à qui nous devons de ne pas avoir péri, transformés en statues de glace, un soir d'Épiphanie. J'ai tardé à venir vous saluer.

Ils commencèrent d'évoquer les souvenirs de cet hiver terrible au cours duquel le Père Massérat les avait aidés à soigner les malades.

Les Filles du Roy étaient arrivées avec Yolande et Chérubin, et la cohorte des voyageurs du *Saint-Jean-Baptiste* que les équipages de Peyrac avaient tirés de leur mauvaise posture, à l'entrée de la rivière Saint-Charles.

Angélique les vit de loin qui introduisaient les jeunes filles auprès des aimables Canadiens avec lesquels ils avaient lié connaissance, et qui leur faisaient servir à boire et à manger, tâchant de les encourager et de les égayer.

On était à Québec, plus de doute ! Et le moment était venu de voir comment allait se résoudre une foule de petits détails dont la proposition n'était pas simple.

Que faire entre autres du malheureux Anglais du Connecticut, Elie Kempton, razzié par le capitaine du *Saint-Jean-Baptiste* dans le Golfe Saint-Laurent ? Pour l'instant, on ne le montrait pas, car il faudrait lui éviter d'être emprisonné comme ennemi des Français et vendu comme esclave aux Indiens ou à des familles pieuses chargées de le convertir au catholicisme.

Angélique poussa une petite exclamation. Ces Canadiens avec leurs boissons explosives lui avaient fait oublier son chat.

— Ne craignez rien, affirma Ville d'Avray. Il est en bonnes mains, je vous le réitère. On peut compter sur Janine Gonfarel quand elle vous a rangé de son côté.

— Janine Gonfarel ! répéta Angélique, vous ne voulez pas dire que... que... cette grosse femme qui est intervenue... Mais on nous avait dit qu'elle nous était hostile et très dévouée aux jésuites...

— Si fait... Mais il faut croire qu'elle aime les bêtes. Elle voulait bien qu'on vous lance des pierres, à vous, mais pas à votre chat... Rassurez-vous ! Rassurez-vous, insista le marquis, voyant Angélique pâlir. Je me porte garant de son tendre cœur. On la craint, elle terrorise la moitié de la ville par son verbe haut et son remue-ménage. Il n'est pas de jour qu'elle ne monte au château Saint-Louis ou à la Prévôté ou chez l'intendant se plaindre de ceci ou réclamer cela. Mais soyez tranquille pour votre chat. Il va être soigné et gâté ! Songez qu'elle est patronne de la taverne du *Navire de France,* un endroit où l'on mange divinement. Rassurez-vous, vous dis-je ! C'est une très brave femme ! Je l'aime comme ma sœur...

Malgré les protestations du marquis, Angélique sentait, une fois de plus, sa joie troublée d'un souci intérieur mal défini. Quoi qu'il en ait dit, l'intervention de la virago n'avait pas été sans l'interloquer et maintenant qu'elle savait qu'il s'agissait de Janine Gonfarel, ce revirement d'une personne défavorable à leur venue ne laissait pas de l'inquiéter plus que de la rassurer.

Mais il lui fut impossible de s'apesantir au milieu d'une telle agitation et d'un tel vacarme.

Les sons carillonnants d'une volée de cloches s'ébranlant tout à coup dans les hauteurs de la ville, et roulant jusqu'à eux en réveillant les échos des falaises, vinrent ajouter au tumulte.

— Le Te Deum ! s'exclama le gouverneur. Et Monseigneur l'Évêque qui nous attend depuis des heures sur le parvis de la cathédrale !

Il ne manquait plus que ça !

11

— J'APPORTE POUR MONSEIGNEUR DE LAVAL UN PRÉSENT QUI, je l'espère, lui agréera, annonça Peyrac.

— De quoi s'agit-il ?

— De reliques.

Six marins du *Gouldsboro* s'avancèrent portant sur leurs épaules un brancard qui supportait une petite châsse d'argent.

— Ayant appris que votre basilique de Notre-Dame-de-Québec contenait les reliques de saint Saturnus et de sainte Félicité, j'ai voulu ajouter à ce trésor les reliques de sainte Perpétue qui, comme vous ne l'ignorez pas, partagea leur martyre, près de Carthage, dans les premiers siècles.

M. de Frontenac l'ignorait peut-être, mais il ôta son feutre avec respect et se signa.

— Des reliques ! l'Évêque va être enchanté. Il a fait déposer plus de quatre-vingts reliques sous les pierres d'autel de nos églises. Notre cité est une cité sainte.

Le cortège s'organisa avec en tête les musiciens, puis les oriflammes.

La châsse entourée des jésuites, récollets, prêtres du séminaire, qui l'isolaient du désordre populaire, suivrait , après les officiels, portée et escortée par les hommes d'équipage.

Angélique refusa la chaise à porteurs tant proposée par Ville d'Avray. Frontenac expliquait quelque chose à propos d'un carrosse d'honneur qui n'avait pu se frayer passage.

N'était-ce pas plus agréable de se rendre doucement à la cathédrale en s'élevant peu à peu dans la lumière dorée de cette belle journée d'arrière-automne ?

Le soleil, encore dans le milieu du ciel, dispensait un peu de tiédeur.

Le long de la côte de la Montagne qui était le chemin principal pour se rendre vers la Haute-Ville, une foule dense donnait à cette rue escarpée l'allure d'un torrent roulant des eaux tumultueuses et sombres.

Mais ces eaux s'écartèrent volontiers et lorsqu'on eut franchi le défilé étroit des dernières maisons dont chaque fenêtre, lucarne, portait des têtes en grappes, il y eut assez d'espace pour permettre au cortège de s'élargir.

Au départ, l'étroitesse du passage avait posé une question de protocole. Qui de Peyrac ou de M. de Bardagne devait se tenir à la droite du gouverneur ? M. de Frontenac la résolut à la française, c'est-à-dire, de façon galante, en faisant placer Angélique à sa droite et en s'avançant seul avec elle en tête

Ensuite, lorsque le chemin se révéla un peu plus spacieux, à la gauche du gouverneur se trouva M. de Bardagne que personne ne remarquait. On le prit pour un officier d'escorte de Joffrey de Peyrac qui se tenait derrière le gouverneur et dont la haute taille et la magnificence attiraient tous les regards et suscitaient, ainsi que la beauté d'Angélique, des exclamations et des commentaires passionnés.

La rumeur des vivats et des applaudissements précédait et suivait leur passage.

Voici donc qu'Angélique et Joffrey de Peyrac gravissaient cette pente qui allait des quais de Québec à la ville aristocratique et conventuelle édifiée dans les hauteurs, pente aussi escarpée, rude et rocailleuse que le chemin du Paradis, et comme lui découvrant à mesure qu'on s'élevait des perspectives d'une surprenante beauté.

On arrivait au point culminant de ce rude chemin. Angélique fit halte, désireuse d'embrasser du regard le magnifique horizon, dont la beauté les accompagnait dans leur ascension, comme un hymne s'élevant et déployant peu à peu ses plus beaux accents.

Du ressaut de la falaise où ils se trouvaient, le fleuve se découvrait comme une immense baie miroitante que les lointains roses et bleus des montagnes élargissaient sans fin. Le ciel et l'eau semblaient se confondre dans une même tonalité lavée de rose, et, très loin, en bas, l'on apercevait les navires de la petite flotte de Peyrac, rangés en demi-cercle devant la ville, comme des jouets sur un miroir.

L'on se remit en route et à un tournant, ils rencontrèrent un prêtre en surplis blanc, sur sa soutane noire, l'étole violette au cou et qu'escortaient deux gamins à gros sabots, eux aussi en lévites noires et surplis. L'un secouait une clochette à manche de bois, l'autre ployait sous la hampe d'une haute croix d'argent qu'il maintenait de son mieux dressée à deux mains. Un dogue les accompagnait.

L'attitude du prêtre était un peu celle d'un prophète chargé de rappeler à l'humanité pécheresse et négligente que la vie est douleur et que le service de Dieu passe avant toutes choses.

Mais la présence du chien changeait tout. Car si le visage de l'ecclésiastique exprimait des sentiments courroucés, l'attitude de l'animal, assis sur sa queue, la langue pendante et regardant venir la compagnie avec un beau regard paisible était l'image même de cette ville bon enfant et ôtait beaucoup de la solennité que souhaitait donner le prêtre à son discours. Affectant de ne pas remarquer Angélique qui pourtant n'était pas une apparition négligeable, il héla le gouverneur d'un ton impérieux.

— Est-ce une heure pour un Te Deum ? C'était prévu pour vêpres et vous arrivez à none. Ces messieurs du chapitre ont pris racine, on a usé la provision d'encens d'une semaine et Monseigneur est sur le point de retourner chez lui.

— Hé ! l'abbé, croyez-vous que toutes les questions diplomatiques peuvent se régler à la va-vite ? Surtout quand le canon s'en mêle... Et vous-même, que faites-vous ici à vous promener alors que vous devriez être avec les chantres ?

— J'ai été requis pour porter les saintes huiles aux victimes du bombardement.

— Quoi ! Cette canonnade stupide aurait fait des victimes ? Il y a eu des morts ?

— Deux. Mais ils ont pu recevoir les sacrements avant d'expirer.

M. de Frontenac fit halte derechef et repoussa son chapeau, cette fois pour se gratter le front sous sa perruque, avec souci.

— Diable ! Et que disent les familles ? le voisinage ?

— C'était des gredins, déclara sèchement le vicaire. Personne ne s'en formalise. Profitant de l'absence des propriétaires, ils étaient en train de cambrioler la maison de Monsieur de Castel-Morgeat qui a été atteinte...

— Bravo ! cria la voix de Ville d'Avray dans la foule.

Et le gouverneur militaire, furieux, joua des coudes pour essayer de le rejoindre.

— Mais, je vous rappelle humblement, continuait le prêtre à l'adresse de Frontenac, que tout le monde attend sur le parvis de la cathédrale. Je vous en prie, hâtez-vous ! Ce n'est pas tolérable.

D'une bourrade, il intima aux deux petits acolytes de reprendre leur marche en le précédant, ce qu'ils firent, claquant des sabots, l'un hissant la croix le plus haut qu'il pouvait, l'autre faisant carillonner sa clochette. Le grand chien se redressant poussa une sorte de soupir et, dodelinant de l'arrière-train, les suivit avec philosophie.

Tout le monde leur emboîta le pas et l'ascension reprit.

Tournant le dos au fleuve, on gagnait maintenant le revers du plateau. La pente se faisait moins rude et le chemin s'ouvrait. Les abords de la Haute-Ville s'annonçaient par des habitations plus vastes et cossues, sises au milieu de beaux jardins, entourés de palissades de pieux de cèdre et certaines avaient la prestance de petits châteaux campagnards, au milieu des prés et des vergers. On avait laissé sur la droite un cimetière, disposé en espalier, au-dessus du fleuve.

Une puissante odeur de graisse d'ours et de fumée s'imposa comme on parvenait au carrefour des quatre routes et simultanément tous les habitants d'un petit camp de Hurons situé derrière la cathédrale déboulèrent dans un grand concert de cris, femmes, enfants et chiens en tête, poussant des acclamations, des hous ! hous ! et dansant en frappant des mains.

On profita de cet intermède et de l'espace de ce carrefour qui formait une sorte d'étoile, pour reformer les rangs selon un autre cérémonial, afin de déboucher sur la Grand-Place de la Haute-Ville avec toute la solennité voulue.

On pria les musiciens de se regrouper derrière la croix de l'abbé. Puis la châsse de sainte Perpétue escortée de soutanes et de bures et des principaux chefs Indiens.

La cathédrale était au fond d'une grande place, bordée de maisons et plantée d'arbres, un peu inclinée comme tous les espaces dégagés de Québec. Le clocher était planté à la croisée du transept et la façade, tournée vers la place, présentait un grand portail et deux belles fenêtres de forme arrondie. Sur le parvis, vaste et très avancé avec tout un déploiement de marches qui rattrapaient la dénivellation, se déployait une imposante assemblée en surplis, chapes ou dalmatiques.

La hauteur des dentelles au bas des surplis variait suivant le grade hiérarchique. Les plus jeunes enfants de chœur portaient la soutane rouge, les plus âgés la soutane noire. Balançant des encensoirs, ou portant de gros chandeliers, la tête droite, ils encadraient l'évêque qui se tenait au sommet des marches devant la porte ouverte de l'église.

Monseigneur de Laval était un homme de belle prestance d'une cinquantaine d'années. La mitre qui le coiffait ajoutait encore à sa haute stature. Il tenait en main la crosse épiscopale, signe distinctif de son ministère qui le faisait gardien et conducteur des âmes et dont cette houlette précieuse d'argent massif représentait le symbole.

Comme il s'avançait, le soleil fit miroiter les cabochons de pierres précieuses qui ornaient la volute ouvragée de la crosse et briller les émaux de la tige et des deux petits globes entre lesquels se posait la main gantée de violet et garnie de bagues.

Le comte de Peyrac s'avança, fit un profond salut de cour, et ployant à demi le genou baisa l'anneau que Monseigneur de Montmorency-Laval lui tendait.

En le voyant se détacher du cortège, un murmure courut dans l'assistance. Était-ce lui l'Homme Noir de la vision de Mère Madeleine ?

Or il n'était pas vêtu de noir, ni même de sombre, et cela entraînait un premier flottement dans les réactions populaires.

Joffrey de Peyrac parlait à l'évêque et l'entretenait sans doute des saintes reliques qu'il lui apportait en présent car on voyait le visage du prélat, jusqu'alors marmoréen et volontairement inexpressif, s'éclairer et ne pouvoir retenir une marque d'intérêt.

Angélique trouvait que l'on tardait à nommer Nicolas de Bardagne. Son malheureux ami de La Rochelle, arrivé après un voyage interminable, bardé de titres et de responsabilités d'une importance extrême, se voyait retirer l'attention qui lui aurait été consacrée en cette occasion, au profit d'étrangers dont il avait, par ailleurs, mission d'examiner le cas.

N'importe quel diplomate, à sa place, aurait été en droit de leur tenir rigueur.

Elle vit avec soulagement que le gouverneur Frontenac, peut-être sur l'initiative discrète d'un de ses officiers, paraissait se rappeler la présence de l'envoyé du Roi et l'annonçait avec beaucoup d'emphase. M. de Bardagne s'agenouilla à son tour baisa l'anneau avec piété, mais comme après qu'il se fut relevé l'évêque s'informait avec civilité de son voyage, M.de Bardagne se déroba aux questions disant qu'il partageait l'impatience de tous de rendre hommage aux saintes reliques.

Angélique qui n'entendit que quelques bribes de ce discours lui sut gré de se tirer avec tact d'une situation qui jusqu'ici avait été assez mortifiante pour lui et son rang.

Mais voici qu'il se tournait dans sa direction :

— Cependant, Monseigneur, auparavant et me trouvant en terre française, nation que l'on sait des plus courtoises envers les dames, je voudrais vous présenter moi-même sans attendre Madame de Peyrac dont la beauté et le charme viennent honorer votre cité, ce qui ne peut manquer de réjouir un homme de goût tel qu'on vous en a fait la réputation.

Force fut à Angélique de s'approcher à son tour, de s'agenouiller devant l'évêque et de baiser l'anneau que le prélat tendait avec une certaine raideur. Elle avait bien senti que l'évêque, comme l'abbé précédemment, affectait de ne pas la remarquer, mais l'intervention de M. de Bardagne n'en restait pas moins inattendue. Tout le monde s'accorda à juger que ce n'était pas le rôle de l'Envoyé du Roi de présenter la noble visiteuse, qu'il avait outrepassé ses droits et qu'on ne s'expliquait pas pourquoi.

— Certes non, je n'aurais eu garde d'oublier la comtesse de Peyrac, bougonnait Frontenac vexé, de quoi se mêle cet enfoiré ? Ça commence bien !

Par la suite, la passion de l'émissaire du Roi s'étant fait rapidement reconnaître des bonnes commères aux aguets, on débrouillait mieux les raisons de ce comportement bizarre. L'envoyé du Roi était subjugué et ne voyait que par elle. On croirait, naturellement, que ce « coup de foudre » ne datait que de Tadoussac, où ils avaient été censés se rencontrer pour la première fois.

Angélique ne s'attarda pas à observer sur le visage de Monseigneur de Laval les traces de la surprise. Elle se releva promptement. M de Bardagne voulut lui offrir son bras, mais

Ville d'Avray encore une fois ne se « laissa pas faire », et la ramena vivement en arrière, près de lui.

La châsse de sainte Perpétue arrivait sur son brancard de satin et de bois des îles, portée par les matelots. Sa vue suscita une rumeur d'admiration, de curiosité et d'émotion mystique. La châsse scintillait et, après qu'elle eut été surélevée à bout de bras afin que tous pussent l'apercevoir, elle fut déposée devant l'évêque.

— Quelle idée mirobolante et incroyable ! chuchota Ville d'Avray à Angélique. Votre époux ne pouvait trouver mieux pour encourager Monseigneur à voir d'un œil favorable des pourparlers entre la Nouvelle-France et les envahisseurs du sud. Comment ce diable d'homme fait-il toujours pour me damer le pion et me surprendre ? Je suis jaloux !

Angélique partageait l'opinion du marquis que Joffrey ne finirait jamais de l'étonner.

Elle était toujours prise de court par son activité, ses mille idées et projets qu'il tramait et entrecroisait sans cesse. Elle se demandait quand il avait pu se préoccuper de faire venir ces reliques, ces « authentiques », ces manuscrits, d'une valeur inestimable ?

Le fait est qu'ils étaient là.

On attendait sur le parvis.

— Il fait froid, dit Ville d'Avray. Le soleil tourne. N'en déplaise aux martyrs de Tunis, nous ne sommes pas en Orient ici. Couvrez-vous !

Et pour bien montrer, au su et vu de tous, qu'il avait des droits sur elle, il l'aida à ramener sur ses cheveux la capuche de satin ourlée de fourrure, soins qui lui attirèrent un regard noir de Nicolas de Bardagne.

— Que vous êtes ravissante, ma chère ! Personne n'a pu résister à votre image, vous avez vu ? Victoire sur toute la ligne...

Cependant l'évêque remerciait en quelques phrases choisies et qui parurent aux témoins, venant de sa part, chaleureuses.

Ensuite, il invita tout son cher peuple de Québec à entrer dans la maison de Dieu pour y chanter le Te Deum...

— Victoire ! victoire sur toute la ligne, répétait Ville d'Avray, tandis qu'Angélique à son bras ils gravissaient les marches et s'avançaient vers la grand-porte ouverte à deux battants, d'où s'échappaient par bouffées des roulements d'orgue solennels.

— A propos, reprit-il, je sais qui a fait tirer du canon sur votre flotte... Oui ! on vient de m'en instruire dans la montée..

C'est tout à fait inattendu... Vous ne me croirez pas... Je vous le donne en cent, je vous le donne en mille...

— Mais parlez... Vous me faites mourir !

— Eh bien ! C'est MADAME DE CASTEL-MORGEAT !...

12

— MADAME DE CASTEL-MORGEAT ! RÉPÉTA ANGÉLIQUE UNE femme ! Tirer du canon ! Mais elle est folle ! Elle aurait pu tuer son propre fils...

— Elle ne le savait pas à bord.

Il pouffa.

— Elle était si furieuse qu'on n'assurât pas la défense de Québec contre vous et que son mari ait cédé à Frontenac, qu'elle a pris sur elle de pénétrer dans la redoute et après avoir terrorisé les malheureux soldats qui s'y trouvaient de garde et subjugué l'officier qui les commandait, elle leur a ordonné de couler votre flotte. On dit qu'elle a placé elle-même la gargousse (1) dans la bouche du canon et l'a crevée d'un coup de baïonnette dont elle s'est emparée. C'est parce qu'il craignait d'être éborgné par ses moulinets et qu'elle ne fasse sauter la pièce et tout le monde en y boutant le feu que l'artificier a fait partir le coup... Bien pointé, il faut le reconnaître ! Quelle amazone !

— Quelle folle ! dites plutôt.

L'annonce pour le moins stupéfiante fit manquer à Angélique son entrée dans la cathédrale ainsi que le plaisir qu'elle s'en était promis, car elle était bien décidée à savourer chaque seconde d'une cérémonie aussi émouvante.

Mais, absorbée par ses réflexions sur le geste insensé de Mme de Castel-Morgeat, elle se retrouva tout à coup en haut de la nef au premier rang, devant un prie-Dieu de bois sculpté au coussin de velours grenat brodé d'or, sans avoir eu conscience de parcourir la distance qui y menait depuis le portail, ni d'avoir remonté l'allée centrale, au long de laquelle on avait déroulé un riche et épais tapis d'Aubusson

(1) Sac de toile fine contenant la poudre qui était ainsi placée au lieu d'être versée

Angélique s'agenouilla. Devant elle, dans la semi-obscurité du chœur, elle voyait luire les ors du maître-autel et de son retable, encadré de deux colonnes de porphyre noir. Au-dessus, se déployait un macaron de bois doré où était sculptée la colombe du Saint-Esprit.

Cependant, derrière elle, l'église se remplissait d'un coup, tel un réservoir dont on a ouvert les vannes et tout le monde prenait place dans un brouhaha qui ne tenait aucun compte de l'habituelle discrétion due aux lieux saints et à la présence du Saint-Sacrement.

Une chose passait avant tout à Québec : tenir son rang.

La hiérarchie des titres, des fonctions et des fortunes, créait dans la petite capitale où chacun était, pour une raison ou pour une autre, un personnage important, des conflits de suprématie que rien ne parvenait à dénouer, chacun estimant que la défense de son honneur et celui de sa charge mettait en jeu, du même coup, celui du Roi, de la Nouvelle-France et même de Dieu. Aussi était-ce un devoir que de se défendre âprement

En toutes circonstances la compétition était serrée.

Dans la fièvre qu'on mit à se placer là où chacun estimait devoir l'être et sans laisser à des rivaux avides, la possibilité de vous devancer, il y eut presque une petite échauffourée, et peu s'en fallut que M. de Bardagne, envoyé du Roi, une fois de plus. ne fût lésé et ne se retrouvât sans prie-Dieu ou rejeté au deuxième rang. On ne l'avait pas prévu, ni lui, ni sa suite.

M. de Frontenac rattrapa la chose en lui cédant son propre agenouilloir qui était placé un peu en avant de ceux de leurs hôtes, le comte et la comtesse de Peyrac. Il s'exécuta non sans jeter un coup d'œil mécontent à l'intendant Carlon qui avait pris d'office la place à la droite de Ville d'Avray, lequel occupait celle qui aurait dû être adjugée à M. de Bardagne C'est ainsi que le petit marquis avait déséquilibré par son empressement à se trouver au plus près d'Angélique l échelonnement des édiles.

L'intendant Carlon risquant de ce fait d'être repoussé en arrière s'était emparé de la place, qu'à la rigueur on aurait pu réserver à M. de Ville d'Avray puisqu'il était gouverneur de l'Acadie et qu'il revenait au pays après un long et mouvementé voyage dans sa juridiction.

Le gouverneur Frontenac régla donc la question en faisant porter son meuble dans le chœur, mais tout près de la balustrade qui fermait le sanctuaire. Il signifiait ainsi que son haut rang l'autorisait à pénétrer dans l'enceinte réservée aux ministres du culte mais qu'il n'entendait s'y trouver que comme le plus humble des serviteurs du Dieu Tout-Puissant.

L'Évêque qui se dirigeait vers les marches de l'autel le remarqua et fronça les sourcils. Cependant la cérémonie commençait. Les enfants de chœur arrivaient en cortège de la sacristie et se disposaient en une double rangée se saluant et se passant la navette d'argent pour garnir leurs encensoirs.

Les chantres de la chorale épiscopale, rassemblés à la Tribune, entamèrent le chant de victoire.

O Dieu nous te louons, nous te
Reconnaissons comme Seigneur.
Toute la terre te vénère, Père éternel.
Saint, Saint, Saint est le Seigneur
Le Dieu des armées !
Les cieux et la terre sont remplis
De la majesté de Ta gloire.

Il y avait des années qu'Angélique n'avait pas assité à un grand office du rituel catholique.

Elle avait couru les bois et les mers, femme de grand vent, répudiée par les siens.

« Comme c'est étrange ! » se dit-elle.

Des nuages d'encens commençaient à s'échapper d'une dizaine d'encensoirs d'argent et de vermeil que balançaient, levaient, descendaient en chœur des jouvenceaux en soutanes rouges ou noires. Dans l'hémicycle du chœur, des officiants montaient et descendaient les marches de l'autel, allaient et venaient dans les prières préliminaires, se retournant, bénissant, se saluant, soutenant mutuellement avec grands déploiements de bras leurs chapes d'apparat surbrodées de fleurs somptueuses en fils de soie de toutes couleurs mêlés de fils d'argent et d'or.

Étourdie par ces mouvements incantatoires et le déferlement des orgues, Angélique se laissa aller à une songerie un peu sidérée, dans laquelle des bribes de souvenirs, des réflexions cocasses, des visages inattendus s'imposaient à elle sans qu'elle démêlât pourquoi sa pensée se mettait à vagabonder, mais elle se tenait très droite, les coudes appuyés au bord du prie-Dieu et les mains jointes dans l'attitude, retrouvée aussitôt, qui lui avait été prescrite dans sa jeunesse chez les Ursulines de Poitiers. Des buissons de chandelles brasillantes, fichées sur des plateaux de cuivre et disposées des deux côtés du sanctuaire ainsi que dans les chapelles latérales du transept et de l'abside, des cierges énormes dressés en parade dans des flambeaux d'or, dégageaient une chaleur assez forte, une lumière éblouissante. L'odeur douceâtre des cires précieuses se mêlait à celle de l'encens. Dans cette clarté mouvante et dansante, les motifs exubérants des sculptures du tabernacle et de son retable paraissaient se gonfler et bouillonner en boules, en bulles d'or. Fruits en grappes, fleurs en guirlandes, consoles, volutes, enroulements, brûle-parfums, ostensoirs, représentation du Bon-Pasteur, de l'Agneau ou du Pélican Eucharistique Tout cela bougeait au gré de la lueur des flammes. Les petites statuettes de saints personnages en bois sculpté sortaient de leurs niches encadrées de colonnades, les coquilles de rocaille se creusaient, le dôme du couronnement se boursouflait, tandis que de chaque côté scintillaient les vitres de cristal de deux reliquaires.

Cela lui rappelait les anathèmes du R.P. Patridge, pasteur de Nouvelle-Angleterre, vociférant : « les papistes professent une religion babylonienne et fanatique ». C'était avec lui que le Père de Vernon, jésuite, s'était battu à mort.

Angélique releva la tête pour examiner les jésuites qui se tenaient debout, sur deux rangées, dans les stalles de bois ouvragé du chœur.

En robe noire toujours, mais sur laquelle ils revêtaient, pour assister à l'office, un surplis blanc. Leurs faces glabres ou barbues, également sereines et froides, émergeaient du col raide à revers arrondis qui leur donnait l'apparence de princes espagnols et qu'ils devaient à leur fondateur, le grand Ignace de Loyola.

Leur assemblée lui apparut comme celle de loups au conseil, prudents et graves, soupçonneux peut-être, mais, pour lors, retenus par on ne savait quelle injonction qui les rendait inoffensifs et presque amicaux.

Puis elle se reprocha ces pensées irrévérencieuses. Ce n'étaient pas des ennemis. C'était une force. Et qui, par certains aspects, rejoignait la leur.

Elle remarqua les mains d'un jeune jésuite tenant son livre de prières. A la main gauche, le pouce manquait et deux doigts, qui avaient dû être maintenus dans un calumet iroquois brûlant, étaient rongés à la hauteur de la première phalange tels ceux d'un lépreux. A l'autre main, l'absence du médius creusait une brèche. Sa barbe en pointe, courte et brune, soigneusement taillée, encadrait un visage presque juvénile. Mais il était chauve déjà. Calvitie naturelle qu'avait accentuée une plaie dont la cicatrice rosâtre couvrait la moitié du crâne. Alors on s'apercevait que la moitié de son oreille gauche manquait, arrachée, tranchée. Martyr hier, aujourd'hui chantant le Te Deum dans la cathédrale de Québec, il ne paraissait pas avoir gardé le souvenir des supplices qui lui avaient valu ses mutilations. Il avait un grand air d'innocence et de douceur. Elle se souvint du nom sous lequel on le lui avait présenté : le Père Jorras.

Angélique pensait au Père de Vernon avec lequel elle avait voyagé sur le *White Bird*, et qui était mort sous les coups du pasteur anglais.

« Oh ! mon ami ! Pourquoi êtes-vous mort ? Vous voyez, je suis à Québec comme vous me l'aviez demandé... »

Elle mit la tête dans ses mains, s'efforçant de ressusciter les traits devenus flous du visage effacé, s'attachant à déchiffrer le secret que parfois elle avait cru lire dans ses yeux.

« Il m'aimait ! » pensa-t-elle. « Je suis sûre qu'il m'aimait. »

Angélique, absorbée par ce dialogue muet avec un fantôme, avait perdu conscience du temps écoulé et presque du lieu où elle se trouvait.

L'intensité de la méditation dans laquelle elle était plongée finit par surprendre, puis impressionner, puis stupéfier l'assistance.

Tous les regards étaient fixés sur la nuque blonde de cette grande dame, si humblement prosternée au pied de l'autel. A ce point-là, ce n'était pas qu'une attitude.

— Serait-elle pieuse ? chuchota Mme de Mercouville à l'oreille de sa voisine, Mme Duperrin. Alors, c'est complet ! Je vous avoue que moi, je n'y comprends plus rien... Enfin que ne nous a-t-on pas raconté sur ces gens-là !... Qu'ils étaient impies, hostiles à l'Église... Qu'ils n'avaient pas planté la Croix ! Que sais-je ! Ah ! ma chère, à qui se fier désormais...

Le carillon de cinq cloches d'argent reliées entre elles et que secouait énergiquement un vigoureux séminariste canadien tira Angélique de ses pensées.

Elle se retourna pour jeter un coup d'œil, intéressée d'examiner ceux parmi lesquels elle allait vivre quelques mois d'une vie nouvelle.

Près d'elle, Joffrey était debout, la tête rejetée en arrière, les bras croisés sur sa poitrine. Il se tenait sans forfanterie. Quelles étaient ses pensées en ce moment ? Était-il sensible comme elle au climat français retrouvé ? Il paraissait satisfait, mais était-ce pour les mêmes raisons qu'elle-même ?

A sa droite, il y avait Ville d'Avray qui se dressait comme un coq très pieux. Car, en fait, il aimait prier et être à l'église

Piksarett était derrière avec un chef huron et un autre

algonquin. Au-delà d'eux commençait la houle des têtes en un surprenant mélange.

Il y avait beaucoup d'Indiens et d'Indiennes, les uns demi-nus, les autres drapés dans leurs couvertures de traite ou leurs fourrures, pressés flancs à flancs avec les gentilshommes élégants, les nobles dames corsetées, les officiers chamarrés, les coureurs de bois chevelus et barbus et vêtus de peaux chamoisées. Beaucoup de femmes françaises étaient en coiffes paysannes de leur province d'origine, d'autres portaient des bonnets blancs.

Les bourgeoises nouaient sur leurs boucles apprêtées des écharpes de taffetas, noires ou brunes, et jetaient sur leurs épaules un capulet.

Partout des enfants, de jeunes visages aux yeux clairs et hardis, aux cheveux de paille, à côté d'autres, où luisait, noir comme la mûre des bois ou l'eau sous les feuilles, le regard des petits Indiens.

A un banc, sur la droite, se trouvait Mère Bourgeoys encadrée de ses « filles ». La conviction avec laquelle celles-ci chantaient leur allégresse d'être enfin parvenues au Canada rayonnait sur leurs blêmes physionomies ferventes.

On reconnaissait facilement les nouveaux immigrants, débarqués du jour même, à leur maigreur, leurs paupières bordées de rouge, leur teint terreux, à leur expression d'effarement et à l'on ne sait quoi de pitoyable, d'humble ou d'emprunté qu'ils apportaient avec eux de l'Ancien-Monde. Cela leur passerait lorsqu'ils se trouveraient à la tête de vingt arpents de terre à défricher entre fleuve et bois, ou quand ils se seraient enfoncés sous les ramures de la forêt pour aller aux Pays-Hauts chasser la fourrure.

Pour eux, la cérémonie d'arrivée après un cruel voyage était à la fois un achèvement et un commencement.

Les voix d'anges des petits chantres dans la tribune portaient l'instant à un niveau d'enthousiasme et de jubilation qui transformait toutes les personnes présentes. Le plaisir d'être ensemble et parvenu au but faisait vibrer les voix reprenant avec conviction le refrain des cantiques.

Pour les nouveaux arrivants venus chercher au Canada la possibilité d'une vie meilleure, le vieux royaume s'éloignait comme un lourd navire chargé d'anathèmes et de rancunes, d'oripeaux sanglants et poussiéreux afin de disparaître loin à l'horizon des esprits et l'on pouvait espérer que tout ce qui s'édifierait ici le serait dans l'harmonie guéri d'inutiles servitudes.

Marguerite Bourgeoys relevant la tête de dessus son missel

vit le regard d'Angélique fixé sur elle et lui adressa un petit signe de connivence. Elles ne s'étaient pas revues depuis Tadoussac. « Eh bien ! vous voyez ! Tout se passe pour le mieux », semblait dire la religieuse.

Angélique sourit. Et ce sourire qui adoucissait l'éclat de ses yeux verts fut capté par les fidèles comme un gage d'amitié.

Seule une femme lui dédia un regard farouche.

Elle se tenait un peu en retrait, sur la gauche, agenouillée avec une raideur guindée qui exprimait tout une attitude de rage intérieure.

Très grande, elle était vêtue comme en grand deuil, son ajustement démontrait que ce n'était pas une bourgeoise mais une dame de haut rang. Elle croisa le regard d'Angélique dans un éclair aussi tranchant que celui d'une épée, puis elle détourna les yeux ostensiblement, et se mit à regarder droit vers un vitrail avec une fixité voulue. Elle semblait affirmer qu'elle s'abstrayait des lieux où elle se trouvait, qu'elle rejetait tout ce qui l'entourait. Le clair-obscur de la basilique accentuait ses traits anguleux, son teint crayeux. « On dirait une tête de mort... » pensa Angélique. Dans la figure livide, la grande bouche traçait comme une blessure, accentuée par le fard rouge qu'on y avait écrasé à la diable pour un maquillage outré et précipité. Pour l'instant, cette bouche aux coins tombants exprimait la plus profonde amertume. Ses mains, qui soutenaient un très gros livre de prières, tremblaient de telle sorte que l'encombrant volume paraissait sans cesse sur le point de basculer.

Angélique ne douta pas un instant d'avoir aperçu en elle, contrainte d'assister pour son expiation au triomphe de ceux qu'elle avait voulu envoyer par le fond, la belliqueuse Sabine de Castel-Morgeat

13

UNE À UNE, ANGÉLIQUE RETIRAIT LES ÉPINGLES QUI FIXAIENT SON plastron de perles au corsage de sa robe bleue, et, au fur et à mesure, elle les posait dans une coupe d'onyx , un miroir, au cadre de bois doré, reflétait sa blondeur trouble, son visage qui paraissait épanoui comme une fleur d'aurore et où ses prunelles vertes rivalisaient d'éclat avec les brillants des gros cabochons qui se balançaient aux lobes de ses oreilles. A chaque mouvement, les diamants s'éteignaient et s'allumaient lançant leurs feux comme une lumière lointaine traversant un brouillard.

Pourquoi le miroir lui renvoyait-il une image si peu nette bien qu'éblouissante ? C'était sans doute à cause de la buée d'eau chaude qui s'élevait du bain préparé pour elle dans une cuve de bois. Elle voulut essuyer la surface du miroir, mais cela ne changeait rien.

Angélique en déduisit qu'elle était aussi un peu ivre. Mais, à vrai dire, beaucoup plus de l'excès de fatigue et de tumulte que des boissons absorbées.

Lorsqu'à plus de minuit on pouvait se retrouver enfin seule après une telle journée, ces vertiges n'avaient rien que de très naturel. Et la tâche insipide qui consistait à retirer une à une les nombreuses épingles fixant ses atours la reposait et, sur un certain plan, lui plaisait.

Cette robe merveilleuse ne l'avait pas trahie. Elles avaient respecté l'une et l'autre le pacte qui les unissait. Ce pacte qui stipule, dans le code secret des accords passés entre la Femme et la Parure, qu'elles doivent se magnifier l'une par l'autre. C'était pour elle une volupté personnelle que de se retrouver seule. Les dernières années de son existence l'avaient accoutumée à aller et venir librement et elle se dit qu'elle ne pourrait jamais redevenir une dame de la Cour avec une nuée de suivantes et de laquais sur les talons. Enfin, sinon jamais, pas encore... Il y avait aussi ce problème de la fleur de lys infamante dont elle était marquée à l'épaule, et qui la condamnait à ne pouvoir se remettre qu'entre les mains d'une personne de confiance.

Tant pis ! elle se piquerait un peu le bout des doigts, mais elle préférait ce moment de solitude riche de tout, goûter seule ce premier moment de détente dans la maison de Québec dont le marquis de Ville d'Avray l'avait si longtemps entretenue.

Elle réussit à retirer le plastron, puis dégrafa le corsage et l'ôta en le retournant comme une peau car il était fort ajusté et, selon la mode actuelle, collait au corps afin d'en souligner les formes et la grâce. Cela n'allait pas sans contraindre un peu la chair ainsi emprisonnée surtout lorsqu'on s'était livrée à de généreuses agapes.

Angélique jeta au loin plastron et corsage et soupira d'aise. Elle plongea ses mains dans ses cheveux et les souleva pour soulager sa nuque. Derechef, elle se regarda dans le miroir. L'image était toujours trouble mais d'autant plus inspirante.

Sous les plis collés de sa chemise de fin linon, sa peau transparaissait blanche et les pointes de ses seins comme deux taches plus accentuées.

Au-dessus du miroir, il y avait un énorme crucifix d'ivoire et d'argent massif. Dans la maison de Ville d'Avray, il y avait des crucifix partout, mais si beaux qu'on oubliait presque que c'étaient des objets de piété.

Elle acheva de dénouer les aiguillettes de la dernière jupe et celle-ci tomba en corolle autour d'elle.

Yolande l'avait aidée pour se débarrasser du manteau de robe, ensuite Angélique l'avait congédiée.

Maintenant, jupes et dentelles d'argent étaient à terre. Elle franchit le rempart et les repoussa du pied. Elle ôta sa chemise et se trouva nue. Elle lia ses cheveux d'un ruban et s'approcha de la baignoire. Avec un nouveau soupir, elle entra dans l'eau très chaude. La fatigue du jour s'abolit. Le bien-être qui l'envahit lui vida la tête de toutes pensées et la nuque appuyée contre le rebord de la cuve de bois elle se laissa aller à une rêverie bienheureuse.

Elle était à Québec. Et cela résonnait en elle presque aussi glorieusement que le jour où, du haut des marches du parterre du Roi, elle avait réalisé qu'ELLE ÉTAIT À VERSAILLES.

Ce qui était important c'était de mesurer quelle pente il avait fallu gravir pour conquérir ce moment.

Elle était à Québec et, après sa vie d'errance, cela lui apparaissait comme un havre plein de merveilles.

Elle était dans une ville. Une ville de province française, avec ses maisons, ses églises, ses jardins, ses boutiques.

Elle était là, jusqu'au cou dans l'eau chaude, avec autour d'elle un silence de nuit paisible. Des miroirs reflétaient son corps abandonné. Accrochés un peu partout, ils agrandissaient ce cagibi aux cloisons de bois sculpté, où le sybarite marquis s'était fait installer une salle d'eau de grand luxe.

On avait donc fini par l'atteindre cette fameuse maison du marquis de Ville d'Avray, sise en la Haute-Ville de Québec, capitale de la Nouvelle-France.

Et l'atteindre avant la tombée de la nuit pour y emménager, ce qui était une entreprise presque plus aléatoire et impossible que de débarquer à Québec même. Par quel miracle y avait-on enfin mis les pieds dans cette maison tant vantée ?

Après une journée remplie des fracas de la guerre, de la conquête et de la gloire, comment avait-on pu échapper aux dernières actions de grâce et congratulations pour se retrouver sur son seuil ?

— Mais c'est tout petit ! s'était écriée Angélique à sa vue.

— Mais c'est charmant ! avait rétorqué Ville d'Avray.

Il fallait en convenir. Une fois qu'on s'était accoutumé à ses proportions modestes, la demeure de Ville d'Avray était accueillante et séduisante.

Il ajouta qu'Angélique était gâtée par des souvenirs de châteaux princiers. Pour Québec, la demeure était vaste. Elle comportait deux étages et un rang de lucarnes dans les combles. Il y avait deux fenêtres de chaque côté de la porte d'entrée donnant sur la rue et le marquis avait voulu celle-ci de belles proportions, en bois de chêne, sommée d'un macaron de pierre en coquille abritant le visage d'Apollon et nantie d'un heurtoir de bronze où la main avait peine à trouver prise parmi l'abondance des grappes et fleurs sculptées qui en faisaient la beauté. Cette grande porte était également flanquée de bornes cavalières représentant Atlas supportant le monde sous forme de boules imposantes sur lesquelles les invités du marquis étaient invités à poser le bout de leurs bottes afin de se hisser plus aisément sur leurs montures au sortir de chez lui.

Cependant, Ville d'Avray indiqua qu'il fallait entrer par l'arrière afin de pénétrer tout de suite dans la grande salle-cuisine où les attendait, sans nul doute, un délicieux souper.

La maison s'adossait à un talus boueux. Il fallut grimper pour trouver la cour que bornaient les communs, une grange, un bûcher, un petit appentis pour « faire suerie » à la mode indienne comme dans les bois, et Ville d'Avray annonçait qu'il acquerrait bientôt le champ voisin pour construire des écuries, une ferme et avoir son troupeau et cultiver ses légumes.

Mais tout le monde s'engouffrait par la porte ouverte, au fond de laquelle on voyait brasiller un feu accueillant et l'on se trouvait dans une grande salle basse avec toutes sortes de recoins, l'âtre sur la gauche, une grande table au milieu garnie d'une nappe damassée, de verrerie et de vaisselle d'argent et sur la droite le confort d'un salon aux meubles recouverts de tapisserie.

— J'ai apporté la plupart de mes meubles de France, avertit Ville d'Avray.

Comme il l'avait prévu, sa servante l'attendait, debout, près de la table, hiératique comme un personnage de bois et semblant, elle aussi, faire partie du décor.

C'était une grande bonne femme, à l'expression taciturne, aux yeux farouches sous sa coiffe bretonne en ailes de mouettes. Elle tenait sur son cœur, tel un nouveau-né, la fameuse « tourtière » de faïence vernissée d'où débordait la croûte dorée et ornementée d'arabesques d'un pâté de gibier.

— Ma chère, tu es unique ! s'écria le marquis en l'embrassant sur les deux joues. Ah ! plus que cela ! Tu es une fée ! Je l'ai toujours dit.

Il voulait entraîner Angélique vers les étages pour lui montrer la disposition des chambres.

Mais Angélique, regardant autour d'elle, se demandait comment on pourrait tous se loger ici. Elle voulait attendre la venue de son mari pour décider.

Des gens de leur suite commençaient à se présenter sur le seuil : les écuyers, le maître d'hôtel et ses aides, portant des paniers de vaisselle et de linge, les Filles du Roy un peu désorientées et qui se rassemblaient par habitude dans le sillage d'Angélique et quelques-uns des fifres et tambours, fatigués de tant avoir soufflé dans leurs instruments, ou travaillé de leurs baguettes. Ces hommes souhaitaient boire quelque chose. Ils n'en avaient guère eu le temps depuis le matin car ils n'avaient pas cessé d'être en parade.

Cependant, il arrivait ce qu'Angélique, elle, avait prévu. La servante du marquis comprenant que son maître ne logerait point céans et que, non seulement elle allait le perdre une fois de plus, mais qu'il la déléguait sans ménagement au service d'une femme étrangère et pour laquelle il semblait nourrir une passion déplacée, prenait la porte avec sa dignité et sa tourtière. Voir son maître installer Angélique dans la demeure tant choyée par ses soins et émigrer, lui, vers la Basse-Ville, pour y être mal logé et sans la prier de l'y accompagner, elle, sa dévouée servante, qui l'avait attendu des mois avec fidélité, ne lui était pas supportable.

Ville d'Avray éclata en imprécations.

— Te prends-tu pour une reine de France ? lui cria-t-il outré. Voyez-moi l'insolente ! Ces gens des colonies n'ont pas de vergogne ! Ah ! si tu étais de l'autre côté de la mer, dans les vieux pays, tu ne te conduirais pas ainsi, pendarde ! Tu recevrais du bâton !

Hors de lui, il lui administra quelques coups de canne bien sentis.

La servante plia l'échine mais ne s'en éloigna pas moins, emportant le fricot.

— Qu'allons-nous manger ce soir ? gémissait-il.

Le maître d'hôtel du *Gouldsboro* intervint disant qu'il était prêt à leur préparer les mets de leur choix et Florimond s'élança pour l'assister. Florimond avait appris à cuisiner sur les navires quand il était moussaillon.

On continuait à apporter des coffres, des sacs, des garde-robes.

Angélique sortit dans la cour grouillante de monde. Elle y

trouva, assis sous l'orme géant qui se dressait près de la maison, le couple formé par Julienne et Aristide Beaumarchand avec leurs bagages parmi lesquels se trouvaient une vieille bourriche de cassonnade des îles et quelques flasques de son rhum coco-merlot, fabriqué par lui et que le flibustier repenti avait « récupérées » sur le *Saint-Jean-Baptiste.*

Dehors, la foule augmentait et s'agglutinait, pressée de trouver un gîte, car le froid du soir devenait vif. La grande salle-cuisine ne tiendrait pas tout le monde.

Sur ces entrefaites, quelqu'un vint dire que le manoir dont on apercevait, au revers du coteau, les hautes cheminées, le toit mansardé et une partie de la blanche façade, était, en fait, l'habitation mise par le gouverneur Frontenac à la disposition de Monsieur et Madame de Peyrac, de leur famille, et de tous leurs gens. Avec de vastes communs attenants, le domaine offrait toutes les commodités voulues.

Déjà des hommes d'équipage y avaient apporté des vivres, le mobilier et les objets de première nécessité pour compléter ce qui leur avait été préparé.

Des ordres furent lancés et ceux qui étaient dehors refluèrent dans la direction indiquée, coupant à travers champs, derrière la maison, pour atteindre le manoir.

Et tout se dénouant en même temps, deux dames appartenant à la Confrérie de la Sainte-Famille se présentèrent au nom de quelques personnes charitables qui étaient prêtes à héberger les Filles du Roy. Angélique encouragea les jeunes femmes à les suivre.

Dans ce tohu-bohu, Anne-François de Castel-Morgeat se trouva à ses côtés, se tordant les mains.

— Madame ! Madame ! Pardonnez-moi ce qui est arrivé est affreux...

— Oui, oui ! je vous pardonne... je vous pardonne tout, affirma Angélique qui commençait à sentir le poids de sa journée.

Mais Ville d'Avray l'entraînait, lui ouvrait les portes. Il aurait voulu lui vendre sa maison, de la cave au grenier, bibelot par bibelot, il ne se serait pas dépensé avec plus de fièvre.

— Et puis que je vous dise, ma chère, une chose que vous ignorez... Vous avez entendu Monsieur de Frontenac parler de l'habitation qu'on avait préparée pour Madame de Maudribourg... Elle n'était autre que ce manoir de Montigny que l'on vous propose aujourd'hui. Vous n allez pas emménager dans ces murs qu'elle a hantés ?

Il la quitta enfin. Il ne fallait pas s'inquiéter pour lui disait il Il savait où loger.

Dans la soirée, un peu après le départ de Ville d'Avray un gros gamin d'une douzaine d'années, la pipe à la bouche, était venu lui transmettre des nouvelles du chat. Ce dernier se portait bien et paraissait se familiariser avec l'arrière-cuisine de l'auberge du *Navire de France* où il trouvait tout ce qu'il fallait pour son bien-être. Deux mitrons accompagnaient le garçon. Ils étaient chargés de pots et de plats qui contenaient du ragoût et du blanc-manger, du potage de légumes et de blé des pâtisseries, le tout offert par l'accorte aubergiste.

Pouvait-on rêver attention plus aimable ? Angélique trouvait un air de connaissance au gros garçon. Il lui dit qu'il était le fils des Gonfarel et qu'il avait neuf ans. Il promettait d'être un costaud. Elle aurait voulu lui laisser un petit présent. Il refusa. Elle l'embrassa sur ses joues rebondies et le pria d'annoncer sa visite à sa mère, demain, dès qu'elle le pourrait, pour la remercier et venir chercher son chat.

Angélique s'était retrouvée seule avec Yolande l'Acadienne Les enfants étaient endormis dans une chambre du bas derrière la cuisine La proximité de la cheminée chauffait la cloison.

La maison fleurait bon et doux, les meubles étaient imprégnés de cire à l'essence de benjoin, les bibelots, les ustensiles brillaient, disposés sur les tables, dans des vitrines, suspendus au mur, les lustres et bougeoirs et les crucifix étincelaient. Quel exploit d'avoir pu atteindre ces murs ! Un an auparavant la capitale de la Nouvelle-France, perdue au nord de leurs possessions du Maine, faisait figure de citadelle ennemie, à jamais inaccessible pour eux.

Des idées la traversaient par à-coups, un visage lui apparaissait, le souvenir d'un mot entendu lui revenait. Des questions auxquelles elle ne pouvait donner de réponse passaient comme des vols d'oiseaux.

L'absence du Père d'Orgeval... Mystérieux... La folie de Madame de Castel-Morgeat... Insensé... Et quel pouvait bien être l'homme, perdu dans la foule, qui avait jeté cette phrase. alors que Joffrey de Peyrac apparaissait avec ses étendards :

« Tiens ! En Méditerranée, son écu d'argent était sur fond de gueules ! »

Un homme qui savait pertinemment que Joffrey était aussi le Rescator.

Et qu'il avait tiré, jadis, sur les galères du Roi..

14

Angélique rouvrit les yeux. Un malaise l'oppressait. L'eau du bain lui parut tiède. Elle comprit qu'elle avait dû s'assoupir. L'une des chandelles s'était éteinte. La lumière des autres, sur leur fin, vacillait.

Angélique revit dans le miroir, au-dessus d'elle, son apparence. Une femme nue, allongée dans le scintillement de l'eau, avec sa chevelure dispersée en auréole et ses yeux qui brillaient dans la pénombre, effrayés.

Pourquoi Joffrey n'était-il pas là ?

Ce bref moment qu'elle venait de sacrifier au sommeil avait suffi pour défigurer à ses yeux le décor qu'elle avait trouvé si charmant.

Le silence lui parut chargé de menaces.

Au-dehors une grave horloge sonna trois coups. C'était la voix de la ville endormie. La ville-piège.

Elle respirait à peine ne voulant pas laisser la peur arriver jusqu'à elle.

Où était Joffrey ? Où étaient ses soldats ? Ses hommes d'équipage ? Ses Espagnols ? Les officiers ?

Les pires images fondaient sur elle comme un vol d'oiseaux noirs. Elle commença de craindre que l'accueil enthousiaste qu'on leur avait fait n'eût été qu'un mirage, une affreuse comédie destinée à endormir leur méfiance, afin de pouvoir appréhender sans coup férir l'homme qui menaçait l'hégémonie du roi très chrétien sur les vastes territoires de l'Amérique du Nord.

Dans le miroir, elle vit s'inscrire la vérité en lettres de feu. « *Ils l'ont arrêté...* »

L'imagination d'Angélique, très vive, le lui montra, pénétrant au château Saint-Louis, et aussitôt entouré de gentilshommes, l'épée à la main.

« Monsieur de Peyrac, nous avons ordre de vous arrêter. Au nom du Roi ! »

Tout recommençait...

Et lorsqu'elle entendit un bruit, en bas, dans la maison devenue sombre comme un four, elle ne douta pas que ce ne fût, comme autrefois, le tragique Kouassi-Bâ, à nouveau l'appelant et gémissant : « Médème ! Médème !... Ils ont pris mon grand sabre ! »

D'un élan elle s'arracha à son inertie. Dans un grand jaillissement d'eau elle se ruait hors de la baignoire. Elle attrapait un drap et s'en entortillait.

Le gosier bloqué sur des cris qu'elle retenait à grand-peine, prête à laisser éclater son désespoir, elle se précipitait sur le palier.

Un homme était là, au pied de l'escalier.

Un homme vêtu de noir.

15

JOFFREY DE PEYRAC SE TENAIT LÀ, AU PIED DES MARCHES.

Il était tout habillé de noir.

La tête levée, il regardait Angélique.

Il portait une casaque courte, à manches larges, et dont le col de fourrure d'ours, dressé et se confondant avec sa chevelure, lui faisait comme une auréole hérissée où le reflet du feu dans l'âtre accrochait des petites étincelles rousses.

Angélique penchée sur la rampe, haletante, figée, le considéra comme un revenant.

Et Joffrey de Peyrac, charmé de son apparition, mais surpris de son expression tragique, haussait les sourcils d'un air interrogateur.

Elle était demi-nue, ruisselante, les cheveux en désordre, charmante...

Dans le visage tendu vers elle, Angélique vit fleurir l'éclat blanc du merveilleux sourire. Elle ne parvenait pas à y croire

Elle dit à mi-voix :

— Alors ? Vous avez pu leur échapper ?

— Leur échapper ?

— Qu'est-il arrivé ? Je vous attendais... Je me suis endormie et...

— Et... vous n'avez pas encore tout à fait retrouvé vos esprits, mon cœur ! Semble-t-il... Je vous avais informée de ce chapitre du Grand Conseil au château Saint-Louis... Et, en effet, j'ai pu leur échapper... Enfin... Il me tardait de venir vous rejoindre dans vos appartements... Mais nous nous sommes quittés dans les meilleurs termes...

Un soupir s'échappa des lèvres d'Angélique.

Elle vola de marche en marche et se jeta dans ses bras, l'étreignant et répétant :

— Que c'est bête ! Dieu, que c'est bête !

Elle enfouissait son visage dans les plis de son vêtement et y frottait sa joue. Elle crispait ses doigts sur ses épaules.

— Est-ce que nous recommencerions à être menés par des esprits malins ? s'enquit-il, d'un ton moqueur. Quel événement aurait le pouvoir de transformer l'éclatante reine de Québec en une nymphe apeurée ?

— J'ai cru qu'ils vous retenaient prisonnier !

— Enfantillages ! N'avez-vous donc pas compris, aujourd'hui, que ce ne serait pas chose si facile ? Mes défenses sont bien en place et mes amitiés assurées. De plus, le vent de la popularité a tourné en notre faveur. Vous devriez en être convaincue.

— Ce pourrait être une ruse.

— Non ! Nos Français du Canada sont bien trop francs et bien trop bons vivants pour cela.

— Vous m'avez fait très peur, dit-elle. Et surtout quand je vous ai aperçu du haut de l'escalier tout en noir.

— J'ai voulu me rendre à cette réunion nocturne ainsi.

— Pourquoi ?

— L'homme noir, dit-il. Vous vous souvenez, l'homme noir qui se tient derrière la femme démoniaque, dans la vision de la Mère Madeleine. Je savais qu'on m'y avait identifié volontiers. Après avoir installé mes gens au manoir, j'ai changé de tenue et me suis rendu au Conseil ainsi, escorté de mes Espagnols.

Angélique était suffoquée.

— Joffrey, ce n'est pas raisonnable, fit-elle avec agitation. Nous sommes dans un guêpier où tout malentendu peut déchaîner contre nous le pis, et vous vous amusez à provoquer les esprits en rappelant une prédiction que certains ont peut-être oubliée, mais qui continue à en inquiéter beaucoup d'autres.

— Raison de plus pour éclairer, sans attendre, ma lanterne à ce sujet. J'étais curieux d'observer les réactions de ces messieurs, à ma vue et je me suis autorisé à le faire car l'évêque ce soir n'était pas présent. On m'a accusé d'être l'Homme Noir, comme on vous a prêté l'identité de la Démone. D'un tour de magie, je leur soumets le personnage pour en détruire le mythe à leurs yeux et je constate, d'autre part, que vous ne craignez pas vous-même d'apparaître comme « la femme nue sortant des eaux ».

— Je ne me suis pas rendue au Grand Conseil sous cette apparence...

— Dieu soit loué ! Angélique, mon amour, vous prenez la vie beaucoup trop au sérieux et vous recommencez à être une adorable petite chanoinesse, comme l'an dernier, lorsque je vous ai enlevée aux farouches protestants de La Rochelle. Mais, croyez-moi, après ce que vous m'avez révélé de vos talents, ce rôle ne vous sied plus du tout.

Il la serrait contre lui, l'embrassait à petits coups et, après la frayeur qu'elle avait éprouvée, sa désinvolture était ce qui pouvait y avoir de plus efficace pour dissiper ses appréhensions.

Elle releva la tête pour le regarder et bien se convaincre de sa présence.

Elle poussa un cri.

Par-dessus son épaule, elle voyait au fond de la salle surgir d'un cercueil un crâne, suivi de deux yeux pétillants comme des lucioles, puis d'une bouche fendue par un rictus hilare.

Peyrac s'était retourné.

— Bonsoir, Monsieur Macollet, grand pardon d'avoir troublé votre sommeil.

— Pas de mal ! émit la voix grinçante du vieux coureur des bois. De quoi me plaindrais-je ? Le spectacle est plaisant.

Il l'était, en effet.

Le comte de Peyrac botté et engoncé dans ses lourds vêtements fourrés, tenant Angélique en naïade dans ses bras. Du fond de l'espèce de caisse où il se trouvait, le vieil Éloi ramena son bonnet rouge et se l'enfonça sur sa tête scalpée. Puis il bâilla largement et bredouilla quelque chose à propos d'un ours qu'il avait tué sur la ferme du Roy et pour lequel M. Le Bachoys, agent général de la Compagnie, lui cherchait des noises, et c'est pourquoi il s'était réfugié chez eux, parce qu'à Québec avec l'administration on ne pouvait jamais savoir ce qui pouvait arriver à un pauvre voyageur des Pays-Hauts

— Alors j'ai pensé qu'ici, chez vous, je serais à l'abri.. comme à Wapassou.

— Vous avez bien pensé.

— Mais dans quoi dormez-vous donc ? s'exclama Angélique, qui s'évertuait à rattraper les pans de son drap de bain qui glissait et s'échappait.

— J'ai ouvert le banc-lit, le banc du mendiant, comme on dit chez nous. Il y a de la paille au fond et une couverte... Si cela ne vous dérange pas, Madame.

Et il replongea dans les profondeurs de son long coffre afin de reprendre son somme.

Dans les caves, on entendit une chèvre bêler.

Plus de doute. On était au Canada.

Le comte de Peyrac passa son bras autour d'Angélique et ils montèrent lentement l'étroit escalier.

Sur le palier de l'étage, ils firent halte. Sur la droite s'ouvrait la chambre où se trouvait le vaste lit annoncé par Ville d'Avray et qui, en effet, avec ses degrés de bois marqueté, ses courtines d'épais damas doublé de satin, un ciel de lit plus vaste et garni de franges qu'un dais royal, occupait quasiment toute la place d'un mur à l'autre.

— Notre marquis est un hôte incomparable, dit Angélique.

Mais ils s'attardaient devant la haute fenêtre qui s'ouvrait au centre du palier. Les murs très épais permettaient d'y ménager un recoin avec deux banquettes en vis-à-vis, de chaque côté de la fenêtre.

Attirés par la clarté qui luisait derrière les petits carreaux, ils vinrent s'asseoir côte à côte et Joffrey de Peyrac entrouvrit sa chaude casaque afin d'en entourer les épaules d'Angélique et de la serrer plus étroitement contre lui.

— Qu'est-ce que ce vêtement ? s'informa-t-elle. L'étoffe en est aussi épaisse qu'un louis d'or, mais grossière.

— C'est un caban dont un négociant de cette ville m'a fait don et qui convenait ce soir à mon déguisement. J'en lancerai la mode pour les élégants et, qui sait si elle ne se prolongera pas jusqu'à Paris.

— Un vêtement de paysan !

— Mais fort pratique pour aller visiter les belles par les nuits glacées...

Appuyés l'un contre l'autre, ils regardaient au-dehors, avec curiosité, le paysage lunaire.

De l'autre côté de la rue on devinait les arbres d'un verger noyés dans l'ombre humide. La même brume impalpable dissimulait les contours des maisons les plus proches. Mais plus loin, en contre-bas, le clocher de la cathédrale surgissait éclairé. Derrière, la lune sortait d'un nuage. Un halo de lumière irisée l'agrandissait comme une énorme opale et sa clarté ciselait les moulures des balustres et des colonnades de la tour. A la pointe du clocher, la haute croix de fer forgé perçait le ciel de son coq-girouette posé tout au bout. Tandis qu'en son centre se disposaient la couronne d'épines et tous les instruments de la Passion y compris l'échelle. Son dessin se profilait sur le ciel laiteux comme tracé à l'encre noire par une plume géante. Alentour, les clochers de la chapelle du séminaire, de celle des

Ursulines, de l'église des Jésuites, et toutes les tours ou campaniles des autres petits édifices religieux de la cité, répétaient le même thème des instruments de la Passion, du coq, et parfois, il y avait une rose des vents.

Joffrey parlait à mi-voix.

Il passait en revue les divers événements de la journée, se félicitant de leur déroulement. Le geste fou de Mme de Castel-Morgeat paraissait plutôt l'amuser.

— Je reconnais avoir un certain faible pour ces femmes audacieuses et passionnées, qui vont jusqu'au bout de leurs engagements. Fidèle à son confesseur, le Père d'Orgeval, elle a maintenu son engagement, malgré la défection de celui-ci. Et puis, c'est une femme d'Aquitaine. Entre Gascons on peut se comprendre et se pardonner.

— Je trouve que vous prenez bien à la légère une démarche qui aurait pu causer la perte du *Gouldsboro*, se rebiffa Angélique, oubliant qu'elle avait, quelques heures plus tôt, partagé un peu ce point de vue. Imaginons ; si le boulet avait atteint ses œuvres vives, ce magnifique navire coulant au fond de l'eau, les armes, les richesses qu'il y avait à bord perdues, les victimes inévitables...

— La vie nous fait rarement autant de mal qu'elle le pourrait... Pour ma part, quand un danger est passé, je songe moins à m'effrayer de ce qui aurait pu advenir qu'à m'émerveiller d'y avoir échappé...

— Je crois que vous avez bu trop de vin français aujourd'hui, dit-elle.

— En attendant, qui a gagné ? Le *Gouldsboro* qui se balance sur son ancre au pied du Roc, tandis que la maison des Castel-Morgeat a un grand trou dans sa façade et un angle écorné.

Il ajouta que M. de Frontenac s'était vu obligé de leur accorder l'hospitalité dans une aile du château Saint-Louis.

Il tenait toujours Angélique étroitement contre lui et, par instants, il posait ses lèvres sur son front, sur ses tempes, comme irrésistiblement attiré par la proximité de ce visage.

Elle devinait qu'il parlait ainsi pour la distraire et lui communiquer sa confiance, car il n'était pas, sans raison, de si joyeuse humeur.

— Joffrey, dit-elle humblement, j'avoue que j'ai été saisie de panique tout à l'heure. Tous les obstacles qui s'opposent à ce que nous puissions vivre heureux m'apparaissaient. Tout à coup, j'ai trouvé à cette demeure une ressemblance avec celle où nous avions logé quand nous étions allés assister au mariage du Roi à Saint-Jean-de-Luz. Vous souvenez-vous ? Ce n'était que fêtes et réjouissances, mais, dans le brouhaha. le Roi en profita pour vous faire arrêter.

— Laissez donc ces souvenirs lointains, chérie. Les temps sont autres. Rien ne recommence jamais tout à fait de la même façon, car la vie est mouvement. Le Roi, aujourd'hui, n'est plus ce jeune souverain préoccupé de réduire l'indépendance des princes qui, avec la Fronde, avaient menacé son trône. Sa puissance est assurée. Nul grand vassal ne peut se retrouver roi en sa province, comme j'en donnais l'image en ce temps-là à sa jalousie ombrageuse. Les temps sont autres.

— Le Roi est autre.

— Et vous, vous êtes une autre femme. Vous nous en avez donné la preuve aujourd'hui et avec quel éclat ! Je vous regardais et je voyais que celle qui s'avançait ainsi m'était quelque peu inconnue. Comment exprimer ce que j'ai ressenti en vous voyant le point de mire de tant de regards admirateurs et enchantés ! Je vous voyais sous tous vos visages : éblouissante comme à Versailles, mais aussi sereine et sûre d'elle comme en face des Iroquois, inébranlable comme en face de la Démone. Cela ne signifie pas que de telles perspectives soient pour moi de tout repos... Mais j'aime le risque et la nouveauté.

— C'est cela ! Vous aimez trop le risque. J'ai raison de me tourmenter. Voyez, quand vous vous êtes rendu au rendez-vous de ce Varange, à la crique de la Mercy, sur la seule foi d'un billet signé Frontenac. Vous vous y êtes rendu quasi seul et il vous attendait pour vous tuer...

— Je devais pressentir que l'ange sauveur se mettrait en chemin. Tout ce qui se trame en nos alentours ne nous est pas toujours visible. Sans vous, je serais mort. Mais vous êtes venue et vous l'avez tué. Ainsi, entre nous, à la vie à la mort, mon amour.

Angélique eut un frisson.

— Quel était son dessein ? Il m'a laissé une impression étrange. Il s'est glissé dans votre vie comme un fantôme déliquescent, une larve obscure, à croire qu'on l'a rêvé. Je suis certaine qu'il était un des complices d'Ambroisine, un de ceux qui l'attendaient et qui peut-être savaient quel personnage dangereux se cachait derrière ses traits séraphiques...

— Elle est morte et vous l'avez vaincue. Elle ne peut plus nous nuire. Ses troupes infernales reculent et s'évanouissent dans l'ombre.

Il leva sa main vers la fenêtre en un geste incantatoire, mais il souriait.

Au pied du Roc, les eaux du Saint-Laurent se déployaient en

étoile de mer, insinuant parmi les caps, les îles et les baies, ses tentacules d'un métal vibrant sans pareil.

A cette heure quelques canoës indiens en griffaient encore la surface, tels de noirs insectes.

Il s'était évertué à dissiper ses doutes et elle retrouvait le sentiment de confiance qui l'avait habitée tout au long de cette journée.

— Nous sommes parvenus trop loin pour qu' « ils » nous atteignent, dit-il encore. Ne le sentez-vous pas ? Tout ce qui peut nous arriver désormais de dangereux ou de tragique ne sera plus jamais aussi grave.

— Et la rancune du Père d'Orgeval ? Quand j'ai vu quelqu'un en noir au pied de l'escalier j'ai cru que c'était lui.

Joffrey de Peyrac éclata de rire.

— Quelle idée ! Je vois mal un jésuite, même celui-là, se présentant en pleine nuit chez une dame.

— Il aurait pu vouloir m'exorciser.

— Vous avez trop d'imagination, mon cœur !

Et après un instant de silence :

— ... Ne le craignez pas. Il ne viendra plus.

— Où est-il ? murmura Angélique.

— Il a quitté la ville... On le dit.

— Il y était pourtant quelques jours avant notre arrivée.

— Il n'y est plus.

Elle se souvint qu'il avait accueilli la nouvelle de l'absence du Père d'Orgeval avec surprise, mais aussi comme s'il l'avait prévue. Elle se demanda ce qu'il avait pu tramer, qu'il ne lui confiait pas. Il entretenait un espion secret à Québec. Il l'avait taquinée à ce sujet. « Je n'ai pas dit que c'était un homme... »

— Et s'il revient ?

— Il ne reviendra pas.

— Serait-il mort ?

— Non, il n'est pas mort.

Il la serrait dans ses bras et sa main caressait son épaule. Elle sentait les broderies de son pourpoint griffer sa peau nue et cela éveillait en elle des voluptés insidieuses.

— Pourquoi se dérobe-t-il ? Pourquoi refuse-t-il de nous affronter ? Je veux savoir.

Joffrey de Peyrac dit :

— Qu'importe !

Elle voyait son sourire et sentait son désir.

— Tant pis, Madame ! Vous n'aurez pas le secret des chandelles vertes !

Ses yeux brillaient, allègres Et Angélique lui en voulait.

— Non, ce n'est pas si simple. J'ai eu trop peur.

— Quand donc, mon amour ?

— Tout à l'heure.

— Je vous l'ai dit, la peur ne vous sied pas.

— Et nous avons failli mourir de faim l'an dernier... Si les Iroquois n'étaient pas venus.

— Mais ils sont venus... Je les avais appelés.

Angélique s'arracha à son étreinte.

— Et vous ne me l'avez pas dit ?

— J'ignorais s'ils pouvaient répondre à cet appel. Et parfois l'attente déçue est ce qu'il y a de pis pour user les dernières forces.

— Vous me connaissez mal.

— Une chose secrète prend de la force à ne pas être divulguée.

— Ah ! vous êtes trop gascon. Mais je vous aime.

Dans les bras l'un de l'autre, ils prolongeaient la saveur d'une querelle qui s'accompagnait de tant de caresses, de longs baisers donnés et reçus et du délice de prononcer des mots qui s'étouffaient dans un murmure, d'ébaucher des phrases qui s'interrompaient pour faire place au silence, tandis que leurs lèvres se reconnaissaient et se répondaient.

La ville était à leurs pieds, étroite et ramassée comme une île sur l'océan des forêts et, à cette heure couleur d'étain, de plomb, d'argent, d'acier, les fumées lentes et bleuâtres flottaient rares, se mêlant à la brume. Redoutant plus encore l'incendie que le froid, les habitants de Québec préféraient étouffer le feu dans l'âtre avant de se mettre au lit.

L'arête des toits pointus, les pignons, les girouettes accrochaient des éclats de lune.

Certains dans cette ville connaissaient le passé, les condamnations du couple. D'autres se souvenaient de Mme du Plessis-Bellière, et d'autres du Rescator ou du grand seigneur toulousain.

Mais tous ces êtres endormis avaient aussi leurs secrets, leurs peurs et leurs souvenirs. Parmi eux, Joffrey de Peyrac et Angélique pouvaient faire trêve et, l'espace d'une nuit, revenir à l'autre signification de leur destin : un homme et une femme qui s'aimaient.

Alors tout était aboli. Ils cessaient d'être des bannis pour être les élus du royaume sans nom, dont la conquête ne dépendait que de leurs cœurs épris et des pulsions de leurs corps embrasés.

Les doigts de Joffrey se perdaient dans les cheveux d'Angélique, erraient sur sa peau lisse, retrouvaient ses formes douces.

— Vous êtes une autre femme dans sa beauté et sa force, lui

disait-il tout bas. La même... car nous restons toujours nous-mêmes. Mais votre âme a transité, comme les astres, par des régions obscures et dangereuses et, comme les astres, au frottement brûlant de l'espace, elle a acquis cet éclat plus éblouissant encore et dont le rayonnement va au-delà des limites visibles. La même... Mais sortie des eaux lustrales du renouveau, telle Aphrodite naissant de la nacre d'un coquillage et des souffles du printemps.

— Vous serez toujours un poète du Languedoc.

— Et je chanterai toujours la dame de mes pensées. Et vous m'écouterez avec ce regard qui suscite en moi la plus exaltante inspiration et l'impatience d'affronter les dragons.

— Car les mots que vous prononcez me transportent. Depuis que je vous ai connu, par chaque parole de votre bouche, il me semble que vous avez fait... respirer mon âme et mon cœur.

— Oh ! mais vous ne manquez pas non plus d'inspiration, Madame ! Quelle belle image ! Et votre corps divin ?

Angélique riait sous ses baisers.

— Vous êtes un incorrigible paillard ! Vous savez bien ce que vous en avez fait.

Joffrey de Peyrac prenait entre ses mains ce visage si pur, renversé et comme rendu lumineux par l'excès de sa joie. Il se perdait dans ce regard insondable à la transparence unique, adouci de tendresse et d'amour pour lui.

Il murmura :

— Les démons se sont retirés dans les plis de la nuit.

II

UNE NUIT SUR QUÉBEC

16

DANS LE CREUX DE LA NUIT MLLE CLÉO D'HOURREDANNE ÉCRIT une lettre à son amie lointaine, Marie-Gabrielle, veuve du roi Casimir V de Pologne, surnommée *La Belle Herbière.*

Le temps des vaisseaux est passé.

La missive ne partira pas avant que les mois d'hiver ne se soient écoulés, que le printemps en délivrant le fleuve des glaces n'ait ramené de France les navires. Mais Mlle d'Hourredanne trompera la longueur de l'attente en rédigeant ces épîtres qui sont pour elle comme autant de dialogues jetés par-dessus les océans.

L'une après l'autre elle les rangera dans une cassette réservée à leur garde.

« Ma très chère,

« J'ai tourné mon lit dans un autre sens...

« Maintenant, de mon coin, je vois très bien la maison neuve que Ville d'Avray s'est fait bâtir en bordure de la concession des Counat-Banistère car, depuis cet après-midi j'aurai, à la regarder, d'autres sujets de distraction qu'à me morfondre de la vue de mon verger et du fleuve que je connais par cœur.

« Un pirate somptueux a mouillé sous nos murs et comme il avait pris soin auparavant de capturer Monsieur d'Arreboust et Monsieur l'Intendant on n'a pu faire autrement que de le recevoir aussi somptueusement.

« Voici l'heureuse conclusion d'une affaire dont je vous ai déjà entretenue.

« Il s'agit de ce gentilhomme français allié de la Nouvelle-Angleterre, et dont l'établissement dans le sud de nos possessions, aux confins de l'Acadie et du Canada, nous a causé des alarmes. On a voulu le considérer en ennemi et il y a eu plusieurs campagnes contre lui.

« L'on a appris qu'il avait une femme fort belle. Et l'émotion a été à son comble lorsqu'une de nos ursulines, Mère Madeleine, qui est visionnaire, a fait à leur sujet une prédiction où le diable semblait mêlé. On envoya des enquêteurs, ceux-ci ont rapporté des avis rassurants. Les esprits se sont calmés.

« L'annonce de leur venue à Québec pour y faire des propositions de paix a relancé la querelle.

« Le Père d'Orgeval qui préside aux destinées religieuses de l'Acadie est arrivé, les accusant d'avoir entravé sa campagne guerrière contre les hérétiques de Nouvelle-Angleterre.

« Cela a causé un grand tintamarre et l'opinion s'est divisée A l'approche de la flotte, on a vu l'annonce des pires calamités et il fut question de hisser la bannière de Notre-Dame pour sauver la ville.

« Le sorcier de la Basse-Ville a raconté qu'il avait vu passer dans le ciel les canots en feu de la « chasse-galerie ». C'est une légende à laquelle tous ceux qui viennent des régions de l'ouest de la France croient volontiers. C'est un signe de malheurs proches.

« Puis assez mystérieusement, ce virulent jésuite a disparu ce qui a déconcerté ses partisans.

« Frontenac, quant à lui, a tenu bon. Il a toujours été pour eux. Il s'est engagé dans cette affaire jusqu'à envoyer, cet été, plusieurs missives au Roi à ce sujet, lui démontrant les avantages qu'aurait la Nouvelle-France à établir de bonnes relations avec ce puissant voisin que l'on dit fabuleusement riche.

« Dans l'expectative d'une réponse qu'il espère approbative et bienveillante, le Gouverneur a joué la carte de l'accueil et de l'amitié. D'autant plus que M. de Peyrac et lui sont de la même province du Languedoc, et chacun sait que les Gascons se tiennent entre eux.

« Ainsi va le monde !...

« L'on est chez nous, en Canada, assez friand d'évènements nouveaux et de distractions.

« Les esprits chagrins ont été écartés et l'on s'est préparé à recevoir M. et Mme de Peyrac.

« Ma chère, il est malaisé de vous exprimer la joie que les peuples ont reçue de cette arrivée tant redoutée.

« Et je n'affecte rien.

« Madame de Peyrac possède-t-elle la vertu des reines : Celle de méduser par leur seule apparition ?

« Elle a donné si promptement dans la vue de tous que c'en est incroyable !

« On l'a attendue sur les quais depuis l'aube et toute la ville était prête à y passer l'Avent si elle n'avait pas débarqué. Ce fut chose faite aujourd'hui.

« Selon le jugement de M. de Magry, elle est d'une beauté à brûler le monde. Décidément, cette femme est une sorcière Elle n'entrera pas dans ma demeure. »

Mlle d'Hourredanne souligne de sa plume sa résolution.

Elle se cale un peu mieux contre ses oreillers de dentelle. D'un doigt, avant d'installer son écritoire sur ses genoux, elle a touché le lobe de ses oreilles d'un peu de son parfum préféré. Elle a regardé dans le miroir si la pointe de dentelle de Malines dont elle couvre ses cheveux blancs était bien posée. Elle s'est fait apporter deux chandelles neuves. Elle a renoncé à s'impatienter contre sa servante anglaise, morne, stupide et hérétique par-dessus le marché et s'est contentée de faire débarrasser son lit du coffret et des paquets de missives liées d'un ruban qu'elle n'a pas eu le temps de dénouer.

Le marquis de Ville d'Avray est venu les lui apporter, mais il s'est montré rapide, ne parlant que des réjouissances du jour et de celles du lendemain et pressé de courir on ne sait où. Et elle a compris pourquoi lorsqu'elle a vu toute une troupe d'étrangers guidée par Ville d'Avray envahir sa rue si paisible et s'engouffrer dans la maison dudit marquis.

C'est là, elle ne se le dissimule pas, une des raisons de son antipathie envers celle qu'elle nomme, à part elle, non pas la Démone, mais la Séductrice.

« Carlon non plus n'est pas venu me voir et, pourtant, il est de retour en nos murs. Mais je lui pardonnerai car vous savez que j'ai un faible pour lui.

« Toute la ville était dans la rue.

« Jessy l'anglaise, en courant jusqu'en bas du pré pour apercevoir ces vaisseaux qu'elle s'imagine, la sotte, venir la délivrer, a laissé échapper la chienne. Cela a été toute une affaire pour la rattraper et la faire rentrer, surtout que nul ne s'est présenté à notre secours. J'aurais pu mourir dans le fond de mon lit, personne ne s'en serait soucié. Heureusement, je bois en ces jours qui précèdent l'hiver une décoction de racines qui me donne des forces.

« M. le conseiller Magry de Saint-Chamond a eu pitié de ma solitude et m'a rendu visite.

« De toute façon, vous me connaissez. Je n'ai rien vu, mais j'ai tout su.

« J'ai entendu un coup de canon, un seul. Cela ne voulait rien dire, paraît-il.

« C'est Sabine de Castel-Morgeat qui l'a tiré, dans sa rage de voir accueillir à Québec des personnes qu'elle considère comme des ennemis de la Nouvelle-France et surtout de son cher confesseur, le Père d'Orgeval. Ce jésuite qui la gouverne la fait communier tous les jours de la semaine. Bon Dieu ! Quelle profanation ! Mais je me tairai car l'on me dit que l'hostilité envers Port-Royal et les jansénistes ne désarme pas dans le cœur du Roi... »

Cléo d'Hourredanne suspend son récit et demeure la plume en l'air. Elle ne va pas commencer à discourir sur Port-Royal Sinon elle n'en finira plus.

« M. de Peyrac s'est fait accompagner de sainte Perpétue, martyre. L'évêque a été pris de court. Il aurait bien voulu bouder. Mais l'annonce d'une aussi sainte relique et de ses « authentiques » l'a poussé à employer toute sa pompe.

« Je vous dirai cependant que les Dames de la Sainte-Famille ont essuyé une grande honte à cause de l'une des leurs, Sabine de Castel-Morgeat. Non pas tant par ce coup de canon, geste qui ne manque pas de panache, mais ensuite, sommée par son époux d'assister au Te Deum, elle s'est habillée de noir, pour afficher le deuil de ce jour, et elle s'est couvert le visage de blanc de céruse et s'est fardé les lèvres de rouge sang, de sorte qu'elle était hideuse comme masque en Carême. Enfin un vrai scandale ! Mme Daubrun qui est si douce et bonne en a pleuré. Sabine se croit tout permis et elle a entraîné par son attitude outrancière une vague de sympathie envers celle qu'elle voulait insulter, la belle Madame de Peyrac, laquelle ne parut pas faire cas de tant de provocations de la part de Sabine et se montre aimable. »

Mlle d'Hourredanne fait une pause.

La nuit est calme et profonde.

La chienne noire et blanche est couchée au pied du lit, sur les marches de l'alcôve.

La dame a fait écarter les rideaux car elle ne veut pas quitter des yeux la fenêtre qui donne en direction de la maison du marquis de Ville d'Avray de l'autre côté de la rue.

Là aussi l'agitation s'est calmée. Tout est sombre. Des lumières amorties se devinent, mais ce ne sont que de simples veilleuses, ou bien ce qui reste de braises dans l'âtre de la cuisine. Pourtant, à une fenêtre haute, Cléo d'Hourredanne a cru apercevoir deux silhouettes qui regardaient la nuit un homme et une femme, et cette vision lui laisse un arrière-goût mêlé d'anxiété et d'intérêt dont elle ne s'explique pas la raison

Une chose est certaine, la nuit semble particulièrement douce ainsi que l'atmosphère de sa petite demeure tiède où tictaque le battant de sa belle horloge à balancier.

« Je me suis laissé dire qu'on leur avait donné pour logement un manoir en lisière sur la colline que l'on avait préparé pour une bienfaitrice, la duchesse de Maudribourg, qui devait arriver à l'été, avec sa recrue et beaucoup de biens... Mais depuis, rien !... Et le bruit court qu'elle s'est noyée...

« En attendant, « ils » sont encore ce soir chez Ville d'Avray. Celui-là, vous le connaissez. Il s'adjuge toujours ce qui est le plus réputé, que ce soit d'un objet ou de personnes.

« Il mourrait de jalousie de ne pas être préféré en tout !

« Resteront-ils dans la maison du marquis ? Je le souhaite, car de ma fenêtre je pourrai suivre toutes leurs allées et venues.

« Mais s'accommoderont-ils du voisinage d'Eustache Banistère, c'est une autre question. Depuis que celui-ci s'est fait retirer son « congé » de voyageur pour aller aux bois trafiquer la fourrure et depuis que l'Evêque l'a excommunié parce qu'il avait porté de l'eau-de-vie aux sauvages, il est en procès avec tout le monde. Ses enfants sont des garnements qui font cent mauvais tours et martyrisent leur chien. Vous savez combien j'aime les bêtes et cela m'est sensible.

« Pardonnez-moi, très chère amie, je n'ai pas encore pu me mettre à la lecture de vos lettres dont la vue m'a comblée de joie.

« Entre nous, ma chère, bien à l'abri derrière les murs de ma maison, je me réjouis que ces visiteurs du sud nous amènent tant d'animation. J'aurai de quoi vous écrire. Pour cette fois, je vous ai rédigé tout cela d'un crayon assez gros. Il y a mille détails que je vous communiquerai plus tard.

« Résumons : la Séductrice est dans nos murs. Elle ne nous quittera pas de sitôt.

« Quelque chose dans le rouge du ciel, ce soir, me faisait penser que les glaces ne sont pas loin, bien que les milliers d'oies sauvages qui sont assemblées au Cap Tourmente n'aient pas encore décidé de leur migration vers le sud.

« Nul vaisseau ne peut désormais ni arriver, ni repartir. Nos hôtes vont partager notre hiver canadien et nous n'avons plus à nous poser de questions. Car, chez nous, les comptes ne se règlent qu'au printemps lorsque le fleuve redevient libre, que les premiers navires apportent les premiers courriers et que l'on sait le choix du Roi... »

Si, quittant la modeste demeure de Mlle d'Hourredanne, l'on glisse en un vol plané d'une aile duveteuse d'oiseau de nuit au-dessus des clochers et beffrois de la Haute-Ville, l'on parvient au château Saint-Louis, résidence du Gouverneur, forteresse, à la pointe du cap, dominant et surveillant le fleuve.

Dans l'aile droite, une fenêtre demeure éclairée.

M. de Castel-Morgeat bat sa femme. Il est fou de rage.

A mi-voix, pour ne pas éveiller les échos du château Saint-Louis où Monsieur le Gouverneur les héberge, il exhale sa rancœur et son déplaisir.

— N'est-ce pas assez, Madame, que vous me dédaigniez dans ma propre maison, que, depuis des années que je vous ai épousée, vous ne cessiez de m'y faire sentir le poids de ma présence comme si je n'y étais qu'un intrus, que vous proclamiez le dédain que vous avez de mes hommages pour faire de moi la risée des sots, il faut encore que vous me fassiez parjurer à ma parole donnée, que vous me couvriez de ridicule devant mes soldats et mes sauvages, moi, le Lieutenant du Roi en l'Amérique...

Sabine de Castel-Morgeat plie l'échine. Les coups l'ont prise au dépourvu.

Il y avait longtemps, des années, qu'il ne s'était pas livré à ces violences.

Elle ne lui dénie pas son droit d'être en fureur, mais elle le hait d'avoir tourné casaque si facilement.

Tout au long de cette affaire, il a opté pour le Père d'Orgeval, l'approuvant de vouloir écarter des terres d'Acadie un danger d'envahissement qui se doublait d'une menace diabolique. C'est même l'une des rares fois où il s'est trouvé en accord avec elle, sa femme. Peut-être l'a-t-il regretté ? Il n'y a guère, il assurait les jésuites de sa fidélité, il faisait le matamore...

Il a suffi... de quoi donc ? Que Frontenac l'assure de l'intérêt d'une alliance entre Gascons ? Que le Père d'Orgeval brusquement disparaisse, comme s'avouant battu ? Qu'il veuille, elle la désavouer, l'humilier une fois de plus...

Il a suffi, surtout, que l'annonce parvienne que s'avançait vers Québec cet homme que l'on dit magicien, sûr de sa victoire avec sa flotte insolente et bourrée de richesses et de présents, sûr de gagner sans un coup de canon.

Eh bien ! Si ! Il y a eu un coup de canon. Celui qu'elle a fait tirer elle-même, comme jadis Mlle de Montpensier a fait tirer sur son cousin, le Roi. Quelle ivresse pour une femme que de sentir le pouvoir de faire tonner le canon sous ses doigts ! Pouvait-elle deviner que son fils Anne-François était a bord ? Tout ce qu'elle entreprend se retourne contre elle !

Pourtant, puisque Anne-François est sain et sauf, elle ne regrette pas son geste.

Ce geste d'hostilité a compensé la lâcheté générale.

Mme de Castel-Morgeat a ainsi proclamé son attachement à ce confesseur qu'hier encore tout le monde encensait pour le désavouer aujourd'hui. Enfin il l'a vengée de toute la rancune, de toute l'amertume accumulées en elle au cours des années et dont ce couple attendu, image dit-on de la réussite de la vie et de l'amour, lui semble être la cause. Elle hait tout ce qui peut lui rappeler qu'elle n'a jamais connu le bonheur, ni le plaisir de l'amour.

Oh ! Quelle douleur éprouvée aujourd'hui, quelle douleur sans nom, devant ce couple insolite et magnifique qui est monté vers la cathédrale sous les ovations ! Toute sa vie à elle, gâchée, sans cesse déçue, en prenait une saveur plus amère. Jamais le lien ne lui a paru si lourd qui l'attache à ce Castel-Morgeat qu'elle n'a jamais aimé. Toute sa vie lamentablement perdue lui est remontée au cœur, à la vue de cette femme triomphante que toute une ville acclame, idolâtre, sans même la connaître, simplement parce qu'elle apparaît, parce qu'il n'y a qu'à la voir, parce qu'elle, elle a le CHARME. Tandis qu'elle, Sabine, on ne l'aime pas, elle ne plaît pas.

On l'a obligée à assister au Te Deum. Elle aurait préféré être jetée dans un cul de basse-fosse.

Personne ne s'est préoccupé de son humiliation et de sa douleur, ne lui a dit un mot de compassion.

Le seul qui eut pour elle un peu d'indulgence et de sincère estime n'est plus là : son confesseur.

A son chagrin intime, réveillé par les événements récents, s'ajoutent l'inquiétude et le désarroi.

Lui si fort, Sébastien d'Orgeval, a-t-il pu se laisser circonvenir par la crainte ? Non, cela est impossible. Ou tomber dans un guet-apens ? Son intuition extra-lucide l'aurait averti à temps. Alors que croire ? Qu'il se recueille en quelque retraite pour mieux frapper plus tard ? Mais quelle nécessité de s'effacer ainsi ? La situation était entre ses mains.

Il l'a abandonnée... Maintenant elle est seule et sans recours livrée à la réprobation et à la détestation.

Des larmes coulent sur son visage tuméfié que les fards blanchâtres enlaidissent encore.

Le comte de Castel-Morgeat se sent plus encore hors de lui et fou furieux. Cette damnée bonne femme réussit toujours à le mettre dans son tort... Il tourne comme un lion en cage à travers l'unique chambre qu'on leur a dévolue. Il jette des regards furibonds au lit, ma foi, assez vaste et confortable qui a été mis à leur disposition et dont les courtines sont à demi relevées découvrant la blancheur des draps.

— Jamais je ne coucherai avec vous dans ce lit, crie-t-il.

— Moi non plus. Allez donc coucher chez Janine Gonfarel, la maquerelle ! Vous avez l'habitude d'y trouver bon gîte et tendre accueil.

Il pousse un horrible juron, se rue sur le lit et se fourre sous les draps avec bottes et casaque.

Elle se jette hors de la pièce en réprimant un cri de rage.

Le valet de Monsieur de Frontenac, qui dort sur un lit de bivouac en travers de la porte de son maître, entend un bruit de vaisselle cassée. Il se lève intrigué.

Le château est petit et, à cette heure de la nuit, tout le monde doit y dormir sans barguigner. Les sentinelles veillent au-dehors, cela suffit. Se dirigeant dans la direction d'où est venu le bruit, il arrive aux cuisines.

M. de Castel-Morgeat a aussi entendu. Il ne dormait que d'un œil. « Elle a encore cassé quelque chose », pense-t-il. Il descend l'escalier en boitillant car sa jambe lui fait toujours mal à l'approche du matin.

Il aperçoit un fantôme noir qui traverse l'antichambre, portant un panier, sous l'œil ensommeillé du valet et d'un marmiton en chemise.

C'est Mme de Castel-Morgeat, encapuchonnée, qui se dirige vers la grand-porte.

Il la rejoint de justesse au moment où elle va l'ouvrir, l'agrippe par le bras.

— Où allez-vous encore, espèce de folle ? Où courez-vous à cette heure de la nuit ?

Elle répond d'un air de martyre.

— Je vais porter quelque nourriture au bonhomme Loubette. Personne ne s'est occupé de lui aujourd'hui.

Ses yeux flamboient brusquement. Elle crache avec colère .

— Oui, la ville a perdu la tête ! Au point d'oublier ses pauvres, ses devoirs de charité les plus impératifs... Tout cela pour une femme dont la beauté dangereuse n'a d'autres buts que d'écraser ses rivales autour d'elle, que d'attirer tous les hommes à ses pieds, que de répandre le mal et la destruction de tout bien...

Elle a parlé avec tant de véhémence, la bouche tordue, que Castel-Morgeat, lui-même habitué à ses réactions outrancières, en demeure saisi. C'en est trop ! Quelque chose lui échappe dans ce comportement excessif.

Intrigué, il la regarde franchir le seuil d'une démarche de reine outragée.

Il dit :
— Pourquoi la haïssez-vous donc tant ?...

La main décharnée et tremblante du vieux Pierre-Marie Loubette s'avance et parvient à saisir avec peine sa tabatière de fer-blanc posée sur un tabouret à son chevet.

Putain d'existence ! sa tabatière est vide.

Il retombe sur ses oreillers et ramène frileusement jusqu'à ses épaules sa couverture qui a glissé mais il n'arrive pas très bien à l'installer comme il faut. La fièvre le secoue tellement qu'il se découvre plutôt que ne se recouvre et, au bout d'un moment, il se sent brûlant et rouge comme un cul de chaudière en fonte sous laquelle on a forcé le feu.

Putain de vie ! Qu'est-ce qu'il en aurait fait de son tabac s'il en avait trouvé trois brins ? Il en aurait chiqué un peu. Fumer ? c'est exclu.

Dès qu'il commence à allumer son vieux calumet, presque aussi vieux que lui, et qu'il aspire une bouffée, le voilà parti à tousser jusqu'à ce qu'il s'en étrangle et crache du sang.

Chiquer ? Il peut encore. Il a gardé ses dents, des dents presque aussi bonnes que celles des Indiens, saines, solides C'est bien à peu près tout ce qu'il a gardé. Le reste s'en est allé à vau-l'eau : ses forces, ses écus, ses amis. Ce sont des choses qui arrivent. Surtout aux anciens de cette putain de colonie. On n'en veut plus des anciens ici. On les a trop vus. On leur doit trop. On préfère les oublier. Tout le jour ces damnées cloches lui ont martelé la tête. Et bing ! et boum ! Et encore ! Et j' t'en donne et j' te carillonne. Croyez-vous qu'il y aurait eu un être humain charitable pour venir lui dire ce qui se passe et ce que ça a voulu dire ce coup de canon tout seul ? Parce que... il n'a tout de même pas eu la berlue ! On a tiré du canon.

Mais, il en restera sur sa curiosité. Toute la ville s'est égaillée comme une volée d'étourneaux.

Tout le monde s'est trouvé en bas pour accueillir les etrangers. Il est resté seul sur ce rocher de malheur presque comme du temps où il était enfant et qu'il y montait par un sentier de chèvres. Qui croirait que la grand-place pavée de la Haute-Ville où, aujourd'hui, les dames aiment à tourner carrosse, a été cette clairière ombragée de grands arbres où, dès l'âge de six ans, il rôdait, son petit couteau-jambette en main, à la recherche des asperges sauvages ou des crosses de fougères, pointant de la terre humide, et qu'il rapporterait à sa mère pour qu'elle les ajoute à la soupe familiale ?

Ce ruisseau qui traverse la grand-place dévalait parmi les herbes hautes. Il y a trempé ses pieds nus de petit Normand, levant les yeux vers les frondaisons des grands arbres d'Amérique. Il s'est taillé un pipeau adossé aux racines d'un chêne, là où s'élève la cathédrale. De la grande forêt primitive, il ne reste plus sur le promontoire que des enclos et des parcs entourant les propriétés bâties : le monastère des Ursulines, la maison et le collège des Jésuites, le séminaire et l'évêché, l'Hôtel-Dieu. Hors ces grands bâtiments dans leurs ilôts de verdure, partout des rues tracées bordées de maisons. Et l'on entend les carrosses et les charrettes tressauter sur les pavés, le bruit des sabots ferrés des chevaux...

En ce temps-là (le temps de son enfance), il y a près de cinquante ans, il n'y avait au pied du Roc que deux ou trois familles de colons. Ça ne faisait que quelques petits enfants français qui s'élevaient comme une couvée de sarcelles sauvages au bord du fleuve perdu.

Six à sept femmes et, parmi elles, Hélène Boullé, vingt ans, épouse de M. de Champlain et ses trois suivantes.

La fine Hélène Boullé, en robe blanche et son petit miroir au cou, où les Indiens se voyant refléter s'attendrissaient qu'elle « les gardât ainsi dans son cœur ».

Tout le monde logeait dans l'habitation que M. de Champlain avait construite sur la rive.

Un véritable petit château de bois en solide charpente, avec trois corps de logis, un vaste magasin, un petit colombier et, au second étage, sous la toiture en pente aux hautes cheminées, un balcon circulaire permettant aux sentinelles de surveiller l'immense horizon. Autour un large fossé flanqué d'un pont-levis et plusieurs canons braqués aux endroits stratégiques. L'Habitation, on s'y entassait tous, dans les débuts, quand l'hiver venait, quand l'Iroquois menaçait. Colons, traitants, interprètes, soldats. On se tenait chaud. La falaise à laquelle on s'adossait vous suspendait au-dessus de la tête des franges de glace géantes.

Les marées d'automne rongeaient les pilotis.

A manger, l'hiver, toujours des farines et des salaisons de la Compagnie, du cidre piqué comme sur les navires, quelque gibier qu'apportaient les Indiens ou qu'on prenait au piège.

L'odeur des fourrures vous saoulait. Le mal de terre — le scorbut — vous faisait les chairs flasques, la peau blême les gencives saignantes.

Louis Hébert, l'apothicaire, soignait cela avec de la décoction de myrtilles sèches. Les Algonquins apportaient leurs médecines mystérieuses.

Le soir, on disait la prière en commun et, le dimanche, pendant les repas, on lisait la vie des Saints.

Une année où les navires de France amenant des vivres avaient été capturés par les Anglais, ce fut la famine. Minables récoltes de ces colons qui savaient à peine manier la houe ! Aucune réserve pour l'hiver. La mort promise sans recours.

M. de Champlain charria ses Français sur trois barques et ils s'en allèrent au long du grand fleuve Saint-Laurent demandant pitié aux sauvages.

C'est ainsi qu'elle a été sauvée la petite colonie. Par la charité des sauvages. Algonquins, Montagnais, nomades dispersés sous leurs wigwams de peaux ou Hurons sédentaires, dans leurs villages aux cossues maisons d'écorces en berceau, bien garnies de maïs récolté, les uns et les autres acceptant de recevoir, soit un homme, ou un enfant, ou un couple avec un bébé, afin de partager avec cette bouche supplémentaire leur bol de sagamite, bouillie de maïs, ou leurs réserves de poissons séchés ou de viande fumée.

Charité exemplaire car, pour toute famille ou tribu isolée, dans l'hiver inclément, une bouche supplémentaire peut être cause de leur perte pour peu que le printemps tarde à venir.

On en avait casé ainsi peu à peu au long du fleuve.

A la fin, il ne restait plus qu'une barque, celle où il se trouvait lui-même avec ses onze ans et son copain, Tancrède Beaujars, qui en avait treize, et sa sœur Élisabeth Beaujars qui en avait dix. Tous trois, serrés sous une couverture et n'osant plus bouger tant le froid et la faim les tenaillaient.

Le nautonnier lui-même, Eustache Boullé, beau-frère de M. de Champlain, était si faible qu'il n'avait plus la force de hisser la voile, à peine celle de hisser le gouvernail.

La barque allait comme une barque fantôme, descendant le fleuve vers son embouchure polaire, entre les rives du Labrador et de Gaspé.

Les glaces commençaient. A la lisière des eaux salées, elles prenaient des transparences vertes et bleues qui scintillaient dans les brouillards. Les hautes falaises de cristal paraissaient peuplées de démons. Les enfants devenaient de plus en plus tristes. Ils avaient l'impression qu'ils étaient destinés à errer toujours dans les limbes. Quand on abordait, les grèves étaient désertes et ils n'avaient plus la force de partir à la recherche des villages. Ils suçaient des écorces, se partageaient un dernier morceau de biscuit marin.

Du côté de Gaspé un chef algonquin avait accepté de prendre trois enfants. Eustache Boullé était reparti.

Dans les cabanes fumée, vermine, mais du bon temps.

Ensevelie sous les neiges, la vie dans les villages indiens n'est rien d'autre, l'hiver, que celle des bêtes au fond de leur terrier où l'on se blottit à l'abri des tempêtes, où l'on dort, où l'on mange, où l'on fait maintes choses agréables pour oublier les menaces du dehors.

A se remémorer sa saison en Gaspésie, Pierre Loubette se prend à sourire.

Peu « honteuses » comme elles étaient de nature, ces sauvagesses, adolescentes et même les jeunes femmes n'ont pas été longues à se montrer curieuses des deux beaux garçonnets d'une race étrangère.

A ce souvenir il rit et s'esclaffe, et tousse, tousse jusqu'à ce que le sang vienne tacher le linge qu'il a porté à sa bouche.

Putain de vie ! C'est toute cette fumée respirée et tout ce froid inhumain, qui lui ont, à la longue, brûlé l'intérieur. Mais on ne peut pas regretter.

Un instant il s'est revu, petit gars râblé et vigoureux, tout surpris de son plaisir, se débattant sous les fourrures avec la belle Indienne au corps lisse, qui rit, le bécote, le caresse, le chatouille, l'agace, le lèche, le tourneboule comme un chiot, et le fait éclater, lui aussi, de rire et de bien-aise.

Du bon temps !

Et comment voulez-vous, après une enfance pareille qu'on se fasse à cette ville pleine de maisons, de boutiques, d'entrepôts, d'églises et de bordels, qu'on se fasse à ce salmigondis d'arrivants du Vieux Monde, racaille qui vous pille, ou clercs illuminés qui vous excommunient pour un rien, grands seigneurs en dentelles dont l'exil sanctionne quelque crime ou malversation, ou pieuses bienfaitrices débarquant avec tous leurs meubles, leurs tapisseries et les tableaux de tous les saints, fonctionnaires aux dents longues, grands jésuites promis au martyre, émigrants faméliques, soldats ahuris, officiers prétentieux qui marchent comme des ours sur le sentier de la guerre, tout ce monde-là n'ayant en commun que l'avide espérance de « faire son beurre » dans la fourrure.

Dans ce temps-là, les chênes de la forêt d'Amérique n'appartenaient pas au roi de France, comme ça a été décrété un beau jour, et les braves colons du Canada pouvaient s'y tailler de beaux meubles, comme son buffet-vaisselier, aux dessins en « pointes de diamants ». Tout ce qui lui reste. M. le marquis de Ville d'Avray guigne dessus, mais il ne l'aura pas.

Il paraît que les étrangers arrivés aujourd'hui logent chez lui, en haut de la rue même. Il a entendu passer toute une compagnie brillante. Des cris ! des appels ! on se hélait.

Pourrait-on croire que tout était si grand, si calme et désert, en ce temps-là, au Canada, quand, à cette heure de la nuit, des éclats de voix s'élèvent et que des ivrognes braillent dans la rue, pas plus loin qu'en face de chez lui : un éclair de lumière a glissé sur les petits carreaux de papier huilé de sa fenêtre.

C'est la porte du cabaret du *Soleil Levant* qui s'est ouverte pour laisser passer un buveur titubant, puis qui s'est refermée.

A l'entrée de la rue de la Closerie, juste en face de la maison où le vieux Loubette, oublié sur son grabat entre son buffet de chêne et son calumet de pierre rouge, se remémore le temps de M. de Champlain, se trouve le cabaret du *Soleil Levant* avec son seuil de trois marches, traître aux ivrognes les jours de verglas et au-dessus sa belle enseigne d'or rayonnant d'un soleil qui sourit.

M. le duc de La Ferté, amer et tourmenté, s'y est réfugié à la nuit. C'est une chose pénible que de se cacher sous un faux nom, surtout lorsque le passé surgit à vos yeux sous l'apparence d'une femme troublante et que l'incognito dont on s'est affublé ne vous permet pas de vous en faire reconnaître d'elle.

Il fait glisser son gobelet d'étain tout au long de la table de bois poli par deux générations de buveurs attablés. Et il reste là affalé, le bras tendu, sa manchette de dentelle fripée couvrant son poignet, ses doigts qui tremblent, crispés autour du récipient.

Il bredouille :

— Qui ne l'a pas possédée... ne sait pas ce que c'est : une femme...

Les trois autres qui forment sa cour éclatent d'un rire bruyant et moqueur.

— Riez toujours, les amis, dit-il, qui ne l'a pas tenue dans ses bras, n'a caressé cette peau divine, n'a pénétré ce corps aux pièges voluptueux, ne sait ce que c'est que l'amour.

Il braille soudain :

— ... A boire, gargotier ! Vas-tu me laisser le bras tendu jusqu'à ce que je sèche sur pied ?

Antonin Boisvite jette sur ce client malotru un regard méprisant. Voici trente années qu'il a accroché un bouchon de sapin au-dessus de son enseigne du *Soleil Levant* et qu'il a reçu permis du juge royal « de tenir cabaret et de mettre la serviette et licence de fabriquer et servir de la bière et toutes liqueurs fortes, vins et sirops », et il n'oublie pas qu'il fut le premier cabaretier de la Nouvelle-France et le seul qui règne en ce jour sur la Haute-Ville. Sis à égale distance de la cathédrale, du séminaire, des jésuites et des ursulines, il ferme ses portes pendant les offices solennels et les messes du dimanche. et quoique distribuant la roquille ou le demiard d'alcool à une cadence fort honorable, il a su offrir aux dames la possibilité de venir s'asseoir en sa demeure pour y boire un doigt de malaga, du cidre ou de l'eau pure accompagnée de sirop d'orgeat à leur choix dans les heures de l'après-midi.

C'est dire que son établissement n'est pas de ceux qu'on peut baptiser du nom de « gargote ». D'où son humeur à voir ces grands seigneurs, étrangers au pays, oublier qu'ils ne se trouvent plus dans quelque venelle parisienne où leur dédain fait loi près de malheureux tenanciers sans défense. Les navires ont amené bien des personnes déplaisantes au cours de l'été. Il en arrive de plus en plus chaque année. Prendrait-on la Nouvelle-France pour un dépotoir ?

Antonin Boisvite grommelle :

— Sécher sur pied ! Pas de danger. Il s'humecte bien trop le gosier pour que ça lui arrive.

On rit autour de lui et Antonin, vengé, s'approche de la table de ces messieurs avec son cruchon de grès.

Il va leur en donner du solide. Comme ça, ils tomberont raides un peu plus tôt et on pourra appeler leur valetaille pour les ramasser et les ramener chez eux.

Depuis le mois d'août où ils ont débarqué, ces quatre-là qui passent leur temps à boire, à jouer gros jeu dans tous les tripots et les salons de la ville et à rechercher la compagnie des femmes légères, lui causent du souci. Il se demande si, en fin de compte, ils seront solvables. Dans ses statuts, défense lui a été intimée de faire crédit aux fils de famille, aux soldats et aux domestiques.

Doit-il, bien qu'ils se présentent entre la quarantaine et la cinquantaine, les considérer comme « fils de famille » ? Ils se montrent parfois généreux, jettent un écu sur la table... Celui qui paraît de plus haut rang a des manières de commandement qui pourraient faire croire que c'est un homme de guerre, mais le plus souvent sa veulerie abandonnée contre les dossiers des bancs de bois exprime pour l'estimation de Boisvite l'idée la plus exacte qu'il se fait d'un « courtisan ».

Il n'en a jamais vu de si près, de ces princes, qui, dit-on, emplissent le Palais de Versailles, ruche aux mille alvéoles invisibles derrière le scintillement de ses hautes fenêtres vitrées et qui garde à l'abri des regards du commun ces courtisans, comme un essaim de frelons et d'abeilles bourdonnant autour d'une reine qui serait un roi.

L'intérêt d'accueillir en ses murs une espèce encore assez

rare au Canada compense, pour Antonin, le désagrément de se faire traiter avec une hauteur et une désinvolture dont il a perdu le souvenir depuis trente ans qu'il a débarqué sur ces rives, apprenti-forgeron sans le sou, ayant pour tout bagage une tenaille et un marteau... et un nom prédestiné pour devenir cabaretier : « Boisvite. »

Tout en leur versant le nectar de son vin le meilleur Antonin Boisvite les observe du coin de l'œil.

L'un d'eux, un homme âgé, le sidère car il est fardé comme une femme, pis, comme une mère maquerelle. Coquetterie destinée à dissimuler des traits vieillissants, un teint par trop blafard ou à accentuer un regard étincelant, souligner une bouche aux lèvres trop minces, mais l'on peut s'étonner que Monseigneur l'Evêque tolère cela dans sa ville épiscopale.

Le plus jeune a de belles mains, gantées étroitement de rouge, qu'il ouvre et referme sans cesse comme s'il voulait évaluer la souplesse et la force de ses articulations et de ses muscles.

Le quatrième est d'une certaine corpulence, mais le seul qui semble avoir en toutes circonstances la tête sur les épaules. Son regard est dur et implacable. On l'interpelle en disant : baron, mais Boisvite suppose qu'il a la haute main sur les cordons de la bourse de M. de La Ferté et que c'est à lui qu'il devra s'adresser lorsque le crédit dû deviendra trop gros.

Tous portent l'épée. Ils se sont déjà battus en duel, dit-on.

Antonin Boisvite s'éloigne pour répondre à l'appel d'un autre honorable client qu'il est assez flatté d'avoir dans son établissement ce soir. Il s'agit de l'Envoyé du Roi arrivé aujourd'hui et qui lui paraît un homme aimable et décent.

Son bonnet à la main, le cabaretier s'incline très bas.

— Peux-tu me dire qui sont ces Messieurs ? s'informe Nicolas de Bardagne.

Antonin Boisvite les nomme : M. de La Ferté et ses amis : le comte de Saint-Edme, M. de Bessart et Martin d'Argenteuil. Il prend sur lui d'ajouter d'un air entendu :

— Ce sont des seigneurs de la Cour, de l'entourage du Roi..

Malgré cette affirmation qui en d'autres temps et lieux le rendrait circonspect, Nicolas de Bardagne continue d'éprouver à leur endroit une âcre détestation. Il voudrait en douter mais il est de plus en plus persuadé que ce bellâtre, aux beaux yeux bleus et d'un visage assez avenant et noble malgré les stigmates de la débauche et de l'ivrognerie qui le marquent, parle d'Angélique quand il fait allusion à une femme qu'il a aimée, et Bardagne en conçoit une colère et une anxiété qui achèvent d'irriter ses nerfs déjà fort éprouvés par cette dure journée.

On l'a installé au diable vauvert, dans une assez belle résidence, mais perdue au milieu d'un bouquet d'arbres à l'extrémité d'un plateau herbeux qu'on appelle « Les Plaines d'Abraham ». Laissant ses serviteurs amener coffres et bagages, il est revenu vers la ville, soucieux de savoir en quelle demeure M. et Mme de Peyrac se trouvaient...

S'il est entré s'asseoir au *Soleil Levant* c'est que l'établissement se trouve au coin d'une rue qui monte et au bout de laquelle s'érige la maison où, lui a-t-on dit, ils logeront ce soir. C'est encore le marquis de Ville d'Avray qui a réussi à les avoir chez lui.

Pour l'achever, il a fallu que parviennent à ses oreilles les discours et les affirmations de ce M. de La Ferté, pour le moins insolentes et incongrues.

Voici encore celui-ci qui se lève et s'écrie, en levant son verre :

— Je bois à la déesse de toutes les mers et de tous les océans qui nous a visités en ce jour et qui m'a appartenu !

Cette fois, M. de Bardagne ne peut y tenir.

Il décide de se lever et d'interrompre ces élucubrations scandaleuses et intolérables.

Il s'approche de la tablée.

— Monsieur, dit-il à mi-voix, veuillez considérer que vos propos peuvent être désobligeants pour la réputation d'une dame de qualité. Ayez la galanterie de ne pas les tenir à si haute voix.

M. de La Ferté est un homme assez grand et bien fait. Il examine d'un regard vague celui qui l'interpelle.

— ... Qui êtes-vous, interroge-t-il, en retenant un hoquet.

— Je suis l'Envoyé du Roi, réplique Nicolas de Bardagne, offusqué. Ne me reconnaissez-vous pas ?

— Si fait ! Eh bien ! moi... je suis le frère du Roi ! Qu'en dites-vous ? Ceci vaut cela !

M. de Bardagne se recule pour échapper à l'haleine avinée de son interlocuteur.

— Trêve de sottises ! Le Roi n'a qu'un frère et, Dieu merci, vous n'êtes pas celui-là.

— Bien ! Je vous le concède, se moque l'autre. Je ne suis pas son frère... mais, je peux dire... son parent... en quelque sorte... son parent... de la main gauche... Aussi, prenez garde, Monsieur l'Envoyé du Roi... Il y a des querelles de famille où les étrangers ne peuvent avoir le dernier mot... Il vaut mieux ne pas s'en mêler.

M. de Bardagne est sur le point de lui jeter son gant au visage et de le provoquer en duel. Mais ce serait bien mal inaugurer ses importantes fonctions dans la capitale de la Nouvelle-France. Il déplore soudain d'être investi d'un rôle si lourd qu'il ne puisse s'accorder la liberté de châtier comme il le mérite cet arrogant personnage qui le regarde avec une insolence gouailleuse et méprisante.

— Oui, fait-il d'une voix traînante, elle est belle n'est-ce pas, la nouvelle reine de Québec ? La comtesse de Peyrac.

— Cessez, Monsieur, de mêler le nom de Mme de Peyrac à vos divagations !

— Elle m'a appartenu, répète le gentilhomme avec défi. Et ses yeux bleus ressemblent à deux morceaux de verre trouble.

Ulcéré, Nicolas de Bardagne bat en retraite. Retourné à sa table, devant une chopine de bière où il a à peine trempé ses lèvres, il ressasse les paroles du gentilhomme. Il s'attarde sur ce point souligné : « de la main gauche ». Il lui revient en mémoire que le frère d'une des maîtresses du Roi, Louise de La Vallière, a longtemps bénéficié d'une charge à la compagnie des Indes et qu'il avait la haute main sur certains revenus du Canada.

Serait-ce lui ? Mais que signifieraient ces vantardises à propos d'Angélique ? Que va-t-il lui falloir apprendre encore au sujet de celle qu'il aime d'une passion irraisonnée et déraisonnable ?

M. de Bardagne soupire.

Après les confidences du policier cynique, celles du gentilhomme débauché. Où qu'il aille et si loin qu'il aille il n'aura donc jamais fini de souffrir.

Malgré tout, son intervention a un peu dégrisé M. de La Ferté. Une amertume jalouse corrode son cœur. Il est duc. Et ces croquants se permettent de le considérer de haut... Parsembleu ! Où donc est-il tombé ? Fuir au bout du monde réserve des surprises...

Il se sent mal.

— Hé ! gargotier. Il n'y a donc pas un peu de café turc dans ton estaminet ?

Un homme d'allure militaire, qui boit et fume non loin, intervient :

— Monsieur, si vous voulez du café turc, je vous convierai chez moi. J'y ai pris goût à Budapest, en combattant contre les Turcs pour l'empereur d'Allemagne.

Il s'annonce comme Melchior Sabanac, lieutenant réformé, venu au Canada avec le régiment de Carignan-Salière et demeuré au pays après avoir eu le pied gelé dans une campagne d'hiver contre les Iroquois des Cinq-Nations. — Certes, la vie à Québec est moins somptueuse qu'à Versailles, ajoute-t-il en considérant la riche vêture des quatre personnages.

Celui auquel il s'adresse ricane.

— Ah ! vous trouvez ! après une journée comme celle que nous venons de vivre, vous croyez que Versailles a de quoi en remontrer à Québec ? Vous avez reçu une de ses reines, Messieurs, une des reines de Versailles, le savez-vous ? Sinon la Reine ! La seule reine de tous les cœurs.

Il recommence à bredouiller.

— Quand j'y songe ! Le Roi ! cocufié par ce pirate, et moi-même...

Celui qu'on appelle le baron intervient.

— Monseigneur, parlez plus bas... Vos déclarations vont nous attirer des ennuis. Ici, tout se sait et se découvre très vite...

— Ouais ! comment pourrait-il en être autrement. Nous sommes piégés au fond d'une nasse.

Avec humeur, il recommence un refrain que ses amis n'ont que trop entendu déjà depuis quatre mois qu'ils sont là.

Qu'est-il venu faire à Québec ? Petite ville stupide, grossière, campagnarde, occupée par des manants qui se prennent pour des seigneurs parce qu'on leur a accordé le droit de chasse et de pêche.

— Monseigneur, de quoi vous plaignez-vous ? insiste le nommé Bessart qui semble avoir dans le groupe plus un rôle de mentor que de complice. Vous venez de le dire vous-même, cette ville aujourd'hui nous a offert des distractions que dans nos plus ambitieuses espérances nous n'avions pas rêvées.

Le comte de Saint-Edme, le vieillard au visage fardé, se penche en avant.

— Monseigneur, je vous vois troublé, mais je partage l'opinion du baron de Bessart. L'hiver s'annonce bien. Quand nous nous sommes embarqués au Havre, nous étions prêts à souffrir les mille ennuis d'un exil provisoire pour brouiller notre piste. Le policier était sur nos pas, et il fallait laisser oublier ces quelques petits flacons de poison de la commère Monvoisin...

— Pas de noms... interrompt M. de Bessart.

— Bast ! Nous sommes loin... Remercions... l'enfer de nous avoir menés en ces lieux où personne ne peut venir nous rechercher pour de longs mois. Et qui peut nous imaginer au Canada ? En revanche, je pressens de plus en plus que nous allons connaître ici bien des plaisirs raffinés.

Il se penche plus encore et insiste à voix basse.

— Je vous l'avais prédit, mes frères. Il faut avoir parfois le courage de partir au loin non seulement pour échapper aux fâcheux et aux imbéciles, mais aussi pour rassembler ses pouvoirs, se dégager des erreurs des non initiés. Aujourd'hui, à Paris, tout le monde se vante de convoquer le Diable. Finalement, de toutes ces maladresses ne surgiront que des marionnettes en bonnets carrés des juges. Écartons-nous de ces désordres. Nous pouvons trouver au Canada un lieu quasi vierge pour y distiller notre science dans le secret et, de s'élaborer à distance, notre œuvre n'en sera que plus puissante. Croyez-moi...

Il parle à mi-voix avec un sourire de dément, le regard illuminé.

M. de La Ferté l'écoute avec une expression désabusée. Qui l'observerait bien devinerait aussi dans le regard qu'il pose sur son compagnon de la répugnance et un certain doute.

— J'augure bien de la venue de ces étrangers que vous semblez connaître, continue l'autre en passant sur ses lèvres une langue gourmande. Des signes se cachent derrière la beauté de cette femme et la personnalité de cet homme. Et ce n'est pas le hasard qui les a conduits en ce lieu où vous vous trouvez, mais la conjonction des astres. Cet homme et cette femme ne semblent en apparence que de brillants personnages, aventuriers des mers comme il s'en trouve tant sur les côtes d'Amérique, mais ils sont plus que cela... beaucoup plus que cela.

— Oh ! certes, je le sais, s'écrie le duc de La Ferté en éclatant d'un rire dont il est seul à comprendre la résonnance sarcastique.

— Cela pourra-t-il nous nuire s'ils viennent à vous reconnaître, Monsieur le duc ? demande le jeune homme aux gants rouges.

— Rien ne peut nous nuire, affirme le vieillard, précédant la réponse du duc, je vous le répète, nous sommes les plus forts car nous avons fait alliance avec le prince de ce monde : Satan. Une seule chose m'inquiète : le comte de Varange, qui nous avait reçus et accueillis et aidés à nous réfugier dans cette ville, a disparu depuis plus d'un mois. J'ai heureusement le moyen de savoir ce qu'il est devenu.

Mais le jeune homme aux gants rouges continue à regarder du côté de M. de La Ferté pour décider de la situation et de ses avantages.

Celui-ci secoue lentement la tête.

— Non... Je ne sais pas... Je ne sais plus. Il se peut que de l'avoir retrouvée, elle, arrange mes affaires à la Cour, à moins que... Oui, vous avez raison, Saint-Edme, nous n'allons pas nous ennuyer...

Il ajoute d'une voix sourde :

— ... Aussi bien, là où elle apparaît, la vie prend une autre saveur... Le Roi en sait quelque chose... Où allez-vous, Saint-Edme ? demande-t-il en voyant le vieillard se lever.

Ce dernier, debout, rassemble les plis de son manteau autour de ses épaules.

— Quelqu'un doit me remettre un talisman grâce auquel il nous sera loisible de voir plus clair en notre situation et aussi de savoir ce qu'est devenu Varange. Celui que je convoquerai nous renseignera parfaitement sur tout cela.

M. de La Ferté le regarde avec ironie. Tout au fond il ne sait pas si ce Saint-Edme, avec sa manie de l'occultisme, ne lui inspire pas une certaine frayeur. Mais c'est aussi un homme habile et efficace. Il faut le ménager.

— Qui allez-vous donc convoquer ? s'informe-t-il.

Nouveau froid sourire de la bouche fardée.

— Je vous l'ai déjà dit... Satan !

LE comte de Saint-Edme quitte le cabaret du *Soleil Levant* et, par une habitude de méfiance, ramène les pans de son manteau sur sa bouche pour dissimuler le bas de son visage. Précaution bien inutile. Dans une ville comme celle-ci on a vite fait par une nuit de clair de lune de reconnaître tout et chacun à sa démarche.

Les rues sont désertes. Le froid métallique semble tomber du ciel comme en tomberait la pluie. Cela vient de très loin, de très haut. Alors qu'à Paris le froid est plutôt comme un fleuve enserré entre les murs des maisons et qui se coulerait d'une encoignure à l'autre, ici la ville ne protège de rien. Elle est ouverte, livrée à la nature géante et souveraine. Les courants y tournoient sans pouvoir s'y apaiser. Rien ne stagne, on est traversé sans rémission. Cet état de virginité des choses ne déplaît pas à M. de Saint-Edme. Ce n'est pas à la légère qu'il a parlé tout à l'heure de la nécessité de s'écarter d'un monde inepte et désordonné tel que celui qui règne à la Cour. Cela trouble la concentration indispensable à la réalisation des phénomènes occultes. Tous ces incapables, qui manient la fiole de poison ou le rituel satanique comme ils le feraient d'un bilboquet ou d'un jeu de cartes, vont un jour se faire arrêter et condamner au feu et à la hache, comme de vulgaires truands. Ils n'ont pas encore compris que la police du royaume a changé de visage.

Ici, les grands esprits incubes et succubes peuvent itinérer librement. Le sol du pays est encore chargé de forces telluriques et l'éther parcouru de courants libres et forcenés. En ce pays, il est connu que les apparitions sont fréquentes, que les religieux ont des visions, que des miracles s'accomplissent. Excellentes dispositions pour les sciences hermétiques.

Dans le gris perlé de la lune qui la baigne d'une lumière cendrée, la ville et ses grands bâtiments de pierre, ses clochers ciselés, hérissés de croix, apparaît à M. de Saint-Edme comme une cité déjà soumise à l'Empire des Ténèbres et telle que son esprit parfois se l'imagine, où il se promènerait en prince, en dieu, armé de tous les pouvoirs transcendants.

Alors qu'il va déboucher sur la place de la Cathédrale, quelqu'un sort de l'ombre à l'angle d'une maison.

Celui qui s'avance vers le comte de Saint-Edme lui rappelle inopinément qu'il se trouve bien au Canada, car il évoquerait plutôt la silhouette d'un ours gris, dont il paraît que dans les premiers temps les abords de la ville recevaient parfois la visite. Cela n'arrive plus que rarement.

En l'occurrence cette nuit-là, il s'agit bien d'un homme, c'est un géant, lourd, massif au pas pesant quoique rapide. Vêtu de peaux chamoisées comme un coureur des bois, son bonnet de laine enfoncé jusqu'aux yeux qui se devinent à peine entre le rebord de la coiffe et le touffu d'une barbe noire de huit jours, le nouveau venu ne se présente pas sous un aspect rassurant.

— M'avez-vous apporté ce que je vous ai demandé, Eustache Banistère ? s'informe le comte de Saint-Edme.

L'autre hoche la tête avec un grognement affirmatif.

Il tend une petite boîte de fer blanc de forme rectangulaire

— Où vous les êtes-vous procurées ?

— Chez les ursulines. Par mes caves, je peux pénétrer dans leurs caves.

Le comte hoche la tête avec satisfaction.

— Les ursulines... C'est parfait ! De saintes filles... Vierges... Les mains pures... Donnez !...

Mais le géant retire la main tenant la boîte et tend l'autre, ouverte, carrée comme un battoir. Il annonce ainsi qu'il attend la contrepartie pour abandonner son butin.

Le comte extrait de sous son manteau une bourse assez gonflée d'écus qu'il dépose sur cette paume puissante.

La petite boîte passe dans la sienne.

Éructant un vague salut d'adieu, le géant s'éloigne.

Le comte de Saint-Edme traverse la place de la Cathédrale et, par la rue de la Fabrique, commence à descendre la côte de la Montagne.

Il soulève d'un doigt le couvercle de la petite boîte et a un sourire furtif qui glisse sur ses lèvres minces et rouges : des hosties !

Avec ce que contient cette boîte, ce serait bien le diable — et il ricane — s'il n'arrive pas à « voir » ce qu'il est advenu de son ami le comte de Varange, disparu mystérieusement depuis plusieurs semaines, alors qu'il se rendait au-devant de la flotte de ce redoutable Peyrac et de son inquiétante et trop belle femme.

Tandis que M. de Saint-Edme quitte le plateau de la Haute-Ville et plonge vers la Basse-Ville par le raide chemin de ce côté de la Montagne, le géant Eustache Banistère va frapper à la porte d'une maison basse, cachée entre les hauts murs du jardin des ursulines et ceux de l'hôtel de la famille des Mercouville.

C'est l'atelier de François Le Basseur, maître menuisier, doyen de la confrérie de Sainte-Anne et huissier ordinaire de la ville après avoir été le premier huissier du Grand Conseil. Bien que menuisier, bien que requis surtout à travailler le bois pour l'ornementation des églises et sculpteur de retables, de tabernacles et de statues pieuses, on le recherche encore pour rédiger des pièces officielles dans une ville où les notaires ont été interdits afin de guérir les Français de leur maladie de plaider.

Ça ne les guérit pas ! On se contente d'un compagnon menuisier-sculpteur qui sait établir des pièces de procès.

Si François Le Basseur est encore debout à cette heure, lorsque le poing d'Eustache Banistère ébranle sa porte, c'est qu'il travaille au dessin d'un reliquaire dont Monseigneur de Laval évêque du Canada vient de le charger, afin d'abriter les saints restes de Perpétue, martyre, arrivés en ce jour à Québec.

Ce reliquaire doit être situé au-dessous du couronnement du maître-hôtel de la cathédrale, en place de la niche centrale.

Le Basseur le rêve de beau noyer, en forme de brûle-parfum oriental, qu'encadreraient deux anges agenouillés, portant les palmes du martyr.

Une vitre en forme ovale fermerait le réceptacle permettant d'apercevoir le cœur de vermeil qui contient les reliques. On peut envisager un socle en forme de coquille et une couronne où s'incrusteraient quelques pierres précieuses. Mais, pour ce dernier détail, il faut en parler à Monseigneur l'Évêque.

Le coup violent frappé à sa porte fait sursauter l'artisan Il jette un regard autour de lui et prend sa lampe à huile. Avec précaution, il évolue entre les établis, les pièces de bois à peine dégrossies dans lesquelles ses apprentis et ses fils ont commencé à tailler les différentes pièces d'un grand tabernacle que leur confrérie destine au nouveau sanctuaire de Sainte-Anne. sur la côte de Beaupré.

Les pieds écartent une mer de copeaux et il veille à ce qu'aucune goutte brûlante ne tombe à terre. Quel désordre ! Tout le travail est resté en plan avec l'arrivée de ces étrangers qui ont mis la ville à l'envers.

Méfiant, il entrouvre la porte et se trouve en face du colosse Banistère, vêtu de peaux d'élans, qui lui tend une bourse pesante.

— Eustache Banistère, que fais-tu à rôder à cette heure ?

— Voici l'argent, tu vas établir les pièces de mon procès. Il me faut des grimoires pour obtenir mon dû. J'assigne le Procureur du Conseil qu'il a laissé tomber mes lettres de noblesse en désuétude. J'assigne les Mères Ursulines parce qu'elles ont construit sur des terres qui m'appartiennent. J'assigne le marquis de Ville d'Avray parce qu'il a creusé sous des terres qui m'appartiennent et parce qu'il a entrepris des démarches pour se faire accorder mon champ qui jouxte sa propriété...

— Banistère, ta vindicte te perdra. Tu ne vis que pour la chicane.

— Ce n'est pas moi qui ai commencé. L'Évêque m'a excommunié parce que je portais de l'alcool aux sauvages ! Comme si j'étais le seul ! On m'a retiré mon « congé » pour aller aux bois récolter de la fourrure. Je n'ai pas le droit de quitter la ville... Eh bien ! je m'en occuperai de la ville... Puisque j'y suis, j'y reste et je surveille mon bien. De l'or, j'en ai et j'en trouverai pour plaider... Es-tu huissier, oui ou non ? Est-ce que je te paye oui ou non ?...

Les petits yeux méchants fouillent l'ombre de l'atelier où l'on voit s'ébaucher des formes en coupoles, des colonnades aux volutes grecques, des panneaux sculptés de bas-reliefs représentant des fleurs ou des fruits, des ciboires et des crucifix.

— Griffonne tes attendus, greffier, ou je viendrai mettre le feu à ton échoppe et ton retable de Sainte-Anne flambera. avant seulement que tu aies pu en porter les pièces aux ursulines pour les faire dorer...

MÈRE Madeleine, la jeune ursuline visionnaire, ne peut dormir, ni même se reposer. En vain a-t-elle quitté l'inconfortable paillasse de balle d'avoine, enclose dans l'une de ces alcôves rustiques de sapin blanc qu'on appelle, au Canada, des « cabanes » et où l'on peut sommeiller à l'abri des courants d'air lorsqu'on a tiré devant l'ouverture les rideaux de serge verte.

En vain s'est-elle agenouillée sur le froid dallage de sa cellule pour y chercher l'oubli de ses tourments par la vertu de la prière et de la mortification.

Alors, battant le briquet, elle s'est acheminée, chandelle en main, jusqu'à l'atelier de la dorure.

Dans les lointains du cloître une enfant pleure, une des petites pensionnaires que les religieuses élèvent sous l'œil de Dieu. La nuit est oppressante, les enfants elles-mêmes en sont agitées...

Maintenant, elle se tient au milieu de l'atelier, et le calme revient en elle à considérer le cadre des paisibles travaux auxquels ses sœurs et elle-même se livrent, alors que les jours passent au son argentin des cloches, scandant les heures pleines de ferveur et de dévotion qui les mènent de la chapelle où se déroulent les offices, aux classes et aux dortoirs des enfants, puis ici où, par leur talent en ce difficile art de la dorure, elles rapportent quelques biens à leur communauté.

Voici que l'étoile d'une lampe tremble au bout du couloir. Une religieuse plus âgée se tient maintenant sur le seuil de la porte.

— Ma sœur Madeleine, que faites-vous ? Je vois que vous manquez gravement à la discipline monastique en n'employant pas à réparer vos forces ces heures précieuses de la nuit qui nous sont accordées par la miséricorde divine, sachant combien nous sommes faibles pour la tâche que nous avons à accomplir.

— Ma mère, pardonnez-moi ! Cette journée, bien que nous l'ayons vécue derrière les murs de notre clôture, a été une épreuve pour nous. Son écho nous en est parvenu. Que nous apporte l'arrivée de ces étrangers ? Tourments ou apaisements ? Voici que je vais devoir être confrontée à cette femme si belle en laquelle d'aucuns ont cru reconnaître celle qui m'était apparue sous les traits d'un démon succube. Ma chair se hérisse rien qu'à l'évoquer. Vais-je la reconnaître ? Quelle lourde responsabilité m'incombe ! Et le Père d'Orgeval n'est plus là pour soutenir ma faiblesse. Me défendre le cas échéant.

» Or, à mon angoisse vient de s'en ajouter une autre. Cette nuit même le Père Brébeuf, martyr des Iroquois, vient de m'apparaître en songe. Il me suppliait de me lever et de me mettre en prière pour obtenir la conversion d'un sorcier qui œuvre dans cette ville.

— Vous a-t-il dit son nom ?

Mère Madeleine secoue négativement la tête

— Non ! il m'a seulement recommandé de prier et de prier encore et m'a promis que les démons ne m'inquiéteraient pas pendant ce temps-là et seraient empêchés d'intervenir.

— Dieu soit loué ! Eh bien, venez, ma sœur. Mettez votre cape de chœur. L'heure va sonner où nous devons nous rendre à la chapelle pour chanter matines. J'aime cet office où nous sommes chargées de prier dans la nuit où s'engendrent tant de crimes. Cette nuit plus qu'une autre, nos chants garderont Québec.

L'une derrière l'autre, levant haut leurs luminaires, les deux religieuses quittent l'atelier, longent le froid vestibule qui conduit à l'église.

De la chapelle des ursulines, les chants psalmodiés s'élèvent dans la nuit. Ils voguent jusqu'à la grande et belle demeure des Mercouville, voisine du monastère.

LE petit bébé gourmand s'assied d'un coup dans sa bercelonnette.

La lune regarde par la fenêtre. A ses yeux c'est un bonbon. C'est un éclat de sucre. Ermeline de Mercouville, deux ans et demi, petite enfant coloniale du XVIIe siècle, née à Québec, éclate de rire tout haut.

Elle rit ! Elle rit !

Son rire est une clochette qui tinte et réveille la maisonnée.

Ses frères et sœurs, alignés par trois ou quatre dans de vastes lits monumentaux, se retournent en grognant. Le rire d'Ermeline traverse les murailles, les rideaux les plus épais.

Elle n'a jamais été aussi heureuse.

Demain, le soleil va lui apparaître. Elle le sait. Il l'attendra dehors, les bras chargés de friandises. La jubilation de la vision la fait tressaillir de tout son corps frêle. Ses petits pieds la démangent de courir vers le matin. Son rire devient de plus en plus claironnant.

Monsieur le juge son père enfonce son bonnet de coton sur ses oreilles et soupire.

— Voici encore l'enfant qui a ses accès de gaieté ! Je ne sais vraiment pourquoi on lui attribue une maladie de langueur.

— C'est qu'elle ne marche pas, à près de trois ans, gémit Mme de Mercouville, et elle ne fait aucun effort pour se tenir sur ses jambes. En désespoir de cause, je me suis rendue au Sanctuaire de Sainte-Anne sur la côte de Beaupré, pour y planter un cierge et ai commencé une neuvaine qui se termine demain.

— La petite paraît bien joyeuse.

— C'est vrai. Elle est toujours gaie.

Du berceau d'Ermeline la nourrice noire Perrine s'est approchée. Mme de Mercouville qui a été élevée à la Martinique l'a amenée avec elle lorsqu'elle est venue se marier au Canada. Perrine commence à chanter et à bercer. Peu à peu le chant de la négresse remplace le rire d'Ermeline. Les enfants, dans les chambres voisines, retournent à leurs songes. Les ronflements sonores du juge remplacent à leur tour le chant de la négresse.

Seule, Mme de Mercouville, présidente des Dames de la Sainte-Famille, reste éveillée. Elle se remémore tous les instants de la journée. Une réussite malgré les folies de Sabine de Castel-Morgeat... Va-t-il falloir l'exclure de la Confrérie ?

Mme de Mercouville écarte ce souci. Sa robe lui allait fort bien. Madame de Peyrac a l'air enjouée, active, entreprenante. Elles se sont tout de suite entendues. Va-t-il falloir l'admettre dans la Confrérie ?

Mme de Mercouville est heureuse. Elle se sent gaie comme Ermeline, et énumère dans son esprit les activités qui l'attendent. Maintenant que M. l'intendant Carlon est de retour beaucoup de projets vont se réaliser. Elle va lui montrer le métier à tisser dont elle a fait venir un modèle de France et qui est arrivé au cours de l'été. Carlon donnera des ordres aux charpentiers pour en fabriquer d'autres. On les distribuera dans les foyers et les femmes se mettront au travail. Ainsi elles s'occuperont utilement pendant les mois d'hiver au lieu de jacasser, jeter les dés et souvent boire. Avec le chanvre et le lin dont on a entrepris la culture, l'on va fabriquer de bonnes toiles du pays.

Mme de Mercouville croit déjà entendre le bruit joyeux des métiers à tisser résonnant dans la grande salle des habitations campagnardes, ou dans les greniers des maisons bourgeoises

Elle se rendort, le sourire aux lèvres.

Si de la Haute-Ville on descend, comme le fait présentement M. de Saint-Edme, par cette faille tranchée en plein roc qu'on appelle le chemin de la Côte de la Montagne, on trouve la Basse-Ville et ses maisons hautes à toits pointus, sous la plantation serrée d'immenses cheminées.

Trois longues venelles, s'étirant dans le sens du rivage, séparent les demeures bancales de la rue Sous-le-Fort, adossées à la falaise même, des beaux hôtels du rivage qui appartiennent à des seigneurs ou à des commerçants aisés, tels que M. Le

Bachoys, M. Basile, M. Gaubert de La Melloise et dont l'eau du fleuve, au temps des grandes marées, vient lécher les seuils.

Dans ce foisonnement d'habitations, places et placettes, cours, entrepôts, magasins, hangars, trouvent le moyen de s'imbriquer comme par miracle.

Murs et palissades de pieux, vantaux solides de bois plein, massives portes barrées d'une poutre, préservent des voleurs les richesses amoncelées dans les entrailles du Québec portuaire : fourrures, vins, blé, bois, étoffes...

Peu de lumières filtrent. La nuit venue, les actifs habitants de la Basse-Ville se renferment chez eux. Ils dorment, jouent aux cartes, boivent ou forniquent.

Quittant la blanche voie qui l'a conduit des sommets aérés de la Haute-Ville vers ce fétide et sombre labyrinthe, le comte de Saint-Edme franchit la frontière de clarté et pénètre dans l'obscurité de la rue Sous-le-Fort, comme il s'engagerait dans le dédale de l'enfer.

Un bras se tend vers lui, dans l'obscurité, une main gantée de rouge se pose sur son épaule.

— Je vous accompagne, dit la voix de Martin d'Argenteuil, maître-paumier du Roi, je suis anxieux d'assister à une messe noire au Canada.

PETITE musique de chambre chez M. Le Bachoys qui a quatre filles, trois fils, une grosse femme carrée, rougeaude, aux yeux incroyablement bleus, qui a reçu le don de plaire à tous les hommes et qui le fait cocu plus souvent qu'à son tour.

A vrai dire, présenter la chose ainsi ne donne pas une estimation exacte de la situation. Car, en l'occurrence, ce mari trompé apparaît plutôt comme un privilégié. Car enfin, lui a l'avantage de posséder, sur cette femme dans les bras de laquelle tant d'hommes aspirent à se trouver un jour, des droits aimables et inaliénables, dont il peut user quand bon lui semble c'est-à-dire plus fréquemment que ses rivaux. D'où la rancune et la jalousie que ceux-ci lui vouent. D'où l'égalité de son caractère et la sérénité avec laquelle il porte ses cornes. Comme on le sent gagnant en cette affaire, il y a longtemps qu'on a perdu le goût d'en rire. Son prestige et son autorité en seraient plutôt renforcés. C'est l'éminence grise de Québec. Ancien agent général de la Compagnie des Indes Occidentales, il garde la main sur à peu près tout ce qui se traite dans le pays.

Pour le moment, il joue au billard avec M. Magry de Saint-Chamond. Il frotte de résine la pointe du court bâton aplati, recourbé à l'extrémité, dont on se sert pour pousser les balles. Le billard n'est encore qu'un jeu de mail de salon. Il comporte une quille qu'il ne faut pas renverser et un arceau.

M. Le Bachoys jette un regard pensif sur ses hôtes. Il y a là M. Gaubert de La Melloise, cheveux blancs, élégance. Romain de L'Aubignière qui vient pour faire sa cour à sa fille cadette, Marie-Adèle. Celle-ci est assise devant la virginale, un instrument de musique semblable à l'épinette ou au clavecin, mais au son plus grêle et dont elle joue fort bien. Il y a aussi deux violons et un hautbois.

Sa fille aînée est absente. Elle n'a pas voulu paraître de la journée et s'est tenue enfermée dans sa chambre. Elle s'est considérée longtemps fiancée au lieutenant de Pont-Briand qu'on dit avoir été tué en duel par ce gentilhomme du Sud, Monsieur de Peyrac. La fille ne se console pas. Elle a décidé de ne pas se marier.

Espérons que la cadette va avoir plus de chance.

De temps à autre, Marie-Adèle se tourne vers Romain de L'Aubignière et cherche à attirer son attention.

Mais le jeune seigneur est distrait. Trop de choses se sont passées aujourd'hui. Romain, le coureur de bois invétéré, le guerrier fanatique toujours prêt à suivre le Père d'Orgeval dans les expéditions punitives qu'il menait contre la Nouvelle-Angleterre, n'était pas des plus à son aise à l'idée de revoir M. et Mme de Peyrac, il se félicite que les événements aient tourné au mieux pour lui et pour tout le monde. Il y a quelques jours on ne pouvait en espérer autant.

Quand le bruit s'est répandu que les canots de la « chasse-galerie » avaient été vus au-dessus de Québec, la partie semblait perdue pour les étrangers du Maine. La terreur s'emparait de la population.

Un vent de panique soufflait sur la ville. Les femmes se déchaînaient. Elles sont des instruments dociles entre les mains des prêtres et le Père d'Orgeval semblait être vainqueur, puis tout à coup il a disparu.

Et la mauvaise fièvre s'est apaisée comme par enchantement.

Et maintenant, Trois-Doigts de Trois-Rivières (1) ne peut s'empêcher de se poser des questions et d'être tourmenté.

« Où est-il ? Qu'est-il devenu ? Quelle force a bien pu décider le jésuite à quitter la ville au moment de l'affrontement, alors que celle-ci était prête à le suivre et à livrer un combat acharné

(1) Surnom donné à Romain de l'Aubignière à cause de ses mutilations, et parce que sa seigneurie se trouvait près de la ville de Trois-Rivières.

à « l'envahisseur » ? M. de Castel-Morgeat allait, répétant que ses magasins de poudre étaient remplis et ses pièces bien pointées. On commençait de creuser des tranchées et d'élever des bastions de défense avec des sacs de terre.

Il a disparu... L'a-t-on enlevé ? assassiné ? Où est-il allé ? Sur quelle route où le hante son besoin de sacrifice et de domination ? Cela lui ressemble si peu de se dérober devant le combat... ! Ou prépare-t-il sa revanche ? »

Pourtant une rumeur est venue aux oreilles du coureur des bois. On dit que le jésuite s'en est retourné aux missions iroquoises.

Alors, là, c'est de la folie !

M. de L'Aubignière contemple ses mains aux doigts tranchés ou calcinés. Un pouce quasi réduit en cendre dans le fourneau d'un calumet. Un index scié lentement avec le tranchant d'un coquillage. Et encore, lui n'était pas considéré par ces barbares comme leur pire ennemi.

Si le Père d'Orgeval retourne aux Iroquois, il est perdu. Ils le feront périr dans les tourments les plus abominables.

Enfoncé dans un profond fauteuil, bercé par l'agréable musique, M. Gaubert de La Melloise appuie l'un à l'autre le bout de ses doigts gantés et se demande ce qu'il doit penser de la tournure folle de cette journée.

Sans être expressément du côté des jésuites, il ne peut s'empêcher de déplorer la défaite de ceux-ci. L'introduction dans la ville d'audacieux Français, qui, si généreusement et agréablement qu'ils se présentent, n'en sont pas moins des hors-la-loi — et il faudra éclaircir le bien-fondé des récits qui courent à leur sujet — ne va-t-elle pas ébranler gravement l'équilibre moral et économique, l'un découlant de l'autre et vice-versa, déjà bien instable de leur cité ?

M. Gaubert de La Melloise est dévot. Il appartient à la Confrérie de la Vierge, à celle de la Sainte-Famille, et il garde solidement en lui l'empreinte de la Compagnie du Saint-Sacrement à laquelle il adhéra jadis.

Ainsi, il estime que M. de Frontenac, en l'occurrence, a outrepassé ses droits en matière de politique et qu'il a décidé bien légèrement de charger les épaules de ses administrés d'un fardeau trop lourd à porter : celui de la tentation du luxe et de la dissipation que les nouveaux venus vont apporter avec eux, n'est-il pas l'un des plus ardus à repousser ?

M. Gaubert de La Melloise se promet de tirer au clair bien des choses Ainsi que va-t-on faire de ces Filles du Roy dont la bienfaitrice a disparu, a été noyée dit-on. Mais le flair acquis par une longue pratique d'espionnage vertueux qui est celle des adeptes de la Compagnie du Saint-Sacrement avertit M. de La Melloise que quelque secret se dissimule derrière les explications données. Il regrette amèrement la non-venue de Mme de Maudribourg à Québec, car on la lui avait expressément recommandée par missive de Paris, on la disait fort riche, et il a prêté la main à son installation, sous l'impulsion du Père d'Orgeval dont elle avait été la pénitente à Paris.

Cette dame s'annonçait donc comme une recrue de choix.

Le manoir de Montigny, sur le versant nord de la colline Sainte-Geneviève, a requis tout l'été le soin des couvreurs et des charpentiers, celui des tapissiers pour l'ameublement. Et voici que la riche bienfaitrice ne vient pas et, comble d'ironie, on y loge M. de Peyrac que M. Gaubert de La Melloise en tant que membre de la Compagnie du Saint-Sacrement a combattu de son mieux.

Il y a dans ce tour de passe-passe d'inquiétantes habiletés. M. Gaubert prend la résolution d'être très vigilant car le bien doit triompher.

D'un geste qui lui est coutumier il lisse les plis de ses gants sur ses mains qu'il a belles et déliées. Les gants sont mauves et exhalent un parfum de violette. Ils épousent au plus près la forme de la paume et des doigts.

Ses gants sont la coquetterie de M. Gaubert. Il en possède ainsi plusieurs paires de nuances et de senteurs différentes. L'Indien eskimo du *Bougre-Rouge* les lui tanne dans des peaux d'oiseaux, le mercier de la rue Sainte-Anne les lui coud et il les fait teindre par deux prisonniers anglais, captifs chez les Hurons de Lorette et qui possèdent le secret des teintures. Il en a offert une paire du plus beau rouge à M. Martin d'Argenteuil lorsqu'il a su que ce superbe gentilhomme joue à la paume avec le Roi. La finesse de ces gants égale la plus fine soie et protège mieux.

... Une fois plumé l'oiseau, la peau enlevée délicatement, il paraît que l'eskimo happe ce qui reste de la bestiole et le broie, bec, os et pattes de ses dents aiguisées en pointe. Eskimo ne signifie-t-il pas « mangeur de chair crue » ?...

Bien que la nuit soit fort avancée, on continue de lancer cartes et dés, aux tables de jeu, de pousser les boules de billard. Les musiciens et leurs ritournelles dispensent de parler. On fume de ces feuilles de tabac roulé, que M. de Peyrac a distribuées avec munificence. Ces « cigares », comme il les appelle, ont, avec le goût du tabac de Nouvelle-Angleterre, celui du fruit défendu.

Profitant de ce que les violonistes accordent leurs instruments, M. Magry dit en hochant la tête :

— Leur tabac est quand même meilleur que le nôtre...

— Doit-on le considérer comme marchandise étrangère importée, s'informe le procureur Noël Tardieu de La Vaudière.

On jette un regard vers M. Le Bachoys, mais comme celui-ci ne semble préoccupé que de sa partie et qu'il fume avec une évidente délectation le tabac incriminé, on se rassure.

Un peu plus tard, M. Gaubert de La Melloise dit :

— La présence de ces aventuriers, dont beaucoup doivent être impies et sans scrupule, va causer des perturbations parmi notre population déjà turbulente de nature. Sur le simple plan financier, il y a une question. Comment paieront-ils leurs dépenses ? Notre budget déjà vacillant va être déséquilibré...

Le Bachoys répond, tout en suivant des yeux sa boule qui passe l'arceau :

— Ne vous préoccupez pas... Basile va arranger cela.

CHEZ M. Basile, le comte d'Urville est assis en face de celui-ci, l'un des plus importants commerçants de Québec. Là aussi on fume des « cigares » de Virginie. Ce qui n'empêche pas M. Basile de travailler activement. Il achève de peser sur une petite balance des jetons d'argent pur, que son commis enferme au fur et à mesure dans des bourses de cuir.

— Vous pouvez assurer Monsieur de Peyrac qu'aucun dilemme ne sera soulevé par la circulation de ces pièces. Je m'en porte garant. De plus, dès l'aube, je vais vous faire remettre un certain nombre de billets revêtus de ma signature et qui pourront servir à votre compagnie pour s'entremettre avec différentes personnes ou entreprises de la ville. Le temps de les parapher et mon commis vous les portera.

M. d'Urville se lève et remercie au nom de M. de Peyrac pour toutes les commodités que M. Basile a mises à leur disposition.

Courtoisement, il ne laisse pas paraître son étonnement. Mais jamais il n'a rencontré maître et commis aussi disparates. Autant Basile a l'aisance compassée d'un bourgeois nanti, un peu corpulent, madré en affaires, autant le commis, maigre, le teint blafard avec un regard vif et aux aguets, donnerait l'impression d'un individu qui a perpétuellement le ventre vide et qui ne subsiste que de chapardages. Or, certes, telle n'est pas sa situation à Québec. Celle-ci semble des plus assurées dans la maison de l'important M. Basile. Ce dernier l'a présenté négligemment :

— Paul-le-Fol ou Paul-le-Follet... Comme on veut, a-t-il ajouté.

Il est vrai qu'il y a dans la silhouette et le visage du susdit quelque chose qui rappelle le Pierrot des comédies italiennes. Il peut paraître tour à tour facétieux ou sinistre. Au demeurant, il se révèle vif, entendu, d'esprit aussi agile que de corps. Sa désinvolture est telle qu'on ne se choque pas de l'entendre tutoyer son maître.

La main sur le pommeau de son épée, le comte d'Urville s'incline et prend congé.

Lorsqu'il est sorti, le commis ouvre la fenêtre aux petits verres ronds et épais, sertis de plomb, et le froid pénètre aussitôt, dissipant la fumée de la tabagie.

Paul-le-Fol se penche au-dehors. Aux grondements du fleuve qui défile raclant la grève, heurtant quelques rocs et les pilotis d'un débarcadère, se mêlent les sons assourdis de la petite musique qui s'échappe de l'hôtel de M. Le Bachoys. Les accords mêlés des violons, hautbois et de la virginale par bouffées s'envolent et semblent bercer l'extase d'un Indien, assis au pied de la maison, et qui vient sans doute de troquer sa dernière peau de loutre contre un « demiard » d'alcool.

Si modeste que soit cette mesure, elle suffit à le transporter vers les visions exaltantes que procure l'eau-de-feu.

Il est immobile, insensible au froid. Et pourtant le gel se pressent dans cette nuit lunaire.

Le commis écoute l'ample rumeur des courants qui bientôt vont se taire.

— Quand retournerons-nous sur les bords de la Seine ? demande-t-il. Chaque fois que je l'écoute, cette chanson du fleuve me donne la nostalgie...

M. Basile secoue la tête tout en rangeant ses poids, ses pinces et ses balances.

— En ce qui me concerne, je ne retournerai jamais là-bas. Nulle vie ne peut m'y convenir. J'y périrais d'ennui et de révolte...

Le commis referme la fenêtre et revient s'asseoir derrière le négociant. D'un geste familier, il lui entoure l'épaule tandis que son astucieux visage ébauche une grimace de Paul, à la fois triste et gouailleuse.

— Alors, je mourrai sans revoir Paris... Car rien ne peut nous séparer toi et moi, n'est-ce pas, mon frère ?

— TROUVE-MOI des pieds de cochon, dit Janine Gonfarel, la patronne de l'auberge du *Navire de France* à son valet. J'en veux faire un ragoût.

— Des pieds de cochon ! A c't' heure ? Où en trouver... Nous ne sommes point encore à la Noël. Et puis, vous n'y pensez pas maîtresse... Vous savez bien que cabaretiers et regrattiers n'ont pas le droit de retenir ou d'acheter de marchandises avant neuf heures du matin.

— Huit heures ! mon gars ! Nous ne sommes pas encore en hiver...

— ... Et avant qu'elles n'aient été une heure durant exposées aux marchés de la Haute ou de la Basse-Ville.

— Tais-toi ! Laisse-moi tranquille avec les ordonnances de ce bâtard de Tardieu. J' m'en suis pas venue si loin au Canada pour être encore emmouscaillée par les argousins... Trouve-moi des pieds de cochon, j' te dis ! C'est une question de vie ou de mort. Va les demander au commis de Monsieur Basile, Paul-le-Follet. Pour moi, il est capable de réveiller le boucher. Mais rapporte-moi les pattes avant l'aube. J'ai dit !

Accablé mais résigné, le garçon attrape son capot et se glisse au-dehors, dans la nuit.

Satisfaite, Janine Gonfarel se tourne vers le chat, qu'elle a installé confortablement sur un coussin douillet. Elle le taquine du bout du doigt sous les bajoues. Il accepte la caresse avec une condescendance lascive, en plissant les paupières.

— Tu me plais, toi, dit-elle. Hein ! Est-ce qu'on n'est pas mieux chez la mère Gonfarel que chez cette garce-là avec ses affûtiaux de princesse ?... Les grandes dames, laisse-moi te le dire c'est pas une fréquentation pour un chat... Tu as vu ce que ça t'a coûté... Crois-moi, petit, reste donc plutôt chez la bonne Janine.

Il ronronne. Elle le considère et ses lèvres, entre ses joues pleines, ébauchent une moue chagrine.

— Oui, j' te vois venir : t'es bien comme tous les hommes, matou... Entre une garce et une brave femme, c'est toujours à la première qu'ils donnent la préférence. Vas ! j' me fais pas d'illusions. C'est elle encore que tu choisiras. Comme d'habitude !

Avec un soupir résigné, elle va regarder par la fenêtre la place qui aujourd'hui a vu s'avancer une femme vêtue de bleu, des boucles de diamants aux oreilles... Elle... Un vrai miracle

A cette heure, la place est déserte. Janine voit passer deux silhouettes furtives qui disparaissent au coin d'une ruelle. Ce sont le comte de Saint-Edme et Martin d'Argenteuil.

— Tiens ! que font ces beaux messieurs dans un tel coin ? Je parie qu'ils se rendent chez le *Bougre Rouge*, le sorcier de la Basse-Ville...

Le repaire du *Bougre Rouge* dans ce quartier misérable, édifié sur l'emplacement du fort de bois que Champlain appelait l'Habitation construit sur la rive à l'abri de la falaise ; il n'en reste que les traces du fossé défensif sur lequel on abaissait le pont-levis et où les ivrognes attardés viennent parfois trébucher et prendre un bain glacé lorsque l'eau des pluies s'y est déversée.

Au-delà de cette limite, l'ingéniosité des immigrants, acharnés à trouver un peu d'espace pour se loger, a édifié une superposition étonnante de maisons de bois, cabanes, huttes qui se sont bâties les unes sur les autres, profitant du moindre ressaut de terrain, du moindre éboulement ou d'anfractuosité naturelle.

C'est une floraison étrange de constructions primitives de planches ou de rondins, aux toits de chaume ou de bardeaux, dont la progression rampante au flanc du Roc, tel du lierre grimpant, hante les cauchemars du procureur Tardieu, responsable de la salubrité de la ville et de sa protection contre les incendies.

C'est ainsi que pour atteindre l'antre de Nicolas Mariel dit le Bougre Rouge, et aussi le Sorcier, le comte de Saint-Edme et Martin d'Argenteuil commencent par se glisser dans l'étroit boyau qui sépare deux hautes maisons de pierre cossues, de la rue dite Sous-le-Fort, se heurtent aux latrines branlantes d'une des habitations, les contournent pour trouver une échelle adossée à des pilotis qui les mènent à une sorte de courette suspendue où leur présence tire de leur sommeil des poules renfermées dans un poulailler aux planches mal jointes. Elles gloussent.

— Qui va là ? crie une voix de vieille femme derrière un volet branlant.

Il faut enjamber une barrière qui prétend clore cette propriété posée au flanc de la falaise tel un nid de pie sur une branche. Au-delà un terre-plein boueux permet quelques pas sur une sorte de sentier, puis c'est à nouveau le rocher où l'on a taillé des marches.

La maison du Bougre Rouge est la toute dernière au sommet de l'échafaudage. Ensuite, c'est le Roc dressé nu et droit. L'on entend l'eau ruisseler, dégoutter... Lorsqu'on lève les yeux l'on aperçoit au loin, là-haut, les fenêtres éclairées du château

Saint-Louis, résidence du Gouverneur, et un peu plus bas celles des corps de garde où les soldats jouent aux cartes en attendant la relève.

Éclairée par une lampe dont la mèche trempe dans de l'huile de marsouin blanc, en cette pièce toutes les senteurs se combattent. Celle, tiède, de poisson qui émane de la lampe, celles des plantes : racines, rhizomes, feuilles, écorces qui sèchent, suspendues aux solives ou étalées sur des claies, celle, sûre et fruitée du « bouillon », la boisson canadienne commune, sorte de limonade fabriquée à partir de pâte fermentée et celle, inattendue qui s'exhale des reliures de cuir d'une quantité de livres grands ou petits, épais ou minces, entassés dans un coin.

Dans un autre coin, on découvre une créature accroupie, dont les mains tressent habilement un filet. La tête ronde couleur d'acajou verni, aux yeux bridés, semble assez grosse pour un petit corps trapu. C'est l'Indien eskimo.

Sous la lampe en bec de corbeau, un homme est assis à l'indienne, sur des fourrures jetées au sol, et il écrit en prenant appui sur un écritoire portatif.

Martin d'Argenteuil s'étonne de le voir vêtu de peaux chamoisées à franges, avec un bonnet de fourrure vissé jusqu'aux sourcils. On ne sait quel âge lui donner.

— Qui êtes-vous ? interroge-t-il en jetant sur les visiteurs un regard sans aménité, tandis que ceux-ci prennent place sur les fourrures. Je ne vous connais pas.

— Si fait, lui rappelle M. de Saint-Edme, je suis déjà venu chez vous avec le comte de Varange.

— Où est-il ?

— C'est ce que je voudrais savoir, précisément, et que vous seul pouvez me révéler.

— Je ne suis pas devin.

— Si, vous l'êtes, je vous ai vu à l'œuvre, Nicolas Mariel.

— Vous n'avez rien vu du tout. Je ne m'occupe que d'interpréter le Grand et le Petit Albert, de fabriquer des talismans contre le mauvais sort et des médecines.

— Vous pouvez bien plus que cela. Il n'y a pas que le Grand et le Petit Albert dans les livres que vous possédez là. Vous y avez appris ce que John Dee a vu dans le miroir noir. Et je sais que vous pouvez converser avec les esprits et faire apparaître qui vous désirez convoquer. Je vous le répète, il n'y a pas longtemps que je VOUS AI VU À L'ŒUVRE.

— Les temps ne sont plus les mêmes.

— Qu'est-il advenu de nouveau ?

— Les présages sont mauvais.

— Mais encore ?

— J'ai vu passer, une nuit, au-dessus de la forêt, les canots de la « chasse-galerie »...

— Vous l'avez déjà raconté à tout le monde.

— Ce que je n'ai point dit c'est que votre compagnon de ce soir était dans l'un de ces canots en feu. Je le reconnais...

— Moi ! s'écrie Martin d'Argenteuil horrifié.

Cette révélation ne lui plaît pas du tout. Est-ce que cela veut dire qu'il va mourir ? Il regrette d'avoir suivi le comte de Saint-Edme dans son expédition. Il s'intéresse à la magie ; mais il ne tient pas à être mêlé aux élucubrations d'un sorcier de bas étage.

Pouvait-on s'attendre à mieux au fond de ce Canada obscur, ignare ? Les officines parisiennes, où il est allé voir opérer le magicien Lesage ou l'abbé Guibourg, sont loin, avec leurs coquemars et leurs cornues, leurs fumées d'encens ou d'herbes enivrantes. Il en garde un souvenir indescriptible. Il est vrai qu'il apercevait parfois, à travers les brouillards, le doux visage de la subtile et étrange Marie-Madeleine d'Aubray, marquise de Brinvilliers, qui avait su l'ensorceler. Mais elle ne le voyait pas. Elle ne vivait que par la volonté de son amant, le chevalier de Sainte-Croix. Quand il y songe, le maître-paumier du Roi trouve son sort actuel des plus affligeants.

M. de Saint-Edme cherche à amadouer le bonhomme.

— Vous devez nous aider. J'ai apporté ce qu'il vous faut.

— Quoi donc ?

— D'abord ceci, dit le comte en montrant une bourse assez bien gonflée d'écus, et puis ceci.

Il exhibe la petite boîte de fer que lui a remise tout à l'heure Eustache Banistère. Il en repousse le couvercle, et découvre des pastilles blanches de pain azyme.

— Des hosties !

Mais le sorcier ne bronche pas. Il fixe comme s'il ne les voyait pas les objets que lui tend son visiteur. Puis il se met lentement à remuer la tête négativement.

— Prenez garde, messires, murmure-t-il enfin. Ne vous attaquez pas à cette femme qui a débarqué aujourd'hui à Québec.

— Madame de Peyrac ?

— Ne prononcez pas son nom ! s'écrie l'autre d'un ton farouche. Chut !... fait-il, soudain mystérieux. Vous voulez votre perte. Elle est plus forte que vous et toutes vos sorcelleries. Sa force est telle qu'elle évite les pièges qui lui sont tendus, qu'elle traverse les flammes sans en être effleurée, qu'elle dévie le glaive qui la frappe, et qu'elle fait trembler la main qui lui lance une pierre, je le sais, je l'ai vue aujourd'hui sortant des eaux. C'est par elle que l'autre femme que vous attendiez a été écartée.

— Madame de Maudribourg ?

— Je vous dis, ne prononcez pas de noms.

— La vision de la mère ursuline serait donc juste ?

— Je ne me mêle point des visions des nonnes. Chacun son domaine. Ce que la Mère Madeleine a vu, elle seule le sait. Quant à moi, je ne dis rien de plus, et je vous répète : gardez vos hosties. Je n'ai pas besoin de vos manigances sacrilèges. J'ai mes livres et mes formules et le don de double vue qui m'a été donné à ma naissance et que j'ai aiguisé par ma science. C'est pourquoi je vous dis : je ne veux pas m'attaquer à cette femme car je n'ai rien à faire de son ressentiment et ce serait inutile. Ses charmes et sa féerie la mettent hors d'atteinte.

— Au moins aidez-nous à retrouver Monsieur de Varange. Vous avez reconnu son habileté de magicien. Lui sera de force contre elle, je m'en porte garant.

Il a à peine eu le temps d'achever sa phrase qu'il sursaute et regarde autour de lui cherchant à deviner d'où sort ce bruit de crécelle qui vient subitement d'éclater.

Il lui faut un certain temps pour réaliser que c'est leur hôte qui est parti à rire ou plutôt à ricaner, la bouche fendue en un rictus hilare. Le Bougre Rouge se balance, tout secoué de rire et se tape sur les cuisses, tant il semble trouver comique ce qu'il vient d'entendre.

— Partons, chuchote Martin d'Argenteuil, exaspéré. Le drôle est saoul. Croyez-moi je ne suis pas près d'être convaincu des merveilles qui se font en ce pays-là.

— Pourquoi riez-vous ? s'informe le comte.

L'homme retrouve son sérieux comme avec peine et tend vers eux brusquement une main griffue, paume ouverte.

— Donnez vos écus, mes beaux messieurs, et je vous dirai pourquoi...

Les doigts se referment sur la bourse et il la fait disparaître dans les plis de sa ceinture de laine. Puis il essuie sur ses lèvres sa salive brunie de tabac.

— C'est ce que vous venez de dire qui me fait rire, mes beaux messieurs... Que nenni ! Le sire de Varange ne sera pas plus fort que cette femme-là...

Ses yeux brillent par intermittence comme des lucioles.

Il dit à mi-voix :

— Parce que c'est elle qui l'a tué et de sa propre main.

En la Haute-Ville, Eustache Banistère, passant derrière les maisons de la rue Sainte-Anne, a regagné sa bauge.

Une masure, une chaumière, construite dans les premiers temps par ses père et mère, tout au bout de ces champs qui lui appartiennent.

Il a passé au pied du moulin des jésuites et maintenant le voici dans sa cour plantée d'un grand arbre. Un chien maigre qui est attaché à cet arbre vient vers lui avec un bruit de chaîne. Il lui décoche un violent coup de pied, puis il s'approche jusqu'à la limite de sa cour.

De là, il surplombe la maison de son plus proche voisin, le marquis de Ville d'Avray. La façade donne sur la rue de la Closerie. L'arrière avec une grande cour et des communs s'étend à la limite des terres de Banistère. Il le sait bien que le marquis fore comme une taupe sous son champ, toujours avide de se creuser des caves pour y ranger ses vins, ses provisions, amasser de la glace pour l'été...

Des caves naturelles, il y en a tant qu'on veut là-dessous. Pas difficile de passer chez le voisin d'un coup de pioche.

Et maintenant, voilà que le marquis a rempli sa maison de visiteurs. Encore des bruyants qui vont venir lui disputer des lambeaux de son territoire et lui chercher des noises.

De cet endroit, on voit très loin, et la vaste étoile d'eau que forme ce carrefour du fleuve sous Québec brille de partout, se répandant entre les îles, les caps et les golfes. Des nuages blancs s'allongent sur le métal du ciel et, là-bas, sont les lignes des montagnes en vagues bleues et noires, ... sans fin.

L'homme est prisonnier de la ville. Il ne peut plus aller aux bois. S'il s'en va, on lui prendra son bien.

Les insultes les plus sacrilèges, les blasphèmes les plus terribles roulent dans sa tête épaisse. Il se garde de les prononcer à voix haute. Il n'a pas envie de se faire couper la langue par-dessus le marché...

Le mutisme auquel il est condamné par la crainte augmente sa rancœur. Un homme qui ne peut pas jurer quand il est à bout, c'est comme une baudruche trop gonflée qui va éclater.

Un jour, il va avoir de l'or, beaucoup d'or, et il se vengera de tous, même de l'Évêque dans des procès sans fin.

Eustache Banistère ploie ses épaules d'ogre et rentre dans sa chaumière.

Le chien maigre reste seul dans la nuit, couché au pied du hêtre rouge

Le chien maigre de Banistère est couché au pied du hêtre rouge, la faim le torture. La nuit a succédé au jour. Et rien n'est venu qu'un coup de pied de l'homme tout à l'heure. Son espérance s'étire à la mesure de sa douleur. Chaque instant qui passe est lourd de promesses et de déceptions.

Le pauvre chien efflanqué, affamé, enchaîné, n'est plus qu'un seul regard tendu vers la forme sombre de la masure.

C'est de là que viendront les quatre enfants, ses maîtres. Ils se détacheront de cette masse trapue qui les abrite et les sécrète comme la ruche sécrète l'abeille. Il les verra venir à lui vêtus de brun, de gris, de noir, titubant comme des quilles, comme des totons informes qui s'entrechoquent. Leurs visages sont de grosses lunes roses et floues. Quand ils se penchent très près, il voit s'allumer leurs yeux et le blanc de leurs dents qui rient.

Alors le regard du chien n'est plus qu'un seul appel à leur puissance démesurée.

Le sentiment qui l'envahit et le tend vers eux l'habite avec une telle force, une telle plénitude, qu'il sent presque malgré lui s'agiter faiblement sa queue.

De leurs mains vient la vie. Un os, un bout de couenne. Il happe ce qui arrive, croque, avale, et fond de bonheur. Parfois, c'est la surprise douloureuse : un clou, une pierre...

L'autre jour, ils lui ont jeté une braise ardente. Il en a encore le museau endolori.

Aujourd'hui rien. Il ne les a pas vus.

La lune sort d'un nuage, éclaire le toit de chaume de la masure où dorment les humains, découpe, sur le mur de torchis, l'encadrement de la porte.

La porte qui s'ouvrira... sur les enfants...

Les enfants qu'il aime !

Au pied de Québec, vers le nord et la côte de Beaupré, l'estuaire de la rivière Saint-Charles disperse ses sinuosités argentées parmi les belles prairies de la paroisse de Notre-Dame-des-Anges. A l'embouchure le flot murmure et bat les flancs du navire qui s'est échoué là. Dans les entrailles pourries du *Saint-Jean-Baptiste* abandonné, l'ours Willoagby dort de son sommeil hivernal.

III
LA MAISON
DU MARQUIS DE VILLE D'AVRAY

17

EN CETTE PREMIÈRE NUIT QU'ELLE PASSA DANS LA MAISON DU marquis de Ville d'Avray, Angélique rêva de Poitiers, la jolie ville française où elle avait passé son adolescence, pensionnaire chez les ursulines. Elle se voyait gravissant les ruelles, coupées d'escaliers de bois, de chemins couverts et qui escaladaient les flancs de la colline au-dessus du Clain, la rivière tranquille. De loin, on la voyait sinuer dans ses gorges, au cœur d'une campagne bleu-vert, douce, exténuée. C'était le Poitou, raviné de chemins creux et de gorges profondes, étouffé de forêts, grêlé de marécages, sa province...

Elle sut qu'elle avait quinze ou seize ans à l'anxiété et à la tristesse qui pesaient sur son cœur.

Elle montait vers l'église Notre-Dame-la-Grande. En y pénétrant elle s'étonnait de la pénombre et du silence, alors qu'elle espérait le bruit des orgues et l'illumination des cierges. Déconcertée, elle voulait ressortir, mais elle se retrouvait tout à coup entre les bras d'un jeune page rieur qui la caressait et l'embrassait avec une maladresse avide. Elle se réveilla brusquement.

Angélique se souleva sur un coude. La douceur des draps, le moelleux des oreillers, le parfum de citronnelle ou de lavande qui imprégnait les couettes recouvertes d'étoffes brochées, lui rappelèrent qu'elle était dans l'alcôve d'un lit à baldaquin, haussé de trois marches et que fermaient des rideaux de soie à franges et à glands d'or, et que ledit lit se trouvait lui-même dans une solide maison de pierre, érigée parmi d'autres maisons rassemblées et que toute cette réalité qui lui revenait par petits détails signifiait qu'elle se trouvait à Québec, en Nouvelle-France.

Joffrey dormait à ses côtés. Elle bougea pour se rapprocher

de lui, jusqu'à ce que la chaleur qui émanait de son être immobile vînt l'effleurer sans qu'elle le touchât. Les yeux clos, elle respira sa vie. Sa présence contre elle ne devait pas être étrangère au trouble qui s'était insinué jusque dans son rêve et elle devait sans doute à son ascension d'aujourd'hui dans Québec couronnée par les déploiements grandioses de la cérémonie religieuse sous les voûtes de la cathédrale la confusion qui s'était faite pour elle, dans les limbes du sommeil, entre Québec et Poitiers.

L'analogie s'arrêtait là. Québec, si semblable à tant de petites villes de France, n'en restait pas moins frappée d'un sceau singulier, à s'être érigée sur les bords du Saint-Laurent. Angélique prêta l'oreille pour saisir au-delà des murs l'écho des étendues libres et désertes du Nouveau-Monde.

Le rêve dont elle avait été agitée donnait une plénitude inexprimable au moment miraculeux qu'elle vivait.

Lorsqu'elle s'éveilla tout à fait les cloches carillonnaient à toutes volées des églises proches ou lointaines et dans les intervalles on entendait sonner la diane du côté du château Saint-Louis.

Joffrey était debout devant la fenêtre. Il était déjà à demi vêtu, ayant enfilé son haut-de-chausses et ses bottes. La blancheur de sa chemise à mille plis, aux garnitures de dentelle, contrastait avec sa peau brune.

Le miroitement, à travers les vitres, des premières lueurs du jour soulignait son profil énergique au nez légèrement busqué, aux lèvres fortes gardant, même lorsqu'il était impassible un pli de douceur et d'humour.

Le verre des vitres, troublé par quelques bulles d'air et d'imperfections, présentait dans sa texture les moirures d'une pellicule de glace sur un étang, qui multipliaient les reflets venus du dehors. A cette heure, on y voyait trembler, comme une pivoine aux contours imprécis parmi des éclats d'or, le rose délavé du soleil levant.

Le comte de Peyrac souleva l'espagnolette de ferronnerie et ouvrit les battants de la fenêtre. L'air froid pénétra dans la pièce avec une lumière plus vive. La chambre était si petite que du lit on pouvait presque voir ce qui se passait dans la rue et, en face, au-delà du verger, on découvrait les lointains du fleuve.

Émergeant d'un réseau de brumes mauves qui traînaient au fond du ciel, le soleil s'élevait difficilement entre différents étages de nuages violacés qui barraient l'horizon et sa lueur rose s'éteignait et se rallumait au gré de son ascension, mais peu à peu s'élargissait pour se répandre et se dissoudre dans un ciel purifié qui prit une nuance de porcelaine

Le Saint-Laurent était couleur d'absinthe. Les contours de la grande île d'Orléans, qui divisait le fleuve en aval, se distinguaient à peine. Seule, plus proche de Lévis se dessinant comme une langue de terre violette en fer de lance, elle s'avançait juste en face de Québec, tranchant sur l'étendue opaline des eaux.

Vers le nord, on pouvait voir s'étendre la belle courbe de la côte de Beaupré, marquée d'habitations isolées, dominant le fleuve de place en place et de quelques hameaux autour d'un clocher, qui signalait le centre des paroisses échelonnées le long de ce rivage très prospère.

De cette fenêtre, Angélique rêva de voir se lever beaucoup d'aubes. Elle émergea de ses couvertures et après avoir passé un vêtement d'intérieur, une « douillette » de soie bourrue doublée au col et au bas des manches évasées d'un revers de fourrure, elle se tint accotée au bord du lit, détaillant du regard le mobilier rassemblé en cet étroit espace. On ne pouvait y mettre plus de luxe dans moins d'espace. Il y avait un miroir florentin, au-dessus d'une coiffeuse en bois de noyer marqueté et qui était garnie des plus ravissants objets nécessaires à la toilette féminine, peignes, brosse démêloir, panoplie qui venait avantageusement remplacer ses objets personnels qu'elle avait perdus la veille.

Dans un coin, un prie-Dieu monumental à coffrage d'ébène incrusté de pierres dures et de miniatures d'émail, lui aussi de style florentin, servait également de petite bibliothèque. Le lit à quatre colonnes avec la frise de son baldaquin frappée des armes du marquis, le coffre au chevet pour y ranger les effets, une console à portée de la main près de la couche, était à lui seul une petite chambre dans l'autre.

Angélique rejoignit le comte de Peyrac devant la fenêtre. Il se retourna vers elle et lui sourit. Elle pensa que c'était la première fois depuis un temps infini qu'elle se trouvait avec lui dans une maison de ville parée de tout le confort et de l'élégance dus à leur rang.

Depuis combien de temps ? Combien d'années ? Oh ! mon Dieu, depuis Toulouse ! Quinze ans ? Vingt ans ?

Elle ne pouvait croire que cela était arrivé enfin.

Ainsi, plus d'errances ? Plus de toits incertains, de navires craquants imprégnés d'air salé, de forts de bois au fond des forêts ou sur des grèves sauvages, où vous guettent la famine, le scorbut et la mort violente.

« J'aimerais demeurer dans cette petite maison », se dit-elle. « et regarder tous les jours ainsi le soleil se lever... »

Comme s'il partageait sa pensée, Joffrey se mit à parler du manoir de Montigny qu'on avait mis à leur disposition.

— C'est une belle demeure, bien bâtie, bien meublée, mais je gage qu'il ne vous sourit guère de vous y installer en songeant qu'elle a été aménagée pour recevoir votre inquiétante rivale... la duchesse de Maudribourg ?

Il l'interrogeait tout en la regardant du coin de l'œil d'un air taquin.

— Vous devinez bien, en effet... Je sais que vous, Monsieur de Peyrac, êtes insensible à ce genre de faiblesse.

— En effet !

— J'aurais trop peur d'y voir rôder son ombre maléfique... Je ne pourrais m'empêcher de penser qu'Ambroisine avait préparé sa venue à Québec, ce qui signifie qu'elle y avait, y a encore sans doute, des amis, des complices, bien que le plus important, le Père d'Orgeval, son ami d'enfance, qui la dirigeait ait disparu... Mais il y en a d'autres... Quels sont-ils ? Ils se découvriront peu à peu et...

— et... vous vous sentirez mieux dans cette petite maison... conclut Peyrac en l'entourant de son bras avec tendresse, je le conçois... Elle est faite pour vous... Je sens que c'est à cela que vous avez rêvé, tandis que nous luttions si durement l'an dernier, durant notre hivernage à Wapassou.

» Et vous avez bien mérité d'être en paix, de vivre selon votre bon plaisir et de profiter de tous les agréments de notre capitale. Vous avez supporté assez de tintamarre et de tracas. Or, l'installation d'une partie de notre recrue au château de Montigny risque de le transformer en caravansérail militaire. Nos officiers vont y loger. On y abritera les hommes malades ou blessés de nos équipages et on y tiendra une petite garnison de défense. Cependant, il y a de grands salons où il nous sera loisible d'offrir des réceptions. Et j'y réserve pour nous un appartement qui sera, en attendant, mon poste de commandement.

» Tandis que cette petite maison, dominant la ville, sera la vôtre. De ces hauteurs, votre regard vert la tiendra sous sa coupe. Votre esprit projettera ses rets et ses lacs, pour la ramener, toujours plus soumise, à votre stratégie savante. N'est-ce pas là votre projet, mon beau chef de guerre ?

Il caressa le visage d'Angélique.

— ... Mais, il n'y aura pas de guerre, dit-il. Le mauvais sort est vaincu. Notre stratégie ne va tendre qu'à organiser nos divertissements selon nos goûts et, s'il faut préparer l'avenir, à nous faire des amis en Nouvelle-France afin de rassurer notre grande voisine d'Amérique et aussi, peut-être, un jour, le roi de France qui la gouverne.

En l'écoutant, Angélique sentait s'exalter sa force intérieure et son appétit de vivre heureuse.

Le mouvement impétueux de l'esprit de Joffrey passait en elle, par ce qu'ils avaient en eux de semblable et de meilleur : ils aimaient la vie, entreprendre, réussir, lutter pour l'harmonie et la beauté de l'existence. Ils s'étaient peu à peu reconnus en ce domaine.

Les réticences d'Angélique et le soin qu'elle mettait à cacher les épisodes de sa vie passée, attitude qui parfois irritait le cœur trop libre et désinvolte du gentilhomme d'Aquitaine, habitué qu'il était d'obtenir la confiance des cœurs féminins avaient cessé d'ériger entre eux cet obstacle qui avait failli empoisonner les premiers temps de leurs difficiles retrouvailles. Ils admettaient que tout être, homme ou femme, a droit à son domaine secret. Ils y voyaient le témoignage d'une richesse intérieure qui les comblait mutuellement. Et ce n'en était que plus exquis de se sentir si proche et si reconnu l'un par l'autre.

Tout cela s'exprimait dans leur baiser ce matin-là et ce fut un moment d'une perfection sans mélange.

Ensuite ils parlèrent des dispositions à prendre pour organiser au mieux, dans l'immédiat, leur séjour à Québec.

Quoi qu'ils en eussent dit, ils ne pouvaient se dérober si facilement aux obligations dont ils avaient la charge. Ils en rirent en voyant s'allonger la liste des questions urgentes à régler.

— Je vais demander au gouverneur Frontenac de convoquer au plus tôt un Grand Conseil exceptionnel afin que nous puissions y débattre de notre position et statuer sur les arrangements concernant notre présence et celle de nos hommes dans la ville.

Angélique n'oubliait pas les cas particuliers : que faire d'Aristide et de Julienne et de l'Anglais du Connecticut, Elie Kempton, qui ne tarderaient pas à être regardés comme « indésirables » par le lieutenant de police, bien qu'ils se trouvassent à Québec contre leur gré ? Et d'Adhémar le déserteur, qui risquait d'être condamné au pilori, sinon à l'estrapade et à la pendaison ?

Cependant, la première démarche qu'elle envisageait, c'était de demander audience à l'Évêque. Par lui, elle voulait obtenir d'être confrontée avec la mère Madeleine, l'ursuline visionnaire dont les révélations avaient contribué à faire peser sur elle l'accusation d'être la démone.

L'ursuline devrait témoigner au plus tôt qu'Angélique ne ressemblait pas à la femme qu'elle avait vue en songe.

Oh ! certes, elle comprenait maintenant les tours inattendus que leur réservait Québec.

Au départ, elle n'envisageait cette expédition en Nouvelle-France que comme une démarche diplomatique concernant presque uniquement leur situation en Amérique. Mais Québec était en fait un petit résumé de la métropole, le royaume en raccourci, la quintessence de la Cour et de l'administration royale : le passé, ce pouvait être ce gentilhomme dans la foule qui avait jeté cette phrase alors que Joffrey de Peyrac pénétrait sur la place avec ses étendards : « Tiens, en Méditerranée, son écu d'argent était sur fond de gueules... »

Elle se leva et appela Yolande.

— D'abord voir l'Évêque. Mais ensuite, je me dois d'aller remercier cette charmante femme qui a pris ma défense hier dans la Basse-Ville et qui s'est chargée de soigner mon chat, la dame Janine Gonfarel. Nous voici aux antipodes de nos éminences religieuses, mais elle aussi me plaît beaucoup et je ferai volontiers sa connaissance. Ville d'Avray la tient en grande estime...

— Vous me faites souvenir que je dois prévoir de faire distribuer, aujourd'hui même, aux dames les plus en vue de la cité les présents apportés pour elles.

18

C'ÉTAIT DONC LEUR PREMIER MATIN À QUÉBEC.

Tout d'abord, laissant la maisonnée s'éveiller, ils se rendirent ensemble par un chemin de terre jusqu'au château de Montigny dont on pouvait apercevoir le toit et les cheminées derrière la colline.

Les soldats espagnols de Peyrac et Yann Le Couennec s'étaient présentés pour les accompagner.

Ainsi que l'avait prévu Joffrey de Peyrac, le manoir et ses dépendances présentaient une allure de bivouac très animé, mais assez désordonné.

Il distribua quelques ordres aux différents capitaines et

quartiers-maîtres, puis, ils repartirent suivis de leurs gardes, cette fois en petit nombre par rapport à la journée précédente.

Toutes les rues de Québec menaient à la cathédrale.

Du château de Montigny en suivant le chemin dit Sainte-Foy, Angélique, son mari et leur escorte, débouchèrent sur la place au moment où se terminait le grand office du milieu de la matinée.

Leur arrivée, d'un train plus simple que celui de la veille n'en fit pas moins, à nouveau, sensation.

On les salua largement, et plusieurs dames les abordèrent. Celle qui prit la tête du mouvement fut Mme de Mercouville. Angélique avait remarqué la veille cette très jolie femme, pleine d'allant. Elle était grande, élégante, solide, le teint frais. Elle était venue ouïr la messe accompagnée de ses deux filles aînées, âgées de quatorze et quinze ans.

Ayant salué chacune de ces dames et leur ayant adressé à toutes un mot aimable, M. de Peyrac prit congé. Le Gouverneur l'attendait au château Saint-Louis. Il s'éloigna avec son escorte d'Espagnols et tout de suite le cercle se referma autour d'Angélique, s'augmentant d'instant en instant de nouveaux venus, soit des fidèles sortant de l'église, soit des passants traversant la place et qu'attirait ce rassemblement.

De tous les curieux et curieuses, Mme de Mercouville était la plus avenante. Elle s'enquit de la bonne santé d'Angélique, de son repos, de son installation, et l'assura qu'elle était à son entière disposition pour tout ce qui pouvait l'aider et lui rendre la vie agréable à Québec.

Elle proposa de lui trouver une servante pour les gros travaux. En attendant, elle lui enverrait son esclave indien, un Panis qu'elle avait acheté quinze livres tournois à un « voyageur » revenant du fort de Michillimakihac et qu'elle avait fait baptiser. Elle ne garantissait pas l'excellence de ses services car il était assez lunatique et paresseux.

En revanche, si Mme de Peyrac désirait courir la ville, Mme de Mercouville lui enverrait sa chaise à porteurs et ses valets. Elle était prête aussi à la conseiller pour le choix de ses provisions d'hiver. Le froid serait bientôt là. Il ne serait plus temps alors « d'encaver » les racines, carottes, navets, etc., et de les mettre à l'abri du gel, si, à la rigueur, on pouvait laisser les choux dehors. Car l'hiver était long au Canada, affirmait-elle. Même à Québec, on connaissait la famine lorsque le printemps tardait à venir. Les dames alentour renchérirent, chacune apportant l'exemple d'une saison où elle avait été contrainte de faire bouillir des morceaux de cuir pour corser la soupe et de mêler de la sciure de bois au dernier muid de farine afin d'en tirer une suffisante ration de pain quotidien.

Angélique essaya d'expliquer qu'elle avait déjà hiverné en terre américaine et qu'elle avait une certaine connaissance de ces incommodités, mais ce fut en vain. Les dames coloniales, fortes de leur expérience, aimaient à initier les nouvelles venues, qui trop souvent s'embarquaient naïvement confiantes pour les antipodes.

Angélique eut toutes les peines du monde à interrompre leurs récits de famine et les nombreuses recettes qu'on lui soumettait pour nettoyer, sécher et garnir au mieux un saloir de famille.

Puisque Mme de Mercouville désirait lui rendre service, dit-elle, c'est avec reconnaissance qu'elle s'adresserait à elle et qu'elle accepterait ses suggestions quant aux démarches à suivre afin d'obtenir, au plus tôt, une audience privée de la part de Monseigneur de Laval. A qui devait-elle s'adresser ?

Mme de Mercouville dit qu'il fallait en parler à M. de Bernières, directeur du séminaire.

Ces dames aussitôt entreprirent de préparer à Angélique une entrevue avec l'omnipotent prélat, Monseigneur François de Montmorency-Laval, évêque de Pétrée, vicaire apostolique de la Nouvelle-France, entrevue que toutes ne considéraient pas d'un même œil. Certaines portaient l'Évêque aux nues, d'autres paraissaient franchement le détester.

Angélique était en train de prêter une oreille attentive à ces opinions contradictoires, lorsqu'il se passa quelque chose. Des cris de joie, aigus comme ceux d'un oiseau, éclatèrent, et une minuscule petite enfant, vêtue de blanc et venant du haut de la place, parut voler à la rencontre d'Angélique.

Elle était si menue et si légère que ses petits pieds effleuraient à peine les cailloux ronds du pavage.

Son bonnet, sa collerette, son tablier de dentelle, se gonflant au vent, ajoutaient à l'impression qu'elle donnait d'être un oiseau léger aux ailes déployées.

C'était bien vers Angélique qu'elle courait en riant de tout son cœur, les bras tendus, et celle-ci, la voyant venir droit vers elle, n'eut d'autre ressource que de se pencher et de la cueillir au vol.

— Ermeline ! s'exclama Mme de Mercouville, reconnaissant sa dernière-née.

L'assemblée était saisie de stupeur. Puis il y eut des exclamations diverses.

— Elle marche ! Elle marche !

— Perrine l'a laissée échapper !

— Mais elle ne marchait pas hier !

— Non seulement, elle marche, dit M. de Longchamp de sa voix solennelle, mais elle court.

Angélique, l'enfant sur un bras, cherchait dans son aumônière un bonbon ou une friandise dont elle avait toujours provision pour Honorine ou Chérubin.

— Ne lui donnez rien ! s'écria Mme de Mercouville. Elle est très gourmande !...

— Mais elle est si charmante !

Elle ne comprenait pas pourquoi la venue de la petite fille suscitait une telle émotion. On vit arriver la nourrice noire, courant et pleurant, les mains jointes et criant :

— Miracle ! Miracle !

Elle se jeta à genoux devant Angélique et baisa le bas de sa robe.

— Comprenez donc ce qui se passe, chère Madame, expliqua Mme Gaubert de La Melloise, en tamponnant ses joues inondées de larmes émues, cette enfant de trois ans ne marchait pas, se tenait à peine assise dans son berceau, et tout à coup, en ce jour...

La petite créature, si légère et si gaie, installée sur son bras, croquait ses pastilles d'un air de triomphe, comme ravie du bon tour qu'elle venait de jouer à sa famille. Puis Angélique la passa à l'une des sœurs aînées d'Ermeline, qui la remit à la nourrice. Les gens riaient et pleuraient autour d'elle. La rumeur se répandit :

— La petite Ermeline a été miraculée !

Bien que la première concernée par cet événement, Mme de Mercouville n'avait pas perdu son temps. C'était une femme de tête, et, en tant que créole, habituée à faire face à tous les hasards de la vie coloniale aussi bien les typhons ravageurs qu'elle avait connus aux Iles dans son enfance, que les famines et les Iroquois du Canada. Elle avait remis à plus tard les actions de grâce que méritait le ciel pour sa fille et revenait, présentant à Mme de Peyrac M. de Bernières, directeur du séminaire, auquel elle avait fait transmettre la demande d'Angélique. Monseigneur de Laval proposait de la recevoir en audience privée soit aujourd'hui dans l'après-midi, soit le lendemain matin à partir de dix heures.

Angélique, impressionnée par la rapidité avec laquelle ce genre d'affaires se concluait en ce pays, réfléchit et opta pour le lendemain matin.

D'autre part, elle acceptait volontiers, pour l'après-midi, l'offre que lui avait faite Mme de Mercouville de sa chaise à porteurs. Ainsi pensait-elle, elle pourrait, dès aujourd'hui, descendre en la Basse-Ville chercher son chat et remercier Mme Gonfarel.

19

Les deux valets de Mme de Mercouville portant la chaise où avait pris place Angélique entamaient, non sans précautions, la pente abrupte qui menait au port.

Au fur et à mesure que l'on descendait, la foule devenait plus dense et plus vive.

La Basse-Ville, c'était ce gros bouquet de maisons hautes et étroites, serrées les unes contre les autres, pressées au flanc du Roc, les pieds dans l'eau, et dont les cheminées monumentales, prolongées de leurs panaches de fumée, formaient couronne.

Angélique, par les interstices d'un petit rideau, regardait avec curiosité.

Il restait encore un peu de l'animation véhémente qui était celle de la Basse-Ville au moment du départ des derniers vaisseaux pour l'Europe et que l'arrivée de la flotte de Peyrac avait contribué à prolonger.

Il y avait des coureurs des bois, fortune faite, qui n'avaient pas encore tout dépensé en achats somptuaires ou en traites imprudentes. On les rencontrait dans leurs vêtements de peaux frangées, le fusil sur les bras, baguenaudant et déjà s'ennuyant, entrant chez le tailleur pour se faire couper un habit de marque, chez le taillandier pour y choisir des haches de traite ou de la quincaillerie. Des sauvages, qui n'avaient pas encore bu toute l'eau-de-vie de leurs transactions, s'attardaient dans la ville aux pièges et aux séductions insolites. Leur allure lente et rêveuse contrastait avec la promptitude générale qui régnait sur le port et dans les rues avoisinantes.

L'approche de l'hiver entraînait des travaux d'aménagement. On apportait le bois dans les cours, on le déchargeait, on l'empilait, et partout on entendait sonner le bruit des bûches jetées à la volée, on voyait des enfants occupés à édifier contre les maisons, sous l'auvent des galeries, la mosaïque d'un bûcher bien rangé.

Angélique aperçut le géomètre Fallières qui discutait avec le propriétaire d'une vaste maison prolongée d'une cour et d'une écurie. Un tabellion-notaire ou greffier était sur ses talons. Il était question d'appliquer une ordonnance qui fixait la mesure des bûches, la hauteur et la largeur des cordes de bois, souvent fantaisistes...

Les chevaux d'un charroi, dont les roues étaient calées dans la pente par de grosses pierres, attendaient patiemment devant l'entrée de la cour. C'était des chevaux doux et tranquilles, lourds, habitués à traîner des charges. On disait qu'ils tiraient la charrue au printemps car il y en avait plus que de bœufs de labour en Nouvelle-France et ce n'était pas l'un des moindres prodiges du Canada de les voir si nombreux, car ils étaient les descendants des douze chevaux envoyés dix ans plus tôt par le roi de France.

Dans Québec, les enfants en sabots, turbulents et barbouillés, pouvaient en paix se disputer un pion de bois au bout d'une crosse, le jeu indien de prédilection, tirer leurs charrettes à chien, ou s'apprêter à dévaler la Côte de la Montagne sur une traîne quand viendrait la neige.

Angélique en aperçut de dix à douze ans, qui fumaient la pipe avec l'assurance de coureurs de bois chevronnés. Aussi bien tout le monde fumait, les nobles comme les paysans, les marchands comme les aventuriers, et même quelques femmes assises au seuil de leurs portes. C'était un besoin et un plaisir qu'avaient enracinés dans les mœurs la lutte contre les maringouins l'été, la longueur des soirées d'hiver, la familiarité des palabres avec le peau-rouge, lequel ne saurait s'entremettre en mille choses sans commencer par tirer une bouffée de son calumet et le repasser généreusement de bouche en bouche.

On plantait du tabac au coin de chaque rue, au seuil de chaque maison et son odeur imprégnait les moindres recoins des ruelles.

Cette odeur s'ajoutait à celle du fumier, du goudron chaud lorsqu'on approchait du port, des volailles rôties lorsqu'on rôdait aux abords des auberges, des fourrures et du vin aux alentours des entrepôts et du boucan au coin des grèves que frangeaient d'algues les marées courtes du fleuve. En ces lieux, d'imprécis vagabonds installaient leurs feux d'herbes et d'épines choisies, entretenant jour et nuit l'encens d'une épaisse fumée qui ne cessait de gonfler et de se dérouler autour d'une tige en traverse, chargée de rubans d'anguilles.

Des cochons erraient çà et là, trottant sur leurs petites pattes et s'arrêtant pour regarder avec intérêt passer les équipages. Tout les enchantait, apparemment, et ils se montraient indifférents aux abois des chiens, aux procès que suscitaient leurs déprédations et, plus encore, aux multiples ordonnances de police dont ils étaient périodiquement l'objet.

Angélique avançait lentement parmi la foule hétérogène et bariolée où voletaient les coiffes blanches diversement ailées ou tuyautées de la plupart des femmes dont beaucoup avaient apporté la tournure de leur province d'origine : Normandie, Bretagne, Perche. Champagne, Aunis, Saintonge...

Les hommes se coiffaient du tapabor, large chapeau paysan, ou de bonnets de couleurs et aux garnitures diverses.

Elle les voyait enfin dans leurs murs, ces Canadiens qu'elle avait rencontrés l'an dernier en guerriers fous d'audace, soit à Katarunk, soit en Nouvelle-Angleterre.

Elle les voyait aujourd'hui parmi leurs femmes et leurs enfants. Mais ils paraissaient à peine différents. Ils se révélaient rieurs, avec une certaine violence contenue dans le geste et l'attitude, une étincelle au fond des yeux qui n'était point commune ni familière. Elle les reconnaissait comme Français, mais des Français d'ailleurs, et cela les rapprochait de ce qu'ils étaient eux-mêmes, Peyrac et elle et leurs gens, qui aussi avaient connu le danger de l'Iroquois, l'hivernage, la menace de scorbut et de la famine.

Au centre d'une place qu'ils traversèrent, elle aperçut érigé le buste en bronze de Sa Majesté le Roi de France Louis XIV.

Janine Gonfarel habitait aux abords de la rue Sous-le-Fort, et son accueillante auberge, avec des dépendances, des galeries de bois couvertes, son cabaret et sa salle de restaurant où l'on faisait bonne chère, adoptait la courbe de l'anse du Cul-de-Sac où mouillaient barques et navires.

On ne pouvait être mieux situé.

Au-dessus du perron de l'entrée principale, le « bouchon » de branches de sapins, obligatoire pour désigner les établissements de ce genre, s'accompagnait d'une magnifique enseigne de fer forgé, entièrement dorée et qui s'intitulait. *Au Navire de France.*

L'ensemble était cossu, inspirait confiance.

Dans la bousculade de la veille, Angélique n'avait pas remarqué ces belles demeures devant lesquelles leur cortège avait passé.

En mettant pied à terre, elle eut un instant de doute. Était-ce là qu'habitait Janine Gonfarel ? L'avait-on bien renseignée en lui disant que c'était la patronne du *Navire de France* qui avait recueilli son chat ? Mais elle aperçut le gamin rondelet qui était monté la veille lui porter des nouvelles de l'animal.

Lorsqu'elle pénétra dans la salle, obscurcie par la fumée des pipes, le tumulte cessa, les cornets à dés des joueurs de trictrac et les gobelets des buveurs demeurèrent en suspens. Le silence fut si complet que l'éclatement d'une grosse branche dans le brasier de la cheminée éclata comme un coup de feu.

Angélique cherchait des yeux la maîtresse des lieux et ne la distinguait pas dans cette semi-obscurité brumeuse qui est particulière aux tavernes, même en plein jour. Elle s'était attendue à ce que le chat bondisse à sa rencontre. Mais rien ne bougeait. Elle regretta de n'avoir pas pris au moins l'un de ses pages pour l'introduire. Les porteurs de Mme de Mercouville étaient restés dehors. Ils n'avaient pas le droit d'entrer dans un estaminet sans un billet signé de leur maître. Leur tâche accomplie, ils s'étaient donc accroupis le dos contre le mur pour faire un somme. Ce n'était pas des gens de grande maison et ils manquaient d'usage.

Comme né de la fumée nuageuse du tabac qui se muerait en apparition humaine, le sagamore Piksarett fut soudain aux côtés d'Angélique avec toutes ses plumes et ses médailles dans son chignon huileux, ses tresses d'honneur enfilées dans des pattes de renard et sa couverture de traite jetée royalement sur le superbe habit de drap rouge, soutaché de dorures qu'il portait de préférence lorsqu'il se trouvait à Québec et qui était, en fait, une casaque d'officier anglais prise à l'ennemi. Il dit solennellement :

— Ne crains rien et avance-toi sans peur, ma captive. Tu es ici chez des amis. Je les connais et j'en réponds, à part quelques-uns qui sont mauvais chrétiens, mais ma hache et mon tomahawk les abattront avant que leurs mauvaises pensées ne se soient seulement formées en leurs têtes. Va ! Je veille !

La porte s'ouvrit dans le fond et Angélique vit la patronne venir à elle avec un large sourire. Elle avait dû se hâter pour se harnacher au mieux car l'édifice de dentelle soutenu par des fanons de baleines pour tenir plus raide, et qui lui servait de coiffe, était un peu de travers au sommet de sa tête abondamment bouclée. De lourds pendants de corail, en forme de poire, encadraient son visage rond.

Sa collerette de dentelle l'engonçait un peu et ses trois jupes superposées selon les critères de la mode l'avaient fait doubler de volume. Sur son abondante poitrine, ses bijoux, fort beaux, paraissaient plutôt présentés sur un plateau à l'admiration des amateurs que destinés à ajouter à l'élégance de leur propriétaire et elle tenait d'une main un mouchoir de dentelle et de l'autre un superbe éventail espagnol ouvert avec tant de gaucherie qu'on se demandait ce qu'elle comptait en faire. Mais Angélique, qui la trouvait plaisante, pensa qu'elle valait bien toutes les infantes d'Espagne et même la reine de France qui était si médiocre et raide dans sa présentation et manquait en plus de grâce aimable.

— Madame, j'ai voulu venir sans tarder vous remercier.

— Tout l'honneur est pour moi, marquise, s'exclama Mme Gonfarel de sa voix grasseyante et cordiale après avoir exécuté devant Angélique un petit plongeon qui voulait être une révérence et qui faillit lui faire perdre l'équilibre. Si vous voulez bien me suivre dans mes appartements, marquise...

Elle indiqua le chemin de la porte d'où elle avait surgi. A mesure qu'on avançait vers « l'appartement » de la patronne du *Navire de France,* des effluves savoureuses de cuisine firent palpiter les narines gourmandes d'Angélique.

— Votre fricot sent bien bon, Madame, ne put-elle s'empêcher de remarquer alors qu'elle pénétrait en compagnie de l'hôtelière dans la pièce voisine.

— Tu parles ! J' m'en doute ! s'exclama l'autre, joyeusement.

Elle referma la porte avec des précautions et des mines de conspirateur.

La chambre était vaste et agréable, bien meublée. A gauche s'ouvrait un âtre où sur un lit de braises était posée une grosse marmite de terre. Janine Gonfarel en vint soulever le couvercle avec des précautions mystérieuses.

— Regarde ! J' t'ai préparé des pieds de cochon ! C'est-y pas ta préférence ?

Elle était revenue au tutoiement comme elle l'avait fait la veille. On sentait que c'était une personne originale et spontanée, incapable de s'embarrasser trop longtemps de manières cérémonieuses.

D'ailleurs, Angélique se trouvait bien dans cette pièce en compagnie de cette femme. Elle n'aurait pu expliquer pourquoi. Mais depuis son arrivée, et même avant... se dit-elle... depuis des années peut-être, elle n'avait pas éprouvé une si cordiale impression de détente, de sécurité. Elle était seulement ennuyée de ne pas apercevoir son chat et le cherchait des yeux.

— C'est-y pas ta préférence ? répéta l'aubergiste.

Par politesse, Angélique se pencha au-dessus du ragoût qui bouillonnait doucement et avait un aspect des plus appétissants.

— Certes ! J'ai toujours raffolé des pieds de cochon...

— Oh ! ça, je sais !

Angélique, surprise par l'intonation, releva la tête. L'expression de son hôtesse avait changé. Il y avait eu dans sa voix comme un mélange de triomphe et d'aigreur et son visage lui parut hostile.

Troublée, Angélique sentit basculer sa confiance et comme, la veille, dans son bain, la panique irraisonnée la saisit.

Elle jeta un regard furtif et angoissé vers la marmite. La peur s'emparait d'elle. Ces sourires cauteleux, cet empressement cachaient-ils une méchanceté sournoise ? Est-ce qu'on avait fait un mauvais sort à son chat ? L'instant d'un éclair, elle s'attendit à voir le gamin dodu surgir, ricanant et chantant.

« C'est la Mère Michel
Qui a perdu son chat... »

Cependant la déception la plus sombre se lisait sur les traits de Mme Gonfarel. Les sourcils et les coins de sa bouche s'abaissaient lui donnant une expression chagrine et sa lèvre inférieure se mit à trembler comme celle d'un poupard sur le point de se mettre à pleurer.

— Alors, vrai ! Tu m' remets pas ? s'écria-t-elle tout à coup.

Et comme Angélique demeurait coite, son attitude parut porter à son comble l'amertume de la commère.

— Faut-y qu' j'aie descendu la pente, se lamenta-t-elle. Faut-y que j'en aie pris des rides et des bajoues et que j'en aie marqué les années, l'une après l'autre, pour que ça m'arrive une chose pareille... Faut-y que j'aie descendu la côte jusqu'au plus bas... pour qu'elle ne me reconnaisse pas, moi, La Polak, sa frangine de la Cour des Miracles ! Ah ! tu seras bien toujours la même... Une brise-le-cœur, voilà ce que tu seras toujours, Marquise des Anges !

20

— OH ! MA POLAK, DIT ANGÉLIQUE EN ENTOURANT DE SON BRAS les épaules dodues de la grosse femme. Jamais, je n'avais imaginé que je te reverrais un jour.

— Et moi donc ! Est-ce que tu penses que je te croyais vivante ? Après ce qui était arrivé à la foire Saint-Germain... Chaque fois que je parlais de la Marquise des Anges, je versais des larmes. Une si belle fille, disais-je... les argousins l'ont eue.

— Et je te retrouve à Québec ! Et tenancière de la plus grande hostellerie de la ville. Célèbre, recherchée, estimée.

— Et toi donc ! Tu es en reste ? Je te quitte les pieds nus pour ainsi dire, emmenée en prison par les archers, et quand je te revois, c'est quasiment la reine de France qui se dresse devant moi.

— A Québec ! Qui aurait pu penser ! C'est fou !

— Non ! C'est logique ! Si on n'a pas réussi à nous tuer où veux-tu qu'on aille sinon au bout du monde. Dans cette ville, il y a de tout...

Elle eut un geste de la paume comme pour un serment.

— De TOUT. Crois-moi. Mais, viens donc, je t'ai préparé des jattes de cochon. Tu aimais cela dans le temps, à la Tour de Nesle, quand nous nous disputions les faveurs de ce voyou de Nicolas Calembredaine.

Elles s'assirent l'une en face de l'autre devant la cheminée et après avoir dégusté avec la componction nécessaire le chef-d'œuvre culinaire de Mme Gonfarel, celle-ci entreprit de conter par quels détours une pauvre gueuse comme elle avait fini par se retrouver en Nouvelle-France.

Elle cligna de l'œil.

— On m'avait expédiée comme fille à colons pour les îles. Mais, en chemin, j'ai changé de direction. Le Canada c'était quand même plus honorable.

Elle baissa la voix pour ajouter.

— ... Ma chance ça a été de rencontrer Gonfarel au port où on allait nous embarquer. Il est tombé amoureux de moi et comme, lui, il allait au Canada, alors il fallait qu'il s'arrange pour que j'y aille avec lui... Ma pauv' petite ! Nous avons trop de choses à nous raconter. On n'en sortira pas. La vérité, c'est que, maintenant, je suis riche, j'ai la ville en main et Gonfarel aussi. Chaque année on ajoute un peu à notre commerce et à nos bâtiments. Un magasin par-ci, un entrepôt par-là, un étage de plus. Et tiens-toi bien, j' me fais construire une chapelle, un oratoire plutôt comme y disent. Pourquoi pas ? Je suis une créature de Dieu comme les autres, moi, n'en déplaise à ces dévots. J'ai le droit d'honorer mon Seigneur avec mes écus si cela me chante. Viens voir, ça sera beau.

Elle se leva mais, en chemin, interrompit son mouvement pour aller cueillir sur un vaisselier un cruchon de grès contenant une eau-de-vie irréprochable, destinée « à faire passer tout ça ».

Elle ramena Angélique devant la cheminée et remplit généreusement deux gobelets d'étain.

— Note bien. Y'en a qui vont crier au scandale pour mon

oratoire. Parce qu'on sait que ça n'est pas toujours très vertueux chez moi. Et dis-moi, chez qui ça l'est ? Ça n'empêche pas les autres de bâtir des églises et des oratoires. Dans toutes les villes du royaume, est-ce que les bordels n'ont pas toujours avoisiné les cathédrales ? Ça, crois-moi, ça a été voulu et ça a ses raisons. Je ne fais que suivre... Tu te rappelles ? J'en ai fait des touches derrière Notre-Dame de Paris. S'il n'y avait pas eu l'affaire de la foire Saint-Germain qui nous a massacré notre turbin... Tant pis, le passé est le passé et je peux me dire au moins que j'ai bien vécu. J'ai pas perdu mon temps. Maintenant, c'est moins faraud mais ça a son goût. Et puis j'aime les beaux froids, ça me rappelle mon enfance en Auvergne.

Elle rêva, ses coudes aux genoux, pensive.

— Non, j' me trompe. Ce n'est pas à la foire Saint-Germain que j' t'ai vue pour la dernière fois, c'est après qu'on soit allées chercher ton môme, le tout petiot, tu sais Cantor, que les Égyptiens avaient enlevé... Oui, c'est bien ce que je me disais, je t'ai vue avec les tifs coupés (1). Donc, c'était après la bagarre de la foire Saint-Germain, après que tu sois passée sous les ciseaux des argousins... Tu te souviens ?

— Je me souviens.

— Je l'ai vu ton Cantor, hier. Il est beau ce Cantor, beau comme un dieu... un dieu grec, renchérit-elle. Une chance qu'on les ait trouvés vers Charenton, ces bohémiens qui emmenaient ton mouflet. Cette course sous la pluie ! Tu te souviens ? Ah ! nous ne regardions pas à galoper dans ce temps-là... Maintenant, je ne pourrais plus... Trinquons ! Il est là, ton Cantor, sauvé de tous ces grimauds du diable qui voulaient notre mort, à nous, pauvres filles misérables. Dieu bénisse le Canada ! Et j'ai un bel enfant moi aussi. Moins beau que le tien, mais...

— Il est superbe, je l'ai vu. On lui donnerait douze ans.

— Et il n'en a que neuf ! Dame, son père c'est un costaud. Gonfarel, il n'est pas là aujourd'hui, car il est allé chercher des fromages à l'Ile d'Orléans. Tu le verras, mon homme, c'est sa carrure qui l'a sauvé et qui lui a permis de venir au Canada. On l'a choisi comme bourreau...

Janine Gonfarel baissa la voix.

— C'est une chose oubliée. Mais tu vois, je ne renierai pas la chance d'où qu'elle vienne. Faut être franc avec la chance. Ces messieurs de la Compagnie des Indes Occidentales ne trouvaient pas d'exécuteur des hautes-œuvres pour la colonie. Tout

(1) Dans les prisons, les gardiens coupaient souvent les cheveux des prisonnières pour les revendre aux perruquiers.

le monde se récusait. Être bourreau en Canada, ça ne tentait personne. Alors ici, ils étaient obligés, quand il y avait une condamnation, de se rabattre sur des débiles qui n'avaient pas assez de force pour serrer un brodequin, encore moins pour soulever une hache ou tirer la corde du gibet. Que veux-tu, benêt ? cria-t-elle apercevant un garçon de salle qui venait d'entrer. Tu ne vois pas que je suis en conversation avec une dame de la Haute-Ville ?

— Patronne, y en a deux, là, dehors, qui disent qu'y gèlent sur pied.

— Ce sont sans doute les valets de Madame de Mercouville qui m'ont portée en chaise, se souvint Angélique.

— On n'a pas le droit de les faire entrer et de leur donner à boire sans un billet de leur maître.

— C'est moi qui paie et autorise, suggéra Angélique.

Mais après avoir discuté, elle préféra renvoyer les porteurs et leur chaise, car elle ne pouvait prévoir quand elles auraient fini toutes deux d'égrener le chapelet de leurs souvenirs.

Cependant, Mme Gonfarel demeurait attentive à la bonne marche de son établissement. Lorsque l'aide fut sorti, elle signifia à Angélique qu'on allait se transporter à son « poste de vigie » ce qui ne les empêcherait pas de continuer à deviser, boire et manger.

Elles s'assirent, sur une petite estrade, devant un mur où il y avait deux judas que l'on tirait, comme dans les parloirs de couvents et qui permettaient d'observer à travers la grille, sans être vu, ce qui se passait dans la grande salle.

La Polak connaissait tout son monde. Et ceux qu'elle ne connaissait pas, elle les situait rapidement selon leur origine avec un flair infaillible.

— Combien tu paries que ceux-là, là-bas, dans le coin ce sont des Acadiens ? A quoi je vois ça ? Je sens qu'ils ne sont pas de chez nous mais aussi qu'ils ne viennent pas d'Europe.

Suivant son regard, Angélique découvrait, en effet, dans le fond de la salle, isolés et jouant aux dés d'un air renfrogné, le baron de Vauvenart, Grand-Bois et l'un des frères de Yolande, fils de Marcelline, Télesphore, qui était venu avec eux. Et même, elle se demandait si le quatrième n'était pas un des frères Defour du fond de la Baie Française.

— Un peu pirates qu'ils sont tous, ces gars-là, les Acadiens, commentait l'hôtesse du *Navire de France.* Tous tant qu'ils sont à trafiquer avec l'Anglais bien à l'abri dans leurs repaires des côtes, dans le sud... Et puis, tu vois ceux-là qui ont des bonnets bleus, ce sont des gens de Ville-Marie, de Montréal comme on dit maintenant. De gros malins qui se piquent de n'avoir que

Dieu et la Vierge Marie comme seigneurs. Entre leurs saints et leurs marchands, crois-moi, ils ne sont pas à plaindre. Ils sont venus à Québec pour le départ des derniers navires. Ils vont se rembarquer sous peu avant que le fleuve ne gèle.

Angélique souriait de voir La Polak adopter avec tant de fougue les querelles du pays.

— Et celui qui est là-bas dans ce coin ? l'interrogea-t-elle, en désignant un individu, tassé, près de la cheminée et qui buvait en solitaire.

— Oh ! celui-là c'est le Bougre Rouge.

— Un vilain surnom (1), fit Angélique avec une grimace, ne pouvant retenir un frisson.

La Polak baissa la voix.

— C'est lui qui a vu dans le ciel les canots en feu de la « chasse-galerie ». Un peu avant l'arrivée de vos navires.

— Ne serait-ce pas lui qui aurait lancé une pierre à mon chat ?

— C'est possible. C'est plein de sorciers et de magiciens par ici. Lui, il habite dans la falaise au-dessus des maisons de la rue Sous-le-Fort. Mais les meilleurs sorciers, on les trouve à l'Ile d'Orléans. J'ai une amie qui est sorcière et qui m'apprend toutes sortes de choses. Ainsi je me réjouis que tu sois venue un vendredi, le jour de Vénus, c'est bon pour l'amitié.

— Comme tu es savante, ma Polak !

— Je me suis initiée, fit La Polak... en se rengorgeant.

Elle prit un livre sur les rayons d'une étagère.

— ... Tiens, regarde-moi ça... C'est savant.

— Tu possèdes des livres ?

— Hé ! oui ! Tout le monde a des livres ici.

— Tu as appris à lire, La Polak !

— C'est le Jésuite qui m'a appris. Tu vois pourquoi je lui dois du dévouement à cet homme. Mais celui qui a le plus de livres et de grimoires, c'est le « Bougre Rouge ». Il s'y connaît en magie, le sorcier, il me donne des dents de loup et des os de chouettes pour conjurer le mauvais sort. En Canada, on a besoin de protection... Crois-moi, y en a jamais de trop par ici de médailles ou talismans... contre le diable ou la police.

— Comment est-elle la police au Canada ?

— Tourmenteuse. Tracassière. Comme partout ailleurs.

Le lieutenant général de police se nommait le Sieur Garreau d'Entremont. La Polak l'appelait le Ronchon. Il n'était pas-

(1) Dans le langage populaire, le « Bougre Rouge » désignait parfois le diable.

d'humeur frivole mais, selon elle, ce n'était pas un mauvais homme.

— Mais c'est un homme à principes. Cette espèce-là, tu sais. on ne peut pas l'impressionner ni l'avoir avec un sourire ou un cadeau. Si vous n'avez rien à vous reprocher tout ira bien. Sinon, il vous tiendra aux chausses et ne vous lâchera plus. Mais le plus dangereux c'est Noël Tardieu de La Vaudière le procureur royal, tu as dû le remarquer, hier, parmi les « puissances ». Un grand, frisé, beau garçon, l'air faraud.

— Ce jeune homme ? Il a l'air charmant.

— Méfie-toi de son charme ! Tu apprendras à le connaître, une teigne, j' te dis.

Une fois de plus elle tira son judas, et aussitôt requit l'attention d'Angélique d'un geste véhément.

— Oh ! Regarde qui vient là. Du beau monde !

Un groupe de gentilshommes entrait de façon conquérante et d'un air superbe dont l'effet se perdait dès le seuil, noyé dans le brouillard de la tabagie.

A leur tête se trouvait M. de Bardagne.

— N'est-ce pas cet envoyé du Roi qu'on a reçu hier, avec vous autres ? chuchota La Polak, dégrisée sous le coup de l'émotion. Paraît qu'il est chargé d'une mission de la plus haute importance, quelque chose comme la déclaration de la guerre à l'Anglais ou de supprimer les forts des Grands Lacs ou d'interdire la vente du castor et de rembarquer tout le monde parce qu'il va y avoir la guerre avec l'Espagne et la Hollande, enfin on dit que même Monsieur de Frontenac doit en passer par où il voudra.

— Il a reçu, en effet, de grands pouvoirs du Roi, mais il ne faut pas s'affoler. C'est un homme mesuré. Je le connais.

— Ça m'aurait étonnée que tu ne le connaisses pas, ricana La Polak. Et qu'est-ce qui peut bien l'amener chez moi, dans une taverne de la Basse-Ville, ce grand seigneur ? On dirait qu'il cherche quelqu'un ?

Angélique retint un soupir.

Elle voyait bien que Nicolas de Bardagne demeuré debout parmi ses compagnons déjà assis autour d'une table inspectait la salle dans tous ses recoins. Il y avait sur ses traits cette expression tendue et dramatique qui était la sienne lorsqu'il s'agissait d'Angélique. On avait dû le prévenir qu'elle se trouvait au *Navire de France.*

La Polak eut un pressentiment.

— Hein ! C'est peut-être bien toi qu'il cherche.

— Je le crains.

— Quand je te disais ! Ah ! tu n'as pas changé, Marquise des Anges !

Cette discussion à propos des succès masculins d'Angélique la rendait d'humeur morose.

L'aubergiste referma brusquement le judas et revint s'asseoir dans son fauteuil.

— Où est mon chat ? demanda Angélique se rappelant pourquoi elle était venue.

— Hé ! Que veux-tu que j'en sache, riposta La Polak, irritée. Il est là où il veut... A ta ressemblance, le p'tit voyou ! Tout ce que je peux te dire c'est qu'il n'est pas dans mon chaudron comme tu m'as presque soupçonnée de l'y avoir mis... Je l'ai bien vu tout à l'heure que tu y pensais. Pour qui me prends-tu ? C'est bien toi ! Tu as toujours été soupçonneuse et méfiante, oh ! oui !

— Pardonne-moi, La Polak, s'efforça d'être conciliante Angélique. C'est la vie qui vous rend ainsi en vous assénant trop de mauvais coups.

— Pourquoi ne le laisserais-tu pas chez moi, ton chat ? Il me plaît. Que veux-tu en faire dans la Haute-Ville ? Ici, sur le port, c'est plein de souris et de rats, avec les navires et les entrepôts.

— Non, j'ai des liens avec ce chat que je ne peux pas rompre.

— Bien ma chance que j'aie toujours le béguin pour ce que tu aimes toi et qui, naturellement, te choisira. Déjà à la Tour de Nesle, tu m'avais volé Nicolas. Avant que tu arrives, il était mon amant et je le tenais bien. Mais dès qu'il t'a amenée, j'ai compris. Ça ne faisait que commencer. Toujours la même chose.

Dans sa colère, elle replia d'un coup sec son éventail et l'expédia dans le feu. Cette exécution parut la calmer. Elle le regarda se consumer d'un air satisfait.

Angélique riait de la reconnaître, comme autrefois, impulsive et violente sous sa défroque d'aubergiste respectable se faisant construire un oratoire.

Des coups violents frappés à la porte firent se dresser d'un seul bond Mme Gonfarel.

— Qui va là ?

— La maréchaussée !

Quoi qu'elle en eût dit, elle n'était pas si libérée qu'elle le croyait, l'ancienne Polak. En vain s'environnerait-elle de beaux meubles, d'objets de prix et de bourses bien pansues, il y a des choses qu'on ne peut extirper quand elles sont tissées dans la trame de la vie, entre autres la peur de la maréchaussée.

Elle courut à la fenêtre pour jeter un coup d'œil dehors.

— Vingt dieux ! s'écria-t-elle, les archers. Je te l'avais dit !

Mais Angélique reconnut, sur la place, devant l'auberge, le lieutenant de Barssempuy accompagné de trois hommes du *Gouldsboro* portant armes, il est vrai, mais qui ne paraissaient pas animés d'intentions mauvaises. Au contraire, Barssempuy affichait un sourire engageant. C'était une délégation officielle et Angélique se douta de ce qui les amenait là.

— Fais-les entrer sans crainte. Ce sont des envoyés de mon mari. Ils doivent t'apporter de sa part un présent...

— A moi ? fit La Polak presque effrayée.

— Il doit en remettre un à chacune des dames les plus importantes de la cité.

— Entre, cria La Polak au garçon qui recommençait à tambouriner au vantail.

— Patronne, il y a là un gentilhomme qui demande à vous voir en personne de la part de Monsieur le comte de Peyrac !...

— Combien de fois t'ai-je dit, hé balourd ! qu'il ne fallait pas frapper ainsi dans une demeure de condition, mais gratter à l'huis... tu entends : gratter.

Angélique, ne tenant pas à se faire remarquer de Nicolas de Bardagne, ne l'accompagna pas dans la salle où elle se rendit afin de recevoir Barssempuy.

Elle revint peu après, éperdue, portant à plat sur ses deux mains un petit coffret de velours rouge, ayant en son milieu, incrusté en or, le monogramme de l'Agneau Pascal. Le couvercle soulevé révéla un reliquaire d'or, au centre duquel, dans une custode de verre, reposait une pastille de cire. Ces pastilles étaient reconnues comme ayant une grande valeur de protection car elles étaient façonnées et bénies par les mains mêmes du Pape à Rome chaque année, au cours de la messe pascale.

— Un *Agnus Dei,* émit La Polak d'une voix étouffée, mais comment a-t-il pu deviner que c'était mon rêve ?

— Il devine tout.

— C'te Balafré ! soupira La Polak, quel homme !

Elle tomba à genoux, à la fois sous le coup de l'émotion et du respect devant le pieux porte-bonheur papal.

— Mais alors, ce n'est pas le diable ! Écoute-moi, Marquise des Anges, es-tu bien digne d'un homme comme celui-là ? Folâtre et hardie comme tu l'es, est-ce qu'il sait le danger qu'il court à t'avoir épousée ?

— Ne crains rien ! lui non plus n'est pas de tout repos.

Le soir tombait.

— Faut que tu remontes là-haut, dit La Polak. Dans la Haute-Ville. C'est pour les belles dames de ton genre aujourd'hui.

A l'arrière de l'auberge s'étendait une vaste cour fermée

d'une palissade de pieux de cèdre. Différents bâtiments de pierre ou de bois devaient abriter marchandises, réserves de vivres et boissons. Avec le soir, une petite brume flottait au ras du sol. Angélique ne désirant pas rencontrer Nicolas de Bardagne qui n'hésiterait pas à lui demander des explications sur sa présence au *Navire de France,* son amie la fit passer par là.

L'odeur musquée des fourrures entassées ou pendues aux voûtes des entrepôts luttait avec les effluves échappés de la rôtisserie.

— Écoute, Marquise des Anges, dit Mme Gonfarel, gardons notre secret. Le passé de la femme qu'ils aiment, les hommes n'y tiennent pas tant. Ils veulent toujours se dire qu'ils ont été le premier et que les autres n'ont pas compté. Crois-moi, ce que nous avons vécu dans ce temps-là, ça n'appartient qu'à nous. Le serment secret de la matterie demeure.

Elle croisa deux doigts et cracha dans l'âtre.

— Et mon chat ? rappela Angélique.

— C'est lui qui choisira, fit La Polak avec grandeur.

ANGÉLIQUE sortit de l'enclos et se retrouva dans une des rues transversales de la Basse-Ville que l'obscurité envahissait déjà. On allumait des quinquets çà et là. Angélique s'enveloppa étroitement dans sa mante et en rabattit la capuche sur son front. Elle continuait à se sentir très heureuse. Elle regrettait de ne pouvoir révéler à Joffrey la rencontre fortuite qu'elle venait de faire en la personne de Janine Gonfarel. Mais celle-ci avait raison, il fallait tout dire ou ne rien dire.

Or, tout en gravissant la côte de la Montagne, elle leva les yeux vers le ciel d'or qui s'apercevait là-haut, comme du fond d'un puits, entre les parois de la falaise et celles des hautes maisons dont la chevauchée en frise noire des cheminées et des pignons pointus prenait d'assaut la clarté du couchant.

Les passants, qui montaient ou descendaient, se faisaient rares et ne la reconnaissaient pas. Elle allait seule et heureuse et envahie d'un sentiment nouveau de liberté et de plénitude.

En se retournant pour regarder l'admirable étendue du fleuve, comme un bouclier étincelant entre ses îles et ses promontoires, elle aperçut le chat qui la suivait.

21

Le soir, au souper, le chat sauta sur la table et entreprit une marche précautionneuse parmi les couverts et les plats afin de reconnaître les siens.

— Sire chat, comment vous nommerons-nous ? s'enquit Joffrey de Peyrac.

— Père, c'est toi qui l'as nommé, s'écria Honorine, Sire Chat ! Quel beau nom ! Sire Chat, nous vous saluons.

Luminaires brasillant dans de multiples flambeaux. Vaisselle d'argent. Le maître d'hôtel, comme la veille, avait dressé la table au milieu de la grande salle.

Dans la lumière des chandelles, Angélique prit plaisir à regarder tour à tour ses fils Florimond et Cantor.

Florimond aidait le maître d'hôtel, M. Tissot, à faire le service. Il était toujours très actif et très obligeant et son service de page à la Cour avait développé ces dispositions naturelles. Il aimait entreprendre mille choses et s'y adaptait sans effort. D'être revenu du Grand Nord après une odyssée de plusieurs mois, de savoir tuer un ours au coutelas, et discourir avec les Indiens, ne l'empêchaient pas de retrouver avec entrain les gestes consacrés pour tenir la serviette sur un bras et lever l'aiguière dans son rôle d'échanson. Il dépouillerait vite sa défroque chamoisée de coureur des bois, pour les habits du jeune seigneur.

Cantor, par contre, était différent.

« T'ai-je jamais raconté, se disait-elle, que j'avais couru, pieds nus sur la route de Charenton, pour te sauver des Égyptiens (1) ? »

Le marquis était venu, il avait trouvé à se loger dans la Basse-Ville et irait prendre ses repas au *Navire de France* dont la patronne cuisinait divinement. Il espérait que sa servante ne tarderait pas à revenir sous l'aiguillon de la jalousie. Il accepterait ses services, mais il comptait bien s'inviter souvent dans la Haute-Ville chez ses chers amis Peyrac.

— Quand j'aurai réglé quelques affaires, je viendrai vous aider à vous installer. Je vous montrerai la maison et toutes les

(1) Nom qu'on donnait aux Bohémiens.

commodités. J'ai l'intention de faire monter mon poêle de faïence dans le petit salon attenant à la grande salle.

— A-t-il toujours sa petite armée d'argent ?

Cette phrase sibylline l'intrigua et comme le jeune homme passait à portée, elle lui en demanda l'explication.

— Comment, ma mère, ne savez-vous pas que M. Tissot a été officier de la Bouche du Roi à Versailles ? Troisième porteur du rôt, je l'ai souvent assisté lorsqu'il passait les sauces. A Tadoussac, je l'ai aussitôt reconnu. Et, parfois, je m'informe près de lui des nouvelles de la Cour qu'il a quittée récemment. Je lui demandais, entre autres, si Monseigneur le Dauphin avait toujours la petite armée d'argent que Monsieur Colbert, par l'intermédiaire de son frère intendant d'Alsace, lui avait fait exécuter par les maîtres d'Augsbourg et de Nuremberg.

Jusqu'alors M. Tissot s'était montré peu bavard sur ses antécédents.

D'un geste elle le manda près d'elle et lui parla en aparté.

— Monsieur, je gage qu'il vous a fallu connaître de bien grands déplaisirs pour vous décider à quitter cet emploi fort brillant et fort recherché auprès de Sa Majesté.

— Madame, en effet.

— De quelles sortes ?

— Madame, de ces déplaisirs que vous avez éprouvés vous-même et qui vous ont fait quitter Versailles alors que votre étoile y était pourtant à son zénith...

— Le poison ? avança-t-elle en le regardant d'un air interrogateur.

— Tout le monde use du poison à la Cour. Vous le savez, Madame. Cela arrange bien des choses, et c'est un chemin comme un autre pour parvenir aux sommets et asseoir sa fortune et sa réputation.

— Vous n'avez pas voulu suivre ce chemin ?

— La vie est le bien le plus précieux, répondit-il, et j'étais dévoué au Roi.

— Madame de Montespan est-elle toujours en faveur auprès de Sa Majesté ?

— Sa faveur est plus éclatante que jamais.

— Et les fêtes ?... Dites-moi, Monsieur Tissot, les fêtes sont-elles toujours aussi belles et somptueuses ?

— Nulle Cour d'Europe n'en connait d'égales. Sa Majesté se consacre à la beauté de son palais et de ses jardins avec une passion et un goût qui en font l'un des plus beaux lieux du monde. Les fêtes sont à l'image de ce décor : magnifiques et galantes.

Ainsi donc, pensait Angélique en faisant tourner le pied de

son verre de malaga qu'elle avait pris machinalement et en faisant miroiter doucement les lumières dans la transparence tour à tour dorée ou pourpre du vin, comme miroitaient en sa pensée les lumières de sa vie, ainsi donc, les choses ne s'étaient pas améliorées à la Cour. On continuait à s'y tuer et à s'y empoisonner allègrement, parmi les fracas des fêtes les plus enchantées.

Un navire, sous le ciel d'hiver, dansait encore à travers l'océan. L'une après l'autre les vagues profondes le poussaient vers l'Europe.

La lettre qu'Angélique, à Tadoussac, avait écrite au policier Desgrez, et que le valet de M. d'Arreboust emportait sur le *Maribelle* arriverait bientôt à bon port. Le valet irait frapper à la porte de Desgrez... Il lui remettrait la missive venue d'une contrée si lointaine et Desgrez, y jetant les yeux, reconnaîtrait l'écriture de la Marquise des Anges... Il aurait un sourire sur ses lèvres railleuses... Une fois de plus ELLE le rejoignait...

Elle regarda sa main qui avait tenu la plume dénonciatrice.

Sur le feu mouvant des flammes qui craquaient joyeusement dans la grande cheminée se détachaient les visages brillants et animés de sa famille, les siens bien-aimés, elle entendait le rire d'Honorine, les plaisanteries de Florimond, la musique en sourdine sous les doigts de Cantor...

Elle savait en cet instant qu'elle avait écrit cette lettre pour atteindre le Roi et pour en obtenir justice.

22

LE SOMMEIL, ENCORE, AVAIT EFFACÉ LES SOUVENIRS. ET DE NOUveau l'angélus, aux clochers des églises, rompait la trêve de la nuit. Six heures... à Québec, un second jour commençait.

Joffrey était déjà levé. Angélique ne l'avait pas entendu partir, plongée dans un sommeil léthargique qui ne lui paraissait avoir été qu'un long et doux état de volupté et qui lui laissait le corps léger, l'esprit clair. Elle se souvint de la surprise : La Polak était dans les murs.

Elle se leva pleine d'entrain. Aujourd'hui, elle irait voir l'Évêque.

Angélique entendit quelqu'un bouger dans la grande salle en bas. Au craquement du bois sec rompu succéda celui des branchettes mordues par les flammes. Un parfum de fumée monta.

Angélique, après s'être habillée, descendit et aperçut le vieux Macollet qui accrochait à la crémaillère un chaudron contenant de l'eau. Il n'était pas seul. Les deux marmousets, pieds nus, en cotte de nuit, les cheveux hérissés et les yeux gros de sommeil le regardaient faire avec intérêt. Il leur avait promis de leur donner à manger du pemmican qu'il avait rapporté de chez les sauvages. Yolande remontait de la cave avec un seau de lait de chèvre qu'elle venait de traire.

Il y avait beaucoup plus de monde dans cette petite maison qu'on ne l'aurait cru à son silence précédent. Cantor, par exemple, qui surgit on ne sait d'où de son pas d'Indien. Adhémar, plus bruyant, mais qui s'affairait à porter des bûches, Neals Abbal et le négrillon Timothy. Affublés dès la prime aube de leurs redingotes de pages, assis tous deux sur le banc dans le coin gauche de la cheminée, mal éveillés, ils balançaient leurs pieds nus dans leurs gros souliers à boucles. Ces deux-là, les fastes des jours précédents les avaient complètement ahuris...

La vie commençait telle qu'elle l'avait rêvée, d'un hiver à Québec.

On frappa derrière la porte de la cour. C'était le lieutenant de Barssempuy, escorté de deux aides du maître d'hôtel qui apportaient des pâtés chauds et du blanc-manger, des biscuits, une aiguière d'argent contenant du café, le breuvage oriental dont Angélique raffolait. Honorine et Chérubin ne prêtèrent à ces gâteries aucune attention. Ils étaient occupés à surveiller Eloi Macollet qui, dans le creux de sa main, délayait d'un doigt à la façon iroquoise une poudre brune à la forte odeur de boucan avec un peu d'eau. Yolande dit qu'elle ne mangerait pas car elle désirait aller communier si Madame le permettait.

M. de Barssempuy demanda à Angélique si M. de Peyrac l'avait mise au courant des jetons d'argent.

Angélique battit des cils.

— Les jetons d'argent ? Non... Expliquez-moi.

Le jeune homme lui trouva l'air tout à fait rêveur. Mais elle n'en était que plus belle, pensa-t-il. Elle semblait ravie de tout. Il eut un sourire indulgent, un peu triste, car il pensait encore à Marie-la-Douce, sa fiancée qui était morte. Il retint un soupir. Se reprenant, il délivra le message dont il était chargé.

Il lui remit, de la part du comte, une bourse qui contenait des jetons d'argent, lesquels avaient été frappés à Wapassou et qui se trouvaient, de ce fait, non estampillés. Elle n'en pourrait pas moins régler toutes ses emplettes dans les boutiques ou échoppes de Québec avec cette monnaie d'échange. Le Conseil Supérieur de la ville déciderait ultérieurement de la formule à adopter pour rendre légale la circulation de cette monnaie étrangère en Nouvelle-France. En attendant, leur valeur serait jugée au poids.

Tous les commerçants possédaient la petite balance adéquate pour peser le marc d'argent et ils avaient été solennellement avertis de l'approbation du Grand Conseil dans cette opération d'émission du métal noble anonyme sur le marché de Québec. Une proclamation serait faite à plusieurs reprises, aux carrefours et sur les places publiques. De plus, Barssempuy avait aussi à lui remettre un billet signé d'un certain Basile, dont la signature ouvrait une garantie de dépenses jusqu'à concurrence de cinq cents livres tournois, ce qui était plus qu'elle ne voudrait et pourrait dépenser, à son sens, pour l'instant. Elle remercia le messager.

On frappa à la porte sur la rue, Angélique alla ouvrir et se trouva devant un homme barbu, coiffé d'un bonnet de fourrure, portant une hache sur l'épaule.

— Voulez-vous que je vous fende votre bois, Madame ?

— Tiens, Nicaise Heurtebise, s'écria Eloi Macollet en se présentant sur le seuil, commences-tu déjà ta tournée de vendeur d'eau-de-vie ?

— Non, pas avant la grande neige et que le Saint-Laurent ne soit pris dans les glaces.

Il cumulait des petits métiers entre autres celui de vendeur d'eau-de-vie, passant de porte en porte, dans les froids matins, proposer le « coup de l'étrier » aux levés-tôt qui commençaient leur journée de labeur.

Il avait neigé dans la nuit, mais la neige n'était encore qu'une neige fleurie. En couche légère elle fondrait au moindre rayon de soleil. Les toits blancs se détachaient sur l'arrière-plan noir des eaux du fleuve qui roulaient encore leurs flots tumultueux.

Tout en écoutant les deux vieux compagnons discourir sur les mérites de l'hiver et de l'eau-de-vie, Angélique examinait les alentours de ce qui allait devenir son quartier. Leur maison était la dernière lorsqu'on montait la rue en venant de la cathédrale. Après eux, cette rue cessait d'être pavée et se transformait en chemin de terre. On était en fait à la lisière des champs, à un carrefour se dressait un grand orme. Au pied de celui-ci un petit campement d'Indiens avec deux ou trois wigwams arrondis d'écorce d'orme, leurs chiens jaunes, leurs papooses demi-nus se traînant dans la terre mouillée. Une femme enveloppée dans une couverture de traite sortit d'une hutte et tisona les braises fumantes des foyers à demi éteints.

Un peu plus loin dans la même direction s'étendait un boqueteau qui servait de haie à une assez belle habitation dont le toit, recouvert d'ardoises avec des cheminées imposantes et bien carrées, dépassait le faîte des arbres.

C'était à cette haie encerclant une jolie demeure cachée que la rue devait son nom : la rue de la Closerie.

En face de la maison de Ville d'Avray, se trouvait le muret clôturant le verger de Mlle d'Hourredanne et son jardin. Un peu en contre-bas, la maison de l'épistolière était petite, comportant un seul étage et deux lucarnes sous les combles. A cette heure, la pointe lumineuse d'une chandelle allait et venait derrière les carreaux d'une de ces lucarnes. Angélique vit s'y coller l'ombre d'un visage. Sans doute celui de la servante anglaise qui ne pouvait s'empêcher de les guetter. A l'autre lucarne la chienne se montra aussi, curieuse.

Au-delà de la maison de Mlle d'Hourredanne, la rue conduisant vers la cathédrale devenait une vraie rue bien pavée, bordée de chaque côté de demeures plus ou moins riches, plus ou moins entourées de courettes ou de jardinets, ou bien appuyées les unes aux autres et se resserrant à mesure que l'on descendait vers la Grand-Place. On apercevait de nombreuses enseignes de bois ou de fer forgé s'avançant sur la rue et signalant les boutiques, les échoppes ou les estaminets, certaines enluminées d'or ou de couleurs vives.

Nicaise Heurtebise et Macollet continuaient de parler d'alcool.

— C'est Euphrosine Delpech qui possède la meilleure levure, disait Nicaise Heurtebise. Elle-même, c'est un poison, d'accord. N'empêche elle te fera la meilleure boisson avec n'importe quoi : du sureau, de l'orge, du résidu de racines...

Pendant qu'on parlait fabrication d'alcool, une silhouette bancale, frileusement enveloppée des pieds à la tête et ne montrant qu'un nez blême, se présenta. Pour un pirate des Caraïbes comme Aristide Beaumarchand, le Canada se révélait un pays à la fois beaucoup trop froid et beaucoup trop austère. Il avait cependant rapidement découvert un point commun qui lui permettait de s'entendre, lui gentilhomme de la Flibuste, avec ces laboureurs coureurs de bois qui vivaient les pieds dans la neige, de la Saint-Martin à la Saint-Antoine. Les Canadiens professaient comme lui, l'amour des « bonnes boissons ».

— Ne va pas nous gaspiller nos trafics avec ton rhum, lui dit Macollet. De toute façon, c'est trop doux pour les Indiens, ils veulent du raide.

Aristide avait entendu dire que, dans la région, il y avait un arbre qui laissait couler une sève sucrée. Ce serait bien le diable si en la brûlant on n'en tirait pas quelque chose pour fortifier son coco-merlot. Il avait récupéré sa cargaison de résidu de mélasse volée sur le *Saint-Jean-Baptiste.*

— Ouais, fit Nicaise Heurtebise, j'ai bien un alambic caché dans les branches d'un érable en attendant le temps des sucres au printemps. Mais pour te dire que c'est du nanan!! Non! C'est peut-être à cause de l'alambic.

Il avait entendu raconter que Mme de Peyrac possédait un alambic de cuivre de système charentais pour ses médecines. Cela donnerait peut-être un meilleur résultat. Elle se mêla à leur conversation tout en se disant que ce trio pittoresque, à Paris, n'eût pas manqué d'inspirer une certaine méfiance à un policier d'humeur tracassière.

— Il y a bien une recette pour fortifier ton rhum, avouait Heurtebise. C'est le « lessi de bois ». Avec cela tu fais une boisson que, même les Indiens, se soulèvent de terre. Mais attention, deux gouttes pas plus. Une troisième, c'est mortel...

Il commença d'énumérer les ingrédients nécessaires.

— De la paille... du charbon de bois et du cuir brûlé... un filet d'eau pure.

Angélique distraite regardait vers le bas de la rue et croyait reconnaître une silhouette qui montait vers eux.

— ... l'important c'est que le charbon soit de bois de pin ou de cèdre...

C'était bien M. de Bardagne qui venait. Il la salua et dit qu'on l'avait logé exprès à l'autre bout de la Haute-Ville, au centre d'un plateau désert nommé les Plaines d'Abraham.

La veille, il n'avait pu la voir, il l'avait cherchée partout. Après s'être informé de sa santé, de son installation, il en vint à ce qui le tracassait.

— Il y a un homme dans la ville qui raconte qu'il vous a connue selon la Bible.

Angélique se mit à rire.

— Quel qu'il soit, il se vante.

— Dans le passé?

— Dans le passé... Tout est possible. Et pourtant, je ne vois pas qui pourrait...

Sous l'œil douloureux de M. de Bardagne, elle faisait un rapide tour d'horizon intérieur et constatait qu'à la vérité, si elle avait certes beaucoup aimé, ses amants n'avaient pas été si nombreux.

— De quelle sorte, ce quidam?

— Un grand seigneur.

Angélique leva les sourcils, franchement surprise.

— Il devait être saoul, je parie ?

— Je vous le concède.

— Et vous avez la faiblesse de prendre ces propos au sérieux ? Mon pauvre ami, vous cherchez tout ce que vous pouvez pour alimenter votre jalousie.

— Ma douleur, voulez-vous dire.

— Soit. Mais où cela vous mène-t-il ?

— La ville est sous le charme, dit M. de Bardagne, sombre. On ne parle que de vous et de votre époux. Tout ce que vous avez dit ou fait au cours de cette journée mémorable a séduit les plus prévenus de vos adversaires et enchanté le peuple...

— Auriez-vous préféré que nous échouions et qu'on nous lapide ?

Le visage de l'Envoyé du Roi prit une expression déçue.

— Non... Mais j'aurais aimé avoir à vous défendre, à vous protéger.

— Vous le pouvez encore. Votre influence comme envoyé du Roi est de prix. Vous avez tout pouvoir pour nous faire accepter par nos pairs et plus tard plaider pour notre cause à Versailles. N'est-ce pas un miracle que ce soit justement VOUS qui soyez chargé d'éclairer la situation à propos de mon mari, auprès du Roi. ?

Nicolas de Bardagne ne répondit pas. Tout ce qui concernait Peyrac lui était infiniment pénible. Il était partagé entre son aversion à l'égard de l'époux d'Angélique et son esprit de justice.

— Je dois vous avouer une chose, dit-il, j'ai profité du passage du *Maribelle* à Tadoussac pour expédier déjà un rapport exceptionnel à Sa Majesté.

Il fut interrompu par des aboiements. Un homme apparut venant du petit bois entourant la maison de maître, accompagné d'un grand dogue d'un noir luisant de pain brûlé. Comme ils passaient auprès du wigwam des Hurons, le magnifique animal sauta sur l'un de ses congénères indiens, lui broya les reins d'un coup de mâchoires, le rejeta de côté et, après avoir observé avec satisfaction le sursaut de recul des autres chiens jaunes du campement, il rejoignit son maître d'un petit trop délibéré.

M. de Chambly-Montauban se présenta comme étant Grand-Voyer du Canada et leur voisin. Il salua la compagnie en ôtant sa toque à queue de vison. C'était un fort bel homme, aussi beau que son chien pour le moins et nanti à coup sûr de la même allure conquérante et désinvolte. Son titre de Grand-Voyer du Canada, qui le faisait responsable des routes et chemins du pays, était plutôt honorifique dans une contrée qui n'avait d'autres moyens de communications que le fleuve et les rivières.

Quant à la voirie de la ville qui, par extension, relevait de sa charge, il en laissait les malodorantes obligations au procureur Tardieu chargé de promulguer les ordonnances. Par ces quelques indications, il fit comprendre qu'il était surtout un bon vivant.

Il adressa beaucoup de compliments respectueux à M. de Bardagne, mais il regardait Angélique et il avait tendance à ne regarder qu'elle.

Il était vêtu avec élégance d'une hongreline à revers de fourrure, portait l'épée, et se chaussait de bottes de cuir fin à la cavalière. Dans la quarantaine, un peu sanguin, son regard était spirituel, ses dents très blanches, ses lèvres sensuelles.

— Êtes-vous bien logé ? demanda-t-il négligemment à Bardagne.

— Moins bien que vous, répondit celui-ci en guignant dans la direction du petit château, dont le faîtage et les cheminées dépassaient les frondaisons du bois.

Ce manoir avait à ses yeux l'énorme avantage de se situer dans les parages de la maison de Ville d'Avray, où avait emménagé Mme de Peyrac. M. de Chambly daigna lui jeter un regard et dut penser qu'il y avait certains avantages à tirer de bien s'entendre avec le représentant officiel de Sa Majesté.

— Le Roi m'a fort mal traité cette année, se plaignit-il. Il m'a contraint à vendre une partie de mes terres pour une bouchée de pain. J'aimerais conserver ce qui me reste. Pourriez-vous faire quelque chose pour moi ?

— Sans doute avez-vous insuffisamment exploité les terres de votre fief. Mais... C'est entendu, j'en parlerai au Roi.

Deux Indiennes vinrent gémir dans le dos de M. de Chambly. Elles réclamaient de l'eau-de-vie en échange du chien tué. Sans se départir de son sourire éclatant, le Grand-Voyer leur répondit en langue sauvagine. Angélique comprit qu'il les blâmait de s'enivrer, qu'il leur rappelait les décrets interdisant de donner de l'alcool aux sauvages et qu'il leur recommandait d'aller plutôt à la messe. Quant au chien, elles n'avaient qu'à le mettre dans la marmite.

— C'est que votre dogue est un vrai fauve, Monsieur de Chambly, commenta Eloi Macollet. Ce n'est pas comme celui de l'abbé Morillot qui est si doux et si bonhomme.

— Les dogues ont souvent sauvé les postes avancés en flairant l'Iroquois, fit remarquer M. de Chambly.

— Voici l'Indien à présent, annonça M. de Bardagne, amer et fataliste.

La silhouette dégingandée de Piksarett se détachait en haut de la colline. Il descendit vers eux, très dédaigneux, sa lance en main et vêtu de sa peau d'ours hivernale.

Il s'empressa de prendre le relais de M. de Chambly pour tancer les Indiennes et leur reprocher leur penchant à l'alcool qui pervertissait leur âme et ruinait leur corps.

Yolande parut sur le seuil, fin prête, ayant revêtu une mante à carreaux de satin que Marcelline, sa mère, lui avait confiée pour les grandes occasions pendant son séjour dans la capitale. Elle tenait un missel bien serré dans sa grande main et, de l'autre, Chérubin. Adhémar suivait, son chapeau militaire sous le bras. Marcelline l'Acadienne avait fait mille recommandations à Yolande à propos du climat redoutable de Québec. Ce n'était pas la douce Baie Française avec ses tempêtes et ses marées démentielles soit — mais où les lupins rose, bleu et blanc fleurissaient comme herbes à chiendent. La mer y était toujours libre.

Angélique prit par la main Honorine et Timothy.

— Tu as raison grand Sagamore, dit-elle, de nous rappeler à nos devoirs envers Dieu. Allons communier.

23

CE QU'ON APPELAIT À QUÉBEC LE SÉMINAIRE ÉTAIT EN FAIT L'ÉVÊché.

Monseigneur de Laval, Évêque de Pétrée, Vicaire apostolique de la Nouvelle-France, y regroupait son clergé, communauté de prêtres séculiers qui avaient pris le relais des missionnaires jésuites ou franciscains auprès de la population blanche du Canada et qui devaient desservir les paroisses sans s'attacher à des bénéfices de cure. Dans ces grands bâtiments de deux ou trois étages, aux combles imposants, les desservants des paroisses y trouvaient asile et subsistance.

On y tenait aussi l'école pour les petits garçons de la ville. Il y avait de nombreux pensionnaires parmi lesquels quelques petits Indiens qu'on espérait franciser, des enfants de seigneuries ou de concessions éloignées, des orphelins à charge de la communauté. Les prêtres se partageaient l'enseignement avec les jésuites, chez lesquels les enfants se rendaient pour les classes de mathématiques, grammaire, sciences naturelles, etc. Adolescents et jeunes gens qui se destinaient à la prêtrise y entreprenaient leurs études avant d'être ordonnés par leur évêque.

La grande cour d'entrée s'ouvrait sur la place de la cathédrale précédée par une grille monumentale de fer forgé que sommaient l'écusson des Montmorency-Laval en métal doré et un macaron où s'entrelaçaient les lettres J.M.J. — Jésus-Marie-Joseph.

Angélique traversa cette cour d'un pas ferme. Au coup de cloche, un de ces messieurs du Séminaire se présenta.

Les dames laissèrent Angélique à sa protection, il la guida tout d'abord dans un long couloir dallé puis lui fit monter les marches d'un escalier de pierre flambant neuf.

Dans le lointain, on entendait des voix enfantines psalmodier et les gammes d'un orgue jouées par un remarquable virtuose. Les notes montaient et redescendaient avec brio. L'organiste plaquait des accords triomphants puis recommençait. Il travaillait avec plaisir. On respirait une ambiance active et familiale.

A l'étage, le clerc s'effaça devant la visiteuse et ouvrit une porte qui donnait sur un vaste parloir où attendaient un grand nombre de personnes.

Ces messieurs du Séminaire devaient être de complexion robuste, car non seulement la pièce n'était pas chauffée mais encore l'on avait ouvert l'une des hautes fenêtres à petits carreaux de couleurs, sans doute afin que le très beau soleil de ce jour de novembre pénétrât à l'intérieur et tînt lieu de poêle ou de brasero.

Cela permettait, en entrant, d'englober d'un seul coup d'œil les lointains de la merveilleuse côte de Beaupré toute pâle sous le gel d'hiver, avec ces champs dénudés mordant sur le sombre des bois et des forêts qui les cloisonnaient.

Angélique, en jetant un regard sur la rade, remarqua qu'il ne restait plus que deux navires de leur flotte à l'ancre : le *Rochelais* et le *Mont-Désert*.

Sa vue s'habituant à la pénombre de la pièce, elle reconnut parmi les personnes présentes Marguerite Bourgeoys et ses compagnes et, contente, se dirigea vers elles. L'une des jeunes filles se leva aussitôt et lui céda sa chaise à haut dossier raide et s'assit sur un « carreau (1) » de tapisserie. On devait être

(1) Sorte de pouf carre

habitué, lorsqu'on demandait audience à Monseigneur l'Évêque, d'attendre patiemment de longues heures, car presque tout le monde occupait son temps de quelque façon, soit en lisant des ouvrages de piété, soit en égrenant son chapelet, soit en tricotant ou en s'occupant les doigts à des travaux de « frivolités ».

Mlle Bourgeoys et ses filles avaient en main de petits instruments de bois, plantés de clous, sur lesquels elles entrecroisaient des fils noirs ou bruns : « nous faisons du lacet ». Quand elles seraient à Montréal, elle apprendrait à ses néophytes à tresser à l'indienne des fils de couleurs pour composer des ceintures fort commodes et, de plus, fort plaisantes que les Canadiens aimaient à s'enrouler autour du ventre afin de se protéger des grands froids.

— Nous nous embarquerons après-demain pour Ville-Marie, renseigna la directrice de la communauté. Il n'est que temps. Les grandes marées d'automne ont eu lieu, les glaces peuvent survenir.

Par la fenêtre ouverte, les cris des mouettes et des cormorans montaient dans l'air pur, jusqu'à la ville haute, accompagnés de l'écho sonore des coups de marteaux du chantier naval. Avant de quitter Québec, Mlle Bourgeoys voulait saluer et consulter Monseigneur.

— Il est assez jaloux de son rôle de pasteur en Nouvelle-France et nous devons, à Ville-Marie, ménager les susceptibilités bien que notre ville soit au départ une société indépendante, libre de ses fondations et de ses initiatives. Et, seuls les messieurs de Saint-Sulpice, qui sont seigneurs de l'île de Montréal, ont juridiction ecclésiastique. L'on pourrait fort bien se passer de l'approbation épiscopale, mais c'est une question de courtoisie.

Ayant ainsi bien précisé sa position, elle reconnut volontiers que Monseigneur de Laval était un homme droit, actif, dévoué au salut des âmes assemblées sous sa houlette pastorale, mais Mlle Bourgeoys soupira, tira sur son fil et dit :

— En ce pays de croix, rien n'est simple. En mon absence, Monseigneur s'est ému d'apprendre que depuis trois ans j'avais revêtu mes postulantes du costume sans qu'il y eût de règle écrite. Mais, cette fois, il faudra bien qu'il accorde à notre congrégation l'approbation canonique.

Les difficultés avec lui venaient, dit-elle, de ce qu'elle refusait la clôture monastique pour son ordre et qu'elle ne voulait, pour le costume des religieuses, « ni voile, ni guimpe » qui les auraient différenciées par trop des habitantes du pays. Elle voulait les compagnes de son ordre vêtues comme de modestes bourgeoises, de la même robe noire, à collet blanc avec un fichu noir noué sur leurs bonnets de ménagères. « Nous sommes des femmes communes, au service des autres ».

Elle parla de toutes les grandes dames de France, les bienfaitrices qui avaient soutenu les œuvres du Canada de leurs deniers, comme Mme de La Peltrie qui avait accompagné les ursulines jusqu'à Québec ou Mme de Gallion qui avait aidé Jeanne Mance à fonder un petit hôpital à Montréal.

Angélique, qui devait inclure à leur cohorte une « bienfaitrice » dans le genre de la duchesse de Maudribourg, n'écouta pas sans réticence leur panégyrique. Elle s'imagina Ambroisine abordant à Québec, doucereuse, confite en dévotions, maternelle avec ses Filles du Roy, s'attirant le dévouement des personnes les meilleures, par sa conduite exemplaire, le prestige de sa fortune et son charme habile. A la seule pensée des ravages souterrains que sa venue aurait pu provoquer dans la petite cité confiante, elle eut un frisson, et comme le pressentiment que Québec n'était plus à l'abri des contagions vénéneuses du vieux monde.

Une porte dans le fond s'ouvrit et un garçon d'une trentaine d'années en sortit qui remerciait avec effusion, tout en s'inclinant, son grand chapeau sur l'estomac. Puis la porte se referma.

L'homme vint saluer Mlle Bourgeoys. Elle était fort connue et tout le monde l'aimait. Il lui fit part de sa satisfaction, car le sachant désireux de se marier avec une jeune habitante de Château-Richer, Monseigneur de Laval venait de lui accorder un bail de cinq ans sur les deux moulins banaux de son fief. Cet accord en échange de la somme annuelle de six cents livres tournois, six chapons vifs et un gâteau.

— De quelle taille le gâteau ? s'exclama Angélique qui trouvait amusant cet impôt d'un nouveau genre.

— Les modalités restent à prévoir, dit le garçon, mais le gâteau devrait être livré en mai, pour la Saint-Boniface.

Lui aussi se réjouissait car il avait été apprenti pâtissier avant d'émigrer en Nouvelle-France. Il avait couru les bois et boulangé dans les forts militaires. Maintenant, il désirait se fixer. Son gâteau fiscal lui permettait de se refaire la main.

Une petite famille d'immigrants qui attendait, assis en rang sur une banquette, le long du mur, avait écouté avec attention. Ils se rapprochèrent tous en chœur, les parents et les quatre enfants.

Marguerite Bourgeoys les connaissait pour avoir fait avec eux la traversée sur le *Saint-Jean-Baptiste.* On aurait deviné leur qualité d'immigrants rien qu'à les voir, hâves, pâles et flottant dans leurs vêtements usés. Ils étaient inquiets. Ils étaient arrivés la veille, avaient assisté au Te Deum, qui les avait éblouis sans qu'ils eussent rien compris, et ils avaient dormi dans la remise d'un des magasins de l'ancienne Compagnie des Indes Occidentales. En France, on les avait recrutés pour le peuplement de terres situées entre Québec et Montréal, ils ne se rappelaient plus très bien le nom de la seigneurie. Personne ne les avait pris en charge, hier, à l'arrivée. On avait fini par les envoyer chez l'Évêque, ce matin. Ils étaient complètement perdus. Partis du Havre, ils avaient mis près de quatre mois à parvenir à Québec.

— En effet, ce voyage a été l'un des plus durs que j'aie jamais connus, convint Mlle Bourgeoys. Certes, nous savons à l'avance les périls que nous devons courir sur cette grande mer océane, la plus rude à passer de toutes les mers — non qu'il se perde beaucoup de vaisseaux dans la traversée que nous devons faire de douze cents lieues — mais il y a bien des incommodités à souffrir, on tombe en de grandes maladies, on craint la rencontre des Anglais, des Dunkerquois et des Turcs... Avec le *Saint-Jean-Baptiste* nous avons dû supporter en plus la filouterie du capitaine et de son équipage.

La femme tira de sa mante rapiécée un petit gobelet d'argent.

— Nous avons vendu quelques hardes et ustensiles avant de partir et j'en ai converti la somme en cette timbale.

— Vous avez été bien avisée, ma fille, approuva Marguerite Bourgeoys. Avec cette petite garantie, vous pouvez obtenir des prêts ou du numéraire si vous la faites fondre.

Angélique croyait se rappeler que le fait de faire fondre de l'argent et d'en troquer était passible, selon les arrêts des tribunaux établis d'après la coutume de Paris, des galères et même de la mort sans phrase.

Mais personne, à la colonie, ne paraissait s'en soucier. Elle apprendrait qu'on y fondait à qui mieux mieux. Le moindre bibelot d'argent comme la somptueuse pièce d'argenterie représentaient la seule valeur sûre.

Celui qui possédait de l'argent avait la confiance des marchands, affirma Mlle Bourgeoys.

Un homme en gros souliers entra d'un pas rapide en laissant des traces de boue partout. Il jeta un regard alentour et se précipita vers la petite famille d'immigrants.

— Ah ! vous voici ! Je suis votre seigneur, Arnaud de La Porterie. Je n'ai pu aborder que ce matin et je vous cherche depuis deux heures, à la piste, dans la ville. Il faut que nous réglions rapidement nos affaires. La grande barge repart bientôt.

Il examina des feuillets qu'il avait tirés de la poche de sa casaque de cuir.

— Vous êtes bien Gaston Bernard et sa femme Isabeau, née Candelle, tous deux originaires de Chartres ?

Debout devant lui, ils acquiescèrent timidement. M. de La Porterie les comptait de l'œil.

— Vous étiez annoncés pour sept...

— Nous avons perdu un petit en mer, répondit la femme portant son mouchoir à ses yeux.

— Bien, conclut le gentilhomme en rangeant ses papiers.

S'avisant qu'il manquait de compassion, il ôta son chapeau de castor et pria solennellement.

— ... Paix à l'âme de cet enfant ! Dieu a pris les prémices, l'œuvre sera belle. Que la Vierge nous protège !

— Amen, répondirent-ils en chœur.

— Nous devons aller au greffe du Conseil Souverain, continua l'autre, pour signer votre acte de concession. Vous recevrez trois arpents de front pour vingt de profondeur, moyennant de vous y établir pour la présente année, d'y avoir feu et lieu, et de payer vingt sols tournois par arpent de terre de front, douze deniers de cens et deux chapons vifs, le tout à porter chaque an, le jour de la Saint-Martin d'hiver, en mon manoir. Savez-vous labourer ? Vous apprendrez coupa-t-il voyant leur mouvement évasif.

Il examina leurs vêtements loqueteux dans lesquels ils grelottaient.

— Pour commencer, il faut vous acquérir des capots et des bottes sauvages. J'ai des réserves dans mon magasin de la Basse-Ville. Suivez-moi.

— Laissez-les au moins saluer l'Évêque, s'interposa Mlle Bourgeoys.

— Pour quoi faire ? L'Évêque n'a pas à s'occuper de mes censitaires. Il aura bien le temps de les voir quand il fera sa tournée épiscopale, pendant l'été.

Il sortit, poussant devant lui son petit troupeau. Mlle Bourgeoys hocha la tête d'un air réprobateur.

— Monsieur de La Porterie n'a pas le droit d'avoir un entrepôt de marchandises en ville. C'est interdit aux seigneurs possesseurs de fiefs de noblesse ou même de fiefs de roture. Mais tout le monde ici, sauf le clergé, fait du commerce. Il est vrai que pour un seigneur le revenu de ses terres lui rapporte à peine un poulet une fois l'an. La dîme des censitaires n'est rien comme vous avez pu l'entendre. Et le seigneur doit s'occuper de l'établissement de ceux qu'il fait venir. Il a de lourdes charges et peu d'aide du Roi pour aider au peuplement de la colonie. Il mourra impécunieux, mais sa seigneurie toute occupée et défrichée. Et il se peut que son fils ait, lui, de bons revenus.

Tout en l'écoutant, Angélique laissait errer son regard sur le décor de la pièce. Il y avait aux murs de belles tapisseries représentant des sujets de la Bible. Les plafonds étaient hauts, ornementés de caissons, et les planchers cirés comme un miroir.

Dans une encoignure, en face, s'érigeait une statue de l'Enfant-Jésus, couronné d'or et vêtu de velours rouge, tenant d'une main un globe surmonté d'une croix. Des tableaux au mur montraient des reproductions de l'Enfant-Jésus au maillot, adoré par les anges, et une autre, en camaïeu, de l'ange offrant Louis XIV nouveau-né à Notre-Dame-de-Lorette.

Une grande statue de saint Joseph portant lui aussi sur son bras le divin enfant se dressait près de la porte.

Mlle Bourgeoys informa Angélique que saint Joseph était le patron de la Nouvelle-France, tandis que l'Enfant-Jésus était plus particulièrement chargé de la protection du Séminaire.

Angélique aurait écouté Marguerite Bourgeoys pendant des heures. Comme à Tadoussac, elle s'apercevait que, lorsqu'elle était en sa compagnie, le temps filait comme le vent. La paix de l'âme de Marguerite était communicative. Elle avait beau faire le récit des « pires ennuis », elle gardait l'âme légère.

— Vous passerez avant nous chez l'Évêque, déclara-t-elle tout à coup à Angélique. Certes, il est important que vous voyiez l'Évêque, mais vous ne pouvez perdre trop de temps. Vos activités mondaines sont attachantes et vous avez beaucoup à faire. Nous autres, nous pouvons attendre.

Angélique se souvint qu'elle avait en effet rendez-vous avec Joffrey au château Saint-Louis pour y rencontrer le Gouverneur, vers l'heure de midi.

Elle remercia chaleureusement.

De nouveau, la porte du cabinet de l'Évêque s'ouvrit, et, cette fois, ce fut le marquis de Ville d'Avray qui en surgit tel le diable d'une boîte. A demi tourné, il s'adressait au prélat, dont la haute stature, en camail violet, se profilait derrière lui.

— ... Ainsi, Monseigneur, vous voyez que vous n'avez nulle crainte à éprouver quant à la fidélité de nos catéchumènes d'Acadie. A preuve cette moisson de scalps d'Anglais hérétiques que j'ai amenée à Monsieur le Gouverneur et qui traduit l'attachement que ces pauvres sauvages gardent à Dieu et à l'Église que nous leur avons appris à connaître, attachement qu'ils manifestent selon leurs moyens et leur manière, en allant semer la guerre chez nos ennemis de Nouvelle-Angleterre...

Il mit prestement un genou à terre pour baiser l'anneau de l'Évêque, et s'éloigna traversant le parloir d'un talon assuré sans apercevoir Angélique.

Celle-ci se jeta sur ses pas et le héla du haut de l'escalier qu'il avait déjà descendu de moitié.

— Monsieur de Ville d'Avray !...

Il se retourna et, en l'apercevant, son visage s'illumina.

— Oh ! très chère !...

Elle ne le laissa pas poursuivre son élan.

— Que racontiez-vous à l'Évêque ? Des scalps d'Anglais ? Prendriez-vous à votre compte le coffre que le baron de Saint-Castine a fait envoyer à Québec afin de témoigner de son zèle auprès des autorités...

— Pourquoi pas ? dit-il, avec un sourire enjôleur.

— Que nenni ! Je ne vous laisserai pas accréditer ce bruit. Bien que cette marchandise me répugne, je me chargerai d'en faire connaître la provenance. Il ne manquerait plus que vous vous en adjugiez tout l'avantage alors que notre pauvre Saint-Castine va se faire blâmer, et peut-être déplacer, pour n'avoir pas soutenu la campagne guerrière du Père d'Orgeval (1).

Voyant qu'elle ne plaisantait pas, le marquis se rebiffa.

— Toutes les têtes d'Acadie m'appartiennent, assura-t-il avec superbe

— C'est ce que nous verrons. Je vais avertir les soutiers du *Gouldsboro* de vous refuser ce coffre si vous le demandez.

— Je l'ai déjà...

Après un échange de paroles assez vives, Ville d'Avray s'en alla fâché.

Retournant au parloir, Angélique s'aperçut que cette altercation lui avait fait perdre le tour généreusement cédé par Mlle Bourgeoys. Celle-ci et ses filles avaient été introduites près de l'Évêque.

L'angélus annonçait midi. Les autres personnes attendant se dressèrent pour réciter en commun la prière de la salutation à la Vierge

L'Ange a annoncé à Marie
Et elle a conçu par
L'opération du Saint-Esprit...

Un clerc vint avertir Mme de Peyrac des regrets de Monseigneur de Laval, qui devait, après l'audience en cours, aller

(1) Cf *La Tentation d'Angélique.*

prendre une légère collation. Il attendrait Mme de Peyrac dès le début de l'après-midi.

Angélique se précipita dehors. Elle ne voulait pour rien au monde manquer son rendez-vous avec Joffrey chez le Gouverneur.

Sur la place elle hésita. Chaise à porteurs ? Carrosse ? Qu'est-ce qui valait le mieux ?

Prendre ses jambes à son cou. Lorsqu'on était pressé à Québec, cela réclamait moins de temps que de racoler valets et cochers.

Elle atteignit promptement le château Saint-Louis et, dès le vestibule, elle aperçut Joffrey en grande conversation avec une charmante brunette aux yeux noirs, Bérengère-Aimée de La Vaudière, l'épouse du procureur Noël Tardieu.

Celle-ci s'était fait remarquer le jour de son arrivée par sa grâce aimable. Sa famille, de haut lignage, était originaire de Tarbes. Les dames et gentilshommes s'apprêtaient à partager le repas du Gouverneur. En l'attendant les conversations avaient pour sujet le ravissement dans lequel avaient été plongées ces dames qui la veille avaient reçu des mains du plénipotentière de M. de Peyrac qui un bijou, qui un objet de piété, une miniature ou un colifichet.

Bérengère de La Vaudière en avait les larmes aux yeux, ce qui les rendait plus brillants encore et plus noirs.

Toutes, dans l'ensemble, levaient sur Joffrey un regard extasié. Il se défendait, en souriant, de n'avoir eu que le geste naturel de remercier tant de charmantes personnes de leur aimable accueil.

Angélique qui arrivait les joues roses de la course répondit distraitement aux salutations et se jeta vers Joffrey. Il lui semblait qu'il y avait trop longtemps qu'elle ne l'avait vu.

— Mais, que devenez-vous ? lui demanda-t-elle, tourmentée de l'envie irrésistible de l'embrasser et de le serrer sur son cœur.

— Et vous-même, Madame ?

— J'ai rendu visite à l'Évêque.

— Comment l'entrevue s'est-elle déroulée ?

Angélique reconnut qu'elle avait passé une matinée passionnante avec Marguerite Bourgeoys, mais qu'elle n'avait pas encore vu l'Évêque.

M. de Frontenac arrivant baisa les deux mains d'Angélique, l'une après l'autre et la fit asseoir à sa droite. Mme de Castel-Morgeat était à sa gauche. Elle avait le visage tuméfié et personne n'osait la regarder.

Après le repas, le Gouverneur proposa une promenade en son

jardin qui était situé un peu plus haut, sur le revers du Mont-Carmel.

Angélique abandonna la compagnie, elle voulait en terminer avec l'Évêque.

Cette fois, elle fut introduite aussitôt de sorte qu'elle n'eut pas le temps de réfléchir à ce qu'elle allait dire comme entrée en matière.

Monseigneur de Laval ressemblait à Bossuet. Le pasteur de la Nouvelle-France avait sa stature robuste, l'abord direct, l'intelligence prompte, alimentée par une culture que l'on sentait vaste et diverse.

Une fine moustache à peine esquissée, une virgule de poils entre lèvre et menton, soulignaient la bouche belle et autoritaire. Le nez busqué, le front haut sous sa calotte épiscopale, auraient pu lui donner un air de domination si les paupières un peu tombantes n'eussent atténué l'éclat des yeux, leur communiquant un regard songeur et bienveillant.

Comme le grand aumônier de la Cour, il montrait à la fois de la simplicité et de la grandeur. Cette ressemblance joua pour aider Angélique à se trouver de plain-pied avec son auguste interlocuteur.

Elle fut sur le point de parler la première, mais comme l'Évêque au même moment se décidait elle se retint et il fit de même. Ils sourirent.

Angélique exprima alors l'admiration que lui avaient inspirée la cathédrale et la pompe des cérémonies. L'Évêque ne cacha pas que ces propos lui étaient agréables. On avait toujours vu grand à Québec. Lorsqu'il était arrivé en son diocèse, Québec ne comptait que quatre-vingts familles, à peine six cents personnes. Mais déjà les jésuites avaient donné aux manifestations de la piété et du culte cette tournure élevée, dont toute la mentalité du pays se trouvait imprégnée.

Grâce à leurs soins et à ceux des ursulines, la génération, grandie au pays, savait lire, écrire, chanter le latin. Cette base de choix assez inhabituelle l'avait encouragé à créer le grand et le petit Séminaire afin d'assurer la formation de jeunes clercs parmi les enfants du pays. Il fallait les détourner de la désastreuse vocation de courir les bois dès l'âge de quinze ans.

Il laissa entendre qu'il était bien nécessaire aux colons de la Nouvelle-France d'avoir un pasteur dans les formes ecclésiastiques connues d'épiscopat, car les jésuites étaient surtout des missionnaires s'intéressant aux Indiens et les premiers colons n'étaient pas vraiment tenus en mains avec assez de rigueur. Les jésuites pensaient plus à la conquête des âmes des Indiens qu'à maintenir dans l'obéissance celles de leurs compatriotes...

Ils enrôlaient tout le monde dans leurs expéditions alors qu'un humble chrétien doit rester à l'ombre de son clocher et sous la houlette de son pasteur afin de pouvoir jouir de l'aide des sacrements, sans lesquels il sombre dans toutes les tentations dont celle du paganisme le guettait sans relâche sous ces cieux.

Cette introduction parut à Angélique l'encourager à parler de la Mère Madeleine. Le visage de l'Évêque devint plus grave. Mais Angélique avait compris qu'il s'était déclaré contre le Père d'Orgeval, ce qui l'obligeait à l'aider, elle.

— L'affaire est d'importance. Elle a soulevé tant de passions.

— Raison de plus pour en finir tout à fait en rassurant sur mon compte, par l'avis de la Mère Madeleine, ceux qui auraient encore des doutes.

— Vous semblez bien assurée que celui-ci vous sera favorable ?

— Vous voulez dire : assurée qu'elle ne me prendra pas pour une démone ? Oui, je le suis, si cette religieuse est honnête... Et vous l'êtes aussi, Monseigneur. Sinon, vous ne m'auriez pas reçue.

L'Évêque eut un petit sourire, mais se rembrunit aussitôt.

— Hélas ! soupira-t-il.

— Que voulez-vous dire ? interrogea Angélique alarmée.

— Il vous faudra attendre. A vrai dire, j'aurais aimé répondre sans tarder à votre supplique. Il se trouve que cette démarche de votre part me plaît. Mais un incident pénible, plus dramatique ! va vous obliger à y surseoir. Avant-hier, la nuit même de votre arrivée, on a dérobé, chez les dames ursulines, une boîte d'hosties.

Sur le moment Angélique ne vit pas en quoi cela empêcherait son entrevue et pourquoi il laissait tomber ces mots d'une voix si lugubre. Puis par intuition, se souvenant de la conversation qu'elle avait eue, la veille, avec le maître d'hôtel Tissot, elle comprit les raisons profondes du souci de l'Évêque.

— Craindriez-vous, Monseigneur, que ces hosties n'aient été volées en vue d'être utilisées pour des opérations magiques ?

— C'est toujours en ce dessein que les hosties sont dérobées, fit tristement l'Évêque.

— Mais à Québec, Monseigneur, est-ce possible ? C'est une terre neuve, dévote, austère... l'emprise de mœurs si corrompues ne peut s'y répandre.

— Hélas ! répéta l'Évêque. Les temps ne sont plus les mêmes. Autrefois, dans ce pays, le vice y était quasiment inconnu. On n'y vivait que de piété et de religion, d'accord et de charité. Mais les parjures et la fourberie des marchands l'ont emporté sur la droiture et la sincérité des missionnaires. On y reçoit aussi trop de brebis galeuses, de personnes scandaleuses...

— Monseigneur, ne voudrait-on pas m'empêcher de voir la Mère Madeleine afin de me nuire ?

Il secoua la tête, apaisant.

— L'entrevue n'est que repoussée, dit-il. A la suite du vol, les dames ursulines ont entrepris une neuvaine pour faire amende honorable contre le mal qui risque d'être commis avec le pain sacré. Il faut attendre que le temps de la pénitence soit révolu. Mais je n'aurai garde d'oublier votre requête, ajouta-t-il.

Angélique le remercia chaleureusement. Elle avait eu raison de s'être adressée à l'Évêque en premier lieu. Il semblait avoir une vue juste et saine de la situation.

Il se révélait un personnage sensible et intéressant. Probe, vertueux, homme d'Église et né pour l'être. On disait qu'il avait reçu la tonsure à l'âge de neuf ans.

Il était bien l'homme solide et intègre qu'il fallait à la tête de son immense diocèse, trois ou quatre fois la France, déjà de forêts ou de glaces...

— Monseigneur, lui dit-elle, puis-je vous poser une question de simple curiosité. Pourquoi vous donne-t-on le titre d'Évêque de Pétrée, qui, autant que je crois en être instruite, est une ville de Mésopotamie, aux Échelles du Levant, alors que vous êtes évêque du Canada ?

Monseigneur sourit encore et dit que cet étrange chassé-croisé était le fruit des compétitions acharnées dont sa candidature avait été l'objet. L'évêque de Rouen, dont il dépendait, avait refusé de le nommer parce qu'il avait été proposé par les Missions Étrangères et soutenu par Rome.

— La plupart des fondateurs de l'Institut des Missions Étrangères étant de mes amis intimes me voulaient à ce poste. Pour ma part, j'avais demandé le Tonkin. On trancha le différend par l'application d'un article du droit canonique qui me permettait de me passer de l'ordination de l'évêque de Rouen. Je fus ordonné évêque « in partibus infidelium » ou, par abrévation, évêque « in partibus ».

» C'est une convention. L'évêque « in partibus » est promu à un évêché qui est situé dans les pays devenus infidèles, c'est depuis le XIIe siècle, c'est-à-dire quand les musulmans s'emparèrent de villes d'Orient ou d'Afrique qui appartenaient aux grands royaumes chrétiens de Byzance ou de Jérusalem. On « continue » d'y nommer des évêques qui ne pouvaient y exercer leurs fonctions et résidaient dans les pays catholiques, mais qui, par leur présence, semblaient les conserver au royaume de Dieu.

» C'est ainsi que le nonce du Pape, Piccolomini, lui-même évêque de Césarée, en Palestine, me nomma évêque de Pétrée, dans une touchante cérémonie qui eut lieu à Saint-Germain-des-Prés, à Paris. Je pouvais ensuite recevoir le vicariat de la Nouvelle-France.

— Les cabales et les conflits ne sont donc pas exclus des domaines où œuvrent les serviteurs de Dieu ?

— Autant là qu'ailleurs, dit l'évêque, philosophe. Et peut-être plus encore. Mais Dieu rachète la mesquinerie des êtres.

Angélique ne lui cacha pas l'admiration que lui avait inspirée la magnificence des cérémonies. Cela le toucha. Il parla avec plus de confiance. Ce qui était son plus grand souci, c'était de voir les traitants de fourrures porter de l'alcool aux sauvages qui se laissaient aller à de terribles excès.

— Malheureusement, les sauvages veulent de l'alcool en échange de leurs pelleteries, dit Angélique. Ils disent que cela les met en communication avec l'Au-delà. Et il est difficile de leur faire comprendre le tort qu'ils se causent.

L'évêque ne la suivit pas sur ce terrain. Dans cette affaire, les Blancs étaient coupables, les sauvages aussi et tout le monde devait faire pénitence.

— Le plus simple serait de ne pas leur en porter, trancha-t-il.

Quand il était question de la traite de l'eau-de-vie, il perdait tout humour et aurait excommunié la terre entière.

— La Nouvelle-France pourrait-elle survivre sans la fourrure ? demanda Angélique.

— N'êtes-vous pas de tendance un peu moliniste ? suggéra-t-il.

Angélique ressentit une légère panique. Heureusement, elle avait glané jadis dans les salons parisiens quelques connaissances sur les idées philosophiques et théologiques en vogue, qui lui revinrent à propos en mémoire et elle put répondre qu'une certaine indulgence aux faiblesses du prochain ne voulait pas dire libéralité sans discernement, encore moins indifférence à son salut.

La réponse devait être excellente car le visage de Monseigneur de Laval s'éclaira. Il parut satisfait et, même, vaguement amusé de n'avoir pu la confondre.

— Avez-vous l'intention d'entrer dans la Confrérie de la Sainte-Famille ? s'informa-t-il.

Une telle proposition venant de sa part montrait qu'il la jugeait désormais comme digne d'en faire partie

Elle éluda la réponse.

— Madame de Mercouville m'en a parlé...

— C'est une dévotion à laquelle la colonie doit de grandes grâces.

Il expliqua qu'il fallait avoir une dévotion en Canada.

— Dans les dangers sans nombre qui nous assaillent, les charges écrasantes, les responsabilités que nous recevons en ce pays où tout est à faire, où notre survie même est sans cesse remise en question, il est bon d'obtenir le secours des forces divines par l'intermédiaire de quelque saint protecteur qui crée le lien entre nous, pauvres mortels, et le Très-Haut, qu'il contemple dans sa gloire.

La Sainte-Famille : Jésus, Marie, Joseph, pauvres, laborieux, unis, offrait une image idéale au peuple esseulé du Canada. Par extension saint Joachim et sainte Anne, grand-père et grand-mère de l'Enfant Divin recueillaient aussi beaucoup de suffrages.

Monseigneur de Laval parla ensuite du culte à l'Enfant-Jésus qu'il appelait le Petit Roi de Grâce ou le Petit Roi de Gloire.

Notre-Dame de Québec était consacrée sous les vocables conjoints de saint Louis, patron du royaume de France, et de l'Immaculée Conception, dévotion mariale, dont on découvrait de plus en plus la valeur souveraine. Mère Marie de l'Incarnation, l'une des fondatrices ursulines qui était morte récemment à Québec et que l'Église reconnaîtrait certainement un jour comme une de ses grandes mystiques tant sa filiation avec sainte Thérèse d'Avila était évidente, avait l'habitude de s'adresser au Père Éternel.

Le Saint-Sacrement avait aussi ses adeptes. Peut-être même dominait-il, mais l'on ne pouvait jamais savoir exactement, car c'était une confrérie secrète très influente. On pouvait avancer que la plupart des personnes en vue en faisaient partie et il ne fallait pas oublier que Gaston de Meury qui en avait été l'âme s'était trouvé à la racine de la fondation du Canada et de son climat mystique.

— Consultez votre confesseur, lui dit l'Évêque en se levant, il vous conseillera. Nous devons tous avoir un ami pour nous dans le ciel.

Angélique s'agenouilla à demi pour baiser l'anneau pastoral. L'évêque ne paraissait pas mécontent de cette entrevue. Il devait approuver les personnes qui ne le craignaient point et débattaient franchement avec lui... Il l'accompagna jusqu'à la porte.

Dans la cour du séminaire, Angélique fit halte, et respira deux ou trois fois profondément. L'air était glacé et revigorant. Elle pensa que si une conversation avec l'Évêque l'avait épuisée à ce point, qu'aurait-ce été s'il lui avait fallu affronter le Père d'Orgeval. Dieu merci ! Le Ciel ne lui offrait que des épreuves à la mesure de ses forces. Compte tenu de tous les sujets abordés, effleurés, contournés, des questions posées, des pièges tendus, et si l'on exceptait le molinisme sur lequel elle avait un peu dérapé, elle estimait, à part elle, qu'elle ne s'en était pas trop mal tirée. Il fallait reconnaître ses « insuffisances », comme disait Marguerite Bourgeoys, admettre qu'à courir les bois et les mers elle ne s'était guère enrichie dans le domaine de la théologie, de la philosophie et de la rhétorique.

Les dames de la Nouvelle-France possédaient pour la plupart un haut degré de culture. Elle leur demanderait des livres, et s'arrangerait pour aller aux conférences et aux sermons.

De plus, il lui faudrait, au plus tôt, se trouver un confesseur et se choisir une dévotion.

24

UNE TROISIÈME AURORE S'ANNONÇAIT

Ce matin-là se tiendrait le Grand Conseil auquel Angélique aussi était conviée.

Sur la rive de Lévis où s'allumaient les premiers quinquets derrière les fenêtres des habitations, on voyait se déplacer les fleurs rouges des pots à feu que portaient les paysans se dirigeant vers l'embarcadère.

C'était jour de marché. Ils traversaient le fleuve pour se rendre à Québec avec légumes, œufs, lait, beurre, poissons frais et fumés, viande ou charcuterie. On commençait à deviner le remue-ménage discret de la rade où deux navires à l'ancre balançaient leurs lanternes. Des radeaux chargés se détachaient de l'ombre des falaises.

Puis vers l'est, une longue barre d'un orange épais apparut au-dessus du feston noir des Appalaches. La lueur montait, lente, comme ayant de la peine à se frayer passage dans la confusion nocturne où s'engloutissaient îles, caps et côtes chargés de forêts. Cette partie du monde appartenait encore à la genèse, au chaos.

Le jour serait nuageux Rien de l'éclat de la veille. Aujourd'hui, le matin mouillé rendait la ville benoîte et simple

Angélique, après avoir, du seuil de la maison, contemplé les lointains, descendit la rue de la Petite-Chapelle, modestement escortée de M. de Barssempuy et de Piksarett. Elle se rendait au Grand Conseil prévu en leur honneur.

C'était une réunion exceptionnelle, destinée à régler les questions que leur arrivée dans la ville soulevait. Elle serait la seule femme avec Mme de Mercouville, dont l'avis était estimé précieux par la connaissance qu'elle avait des questions de charité et la compétence avec laquelle elle secondait l'intendant Carlon dans ses essais de développements commerciaux et artisanaux de la colonie.

En parvenant à la place de la Cathédrale, Angélique rejoignit Joffrey de Peyrac qui arrivait du manoir de Montigny avec le comte d'Urville, Kouassi-Bâ, quatre Espagnols l'encadrant et son écuyer breton, Yann Le Couennec, chargé des sacs contenant papiers et documents dont il aurait peut-être à faire mention au cours de la séance.

Deux porteurs de torchères et deux jeunes tambours précédaient le petit groupe. Les tambours scandaient leur avance de discrets roulements intermittents, mais qui suffisaient à faire sortir de toutes les encoignures nombre de bonnes gens déjà en besogne malgré l'heure matinale. On se levait tôt à Québec.

Franchissant la grille du Séminaire, des petits garçons et adolescents en uniformes noirs, en rang et se tenant par la main, traversèrent la place pour se rendre chez les jésuites où les attendaient leurs études de grammaire, mathématiques, théologie et mécanique. Un jeune clerc et un « engagé » les accompagnaient.

De concert, Angélique, le comte de Peyrac et leur suite, montèrent la rue du Fort pour atteindre la Place d'Armes en lisière de laquelle, côté fleuve, s'érigeait le château Saint-Louis, résidence du Gouverneur. Le château avait été construit à l'emplacement du premier fort édifié par Champlain pour protéger l'habitation à ses pieds. Il était donc situé sur le côté le plus escarpé de la montagne, juste au-dessus de la Basse-Ville.

C'était aujourd'hui un grand bâtiment de deux étages s'étendant du nord au sud, au bord de la falaise, avec des grands toits couverts d'ardoises importées de France, de hautes et nombreuses cheminées. L'entrée était à l'ouest, donnant sur une cour encadrée en partie d'un mur et de bâtiments dans lesquels logeaient les militaires.

On débouchait sur la Place d'Armes plantée d'ormes et d'érables, au centre de laquelle était ménagé un espace dénudé pour permettre aux soldats de faire l'exercice. Des silhouettes emmitouflées arrivaient, émergeant des rues avoisinantes ;

venant de la rue qu'on appelait la Grande Allée, deux cavaliers mirent pied à terre et attachèrent leurs montures à l'angle du bâtiment de la Prévôté, d'où sortit la silhouette trapue du lieutenant de police, M. Garreau d'Entremont. Après s'être salués les trois hommes se dirigèrent à leur tour vers le château Saint-Louis. Arrivant de la ville un carrosse les dépassa ; il grinçait sur ses essieux et les fers des chevaux glissaient sur les pavés vernis de gelée blanche. M. de Frontenac revenait de la messe. Comme il était en guerre sourde contre les Jésuites et peu désireux de favoriser l'Évêque, il allait se confesser et entendre la messe chez les Récollets qui avaient un petit couvent à l'écart de la ville, sur la rivière Saint-Charles, près de Notre-Dame-des-Anges.

Peu de dignitaires à Québec commençaient leur journée sans avoir assisté au Saint-Sacrifice de la messe et communié. En toutes saisons, et s'il le fallait l'hiver, dans la nuit la plus noire, ces messieurs couraient à leurs patenôtres. Chacun ayant une dévotion particulière, il mettait à l'honorer une fidélité pointilleuse.

L'intendant Carlon, une fois par semaine, se faisait ouvrir la petite chapelle Sainte-Foy, isolée, au carrefour de quelques rues et sentiers, entre les ursulines et le quartier Sainte-Anne.

Garreau d'Entremont, deux vendredis par mois, requérait la chapelle latérale de la cathédrale, dédiée à Saint-Michel Archange, et y faisait célébrer une grand-messe avec trois officiants, on ne savait à quelle intention, mais qui devait revêtir aux yeux du lieutenant de police civile et criminelle une grande importance car il ne s'en abstenait jamais.

Frontenac sauta du carrosse en passant près du comte et de la comtesse de Peyrac. Le teint avivé par l'air froid, souriant, il baisa la main d'Angélique et passa son bras sous le sien.

— Madame, pardonnez à d'infatigables individus de vous avoir convoquée de si grand matin... J'ai prévu, pour tout ce que nous avons à débattre, que plusieurs heures suffiraient à peine. Et, d'autre part, votre présence est indispensable... Ah ! que dis-je ? Je me montre hypocrite. Je sollicite pour requérir votre présence parmi nous toutes sortes de bonnes raisons telle que la nécessité d'avoir recours à votre compétence pour statuer sur le sort des jeunes filles naufragées que vous avez amenées avec vous et pour ceci ou cela encore... mais, à la vérité... et cela tient pour ces messieurs aussi bien que pour moi, je gage... je crois que déjà NOUS NE POUVONS PLUS NOUS PASSER DE VOUS...

Sa galanterie fit sourire Angélique. Elle affirma qu'elle se réjouissait de s'asseoir au Conseil car depuis de longs mois Québec était le centre de ses pensées.

Ils pénétrèrent dans la cour du château par un grand porche surmonté d'un écusson et d'une croix de Malte imbriqués dans la voussure de pierre. L'entrée était flanquée de deux corps de gardes. Des militaires sortirent pour présenter les armes. Piksarett leur répondit d'un geste noble de sa main levée. Il avait revêtu sa fameuse redingote rouge d'officier anglais ce qui ne l'empêchait pas d'être chaussé de mocassins. Ses cheveux, soigneusement oints de graisse d'ours, aux tresses enfilées dans leur étui de pattes de renard, étaient coiffés d'un chapeau de castor à deux plumes d'autruche noires, cadeau du Gouverneur. Il s'invitait lui-même au Conseil et cela ne gênait personne. Il pénétra le premier dans la résidence seigneuriale.

Les porteurs de torchères éteignirent leurs brandons résineux dans un baquet de sable. Le jour était levé maintenant.

M. de Frontenac entraîna Angélique sur la terrasse donnant sur le fleuve, c'était une galerie pavée en dalles et protégée du précipice par une balustrade de fer forgé, tout au long de la façade est.

De ce belvédère, on avait une vue splendide sur le Saint-Laurent et les montagnes. Les fumées de la Basse-Ville montaient doucement en s'effilochant. Un peu en contrebas, sur la droite, un fortin de bois, accroché comme par miracle au flanc rocheux, était chargé de surveiller les abords escarpés et presque inaccessibles de ce côté du château.

Frontenac était heureux. Le soleil levant inondait la terrasse et frappait la façade du château Saint-Louis de sa lumière basse et d'autant plus éblouissante. Elle les frappait au niveau des yeux. Le soleil, énorme entre ses nuages mauves allongés, semblait les regarder face à face. Avant d'être happé par la voûte abaissée d'un gris pâle du ciel, l'astre du jour lança en toutes directions une gerbe de rayons puis sa lueur s'éteignit.

— Je ne serais pas étonné qu'il neige, dit le Gouverneur.

Ils rentrèrent directement dans la salle du Conseil. Les portes-fenêtres s'ouvraient sur la terrasse. Des laquais vinrent les fermer.

A un bout de l'immense pièce, un grand feu ronflait dans l'âtre monumental et dispensait chaleur et clarté. Au-dessus de l'entablement de marbre de la cheminée, on pouvait voir, dressé, un grand tableau allégorique à la gloire du roi de France et que l'on disait peint par un élève du célèbre Le Brun. A l'autre mur, en vis-à-vis, il y avait un portrait de la comtesse de Frontenac déguisée en guerrière, casquée d'acier étincelant et de plumes. Elle n'avait pas renoncé pour autant à ses belles boucles d'oreilles de diamants et de perles, mais tenait fièrement un arc, tandis qu'un carquois bien chargé de flèches se devinait derrière elle dans la pénombre environnante du tableau destinée à faire ressortir avec plus d'éclat la peau nacrée de son visage et de ses bras dodus. Angélique qui connaissait la réputation de beauté de Mme de Frontenac pensa que le peintre ne l'avait pas flattée. On disait que le Roi la convoitait et que c'était une des raisons qui avaient contribué à faire nommer Louis de Buade comte de Frontenac au gouvernement du Canada.

Des deux côtés de l'âtre étaient dressés des étendards en faisceaux, retenus par des écus de bois peints aux armes du Roi et de la ville de Paris.

Cette grande salle avait beaucoup de solennité. Ce n'était pas Versailles, mais quelque chose en apporta le reflet lorsque le Gouverneur s'approcha d'un pas majestueux de la longue table disposée en son milieu et qu'il devait présider.

Frontenac fit asseoir Angélique à sa droite et M. de Bardagne à sa gauche.

Les regards d'Angélique croisèrent ceux de l'envoyé du Roi et elle ne put s'empêcher de lui sourire.

Cependant, ces messieurs ne cessaient d'arriver, certains faisant sonner les éperons sur les dalles et d'autres les talons hauts de leurs souliers à boucles. Enfin, dans un majestueux bruissement d'étoffes et de traîne, l'Évêque en soutane de cour et camail violet fit son entrée, suivi de son camérier.

Monseigneur de Laval prit place au centre de la table et, de l'autre côté, lui faisant face, l'intendant Carlon. Les autres membres du conseil et ceux qui avaient été invités à participer à la séance exceptionnelle se disposèrent à leur guise. La plupart portaient chapeaux, manteaux et l'épée pour les gentilshommes.

Le nommé Basile vint en bonnet de fourrure et houppelande de peau fourrée, dont il se débarrassa pour apparaître en gilet à boutons de corne et rabat de lingerie ordinaire.

Le marquis de Ville d'Avray qui, poudré et parfumé, s'asseyait à la droite d'Angélique, lui confia que le sieur Basile avait fait partie de tant de Grands Conseils depuis plus de vingt ans qu'on ne se formalisait plus de sa dégaine, de même que l'on acceptait la présence inévitable de son commis, toujours à ses côtés ou perché derrière sa chaise, Paul-le-Follet... Le greffier Carbonnel avait essayé de l'inscrire dans les registres sous le nom de Lefollet, mais le commis assisté de Basile avait fait rectifier Le Follet ou le Fou. A la longue tous les sourcilleux avaient pris leur parti de son nom, de sa présence et de son air gouailleur.

Basile valait à lui seul tous les tabellions, notaires ou hommes de loi, de la colonie. Il avait la main sur les marchés de la Haute et de la Basse-Ville, l'emplacement des entrepôts et des grèves de débarquement, sur une variété infinie d'affaires sans apparence, que son habilité et ses connaissances juridiques rendaient florissantes.

L'Indien Piksarett se glissa entre Angélique et M. de Frontenac. Ce que voyant, celui-ci le pria de présider à ses côtés. Le Narrangassett estimait devoir siéger dans un Conseil où le sort de l'Acadie allait être débattu. Il représentait les tribus de la confédération abénaquise alliée des Français, partie algonquine du sud-ouest, au contact de l'océan et des fleuves Pénobscot et Kennébec, où s'intégraient d'importantes ethnies : Mic-Macs, Etchemins, Malécites, Pesmacodics, Pentagouets... Il commença d'aligner sur la table une série de bâtonnets.

Les conseillers qui prenaient place le regardèrent avec inquiétude. En principe, ils ne redoutaient pas l'éloquence des Indiens. On les savait capables de soutenir des homélies de plusieurs heures. Quand ils avaient l'intention de faire un long discours, ils utilisaient des petits bâtons pour mieux se souvenir des points dont ils auraient à discuter. Chaque bâtonnet représentait un paragraphe de leur harangue. Ils les plaçaient devant eux, certains les ajoutant, d'autres les retirant au fur et à mesure qu'ils parlaient. Piksarett paraissait donc envisager d'importantes communications. Et comme chacune des personnes convoquées se trouvait dans le même état d'esprit, on pouvait se préparer à de chaudes luttes pour obtenir ou conserver la parole.

Mme de Mercouville se présenta suivie d'un esclave indien, de race panis qu'elle avait acheté à des « voyageurs » revenant des Grands Lacs. Il était défiguré par une récente brûlure qui marquait du sceau de la fleur de lys sa joue droite, mais il n'en portait pas moins fièrement le sac en tapisserie d'où l'active dame tira une liasse de papiers.

— Nous ne pourrons tout aborder, à ce Conseil, admit Mme de Mercouville en saluant Angélique, mais au moins je vais essayer d'obtenir une situation nette pour vos Filles du Roy. Vous avez fait votre part de charité à leur endroit. A nous de faire la nôtre. Le Procureur et l'Intendant vont se disputer quand il va être question des crédits mais l'Intendant se range toujours à mes avis car je lui ai apporté une grande aide dans son commerce avec les Antilles

Elle était créole, née dans ces îles ensoleillées, dont son père était le gouverneur. Ce qui lui avait donné le goût des choses de la mer et des transactions de denrées diverses qui illustrent les ports des Caraïbes, dans une effervescence de mouvements, de couleurs et de parfums des plus excitantes · blé contre sucre, bois contre soieries, esclaves contre tabac, munitions contre rhum, etc...

Avant l'ouverture de la séance, elle trouva le moyen de glisser à Angélique qu'elle avait des relations importantes à Paris, et l'une d'elles, surtout, lui était très précieuse. Il s'agissait d'une amie d'enfance avec laquelle elle avait partagé ses premiers jeux sous les flamboyants de la Martinique, puis des années de pensionnat en France. Revenue aux Antilles, elle n'avait jamais cessé de correspondre avec cette amie qui, aujourd'hui, gravitait à Versailles dans l'entourage du Roi et avait su retenir son attention. On commençait à prononcer son nom comme celui de la future favorite.

— Comment s'appelle donc votre amie ? s'informa Angélique, curieuse de connaître une rivale à Athénaïs de Montespan.

— La Marquise de Maintenon.

Angélique chercha dans sa mémoire, mais ce nom ne lui rappelait rien. Mme de Mercouville alla s'asseoir modestement près de Pierre Gollin qui était le plus falot des cinq conseillers.

Elle ne voulait pas avoir l'air de s'immiscer parmi les membres nommés du Grand Conseil, mais aujourd'hui la réunion comportait presque plus d'invités que de siégeants ordinaires.

C'était le procureur royal du Grand Conseil, Noël Tardieu de La Vaudière, qui avait pris sur lui de faire arrêter M. d'Arreboust, et personne ne s'étonnerait de voir celui-ci en garder rancune, et qu'il y eût, de part et d'autre, des réflexions acerbes.

Angélique vit le jeune homme dont on parlait s'avancer d'un air assuré. Il resta debout s'entretenant avec M. Carlon, avant de se décider à s'asseoir non sans avoir jeté sur l'assemblée un regard d'une lenteur calculée et déplaisante. L'expression implacable insultait à la douceur bleue de sa prunelle. Angélique ne pouvait s'empêcher d'admirer une fois de plus la prestance et la beauté de ce garçon. Cela l'inclinait à l'indulgence. Elle se souvint qu'il avait pour femme cette ravissante Bérengère-Aimée dont l'amabilité et la vivacité l'avaient conquise.

— Un petit ménage ambitieux... peuh... murmura Ville d'Avray en remuant à peine les lèvres. Dommage que sa femme soit si jolie... et lui si beau...

Le comte de Loménie-Chambord se vêtait avec modestie d'un vêtement de drap gris de coupe militaire. Dans la lumière un peu atténuée qui tombait des fenêtres en vitrail, son visage aux traits fins reflétait la douceur lointaine de ses pensées et elle lui trouva l'air triste.

L'intendant Carlon quoique parlant et répondant à tous lui parut l'objet d'une songerie morose et elle eut l'intuition que ces deux hommes, auxquels elle se considérait liée par des liens d'amitié et de reconnaissance, étaient en proie à un chagrin personnel. Les regards de Loménie finirent par rencontrer les siens. Réalisant que c'était lui qu'elle regardait, il parut surpris et sourit.

L'Intendant, en revanche, se renfrogna. Lui et Angélique étaient trop éloignés pour pouvoir correspondre par la parole mais la même pensée les traversa au même instant : que le sujet de la duchesse de Maudribourg, de sa venue, ou plutôt de sa non-venue, serait abordé et que ce serait un moment difficile pour beaucoup d'entre eux.

Joffrey était au bout de la table dans son justaucorps de velours rouge à broderies d'argent. Un ruban de moire soutenait sur sa poitrine une étoile de diamants. En observant les uns après les autres les personnes assemblées, Angélique se demanda si parmi elles se trouvait « l'espion » de Joffrey.

C'était sur ses indications que le comte de Peyrac avait décidé du choix de ses présents lorsqu'il en avait fait le tri sur la plage de Tidmagouche. Il fallait croire qu'il avait comblé les vœux de chacun et surtout de chacune car les rumeurs les plus enthousiastes circulaient à ce sujet. Seule, Mme de Castel-Morgeat n'avait pas reçu le délicieux bibelot d'or et d'émeraude prévu pour elle.

Où était-elle en ce moment, Sabine de Castel-Morgeat ? Elle devait se terrer là-haut dans son appartement du château Saint-Louis, tout en songeant que sa propre demeure bâillait à ciel ouvert et que ceux qu'elle avait voulu repousser à coups de canon siégeaient victorieux dans la salle du Conseil.

Avant d'ouvrir la séance, le Gouverneur pria l'Évêque de la bénir d'une courte prière. Lui-même requit de saint Joseph la bonté de les éclairer avec sagesse dans leurs délibérations. Lorsque l'on eut répondu trois fois : Priez pour nous, à l'invocation : saint Joseph, patron de la Nouvelle-France, tout le monde se rassit.

25

L'ON SAVAIT QUE L'OBJET DE LA RÉUNION DE CE CONSEIL extraordinaire était d'envisager tout ce qui concernait la présence de M. de Peyrac et de ses troupes dans la ville. Ce serait l'occasion de faire le point sur la façon dont avaient tourné les événements et d'en réexaminer différents aspects que l'on n'avait pu qu'effleurer lors de l'assemblée nocturne du premier soir. Chacun avait rédigé un exposé et supputait ses possibilités d'intervention, mais personne ne s'attendait à l'attaque du procureur Tardieu et à la nature de ses revendications, et l'on dut reconnaître que s'il avait voulu étonner son monde il y avait pleinement réussi.

Le jeune Tardieu de La Vaudière, sur le ton autoritaire qu'il affectionnait, s'éleva contre l'action frauduleuse qui consistait à introduire en Nouvelle-France des marchandises étrangères et de les mettre en circulation sans en avoir auparavant acquitté les taxes de douane.

— Quelles marchandises ? s'informa l'intendant.

— De toutes sortes.

— Mais encore ?

Noël Tardieu fit signe à son greffier de lui passer un long mémoire couvert d'écritures qu'il lut à toute allure, avec des gestes de la main qui signifiaient : ma foi ! qu'il en passait... Il y en avait tant.

— ... Tableaux religieux de belle facture. Ornements d'église, objets du culte, objets d'or, d'argent, d'ivoire, de vermeil, pierres précieuses, étoffes, soieries, velours, tapisseries, émaux, nacres, objets de science où entraient ébène et palissandre, marbre de Carrare, etc... Il en passait — parfums, tabac de Virginie et du Maryland, vins et spiritueux de différentes provenances, etc. etc. Marchandises doublement taxées non seulement comme étrangères, mais aussi comme marchandises de luxe. En première approximation, il estimait qu'il y avait là une somme importante dont le manque à gagner, pour la colonie, ne pouvait être passé sous silence. Certains objets exigeraient d'être expertisés avec soin, telle la châsse de vermeil, par exemple, car pour estimer sa valeur il faudrait savoir si elle portait un poinçon d'origine ou non.

— Mais il s'agit de présents, s'écria Monseigneur de Laval, offusqué lui-même de telles prétentions.

— Pardon, de *marchandises,* ne craignit pas de rectifier le jeune procureur.

— Ne comptez-vous pas les munitions ? ironisa Ville d'Avray. Les deux boulets étrangers qui sont allés se ficher dans le mur de Monsieur de Castel-Morgeat ?

— Je ne compte pas les munitions, riposta l'autre... Mais, un navire, oui... ce qui n'est pas négligeable... Le vôtre, Monsieur de Ville d'Avray.

Et comme le marquis en perdait parole :

— ... Ne vous ai-je pas entendu dire que l'un des navires qui mouillait dans la baie vous appartenait, un cadeau que vous aurait fait Monsieur de Peyrac ?

Ville d'Avray devint rouge d'indignation. Pendant quelques instants, Noël Tardieu de La Vaudière put pérorer à son aise et faire résonner les voûtes à caissons de la grande salle du château Saint-Louis de sa voix sonore et bien posée, son réquisitoire ayant eu la vertu de clore la bouche de toutes les personnes présentes.

L'Évêque, déconcerté, se demandait s'il n'y avait pas atteinte à l'Église ou à sa personne par cette application par trop consciencieuse des lois temporelles.

Frontenac ne trouvait rien à dire. Depuis qu'il l'avait vu débarquer au Canada, ce jeune administrateur plein de promesses ne cessait de l'inquiéter autant que de le stupéfier.

Les marchands assombris méditaient sur les difficultés qu'ils avaient déjà connues et qu'ils ne manqueraient pas de connaître encore avec un procureur fiscal aussi retors que fanatique.

— Mais ce navire m'a été donné en échange de mon pauvre *Asmodée* coulé par les bandits, éclata enfin Ville d'Avray ayant retrouvé son souffle. Prenez garde ! Si vous me cherchez noise je réclamerai le dédommagement de ce que j'ai perdu au service du Roi. Et faites-moi confiance ! Cela dépassera de loin ce que vous essayez de m'arracher comme taxes, espèce de vautour...

— Voulez-vous insinuer qu'il s'agit d'une prise de guerre ? interrogea l'intraitable, avançant une lèvre dédaigneuse.

— Prise de guerre ! s'exclama Basile en tapant des deux mains sur la table.

Depuis le début de l'altercation, il était demeuré songeur, se caressant le menton et examinant Noël Tardieu de La Vaudière comme il l'aurait fait d'un animal inconnu, mais dont il faut absolument comprendre les mobiles afin de le rendre moins dangereux si possible et de le réduire au silence.

— Prise de guerre ! voilà la solution mon garçon, reprit-il en posant la main sur le bras du Procureur qui n'apprécia guère la familiarité, me tromperais-je en supposant que vous êtes moins préoccupé de percevoir ces taxes pour les engloutir dans les caisses de l'État, que de trouver une justification à l'entrée libre de ces marchandises sans qu'on puisse en haut-lieu vous accuser de négligence, voir de collusion avec les fraudeurs ? Votre position n'est pas toujours facile et nous ne vous en voulons pas. Nous savons que vous êtes comme nous tous et que vous ne tenez pas tellement à prélever une taxe sur la ravissante montre d'or et d'émaux dont votre épouse se glorifie depuis hier, se rangeant ainsi parmi les coupables. Votre remarque à propos du navire de Monsieur de Ville d'Avray prouve que vous êtes sur le chemin d'un compromis satisfaisant pour tous. *Les prises de guerre considérées comme butin ne payent pas de taxes...*

Ville d'Avray, ayant compris l'intention de l'homme d'affaires, se lança dans un récit dramatique, tendant à démontrer avec feu combien son navire avait été conquis de haute lutte sur d'horribles pirates. Il parlait avec conviction. Les événements tragiques de l'été n'étaient pas si lointains. « Peu s'en est fallu que j'y laisse ma vie... » ce qui était vrai. En tout cas, il y avait perdu son navire *l'Asmodée*. Il commença de brosser un sombre tableau de la situation dans la Baie Française (1) infestée d'Anglais et de pirates de toutes nations. Mais les affaires d'Acadie ennuyaient Frontenac...

— En ce qui concerne votre gouvernement d'Acadie, nous aurons une session spéciale, dit-il à Ville d'Avray. Aujourd'hui, notre propos est d'ouvrir les pourparlers avec Monsieur de Peyrac et nous nous perdons en billevesées. Monsieur de La Vaudière, statuez je vous prie, et je vous conseillerai de le faire dans le sens proposé par Monsieur Basile qui me semble concilier votre juste désir de vous dégager de toutes responsabilités et la courtoisie que vous nous devez et qui doit régner entre nous. Nous garderons nos cadeaux : prise de guerre.

— Alors ce bâtiment m'appartient sans contestation possible ? s'assura M. de Ville d'Avray.

— En toute propriété.

Dans le soulagement qui suivit, l'intendant Carlon eut une phrase malheureuse. A Ville d'Avray qui commençait l'énumération des travaux qu'il comptait entreprendre pour embellir sa « prise de guerre », il lança, pince-sans-rire :

(1) Aujourd'hui Baie de Fundy entre le Maine et la Nouvelle-Écosse.

— Commencez donc par l'exorciser, votre navire...

— Pourquoi l'exorciser ? s'informa Monseigneur de Laval surpris.

Jean Carlon se mordit la langue. Ramené par l'évocation du navire aux événements diaboliques dont il avait été, bien malgré lui, le témoin, il avait parlé sans réfléchir. Il s'en tira avec un « je plaisantais » qui surprit plus encore car il passait pour un esprit austère et l'on n'avait pas l'habitude de le voir plaisanter. Le marquis le rattrapa, expliquant que le navire avait été monté par un équipage de forbans, certainement mécréants.

L'Évêque s'empara du prétexte pour faire au Grand Conseil une communication qui lui tenait à cœur, depuis la veille. Il fit remarquer que de plus en plus, au cours des années, il arrivait en Nouvelle-France de la canaille de l'un et l'autre sexe et elle causait maints scandales : impuretés, viols, larcins, meurtres, actes de magie et de sorcellerie. Une forte armature religieuse était la meilleure défense contre ces dangers. Néanmoins, pour plus de sûreté, l'Évêque avait décidé de procéder, cette année, à l'ordination d'un exorciste.

Les trois premiers conseillers, qui étaient gens dévots, approuvèrent. M. de Frontenac, mécontent, se disait que l'Évêque aurait bien pu attendre d'être en chaire dimanche, pour faire son annonce. Mais, le prévenant, Monseigneur de Laval exposa qu'il avait jugé préférable d'avertir auparavant le Grand Conseil de son projet. Il tenait aussi à parler devant M. de Peyrac afin que celui-ci ne se crût point visé, lui et sa compagnie, devant une décision qui aurait dû être prise depuis longtemps par les autorités ecclésiastiques. Mais le mal était une lèpre qui se répandait insidieusement. On avait beau se montrer vigilants, il vous prenait parfois de vitesse. Sous des apparences honorables, des personnes, soumises aux modes nocives et dépravées du temps, débarquaient à Québec et en transformaient sournoisement l'esprit. Il fallait opposer aux influences délétères, les armes traditionnelles destinées à les combattre.

Il remercia Monseigneur de Laval de sa civilité. Il se portait garant que tous les hommes sous sa bannière respecteraient les lois civiles et religieuses. S'ils les outrepassaient, ils en seraient punis avec la même sévérité qu'à bord de leurs navires.

L'Évêque conclut en avertissant que la cérémonie d'ordination de l'exorciste aurait lieu le samedi des quatre-temps de l'Avent, jour réservé à l'ordination des « minorés » c'est-à-dire des quatre ordres mineurs attachés au service de la cathédrale.

— Eh bien ! parlons tout de suite de Madame de Maudribourg, décida Frontenac, sans deviner le trouble dans lequel son intervention abrupte jetait quelques-unes des personnes présentes accélérant les battements de leur cœur.

Il avait parlé sans intention, l'enchaînement de sa pensée l'ayant conduit du bateau de Ville d'Avray à celui perdu corps et biens de Mme de Maudribourg qui s'était noyée en lui laissant tout un lot de filles à marier, sur les bras.

Insensible à l'émotion qu'il avait involontairement provoquée par ce « coq-à-l'âne » il poursuivait :

— Que s'est-il passé ? Où... quand a eu lieu le naufrage de son bâtiment ? Le ?...

— *La Licorne,* dit M. Gaubert de La Melloise.

— Vous êtes au courant ? demanda Frontenac.

— Je suis au courant dans la mesure où la venue de ce bateau frété par une dame bienfaitrice riche et pieuse, la duchesse de Maudribourg, m'avait été annoncée pour l'automne et recommandée par des personnes en vue de la Compagnie du Saint-Sacrement, qui nous priaient, Messieurs de Longchamp, de Varange et moi-même, de nous occuper de son établissement à Québec. Je ne sais rien de plus.

Ainsi Ambroisine avait prévu de se rendre à Québec, une fois accomplie sa mission dévastatrice en Acadie. Elle trouvait toujours des hommes prêts à mettre fortune et navires à ses pieds.

— Alors ? interrogeait le Gouverneur avec un regard à la ronde.

L'intendant Carlon prit la parole avec sang-froid. Il dit comment, durant sa tournée d'inspection en Acadie, il avait rencontré le comte et la comtesse de Peyrac qui s'apprêtaient à mettre la voile pour Québec. Ils venaient de recueillir les seules rescapées du naufrage de *La Licorne* perdu corps et biens.

— Je fus témoin du dénuement de ces malheureuses. Leur sort dépendait uniquement de la société constituée par leur bienfaitrice, Madame de Maudribourg. La disparition de celle-ci, du navire, des cassettes chartes et pièces de contrats, les laissait dépourvues. Elles se disaient « Filles du Roy »...

— Il doit bien y avoir un moyen de savoir quels étaient les commanditaires et associés de Madame de Maudribourg en France...

— Lequel ? Je n'en vois pas avant le retour des navires, au printemps...

— L'une de ces filles m'a l air assez intelligente, Delphine, j'essaierai de l'interroger... émit Mme de Mercouville.

M. Haubourg de Longchamp prit dans ses basques une tabatière et se bourra les narines en réfléchissant. D'avoir oublié de s'en excuser près du Gouverneur prouvait sa préoccupation. Il était soucieux. Il dit que le nom de Maudribourg ne lui était pas inconnu. A son dernier voyage en France, il croyait avoir entendu des échos défavorables quant à cette dame, un peu exaltée, dont les buts paraissaient capricieux.

— Voulez-vous dire que Madame de Maudribourg manquait de fonds pour soutenir ses entreprises ? interrogea Tardieu de La Vaudière alarmé.

— Pourtant le comte de Varange, qui l'a connue quelque peu à Paris, m'a assuré que Madame de Maudribourg avait hérité de son mari une énorme fortune, rectifia Gaubert de La Melloise.

— La famille du défunt ferait-elle opposition au testament contre la veuve ?

Gaubert ne savait rien de précis. Il avait prêté son concours à l'installation de la dame à Québec parce qu'il en avait été prié par M. Le Charrier qui avait à Paris la charge de procureur de la Confrérie du Saint-Sacrement, homme de grand mérite, membre du Tiers-Ordre franciscain de la Pénitence. Celui-ci lui avait donné l'assurance que l'entreprise de Mme de Maudribourg était soutenue par les jésuites, sans livrer de noms, mais en laissant entendre qu'il s'agissait de jésuites influents, près du Roi.

Les bruyants éternuements de M. de Longchamp sous l'effet de son tabac le dispensa de se souvenir avec plus de précision.

Angélique calquant son attitude sur celle de son mari affichait le plus grand calme. Carlon était mal à l'aise, mais il n'en laissait rien paraître.

— Ce qui est arrivé aux morts n'est plus de notre ressort, trancha-t-il. Il faut statuer sur le sort des vivants, c'est-à-dire ces filles qui nous arrivent absolument démunies, sans contrat, sans engagement, sans qu'on puisse même les faire repasser en France puisqu'il est trop tard en la saison, ni être assuré, lorsque les communications reprendront, de retrouver la société qui nous remboursera de nos dépenses.

Il s'ensuivit un échange de propositions confuses et réservées.

— Pourquoi ne les présenterait-on pas à des jeunes gens désireux de s'établir, comme il en était fait prévision ?

Les explications et protestations fusèrent.

— Elles n'ont plus de dot. Sont-elles seulement Filles du Roy ?... Où prendra-t-on l'argent pour leur constituer une dot ?

Mme de Mercouville prit la chose en main. Elle fit montre de qualités précises d'organisatrice, en suggérant que l'on pourrait émarger au budget de la colonie les cent livres de dot prévues pour chaque épouseuse, quitte à faire rétrocéder cette dépense sur les gratifications prévues par « l'état du domaine ».

— Soit, concéda Tardieu de La Vaudière, mais alors il faudra prévoir, Monsieur l'intendant, une diminution des sommes que vous allouez au développement de votre baronnie des Iles Vertes.

— Et fielleux par-dessus le marché, glissa Ville d'Avray à Angélique. Ce garçon se fera assassiner un jour.

Dédaignant la réflexion, Jean Carlon proposait qu'on fît plutôt appel à « l'état du roi ».

— Quel département ? demanda le procureur.

— Assistance... dit Mme de Mercouville.

— Religion, lança Basile.

Les trois premiers conseillers s'insurgèrent. Ils étaient marguilliers de Notre-Dame, chargés de gérer financièrement la Fabrique, c'est-à-dire la paroisse de Québec, et savaient combien étroite était la marge qu'on leur avait accordée lorsqu'avait été établi le « projet de fonds » pour l'année suivante.

Le Gouverneur haussa les épaules.

« Le projet de fonds » prévoyant les dépenses venait d'être envoyé par le dernier navire d'automne. Une fois de plus on ne connaîtrait qu'au printemps l'arrêt du Roi, discuté par le Conseil de la Marine et du Commerce.

En attendant quelqu'un suggéra qu'on pourrait faire porter la dépense sur les revenus de la Ferme du roi, prise, soit sur l'affermage des fourrures, soit sur celui des chênes abattus pour les mâts des navires ou pour tout autre usage, mais dont le rapport était réservé exclusivement à la Couronne.

L'Intendant donna son accord sur une formule qui lui permettait d'épargner sa baronnie des Iles Vertes, sise près de Beauport.

Il fallait réunir aussi le trousseau indispensable. Mme de Mercouville annonça qu'elle allait s'adresser aux confréries charitables et aux congrégations.

Peu de femmes avaient le superflu au Canada, mais chacune réussirait à découvrir dans sa garde-robe des vêtements usagés de première nécessité à donner.

Le plus difficile resterait ensuite à trouver : le mari.

— Nos jeunes gens ne sont guère pressés de s'établir, confia Frontenac à Angélique.

Nés au pays, c'étaient de joyeux lurons, fous d'espace et de liberté. Pour les retenir, les empêcher de partir aux bois courir leur chance dans l'aventure de la fourrure et les contraindre à fonder une famille, on avait édicté des lois sévères. Si un garçon de vingt ans ou une fille de seize ans n'étaient pas mariés, les parents devaient venir s'en expliquer aux autorités. De fortes amendes frappaient les géniteurs des récalcitrants. Au temps où les convois les plus importants de Filles du Roy arrivaient, tout célibataire qui n'était pas marié dans les quinze jours se voyait retirer ses droits de chasse et de pêche et son « congé » de voyageur qui l'autorisait à se rendre chez les sauvages pour y troquer des marchandises de traite contre du castor. Autant dire qu'il ne pouvait plus vivre...

Ces sanctions ayant été rappelées, Mme de Mercouville, qui avait l'esprit ingénieux et prompt à tirer parti de toutes les situations, suggéra que l'on pourrait prélever le cent d'aiguilles et le mille d'épingles prévus pour la cassette matrimoniale de chaque jeune fille sur la quincaille confisquée aux coureurs de bois en infraction d'épousailles. On y prendrait aussi les ustensiles de cuisine et objets accordés aux nouveaux mariés pour les encourager : chaudrons, pots, ciseaux, hachettes pour couper le bois, couteaux, couvertures...

M. de Frontenac, par courtoisie, ne voulait pas interrompre Mme de Mercouville, mais lorsqu'on commença à compter les épingles et les aiguilles, Angélique sentit qu'il était sur le point d'éclater.

— Laissons-là ces détails qui fatiguent ces messieurs, proposa-t-elle à l'efficace présidente des Dames de la Sainte-Famille. J'irai vous voir, ma chère, et nous en conviendrons ensemble. Le principal c'est de recevoir l'accord du Grand Conseil quant au soutien de l'établissement de ces jeunes filles.

L'approbation semblait acquise. Noël de La Vaudière posa une dernière restriction.

— Sont-elles toutes « demoiselles » ? Car la dot de cent livres n'est prévue que pour les jeunes personnes de bonne famille, pauvres mais de bonne éducation et qui sont destinées à se marier avec des officiers ou des fonctionnaires de la colonie. Pour les orphelines ou les filles de l'Hôpital Général ce n'est que cinquante livres... Je ne saurais inscrire...

— Vous vous noyez dans un crachat, cria Frontenac à bout de patience. Finissons-en ! Greffier, prenez note.

On commença de dicter les modalités du contrat qui engageait l'État à doter les jeunes femmes à marier.

Une voix s'éleva :

— Il nous faudrait avoir plus de détails sur le naufrage de *La Licorne*. La bienfaitrice est-elle vraiment morte ? Nous ne pourrons rester dans l'imprécision lorsque les héritiers ou les commanditaires de cette veuve viendront nous demander des comptes.

C'était le gros lieutenant de police, Garreau d'Entremont, qui intervenait et il n'avait manqué de donner à sa question une forme qui trahissait indéniablement sa fonction.

Sa remarque provoqua un silence pesant.

— Qui a été témoin de la mort de Madame de Maudribourg, demanda-t-il.

— Moi, fit Carlon.

Il ajouta en fixant son interlocuteur d'un regard sans réplique :

— ... J'ai vu son cadavre. Je pourrais vous indiquer l'endroit de sa tombe. Ceci n'entrave en rien les décisions que nous avons à prendre aujourd'hui pour l'établissement des malheureuses survivantes.

L'incident fut clos.

M. Gaubert de La Melloise y revint un peu après en suggérant d'une voix onctueuse :

— Nous fêtons la Saint-Ambroise dans quelques jours. Je proposerais qu'on fasse célébrer à cette occasion une messe pour le repos de l'âme de cette dame bien pensante qui a payé si chèrement son dévouement à la cause du Canada.

— L'autel va flamber, marmonna Ville D'Avray en aparté à Angélique.

La proposition fut acceptée. Les adeptes de la Compagnie du Saint-Sacrement paieraient l'encens et le luminaire ainsi que l'obole pour la paroisse et les pauvres. Les liens qui unissaient la duchesse de Maudribourg au Père d'Orgeval ne semblaient pas être connus. Il avait laissé à d'autres le soin de préparer la venue de celle qui était son âme damnée. A moins qu'il ne fût lui-même la sienne, ou que l'un et l'autre ne se considérassent comme le plus fort sur l'autre. Égarement, obscucissement de la conscience, confusion irréelle...

Un frisson avait vrillé l'échine d'Angélique lorsqu'elle avait entendu la question de Garreau d'Entremont. Est-elle morte ?

Elle poussa un soupir si profond qu'on l'entendit. Les têtes se tournèrent vers elle et Frontenac s'écria :

— Madame, nous vous lassons ! Pardonnez ces controverses Il fallait pourtant que vous fussiez présente...

— Je ne le regrette point. J'ai pu apprécier de quelles responsabilités vos épaules supportaient le poids...

— Vous le voyez ? Elles sont sans nombre...

— Mais à la vérité, je meurs de soif...

Aussitôt les laquais apportèrent des verres. Les conseillers se prononcèrent la plupart pour de la bière, que la brasserie de la côte d'Abraham fabriquait en suffisance. Angélique ne voulut qu'un grand verre d'eau.

Quelqu'un ayant dit : « On étouffe ! » les valets ouvrirent les fenêtres donnant sur la terrasse. Au-dehors quelques flocons de neige tombaient sans conviction. On voyait, çà et là, parmi les nuages, un peu de ciel bleu percer. Et tout à coup, l'horizon étincela.

Angélique, buvant à petites gorgées son eau glacée, reprenait des forces. Les Indiens lui avaient donné le goût de l'eau, sève de la terre, élixir de vie.

— L'eau est particulièrement bonne à Québec, lui dit Basile qui la regardait boire.

— C'est pourquoi nous fabriquons une bière aussi excellente, renchérit Carlon.

Il était très fier de sa brasserie qu'il avait créée pour utiliser le surplus de grains et dont il exportait des barriques jusqu'aux Antilles. Il se sentait ragaillardi après la pénible discussion qui avait précédé. Il avait été admirable.

26

LE CONSEIL REPRIT DANS UN CLIMAT DÉTENDU. ON FIT APPORTER des cartes, M. de Frontenac put tracer en quelques paragraphes les perspectives envisagées pour l'avenir du Canada et de l'Acadie, réunis sous l'appelation Nouvelle-France, si vastes territoires que semblaient s'y perdre les rares Français qui les avaient rassemblés sous la bannière à la fleur de lys. Cavelier de La Salle s'avançait vers le Mississipi. M. de Peyrac avait soutenu cette expédition. Avec ses navires sur les côtes de l'Acadie, il jouait dans la Baie Française un rôle de police évident qui tenait en respect les maraudeurs anglais. Il possédait des mines d'argent. Il avait repêché des trésors espagnols. Sa fortune était immense.

— Et puis, il est gascon comme vous, souligna Pierre Gollin d'un ton acide.

Frontenac négligea la remarque. Il concluait en rappelant que, par miracle, les royaumes de France et d'Angleterre ne se trouvaient pas, présentement, en guerre. Ne pouvait-on craindre que de trop fréquentes escarmouches entre la colonie française et les états de Nouvelle-Angleterre n'amenassent leurs souverains respectifs à se juger provoqués, et ne transformassent le conflit des possessions d'Amérique en guerre inexpiable ?

— Est-ce à nous de rappeler à nos princes qu'ils ont eu tort de déposer les armes ?

Mais les conseillers étaient moins sensibles à cet aspect de la question qu'au danger qui résidait pour eux à s'engager avec un aventurier qui pourrait être considéré comme un ennemi du roi de France.

M. Haubourg de Longchamp qui avait soutenu le Père d'Orgeval prit la parole.

— Vous n'ignorez tout de même pas, Messieurs, dit-il d'un ton aigre, que le Père d'Orgeval a « l'oreille du Roi ». Il s'est entretenu avec lui lors de son dernier séjour en France et j'ai ouï dire qu'il avait reçu l'accord secret de Louis XIV, notre monarque, de poursuivre la guerre avec les colonies anglaises...

— Bien que la France et l'Angleterre ne soient pas en guerre, pour une fois.

— Peut-être, mais il n'empêche que des centaines de bateaux maraudeurs de Nouvelle-Angleterre viennent rôder dans la Baie Française et menacent l'Acadie, vous l'avez remarqué vous-même tout à l'heure, Monsieur de Ville d'Avray.

— Raison de plus pour faire confiance à Monsieur de Peyrac qui est décidé à nous aider à maintenir la paix dans ces contrées.

— Et si le Père d'Orgeval a reçu l'ordre du Roi d'y maintenir la guerre, j'ai ouï dire...

— Monsieur, l'interrompit l'Évêque, les « ouï dire » sont des bases trop mouvantes pour que nous y asseyions d'une façon sûre nos décisions. Inutile de vous rappeler ce que vous savez tous, ce que je pense. Le Révérend Père d'Orgeval a pris en main non seulement l'Acadie, mais le Canada, c'est-à-dire la Nouvelle-France tout entière. Son appel à la guerre a dépassé les limites du simple avertissement et conseil que doit un confesseur aux âmes qui s'interrogent. Or, j'ai été nommé à cette fonction d'évêque afin de décharger ces Messieurs de la Compagnie de Jésus des responsabilités temporelles et spirituelles dont ils avaient été peu à peu investis et les laisser plus libres de vaquer à leur vocation missionnaire.

» Tout est bien ainsi. Depuis longtemps aucun d'eux n'a le droit de siéger à ce Conseil ni de se mêler des visées politiques du gouvernement de la colonie.

» Ma présence suffit à y représenter l'Église et ses exigences. Cela dit, sans rien ôter au grand respect que je dois à ceux qui ont enseigné et entouré ma jeunesse, et avec lesquels je garde d'excellentes relations.

Cette prise de position très nette amena un silence. Personne n'avait envie d'avoir l'Évêque comme adversaire. Il était capable de bien des intrigues lorsque son omnipotence spirituelle était mise en contestation. Et l'absence du Père d'Orgeval le laissait maître du terrain.

Piksarett, l'Abénakis, estima le moment venu d'intervenir dans une palabre pour laquelle il avait revêtu, afin d'honorer Onontio (1), la défroque des Blancs qui selon lui ne manquait pas de brillant et de panache, mais à son sens se révélait des plus incommodes.

Il n'en était pas moins prêt à souffrir pour ses amis afin de leur faire connaître les paroles de la sagesse et de la raison dont ils avaient fort besoin s'il en jugeait par ce qu'il venait d'entendre.

Ce qu'il leur annonça, après s'être levé et avoir salué du bras et prononcé les formules honorifiques, toujours très contournées et fleuries dans les discours indiens.

L'éloquence des autochtones séduisait les Français par son naturel, son pathétique et l'usage qu'ils faisaient de nombreuses expressions figurées. Nonobstant l'accent des langues sauvagines qui donnait au débit des mots la tonalité à la fois monotone et sonore d'oiseaux jacassants au fond des bois, il s'exprima dans son français châtié mêlé d'expressions indiennes familières aux Blancs.

Voici en substance ce qu'il dit :

— « Le soleil tourne et poursuit sa course dans le ciel. Nous atteignons l'heure où les hommes sages et qui ont la responsabilité de la nation doivent interrompre leurs palabres et se restaurer, sinon, dans le vertige de la fatigue d'un estomac vide et le trouble de trop de pensées remuées, comme la vase des bas-fonds d'un étang, ils ne pourront parvenir à une décision claire.

« Vous autres, Blancs, vous commettez l'erreur de ne pas pétuner dans vos débats. Vous vous privez de l'aide quasi divine que dispense la fumée du tabac, qui clarifierait vos esprits et réparerait vos forces, épuisées par la fièvre de vos harangues. Vous négligez le repos que procure à tous le passage du calumet de l'un à l'autre et le silence qui accompagne la prise des deux bouffées rituelles. Temps mis à profit pour les réflexions intérieures et la préparation des réponses aux questions imprévues qui ne peuvent manquer d'être lancées.

« Vous ne tenez pas compte de la disposition à la paix que ce simple geste engendre de tendre à son ennemi, ou a son

(1) Nom donné par les Indiens au Gouverneur.

adversaire, ou même à son ami, le calumet lui apportant l'aide sublime, inappréciable, de la fumée du pétun, qui emplit le corps de suavité et de soulagement, geste qui dispose à l'alliance. Vous n'avez point de ces secours, dans vos conseils, si ce n'est l'eau-de-vie et le vin qui portent à la folie. Aussi comment s'étonner que vous ne puissiez point dominer les sursauts qui vous poussent à prendre la parole quand on ne vous l'a point accordée, à interrompre votre frère lorsqu'il exprime sa pensée, à exposer la vôtre comme si elle était la seule juste et ne souffrait pas d'examen. Aussi comment s'étonner que de nous rendre aux « pawas » des Blancs nous paraissent à nous, Indiens, des expéditions des plus divertissantes, si, hélas ! les funestes décrets qui en naissent et qui y sont édictés ne nous entraînaient pas, le plus souvent, nous, vos alliés, dans des malheurs ou des expéditions désastreuses.

« J'ai entendu, en ce jour, tomber de vos bouches bien des choses futiles et comiques qui feraient penser à des commérages de femmes sur une place de village. Si je ne savais, pour être depuis longtemps l'ami des Français, que c'est là leur façon tortueuse de s'approcher et d'investir le sujet principal pour lequel ils se sont réunis. Ainsi, en est-il de la tactique des Indiens Sauteux qui appartiennent à une tribu minable et qui, l'on ne sait pourquoi, entreprennent de cerner le village de leurs ennemis en commençant par reculer, se disperser et même lui tourner le dos.

« Or, je vous connais et je sais que vous n'avez pas oublié « le village » qui est au centre de vos pensées, c'est-à-dire l'avenir à décider, de guerre ou de paix, qui se présente à vous par la présence de Ticonderoga (1) en ce Conseil de Québec. Nous savons tous que nous nous sommes réunis ici pour jeter les bases d'un traité de paix avec Ticonderoga, l'homme qui fait sauter la montagne, et qui a étendu son ombre depuis les sources du Kennébec à l'océan jusqu'aux rives de l'est où viennent les pêcheurs de morues. Il se tient maintenant entre les Anglais et nous, entre les Iroquois et nous. Nous voici devant des jours de paix et de prospérité ou devant la préparation de nouvelles campagnes militaires.

« Aussi dois-je parler, afin que vous sachiez qui est Piksarett, le chef des Narrangassett, quelles opinions habitent mon cœur et les raisons pour lesquelles elles se sont développées en mon esprit. Je ne crains pas la guerre. Le feu qui me porte à anéantir ceux qui ont massacré les miens comme les Iroquois, ou ces maudits Anglais qui ont crucifié Notre-Seigneur Jésus-Christ et

(1) Nom donné par les Indiens à Joffrey de Peyrac.

scalpé et torturé tant de mes frères bien-aimés parmi les Français, ainsi que parmi les Robes Noires qui avaient comblé mon âme par le baptême, est de celui qui ne peut se satisfaire qu'en portant la mort dans les villages et les wigwams de ces ennemis de Dieu.

« Cependant j'ai vu la désolation qui ressort des combats par la perte de tant de braves guerriers, la menace que fait peser sur nos tribus l'esprit de vengeance insatiable des Iroquois, le pitoyable état dans lequel nos peuples se retrouvent après les campagnes aux approches de l'hiver n'ayant pu « déserter » leur terre pour y planter suffisamment, et surtout se livrer à une chasse assez abondante pour la préparation des réserves de pémican et la récolte des fruits sauvages, racines et herbes séchées, et jusqu'à celle du bois pour se préserver du froid. L'ennemi ne nous a pas vaincus par les armes, mais la famine et le froid y parviennent.

« Aussi les malheurs dont nous devons payer nos glorieuses campagnes de l'été m'ont incité à jeter un regard favorable sur le traité d'alliance que Ticonderoga veut soumettre à votre justice.

« Je ne parlerai pas plus longtemps. Vous saurez discerner l'avantage que renferment ses actions qui ne sont ni celles des Français, ni celles des Anglais. Je vous avertirai seulement d'une chose encore.

« Lui et son épouse ont en leur possession des « wampums » d'une valeur inestimable qui garantissent la paix iroquoise pour des lunes et des lunes. Où qu'ils aillent, ou quelques-uns des leurs, le plus cruel de ces chiens d'Iroquois rencontré chantera pour eux son chant de paix.

« Déjà cet accord a porté ses fruits. N'est-il pas vrai qu'aucun Français labourant ses terres au cours de l'été n'a eu à se plaindre de l'incursion des Iroquois ? Vous avez pu engranger en paix. J'écoutais dans les rues de Québec les conversations de personnes se félicitant de la clémence d'un été comme la Nouvelle-France n'en a guère connu, où le sang n'a pas coulé, où les récoltes n'ont pas brûlé, où les captifs n'ont pas été emmenés en servitude aux Cinq-Nations.

« Je ne me tairai pas que vous n'ayez compris ceci. Outtaké, ce Coyotte vindicatif, n'a point porté la guerre au-delà du Kennébec comme il le fait chaque année, avide de sa moisson de scalps de Français, de Hurons ou des nôtres aussi, Abénakis, les enfants de l'aurore, parce que Ticonderoga s'était dressé entre eux et vous.

« J'ai dit. »

Il se rassit dans un silence respectueux, très satisfait de

l'avoir obtenu, ramassa ses bâtonnets et fouillant dans les basques de sa redingote anglaise en tira un petit serpent fumé qu'il se mit à couper sans façon en tronçons sur le bord de la table. Alors, il quitta la posture inconfortable qu'il souffrait depuis le début du Conseil, assis, comme les Blancs, sur ces trônes raides qu'on appelle chaises et où l'on ne peut même pas replier les jambes pour se reposer.

Il alla s'asseoir jambes croisées sur la pierre de l'âtre et se prit à déguster ses morceaux de serpent en surveillant du coin de l'œil l'effet de son discours. Son regard malin guettait lequel de ces agités allait reprendre la parole le premier. Il pariait qu'ils s'y lanceraient tous ensemble selon ce qu'il pouvait prévoir d'expérience.

Mais les fortes déclarations du Narrangassett avaient impressionné. Ses arguments s'ajoutaient aux autres déjà exposés pour faire pencher la balance du côté des avantages à retirer d'un franc traité et les conseillers en méditaient les termes.

— Tu parles d'or, Sagamore, remercia le Gouverneur, tourné vers Piksarett. Tu as raison de nous ramener aux questions essentielles qui ont nécessité notre convocation du jour. N'est-ce pas malheureux, continua-t-il s'adressant à ses administrés, qu'il nous faille un sauvage pour nous rappeler nos devoirs et l'importance de nos fonctions ?

Les assistants demeurant cois, le Gouverneur crut le moment opportun pour abattre son jeu.

— J'ai écrit au Roi, annonça-t-il, dans un courrier qui est parti par le premier bateau faisant retour en France en juillet, j'ai exposé de mon mieux les événements que nous avions à affronter et les solutions que je proposais. Je nommais Monsieur de Peyrac afin de ne rien laisser dans l'ombre et que Sa Majesté puisse juger en toute connaissance de cause.

— N'était-ce pas prématuré de le nommer au Roi ? s'écria M. Haubourg de Longchamp.

M. Magry de Saint-Chamond toussota, s'adressant à Peyrac sans le regarder :

— Nous nous sommes laissé dire, Monsieur, que vous avez été à l'origine de la révolte de la province d'Aquitaine qui, il y a quelque quinze ans, causa bien des soucis au Roi ?

— Quelle province n'a pas eu sa révolte en ce règne ? riposta le comte sans s'émouvoir.

Il se leva, posant sur les personnes présentes un regard attentif.

— Ne sommes-nous pas tous ici plus ou moins victimes de

disgrâces ? reprit-il. Disgrâces que bien peu d'entre nous ont conscience d'avoir recherchées ou méritées par leur conduite. Mais il nous faut les subir car il n'est pas accordé à tous de pouvoir sortir indemnes des convulsions du temps, qu'ont suscitées les erreurs de quelques-uns. Le Roi a souffert dans sa minorité de voir s'élever contre lui les grands du royaume, la plupart de sa parenté, comme son propre oncle, Gaston d'Orléans, frère de son père Louis XIII. Ne nous étonnons pas qu'il en ait gardé une méfiance profonde contre la puissance des provinces et tous ceux qui à leur tête lui paraissaient, à tort ou à raison, menacer son trône et l'unité de la France. Comme beaucoup, j'ai eu à supporter le poids de cette méfiance, encore que je n'aie pas besoin, Messieurs, de vous faire remarquer qu'au temps de la Fronde, je n'étais encore qu'un très jeune homme à l'écart des complots. Ce ne fut que plus tard que la révolte d'Aquitaine naquit du préjudice qui m'était causé. Je ne présidais plus à ses destinées et elle s'égara, voulant m'être fidèle. Mais laissons là une histoire dont il ne faut pas s'exagérer l'importance. Les temps ont changé. Le cardinal Mazarin qui veilla sur la jeunesse du Roi et lui permit de sortir victorieux des désordres de la Fronde fut le dernier des premiers ministres. Aujourd'hui le Roi règne seul (1). Nul ne conteste son pouvoir. Et l'on voit graviter autour de lui, à Versailles, comblés de bienfaits et de charges, beaucoup de ceux qui, jadis, ont porté les armes contre lui. Car le Roi oublie ce qu'il veut oublier et parfois bien au-delà de ce que l'on était en droit d'attendre.

Angélique était sidérée de l'habileté avec laquelle Joffrey de Peyrac présentait une défense que tous commençaient à se sentir embarrassés de lui avoir demandée.

Il mettait en évidence un fait qui pesait d'un grand poids dans l'évolution de leurs destins : la magnanimité du Roi. On savait le Roi excessif dans ses générosités comme dans ses rancunes. Lorsqu'il faisait grâce, il effaçait tout et comblait de faveurs ceux qu'il avait abaissés.

Levant les yeux vers le gentilhomme en costume de velours rouge, l'étoile de diamants brillant sur sa poitrine et qui leur parlait avec autant d'autorité que de mesure, ils virent que Joffrey de Peyrac restait le dernier des grands princes dont le Roi avait entrepris d'abattre la superbe.

Or, pour avoir été banni et écarté avec plus de rigueur, il s'en retrouvait plus libre et plus puissant que les autres, ceux qui là-

(1) Louis XIV, à la mort de Mazarin, décida de ne pas le remplacer dans sa fonction. Il fut lui-même son Premier ministre.

bas, à Versailles, asservis par leurs chaînes dorées, éloignés de leurs fiefs, ne subsistaient plus que par les titres et la fortune en cette Cour splendide où Louis XIV les voulait rassemblés sous ses yeux afin de mieux les tenir à sa merci.

Lui restait le plus libre. Oublié, exclu, effacé, il pouvait réapparaître marqué encore d'un privilège perdu.

M. Magry de Saint-Chamond intervint.

— Votre missive au Roi, Monsieur le Gouverneur, introduit un élément nouveau ainsi que des perspectives nouvelles. Hélas ! nous ne saurons qu'au retour des navires ce que Sa Majesté en pense.

— Sa Majesté en pense grand bien.

Celui qui venait de jeter ces mots était Nicolas de Bardagne qui jusqu'alors n'avait pas prononcé un mot.

L'assemblée demeura interloquée. M. de Frontenac fut le plus surpris. Il se mit à tirer sur sa moustache avec perplexité. Mais le premier, il comprit ce qu'impliquait la déclaration du chargé de mission.

— Voulez-vous dire que votre mission en Canada a pour objet d'examiner les éventualités que nous venons d'exposer à propos de Monsieur de Peyrac ?

— Entre autres, répondit un peu sèchement l'Envoyé du Roi.

Frontenac insista.

— Sa Majesté vous aurait-elle prié de vous informer de la situation en Acadie modifiée par la présence de Monsieur de Peyrac ?

— Entre autres, répéta Bardagne qui préférait laisser planer un doute sur le nombre et l'importance des différentes enquêtes dont il avait été chargé. A vrai dire, reprit-il après un petit silence, Sa Majesté m'a paru surtout désireuse de savoir *qui* était Monsieur de Peyrac, en bref de recevoir des renseignements précis et détaillés sur ce gentilhomme, ses intentions, ses agissements, ses déclarations.

— Mais alors, s'exclama joyeusement Frontenac, mais alors... il faudrait croire que le Roi a déjà examiné mon courrier ? Votre départ pour la Nouvelle-France aurait-il été déterminé par ce que je lui exposais dans mes lettres ?

Les conseillers calculèrent fiévreusement le temps des traversées.

— ... Quoi qu'il en soit le Roi est au courant. La hâte avec laquelle il s'est empressé de donner suite à ce que je lui exposais prouve combien l'intérêt lui en est apparu. Que vous en a-t-il dit, Monsieur l'Envoyé royal ?

— Secret d'État. Mais je puis cependant vous dire que Sa Majesté regardait avec sympathie du côté de votre projet. J'ai pu, dès Tadoussac, lui écrire une lettre où je lui donnais mon avis.

— Favorable, je l'espère, jeta vivement Frontenac.

Il jubilait.

— ... Voyez, Messieurs, plus de doute, Sa Majesté approuve la politique d'alliance que j'ai préconisée avec Monsieur de Peyrac.

— ... Approuvera, peut-être... rectifia le premier conseiller Magry de Saint-Chamond en levant un index réticent.

Mais son pessimisme ne trouva plus d'écho.

L'Envoyé du roi en révélant que le souverain jetait un regard d'intérêt à leur projet d'expansion pacifique, avait fait se retourner l'opinion générale avec la promptitude d'un sablier se renversant. Que n'avait-il parlé plus tôt, ce Nicolas de Bardagne ? pensaient les conseillers. Ils se seraient épargnés bien des atermoiements.

Subtil, M. de Chambly-Montauban, qui avait le goût d'épicer la plus anodine des situations d'éventualités amoureuses ou érotiques, envisagea que la beauté de Mme de Peyrac était de celles qui ne pourraient, s'il la voyait un jour, laisser le sensuel Louis XIV indifférent. Autant se mettre à l'avance du bon côté. La partie était gagnée. Presque involontairement Bardagne avait contribué à l'emporter.

Par ses paroles, il leur apportait la caution du Roi. Et pour ces gens-là, c'était la seule chose qui comptait : le Roi. Angélique leva les yeux sur le grand tableau qui, au fronton de la cheminée, représentait le Roi.

Pour elle, il était devenu un mythe, une abstraction redoutable.

Peu à peu, elle avait oublié la personne humaine. Et, sous les lambris du château Saint-Louis de Québec, il revint vers elle, elle revit ses yeux bruns dont il ternissait volontairement l'éclat, mais qu'il savait rendre très éloquents lorsque le tourmentait le désir.

Un temps, il avait voulu faire d'elle la reine de Versailles.

Mme de Mercouville, pensant que les graves questions politiques étaient réglées, jugea le moment opportun de parler de ses métiers à tisser. On avait planté du lin et le pays produisait des moutons. Il fallait encourager les femmes des campagnes, inactives l'hiver, à tisser leurs draps et leurs vêtements. Elle avait une requête à présenter au Conseil à propos de prisonniers anglais qui se trouvaient au village des Hurons de Lorette. On lui avait dit que ces deux captifs de Boston connaissaient le secret des teintures végétales et celui de les fixer. Elle souhaitait obtenir de l'intendant Carlon un ordre de réquisition qui lui permît de faire venir ces hommes à Québec, le temps d'apprendre leurs procédés afin de teindre, de vives et sûres couleurs, la laine réservée aux tissages.

— Monsieur Gaubert de La Melloise, dit-elle, les employait souvent.

Mais M. Gaubert de La Melloise, croisant ses doigts finement gantés aujourd'hui de vert amande, fit remarquer que ces hommes, fort bornés et taciturnes comme tous les plébéiens de race anglo-saxonne, ne divulgueraient pas leurs secrets et qu'elle n'en obtiendrait rien.

— Ils ne savent pas un mot de français.

— Je sais l'anglais.

— Soyez persuadée que leurs maîtres sauvages ne se priveront pas volontiers de leurs services, même pour huit jours.

— Monsieur l'intendant Carlon leur fera porter un ordre.

Gaubert de La Melloise rit doucement. Il assura qu'il était le seul à pouvoir faire entendre raison aux sauvages et à convaincre leurs abrutis d'esclaves anglais à composer de temps à autre un bol de teinture dont ils ne révélaient pas les ingrédients.

— En vérité, vous voulez les garder pour vous, s'écria Mme de Mercouville indignée.

Voyant la tournure que prenait ce nouveau différend, Frontenac décréta que la séance était levée.

On avait fait du bon travail.

Il se dressa et les hommes l'imitèrent.

— Aïe ! ma jambe ! cria M. de Castel-Morgeat.

Personne ne se formalisait des exclamations que la douleur arrachait parfois au pauvre gouverneur militaire.

Il s'excusa auprès des dames.

— Souffrez-vous d'une ancienne blessure ? s'enquit Angélique.

— Non, même pas ! Ce serait plus glorieux. Ce sont des douleurs que j'ai contractées au cours d'une campagne d'hiver contre les Iroquois.

Angélique fut sur le point de lui conseiller un onguent dont elle avait le secret, de graines de sorbier et de résine de sapin baumier incorporées à du beurre de chèvre. Accompagné d'une infusion de colchique bien dosée, le traitement faisait merveille. Mais elle s'en abstint. Non sans regret, elle abandonna le pauvre Castel-Morgeat à ses souffrances.

Elle s'était promis, par prudence, de ne pas alimenter sa légende de guérisseuse. De ce titre à celui de sorcière il n'y avait souvent qu'un pas.

Attentive à se composer, pour Québec, un personnage de

grande dame citadine et mondaine, elle travaillerait à estomper l'image naïve et dangereuse qui s'était créée à partir d'elle et dont la confirmation pouvait lui coûter cher.

Midi carillonnait. Monseigneur de Laval récita l'angélus, ce qui clôtura pieusement le Conseil et l'on traversa le vestibule par petits groupes.

Angélique s'approcha de Nicolas de Bardagne.

— La loyauté de votre intervention m'a plu, lui dit-elle. Je veux vous remercier.

Il laissa tomber un long regard sur elle. Elle s'émut devant son visage et elle sentit qu'en lui parlant ainsi elle le payait au centuple. Il recueilllait chaque mot ou geste venant d'elle comme des perles.

— Comme vous êtes ardente ! dit-il. Je vous regarde vivre et je m'aperçois que déjà c'était cette qualité en vous qui m'avait séduit à La Rochelle. Votre flamme, votre participation à la vie, la conscience avec laquelle vous recherchez la meilleure voie. A La Rochelle, je m'étonnais de vous voir prendre fait et cause pour vos maîtres huguenots comme si l'injustice qui leur était causée vous atteignait vous, sans souci de votre propre sort.

« En ce temps-là, je me demandais quelle pouvait être la couleur de vos cheveux soigneusement cachés sous votre bonnet de servante... Maintenant, je le sais, ajouta-t-il en s'arrêtant sur le seuil et en la contemplant. Vous avez l'air d'une fée...

Il ébaucha le geste d'effleurer sa chevelure pâle et dorée. Perdu dans son rêve, il se croyait toujours seul au monde avec elle. Le comte de Loménie venait vers eux pour prendre congé. M. de Bardagne après avoir baisé la main d'Angélique s'écarta.

Joffrey de Peyrac s'attardait. Il parlait avec le gouverneur et un certain Morillon, adjoint de l'Intendant, qui avait été chargé de mission en Nouvelle-Angleterre, après le traité de Bréda. Il n'était pas intervenu pendant la réunion par timidité, mais était heureux de s'entretenir d'un sujet qu'il connaissait bien et confirmait ce que le comte avait dit sur le tracé des frontières dans les régions de l'embouchure du Kennébec.

Ville d'Avray quittait le château tout en décrivant aux trois premiers conseillers les aménagements et embellissements qu'il comptait apporter à son bateau.

— J'espère que vous lui donnerez un nom un peu moins païen que celui du premier, émit M. de Saint-Chamond.

— Je l'appellerai *Aphrodite...* J'ai l'intention de demander au charpentier Le Basseur de me sculpter une belle figure de proue : Aphrodite née de l'écume de la mer... Cela le changera un peu de ses tabernacles.

Dans la cour, les soldats du corps de garde, ayant posé leurs armes en faisceaux, s'assemblaient autour d'un foyer au-dessus duquel était suspendu un chaudron. La potée militaire répandait une odeur savoureuse. A cette heure, les plus appétissantes effluves se mêlaient aux relents des feux de bois. Les rôtisseries annonçaient volailles et gibier, tourtes et pâtisseries. Les parfums des soupes et des ragoûts variés se glissaient par les interstices des portes et fenêtres lorsqu'on passait au long des rues devant les habitations bien closes, mais à l'intérieur desquelles résonnait un bruit actif de cuillères d'étain contre les écuelles.

Flottant au-dessus du campement des Hurons, une brume bleue épaisse portait vers les quartiers hauts les émanations fades de la « sagamité », le brouet de maïs traditionnel.

Les membres du Conseil Souverain s'égaillaient, tous pressés, car ces discussions leur avait ouvert l'appétit.

Mme de Mercouville s'éloignait en continuant à se disputer avec M. Gaubert de La Melloise entêté à lui refuser le concours des captifs anglais. Elle avait intercepté l'Intendant pour essayer de le fléchir.

Derrière elle, Angélique entendait Joffrey dire à M. Basile : « Je vous suis très obligé. Je n'ignore pas que rien ne peut se faire sans vous. »

Le négociant la dépassa en soulevant son bonnet de fourrure, puis s'éloigna les mains dans les poches de sa redingote de gros drap châtaigne, doublée au col, aux poignets et aux revers des poches de la même fourrure noire que sa toque. Chaussé de bottes indiennes, il avait la démarche à la fois pesante et alerte des gens du pays. En franchissant le porche d'entrée, le commis se retourna et lança dans leur direction un clin d'œil complice.

Joffrey prit le bras d'Angélique. Les Espagnols, qui attendaient dans un coin de la cour, vinrent au-devant d'eux. Ils avaient fait conversation avec deux soldats qui étaient de la région pyrénéenne et parlaient un dialecte mêlé d'espagnol.

Entouré d'un essaim de soutanes noires, Monseigneur de Laval, noble silhouette vêtue de violet, regagnait le séminaire où l'attendait dans son appartement privé un frugal repas. Auparavant, il aurait traversé les grands réfectoires pour y bénir de ses deux doigts levés les enfants attablés devant leur écuelle de laitage trempé de bon pain français.

Ce qui avait frappé Angélique au cours d'une matinée qui ne

manquait pas d'intérêt, c'était l'autorité unique que chacun de ces Messieurs prétendait exercer.

Le Gouverneur ? L'Intendant ? L'Évêque ? Basile, l'éminence grise ? Les jésuites, dans l'ombre ? Le procureur royal ? Le commis ?

— Qui règne ici ? demanda-t-elle à Joffrey.

— Ils règnent tous... répondit-il.

27

Angélique retourna voir la Polak et lui raconta sa visite à l'Évêque. Il lui fallait se choisir une dévotion.

— Choisis le Père Éternel ! conseilla l'autre.

— Comme la Mère Marie de l'Incarnation des ursulines.

— Non ! comme tous les argotiers de Paris. As-tu oublié ?... La statue du Père Éternel au coin de la rue de la Pierre-aux-Bœufs, dans le faubourg Saint-Denis. Qu'est-ce qu'on lui faisait comme prières à celui-là ! Ha ! Ha ! Ha ! Des blasphèmes et des malédictions...

Après s'être esclaffée bruyamment, elle se signa et redevint sérieuse.

— ... Faut pas rire de ces choses-là. Non, terminé ! Que Dieu me pardonne ! Le passé est effacé. Je me suis confessée assez souvent. Je ne veux pas griller en enfer, moi.

Angélique, par instants, était saisie de stupeur. Elle ne parvenait pas à croire qu'elle parlait à La Polak et qu'elle avait vécu avec elle tant de choses terribles.

Elle demanda quand elle pourrait connaître l'actif Gonfarel dont le renom lui revenait de tous côtés.

Elles en étaient là de leur conversation, lorsqu'une rumeur, sur le port, les attira au seuil de l'auberge.

Les gens se rassemblant peu à peu se montraient du doigt traversant le plan d'eau de Québec de grosses barges qui, par des filins traînaient derrière elles un navire dématé qui donnait de la gîte et paraissait à chaque instant sur le point de s'engloutir sous les eaux.

— Mais c'est le *Saint-Jean-Baptiste,* s'écria Janine Gonfarel.

— On va le couler, dit quelqu'un.

Comme l'éclair, une pensée consternante traversa l'esprit d'Angélique : et l'ours, mister Willoagby, qui est à bord !

Dans l'entrepont du bateau échoué, l'ours savant d'Élie Kempton s'était endormi de son sommeil hivernal et voici qu'on emmenait au large, pour la couler, l'épave qui lui servait de refuge.

Ainsi que La Polak à ses côtés, mais pour une autre raison elle demeura tout d'abord sans voix.

Puis la patrone du *Navire de France* se mit à invectiver les personnes alentour, les adjurant d'empêcher cela. De ses phrases sans suite d'indignation et de désespoir, il ressortit que son mari et elle étaient propriétaires, en partie, du *Saint-Jean-Baptiste,* que c'était une fortune qui allait disparaître, qu'ils seraient ruinés...

Janine Gonfarel arracha son bonnet à coques, courut vers la grève en faisant de vains signaux. Parmi les curieux assemblés, les uns ricanaient, les autres hochaient la tête, peu compatissaient.

— C'est un navire qui a la peste disait-on.

— C'est un navire qui m'appartient, rétorquait Janine Gonfarel.

— On a décidé de le couler.

— Qui « on » ? Quel est l'enfant de putain qui m'a mijoté ce mauvais coup ? C'est le procureur, j'en suis sûre... Ou bien le major... Non, c'est Le Bachoys... Bien sa façon... Et le jésuite qui n'est pas là... Marquise, fais quelque chose, je t'en prie, dit-elle à mi-voix en se rapprochant de son amie. Je ne peux aller au Gouverneur. Mais si ton « balafré » voulait intervenir ? Il les a tous déjà dans la main. On ne peut pas laisser faire ça.

— Oui, tu as raison. On ne peut pas laisser faire ça, répéta Angélique, franchement consternée.

Elle regardait autour d'elle cherchant quelqu'un pour l'aider. Par chance, elle aperçut une grosse chaloupe qui abordait au rivage de l'anse du Cul-de-Sac, montée par des hommes du *Gouldsboro* que commandait le quartier-maître Vanneau. Elle se hâta à leur rencontre. Ils venaient du Cap Rouge. Vanneau put lui dire que le comte de Peyrac devait se trouver en ville.

— Je vais essayer de le joindre, dit-elle à Vanneau, mais, en attendant, faites votre possible pour stopper le convoi qui emmène le *Saint-Jean-Baptiste* sur les grands fonds pour le couler.

Elle le supplia d'envoyer aussitôt une fusée et des signaux pour qu'ils mettent en panne. Puis de faire force rames jusqu'à eux, quitte à promettre des récompenses, pour les convaincre d'attendre le contre-ordre

— Gagnez du temps ! Quels que soient ceux qui ont donné cet ordre, y compris le Gouverneur lui-même, je prends la responsabilité de le suspendre, c'est un malentendu.

Elle allait courir jusqu'au manoir de Montigny qui lui parut désespérément loin, sans être certaine pour autant de trouver son mari.

Après avoir vu la chaloupe repartir sous l'impulsion de ses six rameurs et avoir jeté à La Polak quelques mots d'encouragement, elle s'élança à travers les rues et entama la Côte de la Montagne. Elle cherchait des yeux si elle n'apercevait pas Piksarett qui, avec ses longues jambes, lui aurait été fort précieux.

Un carrosse se hissant non sans peine arriva derrière elle, puis parvint à sa hauteur. La côte était si rude que les deux chevaux avançaient gagnant à chaque pas une distance infime. Il fallait prendre son temps quand on montait la Côte de la Montagne. Le cocher dodelinait du chef. L'équipage tanguait au gré des cailloux rencontrés. C'était un fort bel équipage, avec un chiffre marqué sur la portière et des rideaux de satin à franges dorées.

Comme l'équipage la dépassait, le joli visage de Bérengère-Aimée Tardieu de La Vaudière s'encadra entre les franges des rideaux.

— Madame, que se passe-t-il ? Vous paraissez anxieuse.

— Je suis à la recherche de mon mari, lança Angélique qui se reprocha aussitôt de paraître anxieuse ce qui la rendait ridicule. Elle s'imagina, à tort ou à raison, qu'elle voyait une lueur d'amusement briller dans les yeux de la sémillante personne.

— Monsieur de Peyrac ? J'ai quelque idée du lieu où le trouver, fit-elle d'un air important. Montez donc...

Déjà le laquais avait sauté à terre et ouvrait la portière devant Angélique qui prit place. L'attelage repartit avec un gémissement de tous ses essieux. Les sabots des chevaux patinaient sur les cailloux.

MME de La Vaudière regardait Angélique du coin de l'œil et ne dissimulait pas la satisfaction qu'elle éprouvait à la voir de plus près. De son côté, Angélique se félicitait de l'occasion qui lui était donnée de pouvoir jeter sur elle un regard critique. C'était décidément une charmante personne, plus jolie que belle, avec de l'entrain, un mouvement de tête un peu frondeur, qui laissait deviner que la vie ne l'intimidait point et qu'elle lui avait déjà lancé son défi.

Elle mettait une certaine affectation à réclamer qu'on lui donnât en entier son patronyme de Bérengère-Aimée. Elle avait un rire perlé qu'elle employait un peu à tort et à travers. C'était un genre mais qui décontenançait. L'on n'osait pas parler de sujets sérieux devant elle, de peur de les voir, d'un éclat de rire, tournés en badinage. Ce qui donnait certes de la légèreté aux réunions où elle se trouvait. En revanche, elle avait l'art de questionner. Le carrosse n'avait pas encore dépassé la palissade du petit cimetière qui se trouvait à mi-chemin de la Côte de la Montagne, qu'Angélique se retrouva lui ayant déjà expliqué pourquoi il lui fallait trouver d'urgence son mari, afin d'éviter que le *Saint-Jean-Baptiste* ne fût coulé. Mais pourquoi tenait-elle donc tant à ce qu'on ne le coulât pas ? s'étonna Bérengère. C'est que Janine Gonfarel en serait désespérée, étant propriétaire du navire. Mme de La Vaudière s'étonnait plus encore : « Que trouvez-vous à cette femme ? Elle est d'un vulgaire ! »

Elle avait une façon d'arquer ses fins sourcils et d'arrondir ses yeux sombres et candides qui entraînait à lui fournir des explications plus complètes afin de ne point passer pour sotte, ou naïve, ou affligée d'un goût médiocre.

Angélique eut toutes les peines du monde à garder son secret et à dissimuler les affres que lui inspirait le sort de mister Willoagby. Elle réussit à demeurer évasive, se bornant à répéter qu'il fallait que M. de Peyrac fût mis instantanément au courant.

— Il le sera, ne craignez rien, rassura l'autre d'un ton protecteur. Mais il faut avouer que notre cher comte n'est pas de ces personnages qu'on peut être assuré de trouver au logis. Tant s'en faut. On l'accuserait plutôt d'avoir le don d'ubiquité. Pour le rencontrer, je ne cesse de tourner comme une girouette. On me dit : Il est là. J'y cours. Il est déjà ailleurs.

Angélique notait qu'en moins de trois jours, Joffrey était devenu pour ces dames « notre cher comte » et que — naïveté ou bravade — Madame le Procureur ne dissimulait pas qu'elle courait après lui.

— ... Votre époux est un homme d'une telle galanterie. Regardez la montre que j'ai reçue de lui

Elle tenait à deux doigts le bijou qui était retenu à son cou par un ruban de velours noir et qui reposait à la naissance de ses seins, soutenus très haut par le busc de son corsage. Une mince écharpe de linon n'en laissait pas ignorer les rondeurs.

Tout en parlant, la jeune femme surveillait les passants qui allaient et venaient par le chemin escarpé. Elle poussa une exclamation.

— Ah ! voici quelqu'un qui va nous renseigner à coup sûr.

A son appel surgit dans l'entrebâillement des rideaux, comme d'une boîte à ressorts, la face de l'Indien esclave de Mme de Mercouville sur la joue droite duquel la marque de la fleur de lys laissait une cicatrice noirâtre et boursouflée, tirant un coin de sa bouche et lui donnant toujours l'air de rire.

— Ce garçon sait tout sur chacun, glissa Mme de La Vaudière, mais il est très lunatique. Il faut savoir le prendre.

Elle dialogua avec lui. Angélique comprenait mal l'accent de l'Indien qui s'exprimait en français, la seule langue dont il pût user à Québec pour se faire entendre.

Après un échange de questions et de réponses inintelligibles, l'Indien grimpa à côté du cocher. Mme de La Vaudière prenait un air entendu et faisait signe à Angélique de ne pas se décourager.

Elle occupa le reste du trajet à l'instruire sur le statut des Panis qui étaient les seuls Indiens en Nouvelle-France à être esclaves. Ils venaient de régions inexplorées, au-delà des Mers Douces. Les Indiens qui les faisaient prisonniers les revendaient aux Blancs.

Angélique écoutait d'une oreille distraite et, songeant à mister Willoagby, retenait son impatience.

Par la rue de la Fabrique, le carrosse débouchait enfin sur la place de la Cathédrale.

L'Indien bondit à terre, courut, disparut et revint peu après, en sautillant d'un pas de danse guerrière. Il témoignait ainsi d'avoir trouvé celui que l'on cherchait. Mme de La Vaudière triompha.

— C'est bien ce que je pensais ! Monsieur de Peyrac est chez les jésuites.

— Chez les jésuites !

Mais déjà, très résolue, Bérengère-Aimée descendait de carrosse.

Pour atteindre les établissements des Pères Jésuites, groupés en face de la cathédrale mais sur l'autre côté de la place, il fallait sauter un ruisseau.

On abordait alors sur l'autre rive comme en territoire étranger et c'était le domaine des jésuites. De grands arbres, sur une légère éminence, gardaient les entrées des beaux bâtiments de pierre de ces messieurs de la Compagnie de Jésus. Il y avait l'église, le collège, le couvent, une maison résidentielle pour des hôtes ou des retraitants, les fermes, étables et écuries. Les jésuites venaient d'achever leur nouvelle église attenante au collège. L'édifice, remarquable pour l'époque et le lieu, possédait une façade cantonnée de deux tours en plus du clocher qui surmontait la croisée du transept.

Depuis, l'Évêque cherchait à faire agrandir sa cathédrale. Celle-ci, quoique vaste et belle, ne possédait qu'une tour et l'église des jésuites par-dessus les arbres et le ruisseau semblait lui jeter un défi, la regarder de ses vitraux en ogives, ouverts comme des yeux tranquilles. L'église des jésuites et le couvent possédaient chacun une entrée donnant sur la place.

Mais Bérengère, entraînant rapidement Angélique, préféra pénétrer par une petite porte latérale qui introduisait dans une cour intérieure.

— Nous cherchons Monsieur de Peyrac, jeta-t-elle à un frère convers qui venait des étables, deux seaux de lait en mains, son long scapulaire noir battant ses sabots.

Ce « nous » agaça Angélique.

Mme de La Vaudière paraissait familière des lieux et n'en éprouver aucune crainte. Ce n'est pas elle qui se sentait impressionnée comme Angélique par le vestibule dallé, garni de quelques sièges, orné d'un seul grand crucifix au mur et d'un bénitier à droite de la porte.

Bérengère y trempait le bout de ses doigts avec un mélange de désinvolture et de componction qui était un chef-d'œuvre de grâce et d'hypocrisie féminines. Ce faisant, elle possédait un charme indéniable, l'effronterie à la fois gaie et pieuse qu'on prête à une certaine catégorie d'anges qui entourent le trône du Très-Haut et qui ne semblent guère jouer d'autre rôle que d'y apporter de l'espièglerie.

Et Angélique, à voir ses façons, se souvint que Mme de La Vaudière était aussi d'origine gasconne. Une occitane de cette province d'Aquitaine, rebelle et ensoleillée, où les gens ont un sens singulier de la religion, un comportement différent à l'égard des rites et des croyances.

Angélique se rappela que lorsqu'elle était arrivée jadis à Toulouse, venant de son Poitou natal, elle avait été effarouchée par l'ardeur de ces peuples dont le noble Joffrey de Peyrac personnifiait les contrastes : élégance, esprit, indépendance farouche, goût de l'amour. Et aussi fougue, tendresse, détachement, subtile ironie.

Il lui semblait alors que les belles dames du Languedoc, aux yeux noirs, aux rires provocants, aux passions brûlantes, se moquaient de sa blondeur et de son sérieux. Et ce n'est pas sans mal que « la petite Poitevine » s'était imposée parmi elles

Et voilà — n'était-ce pas ridicule ? — que cette Bérengère follette réveillait en elle des sentiments anciens et mitigés

Un élève, vêtu de noir, fit entrer les deux dames dans un vaste parloir. Mis au courant de leur démarche, il s'éloigna afin de s'informer si M. de Peyrac se trouvait céans, ce qui était fort possible.

Un poêle de fonte, comme on commençait à en exporter d'Angleterre, chauffait la pièce. Aux murs étaient suspendus de nombreux tableaux, dont un portrait de saint Ignace de Loyola, l'officier espagnol qui, un peu plus d'un siècle auparavant, avait jeté les fondements de la célèbre Compagnie des soldats du Christ. Dans une niche où brillait une veilleuse se trouvait un moulage de son masque mortuaire.

Bérengère allait et venait en examinant les grands tableaux avec intérêt, scènes édifiantes, grouillantes de personnages, peints par des artistes de talent, qui s'y étaient consacrés, on le sentait, avec une piété enthousiaste.

L'une de ces compositions représentait la mort du père Georges Vaz, apôtre de l'Afrique, rassemblant ses dernières forces pour bénir les noirs du Congo assemblés autour de sa couche. Une autre mettait en scène le père François-Xavier parmi la foule chinoise à San Chéou, ressuscitant un enfant noyé. Il avait été l'un des six jésuites fondateurs, compagnons d'Ignace et, comme lui, déjà canonisé par le pape Grégoire XV. Sa fête venait d'être célébrée, ce qui expliquait les vases d'argent et de verrerie déposés devant le tableau, garnis de grands bouquets de fleurs de papier, peintes et dorées, que fabriquaient les sœurs de l'Hôtel-Dieu.

Le silence qui régnait était d'une densité particulière. L'atmosphère était différente de celle du séminaire. Plus intériorisée. Un calme surprenant malgré la présence des enfants dans les classes. Les portes refermées, on était, derrière ces murs épais, dans une forteresse. En ces lieux, les missionnaires itinérants venaient se reposer des fatigues et des dangers de leurs voyages. Après les interminables courses dans les canots d'écorce, ils retrouvaient, loin de la fumée et de la vermine des cabanes indiennes, la paix de leurs cellules blanchies à la chaux, le réconfort des offices liturgiques, la détente que leur apportaient les entretiens avec leurs frères en religion. Ils y écrivaient leurs « relations » célèbres et fort attendues en France, ils s'y livraient à l'étude des langues sauvagines, à l'enseignement des jeunes Canadiens, aux exercices de l'âme et du corps prescrits par leur mystique fondateur.

Des personnalités hors du commun, capables de lévitation, de transmission de la pensée à distance, de divination, han taient ces lieux.

L'idée vint à Angélique que le Père d'Orgeval pouvait fort bien s'y trouver caché, insoupçonné, attendant son heure.

C'est alors que l'apparition eut lieu. Un pas glissa derrière elle et quand elle tourna la tête, un jésuite était là, entré par une porte dissimulée dans la tapisserie.

Malgré la pénombre, elle reconnut aussitôt sa barbe blonde, sa peau trop blanche que le soleil avait comme écorchée aux pommettes et à l'arête du nez.

Comme il demeurait immobile, figé à quelques pas, elle lui adressa un léger salut.

— Je crois que nous nous sommes rencontrés en Acadie ? Vous êtes le Père Philippe de Guérande, n'est-ce pas ? Le coadjuteur du Père d'Orgeval ?

Il approuva d'un signe de tête. Son regard très clair prenait la dureté de l'agate. Ses lèvres bougèrent enfin. Il dit dans un souffle :

— Par votre faute, il va mourir.

Et se reculant il parut se fondre dans l'ombre du parloir comme un spectre.

Angélique pétrifiée n'était pas certaine d'avoir bien entendu ou bien compris ses paroles.

— Venez-vous, chère ? interjetait Bérengère.

Le séminariste était revenu les chercher. M. de Peyrac était bien céans.

Leur cicérone enfilait un long couloir aux murs blancs, grattait du bout des doigts à la dernière porte de bois massif, les introduisait dans une vaste pièce, une bibliothèque si l'on en jugeait par les centaines de livres de toutes tailles, reliés de cuir, dont les rayonnages tapissaient les murs. Certains, des « incunables », avaient la hauteur d'un enfant de cinq ans. A l'instant, l'un de ces volumes de grande dimension venait d'être posé sur un lutrin de bois et le comte de Peyrac en compagnie d'un des pères jésuites se penchait pour en soulever les pages avec précaution.

La porte s'ouvrant, ils se tournèrent vers les arrivantes, et Angélique reconnut dans le jésuite le Père de Maubeuge, le supérieur.

Ce qui frappait au premier abord, dans cette pièce austère du rude Canada, c'était la profusion d'instruments scientifiques de grande valeur que l'on y trouvait. Astrolabes de cuivre ou de laiton doré, cadrans astronomiques, globes célestes ou terrestres, trigonomètres... Sur les tables et les guéridons, parmi les loupes et les compas épars, était ouvert un nécessaire astronomique représenté par une boîte octogonale de bois incrusté de vermeil dont le couvercle rabattu montrait une carte de géographie miniature en émail aux couleurs vives. Les diverses pièces : un petit cadran solaire, un cadran lunaire, un tableau des longitudes et des latitudes, etc. étaient disposées autour de la boîte. Angélique crut se rappeler qu'elle avait vu ce nécessaire parmi les présents apportés par le comte de Peyrac à Québec.

Dans un coin, une très belle sphère armillaire à quatre plans. Dressé sur un trépied à coulisses, un télescope de cuivre doré était braqué en direction de la fenêtre grande ouverte. Le froid cru de ce milieu d'un jour d'hiver ne semblait pas incommoder les deux personnages, entièrement requis par l'intérêt de leurs recherches, tandis qu'un clerc en soutane, déférent et muet, leur servait de secrétaire et les assistait avec des gestes mesurés d'officiant.

Il fallait être à Québec pour trouver admissible la soudaine irruption de deux dames dans un tel sanctuaire de la science, mais c'était un fait qu'en cette ville isolée on vivait en famille, et que les distances observées dans la métropole entre les différentes classes de la société s'abolissaient.

— Excusez-moi, mes Pères ! s'écria gaiement Mme de La Vaudière, je me vois contrainte d'interrompre vos doctes conversations, mais ma chère amie, Madame de Peyrac, cherchait son époux par toute la ville et...

Exprimant au supérieur ses regrets de l'avoir dérangé, Angélique expliqua rapidement que l'intervention du comte était requise au plus tôt pour sauver le *Saint-Jean-Baptiste* qui avait été condamné à être coulé par les autorités portuaires.

Joffrey de Peyrac marqua quelque surprise.

— Cette vieille patache ? s'étonna-t-il. Quelle importance ! Elle ne m'appartient pas...

— Mais l'ours est à bord, s'écria Angélique. Oh ! Joffrey, il faut sauver Mister Willoagby...

L'OURS fut sauvé !

On ramena le *Saint-Jean-Baptiste* vers la rive et l'intendant Carlon, pressenti par le comte de Peyrac, offrit à l'épave de plus en plus immergée, le refuge d'un bassin désaffecté des chantiers maritimes.

Le pauvre Élie Kempton, qui se terrait au manoir de Montigny, effrayé de se sentir piégé, lui, un puritain du Connecticut, dans cette cité papiste, fut escorté par quelques amis du *Gouldsboro*. afin de pouvoir visiter son ami plantigrade.

L'ours dormait toujours et n'avait été nullement dérangé par sa promenade dans la rade de Québec. Élie Kempton le couvrit d'une provision de foin et de paille supplémentaire et déposa dans un coin de la cale des tubercules et racines, pactole nécessaire à l'animal qui, deux ou trois fois au cours de l'hiver, s'éveillerait poussé par la nécessité, et chercherait autour de lui, dans son repaire, de quoi renouveler ses réserves de graisses épuisées.

Sur le soir, un homme corpulent se présenta à la maison du marquis de Ville d'Avray où logeait le comte de Peyrac, tenant son bonnet d'une main et de l'autre une vannerie sur laquelle étaient posés trois fromages ronds.

La compagnie venait d'achever de souper dans la grande salle et Sire chat était sur la table, comme il se doit, parmi les plats et les reliefs du festin.

Angélique avait pris place sur le fameux canapé — dont elle ne connaissait pas encore tous les secrets. Le comte de Peyrac était à ses côtés.

C'était une soirée comme il s'en établissait souvent dans cette petite maison et qui rappelait les veillées du fort de Wapassou. Parce que Joffrey était présent, parce que des amis de l'hivernage passé comme le comte de Loménie ou M. d'Arreboust les entouraient, parce que des enfants assis sur la pierre de l'âtre mêlaient leurs voix aigrelettes au brouhaha des conversations, parce qu'il y avait enfin tant de monde resserré autour du feu ou autour de la table, assis dans les fauteuils ou sur les tabourets ou accroupis à terre sur des tapis ou les fourrures jetées, tel que Piksarett, son calumet à la bouche, on évoquait l'intimité du fond des bois et que ceux qui ont partagé la vie des forts n'oublient jamais.

L'homme s'annonça en ami par la porte de la cour qui donnait directement sur la grande salle et se présenta comme étant le Sieur Boniface Gonfarel.

Cela fit sensation. La plupart des personnes présentes le connaissaient mais Angélique considéra avec curiosité l'homme qui avait uni son existence malchanceuse à celle de La Polak et l'avait aidée à sortir de la misère.

S'il avait croupi jadis dans les prisons de Rouen et s'il avait dû exercer, un temps, la fonction honnie de bourreau, l'air du Canada et la réussite sociale en avaient effacé les stigmates. Il présentait le plus honnête visage du monde

Il était vêtu comme un bourgeois cossu mais ses gros souliers et ce bonnet qu'il tenait en main trahissaient, malgré son air imposant, une simplicité de fond, que les écus n'avaient pas gâtée.

— Monsieur, dit-il s'adressant à Peyrac avec dignité et déférence. Je viens vous remercier d'avoir sauvé mon bien. Sans vous, j'aurais souffert une perte considérable. Déjà une partie de la marchandise m'est parvenue avariée et les avantages que j'étais en droit d'attendre de mes investissements dans ce navire de malheur étaient fort réduits par la faute des filous qui le gouvernaient, des tempêtes ou pirateries qu'il avait subies. Et la jalousie de ceux qui veulent ma ruine en cette ville même achevait l'ouvrage, en obtenant des autorités de le couler corps et biens, sans même que je puisse m'interposer à temps. Vous avez mis obstacle à ce mauvais tour qu'on me jouait, profitant de mon absence. Soyez assuré que je n'oublierai jamais que vous avez dépensé votre temps et votre influence pour m'obliger et je suis venu vous confirmer, Monsieur, que je vous suis désormais entièrement acquis, ainsi que les miens et mes amis. Je serai très honoré, si l'occasion s'en présente, que vous fassiez appel à notre dévouement.

Peyrac le remercia. Il se réjouissait, dit-il, que les circonstances lui aient permis de rendre service à un des plus réputés citoyens de la ville.

— Après tout, votre *Saint-Jean-Baptiste* peut s'offrir une nouvelle jeunesse. Si vous êtes d'accord, convenons d'une affaire. Dès demain , j'y fais mettre des pompes et, profitant de la marée pour le remettre à flot , je vous propose de laisser mes deux yachts, le *Rochelais* et le *Mont-Désert* le remorquer jusqu'à Sillery, en amont de la ville , où je suis en train de faire construire un bassin de radoub et une habitation pour les équipes chargées de garder les navires que j'y fais hiverner. Les glaces le maintiendront. Au printemps, nous verrons ce que peuvent en faire les charpentiers...

Angélique écoutait d'une oreille cet échange de civilités et de propositions, tout en faisant le bilan de cette journée picaresque. Au matin, le Grand Conseil, puis sa visite à La Polak, sa course avec Bérengère, le sauvetage de l'ours, tout se terminant par ces trois fromages de l'Ile d'Orléans, offerts en signe d'alliance par un bourreau repenti.

28

LE DERNIER CONVOI, PRÊT À PARTIR POUR MONTRÉAL, SE FORMAIT. Bientôt les glaces seraient là qui arrêteraient le trafic fluvial entre les trois cités de la Nouvelle-France : Trois-Rivières, Montréal et Québec. Nulle route autre que le Saint-Laurent ne les reliait entre elles. On pouvait à la rigueur envoyer quelques courriers en traîne ou en raquettes par les pistes du fleuve gelé, mais les tempêtes de l'hiver rendaient ces expéditions dangereuses.

On se disait donc adieu pour plusieurs mois entre Canadiens.

Les Trifluviens en bonnets blancs seraient laissés au passage, aux rives de leur cité plate, petite Venise polaire éparpillée sur ses îles parmi les chenaux d'un delta qui drainait des rivières venues des Pays d'En-Haut.

Les Montréalais et leurs bonnets bleus rejoignaient leur fief de la fourrure et de la prière, Ville-Marie (1) la Sainte, au pied du Mont Royal qui, à huit cents lieues en amont de Québec, marquait la fin du fleuve navigable.

Les voyageurs en partance s'étaient groupés à l'anse du Sault-au-Matelot, au pied des hautes maisons de la rue du même nom. Le soleil brillait et les volets de bois, peints de couleurs vives, chatoyant de bleu, de rouge et de jaune, sur les façades de pierres, donnaient un air de gaieté à la scène.

Un vent assez fort balayait de long en large le ciel de jade où se dissolvaient et se reformaient sans cesse des formations de nuages d'un sépia foncé ou d'un gris charbonneux, ourlés de jaune soufre.

Libre encore de rouler ses flots tumultueux, le Saint-Laurent continuait de présenter, dans ses coloris et dans ses nuances, les plus folles parures. Reflétant les mouvances du ciel, il nouait, ce matin-là, des circonvolutions tour à tour noires ou miel, traversées de courants d'émeraude.

De la grève étroite, le fleuve impressionnait, se découvrant dans toute sa puissance et ses caprices de reptile géant, qui, après s'être lové paresseusement autour de l'île d'Orléans, se glissait entre les promontoires jumeaux de Lévis et du Cap Diamant, pour s'élancer vers le sud-ouest avec résolution.

(1) Ville-Marie a été le premier nom de ce qui sera plus tard Montréal.

Au-delà de Trois-Rivières, il s'enflerait de nouveau, formant les belles étendues du lac Saint-Pierre puis continuerait, encore majestueux et vaste, pour aller enserrer de ses bras glauques la grande île de Montréal et sa petite sœur l'île Jésus.

« Le chemin qui marche », disaient les Indiens. Tel était-il ce fleuve-mer, Nil du Septentrion. Attrayant, magnifique et sournois, un monstre...

Ses tempêtes, ses courants infernaux, ses rochers pleins de traîtrise le rendaient redoutable. Ses désastres et ses naufrages ne se comptaient plus, ni les vies humaines et les biens considérables qu'il avait engloutis dans ses entrailles glacées.

Pourtant on l'aimait, on le retrouvait toujours avec plaisir et l'excitation de la navigation faisait briller, à l'avance, les yeux des voyageurs.

Angélique s'était fait accompagner de M. Tissot, le maître d'hôtel et de ses aides, qui portaient des paniers dans lesquels elle avait fait préparer des provisions de bouche, pour les remettre à Mlle Bourgeoys et ses jeunes filles. Elle avait remarqué à quel point elles étaient charitables et manquaient du nécessaire.

Les enfants étaient de la partie ainsi que Yolande et Adhémar, et les jeunes pages, Éloi Macollet et Piksarett qui avait retrouvé sa peau d'ours, son arc et ses flèches, son tomahawk et sa machette glissée à sa ceinture. Il y avait comme d'habitude beaucoup d'Indiens mêlés à la foule.

On aperçut le marquis de Ville d'Avray car il était toujours présent là où il se passait un événement quelconque. Il vint vers Angélique afin de lui désigner quelques personnes parmi celles qu'elle ne connaissait pas encore. Il lui montra Mme Le Bachoys dont elle avait entendu parler comme d'une forte femme à tous les points de vue. Elle était accompagnée de ses filles et les gendres étaient là aussi ainsi que les enfants. M. de Chambly-Montauban et Romain de L'Aubignière faisaient partie de l'escorte car le premier avait des vues sur l'aînée, une jeune fille un peu prolongée, ce qui était rare au Canada, et le second courtisait la cadette, une jolie brunette de dix-huit ans. Mme Le Bachoys riait et lançait ses bons mots et elle draina tout de suite une cour importante.

Ce jour-là, elle partagea la vedette avec Angélique dont la venue provoquait toujours un rassemblement.

M. d'Arreboust essayait d'aborder Mlle Bourgeoys afin de lui remettre une lettre pour sa femme, Camille d'Arreboust, qui avait consacré sa vie à Dieu, et s'était retirée, recluse, à Ville-Marie afin d'y terminer ses jours dans la prière et la mortification

Deux grandes barques étaient à quai. A l'arrière de chacune, une toile à voile tendue permettrait aux femmes et aux enfants de s'abriter en cas de mauvais temps.

Angélique aperçut la petite famille de nouveaux immigrants qui avait fait antichambre avec elle, chez l'Évêque. Ils attendaient, leurs baluchons en mains, sous l'égide de leur seigneur, M. de La Porterie. Dûment dotés de confortables capots de serge brune et de bottes sauvages, ils avaient déjà meilleure mine. On les déposerait sur la rive, aux alentours de la paroisse où se trouvait leur futur domaine. Ils passeraient l'hiver chez un habitant où ils s'initieraient aux rudiments de la vie canadienne puis, le printemps venu, commenceraient à dessoucher leur terre et à bâtir leur maison.

Regagnant également son manoir au bord du fleuve, un jeune seigneur d'une vingtaine d'années, accompagné de sa femme qui n'en avait guère plus de dix-sept, remerciait avec effusion M. de Bernières, curé de Québec et directeur du Séminaire, qui leur avait fait l'honneur de baptiser leur petite fille nouveau-née.

La jeune femme était revenue, au cours de l'été, afin d'accoucher à l'Hôtel-Dieu de Québec.

Durant tout le temps qu'on prit à charger les barques de caisses, de coffres, de tonneaux, de ballots de toutes sortes de marchandises, M. de Bernières , le sympathique écclésiastique, d'une quarantaine d'années, tint le bébé dans ses bras avec des précautions maternelles.

Il contemplait attendri la petite fille et recommandait à sa jeune mère d'en prendre bien soin. Le jeune couple lui était un peu apparenté, issu comme lui d'une illustre famille de Normandie. Il avait voulu que l'enfant se nommât Jourdaine, ainsi qu'une de ses tantes qui était sœur de son oncle Jean de Bernières, le grand mystique de Caen, ami de Mme de La Peltrie, l'une des fondatrices du Canada.

Ville d'Avray accapara longuement Mlle Bourgeoys. Angélique crut qu'elle ne pourrait même pas adresser à celle-ci quelques mots d'adieu. Tenant par la main Chérubin, le marquis pérorait sans souci des autres.

— Je ne suis point chaud de le confier aux jésuites, disait-il, ni même à ces messieurs du séminaire.

— ... de toute façon il est encore trop petit pour entreprendre des études, répondait Mlle Bourgeoys.

— C'est cela. J'aurais voulu le confier à une éducatrice telle que vous, Mère Bourgeoys, car il faut qu'il fasse carrière.

— Pourquoi : IL FAUT ? Et quelle carrière ? demanda nettement Mlle Bourgeoys.

— Page du roi. Il ne peut y en avoir d'autre pour lui. Mais j'aimerais le ramener en France policé vers huit ou neuf ans. Le laisser à Marcelline sa mère ? Impossible. C'est une femme exquise que j'adore, mais elle ne quittera jamais sa censive du fond de la Baie Française. Et je ne peux le laisser là-bas pour le voir devenir une brute comme tous les autres petits bâtards des frères Défour... Cela, jamais.

— Hé ! de quoi vous mêlez-vous ? grommela Amédée Défour, qui, précisément à deux pas, s'occupait d'ôter un filin d'une bitte d'amarrage.

Le baron de Vauvenart, Acadien, se tenait parmi ceux qui demeuraient à Québec ainsi que Grand Bois. Tous deux avaient entrepris de profiter de leur séjour dans la capitale pour trouver femme.

Vauvenart courtisait une veuve, riche et attrayante, que l'on appelait La Dentellière, car elle était des Flandres et pratiquait l'art délicat de la dentelle. Elle habitait la rue d'Angélique et celle-ci l'avait déjà aperçue, lorsqu'elle passait, assise devant sa fenêtre, penchée tout le jour sur le coussin où elle plantait ses fuseaux.

— Ainsi vous avez déclaré Chérubin votre fils à la face du monde ? fit remarquer Angélique, lorsque Ville d'Avray la rejoignit.

— Avec Mademoiselle Bourgeoys il était inutile de feindre. Elle s'en était aperçue dès le premier coup d'œil... Il est vrai qu'il me ressemble tellement, dit-il en contemplant Chérubin.

— Et que vous a-t-elle conseillé pour calmer vos alarmes paternelles ?

— De le laisser à vos soins... ce que je comptais faire, bien entendu.

Maintenant c'était Éloi Macollet qui s'entretenait avec la fondatrice de la Congrégation de Notre-Dame. On voyait que celle-ci le sermonait à mi-voix et il approuvait de sa toque rouge avec docilité.

Puis M. d'Arreboust lui remit la lettre préparée. Angélique l'entendit qui recommandait :

— Vous lui direz que je l'aime...

— Pourquoi ne venez-vous pas le lui dire vous-même ? rétorqua la religieuse.

Le brouhaha ambiant ne permit pas de saisir la réponse, mais tout à coup M. d'Arreboust revint en criant : « je pars » !...

Il héla ses domestiques, les enjoignit de courir à sa demeure quérir un ou deux vêtements, son nécessaire à raser, sa cassette.

Le chef-marinier avertit que l'heure de la marée montante

approchait. Il ne fallait pas manquer ce moment où le courant se renversait, où le flux entraînait les embarcations vers l'amont, ce qui faisait gagner du temps. Le vent était favorable.

L'animation se fit plus pressante et plus bruyante. On apportait d'ultimes marchandises. M. Le Moyne, un des premiers colons de Ville-Marie, aujourd'hui commerçant fort à l'aise, grand gaillard vêtu de drap cossu, accompagné de son fils adolescent, veillait lui-même à l'arrimage de plusieurs tonnelets de vin d'Espagne. On se soignait bien à Montréal.

Deux carrosses, frangés et emplumés, brinquebalants et titubants après leur rude descente de la Haute-Ville, débouchèrent. Leur arrivée détourna l'attention. Les personnes qui en descendirent affectèrent ouvertement de ne pas se mêler à la populace. Il y avait parmi elles des dames très chamarrées et très fardées, des gentilshommes qui ne l'étaient pas moins. Leurs ajustements présentaient des outrances.

Les femmes jouant de leurs éventails, les autres s'appuyant sur les pommeaux d'argent ou d'ivoire de hautes cannes s'en allèrent vers le bout du quai, regardant obstinément dans la direction de l'île d'Orléans d'où ils semblaient attendre quelqu'un.

Une femme d'un certain âge, très élégante et parlant haut, se manifestait à la tête de ce groupe. Ville d'Avray et Chambly-Montauban furent les seuls à aller la saluer et à échanger quelques mots avec ses amis, adoptant des ronds de jambes et les exclamations de perruches qui semblaient de mise parmi eux.

— C'est Madame de Campvert, renseigna Ville d'Avray en revenant vers Angélique. Le Roi l'a exilée parce qu'elle a trop triché au jeu. Elle a suivi son jeune amant, officier au Canada, où il était nommé à la tête d'une compagnie. Elle joue, elle joue tant qu'elle en a le bout des doigts usés. Mais elle donne quelques belles réceptions.

— Avons-nous eu l'occasion de rencontrer ces personnes le jour de notre arrivée ?

— Certaines... Je ne les connais pas toutes. Madame de Campvert se tient un peu à l'écart. Elle a son monde et elle enrage tant d'être en exil qu'elle préfère oublier qu'elle s'y trouve. Il y a quelques Messieurs qui ont débarqué en mon absence. Mais j'aurai tôt fait de savoir qui ils sont.

Une barque à une voile, venant de l'île d'Orléans, abordait. Un homme assez âgé drapé dans un manteau qui traînait à terre dans la fange de la grève, car il se tenait voûté, en descendit et fut aussitôt entouré de ceux qui l'attendaient, comme par un vol de perroquets.

Ville d'Avray retourna s'informer.

— C'est un certain comte de Saint-Edme qui accompagne le duc de La Ferté. On dit ce vieillard magicien et il est allé à l'Ile d'Orléans consulter une sorcière. Voilà une bien étrange compagnie. J'espère qu'ils ne vont pas nous gâcher notre hiver.

Le groupe mondain revenait en affectant de dédaigner la foule canadienne, occupée à l'embarquement.

L'un des gentilshommes, en passant, se tourna vers Angélique et lui adressa un salut appuyé de son chapeau à plumes. Elle n'y répondit pas, fit comme si ce mouvement lui avait échappé. Elle se sentait heureuse et presque fière d'être admise aux côtés de Mlle Bourgeoys, de Loménie ou de Vauvenart, ou de tous ces bonnets rouges, bleus ou blancs, ce qui lui prouvait qu'elle au moins avait été adoptée par la foule canadienne.

Résultat plus rapide qu'elle n'avait osé l'escompter. Mais elle aussi partageait le sentiment que ces personnages clinquants étaient déplacés à Québec.

Tandis qu'on attendait les bagages de M. d'Arreboust, Angélique put enfin joindre Marguerite Bourgeoys, lui remettre les provisions apportées pour elle et ses compagnes, des pâtisseries et des pralines que le maître d'hôtel du *Gouldsboro* avait confectionnées à sa demande.

— Merci, chère dame, de nous gâter ainsi. Nous ne sommes guère sucrées, mais ces confiseries distrairont les petits enfants et les jeunes femmes pendant le long voyage. Que vous êtes aimable !

Malgré le départ dont on l'avertissait, elle ne se précipitait pas. Elle continuait de poser sur Mme de Peyrac un regard scrutateur que celle-ci avait déjà remarqué à Tadoussac et à plusieurs reprises lorsqu'elle avait eu l'occasion de la rencontrer. Si bien qu'Angélique lui dit tout à trac et sous le coup d'une impulsion taquine :

— Vous regardez comment est faite une Démone ?

La religieuse sursauta, puis se ressaisit et se mit à rire franchement et bonnement.

— Eh bien ! oui, dit-elle, encore que ce ne soit pas tout à fait mon dessein. J'ai cherché depuis notre première rencontre à savoir qui vous me rappeliez. Et n'est-ce pas curieux ? Coïncidences surnaturelles ? Hasard ? Avertissement pour l'avenir ? Que sais-je ? Irrésistiblement, vous me rappelez une fillette que nous avons eue dans notre école, à Ville-Marie, et qu'on surnommait « La petite diablesse »... Du poivre, cette enfant ! Et après quelques années où nous nous sommes évertuées à la polir de notre mieux, nous ne pouvons nous féliciter d'en avoir obtenu quoi que ce soit.

— Une Indienne !

— Que non pas ! La fille d'un de nos colons. Ses sœurs que nous avons eues avant elle étaient bonnes et sages, mais elle... Qu'en dire ? Un farfadet ! Une elfe ! Et parfois, dans vos mouvements, ou lorsque vous parliez, son souvenir s'impose à moi comme l'éclair. C'est sans doute à cause de vos yeux. Elle aussi avait les yeux verts, ce qui n'est pas une teinte commune...

— Et répond-elle également au prénom d'Angélique ?

— Non !

— Eh bien ! tant mieux

— Mais...

Mlle Bourgeoys la regarda avec malice

— ... Elle s'appelle Marie-Ange.

Angélique rit à son tour.

— J'avoue que c'est troublant.

— Vous nous trouvez tant soit peu superstitieux dans nos contrées, n'est-ce pas ? A voir partout des signes. Je ne vous cacherai pas que j'en suis consciente. Cela vient de l'habitude de vivre dans le danger, de survivre par miracle. Vous vous en apercevrez peu à peu à vivre en Canada... La moindre chose qui arrive, si ténue soit-elle, peut ne rien signifier, mais aussi dissimuler une affaire d'importance, une indication du ciel, de secrètes et mystiques vérités...

« Venez nous voir à Ville-Marie, à l'automne, au moment de la foire aux fourrures, je vous présenterai des personnes exceptionnelles... Ah ! j'ai parlé de vos Filles du Roy à ces dames de la Sainte-Famille... Elles vont s'occuper d'elles.

— Oui ! J'ai vu Madame de Mercouville hier au Grand Conseil. Merci de tout cœur.

— Mère Bourgeoys ! Mère Bourgeoys !

Tout le monde voulait lui parler. Elle dut s'arracher aux étreintes, aux recommandations, aux protestations de regret et d'amitié. Elle monta à bord. Détachée sur le gris de l'eau, sa silhouette vaillante vêtue de noir, son affable visage parurent intégrés à la nature même.

Elle appartenait au Canada. On se sentait un peu orphelin de la voir s'éloigner.

Les barques furent repoussées loin de la rive du bout de longues gaffes et les voiles carrées montèrent le long du mât unique. Le pilote de la ville, un nommé Topin, prenait la tête du convoi et dirigeait la manœuvre. Lui seul, assurait-il, connaissait toutes les traîtrises et les malignités du Saint-Laurent, depuis le Cap Tourmente en aval de Québec jusqu'à l'entrée de la Chaudière, rivière de la rive sud en amont. Les courants, les tourbillons, les rocs dissimulés, lui étaient soumis comme fauves au dompteur.

Les barques louvoyèrent entre Québec et Lévis un long moment cherchant le vent puis s'engagèrent dans la direction voulue sous les vivats et les mouchoirs déployés. De toutes les plages avoisinantes des canoës indiens s'élancèrent à leur suite, pagayant avec ardeur dans leur sillage.

L'ON demeurait sur la rive, imprégné de mélancolie. Ce matin-là l'île d'Orléans paraissait proche et si nette que, dans l'échancrure de l'anse-aux-canots, on distinguait les quelques maisons et huttes du village de Sainte-Pétronille, une des paroisses de la grande île, et l'on pouvait compter les nombreuses fermes disséminées sur son échine rugueuse.

— Il était temps qu'ils mettent à la voile, fit remarquer M. de Bernières, l'ecclésiastique. Regardez.

Il désignait un point en avancée de l'île, qui se détachait sur l'étendue glauque du fleuve.

On eût dit l'écume blanche de vagues prêtes à déferler, mais qui se révélaient à l'examen curieusement immobiles.

— Les glaces... dit-il. Bientôt.

29

A LA QUESTION QU'ANGÉLIQUE SE POSAIT SUR LE GENTILHOMME qui l'avait saluée et qui l'avait intriguée par le rappel du blason du Rescator, elle reçut une réponse plus rapidement qu'elle ne le prévoyait et ce fut Ville d'Avray qui la lui donna.

Il vint dans l'après-midi, comme il l'avait promis, afin de lui montrer de plus près la maison où elle s'installait et à l'aménagement de laquelle il avait consacré beaucoup de soins et une fortune.

Le marquis de Ville d'Avray lui avait consacré, le troisième jour de leur arrivée, une journée entière afin de l'aider à s'installer et de lui présenter sa bien-aimée, ce bijou soit sa petite maison qu'il avait construite sur les hauts de Québec avec tant d'amour.

Pour la toiture, il avait fait venir d'Anjou, embarquées aux Sables-d'Olonne, cinquante mille ardoises poil noir, de la meilleure qualité. D'Italie des ferronneries, des plaques de marbre, et aussi des vitres, un luxe qui n'était réservé qu'aux habitations de marque.

Il avait fait accrocher son hamac de coton acheté au pirate du *Sans Peur* et déposé sur une étagère la pierre verte de son Caraïbe, talisman précieux, possédant toutes sortes de propriétés magiques, chez Janine Gonfarel, dans une grande chambre à l'étage qui possédait un cabinet d'eau et qu'elle mettait volontiers à la disposition des bons payeurs. Il y avait une galerie de bois avec une vue magnifique sur le fleuve. Lorsqu'il aurait la nostalgie de la Haute-Ville, eh bien ! il viendrait chez Angélique.

Il lui passa un bras conquérant autour de la taille. Il faisait le fou afin de ne pas avoir à répondre aux questions qu'elle lui poserait à propos du coffre aux scalps dont il s'était adjugé le mérite au détriment du pauvre Saint-Castine, trop lointain pour se défendre.

— Si vous saviez comme je suis fier de vous avoir ramenée dans ces murs. Ma réputation d'homme de goût s'en trouve affermie si possible... Venez sur ce canapé.

Angélique se récusa.

— Vous m'aviez promis de me faire visiter la maison, ce n'est pas le moment de se reposer.

— Soit !

Le marquis jeta un regard attendri autour de lui, passa affectueusement la main sur le dossier du grand canapé, entouré de nombreux fauteuils et de tabourets recouverts d'un point de tapisserie faisant face au grand âtre.

Derechef, il entoura Angélique de son bras et effleura sa tempe près des cheveux d'un baiser léger qu'elle n'eut pas le temps de parer.

— J'aime les femmes, affirma-t-il d'un ton lyrique. Je suis trop amoureux de la beauté pour ne pas aimer les femmes quand elles sont de qualité. J'embrasse très bien, figurez-vous ! Il faudra que vous l'appreniez.

Et comme elle riait.

— ... Ah ! voilà ce que je cherchais à obtenir. Votre rire... J'ai toujours su m'y prendre avec les femmes. Elles m'aiment et je les aime. Elles ont de l'esprit et s'intéressent à la vie, ce n'est pas comme les hommes. Dieu ! que c'est ennuyeux un homme !

Sur cette déclaration pour le moins inattendue de sa part il l'entraîna dans les caves, lui montra les mille réserves qu'il avait entassées « pour elle », les tonneaux de vin de Bourgogne, les barils de biscuits d'Italie, de pois, de fèves, les pains de sucre, sans parler des saloirs bien garnis, des bocaux d'épices, bouchés de liège recouvert de suif.

On aurait toujours du lait frais grâce aux brebis et à la chèvre.

Il régnait sous ces caves voûtées, tapissées d'un enduit de chaux, d'argile et de paille hachée, une tiédeur sèche, agréable, qui préserverait les denrées périssables de la corruption et des moisissures. D'autres chambres souterraines moins aérées et plus fraîches gardaient les vins.

Ville d'Avray avait fait agrandir le trou où l'on entreposait les blocs de glace durant l'hiver et qui servirait de glacière durant l'été, permettant de goûter sorbets et boissons fraîches par des chaleurs torrides.

— Que ferions-nous sans nos caves et sans nos combles ? Ce sont nos meilleurs alliés pour survivre dans ces climats extrêmes. Les combles, l'hiver, nous gardent les viandes gelées sans qu'on ait besoin de se rendre à la chasse ou de faire boucherie trop souvent. Nos caves préservent nos provisions de la chaleur ou du froid. Savez-vous que ce sont pour la plupart des grottes naturelles qu'on n'a eu qu'à aménager ? Avec les citernes et les puits, cela nous fait, dans la Haute-Ville, une cité souterraine où nous pourrions à la rigueur nous enterrer et survivre comme des taupes. Ce serait plaisant.

Il cligna de l'œil.

— Nos caves sont nos labyrinthes secrets. Il y en a partout. Il y en a qui communiquent. Et bien des histoires cachées peuvent se vivre grâce à elles. Savez-vous que les jésuites ont un couloir qui communique avec les cavernes aménagées sous le couvent des ursulines ? Ainsi ces pieux personnages peuvent se rendre visite. Hé ! Hé ! à l'insu de tous...

Il ne pouvait s'empêcher d'être mauvaise langue.

Des caves, ils montèrent aux greniers. Le marquis avait pris sa lorgnette. Regardant par la lucarne, côté rue, il décida :

— Eh bien ! je vais aménager une chambre sous ces combles comme Cléo d'Hourredanne, puisque vous trouvez la maison trop petite.

— Mais non ! Je vous ai dit qu'elle me plaisait ainsi.

Ils atteignirent le second plancher qui était juste sous le faîtage, ménageant un espace où l'on devait se tenir un peu courbé. En plein hiver, l'on y pendait à des crocs les morceaux de viande durcie par le gel.

La lorgnette de Ville d'Avray refusa de se laisser séduire par le grandiose panorama et plus prosaïquement se fixa sur une hutte de torchis à colombages et au toit de chaume qui poussait comme un champignon presque au pied de la maison un peu sur la gauche, à mi-chemin du talus. C'était là que logeait son voisin, Eustache Banistère. Un pli amer aux lèvres, le marquis expliqua à Angélique que cette masure croulante était la honte du quartier et une épine dans sa propre chair, à lui, Ville d'Avray.

Ambitionnant d'agrandir son domaine, d'y construire des écuries, des étables, un fournil, il se trouvait limité dans ses projets par la mauvaise volonté du propriétaire de la hutte, qui ne voulait pas vendre une parcelle de terrain. Or la loi des héritages lui octroyait la plus grande partie de la colline à laquelle ils étaient adossés, territoire dont il n'avait jamais rien fait, se contentant d'y laisser pourrir la cahute, édifiée par ses parents quand ils étaient arrivés de Normandie en 1635. Eustache Banistère — dit Le Cogneux — y était né, y revenait entre chacun de ses voyages aux Grands Lacs, y demeurait pour le présent au grand dam de son voisinage.

Il avait été interprète, explorateur. On ne le voyait jamais. Une affaire d'excommunication pour avoir porté de l'eau-de-vie aux sauvages, de lettres d'anoblissement qui étaient tombées en désuétude pour n'avoir pas été enregistrées à temps par le Conseil Souverain, de procès avec les ursulines, dont le monastère limitait sa propriété et qui par erreur avaient commencé de défricher un bout de son lot, le retenait depuis deux ans à Québec dans sa tanière au toit de chaume pourri.

Il n'y vivait pas seul, nanti d'une femme blonde et amorphe répondant au patronyme bizarre de Jehanne d'Allemagne et de ses quatre enfants aussi sauvages que des coyotes.

Au bout de deux ans, les habitants de la rue de la Closerie étaient prêts à signer une pétition et à payer de leurs escarcelles pour faire lever son « excommunication » et qu'on lui rendît son « congé », afin qu'il retourne aux bois et qu'on en soit débarrassé.

Mais le géant d'une quarantaine d'années, grossier, taciturne et ivrogne, entendait se venger de la ville et savait fort bien que la meilleure manière d'y parvenir était de refuser de vendre ses lots et de demeurer dans sa hutte à peine digne d'un charbonnier et que tous les bourgeois de la Haute-Ville rêvaient de jeter bas. Là, planté comme un chancre sur les rebords de ce délicieux plateau aux pentes alanguies des territoires Sainte-Anne, Saint-Jean et Saint-Cyrille, il poursuivait une vengeance hargneuse. Sa cour était représentée par une excavation encombrée de détritus et d'ustensiles, une charrette, une cognée sur un billot, un chaudron sur trois pierres et, à l'extrémité, se dressait un bel arbre, un chêne rouge imposant, ses branches noueuses déployées en candélabre, au tronc duquel, était enchaîné un chien maigre. Ville d'Avray présenta les choses de cette façon, c'est-à-dire la plus sinistre.

C'était la seule ombre à un tableau qui eût pu être idyllique, la seule disgrâce d'un site qu'il avait choisi parmi les plus beaux de Québec, sinon du monde, c'était l'inconvénient d'habiter une ville, on n'y est pas son maître. On dépend des VOISINS !...

Angélique dit que jusqu'alors ce voisinage ne l'avait pas trop importunée, excepté en deux ou trois occasions l'irruption bruyante des enfants qui attelaient à un caisson de bois qui servait de chariot leur chien misérable et le lançait à dévaler la rue dans un fracas d'enfer. Honorine indignée hurlait de colère.

— De vrais coyotes, je vous l'avais dit, soupira Ville d'Avray. Cela ne fait que commencer.

— Vous auriez pu avoir pour voisine Madame de Maudribourg ! Avez-vous remarqué, au Grand Conseil, de quelle sorte étaient les « amis » de la duchesse de Maudribourg qui l'attendaient à Québec ?... Ce comte de Varange dont ils ont parlé et qui est venu rôder du côté de Tadoussac.

Le marquis de Ville d'Avray baissa la voix et jeta un regard méfiant autour de lui comme si sa minuscule maison canadienne eût pu receler des recoins pour espions.

— C'est un membre très influent de la Compagnie du Saint-Sacrement, mais on n'en conte pas moins qu'il a été envoyé au Canada à la suite d'une affaire de mœurs.

Ville d'Avray affectait toujours un air compassé pour parler des scandales, comme s'il n'avait pas eu quelques petites choses du même genre à se reprocher. C'était un réflexe d'éducation. Et aussi la conséquence de sa nature simple et joyeuse. Quoi qu'il fît il avait la conscience pure en tout. Mais l'habitude du monde le poussait à adopter la mimique consacrée, paupières baissées et sourire entendu, pour transmettre les informations croustillantes ou scabreuses.

— On m'a raconté que ce dévot ranci était le tuteur d'un jeune garçon, héritier d'une immense fortune. On dit qu'il abusa de lui, se fit signer la remise de toutes les possessions de l'innocent, l'étrangla, jeta le corps dans un puits... A Paris, il a été l'amant de la duchesse. Vous imaginez ce déchet fripé avec cette beauté fine comme une statuette de Tanagra ? Elle aimait les vieillards concupiscents, notre Démone !

Ils regagnèrent la grande salle et s'assirent sur le canapé. Au-dehors le froid aigre et bleu arrivait en tapinois et s'installerait dès que le soleil aurait achevé de descendre dans un ciel de nacre, parmi un cortège de nuages martelés de cuivre et d'or. Ville d'Avray lança une grande bourrée de genêts dans le feu qui crépita.

— Ah ! comme c'est bon ! s'exclama Angélique en se laissant aller sur le canapé. Je ne me rassasie pas de ces flambées. Il faisait froid sur les navires.

Le marquis poussa vers elle la petite armoire à liqueurs. Ils étaient seuls dans la maison.

— Au fait, vous ne m'avez jamais raconté ce qui vous a entraîné à venir vivre en Nouvelle-France ? s'enquit-elle. Vous, un homme de Cour, s'il en fût. Entouré d'amis influents et connaissant tous les grands de ce monde... J'y réfléchis... Cela ne vous va guère. Même si vous m'affirmez le contraire, je continuerai à penser que votre charge de gouverneur de l'Acadie ne fut que prétexte. Compensation, à la rigueur, et même consolation. Mais il y a autre chose. Qu'avez-vous donc fait ?

— Comme tout le monde, avoua Ville d'Avray, J'AI DÉPLU. Et quand c'est à Sa Très Chrétienne Majesté le Roi de France que l'on se permet de déplaire, apprenez, belle ignorante, qui n'avez jamais vécu à la Cour, que cela peut mener loin... très loin... jusqu'au Canada par exemple.

Il rapprocha le cabinet de liqueurs du canapé, servit à Angélique un petit verre de malaga dans un cristal taillé de Bohême, et s'assit près d'elle, fort près.

Il lui raconta qu'il avait été longtemps le pourvoyeur de Monsieur, frère du Roi, pour les objets d'art, en son palais de Saint-Cloud.

— J'avais choisi des porcelaines de Chine pour Monsieur, afin d'orner sa résidence. Il faut connaître Monsieur, il aime le faste au moins autant que son royal frère.

Ville d'Avray soupira, huma son verre de rossoli et passa un bras autour de la taille d'Angélique.

— Le Roi n'a jamais refusé à son frère les moyens de mener un train étourdissant, continuait ce dernier. Mais c'est là une générosité qui cachait des traquenards. Entraîné à des dépenses considérables, Monsieur est devenu de plus en plus dépendant du Roi. De surcroît, et de cela j'ai averti à plusieurs reprises Son Altesse, le Roi était anxieux que la Cour de Monsieur ne dépassât pas la sienne en goût et en élégance et qu'on ne s'y amusât pas plus qu'à Versailles. La découverte que je fis de porcelaines de Chine rarissimes, rapportées d'Orient par un marchand vénitien, fit déborder la jalousie du Roi. Il me fit venir à Versailles, me félicita de mes habiletés, me fit don d'une terre et d'une abbaye, ce qui m'enchanta car les revenus en sont fort beaux, puis m'octroya la charge de gouverneur d'Acadie en Nouvelle-France avec mission de m'y rendre sans tarder. Je ne savais même pas où c'était. Mais je m'inclinai fort bas. J'avais compris. Tel est notre souverain, ma chère.

Elle avait avalé son verre de malaga sans y prendre garde. Ces évocations des cours princières lui tournaient dans la tête. La lumière vibrante de l'été de Saint-Cloud, aux jardins anglais désordonnés et ravissants, lui revint et parut entrer dans la pièce avec le dernier éclat de ce soleil bas du Grand Nord, s'abîmant derrière un horizon désert, et traversant comme un pieu d'or les vitres de la fenêtre derrière elle. Tout à coup elle poussa un cri se croyant la proie d'un vertige, ou victime d'un tremblement de terre. Elle basculait en arrière et se retrouvait les pieds battant l'air, avec au-dessus d'elle, l'enlaçant, Ville d'Avray qui riait comme un fou.

— C'est le secret de mon canapé, s'écria-t-il enchanté de sa plaisanterie. Je vous avais dit, que je vous en montrerais les petites astuces. Au moment choisi, on manœuvre un levier dissimulé dans les accoudoirs et le dossier se rabat pour former une couche des plus opportunes.

Angélique était dans une situation difficile pour se défendre efficacement. Si elle voulait se redresser, il lui fallait s'agripper au cou du marquis, ce qui la livrait encore plus à ses privautés.

— Ne vous fâchez pas dit-il, et je vous livrerai le nom de ce gentilhomme qui vous adresse de grands saluts et raconte, quand il est ivre, qu'il vous connaît et que vous avez eu des bontés pour lui.

Du coup Angélique cessa de se débattre tenaillée par la curiosité.

— Qui est-ce donc ?

Ville d'Avray, du coin de l'œil, regardait Angélique renversée parmi ses cheveux en nappe sur fond de tapisseries mythologiques, avec la satisfaction d'un chat qui vient de capturer une souris.

— Vous ne vous fâcherez pas contre moi ?

— Non, mais dites.

— C'est un gentilhomme de l'entourage du Roi.

— Je m'en doute... Mais encore ?

— Il est ici sous un faux nom... Il veut faire croire qu'il est ici pour une mission qui nécessite son incognito, mais je gagerais que provisoirement compromis par quelque fredaine il s'est donné une raison pour se tenir loin des intrigues et ne pas être mêlé à leur dénouement. Cependant je l'ai reconnu.

— Qui est-ce ?

Ville d'Avray prit prétexte de l'énormité de la confidence pour se rapprocher plus près de son oreille et lui souffler entre deux petits baisers :

— C'est le frère de la favorite.

— Quelle favorite ?

— Mais il n'y en a qu'une, sursauta le marquis, agacé. Malgré les caprices du Roi, c'est toujours la même, notre ennemie à tous, celle qui a envoyé Lauzun en prison et m'a jeté sur les chemins du Canada. Elle, Athénaïs, la marquise de Montespan...

Un volet d'images défila à toute allure dans la tête d'Angélique, comme feuilleté par une main fébrile.

— Le frère d'Athénaïs... le duc de Vivonne...

Les visions se précisèrent, éventail ouvert et refermé avec un air de plaisanterie galante, claquant rapidement, laissant entrevoir des alcôves, une mer bleue, l'abri d'un tabernacle de soie rouge à l'avant d'une galère et sur des coussins de soie les ébats sans équivoque d'un couple étroitement enlacé. Ce n'était pas Versailles. C'était Marseille ! La Méditerranée ! Et le séduisant amiral des galères du Roi, frère de la favorite, la tenant dans ses bras.

« Seigneur ! Mais... j'ai couché avec lui, » pensa-t-elle.

Elle s'aperçut que Ville d'Avray, profitant de sa distraction, s'était emparé de ses lèvres et les pressait avec art. C'est vrai qu'il embrassait bien, ce sybarite !

— Cess... cessez, intima-t-elle en se débattant, cette fois avec énergie, je vous interdis.

— Mais vous m'avez paru soudain si accessible, si consentante...

— Ce n'est pas cela... protesta Angélique en essayant de s'extraire du canapé-piège. Vous m'avez tellement stupéfaite avec vos révélations sur ce « Monsieur de La Ferté », que je pensais à autre chose.

— Que les femmes sont donc décevantes ! se plaignit le marquis. Et vous êtes la plus décevante de toutes, Angélique ! Je ne m'attendais pas à cela de vous.

— Je ne vous avais rien promis.

— N'êtes-vous pas venue à Québec pour...

— Pour... manger des pommes au caramel, avec vous, devant l'âtre... rien de plus.

— Je vous encombre ?

— Quelquefois, admit-elle.

Elle se redressa et s'assit, lissa le col de sa robe, et s'efforça de redonner un pli sage à sa chevelure. Le duc de Vivonne... elle était surtout contrariée de se retrouver si proche de quelqu'un qui savait beaucoup de choses sur son passé et sur sa situation à la Cour. Au fur et à mesure que les images défilaient, elle en voyait les répercussions. C'était lui sans doute qui avait jeté ces paroles, le jour de l'arrivée, au moment où Joffrey de Peyrac débouchait sur la place avec son étendard et ses bannières... « En Méditerranée, son écu d'argent était sur fond de gueules »...

« Quelle malchance ! Quelle catastrophe ! » se disait-elle atterrée... « Il nous a reconnus... Il peut nous nuire... » Puis elle réfléchit qu'il se cachait sous un faux nom et ne tenait peut-être pas à ce qu'on le sût en Canada. Mais il l'avait saluée d'une façon appuyée et cela lui fut désagréable.

— Vous me faites de la peine, gémissait Ville d'Avray.

— Ah ! ne perdez pas la tête, vous aussi, dit-elle avec impatience.

Puis, le voyant fort marri et songeant qu'il lui avait donné la possibilité de vivre dans un endroit si agréable, elle déposa sur sa joue un baiser fraternel.

— ... Ne boudez pas, mon cher, vous savez que je vous aime, que vous êtes mon préféré. Mais ne faites plus le fou. L'hiver commence à peine. Si vous brûlez les étapes nous n'en atteindrons pas le bout. Enfin, marquis, un peu de bon sens !

Ville d'Avray protesta que, tout en l'adorant, il n'avait voulu lui causer aucun désagrément, qu'il n'était là que pour lui rendre la vie légère ce qui était l'unique but de ces petits baisers coquins et nécessaires pour guérir la maladie de « sérieux » qu'elle avait contractée à ne point le connaître assez tôt, lui, Ville d'Avray « mis sur la terre pour le bonheur de son entourage » ; et que, de toute façon, elle pouvait s'abandonner à la quiétude de Québec, il ne lui arriverait que des joies de son fait, car la vie était belle et ne méritait pas qu'on la gaspille en tragédies. Tous ces marivaudages ne tiraient pas à conséquence, n'est-ce pas ? Elle l'admit. Ils rirent, s'embrassèrent en cousins et se promirent fidélité, aide et assistance comme au bon vieux temps sulfureux de la Démone.

Angélique reconnaissait volontiers que, sans Ville d'Avray, Québec pouvait l'effrayer avec ses mondes cachés et différents. Mais il savait tout et il lui était acquis.

On reprit pied en Canada avec l'irruption de voix et des rires d'enfants qui leur parvinrent. Honorine et Chérubin, leur escorte, traversaient la cour et regagnaient le logis. Angélique pria Ville d'Avray de redonner à ce canapé un aspect honnête.

— Montrez-moi donc comment fonctionne votre système diabolique ?

Mais il refusa de lui dévoiler les secrets de la mécanique qu'il avait mise au point.

— Pour que vous vous en serviez avec un autre que moi ! Jamais !

30

Je l'éviterai, se promit Angélique. Elle pensait au duc de Vivonne, le frère d'Athénaïs de Montespan, que la malchance avait amené à Québec alors qu'elle s'y trouvait. Mais les derniers jours de cette première semaine amenèrent tant d'occupations et d'événements qu'elle dut remettre à plus tard de réfléchir à ce désagrément.

On aurait pu croire qu'elle avait toujours vécu à Québec tant elle s'y trouvait entraînée naturellement dans une forme de vie à laquelle elle avait toujours, au moins en rêve, donné ses préférences. Ainsi, rien de plus agréable que de commencer la journée en se rendant à la messe de bon matin, ce qui était à la fois l'occasion de voir se lever le soleil, du seuil de sa porte, puis de saluer les gens de son escorte ou les premiers badauds de la rue.

Dans son escorte habituelle, on trouvait toujours Piksarett, Adhémar, qu'elle avait sauvé du « cheval de bois », en allant demander son aide à M. de Castel-Morgeat et le pauvre soldat avait été réintégré dans l'armée à titre de sentinelle, délégué pour assurer la protection de Mme de Peyrac et monter la garde devant sa maison... ou à l'intérieur, quand il faisait froid.

Mlle d'Hourredanne, sa voisine d'en face, refusait encore de la voir. Lorsqu'elle avait été soulever le heurtoir de la porte, la servante anglaise, après l'avoir entrebâillée, la lui avait claquée au nez.

En revanche, les Indiens du petit campement venaient faire cercle autour d'elle dès qu'elle sortait et l'accompagnaient avec leurs chiens jusqu'à l'église. Elle avait aussi déjà ses pauvres et, parmi eux, un vieux bonhomme nommé Loubette qui habitait au bas de sa rue et que Ville d'Avray lui avait recommandé :

— Figurez-vous que le jour de votre arrivée, tout le monde l'avait oublié. Comme il est seul et impotent, sans moi, il serait mort. Mais, ayant eu l'idée de le visiter au matin, je l'ai secouru. C'est un vieil ours, fort irascible, mais intéressant. Il a un très beau calumet indien et un buffet de chêne admirable.

Mme de Mercouville lui proposait pour les gros travaux du ménage son esclave indien, de race panis, les seuls Indiens qui étaient considérés comme esclaves par leurs congénères. Puis elle se ravisa subitement.

— Non ! depuis qu'il a été marqué à la fleur de lys, je ne peux plus en faire façon. Je craindrais qu'il ne vous déçoive...

Elle expliqua que cet excellent garçon ne lui avait donné que des satisfactions, qu'un « voyageur » l'avait ramené des Mers douces et qu'elle l'avait acheté quinze livres tournois et fait baptiser.

Mais pour avoir volé une hache au cours d'un incendie — crime sévèrement puni — il avait été « flétri » sur la joue, au fer rouge, selon la loi française. Et ne voilà-t-il pas qu'il s'avisait d'en être glorieux, disant qu'il appartenait désormais au Roy de France et qu'il n'accepterait plus d'ordres de personne que du monarque lui-même, son maître.

— Ces Indiens ont des raisonnements qui nous dépassent ! Vous apprendrez à les connaître, ma chère.

Beaucoup de personnes parlaient à Angélique comme si elle venait de débarquer, venant de France.

Elle engagea une jeune femme canadienne pour venir aider Yolande dans la journée. Yolande ne rechignait pas à l'ouvrage mais, avec les enfants, il y avait à faire.

La jeune femme avait vingt-trois ans. Elle s'appelait Suzanne Legagne. Elle était grande, robuste et délurée, fille du pays, sûre d'elle. Elle s'était mariée à quatorze ans avec un soldat du régiment de Carignan. Sa mère, la campagne militaire achevée, était restée au Canada et avait reçu une concession. Elle avait déjà quatre enfants, des garçons, et elle habitait un peu hors de la ville, au flanc de la côte Sainte-Geneviève, dominant le couvent des récollets. Elle expliqua que, cette année, son mari, parti aux bois, vers les Grands Lacs, avait été blessé, et se trouvait obligé d'hiverner au Fort Frontenac, près du lac Ontario. Il lui avait fait dire que ce n'était pas grave mais, n'ayant pu amener ses peaux à Québec, il n'avait pas touché ses dividendes. Aussi, son épouse envisageait-elle avec plaisir de gagner quelques écus.

La ferme marchait bien. Il y avait du personnel. Un couple « d'engagés », homme et femme, faisait le gros du travail et la femme s'occupait des enfants plus petits.

Sa grand-mère, une ancienne du pays, paralysée mais autoritaire, dirigeait la maison de son fauteuil. Derrière toutes ses explications, Suzanne laissait entendre qu'elle aimait bien lorgner du côté de la ville et rien ne lui avait paru plus inspirant que de pénétrer dans l'intimité de ces nouveaux venus dont on parlait tant.

Elle apporterait, le matin, du lait de ses vaches, du beurre, des œufs. Elle s'entendit tout de suite avec Yolande, une Acadienne certes mais, comme elle, née sur le continent américain.

Le vendredi, le voisin déclara la guerre en déversant tout le fumier de son étable devant la porte de la maison du marquis, de sorte qu'on ne pouvait plus ouvrir la porte sur la rue.

Ville d'Avray fut d'autant plus furieux que, venu pour accompagner Angélique à la messe, il trouva, l'attendant le pied ferme, un sergent du greffe royal, portant son hoqueton, insigne de ses fonctions, et qui lui demanda dix sols d'amende pour « outrepassement numéro 9, amende promulguée par Monsieur le Grand-Voyer du Canada et entérinée par le Procureur du Conseil Souverain, le 6 mai 1640, sur la législation concernant les animaux d'étable et d'écurie, punissant de ladite somme toute personne qui aura rejeté et déposé la litière desdits animaux sur la voie publique et particulièrement sur la rue passante, devant sa maison particulière. »

— Mais ce n'est pas mon fumier ! s'écria Ville d'Avray. Je ne paierai pas.

Angélique, le voyant acharné à refuser ces dix sols au sergent du greffe, proposa d'aller trouver le Grand-Voyer lui-même, M. de Chambly-Montauban qui habitait la Closerie à deux pas. Suivis déjà d'une foule nombreuse, ils gagnèrent la séduisante propriété de l'homme au dogue, habitation qui faisait l'envie de beaucoup. Car, masquée aux regards par son rideau d'arbres de feuillus légers tels que bouleaux, ormes, hêtres mêlés de quelques sapins noirs, c'était bien la demeure idéale pour y recevoir joyeuse et galante compagnie.

Pour lors, Angélique et le marquis eurent la surprise d'y trouver M. Nicolas de Bardagne et les officiers de sa suite, ainsi que son valet, les domestiques chargés du service de la table, son cuisinier, et les garçons d'écurie. M. de Chambly-Montauban, dont le train était moins fourni, était allé se loger en ville, heureux d'obliger l'Envoyé du Roi, qui souffrait d'être à l'étroit dans un lointain logement du côté des plaines d'Abraham. Nicolas de Bardagne baisa, avec un air de surprise charmée, la main d'Angélique.

— Ma chère ! vous déjà !... Comme je suis heureux !... Me voici votre voisin.

— Vous êtes incorrigible, murmura Angélique.

— Ma belle amie, répliqua Nicolas de Bardagne aussi dans

un murmure, était-ce la peine de m'être laissé piéger pour un hiver à Québec, si je dois me trouver aux antipodes de votre logis ? Monsieur de Chambly-Montauban s'est montré fort obligeant et je saurai reconnaître son amabilité.

Il voyait dans la démarche inattendue d'Angélique un signe de bon augure pour la suite de leurs relations amoureuses.

— En fait, nous cherchons Monsieur le Grand-Voyer, le détrompa-t-elle.

— Il n'est plus ici. Encore que je lui laisse volontiers un pied-à-terre dans sa propre maison. A Québec, on est partout chez soi. Angélique, ma chère voisine, désormais comme je vais être heureux de pouvoir vous contempler dès le matin sur votre seuil. Les tapissiers n'ont pas encore terminé de mettre en place ma garde-robe et mon mobilier. Je dois aider mon secrétaire à vider mes caisses de livres et à les placer dans la bibliothèque. Mais vous reviendrez, n'est-ce pas, me rendre visite dans cette ravissante demeure ? Maintenant que nous sommes proches.

Furieux, M. de Ville d'Avray entraîna Angélique. Il préféra payer les dix sols.

Au milieu de tout cela, la pensée du duc de Vivonne s'estompa. Était-ce lui ? Ville d'Avray s'était peut-être trompé ?

Elle alla quotidiennement visiter La Polak. A entendre celle-ci, Angélique était demeurée au centre de sa vie durant ces longues années.

— Je t'ai eue devant les yeux tous les jours de ma vie, affirmait-elle avec sans doute un brin d'exagération, car c'est toi qui m'as appris le plus de choses utiles, Marquise. Toi et le jésuite.

Angélique ne s'était guère attendue à se trouver réunie avec le Père d'Orgeval dans une même œuvre éducatrice.

A entendre parler de lui par bribes, çà et là, il lui fallut reconnaître que le redoutable jésuite était aussi aimé. D'où son pouvoir sur les gens simples.

Dans l'ensemble, on était soulagé de sa disparition. Mais l'inquiétude qu'inspirait son sort était sincère. Il semblait bien, en effet, que personne ne savait ce qu'il était advenu de lui. Et comme on ne pouvait concevoir qu'il se fût effacé de son plein gré, les bruits les plus fous couraient « sous le manteau ». On disait qu'il s'était élevé dans les airs lorsqu'il avait su l'approche des navires de Peyrac et avait disparu derrière les nuages, ou bien, qu'il avait été enlevé par les canots de la « chasse-galerie » comme Elie dans son char de feu. D'aucuns insinuaient qu'on l'avait assassiné. Qu'il avait été tué par magie et que c'était son ombre que certains avaient rencontrée, remontant le fleuve en canot, du côté de Trois-Rivières...

Angélique avait-elle réellement entendu le Père de Guérande lui murmurer : « Par votre faute, il va mourir ! »

N'était-il pas un fantôme lui-même. Non ! Elle l'aperçut un jour, à la cathédrale, dans les stalles du chœur avec les autres jésuites...

Elle croisa Mme de Mercouville qui se plaignit des Filles du Roy.

— Elles ne sont pas faciles.

Angélique s'inquiéta, craignant des bavardages qui en auraient trop appris de leur odyssée dans les parages de Gouldsboro. Mais renseignements pris, Mme de Mercouville leur reprochait surtout d'être prétentieuses.

— Elles se montrent à l'avance difficiles sur le choix de leurs futurs et font la moue devant les travaux que je leur propose. L'une d'elles est de sang-mêlé, une Mauresque. J'ai cru l'obliger en lui proposant de servir d'aide à Perrine, ma nourrice noire. Elle m'a répliqué qu'elle avait été élevée par les dames de Saint-Maur, que sa marraine était de haut lignage et qu'elle ne s'était pas rendue au Canada pour y être esclave mais pour épouser un officier. Je vous dis tout de suite que cela ne me paraît pas possible. La seule de ces jeunes femmes qui m'a paru digne d'intérêt est Delphine du Rosoy. Mais là, c'est autre chose. Elle ne veut pas se marier.

Angélique se rendit chez Mme de Mercouville dont la maison était toujours remplie d'enfants et de toutes sortes de gens.

Dès le vestibule, la petite Ermeline, l'enfant gourmande, se jeta dans ses bras. La nourrice martiniquaise lui dit que la minuscule demoiselle ne cessait de s'échapper pour essayer de la rejoindre. Elle avait été miraculée d'une façon excessive car, après avoir cru qu'elle ne marcherait jamais, on passait son temps à courir derrière elle.

Après avoir embrassé l'enfant, Angélique s'occupa des Filles du Roy et les tança un peu :

— Acceptez les emplois qu'on vous offre en attendant que le Grand Conseil ait statué sur votre cas. L'on s'occupe de reconstituer votre dot et votre trousseau mais il faut que vous fassiez preuve de vos talents, de votre bonne humeur et de votre bonne éducation si vous voulez qu'on encourage de jeunes habitants du pays à vous demander en mariage.

Vers la Noël, beaucoup de ces garçons célibataires isolés dans leurs fermes viendront à Québec en traîneau pour ouïr les offices religieux.

— ... Nous allons profiter de ce temps de fêtes pour donner

un grand bal de l'Épiphanie. Monsieur le Gouverneur ouvre ses salons du château Saint-Louis. Vous y viendrez et ce sera l'occasion d'y rencontrer vos futurs galants...

Les orphelines et les pensionnaires de l'Hôpital Général ouvrirent de grands yeux et joignirent les mains avec extase. Elles qui n'avaient connu que les gros murs de la Pitié où l'on « renfermait » les petites filles dès l'âge de sept ans sous la garde de religieuses dévouées mais austères n'en croyaient pas leurs oreilles.

— Nous irons au bal ? Dans le palais du gouverneur ? Même nous, Madame ?...

— Oui, même vous ! Nous sommes au Canada et sachez que l'on y regarde moins au rang qu'à la qualité... Vous avez eu le courage de passer les mers pour venir peupler la Nouvelle-France et à ce titre on vous appréciera... Je m'occuperai que vous soyez bien coiffées, parées de façon accorte, mais vous, de votre côté, rappelez-vous toutes les belles manières que vous ont enseignées vos éducatrices. Vous viendrez donc, jolies, modestes, aimables et vous ne serez pas dédaignées.

Elle les laissa baignant dans un rêve bleu.

Delphine du Rosoy sollicita un entretien à l'écart :

— Si j'avais su que vous ne me garderiez pas à votre service, Madame, lui dit-elle, je vous aurais demandé de me laisser en Acadie. Je regrette tant de ne pas être restée à Gouldsboro comme certaines de nos compagnes, qui avaient un promis, qui ont pu se cacher au moment du départ de Madame de Maudribourg.

« Monsieur Paturel les avait assuré qu'il les prendrait en charge. C'est un lieu un peu effrayant, au début, lorsqu'on y voit tous ces hérétiques et ces pirates qui s'y trouvent, mais vite, on se laisse séduire par la chaleur humaine qui y règne. Madame, puis-je vous demander très humblement de prendre en considération ma requête et de me ramener avec vous lorsque vous retournerez à Gouldsboro ?

— Nous n'en sommes pas encore là... protesta Angélique. Le Saint-Laurent va se prendre dans les glaces et nous ne pourrons quitter Québec avant le printemps. Cela vous donne tout loisir de changer d'avis d'ici là.

Elle songeait à part :

« Qui sait si nous retournerons jamais à Gouldsboro ? Et vers quelle destinée nous voguerons quand viendra le printemps. »

La nuit prompte de l'hiver était là quand elle quitta la demeure des Mercouville.

Sur le noir de la nuit dansaient de minuscules flocons de

neige qui ne se décidaient pas à tomber et tourbillonnaient de façon frivole.

Angélique se sentait oppressée comme chaque fois qu'il lui fallait se rappeler les événements du dernier été : La Démone, ses plaintes folles, son alliance ancienne avec le Père d'Orgeval, « Nous étions trois enfants maudits, lui, Zalil et moi, dans les montagnes du Dauphiné. » L'on échappe difficilement du cercle de craie magique de l'enfance.

Les lueurs douces des cierges brillaient derrière les vitraux de la chapelle des ursulines. Des bouffées de cantiques arrivaient, psalmodiés par des voix féminines. Les religieuses faisaient amende honorable pour les hosties dérobées.

Mais très vite son insouciance revenait. Les volées de cloches qui ne cessaient de planer au-dessus de Québec, plantée au cœur de l'Amérique, emportaient comme des oiseaux familiers les pensées inquiétantes ou pessimistes pour ne les emmener que vers les seules concrètes et dignes d'intérêt : la vie quotidienne, le salut de l'âme, la prière, les offices, les mondanités, l'approche de l'hiver, les provisions dans les caves ou dans les greniers, et encore les prières, les offices, etc...

Quand vint le dimanche et qu'à la messe Angélique vit arriver, portée par quatre enfants de chœur en surplis, une crédence chargée de gros morceaux de gâteaux, et que le marguillier en titre lui proposa la première part posée sur un coussin, geste honorifique, Angélique oublia qu'il n'y avait que huit jours qu'elle avait gravi la côte de la Montagne pour entendre le Te Deum en cette même cathédrale.

Elle oublia le temps, l'heure, le jour, et qu'il y avait dans la ville un homme qui avait été son amant et qui s'en autoriserait peut-être pour troubler l'harmonie de ses jours, qu'il y avait une visionnaire qui reconnaissait peut-être en elle un suppôt de Satan, ou un ecclésiastique fanatique jetant contre elle l'anathème.

Elle oublia le passé, le présent et l'avenir. Par la magie de cette odeur de gâteau mêlée à celle de l'encens, elle se retrouvait dans la petite église de Monteloup, son village de naissance, au moment de la distribution du « pain béni » qui était bien de tous les rites de la messe celui préféré des enfants.

Et tout en mâchant lentement avec componction comme lorsqu'elle était petite sa part de brioche, elle se laissait bercer par ces ressouvenances idylliques dont la nostalgie ne meurt jamais et qu'elle retrouvait par miracle, à Québec, la France, le Poitou, Monteloup, le vieux château à pont-levis, son enfance, chez nous...

31

« VOICI UNE SEMAINE QUE LES ÉTRANGERS DU *GOULDSBORO* sont arrivés à Québec, écrivait Mlle D'Hourredanne, appuyée à ses oreillers de dentelles et relevant de temps à autre les yeux pour guetter la maison d'en face. Je peux vous le dire sans ambages. Ces êtres-là ont bouleversé la ville, comme prévu, mais d'une autre folie que celle que nous craignions et que je pressens derrière mes murs, sans qu'on m'en entretienne. Mes amis m'ont en quelque sorte abandonnée pour s'empresser de faire leur cour à M. et Mme de Peyrac, grands favoris.

« Je n'ai vu qu'une fois l'intendant Carlon depuis son retour. Il est venu, très excité à la suite d'un Grand Conseil exceptionnel, me dire qu'il va faire de la potasse avec M. de Peyrac, échanger du lard avec du cochon, et fabriquer des tissus de laine... Vous le connaissez, il n'en faut pas plus pour le rendre heureux... Mais, sachant aussi la faiblesse que j'ai pour lui, vous devinez combien je souffre de sa désaffection.

« En revanche, le voisinage de cette très belle dame que l'on dit sorcière dans la maison du marquis de Ville d'Avray m'amène des gens dont je me passerais bien et qui veulent satisfaire leur curiosité en la guettant de ma fenêtre qui est, je l'avoue, un magnifique poste de vigie pour cela. Ces fâcheux se défendent en vain de venir à moi par amitié. Je ne me leurre point.

« J'ai donc reçu entre autres la visite de Mme de Campvert... Mme de Campvert que je ne vois qu'une fois l'an lorsqu'elle ne trouve pas de partenaires pour se ruiner à son jeu et qu'elle se rabat sur moi afin de battre un « trente-et-un » auquel je suis assez habile, s'est présentée hier avec de grandes démonstrations d'amitié. Elle était accompagnée des messieurs de sa coterie, et je vous dis tout de suite que je les ai jugés fort déplaisants. Il s'agit de Messieurs de La Ferté, Bessart, de Saint-Edme, et d'Argenteuil. A la façon dont ils se sont assis, tournés vers la rue les yeux fixés sur la maison de Ville d'Avray, j'ai su qu'ils venaient pour glaner quelques visions de nos hôtes. Ils se tordaient le cou et n'ont pas tardé à me demander toutes sortes de détails sur la belle Mme de Peyrac. Ils ont l'air de quatre larrons dont chacun aurait un rôle dévolu dans une bande de brigands.

« Le nommé Bessart est celui qui tient les comptes. C'est un financier. Il a dû voler trop de gens, d'où son exil en Canada.

« Le plus jeune a nom Martin d'Argenteuil. Il doit être cadet de famille et sert d'escorte à M. de La Ferté qui, lui, est sans nul doute de haut rang. Ce d'Argenteuil a belle mine, mais son regard est instable. Il porte des gants rouges que lui a fait faire M. de La Melloise et ouvre et ferme sans cesse les doigts comme s'il voulait étrangler quelqu'un. On m'a laissé entendre qu'il avait eu la charge de maître-paumier du Roi et jadis était compagnon de Sa Majesté. Mais, depuis quelques années, le Roi déserte le fronton, se plaint-il. Le Roi préfère la chasse. Lui aussi parle d'opération magique et d'alchimie. Il a rencontré et aimé cette Brinvilliers, l'empoisonneuse, qu'on vient de décapiter en Place de Grève, et pleure sur elle en disant que c'était « une sainte ». Il ferait mieux de moins se vanter. C'est sans doute la raison de sa présence loin de Paris.

« Pour tout vous confier, je crains que l'un ou l'autre de ces gentilshommes, et peut-être tous les quatre, ne soient atteints du mal napolitain, cette horrible gangrène due à l'amour charnel et que les armées du roi Charles VII ont rapporté en France d'une guerre trop galante avec les Italiens, lesquels l'avaient prise chez les Espagnols revenant d'Amérique.

« Terrible fléau que ce mal où les hommes risquent de voir leur virilité tomber comme fruit pourri et les femmes devenir objet de dégoût, par la lèpre qui ronge ce qu'elles possèdent de plus intime, de plus précieux, de plus convoité et de plus charmant.

« Je ne cessais de penser à cela durant cette visite, et vous me comprendrez si je vous déclare que je n'étais pas enchantée de les voir assis sur mes fauteuils de soie brochée.

« M. de Saint-Edme et M. d'Argenteuil m'ont demandé si je croyais que Mme de Peyrac était sorcière comme on l'avait dit. C'est alors que nous l'avons vue passer. Elle était accompagnée de M. de Bardagne, l'Envoyé du Roi, qui rôde toujours en ces parages.

« Ces Messieurs se sont tus et M. de La Ferté s'est penché en avant. J'ai vu briller ses yeux, qu'il a très bleus, mais qui ne me plaisent pas... »

32

La deuxième semaine commença mal. On aurait pu croire cependant qu'elle commençait bien car Angélique, tirant sa porte ce lundi matin, se trouva en présence d'un jeune et bel homme à la vigoureuse et élégante prestance et auquel la lumière du soleil levant donnait l'inattendu et la douceur d'une apparition archangélique.

Trompée par cette auréole éblouissante, Angélique mit quelques secondes à reconnaître le procureur du Grand Conseil, Noël Tardieu de La Vaudière, en personne.

Comme elle lui souriait et le priait d'entrer en lui demandant des nouvelles de sa charmante femme, il se récusa, faisant comprendre sans tarder qu'il n'était pas venu pour badiner, mais s'occuper d'une plainte dont il avait été saisi, à propos d'un Anglais que M. de Peyrac comptait dans sa « recrue », plainte présentée par les sept cordonniers de la ville.

De plus, on avait vu ce suppôt d'une religion déformée, le protestantisme nommé, traverser la ville coiffé de ce haut chapeau noir en pain de sucre marqué d'une boucle d'acier par-devant qui caractérisait cette engeance du diable appelée Puritains, lesquels, en Angleterre, avaient poussé le sacrilège jusqu'à faire tomber sous la hache la tête de leur propre roi légitime.

Sans vergogne, et sans se soucier d'éveiller l'effroi de la population par l'apparition de cette silhouette drapée dans la cape genevoise qui rappelait celle de l'horrible Calvin, maître de la cité réformée des bords du Léman, il était descendu au port se promenant comme chez lui, était monté à bord d'un navire qu'on venait de remorquer dans l'un des bassins pour le radouber.

Angélique exposa que cet Anglais, s'il était de leurs amis, n'était pas de leur recrue. Jamais ils n'avaient eu l'idée de l'amener à Québec.

Elle raconta l'histoire d'Élie Kempton, colporteur itinérant de l'État du Connecticut en Nouvelle-Angleterre, que son commerce avait amené jusque dans le Golfe Saint-Laurent, où sa barque avait été arraisonnée par le *Saint-Jean-Baptiste* monté, Monsieur de La Vaudière ne l'ignorait pas, par un équipage de forbans, lesquels l'avaient capturé afin de faire main basse sur ses marchandises.

— Que faisait cet ennemi dans le Golfe Saint-Laurent, dont les rives acadiennes appartiennent à la Nouvelle-France et où seuls peuvent circuler les pêcheurs normands, malouins, bretons et basques ? Tout bâtiment anglais doit y être coulé sans sommation. Votre colporteur du Connecticut a encore eu de la chance.

Enfin, conclut-il, il doutait que cet Élie Kempton ne fût pas protégé officiellement par M. de Peyrac, car, durant son passage à travers la ville, il s'était montré évidemment escorté par des matelots du *Gouldsboro* que l'on avait reconnus sans peine à leurs uniformes.

Qu'allait-il faire au bassin de radoub ?

— Il allait porter des provisions et de la paille à son ours savant qui s'est endormi pour l'hiver dans les cales du *Saint-Jean-Baptiste*.

— Un ours ?

M. Tardieu de La Vaudière pinça ses belles lèvres renflées qui semblaient plus destinées à dispenser et recevoir des baisers, qu'à s'enlaidir par des moues sévères. Un ours ? Cette histoire ne lui disait rien qui vaille. Pourtant, Angélique plaidant qu'Élie Kempton était l'être le plus inoffensif qu'on pût trouver et prenant en considération qu'il avait été victime du capitaine Félon, lequel se trouvait en prison pour l'instant, il admit qu'il pouvait demeurer en liberté. Il pourrait même, à la rigueur, pratiquer son métier, à condition de se cantonner dans la chaussure de luxe dont on n'avait pas de fabricant en Canada.

— Il faudra qu'il paye patente.

— Il la paiera.

— Et qu'il se cantonne dans les hauts de la ville, qu'on ne l'y voit pas se promener, surtout avec ce sinistre chapeau.

— On ne le verra pas !

Elle était sur le point de le remercier chaleureusement, mais il l'interrompit.

— Un instant, je vous prie... Il y a une ordonnance spéciale à propos des prisonniers anglais en Nouvelle-France. Je vais vous la faire lire afin que vous sachiez bien à quoi vous vous engagez.

Il s'était fait accompagner d'un petit tambour de l'armée, ainsi que du héraut de la ville avec sa pique dont le fer était garni à la base de rubans aux couleurs de la ville et portant en bandoulière sa sacoche dans laquelle il mettait les rouleaux de parchemins des proclamations.

Nicaise Heurtebise en portefaix hirsute était arrivé coltinant sur ses épaules une énorme barrique, de la mesure de celle qu'on baptisait « tonneau d'Orléans, contenance 204 pots ».

Devant la porte, il retourna la barrique, heureusement vide, et le héraut se hissa dessus éveillant l'attention des Indiens du petit campement et de quelques voisins tôt levés.

Après avoir déroulé une feuille et fait signe au tambour de frapper une première jetée de baguettes, le fonctionnaire municipal psalmodia d'une belle voix de basse :

« Savoir faisons qu'ayant par notre règlement de police du 26 mars 1673 entériné les ordonnances sur les rassemblements des captifs anglais, rappelons aux habitants de cette ville de les respecter sous peine d'amende...

— Qu'appelez-vous un rassemblement ? demanda Angélique au Procureur.

— Deux, trois personnes au plus...

— Y a-t-il seulement autant d'Anglais que cela dans Québec ? A part notre puritain du Connecticut ?...

— Il y en a, affirma-t-il, ne serait-ce que la servante de Mlle d'Hourredanne, ajouta-t-il en se tournant vers la petite maison de l'autre côté de la rue, la nommée Jessy, une enragée qui refuse de se convertir et que l'on est bien bon de tolérer dans notre ville, au lieu de la renvoyer aux Indiens Abénakis qui l'ont capturée.

Angélique commençait à comprendre les réserves de La Polak sur le beau procureur : « c'est une teigne ! »

Il n'avait de doux que son prénom : Noël.

— Et il va y avoir encore les deux Anglais captifs des Hurons, que Madame de Mercouville va faire venir quotidiennement, pour en apprendre le secret de la teinture des laines et du lin... Aussi, je vous engage...

— J'ai compris, coupa Angélique.

Mais il n'en avait pas fini... Il se recula pour examiner de plus loin la toiture de la maison du marquis de Ville d'Avray d'un œil critique. Sa hantise était l'incendie qui en quelques minutes pouvait détruire en plein hiver une partie de la ville, surtout en la Basse-Ville où les habitations étaient très serrées, la plupart en bois, avec des toits de bardaux. Il avait fait proclamer des règlements draconiens et, sur ce point, l'on ne pouvait lui donner tort.

— Il n'y a pas de coupe-feu, dit-il.

Il s'agissait de petits murets qui séparaient les toits des maisons mitoyennes et dont la présence pouvait retarder la propagation des flammes.

— Mais la maison n'est encore accolée à aucun bâtiment et est même assez isolée des autres habitations.

— Qu'importe, la loi est la loi pour tous. Les ordonnances doivent être appliquées, toute maison neuve doit comporter l'édification de coupe-feu aux pignons. Monsieur de Ville d'Avray va être taxé de cinq livres pour infraction.

Il avertit le héraut et sa troupe de se rendre aux carrefours pour proclamer l'ordonnance sur les Anglais et celles, nombreuses, sur les incendies.

Dommage, décidément ! Il était d'une si grande beauté ! Et plus le soleil montait plus il était beau et plus il se révélait, par contraste, odieux.

Elle avait envie de lui pincer plaisamment le bout du nez en lui disant : « Vous êtes un goujat, Monsieur. »

Afin de lui faire comprendre que, même dans l'exercice de ses fonctions les plus austères, un beau garçon ne doit pas tromper à ce point sur la courtoisie, sinon l'indulgence, qu'une femme est en droit d'attendre de lui. Hélas ! il semblait avoir oublié les règles du jeu... s'il les avait jamais connues et l'on était déjà dans l'obligation de s'interroger sur le mystère de son comportement : sot ou méchant ?

Prétentieux, à coup sûr. Il la tenait inutilement debout sans un mot d'excuse, sur le seuil de sa porte où Honorine et Chérubin étaient venus la rejoindre, levant vers lui leurs frimousses mécontentes. Angélique voyait le moment où Honorine allait s'éclipser pour revenir un bâton à la main en criant : « Je vais le tuer. »

— Laissez Monsieur de Ville d'Avray hors de cela, le pria-t-elle. Il a eu la bonté de mettre à ma disposition son hôtel particulier et je m'en voudrais de le voir tracassé pour des sottises. Où dois-je payer ?

— Car vous payez ? Pour le coupe-feu ?

— Oui, est-ce à vous que je dois verser ces cinq livres, greffier du Conseil Souverain ?

— Non ! C'est à Monsieur Carbonnel. Il lui faut enregistrer votre dépôt.

— Où le trouve-t-on ?

— Au greffe du tribunal du Grand Conseil.

— J'y vais de ce pas... Mais souvenez-vous, Monsieur le Procureur, que vous avez ouvert, aujourd'hui, un lourd contentieux à régler par vous en ce qui concerne mon salut éternel.

— Que... que voulez-vous dire ? bégaya-t-il ahuri et enfin désarçonné.

— Vous m'avez fait manquer la messe...

— MADAME, pouvons-nous vous être utiles, disaient derrière elle M. de Bardagne et M. de Chambly-Montauban, venant de leur « Closerie » où ils avaient festoyé assez tardivement la veille au soir.

— Non, non, par pitié... Allez à l'office pour la rémission de vos péchés... Moi, je vais au greffe payer cinq livres d'amende pour combler de joie Monsieur le Procureur Tardieu.

Et elle se mit à courir pour descendre la rue, en tenant la main d'Honorine qui « ne voulait pas rester à la maison »...

Elle ne tolérerait sur ses talons que Piksarett dans sa peau d'ours noir et, à la rigueur, les Indiens du campement et leurs chiens, fuyant le dogue de M. Chambly-Montauban avec des sauts de lourdes puces. Elle était en réalité toujours enchantée de toutes les occasions qu'elle avait de connaître un nouvel aspect de Québec.

L'immeuble où se tenait le greffe royal était situé derrière la cathédrale à mi-chemin de la côte qui conduisait à la Place d'Armes et à la résidence du Gouverneur.

Les fenêtres des bureaux qui étaient orientées du côté du fleuve se trouvaient directement en surplomb au-dessus du campement permanent des Hurons au cœur de Québec. On les avait rassemblés là dix à douze années plus tôt, lorsque les lambeaux de cette nation, fuyant les massacres perpétrés contre eux par les Iroquois, étaient venus se réfugier sous l'aile d'Onontio, nom donné indistinctement à tous les gouverneurs, représentant le roi de France.

Ils s'étaient accrochés à ce terre-plein, suspendu à mi-pente de la Haute-Ville, terrés à l'abri de leur palissade de pieux et à l'ombre des murs de l'évêché, de la cathédrale et du château Saint-Louis.

Protégés par les prières des uns, les canons de l'autre, ils ne voulaient plus en bouger. Là seulement, ils se sentaient à l'abri des coups de leurs féroces ennemis iroquois.

De ce fait, la présence de leurs wigwams d'écorce, juste sous les fenêtres du greffe royal, y apportait une forte odeur de fumée de boucan, de graisse d'ours et de maïs bouilli, qui se mêlait à celle des encres et de la paperasserie et élaborait des senteurs composites pour le moins vigoureuses.

A part cette note insolite, rien ne rappelait, lorsqu'on pénétrait sous les voûtes et dans les pièces étroites et encombrées d'étagères et de grimoires, que l'on ne se trouvait pas en France. Tout y était reconstitué pour évoquer les officines communes et sinistres groupées autour du Palais de Justice, sur les bords de la Seine.

Nicolas Carbonnel, c'était ce greffier qui s'était tenu dans l'ombre du procureur au Grand Conseil et qui avait une haute estime de la tâche dont il était investi et il apportait à la remplir et à servir Noël Tardieu une dévotion pointilleuse et un sûr instinct des moyens à déployer pour parvenir à ses fins, c'est-à-dire : faire rentrer les amendes, les impôts, les taxes des citoyens récalcitrants et indirectement remplir les caisses de l'État tout en imposant la discipline qui est indispensable à toute cité prospère et réputée.

Il était très organisé. A son greffe, il gardait, exposé bien en vue, l'étalon de toutes les mesures et poids en usage : minot, demi-minot, boisseau, pot, pinte, aulne, demi-aulne, romaines, crochets, balances, poids, chaînes pour la mesure exacte des cordes de bois. Le bois de chauffage devait avoir trois pieds et demi entre deux coupes et la corde huit pieds de longueur et quatre de hauteur.

Revêtu d'une fonction qui avait ses servitudes et son climat particulier, le greffier en avait tous les abords, les manies, le comportement, au point qu'il portait calotte sur une chevelure qui n'était pas encore clairsemée ; qu il se vêtait avec austérité de serge noire ou gris foncé, alors qu'on le disait à l'aise ; qu'il affectait une échine arrondie et comme courbée sous le poids ; enfin qu'il pouvait être, suivant les discours qu'on lui tenait, un peu dur d'oreille ou étonnamment éveillé.

Ses gestes avaient de la lenteur et son abord paraissait distrait, mais l'on s'apercevait très vite qu'il était d'une vivacité surprenante lorsqu'il s'agissait de rédiger un procès-verbal d'infraction aux règlements ou de décider d'une perquisition en bonne et due forme là où il l'estimait urgente.

— Alors, vous payez ? s'informa-t-il tout en commençant à tailler une plume d'oie parmi les dix qui attendaient devant lui à portée de main et en ravivant d'un coup de targette les braises d'un petit réchaud, afin de faire fondre la cire du sceau qu'il comptait apposer au bas de sa feuille de constat. Dix bâtonnets de cire rouge étaient également rangés en bon ordre près de l'encrier.

— Oui, dit Angélique en portant la main à sa bourse.

Mais, ayant examiné le cas, il dit que cela ne pouvait pas s'arranger, qu'elle ne devait payer que deux livres et demie, et Ville d'Avray, en tant que propriétaire, devait se présenter pour payer les deux autres et annoncer ses intentions quant à la construction des coupe-feu.

Angélique se retrouva sur la place de la Cathédrale alors que l'on sortait de la première messe. Ville d'Avray qui venait d'arriver était déjà au courant et, naturellement, dans « tous ses états ».

— Je ne paierai rien et je ne construirai rien. Allons voir Basile, il nous conseillera. Lui seul peut avoir raison de ces rapaces.

Voyant se dessiner un mouvement général vers la Basse-Ville, la petite Honorine se mit à hurler subitement en se cramponnant à Angélique.

— J'en ai assez, je ne te vois plus, criait-elle. Tu es toujours partie. Tu ne t'occupes plus de moi, ni de Chérubin. Tu ne t'occupes que du petit bébé gourmand... Je veux retourner à Wapassou.

Ces revendications, longuement ressassées dans la petite tête, trouvaient enfin l'opportunité d'éclater au grand jour, sous le coup de la déception. Car Honorine voyait depuis le matin s'éloigner le moment de faire sauter les crêpes comme on le lui avait promis pour le repas du lever. Et aussi, sous l'aiguillon du déplaisir que lui inspirait la propriété des Mercouville proche, par la grille ouverte de laquelle n'allait pas manquer de surgir la redoutable et minuscule Ermeline, farfadet impénitent, à la recherche toujours inapaisée de bonbons et de friandises et surtout d'Angélique.

Et voilà qu'elle apparaissait, en effet, avec sa rapidité de lutin, ses petits pieds ne paraissant pas toucher terre, jetant ses cris et ses rires d'oiseau extasié.

C'en était trop !

Honorine hurla de plus belle, les yeux clos, la bouche grande ouverte, les joues nappées de larmes. Cette fois, elle avait décidé de dominer Québec, ainsi que sa mère l'avait fait le jour de l'arrivée, mais avec ses moyens propres.

Ses cris forcenés réussirent à imposer silence au caquetage dépourvu de sens des adultes.

— Je ne te vois plus, répétait Honorine dans ses larmes et, retrouvant sous le coup de la frustration le zézaiement de sa petite enfance, elle fit défiler ses griefs. Tu montes ! Tu descends ! Tu cours dans toutes les maisons et moi qu'est-ce que ze deviens là-dedans, avec ce Chérubin ?... Ze veux retourner à Wapassou. Ze veux Barthélémy et Thomas ! Pourquoi ne sont-ils pas venus avec nous ?

— Tu sais bien qu'on ne pouvait les amener. Ils sont protestants.

— Ze veux retourner chez les protestants ! cria Honorine de toute sa voix.

Une telle exclamation hurlée au sein d'une cité éminemment papiste était pour le moins inopportune.

On se retira précipitamment dans la maison, on mit presque les verrous et les barres aux portes et, enfin tranquilles, on graissa la grande poêle à crêpes et elle fut déposée sur les braises de l'âtre.

Pour distraire l'humeur de sa fille, Angélique monta avec elle jusqu'au deuxième comble du toit que l'on atteignait par une courte échelle. Des lucarnes, on voyait alors très loin.

Angélique et Honorine, la tête et les épaules sorties au ras de l'imposte et le visage fouetté par le vent, pouvaient jeter un regard circulaire sur le domaine à leurs pieds. D'où elles se trouvaient leur vue plongeait par-dessus les murs et les palissades.

L'enclos des ursulines offrait un champ d'observations des plus faciles à la curiosité d'Honorine et de sa mère. Malgré les grands murs qui cernaient la propriété, il leur était loisible de suivre l'existence familière, toute de piété et de travaux, de ces femmes petites élèves, dont la plupart filles d'habitants ou de seigneurs éloignés, étaient pensionnaires, prenaient leur récréation dans le verger.

Angélique avait observé que la principale distraction de ces enfants paraissait être la danse. Des danses paysannes pour la plupart, amenées des provinces d'origine par les parents : la bourrée, le rigodon.

Elles se tenaient par le bras et tournaient en rond, dans un sens, dans l'autre. Elles se plaçaient en rangées, face à face, avançaient, reculaient, en battant des mains, faisaient la révérence... Dans l'air glacé, les petites voix scandaient les ritournelles naïves.

Sur le pont de Nantes
Marion, Marion, danse
Sur le pont de Nantes
Marion dansera.

Bergers, entrez dans la danse
Marion, Marion, danse
Sautez, dansez, embrassez qui
vous voudrez.

Il y avait quelques enfants indiennes parmi elles, auxquelles on laissait leurs habillements de peaux frangées et leurs mocassins et leur petite plume unique plantée dans le ruban brodé de perles qui retenait leurs longs cheveux noirs. Elles paraissaient gaies et espiègles et ne dansaient pas moins et ne criaient pas moins que les autres.

Dans un coin de l'enclos s'érigeait l'habituel groupement de quelques huttes d'écorces autour d'un foyer toujours fumant, petit campement d'Indiens réfugiés à l'ombre bénie de ces douces ursulines. Une vieille Indienne s'y apercevait toujours préoccupée à longueur de journée de soulever le couvercle de la marmite, d'en surveiller le contenu, de la retirer du feu, d'y ajouter un morceau de gras, une poignée de maïs, un gobelet d'eau. Comme un essaim de moineaux, quelques fillettes parfois s'abattaient autour d'elle dans ce coin du jardin, faisaient cercle, écoutaient une histoire, ne se privaient pas de pêcher dans le chaudron du bout des doigts quelques morceaux de la sagamité.

Elles repartaient en courant, se poursuivaient, grimpaient dans les arbres, ces courts pommiers trapus, dont la silhouette tordue étalée, avec des coudes, des angles aigus dans les rejets, parlait de leur croissance difficile, de branches brisées maintes fois sous le poids des neiges ou l'emprise des glaces.

Les fillettes, aux jupes colorées, se perchaient là-dessus, animant les branches de leurs plumages.

— Comme elles s'amusent bien ! faisait remarquer Angélique à Honorine. N'aurais-tu pas envie, un jour, d'aller jouer avec elles ?

Honorine regardait, s'intéressait, mais répondait : « non ».

« Il faudrait pourtant qu'elle apprenne à lire », pensait Angélique.

Mais elle savait qu'elle n'aurait jamais le courage d'abandonner Honorine sur le seuil d'une porte conventuelle sans qu'elle en eût manifesté le désir. Honorine avait toujours été seule. Seule avec sa mère et de nulle part. Elle éprouvait de la méfiance vis-à-vis de la société comme si elle avait eu l'instinct d'en avoir été rejetée dès sa naissance. Le jour où elle se mêlerait aux joyeuses petites Canadiennes, ce serait une réparation du destin.

Pour l'instant, Honorine disait : « non ». Est-ce que les petits garçons du Séminaire s'amusaient autant que les petites filles des ursulines ? demandait-elle. Emmanuel avait dit à Angélique que les garçons jouaient surtout à la crosse, le jeu iroquois dont ils étaient très férus.

Dès qu'on les lâchait un instant, ils se saisissaient d'un bâton et d'une balle de lanières de cuir serré, pour taper dessus. Ils se battaient à coup de boules de neige, comme tous les gamins. Ils étaient turbulents, et l'abbé, qui avait appartenu aux missions de Monsieur Vincent de Paul, les jugeait plus instables mais plus éveillés que les enfants de France du même âge et de même condition. Ils aimaient danser eux aussi, mais, encore une fois, c'était des danses païennes estimaient leurs éducateurs, que leur apprenaient leurs condisciples sauvages, et on le leur avait interdit car cela éveillait la nostalgie des enfants indiens qui s'enfuyaient alors des hauts murs du Séminaire cherchant à rejoindre leurs tribus au fond des bois.

A propos de ce que lui avait dit Ville d'Avray, elle risqua une petite enquête afin d'en avoir le cœur net. Recevant le maître d'hôtel Tissot, elle l'interrogea à brûle-pourpoint.

— Vous qui avez servi à la Cour, avez-vous reconnu la personne qui se cache sous le nom de duc de La Ferté et que l'on trouve en ville ?

Il lui lança un bref regard de côté et inclina la tête affirmativement.

— N'est-ce pas incompréhensible ? dit-elle déçue.

Lui ! quels motifs peuvent pousser un homme si haut placé et dans une position sûre grâce au rang de sa sœur à se dissimuler, en quelque sorte fuir...

— Les motifs qui entraînent un grand seigneur de la Cour à vouloir se faire oublier quelque temps ne manquent pas. La justice n'est plus aussi indulgente qu'autrefois pour certains crimes. Et elle a reçu les droits et les facilités de pouvoir remonter à toutes les sources.

Il baissa la voix.

— ... Sa Majesté a été fort malade l'an dernier, au point que l'on a pu craindre qu'Elle n'en réchappe. Les médecins, en dépit de leur ignorance, ont fini par parler d'empoisonnement. Aux cuisines, on est venu nous poser beaucoup de questions. Pour nous, officiers de Bouche, c'était l'évidence même Madame de Montespan a un peu trop forcé sur les poudres destinées à ranimer les ardeurs du Roi pour elle. Pour peu que ce duc... de La Ferté l'ait aidée, et qu'il ait vu les enquêteurs se rapprocher de sa personne et commencer d'interroger ses domestiques et les gens de sa maison... Mieux valait qu'il se soustraie à leur curiosité malsaine, au moins dans l'immédiat. Si le Roi était mort, il y aurait eu crime de lèse-majesté.

— Et c'est aussi par la faute de cette histoire que vous avez vous-même décidé de quitter le royaume.

— Un officier de la Bouche du Roi sait forcément, de par sa charge, trop de choses. Il est donc le premier menacé par les uns et par les autres, les uns ayant intérêt à ce qu'il se taise, les autres à ce qu'il parle.

— Craignez-vous qu' « il » ne vous ait reconnu ici à Québec ? Qu'il ne s'en effraye et ne cherche à vous supprimer ? Votre engagement près de nous aura été pour vous un mauvais hasard.

— Pas plus que pour vous, Madame, qui ne vous attendiez pas à « le » rencontrer ici : Il n'y a pas à s'étonner de ces hasards. C'est le contraire qui serait surprenant. Quoi qu'on en dise, la terre est étroite. Ce sont toujours les mêmes sortes de gens que l'on rencontre aux mêmes endroits. Je suis au service de Monsieur de Peyrac et chercherai autant que possible à me cantonner au château de Montigny qui est une demeure à l'écart. Avec un peu d'habileté, je peux, en ce qui me concerne, n'avoir jamais l'occasion de me trouver en sa présence.

— J'en accepte l'augure et vous y encourage. Mais le jeu va être serré. Nous sommes enfermés dans une petite ville sans issue, où l'on sait vite tout de chacun et d'où l'on ne peut s'échapper.

— Croyez-vous, Madame, que celui que l'on joue à Versailles n'est pas moins serré, ni dangereux ? Il ne faut pas trop penser et ne le faire qu'à bon escient. Ne réserver cet exercice qu'à l'heure dangereuse qui le mérite. Hors cela, avec un peu d'inconscience et beaucoup de philosophie, on passe à travers tout. Je gage que Madame la comtesse sait cela aussi bien que moi...

33

LES OIES SAUVAGES S'EN ALLAIENT. C'ÉTAIT LE SIGNE QUE l'hiver allait s'abattre sans rémission.

Tant qu'elles étaient là, en troupeaux de plus de deux cent mille volatiles, à pâturer au pied du Cap Tourmente, la clémence de l'arrière-saison était assurée et, cette année, elle s'était prolongée plus encore.

Près de deux mois, venant de l'Arctique, où elles avaient niché l'été, les grandes oies blanches avaient hanté les « batture » marécageuses qui s'étendaient à l'extrémité de la côte de Beaupré où elles trouvaient, et là seulement, un rhizome particulier, nécessaire à leur survie. Tout l'automne, elles avaient fait retentir les falaises de leurs jacassements animés.

Maintenant, et alors que l'on s'imaginait que le beau temps durerait toujours, soudain, elles partaient.

Le nez levé, on les regardait passer au-dessus de la ville, le cou tendu, les ailes battant largement et leurs appels traduisaient une allégresse courageuse, un amour fervent du voyage qui les conduirait d'une traite, sans une halte, jusqu'aux Carolines, dans le Sud.

On sentait qu'elles abandonnaient les hommes aux intempéries, le fleuve aux glaces, les terres aux neiges infécondes. Certains en concevaient de la mélancolie. Ils disaient tristement :

— Elles partent ! elles partent !

Mais quand elles reviendraient, tous s'écrieraient joyeusement :

— Elles arrivent !

Car elles annonçaient le printemps.

VOULANT parler d'Elie Kempton et poussée par un peu de curiosité, Angélique avait passé sur la répulsion que lui inspirait la demeure préparée pour Ambroisine et elle s'était rendue au manoir, derrière la colline. Elle avait trouvé son mari dans la cour d'entrée que délimitaient les communs où l'on réunissait chevaux, traîneaux et charrettes, et où une partie des hommes de la flotte logeaient.

Angélique jeta un regard sur la façade garnie de huit fenêtres au second étage, ce qui, avec les pièces du rez-de-chaussée et celles des combles, annonçait une demeure assez vaste. Joffrey de Peyrac y avait ce qu'il appelait sa chambre de commandement. Dans les salons du bas, il avait installé son quartier général pour y décider des ordres du jour, des tâches à répartir entre différentes escouades. Dégréer cinq navires pour les mettre en état de supporter l'hivernage demandait soins et diligence.

Une partie du mobilier du *Gouldsboro* avait été transporté dans ce manoir, ainsi que des pièces de canon, des armes. Il y régnait, et cela était normal, une activité qui tenait plus de la caserne et du bivouac que de la maison de maître.

— Non, dit Joffrey qui avait suivi le regard d'Angélique, l'ombre d'Ambroisine ne vient pas me hanter en ces murs...

— Que faites-vous tout le jour ? s'informa-t-elle s'avisant qu'elle n'avait guère songé aux tâches qui lui incombaient.

— Comme vous, ma chère, je visite mes amis.

— Votre « allié secret » ?

— Pourquoi pas ?

Elle le regarda, perplexe. Et simultanément une idée l'effleura, qu'elle ne put préciser et qui faillit la mettre sur la piste du mystérieux espion de Joffrey. Elle éprouva la certitude qu'à un moment ou à un autre dans le tourbillon des personnes qu'ils avaient rencontrées elle l'avait vu et reconnu. Mais son intuition avait été trop furtive. Et Joffrey se taisait encore.

— Vous vous méfiez de moi, dit-elle.

Il secoua la tête en riant.

— Un jour viendra. Ne soyez pas jalouse.

Il lui prit le bras et il l'entraîna par les bois légers de bouleaux dépouillés de leurs feuilles qui, mêlés de quelques sapins noirs, mettaient au cœur de la ville haute des ilôts de forêts. Ces boqueteaux séparaient différents quartiers qui, au début, avaient été des concessions isolées et maintenant représentaient les abords immédiats de la ville. Québec n'était pas enfermée dans des remparts et aucune frontière ne marquait la limite entre la concentration urbaine et la nature sauvage et encore mal défrichée.

L'on traversait donc ces bois et ces clairières comme on l'aurait fait d'un parc. Les chemins et sentiers, tracés par le passage des citadins, donnaient le soir quelques chances aux amoureux de s'égarer pour un baiser loin des regards intolérants.

Tout en marchant, Joffrey essayait de la réconforter à propos de ces incidents mesquins qui paraissaient la détourner d'un but important alors qu'elle s'apercevait peu à peu que tout comptait.

Il lui disait qu'elle avait oublié sans doute combien les activités dans une ville sont multiples et diversifiées.

— Mais, en fait, je n'ai jamais vraiment vécu dans une ville, fit remarquer Angélique. J'ai toujours été une errante. C'est la première fois de notre vie, Joffrey, que nous vivons ensemble dans une cité.

Et elle le contempla une fois de plus sans pouvoir croire au miracle, tandis qu'ils marchaient tous deux familièrement côte à côte. Ils débouchèrent du côté de la Grande Allée, au long de laquelle s'espaçaient encore quelques maisons et, après l'avoir traversée, ils s'engagèrent dans les grandes prairies qu'on appelait les plaines d'Abraham.

Les espaces naturellement déboisés étaient si rares en Canada que ces plaines demeuraient désertes. On y faisait manœuvrer les soldats et paître les troupeaux, l'été. Dans leurs vallonnements, des bouquets d'arbres abritaient quelques habitations domaniales. Dans l'une d'elles, M. de Bardagne avait été logé, et elle le comprenait un peu de s'être jugé par trop à l'écart et d'avoir préféré venir s'installer chez M. Chambly-Montauban, d'où il ne serait qu'à deux pas de chez elle

Angélique après avoir vu l'animation bruyante qui régnait au château de Montigny se félicitait qu'ils aient dissocié elle et lui, leurs deux « postes de commandement »

Jamais elle n'aurait pu se sentir chez elle dans ce grand

bâtiment qui devrait recueillir la plupart des membres d'équipage de la flotte car il n'était guère confortable d'hiverner sur les navires. Elle n'aurait pu se préparer comme elle le souhaitait avant d'aborder cette nouvelle vie à Québec, puis passer à l'épreuve suivante qui était de rencontrer la Mère Madeleine et entendre son verdict. La neuvaine serait bientôt terminée.

Angélique et Joffrey se tenaient à l'extrémité des plaines d'Abraham, dominant une falaise abrupte. A leurs pieds le Saint-Laurent, ce jour-là couleur d'étain, poursuivait sa course vers Trois-Rivières et Montréal. Les oies sauvages passaient en longs vols déployés, des « voiliers » comme les appelaient les Canadiens, nombreux et de plus en plus rapprochés, entraînant les retardataires, escortés de ces cris d'appel qui emplissaient le ciel blafard : « Adieu ! Adieu ! Adieu ! »

Dans cette même direction, le sud, Joffrey étendit le bras.

— A une demi-lieue d'ici, sur la rive sud du fleuve, s'ouvre l'embouchure de la Chaudière. C'est en remontant cette rivière que l'on atteint le Lac Migantic puis le Kennébec. C'est une des voies que les Canadiens empruntent pour gagner la Nouvelle-Angleterre.

— Et par où ils ont pu joindre Katarunk, Wapassou...

Il acquiesça. Il posa la main sur sa taille et l'entraîna plus près encore au bord de la falaise.

— Nous dominons le Cap Rouge. Au pied de la paroi, on trouve Sillery, une ancienne mission des jésuites qui a été abandonnée depuis que les Iroquois l'ont ravagée, il y a quelques années. Je suis en train de restaurer les habitations. de construire un fortin et j'y ferai hiverner une partie de mes hommes et trois navires.

Voulait-il lui faire comprendre qu'il installait un poste à Sillery parce qu'il se trouverait ainsi presque en vis-à-vis de l'embouchure de la Chaudière, chemin naturel pour conduire vers le sud et leurs possessions de Wapassou et de Gouldsboro ?

Impraticable l'hiver, difficile lorsque les eaux auraient repris leur cours, mais seule voie d'accès pour fuir si celle du fleuve vers le nord, par Gaspé et le Golfe Saint-Laurent, se révélait interdite. Le fond de la nasse avait donc quand même une échappatoire et, de Sillery, Joffrey de Peyrac en surveillait l'entrée.

Il ajouta, qu'en outre, pour occuper ses hommes, il les avait mis à construire des petits bastions de bois à l'entrée de la Saint-Charles, en avancée des paroisses de Charlesbourg, de Lorette et au Cap Rouge.

Elle l'écoutait tout en observant son visage énergique dans l'encadrement du haut col de fourrure noire de son caban.

Elle l'écoutait, elle écoutait sa voix qui ferait toujours passer un frisson d'émoi en elle et que le vent par instants emportait et, à travers les mots elle se sentait accéder en une faible partie à cette vie bouillonnante d'actions et de pensées qui ne cessaient de naître et de fuser en lui, sollicitées par ses dons particuliers d'intelligence et de passion ; le désir et le plaisir de vivre, d'inventer, de bâtir, qui caractérisaient le grand Joffrey de Peyrac et qui le poussaient à vouloir laisser sa trace sur la terre, non par orgueil ou pour la seule avidité, mais parce qu'il possédait au plus haut point ce goût de création que la vie met en germe au cœur de tous les hommes

— En somme, si j'ai bien compris, émit-elle, lorsqu'il se tut, vous continuez à encercler la ville ?

Joffrey sourit mais ne nia pas.

— ... Pourquoi ?

Le comte jeta un regard derrière lui en direction de cette ville dont les hauts clochers d'argent surgissaient au revers du plateau dans le crépuscule piqueté de lueurs roses

— Parce qu'on ne sait jamais, répondit-il.

Puis il lui reprit le bras et ils revinrent, heureux et accordés a travers les plaines d'Abraham, dont la mince croûte de neige gelée craquait sous leurs pas.

Joffrey de Peyrac leva les yeux, étudiant le firmament d une limpidité qui donnait le vertige.

— Tiens, la lune a mis son halo rouge, dit-il

LORSQUE Angélique, ce matin-là, tira la porte sur son seuil, il lui parut que le paysage qu'elle contemplait chaque jour venait d'être frappé de mort sous l'effet d'un cataclysme.

Elle ne le reconnaissait plus. Il lui fallut quelques secondes avant de comprendre. Le Saint-Laurent avait disparu.

A la place de ses eaux glauques, noires, grises ou rousses aux flots écumeux, aux courants rapides et luisants, une vaste vallée blanche, comme taillée dans l'albâtre, s'étendait à perte de vue

On aurait dit l'oued géant d'un désert marmoréen sinuant immobile, asséché entre les îles, baies et promontoires d'un blanc de craie. Toute vie tout mouvement avait cessé

Le Saint-Laurent était pris dans les glaces.

Le froid pressait le visage d'Angelique comme un gantelet de fer. Son haleine se transmuait en mille paillettes de vermeil

Elle comprit que maintenant ils étaient coupés du monde

Ou bien était-ce le reste du monde qui avait cessé d'exister et se retrouveraient-ils seuls survivants d'une terre glacée ?

Elle rentra à l'intérieur de la maison et il lui semblait que cette halte sur son seuil avait suffi pour coaguler son sang dans ses veines.

Dans la maison, tout le monde parlait du froid. Le froid était arrivé subitement comme un personnage réputé qu'on s'est lassé d'attendre. Personnage considérable, aux dents d'acier aux yeux de cristal.

Et, pour la première fois, on vit le géant debout devant sa maison, penché sur un mortier de pierre et occupé à une besogne mystérieuse. « Il fabrique du marc en faisant geler son cidre », expliqua Macollet qui le connaissait.

Toutes les hautes cheminées carrées de la ville crachaient leur fumée avec fureur. On aurait dit que la vapeur même gelait à la sortie du conduit. La fumée était épaisse et le vent qui était comme une sorte d'aspiration d'air glacial, la poussait tour à tour en écharpe grise et noire ou en gros bouillonnements blanchâtres. Cela finit par faire un tel nuage roulant et se renouvelant avec une activité inquiétante que certains, vers la fin de la matinée, s'alarmèrent et parlèrent d'incendie.

L'incendie était, avec l'épidémie, la grande terreur des citadins, exilés dans leur désert de glaces. En quelques instants, le feu pouvait dévaster tout un quartier, jeter à la rue des familles entières, anéantir des réserves précieuses de vivres et de marchandises, ruiner les efforts de toute une vie. Et, comme cela avait failli arriver dans les premiers temps, condamner toute une population éloignée de tous secours à périr de froid et de famine.

Le procureur Tardieu profita de l'émotion pour envoyer ses inspecteurs vérifier si chacun des habitants avait bien devers lui dans sa demeure gaffe et crochet ainsi que deux béliers de fer dans son grenier et des perches pourvues d'un tampon à linge mouillé afin d'éteindre les flammèches sur les toits. Les maisons qui n'avaient pas de fenêtres dans les combles devaient porter une échelle en permanence sur le toit, solidement accrochée au faîte par deux crampons. Le peu de neige tombée permettait de procéder encore à une inspection précise ce qui deviendrait moins facile plus tard.

Ce jour-là vit aussi M. Topin, accompagné d'une troupe importante d'employés du port et de bateliers, gagner la forêt et en revenir chargé, ainsi que ses compagnons, de brassées de baliveaux et de branches garnies de feuillage persistant.

Pilote du Saint-Laurent il ne s'estimait pas déchargé par les glaces de ses responsabilités vis-à-vis de « son » fleuve. C'était à lui d'en baliser les pistes qu'allaient prendre les traîneaux, sillonnant la blanche plaine tout au long de l'hiver. Il fallait repérer dans le chaos des glaces parfois saisies en blocs, en vagues tourmentées. les passages les plus aisés pour y tracer la route entre deux rangées de perches plantées à l'intervalle d'une toise.

34

Angélique était appuyée aux courtines de soie de l'alcôve. Relevés par un cordon tressé à glands, les rideaux étaient doublés de satin.

Devant elle, dans le fond du lit, appuyée à des oreillers de dentelle, il y avait une petite créature frêle qui la regardait pardessus de grosses lunettes rondes cerclées d'acier.

— Ainsi c'est donc vous ! fit-elle.

— C'est moi, répondit Angélique. Votre voisine à Québec. puisque j'ai l'heur d'habiter chez Monsieur de Ville d'Avray presque en face de chez vous. Il me tardait de pouvoir vous rencontrer, chère Cléo d'Hourredanne.

— Moi pas.

La petite dame ôta ses lunettes, ce qui la fit paraître encore plus fragile.

Angélique sourit. Ville d'Avray l'avait avertie que Cléo d'Hourredanne n'était pas facile.

Mlle d'Hourredanne plissait des paupières, prenant tout son temps pour examiner la jeune femme qui se tenait devant elle à quelques pas au pied de son lit et qu'elle avait tant observée de sa fenêtre. Enfin, elle la voyait.

— Vous êtes moins belle que je ne l'avais pensé en vous apercevant de loin, dit-elle.

— C'est une chose commune que l'éloignement crée l'illusion. Je suis navrée de vous décevoir. Pour ma part, je suis heureuse de vous trouver si semblable aux descriptions que m'ont faites de vous, avec chaleur, vos amis.

— Quels amis ? Peuh ! si vous vous fiez aux propos de votre soupirant.

— Mon soupirant ? Lequel ?

Mlle d'Hourredanne se mit à rire

— En effet, vous avez le choix ! Mais j'aime votre franchise. Vous ne manquez pas d'audace, ni de répartie.

Son nez un peu retroussé, ses sourcils écartés, en accent circonflexe lui donnaient, par instants, un air de jeune fille naïve et désarmée. Sa peau était étonnamment blanche et diaphane. Elle avait le front lisse sur lequel retombait une pointe de dentelle coquettement posée sur sa chevelure blanche. Seules ses mains, longues et déliées, mais plus ridées que son visage, trahissaient son âge.

Angélique avait entendu dire qu'elle avait été mariée. Mais on continuait à lui donner spontanément du : Mademoiselle. Peut-être à cause de son air de jeunesse. Il était aussi fréquent d'en user ainsi vis-à-vis de veuves ou de femmes sans enfant de la petite bourgeoisie.

L'alitée jeta ses lunettes au loin, sur l'édredon.

— Je n'ai pas besoin de bésicles pour vous voir. Je vous vois très bien, même si vous vous tenez à distance. Je ne les mets que pour écrire. J'écris énormément.

— Je sais.

Le lit était encombré de papiers, de manuscrits serrés par une sangle, à la façon des dossiers de notaires, de livres ouverts retournés comme pour marquer la page où s'était arrêtée la lecture ou l'endroit d'une citation à méditer.

Un écritoire aux pieds courts disposé comme un secrétaire, avec la cavité pour l'encrier et la tablette inclinée qu'on pouvait soulever, était placé devant elle, sur ses genoux.

Enfin, parmi les papiers et dossiers, une cassette à demi ouverte laissait échapper des liasses de lettres maintenues par des rubans de différentes couleurs.

Honorine avait accompagné sa mère et, blottie dans les jupes d'Angélique avec des airs timides, elle ne quittait pas des yeux Mlle d'Hourredanne.

Elle trouvait que cette jolie femme de soixante ans avait l'air d'un oiseau dans son nid. Un nid de papiers composé habilement et de matériaux divers comme tous les nids d'oiseaux. Elle se demandait pourquoi cette dame préférait se couvrir de papiers plutôt que d'une bonne couverture de Catalogne comme Éloi Macollet en avait posé sur son lit cette nuit par le grand froid. Est-ce que tous ces papiers lui tenaient chaud ?

C'était une circonstance exceptionnelle et, somme toute, heureuse qui avait fini par amener Angélique et Honorine dans cette chambre tendue de tapisseries, garnie de beaux meubles et de tableaux où s'écoulait la vie de l'invisible épistolière de Québec.

Au fond de la pièce, par la porte-fenêtre entrouverte qui

laissait entrer comme une présence sournoise une dense bouffée de froid, on apercevait un coin du jardin aux carrés de buis enneigés et la perspective du verger de pommiers, parmi lesquels on voyait s'agiter et courir en tous sens des personnes diverses, les bras levés.

Le glouton apprivoisé de Cantor était de retour et s'était faufilé dans le jardin de leur voisine où on le poursuivait.

La servante anglaise qui, dans sa cuisine, plumait sans hâte un chapon, avait cru apercevoir quelque chose entre les arbres. Elle ouvrit la porte sur le jardin. La chienne en profita pour s'élancer en aboyant follement.

Ce que voyant, Angélique qui, de la maison, avait suivi le remue-ménage, prit la main d'Honorine et décida que le moment était venu d'aller soulever le heurtoir de la porte de Mlle d'Hourredanne pour, à la fois, présenter des excuses, donner des explications et se faire connaître d'elle. L'Anglaise ne sachant plus où donner de la tête était venue lui ouvrir.

— Comment vous portez-vous ? demanda Angélique. Monsieur de Ville d'Avray m'a dit que vous souffriez de douleurs, de rhumatismes.

Mlle d'Hourredanne ne faisait pas montre de beaucoup d'aménité, mais c'était peut-être une attitude de défense chez une femme âgée, jalouse de ses amitiés, et que la maladie retenait à l'écart de la vie mondaine.

— Monsieur de Ville d'Avray ne sait rien de moi, ni de mes douleurs. Il est bien trop préoccupé de ses affaires. Et je l'ai peu vu depuis votre arrivée. Vous avez provoqué beaucoup d'événements, Madame...

Angélique lui expliqua les raisons de leur intrusion.

— Un glouton ! dit Mlle d'Hourredanne. Un Kar-ka-fou !... Déjà votre chat rend ma chienne nerveuse. Le dogue de Monsieur Chambly-Montauban va n'en faire qu'une bouchée de votre glouton.

— C'est ce que nous craignons. C'est pourquoi je me suis permise...

Comme les personnes qui se taisent beaucoup, lorsqu'elle avait l'occasion de s'adresser à quelqu'un Mlle d'Hourredanne continuait à voix haute les discours qu'elle avait l'habitude de se tenir intérieurement ou d'échanger avec son amie épistolière.

En quelques minutes, elle demanda son avis à Angélique et donna le sien sur la plupart des personnes en vue, déplora le caractère de Sabine de Castel-Morgeat qui avait les seins trop audacieux pour une personne aussi ennemie des choses de l'amour, regretta de voir Mme de Mercouville présidente des dames de la Sainte-Famille plutôt que Mme de Beaumont plus dévote.

— Avez-vous été chez les ursulines ? Avez-vous vu la Mère Madeleine ?

— Non, pas encore !

— La neuvaine est terminée. Vous allez être bientôt convoquée.

— Je l'espère.

Du fond du verger, une boule sombre jaillit et fonça vers la maison comme un projectile. Angélique se précipita pour barrer l'entrée, effrayée à l'idée de voir le glouton faire irruption parmi les meubles et les bibelots fragiles.

L'animal s'arrêta à quelques pas d'elle dans une gerbe de cristaux de neige.

C'était bien Wolverines.

Il la reconnaissait, ses yeux ronds et noirs la fixaient avec intensité. « Comme il est intelligent, pensa-t-elle, presqu'un être humain ».

Cependant, l'on pouvait comprendre la terreur superstitieuse que le glouton inspire aux Indiens en butte aux malversations de ce redoutable adversaire qui démonte leurs pièges, pille leurs caches et se venge d'eux avec une subtilité confondante. C'est un animal étrange, forme d'ours ou d'énorme blaireau, le ventre, la tête, les pattes, le museau très noirs. La tête courte par rapport au corps, les oreilles et les yeux petits, la queue épaisse et touffue, la fourrure d'un noir brun, été comme hiver, à bourre épaisse et longs poils soyeux pendant à la queue, il impressionnait par une laideur puissante que l'on sentait indomptable.

En arrêt, sa face camuse au ras du sol, la queue dressée, il se gonflait de tous ses poils et le soleil faisait étinceler la longue bande châtain clair qui jetait une traînée lumineuse sur ses flancs de l'épaule à la racine de la queue. La même blondeur luisant au front et aux joues, en opposition avec le masque noir cernant les yeux, contribuait à lui donner son air farouche et cruel qui terrorise. Sous le nez aux narines dilatées, la petite gueule ouverte découvrait les quatre canines pointues et blanches dans un rictus menaçant.

Était-ce cette face démoniaque que la femme maudite avait vue avant de mourir ?

Était-ce lui qui avait ravagé le beau visage d'Ambroisine, avec ses dents aiguës, ses griffes à demi rétractiles, hors des lourdes pattes d'un noir de suie.

... « Et je vis un monstre velu sortir des buissons se jeter sur la démone et la dévorer... »

— Wolverines... Qu'as-tu fait ? lui murmura-t-elle.

Sortant de son immobilité, la grosse fouine virevolta et avec une prestesse de couleuvre fila vers le mur qu'elle franchit d'un bond. Les cris des Indiens du carrefour révélèrent son retour dans la rue de la Closerie. Les poursuivants qui reparaissaient entre les arbres suivirent son chemin et sautèrent le mur.

Le verger fut vide. La brume s'accentuait, couleur de tilleul.

Angélique referma la porte-fenêtre par où s'infiltrait l'air glacé. Dernière venue, la chienne qui était allée batifoler jusqu'aux confins de la propriété remonta la pente au galop. On rouvrit pour la laisser entrer et elle se précipita dans la chambre, la langue pendante, tout excitée de cette partie de cache-cache inespérée.

— C'est une chienne de race cananéenne, présenta Mlle d'Hourredanne. La première race de chiens domestiques, d'où le « cane » des romains qui gardait l'entrée de leurs villas. Un de mes amis me l'a rapportée des Échelles du Levant. On l'a croisée avec le dogue de Monsieur de Chambly-Montauban. Les sujets en sont fort beaux.

Elle repliait ses lettres en soupirant.

— Votre chat insolent... un Kar-ka-fou féroce, tous ces animaux de la création à se promener sur mon mur... J'aurais mieux fait de garder ma palissade de pieux bien effilés qui cernait le jardin auparavant.

Elle classait ses papiers avec méthode, y jetait un dernier regard avant de les ranger dans la cassette, s'attardait sur quelques mots saisis au passage. Elle se mit à chercher dans un autre coffret.

Grommelant en anglais, la coiffe de travers, la servante essoufflée avait réintégré sa cuisine. Elle vint peu après, portant sur un plateau d'argent une écuelle de bouillie d'avoine. La cuisson du brouet avait dû souffrir des ébats de sa préparatrice qui avait abandonné ses fourneaux pour courir à la poursuite du glouton.

Un net parfum de brûlé s'en dégageait. Ni servante, ni maîtresse ne semblèrent s'en formaliser.

— Posez ça là, dit Mlle d'Hourredanne en désignant sa table de chevet. Ah ! voici ce que je cherchais !

Elle soulevait d'un air ravi une autre liasse manuscrite.

— Si vous saviez de quel trésor il s'agit. C'est un roman pour lequel le libraire Bardin a pris un privilège l'an dernier. Mais il ne l'a pas encore publié et l'on se passe quelques copies, sous le manteau, *La Princesse de Clèves*. C'est Madame de La Fayette qui l'a écrit...

Elle s'interrompit et se mit à examiner Angélique avec attention.

— Vous intéresseriez Madame de La Fayette... Votre vie amoureuse doit avoir été très mouvementée ?

— J'ignore ce que vous voulez dire exactement par « mouvementée », dit Angélique en riant.

Elle fit remarquer à Mlle d'Hourredanne que son souper allait refroidir. Ses instincts de garde-malade souffraient de ne pouvoir mettre un peu d'ordre dans ce lit submergé de paperasses et elle aurait préféré voir cette frêle petite femme boire un bon lait de poule.

Elle alla jusqu'à la cheminée tisonner les braises et y posa deux bûches. Les flammes crépitèrent joyeusement.

— J'ai reçu un certain Monsieur de La Ferté que vous intéressez fort, continuait la vieille demoiselle. Il n'est venu qu'afin de pouvoir vous guetter de ma maison...

Angélique tressaillit. Elle avait bien cru voir en effet Vivonne et ses comparses rôder dans les parages.

— Lui et ses compagnons sont fort déplaisants. Je crains qu'ils n'aient le mal napolitain comme tous ces gentilshommes de la Cour. On dit que le poivre est un bon remède contre ces affections dues à la flèche empoisonnée de Vénus. Mais cela fait éternuer...

Elle pressa Angélique de lui trouver une panacée à l'horrible maladie.

Angélique ne voyait pas pourquoi la vieille demoiselle redoutait tellement le mal napolitain, elle qui ne quittait pas son lit, menait une vie de recluse et, malgré une grâce évidente était d'un âge qui la mettait à l'abri des passions.

Elle promit à Mlle d'Hourredanne de lui apporter toutes sortes de plantes rassurantes.

— Eh bien ! c'est entendu, revenez. Et quand la neige tombera en abondance et nous isolera, traversez la rue et venez le soir, je vous ferai lecture de cette merveilleuse histoire *La Princesse de Clèves*. La plume de Madame de La Fayette est divine. Son style est un régal. Vous aurez de l'agrément.

Elle ajouta.

— ... J'ai été lectrice de la Reine.

« C'EN est fait ! J'ai vu la séductrice, écrivit Mlle d'Hourredanne. Elle s'est tenue à deux pas devant moi.

« Nous avons eu une conversation à bâtons rompus. Je voulais la prendre en défaut, la voir grimacer, s'assombrir dévoiler ses batteries d'orgueil ou de revanche, ses détours égoïstes et dominateurs, comme il semble qu'une personne annoncée si dangereuse doit en posséder. J'en ai donc été pour mes frais de sarcasmes.

« Bref, j'ai succombé au charme, sans que je puisse définir de quoi il retourne. Sa beauté émeut, il est vrai. On est toujours désarmé par une certaine perfection de corps et de visage, l'harmonie des gestes, d'une démarche. La vue de la beauté repose et satisfait notre nostalgie du paradis terrestre. Mais cela ne suffirait pas : Est-ce son regard ? J'ai moins retenu la nuance de ses yeux dont on parle tant que leur expression. Elle me considérait avec attention et je vis qu'elle était heureuse de me connaître et pas seulement pour s'attirer mes bonnes grâces. Je la sentis préoccupée de ma santé, ce qui me touche.

« Cela me change des bons amis qui prennent mes maux à la légère et qui me disent « Levez-vous ! Levez-vous ! » Comme s'il y avait tellement de nécessité à ce qu'il y ait une personne de plus à caqueter dans les rues de Québec.

« L'enfant, sa fille, ne me plaît pas. Elle est très importante pour la mère, trop importante pour une femme qui ne devrait pas avoir des faiblesses de ce genre.

« L'enfant observe aussi, mais elle est différente. On ne dirait pas que c'est leur fille.

« Dieu ! que j'aime philosopher et me pencher sur les finesses et les contradictions de l'être humain. Comme Madame de La Fayette dans ce beau récit dont vous m'avez envoyé l'inédit.

« Notre monde s'enfonce dans l'obscurité et les glaces. Tout se brouille. C'est pourquoi je reste dans mon lit. Le gel éclate au-dehors, les grandes tempêtes sont proches.

« Tout à coup, je pense à Madame de Peyrac et je suis saisie de crainte. Pourvu que la Mère Madeleine ne reconnaisse pas en elle la femme maléfique de sa vision !

« Madame de Peyrac est très forte. Mais les jésuites ne sont-ils pas plus forts encore ? »

IV

LE COUVENT DES URSULINES

35

LE VENT ÉTAIT VIOLENT ET ANGELIQUE. TOUT EN SE RENDANT, par les rues, vers le couvent des ursulines où elle allait rencontrer la Mère Madeleine, était obligée de s'arc-bouter et de se cramponner aux pans de son manteau gonflé comme une voile. Pourtant, lorsqu'on levait les yeux, le ciel se révélait d'une étrange pureté, lisse, presque sans trace de nuages. Mais l'on n'en éprouvait pas de sérénité, car l'on devinait que, dans les lointains de l'espace, à des hauteurs incommensurables, se perpétraient des cataclysmes glacés. Le firmament dans sa limpidité cristalline touchée d'or parlait de déserts interdits à l'homme, d'un enfer inconcevable et pire peut-être que celui décrit par les théologiens, l'enfer du froid.

Angélique marchait vite, comme en union avec cette annonce de phénomènes dévastateurs dont les prémices commençaient à vider les rues. Tandis qu'elle se hâtait à la fois portée par le vent et une fièvre intérieure, qui prenait le pas sur l'inquiétude elle se disait qu'il n'y aurait pas une accusation de la Mère Madeleine qu'elle ne se sentait la force de réduire en charpie

La convocation lui avait été portée par un clerc de l'évêché Monseigneur de Laval l'avertissait qu'il s'était entremis avec les dames ursulines dès la fin de la neuvaine pour l'amende honorable. Les religieuses lui avaient fait savoir qu'elles recevraient volontiers Mme de Peyrac aujourd'hui à l'heure qui lui conviendrait mais, de préférence, après vêpres et avant l'office du soir.

Angélique était chez elle ce jour-là afin d'initier Suzanne à quelques travaux tels que fourbir les cuivres, frotter les étains, faire briller les meubles fragiles.

Même si l'ursuline l'accusait formellement, tombait en crise et en pâmoison sur le plancher, elle garderait son sang-froid, ce qui serait la meilleure réponse à infliger à toutes ces comédies

Elle scruta ses traits dans le miroir, étudia le visage qu'elle allait offrir à l'examen de la visionnaire, ses yeux verts un peu trop brillants et elle tapota son col de dentelle. Puis sous le coup d'une impulsion, elle choisit deux pendants d'oreilles, deux petites boules d'or reliées par quelques perles, qu'elle fixa à ses lobes.

Elle ne voulait se présenter ni humble, ni provocante. Seulement avec son visage à elle. De femme. De grande dame

Sur sa coiffeuse, elle laissait à disposition une cassette contenant quelques fards, des parures. Elle se mit un peu de rose aux joues et aux lèvres.

Tout le temps qu'elle demeura devant le miroir, Suzanne, la jeune femme canadienne, se tint debout à quelques pas d'elle, ne quittant pas de ses prunelles très noires ce visage où se jouait un débat intérieur.

Lorsque Mme de Peyrac se retourna, elle lui tendit aussitôt son manteau et l'aida à s'en revêtir et à bien rabattre le capuchon.

Elle était partie d'un bon pas sans attendre le clerc envoyé par l'évêché. Monseigneur de Laval serait-il présent à l'entrevue ? se demandait-elle. Ne le souhaitant pas, elle préférait être seule en face de la religieuse.

Elle évita la place de la Cathédrale et coupa par un sentier de terre qui passait devant le moulin des Jésuites. Les ailes de celui-ci tournaient à une allure folle. Elle déboucha sur la Place d'Armes à l'autre extrémité de laquelle le château Saint-Louis et les remparts de sa cour de garde se dressaient. Le vent devenait cinglant et tourbillonnait.

Angélique vit des soldats qui couraient et se hélaient. En se retournant, elle faillit pousser un cri. Un nuage violâtre, énorme, montait de l'horizon à une vitesse incroyable. Son aile s'étendait déjà sur les côtes blanchies de Beaupré, de l'île d'Orléans et du Saint-Laurent gelé. On eût dit l'escadron du dieu des Ténèbres lancé à l'assaut de la terre.

Mais après avoir tourné l'angle du mur de la Prévôté, tout changeait. A croire qu'elle avait rêvé. Le vent tombait et l'on découvrait, à l'orée de ce premier chemin qui avait été creusé dans la forêt canadienne et que l'on appelait toujours la Grande Allée bien qu'il fût aujourd'hui une large rue bordée de maisons, l'ouest brillant d'un soleil suave à peine atténué et dont les rayons pâles faisaient miroiter l'ardoise mouillée des toits.

Comme elle approchait du monastère des ursulines, la

silhouette d'un jésuite se détacha de l'ombre des murs et se porta à sa rencontre. Angélique reconnut le religieux qui avait attiré son attention le jour du Te Deum par ses mains mutilées et son expression d'innocence hautaine.

— Je suis le Père Jorras, se présenta-t-il, aumônier chez ces dames ursulines et confesseur de la Mère Madeleine de la Croix qui a souhaité vous rencontrer aujourd'hui, Madame.

De toute évidence, il serait présent à l'entretien. Le jésuite échangea quelques paroles de salutations avec le séminariste qui les rejoignait enfin. Elle comprit que, lui aussi, à la demande de l'Évêque, assisterait à l'entrevue, que ces ecclésiastiques courtois et prudents ne nommaient pas confrontation. Son nom l'éclairait sur les motivations de l'Évêque à l'envoyer près d'elle. Il s'appelait Didace Morillot. Ce n'était pas un séminariste mais ce jeune prêtre que Monseigneur avait désigné comme futur exorciste du diocèse.

La « rencontre » avec la Mère Madeleine devait lui offrir une occasion de faire ses premières armes dans ce cas douteux de démonologie. Didace Morillot expliquait.

— Monseigneur m'a prié de me trouver céans afin de pouvoir lui transmettre un compte rendu précis des questions et réponses échangées. Je suis chargé de consigner le procès-verbal, ajouta-t-il en désignant un sac qui devait contenir des papiers et des plumes.

La pensée de ces deux témoins qu'on lui imposait commença à inquiéter Angélique.

— Qu'attendons-nous ? demanda-t-elle.

— Le R.P. de Maubeuge.

Le Supérieur des jésuites tournait précisément le coin à l'angle du bâtiment de la Prévôté, en retenant d'une main son chapeau à large bord. Comme le vent se calmait subitement, les manteaux retrouvèrent leurs plis hiératiques et, les couvre-chefs ne risquant plus de s'envoler, on put s'aborder avec la dignité requise.

A se voir entourée de soutanes noires, Angélique commença à craindre qu'à la prochaine étape le Père d'Orgeval n'apparût comme sortant d'une boîte. Sans y croire elle ne cessait de s'y attendre depuis son arrivée. Elle regretta de ne pas avoir demandé à Joffrey de l'accompagner, car, après tout, le Père d'Orgeval était leur adversaire commun. Il avait brandi son épée et levé son étendard contre Joffrey de Peyrac considéré par lui comme usurpateur en Acadie, avant même qu'il ne s'attaquât à elle et ne la dénonçât comme suppôt du diable.

Malgré ses résolutions, l'angoisse la prit tandis qu'elle levait les yeux vers les hauts murs de pierres grises du monastère.

Mais il n'y avait rien à Québec qui pût être entièrement solennel ou tragique du fait de l'intervention des Indiens qui, en toutes choses, fureteurs, farceurs, harcelants, importants, se trouvaient mêlés à la moindre affaire.

Au moment où le Père de Maubeuge s'apprêtait à soulever le heurtoir de bronze du grand portail, on vit arriver par la Grande Allée un chef Algonquin de la tribu des Montagnais et sa petite fille. Il venait remettre l'enfant aux dames ursulines afin qu'elles en fassent une chrétienne accomplie. M. Louis Jolliet, qui connaissait leur idiome, les accompagnait afin de leur servir d'interprète.

M. Jolliet présenta le Sagamore, titre que l'on donnait au chef de tribu, qui se nommait Mistagouche. La petite Indienne avait cinq ans. Baptisée au fond des forêts par un missionnaire itinérant, elle répondait au joli nom de Jacqueline. Son père, géant tatoué, l'arc et le carquois à l'épaule, la menait par la main, petit écureuil au cœur palpitant, aux grands yeux de nuit. Un bandeau brodé de perles et de poils de porc-épic retenait sa chevelure ébouriffée, copieusement ointe de graisse d'ours. Les mêmes dessins, tels que les sauvagesses aiment à en exécuter, ornaient l'ourlet de sa tunique de peau chamoisée; ses chevilles émergeaient, frêles, de ses mocassins frangés.

Puis, par cette même Grande Allée, arrivait aussi un cavalier. M. de Loménie-Chambord mit pied à terre et se dirigea vers eux. Sa venue n'était pas fortuite. Il avait prié les jésuites de l'avertir du jour où Mme de Peyrac se rendrait au couvent des ursulines.

— C'est moi qui ai été envoyé à Wapassou pour éclaircir les termes de la prédiction et juger de la créance qu'on devait y accorder. Je veux être près de vous aujourd'hui, lui dit-il.

Il accrochait la bride de son cheval à l'un des anneaux fixés dans le mur. Elle le prit en a parte.

— Êtes-vous venu pour m'aider ? lui demanda-t-elle.

Le chevalier de Malte sourit.

— Non! Vous n'avez pas besoin d'aide, ma chère amie .. Mais je suis venu parce que peut-être avez-vous besoin d'amitié ?... Entrons.

Dans l'épais vantail une porte s'était ouverte. Toute la compagnie pénétra à l'intérieur et descendit quelques marches de pierre qui menaient à un vestibule dallé. Quelqu'un s'y trouvait que l'on n'attendait pas : Monsieur l'intendant Carlon lequel avait coutume de visiter parfois l'une des Mères avec laquelle il entretenait, même lorsqu'il se trouvait à Québec, une correspondance assidue De nouvelles civilités furent échangées

Par un tour grillagé sur la gauche, la voix d'une invisible sœur portière s'enquit du nom des religieuses que l'on désirait voir. Puis une autre porte manœuvrée de l'intérieur par une ficelle tirée les introduisit dans un parloir au parquet de bois bien ciré.

On vint chercher M. Carlon pour le conduire à un parloir plus exigu où, assis devant la clôture grillagée, il allait pouvoir s'entretenir avec sa pieuse égérie des fins dernières de l'âme.

La Mère Madeleine avait été prévenue, mais il fallait auparavant s'occuper du sauvage et de son enfant, ce qui retarderait un peu l'entrevue.

Le grand chef était impressionné par ce décor nouveau et bizarre pour lui. Il regardait autour de lui et avait des gestes timides et un sourire enjôleur, attendrissant pour sa carrure. Les Montagnais s'éparpillaient des environs de Saguenay jusqu'aux limites du Labrador Mistagouche avait fait un long voyage pour atteindre ce monastère des Blancs. Admiratif, il examinait les tableaux suspendus aux murs qui représentaient des cœurs percés de glaives, couronnés d'épines, surmontés de flammes ardentes.

A la droite de la porte on trouvait un bénitier en faïence où chacun en entrant avait pris un peu d'eau bénite du bout des doigts avant de se signer.

Dans les profondeurs du couvent une cloche tintait. Une jeune religieuse entra, une novice qui avait droit de semi-clôture afin de pouvoir accueillir les élèves dès le seuil. Elle s'extasia de tendresse à la vue de l'enfant, lui ouvrit les bras, l'enleva sur son cœur. Elle lui parlait en langue indienne de racine huronne que la petite montagnaise ne comprenait pas bien mais qui lui était familière. La novice couvrait de baisers et de caresses les petites joues ivoirines, ombrées de crasse, la câlinait et la berçait afin d'apaiser sa frayeur. Elle lui montra un pruneau confit, une balle rouge.

La dilection brûlante qui avait poussé cette jeune fille de noble famille à traverser les mers pour le salut des pauvres sauvages rayonnait sur le visage de la jeune sœur et s'exprimait dans ses transports qui auraient pu être ceux d'une mère retrouvant son enfant.

Elle assura le père de Jacqueline que la petite ferait l'objet de tous les soins des Mères, serait fort aimée d'elles, qu'on ne lui enlèverait pas son amulette qu'elle portait au cou pour la préserver des mauvais esprits, ni qu'on n'aurait garde d'oublier de l'oindre tous les jours de graisse pour la protéger du froid en hiver, des moustiques en été, pieux mensonges en ce qui concernait peut-être ces dernières assertions. En tout cas,

Jacqueline ne manquerait jamais de rien, mangerait tous les jours à sa faim, certifiait-elle.

M. Jolliet traduisait.

La novice se retira, emportant l'enfant blottie dans son giron, tout en continuant de parler et de chantonner afin de la distraire de cette séparation d'avec son père. Celui-ci, qui, par sa taille, dominait tout le monde d'une tête se tourna vers chacun en prononçant un petit discours qui devait être courtois. S'agenouillant, il tira de son havresac deux peaux de loutres et des dépouilles de renards puis les ayant posées à terre, il demanda de l'eau-de-vie. Les visages des jésuites se firent sévères, et Louis Jolliet gourmanda le sauvage.

— Ils sont incorrigibles, dit le comte de Loménie. L'an dernier des sagamores Montagnais sont venus en délégation à Québec demander l'abolition de la traite de l'alcool qui les rend assassins et meurtriers entre eux, au point qu'ils tuent femmes et enfants dans leur délire. Mais, voyez, celui-ci a déjà oublié ses plaintes et ses serments...

Le sagamore se tourna vers Angélique et recommença par gestes sa demande. Un quart de chopine semblait-il implorer, dont il mesurait la valeur du pouce et de l'index.

— Il sait que nous ne lui en donnerons pas. Il tente sa chance auprès de vous qui êtes nouvelle venue à Québec.

La clarté du jour baissait étrangement. Avec l'arrivée du nuage obscur, la pénombre s'alourdissait et seuls les visages et les mains se détachaient, blafards. Louis Jolliet sortit en disant qu'il allait réclamer du luminaire. Le Montagnais posa doucement, dans un coin, son arc et son carquois, son bouclier d'écorces. Il ne désespérait pas à la fin d'obtenir une petite dose d'alcool en échange de ses fourrures et du don qu'il avait fait de sa fille aux très saintes Mères.

Dans les profondeurs du couvent, la cloche continuait toujours à appeler à petits coups brefs et irréguliers.

L'interprète revint avec deux bougeoirs d'argent supportant chacun trois chandelles. Il voulait prendre congé, emmenant son sauvage avec lui. Mais Mistagouche avait mis son espoir en Angélique, cherchant à la désarmer par une mimique destinée à l'amuser et à inspirer sa pitié. Elle ne s'y laissait pas prendre, connaissant la hardiesse sans limite des indigènes et ce que leur sourire amène cachait d'entêtement et de ruse lorsqu'il s'agissait d'obtenir de l'eau-de-vie.

M. Jolliet finit par s'en aller car il avait répétition au Séminaire avec la chorale des petits élèves pour préparer les chants de Noël.

Le sagamore alla s'asseoir par terre, sous le grand crucifix, le dos au mur. Il ne bougeait pas plus qu'une statue et attendait. La clarté du jour remontait. Un rayon de soleil parut s'évader entre les nuages. Les deux jésuites et le prêtre parlaient entre eux dans un coin de la pièce.

Angélique était trop impatiente pour prendre place sur l'un des sièges disposés le long des murs du parloir. Elle allait et venait, examinant les tableaux.

La porte s'entrouvrit doucement et le profil de belette de Piksarett se glissa dans l'entrebâillement. Il souriait de toutes ses dents de rongeur, enchanté de la surprendre. Après avoir examiné les alentours et reniflé dans la direction du Montagnais avec un air dégoûté, il entra tout-à-fait, se couvrit d'eau bénite et de signes de croix.

— Salut, Sagamore, pourquoi viens-tu ? demanda Angélique.

— Il faut se hâter, répondit Piksarett, énigmatique.

Mais avec la même dévotion que Mistagouche tout à l'heure, il allait déposer ses armes, c'est-à-dire son mousquet d'honneur à long canon, dans une encoignure, puis rejetait sa fourrure d'ours noir. Nu, sans autre vêtement que son brayet de peau, et ses médailles et chapelets au cou, jamais il n'avait paru si dégingandé, avec ses longues jambes maigres d'échassier.

Il prit son calumet à sa ceinture, le bourra d'un tabac noir, battit le briquet et, après en avoir tiré quelques bouffées voluptueuses, alla échanger le tuyau de sa pipe avec celle du Montagnais qui s'était empressé de l'imiter. Ils fumèrent ainsi chacun au calumet de l'autre, signe de paix. Piksarett, l'Abénakis, le Narrangasett, fils des belles et hautes forêts du sud, méprisait profondément ces peuplades du Nord qui rôdent parmi des arbres rabougris, mais les règles de l'hospitalité indienne et de la charité chrétienne mêlées l'obligeaient à se montrer civil. Du moment qu'il ne s'agissait pas d'un ennemi de Dieu... Ayant satisfait à son devoir, il revint s'installer sur sa peau d'ours, de l'autre côté de la porte, les jambes croisées.

Il faisait de plus en plus sombre, avec des lueurs dorées, fuligineuses, qui se posaient sur les objets et les meubles et faisaient briller le plancher.

Angélique, que l'arrivée du Grand Baptisé avait distraite de son attente, reprit ses allées et venues à travers le parloir.

— Pourquoi t'agites-tu comme un loup maigre dans son piège ? demanda Piksarett qui la suivait des yeux avec ironie.

— Parce que je m'impatiente. Je voudrais en avoir fini. Tu as dit toi-même qu'il fallait se hâter...

— Qui attends-tu ?

— La Mère Madeleine

— Elle est là.

Angélique sursauta. Depuis combien de temps un rideau avait-il glissé sur la grille de bois d'une clôture, permettant à la religieuse qui se tenait derrière d'observer sans être remarquée celle qu'on lui avait annoncée : Angélique de Peyrac, la Dame du Lac d'Argent ?

Angélique s'étonna de n'avoir pas senti peser sur elle ce regard comminatoire. En s'approchant elle se crut encore victime d'une méprise, tant l'apparence de la petite ursuline derrière la grille lui parut anodine pour une visionnaire.

La Mère Madeleine avait une physionomie d'enfant que la guimpe blanche qui serrait son visage rendait un peu poupine. Les jeûnes, dont on la disait coutumière, ne semblaient pas avoir eu d'influence sur sa bonne santé. Et pourtant, il y avait des jours où elle ne se nourrissait que d'une hostie. Son teint était blanc mais non pâle. Elle montrait la carnation laiteuse et lumineuse qui est celle de personnes s'exposant rarement au soleil. Fleurs d'ombre. Elle portait des lunettes rondes, cerclées de fer et, sans cela, on eût pu comparer son visage à celui des vierges flamandes comme en peignait Rubens, dont la fine et charmante beauté et le teint de porcelaine entraînaient si bien au culte de la Reine des Cieux.

Dans le fond de la cellule près d'une table où brûlait une lampe à huile se distinguait la silhouette sombre d'une autre moniale, debout, la Supérieure, sans doute, en chape de chœur et voile noir, les mains dans ses larges manches et qui ne quitta pas sa pose hiératique de toute l'entrevue.

Angélique s'approcha jusqu'à un pas du grillage croisillonné derrière lequel elle sentait fixé sur elle le regard de la Mère Madeleine.

— Eh bien ! lui demanda-t-elle, suis-je la Démone ?

D'une manière inattendue la jeune sœur se mit à rire.

— Non ! s'écria-t-elle, et vous le savez bien !

Alors ces messieurs rapprochèrent des chaises et les disposèrent devant la clôture.

Angélique prit place au milieu, en face de la Mère Madeleine, le Père Jorras à sa droite et le Père de Maubeuge à sa gauche. Loménie se mit un peu en retrait. L'abbé Morillot s'assit sur un tabouret et installa sur ses genoux son matériel de scribe. En haut d'une page il traça une croix, puis les trois lettres invocatrices J.M.J., puis les noms des personnes présentes.

Le compte rendu de cette entrevue qu'il rédigea à dessein d'en conserver les « minutes » pour les Archives de l'Evêché et celle des Jésuites commence par ces mots :

« ... *La première a pris la parole, ladite dame de Peyrac, comparante, et a demandé, s'adressant à notre sœur ursuline, Mère Madeleine de la Croix.*

Question : *Eh bien ! suis-je la Démone ?*

Réponse : *Non ! Et vous le savez bien !*

La jeune religieuse avait répondu d'une voix douce. Elle paraissait étonnée et au fur et à mesure qu'elle étudiait Angélique, heureuse et même éblouie. Enfin, extrêmement soulagée. Angélique ne l'était pas moins. Ainsi, dès les premiers instants, l'affaire était réglée. Malheureusement, ni l'une, ni l'autre n'en furent quittes pour autant.

Le R.P. de Maubeuge prit en mains la suite de ce que l'abbé Morillot, dans son procès-verbal, désigna du terme, peu amène, d'interrogatoire.

De sa voix unie, un peu sourde, il proposa de rappeler les faits, tout d'abord dans leur ordre chronologique. Il souligna vers quelle époque la religieuse ici présente avait signalé à sa Supérieure l'apparition qui l'avait visitée, ce qui remontait à environ deux années, puis la date où elle en avait fait de nouveau le récit à son confesseur, puis les différentes dates où elle avait été entendue devant divers aréopages, où avaient pris place l'Évêque, le Père d'Orgeval, le Supérieur du Séminaire M. de Bernières, et lui même, supérieur des Jésuites.

Il tint à lire la teneur de cette vision. Et, une fois encore, Angélique dut réentendre ce texte qui la première fois lui avait paru aberrant, puis insultant lorsqu'elle avait su qu'on s'attachait à reconnaître Gouldsboro dans le paysage décrit et elle-même dans le démon succube entrevu et qu'elle écouta cette fois avec l'indifférence de l'habitude.

« ... Je me trouvais au bord de la mer. Les arbres s'avançaient jusqu'au bord de la plage... Le sable avait un reflet rose... Sur la gauche était bâti un poste de bois avec une haute palissade et un donjon où flottait une bannière... Partout dans la baie des îles en grand nombre comme des monstres assoupis... Au fond de la plage, sous la falaise, des maisons de bois clair. Dans la baie, deux navires qui se balancent à l'ancre... De l'autre côté de cette plage, à quelque distance, et après qu'on ait dû franchir environ un ou deux miles, il y avait un autre hameau de cabanes avec des roses autour... J'entendais piailler les mouettes et les cormorans...

« ... Tout à coup une femme d'une très grande beauté s'éleva des eaux et je sus que c'était un démon féminin. Elle resta suspendue au-dessus des eaux dans lesquelles son corps se reflétait et sa vue m'était insupportable, car c'était une femme.. et je voyais en elle le symbole de ma condition de pécheresse... Tout à coup, du fond de l'horizon, un être dans lequel je crus reconnaître un démon ailé s'avança d'un galop rapide et je m'aperçus que c'était une licorne dont la longue pointe étincelait au soleil couchant comme un cristal. La démone la chevaucha et s'élança à travers l'espace.

« ... Alors je vis l'Acadie, comme une immense plaine que j'aurais contemplée du haut des cieux. Je sus que c'était l'Acadie. Aux quatre coins des démons la tenaient comme une couverture et la secouaient violemment. La démone la parcourut d'un sabot ailé et y mit le feu... Tout le temps que dura cette vision je me souviens que je gardais la sensation qu'il y avait comme dans le coin du décor un démon noir et grimaçant qui semblait veiller sur la créature étincelante et démoniaque et j'avais, par instants, la crainte terrible que ce ne fût Lucifer lui-même... »

« ... J'étais et me désespérais car je voyais que c'était là le désastre pour le cher pays que nous avions pris sous notre protection, lorsque tout parut s'apaiser. Une autre femme passa dans le ciel. Je ne saurais dire si c'étais la Sainte Vierge ou quelque sainte protectrice de nos communautés. Mais son apparition parut avoir calmé la démone. Elle reculait, effrayée... Et je vis sortir d'un taillis une sorte de monstre velu qui se jeta sur elle et la déchiqueta et la mit en pièces, tandis qu'un jeune archange à l'épée étincelante s'élevait dans les nuées... »

Une fois le rappel de la vision terminé, l'interrogatoire recommença et se poursuivit, rédigé au fur et à mesure par l'abbé Morillot, exorciste, dont la plume active grinçait sur les feuillets.

Le R.P. de Maubeuge commença par représenter à la religieuse qu'elle avait à maintes fois souligné que dans sa vision elle n'avait pu voir le visage de la démone qui était contre le soleil, alors que son corps nu qui s'élevait des eaux était comme éclairé. Comment pouvait-elle affirmer alors en voyant Mme de Peyrac qui se présentait à elle, vêtue et ne pouvant s'identifier que par son seul visage, qu'il ne pouvait s'agir de l'apparition ?...

La question, en effet, était embarrassante à plus d'un point de vue.

Cette question de nudité avait toujours paru beaucoup préoccuper les ecclésiastiques ou personnages importants désignés pour examiner l'authenticité et la signification de cette vision.

Allait-on demander à Angélique de se dévoiler comme Suzanne au bain ?

Une gaieté intempestive l'obligea à se mordre les lèvres et

elle jeta subrepticement un regard vers le chevalier de Loménie. Devinait-il ses pensées irrévérencieuses ?

Cependant la Mère Madeleine, après avoir paru déconcertée par l'argutie, secouait la tête.

— Qu'importe ! Ce n'est pas elle, fit-elle avec douceur mais d'un ton sans réplique.

Question du R.P. de Maubeuge à ladite religieuse :

— Vous maintenez les termes de votre déclaration ? Vous restez assurée d'avoir vu nettement les détails précités ?

Réponse : Oui.

Question : Vous n'avez pas été entraînée après conversation avec votre Mère Supérieure à ajouter un détail qui vous aurait été suggéré pour aider à l'interprétation ?

Réponse : Non.

Question : Au cours de votre entretien avec le Père Jorras ?

Réponse : Non.

Question : Au cours de vos entretiens avec le Père d'Orgeval ?

Réponse : Non ! Non, répondait la petite religieuse avec énergie. Je n'ai rien ajouté, rien retranché. J'ai vu cette nuit-là ce paysage aussi nettement que si je l'avais vu sur un tableau peint par le frère Luc. Ce qui me plaisait c'est que le sable des plages était rose et je n'en ai jamais vu de cette couleur.

Question : Avez-vous reconnu l'établissement de Gouldsboro ?

Réponse : Je ne connais pas l'établissement de Gouldsboro J'ignore où il se trouve.

Question : Êtes-vous certaine de n'avoir pas prononcé le nom de Gouldsboro ?

Réponse : J'en suis certaine.

Question : Quel nom avez-vous donc prononcé ?

Réponse : J'ai parlé de l'Acadie. La seule chose dont j'étais certaine c'était que ces lieux se trouvaient en Acadie et que l'Acadie était menacée.

Le Père de Maubeuge se tourna vers Angélique. A la lueur de la veilleuse à huile, dans cette pénombre qui s'accentuait, son visage était de plus en plus celui d'un vieux savant chinois.

— Et vous, Madame, la description de ce paysage vous semble-t-elle se rapporter à votre établissement de Gouldsboro qui vous est familier ?

— A vrai dire cela pourrait être n'importe quel établissement de la Baie Française (1), répondit-elle d'un ton neutre.

— Mais cela ne pourrait-il pas être Gouldsboro ?

(1) Aujourd'hui Baie de Fundy, entre les rives de la Nouvelle-Écosse, du Nouveau Brunswick et du Maine.

— Cela pourrait l'être, admit-elle, comme cela peut ne pas l'être.

— N'y a-t-il aucun détail dans cette description précise qui ne vous ait persuadée en conscience qu'il s'agit bien là de votre établissement, qu'il ne pouvait s'agir que de Gouldsboro ?...

A ce moment Angélique croisa le regard de la petite religieuse fixé sur elle.

« J'ai dit la vérité, criait ce regard. Alors, toi aussi, tu dois dire la vérité. »

Et soudain elle comprit ce qui se débattait au sein de cette discussion pointilleuse. Elle comprit quel était l'enjeu que poursuivaient le Jésuite et les autres ecclésiastiques en les engageant, elle et la Mère Madeleine, dans ces sombres dédales.

L'enjeu, c'était *la vérité.*

Les jésuites n'étaient pas des inquisiteurs. Leur ordre s'était toujours défendu de prendre le relais des Dominicains au prétoire du sinistre tribunal. Ils n'étaient pas là comme aux temps affreux de l'Inquisition pour obtenir par de fausses déclarations ou de faux témoignages des abjurations ou pour confondre des hérétiques ou des sorcières promis d'avance, par eux, au bûcher.

Ils étaient là pour faire éclater la vérité.

Il leur fallait décider de la véracité des phénomènes supranormaux qui étaient soumis à leur jugement et, s'ils se montraient intransigeants, c'était dans la poursuite des examens qu'ils entreprenaient à la lumière prudente de leurs connaissances ésotériques approfondies.

Elle se souvint que le grand exorciste de Paris qui avait examiné Joffrey au moment de sa mise en accusation de sorcellerie était un jésuite, et qu'on l'avait assassiné afin qu'il ne pût venir témoigner au procès de l'innocence du comte reconnue par lui.

Et son frère, Raymond, le jésuite, avait fait tout ce qui était en son pouvoir pour sauver Joffrey du bûcher.

Tout cela repassa en quelques secondes dans sa tête tandis que son regard allait des deux graves physionomies des religieux, à celle, angoissée, de la jeune sœur derrière sa clôture.

« Dis la vérité », suppliaient les yeux de celle-ci.

Se taire, laisser volontairement dans le vague des certitudes qui permettraient au jésuite et à l'exorciste de décider du cas, c'était condamner la Mère Madeleine. On avait déjà dû l'interroger souvent, la harceler sans fin. On finirait par la traiter de simulatrice, d'hystérique, fabulant pour attirer sur elle l'attention, indûment.

Or, Angélique pouvait-elle nier Ambroisine ? Aujourd'hui, elle avait devant elle, celle, innocente, qui, par un de ces mystères, mal expliqués encore, l'avait « vue » la première et l'avait, en tremblant, annoncée.

Angélique pouvait-elle nier les scènes démentes, les crimes horribles dont elle avait été le témoin sur les « grèves » brûlantes du Golfe Saint-Laurent, où dans la chaleur de l'été et une odeur nauséabonde séchaient sur les galets la morue des pêcheurs bretons ?

Pouvait-elle nier la licorne de bois doré, échouée dans les sables roses du rivage de Gouldsboro et sa corne de narval étincelant au soleil « comme du cristal » ?

Elle abdiqua.

— Oui, c'est vrai, vous avez raison, reconnut-elle. Il y a eu un temps, à Gouldsboro, où TOUT FUT EN PLACE comme dans la vision. Les maisons de bois clair, sous la falaise, et qui n'étaient pas encore construites quand a eu lieu la prédiction... Les deux navires dans le port... Tout était en place, et je dois reconnaître que l'image est exacte et que la Mère Madeleine ne pouvait pas la composer d'avance. Mais cela ne veut pas dire que parce que j'habitais là et m'y trouvais à ce moment, je suis forcément l'esprit succube qui...

Le Père de Maubeuge l'interrompit d'un geste sec et sans appel qui signifiait qu'on ne lui demandait pas de plus amples informations, ni même son avis sur la question...

Mais, à partir de sa déclaration, l'interrogatoire prit la forme... d'un travail de collaboration efficace qu'Angélique accepta par esprit de loyauté envers la Mère Madeleine.

EXTRAITS DE L'INTERROGATOIRE.

Question : Vers quelle époque situez-vous ce temps où le paysage de la « vision » s'est réalisé exactement à vos yeux ?

Réponse : Au début de l'été qui vient de s'écouler.

Question : Avez-vous été témoin en ce même temps de phénomènes démoniaques qui se seraient passés en ces lieux ?

« Ladite dame de Peyrac répond qu'elle n'est pas habilitée pour juger d'une telle question, elle ne se croit pas apte à pouvoir différencier les phénomènes démoniaques de n'importe quel autre événement mauvais qui pourrait survenir. »

A sa tirade le R.P. de Maubeuge riposta avec un mince sourire qu'il était au contraire persuadé qu'elle avait certains dons lui permettant de discerner ce qui ne se voit pas et dont avaient témoigné auprès de lui des personnes versées en cette science et dignes de confiance, à savoir le Père Massérat, le Père de Vernon dans une lettre qu'il lui avait fait parvenir avant de mourir, le Père Jeanrousse, également, un des jésuites d'Acadie... »

A cette énumération Angélique se vit acculée, cernée par un cercle de Robes Noires comme une biche aux abois. Ils finiraient par tout savoir d'elle et d'Ambroisine s'ils ne savaient pas tout déjà.

Elle reconnut qu'il y avait en effet, en ce temps-là, à Gouldsboro, des événements que l'on pouvait qualifier de « démoniaques » mais ensuite elle serra les lèvres et décida, à part elle, qu'elle ne se laisserait plus rien arracher. Non, elle ne parlerait pas et jamais d'Ambroisine, la démone incarnée — elle ne l'avait que trop « vue » et de trop près — elle ne parlerait pas de ses crimes, ni de sa mort... Il y a des choses qu'il est préférable de taire lorsqu'elles ont été vécues et révolues. Rien ne sert de les inscrire dans la pierre ou sur le papier. Ainsi l'avait fait remarquer Ville d'Avray dans sa sagesse épicurienne. Il y avait beau temps que les sables des grèves d'Acadie n'en gardaient plus aucune trace. Elle estimait donc qu'elle en avait assez dit par son approbation, pour donner raison à la Mère Madeleine, et même au Père d'Orgeval lorsqu'il avait « désigné » Gouldsboro. Elle n'irait pas plus loin.

Le père de Maubeuge lut-il sa résolution sur son visage, il n'insista pas. Se tournant vers la Mère Madeleine, il demanda mais sur un ton qui laissait entendre qu'il s'agissait d'une question annexe.

— Ma sœur, vous avez parlé récemment à votre Supérieure d'un autre songe au cours duquel le Père de Brébeuf vous serait apparu, vous adjurant de prier pour la conversion d'un sorcier. Y a-t-il relation entre ce nouveau message que vous avez reçu de l'Au-delà et les faits plus anciens qui nous occupent concernant Gouldsboro, Madame de Peyrac ou son époux ?

— Non ! Non, dit précipitamment la Mère Madeleine. Ce songe me fut donné la nuit de leur arrivée mais ils n'étaient pas en cause. Le Père Brébeuf m'avertit qu'un sorcier allait être sollicité pour commettre un sacrilège et qu'il fallait tout mettre en œuvre pour empêcher cette infamie. Je me suis jetée au pied de ma couche et j'ai prié de longues heures...

« Pauvre Mère Madeleine ! » pensait Angélique. Ses jours et surtout ses nuits ne lui paraissaient pas bien répondre à l'image calme et séraphique qu'Angélique se faisait de la vie d'une moniale cloîtrée.

Le R.P. de Maubeuge demanda :

— Il ne s'agit donc pas du sorcier dont il est question dans la vision ?

— Quel sorcier ? demanda la religieuse, troublée.

— Ce personnage sombre qui se tenait derrière la femme diabolique et dont vous craigniez que ce ne fût Satan.

— Non ! Non, ce n'était pas Satan, je m'en suis défendue par la suite...

— En effet. Alors était-ce un sorcier ?

— Non, ce n'était pas un sorcier.

— Alors, qui était-ce ?

— Un homme noir, murmura-t-elle d'une voix tremblante.

— Pensez-vous qu'il puisse s'agir de Monsieur de Peyrac ?

Angélique poussa un léger cri de protestation, auquel répondit en écho un même petit cri de la Mère Madeleine.

Le Père de Maubeuge ne paraissait pas impressionné par ces réactions de femmes trop sensibles et réitéra sa question.

— Je ne connais pas Monsieur de Peyrac, dit la petite nonne d'un air malheureux.

— Souhaitez-vous qu'il soit mis en votre présence ?

— Non, ce n'est pas la peine. Inutile de déranger ce grand seigneur. Ce n'est pas lui.

— Dans quelle certitude puisez-vous la conviction que ce n'est pas lui ?

Et comme elle ne répondait pas.

— Est-ce à dire, ma Sœur, que vous savez QUI est l'homme noir ?

— ... !

— Ma Sœur pouvez-vous nous LE nommer ?

— Non ! Non ! Je ne PEUX pas, s'écria la Mère Madeleine en plongeant son visage torturé entre ses mains.

— Mais laissez-la donc en paix, la pauvre créature ! intervint Angélique. N'a-t-elle pas assez pâti, comme nous-mêmes, de toutes ces histoires ? A quoi riment ces précisions que vous exigez d'elle, mon Père ? Pourquoi tout préciser, dénoncer, définir ? Pourquoi ne trier que ce qui peut faire mal, décevoir sur la nature des êtres ? Tous les témoignages de destruction, de faiblesse, de déchéance doivent-ils nécessairement être inscrits ? Une tempête est faite pour passer. Si nous la retenions de force sur nos rives, elle ravagerait tout. Ce serait un geste insensé. Croyez-moi, mes Pères, il y a des choses qu'il ne faut pas retenir sous peine qu'elles ne vous ravagent. Il faut les laisser passer comme le vent... Mais qu'est-ce donc ? sursauta-t-elle malgré elle, alors qu'un de ces coups sourds, comme ceux d'un lointain canon qui par moments éveillaient les échos du monastère et n'avaient cessé d'accompagner leur conversation, éclatait avec plus de violence.

— C'est la tempête qui approche, répondit le Père de Maubeuge. Le vent qui passe... Que disiez-vous, Madame ?

— Que l'on ne gagne pas toujours à vouloir incarner l'esprit du mal, par des noms, par des signes qui demeureront, lui donnant pouvoir...

Elle frissonnait en se rappelant l'écriture du petit billet trouvé dans la casaque de l'homme tué par Piksarett... « *Je viendrai ce soir si tu es sage* » La seule vue de l'écriture lui avait fait dresser les cheveux sur la tête. L'écriture d'Ambroisine..

— La plume parfois peut transmettre du venin, dit-elle.

A sa grande surprise, et alors qu'elle s'apprêtait à affronter les conséquences de son intervention, et à subir de nouvelles questions, le Père de Maubeuge eut un de ces petits signes de tête à la chinoise qui étaient sa forme de courtoisie, et, sans plus insister, il se leva, imité en cela par le Père Jorras, puis l'abbé Morillot.

— Dois-je conclure sur ces derniers mots ? demanda ce dernier.

— Lesquels ?

— « ... La plume parfois peut transmettre du venin... » relut gravement le jeune clerc.

Un sourire vint aux lèvres du Supérieur des jésuites.

— Cela me semble parfait, approuva-t-il. Et il y avait eu sur ses traits une expression d'humour et de satisfaction.

— Dois-je relire la rédaction ? demandait l'abbé Morillot

— Non, car la tempête approche. Nous allons signer.

La plume passa de main en main. Le manuscrit fut posé dans un tiroir que la Mère Madeleine avait poussé vers l'extérieur, puis qu'elle ramena derrière la grille afin de le signer à son tour.

Puis l'abbé Morillot reprit le tout et le rangea dans un sac en peluche.

— Ma Sœur, je reviendrai vous voir, cria Angélique avant que le rideau noir ne retombât de l'autre côté de la grille, lui cachant la Mère Madeleine.

Angélique avait été obligée de crier à cause des bruits du vent qui ébranlait les portes et qui ne faisait que s'accroître

— Oui, revenez nous voir chère dame, répondit la voix douce derrière la tenture Nous vous ferons visiter nos sept autels

Piksarett et le chef montagnais se rapprochèrent. On les avait oubliés dans la tension de l'heure précédente.

Le comte de Loménie prit le bras d'Angélique sous le sien.

— Je vais vous accompagner, Madame.

Maintenant que tout était terminé, Angélique leur trouvait à tous une apparence aimable.

— Vous avouerais-je, mon Père, que je me sens lavée comme par l'eau lustrale d'un nouveau baptême.

— Vous n'aviez rien à craindre, Madame, répondit le Père de Maubeuge. Cette confrontation comme vous l'avez fait remarquer vous-même ne visait qu'à mettre en lumière ce que nous savions tous.

Cependant, malgré l'urgence pour tous de regagner leur domicile, le Père de Maubeuge, leur réservait encore une annonce d'importance. Il se tourna vers le comte de Loménie.

— Je m'adresse à vous, Monsieur le chevalier de Malte, car je sais l'amitié de longue date qui vous a uni au Père Sébastien d'Orgeval. Je sais aussi les questions que vous vous posez sur son sort et les inquiétudes que vous en concevez. Je ne pouvais parler jusqu'à ce jour, avant que la question que nous venons de traiter ne soit éclaircie à la lumière du Saint-Esprit. Cela étant, je suis heureux de pouvoir désormais vous rassurer sur le sort de votre ami et je vous autorise, mon frère, si nos concitoyens s'en informent près de vous, à leur révéler les décisions prises en commune volonté par nous-même et le Père d'Orgeval. Vous n'ignorez pas que nos missions d'Iroquoisie, dont les territoires s'étendent des confins du grand sault de Niagara à ceux du Lac nommé de Toronto, et délaissées longtemps depuis le grand massacre des Hurons et de nos missionnaires perpétrés par les Iroquois des Cinq-Cantons, se relevaient de leurs cendres.

» Depuis des années des catéchumènes, des baptisés, appartenant à ces nations apparentées aux Iroquois réclamaient de plus en plus ardemment le retour des Robes Noires pour les conserver dans la foi de leur baptême. J'ai jugé le moment venu d'envoyer en ces lieux déshérités le plus capable, le plus influent, le plus courageux de nos missionnaires : j'ai nommé Sébastien d'Orgeval. N'a-t-il pas, presque à lui seul, quasiment converti les immenses territoires de l'Acadie de l'ouest, veillé par les armes au maintien des frontières avec les hérétiques de Nouvelle-Angleterre ? « Aux Iroquois » il saura soutenir et défendre ces peuples abandonnés et sans cesse menacés d'extermination par leurs frères demeurés païens. Tout le désignait, car s'il a appris facilement de nombreux dialectes abénakis, il parle aussi couramment le huron-iroquois. Il s'est donc mis en chemin alors que votre flotte parvenait sous Québec, Madame. Voici pourquoi vous et votre époux ne l'y avez pas trouvé. Lui-même comprenait que c'était mieux ainsi. Il ne s'arrêtera ni aux Trois-Rivières, ni à Ville-Marie. S'il ne peut atteindre les limites d'Iroquoisie avant les grandes tempêtes de neige qui en interdiraient l'accès, il hivernera au Fort de Cataraqui sur le Lac Frontenac.

Le Supérieur parlait de sa voix posée et l'ébranlement des coups de vent orchestrait avec une force de plus en plus violente ce récit tranquille. Angélique en avait les nerfs secoués.

— ... Comme vous le voyez rien de mystérieux dans ce décret. Il était seulement préférable d'attendre l'apaisement des passions, avant de susciter par notre ville, volontiers bavarde et excessive, les commentaires d'une démarche que le Père d'Orgeval a accomplie en toute lucidité. Il s'est éloigné conscient de suivre au mieux la voie désignée par son Maître, Notre-Seigneur Jésus-Christ, dont il demeure le soldat aveuglément soumis par ses vœux.

Au même instant, un bruit terrible commença de monter audehors, comme l'arrivée par la forêt d'attelages de cent chariots en folie : galops, escadrons, heurts des roues de bois sur les pavés, une armée démente parut défiler devant le couvent, poussant des rugissements sans fin. On eût dit des charrois de canons roulants, traînés par des chevaux emballés, faisant résonner les voûtes et craquer les portes.

Angélique se crut la proie d'une hallucination.

— Qu'est-ce donc ? s'écria-t-elle se cramponnant nerveusement au bras de Loménie.

— La tempête! répondirent-ils sans paraître s'émouvoir Piksarett remettait sa peau d'ours.

La porte s'ouvrit avec fracas et l'intendant Carlon entra, poussé dans le dos par la force du courant d'air. Les silhouettes d'une sœur converse tenant un bougeoir et d'un vieil homme portant une torche se profilaient derrière lui. Le hurlement du vent sauta dans la pièce tel un être fou, tournant en tous sens et les assourdit.

— Ce n'est rien, cria M. Carlon, ce n'est qu'une petite tempête Nous allons pouvoir regagner à temps nos demeures. Mais il faut que nous vous escortions, Madame, et nous devons partir aussitôt.

— Laissez vos chevaux a l'écurie, Messieurs conseilla la sœur converse, la neige est déjà trop haute, ils tomberont..

Dans l'entrée, pourtant close on dut avancer courbé en deux Des vents turbulents passaient par tous les interstices, sifflant comme des vipères, crachant des jets d'une vapeur cinglante et froide. Des cristaux de neige s'infiltraient sous les plinthes. Les portes étaient secouées comme par une poigne démente. La sœur converse voulut absolument nouer un bout de lainage sous le menton d'Angélique afin de mieux maintenir le capuchon de sa mante.

La poterne ouverte révéla, dans son rectangle découpé, un monde grisâtre, bouillonnant, déchiré, ravagé de zébrures horizontales. Les rafales passaient, entraînant une neige fine, poudreuse, qu'on voyait à peine, mais qui montait au sol avec la rapidité d'une eau emplissant un réservoir.

La bougie de la converse fut soufflée. La torche du vieux domestique grésilla et s'éteignit dès qu'il eut mis un pied dehors. Il trouva les chevaux qui avaient déjà de la neige jusqu'aux jarrets et les entraîna vers le porche de la cour du monastère. Curieusement, au sein même de la tourmente, le bruit semblait moins effrayant qu'à l'intérieur du couvent. Sans doute parce qu'il s'amplifiait jusqu'à en rendre inconscient ceux qui s'y plongeaient...

Dès les premiers pas, ils étaient surtout absorbés par la lutte contre le mur de la bise. On aurait dit avoir affaire à un hercule haletant et invisible qui s'opposait sauvagement à leur avance. Dans la rue on ne voyait plus rien, ni bâtiments, ni rues, ni sentiers.

Cramponnée à ses compagnons qui, de leurs bras, la serraient et la soutenaient, Angélique avançait, faisant confiance à la connaissance qu'ils avaient de leur ville et des tempêtes du Nord. A Wapassou, se dit-elle, elle ne se souvenait pas avoir affronté de pareilles tourmentes. Il est vrai que lorsque le temps était mauvais, on restait chez soi. Jamais, la rage du Septentrion ne lui avait paru aussi farouche.

Ils allaient presque couchés en avant. Le vent était une faux, une lame qui vous sciait les jambes, le visage. De temps en temps, tout se calmait. Et la neige soudain tombait en cataractes duveteuses et diluviennes, à croire qu'elle allait vous ensevelir dans la minute. Il fallait se secouer pour se dégager. A un tournant, la tornade les reprit à la gorge, secouant, renversant ; à un autre, le sol se déroba.

Ils trébuchèrent dans une congère. Il fallut l'aide des deux Indiens, qui les avaient suivis, pour s'en extraire. Rapprochés, rivés les uns aux autres, ils se rassemblèrent comme en boule, offrant leurs échines aux coups et discutèrent du chemin à prendre. C'était un conciliabule de sourds. En tout cas, Angélique en jugeait ainsi, mais ses compagnons paraissaient se comprendre à mi-mot et même sans mot selon une mimique éprouvée. Leurs gestes signifiaient : « Nous venons de passer devant la petite chapelle de Sainte-Foy... Nous allons couper par le haut... Nous arriverons par la cour des Banistère et descendrons vers la maison. »

Une lueur dansa devant eux. Un sillon dans la peluche immaculée de la neige les précédait. Au bout, s'avançait un homme portant une lanterne sourde et une pelle sur l'épaule. C'était un domestique des jésuites qui se rendait au moulin pour en bloquer les ailes. De quelques signes, il proposa son aide, lorsqu'il aurait rempli sa tâche. Avec sa pelle, il allait leur ouvrir la route. Il monta le talus en déclenchant des avalanches. Au-dessus d'eux, les grincements et le tic-tac du moulin invisible ajoutaient aux râles de rage de la tempête comme les ricanements d'un oiseau géant.

La mécanique s'arrêta et les claquements frénétiques s'apaisèrent. L'homme revint. Grâce à sa pelle et sa lanterne de corne, le reste du trajet s'accomplit sans difficulté majeure. Ils arrivèrent par la cour des voisins, transformée en cratère blanc.

Une boule sombre s'ébrouait et se débattait au pied de l'arbre.

— C'est le chien, dit Loménie.

— Pauvre bête ! voulut dire Angélique. Mais son menton était gelé, aussi raide qu'une galoche de bois.

Un peu plus loin, elle crut, cette fois, réellement tomber au fond d'un puits et eut de la neige jusqu'à la taille. Mais l'on arrivait dans la cour de la maison de Ville d'Avray, « sa » demeure à elle, dont la porte s'ouvrait toute grande sur des visages, des rires, des cris heureux.

Le phare de l'âtre apparut.

— Maman ! Maman !

Les enfants l'appelaient avec transport. Yolande, Adhémar, le vieil Eloi, Cantor.

— Mère ! j'allais partir au-devant de vous...

Sire Chat, prudemment retiré en boule sous l'auvent de la cheminée, parut satisfait de la voir passer le seuil.

Claude de Loménie et Jean Carlon refusèrent d'entrer. Pas de quoi s'affoler, disaient-ils. On n'en était pas encore aux grandes, aux « vraies » tempêtes qui vous tiennent trois jours enfermés, là où elles vous surprennent.

Transformés par la magie de la neige et du blizzard en compagnons de goguette, le chevalier de Malte et le grave intendant de la Nouvelle-France repartirent en titubant, agglutinés l'un à l'autre

36

MAINTENANT ELLE ÉTAIT ASSISE SEULE AU CREUX DE LA NUIT devant l'âtre où le feu ronflait, alimenté par un demi-tronc d'arbre posé sur les chenêts.

Elle tenait son chat contre son épaule parce que cette tiède présence animale l'aidait à réfléchir comme un témoin qui l'aurait entraînée par l'interrogation contenue dans ses prunelles attentives à aller jusqu'au bout de ses raisonnements.

« Maintenant, j'en suis sûre, *je sais qui est l'allié secret de Joffrey.* Toi, tu le savais, Sire Chat... Tu l'as toujours su, bien certainement. J'aurais pu le deviner dès le premier instant. C'était une question de logique... »

Elle attendait Joffrey.

La tempête faisait toujours rage et créait comme un océan infranchissable d'une demeure à l'autre, mais Angélique espérait que Joffrey profiterait de la moindre accalmie pour franchir la distance qui séparait le manoir de Montigny de la maison de Ville d'Avray. A moins qu'il ne fût ce soir à Sillery ou au bord de la Saint-Charles, dans ces lieux où il avait commencé de dresser ses fortins pour « encercler la ville ». Angélique eut pour elle-même et pour son chat un sourire entendu.

Elle l'attendait quand même, se réjouissant à l'avance de profiter de cette tempête qui les enfermerait tous deux entre leurs murs pour lui faire « avouer ».

Elle avait envoyé toute la maisonnée se coucher, disant qu'elle veillerait elle-même sur les feux.

« Il avouera, il faudra bien qu'il avoue. »

Dans la pénombre, la petite lueur du cierge de la Chandeleur qu'avait allumé Suzanne avant de regagner sa ferme rappelait que Dieu veille sur les humains livrés aux déchaînements des intempéries.

C'était une coutume que d'allumer un cierge dans chaque foyer pendant les tempêtes. Suzanne, qui pensait à tout, l'avait senti venir, cette tempête. Elle avait trouvé le temps de se précipiter à l'église quérir un cierge et même de le faire bénir afin que le foyer de Mme de Peyrac fût protégé.

Ce n'était pas le cierge bénit à la Chandeleur et réservé à cet usage, mais c'était mieux que rien. Suzanne avait également pensé à déposer des victuailles chez le vieux Loubette. Ensuite se battant contre les premières rafales, elle avait regagné sa ferme, pour y allumer parmi les siens, son propre cierge bénit.

Au dehors, la tourmente de neige continuait. Ses flots, son écume griffante, ébranlaient les murs avec une fureur inépuisable. On aurait dit qu'elle contournait les maisons comme des rocs, cherchant à les recouvrir et à les noyer. Elle heurtait aux fenêtres et aux portes avec une hargne effrayante. Sifflant au ras du sol ou s'acharnant plus haut contre les cheminées carrées, s'engouffrant dans le goulot des rues avec une fureur délirante, tourbillonnant au cœur des places avant de se ruer contre le rempart des maisons, pliant les arbres, balayant, crépitant, martelant, la tornade enlaçait la ville.

Mais les maisons de Québec résisteraient à l'ennemi du genre humain, le cruel vent de « Nordest ». Bâties sur des caves profondes naturelles ou ancrées sur des ensolages de mortier, elles étaient indéracinables. Seul l'incendie pouvait avoir raison d'elles.

A Wapassou, fort de bois bien enfoncé sous la neige, presque sous la terre, les ouragans n'avaient pas laissé à Angélique une telle sensation de duel et de combat acharné, de remise en question de la survie contre une nature brutale et sans merci. Ici le pôle n'était pas loin.

Dans la soirée, à l'intérieur de la maison tout le monde s'était montré guilleret. Avec une pointe d'excitation. On avait mangé de bon appétit. On était allé se coucher après avoir glissé les bassinoires de cuivre dans les draps, mais c'était plutôt pour la forme car feux et poêle marchaient à plein et l'on avait très chaud.

Une fois tout le monde endormi ou retiré dans un coin, elle s'était plu à faire une tournée dans la maison si douillette.

Tout en menant sa ronde, suivie de place en place par le chat, elle se remémorait l'entrevue avec la Mère Madeleine. Le verdict qui l'innocentait lui donnait l'âme légère mais son importance s'estompait déjà derrière la révélation de celle qui avait suivi, concernant le Père d'Orgeval ayant quitté la ville pour se rendre aux missions iroquoises. Lorsque le Père de Maubeuge avait parlé, elle avait vu Loménie tressaillir et une expression atterrée marquer ses traits. De là, elle pouvait déduire que le Père d'Orgeval n'avait pas quitté la ville de son plein gré. On l'avait contraint à partir pour l'Iroquoisie. Ainsi, s'expliquait la phrase accusatrice du Père de Guérande : « Par votre faute, il va mourir... »

Sans bruit, elle allait à travers la maison, de la cuisine au salon, puis au boudoir, à la bibliothèque. La maison de Ville d'Avray était pleine de trésors comme la caverne d'Ali-Baba.

Angélique alla entrouvrir la porte de la chambre où dormaient Honorine et Chérubin sous la garde de Yolande, celle où reposaient dans un même lit Marcellin et Timothy.

Dans un renfoncement derrière la cuisine, où l'on rangeait des pots et des outils, Piksarett et le Montagnais avaient élu domicile, pour ce soir. Demain ou plus tard, le Montagnais, chaussant ses raquettes, regagnerait son fjord du Saguenay dont les hautes falaises accrochent les nuages.

Il sirotait son « demiard » d'alcool enfin obtenu, tandis que Piksarett, entre deux bouffées de tabac, le chapitrait sur sa dégénérescence d'ivrogne. On ne les voyait pas. On entendait seulement le murmure de leurs voix dans l'ombre et la fumée de leurs calumets s'exhalait entre les planches comme un brouillard.

Angélique descendit au cellier. Elle y respira l'odeur des fruits sur les planches : pommes, poires, noix diverses ; l'odeur des barriques de cidre et de vin, celle des légumes sur le terreau frais, des chapelets d'oignons et d'aulx, tressés comme une chevelure de princesse florentine.

L'odeur d'une maison bien rangée, bien aimée.

Dans les caves, le doux regard des brebis se tourna vers elle Couchées dans le foin, avec des poses de mouton à la crèche, elles abordaient la nuit, tranquilles, rassurées sur leur asile tiède. La chèvre debout, mâchonnait, hardie et gaie.

En remontant, Angélique s'arrêta près de la chambre de Cantor. Il dormait, et depuis qu'il était tout enfant, elle avait aimé s'asseoir sur le bord de son lit et le comtempler dans son sommeil.

Comme autrefois elle songeait en le regardant . « Merveilleux petit Cantor ! »

Elle avait envie d'effleurer du bout du doigt ses sourcils déliés, sa lèvre d'adolescent où se dessinait un duvet blond. Cantor si beau et son glouton au rictus terrifiant.

Un jour elle retournerait voir la Mère Madeleine et lui demanderait : Quel visage avait l'archange ?... Comment se présentait le monstre velu ? Mais pour l'heure, le dossier de la démone était clos.

C'est alors qu'elle était revenue s'asseoir devant la cheminée, le chat contre son épaule.

Pensive, elle évoquait ce jour où elle était entrée dans une grande pièce encombrée d'instruments scientifiques.

Le Père de Maubeuge, Supérieur des jésuites au Canada, et le comte de Peyrac se penchaient ensemble sur les pages d'un lourd volume disposé sur un lutrin.

Le rire de mondaine de cette idiote de Bérengère avait brouillé le déclic qui avait traversé son esprit, l'impression qu'ils se tenaient l'un près de l'autre comme s'ils se connaissaient *depuis longtemps.*

Devrait-elle envisager que le Père de Maubeuge et Joffrey de Peyrac s'étaient déjà rencontrés autrefois ?

Au temps où Joffrey, jeune homme, parcourait les mers asiatiques ou, plus tard, en Europe ou en Méditerranée, à Palerme ou à Candie ? En Égypte ou en Perse ?

Les jésuites étaient partout, croisant les routes de tous les aventuriers du monde. Et leur rencontre se prolongerait aujourd'hui, au Canada ?

Alors tout devenait logique, même la subite, l'incompréhensible disparition du Père d'Orgeval. On l'avait frappé au moment où il triomphait... Et qui pouvait le frapper ? Seul celui qui avait pouvoir sur lui. Seul le Père de Maubeuge, Supérieur de la communauté des jésuites du Canada, son supérieur avait le pouvoir de faire plier l'échine à un Sébastien d'Orgeval, car, au Père de Maubeuge, l'intraitable missionnaire devait obéissance Seul il pouvait le contraindre. Lui donner un ordre auquel il ne pouvait se dérober. Chez les jésuites, la discipline, plus qu'ailleurs, est intransigeante... C'est une armée. Le chef de l'ordre à Rome ne porte-t-il pas lui-même le titre de général ?

Il sembla à Angélique qu'elle pouvait imaginer la scène sans peine.

Dans le clair obscur d'une cellule aux murs blancs sur lesquels se détache l'austère crucifix des jésuites, est entré le missionnaire à la croix marquée d'un rubis, symbole du sang répandu pour la gloire de Dieu.

Celui qui l'a fait appeler a le regard énigmatique d'un oriental. Entre eux, peu d'affinités, de conformité profondes.

« A genoux, mon fils ! Demain vous quitterez Québec et vous prendrez le chemin des missions iroquoises... »

Lié par son vœu le jésuite d'Orgeval doit s'exécuter sans un délai, sans un murmure. Impuissant devant le brusque décret qui l'oblige à quitter la ville, il a dû s'éloigner, vers les espaces arides... où l'attend peut-être la mort.

Plus elle réfléchissait et plus Angélique était certaine que les choses avaient dû se passer ainsi.

Deux jours avant l'arrivée de la flotte de Peyrac le Père de Maubeuge avait donné l'ordre de s'éloigner à son trop puissant subordonné. Et il avait donné cet ordre parce que c'était lui l'allié secret de Joffrey de Peyrac à Québec.

DOMINANT les bruits de la tempête, on entendit un remue-ménage du côté de la cour et la porte fut ébranlée de coups sourds.

— Je ne pouvais passer notre première tempête à Québec loin de ma dame, dit Joffrey, quand, aidée de Macollet qui s'était extrait de son banc-cercueil, elle eut réussi à tirer la porte déjà bloquée par la neige.

La porte claqua comme arrachée de ses gonds, une trombe de neige s'engouffra et, avec elle, entraient le comte de Peyrac et son écuyer Yann Le Couennec. Ils posèrent leurs raquettes debout contre le mur. Cela avait été une expédition hasardeuse que de franchir ces quelques arpents qui séparaient le manoir de la petite maison.

De leurs vêtements, la neige amoncelée glissait et tombait par paquets. Ils s'arc-boutèrent pour refermer la porte et l'on posa la barre de bois en travers.

Yann Le Couennec irait dormir dans le premier grenier où étaient dressées des « cabanes », sorte de lits-clos fermés par des rideaux qui mettaient à l'abri des courants d'air.

Éloi Macollet jeta une nouvelle brassée de genêts, disposa d'énormes bûches et dit qu'il prenait la relève de garde près des feux, comme à Wapassou.

Autour de la maison, défendue de toutes intrusions, les grandes orgues du vent s'amplifiaient.

Dans la chambre au vaste lit, il faisait bon.

« Il avouerait ses traîtrises », pensait Angélique en regardant Joffrey de Peyrac, « mais pas tout de suite », rectifiait-elle, prise dans le rayonnement de son sourire qui se penchait vers elle et qui représentait pour elle tout le bonheur du monde.

La nuit serait longue, aussi longue que la tempête. Et lorsque celle-ci s'apaiserait, on se réveillerait dans un silence de velours blanc.

Ils s'enlacèrent et s'étreignirent avec jubilation.

LONGUE nuit d'amour, longue comme une vie et qui semble tout conclure parce que tout résumer, que l'on traverse comme une fin alors qu'elle porte en elle tout le commencement, mais que l'on éprouve ainsi parce que tout s'est aboli de ce qui fut avant, de ce qui pourra venir après. Tout a perdu de l'importance des choses de la vie : gloire, dangers, richesses, ambition, envie, craintes, peur de la misère et peur de l'abaissement, ascension ou chute, poids de la subsistance de la maladie et de la mort.

Le corps est glorieux, l'âme libre. Le cœur bat.

Tout a disparu et « l'ailleurs », vous accueille dans le sanctuaire secret de l'amour.

Leur ailleurs était cette nuit-là une chambre étroite environnée par la tempête en un lieu sauvage comme la malédiction, en une cité plus frêle qu'un fétu issu d'une graine perdue et prête à être arrachée de son rocher par un vent d'apocalypse.

L'univers où ils avaient été transportés s'enfermait dans le cercle de leurs bras et le feu du centre du monde brûlait entre eux.

Sans avoir quitté leurs vêtements, ils restèrent longtemps debout dans cette chambre obscure où vacillait la lueur d'une veilleuse juste nécessaire pour éblouir leurs yeux par l'éclat des yeux de l'autre où tremblait ce reflet comme une étoile, une étincelle, lorsque leurs paupières closes sous le poids de la félicité se soulevaient comme en rêve. Et le visage penché ou offert barrait leur horizon, seule apparition dans le clair-obscur à retenir et séduire leurs pensées ou leurs sens.

Ils s'embrassaient et s'étreignaient en silence.

Enfin la morsure du froid les ramena à la réalité et la fièvre de leur désir les jeta sous les couvertures, nus et riant au fond du grand lit, courtines bien tirées sur l'ombre et la tiédeur de leur refuge. Leurs corps se cherchèrent, attentifs à se retrouver, à se laisser de nouveau envahir par l'ineffable. Il y avait entre eux cet appel. Un don contre lequel on ne peut rien. L'attirance mutuelle, et toujours surprenante d'une chair pour une autre, ne se renie pas. Elle ouvre les vannes à la volupté. Entre eux, elle avait toujours existé. Elle avait balayé les colères et les rancunes de leur séparation.

« C'est dans tes bras que je suis le mieux » pensait-elle. « De tous mes amants tu es l'inoubliable... Et cela durera autant que notre vie... Tant que nos mains vivantes pourront se tendre l'une vers l'autre et se toucher. Et nos yeux et nos lèvres se rencontrer. C'est pourquoi nous sommes libres. Parce que liés par le seul lien que nous n'avons pu délier : l'attirance. Emportant où que nous allions la marque de l'autre avec nous. »

Et à partir de ce sortilège de la chair qui les retenait, ils se retrouvaient toujours, retrouvaient le chemin de leurs esprits différents, opposés : homme-femme, mais aussi semblables par une même conception qu'ils avaient de la vie et qu'ils n'avaient cessé de se reconnaître depuis leur première rencontre, à Toulouse.

Ils aimaient l'amour, ils aimaient la vie, ils aimaient rire, ils ne craignaient pas la colère de Dieu, ils aimaient l'harmonie et la création, ils luttaient afin de les voir triompher sur terre, ne serait-ce qu'en vivant pleinement, sans mélange, au sein d'une nuit de tempête, le bonheur de s'aimer follement.

Ces hurlements et grondements extérieurs qui abolissaient tous menus bruits de l'existence quotidienne, même ceux de la maison, ces ébranlements qui semblaient parfois frapper avec hargne et fureur aux portes de leur enchantement, ajoutaient au sentiment d'effacement de tout ce qui n'était pas eux. Et pour chacun, l'autre, son bien-être et son plaisir, sa joie traduite en mots brefs, gestes de tendresse, en soupirs.

Bonheur donné, reçu, délivrance d'être, d'exister et de le savoir, oubli de tout parce qu'Elle est là, parce qu'Il est là. Une heure d'amour volée au temps, à la nuit, à la terreur, au mal. Un droit et pourtant toujours miraculeux.

Au sein de ses transports amoureux de telles images traversaient Angélique en voletant.

Et comme chaque fois, elle n'imaginait pas avoir été jamais aussi heureuse que cette fois-là. Elle se disait que les lèvres de Joffrey n'avaient jamais été si douces, ses mains aussi caressantes, son étreinte aussi brisante.

Qu'il n'avait jamais été aussi brun, aussi fort, aussi dur, aussi tendre, que ses dents ne lui avaient jamais paru aussi blanches dans son sourire de faune, son visage marqué de cicatrices aussi terrible et aussi fascinant, son regard aussi moqueur, qu'elle n'avait jamais été aussi troublée par l'odeur de sa chevelure touffue et ténébreuse marquée d'argent contre son hâle, par la chaleur de sa peau lisse sur les muscles durs, qui parfois lui paraissait brûlante au toucher à force d'être brune, alors qu'elle ne l'était surtout que par contraste avec sa chair à elle et la blancheur des draps.

Elle aimait ses hardiesses qui lui traduisaient la faim qu'il avait d'elle, une sorte d'avidité fervente qui avait toujours été son signe.

Il s'adonnait à l'amour sans plus admettre que pour une autre science on pût poser des limites aux inventions du désir lorsqu'on en était tous deux inspirés. Là, comme ailleurs, il restait le même, à la recherche de la vie. Derrière les soupirs et les aveux qu'il faisait naître, c'était elle qu'il cherchait, sa plus aimée, objet plus précieux et insaisissable que la flamme des métaux inconnus révélés au patient alchimiste.

Mais elle aimait aussi l'égoïsme avec lequel il vivait sa

propre satisfaction. L'amour était une jouissance terrestre à laquelle il devait attention. Il plongeait au sein de l'aventure avec toutes les forces rassemblées de son corps et de son esprit. Ce comportement c'était lui ! Engagé en toutes choses. L'amour devenait son domaine. Il y était présent et parfois seul à seul avec lui-même dans une plénitude de sensations érotiques et de bonheurs intenses qui l'occupaient tout entier et le rendaient vibrant et joyeux, ou sombre et lointain, mais plus que jamais habile et fougueux, entraîné et subjugué par elle, et pourtant elle disparaissait à ses yeux. Il restait seul avec l'amour. Et c'est alors devant sa liberté qu'elle aussi se découvrait libre. Libre de larguer les amarres, d'obéir à la langueur ou à la folie, entraînée vers les étoiles à la fois par sa présence et par son absence. Présence qui embrasait son corps, absence qui le libérait.

Les mains de Joffrey, ses caresses, son souffle, sa possession, les manifestations multiples, délicates ou passionnées de son adoration, l'avaient fait exister, ce corps. A certains moments elle en était comme dépossédée tant il s'emparait d'elle. Puis il le lui rendait, s'abîmant dans son voyage intérieur. Et elle se retrouvait comme magnifiée, nouvelle et inconnue à elle-même. Elle ressentait son enveloppe charnelle investie d'une puissance démesurée qui lui apparaissait dans une clarté exaltante.

Elle avait échappé à la faiblesse de ce corps de femme, moins assuré que celui de l'homme, ce corps troublé d'être à la fois tant convoité et tant rejeté, adoré et honni. Elle retrouvait la vraie puissance de ce corps de femme, douce et irradiante, celle des premiers jours, puissance nouvelle d'Eve, ajoutant à celle du monde déjà créé ses différences et ses transcendances comme la lumière sourd d'une lampe à travers l'albâtre, ses formes plus rondes, ses cheveux plus tendres, ses joues plus lisses, ses seins gonflés premier symbole d'abondance, son ventre souple, premier symbole de fécondité, son sexe mystérieux, représenté dans le premier bijou façonné par l'homme, — un galet frappé d'un sillon — amulette protectrice.

Elle était libre et d'une puissance éternelle.

Le suivant dans ce tumultueux silence, elle adoptait son élan, se laissait entraîner dans ce vent de liberté et de gloire qui la happait et qui la faisait basculer soudain dans le solitaire et merveilleux délire de l'extase.

Dans une demi-léthargie, Angélique méditait sur les effets aphrodisiaques de la tempête dont le déchaînement n'avait eu d'autres résultats que de prolonger la nuit et ses délices au-delà des heures du jour.

Nulle lueur de l'aube ne viendrait les tirer de ces magnifiques alternances de sommeil bienheureux et d'étreintes comblées en lesquels Angélique crut voir s'annoncer une ère bénie de paresse et d'insouciance comme il est nécessaire parfois d'en goûter et que l'on rêve de connaître un jour, souvent en vain.

Dans une demi-léthargie, elle pressentait que la quiétude de son âme ne serait plus jamais ébranlée. Cette quiétude reposait, au-delà des heures exquises dans lesquelles son être engourdi s'enveloppait encore, sur l'absolution que lui avait donnée la veille une petite ursuline, l'innocentant à la face du monde, et sur la certitude qu'elle avait acquise que le Père de Maubeuge était « l'espion » de Joffrey.

Elle commença par se demander si ce n'était pas une idée folle puis les détails de la scène de la veille qui semblait très loin lui revinrent par bribes, portés par les grandes orgues de la tempête.

Elle s'était persuadée : il avouera.

Elle le regarda dormir. Le sachant prompt au réveil comme tout homme habitué au danger, elle se retenait de poser un index caressant sur ses sourcils noirs, sur les cicatrices de sa joue et de sa tempe.

Pourquoi était-il tellement secret puisqu'ils s'entendaient si bien ?

Il ouvrit les yeux, se dressa et, après avoir allumé la chandelle au chevet du lit, il se tourna vers elle, appuyé sur un coude, l'interrogeant du regard.

— A quoi pensez-vous ? Ou à qui ?

— Au Père de Maubeuge.

— Que vient faire cet honorable jésuite dans notre couche impudique ?

— Il m'intrigue.

Elle lui raconta l'entrevue, passant rapidement sur les modalités de l'interrogatoire pour en venir à la dernière déclaration du Supérieur des jésuites. Derrière cette démarche qui l'avait fait envoyer le Père d'Orgeval aux missions iroquoises, elle avait vu un signe d'alliance, plus, de complicité, avec lui, Joffrey comte de Peyrac. Complicité qui ne s'expliquait pas. Il n'était pas d'origine gasconne et était un homme d'Église, et les Occitans auxquels Joffrey appartenait n'étaient guère portés à entretenir, au prime abord, d'excellentes relations avec tout ce qui pouvait leur rappeler les rigueurs de l'Inquisition. Et pourtant, lorsqu'elle était entrée la première fois dans la bibliothèque du couvent des jésuites, elle avait senti qu'il y avait entre le comte aquitain et le jésuite picard, mâtiné de chinois, une entente profonde, indéfectible

— Alors je me suis posé la question : De quelle sorte la complicité ? Qu'est-ce qui pouvait vous rapprocher si spontanément d'un tel personnage dont tout, a priori, semblait vous éloigner ?

Il l'avait écoutée d'abord impassible. Puis il finit par sourire et elle comprit qu'elle avait deviné. Il allait être obligé de lui avouer que le Père de Maubeuge était bien ce complice inconnu qui l'avait aidé à préparer sa venue et son arrivée à Québec.

Pourtant par la forme qu'il donna à cet aveu, il la prit de court et laissa interdite.

— Ce qui nous rapproche ? Eh bien ! disons que cela ressemble fort à ce qui vous rapproche, vous, de Madame Gonfarel, dame fort aimable je n'en disconviens pas, mais dont tout semblerait pourtant vous éloigner... a priori... s'il n'y avait entre vous ces liens du passé que rien ne peut rompre, ni le temps, ni les séparations, ce qu'on appelle : les liens d'une amitié ancienne...

Angélique resta d'abord interloquée en entendant jeter dans ce discours le nom de Janine Gonfarel : La Polak. Puis elle comprit. Elle aussi avait été devinée.

Elle se mit à rire et lui jeta les bras autour du cou.

— Oh ! Monsieur de Peyrac ! Monsieur de Peyrac ! je vous déteste ! Vous aurez toujours raison de moi.

Elle cachait son front contre son épaule. Mais quand elle releva la tête, il vit qu'elle avait les yeux pleins de larmes

Il la prit dans ses bras.

— Gardez votre secret, dit-il. Je vous conterai le mien.

Le lendemain, il n'était toujours pas question de mettre le nez dehors et ils passèrent une partie de cette longue journée assis l'un près de l'autre, dans le petit salon, appuyés aux coussins du confortable canapé et dans le rayonnement du beau poêle de faïence qui affrontait à merveille son premier hiver canadien. Sans se le dire, tous deux se félicitaient de cette rémission qui leur permettait de deviser tranquillement.

Au sein de la tempête qui ébranlait autour d'eux les murailles, ils parlèrent à mi-voix.

— J'ai connu le Père de Maubeuge, il y a très longtemps, alors que j'étais un très jeune homme parcourant le monde sur les traces de Marco Polo. Ma mère était encore en vie, régente de nos domaines toulousains, et moi, son héritier, je pouvais me livrer à la conquête de la terre, avide de tout voir et de tout connaître, pour me rattraper de mon enfance infirme. J'allai jusqu'en Chine. Le Père de Maubeuge venait d'y arriver comme assistant des révérends pères jésuites que le Grand Mogol avait invités afin d'aider à la construction de l'observatoire astronomique de Pékin. Malgré sa jeunesse, sa grande valeur scientifique et son don des langues — il savait le chinois en arrivant — l'avaient fait désigner pour ce poste... Les jésuites selon leur méthode vivaient à la chinoise, vêtus comme les mandarins dont ils partageaient la vie, pénétrant le pays et sa mentalité par une adaptation intérieure qui peu à peu les identifiait à ceux qu'ils étaient venus prêcher et convertir à la religion du Christ. La première fois que je me suis adressé à lui, dans une rue poussiéreuse de Pékin, il était hissé dans un palanquin, coiffé d'un bonnet carré rouge et vêtu d'une robe blanche brodée de dragons d'or. Il avait des ongles d'une longueur démesurée dans des étuis d'or. Je lui adressai péniblement quelques mots en chinois. Je fus surpris de l'entendre rire et me répondre en français.

» De cette première rencontre est née une amitié, entretenue par une correspondance suivie, même lorsque je revins à Toulouse. De longues années nous n'avons cessé de nous tenir au courant de nos travaux scientifiques.

» Puis ç'avait été le terrible coup de faulx du Pape qui ne pouvait supporter de voir l'orthodoxie des dogmes catholiques s'altérer au contact de la religion de Bouddha et glisser, par les soins des jésuites, à une adaptation extrême-orientale.

» La Compagnie de Jésus n'était-elle pas une armée qui avait été fondée pour la défense de l'Église catholique, apostolique et romaine, menacée par les hérésies ? Le vœu d'obéissance au Pape régissait tout l'édifice puisque cette armée s'était mise à la disposition du successeur de saint Pierre, représentant du Christ en ce monde.

» Le Pape avait donc rappelé les Jésuites de Chine et les avait dispersés aux quatre vents du ciel.

— Ce fut une disgrâce.

— Ce fut surtout la fin du grand rêve jésuitique qui avait failli réussir, gagner la Chine au christianisme.

— Le Père de Maubeuge a dû en être très affecté ?

— Les jésuites sont philosophes, dit Peyrac avec un sourire. La volonté de Dieu d'abord, représentée par l'obéissance à leurs vœux.

Vers le même temps le comte de Peyrac vivait en France sa propre catastrophe : condamné pour sorcellerie. Un écroulement, une dispersion aussi.

Ce n'était que plus tard, lorsqu'il naviguait en Méditerranée, sous le nom du Rescator, qu'il avait entendu parler de nouveau du Père de Maubeuge par les jésuites de Palerme en Sicile et appris que celui-ci avait été envoyé comme Supérieur des jésuites du Canada, nomination qui ne trompait personne sur la mise à l'écart du brillant mandarin et savant astrologue de Pékin.

Lorsque le comte de Peyrac était parvenu en Amérique, il l'avait joint, par message, secrètement. Leurs échanges n'avaient pu être fréquents, mais suffisants pour qu'ils reprennent contact et sachent qu'ils ne s'étaient pas oubliés et qu'ils se gardaient une confiance mutuelle.

Pour être efficace, cette alliance devait demeurer insoupçonnée.

— ... En m'approchant de Québec, j'ignorais ce qu'il ferait et de quelle façon il m'aiderait. Mais, j'étais certain qu'il mettrait tout en œuvre pour soutenir notre politique. Nous lui devons l'éloignement du Père d'Orgeval, lequel, ce me semble, avait fini par se croire le vrai supérieur des jésuites au Canada...

De son côté, Angélique ne cacha pas que son amitié avec Janine Gonfarel était lointaine aussi, puisqu'elle datait de l'époque qui avait suivi leur séparation, après sa condamnation.

Mais comme elle ne donnait pas de plus amples détails, il n'insista pas.

Il dit seulement qu'il n'avait pas manqué d'être intrigué d'une déclaration d'amitié aussi étroite et rapide entre la tavernière et Angélique, dont l'entente quasi fraternelle et complice dès le premier abord n'avait pu échapper à son œil perspicace.

— Cela prouve qu'elle et moi nous ne possédons pas le même pouvoir de dissimulation que vous et votre jésuite.

— L'on est sensible à tout ce qui concerne l'être qu'on adore, dit Peyrac.

— Je crois pourtant vous adorer, mais je reconnais que j'ai mis plus de temps que vous à découvrir les liens qui vous unissaient à ce Chinois impassible.

Ils riaient.

« Dieu que je l'aime », se répétait-elle.

Et elle s'émerveillait encore de le voir assis près d'elle, de pouvoir l'écouter lui parler de sa vie, de sentir les mouvements de son corps contre le sien et de croiser la flamme de son regard sur elle, lui dédiant un rapide aveu d'entente amoureuse.

Le jour passa doucement dans l'accompagnement farouche du blizzard, du crépitement joyeux des flammes et fut remplacé insensiblement par une autre nuit sans qu'on pût en être averti autrement que par les battements discrets des horloges et leurs petits carillons sages, rythmant les heures.

37

La tempête dura deux jours et trois nuits. Ce n'était rien. Éloi Macollet l'affirmait qui s'était promu gardien des feux, jour et nuit, entretenant le foyer de l'âtre, bourrant le poêle, le four où l'on cuisait pain et gâteaux — il fallait se soutenir — et le seul à se glisser dehors pour se rendre au bûcher.

On dut maintenir les volets clos. On entendait le grésil des cristaux de neige y crépiter avec une violence rageuse. Le vent du nord-est, le grand ravageur dément, passait alentour avec un sifflement continu qui, par moments, s'immobilisait, se renversait en une brusque bourrasque, se jetant à poings levés contre les murs et les secouant et les ébranlant dans un éclatement d'explosions sourdes. Puis le sifflement continu reprenait.

Angélique et son mari parlèrent longuement, tous deux assis dans les confortables fauteuils du petit salon-boudoir où Ville d'Avray avait disposé ses meubles et ses bibelots les plus précieux. Sire Chat partageait leur intimité, appréciant le moelleux des soies brochées. De cette pièce, l'on pouvait apercevoir la perspective éclairée de la grande salle avec les enfants, les Indiens Piksarett et Mistagouche, amis et serviteurs groupés devant l'âtre ou autour de la table, occupés à manger, à rire et deviser. Cantor jouait au tric-trac avec Adhémar. Vers le soir, il prendrait sa guitare.

Parfois le souffle du vent trouvait une fissure pour se glisser et faire vaciller les flammes des lampes et des chandelles. En contraste avec l'inclémence glacée que l'on sentait à l'extérieur, l'eau fraîche que l'on tirait du puits intérieur près de la cheminée se présentait comme une amie, lorsqu'on la faisait couler, luisante et vive, dans le chaudron.

Sous les toits de bardeaux ou d'ardoises, la vie quotidienne de la cité se poursuivait, à l'abri des murs épais dans le halo protecteur du cierge de la chandeleur allumé.

Sans doute, aux ursulines, les petites pensionnaires continuaient de tirer l'aiguille sur leurs broderies chatoyantes. A l'Hôtel-Dieu, la sœur de l'apothicairerie préparait ses sirops de capillaire. Dans la Basse-Ville, Janine Gonfarel devait régner sur l'assemblée gaillarde de ses clients, ravis de s'être laissé surprendre en une si chaleureuse auberge. Et les cruchons défilaient sous les poutres enfumées, tandis que tournait la broche garnie de pièces de viande.

Mais le bon cœur d'Honorine s'inquiétait pour le chien des Banistère, enchaîné à son arbre par ce temps « à ne pas mettre un chien dehors ».

Pour la réconforter, Eloi Macollet l'assura que cette espèce de chien avait d'instinct la résistance nécessaire pour hiverner sous la neige se creusant par son souffle une caverne protectrice dont elle trouverait la sortie quand la tempête s'apaiserait et que le soleil reviendrait. Elle gardait dans son atavisme la résistance des chiens du Grand Nord des Indiens Esquimaux qui supportaient les températures les plus basses. Mais eux, les chiens des Esquimaux, étaient intelligents. Les chiens des Indiens des forêts avaient dégénéré et le bâtard né du croisement avec leurs congénères d'Europe valait moins encore. C'était un chien niaiseux. « Y jappe pas... y sert à rien... Ni à la chasse... ni pour défendre la maison... » C'est un chien, un chien qu'on élève, c'est tout. Traîner les charrettes, et encore, il ne saurait pas retrouver le chemin de la maison. Il n'est utile qu'à une seule chose dans une demeure : il sent le début d'incendie. Qu'une escarbille s'échappe, qu'une bougie oubliée commence à ronger un bout d'étoffe, le voilà qui saute partout comme un fou. C'est pas qu'il aboie, c'est pas qu'il indique où ça se passe, mais il sent. Il prend peur. Il veut se détruire. Il se jette contre les murs, contre les portes. Quand on voit ou qu'on entend sauter le chien niaiseux, on n'a plus qu'à courir par la maison chercher où ça a pris.

— Mais c'est un chien très précieux ! fit remarquer Angélique. Si nous en avions eu un à Wapassou, nous aurions été moins anxieux, craignant de nous endormir la nuit par peur de l'incendie quand nous étions tous malades et si fatigués vers la fin de l'hivernage...

Sa pensée revint vers Wapassou. Et comme cet hiver-là, les histoires du vieux Macollet « voyageur » impénitent accompa gnèrent les sifflements du vent.

Le troisième jour, dans le silence, les volets claquèrent. Les yeux s'ouvrirent sur un chaos immaculé. Clôtures, rues, arbres effacés, les toits seuls émergeaient de dunes et de collines neigeuses

Au-dessus de tout ce blanc un azur de ciel d'été naissait lentement d'une brume impalpable.

Québec se montra encapuchonnée de velours, les clochers saillant sur l'arrondi des toits. Molle, adoucie, dans ses contours, elle ressemblait à un immense encensoir, rendant grâce à Dieu, par les multiples filets de fumée qui jaillissaient des cheminées et montaient tout droit vers le ciel, devenant de vermeil et d'or, lorsqu'ils passaient sur le soleil.

Le dogue de M. Chambly-Montauban, batifolant comme un loup marin au creux des vagues, fut le premier signe du retour à la vie en ce quartier de la Haute-Ville. Un sillage d'étincelles, de cristaux poudreux, signala le passage du glouton, s'élançant vers la maison où se tenaient Angélique et Cantor et le monde reprit vie par un ballet éblouissant entre le dogue délirant et le glouton facétieux.

Les enfants sortirent en poussant des cris de joie et, se roulant dans la neige poudreuse, se mêlèrent à la sarabande des deux animaux. Le dogue s'enfuit le premier.

Le batte-feu d'Eustache Banistère résonna dans l'air cristallin.

Mlle d'Hourredanne, enterrée dans la pénombre de sa demeure, perçut tous ces bruits, mais ne put rien voir. Sa servante, s'entortillant dans des châles, sortit par la lucarne de la mansarde avec une bêche et commença de déblayer devant la fenêtre. C'était la tâche la plus urgente. La porte viendrait ensuite.

D'une gerbe de poudrerie comme de l'écume de la mer surgit le chien niaiseux et sa chaîne. Il se hissa sur un tonneau renversé et il regardait vers la maison de Ville d'Avray comme un noyé regarde vers un navire.

La vie recommençait.

Les Indiens du petit campement se forèrent une issue sortant un à un comme des taupes de leurs wigwams d'écorces dont les formes champignonnières se devinaient à peine, sous l'éventail de l'orme enseveli jusqu'aux branches.

Durant la tempête, l'une des femmes indiennes avait mis au monde un enfant. Elle vint jusqu'à la maison de Ville d'Avray demander du pain blanc et un peu d'eau-de-vie pour elle, de la charpie pour son nouveau-né.

Elle le portait sur son dos, dûment ficelé, sur une petite plaquette de bois, peinte de couleurs vives, lui-même emmailloté étroitement de la tête aux pieds, de bandelettes rouges ou violettes brodées de perles et de poils de porc-épic. On aurait dit un cocon bariolé d'où émergeait à peine sa frimousse ronde, couleur d'acajou. Il dormait paisiblement.

M. de Bardagne, de sa Closerie, fit creuser une tranchée qui le conduirait par le plus court chemin jusqu'à la maison de Mme de Peyrac. Il vint sur les pas des pelleteurs. Très inquiet, il voulait la voir, s'informer de sa santé. On ne pouvait négliger son empressement et on le reçut à dîner. Durant la tempête, il n'avait cessé de jouer aux cartes avec M. de Chambly-Montauban.

Angélique aperçut Honorine, qui, se faufilant à mi-corps dans la neige, s'entretenait avec la servante anglaise déblayant le devant de porte dans un tournoiement énergique de pelle et de balai de bouleau.

Elle savait quelques mots d'anglais, la petite Honorine, et elle se débrouillait fort bien.

— Que veux-tu de Jessy ? s'informait Angélique.

— Je veux voir la dame dans son lit. Elle a dit que, quand la grande neige serait là, elle nous lirait l'histoire d'une princesse.

On fêterait Noël dans une cité de tranchées blanches.

En ville, deux nouvelles se répandaient conjointement.

Mère Madeleine avait rencontré Mme de Peyrac et avait levé, sans conteste, le doute qui planait sur celle-ci. Tout le monde en était bien aise.

En revanche, ce n'est pas sans émotion qu'on recevait confirmation du départ du Père d'Orgeval pour l'Iroquoisie.

Mme de Castel-Morgeat donnait un ton dramatique aux commentaires. Ne dissimulant pas son désespoir elle rappela qu'on laissait s'accomplir une criminelle injustice. Le Père d'Orgeval avait déjà été une fois prisonnier des Iroquois et torturé. S'ils se saisissaient de lui à nouveau, cette fois ils ne lui feraient pas grâce.

« Nous aurons un nouveau Brébeuf », disait Mgr de Laval, avec peut-être un brin de satisfaction dans la voix.

Pour rappeler aux fidèles à l'ombre de quels grands martyrs s'édifiait le pays de Canada il lut en chaire le témoignage écrit par le « donné » Christophe Magnault, Canadien le premier mis en présence du corps de l'éminent jésuite, témoignage d'un supplice qui demeure l'un des plus atroces parmi les annales des martyrologues chrétiens.

« Arrivé à la mission de Saint-Ignace d'où les Iroquois s'étaient retirés je trouvai le corps des martyrs.

« Le P. de Brébeuf avait les jambes, les cuisses et les bras tout décharnés jusqu'aux os. On lui avait coupé les muscles par morceaux pour les faire griller et les manger

« J'ai vu et touché quantité de grosses ampoules qu'il avait eues en plusieurs endroits de son corps, de l'eau bouillante que ces barbares lui avaient versée en dérision du saint baptême.

« J'ai vu et touché la plaie d'une ceinture d'écorce toute pleine de poix et de résine qui grilla tout son corps.

« J'ai vu et touché les brulûres du collier de haches rougies qu'on lui mit sur les épaules et sur l'estomac.

« J'ai vu et touché ses deux lèvres qu'on lui avait coupées parce qu'il parlait toujours de Dieu pendant qu'on le faisait souffrir.

« J'ai vu et touché tous les endroits de son corps qui avait reçu plus de deux cents coups de bâton.

« J'ai vu et touché le dessus de sa tête écorchée sur laquelle on a versé du sable brûlant, toujours en dérision du saint baptême.

« J'ai vu et touché les plaies de son nez tranché, de sa langue tranchée.

« J'ai vu et touché sa bouche qu'on lui a fendue jusqu'aux oreilles et vu la plaie dans sa gorge du fer rouge qu'on y a enfoncé.

« J'ai vu et touché ses orbites d'où on a arraché les yeux et dans lesquelles on a tourné des charbons ardents.

« J'ai vu et touché l'ouverture que le chef de ces barbares lui fit pour lui arracher le cœur et le dévorer tandis que d'autres buvaient le sang jaillissant de ce trou.

« Enfin j'ai vu et touché toutes les plaies de son corps ainsi que les sauvages nous l'avaient annoncé... »

Ensuite l'Évêque rappela l'odyssée des Hurons et des quelques Français qui, malgré mille dangers, avaient rapporté le corps du martyr jusqu'à la mission de Sainte-Marie du Sault, puis sa tête jusqu'à Québec.

« ... j'ai rapporté son « chef » jusqu'à Québec le prenant en mes deux mains sur mon cœur tout au long du voyage, comme un petit enfant précieux... »

Aujourd'hui la tête du P. de Brébeuf était conservée chez les sœurs de l'Hôtel-Dieu dans un reliquaire de vermeil et d'argent à son effigie et posé sur un socle octogonal d'ébène. On venait l'y vénérer journellement.

A la suite de cette lecture impressionnante, Angélique souhaita s'entretenir avec le comte de Loménie-Chambord, ami du Père d'Orgeval. Elle savait qu'il habitait dans la Haute-ville. Elle s'informa de sa demeure. Elle ne l'avait pas revu depuis le soir de la tempête et l'importante entrevue avec la Mère Madeleine à laquelle il avait assisté.

Il logeait du côté de la Prévôté, occupant une chambre modeste que son ami d'Arreboust avait mise à sa disposition. Le maître des lieux étant parti pour Montréal, M. de Loménie aurait pu prendre un peu plus ses aises, utiliser le salon et la bibliothèque de son ami absent. Mais il se contentait de sa petite chambre comme d'une cellule monastique, et n'acceptait l'aide d'un domestique que pour l'entretien de celle-ci et de ses vêtements. Quand il n'était pas invité par des amis, il allait prendre ses repas aux abords de la Place d'Armes dans un petit estaminet qui était tenu par un Gascon, ancien soldat du régiment de Carignan-Falières et qu'on appelait le Levantin parce qu'il avait été prisonnier chez les Turcs. C'était le seul endroit de la ville où les anciens de la Méditerranée pouvaient venir parfois boire un café turc, boisson assez mal considérée et que la plupart des gens prenaient pour un remède.

Il y emmena Angélique.

On descendait quelques marches. L'endroit était assez sombre car les fenêtres de verre épais et verdâtre, cloisonné de plomb, donnaient sur la Place d'Armes et n'apportaient comme lumière que le reflet de la neige. Cette pénombre et la bonne odeur du café réconfortèrent Angélique.

— Nous ne nous sommes pas revus depuis l'autre jour. Il y a eu la tempête. Or Mme de Castel-Morgeat est encore en train de soulever l'opinion contre moi. L'on va répétant que le Père d'Orgeval court de grands dangers et que j'en suis responsable. Mais je voudrais savoir, Monsieur de Loménie, si de quelque façon vous me considérez comme une coupable. S'il en était ainsi, ce serait très douloureux pour moi... De quoi suis-je coupable ?

Le chevalier posa une main sur la sienne. Il la regarda avec douceur et hocha la tête.

— Vous n'avez été coupable que de n'être qu'une femme et trop attrayante à ses yeux. Vous l'avez dit vous-même : Il vous a vue sortant des eaux. Il ne vous le pardonnera jamais, ajouta-t-il avec hésitation... Car peut-être en cet instant, a-t-il eu la révélation de faiblesses qui risquaient d'ébranler à jamais ses défenses et même sa foi...

— Ébranler la foi d'un jésuite ? Mon cher ami, votre pessimisme vous égare. Il y a certaines options qui sont irréversibles.

— Hélas ! pas avec lui, soupira Loménie. Je le connais depuis nos années de collège. Il y a toujours en lui une peur, je dirais presque une haine... La peur, la haine de la femme... J'ignore pourquoi... Mais il se peut que votre rencontre lui ait révélé certaines choses. Par exemple que s'il s'était tourné vers l'état ecclésiastique et s'il avait voulu entrer dans l'ordre des jésuites, c'était pour se mettre à l'abri du mal. Il voulait se mettre à l'abri de la Femme. La femme en tant que personnage redoutable, entité monstrueuse incarnée, venue pour corrompre l'homme, la Lilith des Kabbalistes, la femme du Mal, le démon succube plus apte encore à détruire l'être humain, parce que plus sournois que l'incube, démon mâle.

Angélique l'écoutait en pâlissant. Elle comprenait que Loménie-Chambord ignorait l'existence dans la vie de Sébastien d'Orgeval de cet être infernal, Ambroisine, qui avait été mêlé à sa plus tendre enfance. « Comme un démon attaché à ses pas », pensa-t-elle. Mais il approchait de la vérité. Ainsi, par lui, se dessinait le profil de l'enfant meurtrier sans cesse à la frontière du Bien et du Mal et qui toute sa vie lutterait pour en déterminer les limites. Cela s'accordait avec les cris du délire de la Démone.

« Oh ! ma belle enfance ! Lui, Sébastien et son œil bleu et ses mains pleines de sang. Lui et Zalil ruisselants de sang humain... Nous étions trois enfants maudits entre les mains de Satan !

« ... Il n'y a jamais eu d'enfants aussi forts que nous... là-bas, en Dauphiné... Nous étions habités par le feu, par mille esprits ardents. Pourquoi nous a-t-il trahis ? Pourquoi a-t-il rejoint cette armée d'hommes noirs, avec leurs croix sur le cœur ? »

Angélique saisit la main de Loménie-Chambord :

— Mais ce n'est pas moi, Claude, ce n'est pas moi Lilith !

— Je le sais.

— Vous avez entendu la Mère Madeleine, l'autre jour ?

— Je n'avais pas besoin de l'entendre pour être convaincu.

Il affirmait avec une tendresse persuasive, s'évertuant à la calmer.

— Dès que je vous ai vue à Katarunk, j'ai su que les préventions qu'on avait contre vous étaient stupides. Ne vous souvenez-vous pas que notre sympathie a été spontanée ?

— C'est vrai.

Elle voulait lui dire : « Vous m'avez toujours plu ». Mais trouvant que la déclaration était un peu trop abrupte, elle dit :

— Je vous ai aimé dès que je vous ai vu, Monsieur de Loménie-Chambord.

Ce qui ne valait pas mieux. Les mots trahissaient leurs intentions qui étaient de se cantonner dans la simple amitié et ils se mirent à rire tous les deux.

Elle voulait alléger la peine injuste qui lui était causée. Elle dit pour le réconforter :

— Puisqu'il est si fort, il tiendra tête à Outtaké, le chef des Iroquois.

— Outtaké aussi est très fort et il est votre allié

Le doute l'assaillait.

Mais pouvait-elle lui dire que « l'homme noir » entrevu derrière la Démone était le Père d'Orgeval, que la Mère Madeleine le savait, que le Père de Maubeuge le savait aussi ?

La décision du Supérieur des jésuites avait délivré la ville d'un mauvais sort

38

AINSI UN HOMME S'ÉLOIGNE DANS LE DÉSERT GLACÉ LES semaines des Quatre-Temps de l'Avent s'ouvrent.

Noël approche.

Noël ! Noël !

Et tandis que carillonnent les cloches et que l'haleine de la vie s'échappe de toutes les cheminées comme d'un brûle-parfums, que les effluves des festins se mêlent à celles de l'encens et des cierges allumés, montant vers le ciel glacé pour rappeler au Créateur que les humains sont là, dans ce désert inhumain, un homme, lié par le vœu d'obéissance, s'écarte de tout recours, une Robe Noire se sépare à lourds pas de ses raquettes, du cœur de ses amis, de la prédilection des siens et du sanctuaire de ses œuvres et de ses travaux.

Et le désert glacé en lui-même a remplacé toutes flammes de vie.

Il n'est que destruction.

Le souffle immaculé de la tempête a tracé autour de lui un paysage de mort. Il marche, guidé par la connaissance qu'il a de ces contrées, mais aussi anxieux et aux aguets que s'il pénétrait pour la première fois en une terre étrangère. Tout, autour de lui, est devenu ennemi. Car on l'a dépouillé de tout Et ce sentiment devient si pesant qu'il doit s'arrêter.

Il crie d'une voix désespérée vers le ciel : « Mon Père ! Pourquoi m'as-tu abandonné ? » Et la forêt, blanchâtre prison aux mille ramures dressées en fagots, en herses grises, bleutées, rosées sur lesquels se détachent les candélabres torturés des fins bouleaux crayeux, répercutent l'écho à l'infini de son cri.

La buée est sur les sommets, vaporeuse comme un nid de plumes, posée sur les crêtes longilignes des Appalaches et se coulant insensiblement dans les vallées. Le gel solidifie son haleine. Il crie encore : « Si tu es la Vérité, pourquoi m'as-tu abandonné ? »

Ils l'attachèrent au poteau de torture.

Il lui semble que la hâche incandescente, rouge comme le rubis, se rapproche de sa chair et il entrevoit derrière son rayonnement blanc le visage d'Outtaké, le chef mohowck qui le hait !

O chers enfants indiens, Abénakis fervents ! Piksarett et sa sublime ardeur de néophyte à détruire les ennemis de Dieu Outtaké promis à une destinée de grand chef, Hatskon-Ontsi voici le nom qu'ils lui ont donné et pour la première fois il y trouve une résonance différente et qui le condamne. Hatskon-Ontsi : l'Homme Noir.

Tout a toujours été noir autour de lui et c'est à peine s'il se souvient qu'il a vécu de longues années dans la lumière de la paix d'un cœur consacré à sa tâche. Sa pensée rejoint son enfance ténébreuse. Ces nuits noires du Dauphiné que perce la lueur des torches portées par les cavaliers, que traversent les cris des partisans huguenots massacrés, des femmes violées... Satisfaction du sang répandu... Le sang qui rachète. Rougeoiement des incendies, des villages qui brûlent, du feu bouté aux toits de chaumes, le feu qui purifie.

L'imprégnation de son père, géant fort et juste, qui l'enseigne tandis qu'ils chevauchent dans la nuit pour aller porter la justice de Dieu au sein des villages qui se sont ralliés à l'abjecte doctrine de la Réforme.

Noirs les vallons où il rejoint, pour des jeux sombres où il est question de sorcellerie et de démons, Ambroisine la fillette aux yeux d'or du château voisin. On raconte que la châtelaine, sa mère, a eu cette enfant avec son aumônier. Zalil le frère de lait d'Ambroisine se mêle aux jeux inquiétants.

Plus tard en elle, Ambroisine, devenue Mme de Maudribourg, ce qu'il a aimé, c'est la pénitente qu'il amena à son confessionnal. Par sa place élevée de confesseur, il a pu humilier, abaisser la créature mauvaise et alors qu'elle croyait pouvoir le séduire, comme jadis, comme elle continuait de le faire avec Zalil, avec tous les autres hommes et même les femmes, lui, la dominait.

Beauté des femmes perverses environnant son enfance. La pire, pire que la fillette, la mère d'Ambroisine, la magicienne superbe, grande, étincelante qui le recherchait dans son adolescence. Il s'enfuit chez les hommes consacrés. Là encore, jusqu'en cet asile des collèges, la femme reparaissait, lui tendant les bras. Belles bienfaitrices tentées par les grâces des jeunes gens.

Le combat contre la chair, il l'a mené victorieusement. Pénitence, discipline, mortification. Son corps est devenu un instrument docile, insensible au froid, à la chaleur, à la fatigue, à la concupiscence jusqu'au jour où se réveille le mirage inoublié. Par la force de Dieu il a réussi à tout dominer : ses terreurs, sa chair, les êtres jusqu'à la plus fuyante, la plus habile qui n'a jamais réussi à le prendre dans ses filets, la fille de la magicienne et du prêtre maudit... Et les mêmes visages reviennent et tournent comme nés de l'enfer glacé.

Il connaissait Ambroisine, il la domptait comme une bête fauve. Il est étrange qu'il ne l'ait jamais crainte sachant la profondeur de sa malignité et l'ampleur de ses vices. Il a toujours senti qu'ils étaient de forces opposées mais de force égale. Magie blanche et magie noire.

Celle qui s'est entremise entre eux n'appartient ni à l'une ni à l'autre de ces magies. Elle s'est élevée seule et lumineuse, comme il l'a vue, sortant des eaux du lac, dans le rougeoiement des arbres de l'automne.

A-t-il pressenti que cette magie portait un autre nom qui dépassait en force les leurs... L'Amour. Est-ce donc aussi... une force magique ? Il a décidé la guerre avec d'autant plus de rigueur que rien n'est plus criminel que de détruire un ordre établi, que de faire surgir l'entité du doute...

Il a jeté l'une contre l'autre ces deux femmes. Seul le mal peut circonvenir le mal. De leur affrontement aucune ne pouvait demeurer victorieuse, pensait-il. Elles se causeraient des blessures mortelles car aucune n'était pure. Elles se détruiraient. Leur beauté dont elles masquaient leur âme vile ne leur servirait de rien. Pantelantes, elles offriraient le spectacle de leur défaite, révéleraient enfin leur vérité à chacune, mesquine, égoïste et cruelle. Or par l'on ne sait quel avertissement, il a su qu'il était trop tard et qu'Ambroisine avait été vaincue. Quelque chose était arrivé qui détruisait ses plans. Il était remonté à Québec pour apprendre qu' « ils » approchaient, l'homme et la femme, toujours unis. Il est entré en campagne par le prêche et l'adjuration.

C'est en pénétrant dans la cellule blanche où l'attendait le Père de Maubeuge, qu'il a su que sa vie allait basculer une fois encore et qu'il avait lutté en vain pour échapper à l'emprise de la Nuit. Et ce qui le taraude d'une humiliation sans pareille, c'est que le clairvoyant Maubeuge a mis le doigt sur sa faiblesse cachée.

« Vous avez pêché contre l'œuvre de Dieu. Vous avez pêché contre la Femme... Par esprit d'orgueil et de domination... Par esprit de vengeance... Contre la femme... »

La Femme... fléau indéracinable que lui indiquait son père. Toujours ! toujours ! Entre lui et la vie... lui et la sérénité... lui et Dieu !...

Un moment il réfléchit et s'apaise. Car il reste peut-être une dernière chance d'éclairer les esprits, c'est que Pacifique Jusserant son « donné » qu'il a envoyé, dans le sud au rivage du Pénobscot, attendre un navire de France, revienne avec ce courrier dont il avait sollicité l'envoi pour achever d'abattre les prétentions territoriales de Joffrey de Peyrac. Mais ne sera-t-il pas trop tard si les esprits aveuglés refusent de se laisser effrayer ?

Trop tard en tout cas pour lui Sébastien d'Orgeval qui s'avance vers le pays de l'Iroquoisie.

La solitude qui l'entoure préfigure celle de sa mort et de son martyre.

Alors que là-bas, à Québec, la femme qu'il a vue s'élever des eaux, et l'homme conquérant qui se tient près d'elle, qui l'aime, qui le proclame et qui dans l'intimité de l'alcôve la prend dans ses bras, tous deux le narguent.

La haine se répand dans le sang du voyageur, lui fait grincer les dents et lui rappelle les jouissances impures qu'il éprouvait jadis à frapper les hérétiques de son glaive justicier.

« Qu'elle meure ! qu'elle meure aussi ! »

Des cristaux de gel hérissent sa barbe. L'hiver est sur lui comme le fil glacé et tranchant d'une épée. Il donnerait tout l'or du monde pour percevoir un parfum de feu de bois, de fumée, trahissant une présence humaine. Mais la peur de l'Iroquois est déjà entrée en lui. Dans ses gants épais, il sent ses doigts mutilés, infirmes.

Il songe : « Pas deux fois ! Pas deux fois ! »

La peur de l'Iroquois le submerge et la crainte du martyre. Avec horreur, il songe que c'est à cause d'elle, la femme entrevue un jour d'automne, qu'il a perdu sa force.

« Qu'elle meure ! Qu'elle meure ! » se répète-t-il.

Il est ravagé d'une haine brûlante. Car par cette faille ouverte s'écoule sa force, se diluent ses pouvoirs.

La terreur de son supplice à venir l'envahit. La mémoire des souffrances qu'il a déjà endurées le hante.

Horrifié, il supplie.

« Pas deux fois ! Pas deux fois ! »

39

A QUÉBEC, LES SOLENNITÉS RELIGIEUSES SE SUCCÉDAIENT sans rémission.

Le premier mardi de décembre, la messe annuelle des jésuites, instituée par la Compagnie des Cent Associés à la suite d'un vœu.

Le 3 décembre, Saint François-Xavier, second patron du pays.

Le 6, Saint Nicolas.

Le samedi des Quatre-Temps, les offices revêtirent une somptuosité particulière car c'était le jour réservé aux ordinations.

Pendant toute cette période de l'Avent, on ne vit plus de petits Canadiens sur les places jouant à la crosse ou patinant sur les espaces gelés ou se poursuivant à coups de boules de neige.

Tous les gamins de Québec, requis pour le service du Très-Haut, passaient leur temps à enfiler et à retirer soutanes rouges, noires ou violettes et surplis de dentelles, à allumer et à éteindre des cierges, à remplir et à balancer les encensoirs, à couper du pain bénit dans des corbeilles pour le distribuer à la messe.

On répétait les chants de Noël.

Appelée sans cesse au pied des autels, la population ne s'en affairait pas moins à préparer le réveillon qui suivrait l'audition des trois messes basses, dans la cathédrale, à minuit.

Noël était une fête de famille. Il y aurait pourtant beaucoup d'amis et de parents à convier.

Un peu avant Noël un prêtre du séminaire des missions étrangères vint un matin chercher le jeune Suédois Neals Abbal. Les jésuites, qui le savaient adopté par le père de Vernon, mort en Acadie, leur avaient demandé de le prendre parmi leurs jeunes pensionnaires.

Angélique aidait Yolande à plier dans un petit coffre de cuir bouilli les vêtements de l'enfant et son costume de page qu'il désirait. Mais l'abbé refusa de se charger de ses effets qui ne seraient pas de mise dans le cadre du séminaire. Tous les enfants y étaient dûment revêtus et chaussés.

Neals Abbal quitta docilement la maison de la rue de la

Closerie malgré les cris désespérés d'Honorine et de Chérubin qui s'accrochaient à ses basques sur le seuil de la porte.

Mlle d'Hourredanne nota le petit drame de sa fenêtre.

Angélique embrassait l'enfant, lui murmurant en anglais des paroles d'encouragement. Il semblait indifférent.

Il revint le soir même, vêtu de sa culotte de jutaine, de sa vieille chemise, sa flûte de pan sous le bras. Il entra et rejoignit sa place au coin de l'âtre, comme si de rien n'était.

Un peu après, un grand séminariste arriva essouflé, lancé à sa poursuite. Il l'admonesta. L'enfant accepta de le suivre.

Il revint le lendemain soir mais, cette fois, en compagnie du père Marcellin, le neveu de Romain de L'Aubignière, qui avait été élevé chez les Iroquois.

Ce soir-là, la nuit était déjà profonde et il neigeait abondamment.

— Mes petits, que vais-je faire de vous ? demanda Angélique en les regardant assis côte à côte sur la pierre de l'âtre en compagnie de Timothy le négrillon qui, dans son capot rouge, complétait cette image de l'enfance errante.

Dans la soirée, malgré la neige qui tombait toujours et avait de nouveau rendu les rues impraticables, le Séminaire envoya un jeune garçon de seize ans, nommé Emmanuel Labour. Angélique le connaissait de vue pour l'apercevoir chaque matin accompagner les enfants du Séminaire lorsqu'ils traversaient la place de la Cathédrale pour se rendre chez les jésuites. D'origine normande, il était blond avec un visage avenant, toujours souriant. Il se destinait à la prêtrise et payait ses études en s'occupant des enfants.

Vers l'âge de huit à dix ans, il avait été prisonnier chez les Iroquois. Aussi comprenait-il la rébellion de Marcellin, enfant sauvage qui souffrait d'être enfermé.

Il trouva son pupille assis sous l'auvent, un livre sur les genoux, et lisant à haute voix *la Passion des martyrs de Tunis : saint Saturnin, sainte Perpétue et sainte Félicité.*

Non seulement il parlait, non seulement il lisait, mais encore il lisait en latin.

— Ce mouflet a trompé tout le monde, lui dit Éloi Macollet. Ces messieurs du séminaire ne sont pas de force avec une graine d'Iroquois comme ce blondinet.

Sur ce, on frappa encore à la porte et c'était un nouveau bonhomme de neige s'empêtrant dans ses raquettes, soit Romain de L'Aubignière, que ses devoirs familiaux contraignaient, sur l'injonction des ecclésiastiques, à venir chercher son neveu.

Le lendemain matin, dans la foulée de trois hommes énergiques qui pelletaient la neige avec ardeur, Angélique accompagnée de Romain de L'Aubignière, de Marcellin et de Neals Abbal, se rendit au couvent des jésuites où ils avaient été convoqués.

Elle n'était pas revenue dans l'austère demeure depuis son intrusion mouvementée à propos de l'ours Willoagby. Elle y retournait en amie.

Devant M. de Maubeuge, ses préventions étaient tombées.

M. de Loménie-Chambord était présent. Le Père de Maubeuge, parlant du petit Suédois, exposait le dilemme. Tout permettait d'envisager que le Père de Vernon le recueillant lui avait administré le baptême catholique mais, dans le doute, il avait décidé d'une cérémonie renouvelant les rites au cours de laquelle il lui serait donné un nom chrétien. Le chevalier de Loménie se proposait pour être le parrain. Si Mme de Peyrac acceptait de son côté d'être la marraine, elle recevrait la possibilité de veiller sur le petit exilé et d'intervenir dans les actes importants de sa vie. L'enfant la considérait déjà comme sa mère. Ne se croyant plus abandonné, il accepterait plus volontiers de se laisser enfermer dans les salles d'études et se former à devenir un pieux serviteur de Dieu. Le Père de Vernon leur avait certainement inspiré ce compromis et ils avaient la certitude de répondre à ses souhaits.

Quant au jeune Marcellin, Mme de Peyrac ayant fait dire qu'elle le prendrait volontiers chez elle avec ses enfants, il pourrait durant l'hiver venir coucher sous son toit, comme les autres élèves dont les parents habitaient la ville. Il n'aurait pas ainsi l'impression de vivre entre quatre murs dont il ne sortait jamais. Vers la fin du mois de mai, une grande barque à voile carrée emmenait tous les jeunes pensionnaires du Séminaire à Saint-Joachim sur la côte de Beaupré, où Monseigneur l'Évêque avait là une maison d'été, appelée la Grande Ferme, entourée de communs où l'on élevait des bêtes.

Jusqu'à l'automne, les enfants vivraient au grand air, se promenant, se livrant aux travaux agricoles, et aussi à différents apprentissages, dont la sculpture et la peinture pour l'enseignement desquels le vieux Le Basseur et ses fils se déplaçaient chaque semaine, la serrurerie et la ferronnerie, un peu de menuiserie, de charpenterie. C'était une véritable école des Beaux-Arts que l'Évêque y avait fondée et les collégiens attendaient avec la plus grande impatience le départ pour la Grande Ferme au pied du Cap Tourmente.

Tourné vers Neals et Marcellin dont il avait été prouvé que tous deux comprenaient le français, le Père de Maubeuge leur adressa une petite admonestation. Il les mit au courant des décisions qui avaient été arrêtées à leur sujet, leur démontra avec quel soin on s'était préoccupé d'eux, fit miroiter à leurs yeux les beaux jours du Cap Tourmente où ils pourraient s'ébattre à l'aise et les pria en attendant de se montrer fort studieux et dociles.

Ils se retirèrent avec MM. de Loménie et de L'Aubignière, le Supérieur des Jésuites souhaitant dire quelques mots en privé à Mme de Peyrac.

Restée seule avec lui, elle se demandait s'il allait faire allusion au passé d'amitié qui le liait au comte de Peyrac

Mais ces démonstrations n'étaient guère dans la tournure de caractère jésuitique qui consacre de préférence ses efforts à des paroles efficaces en vue du salut des âmes.

— En ces temps de Noël, nous sommes requis de nous approcher fréquemment de la Sainte Table, dit-il. Désirez-vous, Madame, que je vous donne ùne absolution générale pour vous permettre de participer aux offices en toute sérénité de cœur ?

Angélique, tout d'abord surprise de la proposition s'empressa de l'accepter en le remerciant.

Elle s'agenouilla et récita l'acte de contrition, tandis que le Père de Maubeuge, après avoir revêtu son étole, traçait au-dessus d'elle le signe de croix l'absolvant de ses péchés passés, présents et à venir. Ceci jusqu'à l'ouverture du carême, précisa-t-il.

Angélique fut reconnaissante au Père de Maubeuge de lui permettre, sans ennui, d'être en paix avec sa conscience.

S'il n'y avait eu que des hommes comme celui-ci la Chine entière dans sa mystique élevée aurait reconnu le Christ et son message de tolérance et d'amour, d'intelligence et de divination supérieure.

— Mon Père, le pria-t-elle, Monseigneur l'Évêque m'a recommandé de me trouver un confesseur. J'aimerais pouvoir lui dire que je suis votre pénitente.

— Informez-en Monseigneur, Madame, répondit le Supérieur des Jésuites avec son petit salut à la chinoise Je suis a votre disposition.

40

ET NOËL FUT LÀ. SON CRÉPUSCULE DE POURPRE S'ABÎMA DANS l'ombre bleue et glacée tandis que sur le Roc des petites lumières s'allumaient derrière chaque fenêtre et qu'on achevait de clouer au-dessus des portes des branches de sapins entrecroisées en forme d'étoile.

Les vapeurs, les brumes, les fumées qui stagnaient dans les rues, traînaient avec elles les promesses du réveillon.

Dix heures du soir. Les familles se mirent en route vers l'église tenant au bout d'un bâton ou en main des lanternes de corne ou de fer noir percées de trous, ou encore des pots à feu en terre, des veilleuses à huile abritées par un capuchon de cuivre. C'était plus par tradition que pour s'éclairer. Cette nuit d'hiver canadien étincelait comme une armure. Le disque argenté de la lune et la neige immaculée se renvoyaient leur reflet pour créer une lumière sidérale au sein de laquelle toutes les ombres des toits, des lucarnes, des pans de murs, des angles de cheminées se découpaient en lignes aiguës, « chevaux de frise » d'un noir intense.

Venus de la cathédrale, aux vitraux illuminés, les chants des orgues s'échappaient assourdis et lointains et paraissaient nés plutôt des grands espaces silencieux désirant s'unir aux hommes dans leur allégresse.

On levait les yeux vers la nue vibrante et mystérieuse et l'on s imaginait en voir sourdre les anges lumineux chantant de leurs voix séraphiques.

« *Glo-o-oo-ria, in excelsis Deo...* »

Toute la ville était dans les rues ainsi qu'une grande partie des hameaux avoisinants ou des concessionnaires isolés le long du fleuve.

En traîneaux, en raquettes ou à pied, par les chemins durcis, les groupes venant des lointaines paroisses de Bourg-Royal, de Sainte-Foy de Charlesbourg, sortaient des bois et arrivaient soit par la Grande Allée, soit par le chemin de Saint-Jean ou de Saint-Louis.

Des musiciens portant vielles, binious, bombardes bretonnes, les accompagnaient et se mettaient à jouer en entrant dans la ville. Des paroisses de la côte de Beaupré, de la pointe de Lévis ou de l'île d'Orléans, arrivaient les traîneaux suivant les balises du fleuve. Il y avait bien une « desserte » prévue dans les petites églises de Château-Richer ou de Saint-Joachim, où des prêtres iraient officier mais venir ouïr la messe de Noël à Notre-Dame de Québec, célébrée avec toute la pompe épiscopale, était une fête dont seules les grandes tempêtes eussent pu détourner les fervents habitants de la colonie laurentienne.

Les habitants de l'île d'Orléans se montraient à cette occasion. D'ordinaire, ils se reliaient peu avec le « continent ». On les disait fort insociables parce qu'ils ne quittaient pas volontiers leur île, ni même leurs habitations, vivant en tribu familiale dans leurs solides fermes carrées, bâties à mi-côte ou leurs manoirs seigneuriaux cachés dans les bois qui couronnaient les sommets de la grande baleine rocheuse, échouée au carrefour des eaux. Leur île leur servait de royaume. Ils avaient la réputation d'être sorciers. Parce qu'ils communiquaient entre eux d'un coin de l'île à l'autre par des signaux de fumée indiens, et parce que l'on voyait danser, sur les rives les soirs d'été, des lumières de feux follets. Ils vinrent, représentés surtout par une Dame Éléonore de Saint-Damien, une seigneuresse qui en était à son quatrième mari. Fort belle avec de grands yeux noirs, le bruit courut qu'elle était d'Aquitaine et les Gascons qui ne la connaissaient pas encore vinrent la saluer, dont le comte de Peyrac qui lui fut présenté par M. de Frontenac. Il y avait comme une affirmation de l'esprit des provinces en cette nuit de Noël. Peut-être parce que beaucoup de femmes avaient revêtu pour la cérémonie leurs costumes régionaux, ce qu'elles avaient de plus beau, robes, corselets, mantes, tabliers, broches, dans lesquels elles ou leurs mères s'étaient mariées à l'église de leur village en France et qu'elles avaient amenés au Nouveau-Monde, bien pliés dans un coffre. Et Suzanne portait sur ses épaules de jeune Canadienne née au pays une chape de drap rouge de l'épaisseur d'un écu, don traditionnel des paysans français à l'épousée depuis le Moyen Age et pour lequel, souvent, ils se ruinaient. Son mari, émigré de la Sarthe d'où il était parti jeune célibataire, avait apporté avec lui, pour sa future, le beau vêtement ancien que les femmes de la famille repassaient depuis des générations au fils aîné.

Spontanément, les gens se groupaient entre « pays », se reconnaissant à leur patois, leur accent. Les Aquitains, les Normands, les Bretons, les gens du Perche, ceux des rivages de la Vendée, de l'Aunis, de la Saintonge, communautés maritimes vivaces et sœurs, qui avaient fourni beaucoup d'immigrants, des petits cercles de Champenois, et aussi les Parisiens, de natures fort diverses, mais rapproches par la grande ville de Paris à l'ombre de laquelle ils étaient nés.

Les chevaliers de Malte, dont il y avait quatre ou cinq membres à Québec, rassemblaient autour d'eux les militaires et anciens soldats qui avaient fait campagne en Méditerranée. On irait boire un café turc après la troisième messe dans l'estaminet du Levantin.

Les grandes familles issues des premiers arrivants du Canada, et dont beaucoup étaient encore vivants, occupèrent leurs bancs avec une autorité patriarcale.

C'est ainsi que la société québécoise se disposa cette nuit-là face au maître-autel et à une certaine grande armoire aux panneaux enluminés de paysages naïfs, qui renfermait la crèche. Des anges de cire en robes de satin avec d'amples perruques bouclées planaient au bout d'un fil au-dessus de l'Enfant-Jésus dans son berceau de paille, de la Sainte Vierge et de saint Joseph magnifiquement vêtus. Six jours plus tard, on y placerait les Rois Mages. L'âne et le bœuf étaient en bois sculpté et peints l'un en gris, l'autre en brun roux, œuvres du menuisier Le Basseur et du Frère Luc, peintre.

Deux violons et une flûte d'Allemagne jouaient des airs de menuet près de la crèche lorsque se taisait l'accompagnement des orgues et des chorales.

A minuit, la belle voix du héraut municipal s'éleva pour chanter « *Il est né le divin enfant, jouez hautbois, résonnez musettes...* », et on l'apprécia mieux que lorsqu'il proclamait ses « ordonnances » monté sur sa barrique.

Les trois messes se déroulèrent avec toute la solennité espérée.

Cependant, l'on vit à plusieurs reprises les officiants venir réchauffer leurs doigts au petit brasero d'argent en forme de brûle-parfums percé de trous et contenant deux ou trois braises qui était posé à l'une des extrémités de l'autel.

Le froid était dur, mais la ferveur y remédia.

Pour la messe de minuit, Mlle d'Hourredanne s'était donc fait porter en chaise. Mme de Mercouville lui avait envoyé la sienne et ses valets. Elle resta dans la chaise qu'on avait placée sur la gauche, en haut de l'église, devant la statue de saint Joseph. On l'envia car elle y avait placé un cruchon rempli d'eau bouillante et se trouvait préservée du froid glacial de l'église contre lequel luttaient en vain quelques poêles et les buissons de cierges allumés. La sombre église était lumineuse comme en plein jour. Mlle d'Hourredanne ne perdit pas une miette du spectacle, vit tout le monde. Elle en recueillait pour l'année.

La dernière bénédiction donnée, les fidèles, gelés, recrus de fatigue, et avides de retrouver maisons chaudes et tables garnies se ruèrent avec ensemble vers la sortie. Bientôt, sur le parvis, il fut impossible d'avancer.

Au-delà de la cohue, on entendait hennir les chevaux qui avaient attendu près des traîneaux sur la place.

Angélique perdit de vue son escorte. Honorine et Chérubin portés par Yolande et Adhémar avaient déjà descendu les degrés devant le porche et devaient déjà être acheminés vers la maison.

Angélique fut rejetee vers une porte latérale quand le clerge sortit à son tour, après avoir été dans les sacristies se débarrasser de ses vêtements sacerdotaux.

L'Évêque souhaitait se mêler à la foule avant de regagner le Séminaire.

Angélique appuyée contre le chambranle prit patience, s'amusant à reconnaître à la lueur des torches et des lanternes les visages de personnes connues, rouges et emmitouflées, qui s'interpellaient joyeusement.

C'est alors qu'elle sentit un bras se glisser autour de sa taille et la serrer étroitement. Quelque chose dans l'insolence de l'étreinte lui fut désagréable. Elle leva les yeux, prête à châtier l'insolent. C'est alors qu'elle reconnut fixé sur elle le regard bleu du duc de Vivonne.

— Me ferez-vous enfin la grâce de me reconnaître, belle déesse de la Méditerranée ?

Il la dominait et s'inclinait vers elle avec un sourire mi-enjôleur, mi-sarcastique.

Il avait profité du brouhaha de la nuit, de la foule pressée par le froid et attirée par d'autres distractions, pour l'aborder ce qu'il n'avait pas osé ouvertement jusqu'alors.

Comme elle se taisait il insista :

— Car vous m'avez reconnu, je le sais. Le contraire me blesserait affreusement.

Angélique se reprocha d'être demeurée tout d'abord sans voix et sans réaction. Les cris et les rires autour d'eux noyaient les paroles murmurées par le duc.

— Vous semblez avoir peur de moi, dit-il. Vous tremblez.

— Vous m'avez surprise.

— Est-ce d'émoi ?

— Vous êtes bien fort, Monsieur.

— Et vous, bien oublieuse. N'avez-vous pas souvenir de très agréables ébats que nous avons connus ensemble en Méditerranée.

— A peine !

— Alors seriez-vous ingrate ? Je vous avais fait monter à

bord de ma galère, selon votre caprice, et cela m'a coûté fort cher près du Roi. Sans l'intervention d'Athénaïs, je ne me serais pas remis de cette bévue. Plus d'une heure, Sa Majesté m'a tenu dans son cabinet m'adressant des reproches sanglants d'avoir prêté la main à votre évasion.

— Bien fait pour vous, Monsieur.

Mais une soudaine émotion avait poigné Angélique. Derrière ce beau visage un peu bouffi mais familier sur lequel glissait le reflet des torches, c'était Versailles, c'était le Roi qu'elle venait de voir transparaître, proches à les toucher, à les entendre, à croire qu'en se retournant elle allait apercevoir au lieu de la petite place de guinguois encombrée de traîneaux les allées des jardins royaux où couraient les porteurs de lumière annonçant l'arrivée du Roi et son cortège princier.

Le duc surprit-il le frémissement qu'elle ne pouvait retenir ? Il resserra son étreinte et elle put constater que le bel amiral n'avait rien perdu de sa vigueur.

La pression de la foule les repoussait contre le porche et Angélique sentait les angles du pilier de pierre qui de l'autre côté lui meurtrissait l'épaule. Les gens n'en finiraient donc pas de sortir...

— Combien me paierez-vous pour un renseignement de prix que je vous apporte de la Cour ? Un baiser ?

— Monsieur, la requête et le lieu sont déplacés...

— Je vous le livrerai quand même.

Il se pencha vers son oreille afin de se donner le prétexte d'effleurer presque sa joue de ses lèvres.

— Le Roi n'est pas encore guéri de Madame du Plessis-Bellière...

Il observa un petit silence pendant lequel il demeura incliné vers elle comme s'il respirait son parfum.

Mais Angélique demeura impassible. Elle aurait bien voulu qu'il cessât de la serrer aussi fort. Le contact de sa main gantée de cuir contre sa taille lui déplaisait. Etait-ce les réflexions de Mlle d'Hourredanne à propos du mal napolitain qui l'influençait, mais elle en avait la « chair de poule ».

La foule commençait à s'égailler, les familles et amis se retrouvaient, s'invitaient. Les traîneaux s'ébranlaient

Angélique chercha à se dégager.

— Monsieur le duc, ayez donc l'obligeance de me laisser aller. Déjà la presse est grande

Il s'assombrit.

— Décidément vous me battez froid Est-ce bien politique de votre part ?

Une menace grondait derrière son ton maussade

— ... Je pourrais vous aider.

— A quoi donc ?

Le duc de La Ferté eut un geste du menton en direction de Joffrey de Peyrac.

— Était-ce déjà lui que vous essayiez de rejoindre en Méditerranée ? J'avoue que j'ai reconnu son audace en le voyant débarquer ici, oriflammes au vent. Il ne craint pas de venir se jeter dans la nasse où l'on a bien des prétextes pour le piéger. A moins qu'on reste dans l'ignorance de son passé.

— Quel passé ?

— De piraterie ! Il a tiré sur les galères du Roi. Je pourrais en témoigner ou non devant Sa Majesté.

— Et que réclamez-vous en échange de votre silence obligeant ?

— D'avoir parfois le plaisir de vous rencontrer dans Québec, sans que vous me fuyiez comme un pestiféré... pour des raisons qui m'échappent... Nous nous sommes quand même plu... Je ne peux vous dire combien votre somptueuse apparition l'autre jour m'a paru un signe favorable du ciel à mon endroit... Tout est d'un tel ennui en cette province.

— Vous avez tout de même préféré cette province à la Bastille.

— La Bastille ? sursauta-t-il en ouvrant des yeux énormes. Quelle idée vous vient là ?

— Un bannissement au Canada tient parfois lieu de lettre de cachet et votre souhait de garder l'incognito m'a fait...

— Mais je ne veux pas être importuné... s'écria-t-il, et ce n'est qu'une éclipse provisoire... admit-il après un instant de réflexion. Eh bien oui, j'ai eu quelques ennuis dus à la malveillance des envieux. Le « secrétaire de la main » me jalousait pour une de ses maîtresses que je lui ai enlevée. Il a prévenu à propos d'un trafic du sceau sans grande méchanceté à laquelle j'avais eu la faiblesse de me mêler. Le ministre furieux voulait me dénoncer, tout Grand Amiral que je suis, et rassembler les pièces du dossier. Autant lui donner quelque peine à le faire en me dérobant à ses questions et à ses convocations. On me cherchera et je serai chez le Grand Turc, à Alger, que sais-je. Les choses traîneront en longueur. Pour justifier après coup ma disparition, j'ai obtenu de Colbert d'être chargé d'une enquête secrète au Canada, sur les possibilités d'en remettre la défense à la Marine. Au printemps, je pourrai revenir.

— Le Ministre en sera-t-il moins furieux ?

— Non, mais il aura peut-être oublié... ou bien il sera mort. Il éclata de rire.

— Je croyais, dit Angélique, que l'on vous soupçonnait d'avoir empoisonné le Roi.

Le duc changea de couleur et les yeux lui sortirent de la tête.

— Que dites-vous ? fit-il d'une voix étouffée. Vous êtes folle ! D'où tenez-vous ces bruits ?

— Monsieur, vous m'empêchez de respirer

— Je voudrais vous empêcher de respirer tout à fait.

Mais il la lâcha et elle se retrouva enfin libre.

— ... Comment osez-vous émettre un tel soupçon... Moi qui suis dévoué au Roi... dont la sœur...

— J'ai dit cela pour que vous me lâchiez, dit-elle en riant d'un air badin. Pourquoi cette fureur ? Y aurait-il du vrai derrière ma plaisanterie ?

— Non. Mais... Mais vous êtes inconsciente !... Par de telles paroles lancées à l'étourdi vous pourriez me causer un tort considérable.

— Pas plus considérable que celui dont vous me menaciez tout à l'heure.

Il la fixa encore suffoqué. Puis il partit d'un rire forcé mais incrédule. Sa suffisance de courtisan n'avait pas eu encore le temps d'être entamée par ses premiers mois de séjour au Canada. Il continuait à se sentir trop haut placé pour craindre qui que ce soit et surtout pas les femmes qui se montraient toujours trop heureuses d'attirer ses bonnes grâces.

— Vous n'avez pas changé, dit-il d'un ton qu'il voulait flatteur et admiratif.

— Le devrais-je ?

Elle le clouait sur place Pourtant, à son grand étonnement, lorsque d'une voix malgré tout fléchissante il la pria instamment d'avoir la grâce d'accepter de le revoir en un lieu plus propice à la conversation et qu'il lui proposa l'auberge du *Soleil Levant* au bout de sa rue, dans la matinée, elle accepta.

Angélique rejoignit les siens qui s'éloignaient. Levant les yeux, elle contempla l'incroyable pureté de la nuit glacée.

Des enfants de chœur, un capot jeté sur leurs soutanes rouges, passaient en courant avec des paniers dans lesquels on avait recueilli les restes des morceaux de pain bénit qui avaient été distribués à la messe de l'aube.

« Il est né le divin enfant... » continuaient de chanter les petits garçons du Séminaire regagnant le grand bâtiment à l'ombre de la cathédrale, où les attendait dans les réfectoires un souper inhabituel. Un festin pour tout dire.

Derrière sa grille de fer forgé, au fond de la cour, les grands bâtiments du Séminaire laissaient apercevoir l'alignement de leurs fenêtres illuminées à chaque étage

Les flammes des chandeliers allaient et venaient derrière les fenêtres du rez-de-chaussée portées par les clercs et les domestiques et l'on devinait la belle exposition des longues tables nappées de blanc, les assiettes, écuelles et gobelets d'étain disposés pour chaque enfant et, de place en place, au mitan de la nappe, de grands bouquets de fleurs de papier que les sœurs de l'Hôtel-Dieu avaient confectionnés afin de réjouir les cœurs.

Il y avait aussi, pour les desserts, de grandes jattes de crème aigre, sucrée à la cassonade, dont les enfants raffolaient. Quantités de galettes et de tartes aux framboises. Les fruits, recueillis à la fin de l'été dans les jardins du Séminaire qui en produisaient en abondance, étaient conservés dans la glacière souterraine. Ranimés de leur gel, ils parfumaient le festin de Noël.

Monseigneur présiderait, heureux et souriant, parmi les Messieurs du Chapitre.

M. de Frontenac conviait les « puissances » à venir au château Saint-Louis se réconforter d'un vin chaud énergiquement épicé de cannelle et de girofle, qu'accompagneraient des pâtés, des noix, des pommes et des friandises.

Chaque foyer avait au feu ou disposé sur la grande table sa soupe, son boudin, ses jambons, et ses tourtes de salmigondis ou de confiture.

Angélique n'avait pu parler avec ses amis. Elle avait aperçu La Polak qui lui faisait des signes mais qui maintenant était repartie. Elle serait demain sans doute très fâchée.

La rencontre avec Vivonne lui avait gâché sa nuit de Noël. Mais elle se remit assez vite. Bien ! C'était fait ! Et puisque leur face-à-face s'était inscrit dès l'abord comme inévitable, autant se féliciter d'avoir croisé le fer du premier engagement. Ils se retiraient à égalité.

Les craintes qu'elle avait de lui n'étaient pas celles qu'il supposait. La seule chose qu'elle redoutait, c'est que Joffrey prît ombrage de cette ancienne aventure si, alerté par les déclarations du gentilhomme quand il était ivre, il venait à l'apprendre. A la réflexion, il fallait faire fi de ce genre d'inquiétude. L'hiver serait long si l'on demeurait dans l'attente et l'appréhension de voir éclater les ragots. Il serait toujours temps de faire face, de s'expliquer, de mentir ou de rire.

Le passé, ce passé-là, avait aujourd'hui si peu d'importance.

En revanche, derrière la présence du duc de Vivonne étaient la Cour, le Roi, qui devenaient vivants, présents, la Cour où se jouait leur sort, le Roi qui décidait de tout. Le Roi d'après sa révolte, le Roi que Desgrez avait dû déjà avertir de sa présence en Canada.

Vivonne à Québec n'était pas dangereux. Son exil momentané lui avait rogné les griffes. Autrefois elle avait fait courber le front à l'orgueilleuse Athénaïs, elle l'avait vu déchirer son mouchoir avec ses dents et verser des larmes de rage. Ce n'est pas le frère qui l'intimiderait.

Au contraire, elle estimait utile de prendre par lui l'air de la Cour... Cela préparerait un éventuel retour, inimaginable peut-être, mais qui sait ?

41

ANTONIN BOISVITE FUT IMPRESSIONNÉ DE LA VOIR PÉNÉTRER enfin chez lui. Il supportait mal d'apprendre qu'elle honorait presque quotidiennement de sa présence le *Navire de France* en la Basse-Ville, alors que le *Soleil Levant* en la Haute-Ville, sur sa rue, ne l'avait pas encore reçue.

Elle trouva M. de La Ferté en compagnie de trois autres personnages et comprit les réticences de Mlle d'Hourredanne à leur égard. Vivonne les avait amenés pour les confronter avec elle. Ils composaient sa cour à Québec, anciens compagnons de débauche, sinon de pis, qu'un exil et un danger commun rapprochaient plus encore, soudés les uns aux autres par l'intérêt, la crainte, une façon de penser l'existence selon un code dont ils connaissaient la clé.

Angélique en avait presque oublié l'espèce. Elle s'assit en leur compagnie avec la pensée qu'elle se sentirait plus à l'aise au pawa des Indiens. Les yeux de poisson mort du vieillard fardé, les façons à la fois cauteleuses et méfiantes du baron Bessart, l'agitation et le regard trop brillant du nommé Martin d'Argenteuil, lui parurent appartenir à une comédie factice Mêlé à tout le peuple de la Cour cela devait vous avoir un air plein d'entrain. Ici, isolé, ce n'était qu'inquiétant.

Ils débitaient des compliments et des phrases creuses dont elle avait perdu le souvenir. Elle retrouva assez vite le réflexe des réponses venimeuses que l'on jetait empapillotées dans un sourire charmant

— J'espère que vous n'avez pas trop retenu ce que je vous ai raconté hier à propos du « secrétaire de la main », dit Vivonne.

— Juste ce qu'il en faut.

— Qu'importe si vous savez le thésauriser et n'en point faire usage.

— Auprès de qui ?

Il ne pouvait s'empêcher d'employer le langage de l'intrigue et, sous le ciel du Canada, dans une petite ville figée par l'hiver, cela avait quelque chose de ridicule.

— Monsieur de La Ferté, nous sommes tous prisonniers des glaces.

La femme du tavernier était venue verser de l'eau fraîche, tirée au puits intérieur. C'était une coutume de toujours commencer par donner à boire un verre d'eau à l'hôte, usage venu des Indiens peut-être mais que nécessitait le climat très sec qui entretenait sur la langue un arrière-goût de fièvre. Boire était un réconfort.

Ils commandèrent ensuite de l'alcool de prune.

Angélique félicita Martin d'Argenteuil sur ses gants rouges.

Il fit jouer d'un air avantageux ses phalanges et parla de ses talents au jeu de paume et de l'affection du Roi pour lui. Les gants étaient en peau d'oiseau, M. Gaubert de La Melloise lui avait recommandé l'Eskimo du sorcier de la Basse-Ville qui était habile en cet art.

— Mais le sorcier ne vaut rien, dit M. de Saint-Edme.

— Lui avez-vous demandé des poisons comme à Paris ? s'informa Angélique.

Il fut de bon goût de s'écrier :

— Mais l'on n'empoisonne plus de nos jours à Paris. C'est de conjurations et de mauvais sorts qu'on fait emploi.

Martin d'Argenteuil qui semblait le plus désorienté par son exil au Canada s'était ranimé en voyant Angélique lui porter attention.

Il avoua qu'il s'ennuyait à Québec. Il se rongeait les sangs. Il avait des mélancolies. Il avait trouvé quelques jeunes gens pour jouer à la paume et M. de Ville d'Avray venait de leur mettre à disposition un de ces entrepôts où l'on pourrait dresser un fronton de planches. « Mais je suis trop fort pour eux. Seul le Roi était digne d'être mon partenaire... »

Il préférait l'alchimie. Surtout il était hanté par le souvenir de Marie-Madeleine de Brinvilliers. Aussi lorsqu'Angélique notifia le quartier du Marais pour y avoir eu son hôtel du Beautreillis s'enquit-il avec fièvre :

— Vous avez dû être voisine de la marquise de Brinvilliers ?

— Oui, en effet... Et, en tout cas, en voilà une dont je suis bien certaine qu'elle maniait le poison. Elle a empoisonné des malades de l'Hôtel-Dieu. Je le sais de source certaine.

Ils se mirent à ricaner en levant les yeux au ciel.

— Tout le monde sait cela aujourd'hui et bien d'autres choses. Vous retardez, ma chère ! Elle vient d'être exécutée. On a dû lire sa confession en latin tant ses crimes étaient odieux.

· Le confesseur qui l'a accompagnée jusqu'à l'échafaud a dit que c'était une sainte, protesta le maître-paumier du Roi.

Ce procès tout récent agitait les esprits. Si Angélique y avait pris garde elle en aurait recueilli déjà les échos à Québec. Car la nouvelle de l'exécution de Mme de Brinvilliers n'était parvenue, avec les détails, que par les navires de l'été.

« Le monde est dominé par quelques êtres », disait Ambroisine-la-Démone, les autres ne sont que des comparses, de la poussière... »

Angélique regarda vers la fenêtre.

Comme toutes les maisons de la Haute-Ville, on avait de la taverne du *Soleil Levant* une vue admirable qui portait fort loin en ces belles matinées bleues et blanches aux couleurs de la Vierge.

A une table voisine trois couples d'un certain âge discutaient avec véhémence et gaieté. C'était des personnes robustes, le teint vif, confortablement vêtues, qui riaient largement, les dents belles. Ils semblaient tous comme des frères et sœurs de familles nombreuses qui se retrouvent.

Jadis, ils étaient arrivés au pays « sans sou ni maille », fils de paysans ruinés, d'ouvriers misérables, d'artisans faillis, mais en leur accordant le droit de chasse et de pêche, vieux privilège des nobles, on en avait fait des seigneurs et aujourd'hui ils étaient des seigneurs.

Le duc de Vivonne, qui avait prié Martin d'Argenteuil de se taire dans l'évocation de sa marquise de Brinvilliers et de moins boire, s'aperçut qu'Angélique était distraite et il en conçut une aigreur disproportionnée avec le fait. Il devint agressif, moqueur.

— Décidément, plus je vous vois, plus je comprends qu'Athénaïs a eu bien tort de se faire du souci à cause de vous et de s'en inquiéter encore. Je l'en informerai dès que je le pourrai. Je ne vois pas pourquoi elle a baissé pavillon devant vous, même à distance, même vous disparue. Elle se faisait des idées sur votre habileté, alors que je comprends que seule la chance a joué pour vous. La chance qui sourit aux innocents... Car, en vérité, c'est miracle que naïve et simplette comme vous l'êtes en fin de compte, vous vous trouviez vivante aujourd'hui, même au Canada où vous n'auriez dû jamais parvenir . Ma sœur est cent fois plus forte que vous. Vous ne pouvez savoir à quel point. Ha ! Ha ! Elle vous avait fait préparer une chemise. Ha ! Ha ! Ha !... Lorsque j'y songe...

Il enrageait de la voir ne l'écouter que d'une oreille et porter son attention aux propos des hôtes de la table voisine qui parlaient de ragoût de pattes de porc et de gigots d'orignal.

— ... Ha ! Ha ! Ha !... on aurait bien ri à Versailles en décrivant la mort ignominieuse de Mme du Plessis-Bellière, morte des suites d'une maladie vénérienne. Ha ! Ha ! Ha !.. Personne ne se serait douté... pour avoir porté une chemise

Angélique se tourna vers lui.

— Croyez-vous que je l'ignorais ?

Elle planta son regard vert dans le sien. Se penchant un peu en travers de la table, elle dit à mi-voix :

— Cette chemise est depuis des années entre les mains de M. de La Reynie, lieutenant de police du Royaume. Il l'a fait examiner : savon noir et arsenic. Une preuve écrasante des méthodes criminelles qui se perpétuent à Versailles. Il sait à quel usage elle était destinée. A ma mort... Dans une lettre scellée que je lui ai remise, je lui livre les noms de tous ceux qui ont travaillé à cette œuvre magistrale et surtout le *nom*, le nom de celle qui en était l'instigatrice. Nom qu'il brûlait de savoir, dont il se doute. Mais, il ne devait ouvrir cette lettre que s'il m'arrivait malheur ou que si je le priais moi-même, soit en personne, soit par une lettre revêtue de ma signature, de le faire.

— Et... il l'a ouverte ?

Vivonne était blême. Angélique eut une imperceptible hésitation.

— Non... Pas encore.

— Voulez-vous du boudin ?

C'était Antonin Boisvite qui intervenait. Planté devant leur table, il présentait un plat sur lequel était enroulé un magnifique cordon de boudin noir croustillant, accompagné de purée de courges et de pommes.

Le tavernier n'approuvait point qu'on vînt s'asseoir dans son sanctuaire pour y purger des querelles sinistres. Surtout en période de fête et le jour solennel où, pour la première fois, la célèbre Mme de Peyrac, qu'il voyait chaque matin avec émotion passer devant chez lui, franchissait le seuil de sa porte. Il déplorait qu'elle y fût venue en la compagnie de ces « courtisans » aux façons desquels il ne s'habituait guère et s'inquiétait pour elle d'un colloque qui ne paraissait pas aimable.

— Madame et vous, Messeigneurs, c'est Noël. Vous vous devez de goûter le boudin que j'ai préparé moi-même, dans ma cave, en mêlant au sang des herbes parfumées de sauge et de serpolet, quelques grains de poivre moulu et des miettes du lard le plus blanc. Je l'ai fait rissoler aux oignons...

Brutalement, d'un revers de main, Vivonne faillit lui envoyer son plat sur le carreau. Mais Boisvite se méfiait et, bras levés, le mit à temps hors de portée.

Angélique adressa à l'hôtelier son plus gracieux sourire.

— Comme vous êtes aimable, Monsieur Boisvite ! Votre boudin sent délicieusement bon. J'en prendrai volontiers une portion.

Le cabaretier s'empressa, courut chercher sa plus belle assiette d'étain, offrit un gobelet d'alcool de pomme, un marc qui devait obligatoirement accompagner le boudin noir.

Il n'insista pas auprès des « courtisans » qui, manifestement, manquaient d'appétit. M. de La Ferté demeurait pâle et les autres n'avaient pas bonne mine non plus.

« Eh bien ! non ! elle n'est pas si sotte », se disait le duc inquiet. « Je comprends les craintes et la hargne d'Athénaïs... »

En face de lui, Angélique attaquait son boudin avec un plaisir évident. Le mélange alcool de prune et alcool de pomme contribuait à lui faire envisager d'une façon légère les événements.

— C'est moi-même qui ai apporté cette chemise à M. de La Reynie, expliqua-t-elle entre deux bouchées. En la tenant avec les précautions voulues, bien entendu.

Elle se demandait, à part elle, si en s'exprimant ainsi elle ne manquait pas de prudence et puis regardant vers le grand paysage immobile, elle se disait que ce n'était pas la peine d'être allée si loin pour continuer de trembler devant des fantoches, eux-mêmes compromis jusqu'au cou. Autant qu'ils sachent qu'elle avait des armes contre eux. Cela les amènerait peut-être à ne pas se croire les plus forts, à l'abri de l'impunité.

Tandis qu'elle réfléchissait tout en mangeant de bon appétit, le vieux comte de Saint-Edme ne la quittait pas des yeux et les coins de sa bouche fardée s'abaissaient dans une grimace d'amertume. Il commençait à se dire qu'il était très possible, en effet, que ce fût cette femme qui avait tué Varange, et il se souvenait des paroles du Bougre rouge : « ne vous attaquez pas à elle ».

Angélique de son côté pensait à Versailles C'était la seule chose qui, s'en aperçut-elle, séduisait son cœur dans ces retrouvailles peu affables. Entre leurs propos, l'air de Versailles et sa beauté rôdaient comme un rêve fluide, éblouissant qui prenait une brillance poétique à être évoqué de si loin et sous de tels cieux . Elle ne pouvait s'empêcher d'évoquer le Roi, magnifiquement vêtu s'avançant parmi ses dames et s'arrêtant au sommet des marches du bassin de Latone...

— Mais, j'y songe, fit-elle soudain, vous allez pouvoir me renseigner, Monsieur de... La Ferté, je vous ai entendu répéter à l'envi que votre chère sœur n'avait aucune rivale dans le cœur du Roi. Pourtant, depuis mon arrivée à Québec, j'ai entendu prononcer à plusieurs reprises, par différentes personnes, un nom. Et qui serait celui d'un nouvel astre montant à l'horizon de Versailles : la marquise de Maintenon. Qui est cette dame et qu'en est-il du Roi à son sujet ? Pouvez-vous satisfaire ma curiosité et me dire ce qu'il faut penser de ces assertions ?

Vivonne retrouva des couleurs et se mit à rire comme un fou « Oh ! c'est une bonne plaisanterie ! »

Il la vit intriguée, ressentit une absurde satisfaction d'avoir pu l'intéresser.

« La curiosité des femmes », se dit-il, « est un des points vulnérables de leur défense. Une coquette accordera beaucoup en échange d'un petit renseignement inédit et il est plus facile de les séduire avec des ragots mondains qu'avec de beaux discours. »

— La marquise de Maintenon ! Oh ! c'est trop drôle !

— Pourquoi ? Qui est-ce donc ?

— Mais vous la connaissez.

— Vraiment ? Je ne me souviens pas.

— C'est une de vos anciennes amies, à Athénaïs et à vous Elle est originaire de notre province du Poitou.

Il dut s'essuyer les yeux tant il avait ri. Puis il lui expliqua qu'il s'agissait de Françoise d'Aubigné, appelée communément « la veuve Scarron », une traîne-misère. Par obligeance pour leur amitié ancienne, Mme de Montespan lui avait confié la charge d'élever les bâtards qu'elle avait eus du Roi, ce qui n'avait pas été une sinécure pour la pauvre femme, car la naissance de ces enfants devant être tenue secrète, elle avait dû mener pendant plusieurs années une existence de conspiratrice.

Angélique en demeura bouche bée. La veuve Scarron ! L'éternelle solliciteuse qui, quotidiennement, présentait des placets au Roi, afin d'obtenir quelques subsides. Cet emploi de gouvernante avait été une aubaine pour elle.

— Et vous dites qu'elle est aujourd'hui marquise ? Marquise de Maintenon ?

— Le Roi lui a fait cadeau du douaire avec le titre, la terre de Maintenon dans les environs de Versailles. Sa Majesté a voulu récompenser Françoise Scarron de son dévouement à ses enfants qu'il aime beaucoup et de la discretion dont elle avait fait preuve Aujourd'hui, il en a fini avec les tracasseries de l'insupportable Montespan, le mari d'Athénaïs. Il a pu reconnaître ses bâtards et les nommer princes du sang. Mais de là à penser qu'il ferait de cette veuve prude et bigote sa maîtresse... — Vivonne s'esclaffa derechef. — Non ! Certes non. Athénaïs ne la considérera jamais comme une rivale possible dans le cœur du Roi.

— Tant mieux pour Françoise. Cela lui épargnera un « bouillon de onze heures », préparé par la blanche main de cette chère Athénaïs...

42

De retour chez lui, le duc de Vivonne eut une violente altercation avec ses sbires.

Dans un grand état d'excitation il avait commencé par leur dire qu'il voyait dans ces retrouvailles inouïes la plus grande chance de sa vie. S'il ramenait au Roi Mme du Plessis-Bellière, sa fortune serait faite et sa position inébranlable à jamais.

— Vous m'étonnez, fit remarquer le baron Bessart. Vous vous chargeriez d'amener au Roi une rivale pour votre sœur, Madame de Montespan. N'a-t-elle pas déjà assez à faire pour écarter celles qui se présentent d'elles-même sans que son propre frère s'entremette ? Vous voulez donc sa chute ?

— Vous ne comprenez rien. Il s'agit de contenter un caprice du Roi. D'autre part, cette femme, en exil, aspire à retrouver la Cour, à obtenir sa grâce. Sous mon égide, elle pourra au moins parvenir sans risque jusqu'à Versailles. Je suis quand même l'amiral de la flotte. Une chose est sûre : le Roi me sera reconnaissant.

— Le Roi peut-être, mais pas elle, dit Saint-Edme de sa voix grinçante. Je l'ai jugée mieux que vous. Elle n'est pas d'une sorte à sacrifier son intérêt à de la reconnaissance. Elle vous utilisera et vous jettera par-dessus bord dès que vous lui aurez servi et que vous l'ennuierez.

— De qui parlez-vous ?

— De cette Madame de Peyrac ou du Plessis-Bellière. Vous vous laissez prendre à son regard vert et ses airs innocents.

— Mais non ! Vous vous faites des idées, c'est une petite fille naïve qui parle à tort et à travers comme toutes les femmes

— Cette histoire de chemise ?

— C'est vrai ! Mais ce qui est faux c'est quand elle prétend qu'elle l'a remise à La Reynie avec une lettre... C'est penser trop loin pour ces petites cervelles. Elle a inventé cela sur le moment pour que j'enrage. Si elle était rouée, elle n'aurait pas ainsi dévoilé ses batteries. Non ! ce n'est qu'une, une jolie femme, très ambitieuse. Elle aime l'amour, la parure, les hommages, briller, faire pâlir d'envie ses rivales. Elle est comme toutes les femmes et le Roi en est fou Voilà le point important.

Un valet entra pour disposer des bûches dans la cheminée

Le baron de Bessart lui adressa un signe imperceptible et, après avoir accompli son office l'homme au lieu de se retirer alla s'asseoir dans une encoignure Le baron l'employait à l'occasion pour de basses besognes, de celles qui salissent les mains. Il avait une allure de porte-faux et une face brutale mais comme il n'était pas sot, Bessart ne craignait pas de le voir informé d'une situation en litige, qui pourrait un jour requérir ses services. Il avait parfois des idées, de bonnes idées. S'ils n'avaient dû emmener qu'un homme de main au Canada c'était celui-ci.

— Elle semble avoir acquis une faiblesse, continuait Vivonne. Celle de vouloir réclamer justice pour son encombrant époux. On la lui obtiendra.

— Et puis, l'on sait ce qu'il faut faire d'un mari encombrant ricana Martin d'Argenteuil.

— Nenni. Celui-là n'est pas de l'espèce qui se laisse surprendre facilement. C'est un renard des mers

— Vous le connaissez bien ?

— Oui, je le connais ! Je les connais tous les deux ! On le lui donnera.

Il reprit souffle

— ... A boire ! à boire ! quel pays ! Plus il fait froid plus on a soif.

Il chuchota avec précipitation.

— ... Naïve non. Mais moins habile qu'elle ne peut le faire croire avec son infernal toupet. Il est vrai que si l'on tourne et retourne sur les avantages ou les désavantages que l'on retire de son commerce, l'on peut rester surpris.. Je lui dois, pour ma part, une disgrâce royale avec cette affaire de Marseille, mais j'en sais d'autres qui lui ont dû le bannissement et la mort mais aussi..

— Des souvenirs impérissables marmonna Bessart

... « et que le temps a rendus plus encore vénéneux et rongeurs », pensa Vivonne.

— Pratique-t-elle l'envoûtement ? demanda Saint-Edme.

— Je n'en sais rien, dit le duc, après avoir tourné de long en large comme un fauve.

Les témoins de son agitation faisaient grise mine. Ils se turent tous. Ils dépendaient de la fortune du duc mais plus encore de celle d'Athénaïs de Montespan, sa sœur. Lui n'avait de puissance que parce qu'il était le frère de la maîtresse du roi, l'oncle des enfants de celui-ci, ces petits bâtards qu'élevait Mme de Maintenon mais que le Roi reconnaîtrait en les nommant princes du sang. Et maintenant que la gouvernante aussi se faisait remarquer, la position était plus que jamais assurée.

— Vous devez, Monsieur le Duc, jouer entièrement la partie de votre sœur et d'elle seule. Le Roi ne la quittera jamais. Il y est attaché par les sens et par le souvenir et par ses enfants. Et puis enfin elle a beaucoup de grâce et il ne s'ennuie jamais avec elle. C'est un atout. Elle seule peut nous sauver. Elle y est acharnée car elle se sauve avec nous. Souvenez-vous avec quelle habileté elle a mystifié le Roi sur les raisons de votre départ, une petite malversation sans gravité, mais il comprenait pour le renom des Rochechouart, pour qu'il ne soit pas importuné par ces insupportables ragots dont les magistrats ne craignent pas de troubler inutilement sa quiétude, qu'une petite disparition temporaire de votre personne serait bienvenue... La meilleure façon de régler cette affaire. L'essentiel était que lui le sût et ne s'en étonnât pas, etc.

» Que n'a-t-elle pas dit ? Que n'a-t-elle obtenu ? Au moins que nous puissions quitter le sol de France à temps... Quand nous nous sommes embarqués, les policiers étaient sur nos pas... Non, Monseigneur, ne projetez rien qui menacerait sa position que rien ne peut lui faire perdre. Vous vous leurrez sur le pouvoir de cette femme, Madame de Peyrac ou du Plessis-Bellière, sur le lourd contentieux qui pèse sur elle.

La diane sonna et flotta des hauteurs du château Saint-Louis jusqu'à eux. L'odeur de ragoût, de friture, de potée aux choux, de soupe à l'oignon, à l'orge ou aux légumes, à laquelle s'ajoutait celle de maïs bouilli des sauvages, était si intense à l'heure des repas dans les rues qu'elle s'infiltrait jusqu'au sein des demeures les mieux closes.

— Allons manger, dit Vivonne En quelle gargotte ?

— On dit que la table au château de Montigny est très fine. Vous devriez vous faire inviter par M. de Peyrac.

— Que craignez-vous de lui ? Qu'il vous reconnaisse ? Ne nous avez-vous pas affirmé que si vous vous êtes combattus en Méditerranée, vous ne vous êtes jamais trouvés face-à-face... Et puis il n'est plus le Rescator.

— Et je ne suis plus l'Amiral des galères... jusqu'à nouvel ordre. Mais, pour cette heure, je ne suis plus rien. Rien. Et eux sont peut-être plus forts que moi.

— Il y a un instant vous nous disiez que cette femme était inoffensive.

— Je ne sais pas... Je ne sais plus. Vous qui êtes devin, fit-il en s'adressant à Saint-Edme, pouvez-vous me dire qui elle est ?

— Le sorcier de la Basse-Ville dit que c'est elle qui a tué Varange.

— Elle ! s'écria Vivonne en écarquillant les yeux qu'il avait très bleus mais un peu globuleux ce qui les faisait saillir dans la surprise ou la colère. Où a-t-il été chercher pareille sornette ? Elle ne ferait pas de mal à une mouche.

— Ce n'est pas ce que vous disiez tout à l'heure... En tout cas, lui, le Bougre rouge, était catégorique, et avait l'air de la prendre en grande considération.

— Qui l'a informé ?

— Il a dû lire cela dans ses grimoires ou dans son huile de baleine ou dans une vision télépathique. Il recommandait de ne même pas prononcer le nom de cette femme.

— Bast ! vous m'avez dit que les sorciers canadiens ne valaient pas chipette.

— Celui-là serait intéressant s'il n'était pas si têtu. C'est à cause d'elle qu'il refuse de parler. Aussi, vous voyez, duc, que le halo d'ombres et de lumières qui environne cette personne doit vous rendre méfiant. Mais vous préférez sans doute vous laisser prendre à son regard vert et ses airs innocents.

Vivonne haussa les épaules. Pourquoi s'était-il encombré de ce vieillard si vil ? Mais il s'était entremis avec son ami le comte de Varange pour organiser leur repli en Canada et s'y préparer grâce à lui une existence confortable et il fallait reconnaître que grâce à ses séances de magie on pouvait apprendre pas mal de petits secrets utiles.

— Vos alarmes sont vaines, dit-il. La vérité est entre les deux. Elle n'est pas si noire que vous l'avancez mais je veux bien admettre que cette femme a plus d'un tour dans son sac Mais je la tiens bien en main car je sais pas mal de choses sur elle qui pourraient lui nuire même ici

— Malheureusement, il semble qu'elle en sache aussi beaucoup sur vous, répliquèrent-ils.

Vivonne troublé et sans pouvoir parvenir à en être irrité essayait de circonscrire dans sa mémoire les détails de sa brève aventure avec Angélique. Il était alors à Marseille fort occupé du départ de la flotte royale et puis, tout à coup, il n'y avait plus eu que cette femme qui comptait. Il savait qu'elle était prête à faire n'importe quoi pour s'embarquer et échapper au policier qui la cherchait dans la ville. Mais elle lui en avait quand même donné pour le prix de son service des nuits magnifiques. Il l'avait cachée sur la galère royale.

D'Argenteuil tiré de son abattement pensa que ce n'était tout de même pas un exploit car maintenant qu'il y réfléchissait il était certain que ce Desgrez aujourd'hui célèbre l'avait laissé filer volontairement.

— En revanche, reprit-il, il se pourrait qu'elle soit dangereuse parce qu'elle a trop de relations avec la police. Mais pour l'instant elle est loin de ses amis de Paris.

— Alors La Reynie ce serait vrai ?

— Oui, je le crains. Mais surtout elle a été l'amante de ce François Desgrez dont le renom est en train de monter.

— Desgrez, s'exclama Martin d'Argenteuil, c'est le capitaine exempt qui a arrêté Marie-Madeleine de Brinvilliers. Il a agi avec une traîtrise machiavélique. Au couvent de Liège où elle se cachait, il s'est présenté sous le déguisement d'un abbé. Rien ne lui est sacrilège et il lui a joué le jeu de la passion. Enfermée depuis cinq ans parmi ces femmes comment aurait-elle pu résister à celui-là, elle dont le corps brûlait sans cesse de désir ? Il lui a inspiré une confession écrasante pour elle, et l'a persuadée de fuir avec lui. Dès qu'elle a eu franchi l'enceinte du couvent, il l'a arrêtée... Et vous dites que cette femme a partie liée avec cet odieux personnage. C'est elle peut-être qui la lui a vendue ?

— Ah ! Cessez de nous entretenir avec cette vilaine histoire. Il est connu que les femmes se font prendre parce qu'elles font passer le cœur avant leurs intérêts... Le cœur, murmura Vivonne, songeur.

Il leur tourna le dos de dépit. Derrière lui Saint-Edme et Bessart échangèrent un regard. Ils étaient coutumiers de cette mimique où ils se demandaient leurs avis, se mettaient d'accord ou s'exprimaient silencieusement leurs opinions divergentes.

Cette fois, ils eurent le même sourire entendu. M. de Vivonne n'en ferait qu'à sa tête, mais eux, pour leur part, ne s'étaient pas leurrés sur le danger. Rien ne pressait mais il faudrait cependant ne pas tarder à tout mettre en œuvre pour minimiser l'influence de cette femme et l'empêcher à tout prix de revenir en France s'opposer à Mme de Montespan et peut-être gagner la partie contre elle

V

LE BAL DE L'ÉPIPHANIE

43

QUANT A VIVONNE, IL SE TROMPAIT S'IL S'IMAGINAIT QUE PARCE qu'ils avaient fait l'amour ensemble sur une galère, il pouvait se permettre avec elle des privautés. L'ennui, avec lui c'est que selon son état de sobriété, il était disposé à se montrer entreprenant et vantard ou, au contraire, une relation acceptable et désireuse de ne pas attirer l'attention.

Nicolas de Bardagne se déclarait très satisfait de son emménagement de la « Closerie » du Grand-Voyer. Il ne pouvait se rendre en aucun point de la ville sans passer devant la maison de Ville d'Avray, et il prenait tous les prétextes pour attendre Angélique et l'accompagner ensuite en ville.

— Je vous en prie, lui dit-elle un jour, ne restez pas ainsi planté en faction devant ma demeure. Cela m'embarrasse et va faire jaser.

— Mais n'est-ce pas mon droit de me promener dans ce quartier où j'habite désormais ? De plus, je ne crois pas me montrer plus assidu que cet Indien qui, quotidiennement plusieurs fois par jour, tourne autour de votre logis, y entre et en sort sans se donner la peine de s'annoncer, s'assied sur votre seuil pour y fumer son calumet et vous entreprend de discours dès qu'il vous aperçoit. Je ne vois pas pourquoi vous me refuseriez ce que vous accordez à ce sauvage ?

— Mais justement.. Vous n'êtes pas un sauvage, mon pauvre ami !

Elle renonça à lui faire entendre raison Il l'accompagnait dans ses emplettes.

Chez le tailleur-mercier de la Place Royale, ils rencontrèrent Éloi Macollet, essayant une veste de soie violette sur ces longs gilets à fleurs qu'il affectionnait

— J'ai promis à la Mère Bourgeoys d'aller visiter mon fils et ma bru pour le Nouvel An, dit-il à Angélique.

C'était vertu de sa part, car le vieux coureur de bois ne s'entendait pas avec le couple. Son fils prétendait-il lui faisait honte. Ç'avait toujours été un gros garçon mou et couard, ce qu'on pouvait bien considérer comme un signe de malchance car l'espèce en était rare au Canada. Il avait fallu que cela tombe sur Macollet, d'avoir un gamin qui ne grillait pas d'aller aux bois dès qu'il s'était tenu sur ses jambes et qui craignait, au point d'en avoir des cauchemars, de se faire faire la chevelure un jour par les Iroquois — « Ma tête scalpée lui faisait peur !... Et alors ?... On est du Canada ou on n'en est pas... »

Il fallait dire qu'Éloi Macollet avait été de cette génération de célibataires endurcis, mariés de force sous peine d'amende d'excommunication et quelques autres sanctions.

Le temps de convoler avec une fille du Roy envoyée parmi une centaine d'autres par les soins de M. Colbert, de lui faire un enfant car il aurait été poursuivi et pénalisé si elle avait pu porter plainte que le mariage n'avait pas été consommé et il avait disparu plusieurs années du côté des Grands Lacs, laissant la jeune immigrante se débrouiller avec son garçon à élever et une ferme plantée au milieu de deux arpents de large sur vingt de profondeur, sur la côte de Lauzon, rive sud du Saint-Laurent, derrière la pointe de Lévis. Bien qu'il fût revenu épisodiquement, femme et fils étaient restés pour lui de parfaits étrangers.

La femme était morte un jour, non sans avoir eu le temps de marier ce fils unique.

C'est là que les choses avaient commencé de se gâter pour le joyeux Macollet. A la suite de sa grave blessure de guerre, dans les environs de Montréal, dont les soins de la Mère Bourgeoys l'avaient sauvé in extremis, il avait dû retourner chez lui et sa bru, Sidonie, s'était révélée une harpie et lui avait fait une vie d'enfer. Elle ne savait qu'inventer pour lui gâcher l'existence et l'empêcher de retourner aux bois, jusqu'à lui faire ôter son « congé » de traite pour avoir été porter de l'eau-de-vie aux sauvages. Il avait fini par retrouver sa liberté mais il était hors-la-loi, et c'était la caution de Peyrac retrouvé à Tadoussac qui lui avait permis de rentrer sans dommage dans sa ville.

Il se montrait bon sire en accomplissant une démarche d'amitié près de ce couple peu filial.

— Et puis, dit-il à Angélique, ils ont pour voisine une veuve qui me plaisait bien et dont j'ai appris qu'elle n'était pas remariée J'en profiterai pour aller lui porter mes vœux

— Je ne sais pas si cela était compris dans les recommandations de Mère Bourgeoys, fit-elle remarquer.

On rit. On plaisantait fréquemment le vieux Macollet sur sa verdeur. Il avait beaucoup de succès près des dames.

On le laissa à ses élégances.

Chez la personne appelée La Dentellière, il y avait grande presse. C'était à qui achèterait collerettes, collets, manchettes, garnitures. M. de Bardagne fit la moue et critiqua ce goût pour les dentelles, non par esprit d'austérité mais, disait-il, à Paris la mode se simplifiait. Cette débauche de lingerie au cou, aux poignets, à la taille, aux genoux, sentait son bourgeois de province.

Les paroles du gentilhomme intimidèrent les chalands, et on l'écouta avec considération. Quelques puristes qui se piquaient de vivre à l'heure de Paris restreignirent leur fringale de dentelle non sans crainte d'apparaître comme mesquins et désargentés à leurs compatriotes. Les autres continuèrent d'acheter « blondes et points de Venise » à tour de bras.

En prévision de la fête on envoyait coiffes, collerettes et dentelles à repasser, amidonner et tuyauter, chez les ursulines.

Bardagne, bien que son arrivée personnelle eût manqué d'éclat, éclipsée par celle de M. et Mme de Peyrac, plaisait aux gens. Il portait beau, avait de l'aisance et de la belle humeur.

Ville d'Avray avait repris sa gaieté, Banistère ne se manifestait plus. Le Basseur faisait traîner en longueur les procurations du procès. C'était le temps des féries et demi-féries pendant lequel on ne pouvait dresser un protêt, exiger un paiement ou effectuer un dépôt, établissant ainsi une trêve bienvenue aux affaires d'argent et de chicane.

Honorine et Chérubin s'évertuaient à faire parvenir quelque provende au pauvre chien enchaîné sous l'arbre, mais les quatre garnements de Banistère lui en volaient la moitié.

La nuit de Noël, Angélique avait voulu faire porter le gâteau de la réconciliation à leurs irascibles voisins mais autant essayer d'approcher un repaire de loups. Malgré la nuit sainte, Banistère avait menacé d'abattre quiconque approcherait de sa hutte.

Ses enfants, les petits monstres, engoncés dans leurs capots bruns et gris, continuaient à sévir sporadiquement, dévalant avec leur caisse montée sur des patins dans la rue de la Closerie et fauchant tout le monde sur leur passage.

— Ce sont des intraitables comme il y en a dans toutes les villes, commentait Suzanne, une philosophie de la vie citadine qu'elle tenait peut-être d'un aïeul parisien.

Durant cette période Angélique alla quotidiennement chez

Mlle d'Hourredanne. Sa sortie à la cathédrale l'avait tout à fait épuisée. Elle en avait des « tournements », disait-elle, et plaignait l'humanité de vivre communément dans une telle agitation. De plus, sa servante la délaissait, passant ses journées dans sa mansarde à lire une bible en anglais, qu'elle avait pu sauver l'ayant dans sa poche au moment de sa capture par les Abénakis.

Jessy était une puritaine des environs de Boston dans le Massachussetts, ville aux abords de laquelle les Canadiens avaient mené un raid exterminateur six années plus tôt. Elle tenait fermement à sa religion hérétique et la famille montréalaise qui tout d'abord l'avait achetée aux Abénakis s'était découragée de la prêcher pour qu'elle se convertisse. Sur le point de la renvoyer aux sauvages, son maître français l'avait prise en pitié et avait eu l'idée de l'expédier à Québec chez Mlle d'Hourredanne.

Il savait qu'elle n'affichait pas un prosélytisme outrancier Elle s'accommoderait sans émotion d'une servante qui refusait de se laisser baptiser catholique et à laquelle elle n'aurait pas à donner de gages puisque c'était une captive. Or, chaque année, l'entourage était saisi d'une profonde surprise en voyant Jessy l'hérétique se préparer elle aussi avec ferveur à fêter la Noël On avait toutes les peines du monde à admettre qu'elle célébrait la naissance du même enfant Jésus dont l'effigie de cire rose allait être couchée sur la paille dans la crèche de la cathédrale. Aussi, durant toute cette période messianique avait-on tendance à regarder Jessy l'Anglaise comme une voleuse d'enfant, et qui pis est, d'enfant divin.

LE matin du jour de l An, par la ville on cria . Vive le Roi et toute la mousqueterie répondit par salves

La coutume était de se faire quelques cadeaux entre amis et entre époux.

Angélique, elle, trouva dans l'alcôve au chevet du grand lit un réchaud de faïence hollandaise imitée de la porcelaine chinoise, décoré de fruits, de fleurs et de grenades dans les tons bleu et orange. A l'intérieur, on tenait une grosse chandelle plate allumée, qui, faisant office de veilleuse, réchaufferait de ces breuvages, rhum ou vin chaud, qu'on serait bien aise de boire en se le partageant avant de s'endormir ou avant de se lever les froids matins. La tasse à chandeau à deux anses et à couvercle qui l'accompagnait était en vermeil, travaillé en relief avec des motifs floraux

Suzanne apporta un jambon qui avait été fumé dans la vapeur du sirop d'érable. Elle avait amené ses enfants : Pacôme, Jean-Louis, Marie-Clarisse et un tout petit au grand nom : Henri-Auguste.

Entre le jour de l'an et l'Épiphanie, la semaine fut occupée surtout par la fièvre qui s'empara de tous ceux et celles qui étaient conviés et assisteraient au grand bal de l'Épiphanie lequel aurait lieu au lendemain de la fête liturgique.

L'Évêque fronçait les sourcils.

Le comte de Peyrac et sa femme se rendirent eux-mêmes au grand Séminaire porter leur invitation à Monseigneur. Sa présence garantirait la bonne tenue des réjouissances, dirent-ils. Monseigneur accepta.

La Polak, ou plutôt Mme Gonfarel, tenancière de la prospère auberge *Le Navire de France* refusa catégoriquement. Rien ne put l'en faire démordre ni les adjurations d'Angélique ni la visite personnelle que lui rendit Joffrey de Peyrac. Le grand seigneur et la verte matrone s'entendirent fort bien, mais La Polak resta sur ses positions. « Ce n'était pas sa place, » disait-elle.

— Ta place à Québec est partout et tu le sais bien, lui dit Angélique.

Mais l'ancienne héroïne de la Cour des Miracles secouait la tête. Sa place, elle était à Paris de l'autre côté de la Seine, les pieds nus dans la vase, c'était à la vieille Tour de Nesle croulante où se réfugiaient les bandits et les rats, et non pas en face, au Louvre.

Elle résista à toutes les supplications.

UN phénomène, que personne ne remarquait excepté Mlle d'Hourredanne qui était là pour noter les impondérables invisibles à d'autres yeux que les siens, se développait ingénument parmi la société québécoise. D'autant moins décelé que le Canada n'en était point coutumier, car les gens y étaient de nature méfiante, critique, et peu portés à s'enthousiasmer sur son voisin.

Il se répandit comme une sorte de goût de se faire remarquer par M. le comte de Peyrac et, dans une moindre mesure, mais aussi avec beaucoup de plaisir, par Mme de Peyrac. S'attirer un sourire de l'un, un mot de l'autre, suffisait à ravir comme des enfants les personnes les plus rassises.

Entre les dames, il y avait rivalité à savoir qui d'entre elles pourraient rapporter mots ou paroles échangés avec le comte de Peyrac au hasard de la journée, et la plus minime considération de sa part donnait lieu à des discussions pointilleuses. Pourquoi avait-il ri avec Mme Le Bachoys et non pas avec Mme de Beaumont ? Pourquoi s'était-il attardé avec Mme de Mercouville, alors qu'il traitait légèrement la jolie Bérengère-Aimée qui se donnait tant de mal pour s'en faire remarquer ? Et enfin, pourquoi visitait-il avec un apparat d'ambassadeur la dame Gonfarel du *Navire de France* alors que tant de femmes distinguées étaient prêtes à lui ouvrir l'intimité de leurs boudoirs ?

Cela prenait des proportions qui rappelaient les moments de tension régnant à Versailles parmi les courtisans lorsque le Roi accordait un « tabouret » à l'une des dames, qui désormais aurait l'insigne honneur de s'asseoir parmi les élues devant lui lorsque d'autres resteraient debout ou le fameux « Pour » inscrit au-dessus de la porte du logement affecté aux invités du Roi quand la Cour séjournait à Versailles. Toute la différence était dans le « Pour »... « Pour monsieur le marquis, etc. » mot qui jetait en transes le plus blasé des gentilshommes lorsqu'il s'en voyait bénéficiaire. Être remarqué ! Remarqué par le Roi ! Par le Prince !

Les perruquiers étaient médiocres. Il n'y avait pas parmi eux de génie capable comme M. Binet, perruquier du Roi, de composer pour les dames des coiffures seyantes et nouvelles. Binet était et resterait longtemps le seul grand artiste capillaire. A Québec, comme ailleurs, les dames s'entraidaient et l'on trouvait toujours parmi elles ou leurs caméristes une artiste aux mains habiles que, le grand jour venu, tout le monde s'arracherait. Delphine et Henriette, qui avaient coiffé Angélique pour son entrée à Québec, furent très demandées. Il leur restait au moins quelque chose de positif de leur emploi près d'Ambroisine. Mais la personne la plus réputée en la matière se révéla être Bérengère-Aimée Tardieu de La Vaudière. Comme elle aimait se faire apprécier et se rendre indispensable, elle eut pour le bal une véritable liste de « clientes » qui se succéderaient depuis l'aube, entre ses mains, le jour fatidique. Elle voulut commencer par Angélique et vint dès matines, avec ses fers et ses réchauds, des rubans, des bâtons de bois pour rouler les boucles et tout un assortiment de peignes, de brosses et d'épingles.

— Dieu que je vous envie d'être si belle ! soupirait-elle, en tournant autour d'elle, retouchant d'un doigt qu'il fallait reconnaître habile et inspiré une mèche par-ci, un frison par-là Que je vous envie aussi d'avoir un époux aussi séduisant. Quel homme magnifique !

— Croyez bien que je partage votre avis et suis fort aise de vous l'entendre énoncer. Mais, ma chère, il me semble qu'en fait d'époux, vous n'avez rien à envier aux autres. Monsieur de La Vaudière est à coup sûr le plus bel homme de la ville.

— Lui ? fit Bérengère d'un air dubitatif et comme si elle s'avisait pour la première fois de la beauté évidente de son jeune mari. Eh bien ! sachez que je ferais volontiers l'échange avec le vôtre.

Était-ce naïveté ou rouerie de la part de la jeune femme lorsqu'elle se rendait au château de Montigny à la nuitée pour se faire ensuite raccompagner par Joffrey — cette fois elle ne venait pas en carrosse — et était-ce vraiment le hasard qui l'amenait quotidiennement dans les demeures qu'il fréquentait ou qui la plaçait sur son passage dans les rues qu'il parcourait ? Il est vrai que c'était une ville tellement étroite, tellement ramassée sur elle-même.

Jusqu'ici elle avait évité la maison de Ville d'Avray, et Angélique ne l'y avait pas conviée.

Il avait fallu cette conjoncture de la fête pour qu'elles se réunissent et même si elle était satisfaite de se trouver bien coiffée, Angélique n'était pas certaine que Bérengère fût venue sans intention. En apparence, c'était touchant, cette admiration qu'elle professait pour leur couple. Angélique aurait préféré qu'elle fût moins admirative et plus mesurée dans ses transports auprès du comte de Peyrac.

Elle-même était-elle insensible à l'attention, parfois dévotieuse, toujours admirative qui se tissait autour d'elle et qui était leur climat naturel à elle et à lui ? Car ils n'étaient pas nés pour marcher dans la foule, mais pour être regardés, suivis.

Les Nouveaux-Français avaient le cœur chaud. C'était là une parenté de sentiments qu'Angélique et Joffrey de Peyrac pouvaient partager avec eux. Revenus de mille hasards cruels, ils aimaient à plaire et à se faire aimer et n'en dédaignaient pas le don lorsqu'il se présentait.

On aurait pu dire en ce début d'année qu'ils avaient trop d'amis. Et Angélique commençait à déplorer de ne pouvoir les cultiver tous.

Si les ennemis avaient en apparence désarmé, cela ne voulait pas dire qu'ils avaient tous capitulé. Mme de Castel-Morgeat continuait à se montrer ouvertement hostile. Mais c'était une adversaire envers laquelle Angélique éprouvait de la pitié. Elle n'était pas aimée. Les Canadiennes de souche lui reprochaient de se mêler des affaires de la colonie auxquelles elle ne comprenait rien, malgré plusieurs années de séjour. Il y avait en elle une sorte de gaucherie native qui la faisait agir à contretemps. Or, M. de Castel-Morgeat n'était pas un saint. Il se consolait donc en se montrant l'un des clients les plus assidus des cabinets galants et discrets que la dame Gonfarel entretenait dans les arrières de son établissement, véritable caravansérail dans les dédales duquel la police et les dévots auraient eu quelque peine à venir mettre le nez. La rumeur publique excusait M. de Castel-Morgeat tant l'attitude de son épouse inspirait la réprobation.

La façon outrée dont elle avait défendu son confesseur le Père d'Orgeval l'avait ridiculisée. En fait, on ne lui connaissait qu'un seul véritable attachement, son fils bien-aimé : le bel Anne-François. Or, là aussi, elle jouait de malheur. Le retour des bois du jeune aventurier qu'elle avait tant attendu s'était accompagné de péripéties désastreuses desquelles le jeune homme lui tenait rigueur. Comble d'amertume, devenu pendant son voyage l'ami de Florimond de Peyrac, il logeait avec celui-ci au château de Montigny où les deux vaillants explorateurs, encouragés par le comte de Peyrac travaillaient en compagnie de M. d'Urville et du géomètre Fallières à établir les cartes et les relevés du voyage qu'ils avaient accompli de concert depuis les Grands Lacs.

Enfin, s'il avait fallu mettre le comble à tous les griefs que Sabine de Castel-Morgeat avait accumulés contre Angélique, on aurait pu lui faire remarquer que ce fils adoré nourrissait la plus grande admiration, et à vrai dire un sentiment passionné, envers celle que sa mère considérait comme une rivale haïssable.

Angélique souriait de cet engouement de jeune homme, et ne s'en souciait pas tant que les manifestations de cet amour qui hantait le cœur et l'imagination d'Anne-François ne dépassaient pas les limites d'un dévouement empressé à la servir dès qu'il en avait l'occasion et l'éloquence de son beau regard noir lorsqu'il se posait sur elle. Mais elle reconnaissait que cela n'arrangeait pas les choses entre elle et Sabine de Castel-Morgeat.

Les dames de la Sainte-Famille tenaient Sabine en quarantaine depuis le coup de canon. Après délibération, on ne l'avait pas tout à fait exclue de la sainte confrérie. Mme de Mercouville avait dit à Angélique qu'on lui avait laissé la liberté de visiter ses « pauvres honteux » c'est-à-dire les pauvres ou miséreux qu'on a tendance à oublier ou qui risquent d'être négligés parce qu'ils ne se plaignent jamais par fierté ou par timidité. Mme de Castel-Morgeat avait ainsi quelques personnes et familles qu'elle secourait discrètement. On n'avait pas osé lui interdire de continuer à s'en occuper parce qu'elle tenait beaucoup à ses bonnes œuvres, mais plus par orgueil et ostentation que par charité profonde. « ... Et puis elle est si maladroite et si malgracieuse que même ceux qu'elle oblige la redoutent... » avait soupiré Mme de Mercouville.

Angélique avait l'esprit de justice et fut poussée à prendre sa défense. A son avis Mme de Castel-Morgeat se montrait désagréable parce qu'elle était méconnue et malheureuse en ménage. Personne ne reconnaissait son réel dévouement. De plus, Angélique ne partageait pas l'opinion de ces dames que Sabine était laide. Versailles l'avait dressée à reconnaître d'un coup d'œil les atouts que possède une femme et dont elle pourrait à l'occasion tirer parti. Elle pensait qu'à la Cour Mme de Castel-Morgeat, avec sa bouche régulière, sa poitrine qu'on devinait sculpturale malgré les bustiers et les guimpes dont elle la sanglait, ses yeux noirs à la fois andalous et tragiques, aurait fait plus qu'attirer l'attention. Elle aurait plu. Mais elle n'était pas à sa place à Québec, elle n'avait pas su se faire apprécier.

Le jour de l'Épiphanie, ce furent encore les soldats qui ayant été désignés pour faire le pain bénit, firent retentir les tambours et les flûtes et vinrent ainsi à l'offrande et s'en retournèrent de la sorte à la fin de la messe.

L'après-midi, il y eut théâtre au Séminaire. La séance groupait les enfants des différentes écoles, les jeunes filles et jeunes gens des confréries.

Pour encourager les enfants et les jeunes artistes, Angélique alla les applaudir, malgré l'approche du bal qui aurait lieu le soir et toutes les personnes de la bonne société firent de même La salle était bondée. Le spectacle très vivant. L'un des acteurs qui représentait le Christ attira l'attention et on se passait son nom ainsi que ses coordonnées. C'est un enseigne du régiment en place, cadet de famille, que l'impécuniosité de sa famille avait contraint à embrasser la vie militaire, mais il avait fait de solides études et gardait, dans cette rude vie de soldat, le goût des bonnes œuvres. Il s'était proposé au Séminaire pour donner aux enfants des cours de mécanique en échange pour lui-même des cours de théologie et de philosophie qu'on pouvait y entendre. Maigre, barbu, il jouait le rôle du Christ avec tant de conviction et de bonté que lorsqu'un horrible diable fourchu entra en scène, les Indiens qui se trouvaient au premier rang se précipitèrent en poussant des cris dans les bras du jeune enseigne pour lui demander protection. Angélique remarqua avec plaisir que Delphine du Rosoy avait contribué avec beaucoup de diligence et de savoir-faire à monter ce spectacle Elle jouait un rôle de sainte femme et donnait la réplique au jeune enseigne d'un ton juste et bien posé qui lui attira les applaudissements.

A l'entracte, Angélique rencontra Henriette, l'une des Filles du Roy, compagne de Delphine. Elle servait de demoiselle de compagnie-chambrière à Mme de Beaumont. Elles échangèrent quelques mots.

— Je suis contente, dit Angélique de voir que Delphine semble participer avec goût aux œuvres de la paroisse.

— Elle a repris courage depuis que vous lui avez parlé, approuva Henriette.

— Ne pourrait-elle s'entendre avec ce jeune enseigne qui semble joyeux compagnon, dévoué aux sauvages et désireux de s'élever en s'instruisant. Ils me paraissent tous deux en accord de goût et d'âge.

Henriette secoua la tête d'un air pénétré.

— Non... ce n'est pas possible. Delphine ne voudra jamais... Elle a un secret.

Estimant qu'elle en avait trop dit, elle crut préférable de confier ce secret à Mme de Peyrac qui pouvait comprendre. Penchée à son oreille, Henriette murmura :

— Elle est amoureuse du Gouverneur.

— Du Gouverneur ? fit Angélique en tournant la tête du côté de Frontenac. Mais elle est folle...

— Pourquoi ? Moi je la comprends. C'était un bien bel homme et qui s'est montré bon pour nous, pauvres naufragées.

— De qui parles-tu donc ?

— De notre gouverneur à nous, M. Paturel. Celui de Gouldsboro. C'est pourquoi elle était contente l'autre jour. Elle garde l'espoir que vous la ramènerez à Gouldsboro.

— Mais... c'est impossible ! C'est un projet stupide !

— Pourquoi donc ? Monsieur le Gouverneur est célibataire et il n'est pas si vieux que cela ! Elle serait une bonne femme pour lui...

On claqua des mains et les chandelles furent soufflées sauf au rebord de la rampe. Les acteurs revinrent en scène.

« Colin ! pensait Angélique. Jamais ! »

Elle avait eu raison de se méfier de Delphine, cette eau dormante... Colin, marié à une jeune femme qui lui préparerait des petits plats, l'entourerait de soins et se rengorgerait d'être l'épouse de ce superbe et entreprenant gouverneur ! Inimaginable... Pourquoi pas après tout ? Non, ça jamais !

Elle ne put aller plus loin dans ses réflexions. Par mégarde, dans l'obscurité, elle s'était assise près de Mme de Castel-Morgeat et lorsque celle-ci s'en avisa, elle se dressa toute droite et bouscula tout le monde pour la fuir.

Les choses en étaient là.

Or, elles allaient changer. Et ce, dès le soir même, sans que rien eût pu le laisser prévoir. Surtout après cet éclat au théâtre du Séminaire. On attendait le pis. En tout cas, pas à voir Mme de Castel-Morgeat baisser pavillon. Car si la plupart des personnes en cause avaient assez de maîtrise mondaine pour faire contre mauvaise fortune bon cœur dans une rencontre déplaisante, on savait qu'avec Sabine de Castel-Morgeat il ne fallait rien espérer, puisque même quand elle était bien disposée elle amenait, dans le cercle le plus jovial, une sensation de contrainte qui ternissait tout esprit de liesse.

On la savait ce soir plus que jamais hors d'elle. Pendant le bal, la compagnie pouvait s'attendre à ce qu'elle allât d'un groupe à l'autre jetant au passage une observation déprimante ou qu'elle vît dans la plus innocente réflexion une allusion malveillante destinée à la blesser.

Les invités n'étaient pas sans appréhension. Il faudrait bien accepter que Sabine soit présente puisqu'elle habitait le château Saint-Louis, mais l'on fit des plans à l'avance pour réduire ses interventions. Le joyeux Ville d'Avray et l'aimable Gaubert de La Melloise avaient promis de « s'en occuper » s'ils la voyaient s'aigrir. « Je la ferai boire », dit Ville d'Avray qui aimait les défis. « Avec moi elle ne sera que douceur. »

Mais rien n'était moins sûr.

C'était une femme d'Aquitaine, elle aussi. Espèce à laquelle on ne passe pas le licou facilement.

Tels étaient donc les prémices et les pronostics quelques heures avant l'ouverture de ce bal, sur le sujet particulier de la petite guerre entre Mme de Peyrac et Mme de Castel-Morgeat.

Aussi serait-ce avec une sorte d'émerveillement incrédule que l'on verrait au cours de la soirée Mme de Peyrac et Mme de Castel-Morgeat se tenant par le bras avec une amitié digne mais certaine, allant même s'asseoir à l'écart et converser avec le sérieux qui préside aux franches explications. Enfin, et c'est là que le miracle prendrait des proportions non seulement inespérées, mais tout à fait inimaginables, on verrait Mme de Castel-Morgeat se transformer subitement et aller par les salons faisant montre d'un entrain, d'un enjouement et d'un esprit confondants, qui, après avoir causé de la stupeur, ne contribueraient pas peu à faire de ce bal de l'Épiphanie une soirée inoubliable. Mais personne ne saurait jamais ce qui s'était passé

Qui recevrait les invités au seuil du château Saint-Louis ? La question avait été longuement débattue les jours précédents et l'on avait proposé : soit M. de Frontenac assisté de Mme de Castel-Morgeat ? ou M. de Frontenac assisté de Mme de Peyrac ? ou M. et Mme de Peyrac ? ou M. de Frontenac et M. de Castel-Morgeat ainsi que l'Intendant ?... En désespoir de cause. Frontenac consulta le marquis de Ville d'Avray pour régler cette question de préséance. M. Gaubert de La Melloise en prit ombrage. Tous deux étaient rivaux comme conseillers d'étiquette. Angélique fut soulagée d'apprendre qu'ils avaient mis au point, puisque la saison était dominée par les traités d'alliance, un accueil mené conjointement par les deux représentants de ladite alliance : M. de Frontenac et M. de Peyrac.

Toutes les personnes arrivant au château seraient ainsi reconnues et reçues par eux et pourraient leur faire leur compliment sans avoir à les chercher dans la foule. Les chambellans attendraient ensuite pour guider les arrivants vers les tables garnies de rafraîchissements.

Angélique pouvait ce soir jouer le rôle d'invitée. Elle en remercia le ciel. Elle partit incertaine d'avoir choisi la robe qu'il fallait. Elle n'avait pas voulu de la robe d'or, l'une des trois que Joffrey lui avait proposées pour son entrée à Québec. C'était déplacé. Beaucoup trop somptueux. Cette robe serait pour... marcher au-devant du Roi. Peut-être un jour ? Pour l'instant, elle demeurait encombrante comme un morceau de soleil.

Sur le point de revêtir la robe de velours rouge, elle n'avait pas les épingles à tête de diamants qui fixaient le corsage. Leur absence ôterait à la toilette de sa magnificence. La robe rouge avait quelque chose d'un peu espagnol qui ne lui seyait pas, surtout ce soir-là où elle se trouvait les traits tirés, les yeux battus. Puis, elle apprit que Joffrey revêtirait son costume rouge dans lequel, avec sa chevelure et ses yeux sombres, il avait l'air d'un Méphisto et cela la décida à rejeter pour elle, sans appel, un ensemble qui était d'un rouge différent, plus franc, le rouge des blondes et dont le rapprochement nuirait à la présentation de leur couple.

Tant pis ! N'ayant plus le temps d'atermoyer, elle s'était décidée pour la robe bleu pâle, qu'elle avait portée le jour de l'arrivée. On l'avait trouvée belle, et ainsi, elle n'éclipserait personne, laissant aux autres femmes, cette fois, le plaisir d'exposer des toilettes nouvelles. Elle pesta une fois de plus contre les difficultés de s'habiller avec la seule aide de Yolande, maudit une fois de plus le Roi de France, responsable de la cicatrice qui l'empêchait de dévoiler aux lumières un dos qu'elle savait, pour l'examiner dans le miroir, plus que jamais exemplaire et fait pour attirer l'œil illuminé, voire troublé de ses admirateurs et de ses amoureux. Enfin elle partit le front étreint d'une migraine.

Pour s'encourager elle pensa à ceux et celles qui allaient l'accueillir tout à l'heure, et bien sûr, les plus dévoués, Loménie, Ville d'Avray, Carlon, Frontenac... et l'Évêque lui-même qui n'était pas mécontent d'échanger quelques réflexions avec elle.

Et Joffrey serait là ! Serait-elle jamais sevrée de le voir, de l'apercevoir où qu'il fût, comme si c'était le premier jour, dominant les autres plus encore par le rayonnement de son être que par sa forte stature et son élégance ? Tout cela mêlé d'un peu d'agacement de sa part devant le succès qu'il recueillait près des dames, lesquelles n'essayaient pas toujours de ménager l'épouse légitime. Y avait-il quelque chose en lui qui le laissait pressentir accessible ? Il avait toujours gardé le goût de séduire du grand seigneur toulousain.

Elle se piqua avec une épingle et pensa que sa nervosité était due à un mauvais pressentiment. Quelque chose allait se passer à ce bal.

M. de Bardagne provoquerait en duel M. de La Ferté, ou bien Bérengère-Aimée coquéterait de façon si éhontée avec le comte de Peyrac qu'Angélique serait obligée de la remettre à sa place et passerait pour une duègne jalouse et acariâtre, considérant d'un œil amer le triomphe d'une rivale plus jeune qu'elle... C'était accablant.

Là-dessus il y eu un quiproquo comme il en arrive quand tout s'agence mal. Le traîneau qui devait venir la prendre et la conduire au château de Montigny ayant versé dans le petit ruisseau comblé de neige de la Grand-Place, elle l'attendit en vain, comprit qu'elle serait en retard. On lui envoya une chaise et un message. Joffrey de Peyrac s'était rendu seul au château Saint-Louis avec son escorte, croyant qu'elle y était allée de son côté. Cela acheva de l'irriter. Elle trouvait que ses bijoux ne lui allaient pas. Elle remonta chez elle et les changea devant le miroir, tout en se répétant qu'elle aurait préféré rester à la maison et, cette fois, elle ne se trompait pas, c'était une prémonition, il allait arriver quelque chose, soit une de ces catastrophes désastreuses ou des cataclysmes naturels comme ce pays instable en était coutumier : tremblement de terre, tempête démente, apparition de canots en feu dans le ciel, soient provoquées : incendie dévastateur de la ville, une attaque des Iroquois bien capables de vouloir venir ensanglanter les fêtes chrétiennes ou un crime...

Elle arriva en chaise aux abords illuminés de la résidence du gouverneur.

En traversant la cour d'entrée entre la haie des soldats présentant les armes malgré le froid, elle réagit et se souvint qu'à Versailles l'endurance mondaine faisait partie des vertus exigées pour garder les faveurs du Roi. Ses maîtresses, une heure après leurs accouchements, se faisaient un devoir de paraître devant lui le sourire aux lèvres.

Angélique battit l'arrière-ban de ses souvenirs glorieux, redressa les épaules sous le poids de son magnifique manteau de fourrure blanche, pointa un peu du menton afin de ne pas avoir l'air de dérober aux regards un visage dont elle n'était pas ce soir enchantée — mais paraître en avoir conscience serait pis — et réussit à franchir les portes du grand salon, rayonnante.

Frontenac vint au-devant d'elle. Les musiciens sur une petite estrade haussèrent d'un ton les accords comme pour amener l'attention sur son entrée.

Angélique souriait et répondait avec brio aux saluts et compliments de ceux et celles qui, aussitôt, très nombreux l'entouraient.

Elle n'apercevait pas le comte de Peyrac. Il y avait déjà foule. Les dames de la Sainte-Famille étaient occupées à présenter quelques-unes des jeunes filles à des officiers et sous-officiers en uniforme, ainsi qu'à trois ou quatre jeunes gens bien mis et avantageux malgré la peau hâlée de leurs visages contrastant avec leurs perruques et leurs jabots de dentelles qu'ils arboraient pour la circonstance.

Angélique voulut aller dans leur direction, mais le cercle de fer de la migraine qui lui serrait les tempes parut se faire plus étroit encore et se compliqua de vertiges et de nausées. Elle dut s'arrêter, ses jambes ne la portant plus. Un sourire figé sur les lèvres, elle se demandait comment elle allait faire face à la situation. Pensant à Versailles elle eut peur. « Et si j'étais empoisonnée ! »

Sur ces entrefaites, la cause très simple et ordinaire de ses malaises lui fut révélée par quelques phénomènes intimes et elle comprit pourquoi elle avait été tellement sur les nerfs depuis quelques heures. C'était le mauvais jour.

Angélique maudit de tout son cœur, et la faute première de notre mère Ève, et les conséquences qui en avaient suivi jusqu'à la fin des temps pour les êtres de son sexe, et sa propre négligence qui lui avait fait oublier au milieu des occupations et des préparatifs des festivités un rappel toujours possible ou prématuré du péché originel.

Pour une catastrophe naturelle et désastreuse, c'en était une en effet et telle, que les femmes sont accoutumées à en supporter nombreuses au cours de leur existence et dont elles mettent à dissimuler les inconvénients un héroïsme qui ne se dément jamais.

Prise au piège de la foule, de son rôle qui en faisait la reine de la fête et de sa robe fragile et bleu pâle, Angélique élabora de rapides plans stratégiques qui pourraient la sortir de cette situation épineuse sans trop attirer l'attention.

Après avoir jeté un regard autour d'elle, ne voyant que des valets, ne pouvant même pas découvrir le bonnet d'une camériste à laquelle se confier, elle avisa à quelques pas Mme de Castel-Morgeat qui lui parut en cet instant comme l'image même du salut. Elle se dit que Mme de Castel-Morgeat logeant au château Saint-Louis, celle-ci pourrait lui apporter aide discrètement.

La voyant se faufiler entre les groupes pour la rejoindre Sabine de Castel-Morgeat se détourna et voulut s'écarter, mais Angélique put la rejoindre et lui posa la main sur le bras

— Madame, glissa-t-elle à mi-voix, puis-je vous dire deux mots ?

— Non ! fit l'autre en retirant son bras avec violence.

Elle était outrée. Jusqu'alors elle avait toujours réussi à éviter Angélique et cette attaque brusque la prenait de court. Elle en tremblait, car elle était fort émotive.

— Comment osez-vous m'aborder ?

— Sabine, vous seule pouvez me secourir. Je suis dans le plus grand embarras. Je ne vois que vous pour me tirer d'affaire.

Mme de Castel-Morgeat fut encore plus indignée de voir Angélique essayer la douceur.

— Cherchez-vous à me circonvenir avec votre familiarité ? Ne comptez pas là-dessus. Vous n'êtes pas de mes amies et je ne vous autorise pas à user de mon prénom.

— Ne vous montrez pas méchante, Sabine. Je vous le répète, vous seule pouvez m'aider.

— Voudriez-vous me faire croire que vous manquez d'amis ? Adressez-vous donc à l'un de ces messieurs qui sont tous amoureux de vous ou même à l'Évêque puisqu'il paraît qu'il vous a prise en amitié malgré votre impiété.

Angélique se mit à rire, en lui faisant signe de parler moins haut. Elle eut toutes les peines du monde à lui faire comprendre de quoi il s'agissait et que seule une femme pouvait la prendre en pitié et lui apporter un prompt secours et particulièrement Mme de Castel-Morgeat qui était logée au château Saint-Louis.

— Menez-moi à l'une de vos chambrières ou indiquez-moi l'une de vos servantes...

Son interlocutrice, après avoir été sur le point de faire un esclandre, se calma. Elle rougit, pâlit et eut l'air fort déconfite en reconnaissant sa bévue. Une fois de plus, elle s'était gendarmée à faux. Mais il est vrai qu'on ne faisait jamais appel en vain à son obligeance, si maladroite fût-elle parfois...

— Suivez-moi dans mon appartement, dit-elle. La fête n est pas commencée. L'on passe tout juste les rafraîchissements. Vous aurez le temps de vous accommoder avant que l'on ne se mette à table.

Dans l'escalier, elle expliqua.

— Les servantes sont aux cuisines ou dans l'office, de plus elles sont stupides. Ce n'est pas la peine de faire appel à l'une d'elles. Je vais mettre à votre disposition le nécessaire.

— Merci... Ah ! ma chère, je me félicite vraiment de vous voir habiter le château Saint-Louis !

— Vos canons ont démoli ma maison ! rétorqua Sabine de Castel-Morgeat, amère.

Cependant elle ouvrait à Angélique les portes de son appartement et s'empressait avec efficacité. Son agressivité était tombée et l'animosité qui régnait entre elles s'était évaporée comme par enchantement. Leur complicité de femmes victimes de mêmes ennuis avait fait tomber les barrières.

Lorsque Angélique la rejoignit un peu plus tard dans le salon de l'appartement, Sabine de Castel-Morgeat avait perdu son expression morose et il y avait même un vague sourire qui adoucissait sa belle bouche, discrètement fardée ce soir-là

— Vous l'avez fait exprès ! dit-elle.

— Sabine, vous savez fort bien que ce ne sont pas de ces choses que l'on peut faire entrer avec certitude dans un plan de réconciliation...

— Oui, mais le hasard est toujours avec vous. Le moindre incident tourne à votre profit. Me voici désarmée...

Angélique alla à elle spontanément, les mains tendues.

— Sabine, ne pouvons-nous être amies ?

Sabine de Castel-Morgeat haussa les épaules avec un sourire triste et résigné, mais elle se laissa prendre les mains et elles se regardèrent avec franchise.

— Je n'ai jamais éprouvé pour vous d'antipathie, malgre ce que vous aviez fait contre nous à notre arrivée, dit Angélique.

La femme du Gouverneur militaire rougit.

— J'étais folle, je vous haïssais... Mais je... Je ne croyais pas que le canon allait partir... Encore une maladresse de ma part...

— Heureusement qu'elle n'a pas été complète, ne put s'empêcher de dire Angélique. Mais pourquoi me haïssez-vous donc tant ? On dirait que votre haine s'adresse beaucoup plus à ma personne qu'à ce que nous représentons de possibles rivaux pour se disputer les territoires du Nouveau-Monde ou, comme on le craignait avant notre venue ici, que nous soyons complices des Anglais pour nuire à la Nouvelle-France.

— C'est vous que je hais, en effet, dit Sabine de Castel-Morgeat en détournant le regard.

Mais elle se cramponnait aux mains d'Angélique comme en proie à un conflit intérieur douloureux.

— Pourquoi ? Que vous ai-je fait ?

— Vous avez toujours eu tout... Tout ce que je n'ai pas moi-même. Vous plaisez, vous inspirez l'amour... alors que moi dès que je parais, je sens qu'il y a quelque chose qui ne va pas. On se tait. Les hommes se détournent. Madame de Mercouville me l'a dit souvent, oh ! dans une bonne intention, la chère âme, me recommandant de faire un effort... Mais dans quel sens cet effort ? Je suis laide...

— Mais non ! quelle sottise !

— Je sais ce que je dis... On me l'a assez fait comprendre.

Elle arracha ses mains de celles d'Angélique et marcha de long en large avec agitation. Elle effleurait son front de ses doigts, d'un air égaré.

— Non ! Trop de choses nous séparent, Angélique ! Je ne peux pas oublier :... Vous avez brisé ma vie !

— Moi ? A ce point ! Sabine, vous dramatisez tout.

— Vous m'avez pris l'homme de ma vie, cria-t-elle.

Angélique ouvrit à la fois la bouche et de grands yeux. Hélas ! L'imagination tourmentée de Sabine de Castel-Morgeat recommençait à battre la campagne. Voulait-elle parler du Père d'Orgeval ?

— L'homme de votre vie ? Sabine, lequel ?

— Oui, en effet, s'exclama Mme de Castel-Morgeat en retrouvant son rire sarcastique. Existerait-il un homme pour m'aimer. Et j'oubliais que vous avez le choix, vous ! Lequel parmi tous ceux qui, aujourd'hui, vous font la cour, aurait pu auparavant me vouer un certain sentiment, qui, naturellement, serait balayé dès votre apparition ?

Elle se redressait, vibrant d'un mélange d'indignation et de souffrance qui faisait briller ses yeux noirs comme des escarboucles. Elle eut un geste impérieux vers la porte qui ouvrait sur la galerie de l'étage et le grand escalier de pierre

— Descendons ! Je vous *le* montrerai.

Dans sa robe noire dont la traîne prolongeait la ligne de son bustier, raide et baleiné, elle avait l'air d'une reine de tragédie.

— Sabine, vous êtes belle ! s'écria Angélique. Si vous vous voyiez en ce moment dans le miroir, vous seriez convaincue.

Mme de Castel-Morgeat frémit comme frappée par la foudre, et la fixa, les prunelles dilatées.

— Et c'est vous qui me dites cela... Vous, ma rivale, Ah ! c'est trop fort !

Elle ployait comme sous un coup trop rude puis se redressait. La lueur dans ses yeux rappelait celle qui brillait dans ceux des guerriers qui marchent vers un combat longtemps souhaité.

— Allons ! répéta-t-elle.

Angélique la suivit, très intriguée. Le brouhaha montant du vestibule et des salons lui apportait l'écho de ces nombreuses voix masculines se saluant et s'interpellant avec cordialité.

« Lequel de ces hommes lui aurais-je donc volé ? » s'interrogeait-elle. « Quoi qu'il en soit je vais pouvoir la rassurer bien vite. Son mari ? Certes non. Frontenac ? Fort séduisant, je n'en disconviens pas, mais il se montre courtois avec toutes les dames et guère plus avec moi qu'avec les autres... L'Intendant ? Il n'est pas très plaisant, mais il faut reconnaître qu'il a son charme quand on le connaît mieux et il ne manque pas de succès. Mlle d'Hourredanne en est folle et Mme d'Aubrun boit chacune de ses paroles comme un élixir. »

Elles s'arrêtèrent au seuil des grands salons, tout à fait indifférentes à l'intérêt qu'elles suscitèrent en se présentant ainsi côte à côte.

— Eh bien !, Sabine, dit Angélique, désignez-le-moi.

L'autre hésitait.

— ... Sabine, vous en avez trop dit ! Parlez maintenant. Que signifie cette accusation... Moi, briser votre vie ?... Comment l'aurais-je pu ?

Sabine devenait pâle. On sentait qu'elle était sur le point de livrer un secret terrible et qui n'avait jamais franchi ses lèvres.

— Vous me l'avez pris, gémit-elle.

— Mais qui cela ?

— Lui !

Elle prononçait ce mot avec douleur et passion.

— Lui, répéta-t-elle en étendant le bras.

Angélique suivit la direction de ce bras et n'aperçut que Joffrey de Peyrac, son mari, qui donnait la réplique à Frontenac au milieu d'une assemblée d'hommes et de femmes déjà fort gais.

Elle tourna vers Sabine de Castel-Morgeat un regard incompréhensif. Alors celle-ci parut se jeter à l'eau.

— Je suis la nièce de Carmencita, déclara-t-elle comme si cela expliquait tout.

44

AYANT AFFIRMÉ, « JE SUIS LA NIÈCE DE CARMENCITA », SABINE DE Castel-Morgeat attendit muette et immobile comme une statue de sel. Angélique aurait cru à sa folie déclarée si ce nom de Carmencita ne lui avait pas rappelé quelque chose. Derrière ce nom était la clé de l'énigme.

— Ne vous souvenez-vous pas ? insista Sabine de Castel-Morgeat. Voyons, faites un effort. Carmencita de Mordores qui était alors la maîtresse de celui que vous veniez pour épouser à Toulouse.

— Toulouse ! répéta Angélique, cela remonte donc aussi loin...

— Pas pour moi... C'est proche. C'est hier. Voilà pourquoi votre présence m'est intolérable, j'ai trop souffert en ce temps-là.

— Allons nous asseoir, dit Angélique, et expliquez-vous.

Elles traversèrent les salons en se frayant un passage, saluant et souriant machinalement, mais personne ne songea à les arrêter tant on était stupéfait de les voir ensemble.

Elles trouvèrent un coin discret dans un boudoir attenant où déjà quelques couples s'étaient rejoints et échangeaient des confidences tout en surveillant par la porte grande ouverte l'arrivée des invités et l'ordonnance des cérémonies afin de ne pas manquer le signal de se rendre dans la salle de banquet.

— Parlez maintenant, dit Angélique. Si je comprends bien vous vous trouviez à Toulouse lorsque j'y ai été conduite pour épouser Monsieur de Peyrac.

— Oui. J'avais vingt ans. Ma tante, Carmencita de Mordores, m'avait emmenée comme suivante. Je quittais pour la première fois mon vieux château béarnais. Ma famille est d'origine cathare. C'est-à-dire que j'avais vécu jusque-là de façon austère. Et tout à coup en arrivant au Palais du Gai Savoir à Toulouse, je découvrais toutes les beautés et les plaisirs du monde, un luxe inimaginable, les charmes de l'esprit, de la poésie, la riche culture intellectuelle de mon pays, une licence amoureuse que ces déploiements paraient d'une sorte de vertu, celle d'honorer la créature humaine et de répondre aux vœux de son Créateur qui la voulut heureuse. Comment ne pas être fascinée ? Et surtout par celui qui ordonnait cette fête perpétuelle : Joffrey de Peyrac de Morens d'Irristru, le grand seigneur qui régnait sur Toulouse. Il avait déjà la stature qu'on lui retrouve aujourd'hui mais plus méphistophélique, un peu effrayant. Il accentuait ce côté provocant parce qu'il était né pour être le premier homme de sa province et tout le monde le sentait.

» Ma tante Carmencita était folle de lui. Elle avait trente ans et avait toujours mené une vie dissolue. C'est pourquoi elle me considérait de haut. Il faut reconnaître qu'elle était intelligente et cultivée. Pourtant, je crois qu'il s'est assez vite lassé d'elle et, par deux fois, elle s'était enfuie en Espagne puis était revenue. Moi, je réussissais entre-temps à demeurer à Toulouse.

— Je me souviens d'elle maintenant. Carmencita, cette folle qui, déguisée en nonne hystérique, a témoigné plus tard au procès de Joffrey, l'accusant de l'avoir envoûtée.

— Pour se venger de lui et de ses dédains. Vous comprenez maintenant pourquoi j'éprouve à votre égard tant de rancune.

— Prenez-vous donc tellement fait et cause pour votre tante ?

— Non, mais moi aussi j'étais concernée. Moi aussi j'étais amoureuse de lui... dit Sabine avec véhémence.

Elle haussa les épaules et poussa un profond soupir.

— Qui ne l'était pas ?

— Comment ne serais-je pas tombée follement amoureuse de lui, poursuivait Sabine de Castel-Morgeat, moi jeune fille de vingt ans qui n'avais jamais rêvé et découvrais le sentiment d'aimer pour la première fois. A Toulouse, ma tante m'entretenait sans cesse de lui... Il parlait d'amour dans les assemblées. Il chantait selon la tradition des troubadours. On l'appelait : le Magicien...

Mme de Castel-Morgeat parlait dans un rêve, ramenée à ces jours anciens de bonheur dont le souvenir avait alimenté les songeries de son existence morne.

Elle-même, Angélique ne se sentit pas en état de l'interrompre. Elle recommença d'avoir très mal à la tête et éprouva de la peine à rassembler trois pensées cohérentes.

— Quel coup de tonnerre dans un ciel si bleu, reprit son interlocutrice, lorsqu'on apprit que le Magicien qui ne comptait plus ses succès féminins avait décidé de se marier... Lui !

Lui ! Lui qui ne redoutait pas de laisser entendre qu'il appartenait à toutes et que toutes lui appartenaient. On parla au début d'une alliance avec une famille de haut lignage et d'une très jeune fille et je me persuadais qu'il s'agissait de moi car je savais qu'il m'avait remarquée et me considérait avec intérêt. Je me taisais devant ma tante qui, vous le devinez, était dans une inquiétude mortelle. Il ne s'était pas préoccupé de lui donner les raisons de son geste. Elle craignait de voir la fin de son règne. Pour ma part, je vécus quelques jours de folle espérance. Puis le couperet tomba. Ce fut la certitude qu'il s'agissait d'une étrangère. Elle venait du Poitou. Il ne l'avait même pas choisie parmi les jeunes filles de sa province... Et nous allâmes en cortège au-devant de vous...

Angélique regardait Kouassi-Bâ debout devant elle avec son turban à aigrettes et son costume oriental. Il lui présentait une tasse de café sur un plateau d'argent.

A sa vue troublée, il était le même que le grand esclave qu'elle avait connu pour la première fois à Toulouse, et que les paroles de Sabine venaient d'évoquer.

— ... Vous pouvez sourire, fit remarquer Sabine, amère, que de cœurs ont perdu tout espoir en vous apercevant... Pour ma part, j'ai tout de suite compris qu'il allait se passionner pour vous. Vous étiez si jolie... Si jolie ! Et, en effet, tout a changé à partir de votre arrivée... J'assistais aux colères impuissantes de ma tante dépossédée. Elle était folle de rage... Si elle-même avait perdu ses chances, alors que pouvais-je espérer, moi ?... Qu'il vous ait épousée, ce n'était rien. Mais il apparut bientôt aux yeux de tous qu'il s'était mis à vous aimer...

Elle baissa la tête d'un air accablé.

Kouassi-Bâ était revenu vers elles avec un petit trépied de bois de fer chinois sur lequel il vint déposer à nouveau son plateau et sa cafetière de Damas, accompagnés cette fois d'une seconde tasse pour Mme de Castel-Morgeat. Mais celle-ci repoussa l'offre.

— Non ! Cela me rappellerait de trop cruels et délicieux souvenirs.

Angélique, sans insister, but sa seconde tasse de café et se sentit revivre. Kouassi-Bâ avait préparé le breuvage comme elle l'aimait, l'avait bien sucré et y avait ajouté quelques grains de coriandre.

— Kouassi-Bâ, merci à toi, mon ami ! Tu m'as ressuscitée.

— Le maître s'inquiétait, dit le serviteur. Il m'a envoyé te porter du café.

Levant les yeux, Angélique aperçut de loin Joffrey de Peyrac qui regardait dans leur direction. Dans son habit rouge sombre aux reflets de braises qui brillait à chacun de ses mouvements, il était grand, peut-être moins méphistophélique, comme disait Sabine de Castel-Morgeat, mais toujours attirant et un peu inquiétant, même s'il cherchait moins qu'autrefois à provoquer, contraint à plus de ruse et de prudence. « Il n'a pas changé... »

— Il n a pas changé, murmura en écho la voix de Sabine de Castel-Morgeat. Il est toujours le même, surtout quand il s'agit de retenir une femme, de la séduire... Et cette femme, c'est vous. De vous rien ne lui échappe, il devine tout... Voyez... Nous parlions... Mais de loin il a remarqué que vous étiez émue, peut-être mal à l'aise... Et il a envoyé Kouassi-Bâ vous porter du café. Où qu'il aille, si vous êtes présente, il vous regarde sans cesse... Personne ne s'en avise... Même pas vous. Mais moi, je le vois... Et ce qu'il a dans ses yeux quand il vous regarde me transperce le cœur. Après tant d'années ! J'aurais espéré, au moins, que le temps me vengerait... Mais il n'en est rien !... Vous avez toujours eu de la chance.

— De la chance, c'est selon.

La porte du passé se referma avec un bruit sourd et elles se retrouvèrent au Canada.

— Vous êtes-vous fait reconnaître de lui ? s'informa Angélique, car Joffrey ne lui avait parlé de rien.

Mme de Castel-Morgeat eut un rire qui ressemblait à un hennissement désenchanté.

— Cela jamais... Je n'ai rien dit et lui ne pouvait pas me reconnaître. Qu'il m'ait remarquée autrefois, cela est certain. J'étais grande et belle. Mais maintenant, je suis vieille et déchue. Tandis que lui est resté le même : magnifique. Et vous aussi. Votre entrée à Québec valait bien celle de Toulouse.

— Sauf que nous avons, comme vous, quelque vingt ans de plus.

— Pas vous ! Vous, vous êtes une créature de vie et de bonheur. Tandis que moi je suis devenue cette femme sans séduction...

— Ah ! Ne recommencez pas, Sabine ! Je vous en prie...

A ce moment le duc de Vivonne sortant de la foule se dirigea vers elle. C'en était trop.

— Savez-vous ce que vous allez faire, Sabine ? fit-elle en se tournant vers Mme de Castel-Morgeat d'un air inspiré. Vous allez avoir l'occasion, ce soir, de vous venger de moi, de m'écarter, de m'effacer, de me rejeter à mon tour dans l'ombre, au point qu'on m'oubliera et qu'on ne verra plus que vous... Je ne serai pas brillante ce soir. Vous connaissez les raisons de ma défaillance et ce ne sont pas les révélations que vous venez de me faire qui contribueront à me remettre d'aplomb. Alors, saisissez l'occasion et rendez-moi service en même temps. Délivrez-moi de ce duc de La Ferté qui m'obsède. J'ai mes raisons de ne pas l'aimer. Écartez-le. Retenez son attention. Une femme habile doit pouvoir y parvenir... Qui sait ? A vous découvrir une vraie femme d'Aquitaine, mon mari vous reconnaîtra peut-être.

— Vous êtes étonnante ! fit Sabine.

Mais elle était piquée au vif et elle se leva subjuguée, tandis qu'une nuance rose montait à ses pommettes. Elle jeta à Angélique un dernier regard indécis.

— Surprenez-le ! s'écria celle-ci. Surprenez-les tous.

Mme de Castel-Morgeat marcha au-devant de M. de La Ferté et du comte de Saint-Edme avec audace. Elle les entraîna aussitôt vers les buffets et ils ne purent résister à son empressement sans risquer de se montrer grossiers.

Angélique soupira d'aise.

Bardagne vint s'asseoir auprès d'elle. Presque tout le monde était arrivé et l'on commençait à s'étonner de ne pas la voir dans les salons.

— Le traité que je viens de passer avec Madame de Castel-Morgeat méritait une éclipse, expliqua-t-elle. Les hommes sont accoutumés à prendre plus de temps dans ce genre de travaux pour moins de résultats. Nous autres femmes nous avons nos méthodes. La vie est amusante, ne trouvez-vous pas ?

— Qu'a-t-elle d'amusant ?

— Eh bien ! Je suis là, vous êtes là ! Le passé et le présent se mêlent.

Elle se leva, posa la main sur le poignet qu'il lui tendait et ils revinrent tous deux vers les salons. Bardagne ne regrettait plus d'être à Québec. Le monde, sa vie s'arrêtaient là.

La soudaine exubérance de Mme de Castel-Morgeat avait donné un regain d'ardeur à l'entrain général. Et des plus jeunes aux plus âgés, tout le monde parlait, se présentait, s'exclamait et l'on commençait de danser.

Cette veuve au beau visage qu'on appelait La Dentellière et que courtisait le baron de Vauvenart était venue, se joignant à quelques dames comme elle appartenant aux premières familles de la colonie. Celles qui avaient partagé entre elles le premier pain du premier blé. Ces grandes familles, la plupart très riches aujourd'hui, composaient une aristocratie qui ne frayait guère avec les nouvelles couches d'immigrants.

Vauvenart, sanglé dans un habit de velours prune, le manteau à collet sur l'épaule et l'épée au côté, put lui faire une cour empressée. Il éclatait de satisfaction.

Au cours de la fête, chacun ayant beaucoup bu de part et d'autre, le marquis de Ville d'Avray dit à Vauvenart, avec une moue :

— La Dentellière ! Vous auriez pu mieux choisir.

Le seigneur acadien faillit avoir une attaque.

— Qu'est-ce que vous dites ? balbutia-t-il, cette femme est admirable !

— Mais elle est la mère de Nicolas Carbonnel, le greffier. Ne le saviez-vous pas ?

En effet, ce fut une surprise pour beaucoup. On n'imaginait pas le greffier du Conseil Souverain ayant une mère et surtout une mère faisant de la dentelle.

Mais Carbonnel était là également avec sa femme — car il avait aussi une épouse — et, en dehors de ses fonctions, il se révélait fort disert, contant de bonnes histoires, et vers la fin de la soirée on avait oublié qu'il était le greffier hargneux distribuant des amendes.

Après La Dentellière était arrivée Mme Le Bachoys.

La Polak disait que Mme Le Bachoys était une « drôle » Elle n'en disait pas plus d'ailleurs car Mme Le Bachoys avait le talent d'inspirer de l'estime et même une affection indulgente à tous. On l'appelait « la consolation des affligés... » ou « L'auberge accueillante ».

Les plaisanteries n'allaient pas plus loin.

Elle s'habillait en dépit du bon sens. Elle disait que, dans les affaires galantes, les vêtements étant faits pour être ôtés, elle ne voyait pas pourquoi il fallait leur accorder tant d'importance auparavant.

Elle faisait refaire les toilettes qu'on lui amenait de France. On aurait dit qu'il fallait absolument qu'elle se rapprochât le plus possible des nippes à la mode de Henri IV que sa grand-mère qui l'avait élevée lui avait fait endosser en sa jeunesse et dont elle déclarait qu'elle s'était trouvée fort bien. Ayant eu dès l'âge de seize ans plus qu'il ne fallait de soupirants, elle ne voyait aucune nécessité à abandonner une mode qui lui avait si bien réussi.

Elle vint au bal de l'Épiphanie avec son eventail de dindon sauvage dont elle ne se séparait jamais, portant une « fraise » ronde godronnée sur une robe violette qu'elle avait fait regarnir de passementeries.

Ceci n'était rien encore. La couleur lui aurait assez bien convenu si elle n'avait pas couvert son visage rebondi de fards généreux.

Au milieu de tout ce rouge, ses beaux yeux bleus, tendres et rieurs, avaient comme une gentillesse encore plus grande et l'ensemble donnait surtout envie de lui sauter au cou et de l'embrasser avec attendrissement.

Mme de Mercouville essaya en vain de l'attirer dans un coin pour lui conseiller d'atténuer un peu, à l'aide d'un mouchoir, sa bonne mine.

Elle n'eut pas le temps car Mme Le Bachoys fut tout de suite en main. Elle dansait admirablement.

Les jeunes femmes de Québec pouffèrent mais déchantèrent assez vite en voyant son succès.

Malgré les efforts dignes d'éloge de Mme de Castel-Morgeat, Angélique ne put éviter d'être abordée par le duc de Vivonne. La rejoindre était le but avoué de sa présence au bal. Par correction mondaine, elle accepta de grignoter une bouchée et de boire un verre de champagne en sa compagnie. Il ne paraissait plus se souvenir des paroles peu amènes qu'ils avaient échangées au lendemain de Noël et c'était bien dans les manières de la Cour, où l'on se haïssait à mort un jour, pour se faire mille caresses le lendemain.

Il sut la retenir habilement.

— Je ne pouvais parler devant mes compagnons, mais je veux que vous le sachiez... Je n'ai jamais pu vous oublier.

— Moi si !

Il ne se décourageait pas d'elle. Elle lui plaisait lorsqu'elle prenait cet air de hauteur. Le dédain sied aux belles femmes

Elle le regardait de haut.

Détachés de la brillante volière s'ébattant autour du Roi soleil, ces courtisans dévoilaient le clinquant de leurs oripeaux, privé de l'éclat qui émanait du monarque et les faisait scintiller. Ils drainaient dans les plis de leurs manteaux parfumés au musc ou à la violette les relents de scandales sordides, de mesquines intrigues.

— Je ne vous comprends pas, Monsieur de Vivonne. Vous avez reconnu que ce serait pour votre sœur un très grand déplaisir que de me revoir.

— Heureusement ma sœur a plus d'un tour dans son sac

— Je sais.

— Vous savez trop de choses. Athénaïs disait que vous aviez des accointances avec la police et les classes dangereuses.

— Elle aussi.

— Pas avec la police.

— Alors, reconnaissez que je suis doublement armée. Mon mari l'est aussi, quoique d'une autre façon. Vous rappeliez l'autre jour qu'il avait tiré sur les galères du roi. Mais c'est le passé. Madame de Montpensier a aussi tiré en son temps sur le

Roi, son cousin. Princesse devant laquelle aujourd'hui on s'incline bien bas.

— Personne ne peut préjuger des revirements du Roi. En somme que voulez-vous de moi ?

— Que vous ne me soyez pas trop cruelle, dit le duc qui se sentait démantelé comme un pantin de bois. Rencontrons-nous de temps à autre. Je vous parlerai de toutes les nouveautés de la Cour.

Mais elle le quitta avec une expression qui ne signifiait ni oui, ni non.

Depuis qu'il lui avait parlé en sortant de l'église, il oscillait dans son jugement. C'était bien elle avec toutes ses promesses flamboyantes. Et puis ce n'était plus elle...

Tour à tour il se disait qu'elle serait facile à reconquérir et puis que cela n'en valait pas la peine, enfin qu'il était fou à lier.

En trois longues tablées le festin fut servi. A la table des « puissances » les Messieurs mangeaient en grand apparat, le chapeau sur la tête, le manteau à l'épaule et l'épée au côté.

Ce fut Mme Le Bachoys qui gagna la fève. Le roi fut Florimond de Peyrac.

— Tout cela a été arrangé exprès, chuchotait Bérengère-Aimée, maussade de n'avoir pas été choisie par le sort.

On lui fit remarquer que Mme Le Bachoys étant Canadienne, d'âge mûr, de condition bourgeoise, il n'y avait aucune raison qu'on lui accordât d'office cette souveraineté éphémère.

Un choix dirigé, cherchant à flatter, aurait plutôt désigné Mme de Peyrac comme reine et M. de Frontenac pour le roi.

Néanmoins, le sort en choisissant Florimond de Peyrac ne manquait pas de tact. On se félicita de voir couronner le fils des hôtes étrangers qui avaient organisé dans la capitale tant de réjouissances.

Florimond était d'ailleurs tout à fait dans son rôle. Jamais on ne vit couple d'Épiphanie plus disparate et mieux accordé. Florimond et Mme Le Bachoys dansèrent avec entrain une pavane, un menuet, puis tous deux entraînèrent l'assemblée dans une folle sarabande.

Vers la fin du banquet, Florimond s'éclipsa, remettant au vol sa couronne à un laquais, et sortit pour guider les artificiers qui devaient bouter le feu aux fusées du feu d'artifice.

Il avait lui-même présidé à leur mise en place

Toute la compagnie passa sur la terrasse du château Saint-Louis qui dominait le fleuve.

La beauté illuminée du paysage, l'enchantement des spectateurs, le dessin des toits et des cheminées étagées, la douceur de la lune, l'éclat de la neige posant son bouclier glacé sur les monts lointains et le vaste déroulement pâle de la plaine du Saint-Laurent, composaient une nuit inoubliable.

En contre-bas, au-dessous du fort, on voyait courir en ombre noire sur des ruissellements de fontaines d'argent ou de pourpre, de déploiements de gerbes jaunes, vertes ou rouges, la longue silhouette de Florimond qui ressemblait tant à celle de son père.

Angélique évoqua les plaisirs de Versailles et comment M. de Saint-Aignan, chargé d'organiser les fêtes royales dans le parc. avait souvent requis les offices du petit page.

Pour faire participer Québec au décor de fête, on avait ordonné aux habitants d'allumer une chandelle derrière chaque fenêtre. Pour les pauvres on n'exigeait qu'une bougie ou une lampe à huile.

Cela faisait à la ville de jolis yeux clairs et brillants derrière les vitres de verre, roussâtres ou jaunes miel lorsque la bougie des pauvres rayonnait à travers les carreaux de papier huilé ou de peau de chevreuil passée.

NOËL Tardieu de La Vaudière pinçait les lèvres et s'agitait. Avec cette débauche de fusées et de flambeaux, de bougies et de lampes à huile, on était mûr pour un incendie, prédisait-il.

— C'est pitié de voir un si beau jeune homme se faire tant de soucis pour des billevesées, dit Mme Le Bachoys. Il gaspille son printemps. Ne ferait-il pas mieux de se réjouir comme tout le monde d'une telle nuit et d'en profiter pour conter fleurette à quelque esseulée... ou au moins pour surveiller sa femme qui semble prendre la vie d'une façon plus légère ?

Chaque fois qu'Angélique regardait dans la direction de Joffrey de Peyrac, elle était certaine de voir virevolter alentour la gracieuse Bérengère-Aimée et elle commençait à se demander si ce qu'elle avait pris pour de la coquetterie de jeune femme, désireuse d'essayer ses armes sur un séducteur réputé, ne cachait pas un sentiment plus excessif et que la courtoisie aimable de Joffrey aurait encouragé. Il ne fallait pas oublier que Bérengère avait du charme, de l'esprit et qu'elle était gasconne. Ce fut très fugitif comme pensée mais très désagréable. A ce moment, elle sentit le bras de Joffrey qui entourait sa taille et sa voix qui lui parvenait à travers les explosions du feu d'artifice, lui demandant si elle était satisfaite de la réception. Elle fut transportée aussitôt dans ce paradis de sécurité et de bonheur que sa seule présence recréait autour d'elle. Les difficultés s'évanouirent. Il ne restait que la certitude de leur complicité qui semblait se fortifier d'être plus secrète et moins exprimée.

Angélique remit à plus tard les questions qu'elle aurait voulu lui poser. Avait-il reconnu en Mme de Castel-Morgeat la nièce de Carmencita, son ancienne maîtresse volcanique ? Elle était plutôt portée à croire que non. Mais, à d'autres moments, le pincement du doute l'effleurait. Puis elle oubliait. La fête était très réussie.

Vivonne rôdait encore autour d'elle. Les yeux bleus ironiques se posaient sur elle avec insistance. Or, jamais Angélique n'avait été plus éloignée de se laisser séduire par lui qu'en cette soirée du bal de l'Épiphanie.

Après le feu d'artifice, les gens, plus ou moins transis, rentrèrent dans les salons et un dernier vin brûlant fut distribué.

45

— EST-CE QUE VOUS VOUS SOUVENEZ DE LA NIÈCE DE Carmencita ?

Angélique n'avait pu se retenir de poser la question, bien qu'elle eût pesé auparavant, par devers elle, s'il n'y aurait pas plus d'habileté à laisser dormir des ressouvenances de ce genre. Puis l'idée lui vint que Joffrey avait peut-être de lui-même déterminé depuis longtemps qui était Sabine de Castel-Morgeat. Rien de surprenant à ce qu'il ait découvert ce fait et le lui cachât ; elle préférait s'informer. Il connaissait tous les grands noms de Gascogne et ici, à Québec, tous ceux qui de près ou de loin se rattachaient à l'Aquitaine se rassemblaient insensiblement autour de lui.

Le comte de Peyrac tourna vers Angélique un regard surpris.

— Quelle nièce ? Et quelle Carmencita ?

L'étonnement poli, un tant soit peu ironique qui présidait au ton employé et qui est celui des hommes lorsqu'ils se voient l'objet de questions incongrues de la part de charmantes femmes dont la logique ne leur est pas toujours claire, apporta aussitôt à Angélique un soulagement beaucoup plus grand qu'elle ne l'avait envisagé.

Elle put se permettre de rire.

— Ça, messire, je crois que vous faites montre d'une certaine ingratitude. Ne vous souvenez-vous pas de Carmencita de Mordores, votre brûlante maîtresse qui régnait sur vos plaisirs, lorsque je me suis rendue à Toulouse pour vous y épouser ?

L'expression d'indifférence mêlée à l'effort de se souvenir pour la satisfaire qu'on pouvait lire sur les traits de Joffrey de Peyrac enchantait Angélique. Il n'aurait pas poussé l'hypocrisie jusque-là s'il avait voulu lui cacher quelque chose.

— Au moins, souvenez-vous de celle, vengeresse, qui est venue à votre procès vous accuser de l'avoir envoûtée.

— Oh ! en effet ! Carmencita ! fit-il, comme si restait plus présent à sa mémoire le souvenir de la femme haineuse, que celui de la maîtresse à laquelle il devait de folles nuits. Il avait eu tant de maîtresses ardentes, parmi ces femmes d'Aquitaine qui étaient la parure des brillantes fêtes du Gai Savoir.

— Et sa nièce ? insista Angélique.

— Quelle nièce ?

Sur ce point, Joffrey était sincèrement incompréhensif. Angélique lui rappela — et, en vérité lui apprit — que Carmencita était accompagnée à Toulouse de sa jeune nièce qui lui servait de suivante, que celle-ci avait gardé du Palais du Gai Savoir un souvenir impérissable, et que, par les hasards de la vie, elle se trouvait aujourd'hui à Québec et n'était autre que Mme de Castel-Morgeat.

L'annonce l'amusa.

— Si elle avait gardé de mes palais un tel souvenir, elle me l'a bien mal démontré en tirant sur mes navires.

Mais avec la meilleure volonté du monde et le secours de ces précisions, aucune trace de la nièce de Carmencita, même pas son nom ou son prénom, ne subsistait dans sa mémoire. Il avait parfaitement ignoré que Carmencita avait une nièce, unité infime, perdue dans l'assemblée qui gravitait autour de lui, et dont, ainsi que le Roi pour ses sujets, il ignorait le nombre.

Pauvre Sabine, qui s'imaginait avoir été « remarquée » au point qu'il aurait envisagé de l'épouser ! Angélique n'avait pas été sans se dire qu'elle se faisait des illusions, mais maintenant elle en avait la confirmation

— Et quand vous avez décidé de vous marier, pourquoi

n'avez-vous pas jeté les yeux sur une héritière de Gascogne, plutôt que sur une étrangère à votre province, comme moi ?

— Oh ! mais, ma chère, je ne pensais pas à me marier. Je menais une existence libre qui convenait bien trop à mes goûts. En tant qu'héritier de notre fief toulousain, je pensais parfois qu'il me faudrait assurer ma descendance et me promettais de contracter un jour, le plus tard possible, un mariage d'alliance dans l'intérêt de ma province. N'est-ce pas ainsi que se sont passées les choses pour nous ? Souvenez-vous, ce fut une affaire de commerce, mot haïssable pour un noble et qui m'attira bien des avanies de la part de mes pairs, mais auquel j'avais la faiblesse de m'intéresser, car je pouvais ainsi asseoir ma position à la tête de ma province sans recourir, comme les autres possesseurs de fief, à la générosité du roi. Liberté que donne l'or et l'argent, mais que j'ai également payée fort cher. Par un trafic habile, je pouvais poursuivre mes travaux dans le domaine de la science. Parmi mes plus actifs agents, il y avait Molines, l'intendant protestant de votre père, le baron de Sancé. Molines, comme tous les huguenots, jetais ses filets de finance dans toutes les directions. Aussi n'ai-je pu entrer en possession des mines d'argent que vous aviez sur vos terres en Poitou qu'en échange du mariage avec l'une des filles sans dot du baron de Sancé de Monteloup.

— Molines se mêlait de ce qui ne le regardait pas ! s'écria Angélique revivant sa colère d'antan, se souvenant comment elle s'était débattue entre son père et l'intendant pour fuir ce mariage exécré. En somme, j'ai été, comme beaucoup d'autres, une fiancée vendue. Et vous ne vous préoccupiez pas de ma triste situation. Vous m'achetiez comme du bétail, prêt, une fois les noces accomplies, à me délaisser et à vous gausser de moi avec vos belles femmes d'Aquitaine.

— Cela, c'est vrai !

Le comte de Peyrac se leva. Il la prit dans ses bras en riant, la retenant contre lui, d'un geste possessif.

— ... Mais, du jour où je rencontrai les yeux verts de la fée Mélusine, j'ai perdu la mémoire des autres femmes.

— Que serait-il advenu si ?...

— Si une petite poitevine ne m'avait pas été amenée à Toulouse en échange de quelques mines d'argent ?... Je n'aurais pas connu la passion... Je n'aurais pas connu l'Amour...

VI

LES CRÊPES DE LA CHANDELEUR

46

D'AVOIR PARLÉ D'UN SECRET QUI LUI TENAIT À CŒUR DEPUIS tant d'années et dont le poids s'était fait plus lourd encore dans les mois récents avait transformé Sabine de Castel-Morgeat. Ce changement heureux et l'importance d'une telle victoire qui lui était attribuée ajouta au renom d'Angélique et à l'affection en laquelle beaucoup la tenaient.

Angélique ne regrettait pas d'avoir porté secours à une femme moins fortunée qu'elle dans la réussite de l'amour. Mais l'intrusion de celle-ci dans un tableau où jusqu'alors elle ne s'était jamais vue que seule avec Joffrey — lui s'avançant sur le chemin vers elle qui arrivait pour l'épouser — lui en atténuait l'image idéale. Ne pouvant parler qu'avec elle de ce passé. Sabine la recherchait. Il ne déplaisait pas à Angélique de revenir sur ces belles visions de rêves et de soleil des palais toulousains et les détails qu'y ajoutait Sabine contribuaient à faire renaître plus vivants encore ces inoubliables souvenirs, mais elle s'habituait : une femme étrangère et considérée jusqu'ici comme leur étant ennemie parlait de Joffrey avec une familiarité enthousiaste, comme si le fait d'en avoir été amoureuse avant elle lui conférait un droit de propriété. Elle en dressait un portrait où Angélique ne reconnaissait pas tout à fait celui qui s'était révélé à elle pour la conquérir, ou ne montrant qu'un aspect de lui qu'elle craignait de ne pas connaître, comme si avant qu'elle ne vînt à Toulouse, Joffrey de Peyrac avait été un autre homme que le mariage avait « enchaîné ». Pour avoir prononcé ce mot, Sabine de Castel-Morgeat vit Angélique se rebiffer.

— Voici des chaînes qu'hélas ! il n'a pas eu à porter trop longtemps. Les chaînes des galères ont remplacé celles du mariage.

— Pardonnez-moi, murmura la femme du gouverneur militaire. Je parle de tout cela comme je parlerais de fantômes. Vous ne pouvez pas comprendre.

— Si, je peux vous comprendre. Je sais que c'est un homme qu'on ne peut oublier et de quelle nostalgie son souvenir peut vous hanter. Je l'ai cru mort, et j'ai été séparée de lui de longues années.

— Mais vous avez eu la meilleure part... Vous avez été son amour, vous êtes restée son amour... Tandis que moi, je ne pouvais même pas le pleurer, et je n'étais pas certaine d'avoir été digne d'une de ses pensées.

Angélique se retenait de lui dire qu'en effet Joffrey n'avait aucune souvenance de celle qui avait été la nièce de Carmencita. Pour l'instant, il n'y avait pas d'utilité à la réveiller brutalement de ses rêves.

Sabine continuait à affirmer que jamais elle ne voudrait révéler sa véritable identité à Joffrey, craignant sa déception lorsqu'il la reconnaîtrait chargée du poids des ans et Angélique se gardait bien cette fois de l'encourager à sortir d'une discrétion bienséante. Qu'aurait-elle à gagner, en effet, à s'apercevoir qu'elle n'avait laissé aucune trace dans la mémoire de son idole ? Angélique laissa entendre à Sabine que ce n'était pas à elle, femme du comte de Peyrac, de parler à celui-ci d'un passé disparu derrière bien des tragédies et des injustices et qu'il n'avait peut-être pas tellement envie d'évoquer. Elle se sentait la conscience tranquille car Joffrey avait opposé à ses révélations d'un amour fou qu'il aurait inspiré jadis à une jouvencelle devenue aujourd'hui Mme de Castel-Morgeat une indifférence bien masculine, et qu'il étendait même à la belle et incendiaire Carmencita. Il ne professait pas à son égard de rancune pour le témoignage qu'elle avait porté contre lui et qui avait entériné les accusations de sorcellerie qu'on lui imputait. « De toute façon, j'étais condamné », disait-il, « car le Roi voulait m'écarter et me déposséder. Ce ne sont pas ses cris d'envoûtée qui ont fait pencher plus ou moins la balance de mon destin... Et son intervention était de qualité... Il faut reconnaître qu'elle était fort belle et fort haineuse, Carmencita. »

— Je crois aussi que vous l'aviez bien maltraitée à Toulouse, lorsqu'elle se cramponnait à vous, ne supportant pas de vous avoir perdu, après votre mariage avec moi. Pour calmer ses cris, un jour vous lui aviez renversé un bassin d'eau sur la tête... Je me souviens.

— C'est possible ! L'homme est cruel lorsqu'il n'aime plus.. Et surtout lorsqu'il aime ailleurs

Cette affaire avait rappelé à Angélique qu'elle n'avait pas été sans redouter jadis la séduction des belles femmes d'Aquitaine. S'ils avaient vécu à Toulouse au lieu d'être séparés par une catastrophe, leur bonheur aurait-il été assez fort pour résister à ces audacieuses conquérantes au teint laiteux, aux yeux de velours, à l'odeur pimentée des brunes dont elle craignait le pouvoir sur le sensuel comte toulousain ?

Ces discussions réveillaient donc en elle, dans un recoin très oublié de son esprit, une appréhension et aussi un regret de ne pas avoir connu en Joffrey l'homme qu'il avait été avant elle, et elle admettait sans difficulté que dans les circonstances présentes et après tout ce qu'ils avaient vécu ensemble, c'était un sentiment des plus vains. Elle évita de se rendre à plusieurs réceptions où elle aurait pu rencontrer Sabine de Castel-Morgeat. Elle ne voulait pas qu'on pût remarquer que sa victoire, si mystérieusement acquise, lui pesait, et que la transformation qu'elle avait encouragée chez celle qui avait été son ennemie déclarée commençait à l'inquiéter. D'autant plus qu'on ne manquait pas de l'en féliciter à tous propos.

— Comment vous y êtes-vous prise ? ne cessait d'interroger Ville d'Avray plus qu'intrigué.

— Secret de femme, répondait Angélique moqueuse.

Au « lever » il arrivait à Angélique de pousser son vantail sur une aube fourmillante d'étoiles. Le froid était vif, immobile, d'une pureté vibrante. Le silence de la nature était si profond que parvenait jusqu'à elle le grondement lointain de la chute d'eau sise à deux lieues de Québec et qu'on appelait le Sault de Montmorency.

Puis le jour se levait avec des lueurs liliales ou fleur de pêcher. Une lueur carmin rampait à la lisière des montagnes. Toutes les aspérités du paysage, toutes les pointes de clochers, les pignons des demeures même les plus éloignées, se piquaient d'un rubis et le versant glacé des champs luisait sous la caresse du soleil levant comme une verrerie précieuse. Le bleu des bois sur les côtes se confondait avec celui du ciel tant il devenait pur et intense.

Mais parfois tout était blanc de la terre et du ciel. Et, de la côte de Beaupré, on ne devinait la vie qu'aux rubans vacillants des fumées s'échappant des cheminées. Sous les hauts toits à la normande. L'habitant entouré de sa famille et de ses « engagés » s'asseyait devant son premier verre d'eau-de-vie et de la grande jatte de lait trempé de morceaux de pain, posé au milieu de la table.

Durant le mois de janvier, la vie de la cité était très animée. Le Carême viendrait assez tôt, disait-on, avec son cortège de pénitences : quarante jours de jeûne et abstinence en perspective, les boucheries et les pâtisseries fermées...

On mettait « les bouchées doubles » en toutes choses : nourriture, plaisirs, divertissements. Il y avait beaucoup de soupers d'église, c'est-à-dire des repas de confréries, prétexte à réunir sous l'œil indulgent de leur saint patron les membres d'une pieuse corporation ou d'une diligente société de charité.

Prétexte à boire plus que de raison. Les dames se passaient leurs recettes culinaires ou de boisson qui faisaient de leurs maisons un lieu réputé où l'on se rendait volontiers.

La demoiselle Euphrosine Delpech, dont les « bouilleurs de cru » parlaient avec révérence parce qu'elle avait la meilleure levure pour les alcools, fabriquait un ratafia des quatre graines : fenouil, angélique, coriandre et céleri, qui était une merveille, et qu'on affectait de prendre pour un remède, alors qu'il n'y avait pas meilleur à boire avant d'aller au lit en galante compagnie. Pour les vertus de son ratafia aphrodisiaque, on lui pardonnait d'être la plus mauvaise langue de la ville.

On lisait, on se recevait, les gens aimaient les beaux discours, les beaux sermons, les offices grandioses.

Mme de Campvert donna un grand bal. Comme elle avait du faste, de la grâce quand elle voulait s'en donner la peine et que sa verve intimidait, tout le monde s'y rendit, sauf Mme Le Bachoys qui retint ses filles et ses amants dans ses jupes. « C'est une dépravée » disait-elle, « et l'amour ne gagne rien à porter masque de débauche ».

L'on dansait, l'on jouait aux cartes avec frénésie et l'on aimait.

Médisances, calomnies et rivalités allaient leur train, mais c'était une société où l'on ne reprochait pas aux autres d'avoir moins de naissance car tout le monde au Canada travaillait ou s'employait pour le service du Roi.

Mlle d'Hourredanne avait commencé sa lecture de *La Princesse de Clèves*, histoire d'amour écrite par l'une de ses amies parisiennes, Mme de La Fayette, qui se piquait de belles lettres.

Ces soirs-là, on trouvait dans sa « ruelle » en sus de Mme de Peyrac et sa fille, le marquis de Ville d'Avray, l'intendant Carlon, M. de Bardagne et M. de Chambly-Montauban, Mme Haubourg de Longchamp, sa camériste et sa fille d'une dizaine d'années, Mme de Mercouville et ses deux filles aînées, M. Le Bachoys qui montait exprès de la Basse-ville, etc.

Les soirées de l'agréable lectrice étaient fort courues.

Sire chat se faufilait avec obstination sur les talons d'Angélique et d'Honorine attiré par cette demeure mystérieuse. On renvoyait alors la chienne de Mlle d'Hourredanne à la cuisine avec la servante anglaise. Mais celle-ci tenait à assister à la lecture et elle s'installait dans un coin de la pièce les mains sur les genoux, comme si elle s'apprêtait à écouter un sermon sur la Bible, le jour du Seigneur, dans la *meeting-house* de son établissement bostonien.

La chienne, dans la cuisine, gémissait car elle aussi appréciait cette heure où elle était bercée par la douce voix de sa maîtresse. On devait la ramener dans le cercle de famille. Chien et chat finirent par s'entendre et c'était merveille de voir Sire chat, perché au sommet du baldaquin, plisser les paupières d'un air pénétré lorsqu'à certains passages la voix de la lectrice tremblait d'émotion et la chienne, couchée, rêveuse, aux pieds de l'Anglaise, toutes deux parfois soupirant profondément.

On se demandait bien ce que la captive de Nouvelle-Angleterre pouvait bien comprendre aux intrigues amoureuses et alambiquées de ces ducs et princesses de France qui ne cessaient de s'interroger, de gémir, de pleurer et de mourir, passaient comme des ombres auréolées de leurs grandes fraises godronnées, des couloirs du Palais du Louvre sur les rives de la Seine, à ceux des résidences royales sur les bords de la Loire, cadre qui avait été celui de la Cour d'un des derniers rois Valois, Henri II, au siècle dernier.

Bérengère-Aimée de La Vaudière, dès le début, s'était montrée assidue aux lectures chez Mlle d'Hourredanne. Espérait-elle y rencontrer Peyrac ? Avoir la possibilité de l'apercevoir plus facilement et comme par hasard ? Pensait-elle qu'un soir Angélique l'inviterait chez elle et qu'elle pourrait s'introduire dans la petite maison pour y papillonner en observant tout et dans quelle intention, finalement ? On ne savait trop que penser. Les uns disaient que c'était une enfant qui ne se rendait pas compte de son comportement. D'autres, que c'était une rouée.

Et il était désagréable à Angélique de penser que dans son dos bien des commères se confiaient qu'à sa place elles se méfieraient.

Sa présence gâchait pour elle les heures agréables des soirées où se poursuivait le récit du fatal amour de Mme de Clèves pour

M. de Nemours. A la lecture de la mort de Mme de Chartres, mère de Mme de Clèves, Bérengère éclata en sanglots.

— Oh ! Que je me languis de ma mère, gémit-elle. Cet exil est trop long... Plus de neuf mois sans missive, sans que je puisse savoir ce qu'elle devient ni lui confier mes peines.

— Faites comme moi, écrivez ! lui conseilla Cléo.

— Non ! non : A quoi bon écrire à un fantôme. Peut-être est-elle morte déjà elle aussi... Oh ! Je ne peux plus durer... Je veux revoir ma mère... ma mère, ho ! ho !...

Les pleurs redoublèrent et se changèrent en cris. On dut l'entourer pour essayer de l'apaiser. Mme de La Melloise pressait Angélique de l'emmener dans sa maison juste en face pour lui faire boire quelque chose.

Angélique se garda bien de jouer les sœurs de Charité. Elle fit la sourde oreille. Les larmes de Bérengère ne l'attendrissaient pas. Tout lui était bon pour faire la comédie. Nul n'était plus habilité pour consoler Mme de La Vaudière que son beau et charmant mari, déclara-t-elle en appuyant sur le mot charmant. Il fallait la reconduire dans la Basse-Ville où le couple avait son hôtel.

— Je l'accompagne, décida Ville d'Avray.

Les hôtes de Mlle d'Hourredanne, après l'avoir vue sortir ployée sous le poids de son chagrin mais tendrement soutenue par le marquis, s'accordèrent à dire que celui-ci serait un consolateur beaucoup plus efficace que le mari.

En ce début d'année, outre la succession ininterrompue des visites que tout le monde voulait se rendre, à plusieurs reprises, il y eut au château de Montigry collations, jeux, bals, petite musique ou petit théâtre suivis de médianoche.

Et l'on conservait l'habitude parisienne de sortir masqué le soir dans les rues, ce qui avait l'avantage, les masques étant de velours ou de soie, de protéger les visages des intempéries souvent cinglantes.

Malgré les fêtes il y avait beaucoup d'activités. Les deux prisonniers anglais arrivaient chaque matin du campement des Hurons pour enseigner à Mme de Mercouville comment teindre sa laine et son lin. Mais la veuve indienne, qui était à un double titre la maîtresse de l'un d'eux puisqu'il remplaçait près d'elle à la fois un domestique auquel elle avait bien droit, son fils qui devait l'assister ayant été tué au combat contre les Anglais et un mari, également tué au combat, prit ombrage de ces visites qu'elle avait autorisées pour faire plaisir à M. l'intendant et à Onontio, c'est-à-dire au Gouverneur.

Elle vint elle-même, solennellement, voir de quoi Mme de Mercouville avait l'air et, la trouvant avenante, elle fit toute une histoire. C'est qu'elle y tenait à son John, la veuve ! Il lui plaisait ce laboureur puritain du Massachussetts, qui était dur à l'ouvrage et avait au moins le mérite de ne pas rechigner à faire l'amour. Encore que moins entreprenant que les Français, il était, comme tous les Européens, porté sur la chose, ce que les femmes indiennes apprécient, leurs guerriers, chez elles, étant trop souvent préoccupés de ménager leurs forces pour courir plus vite, combattre plus habilement et supporter plus vaillamment la torture, lorsque leur tour viendrait de tomber entre les mains des Iroquois.

Elle ramena donc, avec diligence, son captif anglais au bourg de Lorette et Mme de Mercouville dut se contenter de l'autre, un jeune rouquin, tout à fait indianisé, mais qui se souvenait de ce que lui avait appris son père, artisan à Salein.

L'intendant Carlon, lui, réquisitionnait du monde pour porter les métiers à tisser dans les différents foyers où les femmes se mettraient à l'ouvrage. C'était des engins fragiles, lourds, encombrants, mais la colonie devait se suffire à elle-même, répétait-on. C'était important les toiles, les étoffes. Cela coûtait cher à importer Et puis les femmes ne devaient pas rester oisives.

Tout en aimant bien sa Haute-Ville, ses salons, églises et monastères, Angélique se trouva à descendre quotidiennement dans la Basse-Ville, au *Navire de France* où là, les souvenirs évoqués, s'ils n'avaient pas le raffinement de ceux du palais du Gai Savoir, au moins n'appartenaient qu'à elle.

Or, on remarqua ceci... Le jeune Cantor de Peyrac, cet adolescent grave, beau comme un ange, mais dont l'expression rappelait parfois à Angélique celle un peu maussade de certains des garçons de Sancé de Monteloup, ses propres frères : Josselin, Gontran, Denis... ne riait et ne plaisantait qu'avec Madame Gonfarel, patronne du *Navire de France.*

Un jour qu'il était venu à l'auberge avec une bande d'amis et quelques officiers de la recrue de Peyrac, l'aimable tavernière qui était un peu ivre lui dit :

— Bonjour, mon ch'tit. Vous ne me connaissez pas, mais moi je vous connais et depuis longtemps Je vous ai quasiment donné le sein.

Cantor éclata de rire. Il se leva de son banc d'un air ravi et lui jetant les bras autour du cou l'embrassa sur les deux joues.

— Y m'a reconnue ! confia La Polak bouleversée à Angélique

quand elle la revit, pense ce que tu voudras ! Y m'a reconnue ! Il se souvient de moi quand j'ai couru jusqu'à Charenton pour l'arracher aux bohémiens... Tu sais, les bébés, ça regarde et ça ne dit rien. Mais ça se souvient.

C'était un fait que Cantor revenait fréquemment au *Navire de France* et se montrait toujours très joyeux et aimable avec Janine Gonfarel. Cette gaieté, qui ne lui était pas habituelle, le transformait, faisant briller ses yeux verts et lui conférant la beauté si vivante de sa mère.

— Ah ! je me le paierais bien, ce beau petit, confiait La Polak à Angélique lorsqu'elle était un peu éméchée. Tu sais ce que je ressens, ce côté incestueux des nourrices...

— Mais tu n'as jamais été sa nourrice ! protestait Angélique. Personne n'a jamais été la nourrice de Cantor... Même pas moi... Je n'avais pas de lait... Il a été nourri au « petit pot ».

Aujourd'hui Florimond et Cantor de Peyrac allaient sur leurs dix-neuvième et dix-septième années, et se trouvaient au Canada, beaux, vigoureux, bien portants et heureux selon les apparences, bien qu'ayant traversé tant de « hasards », comme on disait.

La considération dont les membres de la famille de Peyrac honoraient l'auberge du *Navire de France* amena en ces lieux la fine fleur de la noblesse comme de la haute bourgeoisie.

On y vit même l'intendant Carlon. Nicolas de Bardagne était un fidèle.

Les manières civiles et amènes de l'Envoyé du Roi, sa simplicité et sa complaisance à vider force hanaps lorsque l'occasion s'en présentait, ce qui rappelait qu'il avait une saine disposition à apprécier les plaisirs de la vie, lui avait attiré beaucoup d'amis. Les officiers de sa maison et jusqu'à son écuyer, son secrétaire et son premier valet de chambre, étaient issus de bonnes familles bourgeoises ou de petite noblesse.

On aimait les voir arriver au *Navire de France*.

En revanche, la joyeuse exubérance se refroidissait lorsqu'on voyait paraître le duc de La Ferté et ses compagnons. Ils s'étaient fait des ennemis par leur morgue et en traitant les habitants du Canada de « manants » et de « croquants ».

La Polak répétait chaque fois qu'elle saurait leur faire comprendre un jour de n'avoir pas à se représenter chez elle, mais elle n'en faisait rien car elle leur savait l'escarcelle bien garnie.

Pour Nicolas de Bardagne c'était une épreuve d'être obligé de rencontrer M. de La Ferté lorsqu'Angélique était présente.

— Ainsi, il fut votre amant... Il l'est peut-être encore ? lui dit-il un jour.

— M. de Bardagne, vous m'insultez et vous insultez à l'honneur de mon époux, présent dans cette ville. J'avais perdu jusqu'au souvenir de ce Monsieur de La Ferté et je ne vous cache pas que sa présence m'a surtout contrariée, mais qu'y pouvons-nous ?

— Ainsi, vous avouez, dit Bardagne en pâlissant, c'est donc bien vrai. Il a été votre amant ?

— Mais puisque vous en êtes persuadé vous-même, à quoi bon nier, fit Angélique en s'énervant. Admettez une fois pour toutes que j'ai eu un passé et n'en faites pas toute une tragédie qui ne rime à rien dans les circonstances présentes. Il ne peut plus rien y avoir désormais entre ce gentilhomme et moi.

— Il m'y semblerait fort disposé pour sa part.

— Mais dans ces sortes d'échanges, ce sont mes préférences qui priment, vous devriez le savoir, vous me connaissez assez.

— Hélas ! Je croyais vous connaître. Mais les facettes inattendues de votre caractère ont jeté le doute dans mon esprit. A La Rochelle qui aviez-vous comme galant ?

— Vous !

C'était devenu presque un jeu entre eux que ces conversations auxquelles Bardagne se présentait bourré de pensées dramatiques qu'il avait longuement ressassées, et qu'Angélique affectait de prendre à la légère. La discussion se développait suivant un certain tour théâtral sur les mêmes thèmes remaniés, développés.

De plus, la passion de Bardagne l'environnait d'une quête sensuelle, qui, pour être contenue mais journellement exprimée par des regards, des soupirs, des allusions, une attitude d'empressement et de câlinerie dans les gestes et les attentions qu'il lui dispensait, créait un climat excitant autour d'elle qui ne lui déplaisait pas et contribuait à la rendre gaie et tolérante envers son amoureux transi. De savoir le désir obsédant qu'il avait d'elle ne l'irritait pas comme les déclarations du duc de Vivonne, mi-insolentes, mi-cajôleuses, qui, lorsqu'il avait bu, semblait envisager comme allant de soi, puisqu'ils avaient été amants jadis, qu'elle lui accordât de nouveau ses faveurs.

Bardagne laissait repousser sa moustache. Il la taillait très au-dessus de la lèvre, en virgules minces, à la façon du Roi.

Au début lorsqu'il la retrouvait au *Navire de France* il lui reprochait de fréquenter des lieux malfamés ce qui ne lui seyait guère. Elle avait rétorqué qu'il était mal venu de lui faire la morale, car elle avait appris que, peut-être pour se consoler de son inguérissable chagrin d'amour, il s'était organisé, grâce à la discrétion de sa closerie, de joyeuses parties, où il conviait des compagnons de beuveries et de jeux accompagnés de quelques femmes d'heureux caractère et point trop dévotes.

Nicolas de Bardagne s'inquiéta.

— Mes invités se montrent-ils trop bruyants ? Troublent-ils votre sommeil et la paix de votre rue ?

— Pas le moins du monde.

La situation d'envoyé extraordinaire du Roi permettait à Nicolas de Bardagne de se tenir en dehors des cercles mondains et religieux et il était considéré trop étranger à la vie du pays pour qu'on se préoccupât de sa bonne ou mauvaise conduite.

Plus d'un enviait sa liberté.

Angélique savait qu'il avait écrit une lettre au Roi, à Tadoussac, que le commandant du *Maribelle* avait emportée.

Elle souhaitait éclaircir un point. Nicolas de Bardagne avait-il parlé d'elle au Roi ? Celui-ci l'avait, en effet, chargé de savoir si la femme qui accompagnait le comte de Peyrac n'était pas celle qu'il faisait rechercher par toutes ses polices : la Révoltée du Poitou.

Un après-midi qu'elle se trouvait en compagnie au *Navire de France* elle risqua une approche.

— Mon cher Nicolas, je m'aperçois que nous n'avons eu guère le temps de nous voir depuis le Grand Conseil auquel j'avais eu l'honneur d'assister. J'en ai gardé l'idée que nous avions à vous adresser des remerciements pour l'avis favorable que vous avez donné sur nous dans votre missive au Roi.

Nicolas de Bardagne était sans soupçon, trop heureux d'avoir pu faire plaisir à Angélique par son intervention au Grand Conseil et il lui exposa volontiers, dans les grandes lignes, la teneur de la missive qu'il avait écrite au Roi à Tadoussac, et fait envoyer par *Le Maribelle,* dernier navire quittant le Canada et cinglant vers la France.

— Sa Majesté n'a pu manquer d'être impressionnée par la rapidité avec laquelle j'ai pu donner réponse aux divers points concernant ma mission, grâce à vous, chère amie, je le reconnais, puisque par notre rencontre, j'ai su, à peine avais-je posé le pied sur la terre du Canada, tout ce que j'avais à savoir sur celui qui était devenu, hélas ! votre époux.

» Je n'ai donc pas caché au Roi — dussiez-vous m'en tenir rigueur — que celui qui se disait possesseur du Maine, occupant indûment divers territoires et côtes de l'Acadie française, était bien ce même Rescator, aventurier-pirate, qui avait jadis combattu ses galères en Méditérranée. En revanche, affirma-t-il avec force car il avait conscience de ce que ses paroles pouvaient avoir de détestable pour Angélique, je lui ai assuré que vous n'étiez pas, comme il semblait — je ne sais pourquoi — le soupçonner et le redouter, cette femme rebelle qu'on a appelé « La Révoltée du Poitou » et qu'il fait rechercher assidûment.

» J'ai pu lui affirmer que la compagne du pirate n'avait rien à voir de près ou de loin avec cette misérable créature. N'étais-je pas bien placé pour le savoir ? conclut-il avec un demi-sourire complice, puisque je vous connaissais et que vous étiez pour moi une ancienne amie de La Rochelle. Mais ceci je ne le lui ai pas dit. C'est une affaire personnelle. Je me suis contenté de me porter garant de la bonne source de mes renseignements et qu'il pouvait en toute quiétude accorder foi à mes affirmations.

Angélique l'avait écouté en ouvrant la bouche à plusieurs reprises dans l'intention de l'interrompre. Mais elle y renonça Elle finit par boire une gorgée d'eau pour se donner une contenance. Pourquoi le détromper ? Grâce à Dieu, il ignorait qu'elle était la Révoltée du Poitou, ce qui était au fond normal. Mais une fois de plus elle se trouvait devant le dilemme de le laisser dans son erreur, ou de le mettre au courant et de soulever des problèmes inextricables qui ne pouvaient qu'augmenter l'imbroglio et déchaîner des controverses qui pourraient tourner au drame, inutiles et stériles de surcroît.

Cette lettre au Roi était partie depuis novembre et l'on ne voyait vraiment pas comment on pourrait la rattraper et en rectifier les propos avant la fonte des glaces et le retour des navires. Et peut-être Louis XIV apprendrait-il bientôt qu'il ne s'était pas trompé dans son intuition, par Desgrez qui, lui, aurait reçu sa lettre à elle, envoyée aussi de Tadoussac par *Le Maribelle.* En lui écrivant, elle avait voulu mettre entre les mains du policier une arme qu'elle savait qu'il utiliserait au mieux.

Elle l'imaginait assez bien se présentant à Versailles, s'inclinant très respectueux, et disant d'une voix neutre : « Sire, c'en est fait. Nous avons retrouvé la trace de Madame du Plessis-Bellière... Elle est au Canada... »

Afin de s'absoudre personnellement de garder un silence qui se révélerait un jour coupable envers un ami, somme toute dévoué, Angélique sourit à Nicolas de Bardagne avec une grande gentillesse. Les sourires d'Angélique, même les plus indifférents, avaient toujours le don de combler d'aise ceux qui les recevaient. Quand elle y mettait de l'intention, il était difficile au bénéficiaire de ne pas céder à un sentiment d'euphorie qui pouvait se prolonger plusieurs heures, voire toute une journée et plus. accompagné parfois des rêves les plus fous.

Bardagne était sans défense devant un don si spontané. Rien ne lui parut plus merveilleux, plus enivrant que ce visage de femme d'une beauté harmonieuse et touchante, émergeant devant lui comme un songe, nimbé d'un halo vacillant par la clarté des lampes à huile perçant tant bien que mal le brouillard dense de la salle surchauffée.

Dans cette auberge du bord du fleuve, le silence opaque du Saint-Laurent était perçu de façon plus tangible encore que dans la Haute-Ville.

A quelques pas au-dehors, la rive basse caparaçonnée de glaces se soudait à la plaine neigeuse, noyée d'obscurité. Par ce silence écrasant on éprouvait la féroce étreinte du froid subjugant terres et eaux et dont la tenaille glacée mordait le Roc. Il en résultait, pour l'instant, suspendue une qualité de solitude plus parfaite et plus indomptable qu'en tout autre lieu du monde.

A la pensée qu'il s'y trouvait enclos et que le rêve de sa vie. depuis La Rochelle, se tenait devant lui, une vague de bonheur submergea le comte de Bardagne. Il tendit le bras à travers la table et posa sa main sur celle d'Angélique, main qui lui parut dans la sienne d'une petitesse et d'une fragilité surprenantes. Il s'aperçut qu'il ne s'était jamais avisé de la joliesse des doigts d'Angélique et cet oubli l'effraya, de sa part, comme une aberration. Il ne la connaissait donc point en tout, lui qui ne cessait de la détailler des yeux avec avidité ? Que de choses n'avait-il pas encore à découvrir en elle : ses pieds, ses genoux. la pointe de ses seins, son sexe mystérieux, adorable...

Son trouble le fit trembler.

Il murmura :

— Je suis heureux.

LE duc de Vivonne prenait ombrage de l'empressement de Bardagne. Il voyait rarement Angélique.

Il buvait. Il s'ennuyait. Âcrement, il se faisait la réflexion que la société de M. et Mme de Peyrac était très recherchée alors qu'on le boudait lui, homme de cour brillant, et qui n'avait jamais connu que des succès dans le monde. Il avait quelques aventures avec ces femmes de fonctionnaires qui s'ennuient et qui s'imaginent qu'en menant une vie un peu canaille elles persuaderont les gens qu'elles ont vécu à la Cour.

Il se disait qu'il ne l'obtiendrait jamais. Il réalisa que lui la voyait. Elle était là et jamais elle ne lui avait paru aussi inaccessible.

Elle était inaccessible car elle *pensait* à autre chose et c'était cela qui le rendait fou. Parce qu'on ne savait pas QUI elle était, parce qu'on ne savait pas comment la retenir, la séduire. C'était un mystère odieux.

Et le Roi s'y était brisé le cœur comme un vulgaire manant.

Il lui fallait souligner devant Sainte-Edme et Bessart le moindre détail qui lui permettait de l'évoquer.

— N'avez-vous point remarqué le manège du Roi quand il se promène en ses jardins. Il s'arrête parfois au sommet du bassin de Latone. Et ma sœur est furieuse car elle sait qu'il pense à ELLE...

Vivonne s'interrompait frappé par les sinistres figures de ses compagnons. Il se détournait, furieux. C'était donner des perles aux pourceaux que de parler devant ces faces de Carême!

Les autres échangeaient un regard entendu. On avait le temps devant soi mais il faudrait veiller dès maintenant à ce que le crédit d'une rivale aussi redoutable pour Mme de Montespan ne fût pas alimenté.

Il serait désastreux qu'elle pût revenir à la Cour et même en France. Il ne fallait pas qu'elle eût jamais l'occasion de revoir ce Desgrez, l'âme damnée de ce La Reynie, lieutenant de police du Royaume. Ils discutaient de La Reynie. Un honnête homme, très habile, et qui change tout le système. Il a mis partout des lumières dans les rues. Dispersée la Cour des miracles, renfermés les pauvres. Le Roi veut le crime châtié. Paris et Versailles vont devenir très ennuyeux...

En parlant, ils excitaient Martin d'Argenteuil, lui rappelant que Mme de Peyrac avait été l'amante du policier François Desgrez, qui avait si vilainement trahi Mme de Brinvilliers et l'avait conduite à l'échafaud, si bien que dans son cerveau fumeux le maître-paumier n'était pas loin de l'accuser d'avoir dénoncé la marquise et d'être responsable de leurs ennuis présents qui avaient contraint M. de Vivonne à prendre le large, ce qui, à quelques mois près, aurait pu être la vérité.

Avec cette prescience aiguisée des êtres sur le bord de la démence, Martin d'Argenteuil disait qu'il sentait l'ombre du policier derrière Angélique et si elle l'avait su elle n'aurait pas manqué d'être impressionnée car elle pensait souvent à Desgrez. Quel usage ferait-il des renseignements qu'elle lui avait donnés ? Parlerait-il pour eux ?

Le comte de Saint-Edme, malgré ses forces de magicien, se reprochait de ne pouvoir jamais prononcer le nom de Mme de Peyrac. Martin d'Argenteuil, dans ses mauvais jours, se souvenait que le Bougre Rouge l'avait vue à bord d'un des canots de la chasse-galerie et cela ne lui signifiait rien de bon.

Les gants rouges de Martin d'Argenteuil et ses mains qu'il ouvrait et refermait avec une vaniteuse satisfaction pour faire jouer ses muscles inspiraient aussi la méfiance. Une adolescente de douze ans ayant été trouvée étranglée et violée dans la Basse-Ville, on en accusa spontanément « l'homme aux gants rouges ». La fille appartenait à ce fonds de « pauvres » et de miséreux qui peuplait le quartier Sous-le-Fort, anonymes, composés d'immigrants mal lotis, de malchanceux, de paresseux. La mère étant soupçonnée de hanter pour galanterie les appartements cachés du *Navire de France*. Les bruits qui accusaient Martin d'Argenteuil du crime ne circulèrent que « sous le manteau ».

Martin d'Argenteuil, avec quelques jeunes gens, avait organisé un jeu de paume dans un vieil entrepôt de la Basse-Ville. On y allait comme au spectacle car c'était merveille de le voir jouer avec ses mains gantées de rouge, la paume musclée ouverte pour recevoir le choc de la pelote de cuir, fusant comme un boulet et qu'il relançait aussitôt avec un mouvement du poignet et du bras d'une vigueur impressionnante.

— Je n'aimerais pas être lapidée par vous, dit Mme Le Bachoys avec un frisson.

— Vous n'avez rien à craindre, chère Madame, répondit-il avec ce mélange de flagornerie et de goujaterie qui venait de sa bêtise, vous n'êtes pas la femme adultère.

Mme Le Bachoys fut la seule à beaucoup rire de la réplique qu'il s'imaginait galante.

On le trouva idiot et maladroit. Il n'était au courant de rien.

47

UN MATIN, L'UN DES MOUSSES DU « GOULDSBORO » ARRIVA essoufflé du manoir de Montigny pour avertir Mme de Peyrac que « Ventre Ouvert » c'est-à-dire Aristide Beaumarchand, saisi de terribles douleurs d'entrailles, avait été transporté d'urgence à l'Hôtel-Dieu.

Angélique ne prit que le temps de jeter son manteau sur ses épaules et de chausser ses bottes pour courir vers le couvent des sœurs hospitalières où elle se trouva à pénétrer pour la première fois, bien qu'elle ait pu détailler souvent de ses fenêtres la haute et vaste bâtisse édifiée à mi-pente de la côte Sainte-Geneviève.

Angélique, après avoir été dirigée vers la salle des hommes où, ayant cherché en vain son Aristide, elle avait commencé à craindre qu'il ne fût déjà mort, le découvrit dans la salle réservée aux officiers ou personnes de « qualité » où il s'était fait admettre dès son arrivée en se recommandant de ses hautes relations avec M. et Mme de Peyrac. Ce qui prouvait qu'il n'était tout de même pas dans un état désespéré quand on l'avait amené.

Les lits de cette salle étaient garnis de courtines de serge verte que l'on relevait des deux côtés pendant la journée et elle aperçut la tête du malingre pirate aux yeux chassieux et aux cheveux gras aussi emmêlés qu'une pelote de ficelle, émergeant d'un drap tiré bien blanc et reposant sur un coussin de crin, également enveloppé de toile blanche. Assise à son chevet, une petite sœur, jolie comme un cœur, lui faisait patiemment avaler à la cuillère un bol de bouillon.

— Il s'est empoisonné, l'avertit la petite religieuse.

Ayant fait ingurgiter à son patient une dernière cuillerée de bouillon, elle se leva afin de céder sa place à Angélique. Elle se nommait, dit-elle, Mère Françoise Marcot de Charles Borromée.

Les religieuses en Canada étaient souvent désignées par leur nom de famille suivi de leur patronyme en religion.

Sévèrement interrogé par Angélique, Aristide se laissa arracher sa confession. C'était à cause du « lessi de bois », expliqua-t-il, dont lui avait parlé Éloi Macollet et Nicolas Heurtebise quand il avaient été question pour lui de fabriquer une « bonne boisson » à porter aux sauvages pour la traite et dont l'adjuvant de quelques gouttes au plus minable alcool allongé d'eau transformait celui-ci en une eau-de-feu à faire bondir jusqu'aux étoiles tous les jongleurs sagamores et guerriers des forêts américaines, depuis les Papanichois du nord jusqu'aux Illinois du midi.

Nanti de la recette, il en avait fabriqué un « lessi de bois », une merveille, plus noire que l'encre avec on ne sait quoi de brun brûlant dans son reflet, et rien que de voir ce liquide suinter de son lit de paille imbibée, on s'étonnait que la paille ne s'enflammât pas, tant c'était bien plutôt du feu pur qui gouttait là. Or, Mme de Peyrac se souvenait bien de ce qu'avait recommandé Heurtebise, elle était présente quand il l'avait dit : « De cette mixture on pouvait ajouter deux gouttes pour une pinte, mais trois ça risquait d'être mortel. » Lui, Aristide Beaumarchand dit Ventre-Ouvert, ancien Frère de la Côte, et qui avait toujours aimé faire de la bonne ouvrage et livrer de la bonne marchandise, il en avait ajouté quatre. Il avait eu aussitôt l'impression que ses boyaux, si malmenés déjà, se trouvaient transpercés par mille trous, pis qu'une passoire. Il était tombé en se tordant de douleur et en hurlant si fort qu'on l'avait cru saisi du mal des ardents, ce qui n'en était pas loin.

Dans la mesure de ses connaissances, Angélique en reconstituant de mémoire les manipulations conseillées, et où entraient des résines, du charbon de bois, de la cendre, etc., pouvait envisager que l'habile apprenti sorcier avait obtenu un produit aussi dangereux que la soude caustique ou la térébenthine, d'où lui venait peut-être ce nom déformé de « lessive de bois ».

— Vous n'êtes pas raisonnable, Aristide Beaumarchand, se fâcha-t-elle. Comment voulez-vous que j'aie l'esprit tranquille avec vous ?

— Vous voyez, le Bon Dieu vous a puni, Monsieur Beaumarchand, commenta la jeune Mère Saint Charles Borromée en le menaçant du doigt.

Déjà l'empoisonné se remettait rapidement.

— Il a l'âme chevillée au corps, dit Angélique.

Les religieuses souhaitaient savoir en quelles circonstances il avait reçu l'affreuse blessure traitée par Mme de Peyrac et quelle arme l'avait causée.

Angélique et son opéré échangèrent un coup d'œil

— Là encore le Bon Dieu l'avait puni, dit-elle.

Aristide Beaumarchand était enchanté de se trouver si bien soigné et se réconciliait avec Québec. Ce n'était pas sur les vaisseaux de la flibuste qu'on se faisait dorloter ainsi. Les chirurgiens y tenaient plutôt du boucher que du praticien aux doigts de fée.

A sa prochaine visite Angélique le trouva debout et très excité.

— J'espère que cela va s'arranger, lui confia-t-il, mais les religieuses m'ont à la bonne, et on parle qu'elles vont m'accepter comme homme à tout faire pour leurs gros travaux.

— Quels gros travaux ? Vous êtes le plus débile individu que je connaisse et je ne vous imagine même pas soulevant une bûche.

— Craignez rien ! Je saurai me rendre utile... et puis venez donc par ici, j'ai du nanan à vous montrer.

Maigre, affaibli, les mains sur le ventre pour le protéger des heurts, il l'entraîna par les dédales du monastère qui semblait lui être devenu familier, jusqu'à la porte de l'apothicairerie

Du seuil, il la pria de jeter un regard d'ensemble sur le

séduisant tableau que présentait le rassemblement de tant de cornues au long bec et d'alambics de cuivre.

— C'est qu'elles sont drôlement dégourdies en alchimie, ces nonnettes ! Elles vous fabriquent une de ces « aqua vita », je ne vous dis que ça !

Dans cette pièce, il se sentait aux avant-postes de son combat. Il ne lui était pas interdit de rêver d'y officier un jour. Tout s'engrenait au mieux. Julienne aiderait les Mères dans les soins à donner aux malades. Elle était dévouée, vigoureuse, et rien qu'à la voir les moribonds eux-mêmes retrouveraient du cœur à l'ouvrage. On mettrait à la disposition du couple un petit logement non loin de l'enclos où les familles des sauvages hospitalisés dressaient leurs huttes d'écorce. Il y avait toujours eu wigwams et tipis aux alentours de l'hospice. Aristide serait chargé de surveiller le campement et les démarches des Indiens souvent fort querelleux, voleurs ou dérangeants.

— Ça vaut-y pas mieux que le bordel de la Gonfarel ?

Le lendemain, triomphant, il montrait à Angélique sur le registre où étaient inscrits les noms des personnes composant la domesticité de l'Hôtel-Dieu le sien suivi d'une mention en latin dont il était très fier : « ad multa », propre à tout.

Québec demeurait la ville des solutions fantasques et paradoxales.

Mère Marie de la Nativité montrait avec joie l'atelier des fleurs artificielles, ou la « bouquetterie » comme on disait, qui prenait un essor considérable. Au cours des années les religieuses avaient perfectionné cette science qui était née peut-être d'une nécessité budgétaire, les ordres missionnaires étant souvent contraints d'ajouter quelques revenus à ceux dispensés par la charité et toujours dépassés par les besoins des pauvres. Les premiers temps aussi on avait ravi et attiré les sauvages en leur faisant don de petits bouquets appliqués sur des cartons, qu'on avait appelés les « bouquets raquettes » et qui rappelaient les ornements qu'ils brodaient eux-mêmes, de perles ou de poils d'orignal de couleurs, sur leurs vêtements de peaux chamoisées.

Mais l'on devinait que pour les augustines de l'Hôtel-Dieu, le motif secret qui les avait poussées à se lancer dans une forme d'artisanat, dont l'une d'elles en arrivant de France avait apporté quelques notions, c'était d'être privées, dans ce pays soumis aux rigueurs de l'hiver huit mois sur douze, de la joie d'embellir la chapelle.

Ne pouvoir exprimer leurs sentiments d'adoration, de vénération et de louanges envers Dieu, en fleurissant son sanctuaire, leur était le plus pénible des sacrifices.

En ce siècle de Contre-Réforme, il y avait comme une hantise des autels. Rien n'était jamais trop beau, trop riche, trop somptueux pour affirmer en quels tendresse et respect on tenait le culte du Très-Haut.

Lorsqu'elles avaient concédé un lopin de terre à l'un de leur voisin, elles avaient stipulé dans le contrat que « le prenant, en l'occurrence, livrera aux Dames Religieuses à l'Hôpital de cette ville de Québec, à chaque an à perpétuité, un bouquet de fleurs en leur chapelle, le huitième de septembre, fête de la Nativité de la Vierge et au jour de la Saint-Rémy, le premier octobre ».

A part ces deux bouquets annuels de fleurs vraies, maintenant, il y en avait partout d'artificiels composés de leurs mains, merveilles florales aux couleurs délicates souvent mêlées de pétales d'or et d'argent. Créées par les habiles artisanes et qu'on envoyait jusqu'en France tant elles étaient parfaites et d'une fraîcheur naturelle.

Partout dans la maison et dans les chapelles, sur des crédences, dans les encoignures, au pied des statuettes érigées, elles disposaient de petites coupes de cuivre garnies de pétales de fleurs séchées à l'été, cœurs de petites roses, œillets, qui semblaient avoir conservé leurs senteurs originelles.

User des parfums, le plus innocent des délices dont Dieu a voulu combler sa créature, portait à une dévotion plus suave et rendait plus fervente la supplique.

48

ANGÉLIQUE S'ASSIT DANS LA PETITE PIÈCE TRANSFORMÉE EN LABOratoire où aujourd'hui elle triait ses plantes.

Dans les profondeurs des caves de la maison, on entendait les coups sourds et réguliers frappés par Suzanne qui barattait du beurre de chèvre. Depuis quelque temps, Angélique s'était trouvée dans l'obligation de fabriquer une nouvelle provision de certains remèdes de sa composition que l'on disait miraculeux. De ce beurre de chèvre mêlé de baumes résineux et d'essences de plantes, elle allait faire quelques pots d'onguent d'après une vieille recette de la sorcière Mélusine, pour calmer les douleurs profuses des muscles, des nerfs ou des os. On lui en demandait de partout dans la ville

Ce n'était pas de son plein gré et sans s'adresser des reproches qu'elle s'était remise à soigner les gens autour d'elle Elle estimait qu'elle commettait là une imprudence.

Cela commença par Mme de Campvert. Angélique avait toujours évité de se rendre aux invitations de cette personne. Elle était trop certaine de retrouver dans ses salons des indésirables comme le duc de La Ferté. Mais un laquais lui porta certain jour un pli de la part de la dame, l'adjurant de répondre à sa demande de venir au plus vite chez elle. Le ton étant inhabituel, Angélique ne pouvait faire autrement que de s'informer pour le moins.

Mme de Campvert l'accueillit sans aucune de ses façons moqueuses et hautaines de grande dame habituée à tricher aux tables de jeu du Roi.

Elle était en robe de chambre et n'avait pas mis encore sur son visage la couche de blanc de céruse mêlé de vermillon aux pommettes avec laquelle elle se faisait un masque de bonne santé, sinon de jeunesse. Ce n'était plus qu'une vieille femme désemparée qui saisit Angélique dans ses bras en s'écriant ·

— Vous, au moins, vous ne me refuserez pas cela !

Elle l'amena devant une corbeille capitonnée où se mourait un petit singe. Le médecin Ragueneau avait refusé de venir, indigné qu'on eût recours à sa science, d'autre part si nulle, à propos d'un animal.

— J'ai pensé à vous, chère comtesse. Personne n'a de cœur en ce pays. Ne feignez point. Depuis deux années que je suis au Canada, l'on a assez parlé autour de moi de vos connaissances en médecine puisqu'on est allé jusqu'à vous annoncer comme sorcière.

— Mais c'est justement pour cela, Madame, que je ne veux point les pratiquer. L'on m'a aussi accusée de jeter des sorts.

— Mais c'est oublié tout cela, se récria Mme de Campvert. Le Jésuite est loin, vous n'avez plus à craindre sa défiance jalouse et intolérante. Je vous en prie... Vous êtes la seule personne fréquentable sur cet îlot de malheur où je me meurs d'ennui et de froid. Ne me décevez point.

Les supplications n'auraient pas suffi à décider Angélique si les immenses yeux dévorants du petit singe ne l'eussent bouleversée. Lorsqu'elle le souleva, plus impondérable qu'un rameau privé de sève, il lui jeta autour du cou ses longs bras minces et noirs tandis qu'il se blottissait contre sa poitrine, en tremblant violemment. Il lui rappela le singe Piccolo de la Cour des Miracles qui était venu l'appeler au secours le soir où une bande de grands seigneurs avait assassiné le rôtisseur Maître Bourjus, patron de l'Auberge du Masque Rouge (1).

La respiration du petit animal était sifflante. Il brûlait de tièvre.

— En effet, le froid est excessif pour lui en ce pays, dit-elle, c'était légèreté que de l'amener.

— N'avais-je pas abandonné assez de ma vie derrière moi, dans cet exil ? s'écria Mme de Campvert qui se mit à pleurer. Il ne me restait que mon petit compagnon.

Malgré le feu ronflant que Mme de Campvert ne cessait d'entretenir dans sa maison, l'entreprise d'arracher à la mort le pauvre animal paraissait vouée à l'échec.

Pourtant elle le guérit. Après être venue à bout de la congestion qui l'empêchait de respirer, elle l'avait gavé d'une huile extraite du foie de morues fraîches dont elle avait rapporté plusieurs vessies d'orignal pleines, de son séjour sur la côte est. Les marins bretons en faisaient commerce, empilaient les foies de morues dans des caillebotis d'où s'écoulait l'huile fondant au soleil. Ils lui en avaient vanté la vertu précieuse, pour se défendre des maux de l'hiver. L'odeur en était fâcheuse mais les résultats surprenants, tels que Mme de Campvert la trouvait la plus exquise du monde.

A partir de là, on ne cessa d'appeler Angélique dans les cas désespérés, parfois avant le prêtre. ce qui fit froncer les sourcils aux écclésiastiques.

Comment aurait-elle pu se dérober, lorsqu'elle avait vu accourir, grise d'inquiétude, la nourrice antillaise Perrine et qu'elle apprenait que la petite Ermeline, sa miraculée, avait été s'engloutir dans une congère de neige poudreuse au cours d'une de ses fugues.

Jusque-là les Anges Gardiens avaient fait ce qu'ils avaient pu. On ne pouvait en disconvenir car c'était certainement par leur diligence et leur ingéniosité qui faisaient flèche de tout bois, même du plus pourri, lorsqu'il s'agissait de remplir leur mission, qu'un passant, ivre à tomber, était venu s'écrouler dans ce coin et avait discerné, malgré le brouillard qui troublait sa vue, un petit soulier de tripe blanche émergeant de la vague immobile d'un amas de neige fraîchement tombée. Ce qui avait eu pour effet de le dégriser et de le précipiter au secours de l'enfant. Elle respirait encore. On l'avait ranimée. Mais, malgré les soins énergiques, la maladie s'était déclarée, et l'on sentait bien, cette fois, que les Anges Gardiens déclaraient forfait. Seule Mme de Peyrac pouvait encore sauver la

(1) *Angélique et le chemin de Versailles*

frêle enfant. Seule, elle pouvait intervenir, écarter l'ombre sinistre de la camarde qui rôdait près de l'oiseau rieur, du petit bébé gourmand. Gémissante, la négresse suppliait et se tordait les mains.

Angélique la suivit à la grande maison des Mercouville. Assise près du berceau, la petite main d'Ermeline blottie dans la sienne, avec en face d'elle la négresse marmottant d'obscurs incantations africaines et, sur son perchoir, à deux pas, le perroquet silencieux, dansant d'une patte sur l'autre, en roulant des yeux désemparés de père au chevet de sa femme en couches, Angélique lutta plusieurs jours.

Elle retrouvait sa place, celle qui lui avait été dévolue par surcroît. Cela datait de l'enfance, quand les paysans, de leurs grabats dans leurs masures enfumées, suppliaient qu'on la fît venir, la petite fée du château.

Elle aimait se trouver là, elle aimait sentir le bienfait qui, venant d'elle, apportait secours, apaisait les traits crispés par la douleur et le soulagement qu'elle pouvait lire dans les yeux d'un être, enfant ou adulte.

La petite fille retrouva son sourire, sa gourmandise. Elle était moins enthousiaste pour l'huile de foie de morue que pour les pastilles de menthe mais les unes faisaient passer l'autre

LA Polak était acoquinée avec une femme de l'Ile d'Orléans qui faisait de la magie. Elle avait été initiée par elle à la lecture du grand et du petit Albert. C'était aussi une guérisseuse. Un après-midi de février, La Polak fit mander Angélique en la Basse-Ville.

— Elle va venir, lui confia-t-elle, et elle veut te voir. C'est rare qu'elle se hasarde sur le « continent ». Il faut vraiment qu'elle soit curieuse de te rencontrer.

— L'hébergeras-tu pour la nuit ?

— Non. Elle ne reste jamais la nuit.

— Pourquoi ?

— Elle a peur.

La sorcière arrivait par les chemins balisés du Saint-Laurent.

Elle s'annonça dès le lointain par une aura lumineuse de poudre de neige projetée et l'haleine condensée de ses chevaux nimbant son équipage. Plus elle se rapprochait et plus parvenaient aux oreilles les cris qu'elle poussait : « Yé-hé-i !... » et les claquements de son long fouet, encourageant son attelage lancé au grand galop.

Ce jour-là, tout était blanc et bleu, comme ciselé par le froid. Chaque son renvoyait de multiples échos.

La foule de la place, qui baguenaudait d'une boutique à l'autre, se rapprocha de la rive d'un mouvement insensible.

Lorsque le traîneau surgit entre les coques de barques et de navires pris dans les glaces qui encombraient l'Anse du Cul-de-Sac, les gens s'écartèrent et les deux chevaux, attelés en flèche, bondirent et passèrent d'un seul élan du fleuve à la rive dans un bruit de sabots martelant et dérapant sur la glace et de grincements des patins du traîneau mordant la neige. Ils firent halte devant l'auberge du *Navire de France* sur le seuil de laquelle se tenaient Angélique et La Polak.

Une dernière fois, la longue mèche du fouet claqua comme une salve de mousquet. Plusieurs hommes et jeunes gens s'étaient précipités afin de retenir aux naseaux les chevaux qui haletaient, les yeux exorbités, enveloppés de vapeur. On les calmait, on jetait sur leurs échines en sueur des couvertures.

Une grande femme, debout, à l'avant du traîneau, lança les rênes à un garçon et sauta à terre.

Elle marcha vers l'auberge à grands pas d'homme, toujours son fouet en main et commençant d'enlever les écharpes de fourrures dont elle s'enveloppait.

— Viens par là, lui dit La Polak. Nous allons nous asseoir dans un coin de la galerie. De là, tu pourras voir ton île et de l'autre côté, la place, des fois que s'amènerait la maréchaussée.

Les trois femmes traversèrent la grande salle, entre les tables des buveurs et des joueurs qui se turent, mais aucun ne leva les yeux sur la sorcière.

Dans le coin isolé où elles s'installèrent, la femme acheva de se dépouiller de ses châles et étoles de laine tissée et de fourrure.

Elle arracha son bonnet et passa dans ses cheveux courts et très blancs, ses longs doigts effilés.

Parce qu'on avait annoncé une sorcière, Angélique se l'était imaginée bossue, rabougrie, sale et édentée, à l'image de la Mélusine des forêts de son enfance.

La femme qu'elle avait devant elle était âgée, certes, mais droite et grande avec une denture admirable. Sa peau parcheminée était à peine ridée. Elle avait d'extraordinaires yeux bleus, très clairs et rieurs et elle était vêtue confortablement et avec recherche. Sa deuxième jupe de drap de laine marron gansée de noir se relevait à demi sur des bottes du pays, mi-cavalières, mi-sauvages, fourrées, brodées d'ornements à l'indienne, mais façonnées dans un cuir fin. Elle rappela à Angélique Mistress Williams, cette vieille dame de la Nouvelle-

Angleterre, qu'une flèche abénakise avait tuée devant elle (1) et qui, vers la fin de son existence, s'accordait le luxe de belles coiffes de dentelle.

Pour la sorcière de l'Ile d'Orléans, son luxe c'était ses vêtements, ses bottes, son fouet. Sa coiffure la préoccupait moins mais cette auréole de cheveux blancs ébouriffés lui allait très bien. Elle se présenta sans ambages.

— Je suis Guillemette de Montsarrat-Béhars, seigneuresse du fief de La Givanderie en l'Ile d'Orléans.

Elle s'appuyait des deux coudes sur la table et La Polak s'empressait de mettre devant elle un gobelet et un cruchon d'eau-de-vie.

— Alors, où en est-on dans cette ville de fourbes ? demanda Guillemette. Elle prit sa pipe à sa ceinture et commença de la bourrer de tabac qu'elle puisait dans une blague en vessie d'orignal.

Elle examinait Angélique assise en face d'elle. Il y avait dans ses yeux une lueur douce de bienveillance et d'intérêt.

Après quelques bouffées tirées en silence, elle glissa sa main ouverte en travers de la table. D'un geste du menton, elle intimait à Angélique de lui livrer sa main droite afin qu'elle pût lire son destin dans les lignes de sa paume. Angélique s'exécuta.

Guillemette se pencha mais, aussitôt, elle parut contrariée. Elle abandonna sa pipe pour chercher dans les poches de ses vastes jupes une paire de bésicles qu'elle mit sur son nez afin d'examiner de plus près le dessin de la main offerte.

— Mais ça ne va pas du tout, s'exclama-t-elle. Ça ne réussira pas.

— Quoi donc ?

— Ce que tu souhaites.

— Mais que sais-tu de ce que je souhaite ? s'écria Angélique Le savait-elle elle-même ?

— En tout cas, cela ne réussira pas, répéta la sorcière d'un air déçu.

— Qu'importe, puisque tu ignores de quoi il s'agit.

Angélique se demandait si ce qu'elle souhaitait secrètement ce n'était pas de retourner en France et de revoir Versailles, et elle éprouva un curieux pincement au cœur.

Dans le fond, elle comprenait ce que voulait dire Guillemette. Cela la décevait et la rassurait à la fois, comme si la sorcière de ses longs doigts patriciens avait effleuré en elle des vérités qu'elle ne s'avouait pas. « Ce qui m'est dû réussira ».

(1) Cf *La Tentation d'Angélique*

pensa-t-elle pour se défendre d'un sentiment de déception. « Mais peut-être échouera ce que l'on imagine que j'attends... » Il valait mieux ne pas savoir... ou au contraire... il valait mieux savoir afin de ne pas se bercer d'illusions.

Le bras de La Polak entourait les épaules de son amie de la Cour des Miracles.

— Pourquoi lui dis-tu de mauvais présages, Guillemette ? lui reprocha-t-elle.

— Ce ne sont pas de mauvais présages, riposta Guillemette de Montsarrat.

Mais elle paraissait décontenancée.

— Et pourtant, tu es une triomphante ! fit-elle brusquement.

— Oui, acquiesça Angélique, je suis une triomphante.

Guillemette paraissait surprise et choquée de ce qu'elle découvrait dans cette main ouverte devant elle, comme si Angélique, qu'elle n'avait jamais vue, l'avait sciemment trompée sur elle-même.

— Ah ! Tu es exigeante avec tes amis, soupira-t-elle, tu es dominatrice.

Angélique ne disait rien.

Il y avait du vrai et du faux dans les paroles de Guillemette. Celle-ci avait perçu quelque chose en elle, mais ne pouvait pas l'interpréter. Elle eut un geste d'agacement.

— Les mots n'ont pas le même sens lorsqu'il s'agit de toi. Tu es exigeante, c'est vrai, mais sans rien exiger. Tu es dominatrice, mais parce que les autres se mettent sous ta domination. C'est parce que tes amants ne peuvent pas t'oublier que tu les oppresses...

— Ainsi, tu ne me tiens pas pour responsable de leurs malheurs ? demanda Angélique en riant.

— Non... Mais tu ne fais rien pour leur éviter de tomber dans tes pièges... Et, après tout, tu as raison...

Elle cligna de l'œil d'un air entendu. Lorsqu'elle redevenait gaie, on devinait sa générosité profonde.

— Pardonne-moi, dit-elle. Je t'ai inquiétée.

— Ce n'est pas grave.

— En effet, ce n'est pas grave... Tu es très forte. Tu triompheras.

Mais elle ne paraissait pas heureuse et fumait avec humeur. Elle jeta un regard soupçonneux sur les deux femmes en face d'elle.

— Qu'est-ce qu'il y a entre vous ? Ça ne te va guère Janine de faire amitié avec une grande dame. Qu'est-ce donc qui vous lie ?

— Ceci, dit La Polak en croisant les doigts d'une certaine façon.

— La matterie !

Derrière la sorcière, un garçon à l'air chafouin et moqueur, croisait lui aussi les doigts en signe de reconnaissance.

— C'est le commis de Monsieur Basile, chuchota La Polak à l'oreille d'Angélique, il est de chez nous...

« Chez nous », c'était, pour Janine Gonfarel, la Cour des Miracles de Paris. Paul-le-Follet eut, en effet, un tour de main bien de « chez nous » pour faire glisser dans celle de la sorcière une bourse alourdie de quelques écus en échange d'un petit sac de toile qu'elle tira de sa ceinture.

Au cours de l'après-midi, un certain nombre de personnes s'approchèrent du coin où devisaient les trois femmes. A chacun la sorcière remettait un petit paquet qu'elle accompagnait de quelques recommandations.

L'homme qu'on surnommait le « Bougre Rouge », parce qu'on le disait lui aussi devin et sorcier, se montra mais n'approcha pas. Il craignait Angélique. Elle le soupçonnait d'avoir jeté une pierre à son chat, le jour de l'arrivée. C'est lui, disait-on, qui avait vu passer dans les airs les canots en feu de la « chasse-galerie » alors que la flotte du comte de Peyrac approchait de Québec. Depuis, ses dons de voyance s'étaient accentués. On le consultait beaucoup, et ses clients se hissaient au péril de leur vie, jusqu'à sa masure qui était perchée par-dessus quelques autres au flanc de la falaise, sous le fort. D'escaliers en échelles on parvenait dans son antre à demi-enseveli sous de longs stalactites de glace. Il vivait là avec son indien eskimo et environné de livres et de grimoires pour lesquels la sorcière Guillemette avait aussi le plus profond respect.

— D'où les a-t-il sorti ces livres ? Il n'a pu les faire surgir de terre que par la grâce de Satan... ou les voler.

— Il a le Grand Albert et le Petit Albert.

— Et une copie du Livre de Toth.

— Ce qui est étonnant, c'est qu'avec de tels livres, le quartier n'a pas encore flambé, disait La Polak en regardant avec révérence vers les hauteurs caparaçonnées de glace où gisait le sorcier. S'il savait cela, le procureur Tardieu ferait jeter à bas toutes les maisons. Il a déjà interdit que l'on construise sous la falaise à cause des éboulements.

Elles burent de l'eau-de-vie, ce qui les faisait parler légèrement de choses graves.

— « Ils » nous tueront toutes.. Ils nous tueront toutes disait Guillemette.

De qui parlait-elle ?

— Va ! Parle ! Dis ce qui te tourmente, la pria La Polak avec solennité. Après, on pourra deviser de meilleur cœur...

Mais la femme restait immobile, la tête un peu inclinée, comme enfermée en elle-même avec une vision déchirante. Enfin, elle s'ébroua, se remit à fumer. Et Angélique éprouvait sans savoir pourquoi de la pitié et du remords.

La sorcière se passa encore la main dans sa tignasse blanche. D'un geste inconscient, elle arrangeait des mèches sur son front, en franges, au bord de ses yeux bleus, d'un azur déconcertant.

— Bast ! fit-elle, ce qui se passait en Place de Grève, dans votre Paris, ce n'était rien... Mais dans les bourgs, les campagnes, ce fut pis...

— Pis ! faudrait voir ! protesta Janine Gonfarel atteinte dans son attachement à la capitale du Royaume de France.

Elle tenait à ce que Paris fût excessif en tout, en bien comme en mal.

A mots couverts, à petites phrases qu'elle avait longuement retournées dans sa tête, elle évoquait la croisade de terreur acharnée, depuis trois cents ans, à éliminer de la société les cueilleuses de « simples », dangereuses de posséder une science qu'on ne leur avait pas enseignée et que l'Église ne les avait pas encouragées à acquérir (1)...

« ... » Ma mère était femme-sage dans un gros bourg des marches de Lorraine , raconta-t-elle... Elle visitait aussi les campagnes... « Ils » l'ont conduite au bûcher. Et tandis que le feu craquait et la consumait, « ils » me tiraient les cheveux pour m'obliger à relever la tête et me criaient aux oreilles : « Regarde ! Regarde ta mère qui brûle, petite sorcière ! »

Elle porta son gobelet d'étain à sa bouche, but et parut revenue à elle.

— ... Tu comprends, reprit-elle, « ils » ne voulaient rien nous laisser, même pas ce pouvoir-là. « Ils » ne peuvent supporter que nous soyons plus fortes qu' « eux ».

— Qui ça « ils », demanda Angélique.

— Les hommes !

Guillemette jeta le mot avec hargne. Comment pouvaient-ils supporter que les femmes, des femmes ignorantes, qui

(1) Guillemette fait allusion à la chasse aux sorcières qui durait depuis le XIVe siècle. L'étendue de cette persécution est presque incroyable. De nombreux écrivains ont estimé le nombre des morts en millions. 85 % des victimes furent des femmes, jeunes ou vieilles. Au paroxysme de la croisade, milieu du XVIe siècle et début du XVIIe, on trouve six cents exécutions par an dans certaines villes allemandes (soit deux par jour en excluant les dimanches).

n'étaient pas passées par leurs universités et leurs examens de théologie, possédassent un tel pouvoir sur la vie et la mort, sur l'amour et la naissance ? Un pouvoir trop grand pour qu'on ne cherchât pas à le leur arracher.

» ... C'est pourquoi on les a brûlées et brûlées sans cesse, les sorcières, même et surtout celles qui faisaient le bien, qui guérissaient, qui soulageaient, mais qui osaient le faire « en dehors » de la puissance des hommes et de l'Église.

Derrière sa hargne, on sentait une douleur inhumaine et rongeante qui la ramenait sans cesse à vilipender contre ce mal devenu familier à force d'être commun : les bûchers des sorcières.

Pour elle, toutes étaient victimes.

— Mais il y a des sorcières qui empoisonnent, dit Angélique qui pensait à La Voisin.

— Certainement. On ne nous a laissé que le poison. On nous a interdit la bienfaisance. Sais-tu ce qu'il y a écrit dans le « Livre des Inquisiteurs » ?

Elle récita en appuyant sur les mots :

— « ... Nous devons rappeler que par sorcières nous n'entendons pas seulement celles qui tourmentent et tuent, mais bien tout devin, charmeur, jongleur et magicien, communément appelés hommes et femmes sages... ceux, celles que l'on considère comme bons et bonnes sorcières, qui ne font aucun mal... »

» Entends-tu, qui ne font aucun mal !

» »... qui ne souillent ni ne détruisent, mais qui sauvent et délivrent du mal... Il vaudrait mieux pour nous tous que la terre soit débarrassée de toutes ces sorcières et *particulièrement de celles qui sont bienfaisantes...* »

— On laisse pourtant nos religieuses soigner les malades...

— Parce qu'elles sont religieuses et sous l'égide de médecins imbéciles, plus ignares qu'elles, mais qui se sont adjugé *le pouvoir*.

— Calme-toi, dit La Polak, sinon tu vas finir par y avoir droit à tes trois cents fagots.

Le tuyau de sa pipe coincé entre ses dents, elle soufflait la fumée à petits jets, du coin des lèvres. Elle poursuivait rêveusement :

— Où était le mal ?... dis-le-moi ? Les femmes ont toujours été des guérisseuses... Parce qu'elles ont le sens de la terre, des secrets et des mystères de la terre. Parce qu'elles donnent la vie. Elles ont souci de préserver ce corps, elles sentent en lui autre chose qu'un gibier pour la mort et l'enfer... Pas comme « eux »... Ils laissent périr les pauvres gens dans leur douleur

« Vous irez au ciel », disent-ils... Ils ne veulent pas qu'on leur échappe... Les femmes guérissent, soignent, soulagent... C'est pourquoi, ils ont juré notre perte...

Son regard tombait sur les mains d'Angélique.

— ... Toi aussi, tu as des mains de guérisseuse... Mais tu es plus rusée et plus habile que moi... Tu leur échapperas...

Elle se leva et fit quelques pas à travers la salle. Elle se retourna brusquement. Son visage s'était adouci et ses yeux bleus à nouveau brillaient, gais et allègres.

— ... Viendras-tu avec moi dans l'île, ma belle petite ?

La lueur pourprée du ciel se glissait par la fenêtre et l'illuminait.

— ... Non... Tu viendras plus tard... à la saison des sucres... Quand la sève de l'érable coule... Tu verras, l'île est toute parfumée.

Elle reprenait ses fourrures jetées sur un banc et recommençait à s'en envelopper. Elle regardait au loin.

— ... Toute parfumée à l'extérieur et un peu âcre et violente à l'intérieur comme une belle femme en sa nature... Le parfum, c'est l'encens des sucres que l'on cuit dans les érablières, et le puant, c'est l'odeur des fromages que l'on commence à fabriquer dans les entrailles de l'île. Sous les voûtes des fermes au printemps. Tu viendras ! Je te parlerai. Il faudra que je te dise beaucoup de choses que tu ne sais pas et pour lesquelles, pourtant, tu as été persécutée. Il faudra que tu saches le complot des hommes contre les femmes et tout ce qu'ils ont fait pour leur arracher le pouvoir qu'elles avaient reçu de Dieu : celui de guérir.

» Ah ! Ils en ont brûlé et brûlé des femmes sages et aussi des hommes sages qu'elles avaient initiés à leur science. Ah ! Tu vois, ce n'est pas fini... que de bûchers encore ! Que de bûchers !... Mon Dieu !

Une expression d'intense douleur crispa ses traits.

— Mais ne pense donc pas ! l'adjura La Polak... Ne pense donc pas ainsi et pars vite. Le soleil va disparaître.

Avant de lancer son attelage à travers le Saint-Laurent, Guillemette de Montsarrat se retournait encore vers Angélique.

— Tu me plais. Je vais préparer un « charme » de protection pour toi. Si un danger te menace, je viendrai t'avertir.

Au loin l'île d'Orléans s'enfonçait parmi des nuages lilas et roses s'étageant au-dessus de sa croupe boisée reflétant le soleil qui se couchait derrière les plaines d'Abraham.

La Polak réprouvait la violence de la grande femme de l'île « Ce sont ses malheurs qui lui ont tourné la tête. Mais si elle continue à jaser ainsi, ils finiront par la brûler ou la pendre. »

A son avis, Guillemette dénonçait avec trop de hardiesse la malice humaine, ne cherchait pas à rassurer sur son compte.

Elle vivait en son manoir qui dominait la crique de Sainte-Pétronille et d'où elle apercevait au loin Québec, entourée de gens, de bêtes, d'Indiens, d'enfants, rassemblant le voisinage en des fêtes et des beuveries dont on exagérait la licence, fraternellement liée avec l'ardente Éléonore d'Aquitaine, sa voisine. Ah! Il s'en passait dans l'île avec cette sorcière pour y régner...

On ne la savait ni veuve ni mariée. Elle choisissait ses amants parmi les beaux jeunes gens, des gars qui auraient pu être ses fils, qui étaient peut-être ses fils après tout...

On en racontait de toutes sortes sur la sorcière et du pis.

En la paroisse de Saint-Marcel, près de Lévis, un jour où l'on s'escrimait à chasser le diable d'une possédée — une fille de seize ans aux cheveux pâles qui par ses maléfices avait causé la perte de la récolte de lin — elle avait surgi brusquement sur le seuil de l'église en faisant claquer son fouet. Et personne dans l'assistance n'avait bronché, sachant qu'elle pouvait très bien s'en servir. Elle avait remonté la nef, avait tendu les bras à la pauvre possédée et lui avait dit avec une douceur étrange :

— Viens ! Viens, mon enfant.

Calmée, l'autre qui hurlait et se débattait, s'était relevée, avait suivi, ruisselante de l'eau qu'on lui avait jetée et du sang des piqûres d'épingles qu'on lui avait portées pour découvrir les « points du diable ».

Cinq minutes plus tard, le traîneau de la sorcière galopait à travers le Saint-Laurent emmenant la jeune fille.

« Elle est venue reprendre sa proie, la maudite » commentèrent les bonnes gens.

On disait maintenant qu'elle la soignait dans l'île avec des potions calmantes. Mais beaucoup parlaient plutôt de sabbat.

Revenue chez elle, Angélique posa ses mains sur les fleurs séchées, qu'elle triait au fur et à mesure que l'on venait lui demander des remèdes. Elle avait tout fait cependant pour éviter d'être sollicitée.

Plus renseignée que La Polak, elle était moins tentée de taxer Guillemette d'exagération. Car la science des plantes avait conduit des centaines de milliers de femmes au bûcher.

— Tant de folie, pourquoi ? se dit-elle en refermant doucement le coffre aux médecines Saint Cosme et saint Damien veillaient. Ils étaient bien la preuve que tout se rejoignait sur terre, et que même la folie avait sa contrepartie de bon sens.

Devant ses sachets de plantes et ses fioles, elle se sentait proche de Joffrey qui, au milieu de ses cornues, avait inspiré lui aussi la méfiance et donné prise à la persécution. C'est pourquoi ils se ressemblaient tous deux et qu'avait pu naître entre eux un merveilleux amour.

Dans le crépuscule glacé, d'un bleu d'eau profonde, les lumières des fermes lointaines, au long de la côte de Beaupré, brillaient comme des yeux de loups.

Un feu parfois tressautait, fleur rouge, au bord d'un rivage ou à l'orée d'un bois.

Une lumière se déplaçait telle une luciole dans l'immensité bleue noyée d'ombre du fleuve gelé et Angélique devina que Guillemette, la sorcière, faisait galoper son traîneau et ses deux cavales favorites. Elle regagnait son repaire, son manoir plein de vie, hors des lois communes.

Angélique sut qu'un jour elle aimerait s'asseoir en la grande salle du manoir de Guillemette de Montsarrat-Béhars et celle-ci lui dirait son secret.

Elle irait la visiter en l'île d'Orléans lorsque viendrait la saison qui précède le printemps et qu'on appelait au Canada « le temps des sucres ».

49

ANGÉLIQUE AVAIT CHERCHÉ DIFFÉRENTS PRÉTEXTES POUR REVOIR la Mère Madeleine comme celle-ci l'en avait priée.

Un peu après l'Épiphanie, elle lui apporta à dorer deux chandeliers de bois à motifs religieux qu'elle avait fait tourner par M. Le Basseur avec l'intention de les offrir à La Polak pour son oratoire.

Mère Madeleine qui était chef des ateliers prit personnellement sa commande en main.

L'application et le plaisir évident avec lesquels les religieuses se livraient à leurs travaux, apportaient à Angélique un bain de sérénité. Lorsqu'elle venait et s'asseyait dans leur atelier pour visiter la Mère Madeleine, elle avait peine à se souvenir qu'une sombre histoire démoniaque avait présidé à leur rencontre.

Deux autres ursulines et leurs apprenties travaillaient dans l'atelier, chacune absorbée par sa besogne précise. L'on pouvait échanger quelques mots.

A brûle-pourpoint, Angélique posa à Mère Madeleine la question qui la préoccupait depuis longtemps.

— Dites-moi, ma Mère, quel visage avait l'Archange ?

La religieuse lui jeta un rapide regard de côté, mais ne fit pas mine de ne pas comprendre.

Après avoir manié encore avec énergie son chiffon de laine, Mère Madeleine le reposa près d'elle. D'un geste du poignet à défaut de ses doigts tachetés de mille produits, elle écarta sur son front une mèche qui s'était échappée de sa coiffe.

— Il vous ressemblait, dit-elle enfin. Oui, c'est ainsi que je le vois... surtout depuis que je vous connais. Ce n'était auparavant qu'une silhouette de lumière, à l'épée flamboyante. Très jeune, mais très fière silhouette. Très pure mais très... implacable aussi... L'Archange vengeur. Il avait les yeux clairs comme les vôtres, Madame, et dans ses traits quelque chose de votre beauté... Mais ce n'était pas vous... Aucune confusion possible... Ce n'était même pas un reflet de vous... Puis-je dire que cet aspect viril que l'on prête aux anges qui sont chargés de garder le Trône de Dieu transparaissait en toute sa personne, bien que sa jeunesse le parât d'une grâce féminine ? Il avait de longs cheveux bouclés... dorés... Il était... merveilleux, soupira-t-elle. C'était un Archange, conclut-elle avec son joli sourire désarmant.

— Et le monstre ? Cet animal velu qui s'est jeté sur la Démone pour la dépecer de ses dents aiguës, de ses griffes ?

— Je le vois aussi, affirma-t-elle en frissonnant. C'était une bête effrayante... Ses prunelles brillaient d'un feu féroce. Ses dents aux canines aiguës de vampire se découvraient dans un rictus cruel... Ses griffes me parurent aiguisées comme autant de poignards effilés...

Elle jeta de nouveau vers Angélique un regard scrutateur, puis un demi-sourire releva les coins de sa bouche, tandis qu'un éclair malicieux faisait étinceler les verres de ses lunettes.

— Pourquoi me posez-vous toutes ces questions, chère Dame ? Qu'espérez-vous apprendre encore de ma piteuse clairvoyance ? Quel sera l'Archange qui se dressera un jour et intimera à la bête immonde de détruire la Démone ? En vérité, peut-être le savez-vous déjà mieux que moi ?

— Oui... Peut-être... en effet, murmura Angélique

La vision de Cantor et de son glouton s'imposait à elle, sauf que le cher Wolverines n'était pas une « bête immonde » loin de là...

Puis, tout à coup, elle se sentit blêmir. Pourquoi la Mère Madeleine avait-elle parlé au futur ? « L'Archange qui se dressera... »

— Mais... Mais elle est morte !... s'écria-t-elle.

Les travailleuses qui s'activaient dans un silence feutré relevèrent la tête et regardèrent dans leur direction.

Angélique se contraignit au calme.

— Pourquoi vous exprimez-vous ainsi ? demanda-t-elle tout bas à la Mère Madeleine. Vous parlez comme si ces événements étaient encore à venir ? Or, ce n'est pas vrai ! L'Archange a déjà frappé ! La bête a déjà tué ! Pourquoi vous exprimez-vous comme si la Démone rôdait encore sur cette terre et n'avait pas terminé parmi nous sa mission infernale ?

— Je... Je ne sais pas, balbutia la petite ursuline d'un air malheureux.

La visible émotion d'Angélique la déconcertait.

— ... J'ai parlé ainsi parce que... Peut-être parce que je sens... que l'Acadie n'est pas encore sauvée...

Angélique se reprocha son impulsivité toujours à fleur de peau lorsqu'on touchait à cette maléfique histoire. Or, la réflexion de la Mère Madeleine était pertinente. Même Ambroisine morte, l'Acadie n'était pas pour autant sauvée. Même le Père d'Orgeval éloigné, les conséquences de leurs actes et des complots qu'ils avaient ourdis, des pièges qu'ils avaient conçus, pouvaient encore se faire sentir.

Elle aurait voulu pousser la jeune visionnaire dans ses retranchements, l'obliger à définir ses intuitions, mais la moniale, rappelée aux impératifs de sa tâche de doreuse, lui fit signe, un doigt sur la bouche, d'avoir à ne plus parler, à peine respirer et se garder autant que possible de tout mouvement précipité entraînant un déplacement d'air. Car une petite apprentie venait de déposer devant elle le coussin ou coussinet qui servait à transporter les feuilles d'or et à les y couper avec un couteau spécial selon la forme désirée. Il s'agissait d'une petite planche de bois avec du bon coton cardé et recouverte d'une peau de veau dégraissée ou d'une peau de daim. Une feuille de parchemin bordait à demi cette planchette sur trois côtés, afin d'empêcher le vent de soulever et d'emporter les feuilles d'or. Il fallait se méfier de son propre souffle tant la matière à façonner était impalpable et aérienne.

Avec autant de circonspection et d'adresse qu'un Indien sur

le sentier de la guerre, Angélique se leva, s'écarta de l'établi et s'éloigna.

Une douce neige cotonneuse descendait du ciel nocturne. L'Angélus du soir venait de sonner. Il y avait encore des passants dans les rues, dont les silhouettes se devinaient derrière les blanches draperies languissantes de la neige, ainsi que des attelages cahotants. Sur la Place d'Armes, une escouade de soldats sortant du fort, la bêche à l'épaule, commençait de déblayer les abords du château Saint-Louis, avant que ceux-ci ne deviennent inaccessibles, tâche hivernale qui s'apparentait à celle de vider le tonneau des Danaïdes inépuisable. Et les remblais de neige s'accumuleraient, les boyaux de passage deviendraient de plus en plus étroits, labyrinthes sinuants parmi les murs dressés d'une cité de glace enrobant l'autre.

Tout en marchant, isolée, enveloppée de neige et de silence ouaté, Angélique, les mains dans son manchon, essayait de dissiper en elle une nouvelle appréhension sans objet. Mais, en employant le futur lorsqu'elle avait dit « ... Quel sera l'Archange qui viendra... » la Mère Madeleine l'avait désagréablement impressionnée. Voilà qu'elle recommençait à ratiociner. Et si Ambroisine n'était pas morte et si elle allait de nouveau surgir devant elle, là dans Québec ? Avec son sourire cachant de fielleuses horreurs ! Un esprit succube n'est-il pas capable de tout ? Mais non ! Elle était morte ! Son corps ravissant avait été retrouvé déchiqueté, « un horrible mélange d'os et de chair meurtrie et traîné dans la fange... » comme on leur faisait déclamer autrefois dans les tragédies de Monsieur Jean Racine.

Pour revenir les tourmenter, Ambroisine devrait se trouver un autre corps... Impossible... Avec la disparition de ce corps cesserait le maléfice, elle le savait... « Je délire... Elle est morte et bien morte... »

Le son d'un orgue lui parvint, étouffé, incertain. L'ogive d'un vitrail se découpait, floue, dans la haute falaise d'un mur dressé. Elle se trouvait derrière la cathédrale. Un bâtiment reliant celle-ci au Séminaire, servant parfois de sacristie, abritait dans sa tour-clocher un orgue où les élèves venaient étudier. Elle devina qui jouait à cette heure : Cantor.

De même que pour trouver Joffrey de Peyrac il fallait commencer par se rendre au couvent des jésuites, c'était au Séminaire qu'on avait le plus de chance de dénicher Cantor.

Angélique souleva le loquet d'une petite porte de bois au pied de la tour et après avoir traversé la sacristie monta un raide escalier jusqu'à un étage sous les combles, aménagé en pièce d'étude pour les musiciens. Un orgue plus modeste que celui qui trônait dans les tribunes de la cathédrale, mais de beau son, permettait aux élèves de faire leurs gammes.

Cantor était là, éclairé par deux torches plantées dans le mur à des anneaux de fer, fixés là pour cet usage. La fumée fuligineuse trouvait à s'échapper par les interstices de la toiture. L'inconfort glacial de l'endroit ne semblait pas troubler le jeune musicien. Il jouait avec fougue et, par instants, avec majesté. La chaleur de son sang animé par sa joie intérieure et la vigueur qu'il devait déployer pour venir à bout des difficiles exercices, rosissaient son visage. Par instants, lorsqu'il abaissait ses mains sur les claviers et y plantait ses doigts avec une décision vibrante, on aurait dit qu'il les enfonçait dans une matière malléable comme la glaise pour en faire sortir un son puissant, souterrain, enfoui dans cet amalgame inerte de bois, d'ivoire, d'ébène, de cuir, et de métaux travaillés, traversés par l'air pour en faire sortir ce cri de l'âme inexprimable, que la terre et les cieux, et les eaux et les arbres ont emprisonné dans le chaos de la Création, à tout jamais dans toutes leurs fibres, dans tous leurs pores, et que, parmi d'autres miracles, celui de l'Art, libère.

Le regard de Cantor la vit, debout près de l'orgue. Il continua de jouer. Il était parti ailleurs... Courant dans le déferlement des notes et des sons, comme il courait sous les arbres du Nouveau-Monde, à la vitesse de l'Indien, comme il se laissait aller au déferlement des vagues dans les grottes des rivages du Maine.

Florimond l'avait vu en songe au sommet des crêtes écumantes et l'appelant « Viens ! Viens ! Florimond !... Viens faire cela avec moi !... »

Par instants, son regard d'eau claire revenait vers elle. Elle sentait qu'à discerner son visage dans l'ombre, un regain d'exaltation était venu ajouter à son transport.

« Quelle force et quelle virtuosité le possèdent ? »

Elle en était saisie, empoignée, suffoquée, comme par un choc, un coup reçu en pleine poitrine, et qui lui faisait perdre le souffle, alors que l'ampleur des sons, la musique planant, immense et comme énorme et qui semblait venir d'ailleurs, les recouvraient tous deux, les écrasaient presque. Mais l'Archange s'envolait. Il planait à son tour au milieu de cette tempête qu'il avait déchaînée et dont il demeurait le maître. Il souriait. Un sourire de lumière, intérieur. La roseur de ses joues, la clarté de ses yeux verts, le reflet d'or de ses boucles, irradiaient cette lumière intérieure, comme en un phénomène de transfiguration.

Il la regardait avec l'expression d'un enfant ravi de sa puissance, lui offrant ce qu'il pouvait offrir de plus beau, déjà œuvre de ses mains.

La petite main carrée et vigoureuse de Cantor dans la sienne lorsqu'il trottait à ses côtés dans les rues de Paris... Toujours les mains de ses petits dans les siennes, toujours marcher, courir, les traîner, les entraîner vers la vie...

Tendu vers elle, tandis que les sons du dernier accord s'éloignaient dans un grondement majestueux, il lui offrait son visage rayonnant.

Elle pensa « Comme il est jeune ! Comme il est innocent ! »

Il semblait attendre quelque chose d'elle, un mot, un geste, mais, en réalité, il ne la voyait encore que dans un rêve. Son âme lentement reprenait pied. Tous les mots seraient pauvres. Elle lui donnait sa présence, cette émotion qui lui serrait la gorge.

Les sons décroissaient, mouraient. On entendit grésiller les torches de résine. Cantor releva ses mains. Lorsqu'il parla, sa voix parut presque grêle après ce tonnerre déferlant.

Une voix grave et douce de jeune homme.

— Vous êtes venue, ma mère...

Elle lui dit que, passant par les rues, elle avait capté les accents de l'orgue et avait su qu'il se trouvait là.

— Vous avez entendu ? Vous avez entendu le passage des esprits infernaux ?

Il reportait son regard sur la partition musicale.

— Il y a là un passage où l'auteur a voulu évoquer les démons rôdant sur la terre parmi les hommes... En jouant, je ne pouvais m'empêcher d'évoquer l'horrible créature qui avait voulu notre destruction cet été, sur la côte est, le feu des regards de cette femme...

... Quel soulagement quand arrivent, au son des trompettes, les phalanges du ciel, s'élançant au secours des humains...

Il murmura après un silence.

— Elle est morte ! Elle est morte !

Angélique s'étonnait à peine de l'entendre répondre à ses pensées. Elle l'interrogea à mi-voix.

— C'est toi, Cantor, qui, le premier l'as trouvée morte ?

— Oui.

— Wolverines t'accompagnait-il ?

— Oui.

Il leva sur elle son tranquille regard vert.

— Mais ce n'est pas lui qui l'a tuée... Ses plaies n'étaient pas fraîches... Un nuage de mouches a jailli de sa face défigurée, alors que je m'approchais...

— Tu ne l'as trouvée qu'à l'aube... Le glouton n'aurait-il pu la tuer durant la nuit, courant sur sa piste après qu'elle se soit enfuie ?

Il fit signe que non.

— En ce cas, il lui aurait détaché la tête du tronc... Sa tête, il aurait fallu la rechercher jusque dans les arbres. C'est dans la coutume des gloutons d'agir ainsi.

Ils chuchotaient car l'écho répercutait le moindre bruit sous les voûtes.

— On ne peut imaginer la force d'un glouton saisi de fureur meurtrière. Il parvient à transporter au sommet d'un érable ou d'un orme, une tête d'élan avec tous ses bois... Et Wolverines haïssait Madame de Maudribourg...

— Serait-ce l'œuvre des loups ?

— Je ne sais...

Cantor rapprocha son visage de celui de sa mère afin de parler plus bas encore.

— Elle est morte, ma mère... Voilà ce que je sais. *Pour l'instant,* elle est morte ! Elle ne peut plus rien contre vous...

Sous l'effet du froid glacial qui régnait dans la chapelle, leurs souffles, se répondant, se rejoignaient en petits nuages de vapeur. Les doigts de Cantor, maintenant immobiles, devenaient gourds. Il les porta à ses lèvres pour essayer de les réchauffer.

Tout proche, dans le clocher, un mécanisme grinça, et le timbre d'une horloge laissa tomber une note paisible, sévère, lente à s'éteindre et Angélique la ressentit comme un rappel à l'ordre. L'horloge avait raison, ces propos sinistres ne convenaient pas à ce lieu saint où venaient de retentir de si célestes harmonies.

Cantor roula ses partitions de musique comme un élève appliqué.

A Québec, il avait retrouvé le plaisir de la musique religieuse et de la manécanterie. Sa voix, ayant achevé de muer, gardait le don reçu à sa naissance. Devenue plus grave, elle demeurait juste et belle.

Au-dehors, ils se trouvèrent enfermés dans le secret d'une neige sans violence, douce comme une tombée de pétales.

Ils allèrent dans le silence des rues de Québec où Angélique n'avait pas prévu qu'elle marcherait un jour aux côtés de son fils retrouvé. C'était de l'inattendu. Aujourd'hui, il lui prenait le bras car il était plus grand qu'elle.

Demain on célébrerait la fête de la Chandeleur et elle se souvint de ce 2 février ou comme un petit Jésus de cire elle l'avait emmené dans ses bras à travers le Paris enneigé, fuyant le sordide Hôtel-Dieu où il venait de naître. C'était un rond, rond pur et blanc, blond, duvet d'or et joues de porcelaine, et elle le tenait comme un trésor sous son manteau, tiède contre la tiédeur de son giron.

— Demain c'est la Chandeleur, dit-il tout à coup. Nous ferons des crêpes et vous nous raconterez « le temps du chocolat ».

Ils passèrent au château de Montigny afin d'inviter Florimond à venir le lendemain faire sauter des crêpes selon la tradition.

Florimond logeait à demeure au manoir. On le voyait peu car il était toujours requis par mille entreprises.

Entre autres, il travaillait à rédiger cartes et rapports de son expédition du Mississippi dans le sud, qui s'était terminée par la Baie d'Hudson dans le nord.

Angélique fut étonnée de trouver dans le cabinet de travail où il se tenait d'habitude, Mme de Castel-Morgeat à laquelle Florimond et Anne-François faisaient un récit de leur première rencontre, sur la rivière des Miamis, alors qu'Anne-François, prisonnier des Illinois, était sur le point de connaître un sort funeste. On lui avait déjà plusieurs fois soulevé la chevelure d'un air entendu lorsque Florimond s'était interposé. Le récit de leur combat et de leur évasion comportait plusieurs épisodes. Leur amitié datait de ce jour. La présence de la femme du Lieutenant Général pouvait s'expliquer par celle d'Anne-François qui ne quittait guère son compère, mais Angélique soupçonnait que Sabine cherchait toutes les occasions d'être en présence de celui qui avait été son premier amour, le comte de Peyrac.

Elle regardait Florimond comme si elle voyait en lui le fils qu'elle avait rêvé d'avoir, né de l'homme qu'elle aimait.

« ... ELLE doit ressembler à cette femme qui a été la mère de Joffrey », pensait Angélique lorsque, plus tard, toute la maisonnée sommeillant, elle s'attarda auprès du poêle de faience dans le salon douillet.

Et elle s'était sentie touchée en son point faible comme si une autre femme, qui aurait eu quelques droits sur Joffrey, était venu lui demander des comptes.

Joffrey parlait rarement de sa mère. L'autre jour évoquant les voyages au cours desquels il avait connu le Père de Maubeuge, il avait dit... « Je naviguais. Ma mère pendant ce temps était régente de nos domaines toulousains... »

Enfant, Joffrey avait été confié à une nourrice protestante des montagnes. C'était le temps des guerres de religion. Au cours d'un massacre perpétré par les Catholiques dans le village huguenot, le petit garçon de trois ans avait été défenestré et blessé à la face. Un paysan l'avait ramené dans sa hotte. Il se souvenait de son arrivée à Toulouse et racontait : « Ma mère me prit dans ses bras et me porta sur la terrasse du palais, au soleil. J'y demeurai étendu là des années. Et peu à peu je retrouvai force et santé. » Un petit garçon qui ressemblait à Florimond, allongé sur un lit de repos, au sommet d'un palais rose et, près de lui, une grande femme aux yeux noirs qui constante par sa présence, ses mains, son regard, le ramène à la vie, avec l'aide du soleil.

Le soleil ! Le soleil !

Le gel craquait au-dehors dans la nuit très noire.

A la Chandeleur, derrière laquelle se tenait la fête païenne du solstice d'hiver, les crêpes bien rondes, dorées, symbolisaient le soleil, appelant son retour, et aussi la fortune.

On les faisait sauter, un louis d'or dans la main, et si l'on pouvait en envoyer une sur le dessus de l'armoire, la famille serait riche pour l'année.

On disait aussi :

« A la Chandeleur si l'ours sort et voit son ombre, il neigera quarante jours. »

D'après le dicton, le soleil était mauvais signe, qui trompait l'ours endormi et l'attirait hors de sa tanière, croyant en un renouveau trop précoce pour se maintenir.

Au contraire, la tourmente qui soufflerait les cierges bénis apportés de l'église laissait espérer que l'hiver, ayant épuisé sa vindicte, se lasserait plus tôt.

Cette année-là, la journée posait une énigme. Le matin, le soleil brillait mais, l'après-midi, la neige se mit à tomber en abondance.

L'hiver serait-il long ou court ?

De toute façon, disaient les gens sans illusions, il n'y avait guère de différence entre un hiver long ou court. Comme d'habitude on aurait bien à patauger dans la gadoue jusqu'en mai et les navires n'arriveraient pas avant juin.

Dans la maison où à Florimond et Cantor, aux enfants « habituels » Neals, Marcellin, Timothy, se joignait le petit tambour de l'armée dont la situation orpheline avait poussé Angélique à l'inviter. Le soleil brillait encore lorsqu'ils avaient graissé la poêle. Lorsque, deux heures plus tard, ils relevèrent la tête, rouges et suant, pour contempler les piles de crêpes sur la table, ils virent que la neige silencieuse atteignait presque les rebords des fenêtres. Le niveau montait à une vitesse surprenante, comme celui d'un réservoir alimenté par un barrage débondé. Ils aperçurent un lièvre blanc venu des bois, qui se dressait sur les pattes de derrière pour ronger les écorces des troncs à la croisée des branches.

Dans les sanctuaires blancs des arbres surchargés, des oiseaux en boules, aux gorges rouge orangée, vertes ou jaunes, s'alignaient les uns près des autres, en brochettes comme des lampes de Noël. La blancheur de la neige versait à l'intérieur de la maison une clarté de fête.

Angélique parlait de la Chandeleur dans Paris, lorsque les « enfants bleus » et les « enfants rouges », les orphelins vêtus aux couleurs de la ville, vendaient tout le jour de gros beignets sucrés dans les rues.

Les souvenirs défilaient et Angélique leur raconta comme elle avait été les chercher chez la fermière de Neuilly qu'elle avait dû menacer de la pointe de son poignard égyptien pour les reprendre.

Le bébé Cantor était dans la paille à l'étable entre le bœuf et l'âne.

— Et, malgré cela, tu étais toujours tout rond, tout dodu, et tu te contentais de sucer patiemment un morceau de chiffon Tu étais affreusement sale.

» La petite servante Javotte te nourrissait tant bien que mal d'un peu de lait volé à l'heure de la traite, mais personne ne te lavait jamais.

— Bonne affaire ! dit Cantor.

Florimond ne se souvenait pas d'avoir été caché dans la niche du chien pour se protéger des sévices de la fermière, ni de la tour de Nesle ou du Pont Neuf. Seulement de la maison du Moulin vert. Les épreuves de sa petite enfance ne lui laissaient qu'un souvenir flou.

En revanche, lorsque quelques années plus tard il avait été introduit à la Cour il avait commencé de vivre et, à partir de là, il n'avait que de bons souvenirs, même de ses années de collège qui avaient suivi.

A la Cour, son apprentissage de page auquel s'était ajouté celui du maniement de l'épée puis, plus tard, lorsqu'il avait dû renoncer à cette existence de papillon diligent qu'il vivait à Versailles afin d'entrer dans un sombre collège, la découverte des sciences lui avait permis de ne pas en souffrir.

Dès qu'il avait dû se battre en duel, attirer l'attention des princes et du Roi et faire des expériences de chimie, une porte s'était ouverte pour lui sur un monde éblouissant qui avait fait basculer dans l'oubli les épreuves qui ne lui permettaient pas, même tout petit, de donner sa mesure. Tandis que remplir un rôle, l'accomplir au mieux près de personnes en vue, convenait à son activité infatigable et au sens qu'il avait de son importance, jointes à une avidité d'apprendre et de se perfectionner le plus possible en tout, qui lui avait fait accepter sans ennui le contraste pourtant brutal de se retrouver, après la vie de la Cour, dans un collège austère.

Pour Cantor, les choses étaient différentes et semblaient s'être passées à l'inverse. Rêveur, artiste préoccupé de tranquillité et bien-aise intérieur et extérieur, de satisfactions paisibles où la joie de manger lentement de bonnes choses tenait une grande place, la vie de la Cour lui avait profondément déplu. Certes les grandes dames jacassantes le bourraient de bonbons qu'il n'avait même pas le temps de manger tranquillement, certes, avec Florimond, ils avaient pu perpétrer quelques bonnes farces comme le jour où ils avaient attaché d'un pied à l'autre les rubans de souliers de M. de Ronsabel à l'instant où il allait faire sa révérence au Roi, certes il aimait beaucoup l'abbé de Lesdiguières, son précepteur, et aussi chanter devant la Reine, mais il fallait sans cesse se hâter, courir, soutenir des queues de manteaux surchargés de broderies qui pour un petit garçon de huit ans étaient bien lourdes et, la plupart du temps, à Versailles, on ne savait jamais où on allait dîner et où on allait dormir. Enfin M. Lulli, maître de chapelle du Roi, avait parlé à plusieurs reprises à son sujet d'une opération inquiétante destinée à lui conserver sa « voix d'ange »...

— Je savais que je ne pouvais rien contre les choses déplaisantes, expliquait Cantor. Il me fallait seulement être patient et attendre l'occasion de jouer ma partie : par exemple : rejoindre mon père. J'ai toujours raisonné ainsi, même, je le crois lorsque j'étais un bébé dans la crèche.

Florimond et lui reconnaissaient volontiers qu'ils avaient souffert de jalousie à cause de leur mère. Elle appartenait à d'autres. On ne la voyait jamais. A l'examen, leur rancune venait du sentiment de perte irréparable qu'ils éprouvaient lorsque son visage s'effaçait à leurs yeux, disparaissant comme le soleil, ce qui les replongeait dans une ombre où ils se sentaient en butte à ce que Cantor appelait les « choses déplaisantes ». Tourments et peines informulés qu'ils sentaient tapis autour de leur frêle existence. Et lorsqu'ils habitaient la petite maison de cocher alors qu'Angélique travaillait à l'auberge du Masque rouge ou à la chocolaterie, Barbe, oui, alors leur servante avait aussi peur qu'eux.

Menaces larvaires dont l'ombre s envolait comme par enchantement dès que leur mère réapparaissait.

Et tout en parlant les jeunes gens s'avisaient que ce beau visage de femme s'incorporait à leurs sensations de bonheur les plus lointaines. Ils évoquèrent le cheval de bois de Florimond, la boîte à trésors où leur mère avait commencé de déposer des objets de sa vie passée et qu'elle ouvrait d'un air mystérieux.

Honorine écoutait en ouvrant des yeux attentifs et posait des questions.

— Maman qu'y avait-il dans ta boîte à trésors ?

Angélique dut faire un effort de mémoire. Il y avait certainement la dague effilée de Rodogone l'Égyptien, ce poignard avec lequel elle avait menacé la fermière. Il y avait une plume du pamphlétaire impénitent qu'on appelait le Poète crotté et qui avait fini pendu pour avoir trop chansonné les scandales de la Cour.

Plus tard, il y eut une émeraude d'un prince de Perse, Bachtiari-Bey...

— Maman, qu'as-tu fait de ta boîte à trésors ?

De cela aussi Angélique ne parvenait pas à se rappeler.

La pénombre venait. La neige tombait toujours. Dans la maison il n'y avait que la lueur du feu éclairant les jeunes visages et, dans un coin de la salle, la flamme du cierge de la Chandeleur, qui devait présider à cette première journée et qu'on allumerait ensuite au cours de l'année pour les tempêtes, pour écarter le péril iroquois, pour veiller les agonisants et les morts.

Angélique interrogea Florimond sur le voyage au-delà des mers qu'il avait entrepris sur une « idée », une certitude de trouver son père et Cantor et qui lui avait sauvé la vie. Ils parlèrent de Nathanaël de Cambourg qui était parti avec lui.

Mais ce volet le plus récent de leur existence leur plaisait moins que l'autre, le « temps du chocolat », et ils y revinrent faisant peu à peu de cette période de leur petite enfance un conte de fées inoubliable, peuplé de jouets, de croquignols et de pâtés chauds, de promenades l'été, avec le cadre d'eau de la Seine pour se rendre à Versailles et voir manger le Roi, des danses du singe Piccolo, des rires et des chansons, de la bonne Barbe qui les embrassait en les serrant sur son ample poitrine, recréant des jours touchés du parfum de leur mère, éclairés par la présence de sa beauté et qu'ils transformaient, d'un souvenir à l'autre, en une enfance de paradis où elle ne les avait jamais quittés.

VII

LE JARDIN DU GOUVERNEUR

50

QUELQUES JOURS APRÈS LA CHANDELEUR À LA SORTIE DE LA grand-messe, Monsieur le Gouverneur décida de se rendre en son jardin.

« Avec toutes ses dames... », aurait dit la chanson.

Le temps était pur et beau. On venait d'entrer dans cette période de l'hiver où les jours s'égrenaient si clairs et si sereins qu'il ne paraissait pas un nuage en trois semaines.

Le cortège remontant de la Cathédrale passa devant le château Saint-Louis et traversa la Place d'Armes. Un peu plus haut, l'on atteignait le jardin qui avait été dessiné par M. de Montmagny, deuxième gouverneur de la Nouvelle-France, et dans les allées duquel M. de Frontenac, se promenant, se sentait un peu Louis XIV à Versailles.

Toutes proportions gardées.

Cependant, quant à la beauté et à la grâce des dames du cortège, la prestance et l'entrain des messieurs, le luxe de leurs vêtements auxquels les capes et manteaux de fourrure, les manchons, les bonnets ornés de plumes, les bottes travaillées à l'indienne, ajoutaient une note somptuaire, la petite Cour du Gouverneur valait bien celle du Roi-Soleil. Les gentilshommes portaient l'épée. Certains, comme Ville d'Avray, appuyaient sur une canne à pommeau d'or ou d'ivoire une main gantée de peau fourrée.

Le chemin qui serpentait entre deux murets de neige donnait moins d'assurance à une noble démarche que les allées sablées des parterres royaux mais l'on pouvait encore se distinguer par des propos choisis et de la gaieté. C'était la Cour au Canada.

De même, le jardin du Gouverneur dont le tracé à la française présentait une certaine rigueur avec son labyrinthe de buis taillé par lequel on avait cherché à lui donner un petit air de Versailles, perdait de sa solennité lorsque l'on arrivait devant ce qui faisait la fierté de Frontenac : son carré de choux.

Il y en avait là une réserve pour l'hiver entier, affirmait-il, car il en avait fait planter plusieurs arpents. Aux premières gelées, on coupait les choux, on les retournait cul par-dessus tête dans les sillons où la neige et le froid les conservaient. Quand il s'en faisait besoin, le cuisinier du château envoyait ses aides s'approvisionner.

Ce jour de février, en cette promenade, presque toute la haute société de Québec escorta le gouverneur, officiers, conseillers, nobles et marchands étaient là et jeunes gens et jeunes filles de leurs parentés, ainsi que quelques enfants

Honorine donnait la main à Angélique.

On s'exclama sur le charme du buis sous la neige et un peu plus loin sur l'ampleur du carré de choux.

— Les horizons de Versailles ne sont-ils pas plus exaltants ? demanda derrière Angélique la voix du duc de La Ferté.

Le froid avivait un peu de couperose aux ailes de son nez. La lumière crue du soleil nordique nuisait aux complexions congestives des gros buveurs.

— Les horizons de Versailles sont fort beaux, mais ceux-ci me charment aussi, répliqua-t-elle, en désignant le désert blanc que l'on envisageait des hauteurs du cap.

— Peuh ! De la sauvagerie ! Quelle déchéance pour une femme vers laquelle tout Versailles tournait les yeux.

— Quelle déchéance pour vous aussi, Monsieur de La Ferté, qui devez cacher votre superbe sous un nom sans éclat !

— Ce n'est que provisoire, vous le savez. En attendant avez-vous réfléchi à mes déclarations dernières ?

— Lesquelles ?

— Que nous pourrions nous désennuyer ensemble.

— Monsieur, je crois que nous avons déjà tout dit à ce sujet.

— Il me passionne...

— Vous radotez...

Elle s'écarta.

La superbe de Vivonne n'avait pas résisté à l'atmosphère du Canada. Il en avait été singulièrement diminué et comme terni, comme un métal non noble ne peut résister à des agressions par trop violentes et contraires de la nature.

Privé d'honneurs, de flatteries, du jeu des intrigues, de l'auréole dont l'entouraient la gloire de sa sœur et l'amitié du Roi, écarté d'une charge qu'il ne remplissait pas sans talent, celle d'amiral des galères du Roi, inoccupé, ressassant ses inquiétudes, ne pouvant trouver en lui-même, pour ne s'être jamais préoccupé de les y mettre, les ressources suffisantes pour lutter, il vieillissait. Il avait su à l'avance qu'il s'ennuyerait, mais pas qu'il souffrirait. Et en effet, rien ne serait arrivé s'il n'y avait pas eu cette surprise inouïe de voir surgir Angélique. Sans elle, ç'aurait pu être acceptable.

Mais elle l'empêchait d'oublier. Elle éveillait ses regrets et les rêves en sommeil avaient resurgi avec plus d'acuité. Chaque matin, au réveil, il se disait : elle est là dans cette ville : la plus belle. Et cela suffisait à transformer la petite ville ennuyeuse en un réceptacle d'une aventure qui le faisait frémir d'impatience et d'une attente qui l'exaspérait d'autant plus qu'il savait qu'il n'y aurait rien, qu'il n'y aurait jamais plus rien entre eux. Sa présence était pour lui aussi inutile que celle d'un fantôme, comme s'il l'eût contemplée inaccessible derrière une vitre. Chaque échange qu'il avait avec elle lui laissait une impression pénible, irritante. Il se répétait que, la prochaine fois, il lui dirait ceci et cela, qui la blesserait et le vengerait.

Les groupes s'égaillèrent à travers les allées et beaucoup se rendaient visiter le labyrinthe de buis que Frontenac faisait déblayer aussi souvent que nécessaire par les soldats.

Prenant garde de se tenir à l'écart des oreilles dévotes et ecclésiastiques, Ville d'Avray racontait des histoires lestes.

De son côté Mme de Mercouville faisait part à ses amis de sa victoire. M. Gaubert avait cédé et lui avait donné le nom des prisonniers anglais qui étaient esclaves au village des Hurons et qui connaissaient les secrets de teintures végétales pour la laine. Si on pouvait les faire venir en ville et les employer, le Canada n'aurait plus besoin d'importer des étoffes de France. En attendant, on tisserait le lin dont on avait vu une première récolte cette année sur les rives du Saint-Laurent.

Les menuisiers construisaient des métiers sur le modèle de celui qu'elle avait fait venir d'Aunis.

— J'aime avoir plusieurs fers au feu...

M. de Peyrac, M. de Frontenac et l'intendant Carlon s'entretenaient de mines de potasse et de goudron.

Bérengère Tardieu de La Vaudière, avec cette sorte de naïveté qui lui était coutumière, ne voilait plus qu'elle ferait tout ce qu'elle pourrait afin de se faire aimer du comte de Peyrac. Son minois enfantin émergeait d'un grand capuchon bordé de fourrure grise, mais Angélique nota avec satisfaction que le nez de la ravissante était un peu rouge. Elle se garderait de lui communiquer des compresses d'eau de mélisse et de bigaradier qu'elle s'appliquait sur le visage au retour des promenades.

M. de Bardagne conduisait Mme Haubourg de Longchamp, une femme douce et distinguée, très érudite, qui était le bras droit de Mme de Mercouville dans l'administration de la Confrérie de la Sainte-Famille. L'Envoyé du Roi semblait vouloir se consoler avec elle de son inguérissable blessure d'amour. Il salua de loin Angélique d'un air distant. Le chevalier de Loménie parut aussi se dérober intentionnellement et elle en ressentit un peu de peine.

Puisque ses galants préférés semblaient décidés à lui battre froid, Angélique accepta la compagnie de M. Gaubert de La Melloise. Elle éprouvait quelques préventions à son égard depuis qu'elle savait qu'il se faisait faire des gants dans des peaux d'oiseaux par l'eskimo du sorcier de la Basse-Ville. Mais il la débarrassait de la compagnie de Vivonne.

Les principaux capitaines indiens Hurons et Algonquins se joignaient au cortège, fumant et discourant dans leur langue avec M. de L'Aubignière ou le baron de Maudreuil.

Piksarett se pavanait dans son habit rouge anglais soutaché de dorures, un chapeau au bord galonné, garni de tours de plumes, posés sur des tresses d'honneurs. Les mitasses et les mocassins qui complétaient son habillement ne l'empêchaient pas d'être fort glorieux. Jamais il n'était resté si longtemps à Québec et n'avait négligé les belles forêts du pays des Narrangassetts.

Les filles aînées de Mme de Mercouville étaient là et celles de Mme Le Bachoys aussi. Les jeunes gens tels que Florimond, Anne-François, Cantor, et leurs amis du même âge jouaient au petit jeu d'essayer de les soustraire aux assiduités des compagnons du duc de La Ferté, Martin d'Argenteuil et le mûr baron Bessart qui, plus par habitude de galanterie que par conviction, tentaient d'accaparer l'attention des fraîches demoiselles canadiennes.

On intervint pour empêcher le dogue agressif de M. de Chambly-Montauban de se colleter avec celui, pacifique, de l'abbé Dorin.

Le Révérend Père de Maubeuge et l'aumônier du Marquis. M. Dagenet, étaient absorbés dans une grande conversation à propos des missions iroquoises.

Il y avait là le médecin veuf et le marchand Basile avec ses deux filles et son commis. Mme Le Bachoys distribuait à beaucoup ses faveurs mais, pour l'instant, c'était M. Guérin, l'un des premiers échevins de la ville qui semblait avoir décroché la palme et être l'amant en titre On aurait dit qu'il n'en revenait pas d'une telle promotion.

Il tenait Mme Le Bachoys en levant haut sa main comme s'il eût voulu la présenter à la compagnie et dire « Voyez, n'est-elle pas admirable ! »

Sa femme, Mme Guérin, un peu plus bas, était engagée dans un dialogue animé avec Mme de Mercouville. Elles parlaient des métiers à tisser et de la nécessité de mettre les femmes oisives de l'hiver au travail. Mme Guérin, accorte et aimable femme au demeurant, ne paraissait pas se préoccuper outre mesure de porter si ouvertement les cornes. Effet de l'habitude ou d'une convention informulée, on ne semblait pas considérer à Québec qu'un adultère avec Mme Le Bachoys mît en cause l'honneur des dames et la paix de leur ménage.

On aurait plutôt éprouvé quelque inquiétude à se sentir dédaigné par elle... Avoir plu à Mme Le Bachoys était comme un certificat de virilité rassurant...

Elle avait toujours autour d'elle une cour assidue et, dans cet instant encore, tout un groupe d'hommes jeunes et moins jeunes qui riaient de ses plaisanteries et se tenaient dans la chaleur rayonnante de sa bonne face rouge et gaie.

Angélique ne pouvait s'empêcher de suivre de loin le manège de Bérengère-Aimée de La Vaudière, tout en rendant à Joffrey cette justice qu'il n'accordait pas plus d'attention à l'évaporée jeune femme qu'aux autres personnes du sexe qui cherchaient à s'attirer ses bonnes grâces. Elle ne pouvait lui reprocher de se montrer galant avec de jeunes femmes gracieuses, il l'avait toujours été. Il l'avait même été avec Ambroisine, jusqu'au jour où il lui avait assené des paroles terribles qui la condamnaient.

Il l'était avec toutes les femmes, jeunes ou vieilles, belles ou non, avec dans le choix de ses attentions des préférences qui ne pouvaient qu'apaiser les craintes d'un cœur soupçonneux.

Par exemple, il se montrait fort empressé auprès de Mme Le Bachoys et auprès de Mme de Beaumont et fort attentif à prêter l'oreille aux discours de Mme de Mercouville sur ses métiers à tisser.

Avec Bérengère, il paraissait amusé, mais sans indulgence excessive.

Elle lui aurait plutôt reproché un excès de douceur grave, des plus troublants, vis-à-vis de l'exquise Mme de Beaumont mais celle-ci n'avait-elle pas plus de cinquante ans...

Même avec Sabine de Castel-Morgeat qui avait tiré sur ses navires, il ne s'était jamais départi d'une attitude polie et n'avait rien changé à son comportement après avoir appris qu'elle était la nièce de son ancienne maîtresse Carmencita.

Était-ce bien intelligent de la part d'Angélique de lui avoir révélé cela ? Il était évident que Mme de Castel-Morgeat le dévorait de ses grands yeux noirs. Depuis qu'elle ne se fardait plus à tort et à travers, on pouvait constater qu'elle savait être très belle avec une peau d'une blancheur dorée qui compensait le modelé un peu anguleux de son visage. Le comte ne semblait pas prêter plus d'attention à ses regards qu'à ceux de Bérengère. C'était Mme Le Bachoys, si carrée et rougeaude qu'elle fût, qui parfois inquiétait Angélique. Car La Polak disait que c'était une drôle et elle avait le charme de l'être vraiment, drôle. On pouvait rire de ses frasques, les blâmer ou faire comme si cela, chez elle, ne prêtait pas au blâme, de toute évidence son tempérament révélait un cordial appétit de l'amour, ce qui n'est jamais sans déplaire aux hommes d'expérience. Joffrey était-il scrupuleux sur le chapitre de l'amour ? Il aimait les femmes qui le faisaient rire.

Mme Le Bachoys et La Polak apparurent donc à Angélique sous un jour moins serein. Mais comme, d'autre part, elle ne doutait pas de la loyauté de ces deux femmes à son égard, elle leur faisait confiance. Si bien que, comme il arrive à un cœur épris, lorsque Angélique avait fini de passer en revue ses possibles rivales, il n'y avait guère parmi les dames de Québec aucune dont elle n'eût, par un aspect ou l'autre, sujet de craindre, mais aussi de se rassurer.

Ce qui prouvait qu'elle était ridicule.

A Québec, on pouvait badiner, conter fleurette, mais la solide armature des consciences, la difficulté de passer outre devaient maintenir l'aventure entrevue dans les limites de la sagesse.

D'autre part, Ville d'Avray disait que Québec était une ville pour y consommer des adultères délicieux. D'autant plus délicieux qu'ils étaient guettés par des regards plus farouches.

Les consommait-on ?

Là était la question.

Une question qui s'entrelaçait comme un voile vaporeux entre ces couples s'en allant en riant par les allées du jardin du Gouverneur. Avec ces Français, l'on ne pouvait jamais se porter garant qu'un sourire, une pression de main, une tendresse du regard, ne fussent que de pure courtoisie et non signe discret et prometteur pour un rendez-vous ardent.

Le Revérend Cotton Matther de Boston, toujours hanté par le diable rôdant autour de ses ouailles, avait-il tellement tort de lui prêter, peu ou prou, l'accent français et la tournure papiste ?

Quand elle avait rencontré à Gouldsboro le pasteur puritain, Angélique l'avait jugé outrancier, fanatique et tout à fait ignorant des subtilités du caractère français, beaucoup plus vertueux que ne se l'imagine l'étranger.

Aujourd'hui, elle ne savait plus...

Le Mont-Carmel, traversé d'un vent si pur qu'il en paraissait virginal, baignait dans une lumière qui n'était pas loin de faire penser à celle qui règne à l'entrée des parvis célestes, et ce rayonnement semblait absoudre et transmuer en vertu tout désir de bonheur.

Mais quelle sorte de bonheur ?

En tout état de cause, celui qui innocente l'amour et lui rend sa sublimité première semblait animer, en ce matin de février, l'aimable société de Québec qui s'en allait admirer en son jardin les buis et les choux de Monsieur le Gouverneur.

On apercevait le ciel bleu rosé à travers le voile mauve des branches et des rameaux entrelacés jusqu'à ne former qu'un fin treillis arachnéen où les gouttes du gel faisaient étinceler les feux de mille diamants.

Le tronc des ormes et des érables du jardin était d'un violet argenté harmonisé à celui plus profond de leurs ombres courant sur la neige.

De l'autre côté de la vallée blanche du Saint-Laurent s'apercevaient le clocher neuf de la paroisse de Lévis et un autre plus petit sur le versant de la côte de Lauzon égratignant le ciel de leurs croix de métal.

Ayant dépassé le jardin, la compagnie s'échelonna le long d'une piste contournant le Cap Diamant et, passant au pied de la redoute de bois, belvédère érigé là pour surveiller le tournant du fleuve en amont et garder le magasin aux poudres, bâtisse au flanc du Mont-Carmel que les Gouverneurs avaient voulu isolée de la ville et à demi enfouie sous terre.

Cette promenade hors de la ville fouettait le sang. Le Cap Diamant résonnait de l'écho des rires et des voix

Le petit ruisseau, non loin, sanglotait dans son écrin de glaçons. Les osiers, les bouquets de saules qui l'escortaient éclataient en gerbes d'or pâle et de corail.

Sur la droite, une croix immense dressée au bord du ciel, entre un gibet et le poteau où l'on exposait le corps des condamnés, donnait au Mont-Carmel une allure de Golgotha. Un vol d'oiseaux noirs glissant alentour, suivant les courants glacés, aurait accentué l'impression macabre, sans la présence d'un petit moulin à farine qui, à deux pas, tournait ses ailes.

La candeur des lieux rachetait les marques sinistres apposées par l'homme.

Comme on arrivait à l'extrémité du Cap Diamant, le comte de Loménie vint prendre Honorine par la main et l'amena au bord de la falaise. Penché vers elle, il lui expliquait que, par là, en amont du Saint-Laurent, s'ouvrait à quelques lieues une rivière appelée La Chaudière. C'était en descendant son cours que l'an dernier, M. de Loménie quittant Québec, avait pu venir visiter demoiselle Honorine en son port de Wapassou. Ne se souvenait-elle pas ? Les petits yeux d'Honorine guettèrent l'immensité blanche. De l'île d'Orléans bouchant le goulet du fleuve au nord, ils firent le tour de l'horizon et revinrent à la perspective que lui désignait le chevalier de Malte vers le sud.

Il était visible qu'elle s'efforçait de cacher sa satisfaction, mais M. de Loménie par ses informations géographiques venait de lui ôter un gros poids du cœur. On pouvait donc, pensait-elle, trouver une route pour regagner Wapassou. Depuis le retour du glouton Wolverines, Honorine avait été saisie de nostalgie à la pensée de son ourson Lancelot. Elle éprouvait de l'appréhension devant le Saint-Laurent figé dont elle se rendait bien compte qu'il retenait prisonniers les vaisseaux de son père et, levant son petit nez, il lui était arrivé d'envier les oiseaux tournoyant dans le ciel. Comment s'évader autrement de ce Québec planté au milieu de nulle part ?

— Ne pourrait-on partir en traîneau par La Chaudière, demanda-t-elle. Dès maintenant ?...

— On le pourrait, répondit-il. Mais en plein hiver c'est une dure expédition. Une pionnière comme vous a assez d'expérience pour le comprendre. Rappelez-vous dans quel triste état nous nous trouvions mes compagnons et moi lorsque nous sommes parvenus à votre fort. Heureusement, vous nous avez bien soignés.

— Oui ! Oui ! se souvenait Honorine en hochant la tête.

— Il est préférable d'attendre le printemps pour se mettre en chemin, assura M. de Loménie. L'hiver exige de la patience. Ne vous trouvez-vous pas bien en notre compagnie, Mademoiselle ?

Le chevalier de Malte parut très heureux d'avoir pu lui arracher un sourire condescendant mais affirmatif.

De si haut, l'on voyait l'étendue blanche du fleuve sillonnée par les traîneaux entre les balises. Des promeneurs traversaient à pied, de Québec à Lévis. Il y avait sur les deux rives un véritable fourmillement de personnes et de véhicules que le Procureur Tardieu de La Vaudière observa en fronçant ses beaux sourcils de jeune dieu grec.

— Ce n'est pas jour de marché que je sache. Pourquoi cette agitation ? Ma parole toute la ville est dehors. Quand donc ces gens-là travaillent-ils ?

— C'est à cause de Sainte-Agathe, lui dit Ville d'Avray. La fête est chômée.

Le Procureur continua d'observer avec contrariété cette foire joyeuse de la Basse-Ville qui lui donnait des aigreurs d'estomac. Puis il alla prendre par le bras M. de Frontenac et lui fit remarquer combien, de cet emplacement où ils se trouvaient, on pouvait juger de ce scandale intolérable que représentait l'amas de bicoques sordides accumulées comme un dépôt d'ordures contre la falaise et qui grimperaient bientôt jusque sous le fort. Habitations de bois, bancales, pourries, au sommet desquelles, pour ajouter le comble à l'insalubrité, se trouvait le repaire d'un sorcier, lui avait-on dit, échafaudage branlant et que le poids des glaces rendait plus instable encore. Tout allait, un jour, s'écrouler, entraînant un incendie géant.

— Les fumées, les odeurs, les exhalaisons nauséabondes qui montent de ce cloaque juste au-dessous du château Saint-Louis ne vous gênent-elles pas, Monsieur le Gouverneur ?

— Non ! dit Frontenac.

— Madame de Castel-Morgeat qui habite sous votre toit s est plainte d'en être importunée.

— Oh ! Elle, elle se plaint toujours.

Au retour, des groupes se reformèrent çà et là, dans le jardin. Derrière les bosquets l'on se réchauffait de quelques lampées d'eau-de-vie, discrètement bues au goulot de gourdes de peau.

Dans les allées du labyrinthe, entre deux hautes parois de neige, Ville d'Avray s'en était allé deviser avec son ami préféré, M. Garreau d'Entremont, le lieutenant de police civile et criminelle.

Il ressortit peu après et vint dire à Angélique d'un air mystérieux.

— Monsieur Garreau d'Entremont désirerait vous parler en privé.

— A moi ?

— Oui. Surtout ne lui refusez pas. Vous savez combien il m'est cher.

Ville d'Avray aimait laisser planer en toutes ses relations amicales un soupçon quant à la nature des liens sentimentaux qu'il entretenait avec ladite personne : homme ou femme. C'était une de ses manies. Il laissait à ses interlocuteurs perplexes le soin de décider à leur convenance.

En l'occurrence Garreau d'Entremont que La Polak surnommait « le Ronchon », bourgeois austère, courtaud, toujours vêtu de sombre et sans apprêt, et Lieutenant de Police de surcroît, ne devait pas prêter aux soupçons d'une idylle avec le fringant marquis. Mais c'est très sérieusement que celui-ci insistait, souhaitant voir Angélique accéder à la requête de M. d'Entremont.

— C'est un homme charmant, érudit...

Percevant son hésitation, il protesta qu'il ne voyait pas les raisons de son déplaisir. Elle devait comprendre.

Timide, comme le sont souvent les bourrus et les personnes qui du fait de leur profession se trouvent obligés de se présenter d'emblée sous un jour désagréable, Garreau d'Entremont avait beaucoup hésité, disait le Marquis, à aborder directement Angélique qui l'impressionnait. Il avait fait appel à M. de Ville d'Avray, comme à un séducteur capable d'obtenir cela d'elle sans la contrarier.

— Mais que me veut-il, ce lieutenant de police ?

— Il vous le dira lui-même.

Feignant de se méprendre sur les raisons de sa méfiance, il se récria.

— Il ne s'agit pas de galanterie, ce n'est pas son genre. Il veut vous demander quelques renseignements.

— A quel propos ?

— Je l'ignore. Mais je suis certain qu'il ne s'agit que d'une formalité.

— Ne serait-ce pas plutôt à mon mari qu'il désirerait parler ?

— Mais non ! A vous ! A VOUS ! Que se passe-t-il, Angélique ? Je ne vous reconnais plus. Que craignez-vous ?

Il était difficile à Angélique de lui expliquer que ses rapports avec la police, au cours de son existence, l'avaient amenée à éprouver une certaine réticence à l'égard de ses représentants.

Cette convocation — car elle ressentait la requête de Garreau d'Entremont comme une convocation — ne lui disait rien qui vaille. Elle fit quelques pas pour se donner le temps de la réflexion.

Le paysage avait soudain viré. La lumière si pure et éclatante lui parut assombrie d'un voile noir. Elle se sentit oppressée. Que se passait-il ?

Tout marchait si bien. Tout était si beau et aimable. Les événements s'agençaient harmonieusement. Les rencontres qui auraient pu leur amener le plus d'ennuis avaient tourné à leur avantage. L'hiver se révélait un allié plein de charmes et de surprises heureuses. Une vibration particulière, proche de celle de l'amour, régnait en sourdine, traversait toutes choses, atteignait et transfigurait les êtres à leur insu.

Et voilà... L'enchantement allait-il se briser comme un verre fragile ? On ne pouvait jamais être tranquille !

— Pourquoi me serres-tu la main si fort, maman ? demanda Honorine.

Ville d'Avray n'avait cessé de marcher dans leur sillage. Il était chagriné. Il ne comprenait pas pourquoi Angélique se montrait si peu empressée à lui faire plaisir. Elle voulait le déconsidérer aux yeux de Garreau d'Entremont. Démontrer ouvertement combien à Québec lui, Ville d'Avray, avait peu de poids et peu d'amis. Après tout ce qu'il avait eu à endurer, lui faudrait-il entériner une déception de plus ? Qu'avait-elle à craindre d'un homme si aimable ?

— De quoi s'agit-il ?

— Je l'ignore, gémit-il.

Mais elle croisa l'éclair de son œil bleu qui lui parut froid, inquisiteur. Et elle fut persuadée qu'il soupçonnait, s'il ne le savait, de quoi le lieutenant de police voulait l'entretenir.

« Toi, mon bonhomme, si tu m'entraînes dans des ennuis, tu me le paieras », pensa-t-elle.

— Je suis certain que ce n'est rien de grave, affirma-t-il ouvrant tout grand ses yeux candides.

— C'est bien, fit-elle se décidant, avertissez Monsieur Garreau que je le verrai quand il le voudra. Mais retenez bien que je n'agis ainsi que pour vous faire plaisir.

Ville d'Avray, qui tenait beaucoup à la réussite de sa mission diplomatique, lui baisa la main avec effusion.

Il partit, en sinuant, à travers le labyrinthe de buis, dut retrouver Garreau qui s'y cachait. Peu après le marquis revint tout heureux lui transmettre le lieu et l'heure du rendez-vous que proposait le lieutenant de police. Pour ne point déranger Mme de Peyrac en ses tâches et divertissements du jour, M. d'Entremont proposait de la rencontrer dans l'heure suivante, dès qu'elle aurait terminé sa promenade, en son salon de la Prévôté. Il allait s'y rendre pour l'attendre.

C'était à deux pas. Autant en avoir fini tout de suite.

Mme de Mercouville invitait Honorine à venir jouer avec ses filles jusqu'aux vêpres. On servirait aux enfants une bonne tasse de chocolat pour les réchauffer. Ils se divertiraient ensuite près du feu, sous la surveillance de Perrine. Un des garçons de Mercouville avait un cheval de bois à bascule qu'Honorine affectionnait Elle partit de bon cœur avec la petite troupe

51

Angélique n'eut pas un long chemin à parcourir pour se retrouver aux abords de la Place d'Armes. Sur la gauche s'ouvrait la Grande Allée et, juste en face de l'ancienne maison de Mme de La Peltrie, s'érigeaient les bâtiments de la Sénéchaussée. Les membres du Conseil Souverain y siégeaient souvent. Le Lieutenant de Police civile et criminelle et le Procureur y rendaient la justice au nom du Sénéchal, Monsieur de Masset, qu'on y voyait rarement et qui préférait habiter sa seigneurie de Saint-Cyrille. Il avait cédé ses appartements du palais de justice à M. d'Entremont.

Un archer introduisit Angélique dans un salon tendu d'une tapisserie sombre. Les fenêtres donnaient sur la rue et, à cette heure du début de l'après-midi, seul l'arrière des maisons recevait les rayons du soleil.

Une partie des murs de la pièce était couverte de rayonnages soutenant des livres reliés. Point de tableaux à part un portrait du Roi presque aussi sombre que les tentures et, au-dessus d'un grand bureau aux ornements de bronze doré, un écusson représentant les armes de famille du Lieutenant de Police civile et criminelle et qui était « d'argent au sanglier de sable, accompagné en chef d'un lambel de gueules, et en pointe de trois fers de lance de sinople, rangées de face. »

Angélique en attendant l'arrivée du Lieutenant de Police se plongea dans une méditation distrayante sur les analogies que l'on pouvait trouver parfois entre la symbolique d'un blason et le caractère ainsi que l'apparence de celui qui en avait l'apanage : « Un sanglier noir parmi des lances dressées d'un beau vert... » Cela convenait assez.

Il ne lui plaisait guère de se trouver là. Angélique s'arrangea pour s'asseoir le dos à la fenêtre dans un fauteuil à dossier raide, qui tendait ses accoudoirs à volutes pour inviter la personne convoquée à se détendre durant son interrogatoire.

Ce faisant, elle remarqua, ouverts sur le bureau du Lieutenant de Police, deux gros volumes, et dès qu'elle les eut reconnus, elle comprit pourquoi le responsable de l'appareil judiciaire au Canada tenait tellement à la rencontrer en privé. Les avertissements de Guillemette la Sorcière auraient dû plus ou moins lui faire envisager une anicroche de cette sorte. L'un de ces volumes était *Le Traité des sorcières* de Jean Bodin. L'autre c'était le redoutable *Malleus Maleficarum.* Depuis bientôt deux siècles, ces deux livres servaient de Bible aux Inquisiteurs catholiques et protestants, pour étayer leurs accusations contre sorciers et sorcières.

Écrit en 1484 par « les fils bien-aimés » du Pape Innocent VIII, les révérends Sprenger et Kramer dont l'un était dominicain, ce dernier ouvrage prétendait présenter un recueil de recettes destinées à indiquer aux juges comment reconnaître les magiciens et les démons. On y avait consigné également tous les moyens permettant de débusquer, sous des apparences normales, une sorcière ou un sorcier et aussi les pratiques les meilleures pour les faire avouer leur crime. C'était en fait une compilation d'insanités cruelles. Mais depuis le XIIIe siècle, ce livre avait permis de faire suivre aux accusations de sorcellerie une procédure légale.

Tous ceux que calomnies ou dénonciations avaient amenés devant le Saint-Office pouvaient se considérer comme perdus dès que les juges plongeaient leur nez entre les pages de ces ouvrages.

Malgré leur réputation plus marquée de la griffe du diable que de la bénignité de l'Église, Angélique fut soulagée de voir qu'il ne s'agissait que de cela. Elle supposa que M. d'Entremont avait entendu parler de ses activités auprès des malades.

Un signet soulignait une phrase dans la page ouverte du *Malleus Maleficarum.* Elle se pencha et lut : « Quand une femme pense seule, elle pense mal... »

L'axiome lui amena un sourire aux lèvres, qui parut accueillir le plus aimablement du monde l'entrée du Lieutenant de Police par la petite porte dissimulée dans la tapisserie.

Ce qui parut évident dès le premier abord, c'est qu'il était très embarrassé. Il la pria de s'asseoir, fit de même. Il assura qu'il ne savait comment remercier Mme de Peyrac d'avoir eu la grâce de se déranger. D'autant plus qu'il ne s'agissait que de vétilles. Mais voilà, il avait pensé qu'elle pouvait lui rendre un grand service dans une enquête délicate qu'il menait actuellement.

— Je vous écoute, dit-elle, étonnée.

Après avoir hésité, jeté un regard vers les livres sataniques comme pour y puiser un encouragement, taillé une plume qu'il reposa, le lieutenant de police se décida.

— Madame, ayez l'obligeance de me dire tout ce que vous savez sur le comte de Varange.

Angélique resta indécise. Ce nom ne lui disait rien, encore qu'il ne lui semblât pas tout à fait inconnu.

— Le comte de Varange... répéta-t-elle, pensive, ai-je connu ce gentilhomme ?

— Sans doute, confirma-t-il.

— Excusez-moi. Je ne vois pas de qui il s'agit. On m'a présenté tant de monde à Québec.

— Ce n'est pas à Québec que vous l'auriez rencontré.

— Et où cela ?

— A Tadoussac.

— Tadoussac !

Elle comprenait de moins en moins.

— A notre venue en novembre ?

Puis un souvenir remonta comme émerge d'une eau sombre un cadavre. Et c'était bien d'un cadavre qu'il s'agissait. Lesté d'une pierre au cou et que les hommes du comte de Peyrac avaient balancé dans le fleuve parmi des cris délirants d'oiseaux de mer voletant dans la nuit et le brouillard.

Le comte de Varange ! L'homme qui les avait attirés dans un guet-apens et qu'elle avait abattu d'un coup de pistolet au moment où il attaquait Joffrey.

Angélique reporta sur M. d'Entremont un regard qui demeurait incertain.

— Tadoussac ! C'est déjà bien loin dans ma mémoire.

M. d'Entremont se renversa contre le dossier de son fauteuil. Il parut traiter plus légèrement la question. Il lui expliqua que le comte de Varange était arrivé à Québec quatre ou cinq ans plus tôt, afin de tenir près de l'intendant Carlon quelques fonctions concernant la trésorerie. A vrai dire c'était un « relégué », de ces personnages qui grâce à leurs relations échappent à la Bastille et à des condamnations plus infamantes en allant se faire oublier au Canada... Ce qui n'était pas sans compliquer la tâche du Lieutenant de Police.

— Je vous comprends.

Jusqu'alors M. de Varange, homme d'âge, discret et fort recommandé en haut lieu ne lui avait causé aucun ennui. Il s'était si peu fait remarquer à Québec qu'il avait pu disparaître depuis novembre sans que personne ne s'en aperçût.

— Disparaître ?

Ce n'était que vers la mi-janvier qu'il avait été alerté grâce à Mme de Castel-Morgeat.

« De quoi se mêle-t-elle encore celle-là ? » s'interrogea Angélique avec humeur.

M. de Varange habitait une maison située à l'écart un peu au-delà de la Grande Allée, où il vivait avec son valet, son cocher et deux petits savoyards qu'il avait amenés avec lui de France et qui lui servaient de marmitons et d'aides à l'écurie pour son cheval. M. et Mme de Castel-Morgeat se trouvaient être ses plus proches voisins. A la suite du... bombardement — M. d'Entremont baissa pudiquement les paupières — ils étaient allés habiter au château Saint-Louis. Cependant Mme de Castel-Morgeat se rendait souvent jusqu'à son ancienne demeure afin de surveiller des travaux entrepris pour la réfection intérieure et la protection contre la neige de la partie de la maison qui demeurait intacte. C'est ainsi qu'elle remarqua un jour l'abandon dans lequel se trouvaient les deux petits laquais savoyards Depuis la disparition de leur maître et des autres domestiques, les deux enfants erraient, vivant de larcins et d'aumônes. Ils vaguaient, couchant dans la maison, abandonnés, n'allumant le feu que dans la cuisine où ils dormaient blottis sur la pierre de l'âtre.

— Madame de Castel-Morgeat s'est préoccupée du sort de ces enfants et a prévenu Monsieur le Procureur Tardieu de La Vaudière qui m'en a ensuite saisi. Après enquête, j'ai déterminé que l'on n'avait plus vu leur maître à Québec depuis environ la mi-novembre.

Le Lieutenant de Police s'interrompit. Il semblait attendre de la part d'Angélique une réflexion. Comme elle se taisait, il reprit :

— ... J'ai pu déterminer qu'on l'a vu partir à bord d'une grosse barque chargée d'habitants qui regagnaient Tadoussac C'est là que sa trace se perd et celle de son valet.

— Se serait-il noyé en route ?

— Après être parvenu à Tadoussac alors ? Car M. de Ville d'Avray m'a dit l'y avoir rencontré, lors de votre escale à Tadoussac.

« Ce n'est pas vrai ! » faillit riposter Angélique. Elle savait, elle, que M. de Varange était déjà mort, au rendez-vous de la Mercy en aval de Tadoussac lorsque leur flotte avait mouillé dans la rade du premier poste français sur le Saint-Laurent. Elle se contint et espéra que son mouvement n'avait pas été remarqué par le policier.

— Êtes-vous certaine de ne pas l'avoir reçu à votre bord ? insista celui-ci

— Pas que je sache.

Après un silence, elle suggéra :

— Vous êtes-vous informé auprès de mon époux ? Il me semble qu'il serait plus habilité que moi-même pour vous repondre... si tant est que ce comte de Varange souhaitait le rencontrer.

— Je le ferai Mais j'ai préféré vous entendre avant lui

— Pourquoi donc ?

Il eut une moue qui ne le rendit pas plus beau et parut soupeser les risques de ce qu'il allait avancer.

— Tout est bizarre dans cette affaire. Figurez-vous, Madame, qu'en cours d'enquête quelqu'un est venu me trouver et m'a déclaré tout de go : « C'est Madame de Peyrac qui a tué le comte de Varange, je le sais de source sûre »

Angélique poussa une exclamation.

— Qui ?... Qui a pu vous dire cela ?

Sa pâleur et sa colère pouvaient être mises sur le compte d'une émotion indignée.

— Le comte de Saint-Edme.

— Le comte de Saint-Edme ! Mais comment...

Elle avait été sur le point de laisser échapper : comment l'a-t-il su ?

Une fois encore, elle se rattrapa.

— ... Le comte de Saint-Edme ! mais qui est-ce ? Ah : oui, ce vieillard qui accompagne Monsieur de La Ferté. Quelle mouche le pique pour répandre des bruits aussi calomniateurs ? Je le connais à peine. Nous n'avons pas échangé trois mots. Il perd la raison...

Garreau la contemplait d'un œil sans expression.

« Tous les mêmes », songeait-elle avec rage, « ces grimauds de malheur ! »

Elle retrouva son sang-froid, se disant que la force de Joffrey était inébranlable. Ses fidèles étaient autour de lui comme un rempart et se tairaient. Chacun jouait sa partie pour tous. Malgré son habileté, Garreau d'Entremont ne pourrait rien prouver. Il battait du vent...

Ne venait-il pas de le comprendre ?

Tout à coup il la remerciait de lui avoir accordé de son temps, et la priait encore de l'excuser de l'avoir retenue et pour de si tristes discours. Il répétait que tout était bizarre dans cette affaire.

— Monsieur de Saint-Edme vous a-t-il confié d'où il tenait ces renseignements étranges ?

Le Lieutenant avoua que non. Il la pria encore de l'excuser. Angélique ne se fiait pas à ses protestations. Le visage rougeaud et malgracieux semblait peu disposé aux subtilités de l'esprit. Mais elle avait appris à se méfier des apparences. Les regards atones, les lenteurs de raisonnement, les soudaines démissions ne la rassuraient pas. Comme un sanglier M. Garreau d'Entremont suivait la piste que son flair lui indiquait.

Cependant ils firent effort pour rompre une tension qui, en principe, n'avait plus d'objet.

Sur le point de prendre congé, Angélique ne put empêcher son regard de revenir aux deux gros volumes traitant de démonologie, posés sur le bureau. Il n'y avait fait aucune allusion.

— Est-ce vous, Monsieur d'Entremont, qui vous intéressez à la magie au point que vous consacriez votre temps à la lecture de tels ouvrages ?

Le Lieutenant de Police, qui venait de contourner son bureau dans l'intention de la raccompagner, regarda avec étonnement ce qu'elle lui désignait et parut embarrassé.

— A vrai dire non ! Je suis peu versé dans ce genre de sciences. Mais je vais être obligé de m'y mettre ; car on m'a fait mander de Paris que les crimes de sorcellerie, de sacrilèges, de sortilèges, se multipliaient, qu'il fallait que j'y porte attention aussi en Nouvelle-France. Monsieur de La Reynie m'a fait envoyer ces livres afin que je me mette au courant et puisse juger plus nettement des cas qui me seront soumis. J'aurais préféré, je vous l'avoue, que pour des délits de cette sorte on continue à s'en référer à l'Évêque et au Saint-Office, mais il paraît que les tribunaux ecclésiastiques ne sont plus habilités. L'Inquisition a commis trop d'abus et les nouvelles dispositions de justice estiment que le grand nombre d'assassinats et d'empoisonnements qu'entraînent ces pratiques, les font relever du bras séculier.

Il prit sur le bureau une feuille couverte de chiffre et d'écriture.

— ... Voyez ! J'ai là un rapport qui m'est parvenu avec les navires de l'été. Il paraît qu'on soupçonne dans Paris plus de trois cents officines de magiciens et de magiciennes dont le commerce entraîne la mort. Toutes sortes de personnes s'y rendent pour obtenir leur aide criminelle parmi les plus élevées dans le rang. On empoisonne, on égorge, on immole, c'en est une folie...

» Et justement, sur le mystère de la disparition de Monsieur de Varange vient se greffer une vilaine affaire d'opération magique qui n'a pas, hélas ! la simplicité des accusations de noueurs d'aiguillettes ou de jeteurs de sorts au bétail qui nous arrivent des campagnes de temps à autre. C'est plus grave. Vous ayant déjà beaucoup importunée, je ne voulais pas entrer dans le détail, mais puisque vous m'en parlez la première vous allez comprendre pourquoi je vous ai dit que tout dans cette histoire était bizarre. Plus je tire le fil et plus j'amène au jour des révélations effarantes. Il semble que le comte de Varange pratiquait la magie noire. Un peu avant son départ pour Tadoussac, il se serait livré dans sa maison de la Grande Allée, là, à deux pas de la Prévôté, à une horrible représentation destinée à obtenir l'aide des démons.

» On ne peut guère tirer d'indications des petits savoyards qui baragouinent à peine quelques mots de français et me paraissent tout à fait débiles. Mais le cocher en fuite et qui s'est réfugié chez les sauvages aurait dit en passant à un habitant de la paroisse de Saint-André qu'il partait parce qu'il avait peur. Il a raconté que le comte, certaine nuit, voulut faire parler un miroir magique et lorsqu'il fut parvenu à l'ensorceler, il s'y entretint avec une prêtresse du diable qu'il attendait à Québec pour l'automne et qui ne venait pas. Il voulait savoir où elle se trouvait, être renseigné sur des projets qu'il avait en train avec elle. Pour la réussite de l'opération magique, un chien noir fut immolé, crucifié vivant, dont on ouvrit le ventre, prit le fiel et dont... — Garreau vérifia d'un coup d'œil sur un papier —... dont le sang devait couler sur un crucifix, placé au-dessous. Voilà ! J'ai pu mettre la main sur le garçon qui avait fourni le chien. Des voisins s'étaient plaints du remue-ménage et d'avoir entendu des hurlements... Cependant, comme la demeure est assez isolée...

— Mais c'est horrible, dit Angélique.

Elle s'interrogeait :

« Est-ce Ambroisine qu'il a vue dans le miroir magique ? Ambroisine qui devait le rejoindre à Québec après nous avoir achevés. »

— Qu'a-t-il vu d'autre dans ce miroir qui l'a poussé à s'embarquer aussitôt pour Tadoussac ? continuait le Lieutenant de police.

C'était surtout pour éclaircir ce point qu'il avait souhaité parler avec Mme de Peyrac car, répéta-t-il, « elle aurait pu à Tadoussac avoir vu, ou entendu parler de quelque chose ».

Ce « quelque chose » et sa façon de le prononcer hérissaient Angélique de la tête aux pieds.

— Dieu me préserve d'avoir eu jamais affaire à un aussi ignoble individu, jeta-t-elle avec feu. Je ne comprends pas pourquoi vous vous désolez tant de sa disparition ? Vous devriez, au contraire, vous féliciter qu'il se soit volatilisé définitivement comme les vapeurs délétères de ses maléfices.

— Je ne me désole point...

Garreau d'Entremont affecta un air rogue.

— Je ne me désole point, Madame, mais je suis le Lieutenant de police. Cet homme a disparu. Je dois savoir ce qu'il est devenu, car mon rôle est de veiller à ce que les crimes qui se commettent sur le territoire de la Nouvelle-France soient dénoncés et ne demeurent pas impunis. Or la disparition de

Monsieur de Varange est suspecte. Tout suppôt du diable qu'il est, s'il a été assassiné, je dois trouver ses assassins...

Il asséna ces derniers mots avec force et fermeté. Angélique se souvint de la réflexion de La Polak. « Pas mauvais bougre, le Ronchon ! Mais c'est un homme à principes... Les plus dangereux. »

Malgré cette suprême escarmouche, ils se quittèrent sans acrimonie. Presque bons amis.

52

L'ESCLAVE NOIR, KOUASSI-BÂ, ATTENDAIT ASSIS SUR LES MARches de la Prévôté. Il leva vers elle sa face emmitouflée.

Elle le recueillit dans ses yeux, avec le déroulement lointain des montagnes embuées de lumière et reprit possession de toute sa richesse présente : le Nouveau-Monde, la liberté...

Elle soupira.

— Rien de grave, fit-elle, répondant à l'interrogation muette du fidèle ami. Mais je désire rentrer en me promenant un peu.

— Retourne à Montigny où le comte t'attend.

Le grand noir la quitta rassuré. Angélique prit, à l'angle de la maison de Mme de La Peltrie, la rue des Parloirs, et après avoir dépassé le portail des ursulines continua par une piste qui faisait le tour du parc du monastère.

Elle allait. Les bords de sa jupe soulevaient une neige duveteuse dont les paillettes demeuraient longtemps suspendues, ne retombant que lentement. Tout brillait. Les arbustes et les taillis au bord du chemin paraissaient filés dans le verre. Au loin l'Angélus de midi carillonnait.

La neige durcie du chemin couinait sous ses pas. Par instants, elle s'arrêtait.

De cette histoire sinistre, et plus encore que la crainte de voir Garreau découvrir la vérité — il ne pourrait rien prouver — lui restaient les visions des petits savoyards, domestiques de cet affreux comte de Varange. C'était une vision familière pour elle, qui avait connu les bas-fonds de Paris. Les petits ramoneurs savoyards avec leurs brosses et leurs échelles arrivaient en automne dans la capitale fuyant l'hiver de leur Savoie déshéritée.

Vêtus de noir, coiffés de noir, barbouillés de suie, amenant avec eux un petit animal des hauteurs, une marmotte qu'ils faisaient danser pour distraire les passants, ils parcouraient les rues de Paris, criaient dans leur patois inspiré d'italien « ramonia ! ramonia ! la chemina... »

Il arrivait qu'endormis, engourdis par le froid dans une encoignure de porte, ils étaient victimes des marchands d'enfants qui les enlevaient et les revendaient à de grands seigneurs pour leurs plaisirs. N'était-ce pas pour eux préférable, disait Jean-Pourri, que de mourir de froid, par une nuit de gel, avec leur marmotte ?

Telle avait dû être, à peu de chose près, la destinée des petits laquais du comte de Varange qui, suivant leur maître, s'étaient retrouvés au Canada.

Les navires apportaient marchandises et bienfaits du Vieux-Monde et aussi perversion. Un homme déchu, suivi d'un valet à mine patibulaire et de deux petits laquais, débarque, un jour, à Québec, et personne ne sait que le Mal vient d'entrer dans la ville.

Si Ambroisine, éclatante, avait posé son petit pied mignon sur le rivage, l'aurait-on su ?

« Ma parole ! il semblait y croire, ce Garreau. Il me regardait comme si j'avais tué M. de Varange... »

Et, en effet, c'était bien elle qui l'avait tué.

Mais, de ce côté-là, aucune crainte à avoir. Garreau se heurterait au mutisme de Joffrey et de ses hommes.

La seule chose inquiétante parce qu'inexplicable c'était la dénonciation de M. de Saint-Edme, déclarant que « c'était Mme de Peyrac qui avait tué son ami, à lui, le comte de Varange ».

Comment et pourquoi, ce vieillard avec son masque fardé enfoui sous des perruques trop opulentes, ses gants bleutés qui lui faisaient des pattes de lézards blafards, ces allures hagardes de luxueux épouvantail, se trouvait-il mêlé à ce galimatias ?

Pourquoi était-il venu trouver le Lieutenant de Police pour lui déclarer « C'est Madame de Peyrac qui a tué le comte de Varange... » ? Et comment pouvait-il le savoir ? A partir de cette question, Angélique se sentait gagner par la crainte. Car il n'y avait qu'une seule réponse : Le comte de Saint-Edme avait partie liée avec Varange dans ses pratiques de sorcellerie. Comme lui, il attendait l'arrivée d'Ambroisine à Québec. Avait-il participé à la conjuration satanique ? Dans le miroir magique avait-il vu apparaître le visage ensanglanté de la Démone ?

Horrible prodige ! Puissance du prince des Ténèbres, qui ne peut se frayer passage à la surface de la terre que par un boyau de sang et de profanations. Un crucifix souillé, un chien martyrisé...

Une chapelle solitaire à la croisée des chemins, appuyée d'un bouquet d'arbres aux branches fleuries de neige.

Un campanile de bois abritait une petite cloche, la chapelle comportait deux fenêtres sur les côtés, une porte en ogive au centre de la façade. Ce sanctuaire était dédié à sainte Foy.

Angélique leva le loquet et pénétra à l'intérieur. La pénombre lui fit du bien, après la lumière crue du dehors qui blessait les yeux. Elle ne distingua tout d'abord dans cette douce obscurité que l'or du tabernacle qui luisait au fond et le rubis de la veilleuse, étoile vacillante dans sa coupelle de verre. Elle se signa et avança de quelques pas. C'est alors qu'elle aperçut un homme qui priait agenouillé sur la première marche, devant l'autel.

C'était le chevalier de Loménie-Chambord. Discrètement, Angélique demeura près de la porte. Elle ne voulait pas le déranger dans son oraison. Mais il se retourna et l'aperçut. Elle le vi. se signer aussitôt et, après une génuflexion hâtive, il vint à elle de ce pas souple et silencieux que tous les guerriers français avaient acquis dans les forêts indiennes. Une expression inquiète marquait ses traits tandis qu'il se penchait vers elle.

— Que se passe-t-il, mon amie ? chuchota-t-il. Qu'est-il arrivé ? Vous êtes bouleversée !

Son regard clair l'examinait et elle se laissa happer par sa lumière rayonnante.

— ... Qu'est-il arrivé ? insistait-il, pressant. On vous a fait du mal ? Dites-le moi. Dites-le moi, mon amie chérie...

— Ce n'est rien.

Elle avait envie de lui crier « Ce n'est rien, ce n'est que la douleur du monde... » Elle soupira :

— ... Ce n'est rien... Mais c'est quand même terrible !

Il l'attira contre lui d'un mouvement instinctif et protecteur et elle s'abandonna contre son épaule, soudain lasse, les yeux fermés.

« Oui, oui, c'est cela », pensait-elle. « Serrez-moi fort. Serrez-moi dans vos bras, vous, le Saint, vous le Pur, vous le Tendre, vous qui rachetez les péchés des hommes. »

Son souffle l'effleurait, tandis qu'à voix basse comme un secret, il lui murmurait des mots de réconfort.

— ... Il ne faut pas... Non, il ne faut pas... Ne craignez rien..

Dieu vous protège... Vous si belle ! Vous qui apportez la joie et l'espérance... Ne craignez rien. Dieu vous aime.

C'était comme s'il lui avait dit : « Je vous aime. »

Une aura de lumière baignait son clair visage et l'étreinte ferme de ses bras abolissait en elle le souvenir de la peur et du dégoût. Elle voyait briller ses lèvres proches sous la petite moustache châtain. Elles se posèrent sur les siennes comme en songe.

Lorsqu'ils se virent sur le seuil de la chapelle, leurs mains qui se frôlaient et se tenaient, se séparèrent d'un commun accord. Ils émergèrent de l'instant de grâce avec la sensation de quitter une pièce illuminée pour retrouver au-dehors froidure et ténèbres. Pourtant le soleil brillait toujours en plein ciel. Mais déjà, sans qu'on pût discerner à quels signes, la lumière du jour tombait en langueur.

Ils demeurèrent silencieux et, du regard, rassemblaient autour d'eux les éléments du paysage les environnant : les parois de neige, les plaines scintillantes, le miroitement des glaçons aux branches des arbres, les alignements lointains des cheminées d'où s'étiraient des rubans de fumée blanche.

— Finalement, lui donnerai-je ? fit soudain Loménie d'un air pénétré.

— Quoi donc ? A qui ?

— Son couteau à scalper... A Honorine. Je le lui ai promis implicitement puisque je m'étais engagé à lui donner ce qu'elle me demanderait. Et je sens qu'elle ne me tient pas quitte. Elle n'accepterait pas un canif, ni un couteau-jambette... Non ! Elle veut un vrai couteau à scalper. C'est une arme dangereuse. A la réflexion, je me suis demandé si je ne pourrais pas convenir avec elle d'un arrangement... Quel est son rêve ? De s'identifier à un invincible Iroquois... Peut-être la belliqueuse personne se suffira-t-elle d'un petit arc et d'un carquois de flèches de sureau ! Qu'en pensez-vous ?

Angélique se mit à rire.

— Monsieur de Loménie, vous êtes un homme charmant. Et beaucoup trop indulgent pour cette petite fille.

— On aime à combler l'innocence, dit-il avec douceur. Elle seule le mérite.

Puis s'inclinant avec déférence il effleura de ses lèvres sa main.

— ... Réfléchissez à la question, Madame, et si vous désirez me donner sans tarder votre réponse, nous pourrions convenir d'un rendez-vous demain dans les allées du jardin du Gouverneur. Ce jour-là il n'y a personne, nous pourrons faire quelques pas de promenade C est un endroit paisible pour y deviser de choses graves.

53

L'AMOUR DE LOMÉNIE LUI DONNAIT DES AILES. ELLE RECTIFIA dans son esprit. « Non, ce n'était pas de l'amour, mais un sentiment délicieux, consolant » qui laissait loin derrière la sombre vision du Lieutenant de Police parlant de crimes répugnants et de personnages immondes. Le chevalier l'aimait-il ? Il l'avait embrassée comme pour la réconforter

Un pas rapide d'homme derrière elle, faisant crisser la neige l'alerta. M. de Bardagne la rejoignait.

— Cette fois, vous vous défendrez en vain de n'avoir pour Monsieur de Loménie-Chambord que des sentiments de simple amitié, lança-t-il avec agitation. Quand je pense que vous allez jusqu'à lui donner rendez-vous dans une chapelle...

— Vous êtes fou, je ne lui ai donné aucun rendez-vous.

— Comment puis-je vous croire ? Je vous ai vus arriver et entrer dans la chapelle quelques minutes après lui.

— Je vous répète que c'est le hasard. Je revenais chez moi en suivant ce chemin derrière les ursulines. J'ai voulu entrer pour prier.

— Et le chevalier de Loménie se trouvait là comme par hasard ?...

— Il s'y trouvait... Un sanctuaire n est-il pas un lieu où tout un chacun a le droit d'entrer ?

— Votre recueillement ne m'a pas paru très profond De temps à autre, je vous entendais chuchoter. Vous parliez tout bas... Pourquoi ?

— Il y avait les Saintes Espèces.

— Et cela ne vous empêche nullement de badiner avec un chevalier de Malte ! Vous ne respectez rien.

— Je vous en prie, cher Nicolas. Tempérez un peu votre jalousie. A force de ragots et de soupçons, vous allez finir par me jeter dans les bras du chevalier.

— Mais vous y étiez dans ses bras, s'écria-t-il indigné. Je vous ai vus.

Elle lui jeta un regard inquiet. Avait-il osé se hisser jusqu'à la fenêtre de la chapelle pour regarder à l'intérieur ? Un Envoyé du Roi, c'était impensable. Mais au point où il en était on pouvait s'attendre à tout.

— Et lorsque vous êtes sortis de la chapelle ensemble vous lui teniez la main.

Angélique haussa les épaules. Elle ne se souvenait absolument pas avoir tenu la main de M. de Loménie-Chambord. Elle prit la chose en riant.

— Décidément c'est merveilleux d'être tant aimée. Monsieur de Loménie, Vous...

— ... Monsieur de Ville d'Avray, continua-t-il, Monsieur de La Ferté, le jeune et fou Anne-François de Castel-Morgeat, et le vieux aussi fou Bertrand de Castel-Morgeat son père, Basile, Monsieur de Chambly-Montauban...

— Vous exagérez. Votre imagination tourmentée vous égare, pauvre Nicolas ! Et pourtant vous me faites plaisir. Comme c'est agréable de se sentir aimée lorsque tant de dangers et tant de haine bouillonnent par le monde... Mon cher amoureux de La Rochelle, merci !

— Ne me regardez pas avec ces yeux étincelants, fit-il d'une voix frémissante. Vous savez bien que cela me transporte.

Mlle d'Hourredanne les vit passer, riant et se donnant le bras. Elle nota qu'ils ne prenaient pas congé l'un de l'autre devant la maison de Ville-d'Avray, mais continuaient dans la direction du boqueteau derrière lequel se dissimulait la résidence de M. de Bardagne.

— Vous n'êtes jamais encore venue me visiter en ma demeure, avait-il dit à Angélique tandis qu'ils montaient la rue en échangeant des propos pleins de gaieté.

— C'est que vous passez tout votre temps devant la mienne... Et puis je ne tiens pas à rencontrer chez vous certains de vos amis.

— Il n'y a personne aujourd'hui.

Du chemin, une allée s'ouvrait entre les arbres de la Closerie et l'on apercevait au bout une jolie bâtisse à deux étages avec l'habituel toit d'ardoises, flanqué de ses cheminées carrées.

Le soleil éclairait encore la façade mais, dans le sous-bois, une ombre froide régnait piquetée de ronds de lumière qui se déplaçaient suivant l'heure comme les reflets tressautant d'un miroir.

Une haleine glacée sortait d'entre les troncs et les broussailles. Nicolas de Bardagne attira Angélique dans ses bras, l'enveloppant de son manteau qu'il referma autour d'elle et l'on ne savait si c'était pour la défendre de ce brusque assaut polaire ou pour la soutenir car le chemin qui remontait vers la maison était plus glissant qu'une patinoire.

— ... C'est une situation insoluble, désastreuse, murmurait Bardagne. Sans issue... Et pourtant je ne peux la trancher. Vous voir entendre votre rire par-dessus les frondaisons... Et puis marcher un peu à vos côtés comme en cet instant, ce sont là des bonheurs dont je m'aperçois qu'ils sont plutôt des tortures... Espérer ? Mais quoi donc... Il m'arrive de décider de ne plus vous revoir au moins d'une journée. Alors je me sens libre, calme, redevenu moi-même. Je me plonge avec joie dans mes lectures, mes travaux et mes plaisirs. Et puis soudain, je suis saisi par la folie de ma résolution... Il m'apparaît que vous êtes là, dans cette ville, à deux pas, vous que j'ai tant pleurée, vous que j'avais perdue. Et je me juge dément de vouloir fuir une si miraculeuse réalité. Même si je n'en recueille que des miettes. Je vous ai trop aimée pour que vous ne m'apparteniez pas un peu, n'est-ce pas ? Alors, je m'élance à votre recherche. Mon cœur s'arrête de battre à votre vue et ce que j'éprouve fait de cet instant et du lieu où je vous rencontre le siège de délices incommensurables. Devrais-je les payer de souffrances plus amères encore que je ne peux les regretter.

— Monsieur de Bardagne, votre éloquence dont j'apprécie la fougue me touche, mais je pense aussi qu'elle risque de nous faire trébucher, dans le sens propre du terme, soit dit...

Pour éviter de tomber, elle se cramponna à lui.

— Que je vous aime ! Que je vous aime ! murmura-t-il.

— Cette allée est trop glissante... Nous ne parviendrons jamais jusqu'à la maison.

— Qu'importe ! Nous sommes bien ici et hors de vue, venez par là.

Il l'entraîna sous le couvert des arbres, dans l'ombre bleue et froide du sous-bois, mystérieuse à force d'être insondable et la reprenant dans ses bras d'autorité, il s'empara de ses lèvres.

Durant un long moment, leurs bouches se répondirent, se séparant et se rejoignant avec chaque fois un élan plus avide.

Ce n'était pas la première fois que la passion de Nicolas de Bardagne éveillait celle d'Angélique l'entraînant malgré elle comme une lame de fond. Déjà à Tadoussac, il l'avait subjuguée en un long baiser dévorant. La houle de sensualité qui les emportait était bien à l'image de cette vague sournoise qui passe par-dessus la rambarde du navire, prend par surprise l'équipage, noyant tout, assommant et renversant au hasard, avant de se retirer avec une souple hypocrisie pouvant faire croire que l'on a rêvé, si ne demeuraient les traces du saccage et si Angélique, lorsque leurs deux visages s'écartèrent, enveloppés de la vapeur tiède de leurs souffles, n'avait entendu battre la chamade en son cœur, ni ressenti au creux des reins la brûlure irradiante, bien connue, du désir.

Le fait est, qu'haletants, ils n'éprouvèrent pas la force ni l'envie de prononcer un seul mot. Ils revinrent vers l'allée et se quittèrent au seuil de la propriété, sans plus d'échange, ni de commentaire.

Après cette plongée dans les profondeurs sous-marines de la convoitise, profondeurs sourdes, bleues traversées d'éclairs, à l'image de la pénombre du petit bois qui les avait dissimulés, Angélique s'étonna de retrouver la clarté du jour encore guillerette. Il n'était pas si tard. Et le ciel très bleu commençait à peine de pâlir prenant vers l'occident une nuance de porcelaine.

Angélique marcha jusqu'au carrefour de l'orme, où se tenait le petit campement des Indiens avec leurs cabanes d'écorces en taupinière sous la neige, leurs feux et leurs chiens frisés.

Au lieu de rentrer chez elle, elle bifurqua et prit le sentier de traverse qui pouvait la conduire par le champ montant jusqu'au manoir de Montigny. Si l'idée l'effleura qu'après le baiser qu'elle venait d'échanger avec M. de Bardagne, partir à la recherche immédiate de son mari était faire preuve de légèreté, elle la rejeta comme inopportune. Echanger un baiser avec un amoureux transi ne tirait pas à conséquence. Non seulement, elle n'éprouvait ni remords, ni crainte mais, au contraire, elle se félicitait de cet intermède car elle avait l'impression satisfaisante qu'elle venait de s'offrir une excellente diversion à d'insupportables chagrins.

Il lui semblait maintenant qu'elle avait retrouvé la légèreté, c'est-à-dire la force voulue pour y faire face et qu'elle pourrait entretenir Joffrey des menaces qui pointaient derrière l'enquête du Lieutenant de Police. Elle se sentait gagnée par une ivresse bienfaisante, puérile, à laquelle se voyant seule sur le chemin, elle eut envie de s'abandonner.

Avec un grand geste des bras qui fit voler au vent les pans de son manteau, elle s'élança en courant vers le sommet de la colline, escortée, à son insu, par les bonds lourds des chiens indiens que son exubérance soudaine avait eu le don d'arracher à leur apathie.

Ils la rejoignirent et se tinrent en rond autour d'elle, remuant un bout de queue et, surpris de la voir s'arrêter, tandis que d'en haut, elle observait le manoir de Montigny en contrebas.

Elle ne savait pourquoi, mais les abords du manoir autour duquel s'affairaient d'habitude les hommes d'équipages ou de nombreux visiteurs, lui parurent anormalement calmes. Son excitation tomba remplacée de nouveau par le malaise. A part les modulations du vent le silence était total.

Angélique entreprit de descendre vers le château. Déçus de son immobilité, les chiens indiens l'avaient quittée et avaient regagné le campement.

La demeure semblait à demi-désertée. Il y avait du mouvement du côté des cuisines et de la fumée s'élevait des cheminées mais dans les salons du rez-de-chaussée où d'habitude, surtout vers la fin de la journée, on pouvait observer un remue-ménage d'officiers comme Urville, Barssempuy, Erikson, venant aux ordres ou retrouvant leurs « quartiers », elle ne rencontra âme qui-vive.

Dans un cabinet d'études, elle aperçut, disposés sur une table, les plumes, les rouleaux de cartes et de papiers, les instruments de mesure, dont Florimond se servait pour rédiger la « relation » de ses explorations de l'été, tâche à laquelle il consacrait plusieurs heures par jour, mais lui aussi était absent.

— Où sont-ils donc passés, tous ?

Elle monta à l'étage, espérant trouver Joffrey dans la pièce qu'il se réservait et qu'il appelait sa « chambre de commandement ». Elle n'y avait pénétré qu'une fois. C'était là aussi qu'il dormait lorsque des travaux ou des assemblées tardives le retenaient trop avant dans la nuit.

Angélique lorsqu'elle avait vu l'ameublement bien choisi de cette pièce s'était demandé si ce n'était pas celle qui avait été aménagée plus spécialement pour la duchesse de Maudribourg.

Fut-elle influencée par cette pensée lorsque après avoir gratté à l'huis sans recevoir de réponse, elle y pénétra ? Mais elle se persuada qu'il flottait dans cette pièce, pour l'heure vide d'habitants, les effluves d'un parfum féminin. Ce n'était pas des traces bien précises. Il fallait des narines exercées. Elle n'aurait pu dire non plus s'il s'agissait du parfum de Bérengère-Aimée. Ce qui la remit de meilleure humeur après qu'elle eut fait trois ou quatre fois le tour de la pièce en flairant comme un chat, ce fut de décider qu'il s'agissait, selon toute vraisemblance, de plusieurs parfums féminins. Un grand nombre de personnes, dont des femmes, avaient dû se tenir récemment dans cette pièce.

— Où sont-ils passés ?

Elle regagna le rez-de-chaussée et poursuivant son inspection découvrit, dans l'une des grandes salles à manger, les reliefs apparents d'un festin dont les convives devaient s'être levés de table peu de temps auparavant.

— Il y a eu collation au château, lui dit un marmiton enfin rencontré dans la cour.

Il lui désigna l'amorce d'un chemin qui pénétrait dans la forêt.

— Ils sont partis par là.

Angélique s'engagea suivant la piste qui sinuait à travers les troncs des bouleaux et des épinettes. Le sous-bois était assez clairsemé. Sur la neige rose, le soir commençait d'allonger des ombres couleur de lavande.

Elle arriva peu après aux abords d'une vaste clairière. Un grand nombre de personnes s'y tenaient rassemblées, le visage tourné vers Joffrey de Peyrac. Celui-ci dans une position plus élevée, sur une légère éminence, leur faisait face et leur parlait.

Parmi les assistants, Angélique reconnut M. et Mme de Castel-Morgeat, Bérengère-Aimée de La Vaudière, mais son mari le Procureur n'était pas là. Avec étonnement, elle nota aussi la présence de cette femme de l'île d'Orléans, à l'opulente chevelure brune, Éléonore de Saint-Damien qu'on appelait Éléonore d'Aquitaine, qu'on disait avoir eu trois maris et qui était venue pour la messe de minuit.

Il y avait beaucoup d'officiers, dont Melchior Sabanac, mais aussi de simples soldats.

Angélique ne sut quelle sorte d'instinct la retenait de descendre le talus et de s'introduire dans cette assemblée parmi laquelle beaucoup de personnes étaient de ses amis et que son mari présidait.

Ce fut le sentiment qu'elle s'y trouverait déplacée.

Elle tendait l'oreille et essayait de comprendre ce que disait Joffrey. Elle l'entendait assez distinctement, mais ne comprenait pas, à part de temps à autre un mot dont la signification lui était plus nette sans qu'elle fût bien certaine de l'avoir saisi.

Brusquement, la raison de sa perplexité lui apparut. Elle ne comprenait pas, parce qu'il ne parlait pas français. Il parlait en langue d'oc, la langue des régions méridionales de la France. Et il n'y avait pas à s'étonner de voir dans cette assemblée la belle Éléonore de Saint-Damien, puisque se tenait-là, à n'en pas douter, une assemblée de Gascons.

A partir du moment où la vérité lui apparut, Angélique demeura comme frappée par la foudre. Elle se tint plus immobile qu'une statue derrière les arbres, le cerveau aussi gelé que les pieds et les mains. Fallait-il croire que Mlle d'Hourredanne avait raison lorsqu'elle disait : « depuis que M. de Peyrac est dans nos murs, les Gascons sortent de tous les trous. On ne s'imaginait pas qu'il y en eût tant en Nouvelle-France. »

Cela expliquait aussi la présence d'officiers et soldats, la plus grande partie appartenant au régiment de Carignan-Salières était recrutée dans les contrées du Sud-Provence et d'Aquitaine.

Elle prit à peine garde que tout le monde se séparait et s'égaillait avec de grands saluts joyeux et fit tout un détour afin de regagner sa maison sans avoir à repasser devant le château de Montigny.

La neige devenait phosphorescente. La nuit s'annonçait glaciale. Angélique toucha ses lèvres et les trouva sensibles ayant oublié les baisers de Bardagne.

Levant les yeux vers le firmament, elle se dit que c'était une nuit à voir passer les canots en feu de la « chasse-galerie » annonciateurs de phénomènes sismiques, de folie dans les esprits et de bouleversements dans les âmes. En passant près de la cour de Banistère, la chaîne du chien maigre tinta sur la glace, et elle vit se profiler, tournée vers elle qui approchait, sa triste silhouette.

Pauvre bête innocente !

Dans la maison, était-ce un cauchemar ? Là aussi, il n'y avait personne. Elle dut se rappeler que la nuit tombait à peine. Suzanne venait de repartir chez elle en laissant contre les cendres une marmite bouillonnant doucement et après avoir disposé sur la table familiale la vaisselle du souper.

Une partie de la maisonnée devait être chez Mlle d'Hourredanne pour écouter la lecture de *La Princesse de Clèves.*

Les autres vaquaient à leurs occupations dans la ville. Sire-Chat lui-même était absent.

Debout au milieu de la grande salle qu'elle aimait tant Angélique ne reconnut plus le décor de son bonheur.

Elle était sur le point de se laisser aller à un désarroi aux multiples causes lorsqu'elle réalisa que la première de ces causes venait de l'épuisement physique dans lequel elle se trouvait car elle mourait de faim et de soif.

De tout le jour, elle n'avait rien mangé, et même depuis la veille, car elle était partie ce matin à jeûn pour communier à la messe de Sainte Agathe, ensuite Monsieur le Gouverneur avait entraîné toute sa Cour dans son jardin. Au retour de la promenade, Monsieur Garreau d'Entremont l'avait retenue près de deux heures dans son cabinet d'instruction. En la quittant, lui, il avait dû se rendre illico dans sa salle à manger où un archer transformé en valet de pied lui avait servi un repas substantiel. Tandis qu'elle, Angélique, s'en allait par les chemins méditer des sinistres histoires et se faire embrasser par les uns et par les autres à titre de réconfort, ce qui l'avait menée jusqu'à une heure avancée de l'après-midi pour découvrir, dans le soir tombant, Joffrey de Peyrac discourant en langue d'oc, entouré de gascons et de ces belles femmes d'Aquitaine, dont à Toulouse sa blondeur poitevine avait redouté l'ascendant.

Et maintenant, le soleil était couché. Il faisait nuit. Elle avait les pieds gelés et l'estomac vide.

Avec des mouvements énergiques dans lesquels elle fit passer une partie de sa rage et de son indignation, Angélique commença par remonter du puits le seau où miroitait l'eau très fraîche qu'elle but longuement à même le récipient.

A la suite de quoi, elle se tailla une énorme tranche de pain bis et étala dessus, largement, du beurre. Elle y ajouta une tranche de jambon et son assiette en main alla s'asseoir à l'extrémité de la table.

La soif n'étant pas encore étanchée, elle se releva pour verser de l'eau dans une cruche vernissée qu'elle posa, sur la table, à portée de main. Tentée de se rendre à la réserve dans les caves pour s'y verser un bol de lait elle renonça. Elle était trop fatiguée.

Tandis qu'elle mordait dans sa tartine à pleines dents elle commença de trier les divers événements de la journée.

Elle aurait souhaité parler avec Joffrey de son entrevue avec le lieutenant de Police, sachant qu'il la rassurerait. Il ne craignait rien. Garreau pourrait jeter à ses pieds le cadavre décomposé de Varange qu'au plus il sourirait et l'autre briserait ses défenses de sanglier sur la maîtrise inébranlable du comte de Peyrac. Celui-ci était sûr du silence de ses hommes. Une circonstance de plus où il s'affirmerait en prince indépendant. Elle ne savait que penser de cette réunion de Gascons dans les bois, où il les avait convoqués afin de leur parler la langue de leur province... Une province annexée depuis deux siècles par les « barbares du Nord » et qui restait ombrageuse

Leur parlait-il de revanche ? De liberté ? C'était folie !

Mais il ne lui dirait RIEN à elle, car il lui cachait TOUT, en fait. Ce serait inutile d'aborder le sujet de front avec lui... et, pour tout avouer, jamais elle n'oserait. Jusque dans l'abandon du plaisir, elle le sentait toujours plus fort qu'elle. Il ne se laissait jamais asservir par quiconque et il se l'attachait, elle, par cette fascination qu'il exerçait sur son entourage

« Esclave ! Je suis son esclave. Et il le sait... »

Comme il en est souvent pour les personnes très vivantes, robustes et amoureuses de l'existence, c'était le présent qui comptait pour Angélique, et le présent lui montrait un Joffrey inquiétant, inexplicable, inaccessible.

Il se gardait d'elle pour réunir ses amis et leur parler en langue d'oc, tandis qu'elle affrontait le Lieutenant de Police.

Car lui, « on » n'osait pas le convoquer ainsi.

Eh bien, soit ! elle devrait régler seule cette affaire. Pour commencer elle allait faire rendre gorge au comte de Saint-Edme.

54

SITÔT LA PREMIÈRE MESSE ENTENDUE, ELLE ÉTAIT PARTIE À travers la ville à la recherche du comte de Saint-Edme.

Angélique avait mal dormi. Tout d'abord, le comte de Peyrac lui ayant fait savoir qu'il ne pourrait la rejoindre ce soir-là, elle avait imaginé le pis, c'est-à-dire Bérengère triomphant dans ses bras, pour ensuite se calmer et décider qu'elle se montait la tête sans raison. Et se féliciter de son absence.

S'il était venu ce soir-là ne se serait-elle pas montrée un peu incohérente ?

Il n'était pas venu...

— Tant mieux ! se dit-elle en se regardant dans la glace.

Ne devait-elle pas à Bardagne et à la rudesse de sa moustache quelques rougeurs au bord des lèvres ?

Il était des circonstances où il y avait avantages à ne pas vivre trop étroitement sous le regard l'un de l'autre. Regard d'autant plus enclin à se montrer soupçonneux que l'on est amoureux. Des légèretés comme celles qu'elle avait commises la veille y gagnaient de ne pas tourner à la tragédie. Car les baisers fort conscients qu'elle avait rendus à Bardagne n'avaient aucune importance. L'absence de Joffrey permettait à sa conscience de les oublier.

Aujourd'hui où elle voulait rencontrer Vivonne et ses complices, personne ne savait où les trouver. Elle finit par aller sonner chez Mme de Campvert qui depuis qu'Angélique avait sauvé son petit singe était prête à lui rendre tous les services.

Elle lui indiqua le *Chien qui tourne* un établissement à mi-chemin dans la côte du Palais, mi-taverne, mi-rôtisserie, qui pouvait être, selon la clientèle, un tripot où l'on jouait gros jeu.

M. de La Ferté et ses compagnons s'y montraient assidus

Comme Angélique descendait la rue escarpée en se retenant à

tout ce qu'elle pouvait, Ville d'Avray la croisa, remontant allègrement — peut-être venait-il du *Chien qui tourne* où l'on jouait dès le matin — et lui jeta :

— Tout s'est bien passé ? Chez Garreau ?

— Il a été odieux... Jamais de ma vie je ne me suis trouvée dans une position aussi blessante. Il ne s'agissait que de ragots et de calomnies.

— Lesquelles ?

— Vous le savez fort bien. Et pourquoi ne m'avez-vous pas prévenue qu'il s'agissait de ce comte de Varange ? Varange était l'un de ceux qui attendaient ici Madame de Maudribourg.

— Ce n'est pas moi qui ai signalé sa disparition, mais Madame de Castel-Morgeat.

— Encore une qui ferait mieux de ne pas se mêler des problèmes des autres... C'est fort ennuyeux de voir soulever cette affaire car l'on raconte qu'il serait parti vers le nord, soit au-devant de la duchesse disent certains, soit au-devant de notre flotte disent les autres... Ensuite, il a disparu et nul ne s'en souciait jusqu'au moment où Sabine est intervenue... Elle avait bien besoin de se préoccuper de cet individu qui avait paraît-il, des mœurs dissolues et convoquait le diable.

— A l'image de notre chère duchesse ! Qui se ressemble s'assemble... Vous êtes-vous bien défendue au moins ?

— De quoi aurais-je dû me défendre ? Et pourquoi est-ce moi que Garreau a voulu entretenir ? Plutôt que n'importe quelle autre personne qui se trouvait à notre bord ? Je me le demande.

— Je me le demande aussi, avoua Ville d'Avray qui parut cette fois sincèrement intrigué.

La taverne du *Chien qui tourne* etait un établissement de moyenne importance qui n'avait ni le renom du *Soleil Levant* ni la qualité d'accueil et de gaieté du *Navire de France*.

Angélique était allée s'y asseoir une fois avec M. de Loménie, car le patron, originaire de Marseille, y servait du café turc. Elle n'avait pas aimé la salle sombre et enfumée d'où l'on ne pouvait contempler aucun horizon car elle donnait sur une rue étroite bordée des deux côtés de maisons assez hautes qui la rendaient étroite et sombre comme une crevasse.

Les vins de la taverne étaient de médiocre qualité et la broche de la rôtissoire était mue par un chien qui, galopant toute la journée dans une cage ronde en forme de tonneau à un côté duquel était fixée la broche, entraînait celle-ci dans un mouvement de rotation.

La Polak disait que ce système-là était tout ce qu'on pouvait trouver de mieux pour faire brûler une rangée entière de chapons quand la bête s'arrêtait épuisée. Mais ces tenanciers étaient de Marseille. Peu courageux à l'ouvrage. Elle, elle était d'Auvergne. Ces déclarations soulevaient toujours un tollé chez les nombreux méridionaux de sa clientèle. « Alors, pourquoi venez-vous chez moi ? leur criait-elle, et non chez Laverdure ? »

Le chien qui tournait la broche avait donné son nom au tripot-cabaret qu'aucune enseigne n'indiquait.

Dès l'entrée, Angélique aperçut à une table le duc de Vivonne et nota avec satisfaction que si le comte de Saint-Edme était là, le baron Bessart dont elle redoutait la prudence calculatrice, manquait à l'appel. Les quatre larrons n'étaient que trois et jouaient aux cartes.

Angélique attira une chaise et s'assit en face d'eux, repoussant l'offre du patron qui s'approchait avec une cruche de vin. Il se contenta de lui verser, selon la coutume adoptée, un verre d'eau fraîche, et ce n'était pas à refuser car la chaleur était étouffante. Le feu dans la cheminée flambait trop haut, et, La Polak avait raison, la brochée de chapons qui y tournait risquait fort d'y brûler.

Après avoir noté machinalement, en ancienne aubergiste qu'elle était, ce détail, Angélique prit la parole.

— Ce n'est pas vous, Monsieur le duc, que je cherchais mais Monsieur de Saint-Edme.

En quelques mots et dédaignant les protestations galantes que le vieillard se croyait obligé de lui adresser, elle exposa les raisons de sa démarche. M. le Lieutenant de Police prétendait que M. de Saint-Edme était venu le trouver et lui avait dit sans détour : « Madame de Peyrac a tué le comte de Varange. » C'était de cette parole insensée qu'elle venait lui demander raison. Tout d'abord elle ignorait qui était ce comte de Varange que soudain un lieutenant de police apparemment sérieux et non pris de boisson l'accusait d'avoir assassiné. Secundo, elle souhaitait savoir pourquoi M. de Saint-Edme, qu'elle connaissait d'autre part fort peu, se permettait de se servir de son nom et de l'impliquer dans des plaisanteries de mauvais goût, à moins qu'il ne s'agisse de folie de sa part, ce qui était à examiner, ou d'hostilité déclarée sur la raison de laquelle il devait alors s'expliquer. En résumé : Quelle mouche l'avait piqué ?

Les yeux de M. de Saint-Edme devinrent aussi froids que ceux d'un serpent. Mais il parut qu'une jubilation secrète animait d'un frisson rapide sa peau parcheminée Il répondit de cette voix de crécelle qui, passant entre ses lèvres minces, paraissait provenir d'une autre créature invisible.

— N'est-ce pas vous qui l'avez tué ?

Les yeux verts d'Angélique s'efforcèrent de capter, malgré sa répulsion, ces prunelles mortes dans leur cercle de khôl.

Il y eut ensuite entre eux un dialogue qui ne manqua pas d'intensité.

— Qui vous l'a dit ?

— Le sorcier de la Basse-Ville, le Bougre Rouge.

— Comment l'a-t-il su ?

— Par magie.

— Est-ce vous qui lui aviez demandé cette opération de magie ?

— Oui.

— Pourquoi ?

— Notre ami le comte de Varange avait disparu et nous voulions savoir ce qu'il était devenu.

Angélique s'accorda un moment de réflexion. Elle but une gorgée d'eau pour se remettre.

— Ne vous ai-je pas entendu répéter maintes fois, Monsieur, que les sorciers de Nouvelle-France ne valaient rien ? Ce sont vos propres termes. Je ne discuterai pas de votre jugement en la matière, mais si telle était votre opinion, pourquoi apporter créance aux racontars de l'un d'eux ?

— Parce qu'il m'a prouvé par cette révélation qu'il était très fort.

— Je me serais plutôt méfiée. D'après les précisions que m'a données Monsieur le Lieutenant de Police — lequel à mon avis ne se doute pas d'où vous tenez vos renseignements — lorsque votre Varange a disparu, notre flotte n'était pas encore parvenue à Québec.

— Précisément.

La voix de Saint-Edme devenait sifflante et son regard luisait.

— ... Il était parti au-devant de votre flotte... Fou de douleur

— De douleur ? répéta-t-elle ébahie.

— Il avait vu dans le miroir magique le visage de celle qu'il attendait, ensanglanté, meurtri, vaincu... Elle avait prononcé deux noms : Peyrac, Angélique... Aussi, comprenez, Madame, que lorsque le sorcier vous nomma, tout devint clair à nos yeux

Angélique se rejeta en arrière et s'appuya contre le dossier de sa chaise.

— Je vois que Monseigneur l'Évêque a été bien avisé de nommer un grand exorciste en son diocèse du Canada fit-elle après avoir paru méditer les paroles qu'elle venait d'entendre, l'ouvrage ne lui manquera pas.

Le comte de Saint-Edme la sidérait comme en une vision de cauchemar, avec en arrière-fond les flammes de l'âtre, le miroitement des poulets embrochés, et à travers les barreaux de sa cage tournante l'ombre du chien esclave qui galopait sans fin.

— Vous vous égarez ! dit-elle. Je vous en prie, cessez de jouer avec ces crimes de magie et de sorcellerie, sinon cela surgira au jour, et vous serez jugé et condamné.

Ils échangèrent un regard amusé.

— Mais, ma chère enfant, dit Saint-Edme, d'un air patelin, d'où sortez-vous ? Vous n'êtes au courant de rien. On n'est plus jugé de notre temps ou condamné pour crime de sorcellerie ou de magie. L'Inquisition a fait son temps. La nouvelle police ne se préoccupe pas des distractions ésotériques auxquelles les esprits inspirés aiment se consacrer. Elle a assez à faire à nettoyer Paris de ses classes dangereuses et les grands chemins de leurs bandits.

— La nouvelle police intervient s'il y a meurtre derrière vos amusements ésotériques, Monsieur.

Le comte de Saint-Edme étira ses lèvres fardées en une grimace froide qui était sa façon de sourire, mais portait plutôt à frémir.

— Qui parle de meurtre à part vous, Madame ? Monsieur de Varange a-t-il tué quelqu'un ? Non, je le pense à l'abri d'une telle accusation. Tandis qu'il n'en serait pas de même pour vous si l'on en croit le Bougre Rouge, ha ! Ha !

— Et il n'en serait pas de même aussi pour vous, Monsieur de Saint-Edme. Combien de personnes avez-vous envoyées à la mort par vos incantations, vos messes noires ou le poison ? Je l'ignore, mais il me serait facile de le savoir, et de recueillir au moins le nombre des enfants immolés dans vos sacrifices au Diable. Pas besoin d'opérations magiques pour cela, j'ai mille sources de renseignements qui me donneraient de quoi réjouir à votre sujet Monsieur de La Reynie et Monsieur François Desgrez. Et sur vous Monsieur le duc, et vous aussi Monsieur d'Argenteuil. J'ai su avant la police elle-même à quelles expériences se livrait votre chère marquise de Brinvilliers... Je l'ai su par les coquillards de Paris, les mendiants qui l'avaient surprise à l'Hôtel-Dieu glissant des poudres dans les bouillons ou les tisanes des pauvres malades... Il s'agit bien de crimes, n'est-ce pas, d'assassinats ?

— Alors c'est vous qui l'avez livrée au policier ? demanda-t-il avec une lueur dans les yeux. Je m'en doutais.. Et savez-vous que, bien qu'elle ait avoué, ils l'ont soumise à la « question ordinaire ».

Elle haussa les épaules. Celui-là était vraiment fou.

Elle revint à Vivonne.

— Quelle perversion vous habite pour que vous vous livriez ainsi au Mal ? Vous, Monsieur le duc, que le Roi a élevé si haut dans des fonctions de son État et votre sœur qu'il aime d'une si grande passion, comment avez-vous pu, vous comme elle, vous laisser aller à d'aussi basses actions... Aviez-vous vraiment besoin, Monsieur l'Amiral, de vous y livrer pour conserver votre rang, vos avantages, les faveurs du Roi ? Ne peut-on trouver le salut que dans le poison, les aphrodisiaques, la sorcellerie et les crimes ? Pourquoi faites-vous cela ?

Vivonne qui l'écoutait en brassant ses cartes avec une indifférence affectée eut une réponse surprenante.

— Tout le monde le fait.

C'était une mode. Un mondain se doit de suivre la mode La voyant coite, il ajouta :

— A la Cour, qui n'empoisonne pas est empoisonné. Qui n'écarte pas un rival disparaît à son tour... C'est le jeu !

— Non ! Pas le Roi. Le Roi n'a jamais empoisonné, ni fait empoisonner personne, que je sache ! Et il y a du mérite car ce ne fut pas toujours le cas de ses prédécesseurs. Mais il est vrai qu'il est petit-fils d'Henri IV qui lui aussi était un honnête homme. Cette lignée neuve de nos rois a rompu avec les mœurs dépravées des autres dynasties. Mais vous, les Grands du royaume, ne l'imitez point.

La belle bouche du frère d'Athénaïs se tordit dans une grimace.

— Le Roi peut se permettre d'être honnête, fit-il avec amertume. Pour la vertu dans son royaume, il ne fait la part belle qu'aux bourgeois... Quant à nous, peuple de courtisans à sa merci, il s'est vengé de la Fronde des Princes en nous émasculant. Nous privant de nos fiefs, de nos provinces, de notre pouvoir sur nos terres, il ne nous a laissé que les armes fatales !...

AVEC soulagement, elle retrouvait dehors l'or et le rose de praline de l'hiver sur la neige des toits et des rues. Elle retrouvait l'air pur et glacé et la surprise, comme sur un coup de baguette magique, d'être transportée au Canada. . « Ce ne serait pas la peine d'être venue si loin, si je devais encore me taire... et les craindre. . »

Elle courait presque en approchant du jardin du Gouverneur dans son impatience d'apercevoir la silhouette de Loménie vêtue de gris dans la blancheur entrelacée de mauve des parterres.

Il était là. Il l'attendait. Son regard se posait sur elle et, comme la veille, elle ne prenait garde qu'au plaisir d'être en sa compagnie.

Elle marcha près de lui dans un rêve paisible et heureux, le regardant par moments parce qu'elle était consciente du charme qui émanait de son visage et qui la rendait indifférente quelques secondes aux mots que prononçait cette bouche dans le désir d'y poser la sienne.

Heureuse du plaisir éprouvé à sentir le mouvement de sa marche près d'elle, à croiser son regard, à attendre l'instant où, prenant congé d'elle, elle sentirait autour de sa main la préhension de cette main qu'elle n'aurait cessé de désirer retenir et presser tout au long de leurs allées et venues dans le jardin.

— L'amour avec vous n'a plus le même visage, dit-il.

Angélique se récria.

— Monsieur, je ne suis pas parfaite.

Devant lui, avec ses lèvres qui restaient encore meurtries par les baisers sauvages et interdits de Bardagne, elle se sentait un peu pécheresse.

« Que savait du désir ce bel homme aux doux yeux ? »

Ces mains qui savaient manier si bien l'épée, le sabre et le mousquet, s'étaient-elles jamais posées sur le corps d'une femme ? Elle pouvait supposer que non car le vœu de chasteté entrait dans la règle de l'Ordre de Malte.

— Et vous ? Avez-vous peur de la Femme, Monsieur le chevalier ?

— Quand elle prend vos traits, certes non, répliqua-t-il en riant.

Son existence de moine guerrier dans le monde lui avait appris l'art de la répartie.

Une bouffée de neige arrachée d'un arbre par le vent leur poudra le visage comme le froid baiser d'un rêve.

Ils rirent. D'un doigt, Loménie écarta la neige des sourcils d'Angélique. Leur courbe dorée au reflet de soie n'avait cessé d'attirer ses regards. Le geste lui fut si naturel qu'il n'aurait pas voulu s'en défendre.

Lorsqu'ils s'entretinrent d'Honorine, il lui dit combien il aimait les enfants. Il les avait enseignés et avait aidé à leur survie à Ville-Marie. Dans les expéditions ou les escarmouches contre l'Iroquois qu'il menait avec une poignée de soldatslaboureurs, il pensait toujours aux enfants qui, ignorants des horribles dangers planant sur eux, attendaient avec confiance dans le fort ou dans les maisons de rondins l'issue des combats Cette pensée décuplait ses forces.

Il avait de l'estime pour ces petits êtres. Il admirait leur sagesse et leur innocence. Et il enviait les joies élémentaires et presque divines qui étaient l'apanage de cet âge béni. Il se souvenait de son enfance comme d'un hymne perpétuel à la joie de vivre.

Elle aima l'entendre parler de sa mère et de ses sœurs avec lesquelles il gardait des liens d'amitié.

Ce fut une promenade merveilleuse qui avait un goût de paradis.

Le petit moulin tournait au sommet du Mont-Carmel. La croix, le poteau et le gibet auréolés de lumière avaient l'ingénuité d'une image pieuse.

Au loin, l'île d'Orléans pastellisée de bleu doux, poursuivait son dialogue avec Québec. Entre elle et le Roc, les traînes et les traîneaux tissaient un réseau animé.

Ils marchaient goûtant la tiédeur du soleil avec la reconnaissance de convalescents. Elle lui avoua qu'elle avait craint de sa part des solutions radicales. Qu'il décidât, par exemple, que leur amitié ne pouvait se poursuivre. Or elle avait besoin de son amitié. Elle avait besoin, ne serait-ce que de pouvoir le rencontrer au hasard des rues, de savoir qu'il existait dans la ville, car il lui offrait aussi une image si sereine et si juste de l'homme qu'elle sentait ses rancœurs et ses craintes inexprimées s'apaiser, mieux, s'effacer à jamais. Il la rendait meilleure

55

EN REVENANT DE SA PROMENADE AVEC LOMÉNIE AU JARDIN DU gouverneur, Angélique trouva le lieutenant de Barssempuy qui l'attendait devant sa maison pour lui remettre une lettre du comte de Peyrac. Il était sur le point de repartir ne l'ayant pas trouvée.

Angélique rompit aussitôt le cachet et lut avec déception que Joffrey était passé le matin pour l'avertir qu'il partait en tournée le long du Saint-Laurent avec M. de Frontenac. Le temps était si constamment beau que cela permettait d'entreprendre, sans danger, quelques parcours en suivant les pistes du fleuve. Ils visiteraient des seigneuries dont le Gouverneur souhaitait présenter à Peyrac les propriétaires, seigneurs pour la plupart entreprenants, soucieux du bien-être de leurs censitaires, et qui avaient le mérite et la conscience de vivre sur leurs terres même l'hiver. Ils inspecteraient aussi quelques redoutes de bois abandonnées que le comte de Peyrac proposait de remettre en état, car il n'y avait jamais assez de tours de guet le long du fleuve pour surprendre à temps une expédition des Iroquois. L'une d'elles, à l'embouchure de La Chaudière, route du midi, pouvait être empruntée aussi par les sournois et haineux ennemis de la Nouvelle-France.

Joffrey lui expliquait tout cela avec sa minutie et sa gentillesse habituelle, protestant de son regret de ne l'avoir pas trouvée lorsqu'il était venu lui faire ses adieux. Il fallait se hâter de partir car les journées étaient courtes et, en dehors des environs d'une seigneurie bien peuplée. les pistes du fleuve n'étaient pas balisées.

Malgré les phrases aimables dont il enroba ses adieux, Angélique ressentit un sentiment de frustration car il s'y mêlait, en dehors du fait qu'elle voulait le VOIR et lui parler au moins des soupçons du Lieutenant de Police, un malaise qui lui restait à propos de l'assemblée des Gascons... Tourmentée, elle s'apercevait que, dans les derniers temps, elle s'était assez bien accommodée de le voir moins souvent. Les jours passaient, riches pour elle d'un bonheur très certain et très substantiel. Ne dit-on pas que la vraie signification du bonheur c'est qu'il délivre du malheur ? De quel malheur la délivrait cette liberté qu'elle avait réclamée ? Elle ne savait, mais elle en ressentait le bienfait.

Cependant, en cette occasion elle déplora de s'être trouvée absente toute la matinée. Devant Barssempuy elle ne voulut pas montrer sa contrariété.

Elle profita qu'elle le voyait tranquillement pour lui demander de ses nouvelles. Elle avait pris en pitié ce jeune homme sachant combien il avait souffert de la mort de la jeune fille qu'il aimait, Marie-la-Douce. Elle lui sourit et s'informa de sa santé, de son bien-aise et de l'état de son cœur dont elle espérait qu'après quelques mois à Québec il était moins endolori. On lui avait conté qu'une charmante demoiselle s'intéressait à ses beaux yeux. Tout cela avec une grâce et une expression charmeuse, mi-maternelle, mi-galante, qui fit noter à Mlle d'Hourredanne de son alcôve :

« J'ai appris hélas ! de Mme de Peyrac en l'observant lorsqu'elle s'adresse à quiconque devant sa maison, où une sorte de cours des plus variées se succède, comme les courtisans et les quémandeurs dans l'antichambre du Roi, j'ai donc appris, vous dis-je, toutes les nuances de l'art de s'adresser à un être humain, homme, femme, enfant, vieillard, noble et pauvre, et de toutes les races ou couleurs que nous avons en notre cité, de s'adresser à lui en le charmant, ce qui n'est pas sans me causer une douleur assez cruelle et que vous comprendrez vous qui aimez vous pencher sur les subtilités du cœur humain, car si j'avais su en pratiquer les règles au temps de ma jeunesse, il me vient l'idée qu'en bien des occasions il m'aurait été donné de vivre de ces aventures de cœur, d'amour et de tendresse dont je vois passer le reflet sur son beau visage lorsqu'elle le lève sur un autre visage, serait-il celui de cet ivrogne d'Heurtebise ou de son Indien aux longues dents, le Narrangasett, au lieu de n'être aujourd'hui qu'une vieille femme dans son lit, que l'on n'aime point et dont la vie est bien pauvre en souvenirs aimables. »

BARSSEMPUY avait remercié Angélique de son intérêt. Tout allait bien pour lui, affirma-t-il et pour son cœur aussi... bien que... Un éclair passa dans les yeux du jeune officier dont il ne fallait pas oublier qu'il avait été sous les ordres de Barbe d'Or, un franc pirate. « Ceux qui l'ont tuée, celle que j'aimais, n'ont pas été assez châtiés, Madame... Mais, pour l'instant, Dieu m'a demandé de me résigner. » La vie était plaisante à Québec, et il fallait reconnaître que M. de Peyrac était un chef qui ne laissait guère chômer les hommes de sa recrue ou de ses équipages. Barssempuy disposait de peu de temps pour s'appesantir sur ses peines de cœur.

Ayant donc « pris sur elle » comme le lui recommandait autrefois sa tante Pulchérie, car c'était le premier devoir d'une dame de qualité de savoir « prendre sur soi » dans le monde, afin de ne jamais rien laisser transparaître de son déplaisir, Angélique regagna la cour à l'arrière de la maison et rentra chez elle, le message de Joffrey à la main et sans être tout à fait sûre qu'elle n'était pas au bord des larmes.

M. de Ville d'Avray et Mme de Castel-Morgeat l'attendaient dans le petit salon assis tous deux sur le canapé. Ils se levèrent.

— Sabine s'est émue d'apprendre que vous la blâmiez d'être intervenue dans l'affaire du comte de Varange, dit le marquis Elle souhaite s'en expliquer et je vous l'ai amenée

Angélique le foudroya du regard. Ce que voyant le marquis s'esquiva avec un sourire hypocrite.

— Je vous laisse !

Le manteau de Mme de Castel-Morgeat était doublé de couleur prune. Debout dans le demi-jour qui venait de la rue, avec sa pâleur chaude, elle était décidément très belle.

— Monsieur de Ville d'Avray me rapporte qu'en m'intéressant au sort des petits savoyards de Monsieur de Varange je vous ai contrariée, entama Sabine, dont les yeux andalous s'agrandirent sous l'effet de l'anxiété. Angélique, je suis très peinée. Vous auriez énoncé contre moi des accusations.

— Quelles accusations ?

— Que j'avais sciemment soulevé le cas des petits savoyards pour vous mettre en cause près du Lieutenant de Police.

— Ah ! Ne tournez pas tout au tragique !

— Ma vie est tragique, s'écria Sabine de Castel-Morgeat.

— Alors que dirais-je de la mienne ! Asseyez-vous.

Mme de Castel-Morgeat reprit place sur le canapé tandis qu'Angélique s'asseyait à l'autre extrémité.

La femme du gouverneur militaire s'efforça au calme afin d'expliquer qu'elle n'avait jamais songé à causer le moindre tort à Mme de Peyrac. Elle avait été simplement la première à remarquer l'absence, dans le quartier où il habitait, de M. de Varange.

— Monsieur de Varange était notre voisin le plus proche avant que notre maison ne soit démolie. Nous le fréquentions peu mais j'observais les allées et venues de sa domesticité. Un temps, je lui fis observer qu'il devait envoyer ses petits laquais au catéchisme. Il me dit qu'il le ferait. Je ne sais s'il y a pensé par la suite. Les enfants sont originaires du pays de Savoie. Ils parlent à peine le français.

Un jour récent, elle avait constaté qu'il ne restait dans la demeure vide que les deux petits domestiques dont l'errance et l'état misérable avaient attiré son attention. Elle avait averti de ce fait étrange M. le Procureur Tardieu qui lui-même en avait avisé M. Garreau d'Entremont. On découvrait alors que cela faisait des semaines et même des mois que le comte avait disparu. Quant aux enfants elle les avait tout d'abord recueillis au château Saint-Louis où ils pouvaient manger aux cuisines, puis M. Tardieu avait eu l'excellente idée de les prendre au greffe, pour le contrôle du ramonage des cheminées qui est le métier habituel des enfants savoyards. Petits et minces, se faufilant dans tous les orifices, ils accompagnaient les archers de contrôle et pouvaient témoigner prestement du bon état de nettoyage du conduit qui devait être ramoné tous les deux mois aux frais de l'habitant, sous peine d'une amende sévère. Les enfants restaient donc au greffe, entre les étalons de poids et de mesures d'après lesquels on établissait les fraudes commerciales. La gardienne du greffe les logeait et les nourrissait. Carbonnel, le greffier royal, les avait pris en charge. Il leur constituerait un petit pécule, en tant que fonctionnaires de l'État. Angélique était consciente de ne pouvoir expliquer à Sabine les vraies raisons de sa contrariété.

— Vous avez eu raison, dit-elle tout haut. Je n'ai pas mis en cause votre charité, Sabine. Je sais que vous êtes très bonne.

— Bonne, mais maladroite, ce qui revient à n'être point bonne...

Angélique ne sut que répondre.

— Il me semble, murmura Sabine de Castel-Morgeat, qu'on me tienne grief plus encore de mes actes de bonté que de mes interventions de colère ou de révolte. Comme si, en me permettant d'être bonne, je contrariais l'ordre des choses.

— Mais non ! Vous vous faites des idées.

— Pouvais-je laisser ces petits malheureux à l'abandon ? s'anima Sabine. Ils étaient d'une maigreur pitoyable. Les voisins de la Grande Allée sont pour la plupart des anciens « voyageurs » ou interprètes enrichis dans le commerce de la fourrure, et qui ont fait bâtir maison. Des gens durs à eux-mêmes et aux autres. Ils se contentaient en les voyant errer de leur jeter un quignon de pain ou de les frapper s'ils les surprenaient à rapiner dans les poulaillers. Même à Noël personne ne s'est préoccupé de savoir comment ils vivaient la fête bénie du Divin Enfant... Une fois au courant d'un tel état de chose, je ne pouvais m'en désintéresser. N'est-ce pas votre avis ?

— Mais oui ! Vous avez eu cent fois raison, répéta Angélique d'un ton si excédé et tourmenté qu'il annulait tout l'effet lénifiant de son approbation, atterrant Sabine de Castel-Morgeat et la laissant sans voix et presque sur le point d'éclater en sanglots.

— Ils ne pouvaient rester plus longtemps dans cette demeure sinistre, glaciale et humide, continuait Sabine, ils ne faisaient du feu que dans la cuisine, couchaient devant l'âtre sur un peu de paille. Monsieur Carbonnel n'est pas un mauvais homme. Le dimanche, il les emmènera manger chez lui à la table de famille. J'ai cru bien faire...

— Mais oui, vous avez bien fait. Mais taisez-vous pour l'amour du ciel... s'écria Angélique.

Et comme dans sa nervosité, elle tripotait l'accoudoir du canapé elle crut, à un craquement de meuble, que le mécanisme allait se mettre en marche. A la pensée qu'elle risquait de se retrouver basculant à la renverse avec Mme de Castel-Morgeat, elle éclata de rire, ce qui, pour lors était déplacé.

Sabine se leva, blême.

— Vous vous moquez de moi !

— Je vous promets que non, affirma Angélique.

Le visage de sa visiteuse s'adoucit et elle sourit presque à son tour, en la regardant.

— Vous riez toujours !

Ç'avait été un des reproches d'Ambroisine, encore qu'Angélique ne se souvenait pas d'avoir été tellement gaie en sa présence.

— ... Je vous observe. Vous êtes gaie comme une femme qui... qui sait... qu'elle aura de l'amour quand viendra la nuit. Et qu'elle s'éveillera chaque matin, riche d'une encore nouvelle munificence, sûre d'être belle, d'être femme, d'être aimée. Et non pas s'endormant chaque soir et se réveillant chaque matin en exilée éternelle de ce paradis auquel tous les humains ont droit sur cette terre : l'Amour.

— Qui vous empêche d'y accéder à ce paradis ?

— Je n'attire pas l'amour.

— Parce que vous ne l'aimez point, et vous ne vous aimez point vous-même. Quelle maladresse envers la vie vous a donc poussée à vous haïr ainsi ? Savez-vous que moi que vous prétendez avoir tout reçu des fées à mon berceau, j'envie votre belle taille et votre poitrine sculpturale et vos cheveux noirs, si vous ne les cachiez point ? Vous êtes désirable, Sabine. Vos amants ne vous l'ont-ils jamais dit ?

— Des amants ! se récria-t-elle indignée. Qu'osez-vous dire ? Ah ! Je reconnais bien là la légèreté de votre morale.

— Alors, tant pis pour vous ! A vous fréquenter, je me demande si la vertu la meilleure n'est pas encore celle qui consiste à être heureux, à jouir des plaisirs de ce monde. Vous vous êtes laissé enfermer dans votre amour brisé comme dans une maladie... Vous avez voulu vous venger de l'amour en le reniant, mais maintenant c'est lui qui se venge de vous...

Sous son regard — ce regard qu'elle estimait triomphant — Sabine se sentait comme une lépreuse.

Elle se maudissait aussi de ne pouvoir jamais s'entretenir de sang-froid avec Angélique.

Chaque fois qu'elle lui parlait, elle finissait toujours par souffrir comme une damnée de regrets et de jalousie.

— On voudrait pouvoir vous haïr, murmura-t-elle.

— Il me semble que vous ne vous en privez pas, riposta Angélique Et tout cela parce que vous prétendez que je vous ai

« pris » l'homme que vous aimiez ! Que savez-vous de cet amour ?...

— Dès que je vous ai vue sur le chemin de Toulouse, atroce, j'ai su que j'avais perdu la partie parce qu'il ne pouvait échapper à un charme comme le vôtre. J'ai su que vous alliez l'enchaîner totalement, lui cet homme de goût, ce sensuel qui aimait les femmes comme de beaux objets mais qui ne s'était encore jamais rendu à aucune. Et cela était si injuste que ce fût vous, une Poitevine ! Vous, si éloignée de notre civilisation.

— Parlons-en de votre civilisation ! s'exclama Angélique qui s'enflamma. Voici des sornettes dont j'aimerais mieux le voir se détourner et qui lui ont coûté assez cher.

Angélique jeta un regard autour d'elle afin de vérifier si personne ne se trouvait à portée de voix.

— Je trouve que mon mari s'intéresse beaucoup trop à votre civilisation depuis que nous sommes à Québec...

— Vous ne pouvez lui demander de renier la culture des troubadours.

— Il n'y a plus de troubadours ! Cela ne vous suffit-il pas qu'il ait été torturé, condamné, et banni, sans que vous le remettiez en danger maintenant qu'il parvient, après des années, à être reconnu et peut-être réhabilité ?

— En danger ? répéta Sabine. Que voulez-vous dire ?

— Que nous ne sommes pas venus en Nouvelle-France pour donner au comte de Peyrac le loisir de comploter contre le Roi, dit précipitamment Angélique qui regrettait ses mots au fur et à mesure qu'ils lui sortaient de la bouche. Faudra-t-il que je découvre que l'injustice de notre souverain à son égard n'était pas sans fondement ?

— Que me bâillez-vous là ? Vous perdez l'esprit ! Angélique, qu'allez-vous imaginer ? Nous sommes tous fidèles sujets du Roi de France.

— Je vous ai vus dans le bois rassemblés et il vous parlait en langue d'oc.

Mme de Castel-Morgeat sourit et cela irrita Angélique, car, à ce moment-là, elle se sentait très amoindrie.

— Nous nous réunissons souvent ainsi pour parler notre langue familière, celle de l'enfance et du pays, cela est doux aux exilés. Monsieur de Frontenac lui-même, qui est gascon, aime se joindre à nos colloques. Monsieur de Peyrac en nous conviant ainsi m'a rappelé de lui sa qualité la plus exquise, quoique la moins reconnue peut-être derrière son apparence parfois mordante. Il est très bon.

— Ce n'est pas vrai. Il n'est pas bon du tout. Il est même très méchant.

— Vous le connaissez peu décidément.

— Je le connais mieux que vous, il me semble. C'est mon mari ! Et tous vos souvenirs de lui n'y changeront rien, c'est moi qui suis sa femme. C'est moi qui ai pâti avec lui de sa disgrâce, et qui ai dû subir le sort des réprouvés parce que je portais son nom. Vous, vous l'aimiez parce qu'il était riche et fastueux, parce que vous vous croyiez régnant sur Toulouse, présidant les jeux floraux. Mais auriez-vous supporté de voir sa réputation, sa fortune s'effondrer ? Sa grandeur jetée à bas, ses amis se détourner de lui et vous-même livrée au plus affreux dénuement ?

— Et vous ? L'avez-vous supporté ?...

Sabine se dressait et l'affrontait les yeux étincelants.

— ... Vous aussi vous l'aimiez parce qu'il était riche et fastueux ? Et vous n'avez pas supporté de le voir tomber de son piédestal ? Voilà ce que je sens derrière vos paroles... Vous lui en voulez toujours de l'abaissement auquel il vous a condamnée... Vous n'étiez même pas capable de souffrir avec lui et pour lui l'éclipse qu'il subissait.

Angélique se dressait à son tour.

— Sotte ! ne vous mêlez pas de comprendre quelque chose aux sentiments ! de jurer de mon amour pour lui... On l'avait brûlé en place de Grève. Je n'ai su que plus tard que ce n'était qu'en effigie. Je l'adorais, je l'aimais, et il avait disparu à jamais. Une éclipse, dites-vous ? vous en parlez à votre aise. Vous berciez votre petit Anne-François à l'ombre du château de Monsieur de Castel-Morgeat que vous aviez épousé par dépit tandis que moi je pataugeais seule dans ma misère avec mes enfants en haillons...

— Qui vous dit que tout fut si facile ? Mon époux a pris fait et cause pour Monsieur de Peyrac et quand ces remous se sont calmés en Aquitaine nous avons reçu l'exil du Canada pour notre punition. C'est vous, quoique vous vous en plaigniez, qui avez reçu la meilleure part. Vous l'aviez aimé, il vous avait aimée Être liée à un homme que l'on n'aime pas et qui vous répugne est bien la pire des misères.

— Qui vous obligeait à contraindre ainsi votre cœur et vos sens ? Vous êtes une sotte ! une sotte ! Monsieur de Castel-Morgeat a toutes les qualités pour se faire aimer d'une femme et de bien des femmes.

— Oh, certes ! il ne se prive pas de courir les putains !

— C'est vous qui l'avez envoyé à elles en vous refusant à lui C'est vous qui le ridiculisiez par votre rancœur injustifiée et votre hargne Pour moi, je le juge fort plaisant courageux fougueux et de bonne compagnie. J'ai beaucoup d'estime pour lui.

— Et vous vous croyez autorisée à le lui faire entendre afin de compter une victime de plus à votre tableau de chasse de séductrice ? Laissez mon mari tranquille, je vous prie !

— Et vous, de même pour le mien !

— N'est-ce pas suffisant qu'Anne-François, mon fils, se languisse pour vous d'un amour qui le ronge ? Il vous faut le père ?

— Je ne suis pas responsable des folies qui peuvent germer dans la cervelle de ce jeune homme, votre fils... Pour ma part je n'en éprouve qu'ennui... En revanche, l'intérêt qui vous fait vous pencher sur les travaux de mon fils Florimond me semble moins pur. Vous le flattez en vous intéressant à ses cartes, ses voyages, mais ne vous laissez-vous pas attirer par le jeune page-content-de-soi qui ressemble un peu trop à son père pour ne pas vous émouvoir ?

— Vous divaguez ! Je ne suis pas une dévergondée comme vous pour m'intéresser à votre fils...

— Vous m'accusez bien de séduire le vôtre ! En vérité, vous en voulez à Anne-François et vous m'en voulez parce qu'en étant amoureux de moi il vous échappe.

— Oui ! éclata Sabine avec rage. Je n'avais que lui au monde, mon fils ! A son retour des bois je ne l'ai plus reconnu. Il vous avait rencontrée à Tadoussac et il était entièrement changé. J'ai cru qu'il allait me haïr. Il s'est mis à vivre au château de Montigny, dans l'ombre de Florimond parce que c'était encore une façon de se rapprocher de vous. Ai-je commis une action si vile en m'intéressant à leur expédition commune à lui et à Florimond, afin de me rapprocher de mon fils unique ?... Ces deux garçons étaient fort contents de l'intérêt que je portais à leurs récits car la jeunesse aime parler de ses exploits et de ses travaux. Je ne pouvais supporter de perdre Anne-François tout à fait, c'était trop me demander. Sans lui il ne me restait plus rien. Pouvez-vous le comprendre ?

— Je comprends surtout que vous êtes une femme jalouse et qui voulez accaparer tout le monde.

— Je vous retourne le compliment. Il ne vous sied guère de m'adresser ce reproche alors que vous n'avez cessé de drainer après vous l'amour de tous les hommes y compris des ecclésiastiques ou religieux comme Monsieur de Loménie, Chevalier de Malte.

— Vous n'êtes guère en reste là-dessus, vous non plus. Votre passion pour votre confesseur est assez connue.

— Mon confesseur ! s'écria Mme de Castel-Morgeat en portant la main à sa poitrine comme si elle allait s'évanouir. Quelle est cette nouvelle calomnie ? De quel confesseur voulez-vous parler ?

— Le très saint Père Sébastien d'Orgeval, naturellement... Vous n'allez pas nier que vous étiez folle de lui.

— Lui ! jamais l'idée ne m'a effleurée de le regarder autrement que comme un guide de mon âme ! Comment osez-vous imaginer ?

— Je n'imagine rien ! Les manifestations de votre attachement n'ont leurré personne. Toute la ville s'en gausse...

— Vous êtes une vipère !

— Je suis franche. Je ne déguise pas sous des reniements vertueux des attachements venus du cœur et même de la chair et qui contiennent beaucoup plus de vertu à mon sens que vos hypocrisies stériles. Vous vous détruisez, Sabine, en voulant croire que nos élans d'amour ne viennent que de Satan. Car vous êtes une passionnée, une amoureuse, vous aussi...

Cette fois, Mme de Castel-Morgeat et Mme de Peyrac se quittèrent brouillées à mort. Ce n'était pas la peine de s'être réconciliées d'une façon si éclatante et surprenante au bal de l'Épiphanie.

Le monde, qui est lent à comprendre, ne s'aperçut de rien. On en restait à la réconciliation du bal de l'Épiphanie qui plaisait par son côté mystérieux qui n'avait jamais été éclairci.

Personne ne soupçonnait leur dernière querelle qui avait éclaté soudain aussi stupide que violente, mais Angélique en gardait mauvaise conscience et Sabine était désespérée.

Dans cette même soirée, peu après le départ de Sabine, un message du chevalier de Loménie vint la distraire de ses remords. Il la conviait à partager son traîneau pour une grande promenade avec pique-nique que l'on ferait le lendemain dimanche aux chutes de Montmorency.

Pour racheter l'abandon dans lequel « ces Messieurs », partis pour La Chaudière en amont du fleuve, avaient laissé « ces dames » attachées à leur piquet dans Québec, quelques-unes d'entre elles dont Mme de Mercouville et Mme de La Vaudière avaient organisé une grande partie à quelques lieues en aval. La moitié de la ville y serait. On passerait la journée au pied des chutes. On patinerait, on ferait des glissades sur le Pain de Sucre.

M. d'Arreboust avait laissé son traîneau à la disposition de M. de Loménie. Celui-ci priait donc Angélique de l'agréer comme chevalier servant. Elle s'empressa d'accepter par un mot qu'elle lui fit porter sur le champ. M. de Bardagne, M. de Ville d'Avray, M. de Chambly-Montauban, venus mettre leurs équipages à sa disposition arrivèrent, trop tard.

VIII

LES CHUTES DE MONTMORENCY

56

SOUS LE SOLEIL D'OR, LE TRAÎNEAU GLISSAIT LE LONG DE LA PISTE du Saint-Laurent entre les balises de branches de cèdre ou de sapin et les sonnailles des deux chevaux attelés en flèche scandaient le rythme de leur course. Les Canadiens avaient pris l'habitude d'accrocher des grelots aux harnais des chevaux de traîne, un équipage glissant sous une tombée de neige ne s'annonçait pas plus qu'un fantôme. Les passants, les véhicules ne s'entendaient pas venir et il y avait eu des accidents.

Angélique assise aux côtés du chevalier de Loménie, sous les fourrures, se laissait envahir par l'euphorie de cette promenade, où la sensation de brusque espace découvert, alors qu'avec un mouvement de tangage le traîneau avait quitté la rive de Québec et s'était lancé sur la piste glacée de la plaine étendue à perte de vue, se mêlait au vertige de partager ces moments limpides et grisants d'évasion avec le rassurant comte de Loménie.

Rassurant n'était pas le mot. Elle l'employait faute d'en trouver un autre qui traduisait le plaisir qu'elle éprouvait en sa présence, plaisir léger et sans nuage comme ce ciel si incroyablement pur où le bleu intense affrontait l'envahissement du soleil avec une allégresse combative. A qui serait le plus fort du saphir ou de l'or. On avait quitté la ville vers la fin de la matinée et, pour l'instant, les armées du soleil paraissaient gagner la bataille.

La tête renversée en arrière, Angélique respirait l'air glacé. L'encadrement de sa capuche d'épaisse fourrure blanche la protégeait des morsures du vent. Sous les couvertures de fourrure, elle avait glissé sa main dans celle du chevalier et son cœur avait tressailli de douceur en sentant cette main gantée se refermer autour de la sienne d'une pression naturelle, ferme et tranquille.

Tout était bien et reposant.

A petites phrases, les yeux à demi fermés sous les flèches du soleil, elle faisait part au chevalier du mécontentement qui lui venait d'elle-même, à avoir cru discerner dans son comportement, qu'elle s'efforçait autant que possible de maintenir juste et équitable, d'affreux motifs de rancœur qui l'entraînaient à se réjouir de faire souffrir.

— Vous ? dit-il.

Elle allait s'expliquer sans juger nécessaire de lui dire que son examen de conscience avait pour cause la réflexion jetée par Sabine de Castel-Morgeat : « Et vous ? L'avez-vous supporté ? » Elle revint à son passé lui exposant la chute terrible qu'elle avait faite, des sommets d'un rêve d'amour et de richesses sans pareil, aux fins fonds les plus noirs de la misère et de l'abandon.

— ... Quels reproches vous adressez-vous ? s'informa-t-il.

Il l'écoutait avec une attention si totale et indulgente qu'elle était prête, pour continuer à se noyer dans la lumière de ce regard ou admiration et attendrissement se mêlaient, à prolonger ses confessions des heures.

— J'étais très jeune à l'époque... Trop jeune... Vingt ans à peine... Je pense aujourd'hui que ce que j'ai affronté fut au-dessus de mes forces... Et que j'en ai gardé quelque chose de mauvais, comme des écrouelles froides et dures.

Elle avait lutté avec bec et ongles mais, de ce combat n'avait-elle pas gardé au fond d'elle-même le souvenir d'une promesse répétée bien souvent les dents serrées : Les hommes paieront pour cela.

— ... Et à la réflexion, même vis-à-vis de l'homme que j'adore, mais dont la chute m'a livrée à tant de malheurs, j'ai cru voir, parfois, se dresser quelque chose qui ne lui pardonnait pas.

Il l'écoutait gravement. Tristesse et commisération passaient sur son sensible visage aux récits des épreuves qu'elle laissait entrevoir mais aussi une nuance légère de blâme.

— Vous voulez vous venger des hommes, dit-il, et cela se conçoit. Mais... ce n'est quand même pas bien. C'est même très vilain.

Elle laissa aller sa tête contre son épaule.

— Oui !... Grondez-moi, Monsieur de Loménie J'ai besoin que quelqu'un me gronde...

Elle ferma les yeux et, à travers l'emprise glacée du vent, la tiédeur du soleil sur ses paupières fut comme une caresse

— Je me revois égoïste, dure, implacable...

— C'est fort bien !

Rouvrant les yeux, elle lui vit une expression mélancolique mais dans le regard une lueur d'humour comme s'il venait de la taquiner.

— Égoïste, dure, implacable, répéta-t-il, comme la jeunesse. Comme, hélas ! la jeunesse doit trop souvent l'être pour survivre en abordant la vie. Qu'est-ce donc que des forces de vingt ans ? Celles d'une très jeune femme qui est la proie des hommes ou celle du jeune guerrier qui se rend au combat pour y donner la mort ? Ce n'est pas la moindre des gageures qui nous est demandée que de garder au-delà de ces épreuves notre tendre et joyeux cœur d'enfant de Dieu. Ceci dit, ne soyez pas trop sévère envers vous-même et votre image ancienne... qui a dû être délicieuse.

Et il sourit. Et elle crut qu'il allait l'embrasser.

Elle avait gardé sa tête contre son épaule. Parfois, lorsqu'un cahot les secouait, elle se redressait l'espace d'un instant, attentive à guetter l'impassibilité du cocher dont le dos engoncé dans ses houppelandes de peaux doublées de fourrure ne bronchait pas, carré, à peine dépassé au centre par le sommet de sa toque de laine rouge canadienne. Il fumait car on voyait des petites bouffées bleues jaillir par à-coups et se mêler à la buée miroitante de son souffle. Il était tout à fait indifférent à ce qui se passait derrière son dos et l'on allait s'enfonçant dans le paysage d'or où grandissait l'ombre de l'île d'Orléans, tandis que sur la gauche défilaient les premiers contreforts de la côte de Beaupré. Déjà visible, le clocher de la paroisse de Beauport piquait de son aiguille d'argent le ciel pervenche. Et l'on pouvait apprécier le bel alignement régulier des bandes censitaires, grimpant des bords du fleuve vers le sommet boisé, avec chacune en leur milieu la maison unique, carrée, au toit en cloche dont les cheminées laissaient tranquillement s'étirer tout droit leur ruban de fumée blanche.

Après les avoir si souvent contemplées d'en haut, elle les voyait d'en bas ces maisons volontairement écartées les unes des autres et elles avaient l'air, plus que jamais, de sentinelles patientes.

— Car pour ma part, continuait Loménie, je vous dirai, au contraire, que j'ai été souvent ému de remarquer combien vous êtes scrupuleuse de ne causer à quiconque aucune peine, désireuse d'encourager, d'alléger les gens de votre entourage de leurs soucis. Et peut-être ce sens d'une charité si rare est-il dû aux blessures d'injustice et d'humiliation que vous avez vous-même subies. Sauriez-vous me dire quelles actions de votre part vous ont amené à penser que vous cherchiez à vous venger et en particulier de celui que vous reconnaissez aimer plus que tout au monde et auquel vous lient de longues années d'un amour commun ? Même si, comme vous me l'avez conté, le hasard vous a de nombreuses fois séparés.

Angélique interrogea sa conscience. Ce besoin qu'elle avait ressenti en arrivant à Québec de s'isoler, de dissocier un peu sa vie de celle de son époux, n'était-il pas un signe ?

Loménie sourit.

— ... Ma chère enfant, voilà un point sur lequel je serais plutôt tenté de vous féliciter. De longues années à Montréal, m'occupant de conserver l'harmonie des ménages dans ce petit poste où la vie était pénible, si menacée, mais les âmes de bonne volonté, j'ai souvent déploré de ne pouvoir conseiller à l'un ou l'autre des conjoints de se livrer à la saine discipline de ce que nous appelons nous, dans nos ordres séculiers ou monastiques : faire retraite. Nul religieux qui ne doive s'y livrer au moins une fois l'an. Silence, recueillement, solitude, méditation sur soi-même, révision de nos rapports non seulement avec Dieu, mais avec ceux qui nous entourent et que nous aimons. Or, dans l'agitation de la vie mondaine, comment deux êtres liés l'un à l'autre, jour et nuit, n'éprouvent-ils pas, s'ils sont de qualité, une aspiration à se dégager un peu l'un de l'autre, ne serait-ce que pour mieux se servir mutuellement ensuite. Je pressens que vous avez obéi à une attirance de cette sorte et que Monsieur de Peyrac, le comprenant, n'en a pas pris ombrage. Sagesse rare ! Car j'ai pu constater que ce n'est pas tant la rigueur des lois conjugales qui retiennent l'un près de l'autre les époux et les portent à ne point s'accorder de liberté mais la jalousie la plus irraisonnée et une âpreté de propriétaire allant parfois jusqu'à la férocité.

Le chevalier s'interrompit comme s'il craignait d'avoir exagéré son jugement.

— ... Il est vrai qu'il n'est pas facile de se défaire de l'être qui vous appartient charnellement, soupira-t-il.

Elle laissait les mots qu'il prononçait à mi-voix et que le vent hachait voleter autour d'elle. Elle en captait l'essence et ses pensées à la fois engourdies et agiles lui murmuraient d'agréables approbations intérieures.

« Il a raison... C'est bien ainsi que je sentais les choses. »

Elle avait été tentée de faire halte avec elle-même, de se reconnaître, de se mouvoir à nouveau en toute liberté à travers la vie et les autres, s'emparant du plaisir qui passe, fût-ce l'hommage d'un galant, la douceur d'une passion suscitée, comme d'une nourriture aussi nécessaire que passagère Et de ces légèretés, elle ne se sentait pas coupable, satisfaisant ce besoin de se venger ainsi, d'une part, des torts que les hommes lui avaient causés, d'autre part, de ce pouvoir que Joffrey avait sur elle, pouvoir oppressant à force d'étreindre son cœur, et qui pourrait un jour lui peser à lui aussi. « Une femme heureuse, une femme libre et sans angoisse, n'était-ce pas ce qu'elle pouvait lui donner de mieux ? »

Aussi ne se sentait-elle pas coupable d'être aussi heureuse de se trouver dans le traîneau aux côtés de Loménie, à glisser sur le Saint-Laurent par une pure journée d'hiver. Une ligne de lumière soulignait le fin profil du chevalier et, considérant le dessin de sa bouche, elle se demandait à nouveau si, hors le baiser qu'il lui avait donné l'autre jour dans la chappelle, cette bouche avait connu d'autres lèvres.

— Dites-moi, mon cher Claude... En toute amitié... Et ne répondez à ma question que s'il vous sied... Mais vous venez de prononcer un mot : charnellement... Pour parler de l'amour avec une si fine compétence, devrais-je croire que... peut-être avant d'entrer dans les ordres... vous auriez acquis certaines connaissances dans...

Claude de Loménie sourit.

— Vous me demandez, si je suis vierge ? Ma foi ! Que vous répondrais-je ? Oui et non...

— Qu'est-ce à dire ?

— La chasteté est un état. En s'engageant au service de Dieu qui l'exige, on a prescience qu'il vous convient. Cependant, un peu avant d'entrer dans l'Ordre de Malte et alors que je préparais un examen de théologie en Sorbonne à Paris, je fus pris d'un scrupule. Je me persuadais que si j'avais décidé de prononcer mes vœux, c'était peut-être par peur. Peur de cet être créé dont on n'avait cessé de nous inspirer la plus grande crainte : la Femme. Mon confesseur, qui était un jésuite, comprit que ce doute sur les motifs de ma vocation risquait de me hanter par la suite, et nanti de sa permission, je m'en fus à la recherche d'un bordel rue de Glatigny.

— Derrière Notre-Dame !

— En effet ! Grande ombre de la cathédrale sur cette triste rue...

— Et .. de cette incursion dans les bas-fonds de la luxure quel sentiment en avez-vous gardé ? Le dégoût ?

— Que non pas ! Ma curiosité fut requise par trop de découvertes pour s'arrêter au décor sordide ou aux bizarreries d'une entreprise dont un de mes compagnons de basoche, etudiant en médecine, m'avait soigneusement décrit à l'avance les étapes nécessaires Cette incursion, comme vous le dites, rue de Glatigny m'apporta autre chose et me fut des plus bénéfiques. Découvrant la femme, mais dans sa condition la plus abjecte, mon regard se posa à la fois sur la misère, la fragilité et le charme de ces créatures et je compris ainsi tout ce qui se cachait derrière ce mot Femme : séduction, faiblesse, condamnation. J'en gardai un sentiment de compassion et de compréhension envers toutes les femmes. J'appris aussi dans ce bouge sordide le prix d'une qualité somme toute banale mais combien utile pour vous aider à franchir des situations humiliantes ou embarrassantes : la gentillesse. Vous voyez que j'ai tiré de cet unique souvenir de bien précieux enseignements.

Angélique l'écoutait et elle le trouvait exquis. Il parlait avec une légèreté souriante mais l'expression de son regard gris la troublait lorsqu'il le tournait vers elle et elle alla jusqu'à souhaiter qu'il posât la main sur son sein.

« Il ferait très bien l'amour », songea-t-elle.

Un cahot lui fit craindre que le cocher ne se retournât et elle s'écarta un peu.

— Ainsi cette expérience de l'amour ne vous a pas détourné de votre vocation ?

— Ce n'était pas l'expérience de l'amour, répliqua-t-il vivement, mais seulement l'expérience de la chair.

Il murmura, comme à part lui.

— ... C'est maintenant l'expérience de l'amour.

Il dit cela si bas qu'elle put feindre de ne pas entendre. Car les chutes de Montmorency se découvraient au détour d'un promontoire et le grondement des eaux s'enflait brusquement accompagné d'une rumeur de cris d'enfants joyeux.

Au pied du célèbre sault et de son non moins célèbre appendice de l'hiver, le Pain de sucre, grouillait la moitié de la ville.

Des files de traîneaux commençaient à se ranger à l'écart, ainsi que les véhicules les plus variés dont certains, composés d'une traîne de bois plate et d'une rambarde, pouvaient transporter jusqu'à six ou sept personnes s'y tenant debout. Les hennissements des chevaux se mêlaient aux appels joyeux des amis et aux rires perçants des enfants et des demoiselles.

Le comte de Loménie sauta à terre et vint de l'autre côté lui ouvrir la portière et l'aider à descendre.

Angélique se fit la réflexion qu'elle marchait à la surface de ce grand fleuve Saint-Laurent aux si profondes abysses. Or, dès les premiers pas, la glace céda et sa jambe s'enfonça jusqu'au genou. Elle poussa un cri.

Loménie la retint et l'aida à s'extirper en la priant de

l'excuser de l'avoir insuffisamment soutenue. Il riait. Le fleuve, expliqua-t-il, remué de vagues et de courants, gelait de façon irrégulière, fût-il saisi brutalement par le gel. Çà et là demeuraient des poches de vide. Cela craquait parfois mais ce n'était qu'une fausse peur. Il n'y avait rien à craindre. En cette saison trois couches au moins de glace se superposaient.

— Trois couches ! Dieu soit loué !

Avant d'être entourés par les amis et connaissances qui les ayant aperçus, venaient à leur rencontre, ils levèrent la tête afin d'appréhender du regard la beauté d'un spectacle que la nature, dans les convulsions de son enfantement, avait laissé là et qui éveillait l'admiration.

La chute d'eau, à l'échancrure noire de la forêt d'où elle surgissait pour se jeter d'une hauteur de près de trois cents pieds, offrait l'image d'une haute et impressionnante tour de cristal dominant la plaine du fleuve gelé.

L'hiver ralentissait à peine son débit. Entre les colonnades de glace couvrant la roche, ses flots continuaient à se déverser en un grondement ininterrompu, éveillant l'écho des hautes falaises de la côte de Beaupré. Au pied de la chute des myriades de gouttelettes dispersées en vapeur d'écume furieuse cristallisaient dans le froid, formant une poudre brillante qui, retombant sans cesse comme une pluie et s'accumulant sur la rive, finissait par ériger, en face d'elle, un cône que sa forme avait fait appeler : le Pain de sucre, assez élevé pour que les silhouettes qui atteignaient son faîte parussent minuscules.

D'une matière glacée dure et comme poreuse qui faisait songer aussi à du sucre, ce mont artificiel ne cessait d'être revêtu d'une poudre neigeuse brillante et douce comme du velours de soie. Si l'ascension n'en était pas facile, la descente, en revanche, pouvait s'effectuer avec une vertigineuse rapidité Les cris des enthousiastes, qui à quatre ou cinq accroupis les uns derrière les autres sur leurs traînes sauvages dévalaient en trombe, résonnaient à tous les échos.

En ces jours de pique-nique, de diligents commerçants ne dédaignant aucune occasion de profits, tel le sieur Gonfarel entre autres, avaient l'idée de faire dresser sur la glace de petites cabanes-tavernes où l'on vendait aux promeneurs des saucisses grillées et où l'on débitait bière, limonade et, à qui n'avait pas emporté sa provision coutumière, quelques roquilles ou demiards d'eaux-de-vie diverses.

Un emplacement, soigneusement égalisé et raclé, permettait a ceux qui en avaient la pratique de se livrer aux joies du patinage. Tandis que d'autres, chaussant des sabots et se tenant par la main, se lançaient en d'énormes glissades de farandoles. Là encore, chutes et rires ne manquaient pas.

M. de Ville d'Avray avec l'aide de Chambly-Montauban, comme lui très versé en l'art du patinage, y faisait évoluer Honorine et Chérubin qui poussaient des cris de joie.

La promenade aux chutes de Montmorency, c'était enfin pour tous l'agrément de se rencontrer ailleurs que sur la place de la Cathédrale, en la Haute-Ville, où sur la place du Marché, en la Basse-Ville, et les groupes se formaient allant à petits pas en devisant dans le soleil.

Au flanc du Pain de sucre, des marches avaient été taillées dans la glace « pour les dames ». Angélique, échappant subrepticement à l'attention de la trop nombreuse compagnie, décida d'entreprendre pour son plaisir personnel l'ascension du cône de glace.

On éprouvait à s'élever en solitaire vers ce sommet d'une blancheur immaculée, enveloppé d'un brouillard éclatant, on ne sait quelle réminiscence biblique : le Mont Tabor ou le Sinaï.

Parvenue au faîte, elle se vit à peu près à mi-hauteur de la cataracte. Le point culminant du dôme se présentait comme une esplanade assez vaste et aplatie et non pas, comme il en semblait d'en bas, pointu et arrondi, ainsi qu'un vrai pain de sucre dont il avait la forme presque parfaite.

On pouvait s'y tenir à une dizaine de personnes en toute stabilité, mais Angélique s'y trouva seule. En dessous d'elle, du gouffre qui la séparait de la chute, des nuages de vapeur miroitante ne cessaient de monter des profondeurs, en volutes sans cesse renouvelées.

Angélique serrant son manteau autour d'elle, le visage mouillé par l'haleine humide exhalée, s'absorba dans la contemplation du mur liquide dressé devant elle. Le rugissement de ces tonnes d'eau se fracassant sur les rochers après un tel à-pic couvrait tout autre bruit.

Pourtant elle perçut, ou entendit peut-être, parce que proche, un choc léger à quelques pas d'elle. Tournant la tête, elle vit une flèche indienne, plantée dans la neige presque à ses pieds.

Au flanc de la falaise, juste en face et presque à sa hauteur, une silhouette bougeait, un Indien et son arc. Mais au même instant, il arrivait quelque chose d'abominable. Deux mains puissantes, gantées de rouge, sortaient de la brume pailletée qui l'environnait, un visage hideux au regard fou, perçait l'aura lumineuse. Dans cette face, la bouche grande ouverte, carrée comme celle d'un masque de tragédie antique, hurlait des mots inaudibles.

— ... question ordinaire... question ordinaire... Vous l'avez livrée... au policier. Vous allez... mourir...

Martin d'Argenteuil titubait vers elle. Il voulait l'étrangler Mais ce n'était pas la peine, il pouvait d'une bourrade la jeter dans le vide. D'en bas, personne ne verrait rien. Crier ? Inutile dans ce fracas infernal. Ces pensées ne furent qu'un éclair. Ce qu'il advint se passa si vite qu'elle n'eut même pas le temps d'ébaucher le moindre mouvement. Dans ce silence créé par le bruit forcené de la chute d'eau, elle voyait l'homme hoqueter, sauter comme un poisson ferré, s'abattre à ses pieds puis glisser et soudain se fondre, dissous dans la buée lumineuse, on eût dit une ombre s'évanouissant au sein d'un nuage de myriades de gouttelettes de vermeil. Mais elle avait eu le temps d'apercevoir une autre flèche plantée entre ses omoplates. Le brouillard se referma en mille formes mouvantes, denses, traversées d'or par le soleil.

A travers les pins noirs rabougris accrochés au moindre ressaut de la roche, la fourrure d'ours noir de Piksarett se déplaçait. Par-dessus l'abîme, l'Indien lui adressa un signe, lui intimant de redescendre, ce en quoi elle n'avait pas besoin d'être encouragée. Pourquoi était-il venu se poster là ? Lui seul savait, qui consultait les meilleurs « jongleurs » indiens de la contrée, interprétait les songes et se fiait à ses prémonitions...

Elle commença à descendre les marches de glace, et le fracas de la chute s'estompant, elle essayait de reconstituer ce qui s'était passé.

La première flèche de Piksarett avait été pour l'alerter. La deuxième pour suspendre le geste criminel de Martin d'Argenteuil, dont l'Indien devait suivre, de la falaise, la progression.

Montant vers elle, elle aperçut le chevalier de Loménie et, quand il l'eut rejointe, elle accepta volontiers l'appui de sa main pour achever la descente.

— La tempête arrive, lui dit-il, tout le monde plie bagage.

Angélique interrogeant le ciel n'y vit qu'un peu de nuages dispersés en bouquet de plumes blanches. Mais la tempête arrivait, les augures l'avaient dit. Les taverniers ambulants démontaient leurs cabanes. Les gens se précipitaient dans les traîneaux. On y hissait ceux qui étaient venus à pied. Et l'un après l'autre les équipages s'élançaient vers Québec.

— J'ai déjà fait partir vos enfants avec leurs domestiques, l'informa M. de Loménie.

Elle le remercia et le pria de l'attendre un instant car elle voulait dire deux mots à M. de La Ferté. Rejoignant celui-ci au moment où il allait monter en traîneau, elle le prit à l'écart.

— Ne vous avais-je pas averti ? lui dit-elle tout bas, tremblant autant de rage que de peur rétrospective. Est-ce vous qui l'avez envoyé pour me tuer ?

— Quoi ! De qui parlez-vous ?

— De votre Martin d'Argenteuil, ce dément ! Il a essayé de m'étrangler. Etait-ce sur vos ordres ?

— L'imbécile !

Le duc se reprit.

— Qu'imaginez-vous, ma chère ? J'ai trop bon espoir de vous reconquérir un jour pour lui donner des ordres de ce genre.

— Ne plaisantez pas. Cette fois, je peux avertir de vos agissements Monsieur de Frontenac. N'oubliez pas que le Gouverneur a les pouvoirs du Roi en Nouvelle-France et que, dans l'impossibilité de s'en référer à Sa Majesté durant les glaces, ses décisions quelles qu'elles soient seront entérinées et approuvées à Versailles.

— Calmez-vous, pria le duc. Vous savez que Martin est fou et le climat le rend plus fou encore.

— Soit ! Je veux bien admettre qu'il a agi sur sa seule impulsion dans une crise de folie. Mais ne cherchez plus à attenter à ma vie, Monsieur de Vivonne, ni vous, ni vos amis, ni votre sœur...

Elle le bravait encore de ses yeux d'émeraude.

— ... Vous ne comprenez donc pas que vous ne pouvez rien contre moi ? Je suis la plus forte ! Si vous vous attaquez à moi, vous disparaîtrez tous !

— Ne criez pas si fort, dit le duc en regardant autour de lui avec inquiétude, car dans sa colère elle l'avait appelé plusieurs fois Monsieur de Vivonne...

Il ajouta :

— Où est-il ?

— Qui cela ?

— Martin d'Argenteuil.

Angélique, alors, réalisa le sens de la dramatique pantomime qui s'était déroulée sous ses yeux, tout à l'heure, au sommet du Pain de Sucre : Martin d'Argenteuil, frappé d'une flèche, était tombé dans le gouffre.

— Il est mort, répondit-elle. Mais ce n'est pas moi qui l'ai tué... Il a glissé et il est tombé dans les chutes.

Elle le quitta, le laissant interdit et épouvanté.

Le chevalier de Loménie l'aida à s'installer dans le traîneau. Sans en comprendre la raison, il la voyait pâle et bouleversée et ne disait mot. Avec soin, il ramena les fourrures autour de ses épaules. Puis il prit place à ses côtés. Le chemin de retour se fit en silence.

Il n'en était pas de même pour les autres participants de

cette joyeuse journée. Les cris et les appels voguaient à travers la plaine cahotique du Saint-Laurent où des ombres s'allongeaient dans une lumière soudain plus glauque.

Aujourd'hui, les emprisonnés du Nouveau-Monde avaient un peu tiré sur la corde autour de leur piquet. Ils s'en revenaient vers leur port d'attache, la petite cité de Québec, mi-normande, mi-bretonne, aux allures de Mont Saint-Michel, cerné par les étendues d'un océan livide. Ils s'en revenaient la bouche pleine de saucisses et si réchauffés par le calvados, le gin, le rhum, l'eau-de-vie de noyaux, de seigle, d'orge et l'eau-de-vie pure, simple et meurtrière des gourdes canadiennes, qu'il y eut des carambolages et que le traîneau de M. de Chambly-Montauban faillit passer sur le corps de Jean Prunelle, le mercier, couché en travers de la piste, le véhicule d'où il avait été éjecté emportant un bouquet de chants sonores.

Comme le traîneau dépassait sur la gauche de la pointe de l'île d'Orléans, Angélique pensa avec rancune à la sorcière Guillemette.

« Ne devait-elle pas m'avertir quand un danger me menacerait ? »

Ce qui l'effrayait le plus dans ce qui venait d'arriver, ici, au Canada, c'était l'indifférence avec laquelle elle avait vu un homme s'engloutir dans ces bouillonnements de chaudière d'un Tatar glacé. N'était-ce pas déjà la Cour, où entre deux portes, on empoisonnait comme on ajouterait du sucre dans un breuvage, pour reparaître souriant et secouant ses manchet tes... « Tout le monde le fait ».

Elle continuait à se heurter à son dilemme intérieur. Parlerait-elle de ces événements à Joffrey ? Dès qu'elle l'envisageait, des impossibilités se dressaient, compliquées d'un sentiment qu'il s'éloignait d'elle et qu'elle ne pouvait à l'avance être garante de ses pensées, à lui. C'était un homme secret et s'il s'était mépris sur son cœur à elle, elle de son côté avait de sa vie intérieure une image confuse, qui l'effrayait quelque peu et qu'elle n'avait jamais cherché à définir que par rapport à elle.

Cela voulait-il dire qu'elle l'avait mal aimé ? Un millier d'aiguilles parurent lui hérisser la chair dans le frisson qui la saisit à l'énoncé d'une telle hérésie. Car c'était bien en leur chair que commençait le mystère qui la reliait à lui, comme d'ailleurs toute passion amoureuse.

Elle découvrait des choses banalement évidentes Ce n'en était pas moins crucifiant et difficile à franchir.

Québec était en vue. Angélique eut pour Loménie un sourire d'excuse et il lui répondit par un sourire si doux qu'elle en fut consolée. Il l'excusait en tout. Il n'exigeait rien d'elle.

La tempête arrivait. On la devinait avançant en noirs galops derrière une barrière de nuages d'un bleu d'ardoise frappés d'étincelles de rubis par le couchant et qui montaient du nord-est. L'animation et la bousculade étaient intenses aux abords du rivage où les traîneaux se heurtaient aux coques des navires et barques immobilisés dans les glaces du port. Il fallut prendre rang et se mettre en file pour remonter, par le chemin le plus praticable, sur la rive.

On apprit que l'expédition qui s'était rendue à l'embouchure de la Chaudière était de retour dans le même temps. Ce qui causait ce tohu-bohu. Elle n'avait guère pu dépasser l'embouchure de la rivière et Mme Le Bachoys avait dû renoncer à se rendre jusqu'au manoir de sa fille, faute de piste praticable.

En apprenant ce retour Angélique se ranima et ses yeux brillèrent de joie.

— Et Monsieur de Peyrac ? héla-t-elle.

Il n'était pas loin. On venait de le voir passer avec ses Espagnols...

Elle l'aperçut. Les premières rafales de neige cinglèrent la ville alors qu'elle se jetait dans ses bras.

A l'abri de l'alcôve, leurs baisers eurent la saveur des secrets inavoués.

Bien des choses en eux couvaient, qu'ils essayaient de se dire dans cet échange de lèvres. Des secrets, des secrets trop lourds ou trop imprécis qu'aucun mot ne pouvait, ne devait énoncer

C'était toute l'ardeur des passions contenues, des interrogations anxieuses, des promesses apaisantes, des engagements irréversibles, des tendresses trop profondes et trop voluptueuses pour être exprimées qui affleuraient au seuil de leurs lèvres en ces baisers, infiniment répétés, au cœur de la nuit, bouche contre bouche, corps contre corps, et dont enivrés et absents de ce monde, ils ne parvenaient pas à se lasser.

Elle rêva d'eau et de fleuve et qu'elle se noyait.

Elle était sur les bords de la Seine, en train de se baigner avec La Polak, dans l'un de ces établissements de bains que l'on trouvait le long des rives, les jours de canicule. Des pieux, plantés çà et là et cernés par de grands pans de toile, permettaient aux Parisiens de se rafraîchir hors des regards indiscrets, hommes d'un côté, femmes de l'autre.

Dans son rêve, le policier Desgrez rôdait sur la berge.

Effrayée, elle glissa, perdit pied et se débattit tandis que l'eau lui entrait par la bouche et la suffoquait. « Pourtant, je sais nager, » se disait-elle.

Joffrey se dressait non loin, mais il ne lui tendait pas la main. D'un suprême effort, elle réussit à sortir de l'eau et se réveilla, haletante.

Elle mit un certain temps à réaliser où elle se trouvait et elle se cramponnait à Joffrey. Elle caressait sa nuque, glissant ses doigts dans ses épais cheveux. Des gestes de tendresse qu'elle n'avait pas souvent.

— Comme je t'aime ! comme je t'aime !

— Mon bel amour, qu'arrive-t-il ?

— N'êtes-vous pas heureuse dans votre petite maison ?

— Oh ! si ! je suis heureuse, heureuse !

Elle se rendormit et rêva encore d'eau et de fleuve.

Cette fois, c'était le Saint-Laurent, elle était assise sur un rocher qui partait à la dérive. C'était une plaque de glace. Elle appelait Joffrey, mais il ne l'entendait pas. « Je dois m'en tirer seule », se dit-elle.

Elle aurait voulu plonger. C'était interdit, elle savait qu'elle ne retrouverait jamais l'eau première, l'eau de la liberté. Elle s'aperçut qu'elle était redevenue enfant, avec ses jupes courtes et ses pieds nus. Elle était très calme et libre et sans aucune crainte comme lorsqu'elle était enfant.

Une lueur l'éveilla. Elle crut que c'était le soleil, mais la nuit était encore profonde, la maison silencieuse.

Joffrey avait allumé le réchaud de porcelaine et une enivrante odeur de rhum à la cannelle s'élevait de la cassolette posée dessus.

— Il faut vous réchauffer.

Ils allaient boire ensemble tous les deux, en riant, chacun tenant une anse de la tasse de vermeil, le « chaudau », destinée à recevoir le brûlant breuvage qui réconforte les amoureux

De ces deux songes où elle avait vu Joffrey inatteignable, ou ne pouvant percevoir ses appels, Angélique ne garda qu'une impression : « Je dois m'en tirer seule ! » Et elle retrouvait la tranquillité de son enfance Elle s'en tirerait seule et c'était pour cela qu'elle était venue à Québec y retrouver son passé comme pour un défi. Le temps était venu de son combat avec l'Ange. Celui que chaque être doit mener un jour seul à seul, comme Jacob. Elle ne savait pas très bien pour quelle victoire mais elle n'avait plus peur

Sans comprendre très bien comment, elle devinait que tout ce qui arrivait en cet hiver béni camouflait la longue marche secrète qu'ils avaient entreprise l'un vers l'autre pour se mieux connaître et s'aimer d'un plus grand amour.

Comme il en avait été pour Varange, on serait assez longtemps avant de s'aviser de la disparition de Martin d'Argenteuil et plus longtemps encore avant de s'en émouvoir. Vivonne devait se terrer avec son complice autour de sa table de jeu chez Mme de Campvert, tout en maudissant l'idée qu'il avait cru si bonne de venir se faire « oublier » au Canada.

Angélique n'osait plus parler de lui maintenant à Joffrey. Mais elle décida de lui relater la conversation qu'elle avait eue avec le Lieutenant de Police. Or elle apprit qu'après l'avoir reçue M. Garreau d'Entremont avait demandé un entretien à M. de Peyrac.

Comme Angélique s'y attendait, celui-ci ne se montra nullement ému des soupçons que nourrissait contre eux le Lieutenant de Police concernant la disparition du comte de Varange. Fort de la certitude que rien ne pouvait transpirer de leur secret, il avait opposé aux questions du magistrat une sereine indifférence. Mais il retenait que ce comte de Varange avait eu partie liée avec la duchesse de Maudribourg. Là encore Garreau d'Entremont était revenu à la charge pour obtenir des éclaircissements sur le naufrage de *La Licorne* mais il n'avait pas insisté et c'était Joffrey qui avait fini par apprendre de lui que tout n'était pas blanc comme neige du côté de la Bienfaitrice. Le Lieutenant de Police avait reçu, dans l'été, un dossier établi sur elle, où l'on parlait des bruits qui avaient couru au moment de la mort de son vieil époux. Rien de plus. Et les gens de la Compagnie du Saint-Sacrement la soutenaient, certains de bonne foi. Mais s'il y en avait d'autres de l'acabit de ce comte de Varange, la réputation de la séduisante duchesse aurait fini par en souffrir.

L'allusion à l'opération de magie menée par Varange laissait Peyrac indifférent. Elle ne voulut pas lui montrer combien elle en était impressionnée. Il l'accuserait peut-être d'être superstitieuse, comme tous les habitants des sombres forêts celtiques En effet, « comme ils sont différents de nous ces gens d'Aquitaine », se disait-elle en regardant Joffrey.

Jamais autant qu'à Québec, elle n'avait saisi cette différence qui résidait moins dans le comportement des individus que dans la mentalité, la conception qu'ils avaient de la vie. La civilisation du Nord — langue d'oil, la sienne — plaçait en premier lieu la soumission aux forces de l'Au-delà, d'où une application rigide et primordiale de la religion Quels étaient les concepts qui avaient régi l'ancienne civilisation du Sud — langue d'oc —, et qui donnaient aux Gascons une légèreté parfois scandaleuse : Amour et faste, liberté à l'égard du Ciel et de l'Enfer, du Bien et du Mal ?

— Ce Varange me paraît un triste personnage, dit-il. Mais je lui ai de la reconnaissance. Il m'a révélé les liens mystérieux que votre cœur avait pour moi. Puisque seul un instinct, très fort, a pu vous avertir que j'étais en danger, à sa merci.

— Comment en pourrait-il être autrement ? Vous êtes ma vie. Et je me sens très proche de vous... bien que je ne sois qu'une petite Poitevine, étrangère à votre province, à votre race et à votre culture, acheva-t-elle avec un soupir.

Surpris et intrigué, il lui releva le menton.

— Quelle est cette humeur ?

Mais elle ne se sentait pas en état de lui fournir une explication ou de lui en demander... Tout était trop confus. Elle craignait des paroles qui précipiteraient les événements et donneraient consistance à ce qui n'était peut-être encore qu'imagination de sa part.

Pourquoi parler de Bérengère-Aimée ? Des réunions de Gascons dans les bois ? Pourquoi en révélant ses doutes risquer par-dessus tout des divergences entre eux ? Mieux valait s'aimer et se taire.

Dès le retour du beau temps, voulant revoir M. de Loménie, elle se rendit à son domicile, souleva le heurtoir de la porte de la petite maison, proche de la Prévôté, que M. d'Arreboust avait mise à la disposition du Montréalais exilé.

— Monsieur le chevalier est parti, lui dit le valet qui ouvrit.

— Parti ? répéta Angélique dont le sang ne fit qu'un tour. Où cela ?

Où pouvait-on partir lorsque le sort vous avait laissé choir sur un point du globe cerné par la plus cruelle sauvagerie polaire ?

Le valet eut un geste vague vers l'horizon d'or et de rose infini.

— Hors les murs.

— Quels murs ? s'écria-t-elle, folle d'inquiétude.

Hors les murs de glace et de neige qui gardaient la cité, où pouvait-on partir ? Sinon vers le désert ? Où pouvait-on s'enfoncer ? A quelle recherche sinon celle du martyre ou de la mort par le gel dans la tempête aveugle.

Elle se précipita chez les Jésuites.

— Alors, lui aussi vous l'avez envoyé aux Iroquois ? demanda-t-elle fébrilement au Père de Maubeuge.

Le supérieur des Jésuites la fit asseoir et lui posa quelques questions avec calme afin d'orienter sa gouverne.

— Les chevaliers de Malte ne relèvent pas de notre direction, répondit-il après l'avoir écoutée. Leurs déplacements et leurs affectations dépendent du grand maître de l'ordre qui réside à Malte et qui délègue ses pouvoirs aux grands maîtres des huit divisions territoriales appelées « langues » soient-elles de Provence, d'Auvergne, de France, d'Italie, d'Allemagne, de Castille et d'Angleterre. A Québec, Monsieur de Loménie-Chambord, en l'absence de tout courrier provenant du commandeur de la « langue » de France à laquelle je suppose qu'il est rattaché et pouvant lui assigner d'autres tâches ou d'autres lieux de résidence, est seul juge de ses actes et de ses décisions. Il lui arrive de venir me demander conseil, mais je n'ai point à intervenir dans sa conduite. Voici plusieurs semaines que je ne l'ai vu et j'ignore où il se trouve. Voyez donc Monsieur de Frontenac, ajouta-t-il comme elle se levait en se mordant les lèvres de dépit et de chagrin. Il se peut que lui soit au courant...

— Monsieur de Loménie est aux récollets, la renseigna le gouverneur. Il souhaitait faire retraite pour se préparer au Carême, atténuer, m'a-t-il dit, la dissipation que toute cette période mondaine a entraînée pour lui. Il est venu me trouver afin de savoir si en tant que membre du Grand Conseil, je n'aurais pas à le convoquer durant cette quinzaine... Bienheureux chevalier !... soupira Frontenac en voyant le visage d'Angélique s'illuminer Comme j'aimerais de même retenir votre attention...

— Mais vous l'avez, l'assura-t-elle. Et si je ne m'inquiète pas de vous c'est que je sais où vous trouver.

La gloire du soleil étincelant dans les arbres enrobés de cristal des vergers, tout au long du chemin qui descendait vers l'estuaire de la Saint-Charles sur les rives de laquelle était édifié le couvent des récollets, insultait à son inquiétude, se disait Angélique. La dérobade du chevalier de Loménie ne lui disait rien qui vaille.

Les petits clochers des paroisses de Beauport, l'Ange-Gardien, Château-Richier, dressés dans le matin, avec la pointe de leur flèche miroitant comme si le faîte eût été piqué d'une étoile de Noël éternelle et qui semblait crier « Nous sommes là ! Nous sommes là ! » d'un air fiérot, l'exaspéraient, car rien n'était plus précaire que leur existence de petites paroisses catholiques du Nouveau Monde et ils auraient dû le savoir...

Dans la cour du couvent des récollets, un autre équipage attendait. Elle reconnut le traîneau de Ville d'Avray. Le marquis était venu sans doute surveiller l'avance des travaux de son cher frère Luc.

Du parloir où on la fit entrer, elle entendit les échos de sa voix qui discourait et sans doute s'extasiait. Mais presque aussitôt, un frère en bure grise vint la chercher et la conduisit dans un autre parloir plus petit et à l'écart où l'attendait M. de Loménie-Chambord.

Une table, une chaise, un prie-Dieu, un crucifix au mur, au-dessus du prie-Dieu. Et sur la table posée devant la fenêtre, un écritoire et les feuilles pour écrire. Oratoire modeste, humble, d'une sérénité ineffable.

Par la fenêtre on voyait, à quelque distance du couvent, un troupeau de vaches, qui avait traversé le fleuve depuis Beauport par les chemins balisés, prendre pied et se diriger vers le couvent, guidé par un bouvier en capot et robe de bure retombant sur ses bottes algonquines.

Souvent les paysans se rendaient entre eux le service de faire marcher les troupeaux à travers le Saint-Laurent afin de tasser la neige fraîchement tombée sur les pistes. Ce qui aérait et donnait de l'exercice au bétail enfermé tout le long de l'hiver dans les étables.

L'image était calme aussi et familière. Le meuglement des bêtes montait par intervalles dans l'air cristallin.

La porte de la cellule s'était refermée derrière Angélique. Elle se tint devant le chevalier de Loménie qui était debout près de la table. Elle ne voyait pas son expression car il se présentait à contre-jour, mais elle sentait sur elle son regard attendri et ardent. Elle sut qu'il était heureux qu'elle fût venue D'un bonheur qu'il acceptait pour l'instant sans mélange.

Elle dit enfin après un long silence.

— Pourquoi êtes-vous parti ?

Il répondit.

— Vous le savez bien.

Sa voix était calme et assurée. Elle commença de craindre que la force d'âme de cet homme doux et lucide ne l'eût déjà entraîné vers un domaine dont elle était rejetée.

— N'auriez-vous pu au moins me faire porter un mot ?

— La décision que je prenais de faire retraite aux récollets ne concernait que moi. Je n'estimais pas nécessaire de vous en avertir, me reprochant déjà d'avoir quelque peu troublé votre conscience par mes confidences.

Angélique secoua la tête avec impatience.

— Ce n'est pas vrai, dit-elle d'une voix qui s'étranglait comme sous une brusque montée de larmes. La vérité est que vous m'abandonnez.

— Vous êtes assez forte pour être abandonnée. Et moi... Moi je suis faible. Faible comme Adam aux premiers jours, lorsqu'il découvrit la Femme que Dieu lui avait donnée pour sa joie et sa consolation.

— Vous prenez des prétextes pour renier votre amitié. Et pourtant elle a été spontanée dès la première rencontre. Vous souvenez-vous de Katarunk ?

— Oui, dès Katarunk, je vous ai « vue ». Et ce qui s'est passé alors je n'en ai l'explication qu'aujourd'hui. Au long des jours j'ai ressenti votre absence comme un aiguillon et je ne comprenais pas. Ma très chère, je devrais me sentir coupable d'avoir éprouvé pour vous tant d'attirance, tant d'inexprimable tendresse, tant de dévotion pour ce que vous êtes, pour ce que vous signifiez. Mais je ne le puis. Rien de ce qui nous a rapprochés n'a été sans saveur et je remercie Dieu de m'avoir accordé de quelque façon de participer au festin du monde. J'ai appris par vous la valeur de ce que j'avais sacrifié sur l'autel de la chasteté... C'est beaucoup ! Avant je ne le savais pas...

— Je vois, dit Angélique. Vous aussi vous regrettez que j'existe.

Il lui sourit.

— Certes ! La vie serait plus simple sans vous, Madame Mais combien moins merveilleuse ! La vie ! Soudain on voudrait en goûter tous les fruits. On découvre sa splendeur. On se demande parfois si ce n'est pas cela que Dieu a voulu en nous entourant de tant de beauté, en nous rendant dépositaire d'une si naturelle aptitude au plaisir de l'amour et si l'on ne le servirait pas mieux en passant par la joie de vivre selon la chair, plutôt qu'en y renonçant. Je ne renie rien. Et je dois m'incliner et reconnaître la joie déraisonnable qui m'envahit à la pensée que j'ai pu vous émouvoir et que vous vous attristez de ne plus me voir. Mais, enfin soyons modeste ! Soyons modeste, répéta-t-il. Que suis-je et que serais-je en tant qu'homme, qu'amant et même en tant que compagnon de vie pour vous auprès de celui que vous aimez, de celui qui occupe votre cœur, captive votre corps, même lorsque vous êtes séparés, même lorsque vous vous croyez en désaccord. Lui, il est planté au milieu de vous comme une montagne brûlante, indestructible et inébranlable, de même que vous êtes plantée au milieu de lui.

Il prit sa main et porta à ses lèvres les doigts qu'elle serrait convulsivement autour des siens.

— ... Tout serait bien pâle... bien pâle, murmura-t-il.

Angélique aurait voulu le supplier d'être moins sévère De rester au moins son ami. Pourquoi se refuser une douceur qui aide à vivre si l'on ne peut s'accorder que cela ? Mais elle comprit que pour l'instant c'était impossible... Plus tard, peut-être...

Il avait laissé retomber sa main, et se tenait immobile les yeux baissés.

— ... C'est aux rencontres que nous faisons qu'il nous est donné, chaque fois, de voir plus clairement où est notre cœur, notre voie, notre destin, dit-il encore. Je le sais aujourd'hui et je ne pourrais passer outre. Ma vie, tout mon être appartiennent à Celui qui a versé son sang pour l'Humanité : « Servir Dieu et mon Roi » dans les armes que j'ai toujours portées... mais je vous ai aimée...

— Venez voir, cria Ville d'Avray en entrant à toute volée dans la cellule, venez voir ces œuvres admirables que le Frère Luc a peintes pour moi...

DANS son atelier le moine était occupé à réaliser le blason de M. de Ville d'Avray. Un grand pan de bois sur lequel étaient ébauchées les lignes d'une composition picturale où l'on devinait la mer, des tritons, des personnages aux vêtements gonflés par le vent, était dressé contre le mur. Le cadre une fois peint serait transporté jusqu'au navire de Ville d'Avray et on le fixerait sous le château arrière à l'emplacement appelé « tutelle » d'où on pourrait l'admirer et l'apercevoir de loin en mer.

— Regardez bien Madame de Peyrac, mon Frère, pria Ville d'Avray en présentant Angélique à l'artiste. J'aimerais que vous donniez les traits de son visage à la figure féminine principale de votre tableau.

— Ah ! non, je vous en prie, se rebella-t-elle. Cela me suffit d'être déjà représentée sur la tutelle du *Cœur de Marie* . Je sais que vous jalousiez Colin pour la beauté de cette peinture. Si vous aviez pu la lui arracher de son navire et l'emporter sous votre bras, vous l'auriez fait.

— Oh ! certes, convint Ville d'Avray.

Il renifla à petits coups comme pour dissimuler un sourire parut réfléchir, et dit d'un air faussement innocent :

— ... Alors c'est donc bien vous qui étiez représentée sur le

Cœur de Marie ? Mes sens ne m'avaient point trompé. Mais comment cela pouvait-il se faire ? Ce pirate aux robustes épaules, Colin Paturel, vous aurait-il connue jadis, avant de venir se faire capturer à Gouldsboro ? Vous me raconterez, n'est-ce pas ?

» J'emmène Madame de Peyrac, dit-il en s'adressant au comte de Loménie. Vous ne m'en voulez pas, chevalier ? Vous l'avez assez accaparée l'autre jour, aux chutes de Montmorency... Belle promenade, n'est-ce pas ?

Il jubilait en l'aidant à s'installer dans le traîneau.

— ... Plus je vous connais et plus votre vie me semble recéler des mystères qui ne font qu'attiser ma passion pour vous. Je voudrais que vous m'apparteniez... Oui, vraiment, c'est le mot exact, que vous m'apparteniez.

— Comme vos tableaux ou vos verreries de Venise ?

— Oui, vous seriez le fantastique et le plus précieux de mes objets d'art... Un automate que j'aurais rapporté d'Allemagne, dirais-je. La plus jolie femme du monde. Il semble qu'elle soit vivante. Elle sourit... quand on a fini de l'admirer on tourne la clef et crac, elle raconte ses secrets...

Il était assommant, mais drôle.

57

LE LENDEMAIN, M. DE LOMÉNIE FIT PORTER À LA MAISON DE VILLE d'Avray un présent enveloppé de peaux cousues, qui, une fois découpées, révélèrent un petit arc dans son carquois brodé de perles et de pointes de porc-épic, bien garni de flèches, aux empennes de plumes bariolées. Le tout était adressé à demoiselle Honorine de Peyrac.

La réception d'un tel cadeau aussi somptueux qu'inattendu la plongea dans une extase silencieuse.

Elle posa l'arc et le carquois sur un tabouret et resta à les contempler longuement, tandis qu'Éloi Macollet et Piksarett se proposaient pour lui donner des leçons de tir et que Chérubin brûlait d'envie de toucher seulement du doigt ce beau jouet

On alla jusqu'au carrefour de l'orme où un premier essai eut lieu sous l'œil intéressé des Indiens du campement.

Honorine, grâce à Loménie, possédant une arme contre ses

ennemis, se sentit-elle assez forte désormais pour affronter le vaste monde en dehors des murs de sa maison et du cercle familial ?

Toujours est-il que, le jour suivant, la Haute-Ville fut secouée par un événement d'importance.

Accompagnée de sa mère, de ses frères, de ses serviteurs, de ses amis petits ou grands, de personnalités en vue telles que M. de Bardagne ou Piksarett, ou plus humbles en la personne rugueuse de Nicaise Heurtebise, ou des Indiens du campement avec leurs chiens jaunes, damoiselle Honorine de Peyrac s'en fut aux ursulines pour y apprendre à lire.

La main dans celle de sa mère, et tenant sous le bras son arc et ses flèches, tout enturbannée de lainages et de fourrures qui ne laissaient voir que ses yeux bridés et son nez rouge, et nantie dès le départ de son imposante escorte, elle quitta la maison par la grand' porte, passa devant celle de Mlle d'Hourredanne, les demeures de la famille Gaubert de la Melloise, de la Dentellière et du bonhomme Loubette, fut saluée par les clients de la forge et ceux de l'Auberge du *Soleil Levant*, traversa la place de la Cathédrale après avoir franchi le ruisseau sanglotant sous ses bouillons de glace. Les enfants se rendant à l'école arrivaient de toutes parts dans leurs cabans et leurs capots et leurs bottes sauvages, car il faisait un jour de ces grands froids mauves et vaporeux.

La rumeur se répandait : Honorine de Peyrac va aux ursulines.

Tout juste si l'on ne sonna pas les cloches.

On parvint en foule au monastère où les dames ursulines attendaient.

Honorine, très droite, abandonna la main d'Angélique et sans daigner jeter un regard en arrière, son arc et ses flèches aux poings, elle franchit la porte du cloître et descendit les degrés de pierre qui menaient au premier vestibule.

Accueillie, embrassée, engloutie dans les plis des chapes noires, des lourdes jupes, blanches pour les novices, noires pour les mères où bruissaient de longs chapelets de buis, elle disparut, s'enfonçant dans les profondeurs du couvent sous les regards protecteurs de l'Incarnation dans son cadre et la double haie des cœurs de Jésus et de Marie couronnés d'épines et percés de poignards

Déraisonnablement angoissée et le cœur brisé comme si elle n'aurait jamais dû la revoir, Angélique passa sa matinée dans les combles de la maison avec Suzanne et Yolande à guetter de la dernière lucarne la cour de récréation des ursulines. Elle y distingua à l'heure où les enfants viennent s'y ébattre la silhouette de sa fille. Celle-ci se tenait dans un coin, entourée à distance d'un cercle de fillettes. La tourmentait-on ? La repoussait-on ? Suzanne fut envoyée aux nouvelles. On la vit peu après pénétrer avec une mère dans le jardin, parlementer, repartir. Tout allait pour le mieux, affirma-t-elle en revenant. Honorine régnait déjà sans conteste dans son nouvel univers. Les fillettes lui faisaient des grâces dans l'espoir d'obtenir d'elle de pouvoir tirer à l'arc. Mais elle n'accordait qu'avec parcimonie ses autorisations.

Angélique, le premier déchirement passé, fut soulagée de sentir qu'Honorine était mise sous la protection divine en ce même temps où elle était elle-même sollicitée et tourmentée par diverses choses.

Elle se reprochait de n'avoir pas mieux expliqué à M. de Loménie, lorsqu'elle l'avait vu aux récollets, les dangers qui rôdaient autour d'elle. Elle aurait dû lui raconter l'attentat dont elle avait failli être victime de la part de Martin d'Argenteuil. S'il l'avait su, il ne l'aurait pas abandonnée. Il aurait voulu revenir à Québec pour veiller sur elle, ne serait-ce que de loin. Mais n'avait-elle pas Piksarett, sanglé dans sa redingote rouge d'officier anglais, ou engoncé dans sa peau d'ours noir, selon les décisions d'une humeur sur laquelle il ne s'expliquait pas, elle le trouvait souvent dans les parages. Parfois bavard, il l'accompagnait ; d'autres fois, il était si discret, si invisible, qu'elle sursautait en le découvrant dans son dos.

Et le chevalier avait raison. C'était surtout en son âme à elle que se trouvaient les pièges.

L'effacement de Loménie-Chambord, son refus de la rencontrer désormais lui fut sensible. Tout en reconnaissant que « c'était bien ainsi », elle avait des rêves troublés. Elle ne se dissimulait pas que — nonobstant les obstacles insurmontables qui les séparaient — elle n'aurait pas trouvé sans charme la reddition de cet homme chaste et doux entre ses bras. Il aurait pu découvrir par elle l'éblouissement de l'amour. Il n'aurait pas été maladroit, seulement hésitant et comme suffoquant sous le poids d'un trop vaste bonheur. N'était-ce pas merveilleux ? Combler de joie ! Où était le péché ?

Quelques jours après la promenade aux chutes de Montmorency, M. Garreau d'Entremont vint la voir. Elle crut un peu sottement qu'il allait lui parler de Martin d'Argenteuil. Mais il n'en était rien. Son flair ne l'avait pas encore averti. Il s'occupait toujours du dossier de Varange. Il voulait la tenir au courant. Il lui dit qu'il était à la recherche du soldat qui avait fait la conjuration sur le crucifix. Il avait une piste. On croyait l'avoir vu dans un fort du côté de la rivière Saint-François

Qu'un soldat fût chargé de la sacrilège besogne ne l'étonnait pas. Les militaires que l'on envoyait aux colonies avaient roulé leur bosse un peu partout. Ils étaient souvent hâbleurs et s'amusaient à mystifier les paysans chez qui on les logeait. Ils étaient surtout malfaisants. La plupart des crimes dont le rapport parvenait sur le bureau de Garreau étaient commis par eux, l'opinion catégorique du Lieutenant de Police sur le militaire de la métropole s'expliquait. La Nouvelle-France ne possédait pas encore de « classe dangereuse ».

En cette période de grands froids où l'on chauffait à mort dans les maisons, Noël Tardieu de La Vaudière continuait à être hanté par la moindre étincelle annonciatrice d'incendie... « Nous y passerons tous !... » Sans cesse il faisait compter les seaux de cuir, effiler le tranchant des haches, débarrasser les toits pour découvrir si l'échelle était bien là et non pourrie. Chaque jour, les petits savoyards s'introduisaient dans les cheminées et les gens se plaignaient qu'on les fît geler sur pied, car il fallait, pendant le ramonage, éteindre les foyers de la maison et attendre en claquant du bec dans la rue que les conduits soient refroidis.

« Oui-da ! Le temps d'attraper la mort », grommelaient les habitants.

Les petits savoyards faisaient bien leur métier. Ces enfants n'étaient pas débiles comme l'avait dit Garreau, mais seulement abrutis. C'était des petits savoyards perdus. On les avait vendus, violés, exploités, emmenés au bout du monde. On leur avait tout pris et jusqu'à leurs marmottes.

On les employa à nettoyer et à décoincer les girouettes, ainsi que les croix et les instruments de la passion, qui se trouvaient au sommet des clochers qu'ils escaladaient de bon cœur.

Le Carême s'ouvrit, précédé des trois jours du carnaval, et dont l'appellation qui signifiait dans son étymologie latine : *carnelevare* = ôter la viande, avait perdu de son sens puisque ces trois jours au contraire étaient devenus prétexte à « désordres impies » comme disait l'Évêque et que l'on s'empressait de s'y bâfrer de viande et de charcuterie en vue des quarante jours d'abstinence annoncés

Le lendemain, mercredi des Cendres, tout Québec s'en revint des églises marqué au front d'un noir stigmate destiné à rappeler à chacun qu'il n'était que poussière et retournerait en poussière.

En Carême, un seul repas était admis par jour, de préférence à midi... Les laitages et les viandes interdits, que restait-il ? Le pain, les poissons, les légumes, les boissons aussi par bonheur. Il se ferait donc une consommation redoublée d'eau-de-vie, de vin d'Espagne, de Ténériffe, Malaga, boissons « réchauffantes » et, sous les toits plus rustiques : de bière, de cidre, de cervoise, ce « bouillon » de pâte fermentée, de bière d'épinette ou de sureau.

Trois jours plus tard, la première querelle du Carême éclata et elle fut d'importance. Elle resterait dans les annales de Québec sous le nom de querelle d'Aquitaine. Elle eut lieu chez M. Haubourg de Longchamp, premier conseiller.

Mme Haubourg de Longchamp était une femme effacée et recevait peu. En revanche, M. Haubourg qui appartenait à la Compagnie du Saint-Sacrement, aimait profiter de la période de pénitence pour susciter ces réunions de beaux esprits où l'on pouvait discuter théologie, morale, destinée de l'homme; réunions qui, par la grande culture de la plupart des invités, atteignaient un haut niveau d'intérêt. Les dames y étaient naturellement conviées. Les temps n'étaient plus où une société masculine, encore particulièrement grossière, reconnaissait-on, car soumise au fracas des coups d'estoc et de taille contre les lourdes cuirasses antiques, écartait de son cercle paillard la femme jugée servante, sotte et juste bonne à procréer.

Depuis deux siècles, au moins, les mœurs avaient changé. Les hommes avaient appris, surtout en France, à rechercher la société des femmes pour d'autres plaisirs que ceux de la chair, c'est-à-dire de l'esprit. La Renaissance, sous des rois raffinés tel que François Ier, avait commencé à mettre à l'honneur la femme cultivée et les charmes de son esprit.

Or, la querelle partit de là. Quelqu'un ayant avancé qu'une telle transformation chez les Barbares du Nord avait été due à l'effort de la civilisation occitane, celle des cours d'amour du Languedoc, peu à peu assimilée par ses vainqueurs. Aussitôt tout le monde se prononça.

La contrepartie des connaissances variées et de l'érudition de la plupart des personnes présentes était que chacun savait de quoi il discourait. D'où un feu roulant de précisions historiques, théologiques ou politiques, qui fusèrent afin d'étayer ou démolir la thèse émise et l'on se retrouva vite au temps de Charlemagne, puis à celui de l'époque romaine quand les

Césars s'étaient engoués de ces terres récentes du sud de la Gaule où régnait la « *prima lingua occitana* ».

Cela avait donné le royaume de Provence. La subdivision d'Aquitaine et du Languedoc ne changeait rien à ce que les mœurs et la langue, demeurée très latine, fussent les mêmes. Au xe siècle, les Arabes en allant jusqu'à Narbonne et en y demeurant plus d'un demi-siècle avaient appris aux Provençaux du sud-ouest des plaisirs plus doux et plus raffinés, les sciences, la poésie... De ces apports était née une civilisation charmante et riche, que personnifiaient dans sa forme doctorale les cours d'amour des Troubadours, maîtres à penser, grands esprits, grands poètes. En ce royaume, les litiges se réglaient avec courtoisie.

— A leur façon, coupa M. Haubourg interrompant le major Sabanac qui avec lyrisme venait de tracer un tableau succinct mais hautement coloré du passé de sa province, vous ne me direz pas que dans ces cours d'amour où, paraît-il, on apprenait à copuler, la mystique...

— On apprenait aussi à parler galamment aux dames, à leur « faire la cour »... En ce royaume, les litiges se réglaient avec courtoisie, justice. Les classes inférieures elles-mêmes étaient très peu grossières. Il était de réputation qu'un laboureur d'Aquitaine avait plus d'aisance, de lettres, et de beau langage, qu'un baron normand, ou bourguignon, répondit M. de Dorillac, un officier du régiment de Carignan.

Les fronts s'assombrirent essayant de rétablir l'équité. La conversation se maintenait dans les limites de la bienséance. On laissait la partie belle aux gens du sud car beaucoup de fonctionnaires parmi les « hommes du nord » se souvenaient à temps que leur gouverneur, lui aussi, était gascon. Mieux valait ronger son frein que risquer d'irriter la susceptibilité méridionale d'un puissant.

— Terre élégiaque soit ! dit Carlon, mais qui par trop d'aménité entraînait des abus, des faiblesses... Indifférence ou respect de l'autre ? Les sectes, les hérésies y étaient tolérées et ne se privaient de se multiplier, bafouant la doctrine de l'Église. Jusqu'à ces sombres Cathares, dans l'Albigeois, et qui se présentaient comme l'envers de la civilisation libérale et sensuelle dont ils étaient issus, car ils professaient que, le monde matériel étant l'expression du mal, il y avait péché à vivre et surtout à procréer.

— N'était-ce pas le devoir de l'Église que de réduire cette immonde hérésie ?

Les Cathares étaient fervents, purs et ne gênaient personne

ripostèrent les Gascons, ils avaient servi de prétexte à la voracité des gens du nord.

On cita des faits encore vivaces. Les récits d'horreur de la guerre menée contre les Albigeois par Simon de Montfort, croisé, et le grand saint Dominique, le moine à la bure blanche, fondateur de l'Inquisition, faisaient dresser les cheveux sur la tête et quelqu'un raconta qu'aujourd'hui encore après quatre siècles, dans les campagnes du Languedoc lorsqu'on voulait effrayer un gamin turbulent, on lui disait : « Simon de Montfort va venir te prendre ! »

Aussi bien, il ne s'était pas agi de guerre mais de massacre. Pas de croisade mais d'extermination : hommes, femmes, enfants, vieillards, et nouveau-nés, tous parmi les Cathares avaient été passés au fil de l'épée ou jetés au feu. La croisade sanglante s'était poursuivie au-delà de la destruction de l'hérésie. La destruction de la civilisation méridionale avait suivi

Les Cathares n'avaient été qu'un prétexte. C'était le marquisat de Provence, le comté de Toulouse que visaient les reîtres bardés de fer.

Dans le salon de M. Haubourg, au Canada, ces réminiscences à odeur de sang et au nombre inquiétant de bûchers dressés et crépitant parurent soudain faire obstruction à toute conciliation possible entre personnes mêmement coiffées de perruques ou parées de dentelles, mêmement affables d'éducation et de caractère et qu'enfermaient l'exil et l'hiver canadien.

— On ne pouvait tout de même pas tolérer... maugréa M. Garreau d'Entremont après un temps consacré à savourer le rossoli.

Une voix de femme claire et harmonieuse s'interposa :

— On peut tout tolérer de ce qui n'entraîne pas la conquête par la violence.

C'était Mme de La Vaudière, Bérengère-Aimée, qui montait aux remparts. Et comme la remarque était judicieuse et qu'elle la jeta d'un petit air crâne, Joffrey de Peyrac lui octroya un sourire et un signe d'approbation. Elle en rosit de plaisir.

— Avouez que vous êtes bizarres vous autres, gens d'Aquitaine, dit M. Le Bachoys, bonhomme et conciliant. Le vainqueur vous a laissé vos formes de gouvernement, vos coutumes, votre langue, et vous en abusez pour sauvegarder votre liberté de mœurs scandaleuses. Même encore aujourd'hui, vous agissez comme si vous faisiez fi du péché, comme s'il n'existait pas.

— Si... Il existe... Mais il n'est pas celui que vous dénoncez, vous les gens du Nord...

— Hérésie ! marmonna M. Magry de Saint-Chamond, on voit que vous venez d'une source corrompue : la Rome païenne, l'Islam licencieux, que vous plongez vos racines dans un sol différent...

— On ne vous le fait pas dire, crièrent les Gascons.

Les arguments s'entrecroisaient.

— Et vos guerres Baussenques (1)... vos anti-papes ?

— Mes ancêtres ont été du parti des rois et d'Alexandre IV, dit Peyrac.

— Les miens aussi ! cria Castel-Morgeat.

M. Haubourg de Longchamp, profitant d'un instant d'accalmie où les adversaires reprenaient souffle, voulut trancher.

— Nos propos ne mènent à rien car cette querelle est sans issue. Les siècles futurs eux-mêmes ne pourront l'épuiser car nos antagonismes résident dans une conception différente du péché.

— En effet, approuva M. d'Avrensson qu'Angélique découvrit gascon, notre civilisation proposait d'atteindre Dieu par l'amour charnel vécu en transcendance, chemin de communication avec le divin, et non par sa suppression et son rejet.

— Alors que se serait-il passé si la civilisation du Nord n'avait pas triomphé ? demanda encore Bérengère de La Vaudière en se tournant vers le comte de Peyrac avec une expression d'innocence exaltée.

Angélique, que cette altercation avait inquiétée, remarquait les femmes qui autour de Joffrey s'étaient comme groupées, guettant ses paroles et levant sur lui ces regards énamourés qu'elle estimait être la seule à pouvoir lui adresser.

Parmi elles, on découvrait Mme de Saint-Damien, la belle Éléonore de l'Ile d'Orléans que l'on voyait décidément beaucoup plus à Québec cet hiver.

« Oui, toutes ces dames d'Aquitaine étaient folles de lui et sans savoir pourquoi !... Oh ! si, je sais pourquoi... »

Sabine de Castel-Morgeat se tenait la plus proche de lui très droite et grande, dans l'attitude d'une femme qui est prête à défendre jusqu'au bout son seigneur et maître.

Or, c'était à Angélique que cette place revenait. Et d'en être dépossédée sans que personne ne songeât à le remarquer lui parut le comble de l'impertinence.

— Sauriez-vous nous répondre, cher suzerain ? demanda Éléonore de Saint-Damien avec une œillade incendiaire.

— Oui ! répondez, prièrent des voix impatientes. Si les rois de Provence avaient triomphé du roi d'Ile de France et, de ce fait, détruit la civilisation du Nord, que se serait-il passé ?

(1) Guerres nombreuses entre les seigneurs provençaux et les seigneurs des Baux

Au cours de la soirée, Angélique avait noté que Joffrey répondait légèrement comme ne voulant pas donner à ses paroles un tour trop sérieux. Mais il répondait ce qu'il voulait et ce n'était jamais anodin.

Cette fois, il laissa passer un temps avant d'énoncer :

— Peut-être y aurait-il eu la réconciliation de l'AMOUR et de l'ÉGLISE !

— Voilà qui est agréable à entendre, dit Ville d'Avray.

— Avancez-vous que la vérité aurait été autre et sans doute aussi les dogmes ? Vous blasphémez ! Notre royaume serait tombé dans l'hérésie, comme les Anglais...

Laissant une tempête de protestations se déchaîner, Angélique n'y pouvant plus tenir préféra s'éloigner et gagna un petit boudoir voisin. Elle eut le soulagement de s'y trouver seule. « Par bonheur », songeait-elle, « M. de Bardagne, l'envoyé du Roi, n'était pas présent, ni le duc de Vivonne. »

Dans le salon la bataille continuait.

« ... On pouvait gagner Dieu avec l'Amour. »

« ... Avec l'Amour ou contre l'Amour ! »

— ... Reconnaissez au moins le jugement de l'Histoire, disait M. de La Melloise... La victoire de Simon de Montfort avait décidé : contre l'Amour.

Angélique se sentait très bouleversée. Elle n'avait plus le courage de rien écouter et resta dans le boudoir en se cachant derrière les rideaux.

Au-delà de l'imprudence des propos qu'avait tenus Joffrey, prenant la défense d'une province dont la rébellion latente contre le Roi était loin d'être apaisée, c'était l'attitude des dames d'Aquitaine qui l'ulcérait.

Fallait-il comprendre qu'elle était déjà trompée et depuis longtemps par le Gascon au cœur frivole et ces femmes sans scrupule ? La pensée du corps gracieux de Bérengère-Aimée dans les bras de Joffrey lui fit passer un frisson glacial dans la nuque. Il avait penché sur elle son sourire. Elle ne pouvait supporter l'idée que Joffrey eût pour une autre femme le même sourire que pour elle.

Avec un trémolo dans la voix, le marquis de Ville d Avray s'écriait :

— Ah ! que n'ont-ils gagné, ces joyeux Occitans et leur belle devise : *Delectus coïtus.*

— Marquis, un peu de décence protesta le maître de maison. Nous sommes en Carême.

La sortie fut houleuse. L'hôtel du premier conseiller se

perchait à mi-côte du chemin de la Montagne. La marge qui séparait son seuil du précipice se révélait étroite. Si l'on sortait en groupe compact et animé, il y avait toujours risque de voir un ou deux ivrognes basculer par-dessus bord.

Lorsque les équipages en attente s'en mêlaient l'entreprise de se séparer après une bonne soirée devenait périlleuse.

La lune éclairait un désordre de carrosses et de chaises à porteurs. Il y eut des cannes levées sur les cochers et les valets. Et les échos résonnèrent de cris et de hennissements, charivari peu propice au recueillement exigé par la période de Carême, dont M. de Bernières, Supérieur du Séminaire, qui logeait dans le voisinage, fit, le lendemain rapport à l'Évêque.

Angélique, poussée par le flot, s'était trouvée brusquement devant le comte de Peyrac et sa colère ne s'étant pas calmée, elle lui jeta :

— Vous êtes fou ! Tenez-vous tant à vous aliéner l'Église par vos déclarations ? Ne vous suffit-il pas, déjà, d'avoir le Roi contre vous ?

Il eut un sourire caustique et haussa les sourcils comme surpris et amusé de sa violence.

— Seriez-vous un agent du Roi, Madame du Plessis-Bellière ? Et chargée de soutenir sa politique contre les rebelles du Sud ?

Elle fut sans parole.

Angélique demanda à Ville d'Avray de la reconduire avec son équipage jusqu'à la maison. Elle y attendit Joffrey. Elle était bien décidée à s'expliquer. Il ne suffirait pas cette fois de caresses et de mots tendres, alors qu'il se moquait d'elle avec cette Bérengère. Il ne vint pas. Elle passa une nuit blanche à se retourner sur sa couche, car jamais elle n'aurait pu croire que Joffrey lui parlerait sur ce ton. Son « Madame du Plessis-Bellière » était particulièrement venimeux.

Elle ne doutait plus, après le lui avoir entendu lancer, d'un ton mi-provocant, mi-taquin, qu'il savait tout sur la présence du duc de Vivonne à Québec, qu'il l'avait connu sous ce nom. Alors qu'elle était allée jusqu'à risquer sa vie en se taisant afin qu'il n'apprît pas qu'elle avait retrouvé des personnes de ce temps où elle avait régné à la Cour de France, période dont il semblait éprouver amertume et jalousie...

Au matin dans un souci de réconciliation, elle se précipita vers le manoir de Montigny. Elle apprit que M. de Peyrac était absent de Québec. Il inspectait ses forts du côté du Cap Rouge et de Lorette.

A tort ou à raison, elle s'imagina que la situation était catastrophique. Elle courut jusqu'au couvent des jésuites.

Lorsque le Père de Maubeuge recevait Mme de Peyrac au tribunal de la pénitence, la cérémonie se déroulait suivant un rituel établi, mais qui n'avait rien de traditionnel.

Angélique était introduite dans la belle et savante bibliothèque. Elle s'asseyait dans un fauteuil à haut dossier de tapisserie et le supérieur à quelques pas prenait place sur un modeste tabouret. Ils se signaient. Le Père prononçait une brève prière en latin. Ensuite ils causaient à bâtons rompus. Un jour, ils s'entretenaient de la transmission de la pensée, une autre fois, la conversation portait sur la gin-seng, une racine aux propriétés médicinales dont les Chinois faisaient grand usage, et que l'on pouvait trouver en Amérique aussi. Un des pères en avait ramené de ses voyages et l'étudiait afin de décider s'il s'agissait de la même plante qu'en Asie ou d'une variété.

Après quoi le Père de Maubeuge se levait, la priait de s'agenouiller, de réciter l'Acte de Contrition et lui donnait l'absolution.

Ce jour-là, elle ne savait par quel bout commencer pour rendre justifiables ses larmes. Elle se sentait en danger, expliqua-t-elle... Un homme avait essayé de la tuer sans raison. Un sort rôdait autour d'elle et elle craignait d'y retrouver un signe de la volonté constante à la détruire d'ennemis anciens qui ne désarmaient pas et qui même à distance continuaient à la persécuter. Et surtout, son mari et elle n'étaient pas de la même province... De là venait tout le mal.

Lorsqu'elle se tut, il laissa passer un long moment de réflexion, qu'elle respecta. Elle reconnaissait qu'il aurait du mérite à y comprendre quelque chose.

— Les femmes qui ont reçu en apanage le don de la beauté, dit-il enfin, posent au reste des hommes une interrogation mystérieuse. Car elles vivent quelque chose de singulier et dont il leur est difficile de mesurer l'ineffable. La vie leur est à la fois plus facile et plus ardue. N'ayant pas à subir le sort commun, elles sont souvent écartées des bonheurs communs. Messagères de l'enchantement et du rêve de perfection et de ravissement dont chaque humain porte en lui la nostalgie, prêtresses désignées par leurs suffrages de ce rêve, il leur arrive de subir un destin où leur être intime se trouve oublié, méconnu et parfois immolé. Il est fréquent qu'elles se tiennent auprès des princes et des rois, chargées par la folle illusion des hommes d'une responsabilité sans mesure avec la fragilité de leur esprit et la tendresse féminine de leur cœur. Grisées par les hommages et une adulation qui s'adressent moins à elles qu'au reflet qui les marque, il n'est pas rare que leur cœur se déssèche et qu'elles sombrent dans la sottise.

— Si c'est à moi que vous vous adressez, dit Angélique qui l'avait écouté avec surprise, et si c'est pour moi, me plaçant parmi ces femmes qui ont reçu comme vous le dites « l'apanage de la beauté », que vous brossez ce sinistre tableau, je vous dirai, mon Père, que j'ai toujours lutté pour demeurer un être humain et préserver mon droit à vivre selon mon cœur et penser selon mes goûts. Cela dit, sachez que je suis heureuse d'être belle, ajouta-t-elle en le regardant avec défi.

— Et bien faites-vous, approuva le Père de Maubeuge, car vous ne m'avez pas laissé achever, Madame... En revanche, j'allais vous dire que les très belles femmes sont assurées en toutes circonstances de plaire, c'est-à-dire de ravir ceux à qui elles se présentent. C'est en cela qu'elles vivent un destin singulier. Constater, chaque fois qu'on aborde autrui, le rayonnement d'une heureuse surprise, d'un doux enchantement, d'une gaieté bienfaisante éclairant les visages et savoir que vous en êtes la cause, est sans conteste une aventure plus plaisante que d'y lire, sans faute de votre part, répugnance, froideur, antipathie ou méfiance. Telle est la bonne fortune des femmes belles qu'elles puissent plaire sans y tâcher. Le monde leur sourit. Or, telle autre femme qui n'a pas moins de mérite que vous verra, pour ses traits ingrats, le monde lui faire grise mine. Songez, Madame, à ces faveurs du Ciel que vous avez reçues, et qu'il n'est que justice, pour vous, de les parfois payer... un peu.

Il fit une pause et reprit.

— ... Quant à vos craintes de tomber dans les pièges d'ennemis qui chercheraient à attenter à votre vie soit par violence ou par magie, la lumineuse santé de votre aura m'indique que vous devez en triompher et — un éclair ironique filtra entre ses paupières étirées — je vous dirai que je me sens porté à les plaindre car il m'apparaît qu'ils risquent fort s'ils persistent dans cette entreprise de s'attaquer à vous, d'y laisser leur vie, sinon leur âme. D'autre part, je ne saurais trop vous recommander de faire diligence pour régler avec Monsieur de Peyrac cette « querelle d'Aquitaine » dont on m'a rapporté les échos et dont vous vous montrez blessée. Comme il est commun dans ces escarmouches entre époux, on prête à l'autre plus qu'il n'en pense. Je suis persuadé que vous vous exagérez l'importance que Monsieur de Peyrac apporte à ces débats et que vous accordez à ces réunions qu'il se plaît à tenir avec des amis un but qu'elles n'ont pas. De même qu'il n'imagine pas que vous puissiez en être piquée. Voici deux points sur lesquels il serait bon que vous vous éclairiez mutuellement et sans tarder.

— Il est absent de Québec, dit Angélique d'un ton lamentable. Il est parti.

— Il reviendra... ce soir... ou demain... En cette saison, nul ne peut partir bien loin... A deux lieues d'ici... il n'y a plus rien...

Le Père de Maubeuge se moquait d'elle. Elle partit, rassérénée.

58

SOIT : ELLE N'IGNORAIT PAS QU'ELLE VENAIT D'UNE PROVINCE OÙ l'on croyait aux fées, au loup-garou, aux maléfices de la forêt qui partout oppressait l'humain de sa voûte obscurcie, quand elle n'était pas coupée de marécages hantés de feux-follets, où l'on s'égarait. Dans les châteaux du bocage on ne parlait pas d'amour courtois mais l'on évoquait Gilles de Retz qui avait immolé au diable en les torturant des centaines de petits garçons. Elle avait peu de connaissances dans le domaine des belles-lettres, des arts et des sciences, mais de cela elle ne pouvait que s'en accuser elle-même et battre sa coulpe, car elle le devait à sa paresse quand elle était au couvent des ursulines. Elle n'était qu'une étrangère, une Poitevine. Mais.. Elle l'aimait.

Mais... elle l'aimait plus que tout au monde ! Il fallait qu'il le sache. Il fallait qu'il la croie. Bien qu'elle fût poitevine.

Joffrey de Peyrac se prit à rire si fort qu'il en étouffait. Ils se trouvaient tous les deux, vers la fin de la matinée, dans la « chambre de commandement » du château de Montigny. Lorsqu'il eut retrouvé son sérieux, il voulut savoir ce qui avait pu lui mettre en tête d'aussi absurdes et folles idées et commença de la questionner.

Elle lui parla de ces réunions où il rassemblait ses compatriotes et d'où elle se sentait exclue. Ces colloques lui avaient inspiré des craintes. En les voyant rassemblés, en écoutant les griefs et accusations qu'ils se jetaient à la face, elle n'avait pu s'empêcher de revivre les disputes de Toulouse dont elle avait dû apprendre par la suite combien elles étaient dangereuses pour leur bonheur et pour leur vie. Or, la sagesse et l'expérience acquise lui montraient combien, aujourd'hui, elles étaient vaines.

Leurs efforts ici ne tendaient-ils pas à circonvenir, sinon séduire le Roi de France et à rappeler ce qui pouvait susciter son ombrageuse inquiétude à propos de son autorité dans le royaume ; ne risquait-il pas de ruiner une tentative qui ne visait en premier lieu qu'à obtenir droit de bon voisinage avec la Nouvelle-France, la paix en Amérique ?

— C'est bien ainsi que je conçois notre présence ici, affirma-t-il, et j'essaye de vous faire saisir pour calmer vos alarmes combien peu me tourmente cette hégémonie sur l'Aquitaine qui fut reconnue à mes ancêtres, que j'ai dû porter par loi d'héritage, mais qu'après les suprêmes combats auxquels elle a donné lieu, il n'est plus question de revendiquer. Je ne discuterai même pas si c'est en cela un bien ou un mal, car c'est un jeu naturel à l'humanité que de sans cesse brasser et redistribuer les cartes... Et c'est ce qu'on appelle l'Histoire... Il faut savoir l'enfourcher comme un cheval au galop et ne point trop la détourner du chemin qu'elle veut suivre, quitte à trouver à son goût les perspectives nouvelles.

Ceci n'empêchait pas chacun de conserver ce qui lui était cher, ce qui le composait. Ainsi du plaisir qu'il éprouvait, à la vie agréable de Québec lui permettant de partager avec des frères de race, d'anciennes émotions littéraires et poétiques.

— Combien volontiers je vous aurais conviée parmi nous, mon amour, si j'avais seulement pensé que vous en seriez heureuse.

» Mais il me semblait que les activités que vous vous étiez choisies à Québec emplissaient votre vie de satisfactions et combien je me réjouissais de vous savoir libre et vivant comme une enfant à laquelle on accorde de faire ce qui lui fait plaisir. Ma chérie, à vous aimer plus que mon âme, j'ai appris que c'est de vous voir heureuse, peu à peu libérée d'oppressions qui avaient détruit votre joie de vivre, oubliant les injustices qu'on vous a fait subir, redevenant vous-même par le plaisir d'exister en épanouissant ce qui vous complaît des qualités que vous avez reçues à disposition par le Ciel, comme chacun de nous, que je puisais mes joies les meilleures et vous rejoignant le plus sûrement dans ma jalouse aspiration à vous connaître mieux, à percer vos mystères. Une femme heureuse se révèle mieux qu'une femme qui, pour une raison ou pour une autre, se sent prisonnière. Il m'arrive de vous souhaiter dans ces murs, de trouver aux heures privées de votre présence une absurde inutilité. Mais je réfrène cette égoïste et tyrannique exigence masculine. Et je ne goûte qu'avec plus de transport le charme de vous retrouver dans votre petite maison où je me glisse enivré de n'y respirer que votre présence, le signe, la marque comme d'un parfum, oui, qui est vous, et par les choix que vous faites de ce qui vous environne ou de ceux que vous admettez dans votre intimité. Je vous découvre, je vous apprends comme un livre aux images nouvelles, aux pages tournées chaque jour Et là, quand je viens, je ne vous sais que pour moi et que l'un et l'autre nous fermons la porte sur le fracas du monde et la servitude de nos charges. Je crois au bienfait d'un peu d'égoïsme. Être deux amants, conscients de leur vie mutuelle voilà peut-être le secret du bonheur.

— C'est pourquoi je tremble, dit-elle, de voir se briser une si fugitive et si complète sécurité.

» Je sors de la maison et je vous découvre vous exposant au danger. Ou, puisque vous l'affirmez, je m'imagine que vous vous mettez en danger. Les épreuves qui nous ont accablés et les événements qui les ont provoquées sont encore trop vivants dans ma mémoire. Quoi que vous en disiez je ne suis pas encore guérie et je me souviens que c'est le premier seigneur d'Aquitaine que le Roi de France a voulu abattre...

Il se levait et la grondait gentiment en la prenant dans ses bras.

L'autre soir chez M. Haubourg de Longchamp n'avait-elle pas vu qu'il s'était efforcé de répondre sur ces choses graves en badinant, car en fait, elles n'étaient pas graves ?

— Ce ne sont que joutes plaisantes pour délier l'esprit et lui éviter de s'engourdir dans la paresse qu'engendre un long hiver.

N'avait-elle pas remarqué qu'en ces tournois du langage les opinions se retrouvaient « cul par-dessus tête » que c'en était un plaisir, et c'est ainsi qu'on avait vu vers la fin de cette mémorable soirée des gallicans défendre le Pape, des jansénistes les jésuites, des licencieux la vertu et... Mme du Plessis-Bellière la Révoltée du Poitou, prendre le parti du Roi de France.

— C'est vrai, dit-elle... Et c'est alors que l'on s'aperçoit que les années passent. Que les révoltes s'estompent et que les blessures se guérissent. La vie que l'on veut vivre vous contraint à jeter le regard sur un monde que l'on a cru immuable et l'on s'aperçoit qu'il se façonne sans nous et change. L'on a cru traverser l'existence en gardant le même cœur, la même âme... L'on se retourne et l'on s'aperçoit que certaines idées qui nous composaient sont devenues futiles Certains êtres sont morts et ne peuvent ressusciter

— Croyez-vous que je l'ignore ma chérie, et que je me leurre sur les temps qui s'annoncent ?

Des deux mains posées sur sa taille, il la rapprocha de lui avec douceur.

— Je sais ! Il n'y a plus de troubadours. Et il n'y a plus de fées...

Les yeux sombres et ardents plongeaient dans les siens verts au reflet de source.

— Si ! dit-elle. Il y a NOUS.

C'était agréable de faire l'amour dans la lueur du soleil d'hiver. Le jour qui passait à travers les vitres en losange cloisonné de la fenêtre était couleur de perle rose ou dorée. Teint de pêche du lointain, blondeur blanche du ciel.

La lumière miroitait dans les torsades du ciel-de-lit.

Son corps, à lui, était couleur de bois brûlé contre la blancheur des draps et elle se sentait claire, lisse et pulpeuse entre ses bras. Elle aima cette chambre paisible imprégnée de sa présence. Elle aurait pu la partager quotidiennement avec lui. L'idée d'une installation au château de Montigny l'effleura... mais elle l'écarta. Joffrey avait raison. Les choix de leurs vies risquaient d'imposer à l'autre des obligations dont respectivement ils n'avaient que faire. Ils reconnaissaient qu'il leur était bon de vivre librement, puisqu'ils pouvaient se voir chaque jour, parler et s'aimer, et s'entretenir de leurs projets et de ce qu'ils avaient accompli dans la journée.

Joffrey aimait la petite maison où il la retrouvait jalousement loin des regards et pour lui seul. Et elle, elle se dit qu'elle aimerait revenir parfois ici... comme chez un amant.

« Ai-je jamais été aussi heureuse dans une étreinte qu'aujourd'hui ? » se dit-elle.

Pourtant, il lui sembla que depuis cette querelle d'Aquitaine tout n'était plus tout à fait comme avant et de cet après-midi éblouissant commença à la tourmenter le souvenir de ce qu'elle nommait un recoin très, très secret de son cœur, « le recul ».

Pour la première fois au cours de leur vie amoureuse, tandis que ce jour-là ils se caressaient, elle avait cru percevoir de sa part... un recul... Était-ce un recul ? Non... Mais, imperceptiblement, elle avait senti quelque chose de cette sorte, si peu de chose...

Elle se demanda et se redemanda si cela avait eu lieu ? Pourtant, elle cherchait, elle creusait... Perdue dans ce brouillard voluptueux que lui laissait le souvenir de ces quelques heures d'amour, elle retrouva, peu à peu, l'instant... Et peu à peu il se détachait prenant une importance, un relief et une signification plus grande chaque fois qu'il repassait en son esprit... Tout à coup, elle avait ouvert les yeux. Elle n'avait pu faire autrement que d'ouvrir les yeux comme si la force du déferlement qui s'annonçait en elle ainsi que la vague dévastatrice d'un mascaret l'arrachaient à l'engourdissement du plaisir, tendaient sa chair à la surface, tiraient ses paupières fermées malgré elle, les ouvraient toutes grandes. Et elle avait vu ses yeux fixés sur elle. Dans cette eau noire, dans ce feu rouge, la vie s'abolissait. Elle s'était sentie partir... partir dans ce regard insondable et qui paraissait découvrir dans le sien le même abîme. Tout au fond, elle crut voir la contemplant et la découvrant, l'Homme inconnu, l'Étranger qui n'a pas de nom, le plus Proche...

Maintenant qu'elle essayait de se souvenir, elle reconnaissait qu'elle avait éprouvé un instant de terreur sacrée.

Elle s'était entendue dire d'une voix changée... étonnée extatique.

— TOI ! TOI !...

C'est alors qu'il avait eu ce recul qui n'était peut-être pas un recul. Il avait seulement bronché et elle avait seulement repris conscience comme si elle tombait d'un astre et leur étreinte s'était poursuivie, enchanteresse et fort réussie.

Mais plus elle revenait sur ce mouvement, plus elle se persuadait qu'il s'était passé quelque chose. Et son cœur battait, comme alors, d'un sentiment de regret et de frustration qu'elle ne s'expliquait pas. Malgré cela, son inquiétude était d'une sorte particulière, où n'entrait pas la crainte de ne plus lui plaire ou qu'il cessât de la désirer. Elle savait qu'elle n'avait jamais été plus belle. Son miroir le lui disait. Il y avait en elle une lumière qui irradiait et dont elle voyait le reflet dans les yeux ravis de ceux qui le rencontraient, comme dans ce miroir sur lequel elle se penchait. Elle passait un doigt sur ses sourcils, sur la ligne de ses lèvres. Non certes, elle ne regrettait pas d'avoir reçu ce don de beauté. Et le Père de Maubeuge avait eu raison de le lui rappeler. C'était le don le plus merveilleux. Elle lui devait au moins de n'avoir jamais souffert du doute de soi, ce doute qui tourmente tant de femmes, de ne s'être jamais sentie trahie, désavouée par son apparence, de n'avoir pas eu à redouter des regards indifférents ou dédaigneux.

Pour tout l'agrément qu'elle en avait reçu dans son existence, ne serait-ce que de pouvoir se dire, en ces jours troublés, qu'elle possédait l'arme la plus efficace pour retenir l'amour de Joffrey et aussi de penser que le jour où elle remonterait la Galerie des Glaces elle pourrait livrer sans crainte son visage aux regards avides et envieux des courtisans, et que celui que le souverain poserait sur elle ne serait pas déçu, elle remerciait le ciel. Et, s'il le fallait, elle était prête à payer... un peu.

Elle était heureuse d'être belle. Sa vie avait été tourmentée, mais elle préférait être à sa place plutôt qu'à celle de Sabine de Castel-Morgeat qui se desséchait, qui n'avait jamais connu le plaisir... ce départ fou et délirant vers Cythère...

Soucieuse, elle s'attarda à réfléchir sur Sabine et elle eut des remords en se rappelant ce qu'elle lui avait jeté au visage l'autre soir et qui avait paru l'atteindre si douloureusement

59

La dernière altercation que Sabine avait eue avec Angélique chez les Haubourg de Longchamp avait causé dans l'âme de Mme de Castel-Morgeat de terribles ravages. Après avoir cru un temps qu'elle allait renaître, l'état dans lequel elle se trouvait retombée était pire que celui dans lequel elle avait tant bien que mal passé sa vie tourmentée et déçue. Pourquoi avait-il fallu qu' « ils » reviennent l'achever : Lui, Elle. L'achever, lui arracher son masque et qu'elle se découvre lépreuse.

Voilà pourquoi on la fuyait. Voilà pourquoi on ne lui accordait pas de sympathie et que l'amitié qu'elle portait aux êtres ne provoquait de leur part que froideur.

Elle savait qu'Angélique avait dit vrai, que cet amour brisé à peine né en son cœur, à l'aube de sa jeunesse, l'avait rendue malade pour la vie. Elle s'était enfermée dans sa maladie. Elle avait fui l'amour, elle avait tué l'amour. Elle s'était vengée de l'amour en le repoussant, en le chargeant d'opprobre, en lui donnant un visage hideux, celui du péché, se mentant à elle-même lorsque des nostalgies inavouables venaient tourmenter ses nuits maussades, haïssant ses désirs, appelant vertu l'éloignement qu'elle éprouvait pour la chair, alors qu'elle se montrait coupable envers elle-même. Pour avoir été frappée, injustement, lui semblait-il, par le sort, pour avoir été trahie par la vie puisqu'une autre lui avait pris l'objet de ses espérances, elle s'était volontairement mutilée.

Et maintenant, comme une aube qui étend lentement, puis brutalement, sa lumière, à l'instant où le poignard du soleil transperce l'horizon, le goût et l'appel de l'amour s'étaient réveillés en elle avec la venue de celui qui avait hanté ses rêves. Personnage de légende qu'elle croyait disparu à jamais et avec terreur elle avait vu s'avancer cette flotte où l'on disait qu'il se trouvait, ressuscité des morts, et elle l'avait vu, elle l'avait reconnu. Elle aurait pu être guérie d'un seul coup devant la matérialité d'un songe qu'elle n'avait cessé d'embellir et de parer de chimères. Au contraire, elle était retombée sous le joug d'une présence où se reconnaissait, enrichie et comme fortifiée d'une chaleur plus humaine, la séduction du grand seigneur inoublié. Le halo de la tragédie dont triomphait sa volonté, cette marque grise aux tempes qui trahissait les épreuves et la marche du temps, avaient ajouté à la passion vaine et folle qu'elle lui vouait. Or, maintenant qu'Angélique avait parlé, Sabine s'apercevait qu'il était trop tard. Elle s'apercevait qu'elle avait dressé comme une haie d'épines autour d'elle. Ce n'était pas seulement parce que le passage des années avait marqué son visage et son corps. Mais elle s'était enlaidie à plaisir, elle avait voulu éloigner d'elle tous hommages.

Et maintenant, maintenant qu'il était là, c'était elle qui n'existait plus. Elle avait posé un masque d'absence sur son être. Ce vivant fougueux et avide qu'était Joffrey de Peyrac, qu'avait-il à faire d'un fantôme amer ? La haie d'épines la préservait Et s'il fallait en croire Angélique, il ne se souvenait pas d'elle... Il ne l'avait pas remarquée jadis et pourtant elle était déjà fort jolie et même belle. Angélique mentait. Lui, si attentif au charme des femmes, n'avait pu l'ignorer. Ou alors, il fallait croire qu'elle portait déjà en elle cette tare secrète qui écartait d'elle l'amour et retenait l'amitié à son égard.

Quel supplice ! Maintenant que son corps s'éveillait au point que certaines nuits elle se retournait sur sa couche, souffrant d'une faim qu'elle ne pouvait assouvir d'aucune façon Maintenant il était TROP TARD.

Avec lui... Avec lui... combien l'amour aurait pu être merveilleux... Elle se serait embrasée. Mais tout de lui était pour Angélique. Malgré sa courtoisie, on sentait que lorsqu'elle était présente les autres femmes lui importaient peu. Combien de fois, en les suivant des yeux lorsqu'ils sortaient ensemble d'une réception, avait-elle songé avec déchirement · « Ce soir, ils vont s'aimer... »

De longs instants elle s'arrêtait devant son miroir, elle touchait du doigt ses tempes pour éprouver la finesse de sa peau, du bout de l'ongle elle suivait la trace d'une ride au coin de la paupière.

Angélique avait beau lui dire qu'elle était belle, qu'elle avait du charme et de la prestance, elle savait bien qu'il était trop tard. Elle ne guérirait jamais de cet amour et elle ne guérirait jamais de son silence frustré.

Elle s'était fait détester des hommes. Elle n'avait eu de cesse de passer dans la catégorie des femmes qu'ils redoutent et qu'ils fuient comme la peste et aucun miracle ne pourrait entamer et ébranler la dure forteresse édifiée par ses soins et qui dirigeait désormais ses gestes, ses paroles, comme si elle ne pouvait s'empêcher d'y ajouter chaque jour une pierre, à ce mur intérieur la scellant aux regards de tous.

Angélique ! Elle avait le don du bonheur. De ses cheveux blancs elle faisait une parure de fée. Tandis que Sabine, horrifiée, arrachait les premiers fils d'argent qui se mêlaient à sa sombre chevelure, jusqu'alors d'un ébène profond.

L'espérance de l'amitié l'avait effleurée. Et dans ces réunions de Gascons au manoir de Montigny, elle s'était sentie mêlée à la chaude entente que le comte de Peyrac avait recréée pour eux. Parfois, il lui avait parlé. Elle avait répondu sans effort et de façon intelligente. Elle avait vu l'approbation de son regard. Sous ce rayonnement la vie prenait forme, couleurs... Elle n'en était retombée que de plus haut et pour s'apercevoir que sa condition était devenue plus épouvantable encore.

Joffrey de Peyrac et Angélique avaient achevé de détruire l'équilibre précaire de sa vie.

De même, des Indiens si ingrats et versatiles, Angélique n'avait-elle pas obtenu comme en se jouant un succès qu'on ne pouvait attribuer qu'à ce don d'enchanter sans effort, dont Sabine manquait singulièrement ? Qu'avait-elle fait, Angélique, pour s'attirer l'attachement des sauvages ? Sabine s'interrogeait en vain. La puissance de son charme échappait à l'analyse Il fallait s'incliner. Sabine, jadis, avait enseigné le catéchisme à Piksarett et l'avait préparé au baptême. Aujourd'hui, il ne la reconnaissait même pas dans les rues, alors qu'il s'était constitué le gardien et le défenseur de cette intrigante, cette Angélique qui drainait tous les cœurs, tous les êtres, elle n'avait qu'à paraître. Elle, Sabine, n'avait qu'à paraître pour exaspérer les gens. Ou alors on l'effaçait. Et pourtant, elle avait tant aimé ce pays de Canada pour le meilleur et pour le pire. Elle s'y sentait devenue étrangère. Jusqu'aux quelques amis ou amies de choix qui appréciaient naguère sa conversation, comme Mme de Mercouville, M. Gaubert de La Melloise, etc. qui avaient pris prétexte de son coup de canon pour lui tourner le dos. Le Procureur Tardieu était le seul à lui porter considération. Mais elle avait vite compris qu'il ne voulait que sa complicité pour un projet qu'il avait de faire abattre les maisons de bois perchées contre la falaise, sous le fort. Afin de lui faire plaisir ou pour s'en débarrasser, elle avait fini par se plaindre à Frontenac des fumées et des mauvaises odeurs qu'entraînait le quartier pourri de la Basse-Ville et le gouverneur s'était fâché et lui avait répondu tout à trac que si elle trouvait le château Saint-Louis inconfortable, elle n'avait qu'à retourner tenir ses quartiers dans sa maison ouverte à tous vents.

On ne s'adressait à elle, on ne faisait appel à son obligeance que lorsqu'on avait à lui demander un service, à se débarrasser d'une corvée.

Mme Favreau et deux habitantes de la banlieue refusèrent de se laisser installer des métiers à tisser dans leurs combles. Comme on ne savait où les mettre, on demanda à Mme de Castel-Morgeat de les entreposer dans une petite pièce, au rez-de-chaussée du château Saint-Louis, qui leur avait été attribuée comme débarras et qu'elle souhaitait transformer en oratoire. Personne ne l'en remercia.

Sabine n'existait plus. Il ne lui restait rien. Même pas son fils qui ne lui pardonnait pas d'avoir tiré sur la flotte de Peyrac. Il avait honte d'elle. Il lui échappait. Et c'était encore à cause d'eux, à cause d'elle : Angélique.

C'était atteindre le fond... Des pensées de suicide la hantèrent. Et si elle se jetait du haut du Sault-au-Matelot, ce coin de la falaise où le découvreur Cartier avait planté, à son premier voyage, une de ses croix géantes à l'écusson du Roi de France ? Elle s'imaginait au pied de cette croix rassemblant son courage avant de s'élancer dans le vide. La difficulté était de trouver le point de chute. De la Haute-Ville on finissait toujours par se retrouver sur les toits de la Basse-Ville.

Du greffe, perché en nid d'aigle, elle irait s'empaler sur les pointes aiguisées des troncs entiers formant la palissade du camp des Hurons.

De la terrasse du château Saint-Louis son corps bondirait sur deux seuils de roches et risquerait d'aller défoncer les masures du fameux quartier pourri qui ne semblaient plus tenir, en cette saison, que par le carcan des glaces.

Accablée de macabres visions, Sabine de Castel-Morgeat suivait son enterrement vers le cimetière de la Côte de la Montagne. On commenterait une fois de plus sa maladresse et celle ultime avec laquelle elle s'était donné la mort. L'Évêque lui refuserait peut-être la sépulture chrétienne. Et l'on soupirerait qu'elle créait encore plus d'embarras morte que vivante.

Des cernes mauves se creusaient chaque jour plus sombres, sous ses yeux, dans son visage pâle.

Elle n'avait jamais connu l'amour. Elle ne connaîtrait jamais l'amour...

Un jour, seule dans son logis et presque en tremblant, elle se dévêtit et se regarda nue dans le miroir. Elle fut surprise de la rondeur de ses hanches, de la ligne en amphore de sa taille, de l'abondance de sa poitrine qui la choqua. Elle rougit d'y voir le petit scapulaire de toile blanche qu'elle portait en permanence. Mais ses seins de brune, aux mamelons trop larges et trop sombres à son goût, n'était-ce pas ce qui attirait la concupiscence des hommes ? Elle comprit qu'en un point de sa vie, elle avait été mystifiée.

« Je suis belle », pensa-t-elle. « Et pourtant nul homme ne me l'a jamais dit... »

Ce qui était faux.

Des hommes le lui avaient dit ou le lui avaient laissé entendre avant qu'elle ne les décourage par son refus intérieur de s'accepter belle et d'être courtisée. Car ces aveux, elle n'aurait voulu les entendre que d'un seul homme, que d'une seule bouche.

Entêtée à ne pas se résigner, elle avait considéré comme une insulte, plus qu'un hommage, la passion fougueuse de Castel-Morgeat, Gascon, amateur de femmes, son empressement lui paraissait un signe insupportable de lubricité. Elle l'avait contraint par ses refus à déserter la couche conjugale, mais elle comprit, à s'examiner que ce paillard n'y avait pas consenti sans regret. Elle eut une crise de larmes devant son miroir.

« Un corps inutile ! Méprisé ! » se disait-elle se prenant en pitié.

« Une seule fois », songeait-elle, « connaître l'amour... Une seule fois !... Avant de mourir ! Avant de vieillir !... » Elle arracha le scapulaire qu'elle portait au cou.

60

LES PREMIERS JOURS DE MARS, LA TEMPÉRATURE FUT DES PLUS basses.

« Il faudrait avoir le sang d'eau-de-vie, le corps d'airain et les yeux de verre pour résister au froid qu'il fait écrivit Mlle d'Hourredanne, et les rigueurs du Carême achèvent de nous pétrifier. »

Dans le paysage confondu de blanc, le Saint-Laurent raviné de dunes et de congères, traversé de pistes d'où s'élevaient les sonnailles des attelages, laissait oublier qu'il eût jamais été un fleuve.

Non ! L'hiver n'était pas près de finir. Loin de là. Alternant avec ces jours glacés mais durs, des tempêtes se levaient pour une nuit, un jour, en poudreries cinglantes, sèches, dures, sifflantes et vous coupaient en deux.

Dans la fièvre se montait la pièce théâtrale prévue pour la mi-carême qui tomberait le 12 mars.

Mme de Castel-Morgeat intervint avec âcreté à propos du choix de la pièce prévue. *Tartuffe* proposé par les esprits forts avait été écarté. Inutile de créer à Québec des remous qui avaient agité Versailles. On savait que le Roi qui soutenait Molière avait dû s'incliner devant la cabale des dévôts. Mme de Castel-Morgeat parut prendre la tête de ceux-ci, aucune œuvre ne trouvant grâce à ses yeux. Des unes et des autres, elle prétendait que le Père d'Orgeval ne les aurait jamais tolérées.

Pourquoi reparlait-elle du Père d'Orgeval. On avait déjà bien assez de peine à supporter le Carême et l'hiver.

Elle proposait *Castor et Pollux* ou *Déjanire et Acheloüs* d'un auteur peu connu mais que M. Berinot, le secrétaire de M. de Frontenac, avec lequel elle s'entendait bien, et qui même avait composé quelques œuvrettes, lui conseillait.

On en discuta chez M. L'Intendant. Son goût pour le théâtre étant connu et l'ayant désigné comme l'ordonnateur du spectacle. L'on discuta en soupirant des exigences de Mme de Castel-Morgeat qui, par bonheur, était absente : *Castor et Pollux ?* ou *Déjanire et Acheloüs ?*

— Et si l'on demandait à M. Berinot de nous écrire une œuvre inédite, trois actes, avec un ou deux petits ballets, proposa Mme Le Bachoys.

— Et qu'il intitulerait *Sabine et Sébastien,* proposa l'Intendant.

Sa plaisanterie peu charitable provoqua une hilarité énorme, disproportionnée, mais qui pouvait être excusée venant de personnes dont les nerfs étaient mis à rude épreuve. Le jour approchait où la pièce devait être jouée, alors qu'il leur était impossible de commencer les répétitions, le choix de ladite pièce n'étant pas fixé. De plus, il faisait froid et l'on avait l'estomac creux. M. et Mme Gollin, arrivant en retard, trouvèrent un salon rempli de personnes qui se contorsionnaient comme saisies du mal des Ardents tandis que sur des joues coulaient des larmes et que d'autres avaient du mal à ne pas suffoquer.

— Oh ! Si vous saviez, s'écria Angélique, Monsieur l'Intendant nous fait mourir de rire...

Ce qui parut d'une folie encore plus intempestive car oncques ne se souvenait avoir jamais vu l'Intendant Carlon mériter un blâme de cette sorte. L'air ahuri des Gollin provoqua une nouvelle crise. Entre deux hoquets, on leur rapporta l'anecdote, et le reste de la réunion se passa à s'esclaffer

ANGÉLIQUE n'était pas sans remords. Depuis quelque temps elle se sentait mécontente d'elle-même lorsqu'elle pensait à Sabine de Castel-Morgeat.

— Sabine m'inquiète, lui dit Mme de Mercouville en la rencontrant. Elle avait paru s'amender et devenir même charmante et puis, crac ! La voici retombée dans ses humeurs. Elle a une mine à faire peur. Je suis persuadée qu'elle ne dort pas. N'auriez-vous pas une médecine à lui conseiller ?

— Non, hélas ! Je ne puis rien pour elle, moi moins qu'une autre.

— Je vais aller faire quérir Guillemette de Montsarrat-Béhars à l'île d'Orléans. On la dit très versée dans les plantes.

— Oh ! Surtout ne mettez pas ces deux femmes en présence. Elles achèveront de se rendre folles mutuellement. Peut-être vais-je aller moi-même visiter Guillemette ?

— Eh bien ! Si vous allez la voir, dit Mme de Mercouville dont l'efficacité faisait flèche de tous bois, voici le scapulaire de Sabine qu'elle m'a jeté, je ne sais pourquoi, à la figure l'autre jour. Vous le remettrez à Guillemette. On dit que ces rebouteux ont besoin d'un objet ayant touché la personne malade pour leurs passes magiques.

Il se trouva que, le lendemain matin, Angélique qui se rendait au *Navire de France* fut hélée par Dame Éléonore de Saint-Damien. La belle femme, très séduisante dans l'encadrement d'une capuche amarante, se tenait sur le siège de son traîneau qu'elle venait d'arrêter près du vieux magasin du Roi.

— Guillemette vous salue, lui dit-elle, elle attend votre visite.

— Retournez-vous à l'île d'Orléans ? s'informa Angélique prise d'une inspiration subite.

— Je comptais passer la journée ici et la nuit chez mon fils le major Fabrice, répondit-elle, mais si vous êtes décidée à m'accompagner, je repartirai dans une heure. Le temps de quelques emplettes. Nous regagnerons Québec ensemble ce soir.

Angélique griffonna un billet sur un coin de table de la grande salle de l'auberge. Pour une fois, c'était elle qui avertissait Joffrey qu'elle s'absentait de Québec pour la journée. On n'allait jamais bien loin, mais cela donnait une bienfaisante sensation de liberté que de pouvoir galoper à travers la plaine après avoir laissé derrière soi la ville s'amenuisant.

Et elle s'assurait du même coup de la personne de la belle Éléonore qui n'aurait pas manqué de se rendre au château de Montigny pour y saluer celui qu'elle appelait son « suzerain ».

Le manoir de Guillemette, à mi-côte dominant l'Anse-aux-canots, où se perchait le clocher pointu de la paroisse de Sainte-Pétronille, se présentait comme une belle demeure, fort occupée. Des malades, des Indiens, des voisins, des enfants, entraient et sortaient sans cesse.

Elle les recevait plus en seigneuresse qu'en guérisseuse, s'asseyant au bout d'une grande table dans un fauteuil à haut dossier sculpté, riant et devisant avec eux. Parfois, elle les entraînait dans son officine pour leur distribuer herbes et conseils.

Elle attira aussitôt Angélique dans une autre pièce plus calme, un salon bien meublé.

— Reste jusqu'à demain ou bien promets-moi de revenir. Nous avons trop de choses à nous dire...

Angélique lui fit observer que ces jours derniers elle avait été en danger, qu'on avait essayé de la tuer au « Pain de sucre » et que Guillemette, malgré sa promesse, ne l'avait pas avertie.

— Es-tu morte ? s'enquit la sorcière. Non ! De quoi te plains-tu ? Tu es la plus forte. Tu es protégée...

Les heures passèrent, en effet, rapidement et lorsque le temps s'annonça de regagner Québec, les prémices d'une tempête, qui déjà là-bas effaçait la ville, décidèrent Angélique à demeurer pour la nuit.

Depuis trente ans que Guillemette était venue au Canada accompagnant l'homme qu'elle avait épousé afin de pouvoir fuir l'Europe et qu'on l'avait accusée d'avoir assassiné peu après son arrivée, sa vie se confondait avec celle de l'île. C'était encore, quand elle y avait bâti sa première cabane, l'île déserte que Cartier avait commencé par nommer l'île Bacchus, à cause de ses vignes vierges. Puis l'île s'était peuplée.

Quinze ans plus tôt, Guillemette avait échappé au massacre perpétré par les Iroquois, dont la flottille était descendue venant de Tadoussac, parce qu'elle se trouvait à cueillir du serpolet sur les hauts de l'île avec quelques petits enfants. Elle les avait, par la suite, adoptés, leurs parents étant morts ce jour-là, ainsi que son second époux : Gilles de Montsarrat-Béhars, et la plupart des Hurons réfugiés qui y avaient un camp depuis l'exode de leur nation.

L'existence de la sorcière de l'île d'Orléans parut à Angélique plus sage et plus ordonnée que ce qu'on en disait à Québec. Elle gardait ses amants longtemps et ils ne la quittaient pas sans regret. Elle dit qu'elle leur enseignait de l'amour bien des choses plus précieuses qu'ils n'auraient pu en apprendre des sauvagesses des bois.

Son amant du moment, un jeune hercule rêveur, s'occupait des travaux de la seigneurie avec compétence.

Allant des tâches simples qu'il aimait : le bûcher, les bêtes, le fromage, le foin, au lit d'une femme qu'il aimait et le comblait, il offrait l'image d'un homme qui a trouvé son propre paradis et ne s'interroge pas sur celui des autres. C'était reposant de le voir entrer, sortir, s'asseoir à la table devant une assiette où l'attendait sûrement une nourriture de choix, sous le regard tendre de Guillemette, enfant gâté, heureux, mais si conscient de l'être que c'en était édifiant.

Une adolescente aux cheveux blonds presque blancs, belle, mais aux yeux vides, faisait avec des gestes d'enfant appliqué le service. Elle vint après le repas s'asseoir aux pieds de la seigneuresse appuyant sa tête sur ses genoux.

— C'est une innocente, dit Guillemette en caressant les cheveux trop pâles. Elle est atteinte du mal de Saint-Jean (1).

Elle était issue d'une paroisse de quelques censives disséminées, première seigneurie de la rive sud vers le nord dont le seigneur se désintéressait. On trouvait par là une recrue de paysans mêlés de l'ouest et du nord de la France. Des têtes « carrées » soupçonneuses. A cause de ses convulsions, manifestations de ce haut mal qui de tous temps était apparu comme une malédiction des dieux, on avait accusé la fée d'avoir fait roussir par sortilège la nouvelle récolte de lin dont ses cheveux avaient l'aspect et ils avaient demandé à Québec de leur envoyer un prêtre pour l'exorciser.

— Les terres étaient saumâtres, voilà pourquoi le lin avait roussi. De ce côté du fleuve la mer remonte loin encore, en amont. Rien d'étonnant à ce qu'à peine quelques lieues de Québec on trouve des « battures » profondément imprégnées

(1) Nom donné à l'épilepsie

de sel. Mais ils n'ont pas réfléchi si loin, les ignorants avant de traîner leur pauvre possédée à l'église.

Guillemette était venue l'arracher à leurs griffes. Maintenant, l'enfant était au calme, dans l'île. Guillemette la soignait avec des extraits de rue et de valériane, ainsi que des infusions de « datura stramoine » dite « la pomme épineuse » à cause de son fruit couvert d'aiguillons. Les crises devenaient moins fréquentes.

— Cela lui a fait plus de bien que de se voir enfoncer des aiguilles par tout le corps afin de découvrir les « points » du diable.

Le récit rappela à Angélique le cas de Sabine de Castel-Morgeat pour lequel elle s'était déplacée. Elle traça un portrait qu'elle souhaita exact de cette dame de qualité d'un haut rang qui paraissait d'une bonne santé, mais que rongeait un désespoir intérieur qui lui faisait considérer son entourage et les personnes les mieux disposées à son égard comme autant d'adversaires acharnés à sa perte.

Elle hésitait à exposer ce qu'elle savait des vraies raisons qui inspiraient les tourments de la femme du gouverneur militaire de Nouvelle-France. C'était se lancer dans un récit bien compliqué, et elle préféra faire confiance aux dons supranormaux de Guillemette pour en deviner l'essentiel.

Celle-ci accompagnait son écoute de regards brefs qui semblaient lire ce qu'on ne disait pas. Puis elle eut son geste habituel, et qui la rendait rassurante, de mettre ses lunettes. Elle palpait et retournait de ses doigts fins le scapulaire de Mme de Castel-Morgeat que lui avait remis Angélique, l'approchait de ses narines.

— ... Belle femme, ardente et généreuse, murmura-t-elle

— Oui, cela est vrai, convint Angélique, s'efforçant d'être équitable, et c'est pourquoi ses amis s'inquiètent... On craint qu'elle ne se porte à quelque extrémité fatale, avant la fin de l'hiver... Au dégel, il est fréquent que certaines personnes attentent à leurs jours sous l'effet d'une lassitude ou d'une tension excessive... Cela ne peut continuer ainsi... Il faut qu'elle soit sauvée...

S'arrêtant de parler, elle s'aperçut que la sorcière la fixait depuis quelques instants avec une expression qui lui parut ambiguë et lui causa un malaise. Sabine de Castel-Morgeat était-elle condamnée ?

Mais la sorcière détourna les yeux et dit d'un ton énigmatique.

— Ne t'inquiète pas ! Elle va être sauvée...

61

IL ÉTAIT FATAL QUE LA PLAISANTERIE DE JEAN CARLON SUR « SABINE et Sébastien » revînt rapidement aux oreilles de Madame de Castel-Morgeat, mais elle lui fut rapportée comme ayant été émise par les lèvres d'Angélique, ce qui causa à la femme du gouverneur une douleur sans pareille doublement vénéneuse.

Aveuglément blessée, elle attrapa son grand manteau et s'élança, plantant là sans férir la « bonne âme » qui l'avait renseignée et qui était, croit-on, Euphrosine Delpech.

Des deux poings elle tambourinait furieusement à la porte qui donnait sur la rue, entre les deux Atlas supportant le globe.

— Passez par derrière, Madame, lui cria Suzanne des fenêtres du premier étage sur les rebords desquelles elle avait posé les paillasses à aérer.

Sabine de Castel-Morgeat trébucha dans l'escalier qui contournait la maison, faillit déboucher parmi les chaudières et détritus de la cour des Banistère. Suzanne l'introduisit dans la grande salle et lui expliqua qu'on n'entrait jamais par la porte qui donnait sur la rue. On en sortait seulement et uniquement Mme de Peyrac, lorsqu'au matin elle allait sur son seuil regarder l'horizon.

— Où est-elle ? cria la visiteuse, hagarde.

— Elle est partie.

— Où cela ?

— A l'île d'Orléans, chez la sorcière.

— Sorcière elle-même, rugit Sabine de Castel-Morgeat en se rejetant au-dehors.

Parmi les mouvements de son grand manteau que ses gestes désordonnés projetaient en tous sens et qui lui donnaient des allures d'oiseau noir dans la tempête, elle mena entre les degrés de l'escalier, le campement des Indiens, la rue de la Cathédrale, une danse hésitation que Mlle d'Hourredanne, derrière ses carreaux, nota d'une plume intriguée.

Enfin, choisissant la piste à travers champs qui partait du carrefour de l'orme, elle s'élança vers le château de Montigny.

Elle connaissait les aîtres pour être venue souvent à ces réunions de Gascons qu'Angélique leur reprochait tant, où, bercée par les sonorités chantantes de leur langue, elle retrouvait l'écho des poèmes anciens que M. de Peyrac se plaisait à leur rappeler... Elle entra, monta l'escalier en courant, longea le couloir du premier étage, ouvrit la porte.

Joffrey de Peyrac la vit sur le seuil de son appartement, telle une veuve tragique car elle était pâle à faire peur et vêtue de sombre. Devant la fenêtre grande ouverte, il s'apprêtait à disposer une lunette astronomique sur un trépied.

Sabine ne se possédait plus.

— Votre Angélique est d'une méchanceté incroyable, lança-t-elle. Voyez comme elle me traite !

D'une voix hâchée et tremblante, elle fit le récit de l'incident qu'on lui avait rapporté, protestant contre les brimades dont elle était l'objet de la part d'une femme qui se croyait tout permis, parce qu'elle était belle, parce que tous les hommes s'inclinaient devant sa séduction sans qu'elle eût même à faire l'effort de leur plaire et qu'elle était assurée de son indulgence à lui, quoi qu'elle fît...

Elle répéta la plaisanterie qui faisait d'elle, la femme du gouverneur militaire, la risée de la ville et jetait sur sa conduite des soupçons scandaleux, en mêlant son nom à celui de Sébastien d'Orgeval.

Le comte l'écoutait les sourcils légèrement froncés, car son récit fort confus nécessitait de la part de l'interlocuteur une attention soutenue. Sabine était visiblement la proie d'un désordre anormal. Elle ne contrôlait plus ses éclats de voix. Il alla fermer la porte qu'elle avait laissée ouverte. Puis il eut un sourire qui porta à son comble la rage de la visiteuse.

— Ah ! cela vous amuse ! s'écria-t-elle, peu vous importe sa méchanceté !

— Ma foi ! J'estime que cela sied à sa beauté plus que d'être victime. J'aime la voir planter ses petites dents blanches dans la chair de ceux qui la jalousent et essayent de lui causer préjudice.

Un poignard aigu s'enfonça dans le cœur de Sabine de Castel-Morgeat et lui parut trancher le fil de sa vie.

— Vous n'aimez qu'elle ! exhala-t-elle d'une voix qui était comme un râle. Qu'ELLE !... Et moi... Je suis perdue.

Dans un paroxysme de désespoir, elle s'élança vers la fenêtre grande ouverte et elle se serait jetée au-dehors pour aller s'écraser sur les pavés de la cour, si deux bras vigoureux ne l'avaient ceinturée et retenue.

Elle se débattit avec des cris de refus et de protestation. Elle voulait lui échapper, elle voulait se frapper la tête contre le mur. Ses cheveux se défirent et croulèrent sur ses épaules. A travers leurs mèches retombées, elle crut voir d'autres personnes accourues qui la considéraient avec réprobation et cela la figea d'horreur, à la pensée que c'était elle Sabine de Castel-Morgeat qui se livrait à une scène d'aussi mauvais goût, devant témoins. Mais elle s'aperçut qu'il ne s'agissait que de sa propre silhouette et de celle du comte de Peyrac étroitement enlacées et se reflétant dans le grand miroir en pied dressé au mur.

C'est alors qu'elle se rendit compte à quel point il était obligé de la serrer contre lui pour la maintenir. Les bras forts, virils, autour d'elle lui parurent rayonner une chaleur insolite. Elle avait de la peine à respirer.

— Quelle mouche vous pique, espèce d'enragée ? interrogea-t-il quand il la vit un peu calmée.

— Laissez-moi mourir !

— Je n'en ferai rien. Croyez-vous que je tienne à ce que l'on dise que Monsieur de Peyrac a défenestré Madame de Castel-Morgeat parce qu'il lui en voulait d'avoir tiré sur ses navires ?

Sabine n'avait pas réfléchi à cet autre aspect de la question qu'entraînerait son geste de folie. Son excitation tomba et elle se sentit amèrement déçue... Ce n'est pas pour elle qu'elle avait tremblé mais pour lui. Et il pouvait lui reprocher à bon escient de ne jamais causer que des embarras.

— Pardonnez-moi, balbutia-t-elle.

— Je vous pardonne. A condition que vous m'exposiez les « vraies » raisons de votre conduite insensée.

Vidée de pensées, elle restait coite.

— Je vous déplais, murmura-t-elle enfin.

La physionomie du comte se radoucit et il eut un sourire apitoyé en l'examinant dans le miroir. Son expression accablée et le désordre de sa chevelure la révélaient ce qu'elle était en vérité derrière sa raideur et ses extravagances, une jolie femme désorientée.

— Pourquoi me déplairiez-vous, belle Toulousaine ?

Sabine ne se sentait plus la force de lutter.

— Je suis laide...

— Mais non. Vous êtes une très belle femme.

— Pourtant jadis au Gai Savoir vous ne m'avez pas remarquée.

— Peut-être étiez-vous moins belle ?

— Vous ne vous souvenez vraiment pas de moi ?

Il secoua la tête avec un sourire gentil pour atténuer la déception qu'il lui causait.

Elle se mordit violemment les lèvres, ne pouvant empêcher ses yeux de briller trop fort sous un afflux de larmes qu'elle ne pouvait retenir.

— Quelle sotte j'ai été ! Pendant des années je me suis

imaginé que vous aviez pensé à moi. Au moins, que vous m'aviez vue... J'ai vécu de ces souvenirs.

— Les femmes sont rêveuses, fit-il. C'est là leur moindre défaut. N'abîmez pas vos jolies lèvres en les mordant ainsi.

Une intonation nouvelle vibrait dans sa voix. Et elle fut troublée du regard qu'il posait sur elle dans la glace.

— Qu'importe le passé, maintenant je vous vois.

— Non ! s'écria-t-elle avec désespérance. Maintenant, il est trop tard. Maintenant, je n'existe plus. Je n'ai plus de corps

Il se mit à rire.

— Permettez, Madame, à un homme de goût de s'élever contre une telle assertion. Je vous tiens dans mes bras et il m'est difficile de vous croire. Pour ma part, je vois de larges yeux noirs, une chevelure de cavale espagnole, une taille souple, des seins fort beaux.

Et comme il soulignait d'un geste hardi ses paroles, elle défaillit.

— ... De quoi parlerai-je encore, Madame, dont vous vous prétendez dépourvue ? Point de corps, dites-vous ? J'aimerais m'en assurer de plus près...

Elle luttait de toutes ses forces pour ne pas succomber au vertige.

— Craindriez-vous l'amour, Madame ?

— Je le crains et je le hais, répondit-elle d'une voix étouffée.

Le présent était en train de lui voler un passé dont elle s'était enveloppée comme d'un manteau brillant et protecteur. Elle ne voulait pas qu'on le lui arrachât. Il ne lui resterait plus rien. Elle se revoyait jeune dans la lumière de Toulouse et promise par sa beauté à une vie de bonheur et de ravissement.

Elle tremblait convulsivement, craignait d'éclater en sanglots.

Il resserra son étreinte autour de ses épaules et se penchant appuya sa tempe contre la sienne.

— Sœur de mon pays, fit-il avec douceur, que puis-je faire pour vous secourir ?

Tête basse, elle se détourna afin de lui dérober la vue de ses traits crispés. Mais sur sa nuque ployée, elle sentit l'effleurement de sa manche.

Puis il la retourna vers lui. Il lui serra les joues entre ses deux mains et la contraignant à renverser la tête, il posa ses lèvres sur les siennes. Elle suffoqua, comme sous un coup, paralysée par une transe qui ne lui laissait plus percevoir que le contact impérieux de cette bouche étrangère sur la sienne. Pour retrouver souffle, elle dut aller, dans une aspiration, à la rencontre de ces lèvres, de cette langue. En trouver le contact

Piégée, elle se révulsait toute, et pourtant elle savait que c'est ainsi qu'un homme doit embrasser une femme. Et que toute sa vie elle avait rêvé de recevoir un tel baiser, ce baiser du désir, spontané, brutal et aveugle de l'homme qui, en s'avouant sur ses lèvres à elle, faisait d'elle une femme et une femme désirable.

En éclairs la traversaient des pensées hagardes, comme des oiseaux se bousculant affolés : « Ce n'est pas vrai ! C'est affreux ! Il fallait s'arracher à une soumission si abjecte ! » Mais elle ne pouvait pas. Ainsi le sort en décidait... Elle ne mourrait pas, elle ne vieillirait pas sans avoir connu le secret des autres femmes, ce qu'Angélique avait connu, connaissait tout au long de sa vie, ce qui rendait si follement heureuse et lumineuse sa chair et sa carnation, au point que, sous ses vêtements mêmes, dans tous ses gestes, elle paraissait imprégnée d'amour.

Le secret ! Le secret de vie des autres femmes. C'était comme une liqueur brûlante qui coulait dans sa gorge nouée, s'insinuait dans ses veines.

« Suis-je donc désirable ? Désirable ? Désirable ? » répétaient ses pensées se heurtant aux parois de son crâne.

Et la certitude que la réponse enivrante lui était ainsi imposée la faisait défaillir. Une sorte de douleur doucereuse lui tordait les entrailles et lui donnait envie de vomir et de gémir. Elle sentait une main chaude et impérieuse brûler sa chair, par endroits — son dos, ses épaules, sa taille — à travers l'étoffe de son corsage. Cette paume, au moite rayonnement, glissait partout et achevait de la subjuguer, de la livrer, et, encore une fois, elle savait qu'elle avait toujours attendu de telles caresses, qu'il les lui fallait maintenant sur sa peau nue. Elle avait envie d'arracher ses vêtements comme une tunique de Nessus, sinon elle allait mourir. Seule cette main sur sa peau pourrait la soulager, la faire revivre, l'arracher à la mort.

« Une fois seulement ! » gémissait-elle en elle-même. « Une fois seulement, dans toute ma vie... pour savoir que je suis vivante... Suis-je vivante ? Suis-je vivante ? »

— Mais oui, vous l'êtes, petite bécasse ! dit la voix masculine, lointaine comme derrière un brouillard.

Elle ne savait pas qu'elle avait parlé tout haut. Elle voulut répondre. Elle serrait les dents pour retenir cette nausée qui lui ôtait toutes ses forces. Le sang bourdonnait à ses oreilles. Les lèvres la faisaient souffrir. La langue était épaisse et dure comme la pierre. La frayeur et le désir la parcouraient de courants contraires épuisants. Lorsqu'elle prit conscience qu'elle se trouvait étendue sur le lit et, enfin, entièrement nue, sa reconnaissance d'un tel miracle fut comme une lame de fond qui la submergea, entraînant toutes défenses. Les mains habiles qui la caressaient ne lui laissaient pas le loisir de percevoir autre chose que la sensation d'un immense bien-être auquel se mêlait, s'enflant peu à peu, celle d'un triomphe éblouissant. C'était donc arrivé ! Elle le commettait enfin ce terrible péché, ce délicieux péché ! Elle franchissait la barrière de feu, le mur impavide auquel elle s'était si longtemps heurtée, déchirée, meurtrie. Et cela se faisait légèrement, comme porté par l'ondoiement harmonieux de la mer. Flux et reflux la soulevant hors de sa pesanteur amère et douloureuse.

Tout était simple ! Le soleil éclatait dans son cœur, dans son âme, dans son corps surpris mais consentant.

Elle était libre.

Une femme, une vraie femme dont la beauté appelait au plaisir de l'amour. Il fallait croire qu'elle était belle et désirable puisqu'il prenait plaisir à l'aimer, lui, familier du corps de tant de femmes, et de la plus belle entre toutes. Elle sanglotait et riait à la fois, cramponnée des deux mains à quelque chose de dur et de tiède dont elle appréhendait par éclairs que c'était son corps à lui, au-dessus d'elle, ses épaules solides, sa nuque, ses bras musclés. Éperdue de découvrir si proche de la sienne sa face aux yeux brillants, acérés et moqueurs, et de le deviner attentif à exaspérer son délire en même temps que sa propre jouissance.

Sous l'effleurement de sa bouche, elle découvrit ses seins dressés, gonflés, la pointe ardente, tels deux êtres vivants détachés d'elle et elle crut qu'elle allait éclater de ravissement. Sa présence en elle l'habitait avec une ampleur qui la suffoqua, comme si elle en avait été envahie jusqu'à la gorge. Son corps désert s'emplissait de sources et d'échos, de mouvements anarchiques et profonds, comme une terre secouée par les convulsions d'un feu souterrain. C'était épouvantable, mais tellement bon ! Elle pouvait mourir maintenant ! Elle allait mourir !

« Merci, mon Dieu ! Merci pour un tel homme sur cette terre ! »

Pâmée, elle sentait la folie la gagner et elle cria presque. Mais la lumière fut si déchirante et éblouissante que, de longs instants, elle demeura arquée, palpitante, presque évanouie, seulement consciente de ce bonheur sans nom qu'elle goûtait pour la première fois et qui lui était arraché comme dans une naissance, dans une débauche de sensations étranges et inconnues, un feu d'artifice dont les gerbes ne cessaient de fuser, les étoiles de retomber en pluie étincelante. Un frisson incoercible la redressa brusquement, et avec la même soudaineté la rejeta en arrière violemment. Sa tempe heurta une moulure ornementale du grand lit à colonnes. Cette fois, elle s'évanouit pour de bon.

En revenant à elle, elle sentait la nappe de ses lourds cheveux comme une soie sur ses épaules. Elle était, à demi nue sur ce lit et, apercevant à son chevet, le comte de Peyrac, vêtu de pied en cap, elle fut un moment à se demander si elle n'avait pas rêvé. Elle fut saisie d'effroi à la pensée que peut-être il ne s'était rien passé. Mais le bien-aise de son corps lui certifiait que ce qu'elle venait de vivre dans les bras de cet homme n'avait pas été un songe. Elle leva la main et du doigt toucha à sa tempe une meurtrissure qui lui faisait mal. Elle s'était ouvert le front contre le montant du lit.

— Comment vous sentez-vous, ma chère ? dit-il. J'ai dû jouer au Frère Hospitalier.

Il lui expliqua qu'il avait appliqué une compresse d'eau froide sur sa blessure pour arrêter le sang, puis, ensuite, pour la tirer de son évanouissement lui avait fait respirer un flacon de sels révulsifs.

— Vous voyez... fit-elle tristement, même en amour, je suis maladroite.

Mais il riait et la couvait d'un chaud regard.

— Vous êtes trop passionnée, ma chère. Il va falloir que vous appreniez à maîtriser les rênes des chevaux fougueux de la volupté.

— Suis-je donc une vraie femme ? demanda-t-elle humblement.

Il continuait de rire.

— Ma foi ! Il me semble que vous m'en avez donné toutes les preuves possibles.

Elle le regardait encore. L'ombre envahissait la pièce avec de grands éclats rouges du couchant sur les meubles, les bibelots, les beaux instruments de science. L'heure était venue. Il l'avait aidée à se revêtir. Et maintenant, elle se tenait devant lui, étonnée à la pensée qu'elle avait été, si peu de temps, mêlée à ce corps.

« Peau contre peau, souffle contre souffle, et la proie de ses mains, dont les gestes précis, quand il parlait, l'avaient toujours transportée. Jamais plus cela ne sera », se dit-elle.

Mais elle repartait ayant reçu de lui un trésor inestimable. Un monde la séparait de la femme égarée qui avait pénétré dans cette pièce au début de l'après-midi. Elle adorait cet homme. Il l'avait sauvée : d'elle-même, de tous, de la folie, du suicide, du ridicule et de la déchéance. Mais il n'était pas pour elle. Et ce qu'elle venait de vivre demeurerait unique.

— Il faut oublier, dit-elle en se tordant les mains. Vous oublierez, n'est-ce pas ?

— Certes, non ! Ce serait là montrer de l'ingratitude envers la bonté des dieux et la perfection de vos charmes.

Sabine se mit à rire. La réplique lui faisait plaisir et lui rendait un peu de la légèreté et de la gaieté inhérente à leur race occitane. Il souriait. Comme il souriait !

Elle glissa à genoux devant lui. Elle lui prit les mains, les baisant avec ferveur, les serrant contre sa joue, ses lèvres en balbutiant.

— Merci, Merci ! Merci d'être un homme différent des autres. Un homme dont le cœur est chaud, le corps vivant, un homme qui n'a pas peur du péché. Oh ! Soyez béni pour cela, dit-elle, d'une voix brisée. Sans vous j'étais perdue, je le sais. Vous m'avez sauvée ! Merci d'être vous, de ne pas craindre, ni personne, ni l'enfer.

— Il me semble, Madame, que vous faites bien fi de mon salut.

Il plaisantait.

Mais elle sentait son indulgence pour elle et la connivence entre eux d'un secret partagé. Jamais elle n'oublierait. Se relevant, elle lui dédiait le regard humide et reconnaissant de ses grands yeux noirs.

Jamais elle n'oublierait la gravité avec laquelle il lui avait dit, ce tantôt : « Vous êtes une très belle femme ! »

Dans l'impossibilité d'ajouter un mot, elle marcha vers la porte. Le loquet de celle-ci était mis. A quel moment le comte de Peyrac l'avait-il poussé ? Ce détail, lui confirmant qu'il avait la volonté délibérée de la prendre dans ses bras et d'en faire sa maîtresse, dissipait ses derniers doutes sur elle-même.

— Madame !

Sabine se retourna l'interrogeant du regard.

— N'oubliez pas d'aller à confesse.

— Ah ! Vous êtes le diable ! s'écria-t-elle.

Elle tira la porte et s'enfuit. Mais elle riait intérieurement La vie était devant elle et tous les jours qui viendraient désormais seraient riches de bonheur.

Sans prendre garde aux rafales de neige qui avaient commencé de tomber, Sabine de Castel-Morgeat était rentrée chez elle, au château Saint-Louis et après avoir de nouveau arraché tous ses vêtements, avait enfoui son corps brûlant entre ses draps et avait sombré dans une voluptueuse rêverie.

— Qu'ai-je fait ? Angélique ne me pardonnera jamais

Elle était atterrée et, en même temps, grisée d'un triomphe qui rachetait les échecs endurés. Revanche sur cette femme à la blondeur éclatante, qui parée de tous les charmes, de toutes les grâces, s'était implantée dans sa vie comme un glaive et l'avait écartée du paradis terrestre. « J'ai été injuste ! J'ai été stupide ! » Ses folles rancunes s'émiettaient, tombaient en poussière... La glace de son cœur fondait au soleil de cette revanche qu'elle n'aurait jamais pu imaginer si précise et si totale Revanche sans lendemain. Elle le savait. Mais suffisante pour briser le cercle maléfique dans lequel elle s'était enfermée..

Elle tomba dans une somnolence dont elle se réveillait brusquement, effrayée à la pensée qu'elle avait rêvé ces heures incroyables, trop belles, trop brèves, et que rien ne s'était passé, et qu'elle était encore enfermée dans son tombeau glacé, prisonnière de ses démons. Puis son corps se rappelait à elle. Lui promettait qu'il ne la trahirait plus. Les frémissements et tendres douleurs, comme des plaintes, des petits gémissements qu'elle sentait sourdre au fond de ses entrailles, lui chuchotaient que le plaisir est une magie aux mille nuances et qu'il ne dépendait que d'elle et de son consentement au désir d'un homme qu'il se renouvelât. N'importe quel homme, se dit-elle avec exaltation et déchirement, car elle ne devait plus songer à LUI.

62

On avait vu Mme de Castel-Morgeat sortir de l'appartement de M. de Peyrac en criant : « Vous êtes le diable ».

Et comme elle portait une blessure à la tempe, le bruit courut que le comte, cette fois, avait riposté à l'insolence hargneuse de la virago et l'avait frappée. La nouvelle n'était pas de celle qu'un début de tempête pût arrêter dans son cheminement naturel.

Elle parvint sans tarder à la Basse-Ville, rôda d'un estaminet à l'autre, s'insinua sans mal parmi les joyeux buveurs du *Navire de France* et atteignit les oreilles de M. de Castel-Morgeat au moment où, enflammé par des libations nombreuses et les charmes d'une accorte commère qui avait déjà eu pour lui des bontés, il s'apprêtait à poursuivre dans les profondeurs de l'auberge son aventure galante.

On ne lui laissa pas le temps de se ressaisir, et ses amis l'entourèrent, le priant avec véhémence, les uns de ne plus souffrir de voir sa femme nuire à sa carrière par ses agissements, les autres de provoquer en duel M. de Peyrac qui avait osé lever la main sur elle.

Partagé entre l'envie d'aller rosser son épouse et celle de venger son honneur, Castel-Morgeat se rua comme un fou hors de l'auberge, ivre de vin et de colère. La nuit et des cinglées de neige l'accueillirent dans leurs tourbillons. Négligeant les détours trop longs de la côte de la Montagne, il choisit le plus court chemin pouvant le conduire au château Saint-Louis, c'est-à-dire la ligne droite vers le sommet et, après avoir escaladé les maisons suspendues du quartier Sous-le Fort, brisé des barrières, crevé le toit de la vieille voisine du Bougre Rouge, dépassé le repaire de celui-ci, il attaqua la falaise de plein fouet et se hissa, se cramponnant aux broussailles et aux arbres nains, dans une pluie de cailloux et de glaçons brisés, une avalanche de neige et de boue. Soutenu, porté, enlevé par on ne sait quelle transe diabolique, les chausses déchirées, le chapeau envolé, la moitié de son manteau arraché, il parvint aux abords de la demeure du Gouverneur.

Les deux soldats qui veillaient dans le corps de garde du fortin de bois avancé l'entrevirent entre deux rafales et crurent être la proie d'une vision.

— As-tu vu ce que j'ai vu, La Fleur ? demanda l'un des gardes.

— J'ai bien vu, répondit l'autre les yeux écarquillés.

— Et qu'as-tu vu, La Fleur ?

— J'ai vu notre lieutenant-général qui volait dans les airs...

M. de Castel-Morgeat tâtonnait de ses mains blessées contre les pierres rugueuses des contreforts du château, sous la terrasse. Il trouva les degrés de pierre abrupts par lesquels on gagnait les communs, atteignit une petite porte, pénétra dans le château, puis dans une pièce de réserve dont leur couple pouvait disposer et où s'amorçait l'escalier montant à leur appartement sans passer par le vestibule d'honneur. L'obscurité étant profonde, il trébucha dans un amoncellement de bois, de planches et de cordages dont il eut toutes les peines du monde à se dépêtrer. Assez contusionné, il jurait tous les jurons de Gascogne contre ces femelles démentes qui s'amusaient à jalonner sa vie d'obstacles malfaisants, tels que ces métiers à tisser qu'on avait entreposés là Dieu sait pourquoi. Ce fut dans un état de rage concentrée qu'il pénétra dans la chambre de

Mme de Castel-Morgeat. La lumière d'une veilleuse éclairait l'alcôve.

Stupéfait, il s'arrêta. Dans le grand lit, une femme dormait à demi-nue. Elle était d'une beauté troublante dans son abandon. Son sein, beau et ferme, se soulevait doucement au rythme de son profond sommeil. Il n'en croyait pas ses yeux.

Après avoir envisagé avec effroi qu'il perdait la raison, il finit par comprendre que c'était sa propre femme et, d'un seul coup, retrouva toutes les douleurs et tous les désirs qu'elle lui avait inspirés. Mordious ! Était-ce sa faute à lui s'il l'avait toujours aimée et désirée ? C'était elle qui voulait son malheur, car il se serait bien contenté de ce corps magnifique et n'aurait jamais eu besoin de courir après les prostituées, si elle ne l'avait pas repoussé.

Elle sentit son regard et ouvrit les yeux. Tout d'abord elle ne le reconnut pas en ce spadassin espagnol dépenaillé — car il était en loques — qui se tenait à son chevet en haletant comme soufflet de forge. Puis le souvenir lui revint. Était-ce hier ou aujourd'hui ? Il était arrivé un miracle. Hier, la vie lui avait fait don du plaisir. Les joies aveugles de l'amour étaient dans son sang, prêtes à se déchaîner au moindre appel. Et tout en était transfiguré. Celui qui se tenait là n'était plus l'homme qu'elle avait cru tant haïr. C'était un homme, un HOMME, et son regard fou et avide ne l'insultait plus.

Elle comprit qu'elle n'avait qu'à se livrer à lui pour retrouver les transports entrevus, car cet homme était là et il la désirait.

Quand elle lui tendit les bras, Castel-Morgeat ne prit pas le temps d'ôter ses bottes. Il bondit et sauta sur le lit : Aïe ! ma jambe !

Tandis qu'il l'enlaçait, étonné de retrouver en cette longue odalisque, pleine de rondeurs imprévues une femme nouvelle pour lui, il songeait qu'il lui arrivait là une fameuse aubaine. Il n'aurait plus besoin de descendre le soir en la Basse-Ville.

L'ON remarqua par la suite qu'un bonheur serein et discret paraissait habiter Mme de Castel-Morgeat. Une attitude de bénignité et de patience avait remplacé sa nervosité habituelle. Au point que ses coups d'éclat finissaient par manquer. Mme de Mercouville soupçonnait une réconciliation entre les époux, car Castel-Morgeat aussi était devenu plus fréquentable. Frontenac, qui vivait dans leur intimité, dit : « Tiens ! Tiens ! Cela se pourrait bien ! » et les observa de plus près.

Sabine était assez indifférente aux commentaires. Elle vivait végétativement comme une plante qui retrouve le printemps. Elle s'évertuait à ne pas penser et montrait beaucoup de douceur envers les autres, car c'était au creux des nuits que sa vie reprenait un sens. Castel-Morgeat était un amant vigoureux et elle avait beaucoup d'années d'amour à rattraper.

Parfois, au sein de la volupté, une larme perlait à la soie de ses longs cils clos. Excès de plaisir, nostalgie des bonheurs perdus, regret des années avides et dilapidées dans une illusion, regret d'un rêve trop beau et qui avait été pour une autre.

Mais la vie ne s'était pas montrée marâtre avec elle. A la dernière heure, elle était sauvée du désastre de toute une existence sans amour, et cela sans presque avoir à commettre de péché puisqu'elle vivait désormais cet épanouissement dans les bras de son époux, ce qui suffisait quand elle considérait l'enchaînement miraculeux des événements à la rendre merveilleusement heureuse et pénétrée de reconnaissance envers le Ciel.

Encore qu'elle éprouvât quelques scrupules à faire brûler un cierge pour en remercier Dieu.

IX

LA PROMENADE CHEZ LES BERRICHONS

63

DANS LE MATIN PLUS DUR FROID ET ÉTINCELANT QU'UNE armure, les chevaux piaffaient, impatients de s'élancer dans la blancheur immaculée de la neige fraîchement tombée. Angélique s'apprêtait à monter en traîneau pour regagner Québec qui, là-bas, brillait comme une perle sur son roc.

Elle et Guillemette de Montsarrat-Béhars avaient passé une partie de la nuit à parler, Guillemette fumant sa pipe d'un tabac si rustique qu'on tombait dans une hallucination légère.

Étrange Guillemette, aux yeux bleus, si savante, et qui redevenait faible quand dans la nuit la hantait l'insupportable vision : « Regarde ! Regarde, petite sorcière ! regarde ta mère qui brûle... »

— Mais ma mère était si bonne, disait Guillemette, tu ne peux pas savoir. Elle n'a fait que du bien, que du bien !

» Quand elle a été conduite au bûcher, elle me tenait par la main, mais c'était moi qui la guidait et la soutenait car elle était devenue folle. De tout ce qu'on lui avait fait endurer et des interrogatoires et des tortures, pour qu'elle avoue... qu'elle avoue quoi ? qu'elle avait copulé avec le Diable, qu'elle empoisonnait les enfants, qu'elle détruisait les récoltes, que sais-je encore ? J'étais petite, j'avais sept ans, mais je me suis occupée d'elle jusqu'au bout. Ses pouvoirs sont passés en moi...

Guillemette s'enveloppait de fumée. Puis elle reprenait son monologue, doucement.

— ... Ils nous haïssent... pour le bien que nous faisons plus encore que pour le mal. Parce que nous nous occupons des corps et non pas de l'âme, des beaux corps vivants, des pauvres corps malades... Pour eux, le corps n'est que péché.

— Dans chaque homme il y a toujours un prêtre.

— Les prêtres nous tueront. Ils nous brûleront. Mais ici dans mon île je suis à l'abri.

Du pied du bûcher où elle avait vu se consumer sa mère au jour où elle avait posé son pied sur ce rivage, elle ne gardait nul souvenir des pays parcourus et des actes accomplis.

Elle avait commencé de revivre, à respirer l'odeur suave qui s'exhalait des érablières au « temps des sucres » lorsque les sauvages commençaient à inciser les troncs des arbres pour en recueillir et faire bouillir la sève. Une odeur de miel inconnu, suave et amère comme celle d'un souffle dans un baiser.

Le grand calme de l'île et l'éloignement du lieu de ses douleurs l'avaient guérie du plus aigu.

Ce pays grandiose, sans passé, la rassurait. Elle regardait Québec au loin, comme un rêve, et ne lui en voulait plus.

Elle s'était abandonnée au déroulement des jours et des saisons ne lui apportant que baume, tendresse et complicité, celles de la neige et des tempêtes qui abritent, protègent. Et quand il fait beau, la folle gaieté de l'hiver dans ses couleurs gris perle, rosée ou bleu lavande.

Elle avait moins peur des Iroquois que de ses souvenirs, moins peur de la solitude que des hommes.

Elle aimait les Indiens parce que leur vue lui rappelait qu'elle était loin du Vieux Royaume.

Les femmes qu'elle soignait, le goût des plantes et de ses travaux, l'amour des beaux gars, le pouvoir de rendre heureux, apaisaient sa révolte.

Angélique regardait la grande femme debout sur la rive, dans le soleil, avec ses yeux étonnamment bleus et elle lui rappelait alors Mrs Williams, la grande Anglaise au village de Newchewanik. Mais tandis que la raide dame puritaine hésitait à s'offrir la folie d'une coiffe de dentelle, Guillemette s'offrait toutes les folies.

Elle pouvait galoper à travers la grande étendue blanche et sans fin. Quand viendrait le dégel, en haut-de-chausses et mitasses comme un homme, elle irait tirer sa barque de glace des chenaux, avec les beaux jeunes gens de l'île, hardis et vigoureux.

— Et Lui ? demanda subitement Angélique. Lui, l'homme que j'aime ? Tu ne m'as pas parlé de Lui.

— Je ne le connais point, répondit la sorcière. Et elle détourna la tête avec un sourire.

— Tu devrais pourtant le deviner, il a tant de force.

— Il ne faut pas trop essayer. Il y a trop de choses autour de lui.

Elle restait songeuse à regarder vers la ville, comme sans y attacher d'importance, elle souriait d'un air indulgent. « Tu es une femme heureuse... » murmura-t-elle. Puis son visage s'assombrit et elle jeta comme malgré elle :

— Il ne faut pas qu'il aille à Prague !

— Prague ! répéta Angélique ahurie.

— Oui Prague !... La ville !... Tu es ignare ?

Puis pour compenser l'inquiétude inutile qu'elle venait de faire naître, maternellement, elle lui caressa la joue, voulant effacer les ombres.

— Mignonne ! ne crains rien !... C'est loin, loin. Et peut-être que cela ne sera pas... Et toi, sache-le, tu seras toujours la plus forte. Je le vois inscrit sur ton front. Et maintenant va, Angélique-la-Belle !...

A Québec Angélique apprit avec déception que M. de Peyrac était à Sillery.

EUPHROSINE Delpech, à guetter aux abords du château de Montigny la sortie de Mme de Castel-Morgeat qu'elle avait vue s'y engouffrer dans un état proche de l'hystérie, fut punie de sa démarche malveillante car elle eut le nez gelé.

Fort marrie, et après avoir consulté le médecin, les voisins et les sœurs de l'Hôtel-Dieu qui hochèrent la tête, elle se décida à se rendre chez Mme de Peyrac car elle avait disait-on des « remèdes magiques ».

Celle-ci venait de revenir de sa visite chez la sorcière de l'île d'Orléans, ce qui augmentait encore l'espoir d'Euphrosine de trouver un remède à ses maux. Son nez avait doublé de volume et présentait une variété de couleurs que n'aurait point désavoué la palette de Frère Luc : bleu, rouge, jaune, vert, violet.

Pour des raisons qu'elle gardait pour elle seule pour l'instant et qui lui étaient inspirées par les réflexions qu'elle s'était faites durant cette très longue visite que Mme de Castel-Morgeat avait rendue au comte de Peyrac et des déductions qu'elle en avait tirées, surtout après avoir vu le visage illuminé de la visiteuse lorsque celle-ci avait quitté le manoir, la demoiselle Delpech était très gênée de se présenter en face de Mme de Peyrac, et elle y aurait renoncé si elle n'avait pas eu si peur de perdre ce précieux appendice que toute personne humaine porte au milieu du visage.

— Comment avez-vous pu vous laisser prendre ainsi par le gel, vous, une Canadienne ? s'étonna Angélique.

— Le soleil brillait et je me suis persuadée de sa tiédeur. Aussi suis-je restée un bon moment immobile sans y penser.

« Elle devait être en train de surveiller un voisin et a préféré se laisser brûler par la bise que de ne pas pouvoir satisfaire sa curiosité », pensa Angélique qui avait des antennes et connaissait la dame.

Des deux côtés de l'emplâtre qu'elle lui faisait maintenir sur son visage, les petits yeux de la commère l'examinaient, ne notaient qu'une tranquille assurance dans son maintien, et sur ses traits la sérénité animée qui en faisait le charme. Les traits d'Angélique se crispaient rarement : colère, joie, se révélaient chez elle par l'expression des lèvres et l'intensité des yeux, leur éclat ou leur douceur. Tandis qu'une onde passait sur elle, ombre ou clarté, de joie ou de déplaisir.

Euphrosine nota pourtant un mouvement des blonds sourcils qui paraissait atténuer son habituelle expression ouverte et aimable.

— Euphrosine, ma chère, dit Angélique, vous qui savez tout mieux que la gazette du pays, pouvez-vous me dire ce qu'il en est de cette histoire de Sabine de Castel-Morgeat avec mon mari ?

S'il ne l'avait été déjà le visage d'Euphrosine Delpech serait passé par toutes les couleurs sous son masque. Mais ce n'était pas ce qu'elle croyait.

Par Janine Gonfarel, tandis qu'elle était à l'île d'Orléans, Angélique savait qu'on était venu chercher M. de Castel-Morgeat à l'auberge, l'appelant au duel contre M. de Peyrac qui, paraît-il, avait frappé l'épouse du Lieutenant des armées royales en Amérique.

— Ce bruit absurde vient à peine de me parvenir aux oreilles et il y a eu, je m'en doute, quelque incident qui lui a donné naissance, mais de quelle sorte ? Je ne sais car je vous l'avoue je ne vois pas mon mari lever la main sur une femme, si insupportable qu'elle soit.

La honte s'empara d'elle, et voyant qu'elle était sur le point de commettre encore un de ces péchés de médisance pour la pénitence desquels son confesseur lui donnait des aunes de chapelets à réciter, elle rougit ce qui augmenta ses douleurs et se mit à pleurer.

— Souffrez-vous beaucoup ? s'enquit Angélique.

Et comme Euphrosine secouait négativement la tête.

— Alors pourquoi pleurez-vous ?

— Parce que je ne suis pas une bonne femme, répondit la Delpech entre deux reniflements laborieux. Non, je ne suis vraiment pas bonne, et croyez que je le regrette. Vous êtes mille fois meilleure que moi, Madame, quoi qu'on en dise et vous ne méritez point le mal qu'on vous veut, ni les trahisons dont on vous afflige. Pardonnez-moi, Madame, je vous prie. Pardonnez-moi, je vous le demande humblement.

Les protestations d'Euphrosine Delpech qui partit, un pot d'onguent sous le bras et noyée dans les larmes que lui faisait verser un mystérieux repentir, laissaient à Angélique une impression douteuse. S'il était déplaisant de passer pour une diablesse, il ne lui agréait pas non plus de passer pour une sainte. Qu'était-il donc arrivé en son absence, pourtant courte, qui mêlait l'incorrigible Sabine à leurs noms ? M. de Castel-Morgeat s'était-il battu en duel avec Joffrey de Peyrac ? Personne n'en parlait.

Elle se rendit au château Saint-Louis avec l'intention d'encourager Sabine à prendre des « simples » qu'elle rapportait de chez Guillemette et ainsi elle serait peut-être renseignée car l'impulsive Sabine ne savait rien dissimuler de ses émotions.

On lui dit que Mme de Castel-Morgeat était à l'église. Elle la rencontra sur le parvis et aussitôt son regard nota l'ecchymose qu'elle portait à la tempe.

— Que vous êtes-vous fait là ? demanda Angélique, après qu'elles eurent échangé des salutations banales.

Sabine ne broncha pas.

— Oh ! cela, dit-elle en portant un doigt à la blessure. Ce n'est rien, je me suis heurtée à l'angle d'un meuble.

Elle eut ce sourire trop rare qui la rendait belle en effaçant les plis d'amertume aux coins de sa bouche.

— ... Vous n'ignorez pas ma maladresse...

La voyant l'humeur accessible, Angélique lui remit le petit sachet que lui envoyait Mme de Montsarrat-Béhars.

— On raconte bien des choses sur elle, mais c'est une personne de cœur et fort savante, croyez-moi.

— Si vous la recommandez, je ne saurais penser autrement... Votre avis ne me surprend pas. Je sais que ceux qui la vouent au bûcher sont souvent les premiers à venir lui demander secours...

Elle prit le sachet que lui tendait Angélique.

— Votre bonté me touche, Angélique. Il n'y a pas au monde deux femmes comme vous.

— Elle est tout à fait transformée, lui dit peu après Mme de Mercouville. Les médecines que vous avez réussi à lui conseiller y sont peut-être pour quelque chose, mais je crois connaître le fin mot de cette conversion. J'ai tout su par le valet de M. de Frontenac. Il paraît qu'il y a eu une dispute terrible entre les deux époux — c'était la nuit de la tempête qui vous a retenue à l'île d'Orléans. — Ils n'en étaient pas, certes, à leur première querelle et nous sommes accoutumés à voir Sabine nous revenir portant au visage les marques de ce brutal mais cette fois — et j'ai le témoignage du domestique — il y a eu réconciliation et réconciliation sur l'oreiller, qui est, vous n'en disconviendrez pas, la meilleure façon, quoi qu'en disent nos confesseurs. Et cela dure ! C'est un miracle ! Les dames de la Sainte-Famille et moi-même avions promis une neuvaine et vingt cierges à brûler au sanctuaire de Sainte-Anne de Beaupré si Sabine sortait du terrible état dans lequel elle se trouvait Voyez, ajouta la pétulante et fervente Mme de Mercouville, à quel point le ciel se montre clément avec nous. Tout lui est bon et même les transports coupables de l'amour lorsqu'il s'agit de sauver une âme humaine !...

L'EXPLICATION de Mme de Mercouville calma les appréhensions incertaines d'Angélique. En revanche, avait dit Mme de Mercouville, un sacrifice leur était demandé à toutes : il fallait renoncer à monter une pièce de théâtre pour la mi-carême. On avait trop atermoyé, l'Évêque était trop réticent, car ces festivités tombaient avec celles de la Saint-Joseph, patron de la Nouvelle-France et qu'il craignait de ne pas voir honorer assez solennellement et religieusement. Et puis... Il faisait trop froid, trop froid... Et ce froid ne fit qu'augmenter dans les jours qui suivirent. Aux plus actifs, les déplacements coûtaient mille morts, et les femmes craignaient de voir la peau de leur visage éclater sous le gel comme le bois des arbres dans les forêts.

Les chutes de Montmorency s'étaient arrêtées de couler. Tout à fait gelées. Le corps de Martin d'Argenteuil devait avoir été broyé derrière ces colonnades de glace.

M. de La Ferté avait dit que son écuyer était malade. Ce qui laissait tout le monde indifférent. A part Mlle d'Hourredanne qui blêmit : le mal napolitain !

— Par grâce ! Ne le soignez pas, supplia-t-elle Angélique.

Piksarett était absent. Il avait quitté la ville disant qu'il allait consulter un célèbre « jongleur », ainsi nommait-on les chamans Indiens, qui avaient le don d'interpréter les songes.

Le froid dura. On s'encapuchonnait aussi serré que des cocons et les rues étaient peuplées d'aveugles qui se heurtaient partout pouvant à peine risquer un œil pleurard entre la fente de leurs capuches.

Honorine pensait au chien des Banistère et tendait des bras suppliants vers Angélique.

— Va le délivrer ! Va le délivrer !

— Les chiens résistent au froid.

— Pas lui, il est trop bête et trop maigre.

— La dernière tempête l'achèvera, annonçait Adhémar sinistre.

L'absence d'Honorine qui, dans la journée, était à l'école, donnait à Yolande plus de liberté et les dames ursulines avaient accepté de prendre aussi Chérubin qui s'ennuyait. Car elles recevaient à l'occasion quelques tout petits garçons de moins de six ans. Yolande avait mis à profit ses heures de liberté pour rencontrer ses compatriotes acadiens. Et Adhémar trouvait qu'elle prenait bien fréquemment le chemin de la rue Saint-Jean où ils se retrouvaient entre eux dans une grande auberge-caravansérail à l'enseigne de la *Baie Française.* Adhémar se sentait exclu et se demandait s'il n'avait pas, par une conduite trop respectueuse et qu'elle avait pu juger timorée, déçu les espérances de la solide fille de Marcelline.

Il retrouvait ses peurs irraisonnées et ses rêves prémonitoires, de préférence sinistres.

— Comment peut-on savoir que c'est la dernière tempête ?

— Parce qu'elle est la plus terrible, m'ont dit les gens d'ici, on la reconnaît aux ravages qu'elle cause.

Angélique n'avait pas revu Joffrey à son retour de l'île d'Orléans et cela faisait près de quatre jours.

On le disait à Sillery.

Il était bien souvent à Sillery. Et Angélique ne poussait pas la sottise à penser qu'une de ces dames, et surtout Bérengère, pût le rejoindre dans ces forts inconfortables, mais ces absences ne marquaient-elles pas une désaffection ? Avait-il été mécontent de son escapade à l'île d'Orléans ? Voilà qui serait fort. Ou la « querelle d'Aquitaine » laissait-elle plus de séquelles qu'il ne l'affirmait. Quand elle pensait au « recul », elle éprouvait un petit choc, mais chassait très vite cette subtile inquiétude.

Barssempuy vint avec quelques hommes s'informer de son confort. Le comte lui en avait donné consigne. Le temps de venir du château de Montigny à la maison de Ville d'Avray réclamait de l'héroïsme. La bise les avait transformés en pantins de bois.

Éloi distribua son plus fort alcool.

M. de Peyrac était toujours à Sillery.

— Il est souvent à Sillery, dit Angélique avec rancune.

— Les hommes en garnison dans nos forts ont besoin de le voir aussi.

Le temps s'adoucit enfin et quand le dimanche vint, le soleil réchauffa quelques heures. Angélique était tracassée par l'idée de la coquette Bérengère tournant autour de Joffrey, guettant son retour et l'attendant, au moins avec autant d'impatience qu'elle.

Dans la maison, elle croisa Cantor qui, sa guitare sous le bras, se rendait au château de Montigny afin d'y chanter quelques chansons du Languedoc à la compagnie.

— Alors, toi aussi, tu vas à ces assemblées de Gascons ? lui dit-elle.

Il la regarda avec surprise et un brin de morgue.

— Mais je suis cadet de la maison de Peyrac, ma mère. Moi aussi, je suis d'Aquitaine.

Ce qui était l'évidence même.

Ce n'était pas parce qu'il rappelait à Angélique ses frères, les Sancé de Monteloup qui étaient poitevins, qu'il n'en avait pas dans les veines le sang de ce brun méridional, grand seigneur de Toulouse, son père.

Un petit incident acheva de lui mettre les nerfs à fleur de peau.

Honorine était à la maison, ce dimanche-là.

— Viens, lui dit Angélique. Laissons les petits seigneurs d'Aquitaine et leur père à leurs assemblées. Nous qui sommes des Poitevines, allons nous promener dans la forêt.

Le soleil brillait et il faisait un « froid magnifique ». Dès qu'elle se vit marchant, tenant la main d'Honorine sur le sentier de neige durcie qui s'enfonçait à travers bois derrière la ville, Angélique retrouva sa bonne humeur.

Sa première intention était de se rendre aux Récollets. Jolie promenade. Mais à quoi bon ? La porte, en Carême, lui resterait fermée. Chez Suzanne ? par les hauteurs ?... Bientôt elle comprit qu'elle avait dépassé la banlieue et se trouvait assez loin « hors des murs » de ce Québec qui n'avait point de murs, mais seulement quelques bastions de bois veillant aux points stratégiques. Marcher dans l'air pur et froid qui rendait la neige si dure que les sentiers tracés devenaient accessibles sans raquettes leur faisait du bien. Angélique oubliait l'absence de Peyrac et la conduite insolente de Bérengère, qui y avait peut-être contribué. Elles avançaient vers les bois qui se faisaient de plus en plus serrés. C'était un mouvement naturel lorsqu'on voulait s'évader de Québec et se donner l'illusion d'aller et de venir librement, que de tourner le dos au fleuve et, lorsqu'on habitait la Haute-Ville, on piquait droit, en suivant la crête du cap vers ce nord-ouest, domaine du couchant pourpre au creux duquel s'alanguissaient les Laurentides. Cette piste, par les piétinements qu'elles y voyaient, semblait fort suivie surtout ce jour-là.

Entre les arbres, elles aperçurent la silhouette furtive du greffier Carbonnel, seul, et portant un grand parapluie de toile gommée. Se voyant reconnu, il les rejoignit sur le sentier. Il paraissait embarrassé et crut devoir leur expliquer qu'il profitait du dimanche pour aller arpenter des concessions nouvellement distribuées sur Lorette et les îles Vertes.

Avait-on seulement planté les bornes ? Tracé les clôtures ? Respecté le passage pour le chemin du Roi ?

Pourquoi le greffier se croyait-il obligé de lui fournir tant d'explications ? Dimanche, il est vrai, montrait les gens sous un autre aspect. On découvrait d'eux des manies imprévues. Il avait pris son parapluie parce qu'il détestait recevoir dans le visage la poudrerie de la neige que soufflait le vent.

— Mais vous n'êtes pas vêtu ! lui dit-elle.

Car il se promenait en redingote de solide lainage mais sans manteau. A quoi il répondit que, tout greffier qu'il était, il ne s'en reconnaissait pas moins Canadien de souche, c'est-à-dire endurci de naissance aux températures les plus basses.

Elle le pria de ne pas se retarder pour elles et comme il marchait très rapidement, il eut bientôt disparu à un tournant.

Une brume légère commença de sourdre cachant peu à peu les pieds des arbres. Elles traversèrent une esplanade plantée de courtes épinettes et de petits mélèzes mauves et gris. L'air était pur encore et le soleil imprégnait la brume qui comme un halo s'élevait ras du sol et montait. Un homme qui sortait des arbres de l'autre côté de la clairière était plongé dans ce brouillard jusqu'à mi-cuisse. Il donnait l'impression d'avancer comme s'il marchait dans une eau lumineuse Il prit de biais la clairière pour se diriger droit vers le sentier et comme il s'approchait, Angélique reconnut le Bougre Rouge.

Elle s'arrêta. Le lieu était désert. Il y avait beau temps qu'Angélique avait cessé d'accrocher un ou deux pistolets à sa ceinture. On ne s'introduit pas, dans les salons d'une ville raffinée, harnachée comme un corsaire. Le Bougre Rouge, lui, armé d un épieu et d'une arbalète revenait de la chasse. Il avait tué un loup dont il portait le cadavre en travers des épaules Il avançait en se dandinant car il était chaussé de raquettes et le poids du loup qui était une bête de grande taille ralentissait sa marche. Manifestement, l'ayant aperçue, il voulait la joindre Et puisqu'elle aussi méditait de lui rendre visite à brève échéance, autant l'attendre.

Vu de près, il paraissait plus court, plus trapu qu'elle ne l'avait cru. Un petit homme aux allures de coureur de bois dans son justaucorps de peau de caribou, le bonnet de laine rouge enfoncé jusqu'aux yeux. Arrêté à quelques pas, il posait sur elle un regard perspicace et tranquille et un silence prolongé tint lieu de préliminaires.

Ce fut Angélique qui parla la première.

— Pourquoi avez-vous jeté une pierre à mon chat le jour de l'arrivée de notre flotte ?

— Les chats sont des bêtes magiques et l'on vous avait annoncés dangereux. J'ai voulu voir.

— Et qu'avez-vous vu ?

— La pierre a dévié. Le chat a un esprit.

Il eut une moue ironique de ses lèvres minces, qui constatait, approuvait.

— Voulez-vous une dent de loup ? Des poils de son museau ? On fait de bons charmes avec cela...

— Compère, vous ne m'aurez pas si facilement. J'ai encore une question à vous poser. Vous avez dit à Monsieur de Saint-Edme — car c'est lui qui me l'a rapporté — que j'avais tué le comte de Varange ?

— N'est-ce pas vrai ?

Les petits yeux brillants se vrillaient dans les siens. Devant l'extra-lucidité de ce regard, elle retenait encore sa question spontanée qui l'aurait fait ricaner : « Comment l'avez-vous su ? Qui vous l'a dit ? » Personne ne le lui avait dit. Il l'avait su par l'autorité d'une très vieille science dont les pouvoirs ne pouvaient être méconnus. Ils restèrent à se regarder sans broncher un long temps. Elle dit tout à coup.

— Que lui aviez-vous montré dans le miroir magique ?

— Ce qu'il voulait savoir. C'était une opération simple, mais il n'était pas assez fort pour la poursuivre jusqu'au bout.

Malgré le poids de ses armes et de sa capture, il ébaucha un mouvement d'épaules dédaigneux.

— ... Ceux qui viennent au jour d'aujourd'hui, nous embrouillent. Ils veulent s'asservir Satan comme on passerait contrat avec un engagé. Ce n'est pas si simple et vous le savez. Il a voulu user de ce qu'il avait appris pour perpétrer une vengeance grossière, un guet-apens ! Avec des armes... Peuh ! Toutes ces erreurs se sont retournées contre lui... C'était fatal !

Et il vous a trouvée sur son chemin, vous qui êtes née pour dénoncer l'imposture.

Son regard d'eau étincelant la traversait.

— ... Nous pourrions faire alliance, dit-il.

— Contre qui ?

— Maman ! J'ai froid aux pieds, s'écria Honorine.

Elle en avait assez de ces haltes et de ces conciliabules oiseux. Tout à l'heure avec l'homme au parapluie, maintenant, l'homme à l'arbalète... Si cela continuait, l'on n'arriverait jamais. Où ? Elle ne savait pas, mais elle voulait marcher. Sans compter ce pauvre loup, à la langue rouge pendante, qui la regardait d'un œil à demi-fermé et qui lui navrait le cœur. Elle tirait de toutes ses forces pour entraîner Angélique.

— Venez me voir dans ma cambuse, dit le Bougre Rouge je vous montrerai des livres...

Cet allié inattendu compensait une impression d'échec qui paraissait annoncer que sa chance tournait. Elle continua de marcher ainsi à l'aventure et s'enfonça dans le bois. Et de tenir la main de l'enfant ajoutait à son entrain. Il fallait vivre pour cette jeune vie. « Tu es née et tu dois vivre, petite fille. Je t'emmènerai, nous te bâtirons un royaume. Tu auras un destin heureux. »

« On aime à combler l'innocence », avait dit Loménie.

On aime à la défendre aussi. Une main d'enfant dans une main d'adulte oblige à la grandeur. « Tu m'as tant donné déjà petit cœur. »

— Je n'ai pas pris mon arc et mes flèches, dit tout à coup Honorine.

La brume au sol s'était dissipée. Ce n'avait été que le temps de traverser un espace sans doute marécageux. Dans les branches dépouillées des arbres, on ne sentait que le mouvement des petits animaux à fourrure, pilleurs de poulaillers aux dents aiguës, qui se glissaient par l'hiver dans les étables et les greniers.

Une martre fila le long d'un tronc et leur montra entre deux branches sa petite face plate et triangulaire. Dans l'ombre étincelaient ses yeux verts. Un farfadet !

Elles montèrent une côte où la neige était peu épaisse et le roc affleurait soutaché de lichens jaunes. Puis le brouillard revint, descendit du sommet et elles entendirent de la musique. A mesure qu'elles avançaient, la ritournelle se faisait plus fournie et plus entraînante, comme si des esprits invisibles s'amusaient à danser la bourrée et le rigodon au fond des bois Attirées, elles quittèrent le sentier, pour marcher dans cette direction et rejoignirent bientôt un chemin mieux tracé qui, au bout de quelques pas, les ramena devant un étang gelé, traversé de pistes. De l'autre côté de l'étang se dressaient quelques tipis et wigwams d'écorce et, dans le fond d'une clairière, une grande habitation devant laquelle des musiciens d'instruments campagnards, violes et violons, vielles à rouet faisaient sauter quelques couples forts joyeux. Une femme les aperçut et leur fit signe.

— Hé ! venez donc ! On va chez les Berrichons ! Ils ont eu des viandes et de la volaille et invitent qui voudra.

Reconnaissant Angélique comme elle s'approchait, quelqu'un lui dit :

— Oh ! Madame, vous ne nous dénoncerez pas à Monseigneur l'Évêque. Il faut bien s'ébaudir un peu le dimanche, Carême ou pas.

La grande salle-cuisine de l'habitation était déjà comble et parfumée d'odeurs délectables. Les musiciens furent acclamés. On les attendait avec impatience et l'on commença à dégager une partie de la salle pour danser. Beaucoup de fumée de tabac, de bruits de cornets de dés. Et Angélique aperçut le greffier Carbonnel, attablé une serviette au cou, devant une tranche de bœuf juteuse. Elle comprit pourquoi il avait paru embarrassé en la rencontrant. Cet ardent défenseur de la loi se rendait furtivement à de coupables agapes. Hors l'agglomération sanctifiée de Québec, rompre le jeûne était-il un péché ? On pouvait se le demander. Privés de tous plaisirs et soigneusement surveillés par un personnel ecclésiastique nombreux et rigoureux, bien des Québécois avaient pris l'habitude d'aller faire ripailles chez l'habitant. On se passait le mot, on s'indiquait la bonne adresse. L'hôte, assez courageux pour braver les interdits et pour transformer sa maison isolée en auberge d'un jour, était récompensé de diverses manières : avantages administratifs ou financiers. La meilleure récompense était d'avoir encore trompé la longueur de l'hiver par une joyeuse journée de rencontre. Honorine était ravie.

— Moi aussi, je veux danser. Tu vas toujours danser sans moi.

La maîtresse de maison s'appelait Solange. Elle vint converser avec Angélique. Leur famille était du Berri et leur patois avait des consonnances avec ceux des régions de l'ouest. Elle proposa des ortolans qu'elle venait de sortir de leurs pots de grès et de rôtir avec des navets.

Angélique et sa fille se restaurèrent de bon cœur. Mais Angélique ne souhaitait pas s'attarder. Elle sentit un regard sur elle. Un soldat, dans un coin, l'observait. Il détourna vivement ses yeux luisants. Il jouait aux cartes avec d'autres soldats comme lui, mal rasés. Soldats, on ne les reconnaissait qu'à leurs uniformes plus ou moins accommodés à la façon indienne, mais dont ils conservaient le justaucorps gris-blanc et devenu plus gris que blanc, du régiment de Carignan-Salière, et le feutre brodé d'un galon déteint de passementerie qu'ils se plantaient sur l'occiput, par-dessus un bonnet de laine. C'était à coup sûr des déserteurs qui, après s'être « habitués avec les sauvages » comme l'on disait, se rapprochaient des habitations l'hiver pour troquer des fourrures et retrouver un peu de civilisation originelle. Mais celui-ci lui parut quoique négligé, différent, moins crasseux, moins grossier. Il avait un regard inquiet et lorsqu'il croisa le sien elle y lut de la peur.

L'idée lui vint qu'il s'agissait du soldat que recherchait Garreau, celui qui avait fait les conjurations sur le crucifix, dans la séance de magie.

Elle ne voulait pas non plus troubler plus longtemps la digestion de Nicolas Carbonnel qui avait longue mine en la reconnaissant. Elle lui adressa en se levant un sourire rassurant, mais elle n'en pensait pas moins que ce petit secret entre elle et lui pourrait le rendre un jour un peu plus souple dans l'application de ses ordonnances.

ELLES reprirent le sentier qu'elles avaient suivi à l'allée Honorine était très contente. Elle aimait les réunions enfumées et bruyantes qui lui rappelaient le fort de Wapassou.

Pour Angélique, cet intermède avait rempli son but. Elle avait oublié les raisons de son impatience et, par échappées, apercevait au loin les hauts de la ville. Les clochers de la ville entraperçus au flanc du Cap, commençaient de dorer dans le lointain et lui envoyaient par bouffées des appels de cloches. Il n'était pas tard. Le ciel restait blanc à son zénith : une nacre. Mais par moments l'ombre s'épaississait sous une longue voûte de branches refermées et elle fut saisie de la peur du bois. En se retournant pour observer la marche du soleil entre les branches, elle crut distinguer une silhouette qui suivait le même sentier. Quelqu'un revenant de chez les Berrichons, sans doute.

Elle était impatiente d'arriver à la clairière où elle avait rencontré le Bougre Rouge. Quelques minutes de marche suffiraient ensuite pour atteindre la petite maison rassurante du marquis. Toutes deux, elles se déchausseraient, se frotteraient les pieds et les mains devant le feu, puis se changeraient et se mettraient en tenue de ville pour se rendre chez Mlle d'Hourredanne.

Elle se retourna encore. Dans la lumière filtrant des branches l'homme se rapprochait. C'était le soldat qui avait croisé son regard dans la grande salle des Berrichons.

Lorsque l'on commence à interpréter les faits comme relevant d'une possible action maléfique, tout s'y rapporte et l'on ne voit plus que la logique des coïncidences, claire à votre interprétation, invisible aux autres. Piège où l'on se débat seul, parce que seul à comprendre et à voir.

— Pourquoi marches-tu si vite, Maman ? se plaignit Honorine.

Angélique la prit dans ses bras.

La clairière était en vue. Maintenant, elle était certaine que c'était elle que le soldat suivait et s'efforçait de rejoindre. En se retournant, elle captait, bien qu'à distance encore, son regard qu'elle sentait faux et méchant. Elle le perdit de vue en traversant l'espace découvert, mais elle n'était pas arrivée à l'autre extrémité qu'il surgissait de nouveau.

Cependant les premières maisons n'étaient plus loin. Comme elle allait franchir un dernier boqueteau clairsemé, une silhouette massive s'interposa devant elle, éclaircie de face par le soleil qui commençait à décliner. Eustache Banistère se tenait en travers du chemin aussi grand et sombre qu'un ours.

Angélique s'arrêta, se retourna vers son poursuivant. Elle tenait Honorine ferme dans ses bras et son regard alla du massif individu au soldat qui se rapprochait, scrutant l'un et l'autre, cherchant à deviner leurs intentions.

— Bonsoir, voisin, dit Angélique s'adressant à Banistère d'un ton confiant.

Il ne la regarda même pas.

— Que veux-tu, toi, demanda-t-il au soldat qui l'apercevant s'était arrêté, indécis.

— Et toi que veux-tu ? répliqua l'autre s'efforçant à l'insolence.

— Réponds, toi ! grommela Banistère en se renfrognant plus encore.

— Écoute, Banistère, dit le soldat affectant de lui parler d'un air complice. Elle sait trop de choses sur nous. Voilà ce qu' « ils » m'ont dit... Parce qu'elle est sorcière ou magicienne.

— Veux-tu dire qu' « ils » t'ont payé pour nuire à cette

dame ? Voilà pourquoi tu viens traîner ta casaque par ici, La Tour ?

— Elle peut nous conduire au gibet, voilà ce qu' « ils » disent parce qu'elle tient l'Évêque, le Gouverneur et l'Intendant.

Comme il chuintait entre ses dents gâtées, brunies par le tabac, ce qu'il disait était assez inintelligible et Angélique qui en attrapait péniblement quelques bribes se demandait avec un mélange d'incrédulité et d'inquiétude si c'était bien d'elle qu'on parlait.

— Aide-moi, Banistère, insistait l'homme. Tu y as autant d'intérêt que moi... Je te promets. On partagera le butin... Et s'il y a des écus, on partagera pour tes procès.

Le géant resta si longuement silencieux, immobile et impassible, qu'on pouvait se demander si les trois silhouettes qui se tenaient à l'orée du bois et dont l'une portait un enfant et qui se détachaient en sombre comme des statues de bronze sur la clarté du ciel, ne venaient pas de geler sur pied d'un seul coup. « Ce qui ne tarderait pas à arriver », se dit Angélique frigorifiée.

L'un de ces deux brutaux avait l'intention de lui faire un mauvais parti à deux pas de Québec et pourquoi ? et pour qui ? Et comme elle savait obscurément les réponses elle ne bougeait pas non plus. Québec proche ne signifiait pas le secours. La vie, la mort, se côtoyaient et chacun vivait son destin dans le secret

Au même instant, le soldat impatient, ébaucha un mouvement en avant. Banistère le cloua sur place d'un seul grognement mauvais.

— Bouge pas !

Puis il eut un geste bref et sans appel du menton.

— ... Retourne d'où tu viens, La Tour. Et plus loin encore si possible...

— Tu es fou, Banistère... Tu sais ce que tu risques ? Pourquoi la défends-tu ?

— C'est ma voisine, répondit Banistère comme il aurait dit . c'est ma cousine, reconnaissant à ce lien des obligations inaliénables de se prêter assistance.

La clarté dorée du ciel derrière eux accentuait l'imprécis de leurs ombres respectives. On n'y voyait luire que les yeux. Mais Eustache Banistère n'en perçut pas moins le mouvement de la main de La Tour vers l'entrebâillement de sa casaque. D'un coup de pied il cueillit cette main, ne lui laissant pas le temps de révéler si elle comptait se saisir d'un pistolet ou d'un couteau. Puis attrapant le bonhomme par la nuque, il lui fit craquer les os, le rossa de trois coups de poing puis le lâcha en le projetant au loin, en direction de la forêt. L'autre se rattrapa tant bien que mal. Il n'était pas mort. Il n'avait pu pousser que quelques râles et reprenait souffle avec peine. On aurait dit qu'il ne savait plus que faire de ses bras.

— Je t'ai laissé tes jambes, dit le colosse, pour que tu puisses filer plus vite. Sinon on aurait dû te conduire à l'Hôtel-Dieu et le Ronchon aurait vite été au pied de ton lit...

— Ça ne t'aurait pas plus arrangé, cornard ! Ton compte est bon, à toi aussi !

Mais prudemment le soldat s'éloignait en claudiquant.

— Qu'est-ce qui t'a pris, Banistère ?

Son timbre rauque se perdit, tandis que l'ombre des bois happait sa silhouette, trébuchante.

Ayant retrouvé mouvement et déposé Honorine à terre, Angélique s'avança pour remercier Banistère de lui avoir assuré sa protection. Mais il leva une main large comme un battoir.

— C'est pas pour vous !... J'allais relever des pièges, j'ai rencontré le Bougre Rouge qui m'a dit : un danger attend la dame par-là. Tiens-toi à cet endroit et arrange-toi pour qu'il ne lui arrive pas malheur. Faut jamais désobéir à un sorcier...

Puis il la précéda et elle marcha derrière lui, avec l'enfant, jusqu'aux abords de leurs demeures.

En apercevant le raidillon qui conduisait aux cours sur l'arrière de la maison et de la chaumière, Honorine s'élança appelant ses amis. Elle était ravie de sa promenade. Angélique moins.

— Méfiez-vous, dit Banistère avant de les quitter, « ils » veulent votre perte.

Les « ils », dont Banistère et le soldat parlaient, devaient être les amis de Vivonne : Saint-Edme, Bessart, et le duc lui-même, une fois de plus mêlé à leurs manigances d'apprentis sorciers. Avec une science insuffisante, rien n'était plus dangereux que de pénétrer dans le domaine maléfique. La désobéissance, la maladresse du conjurateur n'étaient pas seulement payées de l'échec, mais de maux indicibles qui se retournaient contre lui. L'opération magique à laquelle s'était livré Varange semblait destinée à entraîner une avalanche de cadavres. Il était notable qu'au centre de presque toutes les manipulations de magie noire on trouvait l'animal ou l'enfant immolés comme symbole d'innocence pour satisfaire le dieu cruel des Ténèbres.

Le seul initié, le Bougre Rouge, n'en était pas pour autant un être rassurant. Elle ne devait pas oublier qu'il avait aidé le comte de Varange à savoir ce qu'il était advenu d'Ambroisine par l'intervention du diable. Comme Angélique quittait la cour des Banistère le chien maigre sous l'arbre la regardait, et il paraissait de plus en plus amaigri avec un regard de plus en plus éteint dans le buisson d'aiguilles de glace de ses poils.

Elle rentra chez elle, oppressée d'un poids terrible.

Honorine était déjà dans un baquet d'eau chaude avec Chérubin et pérorait tandis que Yolande l'étrillait énergiquement.

— J'ai passé une très belle journée. J'ai mangé des ortolans et j'ai dansé.

— En Carême ! s'exclamait Yolande.

— Veillez bien sur elle, dit Angélique. Veillez bien sur les enfants... Et remettez-leur au cou les images de Monsieur de Loménie.

— Le chat ? Où est le chat ?

Elle le chercha de la cave au grenier et, ne le trouvant pas, se persuada qu'elle était arrivée trop tard. « Ils » s'étaient emparés de lui et étaient en train de l'écorcher vif pour l'offrir au démon.

Elle jeta un manteau sur ses épaules.

— Je sors, lança-t-elle à la cantonnade.

— Maman, cria Honorine, n'oublie pas que nous allons ce soir écouter l'histoire de la Princesse de Clèves.

Comme elle se dirigeait vers la porte, Angélique aperçut le chat, dans les hauteurs, perché sur une tablette, à côté d'un crucifix et suivant ses allées et venues d'un regard olympien.

— Tu m'as fait une belle peur, petit pendard !

Puisqu'elle était sur le point de sortir elle décida d'aller jusqu'à la Prévôté. En chemin elle se souvint que c'était le dimanche du mois que M. Garreau d'Entremont consacrait à sa dévotion particulière de Saint-Michel-Archange. Elle entra dans la cathédrale et trouva le Lieutenant de Police en prière à l'écart. Quelle lumière demandait-il au ciel et pour éclairer quelle lanterne ?... Était-ce la grâce de déceler le Mal qu'il devait pourfendre sous des masques souvent bien trompeurs ?

La tâche avait été plus simple pour l'archange Saint-Michel dont la petite statue de bois peint dominait, posée sur un socle de pierre, au-dessus d'un plateau de cierges. Le dragon représentant Lucifer était suffisamment hideux pour qu'il fût terrassé de bon cœur. Mais Angélique estima qu'on avait peint le monstre encore d'un trop beau vert.

Avertissant M. d'Entremont qu'elle avait à lui faire une communication urgente, elle l'entraîna sur le parvis.

Elle pouvait, lui dit-elle, lui indiquer où trouver le soldat La Tour qui avait fait la conjuration sur le crucifix dans l'affaire

Varange. Il avait parlé devant elle et, se devinant surpris, il avait essayé de lui faire un mauvais parti. Quelqu'un était intervenu à temps. L'homme était blessé et ne pouvait être allé bien loin. On le trouverait chez les Berrichons ou dans les parages.

Il nommerait sans difficultés ceux qui le payaient pour toutes sortes de manigances et de conjurations criminelles, les amis de ce Varange, dont ce Saint-Edme qui avait répandu des calomnies absurdes sur elle, un baron de Bessart, leur valet à la parfaite mine de bandit un nommé La Corne.

— Vous devriez les arrêter, au moins les mettre sous surveillance car ils sont dangereux.

— Mais ces gens appartiennent à la maison du duc de La Ferté, il me semble, émit Garreau d'Entremont en fronçant les sourcils. C'est un grand seigneur de l'entourage du Roi, à Versailles.

— Qui est ici sous un faux nom comme vous le savez sans nul doute. Ne serait-ce pas pour fuir les conséquences d'actes plus que répréhensibles ?

— Je ne le nie pas, Madame. Mais ces indésirables échappent à mon contrôle, encore que Monsieur le Gouverneur auquel ils sont recommandés, soit très attentif à surveiller leur conduite. Mais nous avons consigne d'éviter de leur déplaire

— Alors soyez vigilants. Car ceux-là sont de vrais assassins je vous l'affirme.

M. Garreau d'Entremont plissa des yeux. Une expression assez fine passa sur son épais visage.

— Et qui placez-vous, Madame, dans la catégorie des « faux » criminels, disons, si je vous comprends bien, des criminels justiciers ? Vous, peut-être ?

— Ah ! vous en revenez toujours à ce soupçon étrange envers moi. C'est Monsieur de Saint-Edme, ce vieillard lubrique, mêlé à ces horribles orgies qui est venu m'accuser après avoir lu peut-être cette révélation en signes cabalistiques dans le miroir magique ? Et c'est vous, un policier, qui réclamez des preuves et des cadavres pour accuser ; qui ajoutez foi à des sorcelleries ? Eh bien ! oui, sachez-le, si j'avais eu l'occasion de tuer votre immonde Varange, je l'aurais fait cent fois et je m'en féliciterais.

— Mais vous ne le diriez pas..

— Monsieur d'Entremont, vous me blesseriez si je ne sentais que vous veillez sur nous comme Monsieur de La Reynie veille sur Paris, et c'est ce qui vous porte à ne négliger aucune piste.. même des plus impensables. Eh bien ! voyez, je vous apporte un renseignement : trouvez le soldat Peut-être ses aveux vous conduiront-ils au cadavre de M. de Varange... où à son assassin. Je vous pardonne. Votre tâche n'est pas facile. Maintenant que je vous ai vu, je me sens rassurée. Je suis désolée d'avoir ainsi troublé vos oraisons et vous supplie de m'accorder votre indulgence...

« Ces jolies femmes sont émotives », se dit Garreau en la suivant des yeux... « Mais combien charmantes... »

Il ne la voyait pas tuant quelqu'un.

Et pourtant...

En arrivant chez Mlle d'Hourredanne où la lecture était déjà commencée, Angélique trouva tout le monde en larmes y compris Honorine.

M. de Clèves venait de mourir.

Il était mort de désespoir d'amour. Les aveux que Mme de Clèves lui avaient faits de sa passion pour M. de Nemours l'avaient frappé au cœur aussi sûrement qu'un poignard.

— Je vous l'avais dit : n'avouez jamais ! s'écria Ville d'Avray. Cette sotte se confesse et tout le monde en meurt. Joli résultat : de toute façon, il n'y avait rien de grave dans tout cela... Rien !

En amour rien n'est grave, ni ne mérite qu'on se donne la mort et qu'on se prive des bienfaits de la vie...

On pensait trop dans cette ville. On y vivait trop. On y aimait trop. Le vent sifflait.

— Maman, intercédait Honorine, maintenant que Banistère est devenu gentil, peut-être pourrais-tu délivrer le chien ?

Angélique avait la tête qui éclatait.

La confection d'une soupe aux fèves qu'elle élabora le lendemain avec La Polak lui ménagea un temps de répit.

A elles deux, elles dénudèrent activement plus d'un boisseau de fèves. La première peau enlevée, les légumes furent plongés dans l'eau bouillante salée où trempaient des brins de sariette. Puis on les égoutta et une certaine quantité en fut réservée pour la garniture.

Énergiquement, le reste fut pilé dans des mortiers de bois et la purée, ainsi obtenue, allongée avec l'eau de cuisson. Après un nouveau bouillon dans le chaudron, le potage fut passé à l'étamine dans un autre récipient.

Angélique et Janine discutèrent sur la quantité à délayer dans du lait froid d'une farine anglaise que La Polak gardait cachée et qu'elle ne réservait qu'à des préparations de qualité. Ce produit extrait d'un rhizome exotique et que les « yenglish » appelaient *arrow-root*, elle l'estimait préférable pour « lier » les potages que les farines ordinaires.

Le dosage s'étant révélé juste après une nouvelle ébullition qui vit le potage s'épaissir et devenir onctueux comme une crème, quantité de jaunes d'œufs furent ajoutés, plus les fèves réservées et la moitié d'une motte de beurre.

La Polak avait sa façon à elle de mener le Carême de ses clients.

— Les curés n'y peuvent rien redire, c'est du potage de pénitence : légumes et laitage.

Tout en épluchant pilant et tournant, Angélique mettait son amie au courant de ses déboires et de ses inquiétudes.

Ce qui était réconfortant lorsqu'on parlait à La Polak c'est que tout lui était vraisemblable. Elle ne doutait pas. Ni de votre esprit, ni de votre bon sens, ni de ce que vous aviez vu et entendu, ni de l'interprétation que vous en donniez. Elle tenait pour évidentes, acquises, toutes les manifestations que peut prendre le drame humain et ne voyait pas d'obstacle à ce qu'elles se manifestassent toutes à la fois, le danger et le miracle, l'espoir et la victoire, l'intervention du diable comme celle de la maréchaussée. Elle adhérait à tout, vous suivait dans tous vos dédales, partageait, réfléchissait, souffrait et tremblait avec vous. Après quoi, elle s'employait avec plus de fougue encore que vous-même à faire le point et à tirer des plans d'attaque et de défense. Allant et venant de son mortier à ses marmites et, de là, à son oratoire où elle alluma deux chandelles dans les chandeliers de bois doré que lui avait offerts Angélique.

— Ne t'en fais pas, frangine, dit-elle. Y a des moments comme ça dans la vie où tout vous tombe sur le râble. Quand on vous veut du bien tout va bien. Mais quand on vous veut du mal, c'est signe qu'on dérange. Et quand on dérange c'est signe qu'on est plus fort que d'autres... Et qu'il y a quelque part un enjeu d'importance à gagner. Où sont-ils ceux qui veulent ta peau ou au moins te réduire au silence ? De quoi ont-ils peur ? Que tu deviennes trop puissante ? Près de qui ? Que tu révèles leurs manigances ? A qui ? Ce soldat, il a peur qu'on apprenne son sacrilège. Et le Ronchon, il veut savoir qui a assassiné le comte de Varange. De ce côté-là, je suis tranquille Tout ce beau monde se mord la queue. Va voir le Bougre Rouge, il peut te dire de qui te méfier et de qui prendre garde, ou te faire une petite conjuration pour les décourager. Mais, si tu veux mon avis, ça ne tourne pas si mal pour toi et je te vois bien placée

— C'est ce que m'a dit le Père de Maubeuge.

— M'étonne pas ! Moi et les jésuites tu vois on se com prend...

En quittant La Polak, elle leva les yeux Au flanc de la falaise la lune allumait des diamants aux guirlandes de glace et, sous des babines de neige, de longues dents de cristal pendaient dans l'ombre des cours et des recoins du vieux quartier Sous-le-Fort, au sommet duquel habitait le Bougre Rouge.

Elle irait demain.

64

FUT-ELLE DÉÇUE DE LA RENCONTRE ?

Elle avait devant elle un petit homme fort savant mais qui ne voulait rien lui dire.

La cahute du sorcier était éclairée par une lampe de fer forgé, de celle qu'on appelait « bec de corbeau », pendue aux solives, et dans une cuve de pierre de stéatite creusée, des mèches qui trempaient dans de l'huile de baleine répandaient une suffisante chaleur.

L'Eskimo dans un coin, celui qui fabriquait des gants en peaux d'oiseaux et des pansements en peaux de souris, surveillait, les yeux brillants.

Le Bougre Rouge disait qu'il n'avait pas assisté à la cérémonie que le comte de Varange avait tenue dans sa maison.

— Je lui ai indiqué ce qu'il fallait faire pour lire dans le miroir noir mais je ne sais pas ce qu'il y a vu.

— Qui le sait ?

— Ceux qui étaient présents : les enfants, le valet, le soldat qui a fait la conjuration sur le crucifix... et maintenant le Lieutenant de Police s'il peut les faire parler, ajouta-t-il en reniflant et en passant sa main sous son nez pour dissimuler un sourire.

— Vous ne me dites pas la vérité...

— Vous n'avez pas besoin de la savoir. Lorsqu'on a le jeu en main, et vous l'avez, il est préférable de ne pas tout savoir. La créature est faible, il vaut mieux qu'elle soit un peu aveugle et qu'elle ignore la profondeur du précipice qu'elle côtoie. Ainsi marche-t-elle plus sûrement vers le but que ses ennemis redoutent de lui voir atteindre.

Il se moquait d'elle. Il reconnut cependant que la nuit qui avait suivi l'arrivée de leur flotte à Québec, M. de Saint-Edme et Martin d'Argenteuil étaient venus le trouver avec des hosties volées et qu'ils étaient prêts à le payer une fortune pour qu'il leur concoctât un charme assez puissant capable de les faire entrer en communication avec leur complice en alchimie démoniaque, Varange, qui avait disparu.

— Ils m'ont fait rire avec leurs hosties. Ces gens-là dégradent les secrets. Ils touchent à des choses dangereuses, sacrées et difficiles pour satisfaire d'insanes questions de préséance ou de gratifications royales. L'autre, Varange, était plus sérieux. Il brûlait d'amour infernal pour un être infernal. Il s'était emprisonné de mille façons dans les rets de la concupiscence, celle qui dévore son propre feu. Il pouvait réussir l'opération.

— Vous avez dit : un être infernal. Vous savez donc qui il a vu dans le miroir magique ?

Il haussa les épaules avec agacement.

— Cessez donc de parler du miroir magique, c'est piteux ! Il s'agirait plutôt de ce que John Dee a vu dans la pierre noire d'Enoch... C'est beaucoup plus grave. Cela implique des rencontres sidérales...

— Qui était John Dee ?

Avec patience, il lui expliqua que c'était un Anglais, un scientifique du début du siècle, mathématicien distingué, spécialiste des classiques. Il avait inventé l'idée d'un méridien de base : le méridien de Greenwich. Mais il s'était fait arrêter pour conspiration magique contre la vie de la Reine Marie Tudor.

Plus tard, on lui prêta les pouvoirs du rabbin Jacob Loëb qui, à Prague, avait créé un être à distance par sa pensée, le golem, dont les apparitions blêmes terrorisaient la ville. Prague était pourtant la ville la plus magicienne d'Europe, priviligiée des sciences occultes.

Quant à la pierre noire à travers laquelle il captait ce qu'il appela « les voix énochiennes », était-elle venue d'un autre monde ? Avait-il eu des émules qui en possédaient des fragments ?

Le sorcier retira, de sous une pile de manuscrits, des feuillets rongés au bord à croire qu'on avait essayé de faire de la dentelle et lui montra le titre du livre en question, qu'elle eut la surprise de déchiffrer en anglais « *A True and Faithfull relation of what passed between Dr. John Dee and some spirits* » (1).

Les autres aussi, Saint-Edme, Argenteuil, ils lui faisaient pitié et même peur avec leur ignorance malhabile et leurs manipulations perverses, grossières. Il les avait renvoyés avec leur boîte d'hosties. Pour rien au monde, il n'y aurait touché

(1) La véritable et fidèle relation de ce qui s'est passé entre le docteur John Dee et quelques esprits

— Ce Varange a commis une grave infraction, il a mêlé aux rites que je lui avais indiqués ceux de la conjuration de Belzébuth car l'être qu'il convoquait était un démon. Il a déclenché des forces dangereuses terribles. Et désormais la pierre noire est maudite, je ne peux plus m'en servir.

Il la regardait en clignant des paupières comme si chaque fois ce qu'il lisait en elle l'embarrassait.

— Dans toute conjuration de Belzébuth, l'animal doit être vivant.

— Le mal se repaît de la douleur des êtres vivants.

Le Bougre Rouge haussa les épaules.

— Mal ? Bien ? Ange ? Démon ? Ce ne sont que des mots qui dissimulent l'intervention des Invisibles. Les esprits mauvais veulent le sang vivant car c'est le rayon rouge de la vie, et ils veulent le souffle vivant qui l'anime, car ils sont jaloux du don des hommes qu'ils ont perdu ou ne posséderont jamais...

Angélique frissonnait.

« Oh ! Joffrey, ils ont voulu t'entraîner dans ces ténèbres, te condamner comme sorcier... Quelle aberration ! »

— Mais ici, les choses ne se passent pas comme dans l'Ancien-Monde, continuait le sorcier. Nous ne sommes pas nombreux comme dans les campagnes d'Europe. Je suis seul ou presque seul à SAVOIR, Madame.

Il lui désigna les livres qui s'ammoncelaient. On devait à peine s'étonner qu'en une ville où tous se piquaient d'instruction un sorcier possédât une bibliothèque de théologien.

Il lui montra une copie du *Livre de Toth, L'Apocalypse Alchimiste* de Basile Valentin, *Le Miroir des Secrets* de Roger Bacon, *Le Désir Désiré* de Nicolas Flamel, *Le Rosaire Philosophique* d' Arnaud de Villeneuve et, en anglais, *Le Livre des Douze Portes* de Ripley. Tous livres maudits, mais qui voisinaient avec *Le Paradis ouvert à Philagie* du jésuite Paul de Barry et de doctes essais de l'Université de Louvain. Où et quand s'était-il procuré tant de rares spécimens ? Elle retenait ces questions futiles auxquelles la poussait une féminine curiosité.

— Chaque temps est le temps d'une sphère, expliquait-il. Une fois la révolution accomplie il faut passer à une autre sphère car les sphères se rejoignent sans fin. Je dois maintenant me consacrer à l'étude. Il y a des choses nouvelles à découvrir ici que les prêtres ne prennent pas en considération.

— Vous renoncez à la magie noire ?

Il ricana.

— Magie noire ? Magie blanche ? Je vous ai dit que c'est tout comme. Les prêtres aussi ont fait couler le sang vivant et pendu l'innocent au croc du supplice.

Puis il ajouta dans un chuchotement complice.

— ... Vous le savez comme moi... Mais il ne faut pas le dire, sinon ils allumeront encore le feu des purifications... Et, maintenant, belle dame, remontez dans votre perchoir de la Haute-Ville. Car s'annonce la dernière tempête, la plus terrible

65

UNE POUDRERIE QUI FORMAIT NUAGE TOURBILLONNAIT AU SOMmet de l'île d'Orléans et de la côte de Lévis. Le soleil brillait encore, mais tout le monde se hâtait.

Dans la côte de la Montagne, Angélique aperçut la petite Ermeline qui venait à sa rencontre. La « miraculée » à plusieurs titres lui donnait du souci. Elle l'enleva dans ses bras. « Que je t'aime, petit bébé gourmand ! »

De noires nuées montèrent rapidement derrière la cathédrale et le soleil s'éteignit. Tout à coup ce fut la charge.

Pour nouer sa fanchon plus serrée sous son menton, Angélique eut l'imprudence de poser l'enfant à terre et Ermeline s'envola d'un coup, ses petites jupes gonflées par le vent formant cloche. Angélique la rattrapa au vol. Des charrettes des paniers, des escabeaux, toutes choses oubliées par les rues commençaient leur sarabande, roulaient, tourbillonnaient, retombaient brusquement. Un chien hurla projeté contre un mur. Il se tapit à terre à l'abri d'une borne cavalière. Angélique traversa la place de la Cathédrale penchée comme une vieille, couchée à ras du sol, avec l'impression de cauchemar que le vent finirait par lui arracher Ermeline, trop frêle, comme il lui arrachait son manteau qu'elle ne sentait plus sur ses épaules. Ses jupes claquaient derrière elle et la secouaient à croire que des démons s'y cramponnaient. Au sommet des mâts et des édifices, les drapeaux et oriflammes que l'on n'avait pas eu le temps d'amener se déchiraient d'un coup avec un claquement sec d'arme à feu. Le maître d'hôtel des Mercouville vint au-devant d'Angélique dans le jardin, mais cet homme qui était âgé fut sur le point de ne pouvoir résister au vent et dut rester immobile, luttant sur place pour ne pas être jeté a terre

Heureusement, la neige qui commençait à s'ammonceler redonnait aux êtres et aux choses un peu de pesanteur. Angélique poursuivit sa marche infirme jusqu'au seuil de la grande demeure des Mercouville où elle ne se rassura qu'en voyant Ermeline passer, par l'entrebâillement de la porte à laquelle se cramponnaient ses frères, dans les bras sûrs de la nourrice martiniquaise, tandis que M. le Juge qui était grand et de belle taille revêtait sa houppelande pour aller au secours de son maître d'hôtel.

— Restez ! Restez, Madame ! criait la famille toute rassemblée en cercle dans le vestibule.

Mais Angélique voyait l'amorce de sa rue non loin, au bout de laquelle se trouvait sa maison et elle voulait profiter de ce que la tempête n'était pas encore déchaînée pour l'atteindre. Le vent, sous l'afflux de la neige qui s'épaississait, marquait une accalmie. Elle put sans trop de mal repartir en sens inverse et entreprendre la montée de la rue de la Petite Chapelle. Mais la poudrerie devint tellement cinglante, glaciale et suffocante qu'elle n'avançait plus que les bras croisés sur le visage. Un brusque coup de vent en tourbillon lui fit perdre l'équilibre. Elle jeta les mains en avant et se cramponna à un rebord de fenêtre qu'elle ne lâcha plus jusqu'à ce qu'elle sentît diminuer la fureur des rafales qui, comme le courant d'un fleuve, semblaient vouloir l'entraîner. Une accalmie se produisit et, entre les cataractes blanches qui se déversaient, Angélique voyait scintiller au-dessus d'elle un soleil d'or flamboyant avec un grand rire naïf et des yeux écarquillés : *Le Soleil Levant*. Une fente de lumière perça la tourmente, une main se tendit, la saisit au poignet et la tira à l'intérieur.

La main qui l'avait happée et ramenée dans cet antre de chaleur que représentait la grande salle du *Soleil Levant* était celle du cabaretier lui-même.

— Ah ! Madame, disait-il en s'empressant, vous me dédaignez. Êtes-vous seulement entrée deux fois dans mon établissement depuis que vous êtes à Québec ? Il faut que la tempête vous jette sur mon seuil pour que vous me fassiez cette grâce de vous asseoir chez moi.

Il la débarrassait de son manteau lourd de neige. Il lui avançait une chaise à dossier devant une table qu'il faisait briller d'un coup de torchon. Il savait d'où venait le mal : Janine Gonfarel qui l'avait accaparée, avait déprécié son établissement en se moquant de son sirop d'orgeat. Elle n'avait pas trop de lazzis pour se moquer des boissons délicieuses qu'il préparait à ces dames charmantes de la Haute-Ville, dont elle n'avait pas voulu être quoique étant sa voisine à quelques maisons près.

— Eh bien ! soit, donnez-moi de votre sirop d'orgeat, dit-elle tandis que Mme Boisvite lui apportait un linge pour s'essuyer le visage et les cheveux. Mais accompagnez-le d'une boisson chaude car je suis gelée.

— Ne craignez rien, ma grand-mère aubergiste avait une recette qu'elle m'a léguée. On mêle le sirop d'orgeat à du lait chaud et du café brûlant. Elle était normande mais son mari avait voyagé et lui avait appris à fabriquer le café.

Il fut prompt à rapporter un grand bol fumant où il avait mêlé ses divers ingrédients et à la surface duquel il avait ajouté une pleine louche de crème épaisse.

Croyant boire une boisson inoffensive, Angélique prit le récipient à deux mains et en quelques longues gorgées avala le breuvage brûlant, crémeux, au goût d'amandes douces et de sucre, un régal pour enfants, femmes ou chats gourmands, à s'en pourlécher les babines.

Or, comme la boisson martiniquaise de Mme de Mercouville qui cachait, sous un sirop de sucre, de fortes doses de rhum, le café de la grand-mère normande dissimulait une demi-pinte d'un alcool de poires dont Boisvite montra avec fierté le flacon aux sémillants reflets d'une eau dorée qui méritait plus que jamais son nom latin : Aqua Vitae : eau-de-vie, indien : eau-de-feu.

— En effet, cela réchauffe merveilleusement, eut le temps de s'écrier Angélique avant de se cramponner des deux mains à la table.

Ses prunelles vertes se troublèrent d'un voile languide. Et sa voix eut malgré elle une inflexion fléchissante pour dire :

— Monsieur Boisvite, vous êtes un traître...

Après quoi, elle vit ou crut voir Nicolas de Bardagne venir s'asseoir à sa droite et le duc de Vivonne à sa gauche. Cette taverne lui parut peuplée d'êtres incertains, mi-fantômes, mi-charnels, surgis pour la distraire. Elle vit tout d'abord quelqu'un qu'on ne se serait pas attendu à y trouver : La Dentellière.

— Moi ? Aller dans votre repaire de brigands d'Acadie ! disait celle-ci en renversant la tête en arrière avec un rire de gorge. Moi qui n'ai jamais bougé de Québec même pour aller à Montréal ou aux Trois-Rivières !

Vauvenart adressa un signe à Angélique. Était-il là ? ou non ? Il déploya sa haute taille qui touchait les poutres du plafond pour venir lui baiser la main.

— Je la convaincrai...

Il tanguait un peu.

Une femme très blonde, l'air hardi, intéressante, pensa Angélique, une Guillemette plus jeune, tenait le bout d'une tablée autour de laquelle plusieurs hommes avaient pris place ne la quittant pas des yeux et riant de tout ce qu'elle disait. Parmi eux Grandbois, mais aussi le major d'Avrensson.

Le cabaretier qui voyait les yeux d'Angélique fixés sur elle vint la renseigner en se penchant à son oreille.

— C'est une seigneuresse du côté du lac Saint-Pierre, Madame de La Dauvernie.

Elle avait quarante ans. Un manoir, des centaines d'arpents de belles terres en concessions. Encore une veuve ! Pas pour longtemps. Elle était venue à Québec pour chercher son homme. Ici, au Canada, on vivait bien. Il n'y avait pas de veuvage sans rémission. Une femme accorte et bien pourvue ne restait jamais longtemps seule. Celle-ci voulait un compagnon et un amant pour les noires soirées en son manoir perdu. Pour diriger la seigneurie elle n'avait besoin de personne. Elle s'y entendait, fallait voir ! On en trouvait beaucoup comme elle ; des femmes au Canada — opinion de Boisvite — valaient mieux que les hommes. C'était connu et de valeur.

Un jeune homme était assis seul sur un tonneau tourné au coin de la grande cheminée, un pied s'appuyant au degré de pierre. Il fumait une longue pipe emplumée. Sa beauté était prodigieuse dans l'encadrement de longs cheveux noirs et lisses. Son regard sombre et pensif, rêvait. « Dieu du ciel, il m'inspire ! » se dit-elle.

— Pourquoi regardez-vous ainsi ce sang-mêlé ? demanda la voix du duc de Vivonne.

— Il est beau.

Mais le jeune homme se leva. Elle le trouva un peu court de jambes et son excitation tomba.

— Je ne suis guère partisan, déclarait la voix d'un jeune fonctionnaire qui se trouvait à leur table, de ces mariages qui ont donné des Français nouveaux qui ne sont bien ni dans la forêt, ni dans nos salons. Mais pour la guerre iroquoise, certes, ils valent les meilleurs soldats d'Europe.

Lui-même était Canadien ce qui lui permettait de boire sec sans trop perdre la tête. Il se nommait Adrien Desforges. M. l'intendant Carlon, qui l'avait dans son état-major, l'avait mis à la disposition du duc de La Ferté dépourvu de son écuyer, pour lors indisposé et ne pouvant l'accompagner dans les tavernes.

— Si jamais, dit La Ferté-Vivonne d'une voix pâteuse, s'adressant à Nicolas de Bardagne, de l'autre côté d'Angélique elle vous a regardé comme elle vient de regarder ce sang-mêlé, vous êtes un homme heureux. Mais je ne crois pas que vous puissiez vous en vanter. Elle est comme l'oiseau qui, évoluant avec grâce dans le ciel, se livre à l'admiration de vos regards et s'en grise, mais inaccessible, comprenez-vous ? C'est un oiseau libre, qui ne se laisse capturer que quand il le veut bien... Ah ! Que n'ai-je connu le moment où je l'ai capturée ! Je l'ai laissé passer sans comprendre... Je n'ai compris qu'ensuite... Elle ne pensait pas à moi... Elle était ailleurs... Elle s'est moquée de moi... Et pourtant elle aime bien faire l'amour. Son plaisir n'était pas une feinte et c'est sa force... C'est lui qui nous déchaîne... Elle aime bien faire l'amour...

— Taisez-vous, Monsieur, dit Nicolas de Bardagne la sueur au front car toutes les images qu'évoquait le monologue du duc de La Ferté le jetaient dans des états alternés de fureur et de trouble.

Angélique commençait par retrouver l'usage de la parole.

— Par quelle damnation... dit-elle, par quelle damnation faut-il que vous vous retrouviez toujours ensemble au même endroit... Vous ! Tous les deux ?

— Qu'est-ce qui vous lie à ce jean-foutre ? lui demanda Vivonne en désignant Bardagne du menton.

— Et tous les deux toujours à me poser les mêmes questions stupides : Qu'est-ce qui vous lie à celui-là ? Que vous veut-il ? Pourquoi lui ? Pourquoi pas moi ?

— Monsieur, est-ce à moi que vous venez de faire allusion en parlant de jean-foutre ? demanda Bardagne en fronçant les sourcils.

— A qui voulez-vous que je fasse allusion ?

— Vous êtes pris de boisson, je crois !

— Vous aussi !

— Peut-être, mais il ne m'arriverait jamais, dans le pire état, d'oublier la déférence que je dois à la fonction de certaines personnes. Je suis chargé de mission du Roi, Monsieur, et votre langage à mon propos me semble prouver que vous l'avez oublié...

— Oh ! Vous vous voyez bien gros, Monsieur, persifla le duc. Et moi, je vous vois plutôt jobard en cette affaire. Je connais le Roi et quelque chose qu'il n'a point dit se cache derrière ce choix qu'il a fait de votre personne, car plus je vous connais, moins je comprends les qualités qui ont pu retenir son attention. Il a fallu que vous soyez très, très recommandé... Et je ne vois pas par qui ? Qui, à ma connaissance, aurait pu prendre le risque...

Bardagne l'interrompit avec un froid mépris.

— Monsieur, vous vivez dans un monde où l'on ne peut guère monter sans être cautionné, car la valeur n'a point de part dans le motif de cette ascension. Il n'en est heureusement pas de même partout et ma carrière était suffisante pour me recommander au Roi et lui inspirer confiance en ma personne. Sachez, Monsieur, — et Nicolas de Bardagne se redressait avec dignité — que j'ai été plusieurs années représentant du Roi à La Rochelle pour les affaires religieuses et c'est une position dont vous ne pouvez contester la gravité... Surtout en notre temps où la conversion de tous les huguenots de France est souhaitée par le Roi, problème auquel il apporte tous ses soins...

— Qui donc m'a dit que vous aviez manqué d'énergie à La Rochelle ? Vous peut-être, après tout ! Un jour où vous étiez en veine de confidences. Pas assez d'abjurations, paraît-il, pas assez d'arrestations !

— Monsieur, ces questions de conscience religieuse ne peuvent se traiter brutalement. Pour une conversion, il faut le consentement intérieur. Je me suis évertué à me faire des amis parmi les huguenots...

— Et vous vous êtes retrouvé à la Bastille à ce que je crois... Oui, Monsieur, vos protections ne doivent pas être négligeables. Pour, après de si évidentes erreurs, vous avoir tiré de là et nanti d'une petite mission de consolation en Canada.

— Que savez-vous de l'importance de la mission dont Sa Majesté m'a fait l'honneur de me charger ? Elle est secrète et fort personnelle.

Vivonne haussa les épaules avec un sourire de pitié.

— Que croyez-vous donc ? Je sais tout sur la mission que vous avez si brillamment menée pour le Roi. Vous deviez le renseigner sur un gentilhomme d'aventure qui se faisait appeler le comte de Peyrac.

— Ne parlez pas sur ce ton de Monsieur de Peyrac, intervint Nicolas de Bardagne. Devant Madame de Peyrac, c'est indécent, déplaisant.

— Vous ne vous êtes pas montré si indulgent pour ce pirate dans votre rapport au Roi...

— Comment savez-vous ce que j'ai dit au Roi ? Et comment savez-vous que j'ai déjà envoyé un rapport à Sa Majesté ? s'étonna vivement l'autre. Lui avez-vous parlé de ma lettre écrite à Tadoussac ? s'informa-t-il alarmé, tourné vers Angélique.

— Mais non.. Je ne pense pas .. dit-elle

Le duc de Vivonne secouait la tête.

— Mon cher, point n'est besoin des indiscrétions d une

maîtresse pour que la moindre des démarches d'un fonctionnaire comme vous soit connue de tous. Il suffit de graisser la patte de vos gens. Vous avez beaucoup à apprendre sur ce point... Si on vous en laisse le temps... Donc, nous pouvons déjà imaginer le Roi tenant votre rapport en main... Je le vois... murmura-t-il, je le vois déchiffrant vos lignes, et combien vous l'intéressez en lui parlant de la beauté de cette femme qui accompagne le pirate.

— Je n'ai fait aucune allusion à elle, rétorqua froidement Nicolas de Bardagne, et voilà bien la preuve que vous parlez sans rien savoir et que vous me faites douter en vain de la discrétion de mes serviteurs. Vous plaidez le faux pour savoir le vrai, Monsieur, dans quel but ? Je l'ignore, mais je ne vois pas pourquoi je vous célerais d'aussi insignifiants renseignements. Le Roi ne s'intéressait à la femme, épouse ou compagne, qui accompagnait Monsieur de Peyrac que pour être informé s'il ne se cachait pas derrière elle une personne fort recherchée par sa police, qui aurait porté les armes contre lui dans une rébellion de province. J'ai pu répondre à Sa Majesté que non... et c'est tout...

Le « c'est tout » fut noyé dans l'explosion de l'énorme éclat de rire qui s'empara de Vivonne et dont le fracas couvrit presque les miaulements, sifflements et roulements terrifiants de la tempête.

Après s'être tenu la panse à faire croire qu'il allait éclater, il émit, entre deux hoquets :

— Monsieur ! Monsieur, je réitère ce que j'avançais ce tantôt... Vous connaissez mal notre Roi

— En quoi donc, je vous prie ?

— Assez ! dit Angélique.

Si elle n'avait pas été tellement ivre, elle aurait sauté toutes griffes dehors à la gorge de Vivonne pour le faire taire. Mais grâce à la boisson, elle pouvait considérer de haut les incidences d'un débat qui la mettait en cause de la plus inquiétante façon. Il fallait pourtant faire comprendre au duc que la plaisanterie avait assez durée.

— Si vous continuez de rire et si vous dites un mot de plus... Je vous... Je me vengerai de vous, assura-t-elle en lui dédiant un regard meurtrier.

Sous ce regard Vivonne finit par se calmer, mais il pouffait, comme ne pouvant se retenir, et s'affalait exprimant qu'il n'en pouvait plus d'avoir trop ri.

— En quoi donc, je vous prie, mon rapport pècherait-il pour ne pas satisfaire le Roi ? insistait Bardagne, très nerveux.

— Eh bien ! disons... — Vivonne pouffa encore en regardant

Angélique de côté, il n'est peut-être pas assez... complet... Le Roi aime les détails... souvenez-vous, beaucoup des détails.. surtout sur les jolies femmes...

— Assez ! répéta Angélique.

Le jeune Desforges riait bêtement et servilement car il ne devait pas plus comprendre que les autres ce qui réjouissait tant le grand seigneur.

— Je suis désolé pour vous, désolé, continuait ce dernier. Je ne peux m'empêcher d'avoir un pressentiment à votre égard, cher Bardagne. Parce qu'un calamiteux de votre espèce, lorsqu'il est au service du Roi, savez-vous ce qui lui arrive quand il... déplaît... Ou je ne connais pas le Roi, ou...

— Laissez-le... Laissez-le à la fin, cria Angélique qui défendait Bardagne comme une femme défend un enfant timide tourmenté par des gamins cruels. Avec un rire idiot le duc avança son bras à travers la table.

— Mon petit doigt me dit que vous irez aux galères Monsieur de Bardagne, sussura-t-il.

Tous, d'un air hébété, contemplèrent cet auriculaire auquel brillait une bague et qu'Angélique trouva grassouillet et obscène. Puis Nicolas de Bardagne réussit à se dresser blanc de rage.

— Monsieur, viendra un jour où vous me rendrez raison par l'épée de vos insultes. A l'instant même, s'il le faut.

Le cabaretier Boisvite s'interposa.

— Pas chez moi, Messieurs les courtisans, pas de scandale chez moi. Tenez-vous tranquilles ou bien allez-vous battre... DEHORS !

L'injonction avait de quoi calmer les plus audacieux Le duc de Vivonne n'avait pas bougé.

— Quelle mélancolie ! murmurait-il. Les hurlements de l'Enfer nous encerclent.

— Venez vous asseoir près de moi, dit Angélique à Bardagne, en le tirant par la main. Et calmez-vous !

Elle lui caressa la joue.

— ... Ne l'écoutez pas. Il est très méchant. Je vous ai vu à La Rochelle et je peux témoigner que vous étiez un représentant du Roi très aimé de la ville et respecté des huguenots euxmêmes pour votre équité, car vous aviez tous les pouvoirs en main et n'en abusiez jamais.

— Que faisiez-vous à La Rochelle ? demanda Vivonne.

Les hommes étaient insupportables. Les tempêtes se déchaînaient autour d'eux comme la fin du monde et ils ne pensaient qu'à s'entre-déchirer et à se nuire.

Une vieille femme, Mme Marivoine, se dirigea en trottinant vers la porte en traînant son époux que soutenait l'un des garçons.

— Je le ramène à la maison. Il est saoul. Et quand il est saoul, il sème la panique en poussant des clameurs d'Iroquois.

Il n'y avait rien à faire pour les retenir.

— L'Iroquois viendra ! L'Iroquois viendra, marmonnait l'ancien.

— Vous feriez mieux de rester céans. L'Iroquois ne viendra pas par ce temps.

— Ils viennent par tous les temps, dit quelqu'un. Qu'il pousse son cri de guerre, votre Marivoine, cela ne nous gênera pas...

— Vous ne savez pas de quoi vous parlez, Messires, répondait la vieille. L'entendre cela glace le sang et vous sauterez sur vos armes... on n'y résiste pas...

Elle payait son écot gentiment, soigneusement, avant de s'emmitoufler dans des châles.

— Il y a une accalmie, lança une voix.

La porte fut tirée, en s'arc-boutant, par six hommes, le temps de voir passer démente et hurlante une rafale blanche, puis repoussée derrière les deux vieux cramponnés l'un à l'autre et happés aussitôt comme des fétus.

La dernière tempête !...

La vision du chien maigre la hanta, ses bons yeux brillants, sinon d'intelligence au moins de tendresse et d'espoir, et les petits bras d'Honorine levés vers elle : « Va le délivrer ! Va le délivrer ! »

Angélique se leva en repoussant sa chaise qui tomba derrière elle.

— Monsieur Boisvite !

— Oui, Madame, s'empressa l'aubergiste.

— Vous êtes forgeron ?

— Oui, Madame.

— Il me faudrait une pince pour couper l'acier.

— A votre disposition, Madame...

Il ouvrit une trappe. Par une échelle, ils descendirent dans le sous-sol du *Soleil Levant,* où voisinaient des barriques et des fourrures, les plus belles pendues aux crochets des voûtes, d'autres entassées en ballots. La pelleterie était monnaie de troc et un habile commerçant se faisait souvent payer en peaux de castor. Boisvite mena Angélique dans une cave voisine où sur un établi étaient exposés des instruments divers, entre autres, pinces et tenailles de toutes tailles.

— Voici ce qu'il me faut, dit-elle en s'emparant d'une grande pince étroite de deux pieds de long qu'elle pouvait tenir bien en main et qui présentait une tête petite et ronde. le bec mordant, affûté comme un rasoir.

— A votre service, Madame la comtesse.

En reprenant l'échelle, ils titubèrent et, retombant en arrière, s'écroulèrent sur les fourrures.

— ... Seigneur ! dit Boisvite, jamais je ne me suis trouvé avec une pareille déesse dans les bras. Ah ! Madame, depuis le temps que je vous vois passer devant mon établissement et que je vous admire... Permettez-moi de vous embrasser ?

— Eh bien ! soit, embrassons-nous, cousin... Votre sirop d'orgeat mérite son renom... et vous avez été splendide tout à l'heure...

Il l'embrassa sur les deux joues, ébloui.

— Et maintenant, aidez-moi à sortir de cette trappe.

Ils se retrouvèrent tant bien que mal dans la grande salle.

— Qu'allez-vous faire avec cette pince ? interrogea Boisvite qui se demandait si elle voulait assommer quelqu'un.

— Donnez-moi mon manteau, je pars.

— Vous n'y songez pas.

— Les deux vieux Marivoine sont bien partis.

— Ils sont peut-être morts à l'heure qu'il est.

— Qu'importe !

— C'est de la folie.

— Angélique, je vous conjure, supplia Bardagne.

— Non ! Je dois partir, ma demeure n'est pas loin.

— Je vous accompagne.

— Non, vous ne tenez pas debout et vous me lassez tous ! Vous n'êtes pas chrétiens...

Aucun n'était en état de l'accompagner et elle n'en voulait pas.

— Demeurez ici pour la nuit, Madame de Peyrac, insista la femme de l'aubergiste. Nos chambres sont occupées mais j'ai pu trouver une soupente libre pour Mme de La Dauvernie. Vous partagerez son lit.

— Non, il me faut partir.

Et puis, Mme de La Dauvernie avait peut-être d'autres vues pour le partage de son lit. Ses affaires avec Grandbois semblaient fort avancées.

— Que vous dois-je Monsieur ? demanda-t-elle, en fouillant dans son aumônière qui était spongieuse.

— Rien ! j'ai eu ma part, dit le cabaretier dont les yeux étaient aussi brillants que ceux d'un visionnaire

— Arrête-la donc, dit quelqu'un.

— Laissez-la, dit Vauvenart, on n'arrête pas des femmes comme elle...

Angélique demanda ses gants, et un client attablé se précipita pour lui donner les siens qui montaient jusqu'au coude et la protégeraient mieux. Un autre tint à la coiffer d'un bonnet indien, pointu et doublé de fourrure, dont les pans rabattus en avant faisaient écran des deux côtés du visage.

— Vous les tenez d'une main et vous fermez bien.

Les yeux des buveurs la suivaient avec curiosité tandis qu'elle gagnait la porte.

— Où va-t-elle celle-là avec sa pince ?

Nicolas de Bardagne était sans force pour la retenir. Il la regarda disparaître, comme s'il l'avait vue, impuissant, se jeter dans un gouffre.

— Qu'elle est belle ! dit près de lui Boisvite. Nous sommes bien heureux de l'avoir reçue dans nos murs.

— Elle ne sera pas pour moi, murmura Vivonne. Mais tant pis, je l'aurai vue...

Il s'effondra, le front contre la table et s'endormit d'un sommeil profond.

ANGÉLIQUE pénétrait dans la matière tangible d'un sifflement continu. Un feu merveilleux l'animait. C'était sa deuxième grande saoulerie de l'année. Après celle qu'elle avait partagée avec La Polak, le premier jour de sa venue à Québec.

Saoule, elle l'était bien, mais sans cela elle n'aurait jamais pu affronter ce qu'elle affrontait cette nuit-là, qui n'était encore qu'un soir, mais plus effrayant et noir que la plus noire des nuits. Faire un seul pas en avant était exclu, or, elle en fit plusieurs. Ce qui démontrait l'excellence du breuvage que lui avait servi Boisvite.

Elle avançait, aveugle, dans les giclées frémissantes et rageuses d'une neige plus blessante que le fil d'une épée, dans la nuit et le hurlement farouche du nordait, le plus cruel ennemi de l'humanité. Elle ne savait pas si elle avançait Elle mettait un pied devant l'autre, si courbée qu'elle se demandait si elle ne marchait pas à quatre pattes. Elle s'assurait aux murs des maisons, reconnaissant au passage le bois d'un volet, un seuil contre lequel elle trébuchait, les pieux d'une clôture Lorsqu'elle serait arrivée à la maison de Mlle d'Hourredanne, alors elle traverserait, et là c'était le désert à franchir, car si elle tombait elle n'aurait plus qu'à mourir en plein milieu de la rue de la Closerie, à deux pas des bornes des Atlas soutenant le monde et, au dégel, on la retrouverait dans ce caniveau.

Un bruit sauvage de bois brisé éclata à ses oreilles et quelque chose comme une immense aile de chauve-souris passa au-dessus de sa tête, se fracassa contre la muraille. A deux doigts de la « chose » qui lui barrait le passage, Angélique vit que c'était une aile arrachée du moulin des jésuites. Encore heureux que le moulin ne suivît pas.

« Morte décapitée par une aile du moulin des jésuites. Cela manquait à mon destin... »

Elle était dégrisée. L'ivresse de la lutte insensée avait remplacé celle de l'alcool de poires.

Elle trouva les Atlas et, agenouillée, les serra sur son cœur comme des enfants bien-aimés.

En rampant elle gravit la côte au flanc de la maison de Ville d'Avray dont elle sentait la bienveillante présence indomptable, mais elle ne pouvait encore se réfugier en son sein tiède parmi le pépiement heureux des enfants qui l'aimaient.

Elle tomba dans la cour des Banistère comme dans la mer. Elle avait de la neige jusqu'au cou. Où était le chien ? Elle trouva sa forme glacée, squelettique. Il était mort ? Non... De la tenaille qu'elle avait glissée à la ceinture, elle s'escrima afin de couper la chaîne. Ses doigts étaient malhabiles dans les gants de peau.

« J'y arriverai ! Je romprai la chaîne ! » Comme elle tirait dessus, les anneaux vinrent avec un morceau de planche pourrie à laquelle elle était clouée. Ce n'était pas la peine de se donner tant de mal pour la couper.

Le chien eut une manifestation de vie quand elle voulut l'entraîner en le tirant par le collier. Il résistait...

C'est vrai qu'il était niaiseux. Niaiseux à ne pas vouloir être sauvé. Niaiseux à ne pas pouvoir fuir de lui-même.

« Viens ! Viens ! »

Elle tombait, ne trouvant aucun point d'appui, encombrée de cette masse qui ne trouvait de la vie que pour résister.

Une accalmie se produisit. Comme il y en avait parfois succédant à un paroxysme. Un moment de stupeur ! Et alors la neige se remettait à tomber droit comme des larmes intarissables. Une lueur venue des maisons, d'une fenêtre ou d'une porte ouverte lui montra une silhouette géante se dressant au rebord du cratère où elle se débattait.

« Vous ne me tuerez, pas, Eustache Banistère ! »

Mais c'était Joffrey avec son caban noir, son bonnet de fourrure enfoncé jusqu'aux yeux et qui riait. Elle ne pouvait le voir mais elle sentait qu'il riait.

Sa main la cramponna à la naissance du bras. Il la tirait avec force et elle tirait le chien. D'autres silhouettes apparurent comme nageant dans le duveteux élément, l'enlevèrent et la portèrent, et elle se retrouva dans la grande salle de la maison devant le feu, Joffrey de Peyrac, les Espagnols, Yann Le Couennec et le chien avec sa chaîne et son morceau de bois, et qui fortement effrayé alla se terrer sous le four à pain.

— Oh ! VOUS ! Oh ! VOUS ! disait Angélique en le regardant sans en croire ses yeux.

Il expliquait que ne la trouvant pas chez elle et voyant la tempête monter, il était parti à sa recherche, avec deux Espagnols Yann et Barssempuy, par les rues de Québec. Ils avaient appris qu'elle venait de quitter — follement — l'auberge du *Soleil Levant* avec une pince de forgeron en mains.

— Oh ! VOUS ! Oh ! VOUS !... répétait Angélique en se jetant dans ses bras.

Il la serrait contre lui.

— Ma petite fée !

La neige coulait sur leurs visages et tombait en paquets de leurs épaules, mais le feu de leurs cœurs était aussi brasillant que celui de l'âtre où Éloi Macollet entassait bûches et demi-troncs comme on bourre un canon.

— Oh ! Vous ! Oh ! Vous ! Mon amour !

LES tempêtes se révélaient toujours leurs meilleures alliées. La joie d'Angélique à se dire : « Il est revenu », se doublait de la certitude de le tenir et de le garder, pour un temps, bien à elle, grâce à la fureur des éléments déchaînés à laquelle s'ajoutait l'épaisseur de la nuit, doublant la garde à leur seuil.

Mais, malgré elle, malgré son désir qu'il savait si bien faire naître en elle en la prenant dans ses bras dans un geste possessif qui ne souffrait pas de délai et en posant sur elle un certain regard, un subtil esprit d'indocilité, voire de méfiance, retint Angélique ce soir-là dans son élan.

En dépit de toutes ses résolutions qu'elle avait prises à part celle de ne pas se laisser entraîner au rôle de la femme revendicatrice, il lui fallait lui signaler qu'elle avait trouvé son absence à Sillery longue, inquiétante, désespérante. Elle n'ajouta pas que Satan tournait autour d'elle avec ses sortilèges, parce que c'était une affaire personnelle qu'elle devait régler seule et la question qui la préoccupait était d'une autre sorte. Mourir, ce n'était rien, mais perdre son amour, cela elle ne pouvait l'envisager sans défaillir d'agonie. La tempête, la boisson fulgurante d'Antonin Boisvite, son odyssée avec sa pince à cisailler pour la justice n'étaient pas un prétexte pour ne pas poser la question essentielle : pourquoi cette absence, ce silence ?...

Barssempuy avait fait allusion à la hardiesse de certaines dames canadiennes, le poursuivant de leur flamme.

Joffrey de Peyrac la regardait en riant car, échevelée, l'œil brillant, la voix un peu cassée et à demi-dévêtue, elle témoignait encore pour l'excellence des boissons.

— Je ne cache pas qu'il m'est arrivé d'échafauder quelques ruses pour échapper aux entreprises de notre Bérengère, fit-il légèrement, mais les hommes du Fortin de Sillery réclamaient ma présence. Des malades, un blessé, le froid soudain s'abattant, je suis resté encore pour les aider à franchir ce mauvais pas.

— Et le blessé ?

— Une chute du haut d'une vergue glacée, sur le pont, au cours d'une inspection d'entretien du navire.

— Et ?

— Impossible de le transporter. Il a duré quelques jours, puis il est mort. C'est le destin des gens de mer.

— N'auriez-vous pu me faire appeler ?

— Par ce froid terrible ! Où l'on hésitait de mettre un messager sur les routes ? Si courte que soit la distance, je n'aurais pas voulu vous imposer ce voyage. Et puis, très chère amie, n'aviez-vous pas décidé de faire trêve à votre vie de sœur de charité de Wapassou et de Gouldsboro ? Nous en étions convenus, il me semble... Abbesse, oui ! cela vous sied... mais ne brûlez pas les richesses de votre cœur à tort et à travers. Tous ces francs aventuriers de matelots ne gagneraient rien à voir trop souvent le ciel descendre dans leur cambuse. Ils ont besoin d'entretenir la solide carapace à l'abri de laquelle leur cœur d'homme se garde des regrets, et des nostalgies.

— J'aurais peut-être pu le soulager, dit-elle, en levant la main.

— Ils ne craignent pas la douleur. Ni la mort. En revanche, malade, blessé, le pauvre marin a besoin de son chef à son chevet. Besoin de recevoir encore une consigne : tu dois vivre ! Tu peux mourir !... Cela le soutient dans la guérison, cela l'aide pour le Grand Voyage. L'aumônier était là.

Il prit la main qu'elle avait levée et l'approcha pour y poser sa joue.

— Non... Cette petite main divine, permettez à ma jalousie de ne la garder, autant que possible, que pour moi !...

Elle regardait son profil rude mais racé incliné contre sa main tandis que les lèvres de Joffrey se posaient doucement au creux de sa paume.

« Quel homme êtes-vous ? pensait-elle. Parfois dur implacable... Et pourtant, si tendre aussi, pitoyable aux faiblesses humaines ! »

Elle se remémorait la réflexion de Sabine de Castel-Morgeat. « Il est très bon... » Et c'était vrai. Bien qu'il fût capable également de faire montre, selon les cas, d'une insensibilité totale... rassurante à tout prendre.

— Mon amour, mon cher ami, fit-elle à mi-voix, je ne suis pas certaine de vous bien connaître.

— Est-ce nécessaire ?...

Il eut son sourire caustique qui s'accompagnait d'une sorte de clin d'œil complice.

— ... Il est bon que tout être ait ses recoins cachés. Ce n'est pas sans déplaisir que j'émets cette sentence. Moi-même je l'avoue, je crains les méandres de votre cœur secret. Ils me mettent à votre merci. Les amants ne cessent de lutter entre l'âpre désir de possession et de tout savoir dans une cruelle lumière et le charme irrésistible qu'il y a à soupçonner l'inconnu en l'être qu'on adore.

» Je crois au bienfait d'un peu d'égoïsme. Les femmes n'en sont point assez pourvues. Être deux, conscients chacun de sa propre existence, de son propre destin, mais sans chercher à se fondre ou se confondre, c'est là peut-être le secret du bonheur.

» Mais assez philosopher, Madame. Les minutes de la vie nous sont trop comptées pour que nous nous attardions à sonder l'inconséquence humaine, masculine ou féminine...

» Je vous tiens là et je suis à vous. A cette heure et dans cette conjoncture, ces débats n'ont à mon sens d'utilité que parce qu'ils me permettent de voir vos yeux verts se moirer d'ombre et d'éclairs au gré de vos pensées, vos lèvres s'entrouvrir et frémir sous l'effet de la surprise ou de l'émotion.

» Je n'admets de voir planer sur nous l'ombre des injustices qui accablent les femmes que si elles me donnent prétexte à vous prendre dans mes bras afin de vous en protéger et de vous en consoler par la meilleure philosophie qu'il soit au monde : l'amour.

— Et voici pourquoi, nous bénirons le sort pour la rencontre qui nous fut donnée...

DES cris d'enfants voguaient à travers la tempête inhumaine. Des âmes perdues, des oiseaux de mer égarés.

Angélique se réveilla dans les bras de son mari où elle s'était endormie, heureuse. Le bruit était épouvantable. On se serait cru en plein océan. Mais cette fois ce n'était pas un rêve. Des cris d'enfants appelaient au secours.

En bas, Yann Le Couennec et Macollet, sorti de son banc-lit, essayaient de discerner d'où venaient les cris dans le tumulte de la nuit.

— On dirait que la masure des Banistère s'est envolée.

La tourmente avait arraché le chaume pourri. Banistère cramponné à son toit fut entraîné au loin et jeté au fond d'une ruelle où on le retrouva le lendemain. Jehanne d'Allemagne partit chercher du secours comme une folle, sombra dans la neige et mourut. On la retrouverait au printemps, en lisière des plaines d'Abraham.

Le plus hardi des coureurs de bois n'aurait pu se risquer dehors.

— Passons par les caves, dit Éloi Macollet. Monsieur le marquis a fait creuser presque jusqu'au bout. Avec quelques coups de pioche, on débouchera dans la remise de Banistère.

Ainsi fut fait. Ils pénétrèrent dans le repaire, sous la chaumière, qui était remplie de fourrures, de barriques de cidre et d'eau-de-vie, de quincailles, de pots de grès cachetés à la cire.

On repoussa la trappe par les interstices de laquelle sifflait le vent. On trouva les enfants blottis dans une encoignure des murs de torchis écroulés, ensevelis sous la neige, mais le cadavre de la vache les avait protégés. On les ramena par les caves dans la maison de Ville d'Avray et, tandis que l'on s'empressait de boucher les trous entre les deux caves mitoyennes, on les réchauffa devant le feu.

Débarrassés de leurs capots et de leurs mitasses, nus et grelottants devant le feu, les quatre « terreurs » de Québec n'étaient plus que des enfants pâles et malingres parmi lesquels se révéla une fille. Le plus petit pleurait convulsivement. Il ne se calma que lorsqu'Éloi Macollet eut l'idée de lui donner du tabac à chiquer. Ces enfants étaient vraiment destinés à vivre parmi les sauvages. Il y avait eu maldonne en les faisant tomber chez des colons civilisés de race blanche. Qu'ils aillent aux bois ! Les Peaux-Rouges les dresseraient et ils seraient en accord de barbarie.

Le chien martyr sortit de sous le four à pain en reconnaissant ses tortionnaires, il remua la queue : les enfants qu'il aimait. C'était vraiment un chien niaiseux.

La tempête calmée, on commença cependant par confier la fille aux ursulines, les deux aînés aux prêtres du Séminaire, le plus petit à une brave voisine. Banistère, retrouvé blessé, mais non mort, fut porté à l'Hôtel-Dieu. Quand il eut repris connaissance il fit dire qu'il voulait voir Mme de Peyrac, mais elle seule.

Lorsqu elle sortit on entendait encore siffler la tempête d'un petit sifflement aigu et modulé. Elle s'apaisait.

Entre les branches de l'orme, le soleil ouvrit, dans la nue d'un gris uniforme, un œil à l'ovale jaunâtre, à la pupille d'or. Prunelle curieuse d'un chat géant surveillant le chaos.

Angélique se rendit à l'Hôtel-Dieu dans une ville fantomale, mais où pelles et traînes se mettaient vite à l'ouvrage.

Les girouettes folles, coqs, flèches, roses des vents, les croix et les instruments de la passion, démantelés, arrachés, hérissaient un univers de taupinières blafardes.

Et l'on citait en témoignage de la violence du blizzard la croix de l'abside de la cathédrale, pourtant forgée par M. Boisvite, qui se trouvait tordue et courbée comme bâton de cire sous le feu. Maître Boisvite défendait son honneur en alléguant qu'une des cheminées de la maison des Mercouville dont on reconnaissait les moellons sur la place devait être la cause de cette torsion, la croix s'étant trouvée sur son passage.

Par la bizarrerie d'un destin qui au long de sa vie l'avait faite souvent la confidente des crapules repenties et dépositaire de leurs secrets, voire de leurs dernières volontés, Angélique se retrouva au chevet d'Eustache Banistère, dit Le Cogneux.

Le robuste excommunié, quoique assez mal en point, n'avait pas l'intention de mourir. Mais, comme tous les autres avant lui : les Calembredaine, les Aristide, les Clovis qui, dans l'obscurité de leurs cerveaux sournois et de leurs âmes malfaisantes, avaient reçu le rayon de lumière unique leur montrant l'unique personne à laquelle ils pouvaient se fier sur cette terre et capable d'éveiller, sans qu'ils sachent pourquoi, une dernière aspiration à ce qu'on aurait pu nommer le meilleur d'eux-mêmes, Banistère s'était mis en tête qu'elle était la seule à laquelle il pouvait confier ses biens. Elle dut se pencher car il craignait que la sœur hospitalière n'en entende trop long.

— N' reste plus grand-chose de ma cabane, hein ? Mais la cave ! Dans la cave, y'a ma quincaille pour la course, du beau butin que j'ai rassemblé pour quand je pourrai repartir et puis dans les pots, sous les rillettes et les « cretons (1) », y'a de l'or, beaucoup d'or. J'en ai gagné avec tous ces « courtisans » qui voulaient faire venir le Diable. Un trésor... Et puis surtout y'a mes bottes. Je ne voudrais pas que mes bottes elles brûlent quand ils mettront le feu... Allez-y vous, vous seule, dans ma cave... Tous les autres me pilleraient.

Ayant dit, il poursuivit à voix haute la confession qui ne

(1) Charcuterie — genre de pâté.

risquait rien, selon lui, à être entendue par les oreilles sereines de la Mère Augustine.

— ... Avouez que le marquis l'a creusée sous mon champ, sa cave ? Et les ursulines aussi. Ça c'est prouvé, arpenté. Si j'ai de quoi payer mon procès, je ne les laisserai pas quittes. Ce n'est que justice quand on vous a spolié. Et le Procureur ? Vous trouvez cela juste que je sois privé de mes lettres de noblesse parce qu'il a oublié de les faire enregistrer ? Pour sûr, je connais la loi, toute personne qui a détourné du castor sera privée de ses droits pendant cinq ans, mais comment ça se fait qu'il y a qu'à moi qu'on l'applique, cette loi ? Et l'eau-de-vie ? J' suis le seul à avoir porté de l'eau-de-vie aux sauvages ? Madame, vous qui êtes bien avec le Gouverneur, l'Intendant et l'Évêque, vous ne pourriez pas intervenir pour qu'on me rende mon congé ? Je m'en irai aux bois avec mon aîné et je n'ennuierai plus personne. En échange, je vous avertirai. Prenez garde à ceux-là dont parlait le soldat La Tour l'autre jour. Ceux qui m'ont demandé des hosties pour les affaires du Diable.

— Je sais leurs noms.

— Bougez pas !... « Ils » sont mauvais. « Ils » voulaient les hosties, et je les leur ai données... Mais, maintenant, c'est vous qu'ils veulent... Ils voulaient que je mette le feu à la maison du marquis... Ils m'ont donné de l'or pour ça... J'ai pris l'or, mais je leur ai dit : Attendez un peu, j' suis pas pressé de voir ma chaumière y passer aussi. Ça ferait trop plaisir à tout le monde... Et maintenant, prenez garde à vous, j' vous ai prévenue.

En regagnant la maison de Ville d'Avray, Angélique se réjouissait à la pensée qu'ayant échappé à un si grand danger désormais le chien niaiseux qu'ils avaient reccueilli dans leurs murs et qui avertissait du feu en voulant « se détruire » les mettait à l'abri d'un attentat de cette sorte.

66

EXCEPTÉ LA TEMPÊTE, LES IDES DE MARS S'ÉTAIENT PASSÉES SANS catastrophe majeure. Mme de Mercouville se réjouissait. Il était inutile de regretter de n'avoir pu monter la pièce de théâtre, puisqu'avec la tempête elle n'aurait pu être jouée.

Le 18 mars, entre sept heures et huit heures du soir et les montagnes de neige, put se faire, sur la place, le feu de joie de la Saint-Joseph. Monsieur le Gouverneur mit le feu. Les soldats firent trois saluts et quatre coups de canon furent tirés. Il y eut quelques fusées.

Le 19, quand on sonna l'Angélus, on tira un coup de canon et pendant la messe, à l'élévation, encore trois ou quatre coups avec quelques saluts de mousquets.

Le 20, Mgr de Laval convoqua Mme de Peyrac au Séminaire. Dans la forme, il lui demandait d'avoir la bonté de lui rendre visite, mais il était évident que Monseigneur l'attendait ferme après les vêpres, vers les quatre heures.

C'était la première fois qu'elle revenait dans cette aile du Séminaire qui tenait lieu d'évêché, où elle avait été reçue par le prélat le surlendemain de son arrivée. Elle s'y rendit avec plus de tranquillité que ce jour-là.

On circulait avec difficulté encore dans les rues. Le soleil ne s'était montré qu'à peine, juste pour la Saint-Joseph. Le ciel, depuis le matin, se couvrait de nuages et comme elle franchissait la grille du Séminaire, des bourrasques de neige passèrent.

Elle fut introduite dans une pièce plus petite où l'Évêque s'était installé à la période du grand froid. Son entourage avait insisté pour qu'il veille un peu sur sa santé après avoir été arrêté par une mauvaise toux.

Après les préliminaires d'usage, il en vint vite au fait, qui, par ailleurs, se présentait : des faits.

Il y avait eu le plus récent et, à son sens, le plus incroyable on l'avait vue rendre visite à ce personnage inquiétant qu'on appelait le sorcier de la Basse-Ville. A sa connaissance, jamais aucune dame de qualité n'avait eu l'idée d'entreprendre l'ascension du quartier Sous-le-Fort pour pénétrer dans un tel bouge. Quelques-unes de ces dames de la Sainte-Famille avaient confiance dans les « simples » de la sorcière de l'île d'Orléans, qui n'était cependant pas non plus une fréquentation qu'il recommandait à ses ouailles. Mais le Bougre Rouge, jamais ! Il ne leur recommanderait pas non plus trop d'assiduité à l'auberge du *Navire de France* où l'on voyait pourtant beaucoup Mme de Peyrac. Depuis des années, il atermoyait à statuer le cas de la patronne de cet établissement, femme généreuse pour les œuvres et même pieuse, mais que les membres de la Compagnie du Saint-Sacrement lui dénonçaient régulièrement comme ouvrant ses portes à des rencontres galantes.

— Ces Messieurs en ont-ils usé pour être si catégoriques ? intervint Angélique, en souriant.

Elle se demandait pour quelle raison l'Évêque semblait décidé tout à coup — alors qu'on était en plein Carême et à peine sorti d'une tempête épouvantable — à passer en revue ses « manquements » lesquels mis bout à bout amenaient à se poser des points d'interrogation.

Il y avait encore le point qu'Eustache Banistère l'avait demandée à l'Hôtel-Dieu. Il y avait aussi le rapport d'un curé du côté de Lorette. Celui-ci avait fait irruption dans une habitation à lui dénoncée comme abritant des ripailles le dimanche qui rompaient sans vergogne le saint jeûne du Carême. Les occupants originaires du Berri s'étaient défendus en arguant que leur ragoût ne contenait que des queues de castors, chair qui trouvait grâce devant les autorités écclésiastiques comme appartenant au gibier aquatique. Pour preuve de leur innocence, ils disaient que Mme de Peyrac, qui avait grand renom, s'était assise à leur table ce jour-là.

— Je me promenais avec ma fille. Nous sommes entrées pour nous reposer.

— Était-ce vraiment des queues de castors ? demanda l'Évêque.

— Nous n'avons bu qu'un peu de lait, répondit Angélique prudemment.

Enfin, on arrivait à cette affaire la plus grave, douloureuse à son cœur de pasteur des âmes, de l'enquête du Lieutenant de Police sur la disparition du comte de Varange qui avait amené la découverte des sinistres turpitudes d'une cérémonie de sorcellerie perpétrée en plein cœur de Québec, accablante horreur dont il n'aurait pu croire que la lèpre s'étendrait un jour au Canada. Histoire d'autant plus sombre que, son auteur, le comte de Varange était un membre, qu'il avait cru dévot, de la Compagnie du Saint-Sacrement. Garreau d'Entremont semblait avoir fait diligence. Il annonçait pouvoir mettre bientôt la main sur un soldat déserteur, La Tour, qui avait été mêlé à la conjuration et qu'on avait vu rôder dans les environs. Le Lieutenant de Police se trouvant devant un cas d'opération magique avait longuement consulté l'Évêque. Les tribunaux religieux épiscopaux n'existaient que pour les clercs.

Il leur avait fallu étudier ensemble quelle forme donner à l'accusation pour que le bras séculier pût s'abattre sur le misérable auteur de ces horribles pratiques... lorsqu'on l'aurait retrouvé. Car il avait disparu.

— Le diable l'a enlevé, dit Angélique.

Là encore, le nom de Mme de Peyrac avait été prononcé

Angélique était en train de chercher quel prétexte donner à sa visite chez le Bougre Rouge. Invoquerait-elle l'achat de ces peaux de souris tannées par l'Eskimo et qui pouvaient servir de pansements sur des plaies de petites surfaces ?

Les explications de Mgr de Laval sur l'affaire Varange lui ouvraient une issue. N'était-ce pas sur une « dénonciation » du sorcier que son nom avait été prononcé ? Voilà pourquoi elle s'était rendue à son domicile, pour lui demander raison de telles calomnies dont M. d'Entremont lui avait appris qu'elle était l'objet.

— Mais quel motif pouvait pousser ce devin à vous mettre en cause ? s'étonna l'Évêque.

— La malveillance, sans doute. Qui sait ce qui se passe dans les esprits retors des sorciers ? Une bourse bien pesante peut les aider aussi à voir ce qui arrange le donateur. Je serais plutôt portée à croire qu'un homme comme le Bougre Rouge profite de ses dons et de sa science pour mystifier le menu peuple et pour faire cracher au bassinet les gentilshommes animés d'intentions mauvaises envers leurs semblables.

Tout à coup, elle fut prise d'une inspiration, elle pouvait rassurer l'Évêque quant au sorcier. Sœur Madeleine lui avait raconté combien la nuit de leur arrivée les « airs » étaient troublés. La religieuse Visionnaire avait vu en songe le saint Père Brébeuf, martyr des Iroquois, l'adjurant de se mettre en prière pour la conversion d'un sorcier. A n'en pas douter, il s'agissait du sorcier de la Basse-Ville, car lorsque Mme de Peyrac l'avait visité, elle n'avait trouvé devant elle qu'un homme sage, qui lui avait assuré :

« C'est bien fini. Je ne toucherai plus à un grimoire de magie. Je ne veux plus que me livrer à l'étude des livres anciens. »

Évoquant cette nuit-là, où il semblait décidément s'être passé bien des choses, il lui avait appris qu'on lui avait amené une boîte d'hosties pour qu'il se livrât sur elles à des manipulations diaboliques. A coup sûr, les prières de la Mère Madeleine avaient été entendues et agréées par le ciel.

— Il est converti, je peux vous en assurer, Monseigneur

L'Évêque parut ému. C'était, en effet, une heureuse nouvelle. Restait à trouver l'autre criminel : le comte de Varange. Le Lieutenant de Police se persuadait qu'il avait été assassiné.

— ... S'il en est ainsi, Monseigneur, ne pourrait-on penser que le bras qui l'a abattu peut être considéré comme le bras justicier ?

L'Évêque eut un nouveau soupir et se tut. Il la considérait d'un air songeur. Dans son œil gris, dont la paupière tombante atténuait l'éclat inquisiteur, elle pouvait lire qu'il se demandait par quels hasards — puisqu'il s'agissait de hasards — cette femme mondaine, bienveillante, qui ne s'était fait que des amis, et dont son exorciste lui avait garanti la parfaite disculpation quant aux accusations de démonologie portées contre elle, se retrouvait mêlée à toutes les affaires un peu troubles, suspectes, ou franchement inquiétantes qui lui avaient été soumises au cours de l'hiver ?

Angélique avait l'intuition qu'il ne l'avait pas fait venir pour lui poser uniquement des questions à propos de ses visites chez le Bougre Rouge ou à l'auberge du *Navire de France*. Il regarda vers la fenêtre. Les zébrures blanches de la neige passaient sur l'écran noir de la nuit.

— L'hiver est encore rude ! dit-il. Mais n'oublions pas, avril n'est pas loin et avec l'approche de ce mois nous pouvons entrevoir la fin de nos misères...

Il y eut un silence. Mgr de Laval ouvrit la bouche, hésita, puis changea de sujet.

— On m'a dit que vous aviez pris pour dévotion le Père Éternel.

Elle acquiesça.

L'Évêque se leva pour aller chercher des gravures du Père Éternel dans sa bibliothèque. Angélique regardait par la fenêtre si la neige se calmait, mais les giclées blanches continuaient à passer sur l'écran noir de la nuit. Il y eut un choc contre le carreau. Un gros pigeon venait de s'abattre là, dans l'angle du carreau. Comme la colombe de l'Arche, ne trouvant rien sur la terre désolée, il se réfugiait auprès des hommes. Il survivait grâce à la ville et ses mille abris, ses déchets de nourriture... Ses paupières à la membrane blanche clignotaient vite sur son petit œil rouge. Sans effroi, il la fixait d'un air familier et entendu.

— Il loge là, dit l'Évêque. C'est son nid. Par les plus fortes tourmentes, je le vois, blotti, satisfait. Le petit rebord de pierre, à peine plus large que ses deux pattes, réprésente pour lui la sécurité et il semble en remercier Dieu. Quelle leçon pour nous qui sommes si exigeants et si préoccupés de nos aises !

Comme si leur sympathie commune pour le pigeon l'avait encouragé, l'Évêque se décida :

— Veuillez vous rasseoir quelques instants encore, Madame j'ai une communication importante et secrète à vous faire vous concernant, vous et votre époux.

67

IL COMMENÇA PAR LUI PARLER DU PÈRE D'ORGEVAL CE QUI LUI FIT dresser l'oreille et lui parut de mauvais augure.

Attirant à lui un sous-main de cuir qu'elle avait remarqué sur la table, il l'ouvrit. Il contenait trois missives qu'il prit une à une à mesure qu'il en nommait les auteurs.

Auparavant l'Évêque crut bon de rappeler que le Père d'Orgeval était fort bien en cour auprès du Roi. Il avait été reçu plusieurs fois par celui-ci et avait su retenir l'attention du souverain.

— J'ai là quelques extraits du rapport qu'il lui adressa. Il s'était efforcé d'intéresser le Roi à l'énorme réservoir de guerriers au service de la France que représentaient les Sauvages.

Il écrivait.

« ... Les Abénakis sont ennemis des Anglais pour des questions de religion. Rien n'est plus édifiant que leur piété lorsqu'ils marchent à l'ennemi... » Mais quelques lignes plus loin, il exposait son point de vue et pour quelle raison salvatrice il fallait entraîner les Abénakis à la guerre.

« ... Nous n'en ferons jamais des chrétiens. Même chez les baptisés, le sentiment religieux continue à s'entrelacer avec leurs superstitions grossières et les laissent aux mains de leurs sorciers.

« ... J'ai donc prêché que le salut éternel ne pouvait être obtenu que par la destruction des hérétiques et voilà un exercice de piété qui leur paraît clair et facile à exécuter. Ils se sont ralliés par milliers autour de mon étendard sur lequel j'ai fait broder cinq croix entourées de quatre arcs et flèches... »

La lettre de Colbert, Ministre du Commerce et de la Marine, que l'Évêque avait également dans son dossier notait l'appréciation du Roi.

« ... Prêtre de mérite, le R.P. d'Orgeval nous a paru remarquable car seul excellant à rallumer la guerre contre les Anglais avec lesquels Nous avons signé la paix, ce qui Nous empêche de continuer à les affaiblir et à rabattre leur superbe ouvertement. Mais transposer la lutte dans les forêts du Nouveau-Monde n'est point malhabile. Le Père d'Orgeval doit continuer à empêcher toute entente possible avec les Anglais.. Il ne marchandera pas son aide... »

A quoi le ministre avait répondu en soulignant qu'il avait bien compris les intentions de son souverain.

« Vous m'avez recommandé particulièrement de réveiller l'hostilité des Sauvages pour les Anglais, d'harasser les colons anglais et, si possible, de les pousser à abandonner le pays ainsi qu'à renoncer à venir le peupler... »

Le Roi n'avait pas manqué d'entendre un langage qui lui convenait si bien.

— De quand date ce courrier ?

— Il nous est parvenu voici près de deux ans. Le Père d'Orgeval revenait dans le même temps et reprenait la tête des missions d'Acadie.

— Je ne m'étonne plus que nous ayons trouvé dès notre arrivée une campagne de guerre organisée et... je comprends mieux combien notre venue à Katarunk, à Gouldsboro a dû paraître à l'organisateur un obstacle fâcheux et..., aussi, je mesure le sens d'équité et... le courage dont tous les officiels de Nouvelle-France et vous-même, Monseigneur, avaient fait montre en répondant à nos propositions de paix.

— Le Grand Conseil de Québec doit, s'il veut bien remplir son rôle, être capable d'une certaine indépendance. Nous sommes isolés neuf mois sur douze.

— J'ai le sentiment d'avoir méconnu combien votre lutte avec le Père d'Orgeval a dû être âpre et délicate.

— Elle le fut... et elle n'est pas finie encore. Elle entre dans une nouvelle phase, bien que celui qui la dirige ait été contraint de quitter le champ du combat. Mais il a laissé des traces et préparé un piège...

L'Évêque remit dans le tiroir de son secrétaire le dossier contenant les lettres explosives, frappées au cachet royal.

— Voici : Sur le point de quitter Québec, au moment de votre arrivée, le Père d'Orgeval m'a demandé audience. Il fut bref. Il partait, me dit-il. Il ne discutait pas sa défaite.

« Vous avez fait votre choix, Monseigneur, vous et les édiles de Québec. » Il s'effaçait devant celui qui avait ruiné son œuvre en Acadie : le comte de Peyrac, que nous nous apprêtions à recevoir ainsi que devant cette femme qu'il avait, en vain, combattue. Nous avions tous succombé à un mal dont nous nous repentirions un jour. Il nous laissait six mois — disons avril, précisa-t-il avec un sourire froid — pour que nos oreilles et nos yeux s'ouvrent et que nous connaissions la véritable nature de ceux que nous accueillions en ce jour. Si, de nous-mêmes continuait l'Évêque qui ne paraissait pas s'être laissé très impressionner par ces menaces proférées par le Jésuite, nous ne nous étions pas alors repentis de vous avoir ouvert nos portes à vous, Madame et à votre mari, nous serions amenés à le faire. Il avait rassemblé des documents accablants vous concernant. « En avril, conclut-il. Le temps de la réflexion. Et ils vous seront remis à vous, Monseigneur, car vous êtes la conscience de l'Eglise de la Nouvelle-France. Vous y trouverez soit une preuve pour soutenir l'opinion que vous vous serez faite sur les dangers de traiter avec ces gens de Gouldsboro, soit la force d'aider vos ouailles, plus faibles à comprendre, qu'elles se sont laissé abuser et entraîner dans une voie désastreuse. » Avril... Nous n'y sommes pas encore, mais l'échéance approche. C'est pourquoi j'ai voulu vous rencontrer, Madame, et vous mettre au courant.

— Qui doit vous remettre ces papiers compromettants ?

— Je l'ignore... Mais ce que je vous affirme c'est que je n'en veux pas. Ni les voir, ni les recevoir... Comprenez-vous ?

— Le Père d'Orgeval n'a-t-il fait aucune allusion à la nature de ces... dénonciations ?

L'Évêque secoua la tête.

— Il semblait seulement assuré qu'il me serait difficile après en avoir pris connaissance de vous conserver mon soutien.

Angélique pensait à la réflexion de Ville d'Avray à propos de « l'espion du Roi ». Il était plausible qu'un inconnu, dans la ville, attendît son heure pour se rendre chez l'Évêque et lui remettre ces rapports « accablants » dont le prélat ne voulait pas.

— Pourquoi n'avoir pas convoqué, de préférence, mon mari ?

— Pour soulever moins de curiosité. Il m'arrive de recevoir plus fréquemment ces dames de la Sainte-Famille, que Monsieur de Frontenac par exemple, ou Monsieur l'Intendant, car tout de suite l'on se demande quelle révolution de palais se prépare. Et puis, je voulais faire justice, avant de vous parler, de ces quelques histoires douteuses à votre sujet... Nous nous sommes expliqués. Vous voici donc avertie et Monsieur de Peyrac le sera par vous. Mais puis-je vous recommander la plus grande prudence, la plus grande discrétion.

— Que faire ? l'interrogea-t-elle avec angoisse.

— Je l'ignore. Pour ma part et après réflexion, je vous avoue que je ne saurais sur qui porter mes soupçons et ne veux pas m'entretenir de cela avec mes collaborateurs, car il est préférable qu'aucun bruit ne circule, je n'ai donc pu récolter leur avis. Je ne puis faire plus. Je vous ai parlé. Une femme observatrice, attentive à des nuances, peut avoir quelques idées... et aussi, pour l'avoir observé dans ses entreprises, je crois Monsieur de Peyrac fort habile à assurer lui-même sa protection.

Ce ne pouvait être plus clair.

« Trouvez ce complice du Père d'Orgeval », semblait dire l'Evêque... » Mettez-le hors d'état de nuire... »

Angélique se leva et après avoir rassemblé son manteau sur ses épaules baisa l'anneau de l'Évêque.

— Je suis touchée, Monseigneur, et mon époux, soyez-en assuré, partagera ma reconnaissance, que vous cherchiez à nous éviter de nouvelles avanies.

— Elles ne pourraient être qu'inutiles pour tout le monde et détruire ce fragile équilibre de paix que nous avons difficilement créé et réussi à maintenir quelques mois.

— Dois-je comprendre, Monseigneur, que nous avons répondu à la bonté de votre accueil par une attitude qui ne vous a pas déçu et que vous vous réjouissez de notre présence parmi vous ?

Il envisagea sa beauté de femme qui semblait s'ignorer et n'en avait que plus de pouvoir. Elle était différente. C'était indéniable. Il ne pouvait s'empêcher de penser que grâce à elle l'hiver avait été moins gris, la joie des cœurs plus chaude. Il répondit avec un demi-sourire.

— Pour un hiver... oui !

La loyauté et la franchise de l'Évêque lui avaient fait plaisir. Il ne boudait pas son sentiment et sa raison qui lui faisaient trouver agréments et bienfaits en la présence du comte et de la comtesse de Peyrac. Il ne cachait pas non plus qu'il ne les considérait pas l'un et l'autre comme de tout repos, mais... « Pour un hiver... oui ! »

L'été revenu, ils partiraient.

Vers quel horizon ? Cela importait peu. L'Évêque souhaitait que la séparation se fasse dans la paix et accompagnée de projets positifs d'alliance. Pour lors, il n'était pas du tout disposé à voir surgir de nouveaux éléments de discorde.

Il fallait lui rendre le service de subtiliser à temps les pièces de ce dossier, mais malgré la confiance qu'il semblait avoir dans l'habileté de Peyrac à découvrir qui les possédait, c'était un peu rechercher « une aiguille dans une botte de foin ».

Avant d'en parler à son mari, Angélique songea au Bougre Rouge. « Il est voyant et tellement savant. Et il connaît tout de la ville et de ses mystères. »

Le quartier Sous-le-Fort avait souffert de la tempête. Des toits misérables avaient été arrachés, des pilotis rompus Les résidents de l'endroit s'agitaient du haut en bas de leur falaise comme des fourmis rapportant de la scierie des planches et des poutres neuves, jetant à bas la neige et la glace qui les avaient ensevelis.

Angélique, une fois parvenue chez le sorcier, lui fit part de ce que lui avait confié Monseigneur de Laval. Elle ne lui parla pas des démarches qui avaient été prévues contre lui puisque la question semblait réglée. Elle lui dit seulement que l'Évêque ne tenait pas à avoir entre les mains un document qui leur causerait à tous du tort, et qu'il serait obligé, une fois qu'on le lui aurait remis, de prendre en considération. La difficulté venait de ce que ni lui ni personne ne pouvait prévoir qui porterait le coup.

— Et vous venez me demander de vous indiquer qui est l'individu qui possède ces grimoires dangereux ? questionna le Bougre Rouge en la regardant avec ironie.

Il était assis, toujours à l'indienne, dans le fond de son antre sur des fourrures et tenant devant lui un grand volume ouvert.

— ... Comme ça ? ! Je ferme les yeux, je le vois ? ! Je le décris, je vous livre son nom ? !

— Vous m'avez bien vue à des lieues d'ici, une nuit, murmura Angélique.

— Je vous ai dit que je ne voulais plus m'occuper de voyance ! C'est fini ! Je ne veux plus me consacrer qu'à l'étude...

Et il tourna avec affectation une page de son livre dont les gravures sur bois, fort belles, représentaient les signes du zodiaque.

« Décidément vous l'avez trop bien converti, ma petite mère ursuline », pensa Angélique.

L'Évêque pouvait être entièrement rassuré sur le compte de son sorcier.

Le Bougre Rouge lui lançait des regards moqueurs en paraissant se réjouir de sa déconvenue.

— Vous êtes comme les autres. Il vous faut tout sur un plat d'argent et par la magie encore ! Alors qu'il n'y a qu'à réfléchir un peu : » Qui possède ces lettres ? Demandez-moi plutôt qui les apporte... Pourquoi vous imaginez-vous que l'homme est dans la ville et attend son heure ? L'Évêque a dit : « La fin de l'hiver, fin mars ou avril... » Pourquoi ces précisions ? Savez-vous ce que cela signifie ?... Qu'il n'est pas là encore. Qu'il va venir.

— Mais d'où et comment ? Nous sommes dans les glaces. On ne peut envisager des nouvelles d'Europe avant juin ? La fin mai au plus tôt.

— Du côté de la Nouvelle-Angleterre et des côtes de l'Acadie, la mer est libre. Des bateaux peuvent commencer d'arriver, apporter des courriers d'Europe. Et dès le mois prochain, un bon « voyageur » exercé peut remonter vers le nord sans trop risquer de « s'écarter ». Les tempêtes se font plus rares, les fleuves comme le Pénobscot ou le Kennébec sont navigables...

— Alors ? Un messager qui viendrait du sud ? Après avoir pris livraison de ces documents dans un port de l'Océan ?

— Hé oui ! Informez-vous ! Guettez ! Vous avez vos armes. Ce sont les affaires des humains de se montrer vigilants et de déjouer les ruses de leurs ennemis. Au plus malin la victoire. Et les sciences dangereuses doivent être réservées à de plus graves communications.

— N'avez-vous aucune idée sur celui qui peut être ce messager ?

— Bien ! Bien ! Je réfléchirai. Revenez me voir. Mais rappelez-vous que j'en ai fini avec les conjurations. Ici, je vous l'ai dit, les choses se passent autrement, c'est donner des perles aux pourceaux. Il me reste mes livres et les mystères que j'ai décelés et que je serai seul peut-être à pénétrer. Ma chère dame, je peux encore, si je le veux, faire danser les vaches et maudire une étable au point que les bêtes crèveront toutes. Mais à quoi bon se donner tant de mal par ici ? L'ensorcelé s'en ira au bois traiter les pelleteries et reviendra plus riche qu'avant. Il faut garder seulement les grands secrets. Pour le reste, les « jongleurs » indiens en savent plus long que nous.

— Avez-vous appris quelques-uns de leurs tours ?

— Peuh ! A part deux ou trois pouvoirs que nous avons en commun, c'est un autre enseignement, une trop longue recherche et qui a devant elle une trop courte vie. L'eau-de-feu est en train de détruire les pouvoirs des Indiens Ils ont cru trouver en elle un moyen facile d'accéder aux songes et à la transcendance. Ce n'était qu'un artifice. Les grands pouvoirs vont s'effacer devant l'objet. Un mousquet, un canon causent plus de ravages mortels que ne le peut le mauvais œil du plus habile des sorciers... La magie résistera mal aux temps qui s'annoncent. Nous nous endormirons, nous nous glisserons sous la terre emportant le trésor des révélations. Toute magie blanche ou noire va s'abâtardir, perdre de son sens. Une bouillie infâme, grommela-t-il comme si ce qu'il entrevoyait pour les siècles à venir lui inspirait un dégoût profond.

Il cracha avec mépris.

— ... Il faudra attendre l'ère de l'Esprit, quand ressurgira la source, l'eau vivante du Signe.

Son index grisâtre à l'extrémité noircie par le tabac se posa brusquement sur la page du livre ouvert devant lui.

— Le Verseau... marmonna-t-il Voyez là ! Le sage vieillard versant l'eau de la Connaissance.

Comme elle se penchait pour examiner la représentation du signe zodiacal, un grand bruit au dehors, mêlé d'éclats de lumière projetés par les flammes mouvantes des torches, vint interrompre leur contemplation.

La vieille femme qui habitait au-dessous du Bougre Rouge se mit à glapir comme une pie-grièche.

Angélique se leva pour aller s'informer. La porte s'ouvrit sur une apparition qui lui parut, pour l'endroit et le moment, des plus fantastiques. Sur fond de nuit éclairé par une torche tenu, par un exempt de la Prévôté se dressait le Procureur Tardieu de La Vaudière, très grand et très beau comme toujours. Il était revêtu de la sombre toge magistrale à rabat blanc de sa charge. Pour compléter son personnage officiel dans l'exercice de ses fonctions, il s'était coiffé de la haute perruque à rouleaux blancs très bien rangés, qu'il était de mise de revêtir pour les magistrats quand ils siégeaient au tribunal.

Sa surprise en se trouvant devant Angélique égala sans nul doute celle qu'elle éprouvait. Cependant il se ressaisit rapidement car il vivait l'un des grands moments de sa carrière et n'en voulait rien perdre.

Courbant sa haute taille, encore surélevée par l'imposante perruque, il pénétra dans l'antre du sorcier de la Basse-Ville. Sans jeter un regard autour de lui tant ce décor lui inspirait de mépris et de dégoût, il déroula un rouleau de parchemin surchargé de rubans et alourdi de cachets de cire. Il se rapprochait pour s'éclairer de la cuve de pierre tendre où brûlait l'huile de baleine. Il entreprit d'en donner lecture.

Avec les formules d'usage, le texte annonçait requérir le Sieur Jean-Marie-Louis-Thomas Jaumette de quitter les lieux et de se rendre sous escorte jusqu'à la Prévôté pour y être interrogé par le Lieutenant de Police. En cas de résistance de sa part, il était averti que des représentants de la maréchaussée, c'est-à-dire une escouade de six archers à hallebardes, et d'un sergent à hoqueton attendaient dans les escaliers du quartier afin de lui couper toute retraite.

Devant la porte où il n'y avait guère de place pour rassembler plus de monde, se tenaient un exempt de la Prévôté et le Greffier du Conseil Royal venus l'assister dans sa démarche.

— Pourquoi l'arrêtez-vous ? De quoi l'accusez-vous, demanda Angélique dès qu'elle eut saisi que le patronyme de Jean-Marie-Louis-Thomas Jaumette désignait officiellement le Bougre Rouge.

— Sorcellerie ! Madame, puis-je me permettre de vous faire remarquer que je suis choqué de vous découvrir dans ce sinistre bouge. Qu'y faites-vous ?

— Je venais porter à Monsieur Jaumette l'assurance que m'a donnée l'Évêque qu'il ne serait pas inquiété, n'ayant rien à retenir de probant contre lui. Reconnaissez que Monseigneur est seul habilité pour en juger. Et par ailleurs, Monsieur le Lieutenant de Police m'a répété à maintes reprises qu'on n'arrêtait plus de nos jours pour sorcellerie mais pour crime.

— Oh ! des crimes on en trouvera ! dit le Procureur jovial. Ce qui importe c'est qu'il vide les lieux. J'ai enfin obtenu du Grand-Voyer qu'il me signe une ordonnance qui va me permettre de jeter à bas ce quartier insalubre.

— Et vous cherchez des prétextes pour justifier les expulsions ?

— Tout juste ! Un sorcier ! Personne ne peut y trouver à redire... De quoi vous mêlez-vous ? fit-il brusquement. Comment se fait-il que vous, Madame, et votre mari, on vous retrouve sans cesse mêlés à des affaires suspectes ? Le Gouverneur est aveugle !

— Le Gouverneur est surtout conscient des avantages que la Nouvelle-France peut retirer de l'amitié que nous lui portons, Monsieur de Peyrac et moi. Il a heureusement une conception de la façon dont il doit remplir sa fonction plus large que vous n'avez de la vôtre.

— Ce point n'est pas à discuter en pareil lieu. Si étroite soit ma conception de l'application des lois, je continue à trouver étrange qu'une personne de votre qualité se commette avec un aussi misérable et répugnant individu.

— J'ai pour lui la caution de l'Évêque. Vous pouvez vous rendre à l'évêché.

— Fariboles ! Moi, j'ai la caution du Grand-Voyer qui m'autorise à commencer la démolition de cette pourriture.

— Vous n'allez tout de même pas le chasser de sa maison ?

— Vous appelez ça une maison ! Ne voyez-vous pas que cet amoncellement de baraques est un fagot dressé pour l'incendie.

— En attendant, c'est vous qui allez mettre le feu à mon chaume avec vos torches, intervint le Bougre Rouge qui restait impassible son livre ouvert sur les genoux... Et puis, écartez-vous donc un peu, Procureur, vous allez écraser mon Eskimo, là dans le coin, qui devient tout à coup dangereux comme un ours blanc quand il se fâche. C'est un Indien des banquises... Il vous dévorera tout cru.

Noël de La Vaudière abaissa son regard et découvrit contre sa jambe la face plate et brune de l'Eskimo et le rictus qui découvrait ses dents aiguës, limées avec soin.

Il fit un bond de côté et sa perruque de magistrat accrocha au plafond le « bec de corbeau » dans lequel brûlait la mèche à huile. L'huile se renversa. Les rouleaux blancs soyeux commencèrent à griller.

Angélique voulut se précipiter vers Noël Tardieu pour étouffer la flamme avec son manteau, mais il s'était jeté dehors par peur de l'Eskimo, ne sachant pas que sa perruque flambait. Son greffier Carbonnel l'apercevant et voulant le secourir s'élança et passa à travers la planche pourrie de la galerie de la vieille voisine. Le greffier poussa un cri terrible car il s'était cassé la jambe, cri auquel fit écho celui de M. le Procureur qui, comprenant ce qui lui arrivait à la morsure d'une brûlure sur la joue, arracha sa perruque et l'envoya au loin à toute volée. Telle une comète enflammée traversant un ciel d'été, elle décrivit une courbe gracieuse et alla tomber dans une courette dont tous les détritus entassés et la palissade prirent feu sur-le-champ. Un toit de bardeaux suivit et les habitants du taudis n'eurent que le temps de se jeter hors de leurs quatre murs de planches en feu, de sauter et de se recevoir sur les tas de neige dans la rue Sous-le-Fort.

Les archers, étagés à mi-chemin avec leurs torches et leurs hallebardes, ne savaient s'ils devaient redescendre vers le point où le feu prenait, ou monter pour secourir là-haut le Procureur et son greffier qui poussaient des cris.

— Aidez-moi à sortir de là Monsieur Carbonnel, disait Angélique au mari de Bérengère.

Mais celui-ci, halluciné, contemplait au-dessous de lui l'effervescence subite de ces flammes qui, si souvent, avaient hanté ses cauchemars.

Enfin le sergent au hoqueton fit preuve de sang-froid. Après avoir donné l'ordre d'éteindre les torches dans la neige, — on y voyait assez clair comme cela maintenant — il prit deux hommes avec lui pour secourir le greffier, envoya les autres porter aide à la population de la falaise. De chaque cabane de planches ou de rondins, déjà atteinte ou menacée, les habitants sortaient en poussant des cris, essayant de sauver quelques hardes, une chaudière, une cassette. Il n'était pas question de rien essayer d'éteindre.

— Veillez aux vieux et aux enfants, cria le sergent. Portez-les...

Mais le vent emporta au-delà quelques bottes de chaume enflammé qui tombèrent dans la cour-arrière du *Navire de France* et un valet accourut en disant que des barriques vides commençaient de flamber devant le magasin.

— Mes peaux de castor !... s'écria La Polak en se précipitant mes meubles... ma maison...

On attaquait au pic la rive pour essayer de trouver de l'eau

Une traîne était partie avec un tonneau vers le trou où l'on taillait la glace dans l'espoir de l'y remplir plus facilement, mais le gel récent avait refermé toutes les issues.

— Les puits !

Des maisons, où il y avait des puits intérieurs, surgissaient des hommes et des femmes chacun chargé d'un seau clapotant.

— Les seaux !

Il n'y en avait pas assez. Les seaux de cuir de réserve pour l'incendie étaient entreposés dans le vieux magasin du Roi dont le greffier Carbonnel ou le Procureur avait la clé.

— Les haches !

Les haches aussi. On parla de monter au greffe. On ne savait pas encore que le Procureur, brûlé à la joue, et le greffier, la jambe cassée, se trouvaient sur les lieux, dans la Basse-Ville. Dans l'arrière-cour du *Navire de France* on parvenait à arrêter l'incendie.

Mais, dans des ronflements et des craquements le quartier Sous-le-Fort était livré à son holocauste. Le vent se levait entraînant les redoutables cerfs-volant de feu et nul ne pouvait plus prévoir où ils allaient retomber, allumant d'autres foyers.

La Basse-Ville allait être la proie des flammes.

La Polak, le visage barbouillé de suie, rentra en courant dans la grande salle de l'auberge, où Angélique aidait les archers à installer le greffier plaintif, sur un banc.

— Il t'appelle ! lui lança-t-elle. Il t'appelle !

— Qui cela ?

— Le Bougre Rouge ! Il est resté là-haut !

Angélique courut sur le seuil. Les flammes atteignaient la cahute du Bougre Rouge, la dernière au sommet de l'échafaudage dans la falaise.

Elle l'aperçut debout sur le ressaut éclairé par les langues d'or géantes qui, en se tordant, se hissaient jusqu'à lui. Il serrait dans ses bras, sur sa poitrine, le grand livre de Toth, de cuir et de parchemin. Il regardait vers le ciel qu'il devait découvrir noir et piqueté d'étoiles à travers la hideuse approche du feu.

La Polak se jeta à genoux aux pieds d'Angélique.

— Dis-lui d'arrêter le feu ! s'écria-t-elle. Lui seul peut le faire. Dis-lui d'écarter le fléau ! Dis-lui ! Toi seule le peux ! par l'Esprit !

On entendit craquer les soubassements de la cabane. Les poutres de soutien fléchirent et la façade s'inclina, devenue au-dessus de l'homme un portique d'or fluide. Une clameur monta de la foule qui instinctivement se reculait jusqu'au fleuve.

La cahute s'abattit.

Dans une gerbe d'étincelles, disparurent le Bougre Rouge, son Eskimo et ses livres maudits.

Mais en s'arrachant de la falaise, la maison du sorcier entraîna une énorme masse de boue, de roches et de glaces dont l'avalanche, dans un chuintement atroce de vapeur et d'émanations de matières calcinées, étouffa le gigantesque brasier qui se déchaînait au-dessous.

Il y eut une sorte de lutte titanesque entre les éléments, entre le feu et l'éboulement. Puis les derniers serpents rouges qui essayaient de s'insinuer hors du chaos furent arrêtés par les remblais de neige, aspergés d'eau à la volée, écrasés du talon. Et l'obscurité retomba. L'on sut plus tard que la tragédie n'avait duré que vingt minutes.

Les nuages de fumée épaisse et nauséabonde qui s'élevaient des ruines et montaient en volutes vers le ciel finirent par incommoder les habitants du château Saint-Louis sur le Roc. Gouverneur, officiers, laquais, marmitons, sortirent sur la terrasse.

Les soldats de la garde de M. de Frontenac, alertés, se ruèrent vers la Basse-Ville, appelant au feu. Le tocsin de la cathédrale se mit à sonner.

Les militaires défoncèrent la porte du vieux magasin du Roi. Les seaux de cuir, les haches, les crocs de fer, les échelles furent empoignés, distribués. Les sauveteurs débouchèrent sur la place de l'Anse du Cul-de-Sac où, devant l'auberge du *Navire de France* épargnée, la foule se tenait immobile, éberluée, toussant et crachotant sous une pluie de cendres.

— Comment le feu s'est-il éteint ? demandèrent-ils.

— Par magie ! répondirent les témoins.

Le Procureur refusa énergiquement pour sa brûlure toute aide et tout remède de la part de Mme de Peyrac, que sa femme pourtant sollicita à plusieurs reprises.

Il garda de ce jour une cicatrice qui, en le rendant moins beau, lui donna, on ne sait pourquoi, l'air plus intelligent.

Peu de gens le plaignaient.

— Eh bien ! vous êtes content ? lui disait-on avec hargne. Vous l'avez nettoyé votre quartier Sous-le-Fort !

On remarquait que son supérieur hiérarchique, Garreau d'Entremont, ne lui votait pas de compliments. La hure bourrue du Lieutenant de Police laissait deviner un brin de contentement. La fatuité du jeune fonctionnaire et son zèle l'avaient souvent agacé.

— Il a voulu jouer son petit La Reynie montant à l'assaut du faubourg Saint-Denis et dispersant les derniers truands de la Cour des Miracles. Mais Québec n'est pas Paris !

Cette affaire hanta longtemps Noël Tardieu de La Vaudière.

A quelques oublieux qui, le rencontrant, s'informaient du souci qui l'assombrissait, du même ton accablé d'effroi qu'avaient dû avoir les Anglais s'écriant après le bûcher de Jeanne La Pucelle : « Nous avons brûlé une sainte », il répondait ·

— J'ai brûlé un sorcier !

X

LE MESSAGER DU SAINT-LAURENT

ET LES CITOYENS DE QUÉBEC CONNURENT UNE ÈRE DE TRÊVE dans les tracasseries habituelles dont les harcelait l'administration. Grincheux, Carbonnel se faisait porter chaque matin à son greffe par six forts lascars. Stoïque, il ne pouvait qu'opposer un silence maussade aux plaisanteries dont on ne se privait pas de l'abreuver. Non que personne eût le mauvais cœur de rire de sa jambe cassée... Mais de son Procureur, ah ! oui !... Bien la peine de vous avoir picoré le crâne tout l'hiver avec sa peur de l'incendie — et de leur faire débarrasser les toits et de leur faire ramoner les cheminées — pour aller allumer lui-même l'incendie, de sa propre main. Car Nicolas Carbonnel ne pouvait pas le nier. Il l'avait vu de ses yeux, son Procureur, jeter sa perruque enflammée sur les toits de bardeaux du quartier Sous-le-Fort.

Et si, lui, le greffier préférait garder bouche cousue sur ce geste criminel, d'autres l'avaient vu et pouvaient en témoigner. On l'avait vu d'en bas, on l'avait vu d'en haut. On l'avait vu de partout.

Des échos filtrèrent d'une atroce dispute qui éclata au sein du jeune ménage Tardieu de La Vaudière.

— Je suis la risée de la ville, criait Bérengère hors d'elle, si ce n'est la brebis galeuse que l'on rendrait volontiers responsable du sinistre. L'on me tourne le dos ou l'on me pouffe au nez. Tout cela par votre faute, Monsieur. Je vous savais benêt, mais à ce point !... Quelle idée vous a pris de mener une opération de police en robe et perruque, à cette heure qui nécessitait les porteurs de torches...

— Je me tue à vous répéter que ce ne sont pas les torches qui ont mis le feu, braillait Noël Tardieu de La Vaudière. Dans ces bouges infects, il ne fait jamais jour. Ma perruque a accroché le bec d'une lampe à huile.

— Pourquoi fallait-il que vous y vinssiez dans ce bouge ? Et pourquoi, je le réitère, à cette heure, ce soir-là ?

Et comme il se taisait, tâtant d'un air sombre le bandage autour de sa brûlure.

— Je vais vous le dire, moi. C'est parce que vous aviez appris par vos espions que Madame de Peyrac s'y trouvait. Et vous aviez décidé de l'y surprendre — Taisez-vous ! — de mélanger l'arrestation du sorcier en même temps que la sienne, afin de relancer la vieille querelle de sorcellerie contre elle, — non laissez-moi parler !... et tout cela pour atteindre à travers elle et tout le mal que cela lui aurait causé, l'homme que vous haïssez mais que vous n'osez pas attaquer de front, Monsieur de Peyrac.

— L'homme avec qui vous vous affichez de façon éhontée, Madame, s'écria Noël Tardieu, blanc de rage, et à qui je dois de porter des cornes.

— Hélas ! Non ! Pour mon malheur ! riposta Bérengère-Aimée en levant vers le ciel ses souples bras de tragédienne Hélas ! Il n'en est rien. Non ! Vous n'êtes pas cocu, Monsieur, et croyez que je le déplore. Mais tout n'est pas dit encore... Et j'y parviendrai peut-être, ne serait-ce que pour me venger de vous

A la suite de la grande tempête suivie des aveux de Banistère le comte de Peyrac avait fait bâtir sur l'emplacement de la chaumine détruite un petit bastion de bois qui veillait sur la maison de Ville d'Avray. Des hommes y montaient la garde nuit et jour. Leur vigilance soutiendrait heureusement celle du chien niaiseux, chargé de prévenir des débuts d'incendie par ses bonds désordonnés.

Mais l'on sentait que les flammes qui avaient ravagé le quartier Sous-le-Fort avaient exorcisé les mauvais esprits du feu pour l'année et il n'y avait qu'à regarder dormir le chien des Banistère sous le four à pain, pour comprendre que ce danger n'était plus à redouter.

Angélique avait fait part à son mari des avertissements de l'Évêque et de ce qu'en avait jugé le sorcier au cours de sa visite qui s'était terminée de façon si dramatique.

Maintenant qu'il n'était plus là, il serait difficile de découvrir par divination celui qui, le mois prochain, devait remettre à l'Évêque une dénonciation contre lui.

— Nous devons à Monseigneur notre Prélat de lui éviter de

nouvelles affres de conscience à notre propos. Il s'est montré un trop parfait et trop loyal ami envers nous, avait-elle dit à Joffrey en lui rapportant son entretien avec Mgr de Laval.

L'interprétation du sorcier qui, se basant sur cette date du mois d'avril, parlait d'un messager ayant pu toucher un courrier d'Europe dans le sud et assez hardi pour le ramener vers les régions presque inaccessibles l'hiver du bas Saint-Laurent, était à envisager. Il ne fallait pas exclure non plus la possibilité que ces papiers se trouvassent à Québec même, entre les mains d'un ami du Père d'Orgeval qui les révélerait après avoir respecté les consignes de délai demandé par le Jésuite.

— Peut-être le Père de Guérande, qui était son coadjuteur en Acadie ? suggéra-t-elle. Il nous est tellement hostile.

— Je parlerai à Maubeuge, dit le comte.

Un premier indice leur vint de façon inattendue par le bonhomme Loubette.

Le vieil homme, qui ne bougeait point de son grabat, avait cet avantage d'être au courant de tout car on venait à lui. Les fragments d'information, il les collectait, bien rangés dans sa mémoire qui n'avait rien d'autre à faire.

D'anciens compagnons de traite, de plus jeunes qui ne manquaient jamais de venir le visiter quand ils passaient par Québec et les dames de la Sainte-Famille étaient ses meilleures sources de renseignements.

Il se méfiait des écclésiastiques qui ne disent que ce qu'ils veulent bien dire.

Depuis la première semaine de son arrivée où Ville d'Avray le lui avait recommandé, Angélique avait continué de visiter Pierre Loubette et lui, de longtemps, avait continué de la soupçonner de venir pour lui subtiliser à l'intention du marquis son calumet de pierre rouge et jusqu'à son vaisselier de chêne massif.

Il s'était peu à peu laissé apprivoiser et lui racontait maintes histoires du passé, car il avait fini par comprendre que cela l'intéressait.

— Je vous ai apporté du tabac, lui annonçait Angélique

— Je ne peux plus fumer.

— Vous pouvez chiquer et même priser, cela soulage les humeurs.

Avec ses remèdes il toussa moins. Et de temps en temps quand elle venait, il fumait un calumet bourré d'un tabac de Virginie qu'elle lui préparait.

— Vous me plaisez, déclara-t-il un jour Alors je vais vous dire où s'en est allé Pacifique Jusserant

— Qui est Pacifique Jusserant ?

Le vieillard était appuyé à ses oreillers et tirait quelques bouffées de son calumet.

— Le « donné » du Père d'Orgeval.

Angélique dressa l'oreille et alla s'asseoir au chevet du vieillard. Elle devinait que derrière cette annonce elle allait apprendre quelque chose d'important.

Les « donnés » étaient des civils qui servaient les missionnaires jésuites sans avoir à émettre de vœux religieux, mais dans un esprit de sacrifice. C'était des serviteurs dévoués ainsi appelés parce qu'ils se donnaient par contrat pour plusieurs années ou pour la vie, sans recevoir aucun salaire. La mission profitait de leur travail et s'engageait à pourvoir à leur entretien. Ils suppléaient les frères convers ou coadjuteurs de la Compagnie de Jésus, avec l'avantage de pouvoir en plus se servir d'un mousquet ou d'une arquebuse.

Ce nom de Pacifique Jusserant n'était pas inconnu à Angélique.

— Vous le connaissez, dit le vieux, vous l'avez soigné et sauvé de la cécité blanche, l'an dernier, dans votre fort de Wapassou.

Alors elle se souvint de l'individu en question. En plein hiver, chaussé de raquettes et escorté d'un Indien, il s'était présenté au fort porteur d'une lettre du Père d'Orgeval pour le comte de Loménie-Chambord. La réverbération du soleil sur la neige pendant la marche lui avait brûlé les yeux au point de le rendre aveugle. Elle l'avait soigné avec une décoction de pousses d'aiguilles de pins. C'était un homme jeune encore, mais farouche et, tout dévoué au missionnaire qu'il servait, il avait embrassé sa cause contre les gens de Wapassou. Pendant le temps de son séjour au fort, il ne s'était pas départi de son attitude méfiante.

— Il s'en est allé vers le sud, jusqu'aux rivages où la mer reste libre l'hiver et où les navires continuent d'aborder, possible même que ce soit du côté de Pentagouët ou plus bas encore, du côté de la Nouvelle-Angleterre. Il va chercher quelque chose pour le Père d'Orgeval qu'un courrier doit lui amener de France. Quelque chose de mauvais pour vous et votre époux.

— Comment savez-vous cela ?

— Il est venu me voir avant de partir. Quand j'étais moi-même « donné » nous avons partagé pas mal d'aventures ensemble. Il est né à l'île d'Orléans et il a une concession sur la côte de Lauzon du côté de Lévis. Mais il a tout quitté depuis longtemps pour suivre le Père d'Orgeval Il est parti à l'été

— Quand doit-il revenir ?

— Me paraît difficile qu'il puisse atteindre Québec avant le dégel. A supposer que son navire attendu soit parvenu aux côtes en janvier. Les traversées sont rares l'hiver, mais les Hollandais et les Anglais s'y risquent puisqu'ils ont la mer libre. Le Père avait des intelligences avec eux et se faisait ainsi envoyer toutes sortes de correspondance de sorte que, par l'Acadie, il gagnait souvent de vitesse les courriers qui arrivaient ici.

— Qu'apporterait-il qui pourrait nous nuire ?

— Je n'en sais rien. Mais Pacifique affirmait que si cela explosait, vous les étrangers ennemis de son jésuite, vous seriez détruits sans recours. Je lui ai dit qu'il était fou de se mêler de tout cela. Mais il l'a toujours été, un peu fou. Les Abénakis l'avaient surnommé « Orignal-Têtu », et ceux qui ne l'aimaient pas « Orignal-Fou ». Dès que le Jésuite le regarde dans les yeux, il est prêt à marcher sur les braises.

A la suite de la révélation du vieux Loubette, ils tinrent conseil un soir dans la petite maison avec Barssempuy et Urville, Piksarett, Eloi Macollet et Nicaise Heurtebise, qui tous connaissaient bien le serviteur du Père d'Orgeval.

Le raisonnement du Bougre Rouge se révélait juste.

Mais une fois en possession de ce « quelque chose » qu'il était allé attendre sur les rivages de la mer libre, Pacifique Jusserant avait-il pu se lancer en plein hiver dans sa remontée vers le nord ? Même pour un homme entraîné et fanatique, traverser en raquettes cent à deux cents lieues de territoire désert était une entreprise qui comportait plus de chance d'échecs que de réussite. Pris dans la tempête, il devait se terrer dans un trou. Il pouvait s'écarter, c'est-à-dire perdre la piste et alors il périrait, une fois sa provision de pemican épuisée. Ou saisi par les grands froids, il tomberait gelé vif. Il lui serait difficile en cette saison de trouver un sauvage pour l'accompagner.

Joffrey de Peyrac pensait également qu'il n'était pas facile à un navire français ou étranger de parvenir l'hiver sur les côtes du Maine ou dans un port de l'Acadie péninsulaire : Port-Royal ou la Hève.

Même libre, la mer frappait de ses vagues les rivages enneigés. Elle était sinistre, démontée, souvent charriant des glaces.

Il pouvait aussi réussir. Et il fallait demeurer en alerte essayer de prévoir cette arrivée et l'intercepter.

Ce soir-là Piksarett ne prononça pas un mot. Il se montrait distrait et différent depuis qu'il était revenu des environs de

Lorette après avoir consulté ce « jongleur » qui interprétait les songes. Assis à terre, les jambes croisées, son calumet aux lèvres, il avait fumé pour au moins deux pains de pétun du poids d'une livre chacun, de sorte que les plus endurcis en avaient la gorge brûlante d'avoir discuté dans cette tabagie de plus en plus dense et les paupières rougies. Le conseil s'était conclu dans une brume épaisse aux effets légèrement hallucinatoires, le pétun étant un tabac grossier et, en réalité, une autre plante, de cette sorte qu'on appelait « herbe de la reine » et dont on se sert pour composer des poudres calmantes. Joffrey de Peyrac qui fumait un cigare de tabac de Virginie ainsi que le comte d'Urville, les autres qui fumaient qui leurs calumets qui leurs pipes d'écume de mer, n'avaient pas paru incommodés, mais Angélique vers la fin du conciliabule n'était guère plus en état d'y prendre part. Elle se sentait flotter au sein de ces nuages bleus d'où émergeait seul Piksarett fumant avec une inébranlable constance mais son regard était impénétrable et, par instants, il la fixait comme s'il avait vu à travers elle des choses étonnantes.

L'affaire du Pacifique Jusserant l'assombrissait. Derrière le « donné » que l'on appelait « Orignal-Têtu », c'était encore la silhouette du jésuite que Piksarett avait si longtemps accompagné dans ses guerres. Et le « Grand Baptisé » ne finissait-il pas par être troublé par l'acharnement avec lequel le jésuite, même absent, poursuivait son combat. Il avait dû obéir et partir aux Iroquois, mais il avait ménagé son dernier brulôt et voici que celui-ci commençait de dériver vers eux à travers les déserts blancs.

Au moment où elle se disait que le contact était coupé entre elle et l'Indien et qu'ils commençaient pour des raisons obscures à s'éloigner l'un de l'autre dans leur complicité, elle vit un éclair de gaieté passer sur son visage et, soudain, il avait l'air très content comme s'il s'était écrié en lui-même · « J'ai trouvé. Je sais ce que je dois faire ».

Il lui adressa un clin d'œil malicieux.

Par quel chemin arriverait Pacifique Jusserant ?

Par quel point essaierait-il d'entrer dans la ville ?

Eloi Macollet savait que le « donné » avait une petite concession à Lévis bâtie d'une maison. On pouvait supposer que, venant du sud, il commencerait par s'y arrêter. Il ignorait sans doute que le Père d'Orgeval ne résidait plus à Québec.

Le vieux coureur de bois décida d'aller rendre visite à son fils et à sa bru et de leur recommander de surveiller la demeure de Pacifique Jusserant, qui était dans leur voisinage.

L'essai de réconciliation que le vieil entêté avait eu avec sa famille à Noël s'était soldé par un échec. Son fils qui était déjà un homme de près de quarante ans, bon corroyeur de son métier, mais indolent, peu causant, grand, gros et lourd, n'avait jamais eu des rapports très amicaux avec ce père auquel il ressemblait si peu. Sa femme lui menait la vie dure. C'est elle qui tenait la ferme.

Pour faire plaisir à Mlle Bourgeoys, Macollet s'était rendu à Lévis pour passer Noël avec eux. Parti avec le ménage ouïr la messe de minuit en une petite chapelle de paroisse sur la côte de Lauzon, il y avait rencontré une veuve de ses anciennes connaissances qui avait deux filles attrayantes et il s'était laissé entraîner à venir réveillonner chez elles. Vexée, sa bru, le lendemain, avait refusé de lui ouvrir sa porte. La chose s'était envenimée par la suite, l'une des filles s'étant trouvée enceinte hors du mariage et Sidonie Macollet avait répandu le bruit que c'était des œuvres de son beau-père. Eloi Macollet haussait les épaules : « C'est à la mère que je fais la cour. »

Macollet passa outre à ce mauvais souvenir.

— Tant pis si elle crie, la Sidonie ! Il faudra bien qu'elle obtempère. Je ne peux pas rester à faire le guet là-bas pendant que Pacifique va peut-être s'amener par un autre côté.

Il se rendit à Lévis, se disputa avec sa bru, alla rôder dans les environs de la maison de Pacifique Jusserant dont on n'apercevait derrière l'amoncellement des neiges que le filet de fumée, trahissant la présence des gardiens, et revint après avoir fait à son fils et à Sidonie des recommandations draconiennes.

Un réseau de surveillance s'établit. Il fallait autant que possible éviter que le messager n'atteigne Québec. Si jamais il y parvenait, bon nombre de guetteurs aux yeux aiguisés, et qui pouvaient le reconnaître, se chargeraient de l'empêcher d'atteindre l'évêché.

— Les caves ? suggéra quelqu'un.

On mit sous surveillance les maisons dont les caves avaient communication avec celle du Séminaire.

Il ne pourrait pas franchir le filet.

Après quelques jours, la tension se relâcha. Une forte tombée de neige resserra la sensation d'isolement. Le verrou du désert blanc parut se refermer avec plus de rigueur encore. Des petites tribus de chasseurs Algonquins apportèrent à l'Hôtel-Dieu leurs vieillards épuisés par le froid. Eux-mêmes s'installèrent aux abords de la ville. Ils n'avaient plus la force de chasser. La neige, molle et tombée en trop grande quantité, rendait exténuantes les étapes quand le village décabanait à la recherche du gibier devenu rare. On commença à parler de famine

Pâques furent là. Pâques en Canada n'étaient jamais fleuries

Le Vendredi Saint, l'intendant Carlon, représentant le gouverneur Frontenac et accompagné de quelques principaux du gouvernement, vint à l'Hôtel-Dieu distribuer le bouillon aux malades et laver les pieds des pauvres.

Touchante cérémonie remontant aux anciens rois et empereurs chrétiens désireux de s'incliner au moins une fois l'an devant le Roi des Rois et ceux qu'il aimait de prédilection : les pauvres.

Durant cette période de hargne et de chicane, qui marquait la fin du Carême, la sérénité et le caractère égal de Mme de Castel-Morgeat fut pour toute la ville un sujet d'édification. Et les dames de la Sainte-Famille, navrées de sentir parfois sous les coups de la fatigue leur résistance morale fléchir dans ce domaine de la charité et de la douceur, devaient s'incliner devant celle qu'elles avaient, non sans raison, tant décriée.

— Sabine est un ange, disaient-elles. On se demande où elle puise sa force ?

Elle souriait à demi, cachant on ne sait quelle inexprimable joie. Parfois quand elle se trouvait seule dans son appartement du château Saint-Louis, elle prenait entre ses paumes une petite coupe en or massif représentant un coquillage et dont le pied était formé par le groupe composé et merveilleusement ciselé d'une tortue incrustée d'écaille et d'un lézard de jade vert.

Elle contemplait l'objet merveilleux, le chérissait et le baisait, trouvant à le tenir entre ses mains, à poser contre l'or sa joue, cette force que ses amies lui enviaient et qui lui permettait désormais de tout traverser, de tout vivre.

Quelques jours après ce qui s'était passé entre elle et M. de Peyrac, il lui avait fait porter ce bibelot d'origine italienne et d'une grande valeur. Dans le coffret de cuir doublé de velours, elle y trouva une étiquette d'une encre plus ancienne : Pour Madame de Castel-Morgeat.

Les larmes de Sabine tombèrent sur l'or incorruptible qu'elle serrait contre son sein avec ferveur. Quelle signification devait-elle lire derrière son geste ? Que contenait encore la petite coupe italienne ? Un pardon ? Un adieu ? Elle n'osait se dire dans son humilité : un remerciement galant.

Elle conserva aussi la lettre, la relisant, posant ses lèvres sur les lignes, la signature prestigieuse, envoûtante, puis comprenant qu'elle risquait de réveiller et d'entretenir en elle d'inutiles espérances et qu'elle se faisait du mal, elle la brûla.

69

AVRIL ÉTAIT LÀ, DÉJÀ ENTAMÉ. PAS DE NOUVELLE DU MESSAGER. LE guet ne se relâchait pas.

La seconde fois que le nom de Pacifique Jusserant se trouva prononcé, confirmant que leurs pressentiments étaient justes et que c'était bien lui le messager annoncé à l'Évêque par d'Orgeval, ce fut par le plus imprévu des revenants.

Un vent aiguisé râpait la surface de la neige. Une femme de la Basse-Ville, selon une coutume de sa province d'origine, balayait soir et matin son seuil pour en chasser les esprits. Un matin, elle y versa un grand seau d'eau pour faire bonne mesure. Le marquis de Ville d'Avray vint à passer par là, glissa sur cette patinoire, tomba et ne put se relever.

Angélique, appelée d'urgence, le trouva au *Navire de France* entouré de ses amis dont il avait fait convoquer aussitôt le ban et l'arrière-ban. Si l'on considère qu'il n'était pas facile par ces jours de verglas de se déplacer dans Québec et si l'on constatait l'importance de la foule qui envahit en un temps record l'auberge de Janine Gonfarel, il fallait reconnaître que le marquis ne se vantait pas lorsqu'il assurait être très aimé et avoir beaucoup d'amis. Tous étaient là y compris son préféré, le rude et bourru Lieutenant de Police civile et criminelle Garreau d'Entremont.

Ville d'Avray le prit à parti.

— Vous voyez ce qui arrive avec vos ordonnances que vous ne pouvez pas faire respecter. Des rues où l'on se fait renverser par les traînes des garnements.

— Vous avez été renversé ?

— Non ! Mais j'aurais pu l'être.

Les Acadiens, sortis de leurs cercles secrets, étaient là pour entourer leur gouverneur.

On s'écarta devant Angélique, avec autant de respect que de foi comme si elle avait pu, d'un coup de baguette magique, le remettre sur pied.

De sa visite à la Prévôté où elle avait vu le livre *Malleus Maleficarum*, bible destinée à confondre les sorcières, Angélique avait gardé l'arrière-pensée que le Lieutenant de Police l'avait convoquée pour lui reprocher ses activités de guérisseuse. Aussi fut-elle ennuyée de voir Garreau d'Entremont au chevet de Ville d'Avray.

— M'autorisez-vous à le soigner, Monsieur le Lieutenant de Police ? lui demanda-t-elle tout à trac.

— Mais oui, pourquoi pas ? Au contraire, bredouilla d'Entremont, surpris de l'attaque.

Dans ce même instant Angélique se souvenait que le *Malleus Maleficarum* ne s'était trouvé là que par hasard et que tout autre était la raison de la convocation.

Mais il était trop tard pour rattraper la maladresse. Le pauvre Garreau s'en fut très déconfit, ne comprenant pas l'hostilité que lui témoignait Mme de Peyrac. Il y avait peu de femmes qu'il estimait autant qu'elle dans la ville, et il n'était pas insensible non plus à sa grande beauté. Il croyait le lui avoir fait comprendre. Certes, il était persuadé qu'elle mentait à propos de l'affaire Varange, comme cette clique de Gascons aventuriers, écumeurs des mers et des côtes et qui se croyaient hors des lois communes. Mais cela était une autre question.

— Vous l'avez peiné, dit Ville d'Avray. Quelle mouche vous pique ? Oh ! ma chère, que je souffre ! J'ai sûrement la cheville brisée.

Elle n'était que foulée.

Après un examen au cours duquel Ville d'Avray gémissait, pleurait et n'avait pas assez de mains pour se cramponner à toutes celles de ses amis qui voulaient lui insuffler force et courage en ce dur moment, elle put lui assurer qu'il n'avait rien de cassé.

En revanche, il lui faudrait prendre patience, envisager au moins deux à trois semaines de repos, le pied bien bandé, reposant sur un coussin comme celui d'un malade frappé de la goutte.

— Je resterai au *Navire de France* décida-t-il. Ainsi j'aurai de la compagnie. Vous voulez bien de moi, Janine ?

L'accident se révélant sans gravité, Angélique s'avoua qu'elle n'était pas trop mécontente de voir Ville d'Avray immobilisé dans la Basse-Ville. Le marquis avait un cœur innombrable. Il aimait aussi coqueter avec les femmes. Et Angélique, plaisante et intelligente, lui inspirait une passion qui allait jusqu'à le détourner de ses préférences pour les adolescents dont jusqu'alors il ne se cachait pas. Loin d'elle il s'ennuyait. Comme Nicolas de Bardagne, il la cherchait en tous les points de Québec, mais de plus il n'admettait pas qu'elle lui cachât un seul détail de son emploi du temps. Récemment, elle ne s'était pas dissimulé qu'il serait difficile de parvenir jusqu'au bout de l'hiver sans que la situation ne se détériore, l'obligeant à se montrer sévère, à rompre tout à fait avec lui, ce qui l'aurait navrée.

Maintenant qu'il était contraint à se montrer moins remuant, elle le verrait selon son agrément à elle et serait libre de prendre congé chaque fois qu'il deviendrait importun.

Ville d'Avray ne fut pas dupe, l'accusa de cruauté, mais force lui fut de se résigner car, maintenant qu'il ne pouvait plus se défendre, elle était bien capable de l'abandonner, refusant de le soigner pour le livrer aux mains de ce tortionnaire de chirurgien de navire Ragueneau qui se disait médecin et qui le rendrait sûrement boiteux.

— Ah ! que j'aime votre main sur ma peau. Vos doigts sont si caressants.

Afin de conserver au moins le plaisir de sentir ses doigts légers sur sa cheville douloureuse, il s'avoua prêt à toutes les sagesses et à tous les sacrifices.

L'inactivité lui pesait. Ne pouvant plus tenir les guides de sa vie sentimentale, il se sentit le cœur vacant.

M. Dagenet, son aumônier, lui faisait la lecture. Mais Ville d'Avray l'envoya promener. Plus il le voyait et plus cela lui rappelait que son aumônier, qu'il appointait depuis des années pour veiller sur son salut spirituel, l'avait abandonné juste au moment où il avait eu affaire à une démone et à quatre-vingts légions de démons.

A force d'évoquer les péripéties de l'été, il fut pris de la nostalgie de revoir le jeune Alexandre de Rosny qui l'avait accompagné dans le début de sa tournée de gouverneur en Acadie mais qui, par caprice, avait refusé de remonter avec lui sur Québec.

— Oh ! Chère Angélique, supplia-t-il, l'on dit que vous avez des dons pour appeler les gens à distance. Je vous en prie faites-moi revenir mon Alexandre...

Deux jours plus tard, Alexandre de Rosny se trouvait là, dans la grande salle du *Navire de France*. On ne prit pas garde tout d'abord à ce voyageur au nez et aux pommettes brûlés par le gel et le soleil, mais quand il eut enlevé ses fourrures et que l'on reconnut le bel éphèbe aux lèvres boudeuses que le marquis ne cessait de réclamer, ce fut une explosion de joie.

Tout à fait insensée, cette idée qu'il pouvait revenir d'Acadie en cette saison et pourtant il était là. Il apportait des nouvelles de toute la côte du Maine, de l'Acadie, de la Baie Française et c'était comme si déjà se rompait le cercle de l'hiver.

Et le marquis, rayonnant, remerciait Angélique de ses dons supranormaux. Elle l'assura qu'elle n'y était pour rien. Vu la promptitude avec laquelle le jeune Rosny s'était trouvé parmi eux, il avait dû se mettre en chemin au moins plusieurs semaines sinon plusieurs mois auparavant.

Elle le fit asseoir sur un tabouret et oignit d'un baume les brûlures de son visage. Puis elle ébouriffa ses cheveux blonds avec affection. Ce mignon courageux était bien de la même race que celle des Philippe du Plessis-Bellière, qui dès quatorze ans guerroyaient en col de dentelles sur les champs de bataille d'Europe.

Le jeune homme, à sauter les rapides des rivières folles d'Acadie et à se lancer dans un pareil voyage était devenu plus bavard et montrait moins de morgue.

Il disait qu'en certaines régions qu'il avait traversées, atteignant épuisé et se croyant sauvé des petits campements d'Indiens, il lui était arrivé en pénétrant dans les tipis ou les wigwams, d'en découvrir les habitants morts, soit de froid, soit de faim ou des deux ensemble, certains assis encore, figés devant les dernières cendres du foyer, le calumet en main, momies racornies, saupoudrées par la neige qui filtrait à travers les interstices des misérables abris d'écorce ou de peaux.

— Quelle folie ! soupirait le marquis. Jamais tu n'aurais dû tenter une telle odyssée, même pour me revoir.

Alexandre haussait les épaules. Il n'était pas le seul. Il y en avait d'autres qui se risquaient dans la traversée du grand désert blanc.

C'est alors qu'il prononça le nom de Pacifique Jusserant, le « donné » du Père d'Orgeval, qu'il avait rencontré à la mission de Saint-François des Abénakis et qui lui aussi remontait du Maine et se dirigeait vers Québec.

Le « donné » avait l'air, comme lui d'avoir traversé de dures étapes. Il paraissait à bout de forces, mais poussé par la fièvre de continuer sa route. Il s'était arrêté quelques jours à la mission pour trouver une autre paire de raquettes et n'en ayant pas trouvé comme il voulait, il prenait le temps de les fabriquer. Il portait avec lui une sacoche dont il ne se départissait jamais, dormant avec. L'Indien qui l'avait accompagné jusque-là refusait de poursuivre. Le « donné » avait longuement observé Alexandre dans la salle commune du poste de traite, adjacent à la mission ou les Indiens Abénakis venaient échanger leurs peaux et où les voyageurs pouvaient trouver un toit et la possibilité d'une halte. Déplaçant son écuelle de blé d'Inde et sa chope de bière pour venir s'asseoir à ses côtés sur le banc, devant la longue table, Pacifique Jusserant avait proposé au jeune homme qu'il avait reconnu de se joindre à lui pour la fin du voyage. Il savait qu'il remontait vers

Québec. Il connaissait des pistes meilleures et plus courtes pour parvenir au but plus rapidement et il n'était pas prudent de voyager seul en cette saison, lui dit-il.

Feignant l'enthousiasme, Alexandre avait accepté de grand cœur. Puis le matin, tandis qu'avant de prendre la piste, le « donné » servait la messe au jésuite de la mission, car il était d'une piété maniaque, le jeune garçon avait quitté le poste et était parti de son côté. Lui, voyageait toujours seul. Il préférait cela à la trahison d'un compagnon.

— Pour une fois ton esprit contrariant t'a sauvé, dit Ville d'Avray. Tu as bien fait de ne pas l'accompagner. Je suis persuadé qu'il voulait t'assassiner ou pis !

— De toute façon, il n'est plus loin, il ne va plus tarder, supputa Éloi Macollet lorsque ces propos lui furent rapportés, et je présume qu'il va se conduire comme cela. Il va arriver par Lévis comme prévu. Il va s'abriter une nuit dans son habitation. Puis il traversera le Saint-Laurent sous Québec et se rendra tout droit à l'évêché. Peut-être qu'il ne se méfie pas... mais peut-être qu'il se méfie car il a de l'instinct en diable... C'est pour cela qu'il voulait que le jeune Alexandre l'accompagne... pour qu'il ne risque pas de parler ou d'arriver avant lui... Et peut-être bien qu'il l'aurait tué... Il a tué pour moins... C'est une bête méfiante, rusée et qui ne connaît qu'un maître... qui obéit à ce maître à distance...

Ayant mis tout le monde sur les épines par ces avertissements au point que l'on guettait aux carreaux si la face ombrageuse du « donné » ne s'y collait pas déjà, Éloi Macollet entreprit de se rendre une nouvelle fois à Lévis pour avertir son fils et sa bru de redoubler de vigilance.

Tant d'événements et l'attention qu'une partie des habitants de Québec portaient à la venue de Pacifique Jusserant détournèrent les esprits d'une plus invisible et plus dangereuse conspiration qui à l'insu de tous avait pris corps et se développait sourdement Éloi Macollet faillit en être la première victime.

Il revenait de Lévis après sa seconde visite. La nuit était belle et la lune brillait. Macollet traversait sous Québec, le chemin balisé du fleuve, lorsqu'un subit instinct lui fit porter en avant son bâton ferré, et frapper un coup dans la glace.

Il s'arrêta figé d'épouvante. L'œil du serpent le regardait Rond, luisant et recélant au fond de sa noire prunelle le reflet tremblant d'une étoile il fascinait, attirait, ouvert sur les abîmes... L'eau...

Éloi n'osait plus ébaucher un mouvement. Il jeta un regard autour de lui sur la plaine blanche infinie, et perçut sa fragilité nouvelle, survenue à pas de larron. Ses oreilles s'emplirent d'un bruit ténu comme de brisures se répercutant de proche en proche. Les froides nuits avaient trompé sur la chaleur des jours. Le dégel commençait. L'homme immobilisé en plein milieu du fleuve qui se fendait leva les yeux vers le ciel fourmillant d'étoiles.

— Bonne sainte Anne, sauvez-moi ! s'écria-t-il.

Comment parvint-il à regagner la rive ? Il ne se souvenait pas. Son premier geste fut de se précipiter dans la Haute-Ville et de réveiller le sculpteur Le Basseur.

— As-tu terminé ton rétable de sainte Anne pour le sanctuaire de la côte de Beaupré ? On dit que tu attends pour le faire porter à dorer aux ursulines d'avoir réuni l'argent des donateurs. Je m'inscris pour dix livres tournois de dorure. Je ne suis qu'un mécréant, mais cette bonne mère de la Vierge m'a sauvé.

Le lendemain, escortés de la galopade des gamins et de l'admiration des badauds, les différents éléments du chef-d'œuvre, custode, réliquaire, coupoles, statues, etc... sur des brancards, la Table de base qu'on appelait le tombeau et les gradins sur une traîne, furent portés à dorer aux ursulines comme autant de pièces de pâtisserie que l'on porterait à cuire au four du boulanger.

Dès que le travail des religieuses serait achevé et que le fleuve serait libre le retable serait porté en son nouveau sanctuaire au pied du Cap Tourmente.

Cependant le Saint-Laurent entrait dans les terribles douleurs du dégel. Le grand serpent froid allait s'éveiller. Il allait perdre sa peau de glace, muer vers la transmutation liquide, laissant apparaître à travers la carapace brisée des glaces, sa peau bleu sombre, foncée de vert glauque.

En trois jours et trois nuits tout changea.

Le jour, sous le soleil brûlant, la plaine commença de suer sa blancheur marmoréenne, se léprosant de vastes zones assombries qui révélaient une fragilité inquiétante, avant de se déchirer sur la plaie noire de l'eau.

La nuit, on entendit craquer et s'entrechoquer des pans de glace énormes, banquises remuées par le va-et-vient pénible et souterrain des marées les aspirant, suivant les heures, en amont, puis les renversant en aval, dans un mouvement épuisé de lave blanche qui, dans les semaines suivantes, allait rouler ses blocs puissants les uns contre les autres, les poussant à se heurter, à s'affronter, à se chevaucher, dressés comme des monstres en amour, pour ensuite s'effondrer et repartir lentement à la dérive dans un entrelac fluide qui les cernerait et les captureraient ainsi que les mailles d'un filet géant.

Semaines de dégel pendant lesquelles le fleuve et les glaces engloutiraient leur contingent de nautonniers trop hardis. Au début, nul ne voulait renoncer à passer d'une rive à l'autre comme on en avait pris l'habitude. De l'île d'Orléans, de Lévis, de Beaupré, on partait en traîneau après avoir guetté l'étendue sournoise, en criant « A Dieu vat ! » et l'on se retrouvait, appelant au secours sur un radeau plus froid que la mort, tandis que les chevaux après s'être débattus dans la purée glacée disparaissaient au fond du Saint-Laurent et que le véhicule, broyé, craquait comme une vieille noix creuse et terminait sa carrière en épave flottante.

Les barques et les canots reparurent, et furent lancés dans les premiers chenaux ouverts. Leurs équipages les hissaient et les traînaient sur les étendues de glace encore solides, encore immenses, et les échos retentissaient des cris d'encouragement des équipages halant leurs chaloupes comme un attelage de chevaux se serait arc-bouté à tirer un tombereau ensablé.

— Ho ! Hisse ! Hisse ! Hardi les gars !

Carrioles à traînes ou barques à rames ? On ne pouvait décider encore. Il fallait risquer.

Le colon du Canada, bourré de forces accumulées par sa longue retraite de l'hiver, bondissait sur son fleuve en hurlant de défi, car venait le temps de se colleter avec lui dans la lutte la plus sauvage, paré qu'il était des deux éléments qui composaient son visage de Janus maudit : les eaux et les glaces.

Cependant l'hiver relâchait son étreinte. La neige continuait de couvrir la terre, mais glissait des branches des arbres.

L'île d'Orléans retrouvait son pelage de bois, son échine d'un fauve clair que jetaient sur elle ses forêts d'érables aux branches dépouillées, mais où n'allait pas tarder de monter la sève du « temps des sucres ».

Un matin, une femme vint frapper plusieurs coups du heurtoir de bronze qui ornait la porte sur la rue de la maison de Ville d'Avray. On eut beau lui crier par les fenêtres de l'étage de passer par derrière, elle n'en voulait pas démordre et resta là à attendre, entre les deux Atlas et leurs globes qui émergeaient peu à peu des talus neigeux.

Il fallut, pour l'introduire, débarricader la porte, tourner les clés, tirer les targettes et les verrous.

Elle se nomma et l'on sut qu'il s'agissait de l'irascible belle-fille d'Éloi Macollet : Sidonie.

— Est-il là, ce pendard ? s'informa-t-elle d'un air rogue.

C'était une femme de petite taille, le visage fermé et qui ne montrait pas le côté enjoué des femmes d'origine canadienne bien qu'elle fût née sur un beau fief de Nouvelle-France, du côté des Trois-Rivières. Son père, boulanger des environs de La Rochelle, émigré en 1635 avec sa jeune femme, en avait reçu la seigneurie — cent arpents de front sur deux lieues de profondeur — pour ses mérites ayant été traitant, commerçant, agriculteur, puis syndic compétent à la nomination des premiers syndicats gérant des bourgades nouvelles.

Angélique qui savait tout cela et qui se souvenait des soupirs de Marguerite Bourgeoys à propos de cette petite Sidonie la considéra avec curiosité.

Elle était bréhaigne (1), ce qui devait l'irriter dans un pays où, comme soulignait le ministre Colbert dans un rapport sur la colonie : « Les femmes portaient tous les ans. » De famille nombreuse et déjà réputée, elle avait dû considérer comme une mésalliance d'épouser le fils unique d'un modeste censitaire et d'une Fille du Roy, si complètement délaissée par son époux, vagabond des grands lacs, qu'on la croyait veuve. Mais pourquoi l'avait-elle épousé si elle ne l'aimait pas ?

— On l'a vu, votre putois, Pacifique Jusserant, dit-elle en s'adressant à son beau-père après un bref salut. Comme vous l'aviez prévu il est venu rôder une nuit autour de son habitation, mais il n'y a pas pénétré, il se méfiait. Il a disparu soudain.

— Qui l'a vu ?

— Moi, dit-elle.

Pressée de questions, elle dit qu elle avait monté la garde quelques nuits dans un affût à canards rapetassé. Le jour, elle envoyait un gamin, pour la récompense de quelques sols. Bref, une nuit, elle l'avait vu le « donné » du Père d'Orgeval sortant des bois. Il avait surgi, venant du sud, en avançant péniblement sur ses raquettes qui enfonçaient dans la neige molle. Il s'était arrêté comme flairant le vent à quelque distance de son habitation, puis se ravisant il s'était reculé et était rentré sous le couvert des arbres.

— Il se méfie comme un renard, gromella Macollet en se levant et en commençant d'enfiler sa houppelande et ses mitasses. Et pourquoi ? Qu'est-ce qu'il porte avec lui qu'il craint tant qu'on lui prenne ? A-t-il déjà traversé le fleuve sous Québec ? Il n'aurait pu le faire sans être signalé.

— Et aujourd'hui ça risque plus que jamais, dit la femme. Les courants vous entraînent et les glaces vous écrasent.

(1) Terme ancien pour désigner les femmes stériles

— Comment êtes-vous passée, vous ? s'enquit le vieux en lui jetant un regard aigu sous la broussaille de ses sourcils touffus

— Avec le canot du vieil Antoine, un fou de votre espèce. Mais savoir, ajouta-t-elle, s'ils avaient navigué ou joué au saut de la puce d'un glaçon à l'autre, ça elle n'en décidait pas.

— Vous auriez pu y laisser votre peau, ma bru, fit-il d'un ton acerbe.

— Et ça vous aurait fait bien plaisir, beau-père, répliqua-t-elle de même.

Angélique voulait la retenir l'engageant à se restaurer. Mais elle refusa et elle redescendit vers la porte en ramenant autour d'elle ses châles. Son bonnet blanc, serré au menton, laissait entrevoir une chevelure châtain clair, mais déjà entremêlée de fils blancs. Pourtant elle ne devait pas avoir beaucoup plus de trente-cinq ans. Angélique l'accompagna jusqu'à la porte.

— Je suis contente de vous connaître, Sidonie, et je vous remercie. N'auriez-vous pu confier le message au vieil Antoine plutôt que de vous risquer à traverser le fleuve qui devient dangereux ?

— Le beau-père m'avait dit de ne jaser de l'affaire à personne, fit-elle en désignant du pouce derrière elle Éloi Macollet, et que cela ne devait pas sortir d'entre-nous.

Elle examinait Angélique et la jaugeait d'un regard sans douceur.

— Ainsi c'est vous la Dame du Lac d'Argent ? Vous qui avez réussi à retenir ce petit vieux au Logis ?

— Il n'est ni petit, ni vieux, répliqua Angélique qui aimait son Éloi. Et je ne vois pas pourquoi vous voudriez lui faire mener une existence de vieillard. Il demeure d'une santé et d'une vigueur peu communes, il a encore tué au couteau, à l'automne, un de ces grands ours gris si dangereux. Et il pourrait en remontrer à bien des jeunes hommes...

— Oh ! ça oui ! A son gars, mon époux par exemple. Ça oui, après ce scandale de Noël avec la veuve et les deux filles, ça on peut le dire, il pourrait en remontrer à des jeunes.

Elle ajouta avec amertume.

— ... Avec lui, au moins, on peut être sûre de gagner un enfant.

70

SUR LE MUR DU VERGER DE Mlle D'HOURREDANNE SE DRESSAIT dans l'ombre la haute stature du chef Abénakis Piksarett. Il regardait au loin, vers le nord.

Le fleuve craquait, emplissant la nuit de sa rumeur. La lune n'était pas encore levée. Le ciel était d'un bleu sombre de métal, si bleu que les étoiles en portaient le reflet et brillaient bleues comme un regard pur.

Vêtu de sa grosse fourrure d'ours, Piksarett ressemblait à un héron avec ses longues jambes maigres d'échassier.

De sa lucarne, la servante anglaise l'observait. Elle songeait vaguement à ses enfants disparus et elle fut prise d'une nostalgie pour le bébé qu'un Indien, lors de sa capture, un Abénakis comme celui-là, lui avait arraché des mains, pour le fracasser contre un arbre.

Elle souhaita lire quelques versets de la Bible. Elle était effrayée des turpitudes papistes dans lesquelles elle se trouvait plongée et plus effrayée encore de sentir qu'elle commençait à y prendre goût, jusqu'à aimer ouïr la lecture d'histoires amoureuses en français.

A l'étage au-dessous, Mlle d'Hourredanne surveillait aussi le Narrangasett.

« Que se passe-t-il ? Que craint-il ? Il a marqué son visage de peintures de guerre. Ce n'est pourtant pas le temps où les partis Iroquois commencent à entrer en campagne. »

Elle écrivit quelques notes, mais quand elle releva les yeux, la grande silhouette de héron s'était envolée.

Cantor ouvrant les yeux le vit à son chevet, ses tresses d'honneur hérissées de chaque côté de sa face anguleuse et les trois plumes d'aigle plantées dans sa chevelure effleurant les poutres du réduit où couchait le garçon.

— Celui qui apporte le malheur arrive, chuchota l'Indien. Viens sans bruit, je vais chercher ton frère.

Il disparut comme un fantôme. Cantor s'asseyant sur sa couche chercha ses bottes en tâtonnant et les enfila, se vêtit.

— Eh quoi ! lui chuchota Éloi Macollet en surgissant de son coffre banc-lit, alors qu'il traversait la grande salle à pas de velours, est-ce que ce renard rouge couvert de médailles et de chapelets s'imagine qu'il va m'éliminer comme un vieux croûton à l'heure où la chasse commence ? Hé, fieu ! C'est moi qui ai levé le gibier...

Mlle d'Hourredanne les vit passer tous les trois.

Piksarett descendait la rue de la Fabrique. A mi-côte, il s'insinua dans une ruelle adjacente, faisant signe à ses compagnons de l'attendre.

— Ces sournois d'Indiens, parfois à faire les mystérieux, ils vous donnent envie de les tuer, chuchotait Macollet impatient. Mais il faut les croire, mon garçon, parce qu'ils ont le sens C'est de nature. Tiens, regarde où il est maintenant.

Piksarett surgissait au sommet d'un toit. Sans même déplacer un souffle de neige, ni détacher un glaçon, à la frange des gouttières, il gagnait la lucarne des combles et grattait aux carreaux de papier huilé.

Florimond qui dormait du sommeil du juste, mais sans perdre ce sentiment de veille qu'enseigne la vie des bois, se dressa sur la couche de balle d'avoine où il reposait près de la très accorte fille du mercier. Celle-ci avait clos ses jolis yeux bleus. Quant au début de la nuit, il avait gratté aux carreaux, elle lui avait ouvert sans trop de mauvaise grâce. Peut-être demain irait-elle sangloter dans un confessionnal, mais pour l'instant, elle dormait elle aussi du sommeil profond de la jeunesse avec sur son frais minois une expression de béatitude.

Florimond se leva sans bruit. S'agissait-il d'un nouveau galant de la belle que l'on disait peu farouche ? La rencontre serait piquante.

Il découvrit la face bigarrée de Piksarett qui s'interposait entre lui et la clarté opaline du firmament.

L'Indien ne fit qu'un signe : viens !

Au carrefour, Anne-François de Castel-Morgeat qui promenait sa mélancolie par les rues, ou qui revenait, comme son ami, d'un rendez-vous galant, les rencontra et demanda à les accompagner.

— Où va-t-on et que sais-tu, capitaine ? interrogea Éloi Macollet en guignant du coin de l'œil l'Abénakis.

— Il vient ! C'est tout ce que je sais, répondit Piksarett songeur. Mais sa ruse est grande. Pour commencer, il faut descendre au port.

Cette affaire le tourmentait.

Ils arrivèrent sur la place dans l'anse du Cul-de-sac et trouvèrent Janine Gonfarel à sa fenêtre engagée dans une affaire de troc avec un Indien.

— Donne-moi un peu d'eau-de-vie, ma mère, suppliait l'Algonquin.

— Je ne suis pas ta mère, Dieu m'en garde, ripostait Janine

Gonfarel, et tu sais bien que l'Évêque interdit de donner de l'alcool aux sauvages.

L'Indien tirait alors de sous sa couverture de traite dans laquelle il se drapait une ou deux pelleteries du maigre gibier qu'il avait pu piéger, et La Polak s'en allait en grommelant lui chercher une mesure d'alcool, — un demiard, pas plus, un dé à coudre, l'Évêque ne pourrait rien dire — qu'il recueillait dans une calebasse de la contenance d'une demi-pinte qu'il ne désespérait pas de parvenir à remplir.

La diligente aubergiste avait donc réussi à mettre ainsi de côté une demi-douzaine de peaux de petites martres dans leur pelage d'hiver, un vison, un renard... Peu de chose.

Maintenant qu'il n'avait plus rien à troquer, elle se montrait incorruptible.

— Je n'ai pas envie d'être excommuniée.

De l'étage au-dessus, Alexandre de Rosny qui prenait l'air à sa fenêtre s'amusait à suivre le manège. Lorsqu'il aperçut les jeunes gens escortés de l'Indien et du coureur de bois, il descendit pour les rejoindre.

— Si vous allez sauter sur le fleuve, j'en suis.

— Qui cherchez-vous ? demanda La Polak.

Piksarett regardait avec répugnance le fleuve en dégel Contre le môle, on entendait l'eau couler sous une glace encore epaisse mais, plus loin, passaient en furie les grands courants noirs, charriant des myriades scintillantes de glaçons broyés qui s'entrechoquaient avec un bruit de cailloux.

Il n'était plus question de traverser à pied vers Lévis et, pour les embarcations aussi, le passage devenait périlleux.

— Nous cherchons Pacifique Jusserant, répondit à mi-voix Éloi Macollet.

— On ne l'a pas encore vu par ici. De jour comme de nuit, il serait vite reconnu.

L'Algonquin s'approcha.

— Donne-moi un peu d'eau-de-vie, ma mère, et je te dirai où est l'homme que tu cherches.

Et quand elle lui eut versé une nouvelle mesure

— Il est dans l'île d'Orléans.

Éloi Macollet rejeta en arrière son bonnet de fourrure et cogna du poing son front scalpé.

— L'île d'Orléans! Comment n'y ai-je pas pensé plus tôt Pacifique Jusserant y est né. Sa mère y vit toujours sur la côte nord, dans sa ferme qu'elle a rebâtie après le passage des Iroquois, il y a quinze ans. Elle et son fils Pacifique avaient échappé au massacre parce qu'ils étaient venus ce jour-là à Québec pour se confesser

Il rappela que Pacifique avait vu dans ce miracle le doigt de Dieu sur lui. De ce jour-là, il avait décidé de se consacrer au service et à la cause des missionnaires. C'est ainsi que le Père d'Orgeval se l'était attaché.

Ils regardaient en direction de l'île, qui se détachait trapue et sombre, énorme bouchon fermant le goulet à l'embouchure.

— Une barque vient, dit quelqu'un.

C'était une grosse chaloupe à rames. Il y avait longtemps, et même des heures peut-être qu'ils auraient pu la voir peiner son équipage la menant tant bien que mal par les chenaux à découvert et les bancs de glace.

— Est-ce lui ?

On pouvait en douter. Si la méfiance avait poussé le « donné » du Père d'Orgeval à se réfugier en l'île d'Orléans pour qu'on perde sa trace, la prudence lui conseillerait de ne pas aborder Québec par le port, serait-ce de nuit.

Le Sieur Basile, suivi de Paul-le-Follet, rejoignait le groupe De sa maison sur la rive, il avait vu venir la barque, et après l'avoir observée à la longue-vue, il s'était équipé et botté comme en vue d'une expédition possible sur le fleuve.

Lorsque la barque toucha le môle, ils en virent descendre Maupertuis et son fils Pierre-Joseph.

La barque était montée par des hommes de l'île et par le jeune amant de Guillemette la Sorcière.

Celle-ci envoyait dire que Pacifique Jusserant était chez sa mère, sur la côte nord. On faisait surveiller la maison, mais elle pensait qu'il essaierait de traverser cette nuit le bras de mer qui séparait l'île de la côte de Beaupré. La glace était encore « honnête » par là et il pouvait réussir car il connaissait le fleuve et les meilleurs passages.

Éloi Macollet décida de remonter dans la Haute-Ville afin de prévenir M. de Peyrac et de faire envoyer des hommes vers l'Ange-Gardien et Château-Richier, qui surveilleraient le rivage et cueilleraient tout audacieux se risquant à traverser cette nuit. Il y avait beaucoup de chances de n'en voir qu'un seul et que ce fût lui.

Les autres repartiraient dans la barque et regagneraient l'île courant la chance d'y arriver et de le surprendre avant qu'il n'entreprenne sa traversée.

— Viens Follet, dit Basile à son commis, on peut avoir besoin de toi.

Le pauvre parisien de la Cour des Miracles jeta un regard de désespoir sur ce magma de glaces et de courants furieux qui grondait à leurs pieds dans la nuit.

— Le surin, le stylet le poignard, la rapière, le lacet autour d'un cou, je sais manier tout cela, mais je préférerais traverser tout Paris, avec les argousins à mes trousses, que d'aller galoper sur ton fleuve qui craque, Basile. Ah ! combien la Seine me paraît gentillette lorsque j'y songe. Tout juste bonne à nous débarrasser d'un cadavre encombrant, facile à traverser, une amie...

Il prit place cependant à bord de l'esquif.

Un autre qui n'y montait pas de gaieté de cœur, c'était Piksarett.

— Je le dois à celui qui m'a baptisé, dit-il. Il faut essayer d'épargner la vie de son serviteur « Orignal-Têtu », car Orignal-Têtu et moi-même, nous nous sommes battus à ses côtés contre l'hérétique.

71

Dans sa basse maison de pierre, sur la côte nord de l'île d'Orléans, la mère du « donné » Pacifique Jusserant regardait son fils.

La vieille femme délaissa son rouet et vint jusqu'à la porte. Sur le banc où l'on posait, renversés, les seaux, elle prit une lanterne de fer aux parois de corne, bien affinée qui pouvait garder la lumière d'une chandelle sans noircir. Par le haut percé de trous la chaleur s'évadait. Elle voulut l'allumer, mais son fils s'y opposa.

— Il fait assez clair. Je ne veux pas qu'ils me voient sortir.

— Qui peut te voir ? Personne ne s'occupe de nous. Personne ne sait même que tu es ici. Tu n'as pas cessé d'avoir peur depuis que tu es ici.

— Ils me guettent... Je sais qu'ils me guettent. Ils veulent m'empêcher de parvenir à l'Évêque.

— C'est ce long voyage qui t'a rendu fou. Tu vois des ennemis partout.

— Et toi, tu ne sais rien. Tu files ta laine, tu ranges tes pommes, tu fabriques ton fromage...

— Un fromage que tu es bien content de manger.

Pacifique Jusserant haussa les épaules. Son existence aux côtés du Père d'Orgeval, qui avait le don de voir à distance et de lire dans la pensée avait aiguisé son sens de perception du danger. Le contact étroit avec les Indiens, grands pourvoyeurs d'annonces prémonitoires et d'interprétations de signes, l'avait doté d'un flair animal, que possédait tout coureur de bois digne de ce nom. Il se savait guetté.

— ... Un fromage que tu es bien content de manger quand tu reviens d'avoir traversé des lieues, sans autre chose à se mettre sous la dent que ta ceinture de cuir, continuait la vieille fâchée.

Il lui tapota l'épaule pour la calmer. Il valait mieux qu'elle ne sache rien. Alors, il avait trouvé, à s'asseoir près de cette femme tranquille et laborieuse, un repos qu'il n'avait pas goûté depuis longtemps. Les femmes sont dangereuses et entraînent au mal. Il n'y a que les mères près desquelles on peut se sentir en paix.

Elle le trouvait maigre et malade. Elle était tentée de le lui reprocher comme une faute. C'était le seul fils qui lui restait et elle aurait voulu qu'il revienne au Canada soit pour l'aider à la ferme, soit pour exploiter sa concession de Lévis. Alors elle se souvenait que Dieu les avait tous deux sauvés d'être scalpés et brûlés vifs par les Iroquois, et, baisant la croix de son chapelet, elle se résignait.

Il lui avait demandé si elle savait où était le Père d'Orgeval Se trouvait-il à Québec ? Elle avait répondu qu'elle ne s'occupait pas de ce qui se passait sur le « continent ». C'était une femme de l'île d'Orléans.

Sur son bonnet blanc de paysanne bretonne, elle jeta une ample couverture de traite, de celles qu'on vendait aux Indiens rouge à bordure noire, et elle s'en enveloppa à la façon des femmes indiennes l'hiver. Elle avait perdu toutes ses hardes lorsque les Iroquois étaient venus il y a quinze ans et il avait fallu tout rebâtir, refaire la terre, racheter du bétail, rembourser les emprunts et les charités. Les voisins aidaient. Mais, au début, il n'y avait plus de voisins, à part la sorcière et les enfants qui avaient été sauvés, parce qu'ils cueillaient du serpolet dans les hauts de l'île.

Elle s'apprêtait à suivre son fils dehors, mais il refusa. Il ne voulait pas qu'on le reconnût sur le seuil éclairé. Il quitterait la demeure par la cave, un trou qui donnait dans les granges. Il se glisserait de là, à plat ventre, dans le sillon du chemin, et pourrait très vite se dissimuler dans l'érablière qui descendait vers les grèves. Il hésita à prendre son mousquet, y renonça.

Il ficela ses raquettes sur ses épaules, s'assura que sa hachette et son tomahawk étaient retenus à sa ceinture, puis comme il se serait harnaché d'une armure pour partir au combat, il repassa par-dessus son épaule la courroie du sac où il avait rangé le paquet remis par un matelot hollandais, sur un rivage désert, un soir cinglant de pluie. Besace qui lui semblait chaque fois devenir plus lourde et habitée de malédiction.

La lune était à son zénith lorsque la grosse barque avait touché la pointe de l'île du côté de chez Guillemette.

La sorcière était là, rôdant au bord des glaces avec toute sa maisonnée : la fille aux cheveux de lin, les enfants, les Indiens et la belle Éléonore de Saint-Damien, son fils de son premier lit et son troisième époux. Mais elle n'irait pas sauter sur les glaces comme Guillemette, elle. Fini de ces jeux-là !

Guillemette regardait la grande plaine cahotique et craquante du Saint-Laurent avec convoitise.

— Tant que les nuits gèlent, on peut encore passer.

Elle avait revêtu ses jupes courtes à mi-mollet et elle avait frotté ses bottes sauvages de résine. Elle irait courir sur les glaces s'il le fallait.

— S'il me voit, il aura peur. Il a toujours eu peur de moi.

Un habitant des hauts de l'île qu'elle avait mis à faire le guet envoya son fils avertir que Pacifique Jusserant s'apprêtait à quitter la maison de sa mère.

— J'irai lui parler, dit Piksarett. Nous avons combattu ensemble derrière la bannière du Père d'Orgeval. Il m'écoutera.

Ils se parlèrent dans l'érablière qui descendait à flanc de côteau. A part la blancheur de la neige, il faisait sombre, l'on apercevait entre les troncs des arbres, sur l'autre rive du Saint-Laurent, la côte de Beaupré tout éclairée par la lune montante.

Le silence de cette nuit était si complet que l'on pouvait entendre résonner le clop-clop léger de la sève d'érable s'écoulant par sa goulotte de sureau dans le gobelet de bois fiché au tronc de l'arbre.

— Traître ! chuchota le « donné » lorsqu'il eut reconnu la silhouette du Narrangasett dans la pénombre. Je sais que tu es sur mes pas pour m'empêcher de parvenir jusqu'à l'Évêque comme il me l'a été ordonné par notre père très saint. Pourquoi entraves-tu ma mission, Piksarett, toi le Grand Baptisé ?

— Parce que tu ne défends pas une cause juste. Tu apportes le malheur. Ce que contient ta carnassière pue comme une bête crevée. Je le sens jusqu'ici et le « jongleur » m'a averti. Passe-moi ta besace et ce qu'elle contient et tu pourras ensuite te rendre chez l'Évêque.

— Je n'ai rien d'autre à faire chez l'Évêque que de lui remettre ce que je porte là et je ne laisserai personne s'en emparer. Non, tu ne me feras pas trahir celui qui guide ma conscience comme tu l'as trahi, toi, le chef des Patsuikett, à Newchewanick, l'abandonnant dans la bataille pour suivre la femme blanche.

— N'essaye pas de m'embrouiller Orignal-Têtu, ni de m'humilier. Le grand Narrangasett sait ce qu'il doit faire. Il est seul juge du chemin qu'il veut suivre. Il sait reconnaître les signes. Il n'est pas comme les Blancs, il n'est pas un enfant qui doit se suspendre à une main paternelle pour décider de ses actes. Les Fils de l'Aurore sont libres.

Pacifique Jusserant sentit la colère du sauvage. Il se félicita de l'avoir atteint. Il avait toujours été jaloux de l'estime que le jésuite Sébastien d'Orgeval portait au Grand Baptisé.

— J'ai toujours su que tu le trahirais, gronda-t-il avec haine Où est-il maintenant ? Si Québec lui demeurait fidèle, il devait m'en avertir en plantant un signal à Lévis, près de mon habitation. Or, je n'ai point vu le signal. J'ai senti les pièges... J'ai senti son absence. Qu'a-t-on fait de lui ? Qu'a-t-on fait de mon père ?

— Il est parti aux missions iroquoises porter la parole de Dieu...

— Damnation ! Ses ennemis l'ont envoyé à la mort et ses frères y ont prêté la main... Et maintenant en la cité sainte règne la femme aux funestes perversions et tu y as succombé, toi aussi, Piksarett, toi le Grand Baptisé ?

— Tu oublies que cette femme a soigné tes yeux aveugles

— Elle a aussi soigné Outtaké, l'Iroquois, ton ennemi le plus cruel et celui des Français.

— Et cela a épargné beaucoup de vies de Français pour l'été

— Tu parles comme une femme. Toi, le grand Abénakis Pouah ! Le salut éternel ne se gagne que par la destruction des ennemis du Bien.

— Ta cervelle s'est dérangée, Orignal-Têtu, ta raison tourne à l'envers. Il n'est pas bon que le Bien combatte le Bien, et lorsque le Bien répond aux bienfaits par la vengeance, il devient le Mal.

— Voudrais-tu dire que notre Père très saint a commis le Mal ?

— J'ignore quel est le démon qui s est emparé de l'esprit de notre Père très saint, mais je souhaite, ami, que tu ne sois pas victime aussi de sa folie.

— Tu blasphèmes, murmura Pacifique Jusserant horrifié Comment peux-tu parler ainsi de LUI ? N'as-tu pas été toi-même témoin de ses prodiges et de sa haute vertu ?

— L'être le plus sage et le plus vertueux peut, un jour, être la proie des démons. Parce qu'il est écrit . Veillez ! car vous ne savez ni le jour, ni l'heure Peut-être n'a-t-il pas veillé sur son cœur et sur ses pensées avec assez de vigilance ?

— Malédiction ! s'écria le « donné ». Tu l'abandonnes. Il est abandonné de tous... Écarte-toi de moi, Satan !

Il lança son tomahawk dans la direction de Piksarett. Mais celui-ci sauta de côté. Il ne voulait pas engager de combat avec cet homme fou.

D'un bond, le serviteur du Père d'Orgeval s'élança, dévalant entre les troncs de l'érablière, puis arrivé au bord de la saillie rocheuse, il sauta sur la grève et toujours courant gagna les balises du fleuve. Piksarett ne le suivrait pas sur les glaces. C'était un Narrangasett du sud, des pays de forêts. Pour traverser le Saint-Laurent en son dégel, il fallait être né comme lui, Pacifique Jusserant, sous Québec.

Il était seul. Seul et faible car il avait perdu son père. S'avançant maintenant à travers les monticules aux aspérités coupantes des glaces, il regardait avec espoir vers la côte de Beaupré. Bien qu'il n'ignorât pas le danger de la traversée du fleuve rongé par la violence du courant, la plaine blanche ne l'effrayait pas. Il la connaissait. Il passerait.

Soudain, il lui sembla distinguer débordant la pointe de l'île, celle qui regardait vers Québec, des silhouettes légères et comme auréolées de lumière qui couraient sur la glace et tout de suite il sut : Les mauvais anges !

La peur le poigna. Ne lui avait-on pas dit que des mauvais anges l'attendraient à Québec ?

Son jésuite, le Saint portant la Croix et le mousquet pour la gloire du Très-Haut, lui, le Voyant, l'avait prévenu avant de le quitter à Noridgewook.

« Peut-être rencontreras-tu des mauvais anges à Québec. Crains-les, fuis-les ! La beauté est trompeuse, elle est celle de Lucifer. Je vois ces mauvais anges essayer de te barrer le chemin. Échappe-leur. Si tu peux parvenir jusqu'à l'Évêque et lui remettre l'enveloppe en mains, tu auras accompli ta mission, et moi je pourrai reprendre mon combat. »

Dissimulé derrière un ressaut de glace, il les voyait surgir et sauter de blocs en blocs, de jeunes hommes souples, aux visages frais et imberbes, la taille à peine épaissie par leurs capots de laine ou de peaux passées que serrait la ceinture indienne aux mille couleurs. Les mauvais anges, trop beaux, tout gâtés de péchés. N'en avait-il pas rencontré un déjà au poste de traite de Saint-François ? Et tout de suite, il avait senti le mal en ce trop beau jeune homme, qui avait de plus la hardiesse de traverser les déserts sans crainte. Il le connaissait, Alexandre de Rosny, il l'avait vu à Québec et avait craché sur son passage. Ange luxurieux, appartenant à cette espèce indocile qui ne respecte aucune loi, ni celles de la piété, ni celles de la vertu. On lisait la concupiscence sur ses lèvres. Pacifique Jusserant avait ourdi le projet de se l'attacher comme compagnon pour la fin du voyage. A une étape, dans son sommeil, il lui aurait brisé le crâne avec son tomahawk à l'épine d'ivoire. car moins ne demeurent en vie les exemples de la débauche, mieux est servi le Très-Haut. Le jeune homme lui avait donné son accord, mais le lendemain matin il avait disparu, comme un esprit.

Se trouvait-il parmi ceux-là qui là-bas couraient, puis s'arrêtaient examinant la plaine nue du fleuve? Si c'était lui, Pacifique qu'ils cherchaient ou attendaient, il saurait leur échapper. Au lieu de marcher vers Québec, il allait se diriger vers le Cap Tourmente. Il n'y avait plus de balise mais c'était encore le chemin le plus solide et le plus continu.

Il quitta l'ombre de la grève et s'engagea sur le fleuve. Un premier chenal se présenta. D'un saut il allait le franchir lorsqu'une masse sombre et luisante se gonfla hors des eaux et avec la souplesse de ce serpent dont on dit qu'il dort au fond des abysses obscures du Saint-Laurent, un animal se hissa sur la glace devant lui.

Pacifique Jusserant recula, épouvanté. Les yeux brillants de la bête et l'éclat de ses dents aiguës, lui donnaient envie de crier au diable. Il se signa. Puis la lune d'or, dépassant la crête de l'île, parut se mirer dans le flanc de l'animal, soulignant un croissant mordoré dans son pelage. Un glouton. Un Karkajou... Il n'en fut pas moins épouvanté pour cela. Un Karkajou ! la bête possédée par l'esprit des bois ! La bête dont le combat fait perdre la raison !

Le « donné » se retirait avec prudence. L'animal le guettait de ses prunelles pareilles à deux chandelles allumées, se tenant en arrêt sur la glace et fouettant de la queue qui dispersait des gouttelettes d'eau. Sans ce bruit d'aspersion et de fouettement, l'homme aurait cru être la proie d'un rêve. Il s'immobilisa encore craignant de voir la grosse loutre dangereuse se propulser vers lui.

Levant les yeux, il contempla le flanc nord de l'île qui se dressait au-dessus comme une forteresse massive et noire, étendant sur lui son ombre protectrice. On entendait les sucres gouttant dans l'érablière. Peut-être, entre les troncs le Narrangasett l'observait-il, amusé de ses incertitudes ? Plus haut, dans la direction de sa ferme natale, il crut voir clignoter un œil roux, la lanterne de corne que sa vieille mère tenait à bout de bras. Elle avait entendu des cris, deviné un remue-ménage insolite, pressenti que son fils en faisait l'objet. Il ne lui avait pas caché que des malintentionnés, des ennemis de Dieu, essaieraient de l'empêcher d'atteindre Québec. Elle avait quitté son rouet et, la lanterne à la main, elle s'était avancée jusqu'au rebord du champ en surplomb.

Il fut saisi de la nostalgie de retourner s'asseoir dans cet asile sûr. Pourtant, il reprit sa marche en avant. Le glouton avait disparu. Les ombres lumineuses là-bas des jeunes gens s'arrêtaient, indécises. On le cherchait. Ils longeaient le rivage. Alors il fallait partir en courant comme courent les Indiens.

« Il faut que tu parviennes à l'Évêque », l'adjurait une voix intérieure. « Et si l'Évêque lui-même t'avait trahi ? » répondait-il. « Que dois-je faire si tous se détournent de moi ? Quand le Bien s'attaque au Bien, il devient le Mal... Pourquoi ? Pourquoi suis-je condamné ainsi ? Je vous ai juré obéissance mon très saint Père. Mais pourquoi, pourquoi voulez-vous la mort de la femme qui a soigné mes yeux ? »

La poigne fanatique qui avait oppressé sa vie serra sa gorge à l'étouffer. Il la sentait comme une main fantomale qui l'étranglait et la voix pressante le menaçait. Il ne devait jamais douter. Jamais... Sinon il irait en enfer. Aussitôt le dilemme qui torturait son cerveau simple s'évapora. Il avait failli succomber à la tentation la plus grave : douter. Seule l'obéissance aveugle permettait d'accéder au paradis. Ce n'était pas aux pauvres esprits incultes de choisir. « Père, pardonnez-moi, je remplirai ma mission. » Et il allait les prendre de vitesse, les mauvais anges.

A l'instant où il s'apprêtait à repartir il vit assez loin vers le nord, du côté de la paroisse de la Sainte-Famille, une barque qu'on mettait à l'eau. Peu après, ceux qui la montaient durent sauter par-dessus le bord et pousser l'esquif sur les glaces. Puis ayant trouvé un nouveau chenal, ils rembarquèrent et pagayèrent. Il comprit que cette manœuvre avait pour but de l'encercler.

S'il voulait atteindre Château-Richier, il ne lui fallait pas perdre une seconde. Il s'engagea sur le pont de glace dont il avait repéré l'amorce.

Mais, doublant un promontoire hérissé d'arbres morts, le terrible Basile se montra. Il était lourd, mais il savait diablement bien marcher sur les glaces, ce Basile, dont le Jésuite disait qu'il était mauvais parce que plein d'idées « subversives ». Il ne courait pas, mais on aurait dit, quand il s'avançait à pas comptés, comme marchant sur des coquilles d'œufs, qu'il était fait de baudruche gonflée d'air chaud.

— Pacifique, lança-t-il. Renonce, mon gars. A Château-Richier et à Notre-Dame-des-Anges, on t'attend aussi. Tu ne passeras pas et tu ne parviendras pas jusqu'à l'Évêque. L'Évêque ne veut pas te voir. Donne ta sacoche et rentre chez toi.

Figé, l'homme traqué regarda autour de lui, cherchant une issue. Se sentant perdu, il cria vers sa mère, la vieille, qui au sommet de la côte abrupte tenait haut sa lanterne de corne pour le guider. Sans comprendre, elle pouvait tout suivre de la chasse qui se déroulait à travers l'espace lunaire où les hommes, bondissant à la poursuite de son fils, étaient comme des ombres noires de loups silencieux. Elle ne pouvait rien pour lui.

Pacifique Jusserant regarda vers le Cap Tourmente. Là-bas, les bois... Ceux qui venaient sur sa droite avançaient péniblement en traînant leur grosse pirogue, tantôt la portant en trébuchant d'un trou à l'autre, tantôt la remettant à l'eau mais pour se faire entraîner à contre-courant car la marée se renversait. De la pointe sud de l'île, les autres qui convergeaient vers lui à pied ne pouvaient le faire rapidement car les abords étaient très chaotiques comme si le fleuve s'était figé en pleine tempête.

Au cours de l'hiver, s'y étaient ajoutées des masses de neige soufflée, des congères molles qui, dans les creux, dissimulaient parfois le péril mortel d'un trou d'eau.

Mais lui aussi le « donné » du Père d'Orgeval possédait la force spirituelle et connaissait le fleuve... Il lança vers Basile sa hachette indienne au tranchant aiguisé. Puis il se jeta en avant progressant par bonds. Une voix juvénile héla dans le lointain

— Pacifique Jusserant ! Pacifique Jusserant !

La voix se rapprochait et il ne savait plus de laquelle des silhouettes légères émanait l'appel.

— Rendez-vous ! Remettez-nous le courrier dont vous êtes chargé, Pacifique Jusserant ! Et vous aurez la vie sauve.

Il ricana. Il ne se laisserait pas convaincre car ils voulaient sa damnation, les mauvais anges. Quand il aurait franchi la crête de glace érigée devant lui, vague immobile, toute frangée d'une écume brillante, il trouverait un chemin plus sûr et pourrait courir sans discontinuer. Il en avait repéré le tracé le matin, des hauts de l'île, et le froid de la nuit avait dû ressouder les points fragiles.

Mais voici qu'il se figeait de nouveau, muet d'horreur. .

S'élevant de derrière la cime étincelante de la vague, il voyait se dresser la sorcière avec tous ses cheveux blancs comme une auréole d'argent dans le clair de lune.

Elle se tenait devant lui, immense.

— Maudit ! Jette le malheur que tu portes avec toi ! Jette ta sacoche ou tu vas périr !

Terrifié, il commença d'arracher la courroie de la besace qui s'embarrassait dans les revers de son col. Le courrier chargé de condamnations et d'anathèmes avait le poids du plomb. L'homme voulait s'en délivrer comme d'un fardeau. Sous l'à-coup de ses gestes affolés, le sol instable, sur lequel il prenait appui, vacillait. L'eau clapotait et recouvrait par ondes de grandes surfaces planes autour de lui. Il allait la leur jeter cette damnée gibecière comme on jette une charogne à dépecer à une meute affamée, ou un tison enflammé pour suspendre l'élan des fauves.

De toutes ses forces, il lança le sac en direction de Guillemette, se rattrapa de justesse sous le balancement de la dalle qui le portait, bondit sur un autre radeau translucide plus vaste, qui dérivait. Il avait obtenu ce qu'il voulait. Les poursuivants s'arrêtaient, rompaient l'encerclement, et ceux qui progressaient sur sa gauche changeaient de direction et se précipitaient afin d'aller ramasser le sac avant que la glace où il avait chu ne fût entraînée par le courant ou qu'il ne glissât à l'eau.

Pacifique Jusserant, le « donné » du Père d'Orgeval, s'élança par la brèche ouverte. Il abandonnait Château-Richier. Il obliquait vers la droite. Là-bas, au loin sur l'autre rive, l'ombre du cap Tourmente.

Au-delà, les bois. Les bois ! Le salut ! Ils ne le rattraperaient jamais. Il courait comme un fou, se répétant pour soutenir sa résolution :

— Les mauvais anges... Les mauvais anges...

Il les sentait volant vers lui, beaux et séduisants comme Lucifer, l'ange de lumière, pour le faire périr et l'attirer dans les enfers. Il courait et sautait. La glace volait en éclats acérés, craquait et se fendait et il franchissait, comme en délire, les fissures béantes au fur et à mesure qu'elles s'ouvraient sous ses pas.

Le bruit grondant des courants nocturnes, charriant leur moisson de diamants emplissait ses oreilles.

Vers le milieu du fleuve, il atterrit trop lourdement sur une dalle ovale, polie comme un miroir. Tel un piège mécanique bien huilé, la dalle bascula. L'homme poussa un cri terrible et disparut, englouti par les eaux

72

EN SON MANOIR, GUILLEMETTE DE MONTSARRAT-BÉHARS FIT DIStribuer à tous les rescapés de la poursuite une boisson brûlante.

Ces sortes d'expéditions sur le fleuve, au dégel, comportaient toujours de semi-noyades. Rare était celui qui à un moment de la course ne sentait pas céder sous son poids la glace traîtresse.

Pour les plus chanceux, ils avaient pataugé dans des gerbes d'eau. Pour d'autres, ça avait été le plongeon, l'emprise froide de l'eau cerclant le ventre, la poitrine sous les aisselles. Il y avait toujours une poigne solide de compagnon pour vous attraper par le col, vous hisser à la surface ou dans la barque, les vêtements de peaux alourdis, visqueux, dégoulinant, ou les draps de laine, les capots imbibés comme des éponges et qui soudain se couvraient d'autant de glaçons étincelants comme l'habit d'un marquis, un jour de fête, à Versailles.

Heureusement pour Paul-le-Follet, dès les premiers pas pour suivre sur les glaces le terrible Basile, il était tombé à l'eau. On l'avait ramené raide comme barre, les dents claquantes, au manoir, où devant un bon feu, enveloppé dans une couverture il avait attendu le retour de la compagnie.

« Où était la Seine ? Seine guillerette ! Gente demoiselle ! »

Pour les jeunes gens souples et légers, les Indiens demi-nus, pour les hommes de l'île connaissant les passages demeurés sûrs et pouvant jauger d'un coup d'œil avant d'y poser le pied l'épaisseur de la glace, sa fidélité, son « honnêteté », la partie se soldait par des mitasses humides, des bottes pleines d'eau qu'on ôtait pour les vider, en riant. On déroulait les ceintures indiennes, on tordait les bonnets avant de les remettre sur les têtes, humides autant de l'eau reçue que de la sueur coulée. Les gens qui n'avaient jamais sauté sur le fleuve ne pouvaient pas se douter... On suait sa vie dans ce duel avec la mort.

Les lèvres étaient sèches et brûlées. La vapeur gelée du souffle haletant les blessait. La soif dévorait.

La buée s'éleva autour de la grande table du manoir où se tenaient debout les hommes chauffant leurs doigts gourds aux flancs de la jatte contenant le breuvage fumant, mixture de la sorcière, aux ingrédients pas « catholiques » à part une bonne dose d'alcool qu'on y discernait avec plaisir.

Comme des enfants dociles, chacun avalait à grandes lampées, sachant qu'il n'y avait pas meilleure que cette potion de la sorcière de l'île d'Orléans pour vous dégeler le sang, vous désaltérer de votre soif et vous « parer » à recommencer.

Ensuite on mangea du pain et du fromage de l'île, bien rond, bien puant : un nectar.

La sacoche de Pacifique Jusserant avait été jetée en plein milieu de la grande table, où l'on contemplait sa forme épaisse, gonflée d'on ne sait quelle charge nocive, fruit de la haine et de l'intolérance.

— Cela vous concerne, mes petits gars, dit la sorcière avec un geste vers Florimond et Cantor de Peyrac.

Mais Florimond se déroba.

— Je vous en prie, Madame, veuillez avoir l'obligeance de l'ouvrir, vous.

Et on approuva le jeune homme. Toutes les personnes présentes ressentaient le besoin de voir des mains habituées à manier les pièges des sortilèges, se charger d'ouvrir cette sacoche qui avait coûté tant de peines et un mort, et dont on leur disait qu'elle était venue du Vieux Monde, ayant franchi en une saison dangereuse la Mer des Ténèbres, et ensuite, les espaces glacés interdits, réussissant au-delà de mille obstacles à les rejoindre, si retranchés du monde qu'ils fussent, dans l'intention de nuire.

Ils regardèrent Mme de Montsarrat-Béhars faire sauter les courroies et rejeter en arrière le rabat de la carnassière comme ils l'auraient regardée préparer ses filtres ou ses conjurations.

Elle tirait de la poche, à la lumière, un gros paquet arrondi enveloppé de toile gommée solidement cousue. De la pointe d'un couteau elle fit sauter les fils suifés. Apparut un rouleau pesant, composé de nombreux feuillets de parchemin que retenait entre eux un ruban de moire rouge dont les pans étaient réunis dans la plaque coulée d'un épais cachet de cire rouge. Les initiés pouvaient reconnaître le sceau de la Ville de Paris.

— S'il vous plaît, rompez le cachet, Madame, demanda encore Florimond.

Guillemette s'exécuta et ses doigts fins et longs déroulèrent les feuillets couverts d'une écriture serrée. Afin de les examiner, elle les reposa et chaussa ses lunettes. Puis elle étendit devant elle en le lissant de la main le manuscrit qui se défendait comme refusant de livrer son secret. Elle commença de lire. Soudain lâchant tout ainsi qu'elle l'aurait fait d'une bête venimeuse, elle se recula voilant son visage de ses mains diaphanes et tremblantes

— Ils sont toujours là ! Toujours les mêmes ! Les mêmes mots, toujours les mêmes cris...

Son jeune amant vint à elle et lui entoura les épaules de son bras. Cet orphelin de père et de mère, qu'elle avait élevé, l'adorait. Hors l'alcôve, rares étaient les moments où elle se montrait faible, s'abandonnant à sa virile et jeune force.

— Ne tremble pas, ma mie ! murmura-t-il. Je te défendrai de tout.

— Oh oui ! Défends-moi ! Défends-moi des Inquisiteurs ! sanglota-t-elle.

Ils ne savaient que dire, inhabitués à la voir fléchir. Le rouleau de parchemin demeurait là, recroquevillé. Cantor l'attira à son tour vers lui, mais dès qu'il y eut jeté les yeux, lui aussi sauta en arrière comme s'il avait ressenti la douleur d'une brûlure. Ce fut ensuite le tour de Florimond.

Le jeune homme pencha sur les lignes inscrites son fin visage brun. Ses longs cheveux noirs qui frôlaient ses joues lui donnaient, tandis qu'il lisait, un air d'écolier studieux. Il déchiffra la première page, en parcourut quelques autres, puis roula le tout soigneusement et le remit dans son enveloppe gommée.

— Cela concerne notre père, fit-il s'adressant à Cantor, nous devons le lui porter.

— Ne ferait-on pas mieux de les brûler tout de suite ? demanda Cantor effrayé.

— Je pense que notre père sera intéressé d'en prendre connaissance et c'est à lui de décider si ces pages doivent être brûlées ou non.

— Ah ! Tu lui ressembles bien ! s'exclama son frère avec un mélange d'admiration et de reproche.

Mais le sang-froid de Florimond et la désinvolture avec laquelle il traitait le détestable grimoire dissipèrent l'atmosphère oppressante.

Où était Basile ?

Paul-le-Follet se dressait, soudain terrifié.

On se rua dehors. On trouva Piksarett qui, passant outre à son horreur des glaces, s'était porté au secours de Basile, blessé par la hache lancée vers lui à la volée par le sauvage et intolérant serviteur du Très-Haut et qui le ramenait sur son dos.

La tranche aiguisée n'avait qu'effleuré la tempe mais le choc avait précipité le négociant à l'eau. Il était encore inconscient. Piksarett le trimbalait sur son échine maigre sans effort. La peau d'ours n'était que pointe de glace.

Il y eut une nouvelle distribution de boissons chaudes.

Le sang de sa blessure étanché, le solide Basile revint rapidement à lui.

L'aube entrait laiteuse et deux ou trois garçons se mirent à bâiller largement. Il n'était cependant pas question pour eux de retrouver leurs paillasses car les deux fils du comte de Peyrac, Basile, son commis, devaient être ramenés à Québec et il allait falloir à nouveau s'élancer par les glaces et les eaux, traîner la barque à l'assaut des banquises, la pousser dans les courants, mais cette fois parmi les carmins et l'éclaboussure d'or de l'aube. « Ho ! Hisse ! Hardi les gars ! »

Piksarett demeurait dans l'île. Son indépendance était connue, et ses amis ne s'inquiétèrent pas. Les Narrangasett étaient du sud. A franchir les « saults » de leurs rivières torrentielles, ou pister l'Iroquois en forêt, ou prendre d'assaut un village de Nouvelle-Angleterre, il n'y avait pas plus habiles. Mais ils se méfiaient avec raison de ce grand monstre marin du nord : le bas Saint-Laurent. Il en avait assez pour aujourd'hui Il reviendrait quand il voudrait. Il repasserait quand cela lui chanterait.

Il fallait se hâter de ramener le butin à Québec.

— Je ne serai tranquille que lorsque ces maudites feuilles auront été brûlées, dit Cantor.

— Moi aussi, approuva Guillemette. Mieux aurait-il fallu qu'elles allassent à l'eau !

— Et nous n'aurions jamais su, protesta Florimond. Non ! Mieux vaut savoir toujours de quelles armes disposent nos ennemis et ce qu'ils nous réservent.

Il bouclait la sacoche du défunt Pacifique Jusserant et s'en chargeait gaillardement.

— Prends garde que ces papiers parviennent sans encombre jusqu'à ton père, insista Guillemette. S'ils tombaient en d'autres mains que les siennes, ils pourraient causer plus de mal que le souffle de la peste.

Florimond tapa sur la gibecière gonflée et dit gaiement .

— Dame, ne craignez rien, s'il le faut je me noierai avec

Ceci faisait partie de la trame des nuits.

Le jour, les visages étaient lisses et gais. Des voix frivoles s'entretenaient de théâtre, de la querelle de l'Évêque et du Gouverneur à propos du pain bénit ou des encensements du thuriféraire.

Le limon des nuits recouvrait ce qui devait demeurer secret Le jour effaçait les traces.

Angélique se trouvait chez Mme de Mercouville lorsqu'un homme du *Gouldsboro* vint la prier de la part de M. de Peyrac d'avoir à se rendre au manoir de Montigny. Elle y trouva dans l'appartement de Joffrey, en sus de celui-ci, Florimond et Cantor.

Au centre de la table il y avait des liasses de feuilles éparpillées. Lorsqu'elle y eut jeté les yeux, elle vit qu'il y avait là, soigneusement recopiées mot à mot, questions et réponses jour après jour, *les « minutes » du procès de sorcellerie* qui s'était déroulé à Paris, dans la salle du Palais de Justice, dont Joffrey de Peyrac avait été victime quelque quinze années auparavant.

Le dernier brûlot d'un combat sans merci avait donc dérivé vers eux et, en bons stratèges des mers, ils l'avaient intercepté avant qu'il n'allumât un nouvel incendie.

Mais comme tout cela était loin, songeait Angélique, tandis que le comte de Peyrac parcourait le dossier de ce vieux procès sans manifester de répugnance. Pourtant le Père d'Orgeval dans son habileté avait bien choisi le trait suprême à lancer et le lieu où le ficher, frappant au Canada un peuple exténué par son isolement.

Ce rapport aurait propagé l'effroi et le trouble en proportion de l'éloignement, de l'impossibilité qu'il y aurait eu de le « diluer » dans les courants nouveaux d'esprit de jugement, de savoir l'opinion du Roi.

Louis XIV s'était toujours montré réticent vis-à-vis du fanatisme religieux. Seule lui importait la docilité de ses sujets. Au début de son règne, il avait laissé se dérouler un procès inique qui le débarrassait d'un vassal trop puissant, mais il se préoccupait si peu des accusations de sorcellerie, qu'il l'avait gràcié en secret à condition qu'il disparût. Aujourd'hui une telle affaire ne pourrait-elle se monter dans les mêmes formes ?

Sans bruit, mais à petits décrets, le Roi avait démantelé le tribunal de l'Inquisition et réduit les prérogatives judiciaires des évêques. La Compagnie du Saint-Sacrement avait été dissoute. Cela ne l'empêchait pas de demeurer très influente et de faire d'autant plus d'adeptes qu'elle se transformait en société secrète.

Ainsi va le monde, ainsi va la vie...

Ils parlèrent longtemps devant l'âtre et la nuit les surprit tous les quatre au château de Montigny, faisant des projets d'avenir supputant leurs chances qui paraissaient certaines aux yeux de Florimond de retourner en France. Tandis que Cantor continuait à se montrer plus méfiant. Même ici à

Québec on ne pouvait savoir comment cela tournerait pour eux, disait-il.

— Mon père, je vous en supplie, brûlez ces feuillets. J'en vois le danger. Les esprits les meilleurs ne sont pas si libres qu'ils se l'imaginent. Seul le feu efface et purifie.

Joffrey de Peyrac commença de jeter une à une les pièces du procès dans les flammes. Le parchemin épais craquait et se consumait avec peine. Angélique éprouvait le même soulagement que son fils à voir chaque page disparaître, en se tordant douloureusement tout en exhalant une fumée bleue.

Certes le monde changeait, les esprits éclairés essayaient de rationaliser les mystères, de se désolidariser de l'invisible, et, en passant avec Dieu et ses saints de solides traités de mutuelle assistance, d'échapper aux vieilles peurs ancestrales causées par le démon.

L'accusation de sorcellerie continuerait longtemps, et sans doute avec raison, à être la plus redoutable. Fugace et démente, elle réveillait « ce mal qui répand la terreur... » la peur du diable, le tout puissant dieu du malheur.

Devant les « minutes » du procès aucun d'eux ne se leurrait.

Monseigneur de Laval s'était montré sage en refusant même de savoir de quoi il s'agissait. Ayant lu, n'aurait-il pas été ébranlé ? Aurait-il pu endosser la responsabilité de ne tenir aucun compte d'un document aussi accablant ?

Cela lui aurait été d'autant plus difficile que dans les jours suivants, alors que des vents mous parcouraient les rues à vous étourdir et à vous déprimer, que d'énormes stalactites de glace tombaient des toits en se brisant comme verre et en assommant les passants, que la neige en s'amenuisant paraissait ronger la terre, n'en laissant que les os, la pénible affaire Varange de conjuration diabolique, qui troublait les esprits et la conscience de la ville, arrivait à maturité.

Garreau d'Entremont avait réussi à appréhender le soldat La Tour qu'un Indien du campement où il s'était réfugié vint dénoncer pour un quart d'eau-de-vie à la Prévôté. Le soldat, déclaré coupable de pratiques sacrilèges, fut soumis à la question.

Encore une fois, on ne trouvait pas de bourreau.

— J'irai moi, dit Gonfarel en retroussant ses manches. Pour ce beau sire, je reprends volontiers du service.

— Et moi, je te servirai d'assistant, lui dit Paul-le-Follet, le commis de Basile.

Sur le chevalet, le militaire commença par crier que c'était elle, elle ELLE, qui l'avait dénoncé et qu'il avait prévenu Banistère qu'il fallait se méfier

On le ramena aux premiers jours d'octobre, et à ce qu'il avait fait sur un crucifix dans la maison du Sieur de Varange.

Il cria qu'il n'avait tué personne, et qu'on n'avait pas le droit de l'inculper. En cela, il prouvait qu'il était un malin qui connaissait les lois nouvelles contre l'Inquisition.

Le Lieutenant de Police tint bon. Les pieds broyés par les brodequins et plusieurs pintes d'eau dans le ventre, La Tour commença de fléchir. Il reconnut avoir été présent dans la maison du Sieur de Varange. Lui n'avait rien fait. Tout avait été perpétré par le comte de Varange sur les conseils du Bougre Rouge.

Question : Alors pourquoi l'avait-on payé ?

Réponse : Pour préparer le crucifix.

Question : Reconnaissait-il avoir assisté à la cérémonie satanique ?

Réponse : Oui.

Question : Qu'avait-il vu ? Entendu ?

Réponse : ...!

Il fut long à se mettre en condition, il ne savait pas de qui il avait le plus peur, de la vengeance des démons ou de la punition des justiciers. Enfin, sous la torture, il avoua tout : les récitations et appels incantatoires adressés par le comte de Varange aux puissances infernales, les enfants profanés, le chien écorché vif et dont le sang avait ruisselé sur le crucifix, le miroir noir où était apparu le visage d'une femme ensanglantée.

Question : Qu'avait-il vu encore dans le miroir magique ?

Réponse : Des navires.

Question : De quel pavillon ?

Réponse : Il ne savait pas.

Question : Qu'avait dit l'apparition ?

Réponse : Elle avait prononcé un nom.

Question : Quel nom ?

Réponse : Il ne savait pas...

On donna un tour aux brodequins.

Il hurla. Il finit par dire le nom et nomma aussi un autre personnage de la ville qui avait assisté au sabbat. Mais ces noms ne furent point divulgués hors des murs de la prison. La curiosité publique ne pouvait parvenir à tout savoir et les bruits les plus fantaisistes et les plus terrifiants couraient. On guettait, sans avoir la hardiesse de l'aborder, M. d'Entremont qui allait d'un air sombre et rogue de la Prévôté au château Saint-Louis, puis de là au Séminaire et revenait. D'aucuns essayaient d'alléger le malaise de conscience général en disant que le Lieutenant de Police n'avait pas l'air plus sombre ni moins rogue que de coutume et qu'il n'y avait rien de sérieux dans ces ragots et pas de quoi mettre en branle la justice. D'autres, au contraire terrifiés, soudoyaient les bedeaux et les « fabriciens » marguillier et bedeau pour obtenir un peu d'encens d'église à brûler dans leur maison.

En bref, on finit par arracher au soldat toutes sortes d'aveux, que le pauvre Le Basseur, promu greffier en lieu et place de Carbonnel, consigna, la sueur au front, d'une plume tremblante d'horreur.

Garreau d'Entremont soutira du prévenu tout ce qu'il put.

Question : Savait-il où était parti le comte de Varange ?

Réponse : Il ne savait pas.

Question : Savait-il ce qu'ils avaient fait du crucifix ?

Réponse : Il ne savait pas.

Question : Et de la pierre noire ?

Réponse : Ils l'avaient enterrée dans la cave.

On mit au jour un morceau d'anthracite brillant et poli, que personne n'osa approcher. Les terrassiers qui avaient creusé le trou s'enfuirent comme les Philistins de la Bible, quand ayant trouvé dans un champ l'Arche d'Alliance abandonnée par les Hébreux, ils virent tomber raides morts les premiers qui y portèrent la main.

Didace Morillot, l'exorciste, fut appelé pour trancher le sort de l'objet. On ne l'enviait pas. Tant pis pour lui. C'était sa fonction. Il vint avec son livre le Pontifical, le rituel des exorcismes. On ne sut ce qu'il officia ni quelles prières il récita. Ce devait être un bon exorciste car, par la suite, il ne s'en porta pas plus mal.

Le crucifix fut retrouvé sous un tas de fumier dans la cour d'une habitation de la banlieue. L'engagé qui le découvrit se crut maudit. Tandis que le maître courait à Québec prévenir les écclésiastiques, il ramassa ses hardes et s'enfuit aux bois.

Cette fois l'Évêque vint lui-même, assisté de deux prêtres et d'un thuriféraire, recueillir la pauvre relique.

« ... De cette affaire, l'Évêque a cru mourir de douleur », écrivit Mlle d'Hourredanne. « On le voit sécher sur place... »

Ramené en procession, le crucifix fut réclamé pour l'amende honorable par les saintes filles des deux communautés religieuses de la ville : les ursulines et les sœurs de l'Hôtel-Dieu.

— Confiez-nous notre cher Seigneur, suppliaient-elles. Nous saurons lui faire oublier par nos prières et nos larmes les outrages des impies.

Ce fut l'Hôtel-Dieu qui l'emporta. Entouré des plus beaux bouquets de fleurs de papiers que purent composer les artistes nonnes, les prières d'expiation allaient désormais monter chaque jour dans les siècles vers l'image du divin condamné accompagnées des essences parfumées de rose, de myrthe et de jasmin.

Le soldat fut pendu au gibet du Mont-Carmel. Son corps fut exposé aux corbeaux.

Personne ne voulait plus entendre parler de cette histoire. On laissait aux Parisiens de Paris, à la Cour et aux courtisans, leurs empoisonneurs et leurs magiciens. La vie était trop dure au Canada pour se distraire à ces jeux effrayants.

Dans l'âtre du manoir de Montigny les parchemins relatant le vieux procès de sorcellerie, de quelque quinze ans plus tôt, s'étaient racornis comme feuille morte et Pacifique Jusserant, le messager du Saint-Laurent, le dévoué serviteur du Père d'Orgeval, allait être encore un mort oublié.

Guillemette de Monsarrat-Béhars affronterait seule la mère du « donné »; seules les mères n'oublient pas. A elles deux, elles allaient peut-être entamer une longue histoire de vengeance dans l'île où les sorts et les neuvaines, les poisons et les malédictions se feraient surenchère, et qui étaient destinés à se continuer au-delà de la mort et des générations. Ou alors, l'esprit dépoussiéré par ces vents d'ailleurs qui vous décapent l'âme et la peau aux confins du Nouveau-Monde, sauraient-elles, après avoir beaucoup crié et maudit, se rejoindre et s'apaiser.

La sorcière, qui connaissait tous les baumes pour soulager toutes les douleurs, recommanderait la première, à l'autre, la dévote : Fais dire des messes... Fais dire des messes pour ton fieu... Mais ne continue pas le mal, si tu veux sauver son âme... Fais-moi confiance ! Prie ! je te dirai moi quand il sera en paradis

EN tout état de cause, c'était une affaire entre isliens et isliennes de l'île d'Orléans et qui ne regardait pas ceux du « continent ».

Angélique fut la seule à connaître le nom que la femme défigurée, apparue dans le miroir noir, prononça. M. Garreau d'Entremont le lui confia sous le sceau du secret, un soir que sortant de sa dévotion à Saint-Michel-Archange, il la rencontra sur le parvis de la cathédrale. Le soldat « questionné », n'en étant plus à vouloir s'en tirer avec des mensonges, n'avait rien celé de ce qu'il avait pu voir et entendre au cours de la cérémonie démoniaque

D'un ton d'indicible haine et de rage, la femme blessée, mourante, n'avait prononcé qu'un seul nom : Peyrac.

Ainsi, pensa Angélique, la nuque hérissée d'un frisson, Satan avait fait apparaître le visage de la démone vaincue, déchirée et sanglante, à l'homme débauché qui avait été son amant à Paris et qui l'attendait, tremblant de la fièvre qu'elle avait allumée dans son sang.

Le reste se devinait aisément.

Le comte de Varange, sans prévenir personne, s'embarqua vers le Nord.

Vieux Faust amoureux, éperdu de vengeance, nautonier tragique, il s'enfonçait dans les brumes du Saint-Laurent. Il était allé au-devant de la flotte de ce Peyrac maudit et avait disparu.

M. d'Entremont continuait à marmonner confidentiellement. Il disait qu'il avait été aidé dans ses conclusions personnelles par une découverte curieuse qu'il avait faite en perquisitionnant au domicile du vieux comte dans la maison de la Grande Allée. Sur des feuillets, il avait relevé des essais de l'écriture de la signature de M. Le gouverneur Frontenac. Comme si le comte de Varange s'était exercé à rédiger un pli pouvant passer pour avoir été écrit de la main du Gouverneur lui-même.

Dans des brouillons de lettre insuffisamment brûlés, le Lieutenant de Police avait pu déchiffrer quelques phrases et comprendre que le prétendu message était destiné au comte de Peyrac.

On avait également trouvé les débris d'un sceau imitant celui du Gouverneur, ce qui était très grave car cela amenait à soupçonner que le scripteur du faux avait réussi à se procurer l'empreinte à la cire du sceau en question, bien gardé cependant.

Le Lieutenant de Police en avait déduit que M. de Varange, par la présentation d'une lettre qu'il ferait croire émanant de Frontenac, avait l'intention d'attirer M. de Peyrac dans un guet-apens. Mais, apparemment, c'était lui qui était tombé dans un piège.

Les petits yeux de sanglier fixaient Angélique tout droit dans les siens.

« Car », dit-il encore, « ils ont été aperçus lui et son domestique à Tadoussac avant l'arrivée de vos navires et les gens ont témoigné que Varange est monté à bord d'une petite barque avec son seul valet comme pilote, ayant dit son intention de continuer à descendre le fleuve. Mais on ne les a plus jamais revus depuis ».

— Je sais ce qui leur est arrivé, dit subitement Angélique
Elle leva les yeux vers le ciel nocturne.

— Ils ont été enlevés par les canots de la « chasse-galerie ».. Souvenez-vous ? On a signalé son passage au-dessus de Québec dans le même temps.

Elle fixait la nuit. Cette nuit d'où parfois surgissaient des lumières mystérieuses, telle une armada étincelante : les canots en feu de la « chasse-galerie ».

Emportaient-ils à leur bord, dans leur course enflammée, le magicien et le coureur de bois, le jésuite martyr et le sorcier, le soldat et le marchand, l'Indien et le laboureur, les saints et les maudits ? Elle les imagina. Tous ces vagabonds fous, lancés en comètes fulgurantes à travers le ciel du Nouveau Monde sous la bannière du Roi de France...

Garreau d'Entremont ouvrit la bouche. Puis, la voyant le nez en l'air avec une expression de ravissement inspiré, il hocha la tête ainsi qu'un grand-père ronchon devant une fillette désarmante et prit le parti de se taire.

Mais Angélique rêva du Roi. Elle le voyait, assis derrière son majestueux bureau, dans son cabinet de travail de Versailles, sur fond de tentures bleues frappées de fleurs de lys d'or.

Il avait l'air abattu. Elle lui disait : « Pourquoi nous as-tu repoussés ? Pourquoi as-tu voulu notre destruction ? Nous t'aurions défendu de ces rapaces dont tu es entouré... »

Ce qui l'étonnait le plus en s'éveillant, ce n'était pas d'avoir vu au Roi cette expression vaincue, mais de l'avoir tutoyé dans son sommeil. C'était inconcevable et elle en fut choquée comme d'une malséance. Sa tendresse féminine, compatissante à l'homme, fût-il un Roi, quand il est menacé, lui avait tendu un piège. Elle savait bien que même dans la solitude de son cabinet de travail ou dans l'ombre du confessionnal, le roi Louis XIV n'avait jamais l'air abattu ou triste. C'était un acteur qui ne déposait jamais le masque.

Angélique avait toujours senti en lui une force inébranlable Les grandeurs de Versailles lui avaient enseigné qu'un Roi ne peut se permettre d'être faible et tendre, et même qu'il ne peut y avoir de roi juste.

Elle se dit qu'il serait bon de s'en souvenir pour ne pas trop s'illusionner, ni espérer de réponse d'indulgence quand viendrait le printemps. C'était une situation qui s'établissait peu à peu dans les esprits qu'au printemps, avec les premiers navires, leur sort à elle et à Joffrey de Peyrac serait scellé et par le pardon du Roi. Or, rien n'était moins sûr.

Appuyée à ses oreillers, Angélique repensait au maître de Versailles, à l'homme qu'elle avait connu, deviné, atteint, derrière la majesté du prince. On pouvait tout attendre de lui, mais aussi ce qui était le plus dans sa manière, les dérobades et les faux-fuyants, mélange de promesses, d'assurances bénignes et de menaces voilées, qui mettraient tout le monde dans une position fausse et instable.

Ainsi régnait-il. Car sa plus grande passion était de régner.

« Mais, je te tiendrai tête, Sire », fit-elle, à mi-voix et cette fois en toute conscience, comme une femme qui a décidé qu'elle avait le droit de disposer d'elle et qui s'adresse à l'homme qui a voulu la briser.

« S'il n'avait été roi, l'aurais-je aimé ? » se demanda-t-elle encore.

Puis l'échéance lui parut lointaine. Elle se rendormit un sourire aux lèvres. Autour d'eux le Saint-Laurent, gelé, traçait, gigantesque et infranchissable, ce cercle de craie des vieilles legendes nordiques que nul ennemi ne peut franchir.

XI

LE SUPPLICE DE L'IROQUOIS

73

PIKSARETT AVAIT DISPARU. ON SUT QU'IL AVAIT ATTENDU QUE LE fleuve fût plus navigable pour quitter l'île et aborder la côte sud vers Lauzon.

Angélique s'attendait à le voir reparaître. Un matin, une vieille Abénakise fort pieuse, que le Grand Baptisé honorait de sa considération, aborda la comtesse de Peyrac au sortir de la messe.

Son visage couleur de buis dans l'encadrement de ses deux nattes d'un blanc de neige avait toujours une expression sereine. Elle se drapait avec d'amples et harmonieux mouvements dans sa couverture de traite rouge à bande noire, pardessus sa robe et ses bottes de peaux chamoisées. Elle avertit Angélique qu'en revenant de sa consultation chez le « jongleur » de Lorette, Piksarett était venu la visiter dans son tipi, toujours dressé depuis de longues années dans le verger des ursulines. Un malheur s'avançait et il lui fallait l'attendre afin d'en protéger ses amis. Mais, ensuite, il lui faudrait partir. Il aurait dû même partir aussitôt mais le « jongleur » avait atermoyé avec la nécessité où se trouvait le grand Narrangasett d'opposer sa force bénéfique au malheur qui s'approchait

— Partir ? répéta Angélique. Que veux-tu dire ?

— Ne l'attends pas. Il ne reviendra plus.

Et comme Angélique restait sans voix ne pouvant admettre comme inéluctable cette brusque disparition, l'Indienne lui dit que Piksarett avait obéi à deux impulsions auxquelles l'avaient entraîné les révélations du « jongleur » qui lisait l'avenir proche et lointain et était très versé dans l'interprétation du rayonnement de l'esprit vital.

Piksarett n'avait plus rien à faire à Québec. La dernière épreuve traversée celle qu'il protégeait, Angélique, n'avait plus qu'à s'avancer sur la route ininterrompue du triomphe. Les ennemis tombaient comme l'herbe fauchée devant elle ; il était préférable même qu'il s'éloignât, laissant les Blancs, les abandonnant loin de son œil trop perspicace qui pourrait leur peser ou les troubler, car ils avaient une façon bien à eux de se tresser les couronnes de la victoire et il préférait les laisser à leurs manigances. Elle surtout, sa captive, et mieux valait qu'il fût au loin. Ainsi, lorsqu'on veut éviter de porter sur ses amis des jugements auxquels la vue ou la connaissance d'un fait vous contraint, l'absence est-elle préférable, comme si l'on détournait pudiquement les yeux. Sa captive avait ses génies particuliers et il trouvait plus sage de la laisser s'en accommoder sans la troubler ou la distraire par sa présence. Car, si le « jongleur » avait dit qu'il y aurait triomphe, il n'avait pas dit que ce serait sans mal.

Mais elle triompherait. Et Piksarett s'éloignait.

— Maintenant, avait-il encore ajouté, je dois aller secourir la Robe Noire, Hatskon. Outsi, notre père, est en grand danger.

— Est-il blessé, malade, prisonnier des Iroquois ? avait demandé la vieille Indienne.

— Non, pis ! *Il est en train de perdre son âme !*

Piksarett lança son canot au gré des rivières ayant repris leur cours et dont les bruits grondants emplissaient la forêt, il s'était retrouvé moins d'une semaine plus tard aux abords du lac du Saint-Sacrement. Les arbres étaient plus hauts. La forêt commençait d'avoir son tendre feuillage. En suivant les crêtes des monts, on trouvait des sentiers à fleur de roc où l'on pouvait marcher avec la rapidité du sauvage lorsqu'il n'a plus sous son mocassin ou son pied nu que le sol de sa terre. Il n'avait cessé de descendre vers le sud-ouest.

Un soir, au détour d'un chemin sous les arbres, il tomba sur un éclaireur d'un parti de guerre iroquois nommé Sakahese. C'était à celui qui lèverait le premier son tomahawk.

En retrouvant le corps de Sakahese, le crâne brisé et proprement scalpé, Outtaké, le chef des Cinq-Nations qui menait ce parti de Mohaweks, sut que le grand Narrangasett était dans les parages. Car Sakahese était aussi le plus rapide de ses guerriers à lever son tomahawk et pour avoir été pris de vitesse ce ne pouvait être que par le Grand Baptisé, car il n'y avait que Piksarett, chef des Patsuikett, qui fût plus rapide que Sakahese.

La nuit, Piksarett entra dans leur camp, tua deux guerriers et leva leurs chevelures. Il recommença cinq nuits de suite. Le jour, ils ne le trouvaient pas, il était dans les arbres Il brouillait ses pistes car il marchait à reculons

Le cinquième jour, Outtaké, fou de rage, fit envoyer un message aux différents partis des Cinq-Nations qui avec lui avaient quitté la vallée des Iroquois et progressaient vers le nord. Il fit passer une consigne : « Sus à Québec ! »

74

De son expédition sur les glaces Paul-le-Follet avait ramené une bronchite qui mit ses jours en danger. Angélique alla le voir à l'Hôtel-Dieu et trouva à son chevet Basile.

Ils sortirent ensemble et Angélique parla de l'amitié qui unissait le grave marchand avec ce joyeux drille.

— C'est à cause du renfermement des pauvres, dit Basile.

— Je vous croyais le fils d'un magistrat au Parlement s'étonna Angélique.

— Si fait. Et je me destinais étudiant à suivre ses traces quand survint le renfermement des pauvres

Il raconta comment, au sortir de la Fronde Paris était la ville des crimes, de la mendicité et de la truanderie.

Le grand Coësre, le Roi de Thunes, prince des bandits y régnait aussi sûrement et plus sûrement que le jeune roi de France Louis XIV avec ses Égyptiens, ses cagoux, ses mercadiers, ses mercantisses polissons et autres coupe-bourses.

Pour assainir la capitale de ses miséreux qui représentaient le cinquième de sa population, il n'y avait d'autre solution que de les ramasser tous et de les enfermer hors de la vue des honnêtes gens.

Les hauts murs des cinq établissements de l'hôpital général avaient été dressés pour cela.

La Salpêtrière pour les femmes Bicêtre pour les hommes et les jeunes garçons dangereux. La maison de Scipion pour les femmes grosses. A la Pitié, les jeunes filles de sept à seize ans et les vieilles que l'on occupait à filer. A la Savonnerie, les petits garçons à qui l'on apprenait à fabriquer des tapis de Turquie et de Perse.

Les escouades de militaires appelés « archers des pauvres » furent créées. De jour et de nuit, ils parcouraient la ville ramassant tout ce qu'ils trouvaient, coursant les récalcitrants et certains de ces gens d'armes étaient fort habiles à lancer un lourd filet pour ramener d'un seul coup une bonne pêche de mendiants et d'orphelins à charger dans leurs charrettes.

Un soir que l'étudiant Basile revenait de la Sorbonne, il prit fait et cause pour un pauvre hère qu'on poursuivait.

Il se retrouva avec son protégé, enchaîné à un anneau scellé, dans les caves de Bicêtre réservées aux fous. On l'avait mis là pour le calmer car, très vigoureux, il avait assommé un archer et blessé un autre.

Son compagnon, surnommé Popaul-le-fou, avait dans ces cachots sa place désignée. Basile conversa avec lui, le trouva fort intelligent, apte à apprendre le calcul, la lecture.

Pendant ce temps M. le magistrat cherchait son fils. Il finit par le trouver et par le faire sortir d'une enceinte qu'on franchissait rarement dans ce sens-là. Mais de son séjour en enfer Basile avait gardé une solide haine des murs et de tout horizon borné.

Il ne pouvait supporter de laisser derrière lui ce jeune homme, enfermé comme une bête innocente, et qui n'avait d'autre perspective que de dépérir ou de devenir enragé. Il obtint l'élargissement de son pauvre et avec lui sauta sur le premier navire en partance pour le Canada. Son père, avec lequel il n'avait cessé d'avoir des excellentes relations d'affaires, lui avait trouvé un poste dans la Compagnie des cent associés, dont il était actionnaire et au cours des ans il était devenu M. Basile de Québec avec son commis, frère de geôle, sauvé du renfermement ou de la corde, Paul-le-Follet

— J'ai toutes sortes d'ennuis avec lui. Il vole les autres, il s'attire les remontrances du clergé... mais il est libre et il m'est précieux. Il range la maison dont il connaît chaque objet, veille sur mes filles comme un frère et sait l'avoir et les comptes de chacun dans toute la ville.

— J'aime votre histoire, dit Angélique.

— Ne vous y trompez pas ! Je suis un marchand retors

75

LE PRINTEMPS VIENDRAIT-IL JAMAIS ?

— Le printemps, disait La Polak, on ne le voit pas Tout de suite c'est l'été Le printemps ? Il passe comme un sylphe. Il faut être attentif pour le saisir Mais alors, de quoi se saouler.

Froid, gel, tombée de neige, jamais, jamais la terre ne pourrait refleurir.

C'était un rêve trop lointain et on préférait l'oublier pour ne pas souffrir d'espérances vaines et gaspiller ses forces et ses réserves.

Jamais, au grand jamais on ne pourrait s'imaginer qu'un jour viendrait où le médecin Ragueneau, suivi de toute sa couvée de dix enfants, s'en irait porter à l'Hôtel-Dieu son impôt annuel d'un bouquet de fleurs naturelles, cueillies dans son jardin.

Pourtant le fleuve se libérait. De grandes surfaces dénudées recommençaient à réfléchir la lumière et les nuages se miraient avec volupté dans le reflet de l'eau reparue.

Les Indiens dans les bois levaient des écorces d'ormes et de bouleaux et sur les grèves d'où la neige s'était la première évaporée, les cousaient et les appliquaient, colmatées de résine, sur les carcasses en baguettes souples de leurs petits canoës. Bientôt toute une flottille serait prête à s'égailler vers le sud, vers le nord, vers le sud-ouest, les grands lacs, vers le sud-est, l'Acadie, la Baie Française.

Du chantier naval et des bassins de radoub près de la Saint-Charles montaient les bruits de marteaux, des odeurs de poix fondue. On réparait les coques des embarcations qui avaient souffert des glaces, pourries ou fendues par leur longue attente, prisonnières.

Sous le Cap Rouge, un matin de brume épaisse, humide et glaciale, une ombre bougea sur le pont démâté du *Saint-Jean Baptiste* échoué. Flairant les odeurs de forêt, de gibier, un ours maigre pointait son museau vers les hauteurs invisibles des falaises. Mister Willoagby, intrigué, prenait le vent.

Les navires, retirés dans les criques et les anses, recommençaient à se balancer et à tirer sur leurs ancres.

Souvent le brouillard montait, animé par la suite de traînées de neige pluvieuse qui tombaient drues et serrées. Les jours de bise sèche et claire, les glaçons arrachés des toits tombaient et se brisaient comme verre. Il fallait prendre garde, un homme fut tué. Une masse de neige et de glace coula subitement d'un toit et l'assomma.

Noël Tardieu de La Vaudière, reprenant vigueur, promulgua des ordonnances. Chaque citoyen devait s'occuper de débarrasser son toit et de le faire couler, en prenant les précautions d'avertissement d'usage. Dans les endroits menacés, il fallait poser des planches afin d'obliger les passants à marcher au milieu de la rue.

Le fleuve avait recommencé son lent va-et-vient des marées. Les derniers glaçons étaient comme de grandes îles de verrerie, rôdant à travers la vaste étoile d'eau à nouveau rayonnante sous Québec, derniers survivants d'un troupeau qui ne se décidaient pas à quitter les lieux où ils avaient régné en maîtres. Ils s'en allaient vers le nord rejoindre la masse des glaces de l'estuaire encombré, ou disparaissaient, fondus avant de l'atteindre.

Les premiers jours de mai, les jeunes enfants du Séminaire, tout de noir vêtus, mais excités comme des oiseaux dont on ouvre la cage et parmi eux Marcellin, Neals Abbal, une trentaine environ, accompagnés du jeune Emmanuel et de deux ecclésiastiques, s'en allèrent à Saint-Joachim sous le Cap Tourmente pour y attendre le retour des oies sauvages, annonciatrices du printemps.

La neige couvrait encore une grande partie des hauteurs de la côte de Beaupré. Le temps des semailles serait reculé par cet hiver rigoureux. Mais la grande ferme et la petite ferme, propriété de Monseigneur de Laval et les bâtiments qui abritaient l'école des Arts et Métiers de Saint-Joachim, se trouvaient dans la longue plaine de battures et de prairies au pied des falaises et les enfants allaient pouvoir y commencer les travaux de l'été qui les changeraient des heures d'études et de messes entre les murs du Séminaire.

Ils redresseraient les barrières, nettoieraient les champs, s'occuperaient du bétail. Avec leurs aînés des ateliers d'art, ils apprendraient à menuiser, à sculpter, à peindre, à ferronner, travaux d'artistes et d'artisans qui pour ceux qui n'avaient pas de goût pour l'étude et la prêtrise les doteraient d'un métier citadin et les retiendraient de partir aux bois.

Les mois d'été se passeraient ainsi pour eux entrecoupés de longues promenades dans les forêts des monts dominants, de parties de pêche le long de la rivière Sainte-Anne.

Dans la ville, la neige en se retirant abandonnait au sol, comme l'écume d'un naufrage, haillons, vêtements, de nombreux bonnets, mouchoirs, des bottes, des souliers, des missels. des parapluies, des outils, des objets de toutes sortes égarés oubliés, arrachés, que des rafales de neige avaient ensevelis sous diverses couches et qui se retrouvaient là, échoués sur la grève de la terre reparue...

Des corps aussi...

On retrouva Jehanne d'Allemagne. Et l'on ramena à Québec le corps de Martin d'Argenteuil que la rivière Montmorency libéra de sa prison de glace et traîna jusqu'aux battures à proximité du Saint-Laurent Sa mort avait été acceptée sans émoi. Un accident. Mais l'on s'interrogea sur la flèche indienne plantée dans son dos. Devant le corps de Martin d'Argenteuil, Vivonne impressionné, car il avait gardé longtemps ce garçon avec lui, se rappela quelque chose que lui avait raconté Athénaïs et qu'il avait jugé exagéré à l'époque.

Sa sœur assurait qu'Angélique avait fait assassiner son maître d'hôtel Duchesne. Son entourage voulait qu'on menât une enquête. Que signifiait cette flèche ? Un assassinat par un Indien ? N'était-on pas environné de tribus alliées ? Aurait-il pu s'agir d'Iroquois ? Où ? Quand ? Personne ne voulait se charger d'arracher cette flèche du corps qu'il fallait enterrer rapidement. Ceux qui pouvaient reconnaître les pennes de la flèche et l'attribuer à un Abénakis se turent. Les mains gantées de rouge qui pendaient, raides et boueuses, avaient déplu. On se souvenait que le maître-paumier avait été soupçonné d'avoir étranglé une fille.

Et comme tout le monde parlait de cette flèche la confusion se fit dans les esprits car dans le même temps des Abénakis de la mission Saint-François amenèrent un prisonnier de la nation iroquoise des Ouneïouts qu'ils avaient capturé aux abords du poste de traite sur la rivière du même nom.

Les Abénakis parlaient d'une grande concentration d'Iroquois, se rassemblant aux sources de La Chaudière et de la rivière des Etchemins. Les uns disaient cinq cents, d'autres mille, d'autres deux mille...

Le captif iroquois fut amené devant le Gouverneur qui n'en put tirer un mot. Ensuite, il le remit aux Hurons qui le réclamaient pour le faire périr selon leurs coutumes. Iroquois et Hurons, peuples frères, devenus ennemis, plaçaient la torture au sommet des exigences qu'ils avaient à remplir dans leurs existences pour prouver la supériorité de leur race Mourir dans les tourments les plus atroces par les mains de l'ennemi le plus haï et le plus courageux était le rêve de tout guerrier.

Pour les Iroquois et les Hurons c'était un devoir auquel ni les uns, ni les autres n'avaient le droit de se dérober et auquel ils se préparaient dès l'enfance. Pour les Hurons, qui depuis un demi-siècle avaient été massacrés en masse et décimés par les féroces Iroquois, terme qui signifiait dans leur langue : vipère lubrique, et qui avait été adopté par les Français à force de l'entendre employé . Préparer la mort de l'Iroquois sur son bûcher leur revenait de droit.

Et le prisonnier commença aussitôt a leur dire que ce qu il

trouvait de plus affreux dans cette mort qu'ils lui préparaient c'était que lui, un grand guerrier honorable, il devait mourir de la main de ces chiens galeux, les Hurons, si pantelants et minables qu'ils devaient se réfugier à l'ombre des Français pour survivre.

Le ton était donné. La surenchère allait s'élever entre les bourreaux exaspérés et les sarcasmes de leur victime les accusant de lâcheté, de pusillanimité et d'ignorance à savoir bien tourmenter.

Les Abénakis, qui l'avaient amené, se désintéressèrent de son sort. Les capitaines voulaient s'entretenir avec le Gouverneur et son conseil et savoir si Onontio était prêt à entrer en campagne. Alors les tribus alliées se joindraient à lui. Les Iroquois, qu'ils avaient vu rôder, n'avaient pas encore effectué de raid sur les villages indiens et les missions des jésuites, mais ils rôdaient. On ne savait quelles étaient leurs intentions. La forêt grouillait de leurs bandes de guerre. Ils semblaient se diriger vers Québec, puisqu'on en avait surpris transportant leurs canots dans les portages menant à la rivière de La Chaudière.

Les Hurons, après avoir offert un festin au prisonnier, l'emmenèrent vers le lieu du supplice en chantant les vertus des braves et en lui disant : « Mon frère, prends courage... »

Un peu à l'écart des dernières maisons de la Basse-Ville, par un chemin qui prolongeait la rue de l'Habitation, ils l'amenèrent jusqu'à une grève au bord du fleuve où était planté un poteau. Ils le lièrent, animés d'une joie cannibale, et allumèrent le feu pour y rougir les instruments du supplice. Pour les Hurons Iroquois, la torture, défi de l'être incarné à la servitude de la chair qui l'emprisonne, était un acte noble lorsque la victime était noble et digne d'assumer le défi. Aux raffinements les plus cruels, la victime opposait un sang-froid inaltérable, ne devant jamais donner un signe de douleur.

ANGÉLIQUE vit s'abattre chez elle Bérengère-Aimée folle, échevelée, et qui paraissait sur le point de sombrer dans une crise nerveuse.

— Angélique ! Venez ! c'est affreux ! Je ne peux plus supporter cette horreur !

Sa demeure en la Basse-Ville se trouvant non loin de l'endroit choisi par les Hurons pour supplicier l'Iroquois, il lui avait fallu, déjà, une nuit et un jour entiers supporter cette odeur de chair grillée, mais plus encore entendre leurs chants sinistres et les cris de fureur des bourreaux lorsque cet enragé d'Iroquois, au lieu de gémir et d'implorer la pitié, répondait par des insultes, chantant ses propres exploits, énumérant les parents et les amis des Hurons qu'il avait tués, détaillant les supplices qu'il leur avait fait subir, ce qui redoublait la rage des autres. Maintenant, il s'était tu, mais il vivait toujours et on entamait une deuxième nuit de ce sabbat.

De temps à autre, le Révérend Père Jorras, jésuite, était descendu afin d'examiner et voir s'il ne donnait pas des signes qu'il avait été touché par la grâce et désirait se convertir

Les communautés religieuses s'étaient mises en prières afin que ce signe se manifeste avant son dernier soupir. Par le baptême du sang, l'Iroquois irait au ciel, mais l'on souhaitait que ce signe fût donné qui prouverait qu'il y était allé de son plein gré.

Bérengère avait abordé le Père Jorras en lui demandant d'intervenir afin qu'on hâtât la mort du malheureux. Mais le religieux avait secoué la tête. On ne pouvait s'opposer à la coutume des Hurons et l'Iroquois lui-même eût été indigné qu'on lui volât sa mort.

— Les hommes n'ont pas d'entrailles, dit Bérengère. Monsieur de Frontenac m'a opposé la même raison. Il est exaspéré, dit-il, car l'odeur monte jusqu'à lui et il déplore qu'ils se soient installés dans notre voisinage, mais il lui est difficile d'intervenir. Quant à votre mari, il me rétorque, et sans doute a-t-il raison, qu'il ne peut se mêler des affaires des Français et de leur entente avec leurs alliés sauvages.

— Pourquoi êtes-vous venue à moi ?

— Parce que vous êtes une femme et que l'on dit que vous savez parler aux Indiens.

Angélique réfléchit. Elle partageait les sentiments de Béren gère, mais l'intervention que demandait celle-ci, bouleversée dans sa sensibilité d'européenne et non encore accoutumée à cette rude et terrible existence du Canada, forgée de feu et de sang, était difficile.

Si Piksarett avait été là, elle l'aurait prié d'aller, d'un coup de tomahawk, briser le crâne du supplicié, et les Hurons n'auraient rien osé dire car ils le redoutaient.

— Ce sont d'horribles sauvages, répétait Bérengère-Aimée en claquant des dents. Ah ! Pourquoi suis-je venue en Amérique. Ma mère me l'avait dit : Ne pars pas.

Elles montèrent dans le carrosse de M. de La Vaudière et redescendirent dans la Basse-Ville. A l'extrémité de la rue de l'Habitation qui finissait par un terrain herbeux, les flammes du foyer qui éclairait le supplicié perçaient la nuit Elles firent avancer le carrosse jusqu'au bout du chemin et mirent pied à terre.

Les laquais et le cocher qui étaient venus de France avec le jeune ménage Tardieu de La Vaudière et dont c'était le premier séjour en Canada, se montraient peu empressés de suivre ces dames, trop hardies à leur gré. Le petit laquais seul les suivit de quelques pas puis s'arrêta.

Ils avaient peur de ces diables rouges, aux danses bizarres, aux chants lugubres qui se balançaient là-bas en tapant du tambour, dans les transes d'un plaisir de vengeance et de cruauté qui ne parvenait pas à atteindre son paroxysme.

En retrouvant ce spectacle et ces exhalaisons de chair brûlée, le courage de la pauvre Bérengère céda. Elle s'arrêta et se détournant se mit à vomir. Angélique dut continuer à s'avancer seule.

En approchant, elle essayait de ne pas regarder du côté du poteau de torture où pendait un être scalpé, tailladé, brûlé, découpé en lanières. De son flanc ouvert coulait du sang noir. « On lui avait mangé quelque chose à l'intérieur », avaient commenté les badauds de la place du Cul-de-Sac. Il semblait impossible que le martyr respirât encore et cependant cela était. L'habileté de la nation Huronne-Iroquoise à maintenir ses victimes le plus longtemps en vie était le fruit d'une longue science.

Ainsi étaient morts les jésuites missionnaires Brébeuf et Lallemant, et d'autres encore.

Aux pieds de l'Iroquois, un foyer entretenu par les jeunes gens rougeoyait de toutes ses braises incandescentes. L'un après l'autre les guerriers venaient y plonger à rougir, qui une hache, qui une alène, afin de chercher, chacun à leur tour ce qu'ils pouvaient encore lui faire.

Angélique s'arrêta à quelques pas de leur capitaine Odessonk, qu'elle connaissait.

Attiré par son regard, il l'aperçut et vint à elle d'un air hautain comme chez certains Indiens. Son visage imberbe, aux traits non accusés, aurait pu faire penser à celui d'une femme un peu grasse prenant de l'âge, sans le panache dressé, farouche, sur son crâne rasé et l'expression dure et sombre de ses yeux. C'était un guerrier de grande taille, vigoureux, aux muscles saillants.

Elle lui parla à mi-voix, sans passion.

— O Odessonk ! Pardonne à ma faiblesse de femme. Je viens te demander d'adoucir ton cœur indomptable par pitié pour la souffrance du mien... Termine le supplice de l'Iroquois... Achève-le ! N'as-tu pas contenté ton désir de vengeance ? Et traité ton ennemi avec toutes les rigueurs qu'il exigeait de toi ? Nul ne peut dire que tu l'as méprisé en ne lui accordant pas le supplice réservé aux plus courageux d'entre vos ennemis.. Achève-le, je t'en prie. Ménage nos cœurs qui ne sont pas accoutumés à nourrir tant de haine... Pour n'avoir pas eu à s'endurcir dans les combats... Toi qui es chrétien, peux-tu comprendre que nous ne disposons pas de votre force, accoutumées que nous sommes à pleurer et à souffrir devant l'image de notre Dieu attaché au poteau de torture de la Croix ? Achève-le, Odessonk. Achève sa vie d'un coup de ton tomahawk. Vous avez montré à tous votre vaillance...

Le Huron l'examinait impassible. Ce qu'elle lui demandait était fâcheux. Il y allait de son prestige. Qu'il fît tomber sur lui le soupçon d'amollissement qui gagne ceux qui oublient leurs frères massacrés par l'ennemi, et ses guerriers le réprouveraient.

— Tu m'as blessé au saut de Katarunk ! dit-il.

Et elle ne sut s'il lui rappelait cela pour lui signifier un refus ou pour lui reconnaître une supériorité devant laquelle il pouvait s'incliner. Elle soupira de soulagement quand elle le vit porter sa main à sa ceinture et détacher son casse-tête qui était composé d'une grosse boule de pierre blanche.

Tout en continuant de la fixer de son regard énigmatique, il fit sauter deux ou trois fois le manche de bois poli dans sa paume comme pour en assurer la prise.

— Je te serai reconnaissante, Odessonk, murmura-t-elle humble tandis que ses lèvres lui dédiaient un sourire, je n'oublierai jamais que tu as sacrifié à ma requête tes nobles aspirations de venger tes frères. Je saurai à mon tour t'écouter si quelque jour tu as besoin de ma parole.

Odessonk assura son tomahawk dans son poing. Il regarda vers le supplicié. Il hésitait encore. Angélique tournant la tête malgré elle rencontra dans une face sillonnée de sang l'éclat de deux prunelles vivantes. L'Iroquois avait suivi de loin leur mimique et compris le sens de sa démarche. Elle croisa ce regard d'eau noire, voilé et comme adouci par l'excès de souffrance. Elle y lut un aveu de reddition. L'Iroquois lui était reconnaissant. Grâce à elle, il n'avait plus à redouter de fléchir et de perdre sa mort, en gémissant comme une femme.

Il murmura quelques mots d'une voix rauque.

Voyant Odessonk résolu, un des Hurons, qui s'approchait du supplicié tenant une hache au tranchant rougi au feu et qu'il s'apprêtait à introduire lentement dans le sillon de la cuisse déjà ouvert jusqu'à l'os, s'interposa.

Odessonk, disait-il, n'avait pas à décider de suspendre un

supplice avant que l'Iroquois ne rende de lui-même son dernier soupir.

Odessonk riposta qu'il se devait de respecter le cœur sensible des femmes blanches car il était lui-même un chrétien et qu'il vivait sous la protection d'Onontio. Il somma le Huron de s'écarter. Celui-ci voulut prendre à témoins les autres participants qui s'étaient arrêtés de danser et de battre du tambour. Mais personne ne releva la palabre. Les bourreaux aussi étaient las et ils n'étaient pas fâchés d'en avoir fini avec cet intraitable Iroquois qui, gardant toute sa virulence d'Indien des bois entraîné à la chasse et aux expéditions guerrières, était sur le point d'arriver à bout de leur résistance à eux. Hurons de Lorette qui avaient un peu perdu l'habitude de ces terribles cérémonies.

Le guerrier à la hache s'inclina et jeta au loin sa hache inutile.

Dans ses liens, l'Iroquois attaché au poteau de torture parut faire effort pour redresser son corps en lambeaux, décharné, écorché vif et grillé de la tête aux pieds.

Odessonk, le tomahawk brandi, marcha vers l'homme qui allait enfin mourir.

76

L'IROQUOIS AVAIT PARLÉ AVANT DE MOURIR. IL AVAIT DIT :

— Outtaké arrive. Il vous tuera tous, chiens !

On considéra cette annonce, cette sorte de renseignement que semblait lui avoir arraché l'intervention humanitaire d'Angélique, comme un signe de bonne volonté qui lui avait ouvert le ciel. Une âme de plus était en paradis.

Et M. de Frontenac ainsi que M. de Castel-Morgeat s'apprêtèrent à aller au-devant du chef des Cinq-Nations.

On allait entendre reparler des chaudières de guerre et les tambours résonnèrent aux alentours de Québec, rassemblant les guerriers Algonquins, Hurons et Abénakis.

Odessonk adressa une harangue à ses jeunes guerriers : « Jeunesse, prenez courage, rafraîchissez vos cheveux, peignez-vous le visage, remplissez vos carquois. Faisons retentir nos forêts de chants de guerre, désennuyons nos morts et apprenons-leur qu'ils seront vengés. »

M. de Frontenac et M. de Castel-Morgeat demandèrent à M. de Peyrac de les accompagner. Ils voulaient s'avancer en force au-devant d'Outtaké, mais pour parlementer. Rien ne s'était passé méritant qu'on déterre la hache de guerre, solennellement enterrée aux abords de Fort Frontenac quelques années plus tôt. Pourquoi Outtaké voulait-il rompre la paix iroquoise ? La présence de son ami Ticonderoga, l'homme du tonnerre, aux côtés des Français et les colliers de wampum qu'on lui présenterait faciliteraient une explication pacifique.

La difficulté serait de retenir les alliés sauvages toujours très excités. Ce n'était pas la première fois qu'on se trouvait devant cette situation. Frontenac était enchanté. Il raffolait des grandes rencontres avec les Indiens et surtout avec les Iroquois. Il aimait la beauté de leurs discours, leurs discussions retorses et parvenir à les charmer et à les apaiser par son habileté et la compréhension qu'il avait de leur nature et de leurs sentiments.

Florimond demandait à prendre part à l'expédition. Sa « blonde » du moment, comme on disait communément, avait disparu et il n'était pas sans inquiétude. Ses parents la séquestraient-ils ? L'avaient-ils enfermée ?

Ils avaient été trahis par Euphrosine Delpech dont la maison surplombait celle du mercier Prunelle. Elle avait averti les parents. « J'ai vu des traces de pas sur votre toit, dans la neige C'est un voleur ou un galant qui visite votre fille, la nuit. »

Le mercier Prunelle n'était pas un homme commode. Il cherchait à découvrir l'identité du chat de gouttière et Florimond, un peu embarrassé de sa personne, accueillait avec plaisir l'idée d'une expédition guerrière au-devant des Iroquois.

L'armée montée sur des canoës soit de trois, soit de six, soit de douze pagayeurs, quitta Québec sous les vivats et disparut vers le sud, gagnant l'embouchure de la rivière de La Chaudière. Pour parer à toute éventualité, une partie de la flottille continuait vers les Trois-Rivières au cas où la ville serait menacée par les partis de guerre qu'on avait vu rôder vers Saint-François.

Le gouverneur avait remis la responsabilité militaire de la cité au major d'Avrensson.

Joffrey de Peyrac emmenait avec lui le comte d'Urville et une vingtaine de ses hommes.

— Si vous voyez notre seigneur Outtaké, dit Angélique à Peyrac avant de le quitter rappelez-lui combien je me suis toujours considérée honorée par le cadeau du wampum qu'il m'a fait envoyer et qui a été brodé par les Mères du Grand Conseil iroquois qui avaient résolu de nous sauver de la famine, l'an dernier. Dites-lui que je le conserve précieusement dans un coffre à portée de ma main, afin de pouvoir retrouver des forces en contemplant ce gage d'amitié.

Et comme chaque fois qu'il s'éloignait, elle se retenait de lui montrer ses craintes.

Elle avait trop appris à l'aimer au cours de cet hiver. Les confidences, les disputes, les réconciliations, les heures d'amour, les projets, les rêves de réussite, de paix, de retour en France, mais au fond desquels demeurait informulée leur seule et unique aspiration primordiale à leur satisfaction de vivre . demeurer côte à côte et tous les jours que Dieu ferait.

Comment lui expliquer tout cela ? Elle levait ses beaux yeux vers lui. Et comme d'habitude il semblait la deviner et se moquer un peu d'elle.

— Prenez bien garde à vous, dit-il. Je ne veux pas entraver votre esprit d'indépendance, ma belle audacieuse, en attachant à vos pas une escorte. Mais j'aimerais savoir que lorsque vous vous promenez dans la ville, vous avez au moins à votre ceinture l'un de vos pistolets. . et prêt à tirer

77

M. DE LA FERTÉ ET M DE BARDAGNE BUVAIENT ENSEMBLE AU *Navire de France.*

— Nous avions l'hiver pour la conquérir disait le duc d'une voix qui commençait à sombrer de temps à autre dans un murmure. Et voici que l'hiver s'en va. Lâche hiver qui nous a trahis. Il nous persuada que la conquérir serait facile. Nous l'aurions cru, n'est-ce pas ? Elle est proche et pourtant, plus nous nous en approchons et plus nous la perdons de vue, comme si nous ignorions tout du jeu de la séduction. Tous ces pièges que nous lui tendons elle les brise comme baguettes.. Qu'avions-nous appris avant de la connaître ? Et auprès de quelles femmes ? Pour nous trouver si dépourvus ? Vous verrez, Monsieur l'Envoyé du Roi, vous aussi vous vous heurterez à l'incompréhensible. Vous vous casserez le nez contre le miroir sans tain derrière lequel vous avez cru l'entrevoir.

— Cessons de boire, dit brusquement Bardagne.

— Que faire d'autre dans cette ville maudite ?

Par la fenêtre ouverte, Vivonne jeta un regard morne et désabusé sur le fleuve gonflé qui roulait au ras des quais. La stupeur de la mort hivernale, les affres de la résurrection dans le fracas des eaux et des glaces faisaient place à une sorte de convalescence maussade, rancunière envers la violence des souffrances endurées.

Le doux mois de mai, au Canada, avait mine terreuse et hâve.

L'hiver venait à peine de relâcher son emprise. La neige ne se retirait que lentement des hauteurs, des vallons, des sous-bois. La boue gagnait sur les rives au versant est des prairies. Mais les signes de renouveau se refusaient. Pas un brin d'herbe, la terre se renfrognait ne se voulant pas sauvée, ni libérée, remâchant sa méfiance.

Québec elle-même, la ville, subissait la contagion de cette humeur. Avec ennui, elle découvrait son désordre : barrières brisées, gouttières arrachées, seuils descellés, et s'examinait telle une femme se découvre blême, échevelée et vieillie, dans son miroir après une longue maladie.

L'absence des hommes et l'inquiétude des Iroquois étaient prétextes à vaguer. On ne se décidait pas à se mettre au travail et personne n'avait encore eu l'idée de rendre la liberté aux cochons dans les rues.

Angélique s'était fait faire pour le printemps une robe dans un velours léger, vert comme une feuille tendre, avec l'idée que cela hâterait le renouveau. Le mercier gardait quelques pièces de tissu en réserve, pour une saison où lasses de leurs gros vêtements d'hiver, les femmes étaient souvent saisies d'un désir de changement qu'elles payaient n'importe quel prix. Chez la dentellière, elle avait fait l'acquisition d'un grand col arachnéen, garni de fleurons en pointe, dont on pourrait admirer le travail quand elle se promènerait dans les rues avec sur les épaules une simple cape ou un mantelet.

Il n'y avait pas trois jours que l'armée était partie que déjà l'on trouvait le temps long. Déjà l'on s'inquiétait d'être sans nouvelle.

Angélique aussi avait ouvert sa fenêtre malgré l'air que l'on disait « cru ». Elle admirait d'en haut le fleuve qui avait repris ses jeux diversifiés. Aujourd'hui, le vent soufflait. Une brume s'échappait du fleuve que la pointe des vagues entraînait en haillons blancs, en aigrettes, ce qui donnait à la surface de l'eau l'aspect d'un plumage d'oiseau rebroussé par le vent.

Ce mouvement folâtre des flots évoquait les nefs dansant joyeusement à leurs crêtes et penchait les voiles rondes et pleines, s'avançant joyeusement vers l'Amérique.

Déjà le sort en était jeté.

Leur sort.

Et si le Roi se prononçait contre eux, elle reconnut que malgré ses forces nouvelles qui la rendaient moins vulnérable, elle ne verrait pas sans tristesse se détourner d'eux les amis qu'ils s'étaient faits au Canada. Elle ne quitterait pas sans déchirement Québec-la-Française où elle avait retrouvé son passé, sa jeunesse et le meilleur d'elle-même. Oui, le Roi de France pouvait encore leur faire beaucoup de mal.

Et une fois de plus elle regretta ces signes avant-coureurs du printemps qui allaient briser leur isolement. Deux mois encore, un peu plus ou un peu moins, mais sûrement, des voiles blanches apparaîtraient à la pointe de l'île d'Orléans... Déjà l'hiver de Québec serait passé. Et, malgré tout, son rêve s'était réalisé car elle avait vécu un hiver merveilleux.

Les mains dans les poches, la pipe à la bouche et son bonnet de laine rouge enfoncé jusqu'aux yeux, le fils de La Polak montait la rue. Exemple réussi et rebondi d'un mélange normand et auvergnat, touché d'une pointe de gouaille parisienne et forgé au blizzard du Canada.

— Que veux-tu, petit joufflu ? le héla-t-elle de sa fenêtre.

Il venait de la part de sa mère, Janine Gonfarel du *Navire de France* lui mander l'avis que M. de Bardagne et M. de La Ferté s'étaient battus en duel.

Il fallait toujours quelques secondes à Angélique pour associer le nom de Vivonne à celui de La Ferté et lorsqu'elle comprit son sang ne fit qu'un tour.

— Que me bailles-tu là ?

Elle le rejoignit dans la rue, le pressa de questions.

L'Envoyé du Roi et le duc buvant de compagnie au *Navire de France* s'étaient pris de bec comme d'habitude. Le ton avait monté. Mme de Peyrac semblait être l'objet de leur différend, car ce nom revenait fréquemment sur leurs lèvres écumantes.

Lequel des deux l'avait vouée le plus furieusement aux gémonies et lequel des deux avait réclamé à l'autre réparation de cet outrage envers une femme admirable, les témoins ne pouvaient le départager encore.

Toujours est-il qu'ils étaient sortis sur la place, avaient tire l'épée et croisé le fer. M. de La Ferté avait été blesse. On l'avait porté en son logis où le médecin Ragueneau, que le jeune Gonfarel venait de quérir en passant, devait être déjà à son chevet

— Et Monsieur de Bardagne ?

Selon toutes apparences, il était encore bien vivant tout de suite après que M. de La Ferté fut tombé. On avait eu la plus grande peine à l'approcher car il faisait des moulinets avec son épée, promettant de pourfendre l'univers entier qui, pour contenir des êtres aussi vils que ceux qui l'entouraient, méritait d'être détruit jusqu'au dernier homme. Puis, soudain faisant un bond de côté, il s'était élancé et s'était perdu dans la foule, et comme il parlait de se jeter au fleuve, ses amis s'étaient élancés à sa poursuite, sans pour autant le rattraper.

Angélique commença par se rendre chez le duc de Vivonne. Elle devinait qu'il était arrivé ce qui était prévu et inévitable, mais qu'elle avait espéré ne voir éclater qu'au retour des navires, lorsqu'un courrier royal révélerait au pauvre Bardagne ses erreurs.

Elle trouva le frère d'Athénaïs, maussade, devant sa cheminée tandis que le médecin lui pansait le bras.

— Que lui avez-vous raconté ? lui lança-t-elle haletante et déjà prête à le tancer.

Vivonne considérait, à la cuisse, la déchirure maculée de sang de sa culotte de soie.

— Cet imbécile n'aurait-il pas pu ne me blesser qu'une fois ?

— Ce n'est pas un imbécile ! Que lui avez-vous dit pour le mettre dans cet état ?

Eh bien ! TOUT. Il lui avait tout dit... Que s'il n'avait pas tellement et continuellement envie de se gausser de lui il en aurait pitié, car, en effet, c'était pitié de voir un homme de plus enchaîné à une femme, à cette femme ! Car ils étaient tous enchaînés. Enchaînés à du vent... Car elle n'était même pas garce ou haïssable, ni perverse, ni provocante. Elle était INACCESSIBLE ! Et pourtant dès qu'elle levait les yeux sur vous elle semblait vous donner vos chances...

— Mais qu'est-ce qu'elle a ?... Qu'est-ce qu'elle a donc qui nous détruit ? s'était-il écrié saisissant Bardagne par son jabot. Tous, vous, moi, le Roi lui-même...

— Le Roi ? avait répété Bardagne, ahuri.

— Quoi ! Vous ne savez pas ? Oui, le Roi ! La folie du Roi pour elle, l'or, les bijoux à ses pieds, les fêtes les plus somptueuses et, en échange... elle devenait la Révoltée du Poitou.

— Qu'est-ce que vous dites ? avait hurlé Bardagne.

Et il avait reculé pâle comme la mort.

— Hé oui ! avait ricané Vivonne, pourquoi l'imaginait-il donc tellement inoffensive cette jeune femme aux yeux de sirène et aux sourires enjôleurs derrière laquelle il bêlait comme un bouc, à laquelle il n'avait cessé de faire la cour depuis son arrivée, tombant en extase au premier regard, celle-là même qui à peine six années auparavant avait galopé à travers toute une province en appelant les paysans à la révolte contre le Roi de France. Ce même Roi dont il était lui Bardagne, l'envoyé chargé de mission spéciale, croyait-il que le Roi la portait dans son cœur cette femme qui lui avait tenu tête, massacrant ses soldats, dressant contre lui, le monarque, des villes vassales du royaume ?

Eh bien ! Oui, le Roi la portait dans son cœur La Révoltée ! Et c'est elle qu'il revoit parmi toutes ses dames quand il s'arrête au sommet du bassin de Latone. Elle est là... Ses bijoux... sa peau qui en porte le reflet, si douce, transparente, lumineuse qu'on voudrait irrésistiblement y poser les lèvres...

C'est alors que le comte de Bardagne s'était dressé en disant .

— Sortons, Monsieur. Nous allons nous battre.

Dehors il avait dégainé et foncé sur lui sans presque lui laisser le temps de se mettre en garde.

— Ces gens de petite noblesse ferraillent sans grandeur J'étais à terre qu'il me frappait encore. Je ne comprends pas pourquoi je suis tombé car ce coup au bras n'était rien.

— Vous étiez ivre. Vos paroles en font foi... Et j'estime que Monsieur de Bardagne s'est montré bien clément en ne vous portant pas de coups plus mortels étant donné ce que vous lui aviez fait.

— Que lui ai-je fait à votre préféré ? A votre toutou...

— Vous l'avez blessé gravement en lui faisant mesurer sa bévue et pressentir le mécontentement du Roi à son endroit. Il aurait été toujours temps qu'il la connaisse. Et maintenant, où il est impuissant à se défendre dans l'extrémité où nous sommes rendus par les fatigues de l'hiver, je crains qu'il n'attente à sa vie.

— Mais non ! Je parie qu'il est bien tranquillement chez lui à se vanter auprès de ses larbins de m'avoir égratigné et à vous attendre pour vous faire son récit. Oh ! cette robe verte...

— Qu'a-t-elle cette robe verte ?

— Elle vous va ! Vous êtes merveilleuse. Mais attention ma chère, trop simple. Le Roi vous voudra plus somptueuse.

— Le Roi me voudra sans doute morte ou embastillée, et votre sœur plus encore... Cessez de parler du Roi.

S'il n'avait été blessé, Angélique l'aurait saisi par son jabot de dentelles et l'aurait secoué. Elle éclata en imprécations

— Qu'êtes-vous pour vous permettre de maltraiter votre entourage sans raison ? Rien ! Rien à mes yeux, je vous le dis crûment Vous vous croyez tout permis Vous traitez des gens qui vous valent bien comme des pions de jacquet qu'on secoue dans un cornet. Vous n'avez ni cœur, ni conscience, ni charme et vous n'êtes même pas sûr de votre fortune. On connaît l'orgueil des Rochechouart, mais ni vous, ni votre sœur, ne m'avez jamais impressionnée, et je vous ai toujours pris pour ce que vous êtes : des brillants insolents, avides, orgueilleux, ignorants, sans cœur, ni rien. Votre blason vous tient lieu d'entrailles et vous croyez que le nombre de vos quartiers de noblesse peut remplacer la noblesse de caractère qui est la seule attachante. C'est vous qui êtes un imbécile d'imaginer que la méchanceté de votre esprit ne finira pas par vous nuire. Vous pouvez compter sur moi pour vous faire regretter d'être un inutile aussi nuisible. C'est à cause de personnages de votre espèce qu'on ne peut jamais rien vivre d'heureux. Vous empoisonnez jusqu'aux beautés de Versailles. Je vous le ferai payer cher, je vous le promets. Peut-être demain. Le Roi me recevra à la Cour. Vous le savez. Et alors prenez garde que je ne venge mes amis. Si vous êtes de mes ennemis, je vous écarterai...

— Ne me parlez pas ainsi. Je tiens trop à vous, s'écria Vivonne en se dressant si brusquement qu'il trébucha sur sa jambe blessée et que le médecin bousculé faillit tomber dans le feu.

— Ne bougez donc pas ainsi, Monseigneur, je ne peux arriver à vous panser.

— Vous vous exagérez les choses. Je n'ai rien contre vous, Angélique, disait le duc. Et peu m'en chaut des intrigues que votre retour suscitera. Vous connaissez Versailles. C'est le jeu. On jouera chacun pour soi sa partie et tant pis si Athénaïs perd. Je suis peut-être son frère, mais elle a tort de s'imaginer qu'elle est toujours la Reine. Si elle l'avait été, je n'aurais pas eu besoin de m'exiler et de me faire oublier quelque temps pour me sortir d'un mauvais pas. Vous avez raison. Elle aussi s'est usée en intrigues épuisantes et avilissantes, pour la défense et le maitien de plaisirs et d'honneurs dont on n'a même plus le temps ni le goût de jouir. Vous, vous êtes neuve. Si vous revenez à Versailles, je parie pour vous. Car le Roi aussi est las de ceux qui l'entourent. C'est pourquoi il n'a pu vous oublier. C'est pourquoi il se tourne vers cette bigote de Maintenon, la veuve Scarron... Ha ! Ha ! Je ne suis pas si sot, ni si mauvais que vous le croyez. Si vous gagnez, je ne vous nuirai pas.

— Bien, j'en prends note, dit-elle calmée par ses protestations. Mais vous êtes prévenu.

En se retournant pour quitter la pièce, il lui parut sentir braqué sur elle, comme autant de pistolets, au moins trois paires d'yeux pleins de haine.

La chambre où elle était entrée en coup de vent était sombre et seulement éclairée par le feu dans la cheminée. Occupée de Vivonne, et de lui servir ce qu'elle avait sur le cœur depuis longtemps, elle n'avait pas pris garde aux autres personnes présentes, en dehors du médecin. Or Saint-Edme était là ainsi que le baron de Bessart, et le laquais, barbier, homme à tout faire et sans doute homme de main, qui leur était dévoué et qui tenait la cuvette pendant que l'on nettoyait les blessures du gentilhomme.

Le petit discours de celui-ci, assurant à Angélique qu'il se désolidariserait de sa sœur à l'occasion, ne semblait pas avoir eu l'heur de leur plaire. La maîtresse du Roi les avait peut-être à sa solde, se les attachant soit par des largesses, soit par des menaces de dénonciations de leurs crimes, ou vols ou escroqueries ou dettes de jeu.

L'impression qu'elle emporta de ces regards furibonds qui la fixaient comme sortis de la pénombre de la tapisserie ne lui fut pas agréable.

« J'ai signé mon arrêt de mort », se dit-elle, « mais tant pis, advienne que pourra ».

Elle s'essoufflait en gravissant trop vite la côte de la Montagne. Elle était en souci pour Bardagne. Ce qu'elle savait de lui et du tour qu'avait pris son caractère depuis qu'elle l'avait connu à La Rochelle ne l'encourageait pas à se montrer optimiste comme le conseillait Vivonne.

Bardagne était un imaginatif. Il tenait plus à ses illusions qu'à des réalités décevantes. Les joies les plus grandes il les devait en bonne partie à des mirages qu'il se forgeait et qu'il entretenait par les effets d'un caractère enthousiaste et légèrement présomptueux.

Amoureux, il lui était loisible, grâce à l'illusion qu'il avait de la personne aimée d'en créer un être à sa convenance. Ce qui est toujours plus facile et plaisant que de s'accommoder de l'être lui-même, pas toujours malléable. Et tout cela lui avait fort réussi dans le passé, tant qu'il ne s'était agi, pour lui, que de séduire les châtelaines du voisinage de sa propriété berrichonne ou les demoiselles des villes de garnison ou celles de La Rochelle où il avait connu quelques déboires avec les jeunes filles de la société protestante, jalousement défendues par leurs pères furieux de voir un papiste oser tourner autour d'elles avec la prétention de les débaucher ou, ce qui était encore pis, de les épouser. La seule pensée d'une telle alliance faisant dresser les cheveux sur la tête des dignes calvinistes. Mais sa position de représentant du Roi aux affaires religieuses lui avait pourtant permis de mener, dans la citadelle protestante du royaume de France, une vie fort agréable. Comme le marquis de Ville d'Avray, il trouvait alors la ville belle, n'ayant guère eu l'occasion de tomber du haut de ses rêves. Angélique, servante d'un huguenot, lui avait posé une énigme. Et c'est encore par l'illusion qu'il avait essayé de la résoudre. Aujourd'hui tout pour lui volait en éclats.

Angélique en courant pénétra dans le petit parc de la Closerie et remonta l'allée. Le sous-bois gardait encore des traces de neige.

Dans le vestibule de la maison, elle trouva le premier officier de M. de Bardagne qui errait comme une âme en peine au milieu d'un désordre affligeant. Il redressait et remettait çà ou là en place une chaise, un tabouret, tandis que le secrétaire pliait des vêtements et les déposait l'un après l'autre dans des coffres et dans des malles de cuir bouilli.

M. de Bardagne était arrivé deux heures plus tôt d'un air hagard disant qu'il quittait sur-le-champ ces « lieux maudits ».

— Où est-il allé ?

Il avait annoncé qu'il réemménageait dans l'habitation qu'on lui avait allouée à son arrivée et qui était une petite gentilhommière à l'écart de la ville, au sein des plaines d'Abraham. Il n'avait voulu prendre que quelques vêtements, ses armes personnelles, deux livres.

— Mais ce logis des plaines d'Abraham doit être humide et peu confortable ! Pourquoi ne l'avez-vous pas accompagné ?

— Il a exigé que je reste là pour garder la demeure. Veiller à la mise en caisses de ses livres, préparer le déménagement, ne pas laisser sans surveillance les gens de maison et des cuisines. Mais ce n'est que prétexte. Il veut surtout être seul. Il n'avait requis que son valet de chambre. Un homme de peine, gardien là-bas, aidera le domestique pour ce soir.

Angélique demanda l'heure.

Il était cinq heures de l'après-midi et il faisait encore clair Les journées se prolongeaient.

— Je vais aller le visiter et peut-être vous le ramènerai-je calmé !

— Oh ! oui, Madame, faites cela je vous en prie, vous seule pouvez quelque chose pour lui. Nous, ses amis, l'avons senti tellement atteint, comme si c'était lui qui avait reçu ce coup d'épée dans ce duel et non Monsieur de La Ferté.

— Que s'est-il passé ?

— L'ignorez-vous, Madame, vous qui êtes la cause de cette rencontre ?

— Peut-être ! Mais je n'y ai pas assisté. J'ignore ce qu'ils se sont dit avant de se jeter le gant au visage.

— J'avoue que je l'ignore aussi. Mais j'en devine assez pour savoir que toute intervention de votre part lui sera bienfaisante. Vous êtes mêlée à son émotion car cet amour qu'il vous porte, comme il me l'a répété bien des fois, a peut-être ruiné sa vie. Mais il craint maintenant qu'il n'ait ruiné sa carrière, ce qui pourrait l'amener à un geste fatal car il est très attaché au service du Roi.

— Il va sans doute me recevoir fort mal ?

— Non ! Vous savez le prendre.

Angélique repassa par chez elle prévenir qu'on ne l'attende pas pour le souper. Elle ne trouva personne. Tout le monde se promenait à la recherche des premiers crocus par les prés découverts. Elle chargea un des gardes du bastion d'avertir Yolande, quand elle rentrerait avec les enfants, de ne pas s'inquiéter si son absence se prolongeait. Elle avait différentes démarches à entreprendre dans la soirée.

Elle avait tout d'abord pensé se rendre au *Navire de France,* mais le plus urgent était de savoir quel était l'état moral de Nicolas de Bardagne.

Elle se hâta vers les plaines d'Abraham.

Celles-ci, prolongeant les hauteurs du Mont-Carmel et marquant le point le plus élevé du promontoire, étaient encore en partie recouvertes de longues plaques de neige. On pouvait cependant, après avoir dépassé le jardin du Gouverneur, trouver des sentiers tracés par le passage des piétons, paysans ou Indiens qui, regagnant à pied le Cap Rouge, les campements de Sainte-Foy ou de Lorette, préféraient emprunter les plaines plutôt que de suivre le cloaque embourbé de la Grande Allée.

Comme elle s'avançait vers le couchant, Angélique fut frappée de l'aspect du ciel. Les couleurs ardentes mais claires et limpides qu'elle avait admirées ce tantôt se muaient en un tableau étrange.

Au-dessus d'un horizon obscur baignant dans une encre d'un noir intense dessinant à la plume la longue frise des silhouettes d'arbres de l'impavide forêt se déroulant sans fin là-bas, les lueurs de cuivre et d'or d'un incendie immobile emplissaient le ciel d'un brasier immense. Aux franges de ce brasier des nuages bistrés et charbonneux se déployaient et se déroulaient en volutes comme d'une épaisse fumée fuligineuse, exhalée par quelques matières lourdes et suffocantes, envahissant l'espace dans une forme torturée qui affectait celle d'un éventail, ces nébuleuses se déchirant, se dispersant, happaient l'or du crépuscule au-delà, l'entraînaient et le diluaient dans un ciel sali de charpies brunes et sanglantes, de courants d'ombre et de pourpre sombre, de pans de rideaux déchirés, poussés par un vent gigantesque et solennel dont on voyait la direction et l'élan, mais non le mouvement, car rien ne bougeait. Le ciel médusé s'ouvrait sur le feu de l'enfer sans qu'on en perçût l'approche. Tout se répandait sans se déplacer, comme naissant insidieusement de profondeurs inconnues. Or, à la pointe de ces plumes noires arrachées marquant le pourtour de l'éventail, le feu reprenait, écarlate, dispersant en explosions multiples, étincelles et braises de rubis.

On eût dit que flambaient là-bas à l'ouest, dans les tourbillons figés d'un cataclysme, des villes géantes et condamnées détruites par une apocalypse sans rémission.

« Il va arriver quelque chose », se dit Angélique le cœur serré d'angoisse, devant la beauté de ce coucher de soleil. Elle n'en avait encore jamais vu d'aussi beau et d'aussi inquiétant

Qu'allait-il arriver ?

Les êtres semblaient bien petits, minuscules, des fourmis affolées. La mort était au bord d'un geste et qu'importe que ce fût celui qui marquerait la fin du monde ou le geste unique d'une épée s'enfonçant dans un cœur et marquant la fin d'une seule vie. La vie n'était que paillettes, que fétus, mais dans son essence, plus encore que ce souffle grandiose de la Nature

La vivacité de son sang coulant dans ses veines lui parut un miracle en face de la fragilité de ce qui en maintenait le cours La Vie ! Rien ne méritait qu'on se privât d'un tel trésor, d'une telle certitude, d'un secret d'une si haute importance d'une si grave promesse.

Elle allait expliquer cela à Bardagne et saurait lui remettre la tête sur les épaules. Qu'importait ce mélange de noms, de mensonges et de tragédies : il existait, elle existait. Le Roi ? qu'importe... La vie. La vie ne se réduisait pas aux froncements de sourcils d'un roi.

De loin elle aperçut, dans son enclos, la maison et ralentit le pas. Il fallait redescendre sur terre. Si Vivonne lui avait réellement tout dit au pauvre Nicolas, elle comprenait l'humiliation qui accablait l'Envoyé du Roi.

Malgré une certaine étourderie dans ses propos, de la naïvete dans ses présomptions, Bardagne n'était pas un sot. Angélique se doutait qu'aucun raisonnement fallacieux de sa part ne viendrait cette fois adoucir l'humiliation qui lui avait été infligée lorsqu'aux dires de Vivonne la sottise de la lettre qu'il avait envoyée au Roi lui était apparue. Cette fois, son imagination jouerait dans le sens pessimiste et risquait de l'entraîner au désespoir.

Aussi, Angélique, apercevant la fumée qui s'échappait de l'habitation, n'en était-elle pas moins mortellement inquiète tandis qu'elle s'approchait de la barrière clôturant le jardin. La demeure isolée dans les plaines d'Abraham ne comportait qu'un seul étage, dont les volets restaient fermés. On n'avait repoussé que ceux du rez-de-chaussée dans cet emménagement hâtif. Du côté des cuisines, elle entendit couper des bûches sur un billot.

Elle commença par faire le tour de la maison pour trouver les fenêtres du salon ou de l'appartement où l'Envoyé du Roi avait pu s'enfermer pour cacher son déplaisir. En approchant son visage d'une vitre derrière laquelle se devinait la lueur d'une flambée, la vision à laquelle elle s'attendait était de voir se balancer à hauteur de ses yeux les pieds et les jambes d'un cadavre pendu aux solives. Elle poussa un soupir de soulagement. Elle était arrivée à temps. M. de Bardagne était assis dans un fauteuil non loin du feu.

Cependant la pénombre de la pièce ne permettait pas de surprendre l'expression de ses traits. Son attitude était celle d'un homme prostré mais, selon toute apparence, il n'avait encore avalé aucune médecine décisive. On devinait qu'il méditait tristement et offrait l'image de ce que serait désormais l'existence de ce fonctionnaire malchanceux, vivant les jours d'une disgrâce solitaire, au fond de sa province. Quelqu'un dut frapper à la porte car elle le vit relever légèrement la tête. Le valet entra apportant un flambeau. L'ayant posé sur une table, il voulait ajouter des couvertures au lit préparé à la hâte. On voyait que Bardagne l'en dissuadait, désireux d'être seul. L'homme se proposa encore, voulant aider son maître à retirer ses bottes et à se débarrasser de son baudrier et de son épée. De nouveau, Nicolas de Bardagne l'éloignait avec impatience.

Lorsque le domestique se fut retiré, Angélique revint vers la façade de la maison, y pénétra. Le valet avait regagné l'office et on l'entendait parler avec l'homme de peine qui cassait du bois.

Elle alla jusqu'au fond du vestibule où s'ouvrait la porte de l'appartement. En la découvrant debout devant lui, Nicolas de Bardagne ne marqua aucune réaction. Les mouvements des flammes accentuaient les ombres de ses traits creusés. Il avait vieilli de dix ans et ses yeux étaient mornes.

Angélique se débarrassa de son manteau et de ses gants qu'elle jeta sur un coin de la table. Comme il ne lui proposait pas de s'asseoir, elle chercha des yeux un siège mais il la cloua sur place par un brusque sursaut

— Ne m'approchez pas, fit-il d'un ton farouche.

Puis, très sombre :

— ... Maudit soit le jour où je vous ai rencontrée !

— Qu'ai-je à voir avec ce duel dont on vient de me porter la nouvelle ? demanda Angélique connaissant très bien la réponse mais ne voulant pas se laisser impliquer d'emblée dans les querelles de ces insupportables gentilshommes.

— Vous le savez ! Et cela ne m'étonne guère de vous que vous ayez la hardiesse et la mauvaiseté de venir joindre vos moqueries à celles des autres.

— Qui se moque de vous ?

— Le duc de La Ferté.

— Vous l'avez corrigé. Vous voilà quittes. Quant à moi, je ne me suis jamais moquée de vous.

— Oh ! vraiment, fit Bardagne avec un sourire amer. Croyez-vous que ce qu'il m'a dit et qui m'a révélé en quel mépris vous me teniez s'effacera jamais de ma mémoire ? Il m'a dit que VOUS, que j'imaginais d'humble condition, ce que vous me laissiez croire, aviez été une des grandes dames de Versailles. Que vous paraissiez à la Cour sous le nom de Madame du Plessis-Bellière, que vous étiez veuve d'un grand personnage de cette famille apparentée aux Condé. Il m'a dit que vous aviez été aimée du Roi... et il m'a dit enfin que vous étiez cette femme rebelle dont le Roi m'avait entretenu. La Révoltée du Poitou. Et moi ! Moi ? N'ai-je pas écrit au Roi, à Tadoussac, une lettre où j'affirmais à La Reynie qu'en aucun cas vous ne pouviez être cette femme. Je confiais la lettre à Monsieur de Luppé, commandant du navire de guerre *Maribelle* qui continuait vers l'Europe. Le Roi a donc lu déjà mon rapport et compris l'étendue de ma sottise et de ma naïveté.

— Ne faites pas une montagne d'une telle bévue ! Qui n'en commet point ?

— Ma carrière est finie, brisée.

— Vous avez rendu d'autres services et prouvé vos qualités de multiples façons. Ne rapportez-vous pas à Monsieur Colbert ce magnifique travail que vous avez rédigé au cours de l'hiver, un rapport qui fait le point sur l'état actuel de la colonie, ses nécessités, ses ressources ?

— J'ai tout jeté au feu, fit-il avec un geste vers le foyer Peu m'importe la colonie. Qu'elle périsse ou qu'elle vive ! Peu m'importe Monsieur Colbert et le rapport que je lui préparais

— Quel dommage ! Vous êtes trop impulsif. Vous auriez ainsi pu attirer l'attention du ministre..

— Peu m'en chaut ! Tout est fini. Je donnerai ma démission au Roi et me retirerai dans mes terres

— Mais non ! Vous ne pouvez vous retirer ainsi. Vous êtes si attaché à la fonction publique et au service du Roi.

Il secoua la tête.

— Non ! tout est fini. Ce n'était que des hochets. Je retournerai en Berri.

— Secouez-vous, fit-elle agacée de lui voir ces airs de malade languissant. Ne dirait-on pas que c'est vous qui avez été touché et non le duc ? Il est pourtant assez mal en point.

Nicolas de Bardagne la fixa avec une acuité d'oiseau de proie.

— Lui vous a eue sous ses baisers... Et Desgrez... Et le Roi... Et moi je ne suis qu'un pantin.

— Pourtant s'il ne s'agit que de baisers, vous n'avez pas à vous plaindre.

— Aucun homme ne peut être bafoué plus que je ne l'ai été. Je comprends maintenant le sourire sardonique de Monsieur François Desgrez lorsque je lui disais en parlant de la passion que vous m'aviez inspirée : « J'irais jusqu'à l'épouser ». Quoi ? Vous étiez la Révoltée du Poitou, et moi, pendant ce temps, assuré de votre innocence, je couvre trois feuillets de mon écriture, évitant de les dicter à mon secrétaire pour que rien ne transpire, et je me confonds en protestations pour assurer de mille façons à Sa Majesté, qu'en aucun cas, la femme qui vit aux côtés du comte de Peyrac, épouse ou concubine, au sujet duquel Sa Majesté m'a chargé d'enquêter, ne peut être cette grande dame qui a porté les armes contre son souverain et qu'Elle recherche... Et tout en écrivant, je souris. Ne suis-je pas bien sûr de mon fait ? La femme aux côtés du comte de Peyrac, je la connais... C'est une humble servante, à laquelle j'ai eu l'occasion de fournir de l'aide à La Rochelle, cette femme bien que catholique, s'étant fourvoyée à servir chez les Huguenots, malgré les interdictions proclamées...

— Vous lui avez écrit tout cela ?

— Oui...

— Seigneur ! gémit-elle, accablée.

— Ce que je ne lui ai pas dit, continua Bardagne qui débitait son récit du ton monocorde d'une psalmodie funèbre, c'était que j'étais amoureux fou de cette femme...

— Ç'aurait été le comble !

Elle retint mal une gaieté intempestive devant le visage ravagé du malheureux épistolier qui poursuivit, sondant les perspectives déprimantes découlant de sa déplorable missive.

— Peut-être le Roi le savait-il déjà ?

— Quoi donc ?

— Qui vous étiez... Ou s'en doutait-il et voulait-il me le voir confirmer ?

Il réfléchit encore et chaque mot de sa lettre au monarque le brûlait comme au fer rouge car il s'imaginait le Roi les lisant, soupçonnant dans ses maladresses une intention détournée de le tromper ou pis de se moquer de lui.

— ... On me tranchera la tête !

Puis se ravisant.

— ... Non, on ne tranche pas la tête à un aussi piteux personnage ! On m'enverra aux galères ! Même pas ! La paille humide des cachots de la Bastille... Que dis-je ! Des culs-de-basse-fosse du Châtelet ! Voilà ce qui m'attend ! Mais plus que tout, reprit-il après un moment de silence, c'est de comprendre combien vous vous êtes rie de moi à Tadoussac. N'avez-vous pas profité vous aussi du *Maribelle* pour envoyer un message en Europe ? Et à qui ? Au sieur Desgrez, ce policier infâme. Est-ce vrai ?

— Oui.

— Vous m'avez trahi !

— En quoi donc ?

— Je vous avais dit que ce tortueux policier avait agi d'une manière inconcevable envers moi. Pire encore que je ne l'imaginais, car me laissant croire qu'il me choisissait et me recommandait au Roi pour mes mérites, il me faisait envoyer EXPRÈS au Canada parce qu'il supposait que je vous y trouverais.

— Raison de plus pour moi de le reprendre en main puisque ses déductions à mon endroit se révélaient justes Vos confidences, ce soir-là, à Tadoussac, m'avaient prouvé que notre sort se débattait à Paris. On s'occupait de nous. Le moment était venu d'indiquer dans quelle direction nous souhaitions voir évoluer les événements car, à partir du moment où l'on refait surface, il faut veiller à bien se faire connaître, à dissiper les malentendus, ne pas laisser accréditer de mauvaises légendes, faire comprendre enfin qu'on a des armes en mains et de quelle sorte.

Il l'écoutait avec une moue dégoûtée.

— Je reconnais bien là vos calculs et vos ruses et quand je vous vois devant moi, assurée et sans scrupule ni remords, combien je regrette ce soir brumeux où je vis descendre d'une carriole une fine et misérable créature, frissonnante et tremblante, les yeux baissés, tenant dans ses bras une enfant bâtarde qu elle dérobait avec honte aux regards et aux questions normales qu'il était de mon devoir de lui poser sur son état, sa raison d'être dans la ville .

Angélique avait commencé par se demander de quelle créature misérable il parlait, pour se souvenir ensuite que Bardagne se trouvait présent le soir où elle était arrivée à La Rochelle avec Maître Berne, qui, par charité, l'avait fait sortir de la prison des Sables-d'Olonne. Elle portait dans ses bras Honorine et elle sentait encore dans son dos sous sa robe la plaie suintante de la fleur de lys qu'y avait apposée le fer du bourreau.

En ce temps-là, c'est vrai, elle gardait l'habitude de tenir les yeux baissés, afin qu'on ne remarquât pas leur couleur dont le signalement avait été donné.

— Que de regrets j'ai de ce soir-là, de cette heure-là, soupira Bardagne, et pourtant je ne savais pas que ma destruction était en marche, j'étais alors un homme heureux, peu accoutumé à me pencher sur moi-même. Je ne me suis aperçu de rien. J'aimais les femmes, les honneurs, le bon vivre... Ma vie, soudain, pour avoir rencontré l'éclair de vos yeux, a pris un autre cours. Bientôt ce fut trop tard, je me disais comme un adolescent à sa première aventure : « C'est donc cela l'Amour... »

Sous son regard accablé, qui semblait l'accuser, lui revinrent les réflexions du Père de Maubeuge.

« Les femmes qui ont reçu en apanage la beauté connaissent un destin à part. Elles vivent quelque chose de singulier. Elles peuvent comme par mégarde, par leur seule apparition, détourner le cours d'une vie... »

— A partir de ce moment, continuait-il, tout n'a été que folie, démence, inconséquence. Je ne fus désormais qu'un polichinelle dont vos complices, dirigés par vos mains habiles, tiraient les ficelles. Vous avez dû bien rire lorsqu'à Tadoussac je vous reprochais de vous être laissée pervertir à épouser un gentilhomme d'aventures, tentée que vous fûtes par ses richesses et aussi de vous élever à un plus haut degré dans la société. Soit ! Je suis assez intelligent pour comprendre qu'étant donné votre rang de naissance originelle, épouser un pirate ne représentait pas pour vous une ascension, fût-il couvert d'or et de perles. Mais au contraire une déchéance... Si ce pirate n'avait été, lui aussi de haut rang ! Puisque sous son nom se cachait le comte de Peyrac, familier de l'entourage du trône. Donc tout s'accordait sous le masque de la comédie que vous me présentiez. C'est bien cela, n'est-ce pas ?

— C'est même encore plus compliqué, mon pauvre ami, soupira-t-elle.

— Et vous vous en amusez ! Vous jouez des cœurs comme un baladin de ses torches de lumière.

Angélique vit que la colère le tirait de son apathie. Et elle commença à s'énerver à son tour.

— Pouvais-je vous raconter ma vie ? s'écria-t-elle. Entre deux portes ? Deux arrestations ? deux navires ? deux abordages ? Pouvais-je à Tadoussac vous empêcher de vous jeter sur votre plume pour écrire au Roi ce qui vous passait par la tête ? Vous n'écoutez jamais rien de ce que je vous dis. Vous n'écoutiez jamais rien de ce que j'essayais de vous expliquer si cela ne correspondait pas à vos désirs. Au fond, Nicolas, il a toujours été très difficile de vous dire la vérité... Il y a eu plusieurs raisons à cela... Souvent nous nous sommes trouvés dans une situation qui la rendait dangereuse à énoncer, pour vous, pour moi... Et aussi parce que vous êtes trop sensible, trop généreux, trop désireux que les choses soient comme vous les rêvez. L'on sent que cette vérité va vous abattre, vous achever, comme en ce moment, par exemple... Et l'on se tait, l'on ment et l'on s'enferre pour vous épargner. Oui ! Nicolas, il est très difficile de vous dire la vérité, parce que surtout vous ne voulez pas l'entendre.

Mais Nicolas de Bardagne ne parut pas ébranlé par ses reproches.

— Vous chercherez en vain de fallacieuses excuses à vos fourberies, répliqua-t-il. Vos cartes ont été abattues et tout me devient clair. Je m'étonnais que vous n'ayez pas apprécié l'offre que je vous avais faite d'aller jusqu'au mariage. C'était pour moi une mésalliance que j'étais prêt à assumer pour l'amour de vous. Et maintenant je comprends votre refus surprenant. Vous me dédaigniez parce que vous me trouviez d'un rang trop bas pour vous. Quand on a été l'épouse d'un grand du royaume, quand on a été la maîtresse du Roi...

— Quand on a eu sa tête mise à prix et quand on est recherchée par toutes les polices de ce roi... Oui ! on peut avoir des raisons de se taire...

Et comme il marquait un temps d'arrêt dans sa diatribe, un peu décontenancé de la réplique.

— ... Laissez donc le roi tranquille. Il n'a rien obtenu de moi et je n'ai jamais été sa maîtresse.

— Pourquoi ?

— Il ne me plaisait pas.

Elle dit cela d'une façon hautaine et légère comme pour rappeler qu'en ce domaine de l'amour il n'y a plus de roi et que seule la femme est souveraine.

Bardagne en fut choqué comme d'un crime de lèse-majesté.

— Quelle femme êtes-vous donc pour vous permettre de tenir tête au roi ainsi ?

Et la voyant rire.

— ... Vous ne respectez rien ! cria-t-il

Et comme elle continuait de rire en le regardant avec un mélange de tendresse et d'insolence et qu'il ne pouvait s'empêcher de la trouver admirable et bouleversante, il retomba dans son désespoir.

— ... Et c'est vous, murmura-t-il, vous qu'il a fallu que je rencontre au tournant de ma vie ! Sous cette coiffe anodine de servante laborieuse ! Toutes les apparences de la modestie, de la diligence, de la vertu la plus sévère. Je vous ai aimée comme aucun homme n'a jamais aimé une femme.

— Tout le monde dit ça.

— Pour moi, c'était vrai ! Et dans la mesure où vous m'accusez d'idéaliser la vie, reconnaissez que je n'étais pas né pour de tels tourments, ni pour être victime d'une si parfaite mascarade, et connaître une si complète désillusion. Vous m'avez détruit.

Une souffrance si poignante vibrait dans sa voix qu'elle eut un élan vers lui. Mais il se dressa subitement.

— N'approchez pas ! intima-t-il de nouveau.

Ses yeux clairs brillaient d'un feu intolérant.

— ... Je vous ai trop désirée ! Ma vie s'est usée de délices et de douleurs. J'ai voulu croire longtemps que ce que vous m'aviez inspiré signifiait quelque chose et lorsque je vous ai retrouvée il m'est apparu que la réponse me serait donnée... Mais encore une fois, c'était pour mon mal. Maintenant je vous vois dans tout ce que vous avez de dangereux. De destructeur. Et vous me faites horreur. Allez-vous-en !

Sur le coup Angélique perdit patience et se laissa entraîner dans les tourbillons de son indignation devant tant d'injustice.

Il était évident, dit-elle froidement que M. de Bardagne avait de la diction, le goût du verbe et le sens de la tragédie. Et qu'il s'entendait fort bien à accuser les autres de tous les déboires qu'il s'attirait à plaisir sous les prétextes d'une passion qu'elle lui avait prétendument inspirée, bien que sans aucune provocation de sa part. Mais n'en déplaise à ses souvenirs attendrissants et à ses regrets, elle préférait, ELLE, être aujourd'hui ce qu'elle était et non plus une femme aux yeux baissés. C'est entendu, il l'avait connue misérable, pourchassée, traquée, et il en gardait un regret déchirant, mais qu'il ait la bonté de lui permettre, à elle, de ne point partager sa nostalgie... Car c'était son droit de n'avoir plus voulu demeurer miséreuse, comme c'était son droit de redresser fièrement la tête maintenant qu'elle avait retrouvé son rang, comme il le lui reprochait. Et que son enfant n'était plus considérée comme une bâtarde, plus dépouillée et sans défense dans son innocence qu'un chien galeux... Et qu'aujourd'hui l'enfant sans nom s'appelait Honorine de Peyrac. Et qu'aujourd'hui la petite bâtarde de La Rochelle allait aux ursulines entourée d'amitiés. Mais de tout cela il ferait en vain appel à sa conscience pour en avoir des regrets. Et tant pis pour lui, Bardagne, s'il tenait à la considérer, ELLE, comme une criminelle ayant voulu sa mort, alors qu'elle avait toujours eu beaucoup d'amitié pour lui. Eh bien ! elle s'en passerait, de son amitié. Il ne s'imaginait pas qu'elle pourrait en être affectée au point de regretter de n'être plus cette pitoyable créature que lui regrettait tant, prouvant ainsi qu'il n'avait jamais eu aucun vrai amour pour elle, car il ne valait pas mieux que tous les autres hommes qui ne pouvaient aimer les femmes que lorsqu'elles étaient à leur merci et sans défense contre leur tyrannie...

Lorsqu'elle s'arrêta, essoufflée, elle comprit rien qu'à son visage qu'elle avait parlé en vain et qu'en lui rappelant son propre destin, en invoquant le droit d'avoir des goûts personnels, de faire ses choix, elle ne parvenait qu'à augmenter sa douleur en démontrant le peu de place qu'il avait tenue dans sa vie amoureuse. Combien minime la part qu'elle lui accordait heureux encore était-il qu'elle ne l'écartât pas avec ennui comme le plus importun des insectes troublant ses aises

Il était très pâle.

— On aime ! murmura-t-il comme il aurait gémi une sourde plainte. On aime !... Et l'amour va ailleurs !... A d'autres qui ont déjà reçu toutes les réponses, ou pour qui ce n'est pas aussi important. Parce que cet amour a envahi tout votre être et qu'on ne peut survivre sans lui, on croit qu'il vous est destiné Un jour, il faut comprendre qu'il s'éloigne... Un jour, il faut admettre que ce ne fut qu'un rayon de soleil qui passait l'effleurement d'une étoile et quelquefois, rien. . Et que l'on ne vous a même pas *vu*...

— Vous vous laissez entraîner une fois de plus par votre imagination, Nicolas de Bardagne, protesta-t-elle. Vous savez très bien que vous avez été *vu* par moi... Et même davantage.

— Allez-vous-en ! répéta-t-il le doigt tendu vers la porte

Angélique rassembla ses gants et reprit son manteau.

— C'est bien ! Je m'en vais ! Je reviendrai quand vous serez plus raisonnable.

Elle sortit. Ayant traversé le jardin obscur, elle se tint près de la barrière, regardant devant elle la vaste étendue des plaines d'Abraham. Un vent frais descendait en longues coulées du sommet du Mont-Carmel.

Le crépuscule et les nuages aux couleurs torturées et fulgurantes du couchant avaient fait place à une nuit sereine pure et noire, sauf en ce point du ciel où brillait la lune déjà haute.

Quelques petits nuages très blancs, des nefs, des nacelles nacrées, isolées, détachées les unes des autres, naviguaient lentement, entraînées dans un même mouvement insensible. La terre semblait refléter ce ciel noir et blanc par l'alternance des traînées de neige aux flancs des combes et au creux des vallonnements, contrastant avec les zones ténébreuses du sol découvert.

« Pauvre Nicolas », se dit-elle tout en marchant. « Pourquoi m'en veut-il tant ? »

Elle était triste qu'il se montrât si fâché contre elle. Mais elle reviendrait demain et le reprendrait. Elle saurait lui démontrer qu'elle n'avait jamais cherché à le tromper et à le faire souffrir avec autant de ruse méchante qu'il lui prêtait. Elle le convaincrait de l'estime et de l'affection qu'elle avait toujours eues pour lui. Elle lui ferait mieux comprendre qu'il avait surtout été victime dans leur rencontre de ses charges officielles puisque représentant le Pouvoir à La Rochelle comme en Canada, elle, la réprouvée, se trouvait dans l'obligation, quoi qu'elle en eût, de se méfier et de se garder de lui.

Méditant les consolations qu'elle prodiguerait dès demain à son cher Bardagne, amoureux transi et impénitent, mais dont la constance et le fiévreux désir n'avaient pas été sans la troubler à la longue, et dont elle s'apercevait que le sentiment profond et indéfectible lui manquerait, Angélique remontait doucement le versant incliné des plaines qui la mènerait un peu en dessous du Mont-Carmel. Alors, de là, elle redescendrait vers la ville par le jardin du Gouverneur, puis la Place d'Armes.

Si elle n'avait pas marché les yeux à terre, elle les aurait aperçus depuis un moment déjà. Mais cela n'aurait pas changé grand-chose au péril qui la menaçait, car elle était en plein milieu des plaines désertes, hors de portée de voix et de tout secours. Cependant, ils avaient dû bien s'amuser de la voir venir tranquillement vers eux, plongée dans sa rêverie..

Soudain, levant les yeux, elle les avait découverts se profilant au sommet du tertre qu'elle gravissait. Trois silhouettes d'hommes détachées en noir sur le clair de lune.

La distance était désormais trop courte pour qu'elle eût à s'interroger sur leur identité. Assistés du laquais aux larges épaules qui tenait sa rapière, le baron Bessart et le comte de Saint-Edme l'attendaient l'épée à la main

78

MAUDISSANT SA LÉGÈRETÉ, ELLE POUVAIT SE DIRE QU'ELLE aurait dû prévoir ce traquenard. Quittant la demeure du duc de Vivonne peu d'heures auparavant et croisant le regard haineux de ses comparses, elle avait pensé « J'ai signé mon arrêt de mort ! » Ils l'avaient suivie et ils l'attendaient à l'écart de la ville, au sein de ce désert où ses appels s'envoleraient sans aucun espoir d'être entendus.

Son cœur cogna.

« Il m'avait dit de prendre au moins une arme ! »

— Assassins !... hurla-t-elle farouche. Tel l'animal acculé n'en crache pas moins sa colère ou l'Indien qui pousse son cri de guerre pour effrayer l'ennemi.

Déjà elle avait fait demi-tour et dévalait la pente en sens inverse. Surpris, tout d'abord, ils s'élancèrent derrière elle. Puis il arriva un incident qui lui permit de mettre rapidement une plus grande distance entre elle et ses poursuivants. Elle buta contre une plaque de neige, tomba, et son manteau glissant sur la glace, elle fut entraînée jusqu'au bas de la coulée. Elle atterrit un peu brutalement contre la terre. En se relevant elle craignait de s'être foulé la cheville et fit quelques pas incertains. Elle vit que devant sa soudaine disparition au long de la plaque de glace, ils avaient marqué un temps d'arrêt hésitant à suivre la même voie. L'apercevant en contrebas, ils reprirent leur chasse, en contournant la neige. Elle chercha tout son souffle pour lancer un appel.

— Monsieur de Bardagne ! Au secours !

Elle saisit ses jupes à pleines mains et reprit sa course, les yeux fixés sur la masse sombre, piquée d'une lueur roussâtre, que lui paraissait être au loin dans son enclos la demeure de l'envoyé du Roi.

Derrière elle, elle entendait le galop sourd de leurs bottes sur le sol spongieux et qui se rapprochait. Les devinant sur ses talons et sur le point d'être rejointe, elle fit volte-face Elle les affrontait les mains nues. Ses regards cherchaient en vain une arme, ne serait-ce qu'une pierre à jeter dans leur direction comme on fait pour écarter les loups Mais il n'y avait rien et même pas un reste de neige proche pour accomplir le geste dérisoire de leur en lancer dans les yeux La voyant devant eux et les attendant, le baron Bessart et le laquais qui arrivaient les premiers firent halte, essoufflés. Ils se tenaient à quelques pas en arrêt, l'observant.

Le baron guettait avec une joie mauvaise, ménageant le temps, pour permettre de les rejoindre au vieux Saint-Edme, qui brandissant son épée, grotesque roi Lear délirant dans le clair de lune, se hâtant sur ses jambes torves de pantin désarticulé, les yeux flambant du plaisir anticipé de la mise à mort...

Rassemblant ses forces, Angélique lança à nouveau un cri déchirant.

— M. de Bardagne ! Votre épée ! VOTRE ÉPÉE !

— Trop tard, Madame, dit Bessart, les lieux sont déserts. Personne ne peut vous entendre : Vous allez mourir !

— Mais... Que vous ai-je fait, misérables ? Comment osez-vous perpétrer ce crime contre moi ? Vous en rendrez raison...

— A qui ?

— Au Roi ! lança-t-elle, sachant que seule cette évocation pouvait les faire trembler.

— Le diable nous garde de vous laisser approcher le Roi, gronda-t-il. C'est bien pour cela que nous sommes ici. Pour vous en empêcher à jamais.

Et il fit un pas en avant.

Elle recula d'autant, ne les quittant pas des yeux, et les maintenant encore à distance par cet éclair impérieux de son regard vert qu'elle savait assez terrible et inquiétant pour subjuguer un instant, les rendre méfiants, peu sûrs de leur victoire, mais ils se rassuraient vite, voyant qu'elle était sans conteste et, enfin, visiblement à leur merci.

L'horrible vieillard arrivait haletant, claudiquant, et l'on percevait, le précédant, telle une claquette diabolique, son ricanement sénile.

— Hé ! Hé !... Hé ! Hé !... Trop tard, la belle ! Trop tard ! Hé ! Hé !...

— Vous allez mourir, répéta le baron les yeux luisants d'une froide résolution. Et il fit encore un pas ainsi que le laquais.

Ils s'appliquaient à la cerner ne sachant ce qu'elle leur réservait. Ils se méfiaient d'elle. L'attention qu'ils lui portaient, se réjouissant, se repaissant à l'avance des derniers instants qui allaient la leur livrer, les empêchèrent de voir fondre sur eux, comme l'aigle, comme la foudre, le comte de Bardagne, l'épée haute.

Tombé du ciel, il fut soudain entre eux. D'un coup, il trouait la poitrine du laquais qui chut d'une masse en arrière sans avoir à peine le temps de pousser un : han ! d'agonie.

Se retournant, il croisa le fer avec Bessart. En quelques passes il faisait sauter l'arme du baron qui n'était pas très fort à ce jeu, lui enfonçait son épée jusqu'à la garde dans le ventre, la retirait en projetant une giclée de sang, puis lui traversait la gorge de la pointe accérée.

Il remonta de quelques pas pour atteindre Saint-Edme qui s'était arrêté et battait des bras, impuissant, comme une chauve-souris aveuglée. Il n'eut qu'à l'effleurer pour le jeter à bas. De coups portés avec la même fougue justicière, il le clouait au sol, le transperçait de part en part, le ventre, le cœur, la gorge, le frappant en tous points mortels, comme dans la crainte de ne pouvoir vraiment venir à bout de la bête venimeuse.

Enfin, haletant, il se recula et attendit, surveillant les trois corps affalés pour y surprendre un dernier sursaut de vie.

Des trois, c'était le comte de Saint-Edme le plus massacré, qui remuait encore. Il redressa tout à coup sa tête hideuse dont la perruque de guingois avait glissé découvrant un crâne déplumé de vautour. Son regard de verre se ternit. Il vomit un flot de sang puis retomba en arrière, raide et sans vie.

Le valet de M. de Bardagne et l'homme de peine arrivaient en courant sur les traces de leur maître, l'un armé d'un pistolet, l'autre d'un bâton.

— Nous voici, Monsieur, criait le domestique. Avez-vous besoin d'aide ?

Quand ils furent proches, Bardagne leur montra d'un doigt impératif les trois cadavres, puis leur désignant au loin le rebord de la falaise à la limite sud des plaines d'Abraham.

— Garottez-les, attachez-leur une pierre au cou et jetez-les au fleuve.

Dans le clair de lune, le gentilhomme apparaissait blême de partout. Blanc de visage, blanc de regard, blanc d'une rage démesurée, qui irradiait de lui.

— Au fleuve ! Au fleuve, la charogne !

— Bien, Monsieur.

— Dix écus pour votre peine à chacun... et ne vous faites pas surprendre ! Dix autres écus pour votre silence...

— Bien, Monsieur, à votre service et au service du Roi, répondit le valet qui avait toujours été très fier d'appartenir à la maison d'un envoyé du Roi en mission spéciale et auquel il ne déplaisait pas de jouer un rôle dans des exécutions sommaires et secrètes.

Quant à l'homme de peine, un matelot resté à Québec parce qu'il cuvait son vin dans un trou lorsque son navire, le dernier, avait mis à la voile, c'était un gars qui en avait vu d'autres et pour vingt écus il aurait été capable d'oublier qu'il avait tué sa propre mère.

Aussitôt les deux bonshommes s'affairèrent avec célérité, empoignant les corps inertes soit par l'encolure, soit par les pieds, et commencèrent de les traîner derrière eux jusqu'à l'habitation.

La terre renaissante boirait le sang.

Nicolas de Bardagne, après les avoir regardés s'éloigner, se tourna vers Angélique et resta figé, la croyant prise de folie devant son expression extatique.

— Vous riez !

— Ce n'est rien, dit-elle. Non, je ne ris pas, mais quel plaisir, n'est-ce pas ? Quel plaisir !

— Oui, comprit-il. Il regarda la pointe de son épée qui brillait ensanglantée sous la lune, oui... c'est vrai ! Moi aussi j'ai eu un plaisir... presque luxurieux, à les détruire...

Les sourcils froncés, il se rapprocha d'elle.

— Ces hommes qui vous ont attaquée, je les ai reconnus. Ils appartiennent à la maison du duc de La Ferté. Dois-je comprendre que ce serait lui qui les aurait dépêchés pour vous tuer ?

— Non ! Non ! fit-elle précipitamment, car devant l'expression qu'il affichait en posant cette question, elle le devinait capable de courir sur-le-champ jusqu'à Québec, de défoncer la porte du logis de Vivonne blessé et d'égorger celui-ci dans son sommeil.

» Non ! Ce n'est pas lui... Je m'en porte garante... Ces forbans ont agi à son insu... Ils... Ils me l'ont dit... Ils voulaient me tuer parce que... Ils craignaient que... que je les dénonce... au... au...

Elle dut s'arrêter car sa voix sous l'effet du froid et de la frayeur éprouvée se mettait à chevroter.

Le comte de Bardagne ayant remis son épée au fourreau s'élança vers elle.

— Pardonnez-moi ! Vous défaillez ! Je suis une brute.

Il la serrait contre lui.

— Merci à Dieu, j'ai pu arriver à temps. J'étais sorti de la maison pour vous suivre des yeux à travers la haie. J'ai entendu vos appels. Le vent les a portés vers moi...

Il l'étreignait.

— ... Ah ! mon amour, quelle terreur à l'idée qu'il puisse vous arriver malheur ! Que deviendrait le monde si vous disparaissiez ?

La soutenant, il la ramena jusqu'à l'habitation. Le vent s'apaisait dès franchie la barrière et, dans le vestibule, Angélique se sentait déjà mieux.

Venant de l'office on entendait les deux serviteurs qui étaient venus chercher des cordes et qui, tout en saucissonnant solidement les corps dont ils avaient la charge se transmettaient à mi-voix leurs consignes : « On va d'abord s'occuper du gros... Le vieux ne pèse rien. On n'aura qu'à faire deux voyages... On va prendre la traîne... »

Nicolas de Bardagne quitta un instant Angélique et elle l'entendit leur dire :

— Ne leur dérobez ni hardes, ni bijoux. Je ne veux pas qu'un seul objet en recel puisse mettre sur leur piste. Vous aurez encore dix écus de plus pour vous dédommager du butin. Mais sachez que si l'un d'entre vous me désobéit — et cela s'apprend sans faute quelque jour — ne serait-ce qu'en gardant une bague ou un mouchoir par devers lui, je le lui ferai payer de sa vie.

— Bien, Monsieur, répondirent les deux voix unanimes.

ANGÉLIQUE dans la chambre-bibliothèque avait elle-même remis du bois sur les tisons. Nicolas de Bardagne entra, vint à elle, l'aida à se dépouiller de sa mante boueuse. Il retirait son baudrier et le jetait avec son épée sur un coin de table. En entendant le choc du fourreau sur le bois, Angélique revit la scène qui venait de se dérouler dans les plaines d'Abraham. L'éclair de cette épée brandie, le sang qui giclait, tout à coup, elle s'aperçut qu'elle pleurait, non pas de crainte, ni d'horreur, mais de joie, de cette joie irradiante et brutale qui l'avait saisie, transportée et qu'elle n'avait pu extirper d'elle-même tant sa gorge était serrée — mais c'était un sentiment de justice, de victoire, de triomphe dont la violence l'étouffait quand elle avait vu les trois scélérats pourfendus, transpercés par cette lame brillante, virevoltante, quand elle avait vu l'horrible Saint-Edme abattu comme un sinistre vampire flasque, dans les pans de son manteau.

Avec quelle fureur Bardagne les avait-il occis ! Avec quelle frénésie ! Elle avait entendu le fer pénétrer dans les chairs. Les hoquets et les râles, et ce qui l'avait poignée tout ce temps-là, c'était la conscience d'assister à un moment de justice enivrant, action de châtiment mérité et qui avait paru jusqu'alors irréalisable, et qui pourtant s'accomplissait et qu'elle pouvait contempler de ses yeux.

Terrassé ! Transpercé ! Immonde ! Enfin ! Pour une fois... Jusqu'alors tout spectacle de violence, même justicière, lui avait été pour le moins pénible, l'accablait comme si elle s'était sentie responsable de ce mal du monde.

Mais cette fois, c'était différent. Parce qu'elle était devenue différente.

Elle s'accrocha aux épaules du gentilhomme.

— J'ai toujours aimé saint Michel, dit-elle entre deux sanglots, mais maintenant je le comprends. On ne peut pas toujours... les laisser... être les plus forts...

Elle entoura de son bras le cou de Bardagne et cacha son visage contre sa peau vivante, recherchant sa tiédeur d'homme robuste.

— J'aurais dû le prendre comme dévotion... saint Michel...

Il ne comprenait rien à ce qu'elle balbutiait à propos de saint Michel. Mais il la sentait se blottir dans ses bras, et lorsqu'elle leva sur lui ses yeux brillants de larmes heureuses, il y put lire une tendresse qui le rendit hagard.

— Il faut... Il faut, dit-il, que vous buviez quelque chose pour vous réchauffer, pour vous remettre.

Mais c'est elle qui le retenait et attirait son visage vers le sien et qui prenait sa bouche. Alors il eut des gestes de viol pour écarter son corsage, découvrir ses épaules.

Elle se recula, voulut le repousser.

— Écoutez-moi, Nicolas...

Il devint blême.

— Non ! Non ! Vous jouez de mon désir... Vous m affolez avec cette coupe près de mes lèvres. Et puis vous vous dérobez encore.

— Je dois vous dire..

— Non !... Cette fois je ne vous laisserai pas me berner.

— Écoutez-moi donc, à la fin, Nicolas de Bardagne, cria-t-elle en tapant du pied. Vous m'avez sauvé la vie, mais ne voyez-vous donc pas que je suis à bout ?... Tenez-vous tranquille. Et écoutez-moi... JE SUIS MARQUÉE A LA FLEUR DE LYS ! Entendez-vous : marquée à la fleur de lys !

Il l'examina les yeux fous et fut long à comprendre.

— Oui, insista-t-elle, marquée au fer rouge, comme les assassins, les prostituées, les voleuses.

— En tant que rebelle du Roi ?

— Oui ! le défia-t-elle.

Elle prit la main de Bardagne et la glissa sous son aisselle nue.

— Là ! sentez-vous ?

Du bout des doigts, il reconnut, sur la chair satinée du dos l'abjecte flétrissure : le sceau de la fleur de lys. Elle tressaillait sous le frôlement de sa main fraîche.

— La reconnaissez-vous, la fleur de lys ?

Il demanda, la voix courte .

— Pourquoi me dévoiler cela maintenant ?

— Pour que vous n'ayez pas à le découvrir vous-même, tout à l'heure...

Il fixait sur elle un regard vacillant, incrédule. Ses lèvres tremblaient. Effroi devant la révélation de la terrible marque ? Ou joie démesurée à lire sur ses traits bouleversés un trouble égal au sien, une promesse...

— Est-ce... Est-ce pour cela ? chuchota-t-il d'une voix rauque, presque mourante, que vous vous refusiez à moi, à La Rochelle ?

Elle n'y avait pas songé. Mais il lui apparut aussitôt qu'elle n'avait pas d'autre alternative que d'acquiescer. La suggestion, logique après tout, calmerait les blessures d'amour-propre qu'elle lui avait infligées autrefois par ses dédains.

— Oui ! Que faire d'autre ? J'étais une réprouvée et vous, vous étiez le Lieutenant du Roi.

— C'est mal ! Vous n'auriez pas dû !.. Vous auriez dû me faire confiance...

Il l'attirait à lui, l'étreignait à la briser.

Lentement, il glissa devant elle, à genoux

— Ô ma belle servante !

Un sanglot vibrait dans sa gorge. Elle sentit ses bras durs comme un cercle de fer autour de ses reins. A la pointe de son ventre, la charge de ce front viril incliné devant sa féminité comme celui de l'adorateur devant l'idole fit lever en elle un vertige. Ses doigts se crispèrent dans les cheveux de l'homme à genoux. Mais au lieu de repousser cette tête lourde et vaincue elle la serrait contre elle

De sa bouche brûlante il l'avait menée au plaisir. Et maintenant, éclairé par la lumière du feu qui déclinait rougeoyant, il l'aidait à achever de se dévêtir. Nu et dans toute la vigueur d'un besoin charnel qui ne se démentait point et ne s'était pas encore entièrement assouvi, il avait des gestes lents de somnambule, mais doux, dévotieux.

Lentement, il la guida vers le lit et ils s'étendirent. Ils se regardaient oppressés par cette totale liberté de leur chair, de leurs membres nus et qui pouvaient se nouer et se rejoindre suivant les impulsions d'un désir qui, à n'être plus contraint, s'effrayait. Ils le laissaient monter en eux, à bonds souples, tel un animal s'apprivoisant peu à peu. Leurs mains machinales, à caresser, leur étaient plus indifférentes que leurs lèvres. Ils s'embrassèrent d'un de ces baisers dévorants dont la fièvre s'était emparée d'eux souvent et qu'ils pouvaient enfin échanger sans redouter de frustration. Et qu'ils pouvaient enfin prolonger jusqu'à la limite de leurs souffles et de leurs forces.

Longuement, âprement, avidement, ils s'embrassaient tandis que leurs membres se nouaient dans une étreinte de plus en plus convulsive, jusqu'à la douleur, jusqu'au paroxysme. Tandis que les yeux clos, roulés dans le ras de marée obscur, ils s'abandonnaient aux gémissements profonds et lascifs que leur arrachait l'effervescence intérieure d'une jouissance qu'ils ne s'étaient jamais imaginée pouvoir être si complète entre eux

— Vous êtes loyale ! Comme vous êtes loyale ! disait Nicolas de Bardagne dans la nuit.

Que voulait-il signifier ? Qu'une fois l'ultime frontière franchie, elle se livrait loyalement au plaisir ? Pourquoi ne l'aurait-elle pas fait ? Elle était bien dans ses bras.

L'expérience qu'ils avaient tous deux de l'amour et qui finit par donner aux gestes une sorte de familiarité, leur permettait de s'y livrer sans hésitation, ni gêne en cette première rencontre.

Bardagne était un partenaire sans monotonie. Sensuel, actif et poussé par le délire qui s'emparait de lui quand il réalisait que c'était ELLE qui était là, qu'il caressait, embrassait, possédait, il alternait des crises de sombre désespoir soutenant sa fougue amoureuse par l'idée qu'il allait la perdre et qu'elle se plaisait à calmer de caresses et de mots tendres, avec des crises d'émerveillement et de joie qui l'entraînaient a se repaître de chaque parcelle de son corps, accompagnées d'exigences qu'il fallait combler, de paroles d'adoration qui la faisaient rire. En plein discours, emmêlés l'un à l'autre, ils plongeaient dans le sommeil comme dans un puits, se réveillaient avec la chair de l'autre sous les lèvres et déjà repris par la griserie de ce contact.

Dans une de ces courtes périodes d'inconscience, elle rêva des hommes qui la poursuivaient pour la tuer. Elle se réveilla en poussant un cri. Mais déjà il était penché sur elle et la couvrait de baisers pour la rassurer.

Elle se dit avec délectation que les sordides et libidineux malfaiteurs étaient morts. Et qu'elle, elle était vivante. Elle recevait, au creux d'une nuit enjôleuse, les caresses d'un homme épris. Il y aurait toujours de l'amour pour elle ! De la vie !

Et les autres n'etaient plus que de froids cadavres au fond des eaux glacées.

Avec un élan de tendresse et de reconnaissance pour l'homme qui était là, elle se blottit contre sa poitrine où elle entendait battre un cœur fervent.

Le rose tremblant de l'aube luisait aux carreaux. En se réveillant dans un état de languissante euphorie, elle voyait Nicolas de Bardagne, debout devant l'âtre, qui jetait sur les cendres chaudes de la veille du menu bois et des bûches. Dans la pénombre, sa nudité révélait ce qu'avait annoncé sa chevelure et sa moustache châtain : une peau très blanche. Il luisait comme un marbre tandis qu'il revenait doucement s'asseoir au bord du lit. Elle s'assit également les bras autour de ses genoux et ils restèrent appuyés l'un à l'autre dans un état de fraternelle fatigue.

Les doigts de l'Envoyé du Roi caressaient la meurtrissure de la fleur de lys, la détaillant machinalement avec une sorte de pitié voluptueuse.

— Que de détresses, murmura-t-il, que de bonheurs perdus pour de vaines rigueurs, que de joies immolées à des peurs sans objet, que d'injustices commises pour le service des princes ! Alors qu'il suffisait d'aimer... de s'aimer... Pourquoi n'avoir pas vu clair à temps ? Pourquoi m'avez-vous laissé m'enferrer dans mes erreurs ?

— Réfléchissez ! A quoi cela aurait-il servi que je vienne troubler votre conscience de parfait fonctionnaire ?

— Oui ! C'est vrai ! Et vous m'aviez bien jugé. J'étais un naïf, ennemi de la réalité, craignant que sa lumière cruelle ne détruise des illusions qui me convenaient. Je voyais à servir mon roi une sorte de devoir religieux, dont des charges plus hautes récompenseraient le zèle. Or, les chemins que j'ai suivis étaient faux. Je n'avais pas compris que pour plaire en haut lieu et parvenir tant soit peu ne serait-ce qu'à améliorer le train de sa maison, il fallait être justicier, inquisiteur, et non pas philosophe et libertin.

Touchée de la tristesse qui vibrait dans sa voix, elle effleura de sa joue son épaule ronde et lisse. La chair de Bardagne contre la sienne lui faisait du bien et aussi le calme de cette heure furtive.

Étayés l'un à l'autre, dans la faiblesse de leur nudité, Adam et Ève mélancoliques, heureux de l'être, ils échangeaient à petites phrases des souvenirs, que les licences voluptueuses de la nuit semblaient avoir vidés de leur contenu amer.

— ... J'étais stupide. Je tablais sur les âmes de bonne volonté et non sur leur sombre intolérance... Les huguenots eux-mêmes que je voulais ramener pour leur paix dans le chemin de l'obéissance à Dieu et au Roi, et persuader que mon amitié et des colloques intelligents suffiraient à les éclairer, comme ils me méprisaient... Vous souvenez-vous des Manigault ?

Elle inclina la tête.

— Je m'étais laissé séduire par la joliesse et la gentillesse de leur fille aînée, Jenny. Bien loin de les honorer, je comprends aujourd'hui que ma demande en mariage les avait scandalisés : un papiste impur souhaitant leur fille. Ils se sont empressés de la marier à Joseph Garret, un benêt, mais appartenant a la R.P.R., la religion prétendue réformée...

Malgré les dispositions qu'il montrait à regarder avec plus de courage la face noire de la vie, Angélique ne jugea pas utile de l'informer que les Manigault avaient émigré, qu'ils se trouvaient à Gouldsboro, toujours guère moins fanatiques, et surtout que la pauvre Jenny Manigault avait disparu à jamais au tréfonds de la forêt américaine, enlevée dès les premiers temps de leur débarquement par une petite tribu d'Indiens pillards du Haut-Kennébec.

L'esprit de Bardagne demeurait à La Rochelle.

— Et c'est alors que vous êtes apparue, plus trompeuse et plus mensongère que les autres.

— C'est votre faute, je vous l'ai déjà dit. Parce qu'à vos yeux j étais née le jour où vous m'aviez vue pour la première fois. J'avais surgi tout d'une pièce des pavés de La Rochelle avec mon panier à linge d'une main et ma petite fille de l'autre. Avant vous, je n'avais pas vécu, il ne m'était jamais rien arrivé. Quant à mon avenir, il ne pouvait s'ordonner qu'autour de votre bon plaisir. N'est-ce pas vrai ?

— Oui, vous avez raison, ma belle servante. Je reconnais mon égoïsme absolu. Vous vous êtes imposée à moi d'une façon si entière que je ne voyais que vous, telle que vous étiez là, dans les rues de La Rochelle. Jamais je ne me posais de questions sur votre passé.

— Dieu merci, que vous ne vous soyez pas posé de questions sur mon passé... Si vous l'aviez fait, j'étais perdue.

— Je vous aurais protégée, dit-il faiblement.

— Non ! Pas en ce temps-là... Vous auriez été horrifié de mes crimes et vous m'auriez livrée à la justice du Roi.

Il secouait la tête doucement.

— Non ! Horrifié ? Peut-être ! Mais vous livrer ? Jamais !

— Baumier l'aurait fait pour vous. Il fouinait partout comme un rat. Il avait déjà soupçonné bien des choses. Il avait fait venir François Desgrez de Paris afin de me confronter avec lui. Il pensait que Desgrez me reconnaîtrait comme la Révoltée du Poitou.

Elle ajouta rapidement, le sentant frémir au seul nom de Desgrez.

— Et vous?... Baumier vous avait écarté afin de pouvoir m'arrêter en toute quiétude. Il savait que votre faiblesse pour moi lui arracherait sa proie.

Doucement, pour le calmer, elle flatta sa cuisse blanche et dure.

— Vous voyez? J'ai bien fait de mentir!

Sous la caresse légère de sa main, il gémit, comme fouaillé par les pulsions d'un trop puissant désir. Et la renversant de nouveau sur la couche, il la reprenait dans ses bras et la possédait, une dernière fois, avec une fureur désespérée.

A l'instant de qûitter sa demeure, elle lui demanda une arme. Elle s'était montrée trop oublieuse des conseils de prudence. Ses plus dangereux ennemis étaient peut-être morts la veille au soir, mais elle ne voulait plus courir de risque... Il proposait de l'accompagner, elle refusa.

Le jour était levé, elle ne souhaitait pas être rencontrée de si tôt matin en sa compagnie. Il lui prépara un pistolet à deux canons et lui remit une petite provision de poudre et de balles. Elle était debout devant lui, ayant revêtu sur sa robe de velours vert, sa mante que le valet avait brossée.

Elle leva les yeux vers lui.

— Alors! Consolé?

— De votre absence? Jamais. De l'amertume? Peut-être... Un jour!

— A la bonne heure! Je vous retrouve, mon cher ami de La Rochelle, fringant, content de vivre.

Il secoua la tête avec mélancolie.

— Non! Hélas, quand vous parlez ainsi, il m est impossible de me reconnaître... Vous avez fait de ma vie insipide et légère une étrange fête douloureuse et enivrante. Étais-je né pour ces tourments? Je ne sais. Mais je ne reviendrai jamais en arrière Et maintenant, il va falloir survivre! Quelle douleur!

— Pour commencer vous allez traverser l'océan et repasser en France

— Ah! oui la traversée... Quelle chose affreuse! Vous avez raison. Voici un excellent dérivatif aux peines de l'amour Et ensuite, il faudra affronter Versailles

— Vous noircissez votre position. Si le Roi s'est montré clément à notre égard, que pourra-t-il vous reprocher ?

— Vous vous leurrez... Ma position ne dépend pas du choix que fera le Roi de vous pardonner ou de vous condamner... Quelles que soient les décisions de Sa Majesté à votre endroit, qu'Elle se félicite de pouvoir vous rappeler près d'Elle, ou au contraire de vous avoir retrouvée pour laisser retomber sur vous son sceptre justicier et pour montrer au monde quel prix doivent payer ceux ou celles qui lui sont rebelles, moi je ne serai toujours en cette histoire qu'un fonctionnaire ridiculisé, qui s'est laissé gruger et qui, par des affirmations pour lesquelles il n'avait pas pris assez de garanties, a révélé son incompétence. Nulle issue pour moi autre qu'une entrevue où je n'aurai qu'à baisser le front et à subir le sarcasme royal. Notre souverain sait fustiger.

— Soit ! Mais pour votre aide en ce pénible moment, j'aimerais vous donner un viatique. Souvenez-vous, Nicolas, si méprisant et acrimonieux qu'il se montre à votre égard, que le Roi a partagé avec vous un rêve commun, et que, dans cette partie-là, vous avez gagné car vous avez reçu plus que lui...

— Ce sera en effet, consolant, dit Bardagne en relevant la tête.

Et ses yeux brillèrent.

— Peut-être le considérant dans sa gloire, le Roi m'inspirera-t-il, en tant qu'homme, un peu de pitié.

— Voilà qui est bien pensé ! Et je me targue que ce souvenir vous aidera à demeurer digne et froid devant lui.

— Éviterai-je la Bastille ? soupira-t-il, je ne souhaite plus qu'une chose, me retirer dans mes terres.

Comme la veille, il parla de ses aspirations au calme des champs, à l'intimité de sa gentilhommière. Il en sentait à l'avance le baume sur ses blessures seul apte à en calmer la douleur lancinante. Il retrouverait avec joie sa bibliothèque, fort bellement constituée d'œuvres de choix par un aïeul ami des belles-lettres et qui avait connu Montaigne. Ses serviteurs qui l'aimaient se réjouiraient de le revoir dans la demeure familiale délaissée. On y avait toujours fait bonne chère. Le voisinage n'était pas déplaisant. Il se promènerait, retrouverait des coins de forêt, des vallées, des côteaux dont la pensée le réjouissait comme celle de revoir des amis. Toutes les saisons du Berri étaient douces, même l'hiver, blanc, léger.

— J'augure bien de vos projets, lui dit-elle après l'avoir écouté, et je vous quitte presque envieuse des jours que vous vous préparez dans votre campagne et rassurée sur votre compte. Votre finesse d'esprit et votre goût épicurien du plaisir vous aideront à vous bâtir une existence des plus heureuses.

Elle lui mit les bras autour du cou.

— Au revoir, mon vaillant saint Michel !

— Pourquoi saint Michel ?

Mais la réponse lui importait peu. Tout ce qu'elle disait d'imprévu, de fou et de charmant, il ne pouvait l'accueillir sans basculer dans un monde flou et trouble, enchanteur et cruel à force d'être inaccessible, à force de s'éloigner lentement vers le fond d'un horizon où il ne la rejoindrait plus. Et paraissait soudain bien fade l'avenir qui l'attendait, là-bas, et qu'il venait de décrire avec satisfaction. Il fallait s'arracher d'elle ! Il le FALLAIT...

Des deux mains, il repoussait la chevelure d'Angélique de chaque côté de son visage afin de l'isoler dans le creux de ses paumes, d'embrasser d'un suprême regard son front, ses yeux, sa bouche un peu chaude, un peu déformée car gonflée par l'acharnement de leurs baisers. Jamais il ne pourrait s'arracher ! Jamais ! Mais il le FALLAIT !

Et d'une voix brisée, comme succombant sous le poids d'un sentiment à la fois délectable et déchirant où bonheur et tristesse infinis se mêlaient :

— Doux cœur ! Adieu ! Vous avez ravi mon âme !

79

ANGÉLIQUE REMONTAIT PAR LES PLAINES D'ABRAHAM ET A CET endroit même où elle avait failli mourir, elle s'arrêta. C'était le matin et l'air avait une douceur fraîche au parfum de fumée. Les longues coulées de neige s'amenuisaient. Si la journée était tempérée, le soleil chaud, elles disparaîtraient à vue d'œil, en s'évaporant.

A cet emplacement, la terre était piétinée, la boue malaxée par le va-et-vient des bottes se révélait plus sombre en certains endroits.

Angélique considéra ces seules traces du combat de la nuit et fut prise d'une éperdue reconnaissance envers la bonté du Ciel à son égard. Elle était en vie et les autres étaient morts. Jamais elle n'avait cru si proche sa dernière heure

Elle se remit à marcher, en serrant contre elle, en elle, comme un trésor précieux ce mot : la vie. La vie qui d'un instant à l'autre peut vous être retirée, la vie, don sans pareil, qu'elle possédait encore, qui rendait souple et heureux son corps. Le matin gardait les reflets du soleil levant. Au loin des nuages bleuâtres, éclatés, s'alignaient au-dessus d'un lac de cuivre rose d'une sérénité totale et, surgissant des vallées, des brumes étales à ras de terre, rosissaient. Le jour allait pâlir. Il était encore clair et frais. En contrebas, les clochers et toits de Québec dressaient leur petit peuple de girouettes et de croix.

Angélique commença de descendre vers la ville. Quelqu'un sortit de derrière un ou deux arbres isolés, parut se mettre en travers du sentier pour l'attendre. Elle posa sa main sur la crosse de l'arme que lui avait donnée Bardagne. Toute silhouette bougeant sur les plaines d'Abraham lui inspirait de la méfiance. Mais en reconnaissant le jeune Anne-François de Castel-Morgeat, elle reprit sa marche sans appréhension.

Le jeune homme la regardait venir d'un air sombre. Elle le héla et lui adressa un sourire en approchant, mais il ne se dérida pas. Elle vit qu'il était très pâle, les traits crispés et en proie à une si violente émotion qu'il ne pouvait parler.

— Que se passe-t-il, Anne-François ? s'informa-t-elle, inquiète.

Il retrouva brusquement la parole et dans l'effort qu'il fit pour cela sa rage éclata et les traits déformés de colère, il s'écria :

— Ah ! La belle partie de cartes ! On échange les rois et les dames, et le valet, qui ne compte pas, est rejeté de partout.

Puis d'une voix sourde :

— ... Supporter les hommages dont vous êtes entourée, et savoir que je nourris un rêve impossible, mais me consoler en me disant que seule votre vertu était en cause, voilà ce qui jusqu'alors m'a aidé à ne pas devenir fou. Mais vous vous êtes donnée à ce Bardagne. Lui, lui il avait ses chances... Et pourquoi ? Pourquoi ? Pourquoi pas moi ? Puisque vous n'êtes même pas une femme fidèle.

Surprise de cette brusque tirade, elle ouvrait la bouche, afin d'y répondre, mais il la devança.

— Ne niez pas. Je me promenais. Je vous ai vue sortir de cette maison là-bas...

— Vous êtes trop souvent là où l'on ne souhaiterait pas vous voir, Monsieur de Castel-Morgeat, fit-elle sèchement.

— Oh ! oui, cela est vrai ! s'exclama-t-il avec un rire désenchanté. Je vois beaucoup trop, beaucoup trop de choses, pour mon malheur...

Il murmura en la regardant avec une douleur qui le vieillissait :

— On aime... et l'amour va ailleurs... Et l'on s'aperçoit que l'on reste seul, négligeable, dépouillé de ce qui hier faisait notre force et notre assurance, injustement puni.

Il avait les mêmes mots que Nicolas de Bardagne. Comme si de l'avoir aimée en vain ne lui avait fait découvrir de l'amour que sa seule cruauté. Elle le regretta chez un être si jeune.

— Mon pauvre Anne-François, pourquoi vous êtes-vous mis cette folie en tête ? Il est trop tôt pour vous. Le monde est plein de jeunes filles souriantes...

— ... et sottes ! Et sans expérience ! Oui, j'aurais pu m'en contenter. Pourquoi êtes-vous venue ? Pourquoi étiez-vous parée de tant de vertus et de charmes pour me faire croire à la réalité de cette femme qui porte en elle tous nos rêves et qui n'existe pas ? Je ne suis plus un enfant et vous savez fort bien que je vous ai aimée comme un homme peut aimer une femme. Sans cesse mon espoir oscillait entre l'impossible rêve de parvenir à vous émouvoir ne serait-ce qu'une nuit et cette certitude qui à la fois m'accablait et augmentait mon amour pour vous que vous ne pouviez être comme les autres, une femme volage et insensible... Quel effondrement ! Vous étiez le soleil et vous n'aviez pas le droit...

— Pas le droit de quoi ?

— De décevoir à ce point.

— L'exigence des uns ne crée point l'obligation des autres, Anne-François. Voici bien des choses que vous devez apprendre de la vie... si vous désirez obtenir l'indulgence des femmes. Ne craignez rien. Vous n'êtes plus un enfant car vous vous conduisez déjà bien en homme dans votre intransigeance égoïste. Parce que vous aimez, vous n'admettez point de ne pas être payé de retour. Or l'amour est un jeu, en effet, où le sort distribue les cartes selon son bon plaisir et il est perdant celui qui ne sait pas être beau joueur.

— Comment l'être lorsque votre vie dépend d'une réponse, d'un regard, et qu'un mot trop dur peut vous mener au désespoir ?

— Mais c'est là le jeu de l'amour, mon pauvre enfant.

— Cessez de me plaindre, je ne suis pas un enfant.

— Vous avez toutes les forces, reprit-il avec rancœur. Même celle, coupable, de vous présenter sans remords, sans gêne et sans crainte. Cela augmente mon amertume, car je comprends que j'avais mes chances. Que si vous n'avez pas jeté les yeux sur moi, c'est parce que je ne vous intéressais pas Vous ne suivez que votre bon plaisir comme toutes les femmes. Peu vous importe de provoquer la passion, la détresse ou la jalousie.

— Oh ! la jalousie ! fit Angélique, excédée. Ne pourrais-je l'oublier quelques heures. Laissez-moi continuer ma route, Anne-François.

Il s'écarta lentement et tandis qu'elle reprenait sa marche dans le sentier et passait devant lui ses yeux la suivirent en l'étudiant comme s'il eût voulu tout garder d'elle en un suprême regard.

— Votre pouvoir est sans limite, dit-il. Entre autre, vous avez fasciné mon père au point qu'il n'a même pas osé vous faire la cour.

— Assez de sottises, Anne-François. Votre famille s'est mêlée un peu trop de nos affaires à mon goût, j'aurais aimé au moins, en garder un souvenir amical, mais si vous continuez sur ce ton, cela me sera impossible.

Il voyait qu'il avait perdu, qu'il s'était aliéné, par des mots exécrables, jusqu'à cette tendresse indulgente qu'elle lui vouait parce qu'il était l'ami de son fils Florimond et qu'elle le trouvait jeune et beau.

La déception lui tordit le cœur, lui donna envie de tuer et il se sentit, enfin, plus fort qu'elle.

— Je pourrais vous renvoyer le reproche, Madame, fit-il avec un sourire supérieur, quant à la gêne et aux déplaisirs causés par votre famille à la mienne, car, s'il m'est cruel, à moi, que vous dédaignez, de vous imaginer dans les bras de Monsieur de Bardagne, croyez qu'il ne m'est guère moins pénible d'imaginer ma mère dans ceux de Monsieur de Peyrac.

Angélique, voulant clore un dialogue qu'elle estimait stupide et sans issue et lui faire savoir qu'elle ne le craignait point, s'éloignait. Elle se trouvait à quelques pas déjà, lorsque les derniers mots l'atteignirent. Elle s'immobilisa et se retourna. Elle était devenue très pâle. Cependant, elle dit froidement :

— Expliquez-vous !

Et elle revint sur ses pas pour l'entendre. La lumière qui frappait son visage la rendait translucide. Jamais elle ne lui avait paru aussi belle. La sévérité avec laquelle elle le toisait l'humilia. Elle le sommait de s'expliquer comme un enfant qui, à la suite d'une bévue, s'attire un blâme des grandes personnes. Décidément, elle était d'une force que rien ne pouvait entamer et il la haïssait.

— Oui ! ma propre mère, s'écria-t-il. Elle et votre époux. Je les ai vus ensemble un jour où vous étiez à l'île d'Orléans. Je me trouvais au manoir de Montigny, en bas... Je sais tout ce qu'ils ont fait ce jour-là... Et Euphrosine Delpech aussi le sait, la pecore... Je l'ai aperçue qui guettait la sortie de ma mère dehors, si longtemps qu'elle en a eu le nez gelé... Demandez-le-lui. Ah ! la belle partie que voilà : deux rois, deux reines et tant pis pour le valet qui ne compte pas...

Cette image l'obsédait.

Il haletait, se demandant quelles preuves donner encore.

— C'est, peu après, que Monsieur de Peyrac lui a fait remettre un bibelot de prix, la coupe d'or et d'émeraude.

Soudain elle le gifla, violemment, mais avec la prestesse cinglante d'un fouet.

Il se tenait la joue et eut de la peine à reprendre ses esprits. Lorsqu'il se redressa, elle était loin déjà dans la descente vers la ville.

80

ANGÉLIQUE APRÈS AVOIR LONGÉ LE JARDIN DU GOUVERNEUR était rentrée dans la ville par la Place d'Armes. Elle la traversa très droite, en marchant comme une somnambule.

Les mots prononcés par Anne-François de Castel-Morgeat sonnaient dans sa tête. Ils étaient inscrits dans sa rétine en lettres de feu. Elle ne voulait pas se les répéter, ni les déchiffrer. Mais déjà, et malgré elle, montait en arrière-pensée la certitude que tout ce qu'il avait dit, c'était vrai ! C'ÉTAIT VRAI ! Parce qu'elle l'avait toujours su, senti, vu. Elle l'avait vu dans les yeux sournois d'Euphrosine Delpech lorsqu'elle lui avait soigné son nez gelé.

Elle l'avait senti dans le trouble de Sabine certain jour où, se trouvant au château Saint-Louis, elle avait remarqué la petite coupe d'or et qu'elle avait songé : « Tiens ! quand donc la lui a-t-il remise ? »

Elle pouvait même dire qu'elle l'avait su à l'habileté avec laquelle Mme de Castel-Morgeat avait répondu à sa question, quand elle s'était enquise des raisons de l'ecchymose qu'elle portait à la tempe. Trop habile et insouciante pour une fois. La garce !

Angélique marchait sans prendre garde aux personnes qu'elle croisait. Elle n'aspirait qu'à une seule chose : atteindre la maison, s'enfermer dans sa chambre. Alors, seulement, elle réfléchirait.

Comme elle arrivait à la place de la Cathédrale, un cortège qui traversait lui barra la route. Venant de chez les ursulines, une foule nombreuse escortait les chariots et les brancards sur lesquels on avait chargé les pièces du retable de Sainte-Anne, brillantes d'un or pur et tout neuf, et s'apprêtait à descendre la côte de la Montagne pour gagner l'embarcadère du Sault-au-Matelot.

Ce jour était celui choisi pour mener le nouveau retable achevé à l'emplacement des miracles, sis à l'extrême nord de la côte de Beaupré, non loin du petit cap. On allait le monter dans le nouveau sanctuaire, une chapelle de pierres remplaçant celle de bois dédiée à Sainte-Anne et qui avait brûlé.

Accompagnée du sculpteur, de ses fils et de ses apprentis, des prêtres qui donneraient la bénédiction, de nombreux « obligés » de Sainte-Anne parmi lesquels Éloi Macollet, sauvé des eaux, la petite Ermeline, sauvée d'une existence grabataire ou des dangers de ses fugues selon les avis et que portait sa nourrice noire, entourée de pieuses personnes qui chantaient des cantiques, l'œuvre d'art allait être chargée sur deux grandes barques qui attendaient dans le port. Monseigneur l'Évêque viendrait plus tard en grande pompe pour l'inauguration qui aurait lieu sans doute au mois d'août, jour de la fête de sainte Anne.

Angélique attendit, l'esprit ailleurs, que la foule s'écoulât.

— Venez-vous avec nous, Madame de Peyrac ? la priait-on au passage.

Elle dit : « Non », machinalement. La procession passée, elle franchit le ponceau devant le couvent des jésuites et commença de monter sa rue.

Elle n'entendit pas le cri aigu de la petite Ermeline qui l'ayant aperçue, glissa des bras de Perrine et disparut comme une souris par les venelles avoisinant la rue de la Fabrique. Sa mère et la négresse se lancèrent à sa poursuite en espérant la rattraper avant que les barques missent à la voile.

Au port les préparatifs de départ furent vite accomplis parmi la sympathie de la population. Les moins dévots reprenaient de bon cœur les cantiques. Une première grande barque fut vite pleine, occupée par ceux qui tenaient les reliquaires, les statues, le tabernacle

Mme de Mercouville et la nourrice Perrine ne revenant pas avec Ermeline, les deux autres enfants Mercouville, qui étaient déjà montés à bord, renoncèrent à être de ce voyage-ci et redescendirent cédant leurs places à d'autres.

— Dis-moi, demandait le jeune Gonfarel à Éloi Macollet, qu'est-ce qu'ils racontent aujourd'hui les sorciers de l'île d'Orléans avec leurs fumées ?

Un apprenti tenait dans chaque bras une statue. En les recouvrant d'or, les ursulines avaient dessiné au poinçon sur les robes des broderies du plus bel effet. Jamais on n'avait vu des statues aussi royales.

La grande embarcation dressa son unique voile presque carrée aussitôt gonflée de vent et s'éloigna rapidement, chargée d'or superbe et miroitant, de prêtres et d'ouvriers qui chantaient des cantiques.

Sauf Macollet désigné pour accompagner le « tombeau » sur une autre barge et qui, la main sur les yeux, déchiffrait les messages des sorciers de l'île d'Orléans.

Des mariniers armés d'une gaffe rapprochèrent un bachot sur lequel le « tombeau », pièce maîtresse du soubassement, pourrait être arrimé plus solidement.

— Hé ! dis donc, Éloi, donne-nous un coup de main, grogna l'un d'eux, au lieu de rêvasser à regarder le paysage.

Mais Éloi Macollet ne rêvassait pas. Le visage sévère, soudain durci, la main en auvent sur ses yeux aigus, ses sourcils broussailleux froncés, il fixait les nombreux petits nuages blanchâtres qui, comme des houppettes rondes, montaient par intermittence de différents points de l'île d'Orléans. Ses lèvres remuaient au fur et à mesure qu'il décriptait le message.

— Qu'est-ce qu'ils disent, Éloi ? insistait le gamin.

— C'est ma foi vrai, remarqua enfin l'un des mariniers, ils sont bien bavards aujourd'hui les gens de l'île. Qu'est-ce qu'ils racontent à c't' heure, Éloi, toi qui sais lire les signes ?

— Ils appellent au secours ! répondit le vieux.

81

Angélique était rentrée chez elle par l'arrière de la maison et traversait la grande salle. La matinée devait être déjà fort avancée car Suzanne était là, qui, manches retroussées, avait entrepris d'astiquer les cuivres au blanc d'Espagne, en chantonnant parce qu'il y avait du soleil.

Angélique répondit du bout des lèvres au salut de la gentille canadienne, grimpant quatre à quatre les marches du petit escalier, elle se jeta dans sa chambre comme dans un refuge où elle allait enfin pouvoir reprendre conscience.

« Bien fait pour toi ! Ça t'apprendra ! »

Appuyée au mur, elle se répétait cette phrase avec une amère ironie.

« Bien fait pour toi ! Ça t'apprendra ! »

Elle ne savait pas exactement pourquoi le coup terrible qu'elle avait reçu lui paraissait fatal et mérité. Non, ce n'était pas cela qui lui faisait marmonner « Bien fait pour toi !... » mais l'immensité de sa sottise qui n'avait rien vu. Maintenant, elle était trahie. Elle avait tout perdu.

En envisageant d'un coup d'œil la chambre exiguë, le grand lit où elle avait connu avec lui tant de nuits éblouissantes, elle fut frappée en plein cœur. La vue du petit réchaud de faïence sur lequel, tant de soirs ou de matins glacés, ils avaient réchauffé en riant du rhum ou du vin à la cannelle et aux épices lui fut insoutenable. La douleur montait qu'elle jugula d'un accès de rage folie. Attrapant le fragile réchaud, elle leva haut le bras et le fracassa au sol en mille morceaux.

— Madame ! cria Suzanne d'en bas, que se passe-t-il ?

Angélique se contint.

— Ce n'est rien ! répondit-elle avec calme. Ce n'est qu'un objet qui s'est brisé.

Et très doucement, en maîtrisant la violence qui la faisait trembler, elle réussit à fermer la porte sans bruit.

« Oui », songeait-elle, « un objet qui s'est brisé. Mon cœur qui s'est brisé. » Elle alla appuyer son front contre la vitre. La main sur sa bouche entrouverte, elle retenait un cri, un gémissement qui ne pouvait encore se transformer en sanglot.

« Joffrey et Sabine... Non ce n'est pas possible ! Ce n'est pas vrai ! Si, c'est vrai ! C'est vrai ! »

La transformation de Sabine, soudain belle et apaisée, lui criait la vérité. Et chez elle, au château Saint-Louis, il y avait désormais la petite coupe d'or et d'émeraude qu'elle y avait remarquée. Ce présent réservé a Mme de Castel-Morgeat qu'il n'avait pas jugé opportun de lui remettre après ce fâcheux coup de canon et que, soudain, il lui avait fait porter sans raison. Sans raison ? Maintenant, elle savait la raison. Quand était-ce ? Vers ce moment-là, alors qu'elle était à l'île d'Orléans.

Quand elle eut bien retourné dans sa tête ce détail de la petite coupe d'or et compris que la remise qui en avait été faite et sans bruit à Sabine de Castel-Morgeat signait une réconciliation fort complète entre Gascons et ne lui permettait plus de douter, Angélique crut qu'elle allait mourir

Jamais ! Non jamais elle ne supporterait l'idée, l'image de Joffrey penchant vers Sabine le même sourire que vers elle ! Non ! Pas le même sourire !

« Oh ! mon Dieu ! Que vais-je devenir ? »

L'idée qu'elle avait été cette nuit même entre les bras de Bardagne l'effleura, mais Bardagne, pour elle, ce n'était pas grand-chose. Cela n'avait aucune importance. Rien ne serait arrivé si ces cloportes immondes ne l'avaient mise à bout de nerfs en essayant de l'assassiner bassement.

Tandis que Joffrey ne faisait jamais rien par mégarde.

Elle eut un sanglot, et appuya son front contre la vitre froide. Elle regardait ce paysage qui lui avait inspiré si souvent tant d'allégresse et elle le trouvait détestable. Lui aussi l'avait trahie. Il lui avait laissé croire que la vie était belle, que l'on pouvait ressusciter de tout. Maintenant elle le trouvait effrayant dans sa morne et impavide immensité. Le brouillard qui s'élevait en nappes traînantes et grises au long de la côte de Beaupré lui apparut lugubre, triste haleine d'une terre malsaine promise à la mort et qui lutterait en vain.

« Je savais qu'il allait arriver quelque chose. »

La douleur qu'elle ne voulait pas laisser parvenir jusqu'aux rives de sa conscience lui causa un malaise qui l'étourdit. Des vibrations intérieures l'envahissaient. Son atterrement se muait en angoisse. « Je savais qu'il allait arriver quelque chose ! Quelque chose de terrible ! »

Luttant pour ne pas s'évanouir, elle se détourna de la fenêtre voulant gagner son lit pour s'y étendre.

Alors elle vit Outtaké sur le seuil de la porte. Outtaké, l'Iroquois, le chef des Cinq-Nations.

Ce ne fut qu'une vision. Il disparut presque aussitôt. La porte restait close et ne s'était pas ouverte. Mais elle l'avait vu comme présent avec son haut cimier de mèches encollées de résine, et à ses oreilles ses pendentifs de vessie de chevreuil gonflées et peintes en rouge. Et sa face jaune-brun pâle, sa poitrine puissante, matachiée de peintures de guerre. C'était lui.

« Outtaké ! C'était Outtaké l'Iroquois ! Je l'ai vu ! »

Son cœur s'était mis à battre irrégulièrement, mais d'une peur nouvelle. Pourquoi était-elle soudain victime d'une si précise évocation ? Tout ce qui était arrivé depuis la veille au soir lui avait brouillé l'esprit. A moins que...

Ses yeux revinrent vers la fenêtre, examinant ces brumes lointaines qui, au lieu de monter lentement et d'envahir le ciel, s'étalaient et s'épaississaient à ras de terre et des eaux. Ce qu'elle avait pressenti tout à l'heure d'anormal et de sinistre dans ce paysage transformé pouvait-il se révéler exact ? Les écharpes de brumes grises qu'elle avait jugées horribles cachaient-elles en réalité l'horreur ?

Elle les scrutait avec attention, paralysée par un pressentiment, mais ne voulant pas encore y accorder foi. Çà et là pourtant, elle discerna des lueurs de brasiers.

Les établissements de la côte de Beaupré flambaient.

Elle comprit.

Tandis que l'armée les cherchait au sud, les Iroquois arrivaient par le nord. Et si elle avait vu Outtaké sur le seuil de la porte, c'est qu'il était aux portes de la ville.

Elle se jeta sur la palier hors de la chambre.

— Suzanne ! hurla-t-elle, cours ! cours vite ! cours jusque chez toi ! Ta mère ! Tes enfants ! Les Iroquois ! Les IROQUOIS !

Suzanne à son visage ne prit pas la peine de prononcer un mot et s'élança dehors.

Angélique la vit remonter le champ en pente derrière la maison. Angélique regardait autour d'elle. Il fallait penser vite. N'entendait-on pas déjà s'élever la rumeur du cri de guerre des Iroquois ? Elle rentra dans sa chambre et ouvrit le coffre qui se trouvait au pied du lit Fébrilement, elle écarta les vêtements et y trouva rangé le collier de Wampum que lui avait fait parvenir l'hiver dernier, par l'intermédiaire de Tahountaquéte, le conseil des Mères des Cinq-Nations. Elle l'examina ; large et long, sa mosaïque blanche et bleu sombre, ses franges de cuir. L'on ne cessait de dire qu'elle possédait là l'un des plus beaux traités d'alliance.

« Outtaké ! Outtaké ! Donne-moi leurs vies ! Comme je t'ai donné la tienne ! »

Elle roula le bandeau de coquillages et le mit sous son bras Le silence de la maison lui parut trop serein, lourd d'une tragédie qui allait éclater.

Elle descendit dans la grande salle, ouvrit des portes. Les enfants avaient été conduits aux ursulines, mais où était Adhémar ? Et Yolande ? Peut-être en bas à traire la chèvre ? Elle prit un mousquet dans le râtelier dressé pour les armes près de la porte d'entrée et descendit à la cave à la recherche de quelqu'un de sa domesticité. Elle trouva Yolande et Adhémar tous les deux enlacés sur le tas de paille et plongés dans une active séance de réconciliation.

En l'apercevant, ils poussèrent un cri de terreur. Terreur bien vaine car elle n'enregistrait de la scène que la bonne fortune de les avoir trouvés.

— Vite ! Vite ! leur dit-elle levez-vous les Iroquois arrivent . Vous allez vous charger de la défense de la maison

Fermez toutes les issues. Et les trappes du grenier. Mettez les vantaux. Retirez les échelles. Toi, Yolande, tu te posteras à la fenêtre du premier étage sur la rue afin de couvrir la maison de Mademoiselle d'Hourredanne s'ils débouchent par le chemin de la Closerie. Toi, Adhémar, tu surveilleras de mon cabinet de médecine s'ils viennent par les hauts de Montigny...

— Oui... Ma... me... Madame, répondit Adhémar qui reboutonnait son uniforme en claquant des dents.

En sortant elle s'avisa qu'elle n'avait pas pensé aux deux hommes qui tenaient sentinelles dans le petit fortin construit à l'emplacement de la maison des Banistère. Sortis sur la plateforme, ils s'interrogeaient sur les raisons qui avaient fait jaillir de la maison, comme un diable d'une boîte, la servante de Mme de Peyrac et l'avaient lancée à la remontée du champ plus vite qu'une poule d'eau pourchassée par le renard.

Angélique les avertit, que l'un restât à son poste, que l'autre allât donner l'alarme, après avoir toutefois prévenu en premier lieu les gens de la maison de M. de Bardagne. Que ceux-ci prissent le guet armés derrière la haie de la Closerie, prêts à toutes éventualités.

Elle courait maintenant sur les traces de Suzanne. Elle traversa le terre-plein devant le manoir de Montigny et trouva les hommes qui l'occupaient en état d'alerte.

— Votre servante vient de passer en nous avertissant qu'un parti d'Iroquois montait vers Québec, dit la quartier-maître qui les commandait.

En toutes circonstances, il chiquait son tabac avec calme. A tout hasard, il avait envoyé deux hommes alerter les autres postes qui dépendaient de lui. Le restant des hommes s'occupait à hisser sur une planche montée de quatre roues une petite bombarde venant d'un des navires désarmés de Peyrac.

— Nous allons nous porter au-devant d'eux.

Ils tinrent un rapide conciliabule. Angélique préconisait de suivre le rebord du plateau pour les attendre sur les hauteurs. S'ils n'étaient pas encore parvenus jusque-là, les défenseurs pourraient se retrancher dans la métairie de Suzanne, une fois les enfants et la famille ramenés sur Québec, en lieu sûr. Elle avait vu de sa fenêtre flamber Château-Richer, mais l'ennemi n'avait peut-être pas encore atteint Beauport.

— Il faut les empêcher de gravir la côte qui mène vers la ville.

— Où allez-vous, Madame ? cria le quartier-maître en la voyant s'élancer pour les précéder.

— Je vais au-devant d'Outtaké ! Il faut que je le trouve. Il faut que je lui parle !

— Comment une femme n'a-t-elle pas peur de ce terrible sauvage ? demanda l'un des jeunes mousses, qui était assez effrayé à l'avance de la première rencontre qui s'apprêtait pour lui avec les Iroquois, ces Indiens tant redoutés.

— Elle l'a soigné, blessé et mourant à Katarunk, l'an dernier. Une femme n'a jamais peur d'un homme dont elle a pansé les blessures et dont elle a tenu la vie entre ses mains. Allons, maintenant, dit-il.

Et ils s'engagèrent dans la route assez bien tracée qui menait vers la campagne. Un peu plus loin, ils aperçurent un attroupement au milieu duquel se trouvaient Angélique et Suzanne arrêtées.

— Les Berrichons ! leur cria-t-on comme ils approchaient C'est un p'tit gars de chez eux qu'est arrivé !

L'enfant, hagard, tremblait de tous ses membres racontait en phrases grelottantes comment une bande de démons panachés avait surgi en silence, encerclé la maison, fracassé les montants des fenêtres à coups de hache car un « engagé » avait mis à temps la barre à la porte. Lui, l'enfant, se trouvait dans la petite cabane à l'écart : le lieu d'aisances. De sa cachette, il avait vu scalper son père, sa mère, son oncle, les « engagés », il avait vu ses jeunes frères et sœurs jetés vivants dans les flammes de leur propre maison.

Suzanne eut un cri d'agonie.

— Mes enfants !

Arriverait-elle à temps pour leur épargner ce sort ? Elle reprit sa course, courant comme seule peut courir une fille canadienne qui a dans son hérédité une mère et peut-être une grand-mère qui, elles aussi, ont dû gagner de vitesse sur l'Iroquois soudain surgi le tomahawk levé, alors qu'elles travaillaient aux champs.

Les hommes des demeures avoisinantes commençaient d'accourir portant fusils ou haches. On entendit enfin du côté de Québec sonner le tocsin et des roulements de tambour. Et des coups de mousquets dans le lointain claquaient en direction des récollets.

Angélique, sans égaler Suzanne, courait à en perdre le souffle. Talonnée par la crainte d'arriver trop tard pour sauver la famille Legagne. Si les Iroquois avaient atteint la concession des Berrichons, c'est qu'ils avaient déjà coupé le promontoire, marchant sur Sainte-Foy et Lorette où ils massacreraient les familles huronnes. A Cap Rouge Barssempuy les recevrait dans son fort bien défendu. Mais la ville serait encerclée.

En approchant de la lisière du plateau, Angélique entendit crier une femme c'était Suzanne Des amis la retenaient la suppliant de demeurer à l'abri sous le couvert des arbres. De là se découvrait un grand champ en pente au revers duquel on pouvait apercevoir les toits de l'habitation des Legagne. Une âcre fumée montait déjà en tourbillons.

— Mes enfants ! Mes enfants ! criait Suzanne en se tordant les bras de désespoir.

Elle voulait s'élancer, traverser le champ en direction de sa ferme qui flambait. Mais les hommes la retenaient.

— Tu n'auras pas plutôt sauté hors des fourrés qu'ils te planteront une flèche en plein cœur. Ils sont là. Ils sont partout.

On ne voyait rien encore. Des mouvements furtifs parmi les broussailles ne trahissaient qu'un jeu d'ombres ou de vent et pourtant le bois en face de l'autre côté de la pente se peuplait de présences. Ce n'était pas le moindre des prodiges de la forêt canadienne que ce rassemblement de bouleaux, d'ormes, de hêtres et de sapins aux troncs parfois minces, pût dissimuler derrière chacun d'eux un sauvage aux aguets.

Ils étaient là.

Les hommes avaient mis en position le petit canon et préparaient la mèche.

— On peut leur lâcher deux ou trois bordées dans le bois en face, cela fera de la viande hachée au passage et leur donnera peut-être envie de se retirer. Nous courrons alors jusqu'à la ferme.

— Et s'ils s'élancent au contraire sur nous ? Nous allons être submergés... Combien sont-ils ? Nous l'ignorons !

— Non ! Attendez ! Ne tirez pas ! dit Angélique.

Elle s'était donné le temps de reprendre souffle.

Les habitants et soldats qui se trouvaient assemblés à l'abri des arbres ignoraient ce qu'elle avait l'intention de faire. Ils n'en crurent pas leurs yeux en la voyant s'élancer à découvert, les bras levés présentant l'écharpe de Wampum.

— Outtaké ! Outtaké ! Donne-moi leurs vies !

Elle se trouva seule dans l'espace dénudé. Exposée, vulnérable, le soleil faisant miroiter ses cheveux et les reflets de sa robe verte.

— Une vraie cible ! s'écria quelqu'un. Elle est perdue !

— Non, pas avec ce Wampum entre les mains. Nul n'oserait.

Angélique courait. Malgré la terre durcie et encore glissante, elle se déplaçait avec rapidité pour parvenir de l'autre côté du champ.

— Outtaké ! Outtaké ! Donne-moi leurs vies !

Tout en courant et criant ainsi, ce qu'elle enregistrait, elle s'en souviendrait plus tard, c'était que l'herbe devant elle perçait la boue de petits brins verts d'une fraîcheur arrogante.

Elle courait, en criant et en découvrant, sans la voir, la première herbe de printemps. Elle parvint de l'autre côté. Elle se retrouva au bord du talus abrupt, ne pouvant le franchir. Des volutes de fumée roulèrent vers elle. Derrière le rideau épais où se glissaient en soubresauts des flammes sourdes encore indécises, on voyait s'agiter les silhouettes emplumées des sauvages se livrant au pillage.

« Les Iroquois ! Ils sont déjà là ! » se dit-elle. Mais elle avait eu le temps d'entr'apercevoir les enfants de Suzanne vivants qui se tenaient au milieu de la cour entourés de guerriers et la vieille grand-mère dans son fauteuil qui agitait sa canne.

Elle revint, toujours courant, vers le milieu du champ

— Outtaké ! Outtaké ! Donne-moi leurs vies !

Elle se tournait dans toutes les directions pour lancer son appel car elle était certaine qu'il était là, proche.

Le mousse posa vivement la main sur la manche du quartier-maître. Il tremblait.

— Regarde ! Là-haut, frère ! En lisière du bois...

Angélique revenait vers eux, elle voulait avertir Suzanne que ses enfants étaient encore vivants. De l'abri des halliers, ils lui adressèrent des signes véhéments, lui désignant le sommet du champ : là-bas ! là-haut !

Elle se retourna et elle le vit.

Outtaké, le chef des Cinq-Nations. C'était lui. Sa silhouette plus courte que celle de Piksarett mais qui donnait pourtant une impression de puissance, se détachait parmi les arbres comme s'il eût été de la même essence. Son immobilité lui conférait une apparence d'idole tutélaire.

C'est ainsi qu'elle l'avait aperçu la première fois à la lisière de la forêt, le soir de Katarunk.

En s'avançant, elle reconnut le haut cimier de sa mèche de scalp mêlé de pointes de porc-épic et de queues de moufettes noires et blanches, dressé sur son crâne d'un jaune-brun rasé de près. Il avait, comme à Katarunk, son collier de dents d'ours ses pendants d'oreilles peints en vermillon. Sous le bariolage des peintures de guerre, on devinait sa face lisse, impassible, que ne déformait jamais aucun rictus de haine, aucune crispation dans l'effort. Il laissait aux tracés noirs, bleus et rouges dont il se matachiait, le soin d'exprimer à l'ennemi les effrayants sentiments de colère et de détestation dont son âme était remplie. Impassible visage. Impérieuse volonté.

En s'avançant, elle reconnaissait surtout le regard, seule vie noire et brillante qui imposait et transperçait, mais lentement, par sa fixité.

« Quelle cruauté dans ce regard ! »

Était-ce de la cruauté ? Sa marche vers lui, le collier de wampum sur ses mains tendues, la ramenait vers ses premiers jours au Nouveau Monde où ils étaient seuls, elle et Joffrey, face à face avec la forêt, face à face avec les Indiens. Sa vue rendait proche le drame dont il avait été le principal héros par la suite.

Tout cela, à s'en rappeler sous le regard fixe du chef Mohawk qui la regardait monter vers lui, l'emplit de courage.

Arrivée à quelques pas, elle commença par déposer le bandeau de porcelaine devant lui à ses pieds, puis se relevant, elle s'interrogea sur ce qu'elle devait faire pour lui témoigner son respect

« Elle lui a fait la révérence écrivit plus tard Mlle d'Hourredanne, c'est ce qu'on m'a dit... A ce barbare ! Comme à la Cour ! »

Il ne bougeait toujours pas.

Angélique décida de parler la première.

— C'est une bonne chose de te revoir, Outtaké !

— Parles-tu sincèrement ? fit la voix rauque qui paraissait sortir des arbres.

— Tu le sais.

Un éclair plus meurtrier que celui qui jaillit de la lame d'un couteau traversa le regard d'idole impassible.

— Je voulais TE voir, s'écria Outtaké frémissant de colère, et voici que ce puant renard de Narrangasett, Piksarett, se trouve sur ma route, il casse la tête de mon meilleur guerrier Sakahese Ensuite, chaque nuit, il pénètre dans notre camp pour lever la chevelure d'un guerrier. Ainsi, il exaspère notre colère et nous promîmes d'aller nous venger de ces crimes à Québec.

— Tu savais pourtant que Ticonderoga s'y trouvait et moi-même.

— Je voulais te voir. Mais cela ne m'empêcherait pas de rappeler au passage qu'on ne provoque pas impunément le chef des Cinq-Nations.

Elle se demandait en le retrouvant si farouche s'il n était pas devenu encore plus sauvage que l'an dernier. Elle vit à sa ceinture des scalps dont le sang coulait le long de ses jambières de peau.

Outtaké lui lança un bref regard acéré

— Voici des Français qui ne me tromperont plus, dit-il.

Puis après un silence.

— ... Qui sont-ils ceux-là dont tu veux que je te donne la vie ? s'informa-t-il rogue.

Angélique désigna la ferme au revers du côteau.

— Des femmes, des enfants, en cette habitation.

L'ombre d'un autre sauvage se dessina entre les arbres aux côtés du chef, qui, presque sans remuer les lèvres, dut lui transmettre un ordre.

Peu après, les enfants de Suzanne apparurent en bas à l'autre bout du champ.

Outtaké regarda s'avancer avec un mépris amer les quatre garçonnets que quelques Iroquois escortaient en riant et en ébauchant une danse du scalp et en lançant des insultes et des moqueries en direction du bois où ils savaient que se tenaient cachés les Français.

Effarés, mais courageux, les petits Canadiens s'avançaient bravement et montaient la prairie pieds nus pour aller plus vite, mais tenant à la main, en enfants dociles, leurs paires de sabots. L'aîné, Pacôme, âgé de dix ans, portait sur son bras le bébé d'un an. Ses deux frères plus jeunes se cramponnaient à son sarreau.

— Graine de guerriers, murmura le chef Iroquois. Devenus grands, oublieux de ma miséricorde, ils viendront nous poursuivre jusque dans nos vallées pour nous faire la chevelure. Je connais les serpents de fourberie qui dorment en ces cœurs de Normands !

Lorsque les enfants furent proches de l'orée du bois, Suzanne n'y put tenir. Elle se précipita, les attrapa ; les arracha en grappe dans ses bras et les traîna tous ensemble pour les mettre à l'abri de la ramée.

Après quoi, une palabre se présenta à propos de la grand-mère. Elle était impotente, ne pouvait marcher, et il était hors de question qu'on pût demander aux Iroquois de la porter vers les siens dans son fauteuil. Angélique eut quelque peine à décider deux volontaires parmi les Français qui s'abritaient sous les arbres.

— Ces coyotes vont nous faire la chevelure...

Enfin le quartier-maître et un vieil homme qui avait éte coureur de bois, ce Marivoine qui poussait le cri de guerre des Iroquois lorsqu'il était saoul, s'avancèrent.

Ils eurent droit, tandis qu'ils revenaient portant le fauteuil où se débattait la vieille très agitée, à un cortège de cabrioles et de quolibets plus fournis encore Les Iroquois trouvaient ce spectacle d'hommes portant une femme du plus haut comique

Au milieu de la sarabande, les deux volontaires n'en menaient pas large, mais la grand-mère continuait à insulter et à menacer les sauvages de son bâton ce qui les enchantait. La grand-mère et ses insultes leur plaisaient beaucoup.

Pendant ce temps, la ferme flambait. Suzanne était trop heureuse de serrer contre elle ses quatre enfants vivants pour se plaindre d'avoir perdu la maison bâtie par son père. On reconstruirait... Sa tante et les valets de ferme avaient été tués et scalpés. Mais les petits étaient vivants.

— Mène-les vite à la maison...

Angélique revint vers Outtaké. Et lui-même se reculait dans le bois. Il y avait de nouveau le silence à part quelques coups de mousquets lointains. Avait-il déjà donné des ordres ? Les Iroquois s'éloignaient insensiblement, comme reflue la marée.

Au loin les coups de feu s'espaçaient et cessèrent peu à peu.

— Je voulais te voir, dit Outtaké. Je me suis approché de Québec et je t'ai appelée.

— Je sais. Mais tu m'as appelée trop tôt. La ville aurait pu t'appartenir si tu n'avais pas projeté vers moi ton image.

— Qui te dit que je voulais entrer dans cette ville ? Je ne veux pas frapper les Français au cœur. Seulement les avertir de ma ruse et de ma puissance. Pourquoi font-ils alliance avec un putois comme ce Piksarett ? Pourquoi n'ont-ils voulu commercer les peaux de castors qu'avec les Hurons ? Et nous ont-ils méprisés ? Peut-être sans la traîtrise de Piksarett n'y aurait-il pas eu de sang versé aujourd'hui.

— Peut-être !

On voyait que l'idée de pénétrer dans Québec lui répugnait. La crainte de l'homme blanc aux morsures venimeuses et toujours renouvelées avait fini par avoir raison de sa foi en eux-mêmes. Leurs ruses ancestrales les plus secrètes, il arrivait que les Français les déjouassent. Aussi se serait-il gardé, affirma-t-il, de pénétrer dans cette ville piège. Le but de l'expédition : TE VOIR.

— Je voulais te voir et tu étais à Québec avec ton époux Ticondéroga. Québec... Il faut parfois se prouver que l'on connaît encore tous les chemins. Il y a des lunes et des lunes, j'étais jeune. Les Français sont venus porter la guerre jusque dans les vallées des Mohawks près de Niagara. Nos bourgs des Longues Maisons ont flambé. C'est de cette campagne avec Monsieur de Tracy qu'ils m'ont ramené prisonnier. J'ai vu Québec. Et puis ils m'ont fait traverser l'océan.

Il resta pensif quelques instants comme recherchant les souvenirs de ce qu'il avait connu de l'autre côté de l'océan.

— Ce n'était rien de courir le cerf dans leur bois de

Boulogne, dit-il. Ils ont vu que les fils de la vallée des Mohawks avaient les jambes les plus rapides de l'univers et ils disaient « c'est de valeur ! » tous ces Français parmi leurs hautes maisons de pierres où ils se perdent. Mais ensuite ils m'ont envoyé aux galères. Ils m'ont envoyé aux galères, moi Outtaké, fils d'un capitaine des Mohawks, nation des Cinq-Nations de la vallée des trois dieux. Est-ce que tu sais ce que fut ma vie aux galères ? Tout le jour à pousser sur une pagaie géante. L'eau de cette mer était salée comme un acide pour brûler les plaies des hommes... J'étais plongé dans un univers de démons qui sans me voir ni me connaître me harcelaient de leur importune agitation. Leurs barbes étaient immondes. Ils étaient impudiques, hurleurs et sans cesse la proie d'une colère abjecte. L'Oranda, le Grand Esprit, n'existait pas pour eux. Ils étaient incapables d'en concevoir même l'idée. Le Grand Esprit les avait rejetés comme la propre ordure de l'enfer.

Voilà ce que le grand chef lui confia sous les ramures du petit bois dans son français choisi à la tonalité monocorde et jacassante.

— Je te comprends, Outtaké.

Angélique avait de la difficulté à imaginer Outtaké, cet être libre des forêts américaines, plongé dans la fosse puante de la chiourme, parmi ces rebuts d'humanité qu'étaient les galériens et dont l'horrible compagnie semblait l'avoir plus impressionné que les coups de fouet des comites, les chaînes aux pieds, la nourriture immonde, et le labeur pénible de la rame.

Elle se demanda quel pouvait être le fonctionnaire imbécile qui avait perpétré, en envoyant aux galères cet ennemi des Français, une erreur aussi aberrante et lourde de conséquences

— MAIS que fait-elle ? Que fait-elle ? grommelait, en s'impatientant sous les arbres, un capitaine de la milice qui était accouru avec six bons citoyens armés et que l'on avait retenu de force.

Il fallait attendre, lui disait-on, que Mme de Peyrac ait fini de dialoguer là-bas avec le chef des Iroquois, Outtaké.

— Outtaké ? Au bout de mon fusil et je ne le tirerais pas !

— Tiens-toi tranquille ! Ils sont nombreux et peuvent nous submerger. Madame de Peyrac tient conseil, tu sais que les conseils des Indiens ça peut durer des lunes.

Le milicien soupirait. Il en avait assez de rester là avec les autres, accroupis comme des squaws, autour d'une bombarde inutile, alors qu'on abandonnait le sort de la guerre à une femme.

— Mais que fait-elle ? Que fait-elle ? De quoi parlent-ils ? Peut-on imaginer une aussi fine dame conversant avec un aussi farouche et si crasseux barbare, comme sur le seuil d'un salon ? Comment ne lui a-t-il pas encore cassé la tête d'un coup de tomahawk ?

— A Katarunk, elle l'a porté dans ses bras, blessé et a sauvé sa vie. C'est le pouvoir des femmes sur l'homme le plus farouche.

— Monsieur le gouverneur d'Arreboust est venu me délivrer, reprenait Outtaké, continuant pour Angélique la chronique de ses voyages et de ses vicissitudes en ces étranges contrées du Royaume de France. Mais ayant vu où il m'a trouvé, il doit comprendre lui-même que je ne peux être désormais qu'un ennemi des gens de sa race.

Il ne demandait pas d'approbation. Il voulait faire entendre combien était inéluctable la lutte qui l'opposait aux Français.

— Pourquoi ont-ils la force ? C'est-à-dire celle de Satan ?

— Outtaké, je crois entendre dans le son de ta voix comme un regret brûlant. Je sais le conflit qui s'est partagé vos cœurs. Et j'en vois l'expression en ceci : que si tu es l'ennemi des Français, tu n'es pas pour autant l'allié des Anglais. Tu n'aimes pas les Anglais. Tu n'as pas de goût pour soutenir leurs entreprises, ni même leur commerce. Tu n'échanges les fourrures avec eux qu'avec répugnance. Tandis que les Français, c'est autre chose. Tu ne les haïrais pas tant ces Français, Outtaké, si tu ne savais à quel point vous êtes frères et combien aurait pu être bonne l'alliance entre les Iroquois et les Français. Les Nouveaux-Anglais jalousent les Français pour cela. Je les ai entendus se plaindre : « C'est presque incroyable à quel point les Iroquois sont enclins à s'allier aux Français », disaient-ils. Ils déplorent souvent que « la nature semble avoir implanté dans le cœur des Français et des Indiens une affection réciproque... »

— Ceci est de valeur, reconnut gravement Outtaké. Il est vrai que si je cherche l'hospitalité, je préfère encore cabaner dans la demeure d'un colon français, fumer avec lui le calumet devant son feu, que d'entrer chez le plus riche propriétaire anglais ou flamand, d'Orange ou de Manhatte. Mais ce sont ces fauves de Hurons qui ont tout emmêlé. Bien avant que les Français n'arrivent, ils avaient décidé de se les garder quand ils viendraient afin de les entraîner contre nous avec leurs bâtons à feu Ils ont réussi à convaincre Champlain et nous avons été ennemis à jamais. C'est pourquoi nous exterminerons les Hurons jusqu'au dernier. Et pour les Français je dirai volontiers : il est trop tard. Le cours du fleuve ne peut remonter de lui-même à sa source. Mais vous êtes venus, Ticondéroga et toi, Kawa, vous qui êtes Français d'une autre espèce, vous êtes venus sans adopter les rancunes des vôtres. C'est pourquoi vous qui êtes venus les mains pures du sang de nos frères et qui avez essayé d'éviter le sang entre nous et nos frères d'âme les Français, vous nous apportez l'espoir. Je ne trahirai pas ta confiance et je ne rendrai pas vains vos efforts, qui, à Katarunk, vous ont fait tenir tête à l'armée iroquoise assoiffée de vengeance avec votre seul courage, craignant moins la mort que de voir trahie l'alliance. Oui, tu as raison, Kawa. Je sais où se trouve la racine du feu qui nous consume. Nous sommes trop proches avec les Français, trop semblables, dans le courage comme dans la ruse. Nous ne cessons dans nos guerres de rivaliser de cruauté et de traîtrise. A qui trompera l'autre. A qui se montrera le plus audacieux, et le plus habile. Que dis-tu de ma surprise d'aujourd'hui ? On annonce les Iroquois dans le sud, Tahoutaguéte, chef des Ouneïouts, envoie des émissaires. L'armée d'Onontio va au-devant du grand Outtaké. Mais, pendant ce temps, le grand Outtaké a franchi avec mille guerriers le Saint-Laurent, là où il saute comme un petit torrent à peine différencié des rivières, et par le pays des Missiquois, il a gagné la rivière des Outaouais... Il passe sans déprédation et épargne ces Outaouais primitifs et sots, afin que l'alarme de ce passage ne soit point portée aux Français. Les canots sur la tête ou portés par dix ou douze braves selon la taille, ils vont, franchissant les saults, de rivières en lacs, et malgré les fondrières de l'hiver, les glaces encore présentes, Outtaké gagne les sources de la rivière du Gouffre, découvre le Saint-Laurent à la Baie Saint-Paul, y jette ses canots enfin libres de suivre les courants, et arrive sous Québec PAR LE NORD... Est-ce bien ainsi que les choses se sont passées ?

— C'est bien ainsi que les choses se sont passées, acquiesça-t-elle.

— Nul n'y a songé ?

— Nul n'y a songé.

— Même pas toi ?

— Même pas moi.

— Ni Ticondéroga ?

Elle eut une hésitation.

— Je ne peux savoir ce qu'il a songé... Mais il est parti vers le sud avec Onontio. S'il soupçonna que tu devais venir par le nord, il ne parla pas.

Outtaké affecta une expression condescendante.

— Ne soyez pas humiliés, Blancs, de voir vos dons de divination et de prescience mis en défaut par un Indien comme Outtaké. Il n'est pas un Indien comme les autres. Il est le dieu des nuages, qui converse avec l'Oranda. Il y a d'excellents devins, jongleurs et visionnaires, parmi vous, qui voient et devinent, flairent le vent, et comptent avec l'invisible. Mais Outtaké est le plus fort pour brouiller les esprits à distance, les endormir, les égarer, et Dieu sait que l'esprit des Français se laisse facilement égarer.

Il eut un rire indulgent et dédaigneux comme s'il avait parlé à des enfants étourdis.

— ... Je vins donc, et je fus aux portes de Québec avec mon armée, comme l'eau se répand dans les roseaux au temps des pluies et que la rivière est soudain au seuil des cabanes sans qu'on l'ait vue s'avancer. Et je dis : Québec se souviendra de ce jour où j'ai tenu sa vie dans mes mains.

— Québec se souviendra de ce jour, répéta-t-elle.

Anxieuse, elle pensait aux colons de la côte de Beaupré et de l'île d'Orléans qui avaient reçu le premier choc et se demandait avec angoisse à quelles têtes appartenaient les chevelures sanglantes qu'il portait à sa ceinture. Guillemette ? Les enfants de Saint-Joachim ?

— Ne t'attriste pas, Kawa, fit-il ayant suivi son regard L'homme ne prouve qui il est qu'en ayant le courage d'affronter et de donner la mort... Et, ce qui est pis, d'affronter de tout perdre de son œuvre, de ses titres et de ses richesses. Il donne la mort mais il commence par se la donner à lui-même, en la prévoyant comme possible. Il porte des blessures à son ennemi, mais il a commencé par se porter des blessures à lui-même, par la perte anticipée de tout ce qui lui est cher et qu'il met dans la balance de son combat. Tel est le destin de l'homme depuis qu'il naît au monde.

Il étendit ses bras musclés, oints de graisse d'ours et cerclés de petits bracelets de plumes.

— Vois ! Nos corps et nos cœurs sont couverts de cicatrices, c'est le destin de notre chair.

Suivant du regard son mouvement, elle leva les yeux, et en même temps, elle aperçut aux branches arides des arbres de l'hiver, une multitude de gouttes vertes qui perlaient. Les premiers bourgeons.

Un vent d'une douceur de zéphir passait. Le silence était trop complet. Les guerriers du chef iroquois s'étaient éloignés et, en le voyant seul près d'elle, elle fut saisi d'une crainte

— Prends garde qu'on ne te capture ! dit-elle en regardant de tous côtés.

La face d'Outtaké se fonça et il reprit son apparence terrifiante, ses yeux lançaient des éclairs.

— Veux-tu dire qu'on oserait porter la main sur moi alors que je suis en train de débattre de la paix avec toi et avec une écharpe de wampum d'une telle valeur entre nous ?

Il frémissait d'indignation.

— ... Vois à quel degré de félonie peuvent atteindre tes frères les Français, puisque toi-même tu peux les croire capables de commettre un tel déshonneur !

Il gronda et, avançant le bras, il posa sur l'épaule d'Angélique sa main graisseuse, maculée du sang des scalps qu'il avait le matin même « levés » sur des crânes de Français, ces frères maudits, trop aimés, trop redoutables, trop décevants...

— ... Qu'ils prennent garde eux aussi ! Je peux t'emmener en otage.

— Non ! protesta-t-elle. J ai parlé ainsi parce que j'ai craint pour toi, mais j'ai parlé comme une femme... sans réfléchir

— Tu as craint pour moi ? répéta-t-il en s'adoucissant.

— Oui ! Parce que je me suis aperçue que tes guerriers s'étaient éloignés et que tu te trouvais seul. Mais je connais ta force. J'ai mal jugé de mes frères et me suis mal conduite en doutant de leur loyauté. Personne ne prépare de piège à ton endroit, Outtaké, j'en fais serment. Ce jour n'est pas celui de la ruse et de la trahison. La population de Québec est sans défense car beaucoup de soldats sont partis avec le Gouverneur. Les femmes et les enfants de Québec te béniront pour ta générosité, si tu renonces à accomplir sur eux ta vengeance.

— Je n'irai pas plus loin que la lisière de ce champ, affirma-t-il avec force. Telle est ma volonté pour te complaire.

DANS le bois en face, ils avaient tressailli en voyant la main du sauvage se poser sur l'épaule d'Angélique.

— Il a porté la main sur elle !

— Il va l'emmener en captivité !

Mais le quartier-maître du *Gouldsboro* continuait à mâcher sa chique de tabac et à prêcher le sang-froid.

— Ne compliquez pas la mission de Madame de Peyrac C'est une personne qui sait ce qu'elle fait, comme son époux. notre amiral.

Et Jacques Vignot, le charpentier qui se trouvait parmi eux, ricana.

— Elle en a vu d'autres, l'an dernier à Katarunk. J'y étais. — Il tira sur ses cheveux. — J'ai donné moins cher alors de cette tignasse-là, qu'aujourd'hui, et pourtant nous en sommes tous sortis

Outtaké avait retiré sa main de l'épaule d'Angélique.

— Telles sont mes intentions, je t'en informe. Je vais rejoindre Ticondéroga et Onontio. Mes deux grands frères français sauront-ils retenir ces bâtards de Hurons et d'Abénakis acharnés à vouloir détruire notre peuple, le Peuple de la Longue Maison ?

— Ils les retiendront. Abénakis et Hurons leur obéiront. Outtaké, tu es resté trop longtemps éloigné du côté de ton fief de Niagara, à garder le grand sault qui protège votre vallée secrète... Tu ne vois plus comment se distribuent les forces des nations indiennes. Les Hurons, par vos coups, peut-être, mais c'est ainsi, ne sont plus qu'un peuple décimé et ne peuvent subsister qu'à l'ombre des Français. Les Abénakis sont des baptisés pour la plupart. Ils sont moins ennemis de l'Iroquois qu'alliés des Français.

— Hon ! grogna-t-il. Je me méfie des Abénakis que la Robe Noire a dressés contre nous. Ils sont nombreux, grands guerriers sans parole... Vois Piksarett, cette belette sournoise..

— Ne le nomme pas. Tu sais, toi-même, qu'il est en dehors des traités. Ne fais pas porter un trop lourd fardeau à ton peuple, pour la manœuvre d'un seul. Tu connais Piksarett ? Il est comme le glouton, le diable des bois. Il est seul et ne poursuit qu'un but, le sien, et nul ne sait quel est ce but...

Les yeux du Mohawk se plissèrent jusqu'à n'être qu'une mince fente brillante et mouvante comme le mercure. C'était sa façon de sourire ou de marquer sa gaieté.

— Je vois que tu nous connais bien, tous tant que nous sommes, Indiens, peuples des forêts. Soit, je me rends à tes raisons. Je n'en veux pas à Piksarett.

— Et tu lui es même reconnaissant de t'avoir donné une raison pour venir sous Québec, manifester ta force et l'habileté de tes campagnes.

— Tu nous connais bien ! approuva encore l'Iroquois avec satisfaction.

Ses traits continuaient de s'éclairer de cette onde de sourire amuse

— Ce fut ainsi, je n'en disconviens pas.

Il resta silencieux.

Puis il désigna le collier de Wampum à leurs pieds.

— Reprends ce collier et continue à garder par lui la parole des Mères des Cinq-Nations. On saura désormais qu'il est bon d'être de vos alliés. Et la paix pourra régner encore aux rives de la Mohawk. Et maintenant, je vais aller vers Onontio et Ticondéroga. Je vais réclamer les « rassades » et les « branches » des traités par lesquels ils doivent m'assurer de leur parole.

— Je sais qu'ils ont emporté de nombreux wampum et plus encore de cadeaux à te remettre.

— J'aime à l'entendre. Et toi, femme, reprends ce collier. Garde-le comme un signe entre nous. Au moins, tant que tu vivras et qu'il y aura ce collier entre nous, il y aura de l'espérance. J'ai dit !

Angélique se pencha pour ramasser l'écharpe de coquillages dont le dessin sur fond blanc représentait les Mères du conseil iroquois, rangées autour de leur présidente, envoyant une pluie de haricots destinés à nourrir les Blancs de Wapassou qui allaient mourir de faim dans leur fort de bois, isolé par l'hiver.

Lorsqu'elle se releva, Outtaké avait disparu. Il s'était effacé comme une ombre sans qu'elle ait surpris un frôlement de son pied sur le sol, ni le craquement d'une ramille écartée.

Et l'on aurait cru avoir rêvé le passage des Iroquois sans cette odeur de fumée et de chair brûlée qui montait du ravin.

Son Wampum roulé sous le bras, Angélique redescendit le champ en pente. Elle se sentait légèrement abasourdie. « Ce ne sont que de pauvres sauvages », se dit-elle, « de pauvres sauvages déconcertés, inquiets, cherchant l'Étoile de leur univers bouleversé ».

Elle marchait les yeux baissés et, cette fois, elle voyait nettement, elle voyait partout devant elle ces petits brins d'herbe froissés qui pointaient entre des morceaux de glaise dure que leur force frêle avait repoussés.

— Et maintenant, la voilà qui s'en revient comme si elle était allée cueillir la primevère, chuchota le milicien confondu.

On leur avait bien dit que la Dame du Lac d'Argent n'était pas comme les autres. « Oui ! Certain ! Elle n'était pas comme les autres ! »

Angélique découvrit le sous-bois rempli de têtes avides, de faces stupéfaites, car tandis qu'elle palabrait là-haut avec Outtaké, le contingent des défenseurs s'était grossi de tous ceux qui, pouvant porter armes, avaient couru vers les points menacés pour défendre les arrières de la ville

— Outtaké m'a donné sa parole, leur dit-elle. Il se retire. Il épargne Québec. Il ne reviendra pas.

COMME elle revenait vers la ville, entourée de ceux qui avaient assisté à sa rencontre avec le chef des Iroquois, une femme sortit d'une maison pour se jeter à ses genoux.

— Vous êtes allée au-devant de ce barbare, comme sainte Geneviève au-devant d'Attila. Vous avez sauvé la ville comme elle sauva Paris... Dieu vous bénisse !

C'est ainsi que Mlle d'Hourredanne présenta les choses dans un courrier qui se révéla une véritable chronique heure par heure.

La Haute-Ville était dans l'agitation. Il arrivait sans cesse des nouvelles de différents points de la bataille vers lesquels s'étaient portés spontanément, et sans avoir le temps de requérir des ordres, tous ceux qui, dans un instant de leur vie quotidienne, avaient été saisis, avertis, de ce qui se tramait. Certains par un pressentiment, d'autres par une odeur, une rumeur lointaine, un aspect du ciel. Avec l'Iroquois comme avec l'incendie, c'était une question de rapidité. Il fallait courir sus sans attendre...

La Basse-Ville sur son front de mer et la Mi-Ville à mi-côte demeurèrent presque à l'écart du drame malgré le tocsin. Le temps de monter s'informer et déjà les défenseurs refluaient ramenant leurs blessés, entourant les rescapés des massacres environnants, qui, par miracle, s'étaient cachés ou s'étaient enfuis à temps.

Suzanne vint au-devant d'Angélique en criant de loin :

— Il est sauvé ! Il est sauvé !

— Qui ?

— Notre Cantor !

C'est ainsi qu'Angélique apprenait en même temps qu'une escouade composée des jeunes gens de la Haute-Ville s'était portée en courant à la rencontre des Iroquois, qu'elle avait été décimée dans un combat corps à corps à coups de hachettes et de tomahawks, mais que Cantor qui en faisait partie revenait sain et sauf.

Elle défaillit de peur rétrospective et de soulagement.

— Madame, venez vite vous asseoir dans la maison.

Le jeune Alexandre de Rosny avait été tué et aussi un fils de seize ans de M. Haubourg de Longchamp.

Le but des jeunes gens qu'entraînait Cantor avait été de se porter au secours d'une bastide, construite aux avancées de

Québec par M. de Peyrac, et où trois de ses hommes luttaient, interdisant le passage à coups de mousquets. Ils allaient être submergés lorsque les jeunes arrivèrent. Leur intervention avait permis de tenir en respect plus de deux cents Iroquois, sauvant ainsi les campements des Hurons de Lorette et de Saint-Foy qui avaient eu le temps de se retrancher sous les directives des pères jésuites qui desservaient leurs paroisses.

Soudain, les Iroquois s'étaient retirés dans les bois et avaient disparu.

Angélique s'informa des ursulines et de leurs enfants. Dès la première alarme, le monastère avait été aussitôt entouré de soldats et de défenseurs, mais l'ennemi n'ayant pu avancer au-delà de la bastide des gens de Peyrac, du côté de Saint-Foy toute la ville en fait était restée calme. Pour l'heure aux Ursulines, les religieuses s'y livraient à l'action de grâces, tandis que les enfants mangeaient leurs tartines de mélasse comme d'habitude.

Dans la maison, il y avait beaucoup de monde, les enfants de Suzanne qu'on réconfortait, le voisinage qui s'informait. Angélique monta et s'enferma dans sa chambre, comme elle l'avait fait quelques heures auparavant, dans un moment qui paraissait incroyablement lointain.

Cantor était sauvé. La ville était sauvée. Outtaké s'était retiré.

Elle jeta le collier de Wampum sur son lit et le contempla de loin comme dans un rêve : « Merci ! Merci ! aux Mères des Cinq-Nations », dit-elle, une bonne fois comme pour en finir. « J'irai un jour dans la vallée des cinq lacs pour les remercier. »

Elle était épuisée. Comme dédoublée. C'était arrivé et le pire danger était passé. Mais elle n'était pas heureuse. Ses yeux tombèrent sur les débris du petit réchaud de faïence qu'elle avait brisé dans un accès de colère impuissante et le souvenir lui revint de la catastrophe qui n'avait cessé de la ronger en sourdine et de lui mordre le cœur, tandis qu'elle courait au-devant d'Outtaké pour l'arrêter, comme sainte Geneviève au-devant d'Attila. Mais sainte Geneviève, elle, n'avait pas au cœur une peine si cuisante. La douleur se réveillait comme celle d'une blessure engourdie par le choc.

La vie allait reprendre et avec elle il lui faudrait faire face à une vision corrosive. Joffrey la trahissant. Joffrey penchant vers Sabine de Castel-Morgeat ce même sourire qui la bouleversait. Lui... Lui, qui était son tout. Sans lequel elle ne pouvait vivre, il ne l'aimait plus, elle l'avait lassé...

Là sa pensée s'arrêta, car elle trouvait à ce qu'elle imaginait un ton faux. Déclarer qu'il ne l'aimait plus et qu'elle l'avait lassé, c'était de la mauvaise tragédie qui rendait un son creux Cela ne valait pas plus que si on avait voulu la convaincre que Nicolas de Bardagne avait pour elle plus d'importance que Joffrey. Or, elle l'aurait volontiers rayé d'un trait de plume, effacé d'un souffle si elle l'avait pu, le pauvre Bardagne.

Mais Lui ! Lui ! c'était différent. Il n'était pas comme une femme étourdie... Elle fut exaspérée à l'idée qu'il eût pu éprouver du désir pour Sabine de Castel-Morgeat, d'autant plus qu'elle avait été la première à remarquer la beauté originale de la grande dame toulousaine. Elle était parvenue à ses fins, l'hypocrite ! Alors qu'elle-même chaque jour se croyait plus assurée de l'amour de son mari et s'épanouissait dans son rayonnement, la belle dame toulousaine s'occupait de le détacher d'elle.

« Bien fait pour toi ! Ça t'apprendra ! »

La catastrophe forait son trou brûlant dans son cœur. Jamais plus... jamais plus rien ne serait comme avant. Elle ne pouvait détacher les yeux de ces débris de son rêve à ses pieds, signe d'une réalité que le jeune Anne-François vindicatif lui avait jetée au visage dans une aurore si belle. Quand cela ? Il y avait très longtemps dans une autre vie... Une autre vie si belle ! si belle ! Et qu'elle avait perdue...

Une voix l'appelait au-dehors, avec des accents déchirants

— Angélique ! Angélique !

Une voix détestée.

— Angélique ! Angélique ! Par pitié !

La voix se rapprochait montant de la rue. La voix de Sabine de Castel-Morgeat.

Angélique redressa la tête ne pouvant en croire ses oreilles Comment osait-elle, la misérable !

L'appel maintenant ne venait plus de la rue mais de l'intérieur même de la maison. De grands cris mêlés de sanglots qui s'élevaient au sein d'une rumeur de voix apitoyées prodiguant des adjurations au calme et à l'espérance, des mots de conseil et de consolation, de grands cris mêlés de sanglots

— Angélique ! Angélique ! Au secours !

Angélique sortit lentement de sa chambre et vint sur le palier d'un pas tremblant qui se posait comme sur un sol cotonneux Elle aperçut, en bas, dans la grande salle, parmi les bonnets blancs des commères, de Suzanne et de Yolande, parmi les soldats et les voisins tenant encore leurs mousquets en mains les enfants et les rescapés enveloppés dans des couvertures devant le feu et que l'on réconfortait à coups de bols de cidre de soupe et de vin chaud, elle aperçut Sabine de Castel-Morgeat qui tendait les bras vers elle.

— Angélique ! Venez ! Venez vite ! Je vous en supplie ! Anne-François ! Mon fils ! mon enfant ! Il est terriblement blessé ! Il se meurt ! Nul chirurgien n'ose approcher ses plaies... Vous seule ! Vous seule pouvez le sauver !

Angélique penchée au-dessus de la balustrade de l'escalier se cramponnait des deux mains à la rampe et fixait sur Mme de Castel-Morgeat des regards fulgurants. Elle n'avait rien entendu.

— Comment osez-vous franchir le seuil de ma maison ? Et m'adresser la parole après ce que vous m'avez fait ? dit-elle d'une voix étouffée. Comment avez-vous seulement le front de vous présenter devant moi sans rougir ?

Sabine déjà pâle devint livide. Ses prunelles dilatées s'attachèrent à la physionomie d'Angélique comme si elle était la proie d'une apparition effrayante. Et elle comprit qu'il était arrivé ce qu'elle n'avait cessé de craindre : qu'Angélique n'apprît un jour cet unique moment de faiblesse hors du temps et de la vie qu'elle avait connu dans les bras de Joffrey de Peyrac. Ce moment qui n'appartenait pas à la vie, à leurs vies et qui ne changeait rien ou si peu au cours des choses. Sauf qu'elle, Sabine, avait été sauvée.

Trop bouleversée par le danger mortel dans lequel se trouvait son fils, elle n'eut pas le temps de feindre comme l'autre fois, de se redresser en protestant contre l'accusation

Et Angélique, voyant se peindre sur ses traits tous les symptômes de la culpabilité, sentit son cœur s'arrêter, se figer comme serré dans une poigne de glace.

Elle n'entendait plus rien. Un grondement de torrent ronflait à ses oreilles, emplissait sa tête. Elle se cramponnait à la rampe pour ne pas tomber.

Les paroles suppliantes de Sabine ne lui parvenaient plus

— Angélique, ne refusez pas de sauver mon fils... Ne condamnez pas mon enfant à cause de moi ! Mon seul fils, mon amour, ma vie !

Elle n'entendait que cette voix honnie qui disait des mots effrayés, parmi lequels se glissait celui d'amour.

— Taisez-vous !

Sentant la partie perdue et folle de crainte pour son fils Sabine se laissa glisser à genoux sur le dallage, levant vers Angélique ses mains jointes si serrées que ses doigts blanchissaient translucides.

— Pardon ! Pardon !

Et Angélique lui en voulut à mort Par son abaissement qui

était un aveu, Sabine ne lui laissait même plus l'espoir d'un doute. Elle avait toujours su que c'était vrai. Pourtant, à cet instant qui la condamnait sans rémission, elle crut mourir de douleur.

— Vous m'avez pris mon mari ! hurla-t-elle.

« Imbécile ! » songeait-elle, « tu sais bien qu'elle ne t'a rien pris du tout ». Mais elle ne se possédait plus. Il fallait qu'elle trouvât quelque chose à crier sinon elle allait étouffer de rage et de chagrin.

— Taisez-vous ! Relevez-vous ! Et quittez ma demeure ! Vous me répugnez !

Sabine continuait à lever vers elle ses deux mains jointes tremblantes.

— Venez ! Venez ! répéta-t-elle d'une voix brisée qui avait de la peine à franchir ses lèvres.

— Non !

— Mon fils ! Mon enfant ! Ma fierté !

— Non !

— Il va mourir...

— Eh bien ! qu'il meure, ce petit crétin !

Madame de Castel-Morgeat demeura sans voix. Frappée au cœur, elle se vit au sein d'un cauchemar où s'effondrait son instable univers, malgré tout tant aimé. Elle vit dans cette femme qui se penchait vers elle une inconnue cruelle, ce n'était pas Angélique. Angélique avait disparu. Peut-être n'avait-elle jamais existé ? Bientôt Anne-François aussi ne serait plus qu'une ombre loin d'elle.

Elle laissa retomber ses mains. Elle se releva péniblement. Debout au milieu du cercle muet des assistants médusés, elle cherchait des yeux le moyen de rompre l'emprisonnement de ces regards et de fuir.

Quelqu'un se précipita pour lui ouvrir la porte sur la rue.

Il lui fallait retourner vers Anne-François, le retrouver avant qu'il ne la quitte. Il avait besoin d'elle. Il l'appelait peut-être.

Elle traversa la salle, descendit les marches qui menaient au petit vestibule et sortit. On s'écartait devant elle comme devant le symbole du deuil, du désespoir et de la malédiction.

Lorsqu'elle eut quitté la maison le voile qui brouillait la vue d'Angélique parut se dissiper. Elle se retrouva au sommet de son escalier dominant l'assemblée qui ne soufflait mot.

Il lui apparut qu'elle n'avait jamais tant dit et tant fait de sottises dans un si court instant. Et devant l'expression de stupeur des personnes présentes, l'idée lui vint que son infortune n'avait jamais été soupçonnée de quiconque, en dehors des protagonistes, de la Delpech et du fils jaloux, et que c'était elle qui venait — en chaire, pour ainsi dire — d'en informer Québec.

Tant pis. D'avoir crié lui avait fait du bien. Soudain elle prenait conscience des regards levés vers elle, emplis d'ahurissement, d'incompréhension. Des visages simples et candides.

Sa colère l'abandonnait, la laissant vidée de rancœur, ne sachant même plus pourquoi elle avait eu si mal. Il n'y avait vraiment pas de quoi. Elle était lasse.

Elle avait dit des choses horribles : « Qu'il meure, ce petit crétin ! »

Elle imagina Florimond mourant, perdant sa vie qu'il aimait tant. Son regard chercha celui de Suzanne, la femme courageuse si franche, si jeune, si « nature », une sœur de cœur à son image.

— Suzanne, que dois-je faire ?

— Madame, vous ne pouvez laisser mourir ce bel enfant.

Angélique haussa les épaules. C'était bien là une protestation de mère. Les mères, elles étaient toutes les mêmes. Comme elle ! Elles aimaient la beauté. Tout être jeune était beau, le prolongement de la vie qu'elles avaient donnée, défendue. La mort d'un homme les frappait dans la continuité de leur œuvre et le sens de leur combat. Souvent avec le fils qui disparaît c'est l'échec d'une vie de femme, le non-sens de tant de soins et de rêves.

— Je vais le faire, dit-elle, mais que c'est dur, Suzanne, que c'est dur !

— Madame, vous le pouvez.

— Donne-moi ton Pacôme pour me porter mon sac...

Elle entra dans son cabinet aux plantes, choisit ce qui lui était nécessaire.

Suzanne lui mit son manteau sur les épaules.

Dans la rue, Angélique fut surprise d'apercevoir Sabine de Castel-Morgeat ayant à peine dépassé la maison de Mlle d'Hourredanne. Écrasée par la douleur, elle n'avançait qu'à pas défaillants, courbée en deux comme une vieille femme, et devant s'appuyer au mur.

Angélique la rejoignit et lui prit le bras en disant :

— Dépêchez-vous !

Avec le petit Pacôme, chargé du sac de médecine, courant sur leurs talons, la Haute-Ville les vit ainsi passer, ce qui infirmerait plus tard les ragots faisant état d'une terrible querelle qui aurait éclaté entre elles.

En chemin, Angélique s'informa des blessures d'Anne-François.

— Il est blessé au ventre. Et comme vous avez recousu...

— Toutes les blessures ne sont pas les mêmes .. Rien ne dit que je pourrai, cette fois, quelque chose.

Dans la grande salle du conseil du château Saint-Louis on avait posé des paillasses à terre et on y avait amené les premiers blessés dont le jeune Castel-Morgeat. Les Dames de la Sainte-Famille, Mme de Mercouville à leur tête, avaient apporté tout ce qu'il fallait pour les premiers soins.

Elles rapprochèrent tables et escabeaux de l'endroit où gisait le blessé, déposèrent cuvettes et linges, tandis que l'on apportait des cuisines des chaudrons remplis d'eau.

Il était difficile de comparer le cas du jeune homme à celui d'Aristide. Ses blessures étaient multiples et il avait reçu des coups à la tête. Il n'était pas imbibé d'alcool comme le vieux pirate, ce qui n'avait pas nui à celui-ci et semblait avoir aidé à sa guérison. Mais il n'avait pas attendu aussi longtemps les tripes à l'air que le frère de la côte. En agissant vite, on pouvait espérer que sa jeunesse saine et robuste ferait le reste.

— Qu'attendez-vous ? Qu'attendez-vous ? gémissait Sabine de Castel-Morgeat en se tordant les mains.

Angélique eut envie de la faire enfermer à double tour en quelque chambre éloignée. Elle bouleversait les courants bénéfiques qu'elle essayait d'établir autour du blessé par sa pensée confiante. Elle fit signe à Mme de Mercouville et lui murmura que si quelqu'un pouvait s'occuper de Mme de Castel-Morgeat, ce serait charité.

— J'y vais.

— Non ! J'ai besoin de vous.

— Je m'en charge, dit la douce Mme de Beaumont.

— Je vous accompagne, renchérit Bérengère-Aimée de La Vaudière.

C'était méritoire de sa part. Elle n'aimait pas se sacrifier, ni manquer le premier rôle. Mais toutes ces horreurs, ce sang, ces plaies la faisaient défaillir.

Une seule personne n'aurait pu venir à bout de Mme de Castel-Morgeat rivée au chevet de son fils. Mais elle ne put résister à deux. Bérengère eut aussi l'idée d'envoyer chercher Mme Le Bachoys. Toutes trois elles entraînèrent Mme de Castel-Morgeat à l'église, prièrent une bonne heure avec elle, mais comme on amenait les morts pour l'absoute au milieu des sanglots et que le glas commençait de sonner à notes lugubres, elles l'emmenèrent aider à l'installation des réfugiés, puis à l'Hôtel-Dieu où elles aidèrent à préparer les marmites de soupe qui s'imposaient.

Angélique s'était mise au travail. Tandis qu'elle faisait bouillir les plantes et trempait ses instruments de chirurgie dans son bocal d'*Aqua Vitae*, Mme de Mercouville la remercia intensément à mi-voix de lui avoir sauvé la vie ainsi qu'à plusieurs de ses enfants.

— J'ai fait de mon mieux, dit Angélique. Le chef iroquois m'avait des obligations. Je pouvais espérer qu'il m'écouterait

— Ce n'est pas cela !

Mme de Mercouville parlait d'une intervention plus directe plus personnelle : la rencontre qu'ils avaient faite d'elle alors qu'ils descendaient au port avec les pièces du tabernacle de sainte-anne et qui avait déterminé ce petit furet d'Ermeline de se précipiter à sa suite leur avait fait manquer le premier bateau. Deux de ses enfants qui étaient déjà montés à bord étaient redescendus à quai, pour attendre leur mère et la nourrice. Or, le bruit courait que la grande barque en question avait été assaillie au large de l'île d'Orléans par une nuée d'Iroquois dont les canots avaient soudain surgi de derrière un promontoire et que tous ses occupants avaient péri.

— *Deo gratias !*

La main de Dieu était sur les survivants épargnés par le hasard d'une rencontre bénéfique, la sienne.

ELLE devait passer plusieurs heures au chevet du jeune Castel-Morgeat. Des nouvelles arrivaient, qui bourdonnaient autour d'elle et de son aide compétente, Mme de Mercouville

On racontait que les barbares avaient dû contourner le couvent des récollets solidement défendu par ses moines dont Loménie avait pris le commandement. Cette résistance avait retardé l'avance de l'ennemi et lui avait causé beaucoup de dommages. Ville d'Avray pleurait son bel Alexandre.

— Mon enfant ! Mon enfant ! répétait-il.

On avait évité de lui montrer le corps, car le courageux adolescent avait été scalpé, mais le marquis s'en doutait, et sa douleur redoublait à la pensee de cette chevelure blonde pendue à la ceinture d'un sauvage.

Les Mères ursulines avaient fait dire qu'elles gardaient à dormir les petites élèves de la ville, afin de leur éviter de rentrer dans des maisons bouleversées par des deuils et la triste vue des blessés et des morts.

Honorine devait être enchantée de cette diversion à la vie quotidienne. On saurait plus tard qu'elle avait solidement attendu l'Iroquois avec son arc et ses flèches.

Les hommes de Peyrac qui avaient pris part à la défense de la ville furent acclamés dans les cabarets où on les entraîna pour leur payer des tournées sans nombre. Le pieux Marivoine ne cessait de faire le récit de la rencontre de Mme de Peyrac et de l'effrayant chef des Cinq-Nations.

— Si vous l'aviez vue avec son collier de Wampum, courant partout comme une hirondelle verte...

— Tu as connu des hirondelles vertes, toi ?

ANGÉLIQUE parvenait enfin au bout de son labeur. Il lui avait fallu réduire chaque blessure l'une après l'autre, prévenir leur évolution, soutenir les forces du jeune homme inconscient Le jour tomba alors qu'elle coupait à la lueur des premiers flambeaux le dernier fil qu'elle avait passé pour rapprocher les bords béants d'une plaie ouverte à la cuisse par un coup de hache. Puis elle le barda d'emplâtres de millefeuille et consoude, cataplasmes à la fois émollients et cicatrisants.

Sabine de Castel-Morgeat était venue se rasseoir auprès de son fils. Elle était calme, voyant qu'il respirait encore et paraissait moins souffrir.

Mme de Mercouville partit voir sa maisonnée.

Bérengère proposa d'aider au rangement.

M. d'Avrensson, le major commandant Québec en l'absence de M. de Frontenac, vint s'informer de l'état du blessé.

Angélique se lavait les mains. Elle était épuisée. Elle but coup sur coup deux grands verres d'eau fraîche et se sentit mieux.

Puis un jeune soldat entra d'un air affolé en disant que les Iroquois, poussant leur cri de guerre, et remontant le fleuve dans leurs canots, s'avançaient sur la ville.

82

C'ÉTAIT IMPOSSIBLE, LUI RÉPLIQUA-T-ON LES IROQUOIS ÉTAIENT partis.

Oui ! Mais ils revenaient, dit-il. Ils revenaient par le fleuve.

— Outtaké m'a donné sa parole, s'écria Angélique

— Venez voir !

Le soldat les entraîna sur la grande terrasse qui courait tout au long de la façade sud du château dominant le Saint-Laurent et permettant d'observer un vaste cercle d'horizon.

Vers le nord-ouest, là où gîtait l'île d'Orléans, au fond d'un crépuscule bleuâtre plus opaque d'être imprégné des fumées qui continuaient à s'y accumuler, s'élevant des ruines des hameaux et des habitations, des myriades de lumières semblaient danser, s allumant et s'éteignant comme des lucioles.

Un grondement sourd s'élevant à intervalles réguliers roulait par vagues jusqu'à eux.

— Écoutez ! Leurs « sassakoues » ! Leurs cris de guerre ! dit le jeune soldat, tremblant.

On aurait aimé lui démontrer que le roulement était celui de l'orage, et ces lueurs traversant la nuit et pointillant la surface de l'eau par intermittence, des éclairs. Mais, las, il fallait déchanter.

S'éclairant de torches, plusieurs canoës débouchaient des deux bords de l'île d'Orléans et convergeaient pour se rassembler au milieu du fleuve à la pointe sud de l'île.

L'agitation de la ville se manifesta. Les fenêtres s'ouvraient. Un murmure naquit, s'amplifia en bouffées chaotiques et inquiètes, que perça soudain venant de la Basse-Ville un long cri aigu de femme effrayée.

« Ils reviennent ! »

On aurait voulu croire aussi qu'il s'agissait encore d'une démonstration spectaculaire d'intimidation, voir d'adieu.

Mais la masse au loin bougeait et l'on devina, qu'une fois rassemblée dans le fond de la nuit, maintenant profonde, la flottille iroquoise s'ébranlait et entreprenait sa marche vers Québec. On ne pouvait plus douter de leur progression. Les cris se faisaient plus audibles. Il y avait parfois une interruption dans ce grondement continu, un point de silence, puis montait et roulait longtemps une nouvelle explosion de clameurs.

Dans la Haute-Ville, du côté de la Place d'Armes, une rumeur de panique battit les portes devant la cour d'honneur du château Saint-Louis. Les femmes et les enfants des Hurons du campement Sous-le-Fort, désertant leurs wigwams et leur palissade, suppliaient qu'on les laissât entrer se mettre sous la protection des soldats du gouverneur.

— Qu'on les laisse entrer ! autorisa d'Avrensson. L'approche de leurs plus féroces ennemis qui ont décimé leur nation les rend fous.

« Ce n'est pas possible », se répétait Angélique en se tordant les mains. « Outtaké m'a promis... »

Que lui avait-il promis, au fond ? Elle n'en savait plus trop rien. Que cachaient ces discours qu'il avait débités de sa voix rauque et monocorde ? Que n'avait-elle pas su discerner derrière ses menaces, ses conseils et ses allusions ?

« Nous rivalisons d'audace et de ruse ! » La victoire serait à celui qui tromperait et tromperait encore et le mieux et le plus sournoisement, l'ennemi irréductible.

« Ah ! Je ne comprendrai jamais rien à ces Indiens. »

Il y avait encore quelque chose à entreprendre, elle en était certaine, mais quoi ?

Elle se féliciterait plus tard que M. d'Avrensson, par un heureux hasard, se fût trouvé au château à ce moment précis. Car il allait faire une réflexion qui mettrait fin à sa perplexité.

Ce Gascon courageux était venu au Canada comme enseigne dans le régiment de Carignan-Salière. Il avait participé à la campagne de M. de Tracy et avait une longue expérience de la guerre iroquoise.

La tête penchée, il écoutait avec attention, et il dit subitement :

— Ce ne sont pas leurs « sassakoués »... Ce ne sont pas leurs cris de guerre !...

— Alors qu'est-ce que c'est ?

— Des cris, des insultes, des moqueries. Ils chantent. Ils chantent des menaces... Ils rappellent le mal qu'on leur a fait. Mais ils ne poussent pas leurs cris de guerre.

— Vous en êtes certain ?

— Certain !

Angélique posa sa main sur le poignet de l'officier. Elle le serra convulsivement.

— Monsieur, je sens... je sens et je comprends ce qu'ils veulent... Ils veulent passer... A Katarunk, déjà, c'est ce qu'ils demandaient : qu'on leur laissât franchir le Kennébec pour retourner chez eux... Le PASSAGE ! Je sens et je comprends les intentions d'Outtaké... Mais le fourbe s'est bien gardé de relever mes inconséquences lorsque je lui disais : Va rejoindre Onontio... Et je m'imaginais ne plus le revoir... Il ne m'a pas rappelé que, pour ce faire, il était obligé de remonter le fleuve jusqu'à l'embouchure de La Chaudière, c'est-à-dire de passer sous Québec... Et il doit se réjouir de la frayeur qu'il nous a causée... Il attend peut-être que dans notre affolement nous rompions la trêve... Major, je vous prie, envoyez des estafettes en toutes directions, qu'on ne tire pas un coup de mousquet... Pas une flèche... Prévenez les bedeaux des églises, surtout pas de tocsin... Et faites courir les émissaires par les rues afin de rassurer les habitants et de donner vos ordres. Qu'on éteigne toutes les lumières dans toutes les maisons... et tous les feux du port. Que rien n'attire l'attention des guerriers iroquois qui ne leur paraisse une provocation, ni ne réveille leurs instincts de meurtre et de pillage. Une ville morte, obscure, voilà le visage que nous devons leur offrir Une ville insensible à leurs cris. Une ville qui ne les craint point et qui les regarde passer dignement. Ils passeront, Monsieur d'Avrensson, puis ils s'en iront et nous serons saufs.

Sa main sur le poignet du major le brûlait.

Galvanisé, il s'élança au-dehors. Il réunit ses officiers qui eux-mêmes envoyèrent messagers et soldats porteurs des consignes.

Dominant les sourdes clameurs, on entendit s'abattre sur la ville, comme la grêle, des bruits de volets ou de vantaux précipitamment rabattus ou placés, des galopades dans les rues, des aboiements promptement étouffés, tandis que les maîtres tiraient leurs chiens à l'intérieur, les exhortations lancées par les militaires ou les archers de venelles en places.

— Barrez-vous ! Barrez-vous !

Et les barres de fer ou de gros bois étaient posées en travers des portes.

L'on allumait, en le plaçant sous le boisseau, le cierge de la Chandeleur. La femme et les enfants s'agenouillaient, le chapelet aux doigts devant la statue de la Vierge Marie. L'homme quel qu'il fût et quoi qu'on en dît, ressortait mousquet, balles et poudre. S'il prenait fantaisie à cette horde cannibale de débarquer sur les rives de Québec, il faudrait bien défendre la ville pied à pied, rue par rue, maison par maison.

Artisans, commerçants, boutiquiers, ils avaient tous une arme. Ainsi le voulait la vie en Canada.

ANGÉLIQUE était retournée sur la terrasse du château Saint-Louis. Son cœur battait la chamade. « Qu'Outtaké ne me trompe pas », supplia-t-elle, « qu'il ne me trahisse pas ! » Elle n'était qu'une femme, bien peu de chose...

M. d'Avrensson revint.

— Madame, il me faut camoufler quelques tireurs au bord du fleuve... pour parer à toute éventualité.

— Vous me garantissez leur sang-froid ?

— Je choisirai les plus âgés et les plus disciplinés. Moi seul s'il faut tirer, donnerai le signal. Et je resterai ici, afin d'évaluer avec vous, du château, les dangers auxquels nous devrons faire face.

Il repartait.

— Attendez !... De l'encre, une plume ! jeta-t-elle à un domestique qui passait.

Elle griffonna un mot rapide, qu'elle ne prit pas la peine de cacheter et qu'elle remit au major.

— Ayez la bonté de faire porter ce pli à Monsieur de Barssempuy qui commande le fort sous le Cap Rouge. Il faut qu'il soit averti et qu'il ait le courage de laisser passer les Iroquois sans coup férir.

On soufflait les chandelles, on couvrait les feux. Les torches de résineux ou de goudron au coin des places ou sur le port étaient retirées de leurs anneaux et plongées dans l'eau ou le sable. Les lanternes décrochées.

La ville s'éteignit.

La ville se tut.

ANGÉLIQUE avait demandé qu'on amenât des flambeaux pour illuminer la grande salle du conseil et aussi des torches à planter aux quatre coins de la terrasse.

— Mais vous avez dit qu'il fallait tout éteindre, gémit Bérengère.

— Sauf ici. Au sommet du Roc. Le palais du gouverneur doit être éclairé. Il faut qu'Outtaké voie flotter les étendards et les insignes du Roi de France. Et il faut qu'il me voie. Et qu'il sache que je le regarde partir à la tête de ses guerriers et que je l'admire.

— L'admirer ! s'écria la femme du procureur avec un rire hagard, vous êtes folle ! Vous allez nous faire massacrer.

— Aucune arme n'a assez de portée pour nous atteindre sur cette terrasse. Si vous avez peur, partez. Réfugiez-vous dans une chambre.

— Non ! Non ! Je veux rester avec vous. Vous êtes la seule qu'il respecte et qui peut nous protéger par votre ascendant.

Sabine de Castel-Morgeat était très calme. Elle alla humecter le front et les lèvres d'Anne-François, toujours inconscient mais qui lui parut apaisé. Puis elle revint et alla se placer auprès d'Angélique qui se tenait au centre de la longue galerie en belvédère, les mains sur la balustrade.

— C'est vrai, vous avez raison, dit-elle. Elle ajouta : Vous êtes admirable.

— Vous êtes indomptable ! bégaya en écho Bérengère.

Les deux femmes dans leur instinct devinaient que si le terrible sauvage ne l'apercevait pas, assistant à son départ glorieux et tonitruant, il pouvait être saisi d'une sombre et dangereuse fureur.

Ayant distingué une femme jusqu'à lui parler en égal, il ne souffrirait pas que, par son absence, elle parût lui manifester de la crainte ou de la méfiance. Voire du mépris, ce qui serait pis que tout. C'était encore une épreuve à laquelle il la soumettait. Et, par bonheur, elle l'avait compris à temps.

Enfin ! Elles espéraient qu'elle ne se trompait pas. Comment savoir avec ces sauvages versatiles et sans honneur.

Mais ELLE, elle savait et elles se sentaient calmées et héroïques, rien qu'à la regarder.

Des écailles leur tombaient des yeux. Elles découvraient, nouveau, ce beau visage dont elles avaient tant jalousé la séduction. Ce regard vert, qu'elles n'avaient voulu croire que destiné à prendre ces benêts d'hommes au piège, brillait du feu d'une intelligence dont elles bénirent le ciel d'en voir Angélique gratifiée. Elle les sauverait. Leur sort, leurs vies, celles des êtres qu'elles chérissaient, dépendaient d'elle. Il n'était plus temps de se dire qu'elle avait tout reçu injustement, qu'elle leur avait tout volé et qu'elle retenait de façon imméritée l'attention des hommes et l'amour exclusif de celui qui était le plus captivant de tous : Joffrey de Peyrac.

Toutes ces pauvretés s'écroulèrent dans leurs cœurs vaincus et désemparés.

Elles s'avisèrent de ses traits tirés que marquaient la fatigue et l'inquiétude. Depuis le matin, elle n'avait cessé de courir et de se dépenser sans compter. Il ne fallait pas s'étonner qu'elle fût quelque peu échevelée.

Domptant la peur viscérale qui la tenait recroquevillée sur elle-même, Bérengère s'approcha d'elle et, d'une main tremblante, commença de lui arranger ses cheveux.

Angélique qui, penchée à la balustrade, essayait de deviner les mouvements de la flotte iroquoise, laquelle semblait s'être arrêtée, eut un geste impatient pour écarter la jeune femme. Mais Mme de La Vaudière s'entêta et composa en quelques touches une coiffure parfaite, entreprise qui eut l'avantage de la distraire un instant de ses angoisses. Sabine de Castel-Morgeat, après être rentrée à l'intérieur du château, revenait avec le manteau d'Angélique. La nuit était froide.

Angélique, sentant sur ses épaules frissonnantes la tiédeur du vêtement, prit conscience de la présence des deux femmes.

— Merci ! dit-elle.

Elle les regarda l'une après l'autre.

— Retirez-vous si la vue de ce spectacle vous est par trop insoutenable.

Mais elles secouèrent la tête.

— Ne sont-ils pas arrêtés ? demanda à voix basse Sabine de Castel-Morgeat avec espoir.

— Hélas ! Je crains que ce ne soit que pour se rassembler

A l'entrée du goulet où se rétrécissait le fleuve, entre la pointe de Lévis et l'avancée du Cap Diamant aux flancs duquel s'érigeait Québec, la flotte iroquoise avait fait halte afin de se subdiviser. Et maintenant, elle reprenait sa progression sur quatre pirogues de front, avec une grande pirogue unique en tête. A un bord de celle-ci, un « jongleur » encorné sous le mufle et la peau d'un bison, brandissait le totem des représentants de la nation dont les embarcations suivaient.

En discernant cet animal velu à l'avant du premier canot qui apparut dans la lueur des torches, Bérengère poussa un cri étouffé et s'agrippa à Angélique.

— Nous allons mourir ! Nous allons tous mourir !

— Ne regardez pas.

La femme du procureur enfouit son visage dans ses mains. Elle ne savait pas s'il lui fallait mieux se boucher les yeux ou les oreilles. Elle faisait tour à tour l'un ou l'autre suivant ce qui la terrifiait le plus. De temps en temps elle ne pouvait s'empêcher de regarder entre ses doigts, fascinée par le spectacle hallucinant, puis horrifiée, elle se détournait et se cachait contre l'épaule d'Angélique.

83

LE HURLEMENT CLAMÉ PAR MILLE BOUCHES EN COLÈRE, ET MULTIplié par l'écho, sauta à la face de Québec silencieuse et aveugle.

— Vous nous avez trahis, Français !

— Vous avez frappé la paume de nos mains ouvertes, alors qu'elles se tendaient pour vous accueillir !

Point n'était besoin de comprendre les paroles, les entendre suffisait à vous hérisser le poil.

— Il reste encore des lumières sur le port.

Le vieux Topin courait le long des grèves et des berges pour éteindre ses pots à feu. Il avait envoyé ses fils et ses aides.

— Barrez-vous ! Barrez-vous ! Les v'là ! Filez-vous dans la première cache venue.

Il ne lui restait plus qu'un brasero à charbon de terre au bout d'un môle de bois. Et comme il y parvenait, leurs rugissements le recouvrirent comme le ferait une bordée de neige soufflée par un vent terrible. Il rentra la tête dans les épaules. Les premiers canots parvenaient à sa hauteur.

Drossés par le courant, ils passèrent si proches qu'il put voir, comme à les toucher, leurs faces hideuses, leurs yeux cruels, tournés vers lui et leurs bouches ouvertes qui clamaient des insultes.

Il y avait dans chaque canot un archer, les pennes de la flèche pincés sur la corde de son arc.

Topin abandonna son pot à feu. Éteindre ? Pas éteindre ? Cela ne servait à rien. On était éclairé comme en plein jour avec ces torches. Et ces animaux-là ne voyaient-ils pas dans la nuit !

Il tourna bride, courut vers les maisons du bord de l'eau qui jamais ne lui avaient paru si lointaines. Aucune flèche ne le rattrapa pour se planter entre ses omoplates, et il put s'engouffrer sain et sauf dans la première maison — celle de Le Bachoys qui osa entrebâiller sa porte et la referma aussitôt.

Il était apparent que les pagayeurs essayaient de se maintenir en bon ordre dans le milieu du fleuve. Ils peinaient. Les courants contraires étaient forts et les pagaies, à la pelle en forme d'amande, creusaient, comme on laboure, l'eau noire tressée de tourbillons.

La sueur de l'effort ruisselait sur l'échine et les bras des guerriers. Ils trouvaient, à énumérer leurs rancœurs, un sursaut d'énergie pour lutter contre ce fleuve aussi dur, mauvais et redoutable, que ceux-là, dont ses flots baignaient la cité orgueilleuse. Cité muette qui se taisait dans l'ombre.

— Nous vous avons accueillis dans nos wigwams. Nous avons tué nos chiens fidèles pour vous nourrir. Nous les avons mis à bouillir dans les marmites du festin d'hospitalité... Mais vous aviez encore leur graisse à la bouche, que vous avez bouté le feu à nos cabanes et à nos champs...

Quatre par quatre, les pirogues de différentes tailles s'avançaient. Parfois l'une s'isolait, où se trouvait le sorcier à peau de bison brandissant un totem.

Angélique se souvint des différents emblèmes des Cinq-Nations : le Loup, le Chevreuil, l'Ours, le Renard et l'Araignée.

Contre elle, Bérengère gémissait et récitait des prières :

« Seigneur, ayez pitié de nous. Sainte Marie, Mère de Dieu, priez pour nous pauvres pécheurs, maintenant et à l'heure de notre mort ! »

— Voici Outtaké, dit Angélique en tressaillant.

Elle sentit la main de Sabine de Castel-Morgeat s'agripper à la sienne. Il se tenait, seul debout, au centre d'une grande pirogue, où se trouvait porté le signe de la Tortue, emblème de la confédération iroquoise. Il émanait de lui une force inquiétante. Il leva les yeux et la vit.

Il la vit. Seule éclairée. Là-haut ! A l'avancée de l'orgueilleuse demeure d'Onontio, et serrant contre elle, pour les protéger, deux de ses sœurs terrifiées. Il la vit. Et elle était bien Kawa, l'étoile fixe de la légende, brillante et sans crainte. Elle le regardait partir. Cela l'exalta. Car cette fois elle l'avait vu dans toute sa puissance et sa gloire, elle l'avait vu avant que la puissance des Iroquois ne s'éparpille. Elle le voyait, tel qu'il était, ce dieu des nuages qui conversait avec les esprits. Il n'était pas qu'un guerrier qui se glisse dans la forêt comme le croient les Blancs, mais le chef d'une nation.

Comme il passait devant le sombre Roc où la lueur des torches révélait les maisons muettes, il se réjouit qu'elle les eût rejetés dans les ténèbres, les couards, ne voulant garder la lumière que pour elle et pour lui. C'était un hommage, elle lui exprimait qu'elle le trouvait grand et le seul « de valeur » dans cette nuit où tous les chiens et les chacals se terraient.

Alors, il se déchaîna, bras ouverts et levés vers la ville, hâche et tomahawk brandis.

— Je vous détruirai, Normands... J'arracherai les croix que vous avez plantées... Je vous y lierai pour la torture... J'ouvrirai vos poitrines et je mangerai vos cœurs...

La voix rauque portait loin et faisait retentir les falaises.

— Avec mes dents je vous arracherai un à un les ongles de vos doigts... Avec mes dents les plus aiguisées, je trancherai vos phalanges et je les cracherai avec mépris dans le feu comme une chique de tabac pourri... Je ferai bouillir vos carcasses dans les chaudières de guerre et j'en verserai l'eau pour empoisonner les rivières de mes ennemis...

Pour ceux qui comprenaient, il y avait de quoi se faire craquer les jointures sur la crosse des fusils et vingt fois épauler et viser, dans la tentation de « tuer » cette voix haineuse, d'en avoir fini avec le plus grand ennemi de la Nouvelle-France.

Pour ceux qui ne comprenaient pas, c'était presque plus éprouvant. Cette voix dans la nuit râpait l'échine et pétrifiait de terreur.

— Le démon ! Le démon ! Qu'il se taise ! suppliait Bérengère en se cramponnant à Angélique et en se cachant le visage contre son épaule.

On se mit à craindre que les guerriers, surexcités par ces cris de haine et ces appels au meurtre, ne détournassent leurs pirogues du milieu du fleuve afin de gagner les rivages et de s'y ruer, assoiffés de scalps.

M. d'Avrensson en fut ébranlé.

— Faut-il faire tirer ? demanda-t-il d'une voix sourde.

— Non ! Non ! Pour l'amour du ciel, ne voyez-vous donc pas ? Ils partent ! ILS PARTENT !

Et lui aussi, Outtaké passa. Insensiblement, sa barque l'emmenait au-delà de Québec. Il se tut. Il resta longtemps à guetter la silhouette éclairée, au sommet de la montagne.

C'était le dernier songe. La plus irréalisable vision dont il avait rêvé pour clôturer son expédition guerrière, une expédition qui avait été la plus folle et la plus périlleuse qu'il ait jamais menée, et dont il redoutait de ne pouvoir en monter d'autres aussi prodigieuses pour le renom des Iroquois. Car les forces des Iroquois déclinaient. On les rejetait loin, vers la vallée sacrée où ils demeuraient et où ils resteraient les derniers guerriers libres.

Le passage de la flotte iroquoise de près de trois cents canots parut durer une éternité.

Peu à peu la tension de la ville se relâcha. Par la fente de l'huis ou des volets entrouverts, on se mit à examiner avec plus d'attention le spectacle étonnant qu'offraient ces longs canots noirs glissant sous une pluie d'étincelles tombées des torches qui miroitaient à la surface de l'eau luisante et faisaient briller les panaches dressés des chevelures iroquoises, plantées de plumes et de pointes de porc-épic.

Les regards commencèrent à essayer de discerner si les barbares n'emmenaient pas avec eux des captifs, razziés sur les côtes de Beaupré ou de l'île d'Orléans...

Ce ne fut que vers la fin, tandis que l'obscurité comme un sombre sillage s'avançant à leur suite se refermait sur les dernières pirogues, que l'on distingua, jeté au fond d'un canot un homme garrotté et, debout près de lui, deux petits enfants qui criaient et pleuraient en tendant les mains vers la ville.

Cet instant où Québec frémit, impuissante, derrière ses volets clos, et celui où le chef des Cinq-Nations se dressa dans toute sa superbe à la lumière des torches, s'exposant, cible haïe et provocante, furent les deux instants au cours de ce défilé interminable, où Angélique crut la partie perdue. Elle s'arrêta de respirer s'apprêtant à chaque seconde à entendre claquer un coup de mousquet, à voir s'effondrer l'un de ces guerriers orgueilleux qui voulait savoir jusqu'où irait la patience des Normands. Le temps stagnait. On aurait dit que la flotille iroquoise resterait là toujours à remonter le courant sous Québec. Pourtant à un moment, il fallut pour la suivre des yeux tourner la tête vers l'amont.

Puis au premier coude du fleuve, la masse compacte des embarcations commença à se fondre, à s'amenuiser. Enfin les derniers canoës de l'arrière-garde disparurent.

Longtemps encore dans le noir du ciel au-delà des contreforts du Cap Rouge, la lueur des torches et la rumeur des cris flottèrent. Puis la clarté mourut, les clameurs s'éteignirent.

UNE nuit opaque, remuée d'un vent aux senteurs fauves aux relents âcres de fumées, de graisse et de carnage, retomba sur la ville et son fleuve, les enveloppa comme d'une aile duveteuse et ample, et les ramena doucement, sauvés, au sein des ténèbres et du silence.

Là-haut, sur la terrasse du château Saint-Louis, Angélique desserra son étreinte, laissa retomber ses bras et poussa un profond soupir.

En écho, lui répondirent deux autres soupirs aussi profonds.

Angélique de Peyrac, Sabine de Castel-Morgeat et Bérengère-Aimée de La Vaudière s'entre-regardèrent.

Elles s'aperçurent que tout au long de cette terrible épreuve, elles n'avaient cessé de se cramponner l'une à l'autre, priant, pleurant, s'encourageant. Sabine avait été la plus silencieuse. Bérengère la plus effrayée, mais Angélique savait qu'à les soutenir, à les serrer contre elle dans un élan convulsif de protection, elle avait trouvé la force de supporter sans faiblir la tension de cette heure terrible.

Elles poussèrent toutes trois un nouveau soupir et dirent ensemble : « Merci, mon Dieu ! »

Personne ne dormit beaucoup dans Québec cette nuit-là.

La Basse-Ville qui les avait contemplés de plus près, ces démons peinturlurés et hurlants, se remettait de ses émotions dans les tavernes. On y emmena les enfants. On leur donna à boire. Ils burent du vin, de l'eau-de-vie, de la bière. Les enfants du Nouveau-Monde qui ne craignaient plus rien. Et qui garderaient à jamais le souvenir d'une nuit où, dans un hourvari d'enfer, ils avaient vu de leurs yeux un millier d'Iroquois défiler sous Québec en chantant des insultes aux Français.

84

LE DUC DE VIVONNE AUTREMENT NOMMÉ M DE LA FERTÉ, BLESSÉ, fiévreux et fort mal en point, ne connut de l'attaque et du passage des Iroquois, que l'abandon total dans lequel le laissa sa domesticité.

Cela avait déjà commencé par l'absence du baron Bessart et du vieux Saint-Edme. Réveillé après un premier sommeil douloureux et ne pouvant se rendormir, il les avait appelés l'un ou l'autre, pour faire une partie de jacquet. Bien qu'on fût au cœur de la nuit, on trouva leurs chambres vides. Au matin, ils n'étaient pas encore rentrés.

De plus le laquais qui lui faisait la barbe et sur la vigueur duquel Vivonne comptait pour l'aider à se déplacer dans l'incommodité de ses blessures n'était pas là non plus.

Ayant envoyé aux nouvelles son valet de chambre, puis le secrétaire que Carlon avait mis à sa disposition et qui se présentait, ceux-ci s'en furent et ne revinrent point. Vivonne finit par envoyer l'un après l'autre, le maître d'hôtel, le cuisinier, et le gâte-sauce. Les coquins disparurent à leur tour.

Il avait passé la journée seul à pester sans pouvoir trouver une position supportable ou même se traîner pour se nourrir, dormant et se réveillant péniblement dans la même solitude, ne mettant plus son espoir que dans la visite du chirurgien qui avait promis sa visite mais qui, lui non plus, ne vint pas. Vers le soir, le marmiton était rentré très excité, le nez barbouillé de noir, disant qu'une armée d'Iroquois avait investi Québec, qu'on s'était battu comme des diables et que Mme de Peyrac avait sauvé la ville.

Vivonne qui souffrait beaucoup demanda où était le chirurgien.

Il pansait les blessés de la bataille.

Les autres serviteurs revinrent enfin, sauf le valet qui avait trouvé le moyen de recevoir une flèche en allant aider à la défense d'une redoute.

Vivonne tempêtait : Il n'avait pas amené cet imbécile de France pour qu'il se fasse blesser dans une guerre d'Iroquois et juste le jour où son maître et bienfaiteur était lui-même douloureusement immobilisé et avait le plus besoin de ses services. On le soignait lui, le valet, tandis que le duc était oublié dans un coin comme une charogne.

Sa fièvre montait, ses blessures suppuraient, son bras et sa jambe étaient enflés. Il hurla qu'il les enverrait tous aux galères et qu'il prendrait plaisir, en tant qu'amiral des galères du Roi, de venir les y regarder ramer.

Où étaient le baron Bessart et le comte de Saint-Edme ? Quand est-ce que quelqu'un allait se décider à lui donner à boire ? Est-ce qu'ils n'avaient pas bientôt fini de le regarder avec des yeux ronds ? Il regrettait que les Iroquois ne les aient pas tous écorchés...

Les serviteurs revinrent sur terre, oublièrent les Iroquois, et s'empressèrent auprès de leur maître avec dévouement. Rafraîchi, pansé tant bien que mal par le maître d'hôtel, ayant absorbé un bouillon que le cuisinier et le marmiton s'empressèrent de lui réchauffer après avoir rallumé les feux, Vivonne se sentit mieux et très fatigué. Le secrétaire le quitta en lui assurant qu'il pouvait dormir en paix. Le danger était passé. Mais dans la nuit, il fut en proie à d'horribles cauchemars. Un râle rauque de bête envahit ses rêves, le terrifiant jusqu'à la moelle. En vain se bouchait-il les oreilles et, se croyant éveillé, le même hurlement ne cessait de le hanter, lui tordant les entrailles de peur. Et quand il se rendormait et voyait au sein de ce charivari infernal ramper vers lui des monstres et, soudain, il pensa aux sorcières et au poison et il comprit, ruisselant de sueur, qu'il était mort et se trouvait en enfer pour tous les crimes qu'il avait commis. Au matin, ouvrant un œil atone sur une aube grise et glacée, il fut long à se persuader qu'il était encore en vie et que les formes inquiétantes et bossues qui l'entouraient ne dissimulaient que les fauteuils, tables ou consoles de son salon-bibliothèque où l'on avait dressé son lit et non pas quelque recoin de l'antichambre de Lucifer. Prolongement du cauchemar cependant, sa demeure était à nouveau irrémédiablement silencieuse, froide et déserte, ses appels vains, sa solitude complète, son abandon intolérable, mais les songes absurdes continuaient de lui coller à la peau, bien qu'il s'évertuât de reprendre pied dans la réalité. Le marmiton surgissait à son chevet. Les yeux exorbités, il lui chuchotait que toute la nuit l'armée iroquoise avait défilé sous Québec en poussant des hurlements affreux, qu'ils avaient failli tous périr et que Mme de Peyrac avait encore sauvé la ville.

Le duc de Vivonne referma les yeux. Ce délire annonçait sa

fin. En homme des champs de bataille qui a vu mourir bien des braves, il fit un effort pour flairer ses blessures, persuadé que l'odeur nauséabonde qui s'en dégagerait appuierait son diagnostic de la terrible gangrène, génératrice de fièvre élevée et des fantasmes qu'elle suscite. Il fut étonné de ne rien déceler de semblable et de se sentir plus ingambe. Sans difficulté, il s'assit au bord de son lit et comprit qu'il allait mieux et que ses plaies étaient en bonne voie de guérison. Le gâte-sauce, affirmant sa présence réelle en lui apportant un bol de bouillon, le confirma dans l'impression que la vie continuait et que le plus dur était passé.

Tout en buvant rêveusement son bouillon et en lui trouvant des saveurs dont il avait oublié l'agrément depuis sa prime jeunesse, il commença à réfléchir en stratège à cette succession d'événements confus, et finit par fixer son attention sur le seul fait concret qui lui parût suspect et inquiétant : où étaient passés le comte de Saint-Edme et le baron Bessart, ainsi que le laquais Anselme dont la disparition coïncidait avec la leur ?

Il retournait cette question dans sa tête et était sur le point, faute de mieux, d'envoyer le gâte-sauce, toujours seul et unique membre de sa domesticité, chez Mme de Campvert, qui avait peut-être une idée sur ce qui était advenu aux trois personnages en question, lorsque M. de Bardagne se présenta chez lui et l'avertit d'emblée qu'ils étaient morts et qu'il les avait tués de sa propre main, action dont il se félicitait hautement.

— Vous vous tairez, Monsieur, lui dit l'Envoyé du Roi en le toisant froidement, sur la disparition de vos compagnons. Je souhaite pour votre bien que vous n'ayez pris part d'aucune façon dans l'élaboration du dessein criminel qui m'a contraint à les occire. J'aimerais être assuré que vous ne le leur avez en rien suggéré, ni surtout commandé, car sachez que non seulement ma vindicte trop exaspérée pourrait vous mettre un jour en danger de mort, mais que si vous gardiez par devers vous l'intention de poursuivre les mêmes projets homicides que vos larbins, je suis décidé à mettre tout en œuvre pour vous en écarter et vous décourager.

— Qu'ont-ils fait ?

— Ils ont attaqué Madame de Peyrac, alors que seule, sans escorte et sans arme, elle traversait à la nuitée les plaines d'Abraham. Ils l'attendaient délibérément, ayant résolu pour un motif que j'ignore de la supprimer. Je suis arrivé à temps et j'ai réglé leur sort. Ne cherchez point à les venger. Et sachez aussi que rien ne m'arrêtera s'il s'agit pour moi de dénoncer les ennemis de Madame de Peyrac ou de les mettre hors d'état de nuire. Je n'ignore pas, Monsieur de La Ferté, que derrière votre patronyme se cache celui d'une illustre famille et il m'appert que plus élevé est le rang, plus grande est la dépravation. Je ne suis certes qu'un modeste gentillâtre, mais mes fonctions me donnent accès auprès du Roi, et quel que soit votre degré de parenté avec lui et dussé-je passer le reste de mon existence sur la paille humide des cachots de la Bastille ou même y laisser ma vie, rien ne m'empêchera de révéler vos agissements à Sa Majesté, si dès lors on essaye de causer le moindre tort à Madame de Peyrac.

Vivonne l'écoutait bouche bée. A la fin de ce discours, il se dressa lentement, et passa la main sur son visage mal rasé.

— Par les flammes de Belzébuth ! Elle a décimé ma maison : Argenteuil d'abord, et maintenant Saint-Edme, Bessart, le domestique...

Puis il éclata de rire comme se le doit un grand seigneur qui, en renversant le cornet à dés, vient de s'apercevoir qu'il a perdu terres et châteaux et qu'il ne lui reste plus que sa chemise.

— Ohé ! faquin, cria-t-il tourné vers l'office, apporte-nous du bon vin et deux timbales, j'en ai assez de ton bouillon. Avouez, Monsieur, reprit-il s'adressant à Bardagne, que tous les tourments causés par une femme comme celle-là, sont peu de chose à côté des réjouissances et divertissements qu'elle nous procure. L'existence est si ennuyeuse. Au moins, nous aura-t-il été épargné de la trop bâiller, grâce à la rencontre que nous fîmes l'un et l'autre d'une femme unique.

De son bras valide, il versa le vin.

— Buvons à cet ange exterminateur, et calmez vos alarmes... De quoi me servirait un crime aussi vain dont mes nuits, par la suite, seraient hantées... Et mes jours combien déserts ! Je m'efface... Je ne demande rien d'autre que de la rencontrer parfois et qu'elle me fasse rire...

Il but.

— ... Qu'ai-je été rêver ? Elle ne sera plus jamais pour moi ! J'aurais dû le comprendre plus tôt. Il faut se contenter du souvenir.

Lorsque la boisson eut fait son effet :

— Cette attaque des Iroquois vient à point et me permettra de satisfaire à vos exigences. Si l'on me demande où sont passés les gens de ma maison, je dirai qu'étant allés se promener aux champs l'autre matin, ils ont été enlevés par les éclaireurs ennemis et emmenés captifs en Iroquoisie...

A la pensée de Saint-Edme et du baron Bessart, prisonniers des Iroquois et attachés au poteau de tortures, le duc de Vivonne se mit à rire tellement qu'il en pleurait.

— Croyez-moi, comte, mais je finirai par regretter ce pays de sauvages et cette ville du bout du monde !

85

On n'avait encore aucune nouvelle des gens de l'île d'Orléans et des enfants de Saint-Joachim.

Angélique voulait se rendre là-bas. Sur le port elle trouva une grande barque prête à tendre la voile. Le vieux Topin lui aussi entreprenait d'aller s'enquérir des victimes de la descente iroquoise. Le marinier et ses fils étaient armés. Avec les soldats cela ferait un bon contingent. A part eux, il n'y avait personne sur la place de l'Anse du Cul-de-Sac.

La ville, épuisée, dormait enfin, derrière ses volets clos.

Deux portefaix sortirent d'un abri de planches pour aller se laver le visage au fleuve.

Apprenant le but de l'expédition, ils retournèrent à leur cabane et revinrent portant sur l'épaule des bêches et des pioches en disant : « On ne sait jamais ! Y aura peut-être des tombes à creuser. » Ils montèrent à bord.

Angélique avait pris avec elle son sac de médecine, du linge en prévision de blessés à panser, des pommades pour les plaies, les brûlures...

Un objet insolite, comme un grand coffre échoué sur la grève, attirait l'attention. C'était le soubassement destiné au tabernacle de Sainte-Anne de Beaupré, le maître-autel en forme de tombeau, oublié là depuis la veille et dont les rocailles et les volutes brillaient de tous leurs ors à la douce lumière du matin.

La veille, Eloi Macollet, le coureur de bois miraculé, qui s'était chargé de le porter en barque à Sainte-Anne, l'avait abandonné là, lorsque après avoir déchiffré les signaux de fumée, il avait compris que l'île d'Orléans appelait au secours.

Janine Gonfarel l'avait vu s'embarquer avec quelques gaillards résolus, ayant troqué le chapelet pour le fusil et mettre le cap sur la grande île.

Macollet et ses compagnons avaient-ils assisté de loin à la capture de la grande barque qui était partie la première, emportant le sculpteur Le Basseur, des pèlerins et divers éléments du tabernacle destinés au retable ? Avaient-ils été témoins du massacre de ses occupants ? Avaient-ils subi le même sort ?

Un bon vent gonflant la voile, la barque de Topin arriva dans le temps le plus rapide aux abords de l'île d'Orléans. Ils croisèrent devant l'anse de Sainte-Pétronille ne voulant pas aborder, car ensuite il ne leur resterait plus assez de temps pour se rendre à Saint-Joachim et, après avoir constaté l'état des lieux, en revenir avant la nuit.

Les parages semblaient déserts. Angélique regarda vers la mi-côte en direction du manoir de Guillemette dans les arbres et, à son grand soulagement, crut voir s'élever un filet de fumée d'allure assez benoîte.

— J'aperçois quelqu'un, dit l'un des mariniers.

C'était Éloi Macollet qui les avait vus.

La marée était haute, ils purent s'approcher et se crier les nouvelles les plus notables.

C'était la pointe sud qui avait le plus souffert. Macollet, arrivant dans sa barque, avait longé l'île et s'était approché des Iroquois en chantant son chant de paix. Il avait eu la chance d'être reconnu par un de leurs grands capitaines — ce qui lui avait permis de parlementer pour obtenir la vie sauve pour les habitants qui s'étaient réfugiés dans les hauts de l'île où ils se retranchaient sous la conduite d'hommes entraînés aux embuscades, tels que Maupertuis.

L'ordre de se retirer était parvenu aux sauvages et tous en glapissant s'étaient rejetés dans leurs canots pour aller s'embosser au large, derrière le Cap Tourmente et au-delà où le reste de leur flotte les attendait.

On les avait vus revenir à la nuit et, une fois encore, les survivants de l'île avaient attrapé leurs chaudières et étaient remontés vers les hauts. Mais ce ne fut que pour mieux jouir du spectacle de tous ces canots remontant le Saint-Laurent à la lumière des torches.

— Et Guillemette ?

— Vivante ! Sa maisonnée aussi.

Il déclina l'offre de se joindre à eux. Il avait son bateau et reviendrait sur Québec demain.

— C'EST aussi bien comme ça, fit remarquer le vieux Topin lorsqu'il eut remis le cap en direction de Beaupré, je n'ai rien voulu dire parce que, ces choses-là, on les apprend toujours assez tôt, mais il paraît qu'il y a eu aussi du dégât sur la côte de Lauzon et que Cyprien Macollet, son fils, aurait été tué.

Vers la fin de la matinée, ils approchèrent des « battures » silencieuses des environs de Saint-Joachim. Auparavant, brillant au soleil, s'était montré le clocher de Sainte-Anne de Beaupré. La nouvelle église n'avait pas été incendiée.

Maintenant le Cap Tourmente dressait, tout proche, sa masse bleue de deux mille pieds de hauteur dont la base baignait dans une vaste nappe de fumée stagnante qui s'étirait sur la plaine, continuant d'être alimentée par différents foyers de ruines disséminés de loin en loin. Ayant abordé à un petit môle de bois émergeant de touffes de roseaux blanchis de sel, ils s'avancèrent, le cœur serré, vers les bâtiments encore éloignés, dont malheureusement ils voyaient fumer les murs noircis.

En s'approchant par un sentier bientôt élargi, ils entendirent les meuglements des vaches, égaillées par les prairies. Au moins le troupeau n'avait pas entièrement péri dans les étables en flammes. Les vaches avaient pu s'enfuir. Ou bien elles avaient été menées dehors les jours précédents par le fermier, leur donnant enfin la clé des champs après l'hiver. La neige s'était retirée depuis longtemps de ces plaines. On n'en voyait plus que dans les sous-bois au sommet des côtes.

La plus grande maison à deux étages, sur la droite, offrait du dehors un aspect intact.

Ils se dirigèrent tout d'abord, en traversant la cour, vers les bâtiments qui avaient subi des dommages. Ceux de bois, presque entièrement consumés, n'étaient que carcasses charbonneuses. Les murs de pierre de la petite ferme n'entouraient plus de leurs pans aux créneaux noircis que le vide désordonné des ruines, plafonds et planchers s'étaient effondrés, ainsi que le toit. Les conduits de cheminées dressés sur le socle des grands âtres paraissaient veiller comme des sentinelles dénudées et misérables.

Enfin il y avait la chapelle, vers laquelle ils se dirigèrent avec appréhension.

Les Iroquois n'y avaient pas mis le feu. Était-ce pour que rien ne fût effacé du spectacle qu'ils y trouveraient ?

En avertissement tragique, ils virent devant, à quelques pas, tombé les pattes raides, le grand dogue de l'abbé Dorin, qui avait dû se dresser pour avertir, en aboyant, de l'approche silencieuse de l'ennemi et qui avait été transpercé d'une flèche.

Les habitants de Saint-Joachim avaient été surpris, rassemblés à l'heure de la messe.

L'aumônier, ses servants qui étaient de jeunes élèves artisans de l'école des Arts et Métiers, de quinze à seize ans, les assistants parmi lesquels les fermiers, les « engagés » qui leur servaient d'aides, l'abbé Dorin, des professeurs du Séminaire et de l'école, avaient été tués, à coups de couteau, de hache ou de casse-tête, et scalpés.

— Où sont les enfants ?

Angélique regardait avec appréhension du côté de la grande demeure qui respirait le calme. Faudrait-il y découvrir pour victimes des garçonnets de six à dix ans ?

— Je manque de courage, dit-elle aux militaires qu'elle avait amenés. Allez-y vous, Messieurs, qui êtes accoutumés aux horreurs des champs de bataille.

Entrés dans la maison, l'arme au poing, les soldats reparurent peu après sur le seuil en criant : Personne.

Vide, la grande ferme était dans un ordre miraculeux. Au dortoir, toutes les petites paillasses alignées, se présentaient bien bordées. Au réfectoire, la longue table était mise, les écuelles de bois disposées de place en place, flanquées chacune d'une tranche de pain bis, aussi large qu'une assiette.

Dans les salles de cours et à l'atelier, les tables, les escabeaux, le matériel de ferronnerie ou de charpenterie, de peinture ou de sculpture sur bois, paraissait attendre les élèves.

— Où sont les enfants ?

— Les Iroquois les ont peut-être emmenés en captivité.

— Non ! Ils n'ont pas emmené de prisonniers, à part l'homme et deux enfants aperçus dans le canot et qui venaient de Lauzon.

Ils revinrent au milieu de la cour et firent un appel de mousqueterie.

Puis avec courage, les hommes entreprirent de sortir les cadavres, une quinzaine en tout, et de les aligner devant la chapelle, tandis que les deux débardeurs commençaient de creuser des fosses.

De temps en temps, on tirait un coup de feu.

UNE heure plus tard un mouvement se dessina au pied de la montagne. On les vit venir. Ils étaient là, tous en vie. Une trentaine de petits séminaristes vêtus de noir, avec, à leur tête, le jeune et blond Emmanuel, leur ange gardien qui les avait sauvés.

Tout d'abord c'était à son initiative qu'ils devaient de s'être levés ce jour-là bien avant l'aurore. Il avait obtenu la permission du supérieur, la veille au soir, de leur faire admirer le lever du soleil du haut du Cap Tourmente.

Dans la nuit encore profonde, après avoir bien rangé leur dortoir, et s'être assis sur le seuil pour chausser leurs souliers, ils étaient partis en bande vers la grosse masse sombre du cap, leur voisin, leur génie tutélaire, qui se devinait en plus obscur sur un ciel opaque. La lune était couchée.

Neals Abbal, qui était l'un des grands, surveillait l'arrière-garde. Tandis que la nuit devenait grise, ils avaient grimpé parmi les roches. Là-haut, assis au bord de la falaise, serrés les uns contre les autres, ils avaient vu l'astre du jour se lever, se mirant dans le fleuve-mer dont la vaste étendue se confondait avec le ciel.

Vers le nord, au-delà du cap, le Saint-Laurent s'ouvrait déjà sur sept à huit lieues de large.

C'est dans cette immensité rose bleutée qu'Emmanuel avait vu soudain surgir, comme un nuage d'insectes malfaisants, les canots de la flotte iroquoise.

C'était tout d'abord comme un cauchemar. Il se frotta les yeux. Des centaines de canots indiens... Ils arrivent par le nord... Puis il les vit s'abattre contre le rivage étroit au pied de la montagne. La moitié débarqua et se dirigea vers Beaupré. L'autre resta là à garder les canots. Ils avaient des armes. Et il reconnut leurs chevelures : c'étaient des Iroquois.

Alors Emmanuel saisit les deux plus jeunes enfants par la main et s'élança :

— Suivez-moi ! Vite ! Vite ! et sans bruit. Neals, ferme la marche !

Il grimpe le plus qu'il peut. Il s'éloigne vers l'arrière des sommets, s'enfonce dans les bois, puis redescend et suit le bord de la falaise. Il connaît par là les vestiges d'un ancien poste de guet que les broussailles ont recouvert, dissimulant la tranchée aux regards. Il y fait se glisser les enfants. Ils y sont tous allongés, couchés dans la fosse, hors de vue.

Parfois, Emmanuel risque un œil au-dessus du rempart de terre et de mousse qui referme la cachette. Il aperçoit au loin la plaine où églises et maisons brûlent marquant la progression des Iroquois vers Québec.

Vers le milieu du jour, son instinct en alerte sent l'approche d'êtres humains. Il les flaire au silence des arbres, à l'odeur, au vent devenu muet. Entre les branches, il aperçoit à quelques pas des silhouettes de guerriers iroquois qui défilent comme des ombres entre les branches, suivant le chemin des crêtes. Leurs panaches au sommet du crâne étincellent. Les traits de peinture rouges et noirs accentuent leur expression cruelle.

De ses deux mains étendues, Emmanuel a fait signe aux enfants de cesser d'exister.

Par quel miracle de l'espèce nouvelle qui se développait dans le sang de ces petits coloniaux, leur donnant la ruse instinctive des bêtes des bois, purent-ils se tenir sans souffle et comme en transe, absents à eux-mêmes ? Les fauves au flair exercé passèrent à deux pas sans soupçonner les oisillons tapis dans les fourrés.

Voyant le petit Marcellin frémir à la vue de ceux qui avaient enseigné son enfance et dont il avait partagé les chasses et les fêtes, Emmanuel lui avait doucement posé une main sur les yeux et l'autre sur la bouche. Ainsi les Iroquois passèrent comme des fantômes.

Un ordre mystérieux semblait les refouler vers le lieu où ils avaient abordé et où les attendaient leurs embarcations.

Il pensa qu'ils n'avaient voulu que du pillage et des scalps. Mais ils ne jetèrent pas toutes leurs forces dans cette opération. La plupart étaient restés en attente gardant les canoës à l'abri des criques, au-delà du Cap Tourmente.

Au soir, Emmanuel aperçut dans le lointain bleu brouillé du crépuscule les multiples lumières des canots, constellant d'étoiles la grande surface d'eau où ils se rassemblaient au-delà de l'île d'Orléans.

— C'est maintenant qu'ils marchent sur Québec, avait-il songé, atterré.

La nuit était venue et avec elle le brouillard montant des failles humides. L'obscurité était profonde. Les enfants dormirent dans le ravin glacé, lourdement comme des pierres, comme des bêtes hivernent.

Emmanuel priait : « Que deviendrons-nous si nos frères de Québec sont tués ? Que Dieu protège nos armes ! »

Le soleil s'était levé, les enfants s'étaient éveillés. Les brumes se dissipaient, découvrant de nouveau le fleuve, mais des hauteurs où ils se trouvaient, ils ne pouvaient discerner si Québec était ou non anéantie.

Rien ne bougeait dans la plaine. Des fumées continuaient de s'élever çà et là des habitations incendiées tout au long de la côte. Enfin ils avaient entendu des coups de feu. Ils avaient repéré une voile en lisière des battures. Des silhouettes de militaires, des hommes armés se dirigeaient vers la grande ferme. Parmi elles, une femme ce qui avait achevé de les rassurer. On les cherchait, on venait à leur secours.

Ils quittèrent leur cachette et entreprirent la descente abrupte vers la plaine. Ils étaient là maintenant, frissonnant dans leurs vêtements souillés de terre et découvrant les cadavres alignés devant la chapelle. Comprenant à quel horrible sort ils avaient échappé, ils demeuraient figés, muets, contemplant ceux qui, hier, étaient leurs maîtres vivants ou leurs frères d'étude ou de jeu. Ces amis, ces protecteurs dont dépendaient l'animation de leurs vies, le mouvement des heures, le lever, le travail, le manger, le coucher, la prière. Avec ces corps immobiles à la tête sanglante, retirés de la vie, c'était l'existence rompue, la loi bouleversée, le retournement sur la face macabre du destin... Les Iroquois avaient donné la mort.

Angélique et ses compagnons cherchaient en vain à les entraîner pour les arracher à leur contemplation morbide.

— Venez ! Venez, enfants, insistaient-ils. Venez, votre réfectoire vous attend... La grande ferme est debout. Elle vous reste.

Ils ne bougeaient pas, effrayés. Le jeune Emmanuel découvrant parmi les morts l'abbé Dorin, son père spirituel, qui avait pris en main sa formation de futur prêtre était accablé d'un chagrin profond.

Soudain l'adolescent releva la tête, semblant tendre l'oreille tandis qu'une expression bouleversée se peignait sur ses traits

— Écoutez !

Elle craignait que sous l'effet des épreuves subies sa raison ne vacillât, hantée par la peur de voir surgir à nouveau les horribles assassins, tomahawks levés.

— Non, le rassura-t-elle vivement, n'ayez aucune crainte Emmanuel. Vos cruels ennemis se sont éloignés et de longtemps ils ne reviendront plus. Je m'en porte garante.

— Ce n'est pas cela, fit-il fébrile, Écoutez ! ÉCOUTEZ !

Le visage illuminé, lentement, il leva le bras et le tendit en direction du sud d'où commençait de sourdre un appel lointain.

— Couâ ! Couâ !

— Les grandes oies blanches, cria-t-il avec des sanglots dans la voix. Les grandes oies blanches du Cap Tourmente. Elles arrivent ! ELLES ARRIVENT !

Et elles apparurent s'inscrivant dans le ciel en un premier vol ramé angulaire.

Puis d'autres formations presque invisibles encore s'annoncèrent par l'écho assourdi de leurs clameurs.

— Couâ ! Couâ !

Les enfants, oubliant tout : terreur, fatigue et faim, s'élancèrent et coururent vers les marais en poussant des cris de joie

Et lorsque le premier vol, comme se laissant tomber tout droit des hauteurs du ciel, s'abattit à quelques pas d'eux, sur les rives saumâtres du Cap Tourmente, ils se mirent à sauter et à applaudir criant aux oies des souhaits de bienvenue.

Elles s'abattaient, si lasses qu'elles n avaient même plus la torce de s'effrayer de ces petits gnomes noirs qui dansaient parmi elles en frappant des mains, en ouvrant leurs bras comme s'ils avaient voulu les embrasser, sans se soucier des durs becs cornus des jars, parfois presque aussi hauts qu'eux.

Dans un tourbillon neigeux, elles se laissaient tomber comme mortes, exténuées.

Trois mille deux cents miles depuis les Carolines, sans halte, sans étape, sans autre repos que les nappes glissantes de l'azur, négligeant bois et prairies au-dessous d'elles et les tentations de la forêt du Maine, se déroulant sans fin, déjà verdoyante, incrustée de ses milliers de lacs de saphir.

Une seule pensée dans les petites têtes rondes des oies, au bout des longs cous tendus comme flèches : le Cap Tourmente, l'escale d'amour avant les terres du grand Nord.

L'ayant atteint, elles repliaient enfin leurs ailes qui n'avaient cessé depuis trois ou quatre jours de se déployer et de battre en cet ample et régulier mouvement du vol migratoire, soutenu, vigoureux, persévérant, et elles se laissaient tomber au pied du promontoire comme pour y expirer.

Mais ayant touché terre, elles se ranimaient aussitôt et, après avoir accompli quelques petits pas infirmes, on les voyait redresser leurs cous altiers afin d'envisager et de reconnaître d'un œil vif les horizons du fleuve, l'ombre du Cap Tourmente et de l'île d'Orléans se mirant dans les eaux puis, rassurées, elles se mettaient à fouailler la vase à la recherche de leur scirpe d'Amérique bien-aimé, rhizome délectable qu'elles ne trouvaient qu'en ce lieu.

Les « voiliers », selon l'appellation commune que l'on donnait aux différents groupements de vol des oies sauvages, ne cessaient d'arriver, naissant du ciel, tourbillonnant, plongeant, se posant. Une barque où se trouvait Mme de Castel-Morgeat aborda au milieu d'un ballet d'ailes claquantes et de cacardements assourdissants.

Les occupants de l'esquif eurent du mal à mettre pied à terre et à se frayer un chemin dans la cohue des « sauvagines » de plus en plus nombreuses et dominatrices.

La progression des arrivants à grands moulinets de bras et de coups de chapeaux fut lente.

ANGÉLIQUE, en apercevant de loin celle qu'elle commençait de nommer en son for intérieur et avec amertume « sa rivale » pensa : « Anne-François est mort ».

Sabine de Castel-Morgeat en la découvrant dans ces lieux parut la première surprise

— Votre fils ? s'informa Angélique.

– Il va bien... Enfin aussi bien que l'on veut m'en persuader... Je ne vous savais pas ici.

Mme de Mercouville, dit-elle, avait voulu l'éloigner du chevet du jeune homme où elle se consumait à guetter la respiration de celui-ci.

— Alors j'ai pensé qu'il fallait faire quelque chose pour les victimes de la côte de Beaupré. Seul vaquer à m'occuper de la misère des autres me détourne de la mienne.

Avec l'aide d'une courageuse amie, dame de la Sainte-Famille, Mme Barbeau, qui l'accompagnait, elle avait frété une embarcation pour Saint-Joachim et l'avait mise à la disposition de M. de Bernières, directeur du Séminaire. Celui-ci était présent avec deux de ses coadjuteurs et des domestiques.

Les ecclésiastiques arrivaient à point pour chanter le De Profundis au-dessus des sépultures fraîchement creusées, où l'on s'apprêtait à descendre les morts

Prières et cantiques s'élevèrent faibles et tristes, ayant quelque peine à dominer le concert cacophonique des oies sur les rivages.

Mme de Castel-Morgeat avait apporté du linge et des vêtements frais lavés et repassés que lui avaient remis les sœurs lavandières de l'Hôtel-Dieu. Les collerettes plissées, amidonnées, étaient empilées comme des crêpes sur la table après avoir été sorties d'un petit coffre rond en peau de loup-marin dans lequel on les transportait.

Des marmites d'eau avaient été mises à chauffer sur le feu. Les dames aidèrent le brave jeune homme, Emmanuel, et le secrétaire de M. de Bernières, à décrasser la petite compagnie Ensuite les garçonnets enfilèrent leurs grosses chemises de lin, rudes et chaudes pour la nuit et on les porta au lit. Les petits séminaristes canadiens allaient dormir bercés par la mélopée aigre et rauque des oies sauvages revenues.

Il fut décidé qu'une embarcation allait faire retour sur Québec. Angélique et Sabine y prirent place. Angélique ramenait Marcellin qui s'était accroché à elle et Mme de Castel-Morgeat prit sur ses genoux, enveloppé dans une couverture, un enfant qui grelottait de fièvre et qui requérait des soins pressants

Il faisait jour encore lorsque Topin dressa la voile, mais on ne pourrait atteindre Québec avant la nuit.

A mi-chemin, ils croisèrent un convoi de barques, se dirigeant vers Saint-Joachim. Dans la plus grande se trouvait Mgr de Laval. Des nouvelles furent lancées d'un bord à l'autre

Ceux qui revenaient parlèrent d'abord des enfants sauvés, puis nommèrent les morts.

Tandis que les esquifs se maintenaient à distance par les rames, Angélique remarqua dans une chaloupe, à la remorque de la barque épiscopale, un homme dont le visage ne lui parut pas inconnu.

Il se tenait assis, avec une femme et des enfants, autour d'un gros ballot de forme indistincte que tous, y compris les gamins, semblaient entourer de précautions afin de lui éviter les chocs.

— N'êtes-vous pas le meunier de Château-Richier ? lui demanda-t-elle.

— Si fait, répondit l'homme hilare...

Malgré les tragédies récentes, il se montrait fort joyeux

Le jour où Angélique avait fait sa première visite à l'évêché, elle avait rencontré ce garçon qui venait de signer avec Mgr de Laval un bail sur les deux moulins de son fief en échange par année de six cents livres tournois, de six poulets et d'un gâteau.

— Ne dit-on pas que Château-Richier a souffert de l'Iroquois ?

— Oui-da ! Mon moulin est en cendres Mais moi, je suis sauf et ma famille aussi.

Il devait la vie à son gâteau annuel. Voulant offrir à l'évêque un chef-d'œuvre d'importance, il était venu l'avant-veille à Québec avec les siens, afin de profiter du four plus vaste d'un collègue et de choisir des confiseries pour la décoration.

Sans se préoccuper des bruits de guerre, il avait brassé, pétri, enfourné, garni et décoré durant tout ce temps, et ce n'est pas pour regarder passer les Iroquois qu'il aurait pris le risque de laisser brûler le fruit d'un tel travail. Son moulin avait flambé, mais lui et les siens étaient saufs et son gâteau réussi.

Maintenant, on portait le chef-d'œuvre à Saint-Joachim. Il souleva la nappe qui le recouvrait afin de montrer à ces dames l'appétissante merveille, décorée de pralines et de pâte d'amandes.

— Les enfants vont être consolés, dit Sabine.

Laissant s'éloigner le convoi, leur barque reprit sa route en direction de Québec.

La nuit n'était pas tout à fait tombée Un dernier « voilier » de sauvagines pointait dans le ciel d'or. Les côtés du triangle flottaient comme des rubans noirs, formés par chacun des oiseaux s'efforçant de maintenir leur alignement aussi net que possible, le dessin de leur figure aussi purement tracé, des deux extrémités de l'ouverture jusqu'à la grande oie de tête Et de très haut, tombaient des nues leurs salutations joyeuses

— Couâ ! Couâ ! Couâ !

Angélique sentait que Sabine de Castel-Morgeat était désireuse de lui parler et elle détournait ostensiblement la tête. Elle avait vécu ces deux journées sans avoir le temps de penser. Cela ne l'empêchait pas d'éprouver par moments comme un coup de poignard aigu, un élancement sournois.

Elle ne savait pas ce qui allait arriver, quand elle retrouverait le temps de réfléchir...

Elle rencontra, fixés sur elle, les grands yeux noirs pathétiques de Sabine et leur beauté lui fut insupportable.

Pourquoi fallait-il qu'elle se trouvât assise à côté de cette femme dans cette barque ?

Par la faute d'un vent contraire et du reflux de la marée, on dut rester longtemps à louvoyer sous Québec, tandis que Topin se débattait avec sa voile carrée, et lui reprochait d'avoir pris des habitudes de paresse, au cours de l'hiver. « Tu es restée trop longtemps en quenouille, pendarde ! Finis de lanterner... »

Dans la nuit, Québec se dressait, ombre noire où s'allumaient, une à une, en espalier, les lampes des maisons.

A la fin de l'automne, du château arrière du *Gouldsboro* dansant sur les flots, Angélique l'avait aperçue pour la première fois, Québec, la petite capitale perdue du royaume de Nouvelle-France.

Sa douleur se réveilla comme si elle avait touché un point sensible, sans pouvoir diagnostiquer où se trouvait le mal et de quelle nature il était.

En ce qui la concernait le défi avait été relevé, la partie gagnée.

« Tu es une triomphante », disait Guillemette.

Mais ne payait-elle pas trop cher ses victoires ?

Le prix était à la hauteur du défi.

" Aurai-je le courage ? " se demanda-t-elle.

A nouveau ses regards croisèrent ceux de Sabine de Castel-Morgeat.

— Angélique, écoutez...

— Non! fit celle-ci en détournant la tête farouche Ne m'exaspérez pas

— Il faut pourtant que je vous dise... Que vous sachiez

— Non ! fit encore Angélique mais avec moins de conviction Laissez-moi, je suis fatiguée.

Elle se sentait les paupières lourdes Elle mourait de sommeil.

Le balancement de la houle qui les faisait danser comme un bouchon devant la ville, en attendant que le vent, soudain tombé, voulût bien reprendre son souffle, avait raison de sa résistance. Elle était envahie d'une incoercible envie de dormir.

— Vous n'en pouvez plus ! Vous en avez trop fait !

Certes, se dit-elle avec ironie, deux jours de galopades effrénées, à traiter avec le plus sauvage des Iroquois, à panser les blessés, à naviguer, à enterrer les morts et tout cela sur la lancée d'une nuit d'amour fougueuse et d'un sinistre attentat où elle avait failli laisser sa vie, il y avait de quoi être fatiguée. Sa tête s'inclina malgré elle, frôlant les cheveux blonds de Marcellin endormi contre son sein.

Les yeux clos, elle se mit à faire des projets très précis sur la conduite qu'elle allait tenir dès qu'elle toucherait le port. Pour commencer, elle ne prêterait l'oreille à aucune requête. S'il se trouvait par là, sur la place, un carrosse, elle monterait dedans — fut-il celui de Madame le Procureur — et se ferait conduire chez elle en la Haute-Ville.

En passant, elle demanderait à Boisvite de son alcool de poires. Elle le verserait dans du lait très chaud avec du sirop d'orgeat. Ayant bu, elle s'insinuerait dans son lit, les rideaux de l'alcôve bien tirés.

Et puis, elle dormirait, dormirait, dormirait...

Elle entendit la voix de Sabine murmurer :

— Il faut que vous le sachiez, Angélique... Il faut que vous n'en doutiez jamais... Pour lui, il n'y a que vous, que VOUS

86

— QU'ON ME TROUVE ÉLOI MACOLLET. ET SI POSSIBLE, QUE personne ne lui apprenne la triste nouvelle avant moi.

La mort de Cyprien Macollet, son fils, avait été confirmée.

Macollet arriva en sifflotant une chanson de route.

Les événements dans la bonne tradition printanière le rendaient guilleret.

Il revenait de l'île d'Orléans et ne savait rien.

— Vous a-t-on informé, lui demanda Angélique qu'un parti Iroquois, des Oneïouts ont traversé le fleuve et causé du malheur sur la côte de Lauzon ?

Il s'arrêta de siffler et s'assombrit.

— Nenni ! J' savais point.

— Votre fils est mort, Éloi.

Elle lui conta aussitôt comment le gros et paisible corroyeur avait tenu tête aux sauvages plus de deux heures. Il avait couru d'un coin à l'autre de sa demeure barricadée pour enfiler le canon fusil dans tous interstices des murs qui en étaient troués convenablement aux bons endroits comme il se doit pour une habitation de colon canadien.

Par la fin, les barbares avaient réussi à défoncer la porte, s'étaient emparé de l'enragé défenseur, l'avaient tué à coups de haches et de tomahawks, et scalpé.

— Votre fils vous avait déçu, Éloi, mais il est mort en héros. bien digne de vous.

Il l'avait écouté debout, en silence.

— Ce n'était pas un mauvais gars, fit-il, mais l'on n'était pas plus père et fils qu'un cerf des bois ne l'est d'un bœuf de labour. Je l'avais conçu pour ainsi dire par ordre du Roi, comme j'avais été contraint d'épouser la mère. Fallait obéir aux ordonnances. Si passé dix-huit ans, un gars n'avait pas convolé, il était mis à l'amende. On me retirait mon permis de voyageur, on me reprenait ma concession et jusqu'aux terres que j'avais acquises avec mes deniers. Bon ! Je me suis marié avec une Fille du Roy. Elle a pas eu à se plaindre. Je lui ai donné la ferme, je lui ai fait un enfant, mais sitôt l'affaire réglée, je suis parti aux Grands Lacs pour plusieurs années. La fille que j'avais épousée devait être vaillante, car elle a bien fait prospérer la métairie et bien élevé son fils. Je suis revenu de temps en temps. Mais c'est surtout après qu'elle soit morte que j'ai renoué avec le gars. Il était marié déjà.

Il se tut. Puis interrogea à voix basse.

— Et la Sidonie ?

— Elle ne l'a pas quitté durant la bataille lui passant les armes chargées. Quand les ennemis sont entrés, elle s'était réfugiée dans le grenier dont elle avait relevé l'échelle. Par la trappe, elle tirait sur eux ses dernières munitions. Avant de grimper, elle avait rempli et emmené avec elle un pot de braises. Quand elle n'eut plus de cartouches, elle lança par l'ouverture, dans la salle, des bottes de paille sur lesquelles elle jeta les braises. Le feu prit. Renonçant au pillage, les Indiens s'enfuirent. Alors elle a remis l'échelle, elle est redescendue et elle a réussi à coups de seaux d'eau du puits à éteindre l'incendie.

Il l'avait écoutée, haletant.

— Alors ! Vivante ?

– Vivante.

— Merci à Dieu ! s'écria-t-il.

Il se laissa tomber sur un escabeau.

— ... J' vous l'avais dit, c'est du chiendent, la Sidonie !

Il tournait son bonnet rouge machinalement sur sa tête scalpée.

— C' pays de malheur ! C' pays de malheur ! répéta-t-il.

Puis les larmes lui jaillirent des yeux.

Quand il eut pleuré tout son saoul, il releva la tête et vit, à travers ses yeux brouillés de larmes, Angélique assise près de la table, et son chat sur la table, qui le regardaient tous deux du même regard songeur, doux et compréhensif.

— Macollet, c'est vous qu'elle aime, dit Angélique. Elle vous a toujours aimé et — je ne sais si c'est une idée erronée de ma part, mais les femmes ont souvent de si bizarres détours dans leur conduite quand le sentiment les guide — je me demande si elle n'a pas épousé votre fils pour se rapprocher de vous... attirée par vous... votre réputation. C'était créer une situation sans issue... Elle vous aimait et ne le savait pas... Elle ne vivait que quand vous étiez là et tout le temps vous filiez aux bois ou alors vous couriez après les voisines. Vous ne pensiez pas à elle. C'était votre bru. Maintenant, elle est libre. Et même si vous ne le saviez pas, il y a un instant, vous l'aimez aussi, je viens d'en voir l'aveu sur votre visage.

— Vingt dieux ! jura-t-il, les curés vont crier à l'inceste.

— Vous n'êtes père que par alliance... Vous pouvez l'épouser...

Il secoua la tête.

— Ça ne peut pas se faire. Un vieux et une jeunesse.

— Bast ! Un vieux qui ne dédaigne pas tant que ça les jeunesses à ce qu'il m'a semblé ! Macollet, cela ne vous empêchera pas de repartir aux bois tant que vous serez capable de pagayer sur les rivières et de porter votre canot sur la tête... Mais au moins, à cette femme de trente ans qui s'est consumée pour vous, vous lui aurez donné un enfant... C'est ce qu'elle m'a dit.

Éloi Macollet se dressa, retrouvant sa vivacité habituelle.

— J' promets rien d'avance ! Mais faut que j'aille voir ça de plus près... De toute façon, avant de m'en aller, je dois lui donner de l'aide pour rebâtir la maison.

MAINTENANT Angélique allait-elle pouvoir pleurer pour son compte ?

Mais une silhouette d'ours s'encadra dans la porte ouverte, obstruant l'entree. C'était Eustache Banistère.

Le chat, qui s'était levé pour accompagner Angélique à son appartement, se remit en boule, ramenant l'une contre l'autre ses petites pattes fourrées. C'était un manège qui durait depuis le matin et qui avait commencé dès la première heure avec l'arrivée de blessés qui venaient montrer leurs blessures, puis de gens en larmes qui venaient conter leurs deuils, et qui avaient tiré du lit Mme de Peyrac, laquelle, rentrée fort tard la veille de Saint-Joachim, avait pu quand même dormir quelques heures d'un sommeil sans rêve.

Le visiteur du moment, c'était Eustache Banistère à peine sorti de l'hôpital. Une fois qu'il eut ramené la lumière à l'intérieur de la pièce, en franchissant le seuil et en dégageant la porte pour s'avancer de quelques pas, il annonça qu'il n'avait pas voulu partir pour les Grands Lacs, sans saluer Mme de Peyrac, son ex-voisine. Il lui montra le document qu'elle lui avait obtenu établi par d'Avrensson. « Lieutenant Général pour le Roi en la Nouvelle-France, représentant Monsieur de Frontenac empêché, certifie avoir donné congé au Sieur Banistère, lui signifiant d'accompagner les Sauvages, du lieu dit Sault-Saint-Louis jusqu'au lac des Illinois et au-delà jusque, et si longtemps qu'il le jugera à propos pour le service du Roi et le bien du pays, et pourra aller ou envoyer hiverner avec eux, s'il y trouve sa sûreté et quelque avantage pour le bien public. Fait à Québec le 10 mai 16..., signé Duqueylac d'Avrensson et signé de ses armes. » Le tout était contresigné par l'Êvêque et par le nommé Basile, négociant qui le commanditait.

Banistère emmenait son aîné avec lui.

Auparavant, il avait fait son testament.

Il était prêt pour la route, superbe dans son pantalon de grosse toile que retenaient plusieurs tours de sa large ceinture de laine, tissée en dessins fléchés de fils coloriés aux longues franges. Il était chaussé de ses fameuses bottes en peau d'élan artistement brodées en poils de porc-épic de diverses couleurs et ornées de petits cylindres de métal d'où s'échappaient des touffes de poils de chevreuil teints en rouge.

Il avertit qu'il cédait ses concessions attenantes au marquis de Ville d'Avray parce qu'il savait que c'était lui qui en profiterait.

Restait l'affaire Euphrosine Delpech. Angélique l'interrompit en lui disant qu'elle n'était pas au courant et qu'Euphrosine ne l'intéressait pas. Banistère déplorait que son greffier-sculpteur Le Basseur fût mort... Mais il avait pu établir auparavant avec lui un soigneux mémoire qui attaquait le procureur Tardieu pour avoir laissé tomber en désuétude sa demande de lettres de noblesse. Comme il laissait une abondante provision d'écus entre les mains de Basile, la chicane serait alimentée et le procureur allait avoir du fil à retordre. Banistère démontrait ainsi que son nom indien « Ackhirahes » (Il-cogne-fort) était bien porté.

Ayant dit, Banistère poussa un appel rauque et son gamin, qui se tenait dehors, se présenta toujours farouche, serrant sur son cœur un magnifique morceau de pain béni du jour de Pâques. Il était de tradition de le conserver aussi longtemps que possible et les « voyageurs » ne manquaient jamais de l'emporter, ne devant le manger qu'à la dernière extrémité, dernier lien du « coureur de bois » avec son église et sa paroisse.

L'enfant était chaussé de bottes d'élan, le bonnet de laine enfoncé jusqu'aux yeux. Son père le lui fit ôter d'une bourrade ce qui était un maximum de civilité à obtenir de sa part.

Le chien niaiseux sortit de sous le four à pain en remuant la queue.

87

TOUT AU LONG DE CES TROIS JOURS QUI VIRENT LE PASSAGE DES Iroquois, Angélique, par moment, quand elle refaisait surface, suffoquait, se rappelant que, quelque part dans un coin de son âme, elle souffrait beaucoup. Mieux valait que Joffrey fût au loin, car la douleur venait de lui.

En s'apercevant qu'elle se félicitait de son absence, elle fut désespérée. Fallait-il comprendre que leur amour était mort ? On répétait qu'elle avait sauvé Québec et tout le monde l'encensait. Mais en elle, un ressort allait se casser.

La ville épargnée, le jeune Anne-François hors de danger, les petits garçons de Saint-Joachim ayant fait honneur à leur gâteau, les grandes oies blanches revenues, Angélique se plongea dans ses larmes.

— Mais pourquoi a-t-il fait cela ? s'écria-t-elle à voix haute dans le silence de sa petite chambre.

Pourquoi ne l'aurait-il pas fait ? Il l'avait toujours fascinée par la liberté de ses actes. Il n'y avait pas d'homme plus libre au monde...

Mais les raisonnements ne pouvaient rien contre l'amertume qui l'envahissait lorsqu'elle repensait aux circonstances dans lesquelles l'homme qui lui était le plus cher s'était détourné d'elle, ne serait-ce qu'une heure. Elle n'avait pu renoncer à se torturer en recherchant avec exactitude où et quand cela s'était passé. En fait, elle le savait, puisque Anne-François n'en avait pas fait mystère. C'était au château de Montigny, le jour déjà lointain où elle était allée à l'île d'Orléans visiter Guillemette la sorcière. Et précisément elle s'y était rendue pour demander à Guillemette des conseils ou une médecine afin de calmer les nerfs de Mme de Castel-Morgeat. C'était le comble ! Tandis qu'elle se dévouait, préoccupée de l'état proche de la folie dans lequel se trouvait la femme du gouverneur militaire, elle... il...

Angélique se jetait sur son lit et enfonçait son visage dans son oreiller pour ne pas crier, hurler. Tout le monde s'était moqué d'elle.

Ce jour-là, elle était à l'île d'Orléans et Guillemette la sorcière qui savait, qui, voyante, ne pouvait pas ne pas savoir, avait eu le front de lui dire : « Tu es une femme heureuse ! » Car elle savait sans nul doute. Parlant de Sabine de Castel-Morgeat ne lui avait-elle pas dit avec un sourire dont elle comprenait maintenant l'ironie « Ne t'inquiète pas pour elle, elle va être sauvée. » Et, pour détourner ses soupçons, dissiper les ondes de son instinct à elle, Angélique, qui, même de loin, pourrait être avertie de la félonie qui se consommait, la sorcière, hypocrite, avait retenu son attention par toutes sortes d'artifices, la captivant de récits et de confidences, comme on raconte des histoires à un enfant pour lui faire avaler une médecine. Et sur le point de la quitter elle lui jeta n'importe quelle sottise pour nourrir à faux son imagination, afin que, intriguée par l'énigme, Angélique ne s'aperçoive pas de ce qui se passait sous son nez : « Il ne faut pas qu'il aille à Prague. »

Prague ! La capitale de la Bohême qui venait là comme « un cheveu sur la soupe » pour brouiller son entendement. Ah ! Ils s'étaient bien gaussés d'elle, tous, derrière leurs amabilités. Jusqu'à Mme de Mercouville qui l'avait encouragée à s'éloigner en lui donnant le scapulaire de Sabine, feignant d'être préoccupée pour celle-ci.

Et les allusions de cette vipère d'Euphrosine qui avait dû se réjouir, car elle avait su, presque vu... Et Angélique lui avait soigné son nez gelé, comme une sotte qu'elle était, contente de rendre service, de soulager alors qu'on exploitait sa bonté, tous ces jaloux et ces envieux ne lui sachant aucun gré des soins qu'elle dispensait.

Angélique, le visage dans son oreiller, se voyait entourée de traîtres et de traîtresses qui s'étaient gaussés d'elle tout en lui prodiguant des amabilités afin de profiter des avantages de son amitié. Ulcérée, elle repassa tous leurs actes par le crible d'un machiavélisme raffiné où elle voyait Joffrey et Sabine aidés par la ville entière à la tromper, jusqu'au moment où sa loyauté l'obligea à se rappeler qu'elle était partie pour l'île d'Orléans sur un coup de tête, sans avertir personne, et que s'il y avait eu machiavélisme on ne pouvait en accuser que le hasard, grand maître en l'art de la farce.

Elle se releva en titubant. Elle ne pouvait plus soulever les paupières, tellement elles étaient gonflées mais se sentait un peu calmée.

En découvrant le reflet de son visage tuméfié par les larmes, elle se dit qu'il y en aurait au moins pour une bonne heure de soins avec compresses, crèmes et cataplasmes, avant de pouvoir retrouver une figure convenable.

Comme elle recommençait de pleurer, elle comprit que masques et compresses ne serviraient de rien si elle ne parvenait pas à retenir les pensées déplorables qu'elle se forgeait comme à plaisir. Avait-elle le droit de retenir prisonnier un homme comme Joffrey de Peyrac ?

Mais ses appels à la résignation demeurèrent sans effet. Elle ne pouvait empêcher ses larmes de couler et elle se disait qu'il y avait quelque chose de brisé en elle.

— POURQUOI pleures-tu ? dit La Polak.

— Je ne pleure pas.

— Tu crois que je ne vois rien. Tiens assieds-toi. Bois ! Mange ! Je t'ai préparé du veau. On en tue rarement. Mais au printemps, faut manger de la viande de printemps.

La pensée du veau rendit Angélique plus triste encore et elle secoua la tête.

— ... Marquise, pas un homme ne mérite qu'on se prive d'un bon plat. Tous les mêmes, les hommes. Tu devrais le savoir

Angélique n'avait pas envie d'entendre La Polak philosopher sur les hommes et mélanger Joffrey avec les voyous qu'elle avait aimés dans sa vie dont cette canaille de Calembredaine ou, si brave fût-il, son Gonfarel d'aujourd'hui.

Elle se leva pour s'en aller.

— Marquise, prends garde... Réfléchis un peu avant d'enfourcher ton destrier des grands jours et de partir au galop sans savoir où ça te mène... Des fois que tu verrais un peu trop la paille qui est dans l'œil de l'homme qui t'aime et pas la poutre qui est dans le tien.

— Que sais-tu ?

— Rien ! Mais j' me doute !

Il fallait reconnaître que ce n'était qu'incidemment que l'effleurait la pensée de Bardagne. Le souvenir de la nuit qu elle avait passée dans ses bras avait été emporté comme par un raz de marée. Elle n'y pensait pas ou peu. Et chaque fois c'était toujours avec sérénité ou satisfaction. Incapable de le regretter. Cet acte avait été important pour elle. Mais elle ne concevait pas qu'il puisse avoir sur sa vie aucune incidence grave.

La jalousie de Joffrey ? Dieu ferait qu'il ne sache rien car cela n'en valait pas la peine. Bardagne n'était pas Colin. Lui seul Joffrey comptait pour elle.

A la réflexion, passée la première blessure d'amour-propre à la pensée des mauvaises langues et des sourires, ce qui restait et qui la torturait c'était le doute. N'avait-elle pas commencé de craindre auparavant que son amour pour elle s'attiédisse ? Elle se souvenait d'une fois où ils s'étaient aimés. C'était un après-midi au château de Montigny. Au cours de cette étreinte, elle avait éprouvé un plaisir indicible. Quand elle y songeait elle devait s'avouer qu'elle avait cru un instant voir s'entrouvrir le ciel. Et c'était au sein d'une telle félicité qu'elle avait commencé de craindre qu'il ne se détachât d'elle. N'avait-elle pas senti comme une subite absence en lui, comme s'il refusait de la suivre dans son extase ?

La vie est naturellement injuste et se plaît à jouer avec les cœurs comme avec un bilboquet. N'est-ce pas au moment où l'Amour atteint son paroxysme qu'il est sur le point de mourir ?

A ressasser ce souvenir, s'établit sa conviction pleine et entière que si Joffrey l'avait trompée ce n'était pas parce qu'il aimait Sabine, mais parce qu'il ne l'aimait plus, elle.

Certains mots d'Anne-François parlant de son amour pour elle lui revenaient en mémoire. Le jeune homme avait usé des mêmes termes que Bardagne, déchirants. « On aime... et l'amour va ailleurs ! » Elle comprenait maintenant leur douleur. Sous vos yeux l'être qu'on aime regarde dans une autre direction et s'irradie d'une autre présence. A la pensée que Joffrey pourrait aimer ailleurs, Angélique partageait la douleur de ses amoureux et les prenait en pitié, contraints d'accepter de brûler d'un amour qui ne serait jamais payé de retour et qu'on ne pouvait arracher de son cœur qu'en le coupant par le tranchant de la hache et qui demeurerait toujours comme un moignon pantelant et sensible.

— Je ne survivrai pas. J'en mourrai ! J'en mourrai !

Pour elle, il n'y avait que Joffrey. Il était là, son souvenir, sa présence, son être entier, tout lui, en elle, avait été ainsi dès la première fois. Les amours passagères ne signifiaient rien. La pointe de la flèche ne pouvait pas être arrachée... « Il n'y a que toi. »

Une estafette arriva apportant des nouvelles de l'armée. Le messager racontait sa terreur quand il s'était vu entouré d'Iroquois qui remontaient La Chaudière. Outtaké l'avait fait comparaître devant lui : « Je vais rejoindre Ticondéroga, je te laisse la vie. »

Dans les nouvelles qu'il apportait, M. de Frontenac confirmait qu'ils étaient aux alentours du Lac Bleu mais aucuns pourparlers n'étaient encore engagés.

Il y avait un pli de Joffrey de Peyrac pour Angélique mais elle le déchira avec rage en menus morceaux, sans le lire, puis le regretta aussitôt.

La semaine qui suivit fut pour Angélique celle des larmes intarissables.

Cependant, le printemps éclatait. Et l'on comprenait l'exclamation de La Polak : « De quoi se saouler ! »

De Beauport à Saint-Joachim, trois mille pommiers en fleur qui explosaient aux flancs de la côte de Beaupré. Du rose, du blanc, une odeur à mourir de suavité... Partout dans les jardins, une neige d'aurore. Les joues de l'île d'Orléans étaient roses et blanches comme celles d'une jeune fille, d'une jeune fille normande.

Angélique expliquait par l'effet des senteurs capiteuses qui s'exhalaient dans l'air tiède ses paupières rougies et le mouchoir qu'elle portait trop souvent à son visage. On la plaignit. Beaucoup de personnes souffrent au printemps d'affections diverses : rhumes, dit des foins, furoncles, fièvres...

VILLE d'Avray apparut un après-midi. C'était sa première promenade depuis son accident. Il boitillait, son visage était défait et son élocution embarrassée.

— On boit trop dans cette ville. La chaleur est venue s'ajouter à mon chagrin pour me pousser à boire afin d'étancher ma soif et oublier ma douleur. Mais je suis en train de me rendre malade et vous m'abandonnez.

— Je vais vous faire une soupe à l'oignon. On l'appelle

« soupe de l'ivrogne » comme vous le savez car l'oignon à la propriété de dissiper les vapeurs de l'alcool et de clarifier les humeurs.

Au moins pendant qu'elle éplucherait les oignons, elle pourrait s'essuyer les yeux, sans qu'il s'interrogeât sur ses paupières gonflées. Il était d'ailleurs inattentif, ne pensant qu'à Alexandre et il comprenait qu'elle le pleurât avec lui.

— C'était un ange, un vrai ange. Je le sais. Je l'ai compris maintenant. Il a vécu le destin des anges qui sont envoyés en mission sur cette terre. Les anges qui s'incarnent, aiment leurs corps. Ils ont tant souhaité de l'avoir. Ils sont beaux. Ils ont toujours un comportement ailé. Et ils meurent souvent de mort violente, jeunes, en accomplissant l'acte héroïque et miraculeux pour lequel ils sont venus.

Après avoir ainsi beaucoup parlé, il conclut.

— ... Je pars. Je quitterai la Nouvelle-France par le premier navire. Et tant pis si le Roi y trouve à redire... Comment a-t-il osé imposer un tel exil à un être de ma sensibilité ? Tout ça pour une potiche de Chine. Il n'a pas d'entrailles. J'irai à Saint-Cloud. Monsieur me protégera et plaidera ma cause. On ne peut subsister dans ces contrées sauvages sans devenir aussi sauvage. Ils auront des racines de sang ceux qui garderont le pays. Il leur aura fallu sacrifier les chevelures de leurs enfants les plus chers... Moi, l'un me suffit... J'emmènerai mon fils, mon petit Chérubin. J'ai besoin de me retremper dans un pays civilisé... Peut-être nous retrouverons-nous à Versailles, chère Angélique ?

Durant cette période, elle n'envisagea pas d'aller demander conseil au Père de Maubeuge. Il l'aurait regardée avec une lueur moqueuse dans ses yeux bridés et lui aurait rappelé que les femmes très belles ont un destin singulier, ce qui ne les empêchait pas d'être trompées comme les autres, et qu'elle était le cœur du cyclone, ce qui ne lui évitait pas les tempêtes intérieures.

Et pourtant c'était très douloureux. Sa vie, cette vie qu'elle s'était donné tant de peine à rebâtir, lui était arrachée par lambeaux, mettant sa chair à vif.

— Il faut que je reste belle, se disait-elle en sanglotant devant son miroir. J'étais si heureuse ! Si heureuse !

Elle regrettait les derniers mois vécus.

Il y avait eu des disputes entre eux, mais qui ne semblaient surgir que pour leur donner l'occasion de s'expliquer, de se connaître mieux et de découvrir en des réconciliations exquises la force sans cesse renouvelée de leur désir. N'était-ce pas en un des plus beaux moments d'extase qu'elle avait cru percevoir en lui une réticence, un recul... Alors qu'ils... s'envolaient. Ensemble, tous deux ! Le sommet est proche du précipice. La roche Tarpéienne où l'on peut se briser les reins, proche du Capitole où les citoyens de Rome parvenus à la gloire risquaient de voir prononcer la sentence qui les condamnerait.

— J' te comprends pas, disait La Polak. J' t aurais pas cru si compliquée, Marquise... C'est d'être à l'aise qui t'a gâtée. Pour quelques miettes qu'on a enlevé de la table, toutes ces pleurnicheries ! Que crains-tu ? Tu crois que ça se quitte facilement une créature comme toi ? Vingt dieux ! Ça me ferait bien plaisir, mais ça m'arrivera pas. Tu séduiras, toujours !... Ça émane de toi par les yeux, par les lèvres, par la peau... La peau, c'est par là que ça passe l'amour... Et ça ne meurt qu'avec nous. Tu crois que ça s'oublie la peau des anges ? Tu crois qu'un homme quand il est habitué à cette peau il peut s'en passer ? Même s'il le veut ? Et il ne le veut pas, ton homme !

Elle faisait claquer son pouce contre l'index.

— ... Y' a rien, j' te dis ! Pas ça ! C'est toi qui creuse ta tombe avec tes simagrées !

88

— MA PETITE AMIE ! MA PETITE AMIE !

De son éventail qu'elle tenait tout droit comme un plumeau, Mme Le Bachoys lui tapotait l'épaule.

La cathédrale était déserte. Devant le maître-autel M. Gaubert de La Melloise priait, assurant son heure d'adoration du Saint-Sacrement.

Dans l'ombre de l'église où elle venait d'entrer afin de soustraire à la lumière du jour son visage altéré, Angélique reconnut la large face au teint vermeil de la brave dame et ses yeux bleus qui lui souriaient avec indulgence.

— Allons ! Allons, ma petite amie, fit-elle de sa bonne voix grondeuse. Est-ce raisonnable, ces yeux rouges ? Vous ! Vous ! Une séductrice ! Une femme qu'on ne peut s'empêcher d'aimer dès qu'elle paraît ? Si vous n'étiez si aimable, les autres femmes vous haïraient car non seulement vous détournez d'elles les regards de leurs admirateurs, mais vous avez enchaîné le cœur d'un homme que toutes vous envient. Vous aurait-il blessée de quelque façon ? J'ai peine à le croire...

— Que vous a-t-on dit ? s'informa Angélique humblement.

— Rien ! Sauf que je ne vois qu'une dureté ou une légèreté venant de Monsieur de Peyrac pour vous faire verser ainsi des pleurs...

Confiante en la bonté de son interlocutrice, Angélique laissa entendre qu'elle avait des raisons de le croire infidèle. Elle s'embarrassait dans ses griefs. Elle ne voulait pas retenir son mari prisonnier, dit-elle, mais les circonstances dans lesquelles la chose était arrivée l'avaient blessée... Elle y voyait de la désinvolture, un manque de cœur. On avait profité de son absence à l'île d'Orléans...

— Ma chérie ! On voit bien que vous n'avez pas l'expérience d'être trahie, s'exclama Mme Le Bachoys. Vous sauriez que quelles que soient les formes ou les circonstances, c'est toujours ulcérant. Si cela se passe sous votre toit en votre absence, c'est une insulte. Au loin, dans la discrétion, c'est d'une hypocrisie révoltante. Quoi qu'on fasse c'est toujours d'une lâcheté sans pareille de la part de l'homme, d'une traîtrise inimaginable de la part de la femme. Il n'y a pas d'adultère élégant.

— En somme, vous l'excusez ? dit Angélique, tout en pensant que son aventure au fin fond des plaines d'Abraham avait tout de même mieux sauvegardé les apparences.

— Et vous, ma chère enfant, vous excuseriez-vous ? Dans le même cas ?

Sous le franc regard, Angélique ne chercha pas à feindre l'indignation vertueuse.

— Oui, reconnut-elle, car je sais que rien ne peut entamer mon amour pour lui... Il ne s'agirait que d'une incartade.

— Qui vous dit qu'il n'en est pas de même pour Monsieur de Peyrac ? Incartade avez-vous dit ? Un petit écart ! Une petite déchirure dans le contrat ? Mais de quelle sorte de contrat ?

Angélique devait s'avouer que Mme Le Bachoys parlait d'or. Elle aussi serait parvenue à la même conclusion. Mais là où tout versait dans la catastrophe c'est qu'elle avait acquis la conviction qu'il ne l'aimait plus... Ou qu'il l'aimait moins.

Elle se remit à pleurer.

M. Gaubert de La Melloise, de son prie-dieu du deuxième rang devant le maître-autel, tourna la tête, dérangé dans ses prières par ce bourdonnement de chuchotements et de sanglots qui venaient du fond de l'église.

— Voyons ! Voyons ! la gronda Mme Le Bachoys. Essayez de vous confier clairement. Dites-moi ce qui vous tourmente. Y aurait-il quelque chose que vous auriez observé ou que vous vous seriez imaginé, qui vous entraînerait à attacher plus de gravité qu'il ne faut à cette histoire... ancienne, il me semble ?

Angélique finit par avouer sa seule et unique crainte d'un malheur près duquel le reste avait perdu de l'importance et qu'elle aurait même oublié, si cette inquiétude n'en avait pas été renforcée. Elle craignait d'avoir commencé de perdre son amour. Et elle parla du signe sur lequel elle étayait son pronostic. Cette subtile réticence au sein d'une brûlante étreinte, comme si tout à coup il avait voulu être ailleurs, s'en aller. Oh ! Ce n'avait pas été aussi accentué, définitif... Ne révélait-elle pas un affaiblissement du sentiment amoureux qu'elle lui inspirait ?

— Au contraire !

Mme Le Bachoys paraissait tout à fait rassurée et même enchantée par son histoire. Selon elle, Angélique interprétait à tort une réaction très masculine qui n'était qu'un aveu du pouvoir qu'il lui reconnaissait, de l'intensité du bonheur qu'il éprouvait près d'elle.

— Vous ne vous êtes peut-être pas tout dit... Ma petite amie... Les hommes ont peur de l'extase. Ils s'en méfient. Sauf les très jeunes gens... ou les êtres mystiques. Ils ont peur de ce lâchage, de ce laisser-aller, de cette disparition de toute... assurance. Ils veulent conduire l'attelage. S'affirmer... Leur sang-froid se trouve menacé. Ils ont peur de l'égarement ou d'une faiblesse qui serait mal interprétée. De paraître accablé ou frappé par la foudre...

— Vous croyez donc que sous la violence et l'émerveillement du plaisir qui s'emparait de lui et qui m'habitait aussi, il eût voulu s'en défendre ?

— Ce n'est pas impossible. Les grands maîtres ès-art en volupté, doués pour l'amour et pour le dispenser, peuvent redouter de se fondre en une femme, de confesser l'abandon en des bras si faibles et si dangereux. Ils nous prêtent plus de calculs que nous n'en sommes capables... S'ils savaient... Nous autres femmes nous gardons le secret de nos... ravissements. C'est un secret entre Dieu et nous. Nous les cachons à nos confesseurs de peur d'être jugées et vouées à l'enfer. Certains hommes s'imaginent que rien ne nous est accordé que d'une manière diffuse Mais c'est pourquoi il nous est plus facile de perdre les sens, de perdre la tête, de nous laisser embarquer pour Cythère sans idée de retour. Oh ! Oui, ma chère, nous sommes favorisées.

— Je comprends ce que vous voulez dire. J'ai maintes fois été heureuse, folle et ravie par l'amour mais, ce jour-là, il m'a semblé que j'étais sur le point de mourir sans regret. Car je mourais de joie.

— Personnellement, je m'évanouis, dit Mme Le Bachoys.

A l'idée de cette grosse femme tombant en pâmoison sous les yeux effarés d'un amant, Angélique se mit à rire.

Mais Mme Le Bachoys ne se vexa pas et partagea sa gaieté.

— Oui ! Vous imaginez combien la situation peut être embarrassante pour un honnête homme qui a fait de son mieux pour mener... disons, l'affaire à bien et avec le plus grand sang-froid dont il se glorifie. Le voici donc tout quinaud se croyant coupable... d'autant plus que ces messieurs sont jaloux de l'ampleur de nos transports...

Elles rirent de plus belle.

Cette fois M. Gaubert de La Melloise estima la dissipation outrageante et se leva dans l'intention d'y mettre fin. Le temps qu'il eut effectué sa génuflexion et descendu la nef, Angélique et Madame Le Bachoys, pour échapper aux remontrances, s'étaient sauvées sur le parvis.

Elles se donnèrent le bras et descendirent les marches.

— Faisons quelques pas sur la place. Promenons-nous à l'ombre des cerisiers en écoutant murmurer le ruisseau. Que disais-je ? Oui, je m'évanouis, et abandonne ainsi le nautonier sur la rive ce qui le rend furieux. Et vous quels sont vos aveux ?

— Que voulez-vous dire ?

— Que lui avez-vous manifesté ? Que lui avez-vous avoué ? Que lui dites-vous des sentiments qu'il vous inspire ?

Alors Angélique se souvint des paroles d'amour qu'il prononçait souvent. Combien il avait mis tout en œuvre, à Gouldsborg, à Wapassou, ici-même pour la ramener à lui, la réveiller, la consoler. Et lui, se rendant accessible à elle, lui disait : « Je suis tombé amoureux de cette nouvelle femme que vous êtes devenue. J'ai pu vivre sans vous. Maintenant, je ne le pourrai plus... »

Quelle réponse avait-elle donné à ses discours ?

Parfois, il lui était arrivé dans l'excès de tendresse d'avoir envie de franchir on ne sait quelle mauvaise honte, timidité ou peur, et de le combler de paroles, peut-être naïves, mais qui auraient essayé de traduire tout ce qu'il était pour elle. Elle aurait voulu se jeter à ses genoux, ou le serrer dans ses bras, l'embrasser dans un élan possessif et fougueux que lui inspiraient sa vue et sa présence.

— Mais... il n'aimerait peut-être pas cela, fit-elle.

— Que vous disais-je ? Il y a beaucoup de barrières dans nos êtres qui s'opposent à notre bonheur. Vous avez encore bien des chemins à suivre, de découvertes à faire... Il n'y a que les amants qui se connaissent bien qui savent qu'ils ne se connaissent guère et qu'il leur reste des trésors. On croit toujours qu'on est amoureux et l'on s'aperçoit, quand on regarde en arrière, qu'on l'était peu et que c'est alors, maintenant, qu'on est amoureux... et puis plus loin encore... nous attendent des révélations infinies. On dit et l'on répète : je suis amoureux. Mais même pour une seule personne le mot change. Il reste semblable, mais apposé sur des vérités différentes et que nous sommes seuls à connaître et à définir. Quelles vérités ? J'ai ma petite idée là-dessus... Elles sont différentes, ai-je dit !... Pas très variées et pourtant multiples par les développements et les résonnances que nous leur donnons, chacun de nous, en nos cœurs...

» L'orgueil des hommes leur tient lieu de corset, dit-elle encore. Comme pour les femmes, ils ne le quitte qu'à regret et non sans gêne dans l'amour. Il se délace avec plus d'appréhension qu'un guerrier ôtant sa cuirasse sous le feu de l'ennemi. Notre Peyrac n'a jamais été ainsi, même lorsqu'il n'était qu'un jeune Gascon audacieux... et impatient de goûter à tous les fruits de l'existence, les plus variés et les plus beaux. Je connais sa vie, je me la suis fait raconter plusieurs fois en détail. Mais il préférait prendre l'amour pour un divertissement et un art et vous lui avez appris ce qu'il savait fort bien, lui poète, lui troubadour, sait que l'amour mord au cœur. Vous l'avez introduit dans un domaine dont il se doutait qu'il existait mais où il croyait pouvoir se dispenser de pénétrer. Cette force qui a disposé de lui peut l'avoir, de temps à autre, rendu... difficile. Mais il y a des paliers, des étapes, qu'un homme comme lui ne peut pas regretter d'avoir franchis.

Mme Le Bachoys fit quelques pas d'un air songeur.

— J'avoue qu'il m'impressionne... Il m'aurait bouleversée si... j'ai préféré vous le laisser. Il y a des feux qu'il ne faut pas essayer de détourner vers soi... Je me connais... A moi, une fois ne m'aurait pas suffi. Et il n'est pas certain qu'il aurait voulu m'en accorder plus... J'aurais dépéri... Vous voyez cela !

Elle hocha la tête en riant.

— .. Vous êtes pour lui la femme inoubliable. De cela il ne guérira pas ! Et il le sait. Un homme comme lui, c'est normal qu'il s'en défende, mais vous... vous pouvez faire tout ce que vous voulez... Même continuer à faire la sotte... Cela ne changera plus rien... Bienheureuse ! Bienheureuse, êtes-vous !

Elle regardait Angélique avec douceur et sous le regard un peu voilé des beaux yeux bleus qui brillaient dans ce visage réjoui et couperosé, Angélique se demandait si elle n'avait pas devant elle celle qui aurait pu être sa seule rivale à Québec

89

« Bienheureuse ! Bienheureuse êtes-vous ! » avait répété Mme Le Bachoys à Angélique avant de la quitter, après lui avoir administré un petit coup amical de son éventail en plumes de dindon sauvage. « Bienheureuse vous qui avez tout reçu ! »

Par un message de la Mère Supérieure des ursulines, Angélique sut que l'on désirait la voir au monastère. Elle s'y rendit, faisant trêve à son chagrin, envisageant que les mères désiraient parler d'Honorine, de ses progrès en lecture peut-être, de ses sottises sûrement.

Les petites filles dansaient sous les pommiers en fleur : « Alouette ! Gentille Alouette ! »

La Mère Supérieure lui dit tout d'abord qu'elle et ses sœurs avaient regretté de ne pouvoir la remercier aussitôt de vive voix d'avoir sauvé leurs vies.

— Notre clôture, Madame, nous est parfois un sacrifice lorsque nous souhaiterions courir à nos amis pour leur baiser les mains.

Mère Madeleine avait eu l'heureuse inspiration de la demander pour lui communiquer certaines recommandations du Seigneur. On pouvait donc la couvrir de bénédictions et l'assurer de prières quotidiennes pour elle et les siens.

Honorine affirmait-elle était leur enfant préférée. L'on n avait avec elle aucune difficulté si l'on s'adressait à son cœur.

Derrière la grille, la Mère Madeleine l'attendait et lui adressa un sourire de connivence.

— Je ne voudrais pas, chère dame, que vous payiez trop cher les mauvais coups que votre vaillance porte au démon. Il se venge toujours, sachez-le. Les grandes faveurs que le Ciel nous accorde, ne peuvent l'être, sans que nous soyons contraints d'abandonner à notre insatiable ennemi un petit lambeau de nous-même afin de calmer sa voracité. Ainsi l'on détourne son attention des enjeux plus graves et j'ai toujours remarqué que le prix de cette obole était minime.

Cette fois, Angélique ne demanda pas : « Que savez-vous ? » Elle comprenait que Mère Madeleine avait deviné qu'elle traversait une crise douloureuse.

Elle dit qu'à son sens la dîme qu'il lui était demandée de verser au démon pour avoir reçu la grâce de sauver Québec ne lui paraissait pas tellement minime. C'était difficile à expliquer à une religieuse.

Pour simplifier les choses, elle confessa à Mère Madeleine, assurée de sa discrétion, qu'elle avait appris récemment une infidélité de son mari.

— L'infidélité ? Est-ce donc, vraiment toujours, la preuve d'un manque d'amour ? demanda Mère Madeleine en haussant les sourcils d'un air naïf.

Elle ajouta.

— ... Ne versez pas trop de pleurs. Vos amis, vos fils sont saufs, votre petite fille est sauve. Votre époux bien-aimé est sauf. Bénissez le ciel ! Au niveau des bonheurs terrestres, il n'y a que la mort qui est irréparable.

Décidément, tout le monde semblait se mettre d'accord pour ne pas la trouver à plaindre. Il y a des êtres qui ne sont pas faits pour inspirer la pitié. Aussi bien n'était-elle pas seule à pleurer dans Québec. On dénombrait les morts.

Parmi les premières victimes, les occupants de la barque qui avait emporté les éléments du tabernacle de sainte Anne.Sabordée à coups de haches, la barque avait coulé. Quelques pièces flottant au gré des flots furent retrouvées.

Des prédelles, c'est-à-dire des degrés de l'autel, longues épaves d'or aux entrelacs de blé et de vigne, aux rinceaux de feuilles d'acanthe furent aperçues suivant le courant par des mariniers qui changèrent de cap afin de les rejoindre et de les haler jusqu'à Québec. Le dôme et sa croix dansèrent longtemps sur la crête des vagues puis allèrent s'échouer sur la côte nord de l'île d'Orléans, presque dans la crique d'où avaient surgi les canoës ennemis fonçant sur la grande barque avec des cris horribles. Ce qui parut un signe.

Sous le petit cap, au plus serré des oies, furent retrouvés les deux reliquaires poussés là sans doute par les ailes de leurs anges, car on les retrouva ensemble. Ainsi l'œuvre ne serait pas dépareillée. Enfin, juste au pied de la nouvelle chapelle, vinrent s'échouer la custode, frappée du pélican eucharistique la statue de sainte Anne et, un peu plus loin, dans les roseaux, le corps du sculpteur transpercé de flèches.

On l'enterra donc par là, un peu plus haut, près de l'endroit miraculeux, dans l'ombre des rochers dressés, chevelus de broussailles, de buissons de raisins d'ours et de petits pins baumiers aux racines légères. Suivant les saisons, l'appel des oies sauvages, le chant du fleuve, berceraient son sommeil éternel. S'y mêlerait au cours des siècles l'ample rumeur ne cessant de grandir des foules pèlerines qui viendraient de plus en plus nombreuses et ferventes s'agenouiller en ce lieu et suspendre, en ex-voto, aux murs et aux voûtes du sanctuaire, des béquilles et des petits navires (1).

Aux ursulines, on lui avait parlé de la mort, durant l'hiver, de la petite Jacqueline, la petite Indienne que son père chef montagnais avait amenée le jour de la première tempête. Il est difficile d'élever ces enfants des forêts. Lorsqu'elles sont trop petites pour s'enfuir, elles s'étiolent.

Une autre mort survenue, comme par mégarde, fut celle du Père Loubette. Il était mort. Et comme il était mort durant les journées iroquoises, on se demanda, avec horreur, s'il n'était pas mort parce qu'une fois de plus, dans le bouleversement et le hourvari général, on l'avait oublié. Mais aussi, pourquoi, gémissait-on, refusait-il de se faire porter chez les dames augustines de l'Hôtel-Dieu ? Quand on est grabataire ! Cependant son visage serein, ses paupières closes, le sourire narquois qu'il gardait au coin de ses lèvres rigides, rassurèrent les consciences angoissées. Il était mort sans souffrir, affirmait-on. Cela se voyait... Comme on s'endort. Son calumet de pierre rouge était posé à ses côtés, ainsi que la lettre contenant son testament. Il laissait tout ce qu'il possédait à Mme de Peyrac soit son calumet et son vaisselier de bois de chêne travaillé au couteau et à la gouge du temps où les chênes de la forêt américaine n'appartenaient pas encore au Roi de France et que les braves colons pouvaient s'y tailler, sans encourir de sanctions, de beaux meubles pour y ranger leur primitive vaisselle de bois, de calebasse ou d'écorce de bouleau.

Il la priait de remettre sa tabatière de fer-blanc et de menues bricoles de cuir, sachets, ceintures, gris-gris indiens, à un certain Beaupars qui avait hiverné avec lui en Gaspésie. Dans un codicille malicieux, ajouté avec demande de n'être lu que deux jours après la première lecture, il ajoutait qu'il laissait

(1) Sainte-Anne-de-Beaupré, pèlerinage catholique d'Amérique, lieu de nombreux miracles et qui est considéré comme le Lourdes américain.

libre son héritière, Angélique, de faire don, si elle le voulait au marquis de Ville d'Avray du calumet de pierre rouge.

Cela mit un baume sur la douleur du marquis et sur la déception qu'il avait éprouvée pendant deux jours. Il avait fait une scène à Angélique à propos de ce calumet, ce qui prouvait qu'il commençait à reprendre goût à la vie. Le don du calumet le rendit à lui-même. Il se battit en duel avec Monsieur Tardieu de La Vaudière qui lui avait fait infliger de lourdes amendes parce qu'il n'avait pas de murets coupe-feu à son toit, « comme si j'en avais besoin étant donné que je ne suis mitoyen de personne », et qu'il n'avait pas procédé en temps voulu au pavage de sa rue, devant son seuil. Le marquis trouva que la coupe était pleine. Il fut blessé au bras.

— A peine étais-je remis de mon entorse !

Un autre duel prévu, attendu, redouté eut lieu également. Le dogue allemand de M. de Chambly-Montauban et le glouton de Cantor de Peyrac se trouvèrent un jour face à face. L'affaire fut rondement menée. La tête du dogue se retrouva perchée à la fourche d'une branche sur la Place d'Armes. A l'autre extrémité de la Haute-Ville, le corps décapité, hissé lui aussi, fait assez rare, dans les branches de l'orme du carrefour, intrigua ceux des chiens du petit campement qui avaient échappé à ses crocs.

Lorsque les Québécois avaient appris comment avait fini le chien de l'abbé Dorin qui était si brave et qui avait été tué d'une flèche iroquoise devant l'église où priait son maître, alors que celui de M. de Chambly-Montauban survivait et continuait de casser allègrement l'échine des chiens indiens de rencontre, ils ne s'étaient pas privés de grommeler : « ce sont toujours les meilleurs qui s'en vont ! »

Ils se réjouirent en secret.

M. de Chambly-Montauban en fit toute une histoire. Mme Le Bachoys le secoua. Un chien était un chien et son dogue allemand la plus odieuse créature qui soit. L'attachement qu'il lui portait, s'amusant de sa férocité, était malsain, car il n'avait même pas réussi à en faire une bonne bête et c'était coupable.

Le glouton, le diable des bois, avait rendu justice. Les Indiens de la ville eux-mêmes en convenaient. Elle lui signifia encore qu'il était temps pour lui de penser aux choses sérieuses, c'est-à-dire à se déclarer auprès de leur fille aînée et de la demander en mariage car ayant assez papillonné bêtement, il devait apprendre à faire convenablement l'amour, plutôt que de décevoir sur ce point ses nombreuses conquêtes comme le bruit lui en était revenu.

Il est bon de signaler que ces événements se déroulèrent au cours d'environ trois semaines.

VENANT du sud et doublant le Cap Rouge, une flotille de canots et les voiles de grosses barques firent croire au retour de l'armée. Ce n'était que les Trifluviens et les Montréalais qui arrivaient avec leurs bonnets blancs et leurs bonnets bleus. Ils remontaient du fond de la nasse du Saint-Laurent où on les avait oubliés derrière leur blizzard.

Tout ce qui grouillait en amont et qui avait été étouffé, effacé par l'âpreté de l'hiver, surgissait à grand bruit comme un peuple de gentils animaux sortant de leurs tannières et flairant le soleil.

Les nouvelles se déversaient sur les quais comme on l'aurait fait d'une pêche gonflant des filets pleins à craquer. De Québec, l'on aurait cru que tout le monde dormait là-bas au creux des blizzards. Mais pensez-vous ! Il s'en était passé des choses : naissances, morts, mariages, querelles, crimes, disparitions, ruines, réussites... La voix des peuples enterrés s'élevait avec la même animation que le bruit des eaux libérées.

Ça courait et cascadait. Ce n'était pas des nouvelles, ni des récits, ni des annonces, c'était un chant, un chant de voyageur au fil du fleuve.

Par ce premier convoi, le baron d'Arreboust était revenu. Il était déçu et désespéré. Cet hiver à Montréal se soldait par un échec. Il avait multiplié les démarches pour rencontrer sa femme qui vivait en recluse, c'est-à-dire entièrement emmurée dans une cellule qui ne communiquait que par un guichet avec le monde extérieur. Les religieuses de l'hôpital de Jeanne Mance s'occupaient de sa subsistance.

Mme d'Arreboust avait distribué une grande part de sa fortune aux œuvres et aux couvents.

Son époux n'avait pu pénétrer qu'une fois jusqu'à sa cellule, ne faisant que l'entrevoir à peine, tandis qu'elle lui reprochait de ne pas demeurer fidèle au sacrifice qu'ils avaient décidé ensemble et qu'il commettait une mauvaise action en venant lui rappeler par sa présence les plaisirs du monde auxquels elle avait renoncé afin de mieux servir Dieu.

Le timbre de la voix qui lui était parvenu par cette ouverture lui avait paru affaibli et chevrotant et il s'était retiré, mortellement inquiet.

— Il ne vous reste plus qu'à vous occuper de cette petite malheureuse, dit Mlle d'Hourredanne à Angélique après qu'elle eut reçu le baron accablé.

» Trente ans, ravissante et recluse! Comprenez-vous cela ? Le Père d'Orgeval l'a enfermée. Il était son mauvais génie. Il était le mauvais génie de bien des gens. Mais vous avez brisé le charme. Et, grâce à vous, l'on se met à regarder du côté de l'amour avec plus d'indulgence. L'on rêve à l'aventure... une petite aventure une seule fois. Il faudra que vous vous rendiez un jour à Montréal pour voir Camille et pour la sortir de son trou.

— Et vous ?

Mlle d'Hourredanne rosit légèrement et regarda Angélique d'un air coupable.

— Que voulez-vous dire ?

— Et vous, Cléo ? Quand allez-vous sortir de votre lit ?

— Moi ? Mais je n'ai point d'amour qui m'attende à ma porte comme Camille d'Arreboust.

— Et l'intendant Carlon ! Ne savez-vous donc pas qu'il se consume pour vous depuis des années ? On me l'a dit. En tout cas, il est visible aux yeux de tous qu'il ne saurait se passer de votre compagnie et que vous êtes son rêve secret.

— Il ne me parle que de potasse et de chantier naval. Et si je veux hausser le débat, nous nous disputons parce que je suis janséniste et qu'il est gallican.

— Il n'ose pas franchir la barrière des mots ordinaires. Et il s'abrite derrière eux afin d'avoir prétexte de rester près de vous, même au prix d'une dispute.

— J'aime ces hommes timides, fit Mlle d'Hourredanne en rosissant plus encore.

Elle poussa un soupir.

— Il est trop tard, Angélique. Moi, je n'ai plus trente ans.

— Mais vous êtes ravissante.

Angélique lui tendit les deux mains.

— Levez-vous ! Il fait très beau. Le soleil brille et l'Intendant est au Palais. Il ne s'agit que d'une promenade. Levez-vous ! Et faites-lui la surprise de lui rendre visite...

Enfin des militaires et quelques Hurons apportèrent des nouvelles de l'armée. La jonction avec le reste des Iroquois s'était faite. On travaillait à enterrer la hache de guerre. Le trésor des Iroquois contiendrait neuf colliers de Wampum, deux de rasade, c'est-à-dire de perles et non de coquillages, treize branches de Wampum. En outre, une branche qui voulait dire « que le lieu des os des Abénakis soit respecté » et une autre « que l'enveloppe de leurs os soit aussi respectée ». Ils n'avaient encore voulu s'engager à rien pour les Hurons.

Angélique reçut une missive personnelle de son mari. Cette fois elle l'ouvrit.

« On me rapporte, Madame, que la faveur publique vous destine aux autels. Patronne d'une ville que vous avez sauvée comme sainte Geneviève le fit de Paris, voilà qui nous fait mesurer, ce me semble, la distance parcourue depuis que, sur ce même rivage, vous avez débarqué, lançant à la Nouvelle-France votre défi. Aujourd'hui vous avez triomphé de tous les mauvais bruits et votre victoire est entière... »

Il lui prodiguait toutes sortes de paroles de tendresse et parlait d'Outtaké. Il ne prévoyait pas que le retour fût possible avant deux semaines.

— Qu'il reste là-bas ! Je ne veux plus le voir !

Elle ne put s'empêcher de rectifier.

— ... Oh ! si, qu'il revienne. Mais le plus tard sera le mieux. J'aurai le temps de me composer un visage.

M d'Arreboust lui avait apporté de Montréal une lettre de Mlle Bourgeoys. La religieuse assurait Angélique de son bon souvenir, parlait de l'hiver, se félicitait qu'il eût été d'un « beau froid ». Les élèves et les sœurs se portaient bien. Elle avait demandé des renseignements sur son ancienne élève, cette fillette du nom de Marie-Ange qui ressemblait à Angélique de façon surprenante. D'ici peu elle serait à même de connaître l'origine de cette famille... Angélique, d'abord surprise, demeura songeuse. Mlle Bourgeoys semblait envisager qu'une telle ressemblance ne pouvait être due qu'à des liens de parenté.

Peu de personnes dans son entourage s'étaient exilées en Amérique, sauf son frère aîné Josselin qui avait disparu quand elle avait huit ou dix ans, en criant bien haut qu'il voulait de l'aventure et, aussi, croyait-elle se souvenir, un oncle, mais tous deux étaient partis en se laissant entraîner par un pasteur protestant fanatique, ce qui avait brisé le cœur de son grand-père, lequel, à l'avenir, avait exigé qu'on ne prononçât jamais devant lui le nom des transfuges.

Elle revit en pensée ses frères, ses sœurs, le château de Monteloup, sa nombreuse et impécunieuse famille dispersée à tous vents : l'un jésuite, l'autre pendu, elle aux antipodes..

Mlle Bourgeoys terminait en l'assurant de l'affection qu'elle lui portait et qui les unissait toutes deux en Jésus-Christ

« Bien que prévenue contre vous », écrivait-elle, « vous savez que la confiance que vous m'avez inspirée a été spontanée.

» Il ne m'a pas été facile, je l'admets, de reconnaître, au vu de nos existences si dissemblables en apparence et aux buts si contraires, que nos vies se chauffaient à la même flamme qui magnifie tout, qu'elle brûle pour un être ou pour la Sainte-Majesté de Dieu : l'Amour.

» Car il y a plusieurs sortes d'amour parmi le monde . l'amour des étrangers, l'amour des passants, l'amour des pauvres, l'amour des associés, l'amour des amis, l'amour des parents... et enfin l'amour des amants... On est touché de compassion pour les étrangers, quand on apprend que leur pays est opprimé et saccagé. On aime les passants, parce qu'ils apportent quelque gain, les pauvres, à qui on donne le superflu les associés, car leur perte est dommageable... les amis, parce que leur conversation plaît et est agréable... les parents, parce que l'on en reçoit du bien ou que l'on craint d'être châtié par eux... Mais il n'y a que l'amour des amants qui pénètre le cœur de Dieu et à qui rien n'est refusé. Cet amour se trouve rarement, il est vrai. Mais c'est le véritable amour. Car il ne connaît pas ses intérêts ni même ses besoins. La maladie et la santé lui sont indifférentes, la prospérité ou l'adversité, la consolation ou la sécheresse, tout lui est égal. Et il donne sa vie avec plaisir pour la chose aimée... »

Ainsi donc, tout le monde parlait d'amour y compris Mlle Bourgeoys.

Et c'était le moment où Angélique s'en croyait à jamais dépossédée.

La lettre de la pieuse femme porta à son comble son désespoir. Hélas ! c'en était fini de l'amour des amants... Pour la première fois de sa vie, Angélique doutait du pouvoir de ses charmes.

M. de Chambly-Montauban annonça son mariage avec la fille aînée des Le Bachoys. On le félicitait. Il répondait « Oui, la mère est très bien. »

Angélique rencontra Mme Le Bachoys.

— Ma fille oubliera Pont-Briand. Elle n'aurait pas été heureuse avec lui.

Elle soupira.

— ... Ah ! Ce Pont-Briand ! Vous avez eu tort de le dédaigner

Angélique dit qu'elle ne voyait pas pourquoi Il lui avait déplu souverainement

— Vous êtes trop éclectique dans votre choix des hommes ma chère. Il est vrai que celui que vous avez fait de votre maître vous rend difficile Pourtant, ce n'est pas la crainte qui vous arrête.

— A Wapassou les conditions n'étaient pas les mêmes ni en moi, ni en dehors. Nous étions isolés, au fond des forêts. Ici, à Québec, nous sommes plus forts.

— Québec, c'est Québec. Le vent souffle où il veut, dit Mme Le Bachoys et, à Québec, il emporte souvent nos bonnets par-dessus les moulins.

LE vent soufflait, les moulins tournaient le bonnet de Mme Le Bachoys s'envolait...

D'un seul coup, comme ils étaient venus, tombaient au sol les pétales des pommiers.

C'était l'été. Le soc de la charrue ouvrait la terre. Les semailles commençaient.

L'île d'Orléans, au loin, avait des nonchalances de squale échoué, de crocodile affalé, veillant d'un œil. Derrière la brume de chaleur, elle était embuée comme un songe et paraissait inhabitée, déserte comme ce premier jour où Cartier la vit et la nomma « île de Bacchus » à cause de ses vignes sauvages

En Canada, il n'y avait que deux saisons. Huit mois de glace et quatre de chaleur torride, avec, à la charnière de ces deux extrêmes, dix jours d'une explosion de fleurs : le printemps ; d'un déploiement de draperies pourpres, rouges roses et or · l'automne.

Il faisait une chaleur étouffante. Angélique marchant, absorbée dans ses pensées, se trouva, impromptu, devant Sabine de Castel-Morgeat.

C'était celle-ci qui l'avait abordée.

— Les travaux de réfection de ma maison sont achevés, lui dit l'épouse du gouverneur militaire. M'accompagneriez-vous afin que je puisse vous en faire les honneurs ?

Angélique s'attendait si peu à l'invite qu'elle demeura coite dans l'impossibilité de décider ce qu'elle devait faire.

— J'ai remeublé mon salon. Et dans quelques jours Anne-François pourra être logé dans une chambre plus confortable, à condition que vous autorisiez son transport comme sans danger du château Saint-Louis.

Sabine n'exagérait-elle pas un peu ? Parce que la descente des Iroquois les avait obligées malgré elles, à garder des relations normales, s'imaginait-elle que ce qu'elle avait fait était nul et non avenu ?

— Madame Le Bachoys m a touché un mot à votre sujet, dit vivement Sabine.

— A quel propos ? demanda Angélique, sur la défensive.

— Elle m'a dit que nous vous devions tant que nous en devenions ingrats. Qu'elle s'était posé la question si à votre tour vous n'aviez pas besoin d'aide et qu'elle m'estimait la personne la plus habilitée pour le faire de la plus efficace façon. Madame Le Bachoys est une personne d'une délicatesse infinie et nullement cancanière. J'ai compris son intention. Ne voulez-vous pas que nous parlions un peu ?

La maison reconstruite des Castel-Morgeat se dressait un peu en retrait de la prévôté, au sommet d'un jardin dont les grilles ouvraient sur la Grande Allée.

Du salon où Sabine introduisit Angélique on avait une vue, sur les lointains, plus belle encore si possible que du château Saint-Louis. Le soleil entrait et faisait briller agréablement le bois des meubles que Mme de Castel-Morgeat avait enfin pu réintégrer dans leurs murs. Angélique n'aperçut pas la petite coupe d'or et d'émeraude.

— Qu'avez-vous à me dire ? demanda-t-elle froidement.

— Vous me trouverez peut-être prétentieuse si je vous dis que je vous ai fait venir pour vous parler de moi. Cependant je le ferai. Car je crois que c'est là ce qui peut donner la plus juste estimation de ce qui vous a fait de la peine et ainsi contribuer à vous délivrer de tout souci et vous rasséréner.

— Vous en parlez à votre aise, maugréa Angélique, amère

Elle vit Sabine de Castel-Morgeat se retenir de pouffer, puis soudain s'exclamer.

— Oh ! Angélique ! Est-ce possible ? Vous ! Vous ! Qui ?

— Vous allez dire comme Madame Le Bachoys : « Vous, une séductrice ? »

— Mais oui ! en effet ! Ne connaissez-vous pas vos armes ? Qui peut entrer en lutte avec une femme qui possède votre beauté ?

— La beauté n'est pas tout, fit Angélique en touchant son visage d'un air malheureux.

— Sans doute. Mais c'est souvent beaucoup. Ne soyez pas ingrate envers la nature qui, en vous parant de telles grâces à votre berceau, vous a épargné tous ces travaux et ces efforts pour plaire auxquels sont astreintes vos sœurs moins favorisées

— Vous n'avez pas à vous plaindre en ce domaine, je vous l'ai dit maintes fois.

— Soyez-en remerciée. Mais malgré votre bonté, et malgré votre découragement passager, nulle d'entre nous ne se fait d'illusions, vous garderez la palme quelle que soit la partie à laquelle vous vous engagez comme femme vous possédez l'arme première... Angélique, pardonnez-moi d'insister, mais êtes-vous réellement aussi meurtrie que vous semblez le témoigner ou bien jouez-vous un peu la comédie ?

Angélique sentit de malencontreuses larmes lui remonter aux paupières.

— Je suis très misérable ! affirma-t-elle.

Devant le ton puéril de son assertion, Mme de Castel-Morgeat ébaucha un sourire et Angélique frémit. Si Sabine se mettait à rire et à sourire, elle allait acquérir trop de charme. Et si, par-dessus le marché, Angélique lui laissait l'avantage de la grandeur d'âme et de l'aimable caractère, avec, en plus, celui de ses origines toulousaines, alors, oui, cette fois, elle pourrait devenir une rivale inquiétante. Mais alors Angélique n'aurait à s'en prendre qu'à elle-même car elle aurait en se cantonnant dans une attitude chagrine « creusé sa tombe », comme disait La Polak. Il était temps encore...

— Vous payez vos fatigues et vos émotions, dit doucement Sabine. Vous allez vous reprendre. Ne voulez-vous pas vous asseoir ?

Angélique attira un fauteuil.

— Alors ? fit-elle en s'asseyant, je vous écoute. Parlez-moi de vous...

— Angélique, quand, il y a quelques jours, j'ai vu mon fils renaître à la vie et vos paroles me confirmant qu'il était sauvé, vous avez fait cesser le cauchemar dans lequel j'avais vécu depuis l'instant où on me l'avait ramené mourant, j'ai su que je recevais du Ciel tout ce que je pouvais souhaiter de meilleur en cette vie. Comme elle m'a paru simple désormais, cette vie, après qu'il m'a fallu envisager de la poursuivre, des années et des années, avec le glaive de la perte de mon enfant, de mon fils unique au cœur, la perspective de souffrir ce vide qu'on ne peut combler, une absence irrémédiable qui vous rejette à jamais du côté de la mort car avec votre enfant un peu de vous-même est descendu au tombeau. Oh ! certes, je ne l'ignore pas, je ne vais le retrouver petit garçon bien à moi que le temps de sa convalescence. Et puis, il guérira et il partira. Mais n'importe quand on sait qu'un jour on peut entendre de nouveau son pas vif résonner, le voir surgir devant soi, vivant. Combien la vie m'a paru belle et facile de la vivre ! Je saurai calmer les exigences de mon imaginaire. Je ne réclamerai plus rien d'elle que ce qu'elle pourra me donner. Je suis heureuse, Angélique.

Et je ne peux supporter l'idée que par un contrecoup, injuste et qui n'aurait pas dû être, car vous n'auriez jamais dû le savoir, Angélique, vous souffriez, vous à qui nous devons tant.

Sabine croisait et décroisait ses doigts. Ce qu'elle avait à dire n'était pas facile, mais elle avait décidé d'aller jusqu'au bout

— ... Il faut que dans la mesure du possible vous sachiez ce qui est arrivé afin de ne pas vous exalter dans de fausses imaginations. C'est impensable que cela ait transpiré et soit parvenu jusqu'à vous, car ce ne pouvait être que par hasard et sans lendemain.

« Si elle savait à qui je dois la bonne nouvelle, » pensa Angélique. Mais elle serra les lèvres et ne dit rien.

— ... Les détails de ce qui a précédé mon incursion à Montigny se perdent dans un brouillard confus. Je sais seulement que j'étais folle, sur le point de perdre la raison et que je ne peux m'empêcher de considérer qu'il m'a sauvée en agissant comme il l'a fait. C'est assez humiliant pour une femme que de le reconnaître, mais il y a eu dans son geste une grande part de bonté...

— Une bonté qui ne se souciait guère de moi.

— Vous êtes très forte, Angélique, et moi j'étais faible et perdue... Je vais me taire car je vois combien ce que je vous dis est déplaisant pour vous... Je voudrais cependant vous donner encore ma pensée sur ce point.

« De toute façon, c'est toujours ulcérant », se raisonna Angélique se rappelant les conseils de Mme Le Bachoys.

— Continuez, dit-elle à voix haute.

— Vous êtes très forte, Angélique. Je ne sais si vous avez toujours été ainsi. Il se peut que vous ne soyez parvenue à cet état que subitement et récemment... Mais je sentais tellement que vous étiez la plus forte. Et lui aussi. Peut-être aurait-il manifesté plus de... scrupules, s'il n'avait été certain que vous n'étiez devenue très forte... L'on pouvait espérer que vous ne sauriez jamais, mais il a pris le risque parce que, en tout état de cause, il vous faisait confiance. Il vous devine en tout, vous accepte... au point d'être séduit par ce que d'autres pourraient appeler vos... défauts. Libéralité que vous ne pratiquez pas avec autant de largesse à son endroit... encore que vous ne l'aimeriez pas autant s'il était autre... et moins hardi...

Voyant que ses propos mettaient Angélique au supplice, Sabine de Castel-Morgeat se tut.

— Ce n'est pas facile de parler, reprit-elle après un silence. Les mots que nous employons peuvent ne pas s'appliquer aux mêmes évidences. Et je crois que si nous ne voulons pas tomber dans la maladresse, tout abîmer et envenimer, il est préférable de se taire... Il suffirait de comprendre, admettre que parfois certaines choses arrivent et se vivent sur un autre plan, ce qui leur ôte leur importance ou leur signification communes, comme si le fait disparaissait, comprenez-vous ? Il arrive que nous nous trouvions en face de mortels précipices et dans l'impossibilité de les franchir dans le temps. Alors le fait disparaît. Et pour nous sauver, il se peut qu'un dieu pitoyable à nos infirmités nous cache momentanément la profondeur du gouffre. Je ne sais si je m'exprime bien, je ne suis pas savante.

« Pas savante... », pensa Angélique. « Mais intelligente et intuitive. »

— Nous devons avoir l'humilité de ne pas toujours vouloir essayer de suivre pas à pas ce que l'on nous a indiqué comme la perfection et que nous confondons avec la volonté de Dieu, continuait Sabine. Dieu est parfois plus miséricordieux que nous-mêmes pour nos consciences... plus tendre que nous-mêmes pour nos cœurs... Pauvres êtres que nous sommes, fragiles et livrés aux ruses fallacieuses du Malin, qui va jusqu'à se servir de notre disposition au Bien pour nous perdre. Lui, devine dans son intelligence perverse, combien l'amour est parfois une force qui peut transformer, grandir et magnifier les êtres, et il travaillera à nous en écarter. Il n'ignore pas que, même l'amour charnel, prétexte à tant de crimes, peut être aussi un instrument de salut.

Elle se ravisa.

— ... Soit ! Plus un mot là-dessus !

Elle se mit à rire.

— ... Nous risquerions de ranimer la querelle d'Aquitaine. Vos projets ?... Monsieur de Peyrac et vous-même allez-vous regagner la France ?

— Comment le savoir ? Cela dépendra de la décision que le Roi aura prise à notre égard et il est impossible de la prévoir. Monsieur de Frontenac a insisté sur l'intérêt que la Nouvelle-France aurait à garder de bonnes relations avec nous en Amérique. Le Roi peut y souscrire comme il peut nous déclarer la guerre. Et il y a le contentieux de notre passé à l'un et à l'autre.

— On dit que le Roi vous a aimée. Il peut se féliciter de votre retour.

— Il pourrait aussi se féliciter de ma mort. Rien n'est plus incertain que ce qui nous attend. Les courriers qui arrivent peuvent aussi bien nous combler des grâces du Roi que contenir l'ordre de nous arrêter sur le champ. Nous verrons bien. Et vous, quelles sont vos intentions ?

— J'aimerais encourager Anne-François à revenir en France

au service du Roi. Ces folles randonnées dans les forêts où il court tant de dangers, si elles me rendent fière de lui, me tourmentent. Il ne s'y affine pas. Rompu au métier des armes, il pourrait briguer un poste d'officier dans un des corps de la Maison du Roi qui servent à Versailles. Quant à moi, Monsieur de Castel-Morgeat me laisse libre de décider. Je resterais volontiers au Canada. Je me suis attachée à la société coloniale et il me plairait d'y poursuivre mes œuvres mais, cette fois, sans y apporter ce désir de plaire ou cette peur de déplaire qui me rendaient sensible à la moindre critique ou à la moindre imperfection de ceux que j'obligeais. Je les aimais, mais je les aimais mal, parce que je ne m'aimais pas assez. Je suis tentée également de retrouver nos terres. Nous avons de belles demeures au sein d'une contrée assez aride mais où le soleil brille toute l'année et nous possédons à Narbonne un bel hôtel où l'on peut réunir une société choisie.

— Vous pourriez y régner comme ces princesses d'Aquitaine protectrices des arts et des lettres et attirant l'amour des jeunes poètes, éveillant de grandes passions.

Sabine secoua la tête en riant.

— Non ! Je suis quelqu'un de sage... Trop peut-être, quoiqu'il n'y paraisse pas toujours. Mais je sais que si j'avais eu dans les veines un sang de même nature que celui de ma tante Carmencita, je me serais autrement battue que par le repli, pour cet amour que vous me « voliez ». Je ne souhaite rien de plus que ce que je possède aujourd'hui. J'ai trouvé en mon époux un amant qui me convient et ainsi mon besoin de vertu et d'approbation extérieure se trouve contenté. Je suis heureuse. Le monde de l'amour ne m'est plus fermé. Derrière moi, j'ai avec mon mari une longue vie commune bien que tumultueuse. J'ai devant moi avec lui à rattraper le temps perdu dans un domaine qui m'était inconnu et dont je m'étais volontairement écartée. Je me sens devenue une vraie femme, meilleure parce que plus vivante. Je suis heureuse.

En l'écoutant l'inquiétude d'Angélique augmentait. L'affirmation de la personnalité de Sabine de Castel-Morgeat dans la mesure où elle se révélait intéressante, droite et sensible, la menaçait.

Devinant ses sentiments sur son visage et désireuse de les prévenir et de les dissiper, car elle les jugeait, en se fiant à sa propre sérénité, déraisonnables, Sabine de Castel-Morgeat chercha à la rassurer autrement

— Me croirez-vous, Angélique, si je vous affirme que j'ai pris conscience de la sottise de ce rêve d'amour ancien sur lequel j'ai follement basé mon existence ? J'ai traversé trop d'épreuves ces derniers temps. Si cela peut vous rassurer, Angélique, me croirez-vous si je vous affirme que cet amour s'est tout à fait dissipé en mon cœur. Je garde beaucoup d'estime et d'amitié pour Monsieur de Peyrac, mais, soyez tranquille, je ne l'aime plus.

— Vous avez tort, dit Angélique, et je ne vous crois pas.

Sabine la fixa, interloquée, puis éclata de rire. Décidément si elle commençait à se montrer gaie et facétieuse, Québec allait gagner une grande femme du monde de plus.

— Angélique vous êtes admirable. Eh bien ! oui, vous devinez juste. Il n'est guère possible de s'arracher un tel amour du cœur, surtout quand celui qui vous l'inspirait non seulement n'a pas démérité de l'image que l'on en conservait, mais hélas ! a renforcé encore par ses mérites le bien-fondé de l'attachement qu'on lui gardait. Je voulais seulement dire, et là, croyez-moi, que je me sens aujourd'hui capable d'échapper à la hantise, à la tyrannie de ce sentiment, que j'ai acquis la sérénité et la force de lui donner sa place secrète en moi, et qui n'exigera rien du dehors. Ce qui veut signifier que vous n'avez rien à redouter de moi, Angélique, et que vous pouvez déjà faire fi des appréhensions qui vous rongent et qui sont ridicules et injustes. Car je prends note de la réaction que vous venez d'avoir. Vous êtes la première outrée à la pensée qu'on pourrait ne plus l'aimer. Vous convenez vous-même qu'il est difficile d'empêcher les imaginations féminines de battre la campagne à sa vue, alors sachez être plus sereine, et montrer plus d'indulgence pour celles qui, moins heureuses que vous, n'ont pu être l'élue de ce grand séducteur... et savent qu'elles ne pourront jamais l'être. Cela dit... J'ajouterai que je vous comprends de trembler un peu, Angélique. C'est un si énigmatique personnage.

— Le Père de Maubeuge le trouve simple et sans mystère.

— Pour le Père de Maubeuge, soit ! Ils sont bien du même acabit. Mais pour nous autres femmes... Il n'empêche que de vous voir craindre ma pauvre séduction, vous qui êtes née avec ce don irrésistible que je vous enviais de dominer les cœurs, n'est pas sans me flatter. Mais je n'abuserai pas de cette revanche. Je ne veux pas vous voir malheureuse et je vais vous donner une grande preuve d'amitié. Si vous me promettez d'oublier, de ne jamais revenir même par un mot, une allusion, même une pensée, sur ce qui vous a tant blessée, je vous ferai de mon côté une promesse qui calmera, je gage, vos alarmes bien vaines. Quelle que soit la décision que prendra le Roi à votre sujet, je m'engage à choisir pour ma propre route celle qui m'écartera de la vôtre. Si, par un injuste sort, Sa Majesté demeure aveugle à vos qualités et refuse son pardon, vous contraignant à demeurer au Nouveau-Monde, je ferai comprendre à Monsieur de Castel-Morgeat que je souhaite regagner la France. Si, en revanche, comme je l'espère, votre réhabilitation est entière et que vous vous embarquiez et voguiez, heureux, vers l'Ancien-Monde, j'encouragerai mon mari à demeurer au Canada... Je saurai me plier à ce qui sera choisi et m'en accommoderai, ne souffrant que d'un seul et cruel sacrifice : celui de ne plus jamais vous revoir l'un et l'autre, mais sachant que si je renonce effectivement à votre amitié, c'est pour mieux la garder dans votre cœur, Angélique.

— Merci, dit Angélique la gorge serrée. Vous êtes très généreuse.

— A condition que vous le soyez aussi. Souvenez-vous de ce que j'exige de vous. L'oubli pur et simple de cette affaire, même en sa présence et, bien entendu, l'abandon de telles réflexions moroses et non fondées dont vous encombrez votre esprit, en ce moment. Ne vous diminuez pas par des mesquineries indignes de vous, des jalousies ou des craintes sans objet. Restez vous-même, je vous en prie. Restez celle dont nous avons besoin. Restez vous, Angélique.

— Et qu'est-ce donc qu'être Angélique ?

— Nul ne sait... seulement que sans elle, le soleil s'éteindrait...

Angélique ne répondit pas. Elle alla vers la fenêtre et regarda le paysage dont elle s'était emplie la vue tant de fois, guettant les subtils changements qui ne cessaient de s'y jouer comme si, au gré des lignes mouvantes, des couleurs, des reflets et des lumières, des passages de l'ombre au jour, de la tempête au ciel pur, elle eût reçu les réponses auxquelles aspirait son âme.

« ... Devant toi... toujours... la vie... »

Elle tressaillit.

— Sabine ! dit-elle d'une voix changée. Venez ! Venez vite !... Il me semble...

Mme de Castel-Morgeat se précipita.

— Regardez ! Là-bas !

Surgissant du pastel bleu pâle de la brume qui au loin estompait les contours, une aile blanche d'oiseau palpitait, éclatante, puis une autre, une autre encore, qui apparurent avançant et se déployant, et grandissant au sein du fleuve, avec une douce, dansante et lente solennité.

— Les navires... dit Mme de Castel-Morgeat d'une voix étouffée. Les navires de France ! Les navires de France...

Une rumeur montait de la ville car, d'autres observatoires, les voiles avaient été aperçues

Angélique saisit le bras de celle qui se trouvait à ses côtés.

— Et s'ils apportaient notre condamnation ?

— Alors nous vous défendrons, s'écria Sabine de Castel-Morgeat, nous vous défendrons tous...

S'il le fallait, elle était prête une fois de plus à tirer du canon.

XII

LA LETTRE DU ROI

90

ANGÉLIQUE COURUT CHEZ ELLE ET Y TROUVA RASSEMBLÉS LES principaux officiers commandant les navires de M. de Peyrac : Erikson, Vanneau, Cantor... chacun accompagné de six hommes, tous étaient vêtus sans ostentation, mais armés de mousquets ce qui, dans la ville qui continuait à demeurer en alerte depuis la venue récente des Iroquois, ne pouvait passer pour une provocation.

— Ce sont les ordres de Monsieur de Peyrac en cas de l'arrivée des premiers courriers de France en son absence, rappela Barssempuy qui arriva peu après.

La garde de la maison et du château de Montigny devait être renforcée. La garnison des fortins construits sur la Saint-Charles, au Cap Rouge et en différents lieux à l'arrière de la ville avait été doublée et mise en état d'alerte, et M. de Barssempuy avertit Mme de Peyrac, tout en la priant de l'en excuser, qu'elle-même et ses enfants ne devaient plus se déplacer sans escorte.

« Précautions inutiles, j'en suis convaincu, avait ajouté le comte, mais précautions qu'il est préférable d'observer. »

Angélique les laissa prendre tous les dispositifs qu'ils voulaient. Les enfants qui étaient accourus de toutes les directions, Honorine, Chérubin et Marcellin sautaient de joie et d'impatience. Suzanne se désolait de ne pouvoir enfiler à ses quatre garçons les habits du dimanche, disparus dans l'incendie. A Québec, chacun essayait, à l'arrivée du premier navire, de se vêtir à son avantage et c'en était devenu presque une tradition.

Coquetterie bien inutile. En arrivant sur les quais noirs de monde, Angélique comprit qu'elle aurait pu être parée comme une châsse et se déplacer avec tout un arsenal sans attirer l'attention. Personne ne remarquait plus personne.

Le premier navire venait de jeter l'ancre dans la rade.

Et les flancs de l'Arche commençaient de vomir leur contenu. magma d'humanité, d'animaux, de bagages et de marchandises, que la Mer des Ténèbres avait ballotté de longs jours dans la solitude des eaux recouvrant la terre disparue.

Faisant force rames, les chaloupes déversaient sur les rives de Québec l'habituel contingent de soldats abrutis ou gouailleurs dans leurs uniformes avachis, tenant leurs armes à bout de bras, d'immigrants hâves et éperdus, d'ecclésiastiques en noir solidement groupés, de voyageurs fourbus, de voyageurs hilares rentrant au pays et qui commençaient de crier à deux toises du rivage qu'ils en avaient assez de Paris et de ses rues puantes et des fonctionnaires grincheux et que rien ne valait la bonne terre du Canada, de familles attendues par les leurs : pères, mères venant rejoindre leurs enfants établis et qui pleuraient en découvrant leurs petits-enfants sur la grève leur faisant des signes de bienvenue, de saintes femmes modestes, miraculeusement nettes et propres, la coiffe blanche empesée comme il en sort toujours des plus insalubres coques de navires, de bébés nés en mer, de malades aux gencives sanguinolentes — scorbut — ou désincarnés par la malnutrition que l'on transportait dans des bâches ou par les bras et par les pieds et que l'on posait là, à même le sol, ouf ! D'hommes d'affaires attendus suivis d'un valet et d'un secrétaire, négociants, marchands, actionnaires et dirigeants de la Compagnie marchande des fourrures, quelques faces patibulaires qui, se mêlant aux hommes d'équipage, essayaient de se glisser parmi les immigrants et qui étaient aussitôt repérés par les sbires de Garreau d'Entremont ou les archers de Carbonnel, mis en place. Enfin, reconnus de loin, dorures scintillantes et panaches au vent, les grands seigneurs, les officiels, les envoyés du Roi et des ministres, convoyant le courrier diplomatique et administratif.

Des barques et des radeaux amenaient des chevaux hennissants, des chèvres bêlantes, des porcs hurlants comme si on n'en avait pas assez au Canada, et qu'ils « n'auraient pas mieux fait de les faire manger en mer à leurs passagers ces bestiaux, plutôt que de nous débarquer des mourants ! "

Les caporaux recommençaient à brailler et à ranger leurs soldats. Fini le mal de mer, coquins ! Tenez-vous droits !

Les enfants des immigrants se réunissaient aussi et se montraient du doigt leurs premiers Indiens.

La population québécoise s'effaçait, disparaissait, se muait en un corps nouveau, s'infiltrant, se dispersant et se mêlant aux arrivants, jusqu'à ce qu'il n'y eût plus qu'une seule et même foule agitée, caquetante, se racontant, se plaignant, se perdant en effusion, réclamant à cor et à cri son courrier.

Et pour la première fois Mlle d'Hourredanne était au port et recevait des mains du capitaine la cassette contenant les lettres écrites par son amie La Belle Herbière, veuve du Roi de Pologne.

Des amis qui, la veille, dans Québec, se seraient arrêtés longuement pour discourir entre eux de la douceur du temps, s'ignoraient. Les gens se croisaient, se recroisaient et se croisaient encore sans se voir. A plusieurs reprises Angélique rencontra M. de Bardagne, Ville d'Avray, Vivonne sans qu'il n'y eût de part et d'autre rien de plus qu'un regard rapide et indifférent échangé.

Elle fut hélée par un homme de mine agréable mais qu'elle ne reconnaissait pas car elle ne s'attendait pas à le voir débarquer d'un navire venant de France. Elle ne saurait que deux jours plus tard qu'il s'agissait du baron de Saint-Castine, leur voisin de la côte du Maine, monté à bord au courant d'une escale dans le Golfe Saint-Laurent, et qui venait s'informer de son coffre de scalps anglais.

Elle vit le duc de Vivonne s'entretenir longuement à voix basse avec un personnage élégant qui devait le renseigner sur les poursuites et les accusations qui avaient été élevées et entreprises contre lui et s'il pouvait les espérer définitivement étouffées et peut-être avec elles, par la même occasion, le dénonciateur. Vivonne semblait satisfait, se redressait et retrouvait son maintien arrogant et cette manie exaspérante des courtisans de toujours parler pour un seul, en remuant à peine les lèvres tout en jetant à droite et à gauche des regards méfiants comme s'il était d'une importance capitale que leurs propos ne soient pas surpris par le menu fretin.

Il entraîna l'individu que suivaient de nombreux domestiques portant les bagages. Le duc avait toujours son bras en écharpe car sa blessure se guérissait mal. Il boitait légèrement.

Ville d'Avray aussi boitillait et avait un bras en écharpe, suite de son duel. Cela ne l'empêchait pas de courir partout.

Angélique aperçut Bérengère-Aimée de La Vaudière qui sanglotait, échouée sur un ballot et appuyée contre une malle. La lettre qu'elle venait d'ouvrir lui annonçait, dès les premières lignes, que sa mère était morte.

— Mais lisez ! Lisez tout ! lui intimaient Euphrosine Delpech et Mme de Mercouville.

— Mais, elle est morte, gémissait Bérengère.

— Mais vous saurez de quoi ! Si sa fin a été heureuse, cela peut vous apporter consolation...

Mme de La Vaudière se reprit, lut tout et s'effondra évanouie. Son père était mort aussi.

Sur le couvercle de la malle, deux négrillons assis, les jambes pendantes, la face grise encore de malaise sous leurs turbans à aigrettes, portant une livrée de page en satin rose un peu fripée et des souliers à boucles d'argent, roulaient des yeux blancs, effrayés. Un homme à l'allure d'intendant de grande maison réclamait partout Monsieur de Ville d'Avray.

La duchesse de Pontarville, l'informa-t-il quand il l'eut trouvé, lui envoyait deux petits Maures ainsi qu'il l'en avait priée, pour le service de sa maison. En échange, elle lui demandait de soutenir au Canada les affaires de l'homme qui les avait accompagnés et de lui obtenir, pour elle, des actions de la compagnie qui avait le monopole des fourrures.

— Mais je repasse en France, MOI ! s'écria Ville d'Avray... Je viens de perdre un être cher par la faute des Iroquois, Monsieur... Comment voulez-vous que je demeure dans cet atroce pays ? Si vous avez du cœur, vous devez le comprendre ?

— Oui, Monsieur.

— Alors, que vais-je en faire de ces pages ?

— Et moi, Monsieur, que vais-je en faire ? Je m'embarque dans l'heure.

Car l'agitation de l'arrivée était multipliée encore par la présence de ceux qui voulaient partir par le premier vaisseau et qui s'étaient déjà installés sur le quai avec leurs bagages, afin, dès que le bâtiment serait vide, de pouvoir monter à bord pour retenir leurs places.

Entre autres, le mercier Jean Prunelle et sa femme encadraient solidement leur fille qu'ils confiaient à un ménage ami, ayant décidé de l'envoyer en France chez une tante religieuse, dans un couvent où elle apprendrait à ne pas se conduire en Indienne en recevant de nuit, dans sa soupente, des jouvenceaux trop agiles.

L'intendant Carlon entouré de ses commis s'affairait aveugle et sourd à tout. Il triait des sacs, mettait de côté des enveloppes bardées de cachets, des paquets, des rouleaux, des cassettes. Il s'éleva un différend entre lui et le secrétaire de M. de Frontenac qui refusait de lui remettre deux plis sous prétexte qu'ils étaient expressément réservés à M. de Frontenac et qu'il était souligné — de la part du Roi — que ces plis devaient être remis en main propre, que le Gouverneur devait seul en briser les cachets et en prendre connaissance en premier lieu, avant toutes autres informations.

— Pour ce qui est de les garder en attendant le retour de Monsieur de Frontenac, mes mains valent bien les vôtres, disait

Carlon furieux. Je suis Intendant de la Nouvelle-France et donc habilité pour recevoir les plis de la plus haute importance en son absence et en prendre connaissance à son défaut.

Un des nouveaux arrivants qui paraissait représenter l'autorité la plus élevée de la délégation convoyant les dépêches du royaume s'approcha.

— Je sais de quoi il s'agit. C'est une question délicate dont Sa Majesté m'a touché deux mots afin qu'il en soit fait de ses volontés comme elle le souhaitait. Elle tient essentiellement à ce que ce soit Monsieur de Frontenac qui brise les cachets de ces ordonnances, ce qui n'implique aucune méfiance vis-à-vis de Monsieur l'Intendant, ni d'intention de le tenir à l'écart. Mais l'affaire traitée l'a été personnellement entre Sa Majesté et Monsieur de Frontenac et le Roi désire qu'elle se conclue par ses soins et dès l'instant même où il entreprendra d'ouvrir les dépêches de Versailles. C'est assez fâcheux que Son Excellence soit en campagne ainsi que le gentilhomme qui est concerné dans ces lettres : Monsieur de Peyrac. Sa Majesté était d'une impatience à ce sujet ! Pour un peu il m'aurait fallu avoir des ailes comme un goëland afin d'être arrivé plus vite !

Angélique qui allait et venait et commençait à se sentir déçue de n'avoir aperçu aucun visage de connaissance parmi les débarqués, « mais qui avait-elle espéré au juste ? » et de n'avoir été recherchée pour aucune remise de courrier, — elle était persuadée que Desgrez se manifesterait, au moins pour lui accuser réception de sa lettre — entendit prononcer le nom de Peyrac et s'approcha du groupe. Jean Carlon la désigna.

— Voici justement Madame de Peyrac. Madame, je vous prie, laissez-moi vous présenter Monsieur de La Vandrie, conseiller d'État au Conseil des Affaires et Dépêches, messager exceptionnel du Roi auprès du Grand Conseil de la Nouvelle-France.

Monsieur de La Vandrie ôta son chapeau à grandes plumes perché sur sa perruque et fit un profond salut de cour, jambes cambrées, accompagnant sa révérence d'un triple et savant circuit aller et retour de son panache. Cependant après avoir exécuté deux nouveaux plongeons, il ne dit mot et se redressa d'un air guindé. Manquait-il d'une certaine aisance avec les dames malgré son haut rang ? Ou n'aimait-il pas voir celles-ci s'immiscer dans les affaires sérieuses ? Il marqua que c'était à M. de Peyrac qu'il en avait et que sa femme ne pouvait évidemment l'intéresser, en se tournant vers l'Intendant et le secrétaire en disant : « J'ai pour ce gentilhomme également un chargement à lui faire parvenir » il sortit d'un sac deux enveloppes épaisses qui étaient plutôt des paquets que des missives.

— Monsieur de Frontenac doit les lui remettre lui-même. Je vous remets tout ce courrier, Monsieur l'Intendant, à charge pour vous d'y veiller comme sur la prunelle de vos yeux et de respecter, c'est évident, les désiderata de Sa Majesté en ce qui concerne leur remise, leur lecture, etc... Mais il est certain qu'étant donné l'importance que le Roi y attache, la place de ces documents est normalement entre vos mains.

Le secrétaire s'en alla, furieux. Il était habitué à l'omnipotence que lui conférait sa place auprès du plus haut personnage de Québec et de Nouvelle-France, le Gouverneur. Et voilà ! Il suffisait que cette clique de Versailles arrive pour qu'on se fasse traiter comme des larbins.

Nonobstant les tempêtes essuyées, les alertes aux pirates et aux banquises, la menace des calmes plats qui avaient été le pain quotidien de ses soixante jours de traversée, M. de La Vandrie donnait l'impression d'arriver tout droit de Versailles. Plus ! Il sortait du palais même, du cabinet du Roi.

Pour tout dire, il portait sur lui le reflet de la personne royale et de la confiance qu'il en recevait au point qu'il semblait nimbé comme d'une poudre d'or impalpable qu'il se serait bien gardé d'épousseter. C'était un bel homme, droit et majestueux. La morgue mêlée d'une pointe infime d'excentricité qui caractérise l'homme de cour, lui seyait. Subrepticement, on notait dans sa présentation et jusque dans l'affectation de son langage, ces détails inusités qui donneraient le ton de la mode nouvelle.

— Les perruques ne se portent-elles pas plus courtes ?

— Le chapeau de castor est plus petit... Mais les plumes d'autruche plus volumineuses.

Les pans de la cravate, jusqu'ici en « papillon », prenaient les proportions en « ailes de moulin ». Les talons rouges étaient plus hauts. Les basques de l'habit plus juponnantes.

L'on guignait dans sa direction. Et personne n'était tout à fait tranquille après cet hiver pas comme les autres, car ce serait à lui sans doute que « l'espion du Roi », l'invisible, l'insoupçonnable espion dont on savait qu'il existait, mais qu'on ne pouvait jamais être sûr d'avoir démasqué, allait faire son rapport. Et sachant que désormais toute parole prononcée pouvait prolonger son écho jusque dans l'antichambre du Roi, retenue et méfiance se propageaient comme une risée de vent. sur une mer tranquille, ombrant les visages. On sentait que par la porte ouverte l'« au-delà » monarchique, despotique, mais dispensateur de privilèges, s'engouffrait... Chuchotements et commentaires allaient bon train. C'était la première fois, remarquait-on, qu'en la personne de M. de La Vandrie, le Canada recevait l'un des trente conseillers d'État ou secrétaires d'État. On apprenait qu'il était également familier du Ministre de la Guerre, Louvois, qui se remettait sur lui du gouvernement de sa charge de Surintendant des Postes.

De même, il n'était jamais arrivé de voir déléguer, pour l'escorte du courrier royal et administratif, un officier appartenant à cette glorieuse création de Louis XIV qui y apportait toute son attention, appelée « La Maison du Roi », effroi de l'Europe sur les champs de bataille. Et l'on sut qu'il s'agissait d'un officier choisi parmi l'une des trois compagnies françaises des gardes du corps, servant les plus proches de la personne du Roi, accompagné de deux « anspessades » (1) à hallebardes courtes et d'une douzaine de leurs subalternes.

C'était autre chose que la canaille militaire, composée de recrues ramassées ivres mortes dans les cabarets, qu'on leur envoyait communément à titre de soldats.

Ces hommes étaient des hommes qui, chaque jour, voyaient passer Sa Majesté, entendaient sa voix, observaient ses gestes et son habillement, car de se tenir muets et raides comme des piquets, les gardes du corps, cela ne les empêchait pas d'avoir des yeux.

Les Québécois s'arrêtaient et faisaient cercle pour admirer les uniformes.

Fallait-il croire que le Roi commençait à s'intéresser à sa colonie lointaine pour leur envoyer tout ce beau monde ?

ANGÉLIQUE n'était pas plus enchantée que le secrétaire de Frontenac de ce M. de La Vandrie. Que fallait-il croire ? Son comportement proche de la goujaterie, envers une femme, était-il inconscient ou intentionnel ? Que savait-il ou soupçonnait-il qui le rendait muet et gourmé en face d'elle ? Peut-être rien ? peut-être plus ? Il était évident que tous ces bonshommes, chargés de missives ultra-secrètes, qui décidaient, tranchaient le sort, élevaient ou abaissaient ceux auxquels elles étaient destinées, en connaissaient peu ou prou le contenu.

Ainsi Bardagne ne fut pas long à apprendre que sa lettre maladroite expédiée en novembre par le *Maribelle* avait porté ses fruits amers. Un jeune fonctionnaire attaché au cabinet de Monsieur Colbert, qui avait demandé qu'on le lui envoyât et

(1) Grade ancien de brigadier

qu'il retrouva à un coin de rue alors qu'il allait monter dans un carrosse pour gagner le palais de l'Intendant, n'attendit pas qu'ils fussent en présence dans un endroit plus digne et plus confortable pour lui faire comprendre sa disgrâce. M. de Bardagne s'étant nommé, l'autre l'avertit aussitôt qu'il était démis de ses fonctions, lui montra les papiers qui attestaient de ce verdict, lui signifia qu'il n'avait plus à se mêler de rien. Il lui parlait de ce ton mi-dédaigneux, mi de pitié qu'inspirent les pestiférés du pouvoir, ceux qui, abandonnés de la chance se révèlent coupables d'avoir misé sur la mauvaise carte. Il lui signifia qu'une partie de son voyage de retour serait retenue sur sa cassette personnelle.

— Je m'en moque, répondit Bardagne.

L'autre eut un sourire pincé.

— Oh ! Monsieur, est-ce bien politique de votre part de vous montrer méprisant des bontés de Sa Majesté alors que vous auriez pu revenir à fond de cale ou même aux fers ? Je comprends à votre réflexion ces rigueurs envers vous dont je ne m'expliquais pas toutes les raisons. Sachez que j'ai reçu ordre de recueillir des renseignements sur votre conduite comme envoyé du roi en Nouvelle-France. Ce que j'en dirai peut alourdir ou alléger par la suite votre dossier. Et à peine ai-je abordé à Québec que déjà l'on m'informe que vous fréquentiez quotidiennement, presque jour et nuit, une maison mal famée.

— Une maison mal famée ? répéta Bardagne ahuri.

— Le *Navire de France,* fit le fonctionnaire après avoir jeté un coup d'œil sur un papier.

— Mais, Monsieur, s'écria Bardagne, je me rendais là parce que j'y rencontrais mes amis.

— Parfait ! Je ne vous le fais pas dire, ricana l'autre.

Nicolas de Bardagne ouvrit la bouche pour se défendre. Mais sur le point d'expliquer comment l'amitié en laquelle la noble Dame de Peyrac tenait la tenancière du lieu, ainsi que divers incidents arrivés en cours d'année, dont l'accident du marquis de Ville d'Avray, avaient entraîné l'exode d'une partie de la société la plus aristocratique de la Haute-Ville, en cette auberge dite « mal famée » de la Basse-Ville, et qu'on y avait vu fréquenter tout au long de l'hiver de grands noms et des meilleurs jusqu'au Lieutenant de Police : M. Garreau d'Entremont, il se retint. Il haussa furieusement les épaules. Comment faire comprendre à ce jocrisse, à ce blanc-bec pâle encore de son mal de mer et qui entrait dans la carrière en s'imaginant qu'il allait mieux servir le Roi que tous les autres avant lui, comment lui faire apprécier de quelle façon circulait le sang de Québec, de la Basse-Ville à la Haute-Ville et de la Haute-Ville à la Basse-Ville, durant l'interminable saison des glaces. Comment lui rendre accessible ce qui pouvait se vivre dans ce réceptacle d'effervescence qu'était le *Navire de France,* les querelles des Acadiens, les yeux verts d'Angélique de l'autre côté de la table à travers la fumée des pipes, Janine Gonfarel tournant ses soupes, le marquis de Ville d'Avray et le bel Alexandre...

C'était indescriptible et inexplicable. Et ce prétentieux n'était pas digne qu'il lui en suggérât seulement l'idée.

Il puait les officines des grands commis, les Le Tellier, Colbert et compagnie, le bras robin du Roi. Il suait les relents de leurs intrigues soucieuses, de leurs calculs pointilleux et acrobatiques, leur suffisance de bourgeois laborieux à l'odeur d'encre, au bruit de plumes grinçantes. Qu'il se fût déjà informé de ses mœurs prouvait son caractère fouinard. Il avait dû prendre ses renseignements auprès de l' « espion du Roi » qui, par les résultats révélés, était sans doute un de ces dévots rancis du Saint-Sacrement, avides de ronger par la base la réputation de leurs semblables.

Au cours de sa carrière, Nicolas de Bardagne avait appris qu'il ne fallait pas se préoccuper outre mesure de ces ragots de sacristie, des espions.

Il prit la mesure de son adversaire et le jugea piètre. Il n'en était, c'était visible, qu'à sa première suppléance : Il se gonflait, accoutumé à asseoir son importance sur celle d'appuis aujourd'hui fort lointains. Il pourrait, si on le malmenait, protester : « Je vais en référer à Monsieur Colbert. » Ce ne serait pas demain.

— Monsieur, peu m'importent les décisions que vous m'apportez, dit Bardagne en fourrant les documents dans la poche de son habit. C'est votre conduite qui m'importe. Vous manquez de tact et de prudence en oubliant que vous venez de traverser l'océan et que vous vous trouvez fort loin de vos protecteurs. Et je doute que vous ayez dans ce sac que vous tenez là, des mandats vous assurant l'accueil sans réserve des « principaux » de ce pays. On ne vous a chargé que de quelques petites besognes sans éclat comme de signifier sa disgrâce à un homme tel que moi qui ne l'ignorais pas, infortune que vous ne manquerez pas de connaître un jour à votre tour, car ce mouvement d'aller et de retour est aussi régulier que celui des marées, pour qui sert le Pouvoir. Je vous aurais apprécié si vous aviez su attendre d'être revenu sur vos rivages pour me manifester votre mépris. Vous avez beaucoup à apprendre. Et vous allez commencer par juger de l'influence en Nouvelle-France d'un homme qui a su s'y faire des amitiés Non seulement ne comptez pas sur moi pour vous accueillir et veiller à votre confort, mais sachez que je m'arrangerai pour que vous ne trouviez ici ni feu, ni lieu !

Il le quitta sans prendre congé et entama la remontée de la côte de la Montagne. Il allait commencer par aller parler à Mlle d'Hourredanne qui ferait comprendre à Carlon qu'il n'avait pas à recevoir ce jean-foutre de mince importance, même dans ses communs : A la rue, le fonctionnaire du Roi !

De temps à autre dans son ascension, Nicolas de Bardagne s'arrêtait et se retournait contemplant comme il se doit l'horizon.

Il se calmait.

L'été arrivait, plein de vols d'oiseaux, de gibier dans les forêts, de poissons dans les rivières.

Il se mit à penser à sa gentilhommière du Berri, où la vie serait plus douce, plus mesurée. Ses beaux livres, d'aimables voisinages, un lieu pour y rêver, pour méditer, se souvenir des douleurs et des espoirs, des joies illusoires et des joies ineffables. Il se disait : Adieu ! Adieu ma belle servante ! Adieu, mon amour ! Adieu Québec !...

Jusqu'à lui montait la rumeur de la foule qui s'agglutinait en bas sur les rives.

Et seul dans la montée vers la Haute-Ville, il ne pouvait retenir ses larmes

91

FORT AVANT DANS LA NUIT, LES GENS DU « GOULDSBORO » groupés autour d'Angélique discutèrent dans la petite maison

Angélique commentait l'attitude que M. de La Vandrie avait eue en l'apercevant et elle y cherchait des raisons d'espérer. Il ne s etait pas montré aimable, empressé, mais il s'était montré courtois, respectueux. D'où on pouvait déduire que le Roi n'avait pas laissé retomber son sceptre sur leurs têtes de façon péremptoire. En attendant, on parlait dans le vide.

La grosse enveloppe était là, dans Québec, aux mains de Jean Carlon, lourde d'une décision que seule pouvait leur signifier la voix de Frontenac

Quelles seraient les diktats qui les attendaient ? Sévérité du Roi ? Clémence du Roi ?

En tout état de cause, ils s'arrêtèrent au projet d'envoyer un homme au-devant de M. de Peyrac pour l'avertir de l'arrivée des navires et d'une réponse du Roi statuant sur son sort.

Angélique, ayant pris un court repos, fut réveillée par des appels. On avait signalé que les premiers canots de l'armée ramenant M. de Frontenac se montraient sous Québec.

Au port, la presse était encore pire que la veille. Les nouveaux arrivants parlaient d'Iroquois, de guerre et de « pawas (1) ». Ils sentaient la forêt et la graisse d'ours car, au bord des rivières, il fallait déjà commencer à se défendre contre les maringouins. Les gens de Québec, eux, n'avaient en tête que les nouvelles de France et les Iroquois étaient oubliés.

— A-t-on vu Monsieur de Peyrac ?

Personne ne pouvait lui répondre. Tout ce qu'on savait c'est qu'il n'avait pas débarqué avec M. de Frontenac. Car M. de Frontenac était déjà là-haut, au château Saint-Louis, à ouvrir les missives de France.

Angélique fut saisie de panique. Redoutant un peu la minute précédente de se trouver en face de son mari, la pensée qu'il ne faisait pas partie de ce convoi, qu'il ait pu prolonger sa rencontre avec Outtaké pour le plaisir de palabrer ou, ce qui était pis, qu'il lui ait pris l'idée, se trouvant au quart du chemin, de descendre jusqu'à Wapassou, lui causa une déception cruelle. Elle était proche du désespoir. Elle voulait le voir, seulement le voir. Le reste lui était égal. Tant pis pour la réponse du Roi et ce qui s'était passé récemment entre eux ou il y avait des siècles. Elle voulait le revoir. Sans lui la vie n'était plus la même et rien de ce qui arrivait aussi agréable et incomparable que ce soit ne valait la peine sans lui.

Suivie de son escorte, elle remonta jusqu'à la Haute-Ville et se rendit directement au château Saint-Louis, et dès l'entrée, elle tomba sur Frontenac qui se précipita vers elle, illuminé, les bras levés.

— Ah ! ma chère, chère amie ! Vous arrivez à point nommé !... Ah ! comment vous dire ma joie... Ce jour est le plus beau de ma vie.

D'une main, il pressait les deux siennes à les lui broyer, de l'autre il brandissait une liasse de parchemins.

(1) Conseil de guerre — jamboree.

Il n'avait pas attendu d'être débotté et de s'être rafraîchi pour faire sauter les cachets du courrier royal et ainsi, le teint brûlé par le soleil, suant et rayonnant sous sa perruque tant soit peu de travers, il manifestait une exubérance et une jubilation juvéniles.

— Le Roi ! répétait-il, le Roi...

— Eh bien ?

— Il me couvre de lauriers... Ah ! enfin ! Pour une fois ! C'est plus que je n'en pouvais espérer ! Croyez-moi si vous le voulez. Dans une lettre dont chaque terme me touche, Sa Majesté me répète qu'elle n'a eu de longtemps un serviteur aussi dévoué que moi et qui sache aussi bien, malgré la distance et le peu d'avis dont je puis disposer, étant loin du soleil, pour soutenir mon jugement, deviner en quelle direction orienter ma politique. Lui, mon souverain, afin de lui être le plus agréable possible. J'ai dû relire deux fois sa lettre pour y croire. Ouf ! quel soulagement. J'avoue que, jusqu'au dernier moment, je tremblais, ne pouvant décider si je me ferais sacquer ou non pour l'initiative que j'avais prise d'accueillir mon ami le comte de Peyrac.

Il s'interrompit et parut la découvrir.

—... Vous êtes ici ! C'est bien ! Je n'aurai pas besoin de vous faire chercher. Quelques membres du Grand Conseil, dont Monsieur l'Intendant, m'attendaient pour m'accueillir au château Saint-Louis. J'ai fait convoquer les autres. Ils sont tous là. Je veux donner lecture aussitôt de la lettre du Roi... Non, pas celle dont je viens de vous parler à mon sujet... Celle qui concerne Monsieur de Peyrac... Je lirai la mienne après, bien entendu. Mais il est stipulé que tout ce qui a trait aux décisions prises par le Roi vis-à-vis de mon cher ami Peyrac doit être lu en présence du Conseil. On n'attend plus que le comte votre époux. Ah ! Le voici !

Joffrey de Peyrac venait d'apparaître sur le seuil, entouré de toute sa garde : les Espagnols, Kouassi-Bâ, les officiers de sa flotte, une escouade de matelots en uniformes blancs.

— Venez ! cria Frontenac, ralliant tout le monde d'un grand geste. Venez, mon cher ami, l'heure de gloire a sonné.

Angélique pensa qu'elle ne s'habituerait jamais à ces retrouvailles publiques et mondaines qui l'obligeaient à la retenue, alors qu'elle avait envie de courir comme une amoureuse se suspendre à son cou. Dans ces occasions, elle se sentait figée jusqu'à avoir l'air presque hostile, parce que ce qui arrivait ne lui semblait pas vrai. Elle ne pouvait y croire que si elle le serrait dans ses bras.

— Un bienheureux hasard me permet de vous trouver enfin,

lui dit Peyrac en s'approchant d'elle et en lui baisant la main. Ma chérie, ajouta-t-il en voyant le regard fixe qu'elle posait sur lui comme si elle ne le reconnaissait pas, ne vous attendiez-vous pas à me voir revenir avec Monsieur le Gouverneur ou bien dois-je comprendre avec douleur que ma vue vous cause une pénible surprise ?

— Non ! Non ! protesta-t-elle. Pourquoi en serait-il ainsi ? C'est le saisissement et la joie de vous voir alors que, personne ne pouvant me dire où vous étiez, j'ai craint que vous ne soyez reparti pour Wapassou.

— Folle imaginative ! Quand donc vous persuaderez-vous qu'il me pèse d'être loin de vous et que je ne multiplie jamais à plaisir les jours qui me séparent de vous revoir. J'ai mis pied à terre au Cap Rouge, sous le fort près duquel mouillent nos navires. Je trouvais plus rapide de passer par là afin de vous rejoindre dans votre maison de la Haute-Ville que d'aller aborder à Québec et de traverser une ville où j'aurais été retenu à chaque pas... Mais l'on m'a dit que vous étiez déjà au port, puis ensuite que l'on vous avait vue au château Saint-Louis, où Monsieur de Frontenac me faisait appeler à grands cris.

— Mais que faites-vous ? Que faites-vous ? les héla ce dernier... N'êtes-vous pas impatients d'entendre lecture de ces documents par lesquels se tranche votre sort ?

Joffrey posa sa main sur la taille d'Angélique et ils entrèrent ensemble dans la salle du conseil qui était pleine de monde. M. de La Vandrie était là entouré de sa suite et leurs vêtements de cour contrastaient avec la casaque poussiéreuse de Frontenac.

L'entreprenant gouverneur n'en avait cure. Il avait devant lui un monceau de papiers et de parchemins, de rouleaux déployés, d'enveloppes ouvertes, dans un mélange de rubans de différentes couleurs, les « lacs » qui aidaient à briser les cachets de cire dont les éclats avaient sauté par terre sous la vigueur d'une poigne impatiente.

— Aidez-moi, imbécile ! dit-il à son secrétaire qui le regardait les bras ballants. Débarrassez-moi de tout cela ! Non, pas celle-ci... C'est la lettre du Roi. Vous ne vous rendez donc pas compte que je vais donner lecture d'un document qui a plus d'importance et qui aura plus de retentissement dans l'Histoire qu'un traité de paix avec l'Angleterre... et savez-vous pourquoi ? Parce que jamais la grandeur, la magnanimité, l'esprit de mesure et de justice de notre Roi n'y apparaîtront de façon aussi éclatante.

Il pria Joffrey et Angélique d'aller se placer en face de lui à l'autre extrémité de la grande table qu'il présidait.

Son valet de chambre, qui ne l'avait pas vu reprendre haleine depuis son arrivée au château, voulut lui présenter un verre de vin, mais il l'écarta.

— Non ! Nous boirons après... Mais alors, nous boirons bien.

Il s'informa : « Qu'attendait-on ? »

On attendait l'Évêque, lequel on ne pouvait être certain de toucher, car il était allé dire sa messe à Château-Richier.

— Tant pis pour l'Évêque.

Quelques conseillers protestèrent.

— Tant pis pour l'Évêque, tonna Frontenac, je referai une lecture solennelle plus tard avec tout le Conseil présent et le protocole voulu, mais il est impossible d'attendre. Sa Majesté l'a exigé : Proclamation à haute et intelligible voix dès que les sceaux seront brisés. C'est donc ainsi, comme pour nous, la satisfaction du Roi que nous soyons au plus tôt avertis de la joie qu'il éprouve à retrouver en son royaume un homme de grand mérite, des honneurs dont il souhaite le combler ainsi que sa famille, j'ai nommé Monsieur le comte de Peyrac, notre grand voisin des frontières en Amérique, notre hôte à Québec durant cet hiver auquel nous devons ainsi qu'à Madame de Peyrac mille bienfaits, ne serait-ce que de nous avoir permis à tous en ce jour de servir Sa Majesté au mieux de sa volonté et de son bon plaisir.

« Nous, Louis, par la grâce de Dieu, Roi de France et de Navarre, à tous présents et à venir, salut... »

Par le timbre de Frontenac, la voix du Roi se faisait entendre. Venue de si loin, elle avait en cette salle du château Saint-Louis, sur le roc sauvage, la résonance à la fois solennelle et impressionnante que l'on prête à celle des dieux, faisant entendre, à travers la nue, leurs oracles.

De tous ceux qui étaient présents, Joffrey était le seul qui ne paraissait pas troublé jusqu'à en être un peu égaré d'une émotion intense, d'un regret presque religieux.

Angélique qui tenait sa main ne la sentait ni trembler, ni frémir, et pourtant ce qu'ils entendaient était incroyable.

Le Roi lui rendait tout. Il lui reconnaissait ses droits, ses titres. Il ne faisait allusion au procès que comme à une action inique, suscitée par des envieux et menée par des incompétents et à laquelle il n'avait pu en ce temps-là, trop jeune, apporter l'examen nécessaire.

Il se réjouissait que la présence de M. de Peyrac au Nouveau-Monde lui ait enfin fourni l'occasion de réparer les torts causés à un des plus grands seigneurs du Royaume, dont il n'avait jamais eu à se plaindre.

Suivaient les détails de toutes les faveurs et biens qu'il lui accordait.

Un long paragraphe était accordé à la position du comte de Peyrac en Amérique et, là encore, le Roi se félicitait de ses services et de sa présence. Au passage, M. de Frontenac et les membres du Grand Conseil, nommés expressément, recevaient leur part de compliments et de félicitations.

En achevant la lecture de cette épître mémorable, la voix de Fontenac tremblait. Il laissa retomber les parchemins et, quittant sa place, il alla à Joffrey de Peyrac.

— Frère de mon pays, vous avez gagné, dit-il en lui ouvrant les bras.

DANS sa lettre, le Roi n'avait pas parlé d'elle. Rien de plus que les quelques passages où il notifiait que le comte et la comtesse de Peyrac étaient attendus à Versailles, seraient reçus tous deux avec la plus grande satisfaction par leur souverain, etc.

De nombreuses pièces annexes étaient destinées à Joffrey qui s'enferma avec Frontenac pour les examiner, les entériner et en prendre possession.

Angélique l'attendit en se promenant sur la terrasse et elle réfléchissait à une attitude royale sans doute voulue, qui, à la fois, la rassurait, mais ne lui semblait pas normale. Elle avait aussi escompté que le policier Desgrez, personnage très influent car étant le bras droit de M. de La Reynie, s'était occupé de les « soutenir » auprès du Roi. Il avait obtenu de celui-ci plus de ce qu'ils étaient en droit d'espérer.

Quant au Roi, il savait qui elle était, mais affectait de ne la considérer désormais que comme la comtesse de Peyrac. Elle crut comprendre qu'il avait décidé d'effacer le lourd contentieux de la Revoltée du Poitou. C'était plus simple ainsi.

Elle aurait voulu serrer Joffrey dans ses bras et lui dire . « Enfin! Enfin! mon cher prince! Justice vous est rendue! »

Mais c'était une trop écrasante et subite gloire, un trop éclatant bonheur. Elle réalisait peu à peu.

La nouvelle de leur reconnaissance par le Roi se répandait et on leur faisait énormément de frais. Tout le monde les félicitait. Ce n'était pas flagornerie. Mais ceux qui avaient eu le courage de se mettre de leur bord, s'autorisaient à pavoiser, heureux de se sentir parmi les élus et méritant de l'être. Il fallait parler, raconter, questionner..

On acclama M de Frontenac lorsqu'il sortit accompagné de

M. de La Vandrie et de sa belle escorte. Les nouveaux arrivants trouvaient la ville agréable. Qu'avaient-ils redouté de ce pays de « sauvages » ? Ils étaient reçus somptueusement et ils ne pouvaient faire deux pas dans les rues sans se faire applaudir comme des princes du sang.

Un seul se plaignait. C'était celui sur lequel Bardagne avait jeté l'anathème. Il réussit à aborder M. de Frontenac afin de protester. Il n'avait pu trouver un coin pour s'abriter, sauf le toit d'un méchant hangar, que lui avait accordé, sans plus, le représentant d'une compagnie marchande ayant des obligations envers M. Colbert. Il devait ses malheurs à M. de Bardagne autour duquel la ville avait fait front.

Frontenac qui, dans l'allégresse générale, avait « d'autres chats à fouetter » ne l'écouta que d'une oreille distraite et le rabroua. « Vous n'êtes jamais contents, vous autres de l'entourage de Monsieur Colbert ! Où va-t-il donc recruter ses jeunes commis ? Les fils de magistrats et de bourgeois sont-ils de nos jours plus gâtés que les fils de ducs ? Ceux-ci sont habitués de bonne heure à souffrir l'inconfort pour le service du Roi. Le Canada est un pays rude, Monsieur. Je recommanderai à notre ministre des colonies de ne pas nous envoyer à l'avenir des femmelettes ! »

Ainsi ce n'était pas l'une des moindres métamorphoses suscitées par l'air du Canada que d'avoir fait de Nicolas de Bardagne, fonctionnaire doux et consciencieux, un homme acerbe, vindicatif et presque rebelle, mais qui, ayant traversé les tourments de l'hiver, s'était fait aimer de tous à Québec.

UNE nouvelle lecture solennelle de la lettre du Roi en présence de l'Évêque et des deux fils, Florimond et Cantor, fut donnée dans l'après-midi.

Angélique n'y assista pas. Elle se trouvait à ce moment au couvent des jésuites, dans la bibliothèque aux beaux instruments scientifiques, aux grands livres ouverts sur des lutrins.

Le Père de Maubeuge l'avait fait mander d'urgence, pour *une rapide entrevue,* souligna-t-il.

— Je ne veux pas, Madame, lui dit-il, avec sur son visage de mandarin chinois on ne sait quelle expression qui pouvait la faire qualifier de souriante, je ne veux pas vous arracher à l'allégresse de vos amis, mais sachant que les journées qui vont suivre vont passer à la vitesse de l'éclair, j'ai voulu, alors qu'il était temps encore, ménager les quelques minutes qui me permettront tout d'abord de vous assurer de ma grande joie en

Jésus-Christ pour l'heureuse issue de vos tribulations à vous et à votre époux. Je n'ai pas besoin de m'étendre sur mes sentiments. La longue amitié qui me lie à Monsieur de Peyrac me permet plus qu'un autre de mesurer combien tout ce qui vous advient aujourd'hui a de providentiel, bien que mérité par la patience et le courage avec lesquels vous avez supporté l'un et l'autre des fortunes adverses.

» Cela dit, nous voici sur le seuil de la séparation...

Le reste de la journée se passa à échanger des récits de guerre iroquoise avec des projets de retour, d'évocation du palais du Gai-Savoir dont on rebâtirait les roses murailles, avec l'importance des Wampums que le chef des Cinq-Nations avait remportés dans ses bourgs aux Longues Maisons. L'on ne cessa de sauter du Nouveau-Monde à l'Ancien et plus d'une fois Outtaké se trouva dans une même bouche comme assis aux côtés de Louis XIV ce qu'il eût pour sa part estimé bien normal : le Roi est très bon ! Outtaké s'est montré clément ! Sa Majesté sait prêter l'oreille aux conseils de sagesse... Le Sauvage a bien voulu nous écouter...

Chacun venait à eux.

Invités dans toutes les maisons, Joffrey et Angélique se rendirent chez quelques amis puis lancèrent une invitation pour la soirée au château de Montigny et, cette fois, La Polak y vint avec son Gonfarel.

Il était fort tard quand ils purent refermer leur porte sur l'intimité de la petite maison que Joffrey se déclarait impatient de retrouver, parce que là seulement, répéta-t-il, Angélique lui appartenait. Elle voulait parler, mais il l'interrompit.

— Nous avons assez parlé, dit-il en la prenant dans ses bras, Oh ! Seigneur ! Est-ce là l'existence mondaine qui nous est promise de l'autre côté de l'océan ?

— Ne craignez rien, je saurai m'en défendre.

— Et tout d'abord je rétablirai au Gai-Savoir un sain équilibre des travaux et des jeux qui doivent combler les aspirations de l'être humain lorsque enfin il se trouve pour un temps, si bref soit-il, à l'abri des dangers et de la nécessité. Je remettrai le temps à l'horloge du plaisir et pour ce faire j'inverserai les heures. Je désignerai la nuit pour festoyer entre amis, danser, chanter, s'enchanter de musique et de fins discours, et le jour pour aimer... dans le silence des chauds après-midi où tout repose alors que le soleil est aussi brûlant et brasillant que les cœurs et les corps...

» Ainsi continuerai-je, avec la plus belle des femmes, la défense de l'amour

La ville continua à être agitée toute la nuit. Dans la soirée un quatrième navire, venu de Honfleur, avait encore jeté l'ancre.

92

— Il y a un homme âgé qui a débarqué par ce navire de Honfleur, hier soir, lui dit Suzanne tout en commençant à plonger les élements de la soupe dans le chaudron. Je suis sûre qu'il vient pour vous, Madame.

Elle continua :

— ... Personne ne sait qui il est. Aucune famille ne le réclame ni ne le connaît. Et il n'a pas dit s'il devait continuer sur les Trois-Rivières ou sur Montréal. Il est vêtu simplement, sévèrement. Il s'est présenté au *Navire de France.*

— Comment sais-tu qu'il vient pour moi ?

— Je le sens.

Angélique pensa à Desgrez. Parfois, durant l'hiver, elle avait envisagé la venue, avec les navires de printemps, de l'entreprenant Desgrez qui, ayant reçu sa lettre et sachant où la trouver, ne craindrait pas de s'embarquer pour la joindre. On s'explique mieux de vive voix que par lettre surtout quand il s'agit de secrets dangereux, de crimes et de complots contre le Roi. Suzanne avait dit : « Un vieil homme », mais pour une jeunesse comme la petite Canadienne, un homme de quarante ans pour peu qu'il montre des tempes grises pouvait être désigné sous l'épithète d'homme âgé.

Elle essaya de le lui faire décrire.

— Il est grand ? Robuste ? Carré d'épaules ?

— Non, vous dis-je, c'est un vieil homme. Plutôt petit... mais parce que voûté par l'âge. Il a dû être grand et mince. Il a l'air... Elle hésita... je ne sais pas moi... de quelqu'un comme un homme de loi...

« Baumier », se dit Angélique avec un battement de cœur. « Quoi de plus proche d'un homme de loi qu'un policier chafouin. »

« Il s'est présenté au *Navire de France* où il n'y avait pas un trou. Mais Madame Gonfarel lui en a trouvé un parce qu'il lui a plu »

Ce n'était pas le policier Baumier. La Polak l'aurait flairé et il ne lui aurait pas plu. Et puis que viendrait faire Baumier ici ?

— Qu'est-ce qui te fait dire qu'il vient pour moi ?

— Une idée... et je crois que Madame Gonfarel a eu la même C'est des choses qu'on sent...

Angélique sourit. Elle ne faisait pas fi des intuitions de ces dames. Mais cela lui semblait peu probable que quelqu'un venu de France, autre que le courrier du Roi, y vînt pour s'intéresser à eux et surtout à elle comme avait l'air de le dire Suzanne.

Néanmoins, elle se tint devant le miroir.

« Je dois me faire belle. »

Elle arrangea ses cheveux, examina son visage. Les discours de Bérengère sur la vieillesse n'avaient pas été sans éveiller ce petit pincement au cœur, inévitable à toute femme qui voit passer le cours du temps. « Vous ressemblerez à une fée ! » avait-elle dit. Soit ! Mais le plus tard possible. Elle se sourit parce que tout ce que pouvait lui renvoyer le reflet du miroir, c'était l'assurance qu'elle était au zénith de sa beauté encore intacte, seulement plus affinée avec une expression plus sereine. Il n'y avait que ses cheveux pâles, mais elle les avait depuis de longues années et quiconque l'aurait connue, même à la Cour, ne s'en montrerait pas surpris.

Suzanne, du palier du premier étage où elle s'était rendue pour balayer les chambres, l'appela à mi-voix.

— Madame ! Madame ! Le voici ! Il monte la rue..

Angélique la rejoignit à la fenêtre ouverte.

— Le voyez-vous là-bas, ce vieil homme en noir qui porte un sac de tapisserie à la main et un rouleau sous le bras ?

Angélique se pencha à son tour. Elle ne souffla mot, mais Suzanne, contre elle, la sentit tressaillir. Au bout d'un instant elle se détourna, dévala l'escalier et courut tirer la porte de la rue.

Le vieillard aux cheveux blancs sous son chapeau rond, dans son manteau sombre dont le collet ne laissait apercevoir de clair qu'un simple rabat de lingerie sans garniture, marchait les yeux à terre car il était en effet légèrement voûté, ce qui ne l'empêchait pas de gravir la rue d'un pas alerte, malgré son sac de voyage encombrant et le grand rouleau enveloppé de toile gommée qu'il portait sous l'autre bras.

Un peu avant d'arriver à la hauteur de la maison de Mlle d'Hourredanne, il redressa la tête afin de chercher du regard la demeure qu'on lui avait indiquée. Et il vit Angélique au milieu de la rue qui l'attendait. Derrière elle, le grand orme traversé de soleil lui faisait une auréole de verdure.

Le vieil homme fit halte. Il ne s'écria pas en lui-même comme l'avait fait le vieillard Siméon : « Rappelez-moi, Seigneur, à vous, puisque j'ai vu briller ce jour, je n'ai plus qu'à mourir ». Mais comme le prêtre du temple, il comprenait qu'il avait attendu et attendu ce jour, gardant la certitude secrète qu'il ne pourrait mourir sans avoir su ce qu'elle était devenue et sans l'avoir revue.

Elle n'avait pas changé. Elle avait toujours cette même expression de droiture et de gentillesse qui lui attirait les cœurs et il éprouva un sentiment de fierté et de victoire à la découvrir plus belle encore.

Et malgré lui, car c'était un homme austère et rigide, un sourire étira ses lèvres parcheminées.

Angélique descendit vers lui, les mains tendues.

— Je vous salue, Monsieur Molines. Soyez le bienvenu en Nouvelle-France.

— MOLINES, dit-elle, aurais-je jamais imaginé que je vous reverrais au Canada... C'est fou ! Comment avez-vous osé vous lancer dans une aussi pénible traversée à votre âge ?

— Depuis que j'ai commencé à m'intéresser aux affaires de votre père et que vous alliez sur vos huit ans, dit l'intendant Molines, vous avez toujours pensé que j'étais très vieux. Or, lorsque quelque dix années plus tard je me préoccupais de vous marier à Monsieur de Peyrac, j'approchais des cinquante ans et aujourd'hui, je n'en ai pas encore soixante-quinze...

— Ainsi va le temps, dit Angélique en riant. Une petite fille qui lève le nez pour regarder un grand monsieur sévère le croit très vieux. Et puis peu à peu au cours de la vie c'est elle qui le rejoint.

Elle l'avait fait asseoir dans le petit salon auprès du poêle de faïence désormais éteint.

Elle se tenait devant lui, absurdement heureuse et ne pouvant en croire ses yeux, reprise par cette sensation mêlée de respect et de culpabilité qu'elle avait toujours éprouvée devant le docte intendant. Respect pour ses compétences, culpabilité parce que chaque fois qu'elle avait eu affaire à lui, cela avait été pour qu'il l'oblige à quelque chose de difficile et qu'elle ne voulait pas accomplir. Et il arrivait par ses raisonnements à la convaincre et à lui faire dire oui de sa propre volonté et elle en demeurait irritée, désespérée, et en admiration devant son habileté.

C'était son enfance, son adolescence, son mariage à Toulouse, son second mariage avec Philippe du Plessis-Bellière dont il était l'intendant, qui se levaient à ses yeux avec la présence de l'intendant Molines qui, après avoir posé soigneusement le rouleau qu'il portait contre le mur, ouvrait son sac de tapisserie posé à ses pieds et en tirait une enveloppe blanche scellée de cire.

Il se redressa, lui lança un bref regard incisif qui la fit frissonner tant il ressuscitait pour elle une époque qui n'était plus qu'un songe et il lui tendit le pli.

— J'ai à vous remettre cette lettre de la part du Roi.

— Du Roi ! répéta Angélique.

— Asseyez-vous, dit Molines en lui désignant un siège en face de lui.

Elle obéit machinalement tenant en mains le pli à l'épais cachet où elle reconnaissait le contre-sceau de Louis XIV avec les anges de la Gloire et de la Fortune soutenant l'écusson à trois fleurs de lys sommé d'une couronne et d'une croix.

— Ouvrez...

Elle tira sur le ruban et rompit la cire.

Elle était impressionnée à l'idée que le Roi avait touché cette lettre. C'était sa main qui, après l'avoir écrite, l'avait cachetée. Il avait voulu être seul dans son cabinet aux tentures bleues et or qu'elle connaissait si bien et il avait lui-même tourné le bâton de cire sur la flamme.

Elle déploya le feuillet. Elle vit la signature : Louis. Il n'y avait que quelques mots d'écrits, elle lut.

« *Pour vous, ma belle amie, j'ai créé des merveilles* »

Louis.

Elle resta là, tenant aux deux coins, haut et bas, la feuille blanche qui frémissait entre ses doigts afin qu'elle demeurât ouverte devant elle.

« *Pour vous, ma belle amie, j'ai créé des merveilles* »

Soudain elle sursauta.

— Molines !... La date ? C'est une erreur. Elle est de près de six ans en arrière.

— Cette lettre, en effet, fut écrite par le Roi à votre intention il y a six années. C'était elle que je vous rapportais après m'être rendu à Versailles après avoir remis à Sa Majesté votre lettre de soumission. Dans cette lettre — vous souvenez-vous ? — vous lui demandiez grâce, lui promettant de revenir à la Cour à condition qu'il délivrât votre province et vos terres de la soldatesque qui venait vous humilier jusque sous votre toit dans votre château du Poitou : Le Plessis.

» Vous étiez prisonnière et mal traitée et j'en avertis le Roi répondant aux questions qu'il me posait.

» Le Roi aussitôt donnait des ordres et, par moi, vous envoyait cette lettre que vous tenez aujourd'hui entre vos mains. Il était prêt à toutes les concessions pour vous revoir

» Mais, lorsque je parvins au Plessis vous savez le spectacle que j'y ai trouvé : des ruines fumantes, l'héritier du domaine Charles-Henri mort, vous disparue.

» Dès que je le pus, je retournai à Versailles pour ramener au Roi sa lettre désormais inutile et que je ne pouvais vous remettre ignorant où vous vous trouviez.

» « Elle a pris les armes contre moi, dit Sa Majesté d'une voix altérée. Je ne peux plus rien pour retenir mon bras justicier contre elle... Cette femme doit être vaincue... Sa tête vient d'être mise à prix... »

» Le Roi déposa dans un tiroir de son cabinet secret le pli désormais inutile. Cependant, avant que je ne m'éloigne, il me fit promettre de demeurer son intermédiaire entre vous et lui si l'occasion s'en présentait.

» Ainsi les années ont passé dans le tumulte des armes, de grandes misères, de grands tourments... Maintenant la province est apaisée... j'ai fait reconstruire le château du Plessis et mes affaires sont prospères. Je vous donnerai tous les détails en temps utile, mais sachez dès maintenant que, par ordre du Roi, le domaine vous reviendra avec licence de le faire passer par héritage sur la tête d'un de vos enfants (1).

» Donc les années avaient passé. Après l'écrasement de la révolte, le silence s'était fait sur votre personne. A plusieurs reprises, je cherchai à retrouver votre trace, mais toutes pistes s'arrêtaient brusquement. Nul ne pouvait dire si vous étiez morte ou vivante. Je me doutais que Sa Majesté, de son côté, poursuivait ses recherches, mais n'ayant rien à lui communiquer, je me cantonnais dans une réserve prudente. Il est à noter cependant que les dragons du Roi, chargés de faire abjurer sous violence les personnes de religion protestante, avaient été retirés des campagnes, ce qui permit un relèvement plus rapide des régions ruinées par la guerre.

— Ma révolte n'a donc pas eu que des conséquences désastreuses pour ma pauvre province ?

— Non... Certainement. Elle vous a dû de pouvoir respirer et d'échapper à la persécution religieuse. Le Roi gardait l'œil sur le Poitou comme s'il avait espéré que sa mansuétude allait vous faire sortir du bois...

» Enfin, vers le mois de janvier de cette année, je reçus un

(1) Cf. *Angélique se révolte*

appel de Sa Majesté me demandant de me rendre de toute urgence à Versailles.

— Et vous êtes remonté sur votre mule, comme naguère ?

— Une autre mule, mais tout aussi vaillante... Non ! cette fois, Sa Majesté m'envoya un carrosse afin que je puisse me rendre auprès d'Elle au triple galop et, sitôt arrivé, dans mes vêtements de voyage, je fus introduit dans le cabinet particulier du Roi. Je décelai, dès l'entrée, comme une lumière inhabituelle sur ses traits. « Je sais où elle est, me dit-il, elle est au Canada... »

» Je crus comprendre que la nouvelle lui en avait été donnée par ses services de police et je crois plus sûrement par ce François Desgrez que vous connaissiez quelque peu. Le Roi ne se préoccupait pas de savoir comment cet habile adjoint de Monsieur de La Reynie se trouvait en possession du renseignement. Il savait enfin que vous étiez en vie et qu'il pourrait vous revoir, ce qui était devenu au cours des années sa hantise. Il reprit dans le tiroir où il l'avait déposé le pli toujours scellé « Rien n'est changé à ce que je lui mandais alors... »

» Je devais partir pour vous joindre par le premier navire cinglant vers l'Amérique. Je devais vous remettre la lettre secrètement. Je fis donc mes préparatifs. Je préférais ne pas monter à bord du vaisseau qui emportait le courrier officiel, craignant que ces officiers ou fonctionnaires qui le convoyaient ne me reconnussent pour m'avoir rencontré dans les couloirs du palais, à Versailles.

» J'allai m'embarquer à Honfleur. Mon navire a eu quelque retard par la rencontre d'une banquise qui nous a contraints à dévier de notre route pour l'éviter.

— Mais... dit Angélique dont les sentiments se bousculaient, je vous avoue... quelque chose me choque dans tout cela... je suis touchée que le Roi me garde une si fidèle passion, mais il ne semble pas se souvenir que je suis mariée... mariée à Monsieur de Peyrac... Il semble assuré que je vais lui tomber aussitôt dans les bras... Pour qu' se prend-il ?

— Il se prend pour le Roi, Madame répondit Molines ave douceur.

— Que s'imagine-t-il donc que je suis ? C'est moi, de tous se sujets, qui lui ai porté les coups les plus durs... et qui ne seron peut-être pas les derniers...

Elle pensait moins en disant cela à sa rébellion, qu'à la lettre qu'elle avait envoyée à Desgrez et par laquelle le Roi un jour apprendrait que sa maîtresse bien-aimée, la belle Athénaïs de Montespan, était une criminelle et une sorcière.

— Il devrait se méfier de moi... Il ne sait donc pas de quoi je suis capable ?

— Il le sait... Mais, pour cela aussi, vous êtes en son cœur une douleur et une délectation à laquelle il ne veut pas, il ne peut pas renoncer. Alors, dans le tourment de n'avoir pu vous briser, il lui renaît l'espoir de pouvoir vous apprivoiser... Il veut vous combler. Il vous rend vos titres, vos terres, il accorde tous les pardons à vous et à votre époux, dans le seul espoir que pour cela vous allez penser à lui avec un peu plus d'indulgence et au moins avec reconnaissance, qu'il aura même à distance le pouvoir de ramener un sourire sur vos lèvres, de remplacer un peu dans votre cœur la rancune que vous y gardiez, par un peu d'amitié envers lui. Si vous l'aviez vu, il y a bientôt six années alors que je venais pour la première fois à Versailles lui porter votre lettre de reddition et qu'il imaginait que bientôt vous seriez près de lui, vous comprendriez à quel point pour lui, souverain maître de tout, vous représentiez... que dirai-je ?... Oui, c'est cela !... Vous représentiez... le salut. Et tout en sablant cette missive que vous tenez là entre vos mains, il me répétait comme un très jeune homme amoureux sous le coup de l'anxiété :

« *Vous lui direz, Monsieur Molines, — vous lui direz, n'est-ce pas ? combien Versailles est beau !* »

Angélique se sentit la gorge serrée par cette évocation.

Parce qu'il régnait depuis très longtemps, on oubliait que ce souverain, écrasé d'une gloire et de charges à l'image pesante de son lourd manteau de Cour de velours bleu brodé de lys et d'or, à collet et doublure d'hermine et traîne de plusieurs aunes et de sa perruque élevée, rehaussant sa majesté, n'avait pas encore quarante ans. Il ne redeviendrait jeune que si elle revenait.

— Versailles est très beau, n'est-ce pas ? demanda-t-elle à Molines.

— Sa Majesté me recevait dans son cabinet. Et je ne suis pas très entendu sur les détails, mais... en effet, Versailles est très beau.

« *Pour vous, ma belle amie, j'ai créé des merveilles.* »

Le duc de Vivonne le lui avait laissé entendre. Pendant ces dernières années la pensée, l'image d'Angélique étaient devant les yeux du Roi quand il commandait ses statues de marbre à Coysevox, ses toiles et ses fresques à Le Brun, et qu'avec Le Nôtre il examinait le dessin de ses jardins, les mille et mille fleurs des parterres.

— Pourquoi, grands dieux ! m'aime-t-il toujours ?

— C'est là une question qui me paraît oiseuse, Madame... Et

plus encore lorsqu'on se trouve en votre présence. Alors, l'on n'a aucune difficulté à reconnaître comme des plus naturelles la constance du Roi à votre souvenir.

— Molines, vous tournez mieux les compliments qu'un petit maître de la Cour ! Vous n'aviez pas ces talents naguère !

— C'est vrai ! Mais l'âge venant, je me permets d'agrémenter de quelques fantaisies la tournure austère de mon esprit...

— Cher Molines !... dit-elle en le regardant avec douceur.

Molines détourna les yeux. Ce n'avait jamais été dans ses habitudes de se laisser attendrir par un regard. D'ailleurs, ce n'avait jamais été dans ses habitudes de se laisser attendrir par quoi que ce soit.

Mais avec l'âge, comme il venait de le dire, il lui arrivait d'accorder à son cœur quelques fantaisies.

— Ne dit-on pas que le Roi a une nouvelle maîtresse ? reprit Angélique. La marquise de Maintenon.

Molines eut un petit ricanement.

— C'est la douleur que lui ont causée votre rébellion et votre absence qui l'a incité à se tourner vers les charmes discrets de cette dame avec laquelle il n'est pas question de libertinage. Elle est sérieuse, quoique fort belle, et l'agréable gouvernante des enfants du Roi. Il se repose près d'elle. Enfin elle vous a connue jadis et il essaye d'avoir sur vous, par elle, quelques anecdotes. Mais malgré les agréments de cette liaison toute platonique et qui est pour lui un apaisement dans sa vie harassante, trop réglée, toujours en représentation comme un dieu exposé, un acteur sur les tréteaux de foire, je ne ferai pas grand cas de Madame de Maintenon dès que vous reparaîtrez à la Cour.

Ayant prononcé ce petit discours, Molines remit ses papiers dans le sac n'en gardant qu'un seul qu'il consulta sans avoir besoin de mettre des besicles.

— C'est bien cela, dit-il. Après vous avoir vue, je dois demander audience à Monsieur le Gouverneur, et lui faire part dans le privé de quelques messages personnels pour lui de la part du Roi. Entre autres, je dois lui réitérer l'expression de la satisfaction de Sa Majesté pour l'habileté avec laquelle il a mené ce « rapprochement » qui s'imposait pour la Nouvelle-France avec Monsieur de Peyrac et pour l'amabilité de l'accueil qu'il vous fit. En bref, Monsieur de Frontenac a misé sur la bonne carte.

— Je m'en réjouis pour lui.

— Quant à vous, nommez-moi sur l'heure les personnes que vous souhaitez voir écartées de votre route et de celle de votre famille, de Monsieur de Peyrac et de sa maison, comme de la vôtre, voire de vos amis — c'est écrit là — comme dangereuses, ayant cherché à vous nuire ou susceptibles de le faire encore, afin qu'elles soient aussitôt mises hors d'état de le faire par décision du Gouverneur, hors de toutes consultations du Conseil par arrestation, même condamnation si le délit l'exige, en dehors de toutes considérations d'état, particuliers, fonctionnaires ou ecclésiastiques. Nommez-les-moi et aussitôt vos ennemis seront châtiés.

— Avez-vous ce pouvoir ?

— Le Roi me l'a donné.

— A vous, un protestant ?

— Notre Roi lorsqu'il s'agit d'efficacité ne regarde pas de trop près à la position, ni à la religion, de celui qui lui semble le plus apte à le mieux servir. En de douloureuses circonstances qui lui tiennent à cœur plus — ou presque plus — que son sceptre même, puisqu'il s'agit de vous, il m'a jugé. Il sait que je lui suis dévoué, et le plus habile à plaider sa cause auprès de vous, car il a compris que vous m'écoutiez volontiers, comme un père qui sait parler à un enfant difficile un langage qui lui est accessible. Il a été jusqu'à me dire : « Monsieur Molines, cette jeune femme est la plus rétive à laquelle j'ai eu affaire de tout mon règne. Pourtant elle n'est pas ce qu'on appelle une entêtée. Mais les raisons pour lesquelles elle se dresse contre moi me demeurent obscures. Vous seul pouvez la persuader de la sincérité de ma passion. Et qu'elle comprenne bien que ma faveur la mettra à jamais elle et les siens à l'abri de l'infortune et de l'adversité. Je saurai me contenter, si elle ne veut m'accorder plus, du simple bonheur de la voir, la voir apparaître, savoir qu'elle va venir, attendre chaque jour le plaisir que suscite à chaque fois sa beauté toujours surprenante et qu'elle rehausse par le goût imprévisible et toujours parfait de ses atours, me contenter seulement de la mener dans mes jardins, de m'entretenir parfois avec elle de tous sujets qui nous inspireraient, de politique, de guerre ou de commerce, car son intelligence est grande et son jugement des plus fins, me contenter d'entendre son rire, une répartie jetée de sa voix harmonieuse... Vous le lui direz, Monsieur Molines, et vous la convaincrez. »

» Voici donc ce langage que m'a tenu Sa Majesté. Or, vous me demandez, Madame, comment moi, huguenot et modeste intendant provincial, j'ai le pouvoir d'intimer au Gouverneur de la Nouvelle-France l'ordre d'arrêter ou de mettre à pied toutes personnes que vous m'aurez nommées. C'est parce que c'est a vous qu'il est remis, Madame, ce pouvoir Sa Majesté veut que vous compreniez que la toute-puissance, même au-delà de la sienne, est désormais entre vos mains.

Angélique passa le bout de ses doigts, à plusieurs reprises, sur son front écartant ses cheveux comme si elle eût ressenti le besoin d'écarter un rideau afin d'y voir clair.

Elle était un peu écrasée par cette avalanche d'égards. Elle se leva et marcha de long en large en pressant ses mains l'une contre l'autre.

— Molines ! Molines ! Que dois-je faire ?

— Vous seule le savez, Madame. Vous seule êtes maîtresse de votre destin.

— Molines, vous m'avez toujours conseillée, et à vous revoir, je retrouve la confiance que vous m'inspiriez. J'avais foi en vous parce que je crois... que nous avons la même sorte de conscience. Molines, que dois-je faire ?

Mais l'intendant se déroba encore avec un demi-sourire.

— Je pense que vous m'entendez fort bien, Madame, lorsque je vous dis : vous seule pouvez en décider. Car vous seule savez ce que vous voulez faire de votre vie, ce qui compte à vos yeux, les buts qui vous sont chers et ce que vous êtes prête à sacrifier pour les atteindre. Vous n'êtes plus une enfant et vos durs combats de chef de guerre vous ont appris l'art de la stratégie, qui consiste surtout à projeter à l'avance en imagination les éléments d'une bataille, les obstacles prévisibles, à prévoir le pire afin de s'en garder, et puis aussi mesurer le gain de cette bataille afin de savoir s'il y a l'obligation de s'y livrer, ou s'il se révèle que vous deviez la payer un prix trop lourd, savoir à temps s'y dérober. Il ne faut pas négliger non plus que certaines possibilités ne se découvrent que sur place, que le hasard est un individu facétieux, qui aime se mêler à nos entreprises et qu'il n'est pas mauvais de parfois s'en remettre à lui, ce qui s'appelle prendre des risques.

— A condition qu'il ne s'agisse pas d'utopie.

Pourrait-elle se plier à la vie de la Cour, brillante et superbe, mais requérant toutes les forces, une attention de chaque instant ? Il fallait tendre à être remarquée du Roi. On exigerait chaque instant de leur vie. Elle eut la vision de cette rencontre à Versailles, du regard du Roi sur elle, la Cour entière suspendue à leurs lèvres. Où serait Joffrey alors ? Joffrey debout en face de ce roi qui la voulait ! La sensation qu'elle avait éprouvée avait été celle d'un vide près d'elle, comme si, une fois de plus, par l'intolérance de ce monarque, Joffrey avait été effacé et rejeté, disparu...

— Molines, vous qui les connaissez tous deux, imaginez-vous Monsieur de Peyrac en face du Roi ? Un homme comme mon époux qui s'est sauvé de tout lui-même, se battant avec acharnement mais avec ses armes à lui, ne voulant jamais supplier, s'abaisser, parvenant toujours, si bas qu'il soit tombé, à se retrouver au sommet, au-dessus des autres. Lui, devant ce roi !

— Un roi qui a dit : « Il me semble qu'on m'ôte ma gloire quand, sans moi, on peut en avoir ! »

Angélique frissonna.

— Je comprends, dit-elle. Le Roi a changé.

La fonction pervertissait l'homme. Malgré l'esprit de justice, le goût du bien et la réelle grandeur de caractère qu'il y avait en ce prince, il était devenu ce roi tout-puissant, il ne pouvait plus s'incliner aujourd'hui. Il l'avait fait jadis, jeune homme bouleversé dans la ferveur d'un grand amour, celui qu'il avait voué à vingt ans à l'adorable nièce du cardinal Mazarin, Marie Mancini. L'impitoyable ministre avait brisé tout cela. Le cardinal ne se préoccupait guère de voir sa nièce étourdie, hissée au sommet des honneurs et il l'avait exilée rapidement. Pour Mazarin qui avait protégé la minorité du petit roi, celui-ci était destiné à devenir un grand roi, et devait, pour raison d'État, épouser une princesse de sang royal afin de consolider les alliances du royaume.

En larmes, le jeune Louis s'était incliné devant la raison d'État.

Plus maintenant.

De nouveau en proie à un amour qui semblait transmuter toute la grisaille et le poids de sa vie en or pur, il ne pouvait renoncer car il avait perdu l'habitude du renoncement.

Il avait perdu jusqu'à la notion du renoncement. Il voulait que les êtres plient et c'était en lui une volonté qui ne souffrait pas d'exception et dont la rigueur ne pouvait être remise en question. Il était comme un gouvernail bloqué dans une seule direction

Ayant pour sa part apporté ce qu'il regardait comme des concessions et ce jusqu'à la limite de ce qui ne lui coûtait pas ou peu, il estimait que c'était aux autres de trouver la solution des conflits insolubles et d'aplanir des obstacles dressés devant son bon plaisir par l'abolition totale de leur volonté ou de leurs désirs les plus légitimes.

On l'aurait étonné en lui disant qu'il agissait alors avec tyrannie.

En tout il ne voyait pas d'autres issues. Car il était convaincu que lorsqu'il exigeait ou décidait quelque chose c'était pour le mieux et pour le bien.

Ne venait-il pas de se déclarer Roi « de droit divin » c'est-à-dire désigné par Dieu comme jadis les prophètes, pour mener les peuples et de ce fait, devant être écouté, comme prononçant par ses lèvres les volontés d'un créateur juste et bon ?

— Molines, murmura-t-elle, le Roi peut-il encore être sauvé ?

Le vieil intendant leva un sourcil et ne répondit pas.

Et Honorine que deviendrait-elle ? Angélique l'aperçut jouant près de la cheminée et alla à elle.

L'enfant se leva et la regarda venir. Angélique lui prit les mains. Le décor était simple. La pierre de l'âtre était tiède. Les braises chuchotaient sous le chaudron. Les ustensiles brillaient sous l'auvent de la cheminée.

Que ferait-elle d'Honorine ? Honorine au tendre cœur et qui à l'exemple des chevaliers du temps jadis, rêvait de pourfendre les méchants et souffrait de sa faiblesse.

Mais Angélique était là qui comprenait et lui prêtait sa force et qui ne craignait point d'aller dans la tempête couper les chaînes d'un pauvre chien pour le soustraire à son martyre. On n'oublie jamais une mère capable de ces choses-là que les grandes personnes refusent toujours obstinément aux enfants.

Elles se regardèrent, les mains dans les mains, les yeux dans les yeux et scellèrent leur alliance de femmes et le vieux Molines, les observant de loin, se félicitait d'être là et d'avoir su envoyer promener les fâcheux et les oiseaux de mauvais augure qui lui prédisaient naufrage et capture par les pirates. Sa famille l'avait retenu par les basques : « A votre âge, vous êtes fou ! Traverser l'océan ! » Sa fille, son gendre, son fils, sa bru, et toute la ribambelle d'enfants et la vieille gouvernante qui avait continué à lui tenir son ménage après le décès de son épouse. Il avait répondu : « Service du Roi ! »

Soixante-quinze ans, c'était un âge pour tout commencer. Il n'y a guère de choix : ou la descente vers la tombe ou une nouvelle naissance...

Angélique revint vers lui avec l'enfant.

— Je vous présente ma fille, Honorine de Peyrac.

Elle reprit place près de lui et elle tenait les yeux baissés tandis qu'elle caressait les longs cheveux cuivrés qui s'échappaient du béguin vert brodé.

Molines, sans souffler mot, estimait l'âge de l'enfant.

Un coude appuyé aux genoux de sa mère, le menton dans sa main, Honorine considérait Molines avec sagacité.

— J'ai un arc et des flèches, lui dit-elle.

— Je vous en félicite, demoiselle.

— Mon père est un grand chef de guerre.

— Votre mère aussi l'a été. Je fus témoin de ses exploits

— Je sais, dit Honorine avec un sourire entendu. Et elle appuya sa joue contre le bras d'Angélique. Une transformation s'était faite en elle depuis le sauvetage du chien.

— Quelle réponse vous donner, Molines ? murmura Angélique en serrant la petite contre elle. Hier, j'étais folle de joie. Nous faisions des projets de retour. Et maintenant je ne sais plus. Il me semble que l'on nous attire aussitôt dans un piège. Pardonnez-moi de paraître hésiter. Vous avez entrepris un très long voyage et je m'adresse des reproches à la pensée que vous pourriez revenir avec le sentiment d'avoir échoué dans votre mission.

— Je reconnais dans ce scrupule votre gentillesse native. Mais ne vous tourmentez pas pour moi, Madame. Je vous dirais que cette mission au-delà des mers est venue à point pour faciliter mes projets de départ. Elle m'a permis d'accomplir cette première traversée aux frais de Sa Majesté et il n'y en aura pas d'autres. Dès que vos navires vogueront vers l'Europe, je considérerai ma mission terminée et je me mettrai en quête d'un lieu où m'installer au Nouveau-Monde.

Angélique ouvrit de grands yeux.

— Vous voulez demeurer en Amérique, vous, Molines ? Mais ne venez-vous pas de me dire que le Poitou est fort paisible et que vos affaires sont des plus prospères ?

— Elles le sont, en effet... Et je pourrais même dire que, par ce jeu bizarre des circonstances qu'on ne peut toujours prévoir, elles ne l'ont jamais été autant. Mais je suis de confession protestante et le Roi va révoquer l'Édit de Nantes...

93

— RÉVOQUER L'ÉDIT DE NANTES ! SE RÉCRIA ANGÉLIQUE. L'ÉDIT qui donne la liberté de pratiquer leur religion aux protestants au même titre et avec les mêmes droits de citoyenneté que les catholiques ? C'est impossible ! Le roi Henri IV, le grand-père de notre souverain actuel, l'a établi pour que tous les Français qu'ils soient huguenots ou catholiques ne soient plus que les mêmes sujets d'un seul roi !

— L'Edit va être révoqué, répéta Molines. Les jésuites ont su convaincre le Roi qu'il n'y avait plus de protestants en France, parce qu'ils étaient tous convertis.

— Mais on ne révoque pas un édit comme cela ! C'est un crime. Et le Parlement, si soumis qu'il soit au Roi et même à la majorité catholique, ne peut s'incliner.

— Cela ne se fera peut-être pas aisément, ni demain, mais cela se fera. Alors les Français de confession réformée deviendront pires que des pestiférés ou des lépreux en leur propre pays. Ils seront ruinés, ne recevant plus l'autorisation de commercer. Leurs enfants seront bâtards car les pasteurs ne pourront plus être officiers d'État pour l'enregistrement des naissances ou des mariages.

— C'est impossible ! s'écria derechef Angélique. Le Roi ne peut pas faire cela !... Il ne peut pas faire cela à son grand-père

Cette exclamation tellement féminine arracha à Molines un demi-sourire.

— Oui ! répétait en écho la petite voix d'Honorine, s'il fait cela à son grand-père, je le tuerai...

Le vieil homme secoua doucement la tête. Qu'importait la tendresse des femmes, pensait-il, et leur sens de l'honneur et de la loyauté souvent taxé de folie.

Le roi Louis XIV trahirait son grand-père Henri IV. Le meilleur roi que la France eût jamais élevé sur le trône.

Un roi humain avant tout, soucieux de paix et de réconciliation et qui avait fait promulguer cet édit de tolérance afin d'arrêter l'effusion de sang des guerres de religion. Mais le fanatisme et la volonté de violence auraient raison de sa sagesse. Le poignard de Ravaillac que l'on disait guidé par la main des jésuites avait percé son cœur. Et l'Édit n'aurait été appliqué tant bien que mal que pendant moins de quatre vingt-dix ans. La France recommencerait à se vider de son sang. L'on recommencerait à voir des êtres bannis se réfugier dans les forêts, se glisser sous les ronces des frontières ou s'embarquer sur des plages perdues afin d'aller offrir à des nations voisines ou à des terres lointaines leurs forces vives, leurs talents et l'avenir de leurs enfants à naître.

— Je suis vieux, dit Molines, mais la vie a encore pour moi des charmes et de l'intérêt. Je peux vivre les années qui me restent de façon active et profitable et je ne tiens pas à consacrer mes suprêmes forces à pourrir en prison ou à recevoir des coups de bâton et de botte tandis qu'on me braillera aux oreilles : Abjure !... Ou encore à aller ramer aux galères où ma pauvre carcasse ne ferait pas long feu... Surtout je ne veux point de la vie qui s'annonce pour les Français réformés dans leur propre patrie et donc pour mes enfants et mes petits-enfants. Eux, c'est toute leur vie qu'ils auront à passer misérables, opprimés, pourchassés, soit dans l'inconfort d'une conscience avilie par l'abjuration, soit contraints à affronter les dangers d'un exil devenu presque impossible car les frontières seront fermées et surveillées et déjà aujourd'hui tout Français réformé qui est pris sur le chemin de Genève est arrêté et jeté en prison sans autre forme de procès.

Parce qu'autrefois l'intendant Molines s'occupait d'elle et de ses frères et sœurs comme de ses pupilles Angélique oubliait toujours qu'il avait lui aussi des enfants, une famille. Elle se souvint d'un garçon et d'une fille, petits huguenots pâlichons, fort ennuyeux avec lesquels on ne pouvait jouer à rien d'amusant.

— ... Mes enfants essayent de me convaincre que je suis un vieillard pessimiste, que l'injustice ne va pas triompher et qu'eux, en tout cas, sauront tirer leur épingle du jeu. Sottises ! La partie est trop fortement engagée, les esprits trop influencés pour qu'il y ait possibilité de retour en arrière. Aussi ai-je donné mes ordres car je suis encore vivant et chef de la famille. Les laissez-passer du Roi et les soutiens qu'il m'accorde momentanément m'ont permis d'effectuer certaines opérations de transfert, via la Hollande. De plus, les miens doivent s'évertuer de gagner, par groupes différents et sous prétexte de visites familiales, La Rochelle.

— La Rochelle ? Est-ce prudent ? C'est une cité où les huguenots sont très surveillés.

— Cela dépend des périodes. En ce moment, c'est la pagaille. Il y a eu durant quelques années une équipe de convertisseurs zélés qui a rendu la vie intenable à mes coreligionnaires. Puis soudain on les a abandonnés à leur sort et les jésuites de la ville ont reçu l'ordre de ne s'occuper que de leurs élèves des collèges ou de leurs pénitents. C'est une opportunité à ne pas négliger. D'autre part, des départs se font à partir des ports de Brouage ou des Sables d'Olonne au nord de La Rochelle, les bourgs de cette côte saintongeaise et vendéenne demeurant de majorité protestante. Il se peut que venant de Hollande un navire jette l'ancre dans l'un ou l'autre de ces petits ports où l'embarquement de nos familles se fera plus aisément.

— En quel lieu d'Amérique comptez-vous les faire venir ? La Nouvelle-France vous est aussi fermée. Les lois contre les religionnaires y sont appliquées avec plus de sévérité qu'en France, si possible. Monseigneur de Laval est très rigoriste là-dessus et, en général, tous ces messieurs du Grand Conseil. Il est arrivé que les matelots protestants de certains équipages reçoivent l'interdiction de descendre à terre.

— Je n'ignore pas ces vexations. C'est pourquoi je me réjouis de mon sauf-conduit royal qui me permet de me promener librement pour la première et dernière fois dans les rues de cette charmante capitale de notre colonie d'Amérique.

— Il n'y a malheureusement aucune chance pour les protestants ici. Il arrive que l'on soupçonne parmi les nouveaux immigrants, surtout parmi les jeunes gens célibataires qui semblent s'être embarqués pour fuir quelque chose, l'un ou l'autre, d'appartenir à la Religion Prétendue Réformée. S'ils en sont convaincus, c'est l'abjuration immédiate ou le pilori, la prison et dès le premier navire ils seront renvoyés à fond de cale. La plupart prennent les bois et gagnent la Nouvelle-Angleterre.

— C'est ce que je compte faire, mais sans prendre les bois. J'ai établi une correspondance avec des protestants français de New York. Cette ville qui a été hollandaise est ouverte à toutes les confessions. Dès que j'en aurai terminé avec ma mission près de vous, je vais reprendre la mer. Je me suis informé d'un itinéraire possible. Je me ferai déposer sur la côte est du Canada et de là en cabotant d'un navire à l'autre je finirai bien par contourner la Nouvelle-Écosse et gagner le Massachussetts et, par terre, la Nouvelle York.

— C'est un long et pénible voyage, Molines, dans des contrées quasi désertes. Nous les connaissons bien puisque nous y avons nos établissements. Attendez que nous soyons sur notre départ pour regagner Gouldsboro, notre port d'attache sur les rives du Maine. Nous vous prendrons avec nous. Vous pourrez rencontrer là-bas de vos coreligionnaires de La Rochelle qui y font grandir une active cité commerçante. Ensuite, l'un de nos navires pourra vous conduire jusqu'à Boston ou jusqu'à New York.

Elle s'aperçut qu'en parlant ainsi sans réflexion, elle venait de donner sa réponse à Molines quant à la décision pour elle de ne pas retourner en France.

94

ELLE RESTA ALORS QUELQUES INSTANTS INDÉCISE COMME absente, et portant tout l'effort de sa volonté à ne pas trahir son désarroi, à ne pas exprimer tout haut la nostalgie qui tout à coup la déchirait.

« Tu ne reverras jamais le royaume ! Tu ne reverras ni les beautés de Versailles, ni les campagnes de ton enfance, ni le château du Plessis-Bellière se mirant dans l'étang... Mais non, c'est impossible, Joffrey doit retourner prendre possession de son fief... Et le Roi nous attend, il ne souffrira pas que nous répondions par le dédain à des grâces si abondantes... Oh ! Molines, que dois-je faire ? »

Elle se retenait de répéter tout haut cette interrogation angoissée, à laquelle il avait déjà répondu. Et elle aussi, avait donné sa réponse. Ne venait-elle pas de dire : « Nous vous conduirons à la Nouvelle York, lorsque nous retournerons dans nos établissements de Gouldsboro », sanctionnant sa décision intérieure. Mais cela voulait dire : Adieu ! Adieu à jamais notre pays de France... Oh ! Molines, que dois-je faire ? »

L'intendant Molines ne semblait pas se préoccuper de la tempête qui se déchaînait dans le cœur d'Angélique. Une fois de plus, il avait ouvert son grand sac de tapisserie à ses pieds et, incliné, il en explorait avec méthode le contenu.

— Que cherches-tu dans ton grand sac ? demanda Honorine qui suivait ses mouvements avec le plus grand intérêt. La fillette avait toujours éprouvé une sympathie spontanée pour les vieillards et il n'y avait rien d'étonnant à ce que Molines, avec son autorité puritaine, sa sagesse non dénuée de hardiesse, ses façons un peu compassées, déférentes, lui plût.

— Je cherche un objet que j'ai apporté pour votre mère, demoiselle, répondit-il, et je gage qu'il ne sera pas non plus sans vous plaire.

Il se redressa en tenant quelque chose enveloppé soigneusement dans de la toile gommée bien cousue et lorsqu'il eut fait sauter les fils de la lame d'un petit couteau, on trouva encore des peaux souples à dérouler. Enfin, il tendit l'objet dégagé, un petit coffret oblong au couvercle arrondi, à Angélique.

— Oh ! s'exclama-t-elle. Ma boîte à trésors !

Elle la tenait sur ses genoux et reconnaissait le cuir repoussé, la petite clé dorée, et Molines expliquait qu'à son retour, quand il n'avait plus retrouvé que des ruines fumantes du château du Plessis, il y avait cependant une aile à peu près intacte, celle où heureusement se trouvait la chambre de la châtelaine et, dès lors, il avait jugé bon en attendant la réfection complète du château d'en retirer quelques bibelots ou meubles, qu'il avait mis à l'abri dans sa propre demeure, dont ces deux objets, dit-il en désignant aussi le rouleau accoté au mur, qui n'avait pour elle, il le savait, que valeur de souvenir, mais que pour cette raison même il avait voulu lui apporter dès qu'il lui avait été possible de la joindre en Amérique.

— Ma boîte à trésors !

Sous l'œil brillant de convoitise d'Honorine, elle en souleva le couvercle. Les objets étaient là, jalons de sa vie. Entre la plume du Poète Crotté et le poignard de Rodogone l'Égyptien, elle voyait la turquoise de Bachtiari-Bey et, à côté, ce caillou noirâtre c'était un morceau de la « moumie » du vieux Savary. C'était peut-être à cause de ce résidu de concrétions minérales de la liqueur sacrée des Persans la « moumie », qu'il s'échappait de la cassette une petite odeur fanée, une petite odeur de mort. Ces objets l'attendrirent, mais quand elle les souleva et les regarda les uns après les autres, elle les trouva comme allégés de leur contenu douloureux. Ce qu'ils évoquaient ne lui inspirait plus ni regrets, ni remords, ni souffrance. Si dramatiques, ou magnifiques qu'elles fussent, les images que leur vue faisait lever en sa mémoire ne la touchaient plus que comme le rappel d'une vie qui avait cessé de la faire souffrir pour se muer en ce qu'elle était simplement, c'est-à-dire : sa vie passée. Sa vie passée avec ses bonheurs et ses malheurs, mais passée.

Et si le passé venait de perdre un peu de son charme si mystérieux, ses forces à elle débarrassées comme d'un fardeau pesant lui apparurent plus neuves pour le présent.

« Tu vois », semblaient lui dire ces objets, dans leur docile matérialité, « tout s'arrange, on survit, et rien n'a été jamais aussi terrible, aussi insurmontable que tu ne l'as cru sur le moment ».

— Merci, Molines, fit-elle avec un sourire.

Elle se réjouissait de pouvoir montrer la célèbre « boîte à trésors » à Honorine, et de cette cassette mythique enfin retrouvée, elle lui ferait don, et Honorine s'envolerait au septième ciel, plus comblée que la plus comblée des impératrices, et elle se croirait parvenue au sommet de tout ce qu'elle pouvait attendre de meilleur de la vie et ne se déplacerait plus qu'avec ses deux coffrets sous chaque bras, celui de sa mère et le sien.

— Et cela ? demanda Angélique intriguée en voyant Molines prendre le rouleau et en couper les fils pour écarter l'enveloppe. C'était la toile d'un tableau que le vieil intendant déroula puis, se levant, alla appuyer au rebord d'une console afin qu'on pût le regarder de loin.

Se détachant avec ses vifs coloris dans la pénombre du petit salon, Angélique reconnut le tableau qu'elle avait commandé à son frère Gontran, le peintre, lorsqu'elle habitait Paris, et qui représentait le portrait de ses trois fils. Il y avait là Florimond vêtu de rouge âgé de dix à onze ans, Cantor que Gontran avait peint de mémoire car, à cette époque, le petit garçon, ayant suivi comme page le duc de Vivonne sur les galères du Roi, avait disparu en Méditerranée et, entre eux, Charles-Henri, le fils qu'elle avait eu de Philippe du Plessis-Bellière. Debout sur un « carreau » de tapisserie, le bébé de deux ans, dans sa robe blanche, ses boucles blondes s'échappant de son béguin brodé, étendait ses petits bras afin d'effleurer de ses doigts potelés et comme pour s'assurer de leurs présences, l'un et l'autre de ses demi-frères qui de chaque côté lui souriaient avec gentillesse : Charles-Henri, l'enfant qui devait mourir à quatre ans, égorgé par les soldats du Roi.

Elle se disait qu'elle l'avait moins aimé que ses autres fils, c'est-à-dire qu'elle n'avait pas eu le temps de s'en occuper. En ce temps-là, elle était requise, accaparée par le Roi et les fêtes de la Cour et l'enfant vivait en province, au château du Plessis-Bellière avec sa nourrice Barbe. Ensuite, quand elle s'y était trouvée en exil, les persécutés du Poitou venaient frapper à sa porte, et la présence de l'enfant lui était une crainte supplémentaire. Il lui rappelait ce mariage qu'elle avait fait pour se hisser jusqu'à la Cour, alors que son premier mari, son seul amour, était vivant de par le monde, sans qu'elle le sût.

Il lui rappelait par sa fragilité, sa propre fragilité à elle qui s'était attirée la colère du Roi et qui était responsable des malheurs qui allaient s'accumuler sur cette tête innocente.

« Prends garde au cygne, mon petit ! » C'était un jour où de la fenêtre du château elle l'avait aperçu devant l'étang. Il regardait un cygne qui s'avançait vers lui et le bel oiseau avait une attitude menaçante. Elle avait franchi l'escalier en courant. Elle avait couru, couru, craignant que l'animal ne se jette sur l'enfant et ne l'entraîne sous les eaux.

« Prends garde au cygne, mon petit ! »

Elle avait pris la menotte ronde du petit garçon et l'avait écarté de l'étang. Ils étaient remontés ensemble au château. Elle lui parlait en lui faisant des recommandations de prudence et il lui répondit d'une voix flûtée en trottinant à ses côtés.

— Oui, ma mère ! Oui, ma mère !

Ce jour-là, elle avait senti qu'il était vraiment son fils. Il lui était entré dans le cœur le pauvre petit et elle avait compris que, si, de le regarder souvent l'oppressait d'une émotion pénible, c'est qu'elle tremblait pour lui, l'enfant de Philippe, et qu'elle était accablée, au fond d'elle-même, par la tristesse de son destin.

Alors elle avait écrit au Roi, elle avait fait sa soumission, elle était prête à tout, lui disait-elle, à condition qu'il la sauvât de la tragique situation dans laquelle elle se trouvait, livrée avec ses fils aux exactions de l'armée dans sa province persécutée. Et elle avait remis la lettre à Molines et Molines était parti sur sa mule vers Paris, malgré les routes peu sûres, afin de porter le message à Versailles...

Mais la nuit suivante, c'était le drame. Les dragons du gros et terrible Montadour pénétraient dans le château du Plessis-Bellière, tuaient, violaient, incendiaient... Le petit Charles-Henri était mort, la gorge tranchée, dans les bras de sa nourrice.

NON, tout n'avait pas tourné si bien. La vie n'accorde rien sans prélever son tribut. Il y a quand même eu un enfant mort, se dit-elle. C'est la blessure inguérissable et qui vous appartient en propre et qu'on ne peut confier à personne. Et se confier n'apaiserait rien. « L'enfant m'appartenait en propre... Que serais-tu devenu, petit garçon, si l'on ne t'avait égorgé ? »

C'était aussi l'enfant en robe blanche que regardait Molines.

— J'ai voulu vous apporter ce tableau, dit-il, car c'est la seule effigie que nous possédons du dernier des Plessis-Bellière, descendant de la branche issue de Eudes III, compagnon de saint Louis. Je ne pouvais la laisser derrière moi.

Leurs regards se rencontrèrent. Ils se turent.

— Vous voyez bien, Molines, dit-elle enfin. Vous voyez bien que je ne peux pas aller au Roi. C'est impossible ! Comme pour vous d'abjurer...

Quelqu'un toussota près d'eux.

— J'ai songé que peut-être l'honorable vieillard aimerait qu'on lui serve un breuvage, émit la voix de Suzanne, il fait tellement soif dans notre pays...

Comme sortant d'un songe, ils considérèrent la jeune femme de Nouvelle-France, accorte et souriante devant eux.

Elle ébaucha une petite révérence.

— Oh ! tu as raison, s'exclama Angélique. Monsieur Molines, je vous reçois bien mal. J'ai été tellement bouleversée à votre vue. J'oublie les fatigues que vous venez d'endurer et que nous sommes au Canada et non pas au Plessis ou à Monteloup, à deux pas de votre demeure.

— Vous servirai-je du vin ? proposa Suzanne, ou de l'eau-de-vie de cidre de Banistère ou de la bière de la brasserie de Monsieur Carlon ?

— Rien de tout cela ! refusa le voyageur. Je préfère vivre en bonne santé. Si vous en avez, une « piquette » de pommes bien allongée d'eau fera l'affaire.

Suzanne descendit à la cave chercher une cruche de cervoise qu'on appelait aussi « bouillon ».

Ils continuaient de regarder le tableau des trois enfants, peint par Gontran de Sancé de Monteloup, frère d'Angélique.

— Votre frère était un grand artiste, reprit Molines de sa voix qui était demeurée très nette, seulement un peu plus sèche et feutrée. C'est un hasard étrange et malchanceux qui l'a fait naître dans une noble famille et désigné pour le métier des armes et le service du Roi et non pour broyer des couleurs comme un artisan.

» S'il avait été mon fils, il aurait pu faire une carrière ascendante. Il serait devenu un des assistants bien en place de M. Le Brun, lui-même fils d'artisan.

» Mais votre père, le baron, était pauvre et votre frère révolté. Issu de ce haut lignage qui remonte aux premiers rois capétiens d'Ile-de-France, il était contraint de descendre et il est descendu au plus bas. Il a rejoint le peuple des asservis et a fini par être pendu.

Molines hocha la tête à plusieurs reprises.

— ... Ah! Vous n'étiez point des individus faciles vous autres, tous tant que vous étiez. Les enfants de Sancé de Monteloup, issus du baron Armand et de la douce Adeline. Un couple simple. Mais voici qu'ils ont mis au monde une portée de jeunes loups avides. Il y avait de tout dans votre bande : des sauvages destriers, des ours intolérants, d'indomptables cavales... Il arrive ainsi qu'à travers les siècles et les générations la quintessence d'une race, de ses forces et de ses singularités, se retrouve, se rassemble en une seule famille. Vous étiez tous différents et pourtant tous semblables par quelques points. C'est pourquoi je vous ai regardés grandir avec intérêt, amusement et admiration.

— Vous situez Gontran parmi les ours intolérants ?

— Oui... mais visité des dieux et pouvant transmettre en images les rêves toujours imprécis des mortels. C'est pourquoi je crois que, devant son chevalet, ou sur ses échafaudages, tandis qu'il peignait les plafonds de Versailles parmi ses compagnons ouvriers, il a su être un homme heureux.

— Et Josselin ? Notre frère aîné. Lui aussi était un ours intolérant ! A dix-sept ans, il s'est enfui pour les Amériques...

— Oui, et sa disparition n'est pas sans soulever des complications dans la succession, pour votre frère Denis qui a repris les domaines. Car il était l'héritier par droit d'aînesse et sa mort n'a jamais été annoncée. C'est pourquoi il est aussi dans mes projets au Nouveau-Monde de retrouver sa trace. J'ai su qu'il n'avait pu demeurer parmi les adeptes du pasteur Rochefort, car, étant catholique, il n'avait pas sa place parmi eux. Nous aussi, huguenots, nous ne sommes pas tendres pour nos adversaires... Il se peut qu'on le retrouve ou sa descendance en Nouvelle-France.

— J'ai quelques idées là-dessus, dit Angélique. Mais je vous en parlerai plus tard. Il y a trop d'affaires à régler pour le moment. Je suis tout étourdie.

Suzanne revenait pour leur verser à boire et ils burent ensemble en silence tandis que le soleil entrait par la porte ouverte.

95

— EST-CE TOUT ? DEMANDA ANGÉLIQUE EN REGARDANT AVEC soupçon le sac inépuisable duquel l'intendant Molines, comme un joueur de tours du Pont-Neuf, venait d'extraire pour elle le meilleur et le pire, la puissance et la condamnation, l'enfance, la rébellion, les reliquats de sa vie, les catastrophes de l'Histoire en marche, le portrait d'un enfant mort, le souvenir d'un frère pendu et peut-être d'un frère vivant comme elle au Nouveau-Monde.

Malgré l'abondance et la variété de ses livraisons, il ne semblait pas en avoir terminé et, cette fois, il exhibait une autre lettre plus modeste d'aspect qui succéda dans ses mains à celle du Roi.

— C'est le billet dont m'a chargé pour vous Monsieur Desgrez, qui malgré son titre sans prétention n'en est pas moins l'adjoint de Monsieur de La Reynie, afin de vous le faire parvenir.

Angélique retint un élan de plaisir au vu de cette lettre et s'écarta un peu pour en prendre connaissance. Elle ne s'était pas trompée en envisageant que Desgrez se manifesterait.

Mais les lignes du policier la déçurent. D'un ton protocolaire et guindé, il avisait Madame de Peyrac qu'il avait bien reçu les ordres qu'elle lui avait mandés, qu'il s'était empressé d'en référer au Roi et qu'il espérait qu'elle était satisfaite de l'empressement avec lequel il avait servi sa cause. Elle pouvait en voir l'heureux résultat dans les courriers, dont il savait qu'ils arriveraient en même temps que ses lignes, pour leur apporter les plus heureuses nouvelles. Il terminait en l'assurant de son respectueux dévouement qui lui resterait fidèle, plein et entier, et réitérait qu'il prenait sur lui de témoigner de la joie de Sa Majesté à la pensée de la revoir bientôt, joie dont, en serviteur zélé d'un maître plein de bontés, il se réjouissait d'être l'instigateur... etc.

Elle fronça un peu les sourcils. Elle était déçue... Elle eût même trouvé à ses tournures de phrases un relent de flatterie écœurante, si l'exagération et la redondance des formules ne lui eût fait soupçonner que le vrai Desgrez montrait par là le « bout de l'oreille »... Après un moment de réflexion, elle reconnut qu'elle ne pouvait guère attendre une autre lettre d'un fonctionnaire de haut rang ayant servi d'intermédiaire entre le Roi et celle qu'il fallait considérer de « l'extérieur » comme une de ses favorites, s'étant montrée sinon volage, pour le moins vagabonde et rentrant enfin au bercail royal.

Elle-même quand elle lui avait écrit ne l'avait-elle pas fait en termes voilés, procédant par allusions, dans l'impossibilité de s'exprimer franchement ?

Alors elle comprit que la vie passait, que la roue tournait, que les amitiés se développent ou meurent au gré du sort. Le Roi changeait et devenait plus irréductible. Desgrez changeait et devenait plus inabordable. C'était comme si les cœurs fougueux de jadis, peu à peu, à l'image de certains éléments vivants de la mer, se recouvraient par étape de couches opaques et pierreuses, qui les rendaient plus lourds, moins transparents. Elle pouvait imaginer que, rencontrant Desgrez à Versailles, il lui aurait présenté la même face rigide que celle qui se devinait derrière les mots. S'il restait un peu de l'ancien Desgrez en lui, peut-être se serait-il risqué à lui adresser subrepticement un clin d'œil, à supposer qu'un instant ils fussent seuls, hors du faisceau des mille regards du Roi, des courtisans, des valets, des pages, des gardes...

MOLINES présenta son verre à Suzanne qui s'approchait avec la cruche à la main.

— Encore de cette boisson, ma fille. Elle me convient à merveille.

— Mangeriez-vous un morceau, Monsieur ? s'enquit-elle. Je vous vois traiter d'importantes affaires sans discontinuer. Vous devez être fatigué.

— Que nenni ! Le travail m'a toujours soutenu autant qu'un repas, et de plus mon hôtesse de l'auberge sur le port m'a honoré ce matin d'un potage aux fèves et de diverses jambons auxquels je n'ai pas eu tout l'héroïsme suffisant pour résister. Surtout après le biscuit de mer arrosé de cidre pourri que l'on déguste sur les navires, de telles agapes pantagruéliques vous persuadent, que si, il faut bien le croire, on a touché ici la terre d'Amérique, on y retrouve la doulce France en ce qu'elle a de meilleur : le contenu de ses marmites.

— Resterez-vous avec nous, Monsieur ? s'enquit la jeune Canadienne. L'air du Canada est si bon, et les eaux si miraculeuses, on y vit jusqu'à cent ans !

Le vieillard à cheveux blancs, qu'elle sentait actif et entreprenant, lui plaisait.

— Non, fit Molines, en secouant la tête, et croyez, ma petite, que je le regrette, mais je ne peux pas m'installer en Nouvelle-France...

— Pourquoi donc ?

Il sourit, un peu amer.

— Parce que je suis marqué de la tache originelle !

Tandis qu'Angélique repliait lentement la lettre de Desgrez, Molines retira encore de son inépuisable sac une planchette percée, au coin droit, d'un trou dans lequel il enfonça un flacon d'encre. Il dévissa le bouchon et posa cet écritoire portatif sur ses genoux. D'autre part, dans un plumier de bois il avait pris une plume d'oie soigneusement taillée. Il la plongea dans l'encre et la tint en l'air, prêt à écrire.

— Oublions la tache originelle fit-il. Pour lors, je suis au Canada, loin de tout contrôle et bardé de sauf-conduits signés du Roi lui-même qui me rendent intouchable et qui contraignent les plus élevés de ces fonctionnaires papistes à s'incliner devant ma sombre dégaine de parpaillot. Et vous, vous êtes la toute-puissante bien-aimée d'un souverain qui a appris à se faire obéir. Profitons-en, Madame.

Il eut un sourire patelin, qu'il affichait lorsqu'il méditait un mauvais tour à exécuter sous le couvert des lois, lesquelles se verraient contraintes de l'entériner.

— ... Les libéralités de Sa Majesté demeurent en vigueur jusqu'à nouvel ordre. Et cet ordre n'est pas près de nous rejoindre. Nommez-moi vos ennemis, Madame. Dans quelques heures ils peuvent être suspendus de leurs fonctions, arrêtés, jetés en prison...

Angélique se sentit prise au dépourvu.

Quelques semaines auparavant elle eût peut-être nommé

Saint-Edme et Bessart, afin qu'ils soient mis hors d'état de nuire, et renvoyés en France sous surveillance, avec demande d'incarcération à l'arrivée, mais ils étaient morts et elle devinait que Vivonne, sous son faux nom, méditait de négocier son retour à la Cour dans le sillage de leur protection. Garreau d'Entremont ? C'était un bon policier honnête. Il refermerait son dossier Varange.

Bérengère-Aimée de La Vaudière et son tâtillon de mari ? Avait-elle vraiment à se venger d'eux ?

Le Jésuite, qui leur avait déclaré la guerre, avait disparu au fond des forêts et sa conspiration pour leur nuire à Québec avait fait long feu.

« Québec ! Chère petite ville. Toi qui me resteras afin que je puisse venir y respirer l'air de France... »

Angélique secoua la tête.

— Je n'ai personne à vous nommer, Molines, ici nous n'avons que des amis...

96

— BIEN ! FIT MOLINES AVEC REGRET. IL REFERMA SON PLUMIER, son encrier et jusqu'à son grand sac en tapisserie une fois qu'il y eut remis ces divers objets. Puis il entreprit de fouiller dans les poches de son gilet et de son habit.

— Ah ! voici ! Encore un message ! Je ne sais s'il vous concerne.

Il lui présentait un morceau de papier froissé et sali.

— A l'heure où sur les quais de Honfleur je m'apprêtais à monter à bord de mon navire, un pauvre hère toucha mon bras et me dit : « Je sais où vous allez, grand-père. Quand vous la verrez, remettez ce message à la Marquise des Anges. » Sur l'instant je crus aux importunités d'un ivrogne ou d'un mendiant. Mais ce vocable de Marquise et le mot « ange », je ne sais pourquoi me fit penser qu'il y avait peut-être corrélation avec votre personne. Votre vie a été si mystérieuse et je ne peux me vanter d'en connaître tous les détours.

— Vous avez bien fait.

Angélique tendit la main et prit le billet. L'écriture lui était inconnue. Il n'y avait pas de signature.

Elle lut

« *Sous le pont Notre-Dame, la Seine coule verte et murmurante*
Elle t'attirait en ce matin,
Tu y voyais briller des fleurs et des jardins.
Tu oubliais, à sa lumière,
Combien noire et malodorante
Est la vase des rivières
Et pour finir tes misères
Tu rêvais de ce lit-là
Je vins et te pris dans mes bras
Mais souviens-toi
Et connais-toi
Car pour t'épargner ce lit-là
Je ne serai pas toujours là. »

C'était dans le style des chansons que le Poète Crotté composait à « vingt la douzaine » et que le père Hurlurot et la mère Hurlurette braillaient au coin des rues, en pleurant et en s'accompagnant d'un violon.

Si elle n'avait pas su que le poète des bas-fonds de Paris était mort depuis longtemps, bel et bien mort et pendu, elle aurait certifié que cet écrit émanait de lui. Mais si ce n'était lui, c'était à coup sûr d'un frangin de la Cour des Miracles, quelqu'un qui pouvait connaître à la fois son surnom de Marquise des Anges et savoir ce que Molines allait faire au Canada.

Le nom du scripteur était caché derrière le souvenir évoqué, seulement connu d'elle et de lui. Qui pouvait être ce « lui » ? Qui était venu et l'avait prise dans ses bras... pour lui faire oublier... les misères... qui lui donnaient envie de mourir et se laisser aller au fil de la Seine « verte et murmurante... » Sur le pont Notre-Dame... Un pont que l'on traversait par une ruelle étroite, entre deux rangées de maisons à pignons. Qui donc habitait sur le pont Notre-Dame ?

Le nom surgit dans un éclair, avec le souvenir : DESGREZ.

Un jour de la fenêtre de sa chambre, elle avait regardé la Seine, en rêvant de mourir Et il était venu. Et à sa façon, il lui avait redonné goût à la vie ce policier du diable.

Elle sourit.

Dans la lettre officielle signée de sa main et qui pouvait être interceptée par des espions, il n'avait exprimé que des lieux communs. Ces phrases anodines ne l'engageaient à rien, elles montraient simplement qu'il connaissait Madame de Peyrac Mais ce billet-là anonyme c'était le clin d'œil de l'ami

Mais aussi un avertissement. Et la preuve qu'il ne se

déplaçait que dans un réseau de méfiance et de pièges, qui l'obligeait aux combinaisons les plus hasardeuses afin de l'atteindre et de lui faire entendre son avis.

Or, son avis c'était... qu'il y avait danger pour elle à revenir.

Dans l'autre lettre, il s'empressait, se félicitait que Madame de Peyrac fût bientôt de retour.

Dans ce billet, il lui rappelait qu'elle pourrait bien finir ses jours dans la Seine... Façon de dire que sa vie était menacée.

Cependant il comprenait sa tentation.

> « *Tu y voyais briller des fleurs et des jardins...*
> *Et tu oubliais... combien noire et malodorante...*
> *est la vase des rivières..* »

Un avertissement ! A elle d'en tenir compte. Elle pouvait revenir, mais à ses risques et périls.

Il ne lui disait pas : « Méfie-toi ! » Mais « Connais-toi ! »

Il voulait dire : « Si tu es de force, si peu t'importe de replonger dans les noires et glaciales vilenies. Si ton armure est aujourd'hui d'un métal si bien trempé qu'aucun des coups qu'on te portera ne pourra plus t'atteindre, ni te pousser au désespoir et au dégoût, comme en ce jour-là où tu étais prête à te jeter dans la Seine pour en finir avec la vie. Si, au sein des jardins et des fleurs qui cachent tant d'intrigues et de dangers, tu te sens faite pour vivre la gloire qui t'attend, n'ayant rien d'autre à perdre que ta vie et prête à cela pour te trouver au sommet dans le rayonnement du Roi, alors reviens ! Mais sache que tu seras seule, car, moi, Desgrez, je ne serai pas toujours là... »

Il voulait qu'elle comprenne qu'il n'était lui-même qu'un policier avançant dans les souterrains fangeux du crime où sa vie et ses plans étaient sans cesse remis en question, qu'il était menacé aussi bien par les rapières des truands qu'il pourchassait, que par le poison des sorcières qu'il débusquait, et dans la meilleure perspective, par la disgrâce et l'éloignement obtenus à force d'intrigues des grands qu'il commençait à inquiéter.

En somme, il voulait lui faire entendre qu'il pourrait encore moins la défendre qu'autrefois. Il était dans une position trop fragile. Trop surveillé et trop fort et trop redouté. Et pourrait-il se permettre seulement devant le Roi ce clin d'œil de l'amitié ancienne ? Ou une brève rencontre au coin d'une rue obscure, le manteau couleur de muraille sur le visage, elle masquée, pour se dire « Salut, Marquise des Anges !... » — « Salut, grimaud du diable... » Fini tout cela.. Il approchait des « intouchables ». Il allait prendre dans ses rets la déesse de l'olympe, Athénaïs...

Quant à Angélique, elle ne se faisait pas d'illusions. Le Roi ne renoncerait pas à sa conquête. Les premières joies et griseries du retour passées, les escarmouches recommenceraient. Le Roi saurait vite qu'il n'était pas aimé comme il rêvait de l'être. La souffrance l'aigrirait. La jalousie, l'envie envers son rival, toujours détesté : Joffrey de Peyrac.

Et tout recommencerait.

Et il serait trop tard pour courir vers les rivages et tendre les bras vers la mer en suppliant tout bas « Emmène-moi ! Emmène-moi ! »

Ce n'était pas la peine d'avoir tant souffert pour gagner la liberté.

QUAND elle cessa de dialoguer en pensée avec le policier Desgrez et que, relevant les yeux, elle s'évada en même temps de la maison du pont Notre-Dame et des ruelles ténébreuses de Paris où résonnait l'écho des lames entrechoquées et les cris d'agonie ; quand elle cessa de voir couler la Seine « verte et murmurante » et de respirer les émanations de sa vase nauséabonde, à l'odeur du péché des hommes, elle vit que l'intendant Molines était parti. Il avait annoncé qu'il allait visiter le Gouverneur.

La tablée de midi semblait nombreuse et animée. A part les enfants, elle ne remarqua personne de ceux qui y avaient pris place.

Malgré les instances de Suzanne, elle ne put avaler une bouchée ce qui lui prouva qu'elle avait profondément changée, car autrefois les émotions lui donnaient faim. Elle monta jusqu'à sa chambre, s'assit devant sa petite table et écrivit.

« *Mon amour, il faut que je vous parle, il faut que je vous voie. Je ne sais plus que faire. Où vous irez, j'irai. Où vous demeurerez, je demeurerai. Vous êtes mon seul amour...* »

Puis elle déchira la missive en craignant que Joffrey ne la jugeât aussi folle que sibylline Elle griffona un autre mot à son adresse : « *Pouvez-vous me recevoir dans l'après-midi ?* » qu'elle fit porter au château de Montigny.

Peu après Kouassi-Bâ se présenta avec un pli cacheté contenant la réponse du comte où celui-ci, en termes volontairement solennels avertissait la comtesse de Peyrac qu'il la recevrait volontiers en son manoir de Montigny en fin d'après-midi, entre la fin des vêpres et le début du salut, soit de 5 heures à 6 heures.

Il affectait de répondre sur le même ton gourmé qu'elle avait adopté.

« Il plaisante », se dit-elle en froissant le papier. « S'il savait à quel point tout cela est grave... Je ne vois pas d'issue. »

Reprenant le message, elle y posa ses lèvres. « Je l'adore ! » Elle n'aurait pas voulu peser sur sa vie, ni se montrer désemparée au moment où, fort et vainqueur après une lutte tenace et longue, il touchait enfin au but. Elle aurait voulu se taire, revenir aux premières illusions de la veille. Mais la visite de Molines l'obligeait à regarder en face la réalité d'un avenir qu'elle ne percevait que trop clairement entre les chausse-trappes de l'acceptation et les conséquences désastreuses du refus.

Un bruit ténu au-dehors lui fit lever les yeux. Il pleuvait malgré le soleil et, à travers la dentelle verte des feuillages, les jeux du prisme étaient de nacre et de perles.

Angélique attendit l'heure du rendez-vous en retournant entre ses doigts une monnaie d'or très ancienne, du règne de Béla III de Hongrie qu'elle avait retrouvée au fond de la cassette aux trésors. La pièce lui avait été donnée par le prince rebelle Ragosci, celui qui un jour lui avait dit : « Vous avez la tête de l'archange vengeur, incorruptible, celui qui tient le glaive de la justice et tranche les liens visqueux des compromissions. Votre regard transperce. Les êtres se sentent nus devant vous. Il n'y aura pas de prison trop profonde pour éteindre cette lumière-là. Prenez garde ! »

On frappa à la porte et c'était Bérengère sanglotante

— Ne ruinez pas nos vies !

— Mais... l'idée ne m'en a jamais effleurée.

— Vous le pouvez maintenant. Le comte de Peyrac et vous avez tous pouvoirs désormais...

— Qui vous l'a dit ?

— Le bruit s'en répand

— On exagère. Il s'affirme seulement que la politique de Monsieur de Frontenac a été approuvée par le Roi et qu'il désire nous voir à Versailles.

— On raconte beaucoup plus que cela, murmura Bérengère

Elle secoua la tête, répondant à des réflexions personnelles qu'elle avait dû ressasser dans l'amertume.

— J'avais raison de savoir que cet homme triompherait . le comte de Peyrac. J'ai l'intuition de ces choses-là. Ah ! que je le deteste

— Pourquoi ?

— Il m'a dédaignée.

— Ce n'est pas faute pourtant d'avoir ménagé vos efforts.

— Il m'a fait vraiment souffrir par son indifférence

— Vous ne voudriez pas que je vous en plaigne ?

— Vous seule comptiez pour lui.

— Devrais-je le regretter ?

Percevant enfin la nuance ironique, Berengère leva les yeux au-dessus de son mouchoir.

— C'est étrange ! fit-elle. Mais vous êtes tous deux si remarquables qu'on éprouve de la difficulté à vous considérer comme mari et femme... Vous êtes liés, mais par d'autres liens que celui du contrat conjugal. On vous sent complices, amis, amants. C'est différent. C'est autre chose. Sans cesse, j'oubliais qu'il était votre époux.

— J'aurais souhaité que vous vous en souveniez plus souvent. Votre jeu parfois m'a déplu.

— Etait-ce un jeu ? Ou bien alors c'est que je m'y suis laissé prendre presque aussitôt. J'imaginais mal qu'il puisse exister un homme tel que lui, un vrai homme. Je me suis conduite comme une péronelle éblouie, mais il m'a quand même parlé, n'est-ce pas ? Et quand il me parlait, il s'adressait à moi ? Et il me voyait ?

— N'en doutez pas ! C'est un galant homme.

— Alors, j'aurai eu cela, dit la jeune femme tristement. Mais j'étais folle. J'aurais dû comprendre que près de vous je n'avais aucune chance. En toute circonstance, vous demeurez éclatante et belle. Moi, dans six ans j'aurai l'air d'un pruneau sec. Le froid m'est nuisible...

— Moins que de vous tourmenter de l'aspect que vous aurez dans six ans.

— J'ai vingt-huit ans. C'est tard si l'on n'est pas encore parvenu à faire parler de soi pour espérer un jour briller. Et pourtant, j'aurais tellement voulu connaître, ne serait-ce que pour un temps, la souveraineté de la célébrité. Avancer sous le feu des regards qui vous font exister. L'admiration, la jalousie l'envie, la haine peut-être, mais n'est-ce pas délicieux ces désirs qui crépitent autour de vous comme un feu, et qui vous apprennent que vous êtes belle, vivante, riche toute cette gloire autour de votre personne unique ? Et que vous avez connue vous, cela se sent, et c'est pourquoi vous séduirez toujours... N'avons-nous pas besoin, nous autres femmes, de connaître cela, au moins une fois dans notre vie ?

— Oui, vous avez raison.

Bérengère renifla, étonnée

— J'ai raison ?

— Mais oui, ma chère enfant.

— Oh ! ne faites pas votre duègne. Cela ne vous va pas du tout. Vous qui dominez le monde vous pouvez vous permettre de mépriser ces rêves qui me sont inaccessibles.

— Vous n'avez déjà pas mal joué votre partie et je vous approuve de vouloir poursuivre ce chemin. Toute femme, en effet, a besoin d'y réussir un jour. Mais, en ce qui concerne les hommes, je voudrais vous faire une remarque. On s'étonne de vous voir envieuse, car vous avez un époux jeune, beau, bien fait... assidu à faire carrière.

— Il est assommant.

— Pas autant que vous ne voulez vous en persuader afin de vous donner bonne conscience... Il est même, lui aussi... très distrayant à sa façon... Il plairait en haut lieu. Pourquoi ne brigueriez-vous pas tous deux des charges qui vous feraient graviter dans les parages du trône ? Les gens industrieux y sont bienvenus... et les jolies femmes aussi.

— Il faut de la fortune.

— On m'a dit que vos parents étaient morts. N'allez-vous pas toucher votre part d'héritage ?

Bérengère-Aimée sécha ses larmes et commença de réfléchir à la question.

— Vous nous recommanderiez ?

— Dans la mesure de notre influence. Mais n'y comptez pas trop. Faites confiance plutôt à vos charmes et à vos ambitions. Vous avez de la naissance et vous plairez sans y tâcher. Cependant je pourrai vous donner une lettre pour une ancienne amie : Madame de Maintenon, qui est la gouvernante des jeunes princes du sang.

— Vous feriez cela pour moi ?

— Oui ! Et maintenant cessez de penser à moi, à ce que je suis et à ce que vous n'êtes pas. Avertissez votre mari et préparez vos bagages. Et n'oubliez pas : c'est à la porte de Madame de Maintenon qu'il faut frapper.

97

LA PLUIE TRAVERSÉE DE SOLEIL TOMBAIT ENCORE LORSQU'ELLE atteignit la manoir de Montigny.

En pénétrant dans l'appartement de Joffrey, elle

rabattit en arrière la large capuche de sa mante et ses cheveux perlés d'humidité, ses joues mouillées, accentuaient l'effet de fraîcheur et de vivacité qui émanait de sa personne.

Sans savoir pourquoi, cela lui parut incroyable de trouver là Joffrey de Peyrac qui l'attendait.

— Ah ! qu'il me tardait de vous voir, s'écria-t-elle. J'ai compté les minutes qui me séparaient de ce rendez-vous.

— Et pourquoi ne pas l'avoir devancé ?

— Je vous sais très occupé et requis par mille tâches maintenant que...

— Quelle retenue soudaine vous saisit ?

— Je voulais être certaine de vous trouver...

— Voilà qui est nouveau ! Vous ne vous êtes jamais embarrassée que je sache auparavant de me chercher à travers la ville et de me trouver où que je fusse, dès l'instant où vous le souhaitiez..

— Je voulais aussi être assurée que vous disposiez d'une heure à m'accorder.

— Que signifie ce langage ? Suis-je devenu pour vous un ministre dans l'antichambre duquel vous devez prendre rang ? Dieu merci ! Nous n'en sommes pas encore là.

Angélique se mit à rire.

— Oui, Dieu merci ! Nous ne sommes pas encore à Versailles.

Et son regard se remplit de sa vue. Dieu merci ! il était encore à elle. Elle pouvait encore le préserver, le retenir.

La lumière tendre du soleil qui entrait à flots par la fenêtre, tamisée par les feuillages, ajoutait une douceur à l'aménité de son brun visage, à la gaieté mordante de son chaud regard.

Dans ce halo rayonnant, elle l'imagina, comme dans la vision qui la hantait depuis le matin, lorsqu'il se tiendrait debout devant le roi, parmi l'étincellement des miroirs, des ors et des marbres de ce palais édifié pour la gloire de Louis XIV et sous les yeux de cette Cour imbécile.

D'un élan elle courut à lui, l'entourant de ses bras.

— Oh ! mon chéri ! Mon chéri ! Non, jamais ! Cela est impossible ! Mon amour !

Elle enfouit son visage dans les plis de son vêtement, et elle l'étreignit comme si elle se fût cramponnée au seul pilier inébranlable qui demeurât solide alors que la terre tremblait, le seul arbre indéracinable dans la tempête, la seule bouée dans la mer démontée. Elle se réfugiait contre son cœur, dans l'obscurité du bien-être et la tiède et familière odeur qui émanait de lui, son parfum d'homme qui le décrivait de façon si subtile mais impérieuse aussi, vivant, et elle en était grisée comme du plus capiteux des parfums d'Orient qui troublent l'esprit et les sens. C'était tout le charme de leur vie commune, des étreintes merveilleuses et des bonheurs et des douleurs qu'elle avait connus par lui qu'elle respirait dans ses bras et qui l'étourdissaient et la faisaient défaillir, anihilaient sa pensée.

Il la serra plus fermement contre lui comme pour la soutenir et se persuader qu'elle était là, réfugiée en lui. Elle sentit que son visage s'inclinait et qu'il posait sa joue contre ses cheveux.

— Ainsi, fit-il, le Roi ne renonce pas ?

— Il ne renonce pas, s'écria-t-elle avec désespoir. Il me veut ! Il me veut !... Il ne renonce pas et il ne renoncera jamais...

— Vous avouerais-je que je le comprends et qu'à sa place j'en ferais autant ?

Angélique poussa un gémissement consterné.

— Mais tout cela est grave, Joffrey. Il n'y a pas de quoi plaisanter.

— A mon sens je ne vois pas où se situe la tragédie ?

— Mais, ne comprenez-vous pas ? Il exigera que je vive à Versailles, que je sois sans cesse présente, que j'assiste à toutes les cérémonies et que je lui donne mon avis en tout, que je sois la plus belle, la mieux parée, la plus enviée, admirée...

— Et ces perspectives d'une souveraineté sans égale ne vous enchantent-elles pas ?

— J'ai goûté de leurs enchantements ! En vérité j'aurais retrouvé Versailles avec joie car l'on ne peut s'imaginer rien de plus beau, séduisant, enchanteur, oui, que ce que le Roi, fils du Soleil, a su créer pour le plaisir des yeux, la volupté de vivre pour donner à goûter à ceux qui l'entourent ce qu'il y a de plus raffiné et de plus nouveau dans l'expression des arts et de la fête. Mais il me faudra payer trop cher la jouissance de ces agréments. Le Roi me couvrira de présents et de faveurs, d'honneurs et de prépondérances, au point que je ne pourrai plus respirer...

— Ni courir d'un pied léger où bon vous semble, je comprends... Mais ne noircissez-vous pas le tableau ? Le Roi devenu sage ne pourra-t-il se contenter de vous apercevoir, accepter que vous ne soyez que l'une des parures de sa Cour, sans autre exigence ?

— Non ! Je ne le crois pas. Je connais le Roi, sa complexion et son orgueil ne font pas de lui un amoureux qui se contente de sourires, de flatteries et de dérobades. J'ajouterais que je porte au Roi trop d'estime pour jouer auprès de lui ce jeu déshonnête... et dangereux. Je n'y serais pas habile... Bien vite, le Roi saura qu'il n'est pas aimé comme il le souhaite... et il ne pourra le souffrir... et tout recommencera...

— Et pourtant, dit Peyrac d'un air songeur, je pressens que la passion du Roi est devenue au cours des années d'une nature si avide et transcendante qu'il est prêt à toutes les concessions pour seulement vous revoir. Et peut-être ne vous revoir qu'une fois.

— Il se l'imagine mais... je sais qu'il se leurre... Et qu'une fois que le piège se sera refermé sur nous, il voudra toujours plus.

Soudain, elle s'écarta de son mari avec effroi.

— ... Dois-je comprendre que vous êtes prêt à me livrer au Roi d'un cœur serein ? Ah ! Vous ne m'aimez plus ! Je le savais. Eh bien partez ! partez ! Allez reprendre vos fiefs... Je ne vous suivrai pas...

Puis elle se jeta dans ses bras en l'étreignant de nouveau.

— ... Non ! Non ! Je ne pourrai pas... Où vous irez, j'irai... Où vous demeurerez, je demeurerai... Et il arrivera ce qui arrivera... Mais je ne peux pas vivre sans vous.

Joffrey de Peyrac referma ses bras autour d'elle.

— Ne tremblez pas ainsi, mon amour. J'ai voulu éprouver votre attachement pour moi... Les dieux ne m'auront donc pas été défavorables jusqu'au bout, puisque m'ayant suscité un rival en tout plus heureux que moi, ils l'auront marqué d'une disgrâce sans appel : ne pas vous plaire. L'étincelle mystérieuse jaillit ou ne jaillit pas. Tout l'or du monde ne peut l'acheter. Le roi aujourd'hui est sincère. Il se croit pour l'heure capable de plus d'abnégation qu'il n'en montrera quand vous serez devant lui. Et vous avez raison de ne pas vous leurrer... Et de prévoir les dangers qui naîtront de ces dispositions ambiguës.

— Mais qu'allons-nous faire ?

— Tout dépend de votre volonté, ma chère. Et soyez assurée qu'elle ne sera contrainte en rien. Rester ? Partir ? Vous êtes libre d'en décider. Et votre décision sera celle qui me conviendra, car je considérerai votre jugement comme le signe de ce qu'il est juste, équitable, prudent et heureux d'accomplir. Ainsi s'exécutent les guerriers iroquois lorsque le Conseil des femmes a décidé de la guerre ou de la paix, et aussi, de quitter un lieu pour un autre, d'abandonner un village pour en bâtir un nouveau, des séparations entre familles, entre tribus, du temps de repos ou du voyage... toutes décisions acceptées par l'homme, car la femme n'est-elle pas reliée aux astres et aux forces telluriques, et de ce fait « avertie » mieux que le brave qui est né pour frapper... Encore que je soupçonne ces dames de profiter parfois de la docilité de leurs guerriers pour contenter une envie de bougeotte, un besoin de visite à des amis lointains, ou cette irrésistible curiosité qui vous pousse à aller voir derrière la montagne là-bas si le maïs n'y vient pas plus doré Mais ces caprices font le charme des femmes.

— Et... Et vous ? balbutia-t-elle. Vos intentions ? Vos projets ?

— Ils dépendent de votre bon plaisir.

— Et si je souhaitais revenir à Versailles ?

— Je vous accompagnerais...

— Malgré tous les dangers ?

— Malgré tous les dangers...

— Et l'ennui de cette vie si peu faite pour vous ?

— C'est vous qui êtes faite pour moi et vous ne m'ennuyez jamais. Écoutez encore... Nul ne peut m'accuser d'avoir gaspillé mes talents, de ne pas les avoir fait fructifier. J'ai mené toutes les luttes et me suis accordé toutes les satisfactions qu'un homme peut rêver. Si aujourd'hui celle de vous voir, de vivre à vos côtés, de vous avoir près de moi pour le bonheur de mes jours et de mes nuits, domine les autres, je ne m'en priverai pas.

Il prit son visage dans ses mains.

— Où vous irez, j'irai ! Où vous demeurerez, je demeurerai...

— Vous êtes fou ! Aucun homme ne peut tenir un tel langage.

— Pourquoi ? Au nom de quelle sottise ? N'ai-je pas satisfait maintes fois aux conventions qu'impose la servitude de maître ? La vie recommence sans cesse. Mais je sais aussi qu'elle n'est pas sans fin... Une nouvelle page s'ouvre pour nous... N'est-ce pas mon droit de ne vouloir la vivre qu'avec vous, sans perdre un instant de vous ?

Elle le fixait d'un air incrédule, presque hagard.

— C'est à vous de décider, répéta-t-il, prononcez-vous, Madame !

Angélique eut brusquement l'impression qu'au fond d'elle-même une porte s'ouvrait comme poussée par un grand vent frais plein de soleil. A cette clarté, elle vit ce qu'elle souhaitait.

Joffrey insistait.

— Parlez ! Quel est votre bon plaisir, Madame ?

98

— RESTONS EN AMÉRIQUE, DIT-ELLE. NOUS Y AVONS DES AMIS, des gens qui ont besoin de nous, qui ont besoin de votre science, et de votre bon vouloir. Lorsque j'aurai par trop la nostalgie de la France, je viendrai à Québec et Mademoiselle d'Hourredanne me lira les derniers potins de Versailles. Et nous devons aussi aller à Salem, et à la Nouvelle-York et à Orange. Car Outtaké m'attend aux Cinq-Nations. Je sais qu'il m'attend pour me montrer un jour la vallée des Cinq Lacs. Comment ai-je pu oublier un instant l'espérance de ce pauvre sauvage ?

— Nous irons.

— Et puis je voudrais aussi que nous ayons encore un enfant.

— Nous l'aurons !

Comprenant alors que ce qu'elle venait de dire scellait leur sort de ce côté de l'océan, Angélique ferma les yeux et s'abandonna dans ses bras, prête à défaillir sans qu'elle pût comprendre si la vague qui la soulevait et l'emportait venait d'une sensation cruelle ou délicieuse. A nouveau l'Europe s'éloignait comme un gros radeau pesant, dans des brumes lourdes et qu'elle éprouvait malsaines, hostiles.

Elle pensa avec un sentiment de victoire : « Ainsi, il n'ira pas à Prague ! » Et peu à peu lui apparut la signification de ce qui venait de se passer.

L'homme qu'elle serrait dans ses bras avait jeté dans la balance avec désinvolture tout ce qui faisait sa vie, tout ce qui pouvait le tenter, lui apparaître dans un sens ou l'autre désirable, prometteur pour lui.

Il ne se désintéressait pas de ses œuvres, il était prêt à les poursuivre où qu'il fût, mais il proclamait que la seule chose qui comptait pour décider de sa voie, c'était ce qu'elle déciderait, elle, Angélique, parce que pour lui c'était elle seule qui comptait.

Elle s'entendit rire, d'un rire en cascade, si gai, si spontané, qu'elle en fut comme surprise.

— Je suis folle de rire ainsi. Que m'arrive-t-il ?

— C'est le rire du bonheur, fit-il.

Il se pencha et l'examina avec une tendresse infinie.

— ... J'aime tant vous entendre rire... Longtemps ce ne fut

que trop rare... Puis, c'est plus souvent ici que je vous ai vue joyeuse... Mais ce rire-là, c'est la première fois que je vous l'entend... C'est le rire de la joie d'aimer, de la joie d'être. Il fuse irrésistible et presque malgré soi. Il signifie que quelqu'un en vous, presque inconnu, vient de recevoir une réponse d'amour qu'il attendait sans l'espérer, une assurance dont il doutait, et qu'il en ressent... une délivrance.

— Oui, c'est vrai. Je dois me retenir pour ne pas rire à perdre haleine.

— C'est le rire des femmes quand elles s'envolent.

— Ah ! Vous êtes trop savant sur les femmes.

— C'est que je les possède toutes en une seule : VOUS !

Une délivrance... Oh ! Merveille ! Mais que pouvaient comprendre seuls, lui et elle.

— Oh ! Joffrey, nous sommes fous. Nous rions et pourtant ne venons-nous pas de déchaîner sur nous la colère du ciel ?

— La colère de l'Olympe, voulez-vous dire, comme ces amants trop charnels et trop absorbés l'un par l'autre qui oublient, dans leur adoration mutuelle, celle qu'ils doivent aux dieux, délaissés là-haut dans leurs nuages, amants imprudents qui attirent sur eux les foudres vengeresses.

— Joffrey, j'ai peur. C'est vrai, je me sens éperdue de bonheur et comme grisée, mais je ne peux m'empêcher de mesurer les conséquences de notre geste. C'est facile de dire : Nous renonçons, nous ne reverrons pas le royaume de France, nous ne retournerons au pays de notre enfance et de notre jeunesse, nous ne rebâtirons pas nos demeures ruinées et nous serons heureux de notre bonheur à nous. Mais le Roi nous attend. Il nous a comblés de faveurs. Pouvons-nous, après avoir été l'objet d'une aussi éclatante réhabilitation, nous dérober ? Il ne met pas un instant en doute que nous n'accourions à son appel, au moins pour le remercier et lui manifester notre reconnaissance. J'ai noté qu'aucune cérémonie de vassalité ne semble exigée de votre part... ni de la mienne, mais il attend que le comte de Peyrac vienne reprendre possession de ses biens et moi de mon douaire. Pour nous rétablir dans nos droits, quantité de pièces ont dû être exhumées, examinées, signées, contresignées, quantité de lois avancées, contournées, et elles le furent car le Roi l'exigeait. Comment va-t-il supporter notre désaffection ? Je retourne en vain ce dilemme dans ma tête, depuis ce matin. Plus encore peut-être que de ne pas nous voir nous présenter lui sera sensible l'affront que nous lui infligeons en faisant fi de ses bontés et de sa clémence. Et comment échapper, ne serait-ce que pour conserver viables ici, en Amérique, nos alliances, et le fruit de nos travaux, aux manifestations incalculables de sa rancœur ?

Cette fois, Joffrey ne semblait pas prendre ses remarques à la légère.

Il la laissa aller et elle prit place dans un des grands fauteuils, tandis qu'il réfléchissait tout en marchant de long en large.

— En effet ! acquiesça-t-il, on ne refuse pas le pardon d'un roi, on ne fait pas fi de sa magnanimité, on ne considère pas comme négligeable le temps et les soins qu'il a apportés à l'examen de vos affaires, sans l'offenser gravement. J'y ai songé, moi aussi. Comment, me suis-je demandé, ne pas répondre à son invite, et ne point le blesser par le refus de ses faveurs, ajoutant à cela un débat inextricable, car en dédaignant ce qu'il nous rend, nous laisserons des biens à l'abandon, des charges non remplies, un désordre auquel on ne peut remédier rapidement et dont le Roi sera tenu responsable... Sa colère est inévitable... A moins que...

Il alla jusqu'à la fenêtre, se pencha comme s'il guettait quelqu'un. Puis revint.

— J'y ai songé et je crois avoir conçu un plan qui, tout en réservant notre liberté, ménagera son amour-propre de souverain, quelqu'un peut m'apporter la solution.

Retournant se pencher à la fenêtre, il eut une exclamation satisfaite.

— Le voici !

99

PEU D'INSTANTS PLUS TARD, UN PAS VIF FIT SONNER LE DALLAGE DU vestibule. D'alertes jambes escaladèrent les marches de l'escalier, et la porte ouverte dans un élan, sur le seuil apparut Florimond.

— Vous m'avez fait demander, mon père ?

Joffrey de Peyrac lui sourit. Il marcha au-devant de son fils et se tint devant lui, examinant la physionomie franche et hardie du jeune homme qui, au cours des dernières années, l'avait assisté dans ses travaux et ses expéditions.

— Mon fils, voici que le Roi de France nous a rendu nos

titres, terres et fortune. Je ne dirai pas la gloire, car notre gloire nous l'avons gagnée sur les routes du monde. Quant aux honneurs... Vous avouerai-je que les honneurs et les emplois qui m'attendent à Versailles ne me semblent guère convenir à un gentilhomme d'aventures, accoutumé à ne devoir qu'à lui-même sa fortune et à ne pas se connaître de maître. C'est l'homme que je suis devenu... La réussite de travaux de mon goût compense pour moi les plus flatteuses manifestations de déférence. J'aime tenir mon renom de ma valeur et non pas le devoir à la valeur de celui qui me protège. En revanche, je gage que le zèle et l'ardeur d'une vie commençante s'accommoderaient fort bien des mêmes honneurs et charges. La souplesse sied à la jeunesse lorsque celle-ci a l'intelligence de reconnaître qu'elle a tout à apprendre. Vous êtes mon héritier. Vous avez prouvé à maintes occasions votre vaillance. L'expérience vous a permis d'acquérir cette sagesse à laquelle je faisais allusion : savoir se taire à bon escient et parler de même.

» Point n'est besoin d'attendre ma mort pour que vous jouissiez de votre héritage et que vous receviez la responsabilité du titre et du fief. Il suffit que je m'en démette volontairement entre vos mains. Ce que j'ai fait, dans les pages ci-présentes, abdiquant en votre faveur pour tout ce que je possède en France Vous êtes bien plus habilité que moi-même, aujourd'hui, pour remplir auprès du roi les charges qui incombent à un grand du royaume. Vous vous embarquerez par l'un des prochains navires qui mettront à la voile. Monsieur de Saint-Castine, qui regagne la France pour lui aussi recueillir un héritage dans le Béarn, vous servira de mentor. Demandez à votre frère Cantor de vous accompagner, au moins pour la première année. Vous vous aiderez mutuellement. Choisissez aussi quelques compagnons parmi les jeunes gens de votre entourage afin de composer votre maison. J'ai en France des amis aussi fidèles que secrets, financiers, négociants, qui, alertés, mettront dès votre arrivée à votre disposition carrosses, chevaux, domestiques et bourse bien garnie.

» Vous allez mener joyeuse vie, Monsieur. Mais tout d'abord, il vous faudra, au grand galop, vous présenter à Versailles pour rendre hommage au Roi.

Et devant le visage stupéfait de Florimond, il rit.

— ... Il est temps que vous viviez ce pourquoi vous êtes né, jeune seigneur ! Votre apprentissage fut rude, mais vous n'avez pas regimbé à forger vos armes au feu de l'adversité. Vous avez sondé le cœur cruel des hommes et, par le fruit de l'expérience, vous avez acquis une foi justifiée dans la réussite de vos desseins et une prudence qui vous évitera d'en concevoir d'insensés, de chimériques ou de mauvais.

» Je me réjouis de pouvoir nantir votre jeunesse des moyens qui permettront à vos forces neuves de donner toute leur mesure. Votre haut rang et votre richesse ajouteront au crédit que vous attire votre bonne mine. Les papillons seront nombreux à venir s'ébattre autour d'une si belle flamme. Vous apprendrez à y choisir vos amis et vos amours. Car je me réjouis aussi de mettre à la disposition de votre jeunesse la liberté de jouir des beautés et des plaisirs de la vie. Plaisirs dont vous êtes seul à savoir lesquels vous conviennent et vous enchantent de préférence. Plaisirs des sens ? de l'esprit ? de l'activité bénéfique ?

» Inutile de vous rappeler que vous ne devez user qu'avec circonspection du plaisir des « beaux duels » et ne consacrer au jeu que ce que la mode de la Cour exige... Car, ne vous leurrez pas, jeune homme, vos responsabilités seront lourdes. La restauration de vos domaines, le renouveau du Languedoc, le rôle d'ambassadeur du Nouveau-Monde que vous ne cesserez jamais de tenir afin que les efforts que nous poursuivons ici au Canada comme sur nos territoires ne soient pas à la merci d'une politique indifférente. Et enfin la tâche la plus délicate et difficile, mais qui assoiera votre réputation là où il faut qu'elle se fasse connaître et qu'elle s'élève : redonner de la gaieté à cette Cour dont le Roi encore jeune se laisse assombrir par le poids de l'étiquette et les remontrances de ses jésuites. Je me suis informé. Monsieur de Saint-Aignan a fait son temps comme Maître des Plaisirs du Roi. Veillez, dès que vous toucherez terre, à briguer cette charge. N'hésitez pas à intriguer et à distribuer l'or à pleines mains pour l'acquérir car vous avez toutes les qualités pour y exceller. Vous y brillerez tant et si bien que le Roi, qui a souci de ses amusements et de la beauté des divertissements qu'il offre à ses courtisans, ne pourra plus se passer de vous. Vous vivrez à la Cour. C'est là le champ de bataille de vos premiers combats...

» Mais nous discuterons à loisir de ces détails et de vos projets. Voici les parchemins qui vous font comte de Peyrac de Morrens d'Irristru et d'autres lieux. Dès demain, par l'office de Monsieur le Gouverneur qui représente Sa Majesté, ces décisions seront entérinées et vous entrerez légalement en possession de vos titres. »

Le discours de Peyrac que le comte avait développé avec intention avait permis à l'adolescent de se ressaisir, puis de prendre conscience de ce que lui annonçait son père et peu à peu de tout le changement de vie qui allait en découler pour lui. Il frémissait comme un navire dont le vent va gonfler les voiles et qui tire sur son ancre. Il comprenait qu'il allait rentrer au royaume de France, jeune gentilhomme plein de gloire, qu'il allait retrouver la Cour dont il connaissait les rouages et les ressources et dont l'existence brillante lui plaisait et qu'il allait pouvoir s'avancer parmi ses pairs sans craindre le mépris et le doute.

La joie illuminait ses traits.

Il mit un genou en terre pour prendre le parchemin qu'on lui tendait et il dit avec ferveur :

— Merci, mon père ! Vous me donnez la vie une seconde fois. Je ne décevrai pas vos espérances.

Puis comme il se relevait, son regard se dirigea vers sa mère. Il lui sourit avec cette spontanéité enfantine qui est encore celle des très jeunes gens pour qui le visage de la mère reste nimbé d'une lumière à jamais différente. Mais presque aussitôt il s'assombrit et son expression radieuse fut remplacée par une autre plus réfléchie et grave.

Après avoir reposé les documents sur la table et médité un peu, il revint vers le comte.

— Parlons franc ! Vous me donnez la vie, mon père. Mais peut-être aussi m'envoyez-vous à la mort. Le Roi que nous servons est un roi intraitable. Or ce n'est pas moi qu'il attend. Il peut, s'apprêtant à voir venir vers lui le comte et la comtesse de Peyrac, s'estimer grugé par la substitution et se dédire de ses promesses.

— Il ne se dédira pas, affirma Peyrac. Il ne se dédira pas et surtout envers vous, un nouveau féal. Ce qu'il serait peut-être prêt à reprendre à moi, au moindre sujet de mécontentement que je lui donnerais, à vous vassal docile et subjugué, il le laissera. Le Roi ne me revoyait pas avec plaisir. Je lui rappelais des gestes d'autorité excessive dont il se garderait aujourd'hui, si c'était à recommencer. Il n'éprouve plus le besoin de se comporter comme il le fit au début de son règne, alors qu'il se sentait faible et qu'il craignait la puissance des grands. Or, l'on n'aime jamais à voir surgir le fantôme de ce qui vous apparaît avec le recul du temps et l'aplanissement des embûches, comme une erreur ou une injustice qu'on a commise, voire une mauvaise action. Le nouveau comte de Peyrac lui permettra d'être en accord avec sa générosité.

— Et s'il me faisait arrêter ?

Florimond se voyait déjà à la Bastille.

— Non, le rassura Peyrac, le roi ne peut plus se permettre de ces impulsivités. Un peuple entier le regarde... Que crains-tu, coureur de bois ? Tu te feras annoncer, tu t'avanceras au milieu de la Cour, beau et magnifique, suivi de ton frère et des jeunes gens de ta maison, tous magnifiquement vêtus et l'épée au côté et de quelques-uns des gentilshommes cadets de famille dont tu te seras assuré les services et qui porteront les couleurs de ta livrée. Sur ton passage un murmure d'admiration et de flatteries s'élevera et tu ne seras pas arrivé devant Sa Majesté que déjà la plupart des personnes présentes se féliciteront de ta venue à la Cour. Tu t'inclineras devant le roi, et tu lui remettras cette missive qui lui porte ma réponse. En voici à peu près la teneur dans une forme brève :

« *Sire, pénétré des effets de votre bonté, j'ai cru ne pouvoir faire mieux pour vous prouver ma reconnaissance que de vous envoyer mon fils. En lui je vous envoie la jeunesse, Sire, en place d'un homme qui jadis aurait volontiers dépensé ses forces à votre service, mais qui fut contraint de les disperser sur les chemins de l'adversité en des tâches qui le rendent peu apte aujourd'hui à remplir près de votre généreuse Majesté les devoirs d'un homme de Cour. En revanche, un sang neuf coule dans les veines du comte Florimond de Peyrac. Celui-ci a déjà appris en votre Cour à connaître, aimer et admirer son souverain. Il se considère comme le plus humble et le plus redevable de vos sujets et vous aurez en lui à vos côtés un gentilhomme de bonne race, soucieux de vous plaire, heureux de vivre dans votre rayonnement et propre à vous servir avec dévouement, habileté et promptitude...* »

— Le Roi sera-t-il dupe ?

— Le Roi n'est jamais dupe... Mais... Il est diplomate. Je garde ici, en Amérique, la possibilité de devenir un ennemi pour la Nouvelle-France, si l'on me considère comme tel, moi ou mes fils. Alors que dans le cas contraire je mets entre ses mains, par les tiennes, une province docile, le Languedoc, à son service une aide financière dans l'Ancien ou dans le Nouveau-Monde. Il ne dira rien... Il reconnaîtra le geste... et pèsera l'avantage qu'il peut en retirer en tant que roi de France. A ta vue, il aura tôt fait de savoir qu'il préfère ce comte de Peyrac à l'autre.

— Soit ! concéda Florimond, je veux bien admettre que le Roi, le premier mouvement de surprise passé et ayant pris connaissance de votre lettre, se satisfera et même se réjouira de me trouver devant lui à votre place. En effet, le Roi ne m'inspire point de crainte. Lui et moi nous avons ensemble des souvenirs communs. Je fus page à sa Cour. Que de fêtes où je me trouvais à ses côtés, à le servir parfois presque uniquement, n'hésitant pas à lui jeter une réflexion qui l'amusait, car il aime être distrait et il apprécie la hardiesse des plus jeunes pages si elle s'allie au respect et à la célérité dans le service. Au camp de

Tabaux, sous Dôle, je fus son échanson et il l'avait souhaité et demandé expressément. Sa mémoire est surprenante. Il me reconnaîtra et je ne doute pas qu'il en soit touché. Pour moi d'abord car il est attaché à ceux qui gravitent autour de lui et il remarque jusqu'aux plus humbles de ceux qui le servent avec goût. Mais aussi il en sera touché parce qu'il sait de qui je suis le fils.

Florimond soupira profondément. Il se tourna de nouveau vers Angélique.

— ... Je n'étais qu'un enfant mais je savais bien vers qui se dirigeaient les regards du Roi. Et je ne crois pas me tromper en affirmant que c'est vous surtout, ma mère, qu'il a souhaité revoir. Et ne voyant pas venir celle qu'il attend, sa colère ne risque-t-elle pas d'être à la mesure de sa déception ?

— Sa colère n'éclatera pas devant la Cour, dit le comte. Ce n'est pas dans les façons du Roi. Or tu seras à genoux devant lui pour « l'aveu » et « l'hommage ». On ne frappe pas un homme à genoux. Tu prononceras ton serment de vassalité. Il recevra tes mains dans les siennes. Il te recevra toi, Florimond, comte de Peyrac. Et lorsqu'il t'aura reçu, tu pourras te relever. Le Roi est noble. Il aime le courage.

» Alors tu ne craindras pas de le regarder dans les yeux, si terrible que soit l'éclair que tu y découvriras, tu le regarderas sans insolence mais droit, avec franchise, avec intérêt pour sa personne et avec amitié, et non pas comme un monarque tout-puissant dont tu redoutes la colère, mais comme l'homme qu'il sera à cet instant, violemment ému d'une déception qu'il ne peut manifester aux mille yeux qui le guettent...

La voix de Peyrac baissait afin de ne se faire entendre que de son fils.

— ... Il faut avoir pitié des princes, Florimond, comme de tous les hommes, et tu ne dois jamais cesser de te sentir frère de leurs incertitudes. En te relevant, tu auras pris garde de ne pas te laisser écarter par les fâcheux afin de te trouver au plus près de lui et que les paroles que tu as encore à prononcer ne soient entendues que de lui seul et non pas de ces curieux qui se bousculent, avides, alentour et tu lui glisseras à mi-voix d'un ton pressant : « Sire, pourrais-je rencontrer Votre Majesté en particulier ? Car j'ai à lui communiquer, dans le secret, des nouvelles de ma mère, la comtesse de Peyrac. »

— Bien ! dit Florimond.

Il croyait vivre la scène où il serait le point de mire des yeux des courtisans, jaloux et envieux, et éprouvait, de cet affrontement anticipé avec le Roi, autant d'excitation que pour un duel.

— Bien ! Continuez, mon père, je vous prie.

— Je suppute qu'à partir de ce moment, ces quelques mots prononcés commenceront d'apaiser dans le cœur du Roi les violents remous dont il est la proie. Il reprendra son rôle. La Cour se remettra en mouvement. Peut-être ira-t-on visiter les jardins ? Mais je prévois que le Roi n'aura de cesse d'être débarrassé des importuns et de trouver diverses raisons pour se retirer, et te retenir toi, et toi seul, dans la solitude de son cabinet de travail.

— Et là que lui dirai-je mon père ? Que lui dirai-je dans le secret ?

— Viens !

Le comte passa un bras autour des épaules de Florimond et l'entraîna vers la fenêtre.

Ils étaient tous deux de taille identique et leurs silhouettes se détachant en sombre sur la clarté de l'été, révélaient à la fois leur ressemblance et leur différence. Celle du père qui offrait un aspect plus abrupt, hésitant entre la robustesse et la maigreur, un grand corps vigoureux, taillé à angles plus rudes avec pourtant une élégance d'attitude où se lisait un défi, ce défi que depuis l'enfance l'homme qui se nommait Joffrey de Peyrac n'avait cessé de proclamer afin d'obliger son corps marqué de blessures à dominer son infortune, au point qu'il était devenu plus fort, plus souple et plus séduisant que d'autres mieux favorisés par le sort. Près de lui s'élançait, déliée, la longue forme intacte du jeune homme, neuve, dans sa perfection.

Et tous deux étaient si pleins de fougue et de vie contenues qu'à seulement regarder leurs épaules rapprochées un courant de joie passait et de confiance en ce qu'ils entreprenaient.

Peyrac contempla, sans les voir, les grands lointains impavides. Puis, insensiblement, il tourna la tête et fixa le fin profil du garçon que la lumière ciselait comme dans le bronze d'une médaille.

Son fils ! Qui à treize ans avait bravé de grands dangers pour le retrouver.

Il éprouva de l'ivresse. Ivresse de vivre ! Ivresse d'aimer et d'être aimé ! Ivresse de voir un être jeune poursuivre le chemin et se charger d'une part de vos rêves, de vos ambitions et de vos espérances.

Lui, Joffrey de Peyrac, abordait avec surprise mais aussi délectation un point de son existence qui s'ouvrait sur une page encore plus confuse et indéchiffrable que les autres, mais dont il savait seulement qu'il la vivrait enfin, sans recours et sans partage, avec la femme qu'il adorait

Les dons du bonheur ne sont que furtifs. Il faut être aux aguets et ne pas ignorer l'éclat qui brusquement jaillit du ciel et vous éblouit, ni que l'instant n'a souvent de valeur qu'à être vécu, sans le ternir de la pensée du lendemain, ni vouloir s'assurer de sa pérennité, car tout est mouvant...

Florimond, à son tour, détacha ses yeux de l'horizon, et, tourné vers son père, il croisa ce regard sombre et brillant où s'embusquaient tous les défis, toutes les audaces, et n'en était que plus allègre.

— Que dirai-je au Roi ? insistait l'enfant, que lui dirai-je. mon père, dans le secret ?

La main de Joffrey de Peyrac accentua sa pression sur l'épaule mince afin de l'attirer plus près, et, avec la douceur qu'il eût témoigné à une femme, il posa ses lèvres sur la tempe du jeune paladin, du messager qui emportait avec lui les rejets de l'avenir.

— Tu lui diras, murmura-t-il, tu lui diras qu'ELLE **REVIENDRA UN JOUR !**

Achevé d'imprimer en mars 1982
sur presse CAMERON
dans les ateliers de la S.E.P.C.
à Saint-Amand-Montrond (Cher)
pour le compte de France Loisirs
123, boulevard de Grenelle, Paris

Dépôt légal : mars 1982.
N° d'Édition : 6635. N° d'Impression : 262.
Imprimé en France